Alfred Kühnl

Die Ästheten

~ Blutige Schönheit der Kunst ~

Roman

Verlag DeBehr

Anmerkungen des Autors

Dieser Roman spielt hauptsächlich in Wiesbaden, Wuppertal, Berlin, Rom, St. Petersburg und Jerusalem. Ich nehme mir die Freiheit, Gebäude zu erfinden, soweit die Handlungsverläufe es erfordern.

Die Handlung dieses Romans, sowie die darin vorkommenden Personen und Unternehmen sind frei erfunden. Eventuelle Ähnlichkeiten mit realen Begebenheiten und tatsächlich lebenden oder bereits verstorbenen Personen wären rein zufällig.

Die in diesem Roman geschilderten Unternehmen und Handlungsabläufe sind reine Fiktion, Erfindungen des Autors.

Erfahren Sie mehr zur Trilogie und über den Autor:
www.kuehnl-alfred.de

Umschlagabbildung: Hintergrundgrafik Copyright by Fotolia ©Kalim.
Das im Rahmen publizierte Gemälde ist eine Verkleinerung des Bildes
»Judith und Holofernes (1599)«
ausgestellt in Rom, Palazzo Barbarini, Galeria Nationale d'Arte Antika, von Michelangelo Merisi, genannt Caravaggio.

Publiziert durch den Verlag DeBehr, D-01454 Radeberg.

Druck und Bindung: Schönbachdruck, ein Unternehmen der DKD Druckkommunikation GmbH in D-64390 Erzhausen.
Printed in Germany

ISBN: 978-3-939241-98-0

ÄSTHETIK

Ästhetik ursprünglich die Lehre von der sinnlichen Wahrnehmung.

Ästhetik ist die Lehre vom Schönen, dies besonders bei den Künsten.

ÄSTHET

Ein Ästhet (Schöngeist) ist ein Mensch, der einen stark ausgeprägten Sinn für die Schönheit und kultivierte Gepflegtheit besitzt; der das Schöne im Leben und in der Kunst besonders schätzt ... und auch überschätzt.

SCHÖNHEITSSINN

Die Ästhetik, die Lehre vom Schönen, besonders bei den Künsten.

Sie handelt von Wahrheit, Einbildungskraft und Geschmack, prüft die Voraussetzungen und Möglichkeiten des künstlerischen Schaffens und stellt Kunstregeln auf.

Das Schönheitsideal selbst ist dem Gesetz der Entwicklung unterworfen.

Es war ein anderes bei den alten Ägyptern, im Griechentum, im christlichen Mittelalter, in Renaissance und Barock und in der Gegenwart.

Susi + der Rufmord

Frankfurt am Main

Eine der ältesten deutschen Städte. Schon im ersten Jahrhundert nach Christi befand sich hier eine römische Siedlung. In der karolingischen Zeit war Frankfurt eine wichtige Königspfalz. 784 wurde Frankfurt als Ort der Reichsversammlung Karls des Großen erstmals erwähnt.

Frankfurt war Krönungsort vieler deutscher Kaiser. 1848/49 tagte in der Frankfurter Paulskirche die erste deutsche Nationalversammlung.

Während des zweiten Weltkrieges wurden durch Bombenangriffe nahezu fünfzig Prozent des mittelalterlichen Stadtkerns zerstört. Die hervorragende Verkehrslage der Stadt macht sie zu einem Zentrum des Handels. Die Frankfurter Messe gehört zu den größten der Welt. Die Frankfurter Börse ist die bedeutendste in Deutschland. Über 400 Banken sind in dieser Stadt, darunter die Europäische Zentralbank. In der Mitte Frankfurts befindet sich am Kaiserplatz das Nobel-Hotel »Frankfurter Hof«, der Treffpunkt des Geldadels. Das seriöse Ambiente passt in die Welt der Geldmagnate.

Die schöne Fassade des Hauses zum Kaiserplatz wird nicht als Haupteingang benutzt. Dieser befindet sich in einer Seitenstraße. Der livrierte Doorman begrüßt dort dezent die ankommenden Gäste und geleitet sie ins Haus. Noch bevor man im Haus zur Rezeption gelangt, kommt man rechts durch eine Tür in eine sehr gepflegte Bar mit einer unaufdringlichen Atmosphäre.

Es war Anfang September, als an einem Tisch dieser Hotelbar zwei Herren saßen, die in ein Gespräch vertieft waren.

Beide Herren waren Anfang vierzig, erschienen sehr gepflegt, ihre Kleidung war dezent.

Einer der Herren sagte soeben: „Herr Lappas, ich gebe Ihnen recht, was ich Ihnen erzählte, hört sich an wie eine

Räuberpistole. Aber ich sage Ihnen, jedes Wort ist wahr. Ich kann Ihren Zweifel verstehen, außerdem sind Sie noch immer über den damaligen Artikel »Das Fälschersyndikat von Wiesbaden« verärgert. Mich hat das seinerzeit sehr viel Geld gekostet."

Hier unterbrach Herr Lappas: „Sie – Herr Wahl – hat es nur Geld gekostet, mich aber meine Stellung als Journalist und meinen Ruf als Kunstkritiker. Seien Sie mir nicht böse, aber Ihre Geschichte klingt einfach unglaubhaft. Wie Sie gesehen haben, habe ich mitgeschrieben und lese Ihnen noch mal Ihre Anschuldigungen vor:

Die Galerie Kaiser in Wiesbaden hat eine Galerie namens **artis opus** in Wuppertal übernommen, die sich mit Hehlerei von gestohlenen Kunstwerken befasst.

Sie gaben an, eine Galerie für russische Kunst in Berlin hat über eintausend Kunstwerke aus dem Museum Eremitage in St. Petersburg nach Berlin gebracht. Es handelt sich dabei ausschließlich um Kunstwerke aus europäischen Museen, die Russland als Beutegut oder als Reparationskosten von Polen, Ungarn, der ehemaligen Tschechoslowakei, Österreich, Spanien und Deutschland nach der damaligen UdSSR verbracht hat.

Der Inhaber dieser Berliner Galerie – ein Herr Bussow – brachte diese Gemälde zur Galerie **artis opus** nach Wuppertal. Dort sollten sie kopiert werden. Man plante, diese Kopien zurück nach Russland zu bringen, während man die Originale nach den USA verkaufen wollte. Den Verkauf der Originale sollte die Galerie Kaiser in Wiesbaden übernehmen, die eine entsprechende Filiale in Boston – USA hat. Eine Liste der Bilder mit Angaben über die ursprünglichen Besitzer, sowie eine Liste der Kaufinteressenten in den USA, haben Sie mir übergeben.

Der Inhaber der Galerie **artis opus** in Wuppertal – ein gewisser Herr Zeller – wollte anscheinend nicht mehr bei dieser Aktion mitmachen. So hat man ihn gezwungen, seine

Galerie **artis opus** in Wuppertal für ein Spottgeld an die Galerie Kaiser in Wiesbaden zu verkaufen.

Man hat Herrn Zeller und Herrn Bussow zwangsweise nach St. Petersburg gebracht. Was mit Herrn Bussow dort geschehen ist, das wissen Sie nicht. In jedem Fall kam Herr Zeller in einem gesundheitlich sehr schlechten Zustand zurück nach Wuppertal, wo er kurze Zeit später verstarb.

Fast zur gleichen Zeit hat die Galerie Kaiser Wiesbaden eine Filiale in St. Petersburg eröffnet. Diese betreibt dort auch Kunstateliers und befindet sich unweit der Eremitage. Es ist ein offenes Geheimnis, dass viele Künstler und Restauratoren der Eremitage dort eine Nebenbeschäftigung haben und sich mit dem Kopieren von Bildern befassen.

In jedem Fall geht es hier um dubiose Geschäfte der Galerie Kaiser in Wiesbaden. Dabei ist der Tod von Herrn Zeller gänzlich ungeklärt. Sie vermuten Mord. Ebenso ist das Verschwinden von Herrn Bussow äußerst merkwürdig. Sie nehmen an, dass man auch ihm Schlimmes angetan hat. Habe ich das richtig verstanden?“

Peter Wahl nickte: „Vollkommen richtig. Herr Lappas, vergessen Sie nicht die Bilder aus Diebstählen der Museen in Antwerpen und Dresden, die in der Galerie **artis opus** in Wuppertal lagern oder lagerten. Darunter das berühmte Gemälde von **Raffael »Die sixtinische Madonna«**. Die Liste mit diesen Bildern habe ich Ihnen vorhin auch gegeben.“

Frank Lappas schüttelte den Kopf: „Also, wenn **»Die sixtinische Madonna«** gestohlen worden wäre, dann wüsste ich das. Sind Sie ganz sicher, dass es das Original war und nicht eine Kopie?“

Peter Wahl: „Ich bin mir da sehr sicher, aber Sie können vorsichtig bei der staatlichen Gemäldegalerie in Dresden recherchieren. Es bleibt Ihnen überlassen, auch in der Galerie **artis opus** geschickt nachzufragen.“

Frank Lappas lachte: „Herr Wahl, seien Sie unbesorgt, ich lege mich nicht noch mal mit dem Anwalt der Firma Kaiser in Wiesbaden an. Den Namen des Notars, Dieter Zeiser, werde ich nie vergessen. Der hat mir sehr zugesetzt. Wenn das stimmt, was Sie mir sagen, dann kann ich diese Story weltweit vermarkten. Aber was mache ich, wenn nicht?

Ihre Bedingung war, dass Sie als Informant nicht genannt werden dürfen. Daran halte ich mich. Ich muss vor Ort recherchieren. Nicht gerade einfach.

Ich habe noch ein oder zwei Tage hier zu tun, dann werde ich mich wohl oder übel mit der Galerie Kaiser in Wiesbaden in Verbindung setzen. Die Recherchen in Wuppertal sind sicherlich auch sehr schwierig. Was meinen Sie?"

Peter Wahl war anzusehen, dass ihm die Idee, sich mit der Firma Kaiser zu treffen, nicht behagte: „Muss das sein, dass Sie sich erst mit der Galerie Kaiser auseinandersetzen? Wäre es nicht geschickter, Sie würden vorab bei der Galerie **artis opus** in Wuppertal recherchieren?"

Frank Lappas ernst: „Sie wissen, ich habe schon mal durch die Galerie Kaiser nahezu meinen Beruf als Kunstkritiker und Journalist verloren. Bei der letzten Verhandlung mit dem Anwalt der Galerie Kaiser – Herrn Dieter Zeiser – habe ich diesem versprechen müssen, zukünftig bei eventuellen Anschuldigungen zumindest ein Gespräch vor einer Publikation mit ihm zu führen. Aber sagen Sie, betreiben Sie immer noch die »Kunst- und Antiquitätenberatung« in München?"

Peter Wahl: „Nach wie vor läuft mein Geschäft gut. Sie wissen, ohne mich gäbe es kaum Kunstmessen und großangelegte Kunstauktionen im deutschsprachigen Raum."

Die beiden Herren kamen ins Fachsimpeln und anschließend an den Besuch der Bar, lud Herr Wahl den Journalisten und Kunstkritiker Lappas zum Abendessen ein.

***

Wiesbaden

Susi Kaiser war schon früh auf den Beinen. Ihre Zwillinge Max und Moritz waren jetzt etwas über drei Monate alt und hatten Susi eine unruhige Nacht beschert. Susi war müde. Nachdem sie die beiden Säuglinge gestillt hatte, brachte sie die Babys zu Nina, ihrer Kinderschwester. Nina rumorte schon in der Küche. Susi rief: „Morgen, Nina! Heute Nacht haben mich die beiden genervt. Entweder sie haben Bauchweh oder sie kriegen schon den ersten Zahn. Was meinst du?“

Nina lachte: „Morgen Susi, nimm dir erst mal einen Kaffee. Seit zwei Tagen füttern wir etwas dazu, da ist Bauchweh angesagt. Warum hast du sie mir nicht gebracht?“

„Ach Nina, du brauchst auch deinen Schlaf. Aber wenn es im Geschäft so stressig bleibt, so muss ich dich bitten, kommende Nacht die beiden einmal zu übernehmen.“

Nina locker wie immer: „Aber logo, mach ich. Kommt Moritz auch bald, dann können wir frühstücken.“

Nina hatte noch nicht ganz ausgesprochen, als Moritz in der Tür stand: „Hallo ihr Lieben, einen guten Morgen. Das war heute eine Nacht. Jetzt schlafen die beiden als könnten sie kein Wässerchen trüben. Nina, bitte, gib mir einen Kaffee, ich hab ihn nötig.“

Nach dem Frühstück meinte Susi: „Moritz, gestern gegen Abend hat mich Dieter Zeiser angerufen. Frau Wahl, die Ehefrau von Peter Wahl hat anscheinend Unterlagen gefunden aus denen hervorgeht, dass Ilse Bach die Mutter des kleinen Ben ist und ihr Mann der Vater des Kleinen. Sie wollte unbedingt mit Ilse Bach sprechen, aber Dieter hat ihr empfohlen, sich erst mit mir zu treffen. So wird Frau Wahl wahrscheinlich kurz nach neun bei mir im Büro aufkreuzen. Ich will vorher die notwendigen Unterlagen heraussuchen. Erika fehlt mir im Moment sehr, aber ich habe ihr strikt verboten ins Büro zu kommen. Sie kann stündlich mit der Geburt ihres

Sohnes rechnen. Moritz, vergiss nicht Erika anzurufen und zu fragen wie es ihr geht. Ihr beide entschuldigt mich. Nina, wenn irgendetwas mit unseren beiden Lieblingen sein sollte, ruf mich an.“

Susi schaute noch mal nach ihren Kindern, verabschiedete sich und ging nach unten in ihr Büro.

Kurz nach neun Uhr meldete eine ihrer Damen Frau Wahl. Susi stand auf, empfing sie mit den Worten: „Liebe Frau Wahl, ich bin Susi Kaiser. Es ist für uns ungewöhnlich, ein Mitglied der Familie Wahl zu begrüßen.“

Auch Frau Wahl stellte sich vor. Susi bot Kaffee an und bat Frau Wahl sich zu setzen.

Frau Wahl begann: „Frau Kaiser, Ihr Notar und Anwalt, Herr Zeiser hat mir gestern erklärt, dass er mir keinerlei Auskunft geben dürfe. Dies verbiete ihm das Gesetz. Er machte aber die Andeutung, dass ich mich mit Ihnen über mein Problem unterhalten könne.

Ich will es kurz machen. Während der Abwesenheit meines Mannes suchte ich einen Vorgang in seinem Büro und fand dabei eine Unterhaltsklage Ihres Anwaltes, der seine ehemalige Sekretärin – Frau Bach – vertritt. Wie ich dieser Klage entnehmen konnte, hatte mein Mann mit seiner Sekretärin ein Verhältnis und aus diesem Verhältnis entstand ein Kind. Ich konnte dieser Klage entnehmen, dass mein Mann diese Vaterschaft leugnet. Ich bin natürlich nicht davon begeistert, dass mein Mann eine Geliebte hatte. Mir war Frau Bach nie unsympathisch, im Gegenteil, ich mochte sie sehr gern. Sie können sich vorstellen, dass ich sehr gerne von Ilse erfahren würde, ob mein Mann der Vater dieses Kindes ist. Ich wollte Sie daher bitten es mir zu ermöglichen, mit Frau Bach zu sprechen.

Susi langsam: „Frau Wahl, ich habe befürchtet, dass Sie das wünschen würden, aber Ihrem Wunsch kann ich nur entsprechen, wenn Frau Bach damit einverstanden ist. Bevor ich aber mit Frau Bach spreche, würde ich Ihnen gerne erzählen wie Frau Bach zu uns kam."

„Vor zirka einem Jahr hat sich bei uns Frau Bach um die Stelle einer Sekretärin beworben. Die Papiere waren einwandfrei und ich bat sie um eine Vorstellung. Dazu kam es nicht, Frau Bach hatte anderweitig eine Stelle gefunden.

Unmittelbar nach dem Jahreswechsel fragte Frau Bach an, ob diese Stelle noch vakant sei und bat um einen Vorstellungstermin. Diesen haben wir vereinbart. Am Tag der Vorstellung erhielt ich einen Anruf Ihres Mannes, der teilte mir mit, dass Frau Bach bei ihm Geld unterschlagen hätte."

Hier unterbrach Frau Wahl: „Das kann doch nicht sein, das wüsste ich."

Susi fuhr fort: „Es war leider so. Ich habe meine seinerzeitige Sekretärin gebeten das Gespräch mitzuhören und es auf Band aufzunehmen. Aber lesen Sie selbst."

Susi übergab Frau Wahl das Gesprächsprotokoll des damaligen Anrufs. Nachdem Frau Wahl es gelesen hatte sagte sie: „Ich bin erschüttert, das hätte ich nicht für möglich gehalten – aber erzählen Sie weiter."

Susi: „Für uns kam eine Anstellung als meine Sekretärin nicht mehr in Frage. Auch wir glaubten den Anschuldigungen Ihres Mannes nicht, zumal er uns aufgrund früherer Vorkommnisse als intriganter Kaufmann bekannt war. Er ist also nicht unser Freund. So haben wir uns entschlossen Frau Bach bei uns einzustellen und zwar nicht als meine Sekretärin, sondern als Verkaufskoordinatorin für Ausstellungen. Wir sind mit ihr sehr zufrieden. Der kleine Ben ist der Liebling aller. Er hat sich mit der vierjährigen Tochter eines unserer Mitarbeiter angefreundet und die beiden sind unzertrennlich. Es ist eine Wonne ihn mit seiner Freundin Anna spielen zu sehen. Aber warten Sie einen Moment, ich will versuchen, Frau Bach zu fragen."

Susi nahm das Telefon, sprach einige Zeit anscheinend mit einem Herrn und sagte dann zu Frau Wahl: „Wir müssen uns leider etwas gedulden. Frau Bach berät im Moment einen Kunden. Da können wir nicht unterbrechen. Sobald sie kann, wird sie mich anrufen."

Frau Wahl bedankte sich und sagte dann: „Liebe Frau Kaiser, ich habe bisher von den Machenschaften der Galerie Kaiser durch meinen Mann nur negatives gehört. Aufgrund einer Empfehlung Ihres Anwaltes, Herrn Zeiser, habe ich mir gestern Abend Ihre Galerie angesehen, die unter dem Namen Anton's Galerie zu finden ist. Ich hatte ein langes Gespräch mit Herrn Anton Jonas."

Hier hakte Susi ein: „Anton Jonas ist nicht nur der Inhaber dieser Galerie, er ist auch mein Geschäftspartner. Weiterhin ist er mein Freund und mein Schwiegersohn."

Hier fragte Frau Wahl zurück: „Wie das? Sie sind doch so ziemlich gleichaltrig?"

Susi: „Frau Wahl, da muss ich kurz etwas weiter ausholen. Mein erster Mann, Max Kaiser, war 25 Jahre älter als ich. Bedauerlicherweise ist er vor sechs Jahren gestorben. Er leitete die Galerie Kaiser in Wiesbaden und hat bestimmt, dass nach seinem Tod Herr Jonas und ich das Unternehmen weiterleiten sollen. Er hat immer behauptet, dass er einen Zwillingsbruder hat, dessen Spur er durch die Wirren der Nachkriegszeit verloren hat.

Durch Zufall traf ich im letzten Jahr seinen Zwillingsbruder hier in Wiesbaden. Er war hier in einer Klinik, war Witwer und hatte zwei erwachsene Kinder. Wir haben uns ineinander verliebt und geheiratet.

Seine Tochter Erika wiederum verliebte sich in meinen Geschäftspartner und Freund Anton und die beiden heirateten ebenfalls. Die Geburt ihres ersten Kindes steht unmittelbar bevor. Somit ist Anton Jonas nicht nur mein Freund und Geschäftspartner, sondern auch mein Schwiegersohn.

Bei der Gelegenheit muss ich noch erwähnen, dass der Sohn meines Mannes, Herr Erich Granika, sich in meine Freundin und Sekretärin Hilde verliebte und sie mich daher leider verließ. Dies war auch der Grund, warum ich eine Sekretärin suchte und Frau Ilse Bach sich bei uns bewarb."

Frau Wahl: „Liebe Frau Kaiser, danke für Ihren Bericht, Sie sind also so etwas wie ein Familienbetrieb?"

Susi: „Nein, ganz sicher nicht. Wir sind ein Verein und alle Mitarbeiter sind Mitglieder dieses Vereins. Wir haben ein Gremium von derzeit sechs Personen, das diesen Verein lenkt. Wir haben nahezu keine Angestellten, unsere Mitarbeiter sind alle mehr oder weniger sogenannte freie Feste, die auf Honorarbasis arbeiten. Neben der rein künstlerischen Seite nimmt der Verein auch soziale Aufgaben wahr. Er ist gemeinnützig und fördert junge Künstler. Der geschäftliche Teil wird durch eine GmbH abgewickelt, deren Geschäftsführung Herr Jonas und ich haben."

Hier unterbrach Frau Wahl wieder: „Ich bin schon sehr erstaunt über Ihre Schilderung der Firmenstruktur. Wie ich schon erwähnte, habe ich von meinem Mann bisher nur negatives über die Galerie Kaiser gehört. Dass dieses Unternehmen ein gemeinnütziger Verein ist, davon hatte ich keine Ahnung. Mein Mann erzählte mir auch etwas von einem tschechischen Unternehmen. Also alles erlogen?"

Hier lachte Susi: „Ich glaube wir haben noch einen Moment Zeit. Lassen Sie mich die Anfänge dieser Unternehmen schildern. Sie wissen, dass 1945 nach dem zweiten Weltkrieg fast alle Deutschen aus dem sogenannten Sudetengau ihre Heimat verlassen mussten. So auch ein Herr Otto Unger, der als Flüchtling nach hier kam. Er war Porzellanmaler und fand keine Anstellung. Er war deutscher Staatsbürger.

Er fand in Wiesbaden eine Handlung für Künstlerbedarf und mit denen zusammen verkaufte er vor der sogenannten Währungsreform Bildchen an die Angehörigen der US Army. Ein Bild gegen eine Packung Zigaretten. Damals ein riesiges Geschäft. Dann kam die Währungsreform. Rechtzeitig hatte Otto Unger das erkannt und entsprechend auf Keramik in Form von Figuren und Andenkenteller umgestellt. Wiederum ein großes Geschäft. Den Bruder von Otto Unger hatte man nicht aus der Tschechoslowakei ausgewiesen. Er musste bleiben, da er unabkömmlich war. Durch die Kriegswirren 1945 hatte dieser Bruder ein deutsches Pflegekind aufgenommen, dessen Eltern unauffindbar waren. Dieses Kind machte Abitur in der Tschechoslowakei und besuchte die Kunstakademie in Karlsbad. Otto Unger holte diesen Jungen 1968 zu sich nach Wiesbaden. Es war Max Kaiser, der Zwillingsbruder meines jetzigen Mannes. Otto Unger und Max Kaiser bauten zusammen das Unternehmen auf.

Otto Unger war eine Seele von Mensch und für mich die Leitfigur schlechthin. Er starb mit 86 Jahren in meinen Armen. Ich war damals schon mit Max verlobt und wir heirateten drei Jahre später.

Anton Jonas war immer so etwas Ähnliches wie der Sohn für Max Kaiser. So kam es, dass Max zu Lebzeiten sein Vermögen dem Verein hinterließ und auch Anton, mich und meine Freundin Hilde – die jetzige Frau Granika – mit einem erheblichen Erbe bedachte."

Frau Wahl sichtlich beeindruckt: „Frau Kaiser, ich bin sehr erstaunt über Ihre Offenheit und Ihr Vertrauen. Danke!

Als ich gestern Ihre Galerie beziehungsweise Antons Galerie besuchte, hat mich erst eine junge Dame kompetent herumgeführt. Sie sprach von jedem einzelnen Ausstellungsstück so als wäre es das Original, obwohl sie immer und immer wieder darauf hinwies, dass es sich um Kopien handelt. Als sie hörte, dass ich zwei entsprechende Geschäfte habe, hat sie mich Herrn Jonas vorgestellt. Der hat mich dann weiter beraten.

Allerdings scheint auch er nicht viel von meinem Mann zu halten. Er verhielt sich da sehr distanziert und empfahl mir, mich mit Ihnen zu unterhalten. Er gab mir gute Ratschläge für den Verkauf Ihrer Werke.

Ich muss sagen, all Ihre Werke haben die Ausstrahlung etwas Außergewöhnliches zu sein. Herr Anton erklärte das mit dem Odem, den die Kopisten diesen Werken mitgeben. Dadurch erhielten sie die Seele die so ein Kunstwerk braucht. Ich komme viel herum, ich habe auch schon viel gesehen, aber die von Ihnen angebotenen Kopien der berühmtesten Gemälde der Welt sind nicht nur ungewöhnlich gut, sie sind brillant. Auch die dezente Art Ihrer Präsentation ist einmalig. Ich muss Ihnen dazu gratulieren.

Wie Sie sicher wissen, hat Anton Jonas für heute Nachmittag um zwei Uhr einen Termin mit einem Herrn Snyder hier im Haus arrangiert. Ich bin gespannt, ob wir geschäftlich zusammenkommen."

Susi erfreut: „Frau Wahl, in Herrn Snyder haben Sie einen Berater, der den Verkauf weniger von der wissenschaftlichen Seite betrachtet, sondern mehr vom Kaufmännischen. So, aber jetzt will ich sehen, ob sich Frau Ilse Bach freimachen konnte, damit Sie nicht länger warten müssen."

Susi wollte eben telefonieren, als es klopfte. Nach dem „Herein" betrat Ilse Bach den Raum. Etwas beklommen begrüßte sie Frau Wahl. Nach ein paar einleitenden Worten sagte Frau Wahl: „Frau Bach, wir kennen uns fast sechs Jahre und unser heutiges Zusammentreffen ist für uns beide nicht einfach. Wie ich erst vor wenigen Tagen erfuhr, haben mein Mann und Sie ein gemeinsames Kind, das heißt, Sie hatten über Jahre ein Verhältnis miteinander. Davon hatte ich keine Ahnung und auch nie einen Verdacht."

Ilse sehr zurückhaltend: „Frau Wahl, es tut mir leid, dass ich Sie enttäuscht habe. Aber schon vom Anfang meiner Beziehung zu Ihrem Mann hat dieser behauptet, dass Ihre Ehe praktisch nur noch auf dem Papier besteht. Er könne sich aber von Ihnen im Moment nicht trennen, da Sie die Eigentümerin seiner Firma, der Kunst und Antiquitätenberatung Wahl in München sind. Er müsse sich erst mit Ihnen geschäftlich auseinandersetzen, das heißt trennen, bevor er mich heiraten könne. Erst als ich ihn zu Beginn des letzten Jahres ultimativ aufforderte entweder Scheidung oder ich würde mich von ihm trennen, passierte das für mich Unfassbare, er unternahm nichts und so wollte ich die Trennung. Er hintertrieb all meine Bewerbungen - wie ich heute weiß – auf übelste Art und Weise, bis mich die Galerie Kaiser aufnahm."

Frau Wahl schockiert: „Jetzt bin ich sehr erstaunt. Wie Sie wissen, bin ich die meiste Zeit in Zürich. Ich habe meinem Mann vielfach nahegelegt, sich scheiden zu lassen. Ich habe ihm angeboten, er könne die Firma übernehmen, allerdings muss er mir dann mein eingebrachtes Kapital zurückzahlen. Warum hat er nicht zugestimmt?

Wenn ich richtig mitgerechnet habe, war das in etwa die Zeit, als das Kind Ben geboren wurde. Es wäre die einfachste Sache der Welt gewesen.

Aber Frau Bach, so unschön für uns beide die Situation ist, Sie haben mir meinen Mann nicht weggenommen. Die Ehe bestand nur auf dem Papier. Das Einzige was ich gerne möchte, ist den kleinen Ben sehen. Ich habe eine Menge Fotos meines Mannes mitgebracht, auf denen er im Kindesalter zu sehen ist. Mal sehen, ob wir eine Ähnlichkeit feststellen können."

Ilse Bach erleichtert: „Selbstverständlich können wir das arrangieren. Ich habe ab sofort frei und wollte die beiden Kinder Ben und Anna um zwölf Uhr aus dem Kindergarten abholen. Vielleicht ist es am einfachsten, Sie kommen einfach mit und wir gehen von dort aus in meine Wohnung. Heute Nachmittag muss ich mit beiden Kindern zum Zahnarzt. Soweit ich weiß, sind Sie heute Nachmittag mit Herrn Snyder verabredet. Ich bringe Sie so gegen zwei Uhr nach hier zurück. Wären Sie damit einverstanden?"

So war die unangenehme Begegnung zwischen den Damen Wahl und Bach doch noch zu einem guten Ende gekommen und sie verabschiedeten sich von Susi Kaiser.

Beide fuhren mit Ilse Bachs Wagen. Auf dem Weg zum Kindergarten erzählte Ilse von ihrem kleinen Ben. Auch von der Tatsache, wie selbstverständlich die neuen Kollegen sie in ihren Kreis aufgenommen haben. Wie sie ihr beim Umzug von München nach hier zur Seite standen und vor allen Dingen wie leicht man ihr den Anfang gemacht hatte.

Im Kindergarten kamen ihnen Ben und Anna entgegen. Mit ausgebreiteten Armen liefen sie Ilse entgegen. Nach dem ersten Küsschen für beide sagte Ilse: „Ich stelle euch jetzt Frau Wahl vor. Sie will euch kennen lernen, sagt guten Tag."

Danach kletterten die Kinder auf ihre Kindersitze im Wagen und Ilse fuhr in ihre nicht weit entfernte Wohnung. Unterwegs erzählte sie Frau Wahl, dass das Haus, in welchem sie jetzt wohnt, einem siamesischen Kunstwissenschaftler gehören würde, der auch für die Galerie Kaiser arbeitet.

Angekommen in Ilse Bachs Wohnung stellte Frau Wahl fest, dass es sich um eine geschmackvoll eingerichtete Wohnung handelt. Ilse sagte zu den beiden Kindern, sie sollten Frau Wahl ihr Zimmer zeigen, während sie kurz Frau Leekpai, ihrer Vermieterin, Guten Tag sagen wollte.

Als sie zurückkam sagte sie zu Frau Wahl: „Ich habe kurz mit Frau Leekpai gesprochen. Sie würde sich freuen, wenn Sie zum Mittagessen blieben. Ich kann Sie dann zurück zur Galerie bringen. Die Kinder müssen sowieso schlafen und danach fahre ich mit ihnen zum Zahnarzt."

Frau Wahl erfreut: „Wenn es nicht zu viel Umstände macht, bin ich gerne damit einverstanden."

So kam es, dass sich Ilse, Frau Wahl und die beiden Kinder eine Etage nach oben in die Wohnung der Leekpais begaben. Es folgte die Vorstellung und eine nette und freundliche Begrüßung und Petra Leekpai erwähnte nur kurz:

„Frau Wahl, ich hoffe Sie mögen die thailändische Küche. Ich hoffe, es ist Ihnen nicht zu scharf."

Frau Wahl meinte nur, es würde ihr nichts ausmachen und bedankte sich nochmals herzlich dafür und fragte, wie Frau Petra Leekpai ihren Mann kennengelernt hätte.

Petra Leekpai lachte: „Eine Frage, die viele stellen. Ich kenne meinen Mann seit seinem und meinem dritten Lebensjahr. Mein Vater war Beamter im Auswärtigen Amt in Bonn und der Vater meines Mannes bei der Botschaft Thailands beschäftigt. So kam es, dass eines Tages meine Mutter und die Mutter meines Mannes mich und Prem in den Kindergarten brachten. Beide Elternteile haben es uns hundertmal erzählt. Prem und ich sahen uns, nahmen uns bei der Hand und von da ab waren wir unzertrennlich. Wollte man uns trennen, so gab es ein Riesengeschrei. So schlief ich mal bei den Eltern von Prem oder Prem bei mir. Dies ging so bis wir beide 10 Jahre alt waren. Dann wurde Prems Vater wieder nach Thailand versetzt und unser Trennungsschmerz war unendlich. Wir schworen uns, jede Woche zu schreiben. Das hielten wir auch. Wir haben uns alles geschrieben. Auch unsere Erfahrungen mit dem anderen Geschlecht. Diese Briefe fand eines Tages mein damaliger Freund. Es gab einen Mordskrach und ich schmiss ihn aus der Wohnung. Logisch, auch das habe ich Prem geschrieben. Prem studierte damals in München und so bekam ich zwei Tage später einen Anruf, er sagte nur, er komme am Freitag und gab den Zug an. Ich holte ihn ab, wir nahmen uns bei der Hand wie Kinder und um uns beide war es geschehen. Seit dieser Zeit sind mein Mann und ich eine Einheit. Ich zog nach meinem Studium mit ihm nach Thailand zu meinen Schwiegereltern, die ich wie meine eigenen Eltern kannte. Seitdem ist das meine Familie. Ich wäre in Thailand geblieben, aber die politischen Verhältnisse zwangen uns zur Flucht.“

„Sie können sich vorstellen, ich wurde Buddhistin. Als solche glaube ich an die Inkarnation. Also die Wiederauferstehung der Seele. Was bei Prem – meinem Mann – und bei mir passiert ist kann nur bedeuten, dass wir uns in einem früheren Leben schon mal nahe waren. Wenn ich mir heute meine Anna und den Ben betrachte, so ist das nicht anders. Alle Anzeichen sprechen dafür.“

Dann ging die Tür auf und drei fröhliche Kinder stürmten in die Wohnung. Die Kinder kamen aus der Schule und Petra

Leekpai stellte ihre drei anderen Kinder vor: „Das ist mein Ältester, Prem, der jetzt elf Jahre alt ist. Das ist unser neunjähriger Pipul und unser Liebling, die sieben Jahre alte Petra. Alle Kinder machten eine Verbeugung. Petra schickte sie zum Händewaschen und man setzte sich zu Tisch.

Nach der Mahlzeit bemerkte Frau Wahl: „Liebe Frau Leekpai, Ihr Essen war sehr gut, aber auch sehr scharf. Wie vertragen das Ihre Kinder?"

Petra lachte: „Die sind das von klein auf gewöhnt. Für Anna und Ben mache ich es meist nicht so scharf. Ilse wird gleich die Kinder für den Nachmittagsschlaf fertig machen. Sehen Sie sich das an."

Frau Wahl ging mit Ilse in das Kinderzimmer von Anna. Beide Kinder hielten sich wie immer an der Hand. Sie ließen sich problemlos ausziehen, legten sich ins Bett und nahmen gegenseitig die Hand. Ilse erzählte noch eine kurze Geschichte und schon schliefen die beiden.

„Erstaunlich", meinte Frau Wahl. Aber kommen Sie, ich muss Ihnen etwas zeigen."

Frau Wahl nahm aus ihrer Handtasche einige Fotografien, die ein Kind im Alter von etwa fünf Jahren darstellte. Dieses sah Ben sehr ähnlich und Frau Wahl sagte: „Mein Mann hat den Unterhaltsprozess jetzt schon verloren. Ben ist zweifelsohne das Kind meines Mannes. Sehen Sie sich die Bilder an. Wie kann er nur so dumm sein und die Vaterschaft leugnen."

Die Frauen sprachen noch kurz, dann verabschiedete sich Frau Wahl, und Ilse Bach brachte sie in die Galerie Kaiser.

Den halben Nachmittag war Frau Wahl mit Jo Snyder durch die Räume der Galerie Kaiser gegangen. Sie hatte enorme Bestellungen gemacht. Jetzt saß sie mit Herrn Snyder zusammen und dieser wiederholte:

"Liebe Frau Wahl, ich habe für Sie folgendes notiert:

- Einen **Leonardo da Vinci – Mona Lisa (La Gioconda), 77 x 53 auf Holz**
- Einen **Lucas Cranach – Die Ruhe auf der Flucht, 69 x 52 auf Holz**
- Einen **Nicolas Poussin – Die Hirten von Arkadien, 87 x 120**
- Zwei **Rembrandt – Der Mann mit dem Goldhelm, 67 x 50**
- Einen **François Boucher – Ruhendes Mädchen, 59,5 x 73**
- Einen **Francesco Guardi – Die Piazzetta von S. Marco, 45 x 72**
- Zwei **Thomas Gainsborough – Die Töchter des Malers mit einer Katze, 75 x 63**
- Zwei **Caspar David Friedrich – Kreidefelsen auf Rügen, 90 x 70**
- Zwei **Moritz von Schwind – Die Hochzeitsreise, 51 x 41**
- Zwei **Karl Spitzweg – Die nächtliche Runde, 32 x 53**
- Einen **Paul Cézanne – Die blaue Vase, 61 x 50**
- Einen **Auguste Renoir – Lesende Frau, 45 x 37**
- Einen **Paul Gauguin – Tahitische Frauen, 94 x 72**
- Zwei **Vincent van Gogh – Die Brücke von Arles, 49 x 65**

Hat das seine Richtigkeit?"

Frau Wahl bejahte und fügte hinzu: „Je ein Bild geht nach Zürich. Sind zwei Bilder der gleichen Sorte bestellt, so schicken Sie das Zweite nach München. Wir haben acht Wochen Ziel vereinbart und Sie liefern frei Haus. Ist das so okay?"

Als Herr Snyder ebenfalls bejahte fragte sie: „Ich habe heute so vieles über die Galerie Kaiser gehört, erzählen Sie, wie sind Sie zur Galerie Kaiser gekommen?"

Herr Snyder lächelte: „Liebe Frau Wahl, es war für mich nicht ganz einfach dieses Verkaufsgespräch mit Ihnen zu führen. Sie sollten wissen, ich kenne Ihren Mann schon seit langem und für mich ist er so ziemlich das Übelste was es in dieser Branche gibt. Seien Sie mir nicht böse, dass ich so offen mit Ihnen darüber spreche. Ihr Mann hat Dinge getan, die absolut verabscheuungswürdig sind. Bei meinem letzten Treffen hat er vor einer unserer Vernissagen zwei Leute aufgestellt, die unsere Kunden abgefangen haben und sie zu seiner eigenen Ausstellung leiteten. Danach habe ich ihn in einer äußerst dubiosen Situation in Wuppertal getroffen, bei der wir Militaria gesucht haben."

Frau Wahl: „Das tut mir leid. Man hat Sie sicherlich informiert, dass ich mich voraussichtlich von meinem Mann trennen werde. Aber sagen Sie, was haben Sie mit Militaria zu tun?" Jo Snyder lachte: „Das sind jetzt zwei Fragen.

Ich war hier bei der US Army beim sogenannten CIC in Wiesbaden. Hier lernte ich Mike Curtis kennen, der heute der Präsident der Kaisers Association of Art in Boston USA ist. Er half damals bei der Galerie Kaiser die Kaisers Vernissagen durchzuführen. Das waren Verkaufsveranstaltungen für die Angehörigen der US Army. Dort half ich mit. Wir verdienten sehr gut und ich blieb lange Zeit bei der Galerie Kaiser. Im Januar dieses Jahres sprach mich Mike Curtis an, ob ich unserer neuen Mitarbeiterin, Frau Ilse Bach helfen würde, die sogenannten Kaisers Vernissagen durchzuführen. Ich erklärte mich dazu bereit. So kommt es, dass ich wieder dabei bin. Das mit viel Freude und Vergnügen.

Zu Ihrer zweiten Frage, was haben wir mit Militaria zu tun, da muss ich ein wenig ausholen.

Unser amerikanischer Zweig bemüht sich seit Jahren militärische Orden und Ehrenzeichen aus der Nazizeit zu bekommen. Mike Curtis erhielt sogar eine Sondergenehmigung diese hier herzustellen und nach den USA zu transportieren. Nur er fand niemanden, der die alten Formen für diese Herstellung noch hatte.

Herr Granika, heute Herr Moritz Kaiser, besaß eine Besteckfabrik in Solingen, die er seinen Kindern Erika und Erich übergeben hat. Eben diese Besteckfabrik war bis 1945, dem Kriegsende, eigentlich eine Fabrik für Degen, Dolche und Ehrenzeichen dieser Art.

Durch Zufall hörte Moritz – Susis Mann – dass Mike Curtis diese Ehrenzeichen und Orden seit Jahren sucht. So kam man schnell zur Fertigung dieser Ehrenzeichen. Allerdings dürfen wir die in Deutschland weder zeigen noch verkaufen. Sie sind nur für den Export bestimmt. Als wir einen Diebstahl dieser Ehrenzeichen aufklären wollten, kamen wir mit Ihrem Mann in Kontakt. Er hatte damit nichts zu tun, aber die Begleitumstände hatten kriminellen Charakter."

„Herzlichen Dank", sagte Frau Wahl. „Wäre es möglich, dass ich eventuell für meine Schweizer Filiale so etwas bei Ihnen erwerben kann?"

Jo Snyder lachte: „Aber sicher, wir wollen es verkaufen und in die Schweiz dürfen wir das. Kommen Sie, ich zeige Ihnen unsere Ausstellung für diese Sparte."

Jo Snyder führte Frau Wahl nach oben in die verschlossene Ausstellung für Militaria und Frau Wahl war begeistert von der Ausführung und der Vielfalt des Gebotenen. Es war schon kurz vor 18 Uhr als sie endlich diesen Raum verließen.

Frau Wahl wollte sich von Herrn Snyder verabschieden, aber der lachte:

„Frau Wahl, Sie können es nicht wissen, aber wir haben auch so unsere Angewohnheiten. Dazu gehört, dass wir uns täglich ab sechs Uhr zu einem abendlichen Umtrunk treffen. Wer Lust hat, kann kommen. Darf ich Sie zu einem Drink dorthin einladen?"

Frau Wahl nahm Jo Snyders Angebot an und beide gingen nach oben in den vierten Stock. Es waren schon einige anwesend und nachdem Frau Wahl vorgestellt worden war, fragte sie Susi: „Frau Kaiser, ist es sehr unverschämt wenn ich frage, ob ich kurz Ihre Zwillinge sehen darf?"

Susi lachte nur: „Nichts lieber als das, kommen Sie, wir gehen nach oben in meine Wohnung."

Als die beiden in Susis Wohnung kamen, trafen sie Moritz Kaiser, einen seriösen Herrn Mitte sechzig und Susi stellte vor: „Schatz, darf ich dir Frau Wahl vorstellen?" Herr Kaiser etwas distanziert: „Angenehm! Konnte Ihnen meine Frau helfen und haben Sie Frau Ilse Bach getroffen?"

„Herr Kaiser, Ihre Frau hat mir sehr geholfen und auch mein Gespräch mit Frau Bach war sehr angenehm. Mein Gespräch mit Herrn Jo Snyder heute Nachmittag führte dazu, das ich mich in Ihre Kunstgegenstände verliebt habe und eine größere Bestellung machte. Sie haben einmalige Werke. Dazu kam, dass ich am Ende auch noch Militaria bestellen konnte, die ich schon lange suche."

Herr Kaiser: „Es freut mich, wenn wir Ihnen helfen konnten. Bedauerlicherweise war das Zusammentreffen mit Ihrem Mann nicht so schön. Meine Begegnung mit ihm war ziemlich unerfreulich. Entschuldigen Sie meine Zurückhaltung."

Susi rettete die Situation indem sie ihrem Mann mitteilte, dass sich Frau Wahl wahrscheinlich von ihrem Mann trennen würde.

Herr Kaiser jetzt schon freundlicher: „Frau Wahl, wir sehen uns sicherlich noch zum Aperitif, ich muss nach unten."

Man verabschiedete sich und Susi führte Frau Wahl in das Kinderzimmer. Sie stellte Nina vor:

„Frau Wahl, das ist Nina Öztal, meine Krankenschwester, meine Kinderschwester, meine Ersatzmutti für meine Zwillinge und ein ganz lieber Schatz."

Man begrüßte sich und sie betrachteten die Zwillinge.

Susi sagte: „Frau Wahl, ich habe mir Zwillinge gewünscht und es wurden Zwillinge. Ich hoffe nur, die beiden Buben bleiben nicht allein."

Die drei Frauen unterhielten sich noch eine Weile, dann meinte Susi: „Frau Wahl, wir sollten wieder nach unten gehen. Auf mich warten noch einige unserer Mitarbeiter."

Als sie dorthin kamen, hatte sich der Raum mit vielen Personen gefüllt. Es begann eine neuerliche Vorstellungszeremonie. Maxim Pasternak stellte sich vor, man unterhielt sich bis Frau Wahl fragte: „Herr Pasternak, sind Sie auch hier im Verkauf tätig?"

Maxim lachte: „Ja und nein, ich bin Kunstwissenschaftler und komme aus St. Petersburg. Bis vor etwa einem Jahr war ich in der Eremitage in St. Petersburg beschäftigt. Danach kam ich zur Galerie Kaiser nach Wiesbaden und arbeite hier an den Entwürfen und der Erstellung von Ikonen und Ikonostasen."

Frau Wahl fragte: „Herr Pasternak, habe ich Sie richtig verstanden, Sie entwerfen und gestalten Ikonostasen?"

Maxim lachte: „Ja, ist das so etwas außergewöhnliches?"

Frau Wahl: „Entschuldigung, das können Sie nicht wissen, ich suche seit langem jemanden, der für eine orthodoxe Kirche in der Schweiz so etwas entwirft und auch fertigt. Kann man Ihre Entwürfe mal sehen?"

Wieder lachte Maxim: „Frau Wahl, ich kann Ihnen viele Entwürfe und auch Modelle zeigen, aber Ikonostasen müssen für die jeweilige Kirche entworfen werden. Ich habe ein eigenes Atelier und im Moment gerade eine Ikonostase in meinem Atelier aufgebaut, die für eine Kirche in den USA bestimmt ist. Sie wird morgen verpackt und nach den USA transportiert. Wenn Sie Zeit haben, so kann ich sie Ihnen heute Abend noch zeigen. Ich bringe Sie gerne in mein Atelier."

Frau Wahl erfreut: „Herr Pasternak, wenn das möglich wäre, das würde mich sehr freuen."

Maxim: „Frau Wahl, wir nehmen uns noch ein Wässerchen und dann werde ich Sie in mein Atelier entführen."

Maxim besorgte sich zwei Gläschen mit Wodka und als er Frau Wahl zuprosten wollte, kam Susi dazu: Sie lachte; „Frau Wahl, lassen Sie sich nicht von Maxim zum Wodka verführen, das ist ein Teufelszeug."

Auch Frau Wahl lachte:

„Keine Angst Frau Kaiser, aber Herr Pasternak hat mir eben erklärt, dass er Ikonostasen entwirft und herstellt. Ich suche seit vielen Jahren jemanden, der sich damit befasst."

Susi ernst: „Frau Wahl, bei Maxim sind sie in den besten Händen. Er hat die Gabe, solche sakralen Dinge zu entwerfen und zu fertigen. Sie sollten sich seine Modelle und Entwürfe ansehen."

Maxim: „Susi, wir sind praktisch schon auf dem Weg in mein Atelier. Morgen wird die Ikonostase verpackt, die ich in der letzten Woche gemacht habe.“ Noch ein paar Worte, dann verabschiedeten sich Frau Wahl und Maxim Pasternak von den Übrigen.

Maxim nahm Frau Wahl im Wagen mit zu seinem Atelier. Dort angekommen, fand Frau Wahl in Maxims Atelier eine außergewöhnliche Ikonostase aufgebaut. Sie konnte ihr Erstaunen nicht verbergen.

„Herr Pasternak, was ich hier aufgebaut sehe, ist einmalig. Wurde das durch Sie gefertigt?“

Maxim ernst: „Frau Wahl, ich weiß nicht wie vertraut Sie mit der Geschichte der Fertigung von Ikonostasen sind. Ich will versuchen, Ihnen einige grundsätzliche Dinge zur Erstellung von Ikonostasen zu vermitteln. Eine Ikonostase ist eine mit Ikonen geschmückte Bilderwand mit drei Türen, die den Altarraum von dem übrigen Kirchenraum trennt. In diesem Fall ist die Deesis in den Mittelpunkt des ikonographischen Programms gerückt.

Wie Sie sehen, die Darstellung des thronenden Christus zwischen Maria und Johannes dem Täufer. Die Mitteltür oder auch das Königstor zeigt die Bilder der Evangelisten und im Bogenfeld die Verkündigung, darüber die Eucharistie.

Rechts von der Mitteltür sehen Sie den Kirchenheiligen – das heißt den örtlichen Heiligen – und links die Mutter Gottes – Maria.

Wir entwerfen für jede orthodoxe Kirche eine andere Ikonostase, angepasst an den jeweiligen Kirchenraum. In diesem Fall sind die Wände der Ikonostase aus echtem Goldblech gefertigt, das sich diese reiche Kirchengemeinde leisten kann.“

Frau Wahl fragte: „Herr Pasternak, was kostet so etwas?“ Maxim: „Durch die Fertigung der Zwischenelemente aus echtem Gold ist der Preis abhängig vom Goldpreis. In diesem Fall siebenstellig“.

Es entwickelte sich ein längeres Fachgespräch im Verlaufe dessen Maxim Frau Wahl noch verschiedene Modelle und

Zeichnungen zeigte. Die lebhafte Unterhaltung wurde durch den Besuch von zwei Personen unterbrochen.

Maxim stelle Frau Wahl vor: „Frau Alena Konovalova. Auch Mitarbeiterin bei der Galerie Kaiser und frühere Kollegin aus St. Petersburg.“

Alena schmunzelte: „Frau Wahl, wir haben uns gestern Abend schon kurz in Antons Galerie gesehen. Darf ich Ihnen meinen Verlobten, Herrn Franz Westermann vorstellen?“

Nach der Vorstellung fragte Alena: „Frau Wahl, ich kenne Maxim schon so lange, er hat Sie sicherlich vom abendlichen Umtrunk direkt nach hier verschleppt und darüber vergessen, dass der Mensch auch manchmal was essen muss. Dürfen wir Sie zu einem kleinen Imbiss einladen? Wir wohnen zwei Etagen tiefer. Es wäre uns ein Vergnügen.“

Nach einigem Zögern war Frau Wahl damit einverstanden und sie gingen zusammen in Franz Westermanns Wohnung.

„Seit wann sind Sie hier tätig“ fragte Frau Wahl.

Franz Westermann bedächtig: „Nach meinem Studium als Kunstwissenschaftler kam ich zur Galerie Kaiser. Ich bin länger bei unserem Unternehmen als die Meisten hier. Es ist sehr angenehm hier zu arbeiten und so wie jeder, fühle ich mich in dieser großen Familie zu Hause.“

Frau Wahl fragte weiter: „Frau Alena, wie kommen Sie zur Galerie Kaiser?“

Alena lachte: „Ich glaube, ich muss jetzt unsere Geschichte erzählen. Maxim, sein Kollege Boris und ich waren Kunstwissenschaftler der Eremitage in St. Petersburg. Unsere Gehälter waren nicht sehr hoch und wir konnten kaum davon leben. So haben wir nebenher Ikonen gefertigt und diese an Touristen verkauft. Das passte einer Gruppe von Leuten nicht. Man hat unser Atelier zerstört und uns körperlichen Schaden angedroht, wenn wir nicht für diese Leute arbeiten würden. So haben wir St. Petersburg verlassen und uns bei der Galerie Kaiser in Wiesbaden beworben. Seit zirka einem Jahr sind wir jetzt hier und unsere Familien auch. Mit Hilfe der Galerie Kaiser können wir jetzt unbehelligt arbeiten. Ich selbst habe mich in Franz Westermann verliebt und wir werden in Kürze heiraten."

Maxim sagte: „Frau Wahl, wir unterhalten uns jetzt schon einige Zeit, Ihre offene und nette Art gefällt mir sehr, ich will Ihnen nicht zu nahe treten, aber wie kommen Sie zu so einem Ehemann?"

Frau Wahl erstaunt: „Sie kennen meinen Mann auch?"

Maxim: „Fast jeder hier kennt ihn, ich habe ihn im Zusammenhang mit der russischen Kunstmafia kennengelernt. Er ist in Geschäfte verwickelt, die nicht sauber sind."

Frau Wahl: „Seit zwei Tagen falle ich von einem Erstaunen ins andere. Die Galerie Kaiser war mir bisher nur als ein unseriöses Unternehmen bekannt. Jetzt muss ich feststellen, dass ich gänzlich falsch informiert war. Selten ist mir so viel Wohlwollen und Liebenswürdigkeit begegnet. Dafür bedanke ich mich besonders."

***

Susi und Moritz saßen mit Nina beim Frühstück. Susi sagte: „Nina, ich hab ein ganz schlechtes Gewissen, dich letzte Nacht mit unseren beiden Lieblingen allein gelassen zu haben. Hast du wenigstens ein bisschen Schlaf bekommen?"

Nina lachte: „Bei mir waren die beiden brav. Gegen zwei haben sie gequäkt, da hab ich sie zu mir ins Bett genommen und sie haben bis heute morgen durchgeschlafen. Mach dir keine Sorgen, ich komme mit ihnen schon zurecht."

Susi nahm Ninas Hand: „Nina, ganz lieben Dank, aber bei uns ist's im Moment ziemlich stressig." Und zu Moritz gewandt fuhr sie fort:

„Moritz, du erinnerst dich doch, dass ich dir mal erzählte, dass vor Jahren ein Journalist einen verleumderischen Artikel über uns geschrieben hat. Er hat behauptet, wir wären **»Das Fälschersyndikat von Wiesbaden«**."

Moritz fragte: „Und was ist damit? Hat dieser Schmierfink wieder was publiziert?"

„Nein" sagte Susi, „stelle dir vor, der war bei unserem Anwalt Dieter Zeiser und hatte genaue Angaben über die Galerie **artis opus** in Wuppertal nebst Einzelheiten der gestohlenen Kunstwerke aus der Eremitage in St. Petersburg. Auch gibt er an, dass sich die Galerie **artis opus** in Wuppertal mit Kunstdiebstählen befassen würde. Dieter Zeiser hat sich bei seinem Gespräch auf seine Schweigepflicht als Anwalt berufen und hat ihn an mich verwiesen. Es wäre schön, wenn du bei diesem Gespräch dabei sein könntest. Hast du Zeit?"

„Für dieses Gespräch immer." Moritz schaute ernst. „Lass uns abwarten, was dieser Schmierfink uns zu erzählen hat. Wann kommt er?"

Susi: „Wahrscheinlich kurz nach neun Uhr. Mal sehen was er hat. In jedem Fall müssen wir nach diesem Gespräch sofort den russischen Botschafter in Berlin benachrichtigen und vor allen Dingen Michail in St. Petersburg auch. Kommst du gleich mit nach unten zu mir ins Büro?"

Beide verabschiedeten sich von Nina.

Im Büro ließ sich Susi die Akte der Galerie **artis opus** geben und versuchte Michail Borodin, den Generaldirektor der Eremitage in St. Petersburg anzurufen. Leider vergeblich. Borodin war außer Haus. Wenig später meldete eine von Susis Bürodamen einen Herrn Frank Lappas. Susi ließ ihn hereinbitten, stellte sich und ihren Mann Moritz vor, bot Kaffee an und begann dann das Gespräch:

„Herr Lappas, es fällt mir sehr schwer mit Ihnen zu sprechen. Sie waren der Autor des Artikels **»Das Fälschersyndikat von Wiesbaden«**, der von der ersten bis zur letzten Zeile erstunken und erlogen war und der uns damals unendlich geschadet hat. Wir haben Sie seinerzeit verklagt und den Prozess gewonnen. Wir konnten zwar nie in Erfahrung bringen, wer Ihr damaliger Informant war, aber nach unserer Meinung kommt dafür nur eine einzige Person in Frage, die solche infame Behauptungen und Gerüchte in die Welt setzt. Nur auf Anraten unseres Anwalts und Notars bin ich bereit, mit Ihnen ein Gespräch zu führen. Machen wir es kurz, was wollen Sie über uns berichten, oder was wollen Sie uns fragen?"

Herr Lappas, etwas erschrocken über den schroffen Ton von Frau Kaiser: „Liebe Frau Kaiser, ich habe seinerzeit meinen Irrtum eingesehen und eine entsprechende Gegendarstellung publiziert und mich außerdem noch persönlich bei der Galerie Kaiser in schriftlicher Form entschuldigt.

Ich habe nun wieder eine Information die äußerst brisant ist. Seinerzeit versprach ich Ihrem Anwalt, im Wiederholungsfall vor einer eventuellen Publikation mit ihm zu sprechen und er hat mich an Sie verwiesen. Ich will Ihre Zeit nicht zu stark in Anspruch nehmen, daher werde ich Ihnen in Kurzform meine Recherchen mitteilen und Sie können sich dazu äußern. Wenn ich keine befriedigenden Antworten erhalte, so werde ich publizieren.

Nach meinen Informationen hat die Galerie Kaiser in Wiesbaden eine Galerie namens **artis opus** in Wuppertal übernommen. Diese soll sich mit der Hehlerei von gestohlenen Kunstwerken befassen."

Herr Lappas entnahm seiner Aktenmappe einige Seiten, die eng beschrieben waren, und übergab sie Susi.

„Hier übergebe ich Ihnen eine Aufstellung von Gemälden, die in Antwerpen und in Dresden gestohlen wurden. Darunter so berühmte Gemälde wie Raffaels **Sixtinische Madonna**. Auf den weiteren Seiten finden Sie eine Aufstellung von Gemälden die unmittelbar nach dem zweiten Weltkrieg aus verschiedenen Museen durch die russische Besatzungsarmeen widerrechtlich nach Russland gebracht wurden und dort in der Eremitage lagerten oder jetzt wieder lagern.

Diese Gemälde waren zeitweise in der Galerie **artis opus** und sollten dort kopiert werden. Es war geplant, diese

Kopien zurück nach Russland zu bringen, während die Originale durch Ihre Filiale in Boston USA an Kunden in den USA verkauft werden sollten. Eine Liste der Kaufinteressenten finden Sie ebenfalls am Ende meiner Unterlagen.

Nach meinen Recherchen war mit dieser Aktion ein Herr Bussow, Inhaber einer Galerie für russische Kunst in Berlin, beauftragt.

Herr Zeller, dem ursprünglich die Galerie **artis opus** in Wuppertal gehörte, wollte bei diesem schmutzigen Geschäft nicht mehr mitmachen. Er wurde zusammen mit Herrn Bussow zwangsweise nach Russland verbracht. Was mit Herrn Bussow geschehen ist, das weiß ich noch nicht.

Von Herrn Zeller weiß ich, dass er todkrank aus Russland zurückkam, anscheinend zwangsweise Ihnen die Galerie **artis opus** übergab und dann verstarb.

Wie ich erfahren habe, gründete die Galerie Kaiser zum gleichen Zeitpunkt eine Galerie in St. Petersburg. Dies in unmittelbarer Nähe der Eremitage. Die dortigen Ateliers befassen sich mit dem Kopieren von Kunstwerken der Eremitage. Es liegt damit der Verdacht nahe, dass es sich bei diesen Werken um das Kopieren von Kunstwerken handelt, die seinerzeit durch die russische Armee nach Russland verbracht wurden."

Susi und Moritz hatten sehr ruhig zugehört. Susi fragte freundlich: „Herr Lappas, wer hat Ihnen diese Ungeheuerlichkeiten erzählt? Sie wissen doch sicher, dass Sie bei solchen Anschuldigungen sofort die entsprechenden Behörden informieren müssen. Macht es Ihnen etwas aus, wenn wir Ihre Anschuldigungen auf Band aufnehmen, ein Protokoll fertigen, damit wir eine schriftliche Unterlage haben?"

Herr Lappas ernst: „Ich weiß wie brisant diese Anschuldigungen sind. Wie immer im Journalismus darf ich Ihnen den Informanten nicht nennen. Auch kein Gericht kann mich dazu zwingen. Ich bin jedoch verpflichtet, die Wahrheit ans Tageslicht zu bringen. Sie werden verstehen, dass ich alles tun werde, um diese herauszufinden. Ein Protokoll können wir gerne anfertigen."

Susi besorgte sofort ein Aufnahmegerät und Herr Lappas diktierte die Anschuldigungen auf Band. Susi veranlasste, dass diese sofort abgeschrieben wurden.

Danach sagte Susi: "Herr Lappas, ich bedanke mich, dass Sie so fair waren, uns Ihre Anschuldigungen schriftlich zur Verfügung zu stellen. Vielleicht können wir aber vorab einige Punkte aus der Welt schaffen."

Lappas: „Das würde mich sehr freuen."

Susi: „Wir haben Anfang Mai die Galerie **artis opus** von Herrn Zeller gekauft. Dies geschah auf seinen ausdrücklichen Wunsch. Der Kauf erfolgte notariell und die Kaufsumme wurde dem Notar überwiesen. Soweit mir bekannt, erhielten zwei seiner Mitarbeiter diese Summe durch den Notar als Abfindung für bisher geleistete Dienste. Wir haben alle Mitarbeiter der ehemaligen Firma **artis opus** übernommen und die sind bis heute bei uns in ungekündigter Stellung. Kopien entsprechender, notarieller Urkunden stelle ich Ihnen gerne zur Verfügung.

Es ist richtig, dass sich Herr Zeller in St. Petersburg befand. Auf seine Bitte haben wir ihn schwerkrank in St. Petersburg abgeholt und nach Wiesbaden gebracht. Hier in der Klinik wurde er untersucht. Ebenso wie in Russland wurde auch hier Nierenkrebs festgestellt, der auch hier nach Ansicht der Klinik unheilbar war. Man gab Herrn Zeller eine Überlebenschance von zirka vier Wochen. Auch hierüber gibt es Dokumente.

Da Herr Zeller keine direkten Erben hatte, bat er uns die Firma zu übernehmen, um seinen Angestellten die Arbeitsstelle zu erhalten. Nach langen Diskussionen haben wir uns dazu bereiterklärt. Auch darüber gibt es Protokolle und Aufzeichnungen."

Susi holte tief Luft: „Eigentlich sollte ich jetzt aufhören, denn das Unternehmen **artis opus** ist erst seit Anfang Mai in unserem Besitz. Alles andere, das Sie andeuteten, war vor unserer Zeit. Für mich stellt sich das ganz anders dar.

Beginnen wir mit den von Ihnen genannten Gemälden aus den Museen in Antwerpen und in Dresden. Davon weiß ich weder etwas noch habe ich in einer Gazette gelesen, dass diese dort gestohlen worden sind. Das erscheint mir purer Unsinn zu sein. Stellen Sie sich vor, die **Sixtinische Madonna von Raffael** wäre gestohlen worden. Alle Zeitungen, alle Journale hätten darüber berichtet. Ganz zu schweigen von den erwähnten Diebstählen in Antwerpen."

Hier unterbrach Herr Lappas: „Frau Kaiser, mir kamen diese Diebstähle auch sonderbar vor, aber meine Recherchen ergaben, dass in der Zeit März, April diese Bilder in den Museen nicht zu sehen waren. Angeblich wegen Restaurierungsarbeiten an diesen Gemälden. Ich werde der Sache nachgehen. Irgendetwas stimmt da nicht."

Susi: „Das mag sein, aber Sie glauben doch nicht im Ernst, dass wir uns in so ein Geschäft verwickeln lassen."

Frank Lappas: „Darf ich fragen, woher Sie Herrn Zeller kannten?"

Susi: „Wir kannten Herrn Zeller nicht, sondern Herr Zeller kannte uns. Ein früherer Mitarbeiter und einer unserer Kunden waren Studienkollegen von Herrn Zeller."

Weiter fragte Frank Lappas: „Stimmt es, dass Sie eine Galerie in St. Petersburg betreiben und dazu noch einige Ateliers in der Sie Gemälde kopieren?"

Susi lachte: „Herr Lappas, das wissen Sie doch, das Kopieren von Gemälden ist unser Geschäft. Damit verdienen wir unsere Brötchen. Sicher haben wir eine Galerie in St. Petersburg und sicherlich werden dort in den Ateliers auch Bilder kopiert. Wir haben mit der Eremitage in St. Petersburg entsprechende Verträge. Diese Verträge gehen auf Gespräche zurück, als es noch keine Galerie **artis opus** gab."

Hier schaltete sich Moritz Kaiser ein: „Herr Lappas, ich habe bisher ruhig und geduldig dem Gespräch zwischen

Ihnen und meiner Frau zugehört. Sie gestatten mir aber etwas dazu zu sagen. Ich weiß nicht welchen Informanten Sie haben und ich weiß auch nicht, woher dieser seine Kenntnisse hat. Eines ist aber klar zu erkennen, dass diese dazu dienen sollen, uns zu schaden. Zu Ihrer Information, ich war derjenige, der die Verhandlungen mit Herrn Zeller führte und ich versichere, dass alle Verträge mit Herrn Zeller notariell abgesichert sind. Wir haben einem todkranken Kollegen geholfen die Arbeitsplätze für seine Mitarbeiter zu erhalten. Wenn heute so verworrene Behauptungen aufgestellt werden, wir hätten mit russischem Beutegut aus dem letzten Weltkrieg zu tun, so ist das eine Sache der Gerichte das zu klären. Ich bin dafür, wir schalten jetzt das Bundeskriminalamt ein und die Behörden in St. Petersburg."

Frank Lappas etwas verunsichert: „Herr Kaiser, ich erhielt eine Information und als Journalist bin ich verpflichtet solchen Gerüchten nachzugehen."

Susi: „Herr Lappas, mein Mann hat im Grunde recht, die uns vorgelegten Behauptungen beschuldigen uns, wenn auch nur indirekt. Vielleicht können wir eine Lösung finden, die für alle Teile befriedigend ist.

Sie haben schon mal über uns in ehrabschneidender Form berichtet, obwohl Sie unsere Galerien und Ateliers noch nie besucht hatten. Ich bin kein Journalist, aber für mich wäre es selbstverständlich mir erst etwas anzusehen, bevor ich darüber berichte. Ich lade Sie ein, sich unsere Ateliers und Ausstellungen hier in Wiesbaden anzusehen. Sie können sich auch mit allen Mitarbeitern unterhalten."

Herr Lappas bedankte sich für Susis Angebot und sagte dann: „Ich bin nicht wegen Ihrer Galerien und Werkstätten in Wiesbaden hier, sondern ich recherchiere in Sachen Ihrer Galerie **artis opus** in Wuppertal und Ihrer Galerie und den Werkstätten in St. Petersburg."

Hier unterbrach Susi seinen Redefluss: „Herr Lappas, bevor Sie in Wuppertal oder St. Petersburg recherchieren, sollten Sie unser Herstellungs- und Vertriebssystem kennenlernen. Dieses befindet sich sowohl für Wuppertal als auch für St. Petersburg hinsichtlich der Datenverarbeitung in Wiesbaden. Sie werden sehr rasch feststellen, dass allein aufgrund dieses Systems Ihre Vorwürfe nicht haltbar sind. Wir sind ein Verein und nahezu alle Mitarbeiter sind Mitglieder in diesem Verein. Sie glauben doch nicht im Ernst, dass sich über hundert Mitarbeiter an kriminellen Machenschaften beteiligen."

Es klopfte und eine Mitarbeiterin betrat den Raum: „Entschuldigung, wenn ich störe, aber Frau Wahl hätte dich gerne gesprochen, sie wollte nur etwas abgeben."

Susi bat Frau Wahl in ihr Büro, machte sie auch mit Herrn Lappas bekannt und sagte dann: „Frau Wahl, es tut mir sehr leid, dass ich Sie mit Herrn Lappas bekanntmachen musste, aber nach unserer Meinung wurde Herr Lappas durch Ihren Mann veranlasst, gegen uns zu recherchieren."

Dann erzählte Susi in Kurzform die Anschuldigungen des Herrn Lappas gegenüber ihrem Unternehmen.

Frau Wahl sichtlich konsterniert: „Liebe Familie Kaiser, ich bedauere, hier so hereinzuplatzen, aber ich wollte Ihnen nur für Ihre Zwillinge ein kleines Dankeschön übergeben."

Noch bevor Susi oder Moritz antworten konnte, klingelte das Telefon, Susi entschuldigte sich und nahm den Hörer ab. Michail Borodin, der Generaldirektor der Eremitage in St. Petersburg war am Apparat und rief zurück.

Susi erklärte in Anwesenheit von Frau Wahl und auch des Journalisten Lappas in welcher Angelegenheit Herr Lappas recherchieren würde. Dann sagte Sie:

(Susi) „Michail, bleibe einen Moment in der Leitung, ich will nur zwischendurch Frau Wahl und den Journalisten Lappas unterrichten, wer du bist."

Susi an Frau Wahl und Herrn Lappas gewandt: „Im Moment spreche ich mit Michail Borodin, dem Generaldirektor der Eremitage in St. Petersburg. Aufgrund der Recherchen von Herrn Lappas war ich gezwungen, diesen von den Vorwürfen zu unterrichten.“ Dann wandte sie sich wieder dem Telefon zu.

(Susi) Michail, ich habe bei mir im Büro die Möglichkeit eine Konferenzschaltung herzustellen. Wärst du damit einverstanden, wenn sich Frau Wahl, Herr Lappas und Moritz an dem Gespräch beteiligen?

Michail war damit einverstanden und Susi verband die Konferenzschaltung.

(Michail) Guten Tag, Frau Wahl, guten Tag Herr Lappas. Wir hatten noch nicht das Vergnügen uns kennenzulernen. Mein Name ist Michail Borodin und ich bin Direktor der Eremitage in St. Petersburg.

Herr Lappas, dürfte ich um Ihren Namen und Ihre Anschrift bitten?

(Lappas) Guten Tag, Herr Borodin. Mein Name ist Frank Lappas, ich bin Journalist und Kunstkritiker und derzeit für einschlägige Fachzeitschriften tätig. ...Er gab seine Adresse an...

(Michail) Frau Wahl, ich kenne zwar Ihren Mann, aber können Sie mir verraten, wie Sie zur Galerie Kaiser stehen?

(Luise Wahl) Herr Borodin, da ich selbst zwei Kunsthandlungen besitze, ist mir die Eremitage ein Begriff. Um Ihre Frage zu beantworten, es führte mich eine sehr private Angelegenheit zur Galerie Kaiser nach Wiesbaden und ich hatte vorgestern den ersten Kontakt zur Galerie Kaiser, der sehr positiv verlief.

(Michail) Frau Wahl, ich bedauere das sagen zu müssen, ich kenne Ihren Mann, da kann ich allerdings von einer positiven Begegnung nicht sprechen.

Herr Lappas, Sie sind Journalist und ich mache Ihnen jetzt ein Angebot, das Sie in die Lage versetzen wird, über einen Kunstdiebstahl zu berichten, den man sicherlich als den Größten in der Geschichte bezeichnen kann. In der nächsten Woche – am Donnerstag – beginnt in St. Petersburg der Prozess gegen einen gewissen Iwan Bussow, den Inhaber einer Galerie für russische Kunst in Berlin-Neukölln. Ihm wird vorgeworfen den Diebstahl von 1.036 Gemälden aus dem Fundus der Eremitage veranlasst zu haben, diese außer Landes gebracht zu haben und zwar nach Deutschland.

Ich lade Sie ein, Prozessbeobachter zu sein. Wir werden Sie in die Lage versetzen, darüber zu berichten. Dies als einziger, ausländischer Journalist. Sind Sie interessiert?

(Lappas) Herzlichen Dank für die Einladung. Selbstverständlich komme ich gerne, an wen muss ich mich wenden?

(Michail) Ganz einfach, Sie sagen Frau Kaiser Ihre Wünsche, sie wird alles Weitere veranlassen. Ich selbst werde Sie in St. Petersburg mit Herrn Grigori Orlow bekanntmachen. Das ist der ermittelnde Beamte in dieser Angelegenheit.

Fliegen Sie am kommenden Montag nach Berlin, dort erhalten Sie bei unserer Botschaft ein Visum für Russland. Am Dienstag fliegen Sie dann nach St. Petersburg. Sie werden am Flughafen abgeholt.

(Lappas) Besten Dank für Ihr Angebot. Aber wissen Sie, wie lange voraussichtlich der Prozess gegen Herrn Bussow dauern wird?

(Michail) Das kann ich nicht voraussagen, aber da Herr Bussow geständig ist, so ist mit vier bis fünf Prozesstagen zu rechnen.

(Lappas) Nochmals besten Dank. Ich habe Sie richtig verstanden, alle weiteren Vereinbarungen treffe ich also mit Frau Kaiser?

(Michail) Herr Lappas, das ist korrekt. Frau Wahl, sind Sie noch zugeschaltet?

(Luise Wahl) Ja, selbstverständlich Herr Borodin.

(Michail) Frau Wahl, ich weiß nicht, ob Sie Ihr Mann davon in Kenntnis gesetzt hat, dass er als Angeklagter ebenfalls zu diesem Prozess geladen wurde. Soweit mir bekannt, hat er

auf unsere Ladungen nicht reagiert. Er ist einer der Mitverursacher dieser Diebstähle.

Würden Sie freundlicherweise Ihrem Mann sagen, dass er sich einen Anwalt in St. Petersburg nehmen soll. Diesen kann er sich entweder über das Deutsche Konsulat in St. Petersburg besorgen oder ich kann ihm einen Anwalt vermitteln. Wenn er nichts dergleichen tut, kommt er in eine sehr unangenehme Lage, da wir nach Stand der Ermittlungen ein Auslieferungsverfahren betreiben können.

(Luise Wahl) Herr Borodin, das kann doch nicht Ihr Ernst sein. Man kann doch nicht jemanden über ein Auslieferungsverfahren in einen Strafprozess zwingen.

(Michail) Die rechtlichen Voraussetzungen kenne ich nicht, aber ob des Umfangs der Straftat, werden sich unsere Rechtsexperten etwas einfallen lassen. Ich bitte Sie, richten Sie das Ihrem Mann aus.

(Luise Wahl) Herr Borodin, danke für den Hinweis.

(Michail) Susi, du bist sicher noch am Apparat. Ich werde die Sache Lappas mit dem Botschafter in Berlin besprechen und rufe dich heute am Nachmittag an.

(Susi) Hallo Michail, grüße Paula. Wir sprechen heute Nachmittag noch mal über alle Einzelheiten. Tschüss!

(Michail) Auf Wiedersehen an alle. Bitte, Frau Wahl, informieren Sie Ihren Mann. Herr Lappas, wir sehen uns nächste Woche.

Als die Leitungen unterbrochen waren, war sekundenlang Schweigen.

Dann sagte Susi: „Das war jetzt starker Tobak, bevor wir Einzelheiten vereinbaren, sollten wir alle etwas essen. Moritz, würdest du mit unseren Gästen zu Giovanni zum Essen gehen, ich kann euch nicht begleiten, denn ich muss unsere beiden Süßen stillen. Ihr seid mir sicher nicht böse."

Man war schnell einig und Moritz ging mit Frau Wahl und Herrn Lappas in das italienische Restaurant Giovanni und Susi ging nach oben in ihre Wohnung. Nina wartete schon mit den Zwillingen, die ziemlich quengelig waren.

Nach dem Stillen saßen Nina und Susi zusammen und Nina fragte Susi, ob ihr Freund Ingo heute Abend um sechs kommen dürfe, denn mit ihm wollte Nina heute Abend ins Kino gehen.

Susi lachte: „Nina, Schätzchen, wie oft soll ich dir noch sagen, dass dein Freund Ingo immer willkommen ist. Du weißt, wir schätzen Ingo sehr. Aber sag mal, was macht eigentlich deine Wohnung?"

Nina etwas zaghaft: „Susi, ich war schon ein paar Mal in meiner alten Wohnung. Ich hab immer ein so komisches Gefühl, als würde mein ehemaliger Mann dort auftauchen. Ich weiß, er ist inzwischen in der Türkei. Ich weiß auch, er hat keine Aufenthaltserlaubnis für Deutschland. Aber stell dir mal vor, ich bin mit Ingo dort und er kreuzt auf. Susi, ich glaube, ich muss die Wohnung dort aufgeben."

Susi nahm Ninas Hand: „Nina, ich weiß, dass du eine schreckliche Zeit mit deinem Mann hattest. Er hat dir Furchtbares angetan. Ich kann auch verstehen, dass du dich in deiner Wohnung nicht mehr wohlfühlst. Ich kann nachvollziehen, dass du mit deinem jetzigen Freund noch keine körperliche Beziehung aufnehmen kannst. Der Schock mit deinem Mann war zu groß. Aber auf die Dauer wirst du das nicht vermeiden können. Du hast doch sicher mit deinem Ingo darüber gesprochen. Was meint er denn dazu?"

Nina kamen die Tränen: „Susi, natürlich habe ich mit Ingo schon oft darüber gesprochen. Ingo ist so lieb und so verständnisvoll und ich habe ein ganz schlechtes Gewissen. Der Scheidungstermin ist jetzt auf den 19. September festgesetzt. Sobald der vorbei ist, will Ingo mich heiraten. Er ist so lieb und nett, aber ich habe immer noch Angst vor einem intimen Zusammensein."

„Nina, das ist ein sehr ernstes Thema. Da ich deine Verletzungen sehr genau gesehen habe, kann ich deine Angst verstehen. Aber ich glaube, du solltest das mit Ingo besprechen. So wie wir alle Ingo kennen, wird er verständnisvoll reagieren. Vielleicht könnt ihr beide ganz einfach einmal zusammen schlafen, ohne dass es zum Intimverkehr kommt. Alles andere dürfte sich dann ergeben."

Nina unter Tränen: „Genau das hat mir Ingo auch schon vorgeschlagen. Er meint wir sollten mal ein Wochenende bei ihm verbringen. Aber ich habe Angst davor. Ach Susi, ich bin eine dumme Kuh, ausgerechnet gegenüber dem lieben und zärtlichen Ingo."

Susi lachte: „So gefällst du mir schon besser. Wieso geht ihr beiden nicht zu Ingo nach Hause und schmust ganz einfach ein bisschen. Ich könnte mir vorstellen, dass sich da möglicherweise ein Weg findet, dass du aus der Misere herauskommst. Probiere es ganz einfach. Du bist eine so hübsche Person, hast einen Kopf zum Denken, es müsste dir gelingen den richtigen Weg und die richtigen Worte zu finden. Ich weiß, Ingo hat dich gerne und der Intimkontakt gehört nun mal dazu. Du wirst sehen, damit beginnt auch für dich ein neues Leben. Deine schreckliche Erfahrung mit deinem Mann wirst du schnell vergessen. Also Kopf hoch!"

Nina weinte immer noch und meinte: „Susi, danke dir, ich mache heute Abend für uns alle die Häppchen und ich bleibe mit Ingo bis gegen acht hier. Darf ich mir eine Flasche Wein mitnehmen und ich sage dann Ingo, ich will mir bei ihm die Wohnung mal genauer ansehen, wo ich eventuell meine Möbel unterbringen kann. Vielleicht ergibt sich dabei eine Situation, bei der ich meine Hemmungen überwinden kann."

Nina gab Susi einen Kuss auf die Wange, umarmte sie und sagte: „Susi, ganz lieben Dank für deinen Rat."

Susi lachte: „Nina, vergiss nicht deine Zahnbürste mitzunehmen. Mach dir ein paar Schnittchen mehr. Liebe macht hungrig und ob Ingo was zu Hause hat, das weißt du nicht. Packe auch was fürs Frühstück ein. Ansonsten wünsche ich dir und Ingo die schönste Nacht eures Lebens. Vor allen Dingen sei nicht verkrampft. Er soll ja ein Teil deines zukünftigen Lebens sein, also bleibe wer du bist, nämlich ein ganz lieber Kerl."

Danach schwätzten sie noch bis sie das Telefon aus dem Gespräch riss.

Susi lachte: „Nina, ich muss leider nach unten. Schätzchen, zieh dir was Hübsches für heute Abend an und vergiss nicht, die paar Kleinigkeiten für kommende Nacht einzupacken. Ich halte dir ganz fest die Daumen."

Als Susi in ihr Büro kam, warteten Moritz mit Frau Wahl und Herrn Lappas. Nach der kurzen Begrüßung fragte Susi: „Na, wie war das Essen bei Giovanni?"

Frau Wahl lächelnd: „Nicht nur gut, es war sehr gut. Ein Restaurant, an das man sich gewöhnen könnte. Der Inhaber versteht es, die Wünsche seiner Gäste zu erahnen. Wir haben ausgezeichnet gegessen und uns hervorragend unterhalten. Sie scheinen exzellente Kontakte zur Eremitage zu haben."

Susi lächelte: „Nicht nur zur Eremitage. Wir unterhalten zu sehr vielen Museen dieser Welt beste Beziehungen. Nur so ist es möglich Außergewöhnliches zu produzieren. Liebe Frau Wahl, bevor ich noch einige Worte zur Angelegenheit St. Petersburg sage, möchte ich die Zeit des Herrn Lappas nicht vergeuden. Ich habe, bevor ich mein Büro betrat unsere Kunstwissenschaftlerin, Frau Alena Konovalova gebeten, kurz zu uns zu kommen. Sie wird in fünf Minuten hier sein. Wir werden sie bitten, Herrn Lappas zu führen und ihm alle unsere Einrichtungen zu zeigen."

Kurz danach klopfte es und Alena kam. Sie begrüßte Frau Wahl herzlich und wurde Herrn Lappas vorgestellt.

Susi erklärte:

„Herr Lappas ist Journalist und gleichzeitig Kunstkritiker. Herr Lappas recherchiert in der Angelegenheit der gestohlenen Gemälde aus der Eremitage in St. Petersburg und ich dachte mir, dass du Herrn Lappas mit unserem System, unserer Arbeitsweise und unserem Unternehmen vertraut machst.

Du kannst ihm gern erzählen, was dir mit der russischen Kunstmafia widerfahren ist. Herr Lappas wird wahrscheinlich heute, morgen und noch am Samstag hier sein. Am Montag fliegt er nach Berlin um sich sein Visum bei der russischen Botschaft abzuholen und fliegt dann weiter nach St. Petersburg, um dort dem Prozess gegen Herrn Bussow beizuwohnen. Dies auf Einladung der Eremitage in St. Petersburg. Ich werde nachher mit Michail, Dr. Wettengel und dem russischen Botschafter sprechen um alle Termine zu vereinbaren. Würdest du die Führung übernehmen?"

Alena bedankte sich freundlich und bat Herrn Lappas sie zu begleiten. Zur Susi sagte sie nur kurz: „Um sechs komme ich mit Herrn Lappas zum Aperitif, ist das okay?"

Susi lachte nur: „In Ordnung Alena, bis nachher."

Nachdem die beiden gegangen waren, meinte Moritz: „Susi, Frau Wahl war über das Gespräch mit Michail entsetzt. Da bei unserem Tischgespräch Herr Lappas anwesend war, konnte ich nicht erzählen, was vorgefallen ist. Würdest du die Situation erklären?"

Susi: „Liebe Frau Wahl, wir alle kennen Ihren Mann. Wir alle wissen, dass er unserem Unternehmen nicht gut gesonnen ist. Er wollte uns vernichten. Er ist der Spiritus Rector, das heißt die treibende Kraft hinter den Diebstählen aus der Eremitage in St. Petersburg. Das wissen wir aus den Vernehmungen von Herrn Bussow und den Aussagen des vormaligen Besitzers der Galerie **artis opus** in Wuppertal.

Das Konzept war einfach. Aus dem Fundus der Eremitage in St. Petersburg hat man über eintausend wertvolle Gemälde entwendet. Diese brachte man nach Berlin. Danach kamen sie in ein Lager nach Wuppertal. Dort sollten sie kopiert werden. Die Kopien wollte man zurück nach St. Petersburg bringen, die Originale gedachte man in den USA an Liebhaber zu verkaufen.

Der Plan hatte nur eine Schwachstelle, das war der Export in die USA. Nur die Galerie Kaiser hatte eine entsprechende

Einfuhrlizenz durch ihre Agentur in Boston. Dazu wollte man uns zwangsweise übernehmen und das durch Druck der russischen Mafia. Es ist uns gelungen das abzuwenden, allerdings nur mit Hilfe der russischen Behörden, des Bundeskriminalamtes und des sehr rührigen Präsidenten unserer Bostoner Agentur. Es ging dabei um Vermögenswerte in Höhe von hundert Millionen US Dollar.

Ich mache es kurz. Die Gemälde wurden nach St. Petersburg zurückgebracht, Herr Bussow verhaftet, sowie alle an diesen Machenschaften beteiligten Personen festgenommen, ausgenommen Ihr Mann, da zu diesem Zeitpunkt noch nicht bekannt war, dass er der Drahtzieher bei diesem Verbrechen war. Da man keine Publizität dieser verbrecherischen Angelegenheit wünschte, hat man auf eine Strafverfolgung Ihres Mannes verzichtet. Das wäre sicher auch so geblieben, hätte Ihr Mann nicht die Presse informiert.

Den Rest wissen Sie. Ich glaube nicht, dass man noch viel für Ihren Mann tun kann. Es tut mir sehr leid, dass ich Ihnen das sagen muss. Dieser Kunstdiebstahl ist so spektakulär, dass Ihr Mann, wenn dieses konspirative Verbrechen an das Licht der Öffentlichkeit kommt, für den Kunstmarkt nicht mehr tätig werden kann. Ich wollte, ich könnte das verhindern, denn auch für uns ist es nicht gut, namentlich genannt zu werden. Ich kann und will Sie nicht weiter belasten, aber es geht um Verbrechen die da heißen Mord, Kidnapping, Erpressung und ähnliches."

Frau Wahl war ganz blass geworden: „Frau Kaiser, das ist ganz entsetzlich, was immer darüber berichtet werden sollte, es betrifft Sie und auch mich. Meine Geschäfte sind auf den Namen Wahl eingetragen. Eine Pressemeldung in Verbindung mit meinem Namen und ich kann meine Geschäfte schließen. Sehen Sie einen Weg das zu verhindern?"

„Liebe Frau Wahl, ich werde anschließend mit Herrn Michail Borodin und dem russischen Botschafter in Berlin sprechen. Außerdem kenne ich Grigori Orlow, den Beauftragten der russischen Regierung in dieser Angelegenheit. Niemand, auch nicht die russischen Behörden, sind an einer Veröffentlichung interessiert. Mal sehen, was ich machen kann. Sie kommen doch sicherlich heute Abend zum Aperitif zu uns?“ Man verabredete, dass Moritz Frau Wahl noch in ihr Hotel bringt. Sie würde dann um sechs zurück sein.

Als Susi wieder allein im Büro war, rief sie sofort Michail an: Sie bedankte sich für die Unterstützung und sie vereinbarten, dass Lappas möglichst von einer Publikation der tatsächlichen Ereignissen in Deutschland absehen sollte. Michail betonte, dass er in diesem Sinn auch mit dem russischen Botschafter in Berlin gesprochen hat. Dieser wird Lappas am Montag empfangen und die Angelegenheit als eine innerrussische Angelegenheit darstellen. Die Visumerteilung ginge in Ordnung.. Susi sollte lediglich die Kosten für den Hin- und Rückflug vorlegen, sowie Herrn Lappas einen Kostenvorschuss geben.

Danach rief Susi ihre Galerie in St. Petersburg an: Sie verlangte Herrn Dr. Hugo Wettengel, den Leiter der Galerie zu sprechen, der war jedoch im Augenblick nicht zu erreichen und sie bekam Frau Olga Waganowa, eine der Direktorinnen der Eremitage.

(Susi) Hallo Olga, was tust du bei uns: Wie geht es dir?

(Olga) Hallo Susi, ich bin in jeder freien Minute hier. Hugo hat immer noch ein paar Probleme mit der Sprache, aber er meistert das großartig. Wir haben wahnsinnig viel zu tun. Der Verkauf läuft großartig, viel besser als wir uns das vorstellten. Unsere Lager sind leer. Ich bin ganz stolz auf alles. Hugo und ich haben in der kurzen Zeit eine hervorragende Verkaufsmannschaft zusammengestellt. Alles läuft problemlos. Und Hugo ist ein ganz fantastischer Mann. Ich verstehe mich gut mit ihm.

(Susi) Olga, wenn ich das so höre, du wirst dich doch nicht in Hugo verguckt haben? ... Susi lachte .... Aber Spaß

beiseite, Hugo ist ein liebenswerter Mensch. Manchmal viel zu korrekt und viel zu steif.

(Olga) Du solltest bald mal zu uns kommen. Hugo hat sich ein bisschen geändert. Ich mag ihn, obwohl er immer noch unnahbar ist. Aber warte, ich sehe er kommt. Auf Wiedersehen Susi, freue mich schon auf euren Besuch, Grüße an Moritz. Ich übergebe an Hugo.

(Hugo) Wettengel!

(Susi) So förmlich? Hallo Hugo, schön dich zu hören, ich muss dich dringend vorwarnen: ...dann erzählte sie die Geschichte hinsichtlich des Journalisten Lappas. ...

(Hugo) Susi, Michail hat mich sofort nach eurem Gespräch angerufen und mich hinreichend informiert. Wir werden ihn im Kempinski unterbringen. Uns allen ist bewusst, dass nach Möglichkeit nichts an die Öffentlichkeit gelangen darf. Wir werden dir genau berichten. Aber sag, was machen die Zwillinge? Ich denke jeden Tag an euch.

(Susi) Den Zwillingen geht es prima, Nina ist eine Perle, wir haben viel zu tun.

(Hugo) Sagst du mir Bescheid, wann dieser Journalist hier ankommt?

(Susi) Ich werde morgen die notwendigen Flugbuchungen veranlassen und sage dir im Laufe des Tages die genaue Ankunftszeit. Dir weiterhin alles Gute und Tschüss.

(Hugo) War schön mit dir zu sprechen, Tschüss.

Als Susi aufgelegt hatte, sinnierte sie ein paar Minuten. Als sie auf die Uhr schaute musste sie feststellen, dass es schon kurz vor sechs war.

Susi ging nach oben in den vierten Stock und sah, dass sich die Hälfte ihrer engsten Mitarbeiter zum abendlichen Umtrunk eingefunden hatte. Nina hatte eine große Platte mit Schnittchen nach unten gebracht und es war eine lebhafte Unterhaltung. Unkompliziert hatte man den Journalisten Frank Lappas integriert und Maxim war mit ihm in einer lebhaften Unterhaltung. Frau Wahl kam kurz nach sechs, sie wurde sehr freundlich von allen begrüßt und ging dann auf Susi zu und sagte: „Frau Kaiser, wäre es möglich, wenn wir uns ein paar Minuten unter vier Augen sprechen könnten?“

Susi lachte: „Na sicher!“ und zog Frau Wahl in das Büro von Moritz. „Wie kann ich Ihnen helfen?“

Frau Wahl langsam: “Ihr Mann hat mich ins Hotel gebracht und ich habe von dort aus meinen Mann angerufen.

Ich habe ihm mitgeteilt, dass ich in Wiesbaden bin und auch warum. Er hat geleugnet der Vater des kleinen Ben zu sein und als ich ihn damit konfrontiert habe, dass der kleine Ben eine deutliche Ähnlichkeit mit ihm habe, hat er gemeint, dass ich mich irren würde. Er muss sich doch sagen, dass der DNA-Test die Wahrheit ans Tageslicht bringen wird.

Aber es kommt noch schlimmer. Als ich ihm erzählte, dass ich Herrn Lappas getroffen hätte und auch, dass ich mit Herrn Michail Borodin gesprochen habe, hat er nur gesagt, er wisse nicht, wovon ich spreche. Er würde weder Herrn Borodin kennen, noch einen Herrn Lappas.

Sie werden sicher verstehen, dass ich jetzt der Sache auf den Grund gehen muss. Meinen Sie es ist möglich, dass ich mit Herrn Lappas nach St. Petersburg fliegen kann und sehen Sie eine Möglichkeit, dass ich auch an dem Prozess in St. Petersburg teilnehmen kann? Ich muss mir Klarheit über diese Vorgänge verschaffen. Dies ist kein Misstrauen Ihnen gegenüber, sondern ich muss wissen, was in dem Kopf meines Mannes vorgeht. Könnten Sie Herrn Borodin fragen, ob das möglich ist?

Susi nachdenklich: „Liebe Frau Wahl, es muss schlimm für Sie sein, das alles zu erfahren. Noch schlimmer, dass Ihr Mann Sie in dieser Form belügt. Kommen Sie morgen früh einfach zu mir ins Büro. Ich werde Michail Borodin anrufen und Sie können selbst mit ihm sprechen. Er kann es ermöglichen, dass Sie in Berlin schnell ein Visum für Russland bekommen. Der Leiter unserer Galerie in St. Petersburg ist der

Kunstwissenschaftler Dr. Hugo Wettengel. Mit ihm werden wir morgen Vormittag auch telefonieren. Wir können ihn fragen, ob er Ihnen einen Dolmetscher zur Seite stellt oder ob Michail in der Lage ist, Ihnen einen Übersetzer zu besorgen."

Frau Wahl bedankte sich vielmals bei Susi und man ging wieder nach draußen zum Aperitif.

Es war kurz vor halb acht als Maxim Frau Wahl und Herrn Lappas zu sich in das Atelier einlud. Relativ rasch verabschiedeten sich Maxim, Boris, Alena, Franz Westermann zusammen mit Frau Wahl und Herrn Lappas.

In Maxims Atelier angekommen, stellte dieser voller Stolz seine Modelle der Ikonostasen vor, Boris zeigte seine wunderschönen Ikonen.

Maxim lud Frau Wahl und Herrn Lappas zum Abendessen ein: „Ihr beiden müsst mit uns das Abendessen teilen. Dann erzähle ich euch auch, wie uns die russische Mafia dazu getrieben hat, hierher nach Wiesbaden zu kommen. Wäre die Galerie Kaiser nicht gewesen, ich weiß nicht, ob ich noch leben würde."

Es wurde ein beschwingtes Abendessen. Danach erzählte Maxim, dass man vor einem Jahr vor dem Ruin stand. Die russische Mafia hatte ihr Atelier verwüstet, man hatte Maxim zusammengeschlagen und mit ihrem letzten Geld sei Alena damals nach Wiesbaden gefahren und hätte bei der Galerie Kaiser um Hilfe gebeten. Er erzählte in allen Einzelheiten in welch großzügiger Form man ihnen geholfen hätte. Dann schilderte er, wie er noch mal mit Susi und Moritz in St. Petersburg gewesen wäre und wie man ihn dort zusammengeschlagen hat. Er versäumte nicht zu erwähnen, dass man sie auch nach Wiesbaden verfolgt hat, dass man zwei Brandanschläge auf die Galerie Kaiser verübt habe und dass es nur der Zusammenarbeit der deutschen und russischen Behörden zu verdanken sei, dass man jetzt wieder in Ruhe arbeiten kann. Zum Abschluss sagte Maxim: „Frau Wahl, Herr Lappas, die Galerie Kaiser ist jetzt unser zu Hause. Erst jetzt leben wir wieder. Wir arbeiten hart, aber wir verdienen auch gut und ich muss unserer Susi recht geben, wir sind eine großartige Familie.“ Maxim nahm sein Glas, lachte und sagte: „Darauf müssen wir trinken.“ Alle prosteten Maxim zu.

Frau Wahl: „Herr Maxim, was Sie hier erzählen klingt glaubhaft und gut. Ich habe heute Nachmittag mit meinem Mann gesprochen, der leugnet, irgendetwas von einer russischen Mafia zu wissen. Deshalb habe ich heute Abend Frau Kaiser gebeten mit Herrn Borodin zu sprechen, ob ich nicht mit Herrn Lappas nach St. Petersburg fliegen kann, um den Prozess zu beobachten. Frau Kaiser sagte mir ihre Hilfe zu.“

„Noo“, sagte Maxim: „Frau Wahl, Sie werden sehen, unsere Susi wird Ihnen helfen. Außerdem Michail wird sich um Sie kümmern. Sie werden viele Freunde haben.“ Dann sprudelten aus Maxim all die Vorschläge, was sich Frau Wahl unbedingt in St. Petersburg ansehen müsse.

Es wurde noch ein feuchtfröhlicher Abend für alle.

Es war schon fast acht Uhr als Susi und Moritz nach oben in ihre Wohnung kamen. Sie fanden Nina mit ihrem Freund Ingo Merz bei ihren noch schlafenden Zwillingen.

Nina sagt nur kurz: „Susi, ich hab sie um vier gefüttert, du müsstest sie jetzt wieder stillen. Sie schlafen ganz lieb.“

Susi bedankte sich, wünschte den beiden einen schönen Abend und Nina ging mit ihrem Freund Ingo.

Nina hatte eine große Tasche dabei, die Ingo trug und er sagte unterwegs:

„Sag mal, was hast du denn alles dabei, die ist richtig schwer. Ich verstehe immer noch nicht, warum wir nicht ins

Kino sind und du unbedingt zu mir in die Wohnung willst. Das können wir doch auch ein andermal machen."

Nina lächelte: "Schatz, lass mir doch meinen Spaß, ich werde dir das zu Hause erklären. Außerdem ist in der Tasche unser Abendessen. Sie waren mit dem Bus in die Nähe von Ingos Wohnung gefahren und gingen die letzten Meter zu seinem Haus. Es war ein Zweifamilienhaus. Mit viel Glück und einem Bankkredit war es Ingo gelungen das Haus zu kaufen, aber er war gezwungen die beiden Wohnungen zu vermieten. Er hatte sich die Mansarde zu einem großen Atelier mit Wohnung ausgebaut.

Als sie im zweiten Stock vor der Mansardentür standen, schaute Nina versonnen auf das Namensschild.

Ingo fragte: „Gefällt es dir nicht?!

„Doch", meinte Nina: „Aber ich hab mir gerade vorgestellt wie das Namensschild aussieht, wenn da eventuell »Nina + Ingo Merz« steht."

Ingo: „Sag mal, was ist denn in dich gefahren? Wir sind jetzt schon so lange zusammen und eigentlich warst du nur zweimal kurz in meiner Wohnung. Ich hatte immer den Eindruck, sie gefällt dir nicht." Die beiden gingen in die Wohnung, Nina nahm Ingo die Tasche ab, nahm eine Flasche Wein heraus, bat Ingo um zwei Gläser und schenkte ein:

„Ingo, ich brauche jetzt einen Schluck Wein und muss dann mit dir reden."

Ingo etwas betroffen: „Nina, sag, was ist denn los? So kenne ich dich nicht. Sonst wolltest du nie zu mir kommen. Was ist los, hab ich was Falsches gesagt oder gemacht?"

Nina stand auf, zog Ingo zu sich hoch, umarmte ihn und gab ihm einen Kuss. Dann sagte sie: „Komm setz dich, du hast nichts falsch gemacht, nur ich hab dich sehr gern und ich muss ganz ernst mit dir reden. Bald wird meine Ehe geschieden. Ich kann aber nicht mehr zurück in mein altes zu Hause. Die ganze Wohnung erinnert mich an die schlimmsten Stunden meines Lebens. Ich muss meine alte Wohnung aufgeben und mir eine neue Bleibe suchen. Du hast mir gesagt, dass ich jederzeit zu dir kommen kann. Ich konnte aber nicht zusagen, da ich Angst vor einem intimen Zusammensein mit dir hatte.

Du weißt, mein Mann hat mich da furchtbar verletzt. Sicher ist das jetzt verheilt, aber ich weiß nicht wie ich bei einem sexuellen Kontakt reagiere. Bitte, bitte gib mir jetzt einen Kuss und halte mich ganz fest.“

Beide standen eine ganze Zeit lang fest umschlungen. Ingo sagte Nina beruhigende Worte.

„Ingo, ich liebe dich sehr, ich habe heute darauf gedrängt zu dir in die Wohnung zu kommen, weil ich mit dir schlafen will. Die ganze Zeit wollte ich dir das schon sagen. Bist du mir jetzt böse?“

Ingo verdattert: „Aber mein Bett ist nicht gemacht.“

Nina: „Was spielt denn das für eine Rolle. Komm!“ und sie zog Ingo ins Schlafzimmer. Sie umarmten sich, zogen sich gegenseitig aus und schmusten lange. Ganz allmählich verschmolzen sie zu einer Einheit. Nina verwandelte sich zu einem Vulkan. In ihrer Ekstase schrie sie ihre Lust in unartikulierten Worten heraus. Ingo kannte seine zurückhaltende Nina nicht mehr.

Halb ohnmächtig fanden sich beide wieder. Sie konnten ihr Glück nicht fassen. Ingo fand zuerst seine Sprache wieder. Unter vielen Küsschen sagte er:

„Nina, so was herrliches, so was wundervolles, und davor hatten wir beide Angst? Schatz, ich hoffe, dass ich dir nicht weh getan habe.“

„Ach Ingo, auch ich hatte davor so entsetzliche Angst und es war so schön. Du warst so zärtlich, so lieb, es war einfach nur wunderbar. Schatz ich liebe dich unendlich. Du hast mir überhaupt nicht weh getan. So was habe ich noch nie erlebt.“

Nina erwiderte die Küsse von Ingo und noch mal gerieten beide in den Taumel der Liebe und sie fanden sich schwer atmend und eng umschlungen wieder.

Nina lachte: „Ingo, komm, lass uns ein Glas Wein trinken. Dass alles so schnell geht, hätte ich nicht gedacht.“ Sie küsste Ingo immer und immer wieder.

So wie sie waren, gingen sie in die Küche, Nina hatte einen Bademantel in ihrer Tasche und sagte: „Hol dir auch einen Morgenrock, sonst erkälten wir uns noch.“

Ingo fragte: „Nina, musst du nicht zurück in die Taunusstraße?“

Nina lachte: „Nein, ich fahre mit dir morgen früh in die Firma. Jetzt können alle wissen, dass wir uns lieben. Susi hat mir Mut zugesprochen und weiß, dass ich vorhatte, heute Nacht bei dir zu bleiben. Ach Schatz, ich bin ja so glücklich.“ Sie gab ihrem Ingo einen Kuss.

Ingo mit großen Augen: „Du meinst, Susi weiß, dass wir miteinander geschlafen haben?“

Nina lachte laut: „Ja meinst du denn, die dachten wir halten nur Händchen? Die Zwillinge hat auch nicht der Klapperstorch gebracht. Und überhaupt, mit Susi kannst du über alles reden, sie ist da ganz unkompliziert.“

Nina füllte noch mal die Weingläser, packte die Brote aus und während sie aßen fragte Ingo so beiläufig: „Sag mal Nina, nimmst du eigentlich die Pille?“

Nina lächelte verschmitzt: „Was meinst du denn, soll ich?“

Als Ingo verdutzt schaute, lachte Nina ihn aus: „Schatz, ich liebe dich. Wenn man jemanden liebt, will man auch zusammen Kinder haben. Die will ich mit dir. Mein erster Mann wollte immer Kinder, aber ich hab die Pille nie abgesetzt. Erst nachdem wir uns getrennt hatten, habe ich keine mehr genommen und jetzt brauchen wir sie nicht mehr. Es ist ein unheimlich schönes Gefühl mir vorzustellen, gemeinsam mit dir Kinder zu haben.“

Sie setzte sich auf Ingos Schoß: „Schatz, es ist so schön bei dir zu sein und zu wissen, dass ich hier zu Hause sein werde, aber ich wusste doch nicht, ob ich je wieder mit einem

Mann schlafen kann. Du hast das Wunder vollbracht. Schatz ich liebe dich über alles.“

Ingo flüsterte ihr ganz liebe Dinge ins Ohr, nahm Nina, trug sie ins Schlafzimmer und eine Nacht voller Liebe, Zuneigung und Glück begann.

***

Nina wachte sehr früh auf. Sie schaute auf ihre Armbanduhr und stellte fest, es war erst kurz nach sechs. Ganz sacht befreite sie sich von Ingos Gliedern und ging ins Bad. Sie versuchte ganz leise zu sein um Ingo nicht zu wecken. Sie fühlte sich beschwingt und froh und ging auf Zehenspitzen in die Küche und machte Frühstück. Sie schlich sich ins Schlafzimmer und weckte Ingo ganz zärtlich. Er brauchte einige Momente bis er zu sich kam und Nina neckte ihn und lockte Ingo in die Küche. Es war für beide ein wunderschöner Morgen und der Himmel hing voller Geigen.

„Du bleibst doch jetzt immer bei mir?“ fragte Ingo.

„Schatz“, sagte Nina, „das wird nicht möglich sein. Du weißt, Susi verlässt sich auf mich und ich habe nun mal die Versorgung der Zwillinge übernommen. Dazu gehört auch, dass ich teilweise meine beiden Süßen auch nachts betreue. Wir werden sicher eine Lösung finden.“

Ingo druckste: „Ich wüsste vielleicht eine Lösung. Du kennst doch meine Schwester Saskia, mit der Schule ist sie fertig und ihre Lehre als Kinderschwester kann sie erst antreten, wenn sie achtzehn Jahre ist, also im kommenden Frühjahr. Im Moment jobbt sie in einem Café. Dort gefällt es ihr gar nicht. Mich hat sie gefragt, ob ich nicht eine Stelle wüsste, wie du sie hast. Was meinst du?“

Nina dachte einen Moment nach: „Das müssen wir mit Susi besprechen. Saskia würde zu uns passen und ich bin auch überzeugt, dass sie sich gut um die Zwillinge kümmern würde. Ach Schatz, es wäre schön, wenn das klappen würde, dann könnte ich zu dir ziehen."

Nina gab ihrem Ingo einen Kuss und meinte dann: „Komm, ich glaube wir müssen gehen." Sie machten sich fertig und beschwingt fuhren sie in die Taunusstraße zu ihren Arbeitsstätten.

Susi und Moritz saßen beim Frühstück und Moritz fragte nur: „Sag mal, wo ist denn Nina?"

Susi lachte: „Dreimal darfst du raten."

Moritz ernst: „Du meinst, sie ist mit Ingo zusammen und hat dort übernachtet?"

Susi gab ihrem Moritz ein Küsschen: „Ist daran was falsch? Die zwei lieben sich, da ist das nur normal. Außerdem habe ich gestern unsere Nina auch noch dazu ermuntert. Mal sehen, ob sie es endlich geschafft hat, sich aus dem Dunstkreis ihrer verkorksten Ehe zu befreien."

Nicht viel später kam Nina mit einem strahlenden Lächeln. Dann konnte sie nicht mehr an sich halten und umarmte Susi und sagte:

„Ganz – ganz lieben Dank für deine gestrigen Ratschläge. Ich hatte so viel Angst und es war so wunderschön. Susi, wenn du ein bisschen Zeit hast, dann würde ich gerne mit dir reden."

Auch Moritz musste jetzt lachen: „Ich glaube, ich lasse euch jetzt besser allein."

Susi bat Nina sich zu ihr zu setzen und Nina erzählte die Ereignisse des letzten Abends und der Nacht und schloss ihren Bericht mit den Worten:

„Und jetzt habe ich noch eine große Bitte und eine Frage an dich: Du kannst dir vorstellen, dass ich jetzt öfter bei Ingo bleiben will. Meinst du, das könnte irgendwie gehen?"

Susi lachte: „Nina, es ist wunderbar, wie du das Verhältnis zu Ingo geändert hast. Du hast das einzig Richtige gemacht. Dass du dir jetzt dein eigenes Nest bauen willst, das ist ganz selbstverständlich. Ich werde dir dabei helfen. Allerdings dürfen wir auch nicht die Betreuung unserer Süßen vernachlässigen. Da müssen wir einen Weg finden."

Nina unterbrach: „Susi, Ingo hat da einen Vorschlag gemacht. Du kennst sicher Ingos kleine Schwester, Saskia. Sie ist mit der Schule fertig und kann ihre Lehrstelle als Kinderschwester erst im nächsten Frühjahr antreten, da sie dann achtzehn Jahre alt ist.

Sie jobbt zurzeit in einem Café. Meinst du, sie könnte sich hier mal vorstellen?"

Susi überlegte: „An Saskia hätte ich nie gedacht. Aber sie ist ihrem Bruder nicht unähnlich. Sie ist sehr zurückhaltend und hat hier vor zwei Jahren schon mal während der Ferien gejobbt.

Seht doch mal, ob sie sich nicht eventuell schon morgen bei mir vorstellen kann. Ich könnte mir denken, dass wir alle mit Saskia gut auskommen würden."

Beide unterhielten sich noch über Einzelheiten, dann klingelte das Telefon und Susis Sekretariat meldete, dass Frau Wahl im Büro auf Susi warten würde. Susi verabschiedete sich von Nina mit den Worten: „Nina, das kriegen wir schon hin. Tschüss!"

Als Susi ins Büro kam, begrüßte sie Frau Wahl. Sie fragte, wie ihr der Abend zusammen mit Alena, Maxim und Boris gefallen hat und Frau Wahl lächelte:

„Liebe Frau Kaiser, jede Stunde die ich mit Ihnen oder Ihren Mitarbeitern verbringe, bringt mir neue Erkenntnisse. Ich muss die letzten Jahre blind gewesen sein. Allein was mir gestern Abend Maxim erzählt hat ist furchtbar. Ich muss Klarheit haben. Wären Sie so freundlich und würden über Herrn Borodin versuchen, ob ich als Zuschauer an dem Prozess gegen meinen Mann teilnehmen kann?“

„Aber selbstverständlich, das habe ich Ihnen zugesagt und dabei bleibt es.“

Susi gab den Auftrag sie mit Herrn Borodin zu verbinden, was ohne Schwierigkeiten gelang.

Lange telefonierte sie mit Herrn Borodin der versprach, alles in die Wege zu leiten. Allerdings müsse Frau Wahl am Montagmorgen bei der Botschaft in Berlin vorsprechen, um sich dort ihr Visum zu holen.

Dann bat Susi ihre Vorzimmerdamen die notwendigen Flüge zu reservieren. Frau Wahl wollte morgen im Laufe des Tages mit dem PKW nach Zürich fahren, am Montagmorgen einen Flug von Zürich nach Berlin buchen und dann am Dienstag zusammen mit Herrn Lappas nach St. Petersburg fliegen.

Herr Lappas hatte seine Wünsche bereits angegeben. Er wollte am Samstag mit dem PKW zurück nach München fahren, am Montagmorgen von München nach Berlin fliegen und am Dienstag zusammen mit Frau Wahl nach St. Petersburg reisen.

Nachdem Susi die entsprechenden Anweisungen gegeben hatte, fragte sie Frau Wahl: „Kann ich es Ihnen zumuten, dass ich Sie in Berlin und auch in St. Petersburg im gleichen Hotel buche?“

Frau Wahl meinte: „Ich habe dagegen keine Einwände. Wann wissen Sie die Einzelheiten der Reservierungen?“

„Ich glaube, heute Nachmittag haben wir alles erledigt. Wenn Sie noch einen Moment Zeit haben, so werde ich in unserer Galerie in St. Petersburg Bescheid geben. Sie können gerne zuhören.“

So bat Susi ihr Vorzimmer, eine Verbindung mit Dr. Hugo Wettengel in St. Petersburg herzustellen.

Wieder war Olga Waganowa am Apparat.

(Susi) Hallo Olga, schön dich zu hören. Weißt du wann ich mit Hugo sprechen kann?

(Olga) Susi, er ist vor zehn Minuten zu Michail gegangen. Ich erwarte ihn erst heute Nachmittag zurück. Wahrscheinlich gehen die beiden zum Essen.

(Susi) Weiß Hugo schon, dass Frau Wahl mit nach St. Petersburg kommen will?

(Olga) Deswegen ging Hugo zu Michail. Ich glaube die beiden wollen mit Grigori Orlow von der Staatssicherheit sprechen, ob man Frau Wahl zum Prozess zulassen kann.

Ich habe auch die Zimmerreservierungen für Herrn Lappas und Frau Wahl ab Dienstag kommender Woche vorgenommen. Wir konnten beide im Kempinski unterbringen. Aber sag mir, wie weit ist Frau Wahl mit allen Vorkommnissen vertraut?

(Susi) Frau Wahl weiß nur Teile. Nachdem sie mit nach St. Petersburg kommt, werde ich ihr zwangsläufig die gesamte Geschichte erzählen. Nicht jedoch Herrn Lappas. Das soll Michail machen. Olga, danke für alles.

(Olga) Wiedersehen Susi.

Als Susi aufgelegt hatte, war es einen Moment ruhig, dann sagte Susi:

„Liebe Frau Wahl, sie haben eben gehört, dass es da noch einiges zu sagen gibt. Bitte, kein Wort darüber zu Herrn Lappas. Das soll Michail in St. Peterburg machen. Ich muss Sie daher zum Stillschweigen verpflichten."

Frau Wahl erklärte ihr Einverständnis und Susi begann ihre Schilderung:

„Sie wissen bereits, dass wir von der russischen Mafia in arge Bedrängnis gebracht wurden. Wir wussten damals noch nicht warum.

Ziemlich zum gleichen Zeitpunkt wurden bei der Firma Granika, die früher meinem Mann gehörte und heute von seinem Sohn und seiner Frau weitergeführt wird, die gesamte

Halbjahresproduktion an Militaria gestohlen. Wir recherchierten deswegen auch bei der uns heute gehörenden Galerie **artis opus** in Wuppertal. Ohne es zu ahnen stolperten wir über die gestohlenen Bilder aus der Eremitage in St. Petersburg. Dies in der Galerie **artis opus** in Wuppertal. Auch Ihr Mann befand sich mit bei diesen Leuten. Wir ahnten seinerzeit nicht, dass er der Drahtzieher dieses Diebstahls in St. Petersburg war.

Diese gingen skrupellos vor. Sie kidnappten den Direktor der Eremitage in St. Petersburg und eine Stunde später unsere Enkelin, das Neugeborene meiner Schwiegertochter und Freundin Hilde in Solingen. Mit diesen Geiseln wollte man uns zwingen, die gestohlenen Bilder wieder herauszugeben.

Unserem Agenten Mike aus den USA, dem russischen Geheimdienst und einer Kette von glücklichen Umständen ist es zu verdanken, dass man die Geiseln an der italienischen Riviera befreien konnte. Bei dieser Befreiungsaktion hat sich der Besitzer der Galerie **artis opus**, ein Herr Zeller, vor den Säugling geworfen, um ihn vor den Schüssen des Herrn Bussow zu schützen.

Sowohl Bussow als auch Herr Zeller wurden nach St. Petersburg gebracht. Es stellte sich heraus, dass Herr Zeller nichts von den Plänen des Herrn Bussow und Ihres Mannes wusste. Leider war er schwer verletzt und man diagnostizierte zudem noch Krebs. Moritz und ich haben ihn dann in St. Petersburg besucht. Der Krebs war so weit fortgeschritten, dass er nur noch wenige Wochen zu leben hatte. Da er keine Erben hatte, bat er uns seine Galerie zu übernehmen. Wir haben dann die Galerie gekauft.“

Frau Wahl ganz ruhig: „Sind Sie mir nicht böse, aber das klingt alles sehr unwahrscheinlich. Hätte ich nicht die Schilderungen Ihrer Mitarbeiter Maxim und Boris gehört, so könnte ich das nicht glauben.“

Susi sehr ernst: „Das kann ich Ihnen nicht verdenken. Sie werden die Bestätigung in St. Petersburg während des Pro-

zesses hören. Wir haben in diesem Frühjahr eine furchtbare Zeit erleben müssen und wir sind sehr froh, dass dieser Albtraum vorbei ist. Am schlimmsten war das für Hilde Granika – meiner Schwiegertochter und Freundin – man hatte ihren Säugling, der noch nicht mal vierzehn Tage alt war, geraubt."

Frau Wahl war ganz blass: „Frau Kaiser, wie viel Überraschungen kommen noch?"

Susi sehr ernst: „Liebe Frau Wahl, die letzten zwei Jahre waren nicht einfach. Weder für mich, noch für all unsere Mitarbeiter. Ihr Mann hat nichts dazu getan, um uns das Leben zu erleichtern. Ich hoffe, Ihr Aufenthalt bei uns hat dazu beigetragen, dass wir einen neuen Kunden und auch neuen Freund gefunden haben. Ich habe lediglich einen Wunsch, dass wir alles tun sollten um uns, unsere Mitarbeiter und unsere Unternehmen aus der Presse herauszuhalten."

Auch Frau Wahl ernst: „Frau Kaiser, danke für Ihre Worte. Es fällt mir sehr schwer darauf zu antworten. Die Tage bei Ihnen werden mir immer in Erinnerung bleiben. Zu all dem, was Sie mir erzählt haben, kann ich im Moment keine Stellung nehmen, aber eines kann ich sagen: Sie haben eine großartige Mannschaft, die mit viel Elan in Ihrem Unternehmen mitarbeitet. Sie werden verstehen, dass ich mich im Moment noch nicht für meinen Mann entschuldigen kann. Ich muss erst mit ihm ins Reine kommen. Darf ich mir heute Nachmittag noch die notwendigen Informationen und Reservierungen bei Ihnen abholen?"

Susi immer noch ernst: „Liebe Frau Wahl, ich kann mir vorstellen wie schockiert Sie sein müssen. Ich will noch mal mit Paula, der Ehefrau von Michail Borodin, sprechen. Ich glaube, sie wäre die richtige Dolmetscherin während des Prozesses. Sie brauchen nicht nur eine Dolmetscherin, Sie brauchen auch einen Menschen dem Sie vertrauen können und der Sie versteht."

Die beiden vereinbarten, dass man sich am Abend um achtzehn Uhr zum Aperitif trifft und Susi wollte dann alle

Unterlagen bereit haben. Susi lud Frau Wahl noch zum Mittagessen ein, aber diese lehnte dankend ab. Es war Frau Wahl anzusehen, dass sie etwas Zeit für sich brauchte.

Hektisch war der restliche Tag gewesen und als Susi auf die Uhr schaute, war es schon fast fünf. Es klopfte und auf Susis „Ja?" kam Jens Gerner, ihr Freund und Steuerberater.

Susi lachte: „Schon so früh zum Aperitif? Oder was führt dich in mein Büro?"

Jens ziemlich ernst: „Zwei Dinge führen mich zu dir, beide leider unschön. Erstens, bei uns verschwinden in größeren Mengen Waren und das schon seit letztem Jahr. Diese Listen müssen wir in den nächsten Tagen zusammen durchgehen. Nach meiner Auffassung verschwinden die Waren hier in Wiesbaden. Ich rede hier von Waren im Wert von nahezu einer Million Euro. Das Ganze ist nur deshalb nicht aufgefallen, weil wir durch unser fantastisches Geschäft die Lagerbestände nicht so gut kontrollieren konnten."

Susi unterbrach: „Hast du Herbert Wagner informiert? Der sollte in jedem Fall dabei sein. Außerdem sind wir doch gegen solche Diebstähle versichert – oder nicht?"

Jens: „Natürlich, aber eben nur mit 25% vom Verkaufswert. Herbert wartet nur auf den Termin und kommt dann."

Susi: „Es passt mir zwar im Moment überhaupt nicht, aber das muss einfach sein. Wie wäre es denn morgen Nachmittag. Am Samstag ist ohnehin wenig los, es sei denn, Anton hat Kundschaft."

Jens: „Anton könnte morgen auch. Also halten wir morgen Nachmittag vierzehn Uhr als Termin fest."

Susi: „Stinkt mir zwar, aber ist nicht zu ändern. Aber was hast du noch auf Lager?"

Jens nahm Susis Hand: „Susi, wir kennen uns schon so lange, du besitzt unser Vertrauen und bist außerdem die Seele unserer Unternehmen. Irgendein Stänkerer zieht Erkundigungen über dich in bösartiger Form ein. Ich habe jetzt mehrere Hinweise von Mitarbeitern bekommen. Die Wurzel des Übels scheint entweder in der Druckerei oder im Versand zu liegen. Keine Ahnung was damit bezweckt werden soll. Hast du auch schon etwas in dieser Richtung gehört?"

Susi erschrocken: „Jens, was soll das, das kann doch nur dummes Gelaber sein von einem der unser Unternehmen nicht kennt. Man kann über jeden Menschen bösartig reden. Ich bin da wohl keine Ausnahme."

Jens: „Susi, so würde ich das nicht sehen, soweit ich gehört habe, verunglimpft man dich in übelster Art und Weise. Höre dich selbst um, vielleicht bei deinen Vorzimmerdamen oder der Werbung. Dass man gegen die Geschäftsleitung stänkert oder sich aufregt, das ist zwar bei uns neu, aber das wäre noch normal. In unserem Fall geht es eindeutig gegen dich. Ich habe leider meinen Zettel vergessen, wo ich mir diese ehrabschneidenden Sätze notiert habe. Bringe ihn morgen mit. Irgendjemand macht hier Stimmung gegen dich."

„Jens, dieses Rätselraten bringt nichts, lass uns lieber zu unserem sechs Uhr Treffen gehen. Ich muss mich da auch noch von Frau Wahl und Herrn Lappas verabschieden und den beiden eine gute Reise wünschen."

Als Susi und Jens nach oben zum Aperitif kamen, waren die meisten der abendlichen Runde bereits anwesend. Susi begrüßte alle und nahm Frau Wahl und Herrn Lappas mit in Moritzens Büro um die Reiseunterlagen zu übergeben. Danach sagte sie:

„Liebe Frau Wahl, lieber Herr Lappas, Sie begeben sich in den nächsten Tagen auf eine Reise, bei der Sie mit einem Sumpf von Verbrechen unserer Branche konfrontiert werden. Ich wünsche Ihnen, dass Sie nicht zu sehr von den Machenschaften Ihres Ehemannes überrascht werden. Sie werden Hilfe benötigen. Mich können Sie jederzeit anrufen, ebenso dürfte Ihnen Olga von der Eremitage oder auch Paula, die

Ehefrau von Michail Borodin, gerne helfen. Frau Wahl, Sie erwartet das Böse in verhängnisvoll, tragischer Form. Sie werden es anfangs nicht begreifen können, welch niederträchtiger Plan gesponnen wurde, um ausgerechnet uns zu vernichten. Sie werden es hören. Rufen Sie an, ich helfe Ihnen, wenn ich kann."

Frau Wahl bedankte sich.

Susi fuhr fort: „Ihnen lieber Herr Lappas wünsche ich einen klaren Blick für die Geschehnisse, die sich in Verbindung mit diesem Prozess ereignen werden. Ich kann keinen Kommentar dazu abgeben, denn wir haben alles original erlebt.

Sie wissen, unsere Branche ist so diffizil, dass eine kleine Anmerkung bereits genügt, um eine jahrelange Bemühung scheitern zu lassen. Ich würde es sehr begrüßen, wenn Sie sich nach dem Prozess bei mir melden könnten."

Frank Lappas ernst: „Frau Kaiser, herzlichen Dank für das mir entgegengebrachte Vertrauen. Es waren sehr lehrreiche Tage in Wiesbaden. Ich weiß noch nicht, was sich alles in St. Petersburg ereignen wird, aber ich werde berichten."

Sie verabschiedeten sich schnell, denn Susi wollte wieder zu ihren abendlichen Gästen.

***

Samstagmorgen, die Zwillinge hatten Susi und Moritz eine ruhige Nacht beschert und waren auch am Morgen nicht quenglig gewesen. Moritz fragte: „Kommt Nina heute Morgen?"

Susi lachend: „Noch ein paar Minuten, dann wird sie mit Saskia hier sein."

Moritz: „Wer ist denn Saskia?"

„Schatz", Susi musste lachen, „Saskia ist Ingos Schwester, wenn jetzt Nina öfter bei Ingo bleibt, soll sie Saskia vertreten. Saskia ist ein liebenswerter Teenager, sie will Kinderschwester werden, darf aber ihre Ausbildung erst mit achtzehn antreten. So ist sie bis zum nächsten Frühjahr ohne Job und hat sich bei mir beworben."

Moritz musste schmunzeln: „Niemand erzählt mir was, eines Tages sterbe ich noch dumm."

Susi: „Du Armer, aber ich bin mir ziemlich sicher, dass dir Saskia gefallen wird."

Wenige Minuten später kamen Nina, Ingo mit Saskia und es gab ein nettes Gespräch im Verlaufe dessen Saskia eingestellt wurde. Sie wollte gleich dableiben, um sich von Nina alles erklären zu lassen.

Wie verabredet trafen sich um zwei am Nachmittag Susi und Moritz mit Jens, der mit Anton und Herbert Wagner, dem ehemaligen Kriminalbeamten, gekommen war. Nach einer kurzen Begrüßung begann Jens:

„Ich hab da eine Sache die mich nicht schlafen lässt. Schon bei der letzten Inventur entdeckte ich fehlende Exponate im Bestand. Seit dieser Zeit suchen wir diese Stücke und konnten sie nirgendwo finden. Dann habe ich diese durch unseren Computer laufen lassen und habe festgestellt, dass es sich samt und sonders um sogenannte Rücklieferungen handelt. Die Rücklieferung ist durch den Empfang bei Eingang bestätigt worden. Es müssten sich also alle Exponate hier befinden. Zusammen mit den Schreinern habe ich alle Lagerräume auf den Kopf gestellt. Nichts! Nicht ein einziges war aufzufinden. Dann dachte ich an einen Fehler im Computersystem. Auch das war es nicht.

Jetzt wird es aber interessant. Wir hatten hier von Wuppertal die lebensgroße Weihnachtskrippe, die wir aufstellen wollten. Die war in siebzehn große Kisten verpackt. Ein Kunde aus Österreich wollte sie unbedingt haben, so wurde sie dahin zum Versand gebracht. Gemäß Computer wurde die Sendung nicht angenommen und kam zurück und wurde hier wieder eingelagert.

Als wir vor drei Wochen diese Weihnachtskrippe ein zweites Mal verkaufen wollten, waren die Kisten nicht mehr auffindbar. Ihr wisst alle wie groß diese Kisten sind – mit anderen Worten, sie sind nicht zu übersehen. Die waren verschwunden.

Ich habe bei dem Erstbesteller angerufen, um zu erfahren, wohin die Rücksendung erfolgte. Es meldete sich ein Hotel und man teilte mir mit, der Herr sei seit Wochen abgereist.

Da die Annahme der zurückgesandten Exponate bei unserer Abfertigung erfolgt, kommt für die Verbuchung nur das Computerterminal im Versand in Frage. Dieses Computerterminal kann durch jeden bedient werden, der dort Zugang hat und das ist die Hälfte unserer Mitarbeiter im Hinterhaus.

So, und nun schaut euch meine Listen der vermutlich gestohlenen Exponate an. Es sind samt und sonders exquisite und teure Einzelstücke."

Anton: „Jens, hast du schon eine ungefähre Ahnung um welchen Betrag es bei den eventuellen Diebstählen geht?"

Jens: „Nicht nur eine ungefähre, sondern leider eine genaue. Es sind wahrscheinlich siebenundneunzig Einzelstücke mit einem Wert von zirka 870.000 Euro. Das heißt, versicherungstechnisch ein Schaden von 217.500 Euro. Wenn das so weitergeht, kündigt uns die Versicherung."

Herbert Wagner schaltete sich ein:

„Das ist so ziemlich der älteste Trick um unkompliziert an Waren heranzukommen. Alle Warenhäuser, Versandhäuser und Großhandlungen leiden darunter. Allerdings es ist auch relativ einfach, die Täter ausfindig zu machen."

Susi: „Herbert, was schlägst du vor?"

Herbert: „Wir grenzen den Kreis der Personen ein, der Zutritt zum Computerterminal im Versand hat. Soweit ich euer Unternehmen hier kenne, sind das zirka zwanzig Personen. Da ich glaube, dass wir die langjährigen Mitarbeiter nicht zu verdächtigen brauchen, werden wahrscheinlich so an die sieben bis zehn Mitarbeiter in Frage kommen. Ihr habt in den Personalakten Fotos und Personenangaben. Dann fahre ich in die Hotels, in welche diese Exponate geliefert wurden. Dort vor Ort werde ich recherchieren und glaube, dass ich den einen oder anderen Anhaltspunkt finden werde. Hier werden wir nichts unternehmen, das eventuell unseren Dieb oder die Diebe warnt.

Jens, wenn du oder das Sekretariat mir morgen die Personalunterlagen heraussuchen könnten, so wäre das schön. Es ist Sonntag und fällt dann auch nicht auf."

Jens: „Prima, treffen wir uns morgen Nachmittag um zwei. Wenn Susi auch dabei sein will, sechs Augen sehen mehr als vier."

Es wurden dann noch einige Details besprochen bis Jens sagte: „Die vermuteten Diebstähle werden wir wahrscheinlich klären können, ich habe schon angekündigt, dass sich bei uns Unruhestifter breit gemacht haben und Gerüchte streuen, die impertinent, dreist und unverschämt sind.

Sie sind gegen dich – liebe Susi – gerichtet. Wir alle wissen, dass diese Unterstellungen, Bezichtigungen und Vorwürfe völlig aus der Luft gegriffen sind."

Susi ernst: „Jens, was kann man denn negatives über mich erzählen und seit wann weißt du davon?"

Jens: „Susi, ganz wichtig, wir wissen, dass an diesen Gerüchten nicht das Geringste dran ist. Sie werden bewusst gestreut, nur konnte ich den Ursprung noch nicht feststellen und auch nicht den Grund erkennen.

Es begann vor zirka drei Wochen, da kamen die Ersten und fragten. Anfangs harmlos, dann immer aggressiver und penetranter. Unsere langjährigen Mitarbeiter hatten rasch begriffen, dass irgendjemand gegen dich stänkert."

Moritz: „Jens, unsere langjährigen Mitarbeiter müssen dir doch gesagt haben, woher diese Gerüchte kommen und von wem sie diese Informationen haben? Aber, was haben sie denn eigentlich gesagt oder gefragt?“

Jens: „Ich habe mich wirklich bemüht diese Querulanten zu finden, aber es ist ganz vertrackt, immer wenn ich meinte jetzt habe ich die Urheber, gibt es neue Quellen der Gerüchte. Es ist ein richtiger Teufelskreis. Ich habe die vier meistgenannten Beschuldigungen aufgeschrieben, lest selbst.“ Jens übergab allen Anwesenden je ein Blatt und alle begannen zu lesen.

Susi war angeblich Animierdame im «blauen Engel» und hat dort Max den Mitbegründer unserer Unternehmungen angebaggert. Schon in der ersten Nacht ist Susi zu ihm gezogen und nur um den Schein zu wahren, hat sie anfangs in der Mansarde gewohnt. Danach war Max so hörig, dass er Susi heiratete und sie als Erbin einsetzte.

***

Max war Susi so verfallen, dass sie ihn dazu bringen konnte, ihr sein Vermögen zu vererben.

***

Susi wäre so geldgeil, dass ihr das Sterben von Max zu langsam ging. So hätte Susi mit Valium nachgeholfen.

***

Susi sei aufgrund ihrer Ausbildung unfähig die Geschäfte dieses Unternehmens zu führen. Es gibt Anzeichen dafür, dass Susi alles unternehmen würde, um an die gesamten Finanzen der Galerie Kaiser zu kommen.

Moritz sah als erster Susi blass werden. Er ging zu ihr, zog sie zu sich hoch, gab ihr einen Kuss und sagte:

„Susi, diese perfide, gehässige Gemeinheit kann nur jemand inszenieren, der eine bösartige Hinterhältigkeit plant. Ich weiß, es muss dich ungeheuer verletzen. Wir alle stehen hundertprozentig hinter dir. Schatz, glaube mir, man will die Geschäftsleitung außer Gefecht setzen."

Susi standen die Tränen in den Augen: „Aber warum geht es nur gegen mich? Was um Gottes Willen habe ich denen getan? Wir sind zu zweit in der Geschäftsführung. Warum?"

Jens ging zu Susi, nahm ihre Hand und sagte ganz ruhig: „Susi, das stimmt nicht ganz, ich habe es nur nicht aufgeschrieben."

Herbert Wagner mit einem aufmunternden Lächeln: „Susi, ich weiß, diese Zeilen müssen dich hart treffen. Aber Kopf hoch! Diejenigen, die diese Gerüchte streuen, verfolgen damit offensichtlich ein Ziel. Man will die Geschäftsleitung unglaubwürdig machen, vielleicht sogar diese zum Rücktritt zwingen. Ich rate dazu, im Moment diese Beschuldigungen zu negieren. Wenn du auf diese Unterstellungen nicht reagierst, wird man dich direkt angreifen und sich dadurch zeigen. Egal wer es auch sein mag, in dem Moment wo er dich angreift und seine Vorwürfe mündlich oder schriftlich behauptet, haben wir ihn. Üble Nachrede und Verleumdung sind Straftaten.

Vielleicht ist es aber auch ganz anders und diese Verleumdungen hängen mit den Diebstählen zusammen. Wir werden gemeinsam herausfinden, was es ist."

Anton: „Susi, wir alle sitzen in einem Boot. Wir alle wissen auch, dass diese Vorwürfe unhaltbar sind. Wir werden gemeinsam diese widerwärtige Angelegenheit regeln. – Weiß eigentlich Dieter Zeiser schon davon?"

Jens: „Dieter hatte heute Nachmittag leider keine Zeit. Ich habe ihn kurz gesprochen und er hat mir gesagt, du – liebe Susi – hast sein volles Vertrauen. Dieter schließt sich meiner

Meinung an, dass so eine Art feindlicher Übernahme geplant ist. Aber diese Leute müssen sich irgendwann offenbaren. Also heißt es warten."

Das Telefon läutete. Anton nahm ab, er sagte ein paar Mal „Ja", dann: „Ich komme sofort".

Anton: „Erika war am Apparat. Sie meint es beginnen wahrscheinlich die Wehen. Sie muss gleich ins Krankenhaus. Kann mich jemand fahren?" Jens erklärte sich zur Fahrt ins Krankenhaus bereit.

Susi freudig: „Ich wünsche Erika eine möglichst leichte Geburt. Auf jeden Fall ist morgen früh Besichtigung des kleinen Mike angesagt. Ich freue mich so für die beiden. Auf jeden Fall müssen wir Hilde und Erich und auch Vera und Mike in Boston verständigen."

Moritz: „So gefällst du mir schon besser. Rufe an, sage aber noch nichts von dem Rufmord gegen dich. Darüber sollten wir drei noch sprechen."

Susi beeilte sich Hilde und Erich anzurufen, um die Neuigkeit der bevorstehenden Geburt mitzuteilen.

Nach diesem Gespräch waren Susi, Moritz mit Herbert wieder in Susis Wohnung gegangen. Da meinte Susi: „Nach den Gemeinheiten und üblen Unterstellungen, muss ich jetzt einfach einen Whisky haben, auch wenn ich noch stille, das muss jetzt als Medizin durchgehen. Nehmt ihr auch einen?"

***

Ein schrilles Telefonläuten schreckte Susi und Moritz aus dem Schlaf. Susi schaute auf die Uhr, es war gegen fünf morgens. Susi nahm den Hörer und sagte verschlafen: „Ja?"

„Hi, Susi, ich bin's, Anton. Wir haben ein Sonntagskind bekommen." Nun erzählte Anton, er war nach Hause gekommen, mit Erika in die Klinik gefahren und dann begann das lange Warten. Kurz nach vier wurde der kleine Mike geboren. Ein Winzling, 2.970 Gramm und genau 50 cm. Erika ging es den Umständen entsprechend gut. Sie verabredeten, sich zwischen zehn und elf in der Klinik zu treffen.

Nachdem sie aufgelegt hatten sagte Moritz: „Susi, ich bin ganz stolz auf meine Erika, nie und nimmer hätte ich gedacht, dass Erika eine Mutti wird. Hast du eigentlich gefragt ob Mutter und Kind gesund sind?“

Susi musste lachen: „Das war doch das Erste was Anton erzählt hat. Sowohl Erika als auch der kleine Mike sind okay. Eine normale Geburt. Aber jetzt holen wir Hilde und Erich aus den Betten.“

Susi rief in Solingen an und nach langem Klingeln hatte sie eine verschlafene Hilde am Apparat. Hilde und Erich versprachen sofort zu kommen und wollten spätestens um zehn in Wiesbaden sein.

Susi meinte zu Moritz: „Saskia hat ihre erste Nacht hinter sich und ich bin gespannt, wie sie mit unseren beiden Süßen zurechtkam. Ich mache uns erstmal einen Kaffee.“

Es war kurz vor sieben, Susi hatte gerade das Frühstück fertig, als Saskia mit den Zwillingen kam.

Nach der Begrüßung fragte Susi: „Saskia, wie war die erste Nacht?“

Saskia lachte: „Null Problemo. Alles bestens gelaufen.“ Dann erzählte sie, wie die Nacht verlaufen ist und war sichtlich froh, die Zwillinge so gut versorgt zu haben.

Sie frühstückten zusammen und im Verlauf des Gespräches erzählte Susi Saskia, dass Erika und Anton Nachwuchs erhalten hätten, der kleine Mike 2970 Gramm schwer sei und 50 cm lang und dass man heute Morgen nach zehn in die Klinik fahren würde um Mutter und Kind zu besuchen.

Saskia informierte Susi, dass Nina sie um zehn Uhr ablösen würde und fragte, ob sie mit in die Klinik kommen dürfe.

Nina sollte sich ums Mittagessen kümmern, denn Hilde und Erich mussten sicher auch etwas essen. Danach wollte

Susi zusammen mit Jens und Herbert Wagner die Personalunterlagen durchsehen, um eventuelle Auffälligkeiten herauszufiltern. Anton konnte man wegen der Geburt seines Sohnes jetzt nicht in Anspruch nehmen.

Kurz vor zehn kam Nina. Mit ihr war es einfach, sie übernahm und sagte: „Um halb eins steht das Essen auf dem Tisch."

Etwas später kamen Hilde und Erich, es gab eine herzliche Begrüßung und man begab sich zusammen mit Saskia in die Klinik, um Erika und den neuen Erdenbürger zu besuchen.

Erika lag noch etwas mitgenommen in ihrem Bett, neben ihr saß ein glücklicher Anton und kümmerte sich um sie. Es gab eine liebevolle Begrüßung und Hilde fragte Erika: „Na Erika, wie hat dieses Scheusal von Anton sich verhalten?"

Erika musste lachen: „Hilde, ganz, ganz lieb. Er war immer bei mir und ich hab ihn auch gebraucht. Er hat sich großartig verhalten. Ich hab ihn sehr gern."

Moritz umarmte seine Tochter Erika und sagte: „Mein lieber Schatz, danke dir für meinen Enkel Mike. Du glaubst gar nicht, welche Freude Anton und du mir mit dem Geschenk des Himmels gemacht habt."

Erika kamen die Tränen und sie konnte nur ein „Danke Papa" murmeln.

Dann ging man zur Babystation um den kleinen Mike zu sehen. Wie alle Neugeborenen, ein Winzling mit einem schwarzen Haarschopf und krebsrot.

Sie wollten das junge Elternpaar nicht zu lange stören, luden zwar Anton zum Mittagessen ein, aber der wollte bei Erika bleiben. Dann fuhren sie nach Hause.

Es war eine fröhliche Runde, beim Mittagessen flachste man viel bis Susi meinte: „Eigentlich ist mir gar nicht nach Lachen. Hilde, Erich und auch dir Nina muss ich leider etwas erzählen, warum ich heut Nachmittag nicht mit zu Erika und Anton kommen kann."

Dann erzählte Susi allen Anwesenden von den furchtbaren Gerüchten über sie selbst und zeigte auch den Zettel. Sie verpflichtete alle zum Stillschweigen.

Hilde schäumte vor Wut: „Solche hinterlistigen Schweine. Ich kann mir noch nicht mal vorstellen, wer so etwas machen könnte. Dich will man meucheln. Ausgerechnet dich, die immer für alle da war, gerade dich, die den Verein immer als ihre Familie betrachtet hat. Susi, ich werde mich umhören. Erich, ich muss mal ein paar Tage nach Wiesbaden." Hilde lachte: „Euch kann man nicht allein lassen."

Susi: „Hilde, danke dir, aber wir haben schon Herbert Wagner mit eingebunden, da auch noch Exponate im Wert von fast einer Million verschwunden sind."

Hilde: „Na, liegt doch dann klar auf der Hand, die wollen dich unter allen Umständen eliminieren, damit wir nicht hinter diese Sauerei kommen. Soll ich heute Nachmittag mitkommen um die Akten zu sichten?"

Susi ernst: „Hilde, das ist eine gute Idee. Eigentlich wollten das Anton, Jens und Herbert Wagner gemeinsam machen. Aber Anton geht jetzt nicht, also werde ich einspringen. Du könntest mir da sehr helfen."

Schnell war man sich einig, dass Hilde zusammen mit Susi zum Treffen am Nachmittag mit Jens und Herbert Wagner gehen würde.

Pünktlich um zwei waren Jens und Herbert gekommen und zu viert hatten sie sich die Personalakten vorgenommen. Akribisch hatten sie die Akten durchforstet. Alle Für und Wider mehrfach von allen Seiten beleuchtet. Dann sprach Herbert aus, was alle vier dachten:

„Ich glaube, wir haben jetzt fünf Anhaltspunkte. Alle fünf Personen sind zwei Jahre und weniger beim Verein. Alle fünf Personen hatten Zugang zum Computerterminal im Versand.

Alle fünf Personen sind bei den Gerüchten um Susi schon auffällig geworden."

Hilde: „Herbert, wie willst du jetzt vorgehen? Wie erwischen wir diese Gauner?"

Herbert lachte: „Diesmal wird's ein Heimspiel für mich, das einzige was ich brauche, ist ein bisschen Spielgeld. Das wird sich machen lassen. Heute Vormittag habe ich mit einigen Kollegen gesprochen, die auch im Vorruhestand sind und die haben mir versprochen zu helfen."

Susi: „Herbert, du kannst frei entscheiden, wenn es keine Riesensummen sind, so ist das machbar. Was hast du vor?"

Herbert: „Die Adresse der Hotels, in welchem die Besteller wohnten, die haben wir. Die Fotos der eventuell verdächtigen Männer nebst allen Daten haben wir auch.

Ich und vier meiner ehemaligen Kollegen werden diese Hotels aufsuchen und vor Ort recherchieren ob einer der von uns verdächtigen Personen dort die Bestellung entgegengenommen hat oder auch abtransportiert hat. Meine Kollegen sind gewieft in diesen Dingen. Wir werden zehn dieser Hotels aufsuchen und wenn unser Verdacht stimmt, dann finden wir zumindest eine oder zwei dieser Personen. Ich könnte mir vorstellen, dass wir bereits am Dienstag mit unseren Recherchen beginnen können."

Hilde: „Wo liegen diese Hotels denn?"

Herbert lachte: „Gott sei Dank nicht weit von hier. Ich habe zehn Hotels ausgesucht, davon sind fünf in Österreich, drei in der Schweiz, eines in Lindau am Bodensee und eines in München. Jeder meiner Berufskollegen nimmt sich zwei Hotels vor und es ist für mich nicht vorstellbar, wenn wir nicht bis zum Ende der Woche eine Spur hätten."

Jens: „Danke euch, was mir bei den fünf Mitarbeitern auffällt, sie sind zwar alle fünf im Verein, aber nur drei davon sogenannte freie Feste. Unsere Druckereikoryphäe, der Diplom-Ingenieur Rolf Berger verdient sich goldene Hosen. Mit ihm zusammen ist seinerzeit der Drucker Günther Geiger gekommen. War bisher unauffällig, hat allerdings keinen Vertrag als freier Fester. Der Lagerarbeiter Rudolf Egner hat einen Vertrag wie alle anderen. Ein ganz ruhiger Mensch. Der Versandarbeiter Konrad Schauf ist ein freier Fester. Allerdings dem würde ich schon zutrauen, dass er im Trüben fischt. Dann noch der Schreiner Ewald Stöhr, ein freier Fester. Auch da hätte ich keinen Verdacht."

Hilde: „Jens, aber irgendeiner oder mehrere von diesen Leuten muss es nach unserer Auffassung sein. Den Egner und den Stöhr kenne ich. Würde mich wundern, wenn ausgerechnet die gegen Susi stänkern.

Die kommende Woche kann ich leider noch nicht, aber in der darauffolgenden Woche werde ich ein paar Tage nach hier kommen und dann werde ich mich hier rumhören."

Susi erleichtert: „Danke euch allen ganz lieb. Ihr habt mir sehr geholfen über diese Tiefschläge hinwegzukommen. Glaubt mir, es hat mich tief getroffen. So, aber jetzt sollte ich Mike anrufen und ihm die Nachricht von der Geburt überbringen."

Susi zögerte nicht lange, nahm das Telefon und wählte Boston an.

(Stimme) Hello!

(Susi) Albert, bist du's?

(Albert) Hallo Susi, was verschafft uns die Ehre deines sonntäglichen Anrufes?

(Susi) Erika und Anton haben Nachwuchs erhalten. Einen kleinen Mike, 2.970 Gramm und genau 50 cm lang.

(Albert) Was eine schöne Nachricht. Warte mal, ich will Mike und Vera suchen. Moment mal. ...

(Mike) Hallo Susi, wie geht's den beiden?

(Susi) Mike, Mutter und Kind wohlauf. Heute Nacht gegen vier kam der Winzling auf die Welt. Wann kommt ihr?

(Mike) So schnell es irgend geht; die kommende Woche muss ich noch hier sein. Habe mehrere Verhandlungen mit

der Altkatholischen Kirche. Wenn's klappt, wird das auch ein riesiger Auftrag, wie bei den Orthodoxen. Lass dich überraschen. Was gibt bei euch Neues?

(Susi) Ne ganze Menge. ... dann begann Susi zu erzählen, die Angelegenheit Wahl, die Begegnung mit dem Journalisten Frank Lappas, und dann die Sache der Diebstähle und die ungeheueren Gemeinheiten gegen sie selbst ... zum Abschluss meinte Susi: Mike, komme bald, ich brauche ganz einfach jemanden, bei dem ich mich ausweinen kann.

(Mike) Versprochen, in zehn bis zwölf Tagen bin ich bei euch. Sei sicher, wir erwischen diese Dreckfinken. Ist Moritz in deiner Nähe?

(Susi) Nein, der ist mit Erich bei Erika in der Klinik.

(Mike) Okay, sag ihm ich werde ihn heute Abend anrufen, Tschüss Susi und liebe Grüße von Vera.

(Susi) Bye, bye Mike.

***

Berlin

Frau Luise Wahl war am Montag von Zürich kommend pünktlich um zehn Uhr zwanzig in Berlin Tegel gelandet. Es war kein schöner Sonntag gewesen. Alles was sie in der Galerie Kaiser in Wiesbaden gehört und gesehen hatte, wühlte sie sehr auf. Sie war gespannt, was sie in Berlin erwarten würde. Zwischen elf und zwölf sollte sie bei der Botschaft der russischen Förderation sein. Sie nahm sich ein Taxi.

Eine größere Menschenmenge wartete in der Botschaft und Frau Wahl stellte sich schon auf eine längere Wartezeit ein, als ein älterer Herr sie in tadellosem Deutsch ansprach, ihren Koffer nahm und bat mitzukommen.

Er brachte Frau Wahl in ein Zimmer, in welchem Frank Lappas wartete. Nach einer kurzen Begrüßung bat man Frau

Wahl einen Fragebogen auszufüllen, verlangte Reisepass und die geforderten Passbilder und der ältere Herr sagte: „Gnädige Frau, Seine Exzellenz der Botschafter wird Sie beide gegen zwölf hier abholen und gibt sich die Ehre, Sie zu einem kleinen Mittagessen einzuladen. Wenn Sie zurück sind, wird man Ihnen die Visen erteilt haben."

Frau Wahl an Herrn Lappas gewandt: „Die Galerie Kaiser scheint außerordentliche Kontakte zur russischen Botschaft zu haben. Ich kann da nur staunen."

Lappas nickte: „Könnte einem fast etwas unheimlich sein. Mal sehen, was uns heute noch alles erwartet."

Sie waren noch mitten im Gespräch, als ein sehr seriös aussehender Mittfünfziger den Raum betrat und sich als Botschafter der russischen Förderation vorstellte. Er meinte, beide könnten ihr Gepäck im Raum lassen, sie würden nach hier zurückkehren und bat sie mitzukommen.

Sie fuhren zusammen mit dem Wagen des Botschafters in ein kleines, diskretes Restaurant. Der Botschafter hatte in einem Nebenzimmer einen Tisch für drei Personen bestellt und nachdem sie einen Drink hatten, begann der Botschafter:

„Liebe Frau Wahl, lieber Herr Lappas, willkommen in Berlin. Ich freue mich, dass ich Ihnen helfen kann. Vielleicht sollte ich Ihnen einige Worte über meine Person sagen.

Ich war nach dem Krieg viele Jahre beim alliierten Kontrollrat der Stadt Berlin. Aus dieser Zeit kenne ich auch Michail Borodin, dem heutigen Leiter der Eremitage in St. Petersburg. Wir sind befreundet. Paula, Michails Frau, stammt aus Potsdam und ich verehre sie sehr.

Michail suchte einen Weg, die Kunstwerke der Eremitage einem breiten Publikum nahezubringen. So wandten wir uns an die Vatikanischen Museen in Rom, um eventuell auf diese Weise einen international gangbaren Weg zu finden. Diese empfahlen uns die Galerie Kaiser in Wiesbaden. Wir haben dann in dieser Richtung recherchiert und ich muss heute sagen, das war eine gute Empfehlung.

So – nun darf ich Sie bitten in die Speisekarte zu sehen, ich hoffe, Sie finden etwas Passendes."

Als sie bestellt hatten, erzählte Frau Wahl von ihrem Besuch bei der Galerie Kaiser und ihren dortigen Erfahrungen. Auch Herr Lappas sparte nicht mit Worten und erwähnte auch seinen früheren Artikel über das »Fälschersyndikat von Wiesbaden«. Er berichtete sehr offen, dass er Informationen erhalten hätte, dass die Galerie Kaiser im Zusammenhang mit den Diebstählen in St. Petersburg stünde und er eben in dieser Richtung nachforschen würde.

Sie waren schon beim Kaffee als der Botschafter sehr ernst sagte: „Alles was ich Ihnen jetzt sage ist streng vertraulich. Mein Russland hat seit 1919 bis in die achtziger Jahre unter dem Bolschewismus gelitten. Wir alle kennen die Einzelheiten der sogenannten Säuberungsaktionen. Wir wissen, dass mein Russland auch Staaten unterstützt hat, die ein kommunistisches Regime anstrebten, so zum Beispiel Spanien. So erhielten wir für Waffenlieferungen entweder Zahlungen in Gold oder Kunstgegenstände, als Zahlung oder Pfand.

Im letzten Weltkrieg wurden wir von Deutschland überfallen, trotz eines Nichtangriffpaktes. Unser Land wurde teilweise vernichtet. Die Gräueltaten waren furchtbar. Druck erzeugte Gegendruck und die Rache war entsetzlich. Ich kann nur beten, dass so etwas nie wieder vorkommt.

Im Zuge der Rückeroberung besetzten wir viele Staaten, es gab Grenzverschiebungen und unsere Truppen machten Beutegut, auch in den Museen dieser Staaten. Viele dieser Beutegüter wurden zurückgegeben, aber ein Teil wurde als sogenannte Reparationskosten einbehalten. Dies nach geltendem Kriegsrecht. Aber das alles wissen Sie wahrscheinlich.

Wie immer nach so einem Krieg, verschwanden manche dieser Kunstgegenstände in dunkle Kanäle. Wahrscheinlich nie mehr auffindbar. Einer der Meister im Beschaffen solcher Meisterwerke war in den achtziger und auch neunziger Jahren ein gewisser Iwan Bussow. Sein Spitzname ist Iwan der Schlächter. Sein Lebensweg ist eine Blutbahn. Bussow brachte solche Kunstwerke an sich und verkaufte sie über seine Galerie in Berlin nach den USA. Er kaufte alte Ikonen und anderes Kirchengerät in ganz Russland auf, obwohl das strengstens verboten ist, brachte diese nach Berlin und verkaufte sie meist in die USA. Aber all das reichte ihm nicht.

Russland hatte alle Gemälde, die man als Reparationskosten übernommen hatte oder als Pfand dienten, in der Eremitage eingelagert. Über ein Netz von bestochenen Mitarbeitern der Eremitage verstand es Bussow an diese Exponate zu gelangen und weit über eintausend nach Berlin zu bringen.

Soweit ich weiß – lieber Herr Lappas – haben Sie eine Liste dieser Gegenstände. Ich kenne nur einen einzigen Mann, der Ihnen diese gegeben haben kann, und das – liebe Frau Wahl – ist ihr Mann."

Frau Wahl ganz blass: „Exzellenz, soweit ich weiß, war mein Mann nie in St. Petersburg, wie konnte er da mit den Diebstählen zu tun haben?"

Der Botschafter lachte: „Frau Wahl, Sie haben recht, Ihr Mann war nie in St. Petersburg, aber er ist die Schlüsselfigur, die hinter all dem steht. Wie Sie in St. Petersburg bei der Gerichtsverhandlung hören werden, so hat er die Käufer in den USA besorgt. Er kam auf die Idee die Lizenzen der Galerie Kaiser zu benutzen, um diese Bilder als Kopien in die USA zu bringen. Er wollte die Galerie Kaiser übernehmen. Dort plante man die gestohlenen Originale zu kopieren. Die Kopien sollten zurück nach St. Petersburg gebracht werden, während die Originale nach den USA verbracht werden sollten. Ein hundert Millionen Dollar Geschäft."

Herr Lappas ernst: „Exzellenz, verraten Sie mir, was hat die Galerie Kaiser in Wiesbaden mit einem Herrn Zeller zu tun, der eine Galerie **artis opus** in Wuppertal unterhält?"

Der Botschafter ebenfalls ernst: „Herr Lappas, die Galerie Kaiser ist da ungewollt in einen Strudel von Ereignissen hineingezogen worden, obwohl sie überhaupt nicht beteiligt war. Sie werden das während des Prozesses hören. Herr Zeller, der Eigentümer der Galerie **artis opus** lag schwer krank im St. Petersburger Gefängniskrankenhaus. Herr Zeller bat Herrn und Frau Kaiser zu sich. Das haben Michail und ich veranlasst. Was dann die Galerie Kaiser getan hat war menschenfreundlich, uneigennützig und vor allen Dingen selbstlos. Die Galerie Kaiser hat es ermöglicht, allen Mitarbeitern der Galerie **artis opus** ihren Arbeitsplatz zu erhalten. Aber ich glaube, wir sollten jetzt fahren."

Frau Wahl und Herr Lappas bedankten sich und sie fuhren zusammen zur Botschaft. Die Aushändigung der Visen ging schnell und der Wagen des Botschafters brachte Frau Wahl und Herrn Lappas in ihr Hotel.

Frau Wahl und Herr Lappas hatten sich zum Abendessen im Hotel verabredet. Sie trafen sich zu einem Drink in der Hotelbar und Frau Wahl meinte:

„Herr Lappas, irgendwie ist mir das alles unheimlich. Die Freundlichkeit und auch die Offenheit des Botschafters überrascht. Auch die Galerie Kaiser ist mir etwas mysteriös. Herr Lappas, eine Frage, haben Sie die Informationen von meinem Mann?"

„Frau Wahl", und Herr Lappas machte eine Pause, „Sie wissen ich bin Journalist und darf meine Informationsquellen nicht bekanntgeben.

Aber lassen Sie uns jetzt zum Abendessen gehen. Morgen Früh müssen wir beizeiten zum Flughafen."

***

Wiesbaden

Susi versuchte am Dienstagmorgen einigermaßen über ihren Schreibtisch Herr zu werden. Die Verunglimpfungen ihrer Person machten ihr mehr zu schaffen, als sie es selbst wahrhaben wollte. Immer und immer wieder schweiften ihre Gedanken ab. Es klopfte und eine ihrer Vorzimmerdamen trat ein und brachte einen Brief mit den Worten:

„Susi, das solltest du schnellstens lesen." Sie übergab das Schreiben. Susi begann zu lesen:

Rechtsanwälte Satorius & Satorius
Dr. jur. Maria Satorius & Dr. jur. Thomas Satorius
Wiesbaden

An den Vorstand der
Galerie Kaiser Wiesbaden e.V.
Taunusstraße

65183 Wiesbaden

Betr.: Berufung einer Mitgliederversammlung

Gemäß anliegender Vollmacht vertreten wir die Interessen Ihres Vereinsmitgliedes

Dipl. Ing. Rolf Berger

Anbei überreichen wir Ihnen eine Liste mit 15 Unterschriften Ihrer Vereinsmitglieder, die gemäß § 37 BGB als Minderheit eine Mitgliederversammlung verlangen. Dies ist gemäß unserer Unterlagen mehr als die gesetzlich vorgeschriebene Minderheit von zehn Prozent.

Es ist daher angezeigt, dass die Mitgliederversammlung innerhalb von vier Wochen erfolgen muss. Wir stellen Ihnen anheim, innerhalb dieser Frist einen entsprechenden Termin und Versammlungsort vorzuschlagen.

Zweck und Grund dieser Versammlung sollten folgende Tagesordnungspunkte sein:

1. Veränderung des Vorstandes
Es ist unzulässig, das die beiden Vorstände, Frau Susanne Kaiser und Herr Anton Jonas gleichzeitig dem sogenannten Kontrollgremium (eine Art Aufsichtsrat) angehören.

2. Ausschluss des Vorstandsmitgliedes Susanne Kaiser
Nach Auffassung unseres Mandanten - Herrn Dipl. Ing. Rolf Berger - liegen mehrere wichtige Gründe für eine Kündigung des bestehenden Vertrages mit Frau Kaiser vor. Insbesondere leichtsinnige Lebensart, grobe Pflichtverletzungen, Unfähigkeit zur ordnungsgemäßen Geschäftsführung.

3. Eventuelle Entziehung der Rechtsfähigkeit der Galerie Kaiser Wiesbaden e.V.
Unser Mandant, Dipl. Ingenieur Rolf Berger legte dar, dass Ihr Unternehmen - obwohl in den Satzungen anders erklärt - einen wirtschaftlichen Geschäftsbetrieb verfolgt. Demzufolge kann Ihnen gem. § 43 BGB die Rechtsfähigkeit entzogen werden.

4. Auflösung des Vereins und des Vereinsvermögens.
Im Falle der Vereinsauflösung schlagen wir vor, gemäß den Satzungen zu verfahren und das wahrscheinlich immense Vermögen an die Mitglieder des Vereins Galerie Kaiser Wiesbaden e.V. aufzuteilen. Dies gemäß § 45 BGB. Das Sperrjahr gemäß § 51 BGB ist zu berücksichtigen.

Unser Mandant wird während der geforderten Mitgliederversammlung entsprechendes Unterlagenmaterial vorlegen, das seine Forderungen unterstreicht.

Hochachtungsvoll
gez. Dr. jur. Thomas Satorius

Mehrfach las Susi den Brief, dann rief sie Moritz, Anton, Jens und Notar Zeiser an und bat um ein Treffen.

In weniger als einer viertel Stunde saßen sie zusammen. Jeder hatte eine Kopie dieses Schreibens und las.

Als Erster äußerte sich Notar Dieter Zeiser: „Ich kenne die Anwälte Satorius, sie arbeiten viel für die Gewerkschaften. Wenn die Gewerkschaften dahinterstehen, dann könnte das Ganze gefährlich werden. Wir wissen noch nicht, welche unterstützenden Beweise oder Unterlagen sie für ihre Behauptungen vorlegen werden. Das erfahren wir auch erst während der Mitgliederversammlung. Aber ich werde versuchen, mit Satorius zu sprechen. Was meint ihr denn dazu?“

Susi: „Ich weiß gar nicht, was das alles soll. Die vier Punkte des Schreibens habe ich jetzt mindestens zehnmal gelesen. Da bleibt im Endeffekt nichts, was uns schaden könnte.

Zu Punkt eins, dass Anton und ich im sogenannten Gremium sind und gleichzeitig die Geschäftsführung haben, das wurde doch vorher lange diskutiert. Das Gremium sind die stimmberechtigten Mitglieder des Vereins und das ist in der Satzung genau festgelegt. Vorstandsmitglieder – also Anton und ich – sind stimmberechtigte Mitglieder und kein Aufsichtsrat.

Wenn ich richtig informiert bin, sollte die stimmberechtigte Mitgliederzahl mindestens sieben Personen umfassen. Wir sind nur sechs stimmberechtigte Mitglieder. Auch das ist zulässig. Um allem die Spitze abzubrechen, können wir ohne Schwierigkeiten noch eine weitere Person ins Gremium wählen. Ich denke dabei an Maxim. Nicht nur ein außergewöhnlicher Fachmann, sondern auch heute schon sehr loyal. Was meint ihr?“ Es schloss sich eine kurze Diskussion an, man war sich einig, Maxim als siebtes Mitglied des Gremiums vorzuschlagen.

Susi fuhr fort: „Bei Punkt zwei verschlägt es mir die Sprache. Soviel Unverfrorenheit, Frechheit und Unverschämtheit kann ich mir nicht gefallen lassen. Jeder von uns weiß, dass genau das Gegenteil der Fall ist. Anton und ich haben nach Maxens Tod die Firma aus einem Tal geholt. Es ist uns trotz größter Schwierigkeiten gelungen die Umsätze zu steigern und speziell in den letzten drei Jahren hatten wir große Erfolge. Es wird denen schwer fallen, mir leichtsinnige Lebensart und grobe Pflichtverletzung zu beweisen. Jeder weiß, dass unsere Unternehmen meine Familie ist.

Dieter, was kann ich gegen diesen Rolf Berger unternehmen?“

Dieter sehr vorsichtig: „Susi, du bist jetzt sehr verletzt. Aber die Anwälte der Gegenseite sind clevere und gewiefte Juristen, sie haben sich nicht selbst festgelegt, sondern von der Auffassung ihres Mandanten gesprochen. Mit Sicherheit haben sie irgendetwas gegen dich in der Hand, das erfahren wir erst während der Versammlung. Also bleibe ganz ruhig. Dir und Anton eine schlechte Führung des Vereins nachzuweisen, das dürfte denen nicht gelingen. Als Geschäftsführer der GmbH seid ihr ohnehin außen vor.“

Moritz: „Dieter, müssen wir uns diese Mitgliederversammlung aufzwingen lassen?“

Dieter: „Leider ja. Das BGB sieht eine solche Regelung vor, wenn mindestens der zehnte Teil der Mitglieder die Einberufung einer Mitgliederversammlung schriftlich verlangt. Dies ist erfolgt. Ich weiß zwar nicht, auf welchem Weg Herr Berger diese Unterschriften erlangt hat, aber ich finde, wir sollten die Mitgliederversammlung durchführen.“

Anton: „Eigentlich könnte ich vor Wut im Dreieck springen. Wir alle reißen uns die Beine aus um ein tolles Betriebsklima zu schaffen. Unsere Mitarbeiter verdienen nicht nur fabelhaft, sie verdienen großartig. Kein Zweifel, der Berger ist ein hervorragender Ingenieur für unsere Öldrucke. Er hat Dinge eingeführt, die uns eine neue und exzellente Fertigung von Öldrucken möglich machte. Aber das ist jetzt vorbei.“

Susi: „Danke dir, Anton. Auch ich habe eine Mordswut. Hast du dir die Unterschriften auf der Liste angesehen, die dieser Anwalt Satorius mit seinem Schreiben als Begründung zur Ladung der Mitgliederversammlung eingereicht hat? Zehn Mann davon sind alte Mitarbeiter, die unser volles Vertrauen besaßen. Warum sind die nicht zu dir oder zu mir gekommen? Alle wissen, dass sich Moritz bei Unzufriedenheit um jeden einzelnen kümmert. Warum hat man nicht bei Jens oder Dieter zumindest gefragt, bevor man so etwas unterschreibt? Ich bin maßlos enttäuscht."

Moritz: „Susi, wir alle können Antons und deine Enttäuschung verstehen, es ist sicherlich ernüchternd feststellen zu müssen, dass eure Künstler die Erwartungen nicht erfüllten. Ihr beide seid jetzt desillusioniert, ein schlimmer Schlag ins Kontor. Ihr fühlt euch wie begossene Pudel.

Aber ihr seid auch die Persönlichkeiten, die diese Situation beherrschen, die nach den Ursachen forschen und die vergeben müssen. Diesen Rat gebe ich euch beiden.

Ich weiß nicht, wie oft mein Bruder Max enttäuscht wurde, wie oft Otto vor dem gleichen Dilemma stand. Eines ist sicher, sehr oft. Das zumindest kann ich indirekt den Satzungen des Vereins entnehmen. Mit meiner Hilfe könnt ihr rechnen und ich bin sicher, auch mit der Hilfe der hier anwesenden Gremiumsmitglieder und unserem Mike."

Susi ernst: „Danke Moritz. Auch allen Übrigen danke ich herzlich. Aber es ist schwer einen solchen Schlag einstecken zu müssen."

„So aber jetzt zu Punkt 3 dieses Schreibens: Was soll der Quatsch mit der eventuellen Entziehung der Rechtsfähigkeit der Galerie Kaiser e.V.. Max hat mir immer gesagt, dass die rechtliche Grundlage unserer Arbeitsweise einwandfrei und mehrfach geprüft wurde. Dieter, stimmt da was nicht?"

Dieter Zeiser ernst: „Als der Verein gegründet wurde und wir die Satzungen festlegten, haben wir alles auf Herz und Nieren prüfen lassen. Unsere so viel gerühmte Arbeitsweise, Fertigung der Kunstwerke durch den Künstlerverein und Vertrieb durch die Galerie Kaiser GmbH fand überall Bewunderung. Die bei uns beschäftigten Künstler und Mitarbeiter sind zum größten Teil sogenannte freie Feste, das heißt nur durch ein Vertragsverhältnis an uns gebunden. Inzwischen über hundert Personen. Alle verdienen gut. Besonders die Gewerkschaften sind sicherlich nicht von dieser Idee angetan, denn bei unserer Form der Beschäftigung ist ein sogenannter Betriebsrat nicht möglich.

Ich lese euch jetzt kurz den § 43 des BGB vor, dann könnt ihr selbst entscheiden:

> **§ 43 BGB (Entziehung der Rechtsfähigkeit)**
> (1) Dem Verein kann die Rechtsfähigkeit entzogen werden, wenn er durch einen gesetzwidrigen Beschluss der Mitgliederversammlung oder durch gesetzwidriges Verhalten des Vorstandes das Gemeinwohl gefährdet.
> (2) Einem Verein, dessen Zweck nach den Satzungen nicht auf einen wirtschaftlichen Geschäftsbetrieb gerichtet ist, kann die Rechtsfähigkeit entzogen werden, wenn er einen solchen Zweck verfolgt."

Dieter Zeiser kommentierte: „So lange unsere Künstler Gemälde, Skulpturen, das heißt reine Kunstgegenstände produzierten, kein Problem. Das war eine künstlerische Tätigkeit die unseren Satzungen entsprach. Ganz anders bei den sogenannten Kunstdrucken, die wir neuerdings herstellen. Druck ist keine künstlerische Tätigkeit, sondern ein Handwerk. Da ist der erste Pferdefuß. Das könnten wir noch umgehen, indem wir die Druckerei aus dem Verein lösen.

Ich hoffe, es kommt niemand auf die Idee, bei unseren Kopien der Exponate von Kunsthandwerk zu sprechen. Dann wird es sehr ernst. Kunsthandwerk ist ein Gewerbe. Zwar würde das viele Gerichte beschäftigen, bis die Gegenseite einen Erfolg verbuchen könnte, aber man weiß eben nie, wie ein Gericht entscheidet."

Jens: „Dieter, alles wunderschön was du uns sagst, lasst uns lieber überlegen, wie wir das hier aus der Welt schaffen können. Ich habe dazu schon eine Idee, Susi hat vorgeschlagen unsere Gesamtpalette zu verändern und will in dem rein künstlerischen Bereich tätig werden. Dann können wir nach meiner Meinung sowohl das Eine als auch das Andere machen ohne uns um diesen Paragraphen zu kümmern."

Susi: „Jens, du hast den Nagel auf den Kopf getroffen. Wir brauchen fast nichts zu ändern. Otto und Max haben das bereits vor über zwanzig Jahren für uns gemacht. Das Schaffen von Originalen ist in unserer Satzung fest verankert."

Dieter zögerlich: „Es ist zwar schön, dass das in unseren Satzungen steht, ob das hilft, kann ich erst sagen, wenn wir wissen was die Gegenseite vorzubringen hat. Die lehnen sich sicherlich nicht so weit aus dem Fenster ohne hieb- und stichfeste Beweise zu haben."

Susi etwas lockerer: „Ihr Lieben, jetzt haben wir nur noch den vierten Tagesordnungspunkt. Nämlich die Auflösung des Vereins. Nach meiner Auffassung steht das nicht zur Debatte, da mit ziemlicher Sicherheit die Mitgliederversammlung eine Auflösung des Vereins nicht beschließen wird.

Mir geht es nach dem jetzigen Gespräch schon besser. In jedem Fall will ich anschließend gleich Mike anrufen und ihm per Fax das Schreiben des Anwaltes Satorius übermitteln. Mal sehen, was Mike meint.

Dieter, meinst du, dass du mit dem Satorius den Termin so planen könntest, dass wir übernächsten Sonntag die Mitgliederversammlung durchführen können?"

Dieter Zeiser: „Sofort nach unserem Gespräch werde ich versuchen mit Dr. Satorius zu sprechen. Ich werde euch danach informieren. Ich schlage vor, uns noch mal am kommenden Sonntag zu treffen, um die Marschrichtung für die Versammlung vorzubereiten."

Nach einer kurzen Diskussion war man mit den vorläufigen Terminen einverstanden. Man trennte sich schnell.

Moritz war bei Susi geblieben und als sie allein waren, nahm Moritz Susi in den Arm und sagte: „Schatz, das muss unheimlich schwer für dich sein, aber ich bin da und werde dich beschützen. Wir sind eine Familie. Ich habe so meine Befürchtungen, dass die Tiefschläge noch nicht vorbei sind. Informiere Mike, spreche mit Hilde und vor allen Dingen, sprich mit Maxim."

„Danke dir", Susi hatte Tränen in den Augen und gab Moritz einen Kuss. Dann nahm sie den Telefonhörer, rief Hilde an und versprach, ihr sofort ein Fax mit dem Brief des Anwalts zu schicken.

Danach wählte sie Mike in Boston an, sie bekam nur Vera. Auch dort kündigte sie das Fax mit dem Anwaltsbrief an.

Es war schon fünf am Nachmittag, als es an Susis Tür klopfte. Maxim stand im Raum und fragte: „Susi, du hast mich gesucht, was gibt's?"

Susi: „Maxim, komm setze dich zu mir, ich glaube, du brauchst jetzt gleich ein Wässerchen."

Maxim lachte: „Susi, das brauche ich immer, aber sag mal, was ist hier eigentlich los. Da war so ein Dummschwätzer bei mir im Atelier der mir was von den ausbeuterischen Methoden des Vereins erzählte. 35 Stunden müssten wir nur arbeiten und 70 – 80 Stunden würden alle arbeiten. Du, Anton und das Gremium würden sich tot verdienen und die Vereinsmitglieder einen Hungerlohn bekommen und all so einen Blödsinn. Kenne das, wie in Russland. Es war der Drucker Geiger, ein Widerling. Ich hab ihm gesagt, wenn er nicht seine Schnauze hält, dann schmeiße ich ihn aus dem Fenster. Dann ist er abgezogen. Danach kam noch mal der aufgeblasene Rolf Berger. Weißt du davon?"

„Maxim, leider ja": das ist auch der Grund warum ich dich gesucht habe." Dann erzählte Susi in allen Einzelheiten was vorgefallen ist. Auch die eventuellen Diebstähle und gab Maxim eine Kopie des Schreibens der Anwälte Satorius.

Maxim las den Brief der Anwälte Satorius mehrmals. Dann sagte er: „Susi, das nimmst du doch nicht ernst, diese Scheißer wollen sich unser Unternehmen unter den Nagel reißen – wie in Russland. Da müssen wir was dagegen tun. Habt ihr schon darüber beraten?“

„Ja, das kannst du dir denken. Natürlich haben wir auch einige Schwachstellen, die wir berücksichtigen müssen. Schon im ersten Tagesordnungspunkt ist eine Kleinigkeit.

Eigentlich müsste unser Gremium der stimmberechtigten Mitglieder sieben Personen umfassen, aber wir sind nur zu sechst. Es fehlt uns eine vertrauenswürdige Person und wir sind uns darüber einig, dass du diese Person sein könntest.

Du bist ein außergewöhnlicher Künstler, du bist Kunstwissenschaftler, du hast bisher einen bemerkenswerten Weitblick bewiesen und kannst auch den kaufmännischen Teil abschätzen. Du besitzt unser Vertrauen und auch das der Mitarbeiter. Du passt einfach zu uns.

Andererseits ist das eine große Verantwortung und du bekommst dafür praktisch nichts. Dieser Job ist ehrenamtlich und es gibt nur eine ganz kleine Unkostenvergütung. Könntest du dir vorstellen bei unserem Gremium der sogenannten stimmberechtigten Mitglieder mitzuarbeiten?“

Maxim lachend: „Susi, komm gib mir noch ein Wässerchen, das brauche ich jetzt. Natürlich sage ich ja. Es ist mir eine Ehre. Diesem Berger werden wir es schon zeigen. So ein hinterlistiges, heimtückisches Stück Dreck, allein die Art wie er dich verletzt, ist hundsgemein. Weiß Mike schon davon?“

„Maxim, ich habe ihm den Brief der Anwälte gefaxt. Er wird wahrscheinlich heute Abend zurückrufen. Hilde wollte auch eine Kopie haben, die ist schon gefaxt. Auch Hilde wird heute Abend zurückrufen. – Maxim, es ist schon sechs, kommst du noch mit auf einen Aperitif, wie immer?“

„Susi, ich kann doch ohne dein Wässerchen nicht leben. Komm, lass uns nach oben gehen. Sollte Mike anrufen, gib ihn mir, ich muss mit ihm reden.“

Beide begaben sich zum allabendlichen Treffen.

Als Susi mit Maxim nach oben zum abendlichen Aperitif kam, war sie erstaunt. Der Raum war voll! Dieter Zeiser, ihr

Notar, sprach sie sofort an. Susi erklärte ihm, dass sie Maxim gefragt hätte, ob er Mitglied des Gremiums werden wolle und dass Maxim zugesagt hätte.

Dieter gratulierte und sagte dann: „Nachdem Maxim mit eingebunden ist, kann ich euch beiden von meinem Gespräch mit Dr. Satorius erzählen. Satorius war sehr zurückhaltend. Er war aber damit einverstanden, dass die Mitgliederversammlung am übernächsten Sonntag stattfinden soll. Er verlangt jedoch für die Leitung der Versammlung eine neutrale Person, die nicht Mitglied des Vereins sein darf. Ich habe ihm Herbert Wagner vorgeschlagen, der ihm auch bekannt ist, und er war damit einverstanden. Beginn der Versammlung um halb zehn mit der Feststellung des Stimmrechts. Nicht Anwesende können sich durch Vollmacht vertreten lassen. Pünktlich um zehn Uhr Beginn der Versammlung mit einer einstündigen Mittagspause um zwölf, Ende offen."

Es klingelte das Telefon und Hilde war am Apparat:

(Hilde) Hi, Susi, so eine Sauerei, am liebsten würde ich sofort nach Wiesbaden kommen und diese Arschgeigen – die diesen Wisch unterschrieben haben – zur Brust nehmen. Da sind welche dabei, denen haben wir die Ausbildung finanziert, zwei davon haben noch Darlehen auf ihre Häuser – zinslos. Bis auf Berger, Schauf und Geiger, haben alle Unterzeichner die Großzügigkeiten des Vereins in Anspruch genommen. Dann diese Hinterfotzigkeiten. Susi, wenn ich nächste Woche nach Wiesbaden komme, dann mache ich die zur Sau, dass sie in keinen Koffer mehr passen.

(Susi) Sicher hast du Recht, aber ändern können wir daran im Moment nichts. Du bist noch Vereinsmitglied und kommst sicher auch zur Mitgliederversammlung, da kannst du alles live miterleben. Mir geht es schon wieder etwas besser. Moritz ist ganz lieb und auch alle übrigen.

(Hilde) Mit meiner Ersatzoma hab ich schon gesprochen, die nimmt unser Würmchen für diese Tage und freut sich

darauf. Lass uns morgen oder übermorgen ausführlich darüber reden. Tschüss, Susi!

(Susi) Herzlichen Dank für dein Mitgefühl. Tschüss!

Susi hatte noch nicht richtig aufgelegt, als es wieder bimmelte:

(Mike) Hallo, Susi, wie geht's dir? Soll ich kommen?

(Susi) Nein, ich hab mich wieder etwas gefangen.

(Mike) Aber erzähle, was habt ihr unternommen?

(Susi) ... jetzt erzählte Susi in allen Einzelheiten was man besprochen und was man vereinbart hatte. ...Weißt du, ich bin jetzt schon nicht mehr so aufgeregt.

(Mike) Susi, mit meinen Kunden von der altkatholischen Kirche ging es schneller als ich dachte, wenn alles so klappt wie ich es mir vorstelle, so ist unser Abschlussgespräch am Freitag dieser Woche. Nur mit Maxim muss ich noch mal sprechen. Vera und ich könnten dann in der Nacht von Freitag auf Samstag fliegen. Wir könnten dann am Sonntag über die Mitgliederversammlung beraten. Wäre das okay?

(Susi) Mike, du bist ein Schatz. Ich freue mich, dich zu sehen. Willst du sofort Maxim haben?

(Mike) Ja, gib ihn mir.

(Maxim) Hallo Mike, ich habe da auch noch einige Fragen. Moment, ich hole mir nur meinen Zettel.

(Mike) Bevor wir unsere Fachfragen klären, Susi hat mir berichtet, dass du dich dafür entschieden hast, Mitglied unseres Gremiums zu werden. Dazu meine herzlichste Gratulation. Ich wüsste niemanden, den ich lieber in unserer Mitte wüsste. Es ist ein Job, bei dem du zwar kein Geld verdienst, aber der dir sicherlich viel Freude macht. Ich freue mich auf die Zusammenarbeit mit dir.

(Maxim) Danke dir Mike. Das Gleiche haben mir die übrigen Kollegen auch gesagt. Ich bin ganz stolz. So, aber jetzt sollten wir die Fragen klären.

… Es gab ein längeres Gespräch über die geplante Gestaltung der altkatholischen Kirchen in den USA. …

***

St. Petersburg

Spät waren gestern Abend Frau Wahl und Herr Lappas in St. Petersburg angekommen. Dr. Hugo Wettengel hatte sie abgeholt, man nahm nur noch einen Drink an der Hotelbar und Dr. Wettengel versprach, sie am nächsten Morgen um halb zehn im Hotel abzuholen.

Die beiden saßen noch beim Frühstück, als Dr. Hugo Wettengel mit einer Dame den Frühstücksraum betrat, die dieser als Frau Olga Waganowa, Kunstwissenschaftlerin und Direktorin der Eremitage vorstellte.

Frau Waganowa sehr aufgeschlossen: „Liebe Frau Wahl, lieber Herr Lappas, ich weiß, Sie kommen wegen einer entsetzlich widerwärtigen Angelegenheit nach hier. Für Sie, Herr Lappas haben wir einen Dolmetscher der hiesigen Gerichtsbarkeit finden können. Bei Ihnen, liebe Frau Wahl war das schwieriger. Da es bei Ihnen um Ihren Mann geht, wollten wir keinen offiziellen Dolmetscher. So sprangen Michail und Paula über ihren Schatten. Frau Paula Borodin wird Ihnen während des Prozesses als Dolmetscher zur Seite stehen und wenn Sie Hilfe brauchen, sicherlich gut beraten. Ich versichere, Paula Borodin ist eine ehrenwerte Frau auf die Sie zählen können. Sie werden beide Ihre Dolmetscher heute noch kennen lernen.

Damit Sie wenigstens einen ganz kleinen Eindruck unserer wunderschönen Stadt bekommen, haben wir veranlasst, dass Igor, der Chauffeur unseres Michail Borodin, Ihnen ein klein wenig die Stadt zeigt. Igor kann zwar nicht sehr gut deutsch, aber er wird Ihnen die Seele dieser Stadt erklären.

Igor wird Sie dann so gegen halb eins zurück in die Eremitage bringen. Dort im Erdgeschoss haben wir einen schönen Tisch bestellt. Der Direktor der Eremitage und seine Frau Paula werden an diesem Essen teilnehmen."

Dr. Hugo Wettengel: „Nach dem Essen wird Sie Michail Herrn Grigori Orlow vorstellen und Sie auch mit dem Dolmetscher von Herrn Lappas bekanntmachen. So gegen achtzehn Uhr werde ich Sie dann in Ihrem Hotel abholen. Es würde mich freuen, wenn Sie heute Abend meine Gäste sein könnten.

Morgen früh werden Sie kurz nach acht Uhr von Frau Borodin und Igor abgeholt und zu Gericht gebracht. Ihr Dolmetscher, Herr Lappas, wird im Gericht auf Sie warten. Wenn Sie wenigstens einen kleinen Eindruck von St. Petersburg haben wollen, so sollten Sie jetzt aufbrechen."

Frau Wahl und Herr Lappas bedankten sich und gingen zusammen nach draußen. Mit einer Verbeugung hielt Igor den Wagenschlag auf.

Igor war ein guter Reiseführer. Wie aus heiterem Himmel fragte Igor plötzlich: „Kennen Sie Maxim Pasternak?"

Als beide bejahten fragte er weiter: „Ist er immer noch so schwer verletzt?"

Frau Wahl: „Wir beide kennen ihn. Ich wusste zwar, dass er hier in St. Petersburg zusammengeschlagen wurde, aber wie schwer seine Verletzungen waren, das hat er nicht erzählt."

Igor begann: „Maxim war der künstlerische Leiter der Eremitage. Ein toller Mensch und mein Freund. Man hat ihn zweimal hier in St. Petersburg zusammengeschlagen. Seine Wiesbadener Kollegen haben ihn dann geholt. Auch die Familie, denn man hatte gedroht, ihre Kinder zu Krüppeln zu schlagen

... Es ist jetzt bald halb eins und ich werde Sie in das Restaurant der Eremitage bringen. Sehr dezent begleitete Igor die beiden in das Restaurant, in welchem unzweifelhaft der beste Tisch mit einem herrlichen Blick reserviert war. Michail und seine Frau Paula warteten bereits.

Nach der üblichen Vorstellung und nachdem sie gewählt hatten, sagte Michail: „Frau Wahl, Herr Lappas, ich wünschte, wir hätten ein angenehmeres Gesprächsthema als diesen schauderhaften Prozess gegen Iwan Bussow.

Für Sie, Herr Lappas haben wir einen Dolmetscher besorgt, der uns neutral erschien, der für die hiesigen Gerichte arbeitet, aber auch teilweise für die Deutsche Botschaft.

Frau Wahl, bei Ihnen haben wir uns sehr schwer getan. Wir wollten nichts falsch machen, so haben wir Frau Kaiser angerufen und diese empfahl uns, dass Sie meine Frau Paula begleiten wird. Wären Sie damit einverstanden?“

Frau Wahl bedankte sich vielmals und fügte dann noch hinzu: „Ich weiß nicht was Ihnen Frau Kaiser erzählt hat, aber ich stehe vor einer sehr schweren Entscheidung. Mein Mann leugnet mir gegenüber Dinge, die er anscheinend in die Wege geleitet hat oder bei denen er Schuld auf sich geladen hat. Ich muss mir einfach Gewissheit verschaffen.“

Michail lachte trocken: „Frau Wahl, da tun Sie mir jetzt schon leid.“

Es folgte ein sehr ruhiges Mittagessen. Mehr oder weniger hingen alle ihren Gedanken nach, bis Paula Borodin sagte: „Es werden zwar für uns alle harte Tage werden. Aber sagen Sie Frau Wahl, wie kommen Sie zur Galerie Kaiser?“

Frau Wahl erzählte nun die Geschichte des kleinen Ben, die freundliche Aufnahme bei ihrem Besuch in Wiesbaden und die angenehme Atmosphäre bei der Galerie Kaiser.

Sie fuhr fort: „Eigentlich bin ich ganz durcheinander. Alle Mitarbeiter der Galerie Kaiser verteufeln meinen Mann. Mein Mann aber leugnet das alles. Ich hoffe, ich bekomme hier Klarheit. Mit der Galerie und den Werkstätten Kaiser würde ich gerne zusammenarbeiten. Besonders ihr Landsmann Maxim scheint mir ein Künstler ersten Ranges zu sein.“ Michail: „Liebe Frau Wahl, Maxim war der künstlerische Leiter der Eremitage, bis die russische Mafia ihn entdeckte. Sie haben wahrscheinlich schon davon gehört, dass er mehrfach zusammengeschlagen wurde. Wir haben ihn wahrscheinlich für immer verloren."

Frau Wahl: „Aber wieso denn das? Er kann doch nach diesem Prozess gegen diesen Bussow sicherlich zurück nach St. Petersburg."

Michail: „Heute Vormittag hatte ich ein langes Gespräch mit Susi Kaiser. Sie wissen, die Galerie Kaiser ist ein Verein und dieser Verein ist in das Kreuzfeuer der Gewerkschaften gekommen. Man hat Susi schwer beleidigt und beantragte die Zwangsauflösung des Vereins. Susi ist sicher, dass dies nicht geschehen wird. Für mich ist sie eine großartige Frau.

In diesem Zusammenhang brauchten sie für den sogenannten Mitgliederbeirat oder wie die das nennen » das Gremium « noch ein Mitglied. Mit Geschick und Können hat man Maxim Pasternak gewählt und er hat angenommen. Das ist für Maxim eine einmalige Chance. Ich habe Maxim schon gratuliert und Paula und ich sind sehr froh, dass er eine Stellung bekommt, die seinem Wissen und Können entspricht."

Herr Lappas: „Sind Sie sicher, dass die Gewerkschaften die Auflösung des Vereins der Galerie Kaiser beantragt haben? Ich habe da kürzlich von anderer Seite gehört, dass man so etwas plant."

Michail Borodin plötzlich hellwach: „Ich weiß, Sie dürfen mir nicht sagen woher Sie diese Information haben, aber wenn Sie etwas dazu beitragen könnten, das zu verhindern, wäre das mehr als menschlich. Die Mitglieder – sprich die Künstler – verdienen außerordentlich gut. Sie haben eine fantastische Altersversorgung und sind sozial in jeder Art und Weise geschützt. Es geht nicht nur um die Galerie und die Werkstätten in Wiesbaden, es sind auch die Mitarbeiter in Wuppertal, in Rom und hier in St. Petersburg. Seit die Ateliers in St. Petersburg unter der Leitung der Galerie Kaiser hier arbeiten, ist bei den Mitarbeitern der Eremitage Ruhe und Frieden eingekehrt. Man kann von den Nebenverdiensten gut leben und es lohnt sich endlich wieder im künstlerischen Bereich tätig zu sein. Sie werden am kommenden Wochenende Gelegenheit haben die Galerien und die Werkstätten kennen zu lernen. Sie werden mir dann beipflichten. Schlafen Sie ein oder zwei Nächte darüber, vielleicht kann ich Susi diskret eine Warnung zukommen lassen, um eine Auflösung des Vereins zu verändern oder zu verhindern."

Es war kurze Zeit ruhig und Frau Wahl meinte: „Es ist sehr schön zu hören, dass Sie befreundet sind. Es tut sehr gut, Ihre Freundlichkeiten zu spüren und ich beglückwünsche Sie zu Ihrer Einstellung. Es tut mir leid, dass Frau Kaiser in Schwierigkeiten ist."

Ein Kellner kam und flüsterte Michail etwas ins Ohr.

Michail stand auf und sagte: „Herr Grigori Orlow und der Dolmetscher sind in meinem Büro. Dürfte ich Sie bitten jetzt mit mir zu kommen?"

Sie begaben sich durch die weitläufigen Räume der Eremitage und des Winterpalastes in Michails Büro.

Es folgte die Vorstellung. Grigori Orlow, sehr aufgeschlossen und in einem tadellosen Deutsch begrüßte Frau Wahl und Herrn Lappas, stellte den Dolmetscher vor, einen zirka dreißigjährigen, blonden Mann mit guten Umgangsformen. Dann erklärte er ausführlich die Prozedur der morgigen Gerichtsverhandlung. Das Fotografieren wäre nicht erlaubt. Grigori Orlow machte deutlich, dass er im Gerichtssaal auf Frau Wahl und Herrn Lappas mit dem Dolmetscher warten würde. Orlow und der Dolmetscher verabschiedeten sich.

Auch Michail schien in Eile zu sein, so sagte Frau Paula: „Die Zeit fliegt wieder mal, es ist schon nach fünf und soweit ich weiß, sind sie um sechs mit Dr. Hugo Wettengel verabredet."

Sie gingen dann mit Paula in das nicht weit entfernte Kempinski-Hotel und Paula versprach, die beiden morgen Früh um acht abzuholen.

Frau Wahl und Herr Lappas warteten schon in der Hotelbar als kurz nach sechs Dr. Wettengel mit Olga kam. Nachdem sie ihre Drinks hatten, fragte Frau Wahl: „Herr Dr. Wettengel, Herr Borodin hat heute erwähnt, dass Frau Kaiser einige Schwierigkeiten mit dem Verein hat. Es ist doch hoffentlich nichts Ernstes?“

Dr. Wettengel: „Liebe Frau Wahl, wir haben eigentlich keine Geheimnisse, schon gar nicht gegenüber Leuten, die unserem Unternehmen freundschaftlich gegenüberstehen. Das Fax mit dem Text der Anfeindungen habe ich erst vorhin erhalten. Das Ganze ist anscheinend eine Mordssauerei.“

Dr. Wettengel entnahm seiner Brusttasche ein Fax und rechte es Frau Wahl mit den Worten: „Lesen Sie selbst und machen Sie sich ein Bild.“

Frau Wahl las zweimal und fragte dann: „Darf ich es Herrn Lappas zeigen?“

Dr. Wettengel: „Natürlich, jeder der Susi Kaiser nur einigermaßen kennt weiß, dass diese Behauptungen nur Unverschämtheiten sind. Ich kenne Susi von dem Tag an, als sie zu uns kam. Sie war mehr als zurückhaltend, anfangs sehr scheu, fast unnahbar, sehr fleißig und verstand sich sehr gut mit Otto Unger, dem Begründer der Galerie Kaiser. Nach dem frühen Ableben ihres Mannes Max fiel sie in ein tiefes Loch. Dann kamen bittere Jahre mit Prozessen, Umsatzrückgang und vielen Fehlschlägen.

Nach fünf langen Jahren waren wir endlich wieder so weit, dass sich Susi einen kleinen Urlaub gönnen wollte. Am Vorabend ihres Urlaubs traf sie unverhofft auf den Zwillingsbruder ihres Mannes, ihren jetzigen Mann Moritz. Jeder wusste sofort, dass sich Susi in ihn verlieben würde und so kam es auch. Die beiden brauchen nicht viel zu sprechen, sie sind eine Einheit. ... Na – Herr Lappas, was meinen Sie zu solchen beleidigenden und frechen Gemeinheiten?“

Nachdenklich gab Herr Lappas das Blatt zurück: „Bei Herrn Borodin habe ich schon erwähnt, davon gehört zu haben. Sie wissen, ich habe Schweigepflicht gegenüber meinen Informanten. Ich will ganz offen sein, bisher war ich der Galerie Kaiser nicht sehr gut gesonnen. Nachdem ich in den letzten Tagen sehr offen bei diesem Unternehmen empfangen wurde, muss ich darüber nachdenken und sicher ein oder zwei Nächte darüber schlafen. Seien Sie mir nicht böse, wenn ich mich heute noch nicht dazu äußern will.“

Olga: „Herr Lappas, als Direktorin der Eremitage war ich diejenige, die Erkundigungen über die Galerie Kaiser eingezogen hat. Alle Auskünfte waren einwandfrei. Ich selbst schätze und achte Susi sehr. Das Ganze sieht nach einer feindlichen Übernahme aus.“

„So“, meinte Dr. Wettengel, „genug des geschäftlichen Gesprächs. Olga und ich wollten Sie heute Abend zu einem kleinen Essen in ein Restaurant einladen, das nicht sehr weit von hier liegt. Wir können es bequem zu Fuß erreichen. Es ist das Christopher Columbus in der Bolshaya Morskaya ulitsa.

Bei dem Namen des Restaurants überrascht die maritime Note der Speisen, aber auch des Interieurs nicht. Zwischen all den Bullaugen und Tauen finden Sie sogar Papageien. Die Fischauswahl ist groß – probieren Sie Zanderfilet mit Jasminreis, oder Krabben mit Basilikum und Kumquatsauce. Lassen Sie uns gehen, denn für sieben ist unser Tisch reserviert.“

Es wurde ein angenehmer Abend für die Vier. Sie unterhielten sich ausgezeichnet.

***

Um acht hatte Paula und Igor Frau Wahl und Herrn Lappas abgeholt und zum Gericht gebracht. Nach den einleitenden Worten des Vorsitzenden begann die Verlesung der Anklage. Es war ermüdend, Paula übersetzte ganz leise und wechselte sich einige Male mit dem sehr fähigen Dolmetscher ab. Frau Wahl konnte es nicht fassen, welche Ungeheuerlichkeiten man Iwan Bussow vorwarf.

Es war schon fast fünf Uhr am Nachmittag, als der russische Botschafter Berlins sich neben Frau Wahl setzte. Er sagte ganz leise: „Frau Wahl, ich bleibe jetzt neben Ihnen sitzen. Sie werden jetzt Dinge hören, die Sie sehr verletzen müssen. Sie betreffen Ihren Mann."

Schon begann Paula zu übersetzen: „Das in diesem Zusammenhang ermittelte Verfahren gegen Peter Wahl, wohnhaft in der Bundesrepublik Deutschland muss abgetrennt verhandelt werden, da Herr Wahl nicht zu diesem Termin erschienen ist. Die Anklageschrift wurde Herrn Peter Wahl ordnungsgemäß zugestellt. Die deutschen Behörden wurden über das Auswärtige Amt der Bundesrepublik Deutschland informiert. Nach Beendigung dieses Prozesses werden wir ein förmliches Auslieferungsverfahren gegen Herrn Peter Wahl beantragen. Ich verlese jetzt in Kurzform die Anklagepunkte gegen Herrn Peter Wahl: Herr Peter Wahl ist die Schlüsselfigur der Diebstähle in der Eremitage. Er ist angeklagt der Bildung einer kriminellen Vereinigung, deren Tätigkeit darauf gerichtet war, Kulturgüter des russischen Volkes ins Ausland zu bringen und dort zu verkaufen. Er ist angeklagt der Planung des Menschenraubes und der Verschleppung, wobei erschwerend die Entführung eines zwölf Tage alten Säuglings hinzukommt. Er ist angeklagt der Begünstigung, der Strafvereitelung, der Hehlerei, des Betruges und der Untreue zu Lasten des russischen Volkes. Die detaillierten Zeugenaussagen und Unterlagen werden im Auslieferungsverfahren demnächst den Behörden der Bundesrepublik Deutschland übergeben."

Danach schloss der Vorsitzende den ersten Tag der Verhandlung und vertagte auf morgen neun Uhr vormittags. Alles erhob sich.

Als man nach draußen ging sagte der Botschafter: „Ich glaube, Frau Wahl und Herr Lappas haben jetzt einen Drink nötig. Darf ich mir erlauben Sie in Ihr Hotel zurückzubringen, um Sie dort noch mal kurz zu sprechen?“

Sie waren damit einverstanden. Igor brachte sie ins Kempinski-Hotel. Man konnte sehen, Frau Wahl war am Ende ihrer Kraft. Der Botschafter bestellte die Drinks und sagte dann zu Frau Wahl und Herrn Lappas gewandt:

„Ich habe mir eine Abschrift der Anklage gegen Herrn Wahl besorgt. Sie ist auch übersetzt.“ Er gab sowohl Frau Wahl als auch Herrn Lappas ein Aktenbündel.

„Lesen Sie in Ruhe. Es wird sicherlich nicht alles so heiß gegessen, wie es gekocht wird. Ich weiß aus den Vernehmungsprotokollen, dass Ihr Mann noch eine Entführung meiner Person oder des Herrn Borodin plant, um diesen Gauner Bussow aus dem Gefängnis freizupressen.“

Plötzlich konnte Frau Wahl nicht mehr. Es kamen ihr die Tränen und sie konnte nur noch stotternd hervorbringen: „Was erzählen die von einem zwölf Tage alten Baby, kein Mensch tut so etwas, schon gar nicht mein Mann.“

Paula nahm Frau Wahls Hand und sagte ganz langsam: „Frau Wahl, wäre ich nicht selbst dabei gewesen, dann würde ich es auch nicht glauben.“

Dann begann sie die Geschichte der Entführung ihres Mannes, des Säuglings samt Kinderfrau zu erzählen. Sie schilderte die Verfolgung nach Italien, die Geiselbefreiung und die Überführung der Verbrecher von Nizza nach St. Petersburg. Sie fuhr fort: „Sie sollten wissen, es war Susis Patenkind und Enkelin zugleich.“

Paula nach einer Weile: „Ich hätte nie gedacht, dass das Ehepaar Kaiser die Größe haben könnte, sich für die Entführer, besonders eines Herrn Zeller einzusetzen, der bei der Geiselbefreiung verletzt worden war. Susi und Moritz haben sich dafür verwandt, dass Herr Zeller wegen seiner schweren Verletzung nach Deutschland zurückkehren konnte. Dort ist er vier Wochen später verstorben. Die Galerie Kaiser hat dafür gesorgt, dass den Angestellten dieser Galerie in Wuppertal der Arbeitsplatz erhalten wurde und hat Zellers Angelegenheiten geregelt. Ich hätte das nicht gekonnt. Ich kann den Edelmut nur bewundern."

Frau Wahl bedankte sich bei Paula für die Informationen und meinte nur: „Frau Kaiser hat schon so etwas angedeutet, aber ich konnte und wollte das nicht wahrhaben. Was haben diese Leute durchgemacht."

Der Botschafter an Herrn Lappas gewandt:

„Ich weiß, Sie sind Journalist. Ich weiß, Sie leben von den Exzessen der Ereignisse. Es ist Ihre Aufgabe dadurch Ihre Leser zu informieren und aufzurütteln.

Ich weiß auch, dass Sie Ihre Informationen nur von Herrn Wahl haben können. Ich vermute aber auch, dass er Sie mit seinen Halbwahrheiten belogen und betrogen hat."

Jetzt mischte sich wieder Paula ein: „Ich bedauere außerordentlich, aber ich muss nach Hause, Morgen Früh um acht hole ich Sie ab. Ich hoffe, morgen Abend wird es nicht so spät." Sie verabschiedete sich mit dem Dolmetscher.

Der Botschafter aufgeräumt: „Sie beide haben heute Schlimmes gehört und auch gesehen. Es wäre mir ein Vergnügen, wenn ich Sie heute Abend in ein außergewöhnliches Restaurant einladen dürfte.

Machen Sie sich kurz etwas frisch, ich warte hier solange an der Bar und dann gehen wir in das Graf Suworoff in der Ulitsa Lomonosova. Ein prächtiges Restaurant aus der Zarenzeit. Es ist sehr elegant eingerichtet und strotzt nur so vor Leuchtern und Silber. Ich bin sicher, es gefällt Ihnen."

Der Botschafter war ein guter Unterhalter, trotz des schwierigen Tages wurde es ein gelungener Abend und Frau Wahl und Herr Lappas bedankten sich vielmals.

***

Freitagmorgen, pünktlich hatte der Prozess begonnen und zäh kämpften sich Staatsanwälte, Verteidiger und das Gericht durch den Dschungel der Zeugenaussagen und der vorgelegten Dokumente.

Unvermittelt, kurz nach vier am Nachmittag, erhob sich das Gericht und alle Anwesenden. Der Vorsitzende erklärte den heutigen Verhandlungstag für beendet. Fortsetzung des Prozesses am kommenden Montag um neun Uhr.

Paula und der Dolmetscher fuhren mit Frau Wahl und Herrn Lappas zurück ins Kempinski-Hotel und dort entschuldigte sich Paula. Sie müsse unbedingt nach Hause, aber soweit sie wüsste, würden Olga und Dr. Wettengel sie gegen halb sieben im Hotel abholen und ins Troika begleiten.

Als Frau Wahl und Herr Lappas allein waren, nahmen sie einen Kaffee in der Bar. Frau Wahl meinte: „Wenn wir nicht Gäste wären, würde ich gerne auf diese Liebenswürdigkeiten verzichten. Was meinen Sie, Sie verhalten sich so ruhig."

Herr Lappas nachdenklich: „Ich bin gezwungen neutral zu bleiben. Das was man uns präsentiert ist eines der größten Kunstskandale der letzten hundert Jahre. Ich frage mich nur, warum hat uns Russland erlaubt, an diesem Prozess teilzunehmen. Mich verblüfft die Offenheit der hier agierenden Personen. Ich frage mich, wie kann ein kleiner Verein wie die Galerie Kaiser in Wiesbaden solche Kontakte haben und in solch internationale Konflikte verwickelt werden.

Wo nimmt die Galerie Kaiser das Geld her ein ganzes Kloster in Rom zu mieten und dort Ateliers und Ausstellungen zu machen. Woher kommt das Geld für die Ateliers und die Galerie in St. Petersburg. In Wiesbaden habe ich gehört, dass man bald eine Galerie mit Atelier in Jerusalem eröffnen will. Das verschlingt Unsummen. Während meiner Anwesenheit in Wiesbaden habe ich bemerkt, dass es unter den Künstlern rumort. Irgendetwas kocht dort."

„Lieber Herr Lappas", Frau Wahl verzog schmerzlich ihr Gesicht: „Die Galerie Kaiser nützt mir im Moment auch nichts. Mein Mann ist angeklagt und Sie haben heute einige der Zeugenaussagen gehört, die diese Vorwürfe bestätigen. Ich weiß, mein Mann hat mich wegen seines Kindes mit seiner ehemaligen Sekretärin, Frau Bach, einfach angelogen. Es ist zu sehen, dass der kleine Ben sein Sohn ist. Warum? Der kleine Kerl kann doch nichts dafür. Er hat mich mit Sicherheit auch wegen des Prozesses in St. Petersburg angelogen. Er sagte, davon wisse er nichts. Sie selbst haben gehört, dass er ordnungsgemäß geladen wurde. Wenn er so ein Unschuldslamm ist wie er sagt, warum ist er dann nicht erschienen oder hat sich zumindest durch einen Anwalt vertreten lassen? Mir brauchen Sie auch nicht mehr zu sagen woher Sie Ihr Wissen haben. Nach allem was ich bisher gehört habe, muss es von meinem Mann kommen. ... So, aber jetzt wollen wir uns umziehen, Dr. Wettengel will uns abholen."

Um halb sieben warteten Olga und Dr. Wettengel in der Hotelbar auf Frau Wahl und Herrn Lappas. Es war eine höfliche Begrüßung und Olga sagte überschwänglich: „Hugo hatte eine gute Idee, uns heute Abend ins Troika einzuladen. Das Troika ist nicht nur einfach ein Restaurant, sondern ein Relikt aus der guten alten Zeit der sowjetischen Varietés mit Zirkusakrobatik, russischen Volksliedern und Tänzen, Glanz und Glamour. Die bieten dort eine ausgezeichnete Show."

Dr. Hugo Wettengel schaute Frau Wahl an und meinte: „Frau Wahl, ich kann verstehen, dass Ihnen heute nicht nach so etwas zu Mute ist. Bitte, machen Sie uns die Freude und begleiten uns in die Troika."

An Herrn Lappas gewandt: „Auch Sie, Herr Lappas, müssen jetzt ganz einfach etwas Abstand haben. Für Sie beide muss dieser Prozess furchtbar sein."

***

Wiesbaden

Kurz vor elf Uhr waren am Samstag Vera und Mike in Frankfurt angekommen. Wie immer wurden sie abgeholt. Anton hatte es sich nicht nehmen lassen die beiden direkt zu sich nach Hause zu bringen um den Winzling Mike vorzustellen. Erika hatte ein Mittagessen vorbereitet und nach der Begrüßung, der Schilderung der Geburt, sagte Mike:

„Erika, Anton, das habt ihr prima hinbekommen. Meinem zukünftigen Patensohn habe ich nur ein ganz kleines Päckchen mitgebracht. Hebt es auf, bis er erwachsen ist."

Erika öffnete und schrie: „Mike, Vera, ihr seid verrückt, das können wir doch nicht annehmen. Das reicht für eine ganze Ausbildung."

Anton sah es sich an und sagte schlicht: „Mike, Vera – ganz, ganz lieben Dank. Ich hoffe, ich kann das wieder mal gutmachen."

Mike lachte: „Kannst du. Meinem kleinen Patenkind Mike fehlt noch die Schwester."

Mit einem Lachen sagte er dann: „Ihr seid mir nicht böse, aber ich werde älter und die Nachtflüge vertrage ich immer schlechter. Ich muss einfach ins Bett. Anton wärst du so gut und würdest uns in unsere Wohnung bringen?"

St. Petersburg

Frau Wahl und Herr Lappas saßen noch beim Frühstück, als Olga kam:

„Hallo ihr beiden, frühstückt fertig, wir haben Zeit. Habt ihr bequeme Schuhe an? Es wird heute sicherlich anstrengend. Bei uns in der Galerie ist schon jetzt der Teufel los.

Dr. Wettengel wird heute nicht sehr viel Zeit für Sie haben, dafür stehe ich Ihnen den ganzen Tag zur Verfügung.

Paula und Michail erlauben sich, euch heute Abend in das weltberühmte Mariinski-Theater einzuladen. Es gibt eine Inszenierung des Balletts Russes. Ich nehme an »Giselle«. Ich bin mir sicher, es wird euch gefallen. Danach haben Paula und Michail vor, euch ins New Island einzuladen. Ein schwimmendes Restaurant, das um halb elf – nach der Ballettaufführung – ablegt. Sie können dann bei Blinis und Kaviar die Fahrt mit dem Schiff nach Smolny genießen.“

„Liebe Frau Olga, Ihr verwöhnt uns sehr, Sie können uns ohne Weiteres auch mal alleine lassen.“

Olga lachend: „In St. Petersburg gewesen zu sein und die Studios und Galerien der »Galereya Kaiser« nicht besucht zu haben, das wäre ein Verbrechen. Sie werden sehen, auch für Sie wird das ein unvergessliches Erlebnis.“

Kurze Zeit später brachen Frau Wahl, Herr Lappas und Olga auf und diese sagte: „Es ist so schön heute Morgen, wir gehen zu Fuß zum Admiralteyskiy Prospekt.“

Unterwegs erklärte Olga: „Die Galereya Kaiser in St. Petersburg ist eine hundertprozentige Tochter der Galerie Kaiser Wiesbaden e.V. Der Geschäftsführer ist der Kunsthistoriker Dr. Hugo Wettengel, den ihr kennt. Ich selbst bin im Auftrag der Eremitage dort tätig, um beim Aufbau zu helfen.“

Schon von Weitem sahen sie mehrere Autobusse und ein Menschengewimmel vor einem mehrstöckigen Jugendstilhaus, das in der Mitte einen großen Eingang hatte. Olga schlängelte sich mit ihren beiden Gästen durch die anstehenden Menschen und meinte: „So voll wie heute ist es nicht immer. Aber sowohl die Galerie als auch der Souvenirshop und die Studios sind gut besucht. Wie Sie sehen, erheben wir für die Galerie einen Eintritt. Der Souvenirshop ist eintrittsfrei und hat auch ein kleines Café.

Links geht es zu dem Souvenirshop, der im Erdgeschoss und im 1. Stock links untergebracht ist. Im 2. Stock befindet sich das Café für das allgemeine Besucherpublikum.

Rechts geht es in die Galerien, die sich über das ganze Vorderhaus erstrecken. Im obersten Stockwerk ist auch unser kleines Bistro untergebracht. Morgen werden wir die Studios im Hinterhaus besuchen. Lassen Sie uns jetzt in die Galerien gehen. Sie werden sehr überrascht sein.

Olga geleitete sie durch die Absperrungen und man war plötzlich in einem außergewöhnlichen Museum.

Olga begann zu erklären: „Jeder unserer Ausstellungssäle ist in einem anderen Farbton gestaltet. Wie Sie sehen, dieser in Purpur und Gold, daher der Name purpurner Saal, unendlich viel Kleinarbeit haben unsere Innenarchitekten bei der Gestaltung geleistet. Die Damen und Herren in den weißen Kutten sind unsere Berater oder wie Sie sagen würden, die Verkäufer. Es sind meist Kunstwissenschaftler. Sie sehen, rechts tragen Sie oben einen roten Button, darunter Name und die Sprachen die sie sprechen.

Wir haben uns bemüht, in jedem Raum nur eine bestimmte Epoche zu zeigen. Dabei jeweils ein besonderer Höhepunkt. Hier im purpurnen Saal ist es **Rembrandts »Danae«**. Dieses Bild galt nach dem Säureattentat 1982 als verloren. Unsere Wissenschaftler der Eremitage stellten sie aber vollständig wieder her. Dieses hier ist eine Kopie und wir verkaufen es sehr oft."

Herr Lappas: „Ich bin sehr erstaunt, Frau Olga, was kostet so etwas?"

„Entschuldigung", Frau Olga ging zur Seite, holte sich zwei dicke Kataloge und übergab sie Frau Wahl und Herrn Lappas. „Das hätte ich beinahe vergessen. In diesem Katalog finden Sie alle Angaben über die Exponate, eingeteilt nach den Ausstellungssälen. Alle hier ausgestellten Bilder können Sie auch als handgefertigte Kopien, als Öldrucke und auch als Kunstdrucke kaufen.

Sie gingen weiter in den nächsten Saal, den sogenannten blauen Salon. Hier wurde italienische und spanische Kunst präsentiert. Unter anderem **Leonardo da Vincis – Madonna Litta (1491)** und **Madonna Benois (1478)**.

Sie betraten den Saal Terra. In einem tonfarbenen Saal mit Goldstuck wurde die flämische, niederländische und deutsche Kunst präsentiert. Man sah **Rubens, Rembrandt, Lucas Cranach d.Ä.** und vieles mehr.

Danach ging's in den Liliensaal mit der französischen und englischen Kunst. Sie sahen Bilder von **Claude Lorrain, Nicolas Poussin, Antoine Watteau, François Boucher** und so weiter. Olga wurde nicht müde diese Kostbarkeiten zu erklären.

Und schon waren sie im lichtgrünen Salon: Es wurde die Europäische Kunst des 19. und 20. Jahrhunderts gezeigt. Noch weitere drei Säle mussten sie durchwandern bis Olga sagte:

„Jetzt kommen wir zu unserem Bistro. Ich habe uns einen kleinen Tisch reservieren lassen. Ich hoffe, Dr. Wettengel kann wenigstens eine Kleinigkeit mit uns essen."

Sie betraten einen relativ großen Raum, der gut besucht war. Olga hatte einen schönen Tisch am Fenster reserviert mit einem wundervollen Blick auf die Eremitage. Sie hatten sich kaum gesetzt als Dr. Wettengel kam, sie begrüßte und fragte:

„Na, wie hat Ihnen unsere Galerie bisher gefallen?"

Herr Lappas: „Sie können sich vorstellen, dass ich schon viele Galerien in meinem Leben gesehen habe. Ihre ist die Außergewöhnlichste und die Beeindruckendste. Es ist eine extravagante und aus dem Rahmen fallende Präsentation von Kunstgegenständen, die ihresgleichen suchen kann. Ich habe hier das Bild **Der Tanz** von **Matisse** gesehen. Soweit ich weiß, wurde es noch nie kopiert."

Dr. Wettengel lachte: „Sie sind ein guter Beobachter. Sie hatten sicher noch keine Zeit Ihren Katalog durchzublättern, sonst hätten Sie festgestellt, dass einige der Exponate unten rechts eine rote Schleife tragen. Dieses sind vorübergehende Leihstücke der Eremitage zum Zwecke des Kopierens. Wir haben hier etwa einhundert Leihstücke aus der Eremitage, die wir in relativ kurzen Abständen wieder zurückgeben."

Sie bestellten und es gab noch eine lebhafte Unterhaltung während des Mittagessens, dann verabschiedete sich Hugo

Wettengel mit den Worten: „Tut mir leid, dass ich nicht mit bei der Führung dabei sein kann.“

Der Nachmittag brachte nochmals große Überraschungen. Die Galerie Kaiser präsentierte in je einem Saal Exponate der prähistorischen Kunst, der antiken Kunst, der orientalischen Kunst und nicht zuletzt der russischen Kunst. Frau Wahl war besonders von den Einzelstücken aus der Uhrensammlung Peters des Großen beeindruckt. So fragte sie Olga: „Meinen Sie, es ist möglich für meine beiden Antiquitätengeschäfte in München und Zürich Kopien dieser Uhren bei Ihnen zu beziehen?“

Olga lachte: „Das ist unser Geschäft. Wir würden uns freuen, wenn Sie sich für das eine oder andere Stück interessieren würden. Da Sie Kundin bei Kaiser sind, gewähren wir die gleichen Rabatte. Ich weiß, dass einige der Käufer den vollen Preis bezahlen und dann mit großen Aufschlägen weiterverkaufen. Ich werde Sie gerne beraten.“

Im Weitergehen sagte Olga, jetzt habe ich noch zwei kleine Überraschungen für Sie und sie gingen in einen Raum, in dem vierundfünfzig Eier als Schmuck zu sehen waren.

Frau Wahl entfuhr es: „Die sagenhaften Schätze aus der Zarenzeit, die sagenumwobenen Fabergé-Eier. Sagen Sie, wie kommen Sie dazu? Soweit ich weiß, sind nur einige dieser Eier in Moskau zu sehen. Bitte, berichten Sie!“

Olga: „Ich bin auch ganz stolz auf diese Kreationen. Seit vielen Jahren habe ich mich mit diesen außergewöhnlichen Kunstwerken der Goldschmiedekunst befasst. Lassen Sie mich erst etwas über die Familie Fabergé erklären. Der Name Fabergé lässt heute noch aufhorchen. Hofjuwelier Carl Fabergé fertigte für den Hof in St. Petersburg einst unermesslich wertvolle Kostbarkeiten. Im selben Jahr, als Carl Fabergé (1846-1920) zum Hofjuwelier ernannt wurde, erteilte der Zar dem Goldschmied den Auftrag, ein fein gearbeitetes Schmuck-Ei für seine Gemahlin zu fertigen. Der Brauch des Eierschenkens ist von jeher tief in der russischen Kultur verwurzelt. Ihren Höhepunkt erreichte diese Tradition jedoch mit den kostbaren Kreationen von Fabergé. Jedes Jahr musste nun Fabergé für den Zaren ein Schmuck-Ei fertigen.

Heute zählen seine Kreationen zu den Höhepunkten der Goldschmiedekunst und erzielen bei Auktionen Preise, die in die Millionen gehen. Wie schon gesagt, es gibt 54 Fabergé-Eier, wobei keines dem anderen gleicht. Nach meiner Meinung ist das Großartigste das sibirische Eisenbahn-Ei, das Nikolaus II im Jahr 1900 in Auftrag gab. Diese Eier hier werden von St. Petersburger Goldschmieden gefertigt. Das Material ist reines Gold oder Silber und die Steine sind echt. Daher ist der Preis auch entsprechend hoch. Wir bieten diese Stücke nicht besonders an, denn die Produktion ist langsam und zeitaufwändig."

Lappas: „Frau Olga, Sie überraschen uns immer wieder. Und was ist die zweite Überraschung?"

Wieder lachte Frau Olga, „Jetzt trinken wir noch schnell etwas im Café in unserem Souvenirshop und begeben uns dann in unser Reich der Kunstfinsternis."

Olga schloss eine Tür auf, sie gingen eine Treppe nach unten und standen in einem netten Touristencafé. Es war stark frequentiert. Olga hatte einen Tisch reserviert und sie waren froh zu sitzen. Als sie den Kaffee hatten begann Olga:

„Nachdem wir als letztes die Fabergé – Eier gesehen haben, fangen wir damit auch wieder an. Seit Jahren habe ich mich bemüht, diese Fabergé – Eier auch billiger zu kopieren. Das ist mir Dank einer chinesischen Firma auch gelungen. Sie werden als nächstes die gleichen Fabergé – Eier sehen. Es sind zwar billige Kopien, aber sie sehen kostbar aus und kosten kaum dreißig Euro. Es vergeht kein Tag, an dem wir nicht mindestens dreißig bis vierzig Stück verkaufen. Ein Renner! Die übrige Ausstellung müssen Sie sich jetzt ansehen."

Olga ging mit ihren Gästen in den sogenannten Souveniershop. Auf zwei Etagen sahen sie außerordentlich geschmackvolle Stücke. Als Erstes die Fabergé – Eier. Die sahen aus wie die davor gesehenen, nur sie waren sehr viel preiswerter. Viele Besucher drängten sich um diese Stücke und eine Verkäuferin in ihrer weißen Kutte bemühte sich, diese Stücke mit den Besuchern auszusuchen. Es war sehr gekonnt gemacht. Auch im Souveniershop wurden die einzelnen Verkaufsexponate grandios präsentiert. Die Räume waren nicht überladen, im Gegenteil, es waren immer wieder nur Einzelstücke zu sehen, die im Preis sehr volksnah waren.

Frau Olga erklärte: „Unsere Stadtrundfahrten machen hier einen Stopp. Jeder erhält einen Gutschein über ein Getränk. Unsere Verkäufer sind sehr diskret. Merkt man das Interesse für die Galerie oder die Werkstätten, so bekommen die Besucher einen Gutschein für einen Gratisbesuch. ... So, aber ich glaube, jetzt muss ich Sie zurück ins Hotel bringen. Sie wollen sich sicher vor dem Theaterbesuch frisch machen."

Frau Wahl und Herr Lappas warteten in der Hotelbar auf Michail und Paula. Herr Lappas meinte: „Wie hat die Galerie Kaiser das finanziell auf die Reihe gekriegt. Selbst wenn sie die Unterstützung der Eremitage haben, das ist so ohne Weiteres nicht möglich. Auch die Idee, die sie mit dem Souveniershop hatten, ist einmalig. Ich bin schon sehr gespannt, was man uns morgen zeigen wird."

Frau Wahl: „Die haben in ihrer Galerie Dinge präsentiert, davon kann ich mit meinen beiden Läden nur träumen. Ich nehme sehr viele, gute Eindrücke mit, die ich in meinen Verkaufsräumen verwirklichen möchte."

Nicht viel später kam Michail mit Paula, um die beiden zur Vorstellung ins Mariinski Theater abzuholen.

Michail erwähnte unterwegs: „Das Mariinski Theater ist erst vor einiger Zeit wieder eröffnet worden. Das historische Gebäude musste renoviert werden. Es strahlt jetzt wieder im alten Glanz. Das Theater hat seinen Namen nach der Zarin

Marija Alexandrowa, der Gemahlin Alexanders I. Das Gebäude wurde 1860 von dem Architekten A. Kawos gebaut.

Wenn Sie in das Auditorium kommen, beachten Sie, dass die Innenarchitektur – verdrehte Säulen, Atlanten, Putten und Kameemedaillons, sowie die Gestaltung des Raumes in Blassblau mit Gold stets unverändert blieb. Die Deckengemälde sind auf Enrice Franchioli zurückzuführen, der dort Mädchen mit mehreren Liebesgöttern tanzen lässt. Der extravagante Bühnenvorhang stammt aus dem Jahre 1914."

Das Theater begeisterte sowohl Frau Wahl als auch Herrn Lappas. Dann begann eine zauberhafte Vorführung.

Beide Gäste bedankten sich überschwänglich bei dem Ehepaar Borodin. Michail lachte:

„Hätte mich auch gewundert, wenn Ihnen das nicht gefallen hätte, aber kommen Sie, die New Island wartet nicht mit ihrer Nachtfahrt nach Smolny."

Igor brachte sie zum Schiff und pünktlich legte die New Island ab und eine Traumfahrt begann. Michail erklärte:

„Ein Schiff mit Tradition. Auch der amerikanische Präsident Busch, Chirac und auch Putin waren hier schon Gast. Lassen Sie sich mit Blinis und Kaviar verwöhnen. Ich glaube, wir nehmen dazu einen Krimsekt."

Michail unkompliziert wie immer: „Liebe Frau Wahl, lieber Herr Lappas, ich weiß, ich dürfte das jetzt nicht tun, aber wir Russen sind unkomplizierte Menschen. Uns hat hier etwas zusammengebracht, wofür wir alle vier nichts können. Wir müssen mit einer Sache fertig werden, die uns alle sehr bedrückt. Gestatten Sie mir, Ihnen das Du anzubieten. Man kann dann leichter sprechen und auch leichter erklären. Ich bin Michail."

Frau Wahl leise: „Danke, ich bin Luise" und Herr Lappas schloss sich an: „Ich bin Frank".

Paula lachte: „Und ich Paula, freue mich, wenn ich neue Freunde gefunden habe. Wenn immer ihr Sorgen habt, Fragen anstehen oder ich euch sonst wie helfen kann, kommt einfach."

Dann folgte eine kleine Pause, alle mussten das eben Geschehene verdauen. Dann sagte Michail: „Es werden noch schlimme und auch schwere Tage für uns alle kommen. – Ich hoffe, alles kommt zu einem einigermaßen guten Ende."

***

Um zehn Uhr morgens holte Olga Frau Wahl und Herrn Lappas im Hotel ab. Wie am Vortag gingen sie zu Fuß zur Galereya Kaiser, um die Studios zu besichtigen.

Schon am frühen Morgen standen wieder mehrere Busse vor dem Gebäude und es drängten sich Menschen vor den Eingängen. Geschickt umging Olga mit ihren Gästen die Einlasskontrollen und über einen gepflegten Innenhof kamen sie zum Hinterhaus, in welchem die Studios waren.

Im Eingangsbereich erwartete sie die erste Überraschung. Sie bekamen Filzpantoffeln und einen hellblauen Umhang. Es ging in den Keller.

Olga erklärte: „Hier im Keller haben wir unsere Gießerei untergebracht. Dies sowohl für die Metalle, die Verarbeitung der verschiedenen Tonsorten – auch Porzellan, die Glasbläserei und vor allen Dingen die Brennöfen. Es ist ähnlich wie in Wiesbaden angeordnet, nur haben wir – Gott sei Dank – mehr Raum zur Verfügung. Die Weiterverarbeitung erfolgt dann im 1. Stock.

Mit einem Fahrstuhl fuhren sie in den ersten Stock. Dort erfolgte die Verarbeitung der vorgefertigten Stücke. Obwohl Sonntag war gab es eine Vielzahl von Künstlern, die in dieser Etage arbeiteten. Frau Wahl stand lange bei einem Künstler, der an einer Drehbank versuchte, die Kopie einer Sonnenuhr aus der Sammlung Peters des Großen zu fertigen. So fragte

Frau Wahl: „Frau Olga, verraten Sie mir, was kostet so ein Stück. Ich kann es nicht im Katalog entdecken."

„Das ist auch noch nicht so weit. Es wird sicherlich noch zwei bis drei Wochen dauern, bis wir dieses besondere Stück in unser Programm aufnehmen können. Unter zehntausend Euro wird es wohl nicht verkauft werden können."

In den oberen Ateliers waren die Kopisten der Gemälde untergebracht. Auch da herrschte ein ziemlicher Betrieb. Es war erstaunlich zu sehen, mit welcher Ruhe und Gelassenheit die einzelnen Künstler an ihren Bildern arbeiteten.

Sie waren noch nicht ganz durch die Ateliers im Obergeschoss gegangen, als Dr. Wettengel auftauchte:

„Willkommen in unseren Ateliers – wollt Ihr nicht zum Mittagessen kommen? Ich habe im Bistro einen Tisch reserviert."

Erschrocken schaute man auf die Uhr. Tatsächlich, es war bereits kurz nach halb zwei. Man folgte Dr. Wettengel. Der fragte nach dem gestrigen Abend und Frau Wahl konnte nur sagen: „Es war ein unvergessliches Erlebnis und ich bin auch heute noch verzaubert. Außerdem überraschen mich Ihre Ateliers auch. Sie stellen Kopien von wundervollen, formvollendeten und stilvollen Kunstgegenständen her, die man eigentlich nur mit einem Wort bezeichnen kann, nämlich **ästhetisch**. Mein Kompliment."

Dr. Wettengel sichtlich geschmeichelt: „Danke Ihnen Frau Wahl, aber das ist nicht nur mein Einfluss. Alle Künstler hier haben mitgearbeitet und mitgedacht. Besonders Olga hat mir geholfen. Jedes Ding hat zwei Seiten. Auch unser Unternehmen hier in St. Petersburg. Ich werde mir erlauben, Sie heute Nachmittag in unser Geheimnis des Erfolgs einzuweihen."

Es gab noch ein nettes Tischgespräch bis Dr. Wettengel zum Aufbruch bat. Man ging wieder in das Hinterhaus und im Erdgeschoss links waren die Büroräume untergebracht.

Anhand eines Organigramms erklärte Dr. Wettengel den kaufmännischen Aufbau des St. Petersburger Unternehmens.

Dann sagte er: „Mit Ausnahme des Reinigungs- und Servicepersonals sind alle Mitarbeiter, ähnlich wie in Wiesbaden, sogenannte freie Feste.

Aufgrund einer sehr exakten Kalkulation legen wir für jedes der bei uns produzierten Stücke einen sogenannten Endverkaufspreis fest. Das angefertigte Stück erhält eine Nummer, die im Computer gespeichert wird. Der Künstler erhält für die Erstellung eine Vergütung zwischen zehn und zwanzig Prozent. Das klingt im Moment wenig, ist aber für die hiesigen Verhältnisse viel.

Die Verkäufer erhalten eine Provision in Höhe von zirka zehn Prozent des Verkaufspreises.

Der Verkäufer ist in der Lage Rabatte zu gewähren. Für Wiederverkäufer – wie Sie es sind, je nach Abnahme zwischen dreißig und fünfzig Prozent vom angedachten Verkaufspreis.

Sie sollten außerdem wissen, jeder Kunde kann seinen Kauf rückgängig machen. Das kommt zwar selten vor, aber wir wollen diesen Service beibehalten."

Herr Lappas fragte: „Wenn ich richtig mitgerechnet habe, da müssen Sie ein Vermögen verdienen?"

Dr. Wettengel lachte: „Leider nicht. Sie haben die Materialkosten vergessen. Wir verwenden hier für die Kopien der Bilder altes Leinen, abgelagertes Holz für Keilrahmen und Rahmen. Wir vergolden die Rahmen. Die Metalle, die wir hier verwenden sind außergewöhnlich und selbst die Farben sind teuer. ... Aber kommen wir zum Verkauf und der Buchhaltung."

Sie begaben sich auf die rechte Seite des Erdgeschosses. Ein Schalterraum wie in einer Bank. Auch dort drängten Kunden vor den Schaltern.

Dr. Wettengel erklärte: „Nach russischem Gesetz sind alle Gegenstände aus der Zeit vor 1956 sowie Gold, Silber, Edelsteine und Pelze strikten Ausfuhrkontrollen unterworfen. Kunstobjekte inklusive zeitgenössischer Aquarelle sind eben-

so betroffen wie alte Bücher. Aufgrund einer Sondergenehmigung des Kultusministeriums können wir bei uns hergestellte Kopien solcher Kunstwerke exportieren.

Das heißt, der Kunde kauft hier, bezahlt hier und wir liefern das gewünschte Stück im jeweiligen Ausland aus. Die Auslieferung erfolgt dann entweder durch unsere Zentrale in Wiesbaden oder in Wuppertal. Allerdings über neunzig Prozent unserer Verkäufe bleiben im Inland."

Dr. Wettengel: „Sie machen uns doch sicher die Freude, Sie heute Abend einladen zu dürfen."

Jetzt meuterte Frau Wahl: „Wenn heute Abend jemand einlädt, dann bin ich das. Ich weiß nicht, wie gut oder wie schlecht das Restaurant im Kempinski ist. Aber können wir uns um sieben in der Hotelbar treffen?" Sowohl Olga, als auch Dr. Wettengel nahmen an und sie freuten sich auf einen entspannten Abend.

Wiesbaden

Sonntagmorgen, gegen zehn Uhr traf man sich wie verabredet in Susis Büro. Susi mit Moritz, Jens Gerner, Dieter Zeiser, Anton, Maxim und Mike. Als Letzte kamen Herbert Wagner, der ehemalige Beamte des Bundeskriminalamtes zusammen mit Manfred Wundram, einem höheren Beamten der Kripo in Wiesbaden.

Susi begrüßte alle Anwesenden: „Ihr Lieben, tut mir leid, wenn ich euch den Sonntag stehlen muss. Wir begrüßen in unserer Runde Herrn Maxim Pasternak, den wir in einer Woche in unser Gremium wählen wollen. Gleichzeitig darf ich Manfred Wundram vorstellen, der uns seinerzeit bei den Diebstählen in Wiesbaden geholfen hat.

Ihr alle habt vor euch ein Blatt mit den von der Gegenseite gewünschten Tagesordnungspunkten. Ich bin der Meinung wir sollten diese diskutieren.

Beginnen wir mit dem ersten Punkt. Da das dein Ressort ist – lieber Dieter – könntest du uns deine Meinung dazu sagen?“

Dieter Zeiser: „Es geht, um die Veränderung des Vorstandes, da die Gegenseite der Meinung ist, dass die beiden Vorstände nicht gleichzeitig dem Gremium angehören dürfen. Ich habe mich mehrfach mit Kollegen beraten und komme – wie bisher – zu folgender Meinung:

Unser sogenanntes Gremium sind die stimmberechtigten Mitglieder des Vereins. Demzufolge können – ja müssen sogar – die Vorstände, das heißt Susi und Anton, diesem angehören. Wir sollten lediglich mindestens sieben stimmberechtigte Mitglieder in diesem Gremium haben. Somit beantragen wir die Aufnahme eines solchen Mitgliedes. Unser Maxim hat sich dazu bereiterklärt. Wahrscheinlich wird sich dazu noch Herr Berger melden. Die Stimmenmehrheit dürfte Berger kaum erreichen. Seid ihr alle damit einverstanden?“ Eine kurze Diskussion und dieser Punkt war abgehandelt.

Susi: „Der zweite Punkt der verlangten Tagesordnung geht einwandfrei nur gegen mich. Es sind ungeheure Anschuldigungen und sie haben mich sehr verletzt. Ich weiß nicht, wie die Gegenseite das untermauern will, denn ich bin mir keinerlei Schuld bewusst. Keinesfalls werde ich zurücktreten. Sollte man ehrabschneidende Dinge gegen mich behaupten oder gar in schriftlicher Form vorlegen, so bitte ich dich – lieber Dieter – Strafanzeige gegen diese Personen zu erstatten, und zwar wegen übler Nachrede und Verleumdung. Dies sollte vor einem ordentlichen Gericht erfolgen. Gleichzeitig stelle ich Schadensersatzansprüche gegen die Personen, die solches behaupten. Dieter, bitte prüfe, ob das möglich ist. Ich würde vorschlagen, dass ich die Schadensersatzsumme einem guten Zweck zuführe.“

Dieter: „Susi, du bist jetzt sehr verletzt. Das können wir alle verstehen. Jeder in unserer Runde weiß, dass diese Anschuldigungen völlig haltlos sind. Wir alle wissen, dass genau das Gegenteil wahr ist. Aber wir wissen nicht, ob nicht die Gegenseite getürkte Dokumente vorlegt um ihre Beschuldigungen zu beweisen. Dann müssen Gerichte darüber entscheiden."

Wieder eine kurze Diskussion und der Punkt zwei der Tagesordnung war für die Anwesenden abgehandelt.

Susi: „Jetzt kommt ein Punkt, den ich nicht genau beurteilen kann. Man will versuchen, die Rechtsfähigkeit dem Verein zu entziehen. Ob das möglich ist, das weiß ich nicht. Dieter, was hast du herausgefunden?"

Dieter Zeiser: „Also, wir bewegen uns schon etwas im Graubereich. Wir haben in Deutschland eine Gesetzgebung, die Arbeitszeiten vorschreibt, auch Mindeststandards. Die Urlaube sind reguliert. Arbeitszeiten und Arbeitstage und so weiter. Allerdings dies nur für gewerbliche Betriebe. Vereine betrifft das nicht. Andererseits produzieren wir in einigen Bereichen rein gewerblich. Zum Beispiel die Druckerei, das Fotostudio, die Porzellan- und Tonbrennerei, die Glasbearbeitung, die Rahmenherstellung und so weiter. Selbst das Kopieren der Bilder könnte man als Kunsthandwerk einstufen. Die Erstellung reiner Kunstwerke ist dagegen unangefochten unser Terrain. Hier sollten wir etwas verändern."

Maxim: „Wir machen uns hier in die Hosen, weil irgend so ein hergelaufener Drucker auf einmal Dinge behauptet, die er gar nicht beurteilen kann. Wir sind Künstler. Allein die Aufträge der Ikonostasen sind Kunstwerke. Da haben wir einen Umsatz von fünf Millionen Dollar. Vorhin hat mir Mike erzählt, er hätte den Auftrag für die Gestaltung der altkatholischen Kirchen der USA unter Dach und Fach. Wiederum die gleiche Summe. Auch das ist reine Kunst. Dazu kommen unsere außergewöhnlichen Kopien von Kunstgegenständen aus der ganzen Welt. Überall werden diese wertvollen Gemälde geschätzt. Es mag ja sein, dass wir vielleicht die Kunstdrucke und eventuell die Öldrucke ausgliedern müssen, aber mehr schon nicht. Sagt doch ganz einfach, dass wir planen mehrere

Firmenteile auszugliedern, dies jedoch nur mit Zustimmung von zweidrittel der Mitglieder. Dann findet das ohnehin nie statt. Wer will sich schon seine Einkünfte nehmen lassen."

Moritz: „Maxim, du sprichst mir aus der Seele. Ich habe schon einen Plan, wie man Teile aus dem Verein herauslösen kann. Den lege ich vor. Dazu müsste man aber die Satzung des Vereins ändern und dazu bräuchte man dreiviertel Stimmenmehrheit. Bis nächsten Sonntag habe ich diese Aufstellung fertig. Dieter, wärst du damit einverstanden?"

Dieter lachte: „Das klingt gut. Selbst wenn die Gegenseite sehr gute Argumente hat, das verschafft uns nicht nur Zeit, sondern gibt uns auch die Möglichkeit selbst zu recherchieren und nach Möglichkeiten zu suchen."

Es klopfte, Nina kam mit einer großen Platte mit belegten Broten und einer Kanne Kaffee und sagte: „Susi, ich soll dich erinnern, deine beiden Süßen haben Hunger. Ich bringe nachher noch mal eine Platte mit Brötchen und Kaffee."

Die kurze Mittagspause war schnell vorbei und Susi war wieder bei ihren Freunden und Partnern.

Susi: „Jetzt haben wir noch den letzten Punkt der Gegenseite, die Auflösung des Vereins und die Aufteilung des Vermögens. Für meinen Teil können wir diesen Punkt insgesamt vergessen. Jens, das ist dein Teil."

Jens Gerner: „Eine Zwangsauflösung oder auch nur eine Auflösung hätte den Untergang der Galerie Kaiser zur Folge. Also nicht nur Wiesbaden, sondern auch Boston – USA, Rom – Italien, St. Petersburg und Wuppertal müssten wir gleichzeitig auflösen. Da wir ein gemeinnütziger Verein sind und langzeitige Verpflichtungen zur Förderung von Künstlern eingegangen sind, würde eine Auflösung Jahrzehnte in Anspruch nehmen. Natürlich haben wir hohe Ressourcen, unsere sogenannten Rücklagen für gemeinnützige Zwecke. Diese sind vom Finanzamt geprüft und in der vorliegenden Form anerkannt. Ich weiß nicht, woher diese Gauner Wind davon bekommen haben. Aber irgendetwas scheinen die zu wissen. Vorläufig können wir ablehnen. Daher können wir diesen letzten Punkt auch als abgehandelt bezeichnen."

Susi: „Eigentlich wären wir jetzt mit unserem heutigen Programm fertig, aber nun wird es interessant. Ich möchte noch drei weitere Mitgliederversammlungspunkte auf die Tagesordnung setzen, Manfred Wundram und Herbert Wagner sollen berichten, Mike will von einem großen Erfolg erzählen und auch ich habe noch eine Kleinigkeit zu erzählen.

Die zusätzlichen Tagesordnungspunkte sollten sein:

Erstens: Diebstähle von Rücklieferungen

Zweitens: Fristlose Entlassung und Vertragskündigung von Vereinsmitgliedern und Angestellten der GmbH wegen geschäftsschädigenden Verhaltens.

Drittens: Kauf von Andruckautomaten für die Filialen Boston, St. Petersburg, Rom, Jerusalem und Wuppertal."

Susi goss sich einen Kaffee ein und fuhr fort:

„Lieber Herbert, lieber Herr Wundram, Sie sind außerordentlich fleißig gewesen. Bitte berichtet."

Herbert Wagner blieb nicht sitzen, er stand auf, verneigte sich kurz und begann: „Wir hatten vor einer Woche beschlossen, die belieferten Hotels zu besuchen und zu recherchieren, ob einer der von uns verdächtigten Personen in irgendeinem Zusammenhang mit diesen Lieferungen steht. Das können wir heute mit einem klaren Ja beantworten. Wir haben zehn Hotels befragt. In neun Fällen war es entweder Günther Geiger oder Konrad Scharf. Immer hat einer dieser Herren dort mit dem Hotel gesprochen und nach Anlieferung die Waren mit einem Auto dort abgeholt. In jedem dieser Fälle war es ein Auto mit einer Wiesbadener Autonummer. Beim zehnten Hotel könnte es sich um Herrn Berger selbst gehandelt haben, das war in dieser kurzen Zeit nicht zu ermitteln." Manfred Wundram fuhr fort: „So lange wir die gestohlenen Gegenstände nicht auffinden, haben wir schlechte Karten. Allein die Zeugenaussagen nützen uns nicht viel. Alle drei Herren haben keinerlei Vorstrafen. Allerdings kann ich nach diesem Anfangsverdacht ermitteln. Andererseits haben wir nur sieben Tage zur Verfügung. Daher meine Frage an Mike Curtis: Könnten Sie wieder mal helfen? Vielleicht sollten wir uns nach dieser Sitzung zusammensetzen und einen entsprechenden Plan vorbereiten."

Mike: „Freue mich schon darauf. Nach der Sitzung setzen wir uns zusammen und ab morgen Früh bin ich dabei."

Susi: „Zum zweiten Punkt: Ich sehe gute Möglichkeiten, die Stänkerer los zu werden. Wer so etwas unterschreibt, der gehört eigentlich nicht mehr zu uns. Ich gebe zu, dass ich da voreingenommen bin. Was meinst du, Anton?"

Anton in seiner ruhigen Art: „Susi, ich weiß, du bist sehr verletzt und das mit Recht. Aber wir wissen nicht, was dieser Rolf Berger den Leuten erzählt hat. Hilde wollte doch am kommenden Mittwoch kommen und mit diesen Leuten sprechen, dann wissen wir mehr. Ich bin der Meinung, wenn sie von dem Text der Tagesordnung wussten, dann raus. Wenn nicht, dann sollten wir noch mal überlegen."

Dann kam der letzte Punkt: Kauf von Andruckautomaten für die Filialen in Boston, St. Petersburg, Rom, Jerusalem und Wuppertal.

Jetzt stand Susi auf: „Ihr Lieben, einerseits streiten wir uns, ob die Druckerei unter dem Dach des Vereins bleiben kann, andererseits führen uns gerade diese Andruckpressen in ein neues Zeitalter der Reproduktion. Moritz hatte lange Gespräche mit dem größten Hersteller dieser Apparate und er soll euch selbst die Ergebnisse präsentieren."

Moritz stand auf: „Ausgerechnet ich, der dafür ist, unser Unternehmen zu verkleinern und übersichtlicher zu machen, muss euch jetzt einen Vorschlag unterbreiten, bei dem wir uns in Millionenhöhe verschulden. Wir alle wissen, unsere Öldrucke sind aus verschiedenen Gründen ein Renner. Einmal, weil sie aussehen wie Ölgemälde, zum anderen weil sie einfach zu übermalen sind und damit unseren normalen Kopien gleichen, dies bei einem nur geringen Zeitaufwand. Zum anderen wissen wir, dass diese Andruckautomaten hervorragende Drucke herstellen, die ihresgleichen suchen.

Wir müssen möglichst kostensparend herstellen und teilweise auch preiswert verkaufen. Dies gilt nicht nur für uns in Deutschland, nein, auch für alle übrigen Länder. Bis jetzt läuft unser Geschäft noch gut, aber wir dürfen es nicht zu einem Stillstand kommen lassen.

Ich hatte einige Gespräche mit dem Lieferanten unserer Andruckpressen und dieser machte mir vor wenigen Tagen ein Angebot, das ich euch nicht vorenthalten will.

Ein englischer Konzern hat für seine Töchterunternehmen in USA, Australien, Singapur und Hongkong solche Automaten bestellt und vor einigen Tagen diesen Großauftrag storniert. Die Apparate waren aber schon so gut wie fertig gestellt. Er hat uns diese zu einem Sonderpreis angeboten, wenn wir alle, aber auch wirklich alle, abnehmen.

- Es ist ein Andruckautomat für das Format 2x3 Meter. Diesen dachte ich für Wuppertal.
- Ein weiterer Andruckautomat, Format 1,6x2 Meter. Den dachte ich für Rom.
- Ein Andruckautomat, Format 1,6 x 2,2 Meter. Der erscheint mir für St. Petersburg richtig.
- Ein Andruckautomat, Format 1,8 x 2,4 Meter. Das dürfte das richtige Maß für Boston/USA sein.
- Zu guter Letzt noch ein kleiner Apparat, 60x80 cm, für Jerusalem.

Alle fünf Andruckpressen zum Sonderpreis von zirka 1,4 Millionen Euro. Gegenüber den Normalpreisen stellt das einen Rabatt von fünfzig Prozent dar. Ich meine, eine einmalige Chance. Da wir keine eigenen Leute zur Bedienung dieser hochwertigen Maschinen haben, erklärte sich die Herstellerfirma bereit, mit ihren Leuten zu sprechen, ob nicht der eine oder andere zu uns wechseln will. Die Firma müsste ohnehin betriebsbedingt Leute entlassen. Die Antwort erhalte ich voraussichtlich in der nächsten Woche."

Moritz stand auf, übergab jedem eine kleine Mappe mit den Prospekten dieser Andruckpressen und sagte: „Schaut euch das in Ruhe an. Wir können bis nächsten Sonntag mit einer Entscheidung warten."

Mike begeistert: „Moritz, das ist wenigstens mal etwas sehr erfreuliches. Mein Markt ist zwar nicht so eingebrochen wie eurer, aber die Öldrucke werden mir helfen wieder ins alte Fahrwasser zu kommen. Hoffentlich haben die auch jemanden der bereit ist, zu uns nach Boston zu kommen. Mein Ja habt ihr. Seit langem kenne ich einen Mexikaner, der in unserem Geschäft tätig ist. Dem habe ich unsere Muster gegeben. Der ist ganz scharf darauf, das Zeug in Mexico zu verkaufen. Er meint, das wäre seine Chance. Meint ihr – Orlando Lopez kann mal rüberkommen und sich die Motive aussuchen?"

Anton: „Was eine Frage, selbstverständlich, wir sollten nur noch den Termin vereinbaren. Wenn du in Mexico etwas aufbauen willst, so sollte dieser Orlando Lopez so viel Zeit mitbringen, dass er sich unsere Präsentation in St. Petersburg, Rom und auch Wuppertal anschaut. Will dieser Lopez das auf eigene Rechnung machen oder müssen wir finanzieren?"

Mike: „Wie alle Mexikaner ist er arm wie eine Kirchenmaus. Ich fürchte, wir müssen ihn finanzieren. Falls es hier im Moment eng ist, kann ich das übernehmen."

Moritz: „Mike, sprich mit dem Mann. Wenn er für uns tätig sein will, dann muss er erst mal hier eingearbeitet werden. Das dauert sicher ein bis zwei Monate. Welchen Beruf hat dieser Lopez eigentlich?"

Mike lachte: „Orlando ist zwar arm, aber er ist ein hoch gebildeter und kultivierter Mensch. Ich habe seine Unterlagen in Boston. Soweit ich mich erinnere, hat er die deutsche Schule in Mexico City bis zur Reifeprüfung besucht. Danach hat er Kunst der mittelamerikanischen Kulturen in Mexico City studiert. Er ist Kunstgeschichtler mit entsprechenden Diplomen. Ein Mann der auch in der Lage ist, entsprechende Gutachten zu erstellen. Dagegen bin ich ein kleines Licht.“

Hier unterbrach Susi: „Ich muss euch leider wieder auf den Boden der Tatsachen zurückführen und noch etwas Unangenehmes berichten.

Gestern hatte ich zwei Anrufe aus St. Petersburg. Erst war Michail am Apparat der mir berichtete, dass Herr Lappas ihm erzählt hätte, dass er von den Stänkereien gegen mich wüsste. Michail vermutet, dass sehr wahrscheinlich als möglicher Hintermann für diese Verleumdungen bei uns nur Herr Wahl in Frage kommen könne. Es ist erst ein Verdacht, aber er meint, da nicht falsch zu liegen.

Am späten Abend rief Hugo Wettengel an. Auch er stolperte über eine Bemerkung von Herrn Lappas, der ihm sagte, er habe schon gehört, dass gegen mich intrigiert würde. Auch Hugo hatte sofort den Verdacht, dass Lappas das nur von Peter Wahl haben kann.

Da die Anwälte Satorius Berger vertreten, lag es für uns nahe, dass die Gewerkschaften dahinter stecken. Jetzt sieht das nicht mehr so aus. Was ist, wenn Peter Wahl das Ganze inszeniert hat um sich zu rächen? Was meint ihr?“

Man diskutierte lange über diesen Punkt. Susi stand auf, bedankte sich bei allen, dass sie ihre Zeit geopfert hatten und wünschte Mike, Herbert Wagner und Manfred Wundram viel Erfolg bei den anschließenden Gesprächen.

***

St. Petersburg

Den dritten Tag saßen Frau Wahl und Herr Lappas im Gerichtssaal und hörten sich die Zeugenaussagen an. Es war schockierend und ermüdend zugleich. Frank Lappas meinte leise zu Frau Wahl:

„Ich habe schon viel in meinem Leben gehört, aber dieses Ehrabschneiden und in den Schmutz ziehen ist entwürdigend und erniedrigend für alle. Hier tut sich eine Welt voller Unrat auf und wenn man den Zeugen glauben darf, dann ist dieser Bussow ein Scheusal in Menschengestalt. Heute soll ja der letzte Tag der Zeugenvernehmung sein. Ich bin gespannt. Zu gerne hätte ich diesen Bussow selbst gesprochen. Vielleicht gelingt es mir noch. Michail habe ich es schon mehrfach gesagt, aber der verweist auf Grigori Orlow und von dem ist noch nicht mal der Schatten zu sehen."

Unvermittelt erhob sich das Gericht und die Dolmetscher übersetzten, dass hiermit die Zeugenbefragung beendet sei und die Urteilsverkündung auf Mittwoch und Donnerstag der kommenden Woche festgelegt wäre.

Herr Lappas schaute auf die Uhr, es war halb drei am Nachmittag. Der Dolmetscher beugte sich zu Frau Wahl und Herrn Lappas und sagte leise:

„Warten Sie einen Moment, Herr Grigori Orlow wünscht Sie zu sprechen."

Kurze Zeit später kam Grigori lächelnd, führte sie aus dem Gerichtssaal in einen kleinen Nebenraum und bat Platz zu nehmen. Dann begann er:

„Liebe Frau Wahl, lieber Herr Lappas, es muss für Sie furchtbar gewesen sein sich diesen ganzen Schmutz anzuhören. Glauben Sie mir, wir hatten noch mehr Anklagepunkte, aber nicht immer konnten wir alles beweisen. Sie wünschten, Herrn Iwan Bussow zu sprechen. Ich konnte das Gericht davon überzeugen, Ihnen diese Möglichkeit zu geben. Dazu muss ich Ihnen beiden jedoch einige Verhaltensregeln geben.

Iwan Bussow ist ein bösartiger und gewalttätiger Mensch. Keine Gemeinheit ist ihm fremd. Wir haben zwei Kassiber abgefangen, die er aus dem Gefängnis schmuggeln wollte. Beide waren an Herrn Peter Wahl adressiert. Beide enthielten nur jeweils zwei Zahlen. Es war immer die 02. Wir wissen aus Vernehmungen, dass die Zahl 01 für Michail Borodin steht und die Zahl 02 für unseren Botschafter in Berlin. Diese Personen sollen durch Ihren Mann – liebe Frau Wahl – entführt werden. Damit will man Bussow freipressen. Wir wissen schon lange davon. Ich werde Sie jetzt zu Herrn Bussow bringen. Sie haben zwanzig Minuten Zeit mit ihm zu sprechen. Aber Achtung, der Mann ist äußerst gefährlich. Zu Ihrer Information, wir werden Ihr Gespräch nicht mitschneiden, aber wir werden die Zelle beobachten, falls Bussow Übles plant. Wir nehmen jedoch an, dass er sehr höflich sein wird. Er ist ein reißender Wolf im Schafspelz." Orlow stand auf und begleitete Frau Wahl und Herrn Lappas, während der Dolmetscher und Paula warten wollten.

Es war bedrückend durch die Gänge dieses Gebäudes zu gehen, nach etlichen geschlossenen Zwischentüren erreichten sie einen Gang, der mehrfach durch Wachpersonal gesichert war. Orlow ließ eine Tür öffnen und sagte: „Bussow – Besuch für Sie."

Ein sehr freundlicher, aber eher schmieriger Typ begrüßte die beiden: „Ich habe schon gehört, Sie wollen mich besuchen und haben sogar eine Erlaubnis erhalten. Frau Wahl, nehmen sie auf meinem bescheidenen Hocker Platz." Er gab Frau Wahl die Hand, wandte sich dann an Herrn Lappas, „Sie müssen der Freund von Peter sein. Wie konnten Sie es ermöglichen, diese Besuchererlaubnis zu bekommen?"

Frank Lappas: „Wir haben Herrn Orlow darum gebeten und es ist uns gestattet worden. Wir haben insgesamt zwanzig Minuten. Wenn wir irgendetwas für Sie tun können, so bitten wir Sie, uns das mitzuteilen. Wir haben gesehen, Sie sind anwaltlich vertreten."

Bussow sehr freundlich: „Vielen Dank für Ihre Bemühungen. Ich habe mir schon im Gerichtssaal gedacht, dass Sie Freunde von Peter Wahl sind, aber dass sich sogar seine Frau hierher bemüht, das ehrt mich sehr. Sie haben die letzten Tage dieses Lügengeflecht der Staatsanwaltschaft gehört. Lügen, Verleumdungen, Unterstellungen, um die eigenen Straftaten zu vertuschen. Aber die Wahrheit wird noch ans Tageslicht kommen. Glauben Sie mir, die haben alles so verdreht, wie sie es für ihre Zwecke brauchen konnten. Alles Gauner. Man hat uns entgegen internationalem Recht zwangsweise nach hier entführt. Soweit ich weiß, hat man den Kollegen Wolfgang Zeller erst halb umgebracht und ihn dann nach Deutschland zurückgeschickt. Auch diese Wahrheit wird noch ans Tageslicht kommen."

Bussow machte eine kleine Pause: „Liebe Frau Wahl, ich hatte mit Ihrem Mann einige geschäftliche Transaktionen vorbereitet und wir standen vor größeren Abschlüssen. Wären Sie so freundlich und würden ihm ausrichten, er soll unseren Plan 02 verfolgen. Es wäre schön, wenn dieses Geschäft bald zum Klappen käme. Sie wissen vielleicht, dass man mein gesamtes Vermögen beschlagnahmt hat und ich würde gerne zumindest dieses Geschäft durchziehen, zumal Ihr Mann daran gut verdienen würde."

Frau Wahl: „Worum geht es dabei? Soll ich noch irgendwelche anderen Angaben machen außer der Zahl 02?

Bussow sehr höflich: „Besten Dank, es geht um eine Kunstausstellung. Peter weiß das. Er wird es Ihnen erklären."

Frank Lappas: „Wir haben jetzt mehrere Tage die Zeugenaussagen verfolgt, sieht nicht positiv für Sie aus. Soweit wir es beurteilen können, sind diese Zeugen teilweise honorige Leute. Die können doch nicht alle lügen?"

Bussow: „Die sind alle bestochen. Sie kennen das russische System nicht, aber ich habe auch gute Freunde, die werden helfen. Seien Sie unbesorgt, ich komme wieder frei. Sie beide haben hier die letzten Tage reine Märchenstunden erlebt."

Es klopfte an der Zellentür und ein Wärter deutete an, dass die Sprechzeit zu Ende sei. Sie verabschiedeten sich und Bussow sagte nur noch zu Frau Wahl: „Bitte, vergessen Sie nicht, Ihrem Mann meinen Wunsch auszurichten.“ Dann schloss sich die Zellentür.

Sie wurden in den kleinen Raum zurückgebracht, in welchem Paula, der Dolmetscher und Orlow warteten. Orlow lachte:

„Sie haben jetzt sicher gehört, wie unschuldig unser Bussow ist und dass das alles Lug und Trug ist was man hier verhandelt. Sein Geschwätz ist zum Kotzen. Was halten Sie davon, wenn wir jetzt von hier aus zu Michail fahren. Der Botschafter Berlins wird auch dort sein.“

Frank Lappas und Frau Wahl waren froh das Gerichtsgebäude verlassen zu können. Als man in Michails Büro ankam, trafen sie auf den Botschafter und Michail. Es war eine nette Begrüßung und Frau Wahl meinte: „Herr Lappas, ich glaube ich begehe keinen Wortbruch, wenn ich die Nachricht Bussows an meinen Mann weitergebe.“

Michail: „Luise, brauchst du jetzt ein Wässerchen – wie Maxim so schön sagt – oder willst du nur einen Kaffee?“

Luise Wahl: „Ach Michail, das ist alles so furchtbar, ich glaube unser Maxim hat recht, manchmal braucht man Medizin. Wenn du ein kleines Gläschen von eurem Allheilmittel hast, gerne.“

Michail reichte ihr ein Glas und Luise erzählte das Verlangen des Herrn Bussow ihrem Mann mitzuteilen, dass er die 02 durchführen soll.

Luise: „Es ist schlimm das auszusprechen zumal ich weiß, dass damit die Entführung seiner Exzellenz des Botschafters gemeint ist und das durch meinen Mann.“

Sie diskutierten noch etwas bis Paula sagte: „Ihr seid mir nicht böse, aber ich muss wieder mal nach meinen Kindern sehen.“

Paula stand auf, entschuldigte sich bei den anderen und zog Luise und Frank aus dem Raum.

Sie lud Luise und Frank in ihre Wohnung ein, stellte sie ihren Kindern vor, bereitete Tee und erzählte noch mal die

Geschichte der seinerzeitigen Entführung ihres Mannes und des Säuglings von Hilde mitsamt ihrer Kinderfrau. Sie beendete die Erzählung mit den Worten:

„Solltet ihr je die Mutter des Säuglings, Hilde Granika, kennenlernen, grüßt sie herzlichst von mir. Sie ist eine außergewöhnliche und liebenswürdige Person und sehr tapfer.“

Luise und Frank sahen, dass Paulas Kinder die Mutter brauchten und sie verabschiedeten sich schnell. Igor hatte im Wagen gewartet und brachte Luise und Frank ins Hotel.

Luise meinte: „Frank, komm lass uns in die Bar gehen und einen Drink nehmen. Ich muss das alles erst verdauen.“

Frank war damit einverstanden und als sie ihre Drinks hatten, sagte er:

„Luise, mir geht das alles auch an die Nieren. Wie konnte ich mich so in deinem Mann täuschen.“

Luise leise: „Frank, für mich ist es entsetzlich. Entschuldige, wenn ich dir jetzt private Dinge erzähle, aber unsere Ehe bestand praktisch seit fünf Jahren nicht mehr. Unser Kontakt war nur noch rein geschäftlich. Hätte ich gewusst, dass er eine Freundin hat, wären wir längst geschieden. Entschuldige, aber ich war mehr als naiv.“ Luise kamen die Tränen.

Frank legte den Arm um sie und sagte leise: „Luise, nicht nur du warst naiv, ich war ein noch größerer Trottel. Auch ich bin ihm auf den Leim gegangen. Was hältst du davon, wenn wir eine Kleinigkeit essen gehen. Vielleicht hilft es uns, wenn wir mal über unseren seelischen Ballast sprechen.“

„Frank, vielleicht keine so schlechte Idee. Komm, wir nehmen uns noch einen Drink und suchen uns dann ein kleines Restaurant.“

***

Wiesbaden

Drei Tage hatten sich Mike, Herbert Wagner und Manfred Wundram nebst den ihnen zur Verfügung gestellten Hilfskräften bemüht, im Raum Wiesbaden und Mainz auch nur eine Spur der verschwundenen Bilder zu finden. Nichts!

Am Donnerstagmorgen saß man wieder beisammen und Mike meinte: „Die Zeit läuft uns weg. Wir haben zwar in Mainz und Wiesbaden in allen Antiquitätengeschäften und auch Galerien recherchiert, aber wir waren noch nicht in Frankfurt. Vielleicht haben wir Glück."

„Mike", meinte Herbert: „Ich weiß auch nichts Besseres. Mit wie viel Mann müssen wir anfangen?"

„Wir haben in Frankfurt 36 Antiquitätenläden, 93 Galerien und 27 Kunsthandlungen. Somit 156 gezielte Besuche. Also mindestens zehn Mann und wir beide. Dann wären wir in zwei Tagen durch." Mike machte eine kurze Pause.

„Wir machen es wie hier in Wiesbaden und Mainz, das gleiche Schema."

Susi bereitete alles für die bevorstehende Mitgliederversammlung des Vereins vor. Morgen wollte man die Ausstellung im Erdgeschoss ausräumen und zu dem Zweck hatte sie sich mit Franz Westermann und den beiden Schreinern verabredet. Als jeder seinen Kaffee hatte, sagte Susi:

„Ich hab mir das so vorgestellt: „Wir räumen den ganzen Raum leer. Dann machen wir ein Podium, auf welchem die sieben Gremiumsmitglieder erhöht Platz nehmen" Franz warf ein: „Wir haben doch nur sechs."

Susi lachte: Franz, es kommt einer hinzu und der wird dir gefallen. Aber der muss erst noch gewählt werden."

Davor, ein klein wenig tiefer, ein kleines Podest mit drei Stühlen und einem Tisch. Wir haben diesmal einen neutralen Schriftführer oder Leiter der Versammlung mit zwei Hilfspersonen für die Auszählung. Die sitzen etwas tiefer, müssen aber die Versammlung überschauen können. Außerdem sollte dort noch Platz für das Mikro sein, denn wir wollen das Gesprochene der Versammlung mitschneiden. Also auch Lautsprecher und eventuell für die Mitglieder zwei, drei Mikrophone.“

Susi fuhr fort: „Die Bestuhlung im Saal in Reihen ohne Tische und auf jedem Platz sollte eine Tagesordnung liegen. Die Versammlung wurde für 9.30 Uhr einberufen.

Wir benötigen dreißig Minuten für die Registrierung der Teilnehmer. Wer nur sich selbst vertritt, der erhält eine große Eins. Wer noch jemanden kraft Vollmacht vertritt, der erhält eine Zwei. Entsprechende Ziffern habe ich bestellt. Das lässt sich dann besser auszählen. Wir rechnen mit zirka hundertzwanzig anwesenden Mitgliedern.

Beginn exakt um zehn. Mittagspause von zwölf bis eins. Während der Mittagspause sorgen Nina und Saskia für belegte Brötchen und Kaffee oder Tee.“

Franz Westermann: „Herbert Wagner hat mir noch gesagt, dass er eventuell zwei Beamte an die Tür stellt, damit keine unbefugten Personen den Raum betreten können. Ist das in Ordnung?“

Susi lachte: „Franz, ich weiß, das muss dir alles spanisch vorkommen, aber es ist an so etwas wie eine feindliche Übernahme seitens der einladenden Personen gedacht. Da müssen wir vorsichtig sein.“

Franz: „Da spinnen sich wieder irgendwelche Idioten was zusammen. Wie sagte unsere Hilde immer, bei uns wird's nicht langweilig. Hilde ist auch unterwegs. Ich hatte noch keine Zeit mit ihr zu sprechen. Was macht sie eigentlich?“

Susi: „Ach Franz, wieder mal ist die Gerüchteküche bei uns am Kochen und Hilde will herausfinden, wer von unseren Leuten da mitmischt.“

Franz: „Natürlich habe ich auch schon das Eine oder Andere gehört, aber für mich ist das alles dummes Zeug. Hilde

ist die richtige Person, um mit unseren Herrschaften zu sprechen. Ich bin mir sicher, spätestens heute oder morgen Abend weißt du alles.

Eine viertel Stunde später ging Franz mit den beiden Schreinern nach unten, um die Ausstellung im Erdgeschoss auszuräumen und entsprechend zu bestuhlen.

Susi ging nach oben in ihre Wohnung, um mit Nina und Saskia die Bewirtung während der Mitgliederversammlung zu besprechen. Für Nina war das kein Problem. Danach meinte Nina:

„Susi, hättest du morgen Vormittag so gegen neun ein Stündchen für mich? Du weißt, ich habe morgen Früh meinen Scheidungstermin. Dieter Zeiser meint, ich solle hingehen. Ingo kann ich doch nicht mitnehmen. Ich hab so das dumme Gefühl mein ehemaliger Mann kommt auch. Dieter behauptet zwar nein, aber ich weiß nicht, ich habe einfach Angst."

Susi nahm Nina in den Arm: „Logisch, um halb neun gehen wir und spätesten um halb elf ist alles vorbei. Ich glaube aber nicht, dass dein Mann kommen wird oder kommen kann. Er wurde ausgewiesen."

Kurze Zeit später kam Hilde: „Hi Susi, hast du ein Käffchen?" und als sie den hatte, begann sie:

„Susi, den ersten Anhaltspunkt habe ich. Die beiden Damen, die den Gobelin knüpfen, waren recht aufgeschlossen und die Sabine hat auf Drängen von Berger die Ladung zur Mitgliederversammlung unterschrieben. Der hat ihnen vorgegaukelt, dass das zum Schutz des Vereins wäre. Die beiden hatten keine Ahnung, dass man dich schlecht gemacht hatte oder dass eine Vereinsauflösung geplant war. Wahrscheinlich war es in den meisten Fällen ähnlich. Aber warte, das finde ich heraus. So und jetzt möchte ich gern deine beiden Süßen sehen."

Schon waren sie bei einem ganz anderen Thema und man konnte förmlich sehen, wie Susi aufblühte.

Frankfurt am Main

Unweit des Frankfurter Domes und des Wahrzeichens von Frankfurt, dem Römer, befinden sich eine Menge Antiquitätenläden, Galerien und Kunsthandlungen.

Herbert Wagner hatte sich diesen Bezirk für seine Recherchen ausgesucht. Er begann in einem Eckladen, einem Antiquariat. Im ersten Stock entdeckte er ein Bild, das möglicherweise eines der gestohlenen Gemälde sein konnte. Als man ihn einen Moment allein ließ, drehte er das Bild um. Es trug auf dem Keilrahmen das eingebrannte Zeichen der Galerie Kaiser.

Als die Verkäuferin wieder bei ihm war meinte er: „Könnten Sie mir das Bild abnehmen, ich hätte es gerne bei Tageslicht betrachtet. Ein Freund von mir sucht etwas in dieser Art. Soweit ich sehen kann, ist das eine Kopie des Bildes von **Franz Marc**, soweit ich weiß **Rote Rehe**."

Die Verkäuferin schmunzelte: „Aha, ein Kenner. Ich dachte mir das gleich, als Sie unseren Laden betraten. Es ist eine Kopie aus den Kaisers Ateliers, allerdings preiswerter. Ein Kunde brachte es uns, ein Notverkauf, wie so oft."

Herbert: „Eigentlich wollte mein Freund bei Kaiser einen **Franz von Stuck** kaufen. Die **Tilla Durieux als Circe**. Aber die sind ja verrückt mit ihren Preisen. Ich weiß zwar nicht mehr was die verlangt haben, aber es war jenseits von dem, was mein Freund zu zahlen bereit war."

Die Verkäuferin lachte: „Das glaube ich, die haben gesalzene Preise. Aber warten Sie einen Moment, der Mann der uns das Bild hierließ, gab mir eine Liste seiner Gemälde, die er verkaufen will. Ich hole sie, vielleicht ist etwas Passendes dabei. Wenn Sie mich einen Moment entschuldigen, ich will versuchen diesen Herrn telefonisch zu erreichen. Nach zehn Minuten kam sie zurück: „Bedauere, leider kann ich erst heute Abend mit ihm sprechen. Ich habe auf der Liste meines Kunden nachgesehen, Sie haben Glück, das von Ihrem Freund gesuchte Gemälde von **Franz von Stuck** die **Tilla Durieux als Circe** ist darunter."

Die Verkäuferin zeigte Herbert Wagner eine Liste mit nahezu allen gestohlenen Stücken.

Dann sagte die Verkäuferin: „Geben Sie mir doch Ihre Telefonnummer, dann unterrichte ich Sie heute Abend."

Herbert Wagner: „Danke Ihnen vielmals, ich schicke Ihnen meinen Freund direkt. Spätestens heute Nachmittag wird er sich mit Ihnen in Verbindung setzen."

Als man die Namen ausgetauscht hatte, verabschiedete sich Herbert schnell. Er musste jetzt unbedingt Mike erreichen. So viel Glück konnte er kaum fassen, endlich eine Spur. Es war schon kurz nach zwei als Herbert Wagner, Manfred Wundram und zwei weitere ermittelnde Herren mit Mike zusammensaßen. Schnell wurde verabredet, wie man vorgehen wollte. Manfred Wundram sollte das Abhören des Telefons veranlassen, Mike unter seinen früheren Kollegen in Frankfurt einen geschickten Kollegen aussuchen, der den Kauf vornehmen sollte. Zwei weitere Personen mussten dann den Verkäufer des Bildes überwachen, um den Lagerungsort der Bilder festzustellen.

Mike sprach aus, was alle dachten: „Das wird knapp. Jetzt können wir nur noch hoffen und beten. Ich bin nur froh, dass ich meinen ehemaligen Kollegen David erreicht habe. Eigentlich müsste er gleich da sein. David Terry war mit mir im CIC bei der US Army und ist in Frankfurt hängengeblieben. Er müsste jetzt über siebzig Jahre alt sein."

Kurze Zeit später betrat ein großgewachsener, distinguierter Mittsiebziger den Raum und umarmte Mike.

Mike stellte seinen Freund David vor und begann mit seiner Schilderung der Ereignisse.

David war gleich Feuer und Flamme: „Da bin ich doch dabei. Die mach ich weich wie Butter. Du weißt doch, als man hier die Ami-Siedlungen an der Homburger Straße aufgelöst hat, konnte ich mir eines von den Officer-Wohnhäuser unter den Nagel reißen. Da ich öfter bei euren sogenannten Vernissagen mitverkauft habe, hängen bei mir eine ganze Menge eurer Gemälde. Wenn er bei mir aufkreuzt, dann haben wir ihn schnell."

Sie machten einen Plan in allen Einzelheiten und David wollte von hier sofort in das Antiquitätengeschäft gehen, um sich vorzustellen.

Donnerstag war immer ein schlechter Tag für den Verkauf, speziell, wenn es um Antiquitäten geht. Die beiden Verkäuferinnen standen sich die Beine in den Bauch.

Gegen halb fünf ging die Tür auf, ein eleganter Mittsiebziger kam herein und sprach eine Dame an: „Mein Freund war heute hier und hat sich nach einem **Stuck** erkundigt. **Tilla Durieux als Circe**. Hatten Sie schon Gelegenheit Weiteres über das Bild zu erfahren?"

„Oh", sagte die Dame freundlich, „das war meine Kollegin". Sie winkte diese herbei. „Ja, Sie hat Ihr Freund schon angekündigt. Leider kann ich den Anbieter erst heute Abend erreichen. Wo und wie kann ich Sie erreichen?"

David gab ihr seine Karte und sagte: „Eigentlich hasse ich so schnelle Geschäfte. Aber dieses Gemälde soll ein Geschenk für meinen Bruder sein, der in wenigen Tagen achtzig wird. Ich will am Sonntagmorgen nach Los Angeles fliegen und das Bild mitnehmen."

Die Verkäuferin zierte sich etwas: „Ich weiß nicht, ob das so schnell machbar sein wird. Außerdem kennen wir Sie nicht und Sie werden verstehen, dass wir auch gegenüber unseren Anbietern eine Verpflichtung haben."

David schmunzelnd: „Das ist nach meiner Auffassung schnell geklärt. Wie ich an ihren Hinweisen sehe, arbeiten Sie sowohl mit Schroeders Privatbank, als auch mit der Commerzbank. Bei beiden Banken unterhalte ich ein Konto. Heute ist Donnerstag, da sind die Banken bis achtzehn Uhr geöffnet. Es wird ein Leichtes für Sie sein, Erkundigungen über mich einzuholen. Ich gebe Ihnen jetzt zwei Adressen mit Referenzen. Diese können Sie anrufen.

Außerdem schlage ich vor, dass wir das Geschäft bei mir zu Hause machen sollten. Mein Freund hat mir erzählt, Sie haben ein Bild, **Rote Rehe** von **Marc** hier hängen. Wenn Sie das auch mitbringen könnten? Ich bin daran interessiert. Wie man mir sagte, hat Ihr Kunde noch mehrere Gemälde angeboten. Vielleicht kann er mir noch zwei oder drei weitere Exponate zeigen. Sie werden sehen, ich habe auch eine kleine Galerie in Miniausführung, alles sehr schöne Stücke. Ich werde die Bezahlung in bar vornehmen. Dazu muss ich jetzt noch zur Bank. Ab achtzehn Uhr bin ich zu Hause und erwarte Ihren Anruf. Sie können mich bis Mitternacht erreichen."

Es folgten noch einige nette Worte und sie verabschiedeten sich.

David ging zurück zu den anderen, erzählte was er angeschoben hatte und meinte: „Jetzt müsst ihr erst mal mit dem Geld kommen, sonst läuft nichts."

Mike hing gleich am Telefon, sprach mit Susi und die versprach, bis achtzehn Uhr das Geld zu beschaffen.

Es war schon fast zwanzig Uhr, als bei David Terry das Telefon klingelte.

Die Verkäuferin des Antiquitätengeschäftes war am Apparat und fragte, ob man eventuell heute Abend noch vorbeikommen könne. Man verabredete ein Treffen zwischen neun und halb zehn.

Es war schon kurz nach zehn, als endlich der erwartete Besuch kam. In Begleitung der Verkäuferin kamen zwei Herren, die sich mit falschen Namen vorstellten. Es waren die Herren Geiger und Schauf von der Galerie Kaiser.

Die Dame entschuldigte sich: „Sind Sie uns nicht böse, dass wir erst so spät kommen, aber wir haben ganz einfach Ihr Haus nicht gefunden. Eine solche Villa hatten wir nicht vermutet und sind mehrfach daran vorbeigefahren. Aber wie ich sehe, haben Sie wundervolle Gemälde.“

Sichtlich stolz erklärte David seine Gemälde. Dann fragte er, sind in Ihren Paketen meine Wunschbilder? Mich interessiert besonders der **Stuck – Tilla Durieux als Circe**. Ein außergewöhnliches Bild. Mein Bruder sucht dieses Motiv seit vielen, vielen Jahren. Stucks Studie ist besonders gelungen, denn die Zauberin Circe lockt – so schön, wie gefährlich – mit einer Weinschale in der Hand. Die verführerischen Augen dieser Hexe sind der eigentliche Mittelpunkt dieses Bildes. Aber zeigen Sie.“

Als das Bild vor ihnen stand, waren alle beeindruckt von der Großartigkeit dieses Kunstwerkes. Dann begann das Feilschen um den Preis. Die beiden verkaufenden Herren waren unverschämt in ihrer Forderung. So konnte David nicht umhin ihnen die Flügel zu stutzen. Er sagte:

„Meine Herren, bisher habe ich ihre Forderungen schmunzelnd zur Kenntnis genommen, aber ich verstehe auch etwas davon. Dies ist eine Kopie und nicht das Original. Aber wenn wir ins Geschäft kommen wollen, dann richten wir uns nach Preisen solcher Kopien. Dann nannte David einen Betrag und fügte hinzu: „Dies ist der Betrag den ich gewillt bin, für dieses Gemälde zu bezahlen. Entweder Sie sind damit einverstanden oder Sie dürfen das Bild behalten.“

Danach war man schnell einig. Kurze Zeit später waren die drei Verkäufer aus dem Haus.

Wundram und Mike waren im Obergeschoss, beide hatten mitgehört. Wundram meinte: „Herr Terry, großartig, jetzt müssen meine Leute am Ball bleiben. Ich hoffe, die bringen wenigstens die restlichen Bilder in ihr Lager zurück. Aber auch dieser Verkauf reicht schon für einen Haftbefehl. Dass gleich zwei der Diebe hier aufgetaucht sind, spricht nicht gerade für ihre Intelligenz."

Mike zu David: „Hast du am kommenden Sonntagnachmittag Zeit? Vielleicht brauchen wir dich als Zeugen." Und dann erklärte er ihm, was an diesem denkwürdigen Sonntag alles geschehen würde. David lachte und meinte: „Endlich ist wieder mal was los. Natürlich komme ich."

***

Freitagmorgen, eine zittrige Nina stand in der Küche und war den Tränen nah. Susi nahm sie in den Arm: „Nina, komm, nimm dich zusammen. Es kann dir heute wirklich nichts passieren. Es ist dein Scheidungstermin. Komm, lass uns frühstücken und um halb neun fahren wir. Um neun beginnt die Verhandlung und du wirst sehen, in spätestens einer Stunde bist du geschieden. Notar Dieter Zeiser ist da. Ich kann mir nicht vorstellen, dass dein Mann ein Visum zur Einreise bekommen hat. Also Kopf hoch."

Nina immer noch zitternd: „Aber ich hab solche Angst. Du kennst meinen Mann nicht. Er schert sich einen Dreck um die Leute, der schlägt einfach zu. Er hat mich mal im Krankenhaus direkt im Empfang zusammengeschlagen. Damals haben fast fünfzig Leute zugesehen, keiner konnte was machen."

Es gelang Susi der verstörten Nina wenigsten zwei Tassen Kaffee einzuflößen und zwang ihr ein Brötchen auf. Dann fuhren die beiden zum Gericht.

Vor dem Sitzungssaal standen nur wenige Personen, unter ihnen Notar Dieter Zeiser, der Susi und Nina begrüßte. Dieter Zeiser nahm die beiden zur Seite und sagte: „Ich weiß nicht, wie es passieren konnte, aber das Gericht hat Ihren Ehemann geladen. Man hat ihm für die Dauer des Prozesses auch eine Einreisegenehmigung besorgt."

Mit einer zitternden Nina gingen Susi und Dieter Zeiser in den kleinen Gerichtsaal.

Die Verhandlung dauerte keine dreißig Minuten, dann war Ninas Ehe geschieden. Alles schien ruhig über die Bühne zu gehen, als beim Hinausgehen plötzlich Ninas Mann vor ihr stand und leise zischte: „Dich bring ich um." Und schon war er weg. Kreidebleich lehnte sich Nina an Susi und flüsterte: „Siehst du? So hat er es immer gemacht und dann hat er mich halb tot geschlagen."

Susi sagte nur: „Komm, lass uns nach Hause gehen. In wenigen Tagen ist er wieder in der Türkei, dann hat hoffentlich dieses Drama ein Ende. Also komm, lass uns gehen."

Als Susi mit Nina nach Hause kam, hatte sich Nina wieder einigermaßen beruhigt. Sie bedankte sich vielmals bei Susi und meinte: „Susi, ich hoffe nur, mein ehemaliger Mann muss schnell in die Türkei zurück, sonst befürchte ich Schlimmes."

Es begann ein arbeitsreicher Tag. Die Vorbereitungen für die Versammlung am Sonntag waren doch umfangreicher als sie angenommen hatten.

Nachdem man sich um sechs zum sogenannten Aperitif getroffen hatte, war Susi neugierig und fragte Herbert Wagner: „Na, was machen unsere beiden Diebe?"

Herbert: „Susi, nachdem sie David Terry verlassen hatten, nahm die Verkäuferin des Antiquitätengeschäftes ein Bild an sich und brachte es noch so spät abends zurück in das Geschäft. Die beiden anderen fuhren zusammen mit einem Auto nach Mainz-Kostheim, wo der Drucker Günther Geiger wohnt. Dort wurden auch die anderen Bilder ausgeladen und anscheinend in seine Wohnung gebracht. Konrad Schauf fuhr dann nach Hause. Seither warten wir. Es tut sich nichts. Entweder der Geiger hat alle Stücke in seinem kleinen Häuschen oder die Sachen sind irgendwo anders. Wir müssen die Nerven behalten. Susi, sei sicher, wir bleiben am Ball."

Susi meinte nur: „Ich halte euch meine Daumen."

Die Stimmung war gedrückt und Moritz sprach aus, was alle dachten: „ Es hat keinen Zweck zu vermuten. Ich glaube eine Mütze voll Schlaf tut uns allen gut."

***

Samstag, Susi war schon mindestens zehnmal durch den Versammlungsraum gegangen. Sie war nervös, verärgert ohnehin. Jedes Stäubchen schien sie zu stören.

Franz Westermann nahm sie in den Arm: „Susi, so kenne ich dich nicht. Du musst weder Bedenken noch Angst vor morgen haben. Wir stehen hinter dir, auch wenn du maßlos enttäuscht bist. Ich habe noch mal mit Ilse Bach gesprochen, die ist überzeugt, dass das ihr ehemaliger Galan, Peter Wahl ist. Ich würde darüber nachdenken."

St. Petersburg

Luise Wahl und Frank Lappas saßen am Samstagnachmittag zusammen im Kempinski-Hotel. Sie hatten sich diesen Freiraum gewünscht. Donnerstag und Freitag waren sie zusammen mit Olga durch die Eremitage gewandert. Sie waren erschlagen vom Gesehenen und tief beeindruckt von Olgas Erklärungen. Eine neue Welt der Kunstgeschichte hatte sie eingefangen, zumal Olga spannend zu erzählen wusste. Olga hatte in Einzelheiten die Geschichte dieses ehrwürdigen Hauses geschildert. Aber heute Nachmittag hatten sie gestreikt.

Beide waren nicht mehr in der Lage aufzunehmen. Sie hatten um eine Auszeit für heute Nachmittag gebeten.

Die letzten Tage hatten die beiden zusammengebracht und Luise Wahl meinte so nebenbei:

„Wie wird es denn den Wiesbadenern morgen gehen, die haben wegen der Gewerkschaft nicht gerade schöne Stunden vor sich, was meinst du?“

Frank Lappas nachdenklich: „Ich weiß nicht so recht, aber das mit den Gewerkschaften scheint so nicht zu stimmen. Luise, bitte verstehe mich nicht falsch, ich will deinen Mann nicht verraten, aber er war es, der mir sagte, dass er die Galerie Kaiser demnächst in eine Schieflage bringen würde, von der sie sich nicht mehr erholen kann. Ich weiß nicht, was ich tun soll.“

Luise Wahl ganz ruhig: „Frank, das ist einfach. Du solltest vielleicht Susi Kaiser nicht anrufen, aber ich kann das tun und ihr das von dir gehörte weitergeben. Du und ich wissen jetzt, dass mein Mann der Drahtzieher hinter all dem Furchtbaren ist. Wir haben während der Verhandlung gehört, wie viel Menschen mit in den Abgrund der Verbrechen gezogen wurden. Jetzt können wir möglicherweise ein weiteres Verbrechen verhindern. Komm, lass mich anrufen.“

Frank Lappas: „Jetzt komm ich mir selbst wie ein Verräter vor, aber du hast recht. Schweren Herzens sage ich ja. Kann ich bei dem Gespräch dabei sein?“ Luise Wahl: „Aber selbstverständlich, komm, lass uns auf mein Zimmer gehen.“

Nicht viel später wählte Luise Wahl Susis Nummer in Wiesbaden und hatte sie sofort am Apparat:

(Susi) Susanne Kaiser!

(Luise Wahl) Hier Luise Wahl, Frank Lappas und ich sind immer noch in St. Petersburg und völlig erschlagen, nicht nur vom Prozess gegen Bussow, sondern auch von eurer Galerie und vor allem von der Eremitage. Heute ist unser erster freier Nachmittag und während der Unterhaltung mit Frank

Lappas erzählte er mir, dass mein Mann wahrscheinlich die Schlüsselfigur hinter eurer morgigen Mitgliederversammlung ist. Soweit er wüsste, hat er das seit langem geplant. Frank Lappas steht neben mir und Sie können mit ihm sprechen.

(Susi) Frau Wahl, da wäre ich Ihnen sehr dankbar. Könnten Sie mir Herrn Lappas geben?

(Luise Wahl) Aber natürlich ... und reichte das Handy weiter.

(Frank Lappas) Hallo Frau Kaiser, ich komme mir ja ein bisschen wie ein Verräter vor, aber wir haben die letzten zwei Wochen soviel gehört und gesehen, dass ich nicht umhin konnte, Frau Wahl davon zu erzählen und die riet dazu, Sie zu verständigen. Anscheinend hasst Herr Wahl Sie so, dass er Sie vernichten will. Ich weiß nicht womit und wie, aber er scheint gut recherchiert zu haben. In jedem Fall wünsche ich Ihnen für Morgen eine glückliche Hand bei Ihren Entscheidungen und dreimal Toi, Toi, Toi.

(Susi) Danke Ihnen vielmals. Könnte ich noch mal Frau Wahl haben?

(Frank Lappas) Selbstverständlich, aber da fällt mir noch ein, Herr Wahl sprach in dem Zusammenhang auch von Schwarzgeld auf den Kaiman – Inseln in der Karibik. Er meinte nur, das würde Ihnen das Genick brechen. So – ich gebe jetzt zurück an Frau Wahl.

(Luise Wahl) Frau Kaiser, ich hoffe das hilft Ihnen etwas. Unsere Tage hier waren einerseits sehr schön und lehrreich, andererseits haben wir Verbrechen kennengelernt, die wir uns nie hätten träumen lassen. Wir werden voraussichtlich noch bis Freitag nächster Woche hier sein und das Prozess-Ende abwarten. Ich habe die Anklage gegen meinen Mann gehört und glaube auch, dass diese zu Recht besteht. Haben Sie ein Stück Papier und können Sie mitschreiben?

(Susi) Ja, schießen Sie los!

(Luise Wahl) Es wurde seitens des Gerichts ein förmliches Auslieferungsverfahren beantragt. Er ist angeklagt der Bil-

dung einer kriminellen Vereinigung und das Verbringen russischen Kulturgutes in das Ausland. Er ist angeklagt des Menschenraubes und der Verschleppung, weiterhin der Begünstigung, der Strafvereitelung, der Hehlerei, des Betruges und der Untreue. Michail und Orlow haben mir eine Kopie dieses Auslieferungsersuchens mitgegeben.

Susi bedankte sich noch vielmals und beendete das Gespräch.

Danach meinte Luise Wahl: „Michail und Paula haben uns heute Abend eingeladen, wir sollten ihnen davon erzählen. Frank, morgen noch einen ganzen Tag Eremitage, wenn ich Olga richtig verstanden habe, so will sie uns am Vormittag einen kleinen Teil der numismatischen Sammlungen zeigen und am Nachmittag die griechische und orientalische Goldsammlung. Aber bald kann ich nicht mehr."

Die Aussprache über ihr Dilemma vor drei Tagen hatte sie beide tief berührt. Luise sprach aus, was Frank dachte:

„Frank, wie unbeschwert könnten die Tage in St. Petersburg sein, wenn nicht dieser schlimme Prozess wie ein Damoklesschwert über uns hinge.

Und Frank: „Luise, was ich so schön fand, dass wir beide den Mut gefunden haben über uns und unser Leben zu sprechen."

Frank nahm Luises Hand und gab ihr einen Handkuss.

Wiesbaden

Samstagabend, schon um halb sechs, waren alle bei Susi versammelt. Der abendliche Aperitif war wie immer. Kurz vor sechs stieg Susi auf ein Schemelchen, klopfte an ihr Glas und sagte: „Auch wenn ihr alle nichts zu berichten habt, ich schon. Luise Wahl rief an und verband mich mit unserem nicht so geliebten Frank Lappas. Der hat mir erzählt, dass hinter der morgigen Mitgliederversammlung Peter Wahl steckt. Er scheint Monate gebraucht zu haben, um gegen uns zu recherchieren und hat anscheinend auch einiges herausgefunden. Wir haben zwar kein schlechtes Gewissen, aber allein die Tatsache, dass er recherchiert hat, dass wir über unsere amerikanische Tochter, sprich Mikes Büro, Geld auf den Kaiman-Inseln angelegt haben, das verwundert schon sehr. Jens, kann uns das schaden?"

Jens ganz ruhig: „Susi, einen gemeinnützigen Verein finanziell zu führen ist nicht einfach. Die geringste Kleinigkeit kann da Schwierigkeiten mit sich bringen, deshalb habe ich seinerzeit angeregt, eine Treuhandgesellschaft mit der Kontrolle zu beauftragen. Das haben wir auch gemacht. Ich habe auch noch mal mit dem Finanzamt gesprochen, die haben auch keinen Auskunftsbedarf. Also warten wir morgen ab. Nach meiner Meinung kann uns nichts passieren."

Susi: „Danke dir Jens. Jetzt nur noch eine kurze Information für Dieter und uns alle: Peter Wahl ist in St. Petersburg wegen Bildung einer kriminellen Vereinigung angeklagt." Dann zählte Susi alle weiteren Anklagepunkte auf. „Soweit mir bekannt, wurde das förmliche Auslieferungsverfahren beantragt. ... Nach meinem Gespräch mit Frau Wahl und Herrn Lappas habe ich sofort Michail Borodin angerufen und ihn gebeten, per Fax eine Kopie der Anklage gegen Peter Wahl und dem Auslieferungsersuchen zu schicken. Er hat mir das versprochen, aber es ist noch nicht da.

So ihr Lieben, jetzt geht es mir schon besser. Gegen Unterstellungen einer solchen Person kann man sich wehren."

Noch lange sprachen sie an diesem Abend alle Möglichkeiten durch.

***

Sonntagmorgen. Schon sehr früh waren Susi, Franz Westermann mit den beiden Schreinern und Nina im unteren Ausstellungsraum, um die letzten Kleinigkeiten für die Versammlung vorzubereiten.

Susi hatte die zusätzlichen Tagesordnungspunkte in das verlangte Programm eingearbeitet und gab Franz Westermann einen der Zettel zu lesen, der auf jeden Sitzplatz gelegt werden sollte.

Franz nahm ihn und las:

Außerordentliche Mitgliederversammlung
der Galerie Kaiser Wiesbaden e.V.
am Sonntag, den **…**

TOP 1 **Veränderung des Vorstandes**
Antrag: Es wird beantragt, dass die beiden Vorstände, Frau Susanne Kaiser und Herr Anton Jonas aus dem sogenannten Kontrollgremium zu entlassen sind, da dies gemäß den gesetzlichen Bestimmungen unzulässig ist.
Weiterer Antrag: Das derzeit aus sechs Personen bestehende Gremium ist um ein weiteres stimmberechtigtes Mitglied zu erweitern.

TOP 2 **Ausschluss des Vorstandsmitgliedes Susanne Kaiser**
Antrag: Nach Auffassung des Vereinsmitglieds Rolf Berger, liegen mehrere wichtige Gründe für eine Kündigung des bestehenden Vertrages mit Frau Kaiser vor. Insbesondere leichtsinnige Lebensart, grobe Pflichtverletzung, Unfähigkeit zur ordnungsgemäßen Geschäftsführung.
Antrag von Frau Susanne Kaiser: Strafanzeige gegen diese Behauptungen zu erstatten. Dies wegen übler Nachrede und Verleumdung. Frau Kaiser verlangt Schadensersatz für diese Diffamierungen. Klärung soll durch ein ordentliches Gericht erfolgen.

TOP 3 **Eventuelle Entziehung der Rechtsfähigkeit der Galerie Kaiser Wiesbaden e.V.**
Antrag: Entzug der Rechtsfähigkeit gem. § 43 BGB, da die Galerie Kaiser einen wirtschaftlichen Geschäftsbetrieb verfolgt.

TOP 4	**Auflösung des Vereins und Aufteilung des Vermögens gemäß der Satzung** Antrag: Bei Auflösungsbeschluss soll nach § 45 BGB und § 51 BGB verfahren werden.
TOP 5	**Berichte über Diebstähle von Exponaten.** Antrag des Vorstandes über Diebstähle während des letzten und diesen Jahres zu berichten.
TOP 6	**Fristlose Entlassungen und Vertragskündigung von Vereinsmitgliedern und Angestellten der GmbH wegen geschäftsschädigenden Verhaltens.** Bericht des Vorstandes über geschäftsschädigendes Verhalten und deren Auswirkungen.
TOP 7	**Ankauf von Andruckpressen für die Filialen Boston/USA, St. Petersburg, Rom, Jerusalem und Wuppertal.** Bericht von Moritz Kaiser über ein Angebot von Andruckpressen für die vorgenannten Zweigstellen.

Franz las den Zettel zweimal. Dann sagte er: „Susi, du bist schon ein Aas. Mit dir möchte ich nicht verfeindet sein.“

Nina hatte zwischenzeitlich ein schönes Getränkebuffet aufgebaut und die beiden Schreiner hatten die Stühle zurechtgerückt, das Podium und Podest gerichtet. Kurz danach kam Herbert Wagner mit zwei Herren. Herbert Wagner gab den beiden ihn begleitenden Herren die Liste der Vereinsmitglieder. Als die Ersten kamen wurde geprüft. Wer nur sich selbst vertrat, erhielt eine große 1, die er bei Abstimmung hochhalten sollte. Wer eine Vollmacht eines anderen Klubmitgliedes hatte, der bekam eine 2.

Kurz vor zehn waren bereits über 120 Personen im Raum. Bis auf die ganz Unabkömmlichen waren alle gekommen. Selbst Gina aus Rom, Carlo und Zontini waren erschienen. Susi begrüßte alle freundlich.

Punkt zehn nahm Herbert Wagner seine Klingel, läutete, stand auf und sagte: „Meine Damen und Herren, ich bin Herbert Wagner, pensionierter Beamter des Bundeskriminalamtes und wurde gebeten, heute diese Versammlung zu leiten. An meiner Seite sind ebenfalls zwei ehemalige Beamte, die die Auszählungen bei Abstimmungen vornehmen sollen."

Hier meldete sich der Rechtsanwalt Satorius zu Wort: „Ich muss hier protestieren, man hat die von meinem Mandanten verlangte Tagesordnung verändert. Das kann ich nicht hinnehmen."

Herbert Wagner: „Dr. Satorius. Ihre Tagesordnung wurde nicht verändert. Es wurden lediglich noch drei weitere Punkte hinzugefügt. Keiner Ihrer verlangten Punkte kam in Fortfall. Ich rufe nun Punkt 1 der Tagesordnung auf. Sie haben alle ein Programm mit diesen Punkten auf Ihrem Platz.

Ich bitte den Justiziar des Vereins, Herrn Notar Dieter Zeiser diesen Punkt zu klären."

Dieter Zeiser stand auf und sagte: „Ich bin Gründungsmitglied des Vereins Galerie Kaiser Wiesbaden e.V. Die sieben Gründungsmitglieder haben in ihren Satzungen bestimmt, dass ein Gremium von stimmberechtigten Mitgliedern die Geschicke des Vereins leiten soll. Es ist ausdrücklich vermerkt, dass dieses Gremium kein Aufsichtsrat ist und dass alle Beschlüsse nur dann rechtswirksam werden, wenn sie einstimmig getroffen werden.

Alle Vereinsmitglieder sind Miteigentümer des Vereinsvermögens, aber nicht stimmberechtigt. So verfügten es die Gründer.

Dass die beiden Vorstände des Vereins, nämlich Frau Kaiser und Herr Jonas diesem Gremium angehören, das ist mehr als selbstverständlich.

Durch Tod sind einige der stimmberechtigten Gründungsmitglieder ausgeschieden. Wir haben bis auf einen alle ersetzt. Da das BGB sieben solcher Mitglieder festschreibt, schlage ich hier und jetzt die Wahl eines siebten, stimmberechtigten Mitgliedes vor. Mitglied und stimmberechtigte Angehörige des Gremiums zu sein bedeutet, dass er die Geschicke des Vereins leitet. Ich sollte noch erwähnen, dass aufgrund unserer Satzung die übrigen Gremiumsmitglieder zustimmen müssen. Herr Wagner, würden Sie fragen, ob jemand interessiert ist?“ Dieter Zeiser setzte sich.

Herr Herbert Wagner: „Sie haben Notar Zeiser gehört. Bewirbt sich irgendjemand um diese Position?“

Zwei Hände waren zu sehen. Einmal die Hand von Dipl. Ing. Rolf Berger und dann die Hand von Maxim Pasternak.

Herbert Wagner: „Bitte, Herr Berger, stellen Sie sich kurz vor, sodass die übrigen Vereinsmitglieder Ihre Qualifikation erkennen können.“

Mit lauter und deutlicher Stimme sagte Rolf Berger: „Mein Name ist Rolf Berger, ich bin 35 Jahre alt, Diplom Ingenieur und habe an der TU in Darmstadt studiert. Ich habe nach dem Studium eine Spezialausbildung beim Bau von Druckmaschinen absolviert. Meine Zeugnisse liegen der Vereinsleitung vor. Seit einem Jahr bin ich bei dem Verein Kaiser und ich glaube, meine Arbeiten haben alle überzeugt.“

Herbert Wagner: „Danke das reicht. Ich weiß, man kennt Sie. Ich darf jetzt Herrn Maxim Pasternak bitten.“

Maxim stand auf, er verneigte sich und sagte:

„Joo – liebe Kollegen, ihr kennt mich alle. Ich war der künstlerische Direktor der Eremitage in St. Petersburg, bis mich die Mafia nach Wiesbaden verfolgt hat. Ihr habt mich aufgenommen und mir eine Heimat gegeben. Dafür danke ich euch. Ich will uns allen helfen, dass so eine Sauerei wie diese Zwangsversammlung nicht noch einmal passiert.“

Danach setzte sich Maxim. Es war ganz still im Saal.

Herbert Wagner erhob sich und fragte: Wer für Herrn Rolf Berger stimmt, der hebe die Hand mit seinen Ziffern eins oder zwei. – Bitte um Ihr Handzeichen?“ Drei Hände flogen nach oben, die der Herren Berger, Geiger und Schauf.

Wieder fragte Herbert Wagner: „Wer für Maxim Pasternak stimmt, der hebe die Hand mit seinen Ziffern 1 oder 2.“

Mit Ausnahme der drei Personen die für Herrn Berger gestimmt hatten, waren die restlichen Stimmen für Maxim.

Herbert Wagner: „Da nach den Satzungen des Vereins die stimmberechtigten Mitglieder diesen Beschluss bestätigen müssen, frage ich nunmehr jedes einzelne Gremiumsmitglied. Sind Sie mit der Wahl des Herrn Maxim Pasternak einverstanden?“ und sechs mal erhielt Wagner ein klares Ja. Herr Wagner stand auf und bat Herrn Pasternak auf das Podium. Er gratulierte ihm und wünschte ihm viel Erfolg bei seiner neuen Tätigkeit.

Herr Wagner erhob sich wieder und verkündete dann:

„Wir verhandeln jetzt den Punkt 2 der Tagesordnung, nämlich den Ausschluss des Vorstandsmitgliedes Susanne Kaiser.

Herr Rolf Berger, vertreten durch seinen Anwalt Dr. Satorius verlangt die sofortige Aufhebung des Arbeitsvertrages mit Frau Susanne Kaiser, wegen leichtsinniger Lebensart, grober Pflichtverletzung und der Unfähigkeit zur ordnungsgemäßen Geschäftsführung. Sie wollten uns hierüber noch schriftliche Unterlagen nachreichen, diese sind jedoch noch nicht bei uns eingegangen.“

Dr. Satorius stand auf, er hatte eine Mappe in seiner Hand und brachte diese zu Herrn Wagner mit den Worten: „Der Einfachheit halber habe ich sie mitgebracht.“

Wagner öffnete die Kladde, entnahm dieser mehrere Schriftstücke und las diese aufmerksam. Dann fragte er Dr. Satorius:

„Herr Rechtsanwalt, soll ich dieses Schreiben von Herrn Johannes Höhler wirklich vorlesen? Sie wissen wie ich, dass dies rechtliche Schritte nach sich ziehen wird. Ich schlage vor, Sie beraten sich noch mal kurz mit Ihrem Mandanten, Herrn Berger.“

Rechtsanwalt Satorius sprach leise einige Zeit mit seinem Mandanten, Herrn Berger, stand auf und sagte: „Herr Wagner, mein Mandant bittet darum.“

Herbert Wagner nahm dieses Schriftstück, schaute darauf, blickte zu Susi und verlas dann:

An Rechtsanwälte
Dr. jur. Maria Satorius &
Dr. jur. Thomas Satorius
Wiesbaden

Betrifft meine Tochter Susanne Kaiser, geborene Höhler.

Sehr geehrter Herr Dr. Satorius,
mit viel Interesse haben wir Ihren Brief vom ... gelesen. Bedauerlicherweise muss ich Ihnen mitteilen, dass wir seit Jahren keinen Kontakt mehr zu unserer Tochter haben.
Es ist traurig, wenn man ein Kind verliert, aber ihr Lebenswandel ließ uns keine Wahl. Wie wir hörten, hat sie sich in Nacht-Clubs herumgetrieben, dies meist mit älteren Männern. Später hat sie einen davon geheiratet, der kurze Zeit später verstarb.
Dessen Vermögen scheint sie geerbt zu haben. Sie ist jetzt wieder mit einem älteren Herrn verheiratet, aber Näheres wissen wir nicht.
Da wir streng gläubige Christen sind, schmerzt uns das doppelt. Möge Gott ihr vergeben.
Hochachtungsvoll
Johannes Höhler

Es war Grabesstille im Saal. Herbert Wagner nahm ein neues Blatt, schaute darauf und fragte Dr. Satorius:

„Herr Rechtsanwalt, Sie wissen – wie ich – dass ich als ehemaliger Beamter der Polizei, nach Kenntnis vom Inhalt dieser Aktennotiz von Frau Gawronska verpflichtet bin, die Staatsanwaltschaft einzuschalten. Es geht hier um ein Kapitalverbrechen oder zumindest um eine schwere Verleumdung. Bitte, sprechen Sie nochmals mit Ihrem Mandanten, Herrn Berger, ob ich dieses Schriftstück verlesen soll."

Wieder sprach Dr. Satorius mit Herrn Berger, stand auf und sagte:

„Herr Wagner, mein Mandant besteht darauf, dass diese Aktennotiz verlesen wird, da damit seiner Forderung auf Abberufung der Geschäftsführerin Frau Susanne Kaiser Nachdruck verliehen wird."

Wieder schaute Herbert Wagner zu Susi und begann zu lesen:

AKTENNOTIZ

Bei mir, dem Rechtsanwalt Dr. Thomas Satorius erschien heute Frau Elisabeth GAWRONSKA und sagte aus:
Ich war in den Jahren 2001 bis 2003 Aufwartefrau bei der Familie Kaiser in Wiesbaden, in der Taunusstraße.
Herr Max Kaiser war schwer krebskrank und er starb auch zu Hause. Seine Frau Susanne hatte die Pflege.
Die letzten Tage vor seinem Tod wurde er mit Tabletten ruhiggestellt. Es war Valium.
Ich hatte damals schon den Verdacht, dass Frau Kaiser ihm seinerzeit mehr Tabletten verabreicht hat, als verordnet waren. Heute bin ich mir sicher. Ich habe aus diesem Grund auch gekündigt
Wiesbaden, den ...
Elisabeth Gawronska

Die Stille im Saal war unheimlich. Herbert Wagner schaute wieder zu Susi, die zwischenzeitlich kreidebleich geworden war. Susi hielt sich aufrecht, sagte kein Wort.

Dann nahm Herbert Wagner das nächste Blatt und las vor:

Kunst & Antiquitätenberatung Wahl
München

Ich, Peter Wahl bestätige, dass die Galerie **artis opus**, die sich in Wuppertal befindet und Eigentum der Galerie Kaiser Wiesbaden ist, über 1.000 gestohlene Gemälde aus der Eremitage in St. Petersburg widerrechtlich im Besitz hatte.
Da es sich bei diesen Gemälden um russisches Beutegut handelt, das in den Nachkriegswirren nach Russland verbracht worden war, musste es aus politischen Gründen in einer Nacht- und Nebelaktion zurück in die russische Förderation gebracht werden. Für die Hilfe bei dieser Transaktion erhielt die Galerie Kaiser als Gegenleistung nicht nur eine Galerie nebst Werkstätten in St. Petersburg, sondern auch noch die Galerie **artis opus** in Wuppertal. Soweit ich weiß, hat man den ehemaligen Besitzer dieser Galerie liquidiert. Es handelt sich dabei um einen Mann namens Wolfgang Zeller.

München, den ...
Peter Wahl

Nach der Verlesung des Schreibens von Herrn Wahl wurde es im Saal unruhig. Dieter Zeiser meldete sich:

„Liebe Vereinsmitglieder, ich weiß genau wie Sie, dass hier mit perfiden Behauptungen die Geschäftsleitung abgewählt werden soll. Ich empfehle, dass wir uns erst alle Anschuldigungen des Herrn Berger anhören, bevor wir dazu Stellung nehmen. Es ist das gute Recht eines jeden von uns, Auskunft zu fordern.

Immer noch sagte Susi kein Wort. Wieder entnahm Herbert Wagner der Kladde ein Blatt und begann zu lesen:

Galerie van Engelen
Bruxelles

Herrn
Rechtsanwalt
Dr. jur. Thomas Satorius
Wiesbaden

Sehr geehrter Herr Dr. Satorius,

besten Dank für Ihr Schreiben vom ... . Leider kann ich Ihnen nichts über den Aufenthaltsort meines Sohnes Heinz van Engelen sagen. Seine letzte Nachricht kam aus Wuppertal, wo er sich anscheinend bei einem Studienkollegen aufhielt.
Bezüglich der Galerie Kaiser bedaure ich, Ihnen keine Auskunft geben zu können. Lediglich zu Ihrer Frage nach meinem Sohn kann ich mitteilen, dass er einige Zeit für dieses Unternehmen als Kunstwissenschaftler in Wiesbaden gearbeitet hat.
Mein Sohn hat sich wegen einer sehr dubiosen Versicherungsaffäre von diesem Unternehmen getrennt.
Soweit mir mein Sohn erzählte, ging es um die Versicherungssumme für Gemälde in Höhe von über 2.500.000 Euro
Nachdem mein Sohn vor nicht allzu langer Zeit anscheinend noch mal Kontakt mit einer Galerie artis opus in Wuppertal hatte - die zur Gruppe der Galerien Kaiser Wiesbaden gehört - und mein Sohn seit dieser Zeit spurlos verschwunden ist, kommen mir sehr eigenartige Gedanken.
Bitte, unterrichten Sie mich über die Ergebnisse Ihrer Recherchen in dieser Richtung.
Hochachtungsvoll
gez. van Engelen

Herbert Wagner schaute zu Susi und die sagte laut und vernehmlich:

„Bevor wir diesen Punkt kommentieren, wäre es angebracht, dass Herr Dr. Satorius, der Vertreter von Herrn Rolf Berger, uns noch Kenntnis von seinen Recherchen hinsichtlich der möglichen Entziehung der Rechtsfähigkeit des Vereins gibt. Bitte, Herr Rechtsanwalt."

Dr. Satorius stand auf: „Meine Damen und Herren, für den Justiziar des Vereins habe ich ein Dossier zusammengestellt, in welchem die Einzelheiten aufgelistet sind. Um es in Kurzform für alle hier anwesenden verständlich zu machen, der Verein Galerie Kaiser Wiesbaden e.V. ist gemeinnützig. Er darf daher einen wirtschaftlichen Geschäftsbetrieb nicht betreiben. Mein Mandant verlangt deswegen die Auflösung des Vereins zum nächstmöglichen Zeitpunkt. Mehr ist dazu nicht zu sagen, denn die Fakten sind eindeutig. Daraus ergibt sich automatisch die Auflösung des Vereins, wie im Punkt 4 der Tagesordnung verlangt. Ich danke Ihnen."

Susi, immer noch bleich: „Danke Dr. Satorius für Ihre so kurze und eindeutige Antwort auf unsere Frage. Es ist jetzt kurz nach zwölf und meine beiden Damen Nina und Saskia werden sofort mit belegten Brötchen, Kaffee und Tee kommen. Wie Sie alle wissen, muss ich meine Zwillinge jetzt stillen. Punkt ein Uhr werde ich wieder hier sein und Ihnen Rede und Antwort stehen."

Wie auf Kommando ging die Tür auf und Nina und Saskia brachten jeder eine große Platte mit belegten Brötchen und Schnittchen und jede hatte noch eine Kanne in der Hand. Susi lächelte: „Wie immer, auf Nina und Saskia kann ich mich verlassen, ich weiß sie kommen gleich noch mal und bringen Nachschub. Ihnen allen einen guten Appetit."

Susi verneigte sich noch mal vor allen Teilnehmern und verließ aufrecht den Raum.

Susi

+

ihre Eltern

Wiesbaden

Die Tür des Versammlungsraumes hatte sich hinter Susi geschlossen und es herrschte immer noch eisige Stille.

Kreidebleich stand Hilde auf, trat vor ein Mikrofon: „Fast alle kennen mich, und wer mich nicht kennt, ich bin hier in diesem Haus geboren und als Waise hier aufgewachsen. Die Galerie Kaiser ist meine Familie.

Vor euren Augen wurde die Seele unserer Susi getötet und wir alle mussten zusehen. Das ist unerhört. Mindestens die Hälfte der hier Anwesenden weiss, dass die vorgebrachten Argumente und Schriftstücke erlogen und erstunken sind. Ich will unserer Susi nicht vorgreifen, aber dieses Spiel hier war grausam und unerbittlich. Sie wurde von ihren Eltern verleugnet und indirekt des dreifachen Mordes beschuldigt. Ich weiß, und Ihr wisst es auch, dass das alles ganz anders war. Das wird sich in den nächsten Stunden klären. Ich bitte euch jetzt, wenn Susi zurückkommt, empfängt sie mit einem Applaus, damit sie eure Zuneigung spürt. Danke!“

Ein älterer Mann stand auf, ging langsam zum Mikro:

„Danke dir Hilde, du hast mir aus dem Herzen gesprochen. Da ich wahrscheinlich das älteste Mitglied des Vereins bin und Mitbegründer der Galerie Kaiser, nur wenige Worte. Es ist unschwer zu erkennen, dass man unseren Verein vernichten will.

Unsere frühere und unsere heutige Leitung des Vereins ist nicht nur außergewöhnlich gut, sie ist unersetzlich. Ich schäme mich, dass ein Vereinsmitglied solche Vorwürfe vorbringen kann. Danke, dass ihr zugehört habt.“

Plötzlich drängten sich viele ans Mikro. Aber Herbert Wagner blockte ab:

„Meine Damen und Herren, wir sollten der Reihe nach vorgehen und ich schlage vor, dass wir uns erst den Brötchen und Schnittchen zuwenden, außerdem wird der Kaffee oder der Tee kalt. Ihnen allen einen guten Appetit.“

Alle standen auf, man bediente sich, es bildeten sich kleine Diskussionsgruppen. Punkt eins saß man wieder auf den Stühlen, die Tür ging auf und Susi betrat den Saal.

Ein Applaus kam auf, der lange andauerte. Susi blieb stehen und sagte: „Herzlichen Dank für diesen Empfang. Den habe ich nicht erwartet und das freut mich sehr. Dass ich sehr verletzt wurde und tief gekränkt bin, das werden sicherlich die meisten unter euch verstehen.

Aber ich hätte gerne zu den Vorwürfen Stellung genommen und frage den Leiter dieser Versammlung – darf ich?“

Herbert Wagner gab sein Einverständnis und Susi begann:

„Man hat mir leichtsinnige Lebensweise vorgeworfen. Dies wurde mit einem Schreiben meiner Eltern untermauert. Es ist richtig, dass ich vor nahezu zwanzig Jahren für zirka zwei Stunden in einem Nachtclub gearbeitet habe. Die Galerie Kaiser hat dann dafür gesorgt, dass ich hier in diesem Haus mein Studium als Hausmeisterin verdienen konnte. Dass meine Eltern nie verstanden haben, dass ich Max, den Mitbegründer der Galerie Kaiser, geliebt habe, das bedauere ich sehr. Ich habe zumindest mehrfach versucht, das meinen Eltern zu erklären. Dass man derartige Privatangelegenheiten hier zur Sprache bringt, ist geschmacklos und verachtenswert.

Nun zur Behauptung unserer ehemaligen Aufwartefrau, ich hätte meinem Mann Max eine Überdosis Valium verabreicht, das ist einfach lächerlich. Ich bitte daher unseren Justiziar, Herrn Dieter Zeiser zu schildern, wie und in welcher Form wir uns von Frau Gawronska getrennt haben.“

Dieter Zeiser stand auf: „Es ist zwar schon einige Jahre her, aber die Akten befinden sich noch in meinem Besitz. Wir mussten unmittelbar nach dem Tod von Max Kaiser Frau Gawronska fristlos kündigen, da sie nicht nur Bargeld sondern auch andere Vermögenswerte gestohlen hatte. Dies konnte nachgewiesen werden. Auf ihr Bitten hin, haben wir seinerzeit von einer Anzeige abgesehen. Die Anschuldigung gegenüber Frau Kaiser ist grundlos und ich werde prüfen, ob wir Regressansprüche stellen können."

Susi fuhr fort: „Ansonsten ist dazu nur zu sagen, unser damaliger Arzt hat die letzten Tage meines Mannes Max begleitet und ihm wäre sicherlich aufgefallen, wenn eine medikamentöse Überdosierung stattgefunden hätte. Mindestens die Hälfte aller hier Anwesenden wissen, wie ich um das Leben meines Mannes gekämpft habe und ich bin sehr empört über diese Behauptung."

Susi entnahm ihrer Tasche einige Bogen Papier, wandte sich an Herbert Wagner mit den Worten:

„Herbert, der nächste Punkt den man gegen mich vorbringt ist der Vorwurf, ich hätte dazu beigetragen, Vermögenswerte illegal außer Landes zu bringen, dafür Gegenleistungen in Millionenhöhe erhalten zu haben und außerdem am Mord eines Herrn Wolfgang Zeller mitgewirkt zu haben. Dies von einem Herrn Peter Wahl. Bitte, sei so freundlich und verlese dieses Fax, welches ich von der Miliz in St. Petersburg erhalten habe."

Susi übergab Herbert die Papiere und er begann:

„Frau Kaiser übergab mir ein Fax der St. Petersburger Miliz. Ich verlese jetzt den Wortlaut:

Untersuchungskommission der Miliz in St. Petersburg im Fall Iwan Bussow.

Der Leiter der Kommission Grigori Orlow.

Wunschgemäß die amtliche Übersetzung des Auslieferungsersuchens an die Bundesrepublik Deutschland für Peter Wahl, wohnhaft in München.

Da einige Teile des umfangreichen Schriftsatzes schwer verständlich sind, in Kurzform die wesentlichsten Punkte.

Herr Peter Wahl, wohnhaft in der Bundesrepublik Deutschland, ist in St. Petersburg wegen der Bildung ei-

ner kriminellen Vereinigung angeklagt. Des Weiteren angeklagt der Verbringung russischen Kulturgutes in das Ausland, des Menschenraubes und der Verschleppung, Begünstigung, der Strafvereitelung, der Hehlerei, des Betruges und der Untreue.
Das offizielle Auslieferungsersuchen wird nach Ende des Prozesses gegen Herrn Bussow den Behörden in Deutschland zugestellt.
gez. Grigori Orlow."

Herbert Wagner blätterte in den Anlagen und sagte dann: „Ich glaube, den Rest muss ich nicht verlesen, das ist juristisches Fachchinesisch." Er gab die Papiere an Susi zurück.

Susi ganz gelassen: „Ich sehe in unserer Mitte Herrn Paul Vermeylen. Da der angeblich von uns liquidierte Wolfgang Zeller in den Armen von Paul Vermeylen gestorben ist, wäre ich hier für eine Stellungnahme dankbar."

Paul Vermeylen stand auf, ging zu einem Mikro: „Liebe Kollegen, heute Morgen habe ich eine Menge Blödsinn gehört. Ich kenne Herrn Peter Wahl persönlich und weiß, dass er ein gefährlicher Gauner ist. Daher in Kurzform, was sich tatsächlich in Wuppertal Anfang dieses Jahres ereignet hatte:

Wolfgang Zeller, mein Freund Bart van de Velde und ich eröffneten in Wuppertal eine Galerie und ein Kunstatelier. Dies unter dem Namen **artis opus**. Anlässlich einer Ausstellung in Berlin trafen wir einen Russen namens Iwan Bussow und wir vereinbarten, in unserer Galerie in Wuppertal eine Ausstellung russischer Kunst durchzuführen.

Unmittelbar danach kam ein großer LKW mit über 1000 Gemälden, die wir bis zur Präsentation einlagern sollten.

Wenige Tage später erschienen Herren der russischen Botschaft in Berlin und suchten diese Bilder. Es gab ein Handgemenge – bei dem ich nicht anwesend war und Herr Bussow entführte den Direktor der Eremitage und Herrn Zeller. Dieser flüchtete ins Ausland. Soweit ich weiß, gab es bei der Rückführung der Geiseln einen Schusswechsel, bei dem Herr Zeller verletzt wurde. Sowohl Herr Bussow, als auch Herr Zeller wurden nach St. Petersburg gebracht.

Die Galerie Kaiser war zu diesem Zeitpunkt schon in Verhandlungen mit der Eremitage in St. Petersburg um dort eine eigene Galerie zu eröffnen. So kam es, dass sich Herr Zeller an den Leiter der Eremitage wenden konnte und um Hilfe bat. Dieser hat wiederum das Ehepaar Kaiser gebeten, Wolfgang Zeller zu helfen.

Das Ehepaar Kaiser holte den schwerverletzten Herrn Zeller zurück nach Wiesbaden. Dort untersuchte man ihn. Durch den Schusswechsel hatte er eine Niere verloren. Bei der anderen Niere stellte man Krebs fest, der bereits streute. Man gab Herrn Zeller eine Überlebenschance von drei bis vier Wochen.

Auf Wunsch von Herrn Zeller wurde er nach Wuppertal zurückgebracht und starb in meinen Armen.

Herr Moritz Kaiser hat sich bemüht, auf Wunsch von Herrn Zeller seine Angelegenheiten zu regeln. So ergab es sich, dass er die Galerie artis opus kaufte. Den Kaufpreis in Höhe von 200.000 Euro erbten mein Freund und ich. All das ist notariell dokumentiert. Ich hoffe, ich habe mit meiner Aussage etwas Licht in das Dunkel gebracht. Danke!"

Susi stand schon wieder und sagte: „Danke Paul. ... Hat noch irgendjemand etwas dazu zu bemerken?"

Rechtsanwalt Dr. Satorius: „Ich darf doch meinen Kollegen Herrn Zeiser bitten, mir Abschriften vom Auslieferungsersuchen für Herrn Wahl sowie von der seinerzeitigen Entlassung von Frau Gawronska zu geben?"

Dieter Zeiser: „Herr Kollege, das versteht sich von selbst. Ich glaube, dass wir uns ohnehin nach dieser Versammlung einige Stunden zusammensetzen müssen."

Susi stand wieder auf und lachte: „Wenn Sie Herr Dr. Satorius über Heinz van Engelen in unseren Reihen sprechen wollen, dann haben Sie schlechte Karten. Das soll Ihnen unser Mike Curtis erzählen, die meisten der hier Anwesenden kennen die Geschichte ohnehin. Mike, wärst du so freundlich?"

Mike stand auf: „Liebe Freunde, wir alle kennen die Geschichte. Ich mache es daher ganz kurz. Heinz van Engelen hat zweimal unsere Galerie hier ausgeräumt. Dann zusätzlich noch Hildes Wohnung und ihr Bankkonto. Wir konnten alles wieder sicherstellen, das heißt, wir haben ein Arsenal von Kunstwerken aus vielen Museen in Luxemburg gefunden. Auch Hilde hat ihre Sachen wiederbekommen. Heinz wird von Interpol und der Polizei in Deutschland, Frankreich, Belgien, Luxemburg und Holland gesucht.

Herr Dr. Satorius, ihr Mandant muss krank sein, uns solche Beweisstücke vorzulegen.

Außerdem glaube ich, dass er nur Mittel zum Zweck sein sollte. Der Hintermann scheint Peter Wahl zu sein. Selten habe ich in meinem Leben so viele Unverschämtheiten gehört. Susi, ich hoffe du stellst Strafantrag wegen übler Nachrede und Verleumdung. Ich hoffe, dieses miese Schauspiel ist bald zu Ende."

Wieder stand Susi auf: „Ich wäre Herrn Herbert Wagner sehr dankbar, wenn er jetzt über den zweiten Tagesordnungspunkt abstimmen ließ, nämlich über meinen Ausschluss aus dem Verein."

Herbert Wagner nahm seine Glocke, es wurde sofort still und er sagte: „Liebe Freunde, wer ist für den Antrag, Frau Susanne Kaiser aus dem Verein auszuschließen, der hebe die Hand mit der entsprechenden Ziffer 1 oder 2." Drei Hände flogen nach oben. Es waren die Hände von Rolf Berger, Günther Geiger und Konrad Schauf.

Wieder nahm Herbert Wagner die Glocke, er sagte: Wer ist dafür, dass Susanne Kaiser im Verein bleibt, der hebe jetzt die Hand mit der entsprechenden Ziffer 1 oder 2."

Der Rest der Anwesenden – ohne Ausnahme – stimmten dafür.

Herbert Wagner verkündete das Ergebnis, dann ging er zu Susi und gratulierte ihr mit den Worten: „Das hab ich auch nicht anders erwartet."

Herbert Wagner: „Meine Herrschaften, nun zu Punkt drei und vier der Tagesordnung, das heißt der Auflösung des Vereins und die damit verbundene, automatische Auflösung.

Dieter Zeiser ich glaube, du wolltest etwas dazu sagen."

Dieter Zeiser stand auf: „Herr Dr. Satorius. Ich hatte Gelegenheit während der Mittagspause kurz in ihren sorgfältig zusammengestellten Unterlagen zu blättern. Sie haben sicherlich recht mit Ihren Vorwürfen, dass ein Unternehmen unserer Art, falls es ein Gewerbebetrieb wäre – vielfach gegen die einschlägigen Gesetze verstoßen hat. Die Gewerbeordnung regelt vieles anders, als wir das in einem Verein tun müssen. Andererseits haben Sie natürlich recht, wenn Sie sagen, Teile unseres Unternehmens haben möglicherweise kommerziellen Charakter. Wir sind seit Monaten dabei, dies in andere Bahnen zu lenken, um nicht gegen die Gesetzgebung zu verstoßen. Deshalb mache ich folgenden Vorschlag.

Sie und ich setzen uns außerhalb einer solchen Versammlung zusammen und untersuchen die Möglichkeiten. Wären Sie damit einverstanden?"

Dr. Satorius: „Eigentlich bin ich der Auffassung, dass sich der Verein wirtschaftlich betätigt. Aber sicherlich ist eine Vorabklärung zweckmäßig. Ich bin einverstanden."

Dieter Zeiser: „Ich danke Ihnen, so kann ich Herrn Herbert Wagner bitten, die hier anwesende Mitgliederversammlung zu fragen, ob sie damit einverstanden ist, eventuell Teile unserer Unternehmungen auszugliedern."

Herbert Wagner hob seine Klingel und sagte: „Ihr alle habt gehört, wir sollen über den Tagesordnungspunkt drei und vier abstimmen. Das muss in zwei getrennten Abstimmungen erfolgen. Zunächst zu Punkt 3 der Tagesordnung, eventuelle Entziehung der Rechtsfähigkeit des Vereins. Wie Sie hörten, sind wir möglicherweise gezwungen, Teile unserer Unternehmungen als selbständige Firmen auszugliedern. Die Geschäftsleitung denkt schon längere Zeit über diesen Punkt nach. Außerdem wird das nicht von heute auf morgen erfolgen. Wer nicht damit einverstanden ist, der hebe seine Hand mit der Zahl eins oder zwei."

Wieder flogen drei Hände nach oben.

Dann kam die Gegenfrage und die überwiegende Mehrheit war einverstanden.

So verkündete Herbert Wagner: „Mit Nein stimmten drei Mitglieder. Der Stimme enthielten sich zwölf Mitglieder, der Rest stimmte mit Ja."

Herbert Wagner drehte sich zu den stimmberechtigten Mitgliedern um und fragte: „Seid ihr alle mit dieser Abstimmung einverstanden" und als diese bejahten, verkündete er: „Der Vorstand des Vereins ist somit ermächtigt, entsprechend diesem Beschluss zu handeln."

Wieder nahm Herbert Wagner seine Klingel und sagte: „Nun zu Punkt vier der Tagesordnung, Auflösung des Vereins. Gibt es hier Wortmeldungen?"

Es meldete sich Anton Jonas zu Wort:

„Liebe Vereinsmitglieder, ich war bisher starr vor Entsetzen, nie hätte ich gedacht, dass bei uns so etwas möglich ist.

Dabei ist das Ganze eine Farce. Wie ich während unserer kurzen Mittagspause erfuhr, hat unsere Hilde in den letzten Tagen bei den Unterzeichnern der sogenannten Zwangseinladung zu dieser Versammlung erfahren, dass man zwölf der Unterzeichner nichts von den heute hier verhandelten Tagesordnungspunkten sagte. Notar Zeiser bekam von Hilde zwölf eidesstattliche Versicherungen dieser Personen, dass sie davon keine Kenntnis hatten.

Nach meiner Auffassung erfolgte diese Zwangsversammlung rechtswidrig und man sollte den oder die Schuldigen zur Rechenschaft ziehen.

Rechne ich nur 130 Mitglieder, die einen Arbeitstag opferten, so komme ich bei einem nur angenommenen Stundenlohn von zehn Euro locker auf 10.000 Euro. Dazu kommen Spesen, Reisekosten und Hotelkosten. Somit ergeben sich mindestens 20.000 Euro.

Ich bitte daher unseren Justiziar Zeiser, diese Summe einzuklagen, damit wir den Anwesenden zumindest einen kleinen Ausgleich für Zeit und Unkosten geben können. Danke!“

Herbert Wagner nahm die Klingel und sagte: „Abstimmung zum Tagesordnungspunkt Nr. 4, Auflösung des Vereins. Wer für die Auflösung ist, der hebe die Hand mit seinen Ziffern eins oder zwei.“

Wieder flogen drei Hände in die Höhe.

Bei der Abstimmung, die gegen eine Auflösung war, stimmte der Rest.

So verkündete Herbert Wagner: „Die Auflösung des Vereins ist somit abgelehnt. Daraus ergibt sich automatisch die Nichtauflösung des Vermögens des Vereins.“

Herbert Wagner: „Nun zu Punkt 5 unserer Tagesordnung. Diebstähle von Exponaten. Ich bitte Herrn Jens Gerner zu berichten.

Nun erzählte Jens, dass man seit dem letzten Jahr viele Exponate suchen würde und erst seit drei Wochen wüsste, auf welchem Weg diese Exponate entwendet worden wären. Es handle sich um Gemälde von nahezu einer Million Euro. Dann sagte Jens: „Dieser Dieb, oder diese Diebe sind unter uns. Wir geben nun diesen Herrn Gelegenheit sich zu der Tat zu bekennen, was sich sicherlich auf die Strafzumessung positiv auswirken wird.“

Wieder war Totenstille im Saal.

Die Tür ging auf, Manfred Wundram kam mit zwei Polizisten in Uniform, ging auf die Herrn Günther Geiger und Konrad Schauf zu, zeigte einen Haftbefehl und erklärte sie für verhaftet.

Es gab ein kurzes Handgemenge, man war gezwungen, den beiden Herren Handschellen anzulegen. Diese schrien: „Wir haben damit nichts zu tun, wir wissen von nichts.“ Bis sie einen Herrn sahen, der langsam die große Freitreppe in den Saal hinunter kam. Es war David Terry.

Da war es mit der Beherrschung der Herren Geiger und Schauf vorbei. „Terry, du Drecksau, hast uns reingelegt, das war ganz anders, er wollte uns ein Bild verkaufen und hatte uns zu sich in die Wohnung bestellt."

Es kamen noch einige, ähnliche Versionen, die Manfred Wundram abkürzte. „Herr Geiger, Herr Schauf, sparen Sie sich Ihren Atem. Vor zwei Stunden haben wir die restlichen, gestohlenen Exponate in einer kleinen Halle in Mainz-Gustavsburg sichergestellt. Ihre Frau hat uns unwissentlich dorthin geführt."

Manfred Wundram bat die beiden Polizisten Geiger und Scharf abzuführen. Als diese den Saal verlassen hatten, ging er zu Herbert Wagner und bat ihn, die Geschichte der Recherchen zu erzählen. Herbert Wagner begann nun mit der Schilderung des Gesamtdiebstahls und fügte am Ende hinzu: „Herr Berger, sie stehen im starken Verdacht, auch an diesen Diebstählen beteiligt zu sein. Ich könnte mir vorstellen, dass wir genügend Beweismittel gegen Sie finden."

Im Saal kochte es. Jeder fragte sich, wie das kommen konnte, jeder war geschockt.

Manfred Wagner nahm die Klingel: „Liebe Vereinsmitglieder, wir haben noch zwei Tagesordnungspunkte, die wollen wir versuchen, möglichst schnell abzuhandeln."

Das war die fristlose Entlassung und Vertragskündigung von Rolf Berger, Günther Geiger und Konrad Schauf. Dazu bemerkte Jens Gerner noch: „Die Gehälter beziehungsweise Bezüge der Herren Geiger, Schauf und Berger werden bis zur endgültigen Klärung der Sachverhalte eingefroren.

Herbert Wagner nahm seine Klingel: „Herrschaften, lassen Sie uns noch den letzten Tagesordnungspunkt besprechen. Dazu bitte ich Herrn Moritz Kaiser zu berichten:"

Moritz begann mit einem ausführlichen Bericht über seine Recherchen hinsichtlich dieser Andruckpressen und fügte hinzu: „Das technische Personal stellt uns die Herstellerfirma zur Verfügung. Einzelheiten müssen noch vereinbart werden. Wir sprechen hier von Andruckpressen wie wir eine hier in Wiesbaden stehen haben. Gesamtvolumen der Bestellung ist 1,4 Millionen Euro.

Wir alle wissen, dass sich der Markt verändert und wir glauben, dass wir durch die Öldrucke in die Lage versetzt werden, neue Geschäftsfelder zu erschließen.“

Mike meldete sich zu Wort: „Auch USA und Canada schließt sich dem an. Es ist eine Marktveränderung festzustellen und wir müssen reagieren.“

Anton: „Anfangs war ich nicht sonderlich begeistert von dieser Idee, aber als ich sah, wie sich diese Öldrucke verkaufen lassen, musste ich meine Meinung ändern.“

Maxim lachend: „Leute, macht das, wir können nicht in der Vergangenheit stehen bleiben. Bei vielen Gemälden sparen wir Zeit und Geld. Lasst uns abstimmen.“

Herbert Wagner nahm wieder seine Klingel: „Wer nicht für die Anschaffung dieser Maschinen ist, der hebe die Hand mit der Ziffer eins oder zwei. Keine Hand flog nach oben.

Herbert Wagner konnte verkünden:

„Fast alle Anwesenden sind für die Anschaffung der Andruckpressen. Es gab acht Enthaltungen.

Somit frage ich jetzt die stimmberechtigten Mitglieder: „Nehmen Sie die Abstimmung der Vereinsmitglieder an?“ und siebenmal erhielt Herbert ein Ja.

Herbert Wagner: „Ich bedanke mich bei allen Anwesenden für ihr Kommen und das lange Ausharren.“

Susi stand auf: „Ihr Lieben, es dauert nicht mehr lange bis zur allgemeinen Aperitifzeit bei mir. Aber wir sind heute zu viele Personen für den üblichen Raum im 4. Stock. So habe ich mir erlaubt, einen Catering-Service zu beauftragen, uns hier ein Buffet aufzubauen.

Unser Franz hat das fest in seiner Hand. Soweit ich weiß, warten die Herrschaften bereits mit Tischen, Getränken und dem Buffet. Vielleicht geht ihr solange in die Ausstellung im ersten Stock, damit das Personal der Cateringfirma aufbauen kann. Meine Zwillinge haben sicher Hunger. Bis später."

Schon öffneten sich die Türen, die Herrschaften der Cateringfirma kamen mit ihrem Material und die Vereinsmitglieder begaben sich über die Freitreppe in den ersten Stock.

Der Cateringservice arbeitete blitzartig. Schnell hatte man ein Buffet aufgebaut. Tische und Stühle waren rasch aufgestellt und wie durch Zauberhand war man in zwanzig Minuten fertig.

Als die Vereinsmitglieder wieder nach unten kamen, waren sie erstaunt. So schnell hatte man das nicht erwartet.

Es bildeten sich kleine Gruppen, das vorher erlebte war unter die Haut gegangen und man diskutierte viel.

Susi war nachdenklich nach oben in ihre Wohnung gegangen. Sie fand Saskia und Nina vor, die sie ganz lieb begrüßten. Die Stillzeremonie dauerte etwas. Moritz kam, er gab Susi ein Küsschen und sagte: „Du musst ja fix und fertig sein. Ich bewundere dich."

Susi kamen die Tränen. „Moritz, am liebsten wäre ich davongelaufen, so war mir zu Mute. Am Schlimmsten war der Brief von meinem Vater. Der muss ein Nachspiel haben."

Als Susi mit dem Stillen fertig war, verabschiedete sie sich von Nina und Saskia und ging mit Moritz nach unten in ihr Büro. „So Moritz, hier sind wir einen Moment noch ungestört. Was meinst denn du zu diesem furchtbaren Tag."

Moritz gab Susi einen Kuss und sagte dann langsam: „Du wurdest heute schlimm verletzt, trotzdem standen alle hinter dir. Als du heute Mittag beim Stillen warst, haben sich Hilde und auch unsere Veteran, sehr für dich eingesetzt."

Susi ernst: „Ach Moritz, noch nie habe ich daran gedacht alles hinzuschmeißen, heute schon. Ich hab es immer mit allen gutgemeint und dann das. Anscheinend mache ich was falsch. Moritz, bitte hilf mir."

Moritz nahm sie in den Arm: „Schatz, du machst nichts falsch, die Leute die das ausheckten, wollten gerade das erreichen. Es scheint Peter Wahl zu sein."

Susi: „Ach Moritz, ich fühle mich so müde und ausgelaugt, du weißt gar nicht, wie mir zu Mute ist. Es graust mir, nach unten zu den anderen zu gehen. Ich weiß, das müssen wir jetzt machen. Komm drücke mich noch mal und dann müssen wir."

Moritz umarmte Susi, küsste sie und dann gingen beide nach unten zu den anderen.

Es war eine stürmische Begrüßung als Susi mit Moritz nach unten kam. Jeder wollte mit ihr sprechen und jeder brachte zum Ausdruck, wie sehr er mit Susi gelitten hätte.

Dann nahm sie Ernst Olbert in Beschlag, zog sie zur Seite und sagte: „Jetzt bin ich 85 Jahre alt geworden und musste mir den ganzen Quatsch anhören. Ich weiß, was du die letzten Jahre alles geleistet hast. Mir ist bewusst, dass das oft über deine Kraft ging und ich hab dich immer bewundert. Den heutigen Tag hast du nicht verdient.

Ich muss dir einfach sagen, wie wohltuend für uns Alte deine Sorge für ein gutes Zusammenleben in unseren Altenwohngemeinschaften ist. Auch Jens ist rührend darum bemüht uns zu unterstützen und Anton gibt uns die Möglichkeit weiterzuarbeiten. So kommen wir uns nicht wie altes Eisen vor. Susi, vielen Dank und bleibe so." Ernst Olbert, der Senior nahm Susi, umarmte sie und gab ihr einen Kuss.

Die angespannte und empörte Stimmung im Versammlungsraum war wie weggeblasen, man freute sich einander zu sehen und Susi war die Person des späten Nachmittags.

Jacob Goldman lernte zum ersten Mal viele seiner neuen Kolleginnen und Kollegen kennen und unterhielt sich mit David Terry, den er von der gemeinsamen Zeit bei der US Army kannte. So erfuhr David Terry, dass Jacob Goldman in absehbarer Zeit nach Israel fahren wird, um dort die Filiale in Jerusalem zu eröffnen.

Im Gespräch meinte David Terry: „Da beneide ich dich. So einen Winter in Jerusalem der könnte mir wettermäßig gefallen. Solltest du jemanden brauchen, ein paar Monate würde ich dir gerne helfen."

Jacob Goldman erfreut: „Terry, das würdest du auf dich nehmen? Du kennst das Metier und ich brauche dringend einen Menschen der mir anfangs hilft. Komm, lass uns gleich mit Mike darüber sprechen."

Sie gingen zu Mike und trugen ihm die Idee vor. Auch Mike war davon angetan und sie verabredeten, sich morgen ausführlich darüber zu unterhalten.

Susi nahm Herberts große Klingel, bat um ein bisschen Ruhe und sagte: „Ihr Lieben, ich wäre so gerne noch bei euch geblieben, aber meine beiden Süßen haben sicher Hunger. Da das heute für mich ein sehr anstrengender Tag war, sage ich Danke und wünsche eine Gute Nacht. Tschüss!"

***

Susi und Moritz kamen am Montagmorgen in die Küche, dort ging es hektisch zu. Nina hatte schon Brötchen geholt und bereitete das Frühstück. Saskia war eben mit dem Decken des Frühstückstisches fertig, als Hilde und Carlo kamen. Sie setzten sich zu Tisch und es begann eine lebhafte Unterhaltung.

Hilde schwärmte: „Es war richtig schön, wieder mal mit unserer ganzen Bande schwätzen zu können. Ihr glaubt gar nicht, wie mir die Atmosphäre der Galerie Kaiser fehlt." Und zu Susi gewandt: „Du bist gestern noch mal in meiner Achtung gestiegen. Du warst einfach großartig und standest über der Sache. Mein ganz großes Kompliment."

Susi lachte: „Hilde, gestern hätte ich am liebsten das Handtuch geworfen. Alles hätte ich noch verkraften können, aber der Brief meines Vaters war ganz schlimm. Das Erste was ich heute Morgen mache, ich rufe Dieter an und bitte ihn, einen entsprechenden Brief an meine Eltern zu schreiben. Das kann und will ich nicht auf mir sitzen lassen:"

Nun fragte Nina: „Susi, was hatten denn deine Eltern mit der Versammlung zu tun?"

Bevor Susi noch antworten konnte, sagte Hilde: „Nina, ich kenne die gesamte Vorgeschichte und erzähle dir jetzt, warum Susi so tief verletzt ist. Ich wäre das auch." Dann erzählte Hilde in sehr netter Form die Geschichte von Susi und ihre Versuche, mit ihren Eltern Kontakt aufzunehmen.

Susi sagte: „Tut mir leid, aber ich habe heute Morgen so viele Termine, ich muss jetzt runter ins Büro." Susi, Carlo Steiner und Moritz gingen in die Büros, während Hilde mit Saskia und Nina zurückblieb.

Moritz kam in sein Büro und entdeckte zu seinem Entsetzen, dass man alle Unterlagen der gestrigen Versammlung in sein Büro gebracht hatte. Das versetzte ihn in die Lage, die bei der Versammlung vorgelegten Dokumente gleich zu finden.

Moritz versuchte Michail in St. Petersburg zu erreichen und hatte Erfolg.

(Michail) Borodin!

(Moritz) Hallo Michail, wie geht es dir und deinen Gästen Wahl und Lappas?

(Michail) Moritz, bei uns ist soweit alles in Ordnung. Frau Wahl und auch Herr Lappas sind etwas geschockt. Aber bis jetzt haben sie sich gut gehalten. Grigori Orlow und ich wollen Herrn Lappas morgen Nachmittag ein Angebot

machen. Wir hoffen, dass er darauf eingehen wird. Ich werde dir in jedem Fall berichten. Aber erzähle, wie war eure gestrige Versammlung?

(Moritz) Um das Ende gleich vorweg zu nehmen, wir konnten alles zu unserer Zufriedenheit regeln. Wir haben Protokoll geführt und du bekommst eine Kopie.

Der Drahtzieher dieser ganzen Versammlung war Peter Wahl. Er hat Dinge behauptet und verdreht, die unverschämt und beleidigend waren. Besonders Susi hat man tief verletzt, da man ihr Privatleben verunglimpft und in den Schmutz gezogen hat. Ich schicke dir jetzt ein Fax mit dem Text von vier solcher vorgelegten Behauptungen, die mehr oder weniger erstunken und erlogen sind.

(Michail) Ich kann mir schon vorstellen, was darin steht. Bin gespannt auf dein Fax. Konntet ihr die Anklagen der Gegenseite aus dem Weg räumen?

(Moritz) Es ist letztendlich nichts geblieben. Wir hatten die besseren Karten. Bei uns sind seit dem letzten Jahr Bilder im Wert von etwa einer Million Euro verschwunden. Diesen Diebstahl konnten wir in letzter Minute aufklären und zwei der drei Rädelsführer der Gegenseite konnte die Polizei noch während der Versammlung als Täter verhaften.

(Michail) Gratuliere, ich glaube Peter Wahl müsst ihr im Moment nicht fürchten. Er ist nicht mehr in Deutschland. Du kannst dir vorstellen, dass wir ihn überwacht haben, zumal wir wussten, dass er auf unseren Botschafter in Berlin angesetzt ist. Er hat Kontakte nach Weißrussland und nach Georgien. Es kommt auch ein arabischer Staat oder Israel in Frage. Sei sicher, wir finden ihn. Er steht ganz oben auf unserer Fahndungsliste.

(Moritz) Das hoffen wir mit dir. Aber die Versammlung hatte auch etwas Gutes. Wir haben uns die sogenannten Andruckpressen für unsere Öldrucke genehmigen lassen. Auch eine für die Galerie in St. Petersburg .
An weiteren Neuigkeiten gibt es noch, dass wir in Jerusalem

eine Galerie mit Ateliers eröffnen werden. Wir schicken dir eine Einladung.

(Michail) Bist du ganz sicher, dass Israel der richtige Markt für euch ist? Paula und ich kommen natürlich gerne, zumal wir Israel nicht kennen.

(Moritz) Wir haben einen Israeli amerikanischer Herkunft der in Berlin studiert hat. Seine Frau ist aus Berlin und betreibt in Jaffa eine eigene Galerie. Durch die schwierigen Einfuhrbestimmungen werden wir voraussichtlich dort ein ganz anderes Programm aufbauen müssen.

(Michail) Ich bin schon gespannt. Wenn ihr das so gekonnt macht wie hier in St. Petersburg, dann braucht man keine Angst zu haben.

(Moritz) Danke dir, Grüße an alle von uns, besonders an deine Frau.

(Michail) Grüße auch alle von uns. Ich melde mich, sobald ich mit Frau Wahl und Herrn Lappas gesprochen habe.

Nachdenklich legte Moritz auf. Peter Wahl verschwunden? War das positiv oder negativ zu werten? Moritz hatte nicht viel Zeit nachzudenken, denn eine Dame aus Susis Büro kam um das schriftliche Protokoll zu fertigen.

Susi hatte hart gearbeitet und viel Zeit für ihre Mitarbeiter aufgewendet. Kurz vor halb zwölf klingelte ihr Telefon, Dieter Zeiser war am Apparat:

(Susi) Hallo Dieter, was gibt's?

(Dieter) Du hast mich heute Morgen gebeten, deinem Vater zu schreiben. Ich schicke dir jetzt ein Fax und du sagst mir, ob du mit dem Text einverstanden bist.

(Susi) Danke. Wenn ich es habe, werde ich es mit Moritz besprechen. Ich wollte dir nur noch sagen, Moritz hat mit Michail in St. Petersburg gesprochen. Der hat ihm erzählt,

dass Peter Wahl verschwunden ist. Das mag noch nichts bedeuten, aber zumindest solltest du es wissen.

(Dieter) Danke, da kann ich mir einen Brief sparen. Grüße Moritz!

(Susi) Dir auch einen guten Appetit und Tschüss.

Susi ging dann in ihr Vorzimmer und kam gerade rechtzeitig um das Fax von Dieter in Empfang zu nehmen.

Als Susi in ihre Wohnung kam, hörte sie die Zwillinge schreien. Saskia sagte nur: „Heute sind sie besonders unruhig. Ich glaube, die haben ganz einfach Hunger. Wahrscheinlich müssen wir noch etwas mit dem Fläschchen zufüttern. Es ist in der Küche schon fertig."

Susi bedankte sich und fügte hinzu: „Ich glaube, du hast recht." Schnell kehrte Ruhe ein und nach dreißig Minuten hatten sie zwei friedlich schlafende Babys.

Beim Mittagessen erzählte Susi, dass sie mit Dieter Zeiser gesprochen hätte. Sie sagte: „Dieter will ein Schreiben an meinen Vater schicken, mit welchem er Schadensersatzansprüche androht. Aber lies doch selbst", und übergab Moritz das Fax von Dieter Zeiser.

Plötzlich war es ganz still bei Tisch. Hilde sprach als Erste: „Finde ich toll, dass Dieter und du das macht. Deinem Vater hätte schon lange ein Schuss vor den Bug gehört. Was der sich dir gegenüber herausnimmt, fand ich schon immer zum Kotzen." Susi ernst: „Ach wisst ihr, irgendwo habe ich Angst davor, andererseits, so wie bisher, geht es auch nicht weiter. Wenn ich mir nur irgendeine Schuld geben könnte, ich weiß wirklich nicht, was ich meinen Eltern getan haben könnte."

Nina ganz leise: „Hilde hat mir heute Morgen die Geschichte mit dir und deinen Eltern erzählt. Die hatten kein Recht dich so zu behandeln."

Moritz nahm das Fax und las vor:

Dieter Zeiser
Rechtsanwalt & Notar
Wiesbaden

Herrn
Johannes Höhler
Tiefstraße
Limburg an der Lahn

Betr.: Frau Susanne Kaiser, geborene Höhler, wohnhaft in Wiesbaden

Sehr geehrter Herr Höhler,
mit Vollmacht (siehe Anlage) vertrete ich die Interessen Ihrer Tochter Frau Susanne Kaiser, geborene Höhler.
RA. Dr. jur. Thomas Satorius beantragte aufgrund Ihres Schreibens eine außerordentliche Mitgliederversammlung der Galerie Kaiser Wiesbaden e.V. Grund dieser Versammlung war die Entlassung Ihrer Tochter als Vorstand der Galerie Kaiser Wiesbaden e.V.
RA. Dr. Satorius gab an, dass aufgrund dieses Schreibens er von einer leichtsinnigen Lebensart meiner Mandantin ausgehen kann und sie damit als Vorstand für den Verein nicht mehr tragbar ist.

> „Wie Sie schrieben, hätte sich Ihre Tochter in Nachtclubs mit älteren Männern herumgetrieben."

Dies ist eine üble Nachrede oder Verleumdung.
Sie haben nunmehr 21 Tage Gelegenheit Ihre Behauptung zu beweisen.
Sollte keine Antwort innerhalb des angegebenen Zeitraumes erfolgen oder diese unbefriedigend sein, erhebe ich Anklage beim Amtsgericht in Limburg an der Lahn. Diese gem. § 186 (üble Nachrede) StgB und § 187 (Verleumdung) StgB.
Meiner Mandantin ist durch Ihre Behauptung finanzieller Schaden entstanden, ebenso für die von ihr geleitete Galerie Kaiser Wiesba-

den e.V. Die Kosten für diese Sonderversammlung dürften zirka 20.000 Euro betragen. Gegebenenfalls werde ich diesen Betrag als Schadensersatz geltend machen.

Hochachtungsvoll

gez. D. Zeiser

Susi nachdenklich: „Ich werde den Brief abschicken lassen. Vielleicht ist dann das Band zwischen meinen Eltern und mir endgültig zerschnitten, oder es gibt möglicherweise einen Neuanfang." Alle redeten Susi zu, das zu tun. Und Susi rief sofort Dieter Zeiser an und sagte nur kurz, dass sie mit dem Text einverstanden wäre.

Schon seit neun saßen Mike, Jacob Goldman und David Terry zusammen und besprachen das Projekt Jerusalem. Sie hatten ein gutes Konzept erárbeitet. Jacob erklärte, dass ein Teil seiner für Jerusalem benötigten Materialien bereits nach Tel Aviv per Flugzeug unterwegs sei.

Mike rief Anton an und man verabredete, dass man sich gleich treffen wolle um die offenen Punkte zu besprechen. Das Programm mit Anton war rasch abgehandelt. Es war nur noch ein Vergleichen der einzelnen Punkte.

Anton meinte: „Ich hab zwar mit Susi schon einige Male gesprochen, aber einen Überblick hat sie noch nicht. Sie ist durch die Schwangerschaft und Geburt einige Zeit ausgefallen. Ich will versuchen, ob sie im Moment Zeit hat."

Als Susi kam, lachte sie und sagte: „Ihr habt Glück, denn meine heutigen Termine sind alle erledigt. Bei euch dauert es wahrscheinlich länger." Mike, auch lachend: „Susi setze dich zu uns. Wir sind an den letzten Punkten unseres Projektes Jerusalem bezüglich der Eröffnung. Wir wollten dich in Kurzform vom Ergebnis unserer Besprechung unterrichten. Jacob Goldman wird kommenden Sonntag nach Tel Aviv fliegen. Mit ihm David Terry. David wird für mindestens sechs Monate in Jerusalem beim Aufbau der Galerie und den Werkstätten helfen. Wie du weißt, haben wir in Jerusalem nahe dem Castell, dem sogenannten Davids-Tower, Räume gemietet. Dies in einer Art Künstler-Kolonie, dem sogenannten Arts & Crafts Center. Jacob muss sehen, wie wir uns dort einrichten. Die Kosten haben wir schon besprochen. Jens hat noch mal nachgerechnet und es abgesegnet.

Die Rechtsform der dortigen Unternehmung muss an Ort und Stelle geregelt werden.

Anton hatte einen Stoß Papiere in der Hand: „Susi, unser Verkaufsprogramm steht. Wir wollen anfangs zweigleisig fahren, nämlich auch noch unsere neuen Pläne, eigene Originale zu schaffen, in unser Programm in Israel mit einbeziehen. Wir stellen uns das so vor:

In unser Standardprogramm – das heißt kopieren Alter Meister – wollen wir achtzig bis einhundert exquisite Exponate aufnehmen. Hier in dieser Mappe gebe ich dir die Muster. Wir haben die Auswahl so klein gehalten, da wir nicht wissen, welche Größe die von uns angemieteten Räume tatsächlich haben. Aufstocken können wir immer noch. Die ausgesuchten Bilder sind alle kleinformatig. Wir haben uns da nach der Größe der Andruckpresse gerichtet, nämlich 60 x 80 cm. Somit können wir alle dort lieferbaren Kopien Alter Meister auch als Öldrucke und Kunstdrucke herstellen.

Um auch unserer neuen Idee – Herstellung und Verkauf von außergewöhnlichen Kunstwerken – Rechnung zu tragen, schlägt Jacob vor, ausgewählte exklusive Kunstwerke mit Motiven des Heiligen Landes von israelischen Künstlern herstellen zu lassen, die gesamten Rechte zu kaufen und in verschiedenen Formen zu vertreiben. Als Beispiel meint Jacob:

Das Original	zu einem Preis von	US $	10.000,00
Als Replik	zu einem Preis von	US $	5.000,00
Als Originalkopie	zu einem Preis von	US $	2.000,00
Als Öldruck	zu einem Preis von	US $	500,00
Als Kunstdruck	zu einem Preis von	US $	100,00

Das Bild jeweils mit Rahmen. Jacob hat uns ein paar Muster zur Ansicht als Fotos mitgebracht. Ich gebe dir die Mappe, schaue sie in Ruhe an.“ Anton übergab Susi ein Album mit den entsprechenden Aufnahmen der Bilder.

Hier unterbrach Jacob: „Nach Möglichkeit sollten wir in Israel fertigen. Außerdem muss unser Sortiment in Israel dem hiesigen gleichen, damit wir Touristen, die in Jerusalem kaufen, dann von hier aus beliefern können.“

Moritz zu Jacob: „Sag, wie gedenkst du die Filiale Jerusalem personalmäßig auszustatten?“ Jacob ernst: „Das ist leider alles noch etwas nebulös. Die ersten ein bis zwei Monate lediglich mit einem Sparprogramm. Die Mitarbeiterverträge auf der Basis freie Feste wie hier in Wiesbaden.“

Moritz: „Jacob, vielleicht solltest du Susi noch etwas über eure geplante Werbung erzählen. Susi sollte dein Programm kennen.“

Jacob lachte: „Susi, wir haben zwar gute Pläne, aber ob die alle machbar sind, das können wir erst in Jerusalem klären. Deine Werbedamen waren da sehr hilfreich.

Wir haben vor, den Stadtrundfahrten und Besichtigungsfahrten in unserem eventuellen Café, ein Gratisgetränk anzubieten.

Die Verhandlungen mit den Hotels und Touristikunternehmen sind noch nicht geführt. Wir möchten – ähnlich wie in Rom – dort unsere Prospekte mit kostenfreier Eintrittskarte auslegen und in die Zimmer legen. Für die Galerie wollen wir Eintritt erheben. Betrag wissen wir noch nicht. Ansonsten ist der übliche Katalog vorgesehen, der muss unbedingt dreisprachig sein. Einmal in Hebräisch, dann in Arabisch und in jedem Fall in Englisch.

Eure Bildbeschreibungen mit dem Testat müssen auch dreisprachig sein. Sie sollten auch von zwei Kunstwissenschaftlern unterschrieben werden.“

Susi bedankte sich bei Jacob und fragte: „Ich habe schon einige Machbarkeitsstudien für das Projekt Jerusalem gesehen. Nachdem ihr schon so weit seid, gibt es eine aktuelle Studie?“

Jacob lachte: „Susi, noch zwei Tage, dann liegt sie bei dir auf dem Schreibtisch.“

Susi bohrte weiter: „Jacob, hast du alle Finanzen mit Jens besprochen?“

Jacob: „Susi du bist ein Drillbohrer, natürlich sind alle Zahlen mit Jens nicht nur besprochen, sondern wir haben sie gemeinsam errechnet.“

Susi ernst: „Jacob, ich werde mir übermorgen noch mal die ganzen Unterlagen ansehen. Hättest du Zeit dabei zu sein?“

Jacob jetzt auch sehr ernst: „Sicher, vielleicht kommen wir alle noch mal zusammen. Du brauchst mir nur zu sagen wann.“

Jetzt mischte sich Mike in das Gespräch: „Susi es ist sechs. Wir müssen aufhören. Wie sagt Maxim immer so schön: »Ich brauche jetzt ein Wässerchen« und ich brauche jetzt einen Whisky!“

Sie verabredeten noch das Treffen für übermorgen und gingen dann gemeinschaftlich nach oben in den vierten Stock zur allabendlichen Runde. Es war sehr voll.

Nina hatte den Service fest in ihrer Hand. Alle Gäste aus dem Ausland waren noch da und man war schnell in einer angeregten Unterhaltung.

Zwischendurch fragte Susi ihre Nina: „Hast du schon etwas für das Abendessen vorgesehen?“

Nina lachte: „Die haben uns gestern Abend fast die Haare vom Kopf gefressen. Es sind nur noch Dosen da. Wenn ich etwas herrichten soll, dann muss ich noch Brötchen und Brot holen.“

Susi: „Nina das machen wir nicht. Wir gehen zu Giovanni, heute ist Montag, da ist sicher das Hinterzimmer frei. Kannst du mal anrufen?“ Wenig später kam Nina und sagte: „Ab acht Uhr ist alles reserviert.“

***

St. Petersburg

Frau Wahl und Herr Lappas waren am Morgen noch mal in der Galerie Kaiser St. Petersburg gewesen. Frau Wahl hatte sich mit Olga verabredet, um noch einige Bestellungen für ihre Antiquitätenläden in Zürich und München zu machen. Frau Wahl bedankte sich mit den Worten:

„Liebe Olga, herzlichen Dank für Ihre Bemühungen und Ihre gute Beratung. Wir sind um zwei Uhr mit Michail und Grigori Orlow verabredet und müssen leider gehen."

Fast pünktlich kamen Frank Lappas und Ilse Wahl in Michails Büro. Dort begrüßte sie Michail:

„Es freut mich und Grigori Orlow, dass ihr unserer Einladung zu einem Gespräch unter acht Augen gefolgt seid."

„Bevor wir unser eigentliches Anliegen vortragen, vorab einige Bemerkungen: Gestern telefonierte ich mit Moritz Kaiser. Der erzählte mir, dass die am Sonntag stattgefundene Versammlung des Vereins Kaiser von Peter Wahl initiiert worden ist. Man wollte Susi Kaiser leichtsinnige Lebensweise und einige Straftaten unterstellen. Aber sehen Sie selbst, diese Beweismittel legte man vor."

Michail übergab Luise Wahl und Frank Lappas je eine Kopie dieser sogenannten Beweismittel. Aufmerksam lasen die beiden die Papiere. Dann äußerte sich Frau Wahl:

„Michail, das kann ich fast nicht glauben. Das ist bösartig, hinterhältig und gemein. Wieder der gleiche Sumpf."

Frank Lappas fuhr fort: „Ich habe schon erzählt, dass Peter Wahl so etwas plante, allerdings, dass er sich solch perfider Anschuldigungen bedient, hätte ich nicht für möglich gehalten."

Grigori Orlow lachte trocken: „Im Prozess gegen Bussow habe ich bei den Vernehmungen Dinge über Herrn Wahl gehört, die so unglaublich sind, dass wir sie beim Prozess nicht verwenden konnten. Ich möchte Ihnen Einzelheiten ersparen. Peter Wahl ist ein ganz fieser Halunke."

Michail fuhr mit seinem Bericht fort: „Die Galerie Kaiser hatte schnell festgestellt, dass nur drei Personen diese außerordentliche Mitgliederversammlung veranlasst hatten. Diese wiederum hatte man in Verdacht, Gemälde im Wert von einer Million gestohlen zu haben. Geschickt hatte man in Verbindung mit der Kriminalpolizei ermittelt und noch während der Mitgliederversammlung hat die Polizei zwei der Drahtzieher im Veranstaltungssaal verhaftet. Das Ganze hat sich also für die Galerie Kaiser in nichts aufgelöst."

Frank Lappas fragte dazwischen: „So ist also die von Peter Wahl geplante Auflösung oder Übernahme der Galerie Kaiser in Wiesbaden schief gegangen?"

Michail: „Du siehst das richtig. Aber es gibt da noch einen zweiten Punkt. Aufgrund der Tatsache, dass Peter Wahl beauftragt wurde, die Entführung unseres Botschafters in Berlin zu organisieren, haben wir ihn überwacht. Es ist ihm gelungen, dieser Überwachung zu entwischen."

Hier unterbrach Grigori Orlow: „Eines wissen wir, Peter Wahl ist nicht mehr in Deutschland. Entweder er ist nach Weißrussland, in die Ukraine oder nach Georgien, da ist er relativ sicher und dorthin hat er auch Verbindungen. Da suchen wir im Moment.

Nach unserem Wissen hat er drei verschiedene Pässe:

- einen deutschen Reisepass auf seinen Namen Peter Wahl
- einen Schweizer Reisepass auf den Namen Robert Willer
- einen tschechischen Reisepass auf den Namen Josef Novotny.

Wahrscheinlich besitzt er noch weitere Reisepässe, aber wir wissen weder das Land noch den Namen. Es ist also zu erwarten, dass Peter Wahl nicht mehr unter seinem Namen in Deutschland auftauchen wird. Luise, es tut mir leid, dass ich dir diese Nachrichten zumuten muss."

Frank Lappas ganz ruhig: „Das heißt, der Krimi St. Petersburg ist keinesfalls zu Ende. Wenn ich das so berichten würde, wie ich es erlebt habe, glaubt mir das kein Mensch."

Michail lachte: „Frank, du hast recht. Aber schon sind wir beim eigentlichen Thema unseres heutigen Treffens.

Liebe Luise, lieber Frank, lasst uns wie Freunde nicht lange um den heißen Brei herumreden. Das was ich euch jetzt anbiete, ist keinesfalls für die Presse bestimmt.

Luise, wenn du zurück nach München kommst, wirst du eine Firma haben – nämlich die Kunst- & Antiquitätenberatung Wahl in München – die keine Leitung mehr hat. Sollte dein Mann dort noch einmal auftauchen, dann wird er wahrscheinlich an uns ausgeliefert. Du brauchst also eine neue Leitung dieser Firma."

Luise ernst: „Michail, leider hast du recht. Ich plage mich schon die letzten Nächte mit diesem Albtraum und finde keine Lösung. Kannst du mir einen Rat geben?"

Michail auch sehr ernst: „Luise, ich glaube schon. Aber lass mich erst mit Frank sprechen.

Frank, wir haben dich nach hier eingeladen, nicht nur aus purer Menschenfreundlichkeit, sondern weil wir hofften, dich überzeugen zu können, nicht über den Prozess Bussow/Wahl zu berichten. Wir können zurzeit aus politischen Gründen keine Berichterstattung über Beutegut und Reparationsgut aus dem zweiten Weltkrieg brauchen.

Ich will es kurz machen, wenn du bereit wärst, auf eine Berichterstattung über den Prozess Bussow und auch Wahl zu verzichten, so würden dir Grigori Orlow und ich einen lukrativen Vorschlag unterbreiten."

Frank Lappas schmunzelte: „Michail, danke für das offene Wort. Ich habe mir schon so etwas gedacht, als ihr mich nach hier eingeladen habt. Wie immer, so kommt es auch hier auf das Angebot an. Ihr alle wisst, dass diese Story weltweit vertrieben werden kann und eine Menge Geld einbringen würde. Andererseits solchen Schmutz zu berichten, macht mir eigentlich nicht viel Freude, zumal ich dann zwangsläufig vielen Menschen schade, die ich in den letzten Tagen und Wochen kennengelernt habe. Leider auch dir, liebe Luise."

Michail lachte: „Frank, so habe ich mich doch nicht in dir getäuscht. Ich kann deine Skrupel verstehen. Außerdem glaube ich, ist unser Angebot besser, da es sicherlich über Jahrzehnte aktuell ist."

Hier begann Grigori Orlow: „Lieber Herr Lappas. Wir haben uns erkundigt und Sie sind zweifelsohne der Fachmann, der in der Lage ist, unsere Pläne durchzuführen.

Ich muss aber vorab einiges dazu erklären. Wie Sie wissen, lagern in der Eremitage ungefähr 2,7 Millionen Exponate, das heißt Kunstwerke aus aller Welt. Es ist sicherlich das größte Lager von Kunstwerken weltweit. Nach dem zweiten Weltkrieg wurden 1945 auf der Potsdamer Konferenz durch die Siegermächte Großbritannien, USA und die UdSSR die Reparationsansprüche der Sowjetunion und Polens so geregelt, dass diese aus der sowjetischen Besatzungszone in Deutschland und aus den deutschen Auslandsguthaben in Bulgarien, Rumänien, Ungarn, Finnland und der sowjetischen Besatzungszone in Österreich befriedigt werden konnten. Erst 1953 wurde mit dem sogenannten Londoner Schuldenabkommen eine endgültige Lösung gefunden die Reparationsleistungen Deutschlands zu regeln.

Herr Lappas, das wissen Sie sicher alles und so brauche ich nicht ins Detail zu gehen. Alle Reparationsleistungen sind genau aufgelistet und in Verträgen festgehalten.

Daneben hat jeder Krieg seine Eigendynamik. So befinden sich in unseren Lagern noch Kunstwerke, die als sogenanntes Beutegut dorthin gelangten. Teilweise konnten wir noch nicht mal feststellen, woher diese Exponate kamen. So lagern bei uns Kunstwerke, deren Zahl ungenau ist, da die Zuordnung erst teilweise abgeschlossen ist.

Aus Reparationskosten wurden durch uns zirka 250.000 Exponate eingezogen. Aus Beutegut sind zirka 150.000 Exponate eingelagert. Größtenteils sind dies Gemälde. Wie gesagt, das ist nur eine Schätzung.

Die sogenannte, sachgemäße Lagerung ist sehr kostenaufwändig. Außerdem würden wir gerne einen Teil des Beutegutes an die früheren Eigentümer zurückgeben, aber das ist nicht einfach. Andererseits würden wir gerne auch einen Teil der requirierten Reparationsleistungen zurückgeben, dies gegen Zahlung eines Betrages von fünfundzwanzig Prozent des sicherlich geringen Schätzwertes, da wir für die Eremitage Gelder zur Erhaltung unserer Kunstwerke brauchen."

Frank Lappas: „Dachten Sie dabei an mich?"

Grigori Orlow: „Um ehrlich zu sein, ja. Wir suchen eine Persönlichkeit die in der Lage ist, verlässlich und diskret diese Rückgabe oder den Rückverkauf durchzuführen. Dies keinesfalls auf einmal, sondern Stück für Stück. Das Ganze ohne Presse, aber mit offiziellem Charakter.

Hinsichtlich der Preise können wir von einer niedrigen Summe ausgehen. Unser Schätzwert der Exponate bezieht sich auf das Jahr 1974, also liegt er sehr weit unter den heutigen Schätzwerten für diese Kunstwerke.

Bleiben wir mal bei den Beutestücken, so stellen wir uns vor, dass wir fünfundzwanzig Prozent vom Schätzwert anbieten. Davon erhalten Sie zehn Prozent und wir bekommen fünfzehn Prozent.

Sollten wir bei den Beutestücken keinen ehemaligen Besitzer feststellen können, oder dieser ist nicht interessiert, so schlage ich vor, Sie erhalten entsprechend des Verkaufspreises eine noch zu vereinbarende Provision. Der Restpreis wird entsprechend geteilt.

Bei dem Rückverkauf der Reparationsstücke stehen die ehemaligen Besitzer fest. Sollten die an einem Rückkauf interessiert sein, so bieten wir fünfzig Prozent vom Schätzpreis 1974 an. Also ungewöhnlich günstig. Davon erhalten Sie zehn Prozent und wir die restlichen vierzig Prozent. Sind die ehemaligen Besitzer nicht interessiert, so können Sie auf dem freien Markt anbieten. Auch hier ist Diskretion angesagt. Ein äußerst diffiziles Geschäft."

Nun begann eine lange Diskussion mit vielen Details zu diesem Projekt. Frank Lappas erhielt von Grigori Orlow zwei Mappen mit Listen von etwa 1500 Exponaten nebst Aufnahmen und Einzelheiten der Bilder zu treuen Händen. Um Rückgabe vor Rückreise wurde gebeten.

Michail ernst: „Frank, du kannst verstehen, dass hier äußerste Diskretion angesagt ist. Unser Angebot ist nicht nur eine Eintagsfliege, sondern wird dein zukünftiges Leben bestimmen. Deine Einkünfte werden außergewöhnlich sein.

Wenn du vorhast, dich für unser Angebot zu entscheiden, dann würde ich dir vorschlagen, dich mit der Galerie Kaiser in Wiesbaden zu unterhalten. Diese weiß bisher nichts von unserem Angebot an dich."

Grigori Orlow unterbrach: „Mir kommt eben so ein Gedanke. Die Kunst- und Antiquitätenberatung Wahl ist der Rechtsform nach eine GmbH, das heißt, eine Gesellschaft mit beschränkter Haftung. Wenn wir richtig informiert sind, sind Sie – Frau Wahl – die einzige Gesellschafterin.

Da Herr Peter Wahl untergetaucht, also nicht mehr erreichbar ist, müssen Sie als alleinige Gesellschafterin Peter Wahl fristlos kündigen. Entweder Sie lösen danach die Firma auf oder Sie brauchen umgehend einen neuen Geschäftsführer. Wäre das nichts für Sie – Herr Lappas?"

Frank Lappas: „Herr Orlow, das muss ich mir erst alles durch den Kopf gehen lassen. – Michail, warum soll ich eigentlich mit der Galerie Kaiser arbeiten. Was haben oder machen die anders als eventuell ich?"

Michail lachte: „Frank, deine Frage ist sehr berechtigt. Die Galerie Kaiser hat über Jahrzehnte sehr gute Kontakte zu den großen Museen der Welt. Ich bin überzeugt, dass sie dir dort Türen öffnen können.

Mike Curtis, der Präsident der Kaiser's Association of Art in Boston USA ist ein früherer CIC-Mann der US Army. Sowohl ich, als auch unser Botschafter in Berlin kennen ihn aus dieser Zeit. Er hat sehr gute Verbindungen zu den Museen in den USA und in Canada. Er könnte sehr behilflich sein, wenn du eventuell einen Bildverkauf nach den USA planst.

Ein dritter Punkt ist noch zu beachten. Die Galerie Kaiser wird sich keinesfalls mit dem Verkauf unserer Bilder befassen. Ihre Importlizenz in USA bezieht sich ausschließlich auf Kopien von Kunstwerken. Die einzigen Ausnahmen wären selbst hergestellte Exponate.

Unsere Freunde Bussow und Wahl kannten anscheinend den letztgenannten Punkt der Lizenz nicht, oder wollten ihn umgehen. Sie sahen anscheinend die Möglichkeit des leichten Exportes nach den USA, deshalb waren sie daran interessiert, die Galerie Kaiser zu übernehmen."

Luise Wahl sehr ruhig: „Lieber Herr Grigori, lieber Michail, ich habe bisher ruhig zugehört. Zum ersten Mal nach den schlimmen Prozesstagen, dass mir Gedanken durch den Kopf gehen, wie ich aus diesem Sumpf von Verbrechen meine beiden Geschäfte in Zürich und München retten kann und vor allen Dingen die Kunst- und Antiquitätenberatung Wahl in München. Ich würde gerne mit Frank Lappas allein über das Angebot sprechen und eine Nacht darüber schlafen."

Frank Lappas: „Mir geht es genauso. Wenn ich richtig verstanden habe, so ist morgen bei Gericht die Urteilsverkündung. Wie lange die dauert, wissen wir noch nicht. Am Donnerstag ist noch mal ein Termin anberaumt. Könnten wir uns vielleicht danach wieder treffen, wir hätten dann den gesamten Nachmittag und ihr könnt euch sicher vorstellen, sollten wir zusagen, so haben wir noch viele Fragen.

Michail stand auf: „Einverstanden, braucht ihr Papier und Rechenmaschine? Ich könnte mir denken, ihr habt jetzt viel zu tun. Gleich wie eure Entscheidung ausfällt, wir treffen uns am Donnerstag nach Prozessende bei mir im Büro.

Ich hoffe, dass ich am Donnerstagabend das Abschiedsessen ausrichten darf. Für Freitag habe ich eure Flüge nach Frankfurt gebucht. Um vierzehn Uhr dreißig geht eure Maschine. Igor wird euch um elf Uhr im Hotel abholen.

Die Galerie Kaiser in Wiesbaden wird euch am Flughafen abholen und hat auch Zimmer in einem Wiesbadener Hotel bestellt. Ich hoffe, es ist euch recht.“ Dann verabschiedete man sich rasch bis Donnerstagmittag.

Luise Wahl und Frank Lappas hatten sich in ein kleines Besprechungszimmer im Kempinski-Hotel zurückgezogen. Sie hatten Kaffee bestellt und als der Kellner gegangen war begann Frank:

„Luise, jetzt haben die die Katze aus dem Sack gelassen. Ich habe mit vielem gerechnet, mit diesem Angebot nicht. Wenn ich gehässig sein wollte, so müsste ich sagen, die muten uns das Gleiche zu, wofür sie Bussow und auch deinen Mann verurteilen.“

Luise Wahl schüttelte den Kopf: „Na, ganz so ist es wohl nicht. Zumindest ist der russische Staat Eigentümer der Bilder, auch wenn er die vor über einem halben Jahrhundert gestohlen hat, wenn man es auch Reparationskosten oder Beutegut nennt. Aber das war in der Geschichte schon immer so. Frank, meine klare Frage an dich:

Könntest du dir vorstellen, die Geschäftsleitung der Kunst- & Antiquitätenberatung Wahl in München zu übernehmen? Durch deine bisherige Tätigkeit verstehst du eine Menge von diesem Geschäft und ich wüsste niemand, der diese Tätigkeit erfolgversprechender wahrnehmen könnte.“

Frank lächelnd: „Luise, ganz einfach JA. Ich bin jetzt über vierzig Jahre alt und das Brot eines Journalisten ist nicht eben leicht verdient. Dazu kommt, dass ich glaube, dass wir beide gut miteinander auskommen würden. Was hältst du davon, wenn wir ganz einfach mal anfangen, Punkt für Punkt durchzusprechen und vor allen Dingen anfangen zu rechnen.“

Luise war damit einverstanden und so begann ein langes Gespräch. Sie versäumten das Abendessen und es war bereits zehn am Abend als Luise seufzte und sagte:

„Frank, ich glaube jetzt reicht es. Ich kann nicht mehr. Lass uns das bisher Besprochene zusammenfassen.“

Frank meinte nur: „Die wesentlichsten Punkte habe ich in Kurzform mitgeschrieben.“ Er übergab Luise einen Zettel.

Luise las:

Falls der Vertrag mit der Eremitage St. Petersburg wie angeboten abgeschlossen wird, ergibt sich Folgendes:

1. Eine Berichterstattung über den Prozess Bussow und Wahl durch Frank Lappas und Luise Wahl erfolgt nicht.
2. Die Firma Kunst- und Antiquitätenberatung Wahl mit Sitz in München verändert sich wie folgt:
   Der Geschäftsführer Peter Wahl wird abberufen und ersetzt durch Frank Lappas.
   Die bisherigen Geschäftsanteile von Frau Luise Wahl in

Höhe von	50.000,00 Euro
werden durch Herrn	
Frank Lappas aufgestockt um	50.000,00 Euro
Neues Geschäftskapital	100.000.00 Euro
3. Der Vertrag mit der Eremitage in St. Petersburg wird mit der Kunst- und Antiquitätenberatung Wahl in München abgeschlossen.
4. Inhalt des Vertrages mit der Eremitage ist noch genau zu paragrafieren und möglichst klar abzufassen. Eine staatliche Genehmigung ist einzufordern.

Luise Wahl: „Ja, das liest sich gut. Meinst du, wir können uns auf Michail und Orlow verlassen?“

Frank Lappas: „Luise, das ist Glaubenssache. Das können wir nur hoffen. Einerseits scheint sich die Galerie Kaiser auch auf Michail verlassen zu haben und schau, was haben die eine tolle Galerie in St. Petersburg. Andererseits haben wir dann immer noch das Basisgeschäft der Kunst- und Antiquitätenberatung Wahl in München.

Dann gibt es da noch einen Punkt, den ich zumindest erwähnen muss. Wir haben uns vor St. Petersburg so gut wie nicht gekannt. Erst durch diesen unseligen Prozess haben wir uns kennengelernt und sind uns auch nähergekommen. Meine Hochachtung, wie du dich hier verhalten hast.

Am liebsten würde ich dich umarmen und dir einen Kuss geben."

Und Luise schelmisch lächelnd: „Und warum tust du's nicht?"

Frank stand auf, zog Luise an sich und küsste sie. Lange standen sie eng aneinandergeschmiegt, dann sagte Frank ganz leise:

„Danke, ohne Aufforderung hätte ich mich nicht getraut. Das war wunderschön. Komm, lass uns in die Bar gehen, auf dieses neue Lebensgefühl müssen wir anstoßen."

Beide hatten sich unendlich viel persönliche Dinge zu erzählen, beiden war bewusst, dass jetzt ein neuer Lebensabschnitt beginnen wird und beide genossen dieses Gefühl sehr.

***

Früh am Morgen holte Paula Luise und Frank zum Prozess ab. Sehr erstaunt war Paula, als ihr zwei strahlende Gesichter entgegenkamen. Nach der Begrüßung meinte Paula: „Wir kennen uns zwar erst einige Tage, aber darf ich fragen, woher eure gute Laune kommt?"

Luise lachend: „Paula, sieht man uns das an? Ich glaube, wir haben uns ineinander verguckt. Hätte mir das jemand vor zwei Wochen erzählt, den hätte ich ausgelacht."

Auch Frank musste jetzt lachen:

„Paula, mich hat's auch erwischt. Ich muss dieses Gefühl erst noch richtig einordnen.“ Er gab Luise einen Kuss.

Paula wieder ernst: „Euch beiden meine herzlichsten Glückwünsche. Tut mir leid, dass wir heute noch mal zu diesem grässlichen Prozess gehen müssen. Dann wird es heute Abend sicherlich nichts mit einem Treffen mit Hugo und Olga. Soll ich den beiden absagen? Die haben Verständnis dafür, dass ihr mal allein sein wollt.“

Dann begann das Verlesen der Urteile bei Gericht und der Tag zog sich sehr zäh dahin. Wie nicht anders erwartet, lautete das Urteil für Bussow auf lebenslänglich.

Das Verlesen der Urteile dauerte nur bis gegen fünfzehn Uhr, dann waren sie endlich dem Gericht entronnen. Paula meinte nur, am nächsten Tag müssten sie nicht mehr zur Verhandlung kommen, es würde sich nur noch um rein juristische Dinge handeln.

Als sie zurück ins Hotel kamen, meinte Paula: „Ihr zwei braucht mich im Moment ohnehin nicht und ich habe noch viel zu erledigen.“

Sie verabschiedeten sich schnell. Luise und Frank gingen nach oben. Viel Schlaf hatten sie letzte Nacht nicht bekommen und sie wollten kurz etwas ruhen.

Es war schon halb sieben, als bei Luise das Zimmertelefon klingelte. Dr. Hugo Wettengel war am Apparat und meinte, ob sie und Frank einen Moment Zeit hätten.

Luise und Frank kamen in die Halle, dort warteten Olga und Hugo auf die beiden. Hugo hatte einen großen Strauß gelber Rosen und gab ihn Luise mit den Worten:

„Wie wir hörten, hat euch Gott Amor unter seine Fittiche genommen. Wir wünschen euch vom ganzen Herzen alles Gute und eine immerwährende Liebe.“ Olga schloss sich an mit den Worten: „ich muss euch jetzt einfach duzen. Luise und Frank, ihr seid nicht nur ein gut aussehendes Paar, ich glaube, ihr passt auch sehr gut zueinander. Alles Glück der Welt für euch." Dann gab sie beiden ein Küsschen.

Frank lud die beiden sofort ein, aber Olga meinte: „Einen Drink nehmen wir mit euch an der Bar, dann lassen wir euch allein."

An der Bar bestellte Frank eine Flasche Champagner und sagte: „Soviel Zeit muss ganz einfach sein."

Nach dem Anstoßen fragte Luise: „Sagt mal ihr zwei, bei euch kann man doch auch sehen, dass ihr mehr als nur gemeinsame, geschäftliche Interessen habt. Wann kann man bei euch zur Verlobung gratulieren?"

Olga lachte: „Susi und Anton mit Erika fragen auch immer wieder. Maxim, den ihr auch kennt, sagt, wenn ihr euch nicht bald verlobt, kommt er und verhaut uns den Hintern. Michail und Paula sind uns bald böse, weil wir keinen Termin nennen. Ihr seid jetzt die ersten, die es erfahren. Wir wollen uns nicht verloben, sondern gleich heiraten. Wahrscheinlich um Weihnachten herum. Wenn ihr Zeit habt, so seid ihr eingeladen."

***

Donnerstagmorgen. Relativ spät fanden Luise und Frank aus den Betten. Die vorher so düstere Welt war plötzlich rosarot und beide genossen diesen Zustand. Wie verliebte Teenager gingen sie aus dem Hotel, um noch ein paar Einkäufe zu machen und waren so gegen eins bei Michail im Büro:

Michail begrüßte sie lachend: „Als mir Paula von eurem Glück erzählt hat, wäre ich am liebsten zu euch gefahren und hätte euch gratuliert. Das ist eine wundervolle Entwicklung. Ihr passt auch noch gut zueinander. Beide aus der Branche, beide im richtigen Alter und beide liebenswerte Menschen. Unser Maxim, den ihr beide kennt, würde sagen »jetzt brauche ich ein Wässerchen« und das meine ich auch. Auf so etwas Einmaliges muss man mit Wodka anstoßen."

Michail hatte schon Gläser in der Hand als Orlow kam. Auch er hatte von der Partnerschaft Luise-Frank gehört, nahm auch ein Glas Wodka und stieß mit Luise und Frank an. Dann sagte er: "Ihr seid alle miteinander per Du, ich bin Grigori."

Luise lächelnd: „Ich bin Luise" und Frank: „Und ich Frank".

Michail sehr salopp: „So, bevor wir zu unseren Geschäften kommen, lasst uns was essen gehen. Ich habe unten im Restaurant einen Tisch reservieren lassen."

Nach dem Mittagessen sagte Michail: „Kommt, lasst uns nach oben in mein Büro gehen, da können wir die wesentlichsten Punkte zu Papier bringen. Den Rest sollen dann die Anwälte machen."

Frank Lappas: „Du wirst sicher einen hiesigen Anwalt zu Rate ziehen."

Michail: „Wir haben einen eigenen Justiziar, der soll sich damit herumschlagen."

Als sie in Michails Büro kamen, wartete bereits der Justiziar der Eremitage. Es stellte sich schnell heraus, dass dieser ein ausgezeichnetes Deutsch sprach und sein Studium teilweise in der DDR absolviert hatte. Das vereinfachte vieles.

Michail begann: „Frank, Luise, erzählt, zu welchem Ergebnis seid ihr gekommen."

Frank lachend: „Ihr könnt euch vorstellen, dass euer gestriger Vorschlag uns überrascht hat und wir einige Stunden brauchten, um zu unserem Ergebnis zu kommen. Als letzten Punkt haben wir uns die gegenseitige Zuneigung gestanden. Ein gutes Omen für unsere zukünftige Zusammenarbeit.

In kurzen Worten: Falls der Vertrag mit der Eremitage zustande kommt, vergessen Luise und ich eine Berichterstattung über den Prozess Bussow/Wahl."

Dann begann eine längere Diskussion über die einzelnen Vertragspunkte.

Es war erst vier Uhr am Nachmittag als Michail sagte: „Ich glaube, alle Punkte von Belang haben wir besprochen. Unsere Anwälte wollen sicher auch noch etwas zum Gelingen des Vertrages beitragen.“

Luise: „Michail, du hast uns gestern zu einem Abschiedsessen eingeladen. Das fanden wir sehr nett. Dürfen Frank und ich euch vor diesem Essen aus besonderem Anlass zu einem Umtrunk im Kempinski-Hotel einladen? Sagen wir so gegen 18.30 Uhr in der Bar? Wir können dann eventuell von dort direkt zum Abschiedsessen gehen?“

Michail: „Wundervoll, ich werde meiner Frau, Olga und Hugo Bescheid geben. Grigori, kommst du auch?“

Grigori: „Eigentlich müsste ich heute Abend passen, ich muss für die morgige Verhandlung bei Gericht noch eine Kleinigkeit vorbereiten. Aber zum Aperitif in Kempinski komme ich gerne. Leider kann ich am Abendessen nicht teilnehmen. Entschuldigt.“

Man verabschiedete sich herzlich aber rasch, da sich alle noch umziehen wollten.

Frank und Luise beeilten sich, zurück ins Kempinski-Hotel zu kommen. Sie arrangierten den Umtrunk in der Bar und vergaßen auch nicht, entsprechende Kanapees zu bestellen.

Dann eilten sie nach oben in ihre Zimmer, um sich umzuziehen. Sowohl Frank als auch Luise hatten Abschiedsgeschenke für Paula und Michail, als auch für Olga und Hugo besorgt. Luise hatte selbst an Orlow gedacht und ein Paar goldene Manschettenknöpfe besorgt.

Pünktlich um 18.30 Uhr erwarteten Luise und Frank ihre Gäste. Luise trug ein enganliegendes schwarz/grünes Samtkleid und eine geschlungene Goldkette mit einer gleichen Brosche. Dazu eine schwarz/grüne Seidenstola. Frank hatte ein Dinnerjacket an, dazu ein passendes Halstuch. Das Paar wirkte sehr elegant.

Als Erste kamen Olga und Hugo. Sie begrüßten die beiden herzlich und Hugo sagte nur: „Donnerwetter, ihr seid aber ein hübsches Paar. Und Olga flüsterte Luise ins Ohr: „Gratuliere dir noch mal, ihr passt zueinander. Du siehst todschick aus.“

Dann kamen Paula, Michail und Grigori. Als alle ihr Glas hatten, begann Frank:

„Liebe Freunde, ich kam mit sehr gemischten Gefühlen nach St. Petersburg. Ich wusste nicht genau was mich erwartete. Aber alles ist anders gekommen als ich annahm. Ich fand hier viele Freunde, ich fand noch mehr Wohlwollen und ich fand meine Partnerin fürs Leben. Darauf will ich anstoßen und hoffen, dass wir immer freundschaftlich verbunden bleiben.“

Michail: „Liebe Luise, lieber Frank, lassen wir mal alles geschäftliche beiseite, ich wünsche euch von Herzen alles erdenklich Gute. Ich will nicht orakeln, aber wenn ihr beide zusammensteht, dann kann euch nichts aus der Bahn werfen. Liebe überwindet alle Hindernisse und ihr werdet noch viele überwinden müssen. Wenn immer ihr unsere Hilfe braucht, ruft an oder kommt. Es wird sich ein Weg finden, euch zu helfen. Auch darauf möchte ich mit euch anstoßen.“

Man unterhielt sich sehr nett und es war schon fast halb acht, als Michael meinte: „Wir sollten gehen.“

Grigori verabschiedete sich und Luise gab ihm ein kleines Päckchen, mit der Bemerkung: „Grigori, damit du uns nicht vergisst.“ Grigori dankte und ging.

Michail hatte zwei Taxis bestellt. Sie kamen in ein kleines Restaurant, das von hunderten Kerzen mit einem weichen Licht ausgeleuchtet wurde. Die samtenen Sofas gaben dem Ganzen eine eigene Atmosphäre. Es schien ein wundervoller

Ort für ein romantisches Abendessen zu sein. Michail kommentierte: „Wir sind jetzt im **Shyolk** in der Malaya Konyushennaya ulitsa. Ein Ort für frisch Verliebte."

Es wurde ein wunderschöner Abend für alle. Michail hatte ein außergewöhnliches Abendessen zusammenstellen lassen. Das Ganze verbunden mit einer Weinverkostung und den entsprechenden Erklärungen.

Die sanfte Musik trug dazu bei, alle in Hochstimmung zu versetzen. Luise und Frank übergaben ihre Abschiedsgeschenke und es war fast Mitternacht, bis Frank und Luise zurück ins Hotel kamen.

Als sie im Hotel waren, sagte Luise: „Frank, jetzt brauche ich noch ein Glas Sekt und dann nur noch dich." Gab Frank einen Kuss und ging mit ihm an die Bar.

***

Obwohl sie wenig geschlafen hatte, wachte Luise früh auf. Sie fühlte sich einfach wundervoll. Sie gab ihrem noch schlafenden Frank ein Küsschen auf die Stirn und ging ins Bad. Danach weckte sie Frank ganz zärtlich und sagte: „Schatz, aufstehen, um elf werden wir abgeholt. Wir müssen noch frühstücken und packen."

Unter viel Neckereien machten sie sich fertig, gingen in den Frühstücksraum, danach packten sie ihre Siebensachen und gingen um ihre Hotelrechnung zu begleichen. Man hatte keine Rechnung für sie und sagte lakonisch: „Ihre Rechnung und Nebenkosten hat die Eremitage übernommen."

Gegen elf kam Olga mit Igor, dem Chauffeur, um die beiden abzuholen. Olga wollte sie zum Flughafen begleiten. Man lud das Gepäck ein und auf der Fahrt zum Flughafen sagte Olga: „Ihr beide habt vorgestern und gestern etwas in Gang gebracht, was eigentlich noch nicht so ganz spruchreif war. Hugo in seiner steifen Art hat mir vorgestern, nachdem wir von euch weggegangen sind, einen offiziellen Heiratsantrag gemacht. Er war zu süß. Noch nie habe ich Hugo so verlegen gesehen. Ich konnte ihn nur noch umarmen."

Am Flughafen ging es wie immer relativ schnell. Erst Check-in, dann Verabschiedung und schon war man im Zollgebiet. Pünktlich um 14.30 Uhr waren sie in der Luft.

Wiesbaden

Freitagmorgen saß Susi in ihrem Büro und schaute kummervoll auf ihren Schreibtisch und nahm sich vor, Tabula rasa zu machen. Sie rief eine ihrer Vorzimmerdamen und begann aufzuarbeiten. Es war kurz nach elf als Michail anrief.

(Susi) Susanne Kaiser

(Michail) Hallo, Susi, hast du ein bisschen Zeit für mich?

(Susi) Michail, für dich doch immer. Erzähle, was gibt es bei euch Neues?

(Michail) Erst das Erfreuliche, Luise Wahl und Frank Lappas haben sich gefunden, das heißt, sie haben sich ihre gegenseitige Zuneigung gestanden. Das hat vieles erleichtert. ... dann erzählte Michail die Ereignisse der letzen Tage...

(Susi) Wir haben uns vorgenommen, die beiden heute Nachmittag am Flughafen abzuholen. Ich werde noch ein paar Blümchen besorgen. Glaubst du, Frau Wahl und Herr Lappas werden euer Angebot akzeptieren? Glaubt ihr wirklich, dass Peter Wahl sich außer Landes befindet? Könnte es nicht sein, dass er sich noch in Deutschland aufhält, um euren Botschafter zu entführen? Und dritte Frage, meinst du, es ist richtig, wenn unser Justiziar, Dieter Zeiser, für Frau Wahl und Herrn Lappas tätig wird?

(Michail) Susi das sind drei Fragen. Ich bin überzeugt, dass Frau Wahl und Herr Lappas unser Angebot annehmen

werden. Wir glauben auch, dass Herr Lappas der richtige Mann für diese diffizile Aufgabe ist.

Ob sich Peter Wahl noch in Deutschland aufhält, glauben wir nicht. Eine Entführung unseres Botschafters erscheint uns unwahrscheinlich.

Und zur letzten Frage, die kann nur Dieter Zeiser selbst beantworten. Ich glaube nicht, dass er in Interessenkonflikte kommt. Andererseits ist er einer der wenigen Anwälte, die den Kunsthandel beurteilen können. Auf jeden Fall lohnt sich ein Gespräch. – Michael lachte – Susi, ich weiß, du wirst gleich zu deinen Zwillingen gehen. Grüße Moritz von mir.

(Susi) Grüße Paula und ich werde dir berichten. Tschüss.

Susi saß noch einen Moment gedankenverloren an ihrem Schreibtisch. Es war inzwischen zwölf und sie musste zum Stillen in ihre Wohnung.

Dort traf Susi Nina und Saskia und sie meinte nur: „Sagt mal ihr beiden, ihr habt doch nicht immer bei meinen beiden Süßen Dienst."

Und Nina: „Susi, ich will doch morgen schon einen Teil meiner Sachen umziehen. Die beiden Schreiner wollen mir helfen und sie sagten ich soll heute Nachmittag die alten Decken im Keller zusammensuchen, damit die Möbel nicht beschädigt werden."

Danach stillte Susi die hungrigen Zwillinge und besprach mit Nina und Saskia die Einkäufe für das Wochenende.

Pünktlich um eins erschien Moritz und sie setzten sich zu Tisch. So nebenbei fragte sie Nina: „Sind eigentlich unsere beiden Gästezimmer im 4. Stock wieder in Ordnung?"

Und Nina: „Alles wieder picobello. Haben wir vorgestern schon alles in Ordnung gebracht. Wieso fragst du? Bekommen wir wieder Gäste?"

Jetzt musste Susi auch lachen: „Nina, ich weiß es noch nicht, aber ich habe gehört, Luise Wahl und Frank Lappas haben sich in St. Petersburg verliebt. Kann sein, dass sie lieber im Hotel schlafen, aber ich will ihnen auch unsere Gästezimmer anbieten."

Moritz mit großen Ohren: „Wie immer, ich weiß nichts davon. Susi, hast du mit Michail gesprochen?"

Susi erzählte nun von den Neuigkeiten die sie von Michail erfahren hatte und dass sie vorhatte, Luise Wahl und Frank Lappas am Flughafen abzuholen. „Moritz, du kommst doch sicher mit. Wir müssen nur noch ein paar Blümchen für die frisch Verliebten besorgen."

Wie immer waren sie viel zu früh am Flughafen.

Sie standen schon mindestens eine halbe Stunde am Gate bevor die beiden auftauchten. Sie begrüßten Luise und Frank freundlich, und Frank Lappas sagte danach: „Wie kommen wir zu der Ehre, dass uns die Spitze der Geschäftsleitung persönlich abholt?"

Susi zog die beiden in eine ruhige Ecke und überreichte Luise Wahl einen Blumenstrauß mit den Worten:

„Unsere allerherzlichste Gratulation zu eurem Entschluss in Zukunft einen gemeinsamen Weg zu gehen. Wir haben uns sehr darüber gefreut das zu hören und wünschen euch beiden viel Glück. Wir konnten euch nicht einfach nur abholen lassen, das mussten wir schon selbst machen."

Luise und Frank bedankten sich herzlich.

Susi sagte nur kurz: „Bevor wir darauf anstoßen, wir haben für euch Hotelzimmer in Wiesbaden gebucht. Aber nachdem ich von eurer Verbindung gehört habe, darf ich euch auch unsere Gästezimmer im 4. Stock anbieten. In der Etage seid ihr ungestört. Es würde uns freuen, wenn ihr unsere Gastfreundschaft annehmen würdet." Nach anfänglichem Sträuben akzeptierten die beiden das Angebot.

Es war schon nach fünf am Nachmittag, als sie in Wiesbaden ankamen. Susi und Moritz brachten ihre Gäste auf ihre

Zimmer und Susi erklärte den beiden die Wohnung im 4. Stock. Sie nahm Luise zur Seite und sagte:

„Frau Wahl, bitte fühlen Sie sich wie zu Hause. In der Küche sind genügend Getränke. Bitte bedienen Sie sich. Frühstück ist morgen zwischen halb neun und neun bei mir in der Wohnung. Um Mittag- oder Abendessen machen Sie sich keine Gedanken."

Frau Luise Wahl bedankte sich und Susi fügte noch an: „Denken Sie daran, spätestens in einer halben Stunde beginnt hier in der Diele unser täglicher Umtrunk."

Als Susi und Moritz gegangen waren sagte Frank: „Luise, die Freundlichkeit ist mir fast unheimlich. Trotzdem … und er gab Luise einen Kuss … wir werden nur das eine Zimmer benutzen." Lachte, umarmte Luise und ließ sich mit ihr auf die Betten fallen.

Am Freitagabend war der sogenannte Aperitif eine Institution. Wer einigermaßen konnte, der kam. Man begrüßte Frank Lappas und Luise Wahl wie alte Bekannte. Schnell bildeten sich kleine Grüppchen und Maxim zog Luise und Frank zu sich in die Küche.

„Bevor ihr anfangt, zu erzählen, müsst ihr erst ein Wässerchen haben." Als jeder sein Glas hatte sagte Maxim: „Ihr kommt von St. Petersburg, ich weiß, ihr seid mit Paula, Michail, Grigori, Olga und Hugo per Du und mit mir nicht. Das müssen wir ändern. Ich bin Maxim."

Luise hob ihr Glas und sagte: „Ich bin Luise und gab Maxim ein Küsschen, Frank lachend: „Ich bin Frank und prostete Maxim zu.

Dann mussten die beiden erzählen. Sie waren noch mitten im Gespräch als Susi und Moritz dazukamen. Maxim ließ nichts anbrennen. Er drückte den beiden je ein Glas in die Hand und sagte: „So jetzt müsst ihr auch auf Du trinken.

Irgendwie weiß ich, dass die beiden jetzt auch ihren Platz in unseren Herzen haben.“ Auf so unkomplizierte Art und Weise wurden auch Susi und Moritz mit beiden per Du.

Gegen sieben brachten Nina und Saskia zwei riesige Platten mit Schnittchen, die sehr dekorativ belegt waren und es bildeten sich Gesprächskreise.

Susi zog Luise und Frank aus den Trubel und sagte kurz, mal sehen ob wir kurz mit Mike Curtis sprechen können, denn wir sollten für morgen ein kurzes Programm machen. Sie fanden schnell Mike und zusammen gingen sie in Moritzens Büro, da waren sie ungestört.

Nachdem Luise Mike vorgestellt hatte, erzählte sie in Kurzform die Problematik des Vertrages mit der Eremitage und ob nicht eventuell Dieter Zeiser mithelfen könne den Vertrag zu gestalten.

Mike: „Frau Wahl, Herr Lappas, die Aufgabe, die sie da übernehmen wollen, ist sicher interessant, aber auch ein kleines Politikum. Ob das Dieter Zeiser überhaupt als Anwalt übernehmen kann oder will, das bezweifle ich. Ich würde vorschlagen, dass wir Dieter anrufen und uns zu einem Gespräch morgen Früh gegen neun oder zehn Uhr treffen. Es gibt nur ganz wenige Anwälte, die sie in dieser Sache in Anspruch nehmen können. Es muss ein Anwalt sein, der das Recht vieler europäischer Staaten kennt, der ein Fachanwalt für eben das Gebiet Rückgabe von Kunstgegenständen ist und auch noch ein Anwalt, dem sie vertrauen können. Ich kenne da nur einen. Es ist der Anwalt, den die Versicherungen einschalten, wenn es um die sogenannten Rückkäufe gestohlener Kunstgegenstände geht. Denn im Endeffekt ist das, was Sie für die Eremitage machen sollen, nichts anderes. Falls dieser Anwalt Zeit hat, so könnte man ihn eventuell zu einem Gespräch nach hier bitten. Sein Bürositz ist Brüssel in Belgien.“

Frank: „Herr Curtis, meinen Sie denn, dieser Anwalt käme an einem Samstag von Brüssel nach hier?“

Mike: „Das weiß ich auch nicht. Aber vorerst sollten wir versuchen Dieter Zeiser anzurufen. Wir können uns mit ihm in jedem Fall für morgen Früh verabreden."

Sie waren sich schnell einig. Dieter Zeiser sagte auch zu, morgen um zehn im Büro zu sein.

Dann sagte Mike: „Ich versuche jetzt den Anwalt in Brüssel anzurufen. Wäre ein Termin morgen gegen vierzehn Uhr hier in Wiesbaden okay?"

Auch damit waren sie einverstanden und Mike nahm sein Notizbuch und wählte Brüssel an.

(Stimme) Claesen!

(Mike) Hallo Herr Claesen, hier Mike Curtis, Galerie Kaiser Wiesbaden. Entschuldigen Sie die Störung am Freitagabend. Gestatten Sie, dass ich den Lautsprecher zuschalte, damit drei weitere Personen, die in den zu besprechenden Fall eingebunden sind, zuhören können.

(Claesen) Wenn das Ihr Wunsch ist, ja.

(Mike) Hier bei mir sind Frau Luise Wahl und Herr Frank Lappas, sowie Frau Susanne Kaiser. Frau Wahl und Herr Lappas kommen soeben aus St. Petersburg, wo sie längere Zeit mit der Eremitage verhandelt haben und nunmehr mit der Rückgabe von Kunstgegenständen aus Beutegut und Reparationskosten seitens der UdSSR betraut werden sollen. Da wir aber mit der Eremitage geschäftlich verbunden sind, werden wir in dieser Angelegenheit helfen, wenn unsere Hilfe gefragt ist. Ich könnte mir vorstellen, dass diese Angelegenheit für Sie ein langjähriges, lukratives Geschäft sein könnte. Meine klare Frage: Könnten wir uns morgen in Wiesbaden treffen um bei einem ersten Gespräch die Weichen für eine künftige Zusammenarbeit zu stellen?"

(Claesen) Hat Frau Wahl etwas mit der Kunst- und Antiquitätenberatung Wahl in München zu tun?

(Mike) Ja, Frau Wahl ist die Eigentümerin dieser Firma. Sie kennen sicher Herrn Peter Wahl, der bisher Geschäfts-

führer dieses Unternehmens war und als solcher abberufen wird. Auch diese Geschichte ist nichts fürs Telefon.

(Claesen) Herr Curtis, ich hatte mehrere unangenehme Begegnungen mit Herrn Peter Wahl. Sollte dieser Herr noch irgendetwas mit dieser Firma zu tun haben, so stehe ich nicht zur Verfügung. Ansonsten komme ich gerne. Wenn ich so gegen halb neun hier wegfahre, könnte ich kurz vor eins in Wiesbaden sein. Wir könnten dann zusammen zum Mittagessen gehen. Wäre Ihnen das recht?

(Mike) Herr Claesen, ich glaube, dass Sie Herrn Peter Wahl nicht mehr begegnen werden. Wir freuen uns, Sie morgen gegen eins zu sehen. Alles weitere mündlich. Herzlichen Dank für Ihr Kommen.

(Claesen) Danke für den Anruf, Wiedersehen, bis morgen.

Als Mike aufgelegt hatte bedankte sich Frank Lappas und fragte: „Und wo ist die Galerie Kaiser jetzt eingebunden?"

Mike lachte: „Eigentlich überhaupt nicht. Aber das sollten wir morgen Vormittag besprechen. Ich glaube, wir sollten jetzt wieder nach draußen zu den anderen gehen, die haben sicherlich viele Fragen an Sie."

Wenige Momente später waren sie wieder beim abendlichen Treffen. Luise Wahl lief direkt Ilse Bach in die Arme. Diese nahm sie beiseite und sagte leise: „Frau Wahl, ich habe schon gehört, Frank Lappas und Sie sind sich nähergekommen. Meinen herzlichsten Glückwunsch. Ich finde, sie passen sehr gut zusammen. Wenn Sie morgen oder übermorgen noch etwas Zeit haben, kommen Sie mich besuchen, ich glaube wir sollten zusammen etwas reden, damit zwischen uns kein ungutes Gefühl aufkommen kann."

Luise Wahl nahm Ilses Hand: „Dafür bedanke ich mich besonders. Auch ich wäre froh, wenn wir uns ohne Beklemmungen unterhalten könnten. Was macht der kleine Ben?"

Ilse Bach: „Frau Wahl, Ben und Anna das sind zwei Wunderkinder. Ich glaube, Petra Leekpai hat mit ihrer Meinung recht, dass die zwei Kinder irgendwann in einer Beziehung zueinander standen. Anders ist das nicht zu erklären."

Jo Snyder kam dazu: „Hallo, Frau Wahl, schön Sie zu sehen. Ich hab diese Woche mehrmals an Sie gedacht. War der Prozess in St. Petersburg sehr belastend? Ich kenne nur den Text des Auslieferungsersuchens des russischen Staates. Allein der ist schon schlimm. Die Konsequenzen kann ich mir vorstellen. Wenn Sie meine Hilfe brauchen, verfügen Sie über mich. Schlimm ist es auch für Ilse und Ben."

Jo nahm Ilse fest in den Arm: „Ich habe Ilse schon gesagt, wenn Sie einen so alten Mann wie mich will, dann heiraten wir und adoptieren unseren kleinen Ben. Ich liebe Ilse und auch unseren Ben."

Luise: „Frau Bach, das war jetzt ein Heiratsantrag. Ich will mich zwar nicht in Ihre Angelegenheiten mischen, aber ihr passt gut zueinander und ich glaube, Ben würde einen ganz lieben Papi bekommen. Gebt euch einen Kuss und sagt Ja. Ich besorge jetzt Sekt, um auf diese Verbindung anzustoßen."

Jo umarmte Ilse, sie küssten sich und Frau Wahl erwischte Moritz, erklärte kurz die Situation und der hatte im Handumdrehen Gläser und Sekt, stieg auf einen Stuhl und verkündete:

„Ihr Lieben, mal herhören, Jo hat Ilse gefragt, ob sie in Zukunft ihr Leben mit ihm teilen will und sie hat Ja gesagt. Nehmt euch alle ein Glas Sekt und wir wollen auf die zukünftige Verbindung der beiden anstoßen und viel Glück wünschen."

Dann wurden die beiden umringt, man gratulierte, wünschte alles erdenklich Gute. Es wurde eine tolle Party.

Um acht verabschiedete sich Susi mit den Worten: „Ich hab oben zwei hungrige Mäulchen, die brauchen jetzt die Mutti." Und zu Luise und Frank sagte sie nur kurz: „Frühstück zwischen halb neun und neun." Dann war Susi weg.

Es war schon halb elf, als die Letzten gegangen waren. Nina und Luise räumten zusammen und nahmen dann noch einen letzten Drink. Luise fragte Nina: „Wie kamen Sie denn zu Susi?“

Jetzt erzählte Nina ihre Geschichte und fügte hinzu: „Wenn ich nicht hierher gekommen wäre, wäre ich untergegangen. Susi und alle hier in der Galerie haben mir ein neues Leben geschenkt. Ich kann das gar nicht so richtig beschreiben, wir arbeiten alle unendlich viel, trotzdem macht es uns allen Spaß und Freude. Ich habe hier auch meinen neuen Lebensgefährten gefunden. Morgen ziehe ich in seine Wohnung. Aber jetzt muss ich gehen. Ingo, mein Stern, wartet oben auf mich. Tschüss Frau Wahl und eine gute Nacht.“

Nina verabschiedete sich auch von Herrn Lappas und dann waren Luise und Frank allein.

Luise umarmte ihren Frank und sagte: „Komm ein Gläschen können wir noch trinken. Die ganze Atmosphäre hier ist schon eigenartig. Und trotzdem, es gefällt mir, wie die Menschen miteinander umgehen.“

***

Samstagmorgen. Zögerlich betraten Luise und Frank Susis Wohnung. Nina begrüßte sie und sagte: „Susi ist am Stillen, wollt ihr Hallo sagen?“ Beide wollten!

Es wurde ein schöner Tagesanfang, bei einem gemeinsamen Frühstück. Es war bereits viertel vor zehn als Susi meinte: „Jetzt sollten wir in mein Büro gehen, Dieter Zeiser und Mike werden gleich kommen.“

Nur kurz waren sie in Susis Büro, als Mike und Dieter Zeiser kamen. Moritz war auch mitgekommen und so war man zu sechst. Susi begann:

„Ihr Lieben, wir sind zusammengekommen um einige Dinge zu klären, die im Zusammenhang mit unserem Geschäftspartner in St. Petersburg stehen. Aber vorab zwei

Geschehnisse: „Gestern Abend hat Luise Wahl etwas unkompliziert gelöst, was wir zwar schon erwartet haben, aber jetzt ist es ausgesprochen. Jo Snyder und Ilse Bach wollen heiraten und Jo möchte Ben adoptieren. Da Peter Wahl, der Vater des Kindes in absehbarer Zeit wahrscheinlich hinter den Mauern eines Gefängnisses verschwindet, kannst du dir, lieber Dieter, wahrscheinlich die Kosten einer Unterhaltsklage sparen."

Dieter Zeiser: „Susi, da kannst du recht haben. Ich werde in der kommenden Woche einen Termin mit Jo und Ilse machen und hoffe, dann die Angelegenheit klären zu können."

Susi: „Lieber Dieter, danke dir. Noch etwas brennt mir auf der Seele. Wie ich vernommen habe, nimmt Grigori Orlow in St. Petersburg an, dass sich Peter Wahl nicht mehr in Deutschland befindet. Das glaube ich nicht. Peter Wahl hat den Auftrag, den russischen Botschafter in Berlin zu entführen. Das wird er versuchen. Luise, hast du immer noch die gemeinsame Wohnung in München? Ich weiß nicht, ob es klug ist, dorthin zurückzugehen."

Luise Wahl: „Danke Susi, die gleichen Gedanken hatte ich auch schon. Ich habe mit Frank darüber gesprochen. Ich kann vorübergehend seine Wohnung mitbenutzen."

Susi: „Luise, das finde ich sehr klug."

Dieter Zeiser: „Liebe Frau Wahl, Sie wissen sicher, dass ich nicht für Sie tätig werden kann. Einmal hatte ich vor Jahren eine gerichtliche Auseinandersetzung mit Ihrem Mann; dann läuft im Moment die Unterhaltsklage von Ilse gegen Ihren Mann. Da bin ich Ilses Anwalt. Des Weiteren läuft eine Klage gegen Ihre Firma, die Kunst- und Antiquitätenberatung Wahl GmbH in München wegen Verleumdung und übler Nachrede. Damit haben Sie persönlich zwar nichts zu tun, aber würde ich Sie vertreten, so käme ich eventuell in den Verdacht Parteienverrat zu begehen. Ein klare Frage an Sie, haben Sie einen guten Anwalt in München?" Luise Wahl: „Herr Zeiser, ich habe zwar einen Anwalt in München, aber ob der gut ist, das weiß ich nicht. Aber er hat die geschäftlichen Dinge immer zu meiner Zufriedenheit gelöst."

Dieter Zeiser: „Ich kenne ein Anwaltsbüro in München, in welchem auch ein ehemaliger Studienkollege tätig ist. Nach meinem Wissen ist er sehr begehrt. Wir müssen noch mal darüber sprechen, wenn wir hier alle Punkte behandelt haben."

Frank Lappas: „Ich habe auch einen Anwalt an der Hand, der mir bisher immer geholfen hat. Sie, Herr Zeiser kennen ihn auch. Es war mein Vertreter bei dem damaligen Prozess. Ich meine, er wäre gut gewesen."

Dieter Zeiser: „Da haben Sie recht. Er war nicht nur Anwalt, er war auch ein Mensch mit dem man reden konnte. Wenn Sie ihn sehen, grüßen Sie ihn von mir."

Luise Wahl ernst: „Gleichgültig was in der neuen Geschäftsbeziehung mit der Eremitage entschieden wird, so habe ich ein großes Problem mit der Kunst- & Antiquitätenberatung Wahl GmbH in München. Die Firma läuft nicht schlecht. Aber sie ist unterkapitalisiert und ich habe seit zwei Jahren keine Bilanz gesehen. Ich weiß also nicht, wie sie tatsächlich finanziell dasteht. Wenn ich das richtig sehe, muss ich meinen Mann als Geschäftsführer dieser Firma mit sofortiger Wirkung abberufen. Wenn die Bilanzen eine Weiterführung der Geschäfte erlauben, so haben Herr Lappas und ich vereinbart, dass Herr Lappas die Geschäftsleitung übernimmt und außerdem das Firmenkapital aufstockt.

Das heißt:

Bisheriges Kapital in meinen Händen	50%	=	50.000 Euro
Neu zu erbringendes Kapital von Herrn Lappas	50%	=	50.000 Euro
Neues Firmenkapital	100%	=	100.000 Euro

So zumindest haben wir uns die Weiterführung der GmbH vorgestellt."

Dieter Zeiser: „Frau Wahl, sie haben sicher in München einen Steuerberater, der Ihnen hinsichtlich der Finanzen zur Seite steht. Den rechtlichen Kram, den erledigt Ihnen jedes Notariat. Je rascher Sie das angehen, umso besser für Sie."

Susi: „Was wir jetzt besprechen müssen ist wahrscheinlich der größte Verkauf oder die größte Rückgabe von Kunstwerken in der bisherigen Geschichte. Frank erzähle uns doch, was euch Michail Borodin angeboten hat."

Frank Lappas entnahm seiner Tasche einen kleinen Block und begann:

„Ich erzähle jetzt nur stichpunktartig das Angebot der Eremitage. Falls Luise und ich über den Prozess gegen Bussow und Wahl nicht berichten und Stillschweigen bewahren, bietet man uns folgendes an:

Wir erhalten das alleinige Recht zur Rückgabe von sogenannten Kunstschätzen aus Reparationsleistungen des besiegten Deutschland im letzten Weltkrieg an die damaligen Eigentümer, außerdem die Rückgabe von sogenanntem Beutegut in Form von Kunstgegenständen. Diese Kunstgegenstände sind hauptsächlich Gemälde. Es handelt sich um zirka 250.000 Exponate aus Reparationszahlungen und zirka 150.000 Exponate aus sogenanntem Beutegut.

Die Rückgabe dieser Werke soll nicht kostenfrei sein. Die Eremitage verlangt bei Rückgabe an die ehemaligen Eigentümer

bei Reparationsstücken 50% vom Schätzwert aus 1974
bei Beutegut 25% vom Schätzwert aus 1974

Unser Verdienst wäre 10% vom Schätzwert.

Sind die ehemaligen Besitzer nicht interessiert, so kann ich auf dem freien Markt anbieten. In diesem Fall erhalte ich 30% vom erzielten Wert.

Voraussetzung für das Geschäft ist äußerste Diskretion und die Eremitage will die Exponate nur allmählich in den Markt einfließen lassen. Dies ohne großes Aufsehen." Moritz sehr ernst: „Wie Ihr vielleicht wisst bin ich erst kurze Zeit in die Geschäfte der Galerie Kaiser eingebunden. Ich weiß nur, dass wir Geschäfte dieser Art noch nie gemacht haben. Das ist nicht unser Metier. Wir verkaufen Kopien von Kunstwerken, wir wollen auch umstellen um eigene Originale zu verkaufen, aber wir sind keine Kunsthändler. Auf dem Gebiet haben wir keine Erfahrung. Was meinst du Mike?“

Mike: „Wir helfen gerne, aber ihr wisst doch, dass unsere Einfuhrlizenz nach den USA klar zum Ausdruck bringt, dass wir nur Kopien oder selbst gefertigte Kunstwerke nach den USA verbringen dürfen.

Wenn ich mir vorstelle, die bekommen heraus, dass wir uns mit der Rückgabe von Beutegut der UdSSR beschäftigen, werden wir alle Lizenzen in den USA verlieren.“

Frank Lappas: „Sie haben völlig recht mit Ihren Argumenten. Michail hat mir das auch mit den US Lizenzen erzählt und uns trotzdem gebeten, mit euch zu sprechen. Er meinte sogar, dass Sie – Herr Zeiser – den Vertrag zwischen der Eremitage und uns entwerfen würden.“

Dieter Zeiser: „Lieber Herr Lappas, ich kann zwar für die Eremitage einen solchen Vertrag entwerfen, der Ihre Namen nicht enthält, keinesfalls darf ich für Sie tätig werden.“

Susi lachend: „Jetzt seht ihr alle vor lauter Bäumen den Wald wieder nicht. Ob wir wollen oder nicht, wir haben damit zu tun. Wir haben mit unserem Vertrag mit der Eremitage die Publikationsrechte aller dort lagernden Exponate erworben. So steht es im Vertrag. Diese schließt auch das Reparationsgut und das Beutegut mit ein. Es ist ausdrücklich erwähnt. Wir müssen an die Eremitage für jede Publikation eines Exponates einmalig und unabhängig davon, wie oft wir dieses kopieren, 250 Euro zahlen, gleich ob sich das fragliche Exponat noch in deren Besitz befindet oder nicht. Das heißt, dieses Publikationsrecht bezieht sich auch auf alle Bilder oder Skulpturen, die durch Luise und Frank verkauft oder verschenkt werden sollten. Ihr wisst doch ganz genau, dass wir mit vielen Museen ähnliche Verträge haben.

Das versetzt uns in die Lage, auf einen großen Fundus an Vorlagen zurückgreifen zu können. Wir sind mit Sicherheit das einzige Unternehmen, das auf vier bis fünf Millionen Vorlagen verfügen kann, ohne ein riesiges Lager zu haben. Fragt Anton, wie oft er schon froh war, sich dort bedienen zu können."

Frank Lappas: „Davon hat uns Michail kein Wort gesagt. Er meinte nur, es wäre sehr gut, wenn wir uns mit der Galerie Kaiser unterhalten würden und Notar Zeiser wäre sicher in der Lage uns vertraglich zu helfen."

Noch bevor die Unterhaltung weiterging, kam Rechtsanwalt Jacques Claesen. Mike stellte alle vor und sie verabredeten, gleich zu Giovanni zu gehen.

Giovanni begrüßte sie überschwänglich, bot sofort einen Willkommenstrunk an und als sich alle gesetzt hatten meinte er:

„Meine Herrschaften, ich habe frischen Fisch, direkt von der Normandie. Wie wäre eine kleine Vorspeise, zum Fisch nur wenig Beilagen und danach einen köstlichen Nachtisch. Dazu einen guten, trockenen Weißwein."

Alle waren damit einverstanden.

Jacques Claesen: „Nachdem ich gestern mit Mike Curtis gesprochen hatte, habe ich Paul noch am Telefon erwischt. Er hat mir erzählt, dass Sie letztes Wochenende eine ziemlich schreckliche Mitgliederversammlung gehabt hätten, und dass man Frau Kaiser sehr angegriffen hat. Aber er hat auch erzählt, wie souverän sich Frau Kaiser geschlagen hat."

Es wer eine nette Unterhaltung und so erfuhr der Anwalt Claesen, dass sich Frau Wahl von Peter Wahl trennen wird, auch den Grund und wie Frank Lappas in das Geschehen eingebunden ist.

Nach dem Mittagessen entschuldigte sich Susi mit den Worten: „Ihr Lieben, ich gehe schon mal vor, ich muss noch nach meinen beiden Süßen schauen, ich komme dann sofort wieder ins Büro."

Susi traf in ihrer Wohnung eine aufgelöste Nina. Sie zitterte am ganzen Körper. Sie konnte gerade noch sagen: „Susi, mein Exmann treibt sich noch bei unserer alten Wohnung rum. Die beiden Schreiner haben ihn zwar vertrieben, aber Ingo meinte, ich solle lieber hierher gehen. Die beiden Schreiner und Ingo schaffen jetzt meine Sachen in Ingos Wohnung und kommen dann zurück. Den Rest wollen wir Mitte der nächsten Woche holen."

Susi nahm Nina in den Arm, sprach ihr Mut zu und sagte: „Ich sehe gleich Dieter Zeiser, den werde ich bitten, etwas dagegen zu unternehmen."

Sie ging noch mal zu Saskia und den Zwillingen, die schliefen. Saskia sagte nur ganz stolz: „Sind sie nicht brav?"

Susi verabredete noch mit Nina, dass man um sechs auch wieder einen Umtrunk im 4. Stock machen würde und sie solle den anderen Bescheid geben. Dann ging sie wieder in ihr Büro.

Dort war man mitten im Gespräch und Susi hörte wie Rechtsanwalt Claesen sagte: „Wenn ich Sie richtig verstanden habe, so sollen Kunstwerke aus dem Fundus der Eremitage in St. Petersburg durch Sie entweder an die ehemaligen Eigentümer zurückverkauft werden oder durch Sie weltweit vertrieben werden.

Da es sich dabei um Beutegut von Kunstgegenständen und um Reparationsleistungen in Form von wertvollen Exponaten aus dem letzten Weltkrieg handelt, soll dies möglichst diskret erfolgen.

Dazu brauchen Sie ein Anwaltsbüro, das sich mit diesen Dingen auskennt und eine Vertriebschiene, die möglichst im Verborgenen operiert. Ich kann mir nicht vorstellen, dass die Galerie Kaiser mit eingebunden sein will. Daher mache ich jetzt einen Vorschlag, der sicherlich gangbar ist. Da Notar Zeiser bereits einen entsprechenden Vertrag mit der Eremitage in St. Petersburg abgeschlossen hat, kann er mir sicherlich bei der Formulierung eines solchen helfen. Wenn wir jetzt beginnen, so könnten wir mit den ersten Formulierungen bis gegen achtzehn Uhr fertig sein. Dazu brauchen wir weder Herrn Curtis noch das Ehepaar Kaiser."

Dieter Zeiser: „Ja, das sehe ich ähnlich, wir haben eine Etage tiefer ein kleines Konferenzzimmer, das könnten wir benutzen. Wie ich unsere Susi, das heißt Frau Kaiser kenne, hat sie um sechs einen kleinen Umtrunk gerichtet, dann können Sie noch andere Mitarbeiter unseres Unternehmens kennenlernen. Wollen Sie heute noch zurückfahren, oder sollen wir ein Hotelzimmer für Sie reservieren?"

Hier schaltete sich Susi ein und lächelte schelmisch: „Herr Claesen, wenn sie mit einem bescheidenen Zimmer zufrieden sind, ich habe gesehen, wir haben im vierten Stock noch ein Gästezimmer frei. Es würde mich freuen, wenn Sie unser Gast sein würden."

Claesen erfreut: „Das ist ein nettes Angebot. Vielen Dank. Dann können wir eventuell morgen früh zusammen den Entwurf des Vertrages mit der Eremitage durchgehen und schon die ersten Schritte in Punkto Angebot dieser Exponate diskutieren."

Schnell war man sich einig. Dieter Zeiser, Rechtsanwalt Jacques Claesen und Luise mit Frank wurden durch Moritz nach unten in das kleine Konferenzzimmer gebracht und Moritz sagte: „Punkt sechs hole ich euch zum Aperitif."

Susi ging nach oben in ihre Wohnung, sie freute sich auf ihre Zwillinge und auch Saskia und Nina zu sehen.

Nina sagte nur: „Susi, ich musste noch mal einkaufen gehen. Wir brauchten Brot und Belag. Als ich alle angerufen hatte, war ich mir sicher, die kommen heute Abend alle. Erika will auch mitkommen und ihren kleinen Mike bei uns lassen. Selbst Prem hat versprochen zu kommen. Anscheinend will er Herrn Claesen kennenlernen. Er meinte, es könne sogar sein, dass er ihn kennt."

Nach über einer Stunde kam Moritz nach oben. Susi fragte nur: „Wo bleibst du denn so lange?“

Moritz: „Ich musste mit Michail noch ein paar Takte sprechen. Der kennt den Anwalt Jacques Claesen auch. Er meinte, wahrscheinlich ist das sogar der richtige Anwalt für diese Art von Geschäft. Ich hab ihm auch von deiner Meinung hinsichtlich des Aufenthaltsortes von Peter Wahl erzählt. Er will mit Grigori darüber sprechen.“

Kurz vor halb sechs sagte Nina: „Moritz, kommst du mit nach unten, ich will jetzt alles für den Aperitif richten.“ Moritz lachte: „Bleibt mir etwas anderes übrig?“

Obwohl Samstag war, kam man um sechs zum abendlichen Umtrunk. Kurz nach halb sechs kam Anton mit Erika und dem kleinen Mike. Erika brachte ihr Baby nach oben zu Saskia. Dann erschienen Franz, Alena, Boris und Maxim. Prem Leekpai kam mit Mike, Vera und Ilse. Jo tauchte wenige Minuten später auf. Selbst Jens, ihr Steuerberater kam. Moritz war nach unten gegangen um die beiden Anwälte nebst Luise und Frank zu holen.

Susi hatte alle Hände voll zu tun um Jacques Claesen vorzustellen. Dann nahm sie ihn beiseite, zeigte ihm sein Gästezimmer und erklärte das Bad. Dann sagte sie: „Herr Claesen, fühlen Sie sich wie zu Hause. Im Gästezimmer neben Ihnen schlafen Luise und Frank, das Bad müssen Sie gemeinsam benutzen. Frühstück ist morgen gegen neun Uhr, eine Etage höher bei mir in der Wohnung. Haben Sie noch Fragen?“

Jacques Claesen bedankte sich und fragte nur: „Wie kommt Herr Leekpai hierher? Ich hatte vor zwei Jahren mit ihm zu tun. Einmal in Gent und dann in Paris. Ein außergewöhnlicher Fachmann.“

Susi lachte: „Prem Leekpai ist einer unserer Kunstwissenschaftler. Bei uns nicht mehr wegzudenken. Er macht die

Hälfte unserer Gutachten und ist außerdem noch ein rühriger Verkäufer unserer Produkte. Haben Sie ihn schon begrüßt?“

Susi nahm Jacques Claesen und zog ihn zu Prem mit den Worten: „Prem, ich habe gerade gehört, ihr kennt euch von Belgien her.“

Schnell waren die beiden Herren in einem Gespräch und Prem erzählte, wie er zur Galerie Kaiser gekommen ist, dass er ein Haus in Wiesbaden gekauft hätte und lud Jacques Claesen zu sich ein.

Wie immer, es waren lebhafte Unterhaltungen. Sowohl Luise und Frank als auch Dieter Zeiser und Jacques Claesen waren eingebunden. In einem ruhigen Moment erwischte Jacques Claesen Susi und fragte, können wir uns irgendwo fünf Minuten ruhig unterhalten?“

Susi zog Rechtsanwalt Claesen in Moritzens Büro und meinte: „Das ist das Büro meines Mannes, da sind wir sicher ein paar Minuten ungestört.“

Claesen: „Frau Kaiser, das ist nur eine rein informative Frage. Ich verhandle im Moment mit ägyptischen Geschäftsfreunden und so nebenbei haben die mir erzählt, sie hätten Ihre Ausstellung in einer Kirche in Rom, in der Nähe des Vatikans, gesehen. Diese Herren tragen sich mit dem Gedanken, eventuell etwas Ähnliches in Kairo oder Luxor zu machen. Allerdings haben sie keine Erfahrung auf diesem Gebiet. Wären Sie interessiert, sich eventuell mit diesen Herren zu treffen? Einer dieser Herren hat – wie Herr Leekpai auch – in Gent studiert, der andere in London und München. Beide sind sehr angenehm.“

Susi lächelnd: „Danke für die Information. Eigentlich müsste ich nein sagen. Wir haben in Rom sehr viel investiert dann haben wir in St. Petersburg eine sehr große Galerie und Werkstätten eröffnet. Auch da haben wir viel Kapital gebunden. Ich werde Ihnen gleich Herrn Jacob Goldman vorstellen, der fliegt morgen nach Jerusalem, um dort eine Galerie und Werkstätten einzurichten. Auch kapitalintensiv. Trotzdem, zu

Ägypten kann man einfach nicht nein sagen. Wenn Sie uns zusammenbringen könnten, wäre das sehr nett."

So gegen acht am Abend verabschiedeten sich Susi und Erika mit den Worten: „Ihr Lieben, ich wünsche euch heute Abend noch viele, schöne Gespräche. Erika und ich müssen zu unserem hungrigen Nachwuchs. Tschüss, bis morgen."

Es war wieder zehn als die Letzten gingen. Es blieben nur noch Luise, Frank und Anwalt Claesen zurück. Nina kam mit Saskia zum Aufräumen und wünschte den Dreien, die noch an einem der Tische saßen, eine gute Nacht.

Sie unterhielten sich noch einige Zeit, bis Luise meinte: „Ich glaube, für mich ist es Zeit ins Bett zu gehen." Man sagte sich Gute Nacht.

***

Sonntagmorgen. Gegen neun kamen ihre Gäste, Luise, Frank und Herr Claesen zum Frühstück. Anschließend gingen sie nach unten in Susis Büro. Kurze Zeit später kamen auch Dieter Zeiser und Mike Curtis.

Dieter Zeiser hatte anscheinend gestern Abend noch an diesem Vertrag gearbeitet, denn er hatte ein fertiges Vertragswerk vor sich, das sie jetzt in den einzelnen Punkten durchgingen. Bis auf wenige Änderungen beschlossen sie, dieses Konzept nach St. Petersburg an Michail zu faxen. Danach sagte Dieter Zeiser:

„Ich glaube, damit werde ich mich aus diesem Vorgang ausblenden. Solltet ihr meine Hilfe noch brauchen, ihr wisst, wo ihr mich erreichen könnt. Ansonsten wünsche ich viel Erfolg bei den geplanten Aktivitäten." Er verabschiedete sich rasch.

Claesen: „Ich schlage vor, bis zum Mittagessen skizziere ich mal mündlich meine Vorstellung, wie die geraubten oder beschlagnahmten oder auch gestohlenen Exponate der Eremitage an die früheren Eigentümer zurückgegeben werden können, ohne dass wir viel Aufsehen erregen."

Anwalt Claesen fuhr fort: „Ich weiß aus Erfahrung, dass die Rückgabe von Kunstwerken, gleich aus welchem Grund sie abhanden gekommen sind, keine einfache Sache ist. In unserem Fall ist es sehr kompliziert, da diese Exponate mit Gewalt oder Zwang weggenommen wurden und das alles vor vielen Jahrzehnten geschah. Erschwerend kommt hinzu, dass man für die Rückgabe noch Bezahlung verlangt."

Frank fragte dazwischen: „Sind Sie der Meinung, dass man besser die Finger von diesem Geschäft lassen sollte?"

Anwalt Claesen: „Nein, das will ich damit keinesfalls zum Ausdruck bringen, aber ich will die Schwierigkeiten aufzeigen. Wir alle wissen, dass die verlangten Rückkaufpreise im Verhältnis zu den heutigen Schätzwerten solcher Gemälde relativ gering sind. Trotzdem wird es Schwierigkeiten geben und sicherlich wird man auf dem Rechtsweg versuchen diese Exponate kotenfrei zurückzubekommen."

Luise etwas verunsichert: „Ich bin gespannt, welche Vorschläge Sie uns unterbreiten werden."

Herr Claesen: „Es wird zweckmäßig sein, mehrgleisig vorzugehen.

Erstens: Bei dem Rückverkauf von Exponaten, die aus Reparationsleistungen stammen und bei denen die Vorbesitzer bekannt sind, ist das relativ einfach. Ihre Firma, die Kunst- & Antiquitätenberatung Wahl GmbH in München bietet die Rückgabe des jeweiligen Objektes dem Vorbesitzer direkt an. Ist der Vorbesitzer mit einem Rückverkauf einverstanden, so erfolgt die Rückgabe durch mich in Belgien. Zahlung an mich und Rückgabe der Exponate ebenfalls durch mich. Das Zug um Zug.

Zweitens: Bei Exponaten, die aus dem Fundus der Beutegüter stammen und bei denen der Vorbesitzer festgestellt werden kann, ist die Abwicklung wie vorher geschildert.

Drittens: Bei Exponaten bei denen die Vorbesitzer einen Rückkauf ablehnen, könnte man diese auf einer öffentlichen Versteigerung anbieten. Mein Vorschlag wäre da London, New York oder Brüssel.

Viertens: Bei Exponaten bei denen ein Vorbesitzer nicht feststellbar ist, schlage ich vor, dass wir diese Exponate öffentlich ausschreiben, entweder übers Internet oder über bebilderte Listen, die in Katalogform in Museen und Galerien ausgelegt werden können. Findet sich darüber kein Vorbesitzer, so kann man ebenfalls öffentlich versteigern.

Susi unterbrach: „Liebe Luise, lieber Frank, lieber Herr Claesen, ihr seid mir nicht böse, aber es ist bald ein Uhr. Ich habe uns einen Tisch bei Giovanni bestellt. Danach glaube ich, solltet Ihr das Gespräch hinsichtlich des Rückverkaufs dieser Gemälde direkt führen. Ihr seid selbstverständlich herzlich bei uns eingeladen und es würde uns freuen, wenn Ihr heute Abend noch hier wäret."

Luise lachte: „Susi, wenn ich euch nicht schon ein bisschen kennen würde, so würde ich das als Rausschmiss ansehen. Aber ich weiß, das ist lieb gemeint. Ich würde gerne mit Frank noch eine Nacht hier bleiben. Aber über die Zeit unseres Anwaltes Claesen kann ich nicht verfügen. Herr Claesen, wie lange Zeit haben wir noch für ein Gespräch?"

Auch Anwalt Claesen lachte: „Frau Kaiser, Entschuldigung, die Thematik dieses Vertrages ist mit mir durchgegangen. Ich muss auf jeden Fall noch heute zurück nach Brüssel. Ich würde sagen, ich nehme die Einladung zum Mittagessen noch gerne an, aber danach muss ich zurück.

Ich schlage vor, sobald der Vertrag mit der Eremitage unterschriftsreif ist, fliegen wir, das heißt Frau Wahl, Herr Lappas und ich nach St. Petersburg. Dort können wir alle weiteren Vereinbarungen treffen."

Susi: „ Danke euch. Wenn ich also richtig verstanden habe, so gehen wir jetzt gemeinsam zum Mittagessen, danach muss sich Rechtsanwalt Claesen verabschieden und Luise und Frank bleiben hier. Ihr seid selbstverständlich zum Abendessen eingeladen. Solltet ihr was Besseres vorhaben, so fühlt euch frei."

Man war schnell einig und ging zu Giovanni, der wie immer ein besonderes Menü für seine Gäste zusammenstellte. Danach verabschiedete sich Rechtsanwalt Claesen.

Luise sagte verschmitzt zu Susi: „Heute Nachmittag will ich mit Frank einfach mal alleine sein. Ich weiß noch nicht was wir unternehmen. Hast du einen Hausschlüssel, damit wir zurück in unser Zimmer kommen?"

Susi lachte, gab ihr einen kleinen Schlüsselbund und sagte nur noch: „Frühstück ist morgen früh um halb neun. Euch beiden viel Spaß."

***

Es war eine große Frühstücksrunde am Montagmorgen in Susis Wohnung. Susis Zwillinge hatten wieder mal den Aufstand geprobt und Nina meinte:

„Die zwei kriegen Zähne, man sieht's ganz deutlich am Zahnfleisch. Ich gehe nachher in die Apotheke und hole was zum Einreiben. Das hilft sicher etwas."

Susi fragte Luise und Frank: „Na, und wie hat euch gestern Wiesbaden gefallen? Was habt ihr Schönes gemacht?"

Luise lachte und erzählte: „Susi, wir haben einfach nur etwas Zeit für uns gebraucht. Die letzen Wochen waren schon sehr turbulent und auch unsere Verbindung ging etwas schnell. Ich hab das sehr genossen."

Frank pflichtete ihr bei und sagte: „Es ist eigentlich überhaupt nichts passiert, Luise, sollten wir nicht unser kleines Erlebnis erzählen?" Luise lachte: "Mach ich. Wir saßen im Kurgarten, als ein älterer Herr und eine ältere Dame an unseren Tisch kamen. Der Herr stellt sich als Ernst Olbert vor und fragte: Sie sind doch Frau Wahl und Gäste von Susi? Und als wir bejahten fragte er, ob sie sich einen Moment zu uns setzen dürften. Er erzählte, dass er 85 Jahre alt wäre und einer der ältesten Mitarbeiter bei der Galerie Kaiser und auch Gründungsmitglied des Vereins.

Er hat von der letzten Mitgliederversammlung erzählt und hat uns dann den sozialen Aufbau eures Vereins nach der sogenannten Pensionierungszeit erklärt. Susi, du bist in unseren Augen um zweihundert Prozent gestiegen. Herr Olbert erzählte, dass er und auch seine Lebensgefährtin, die auch über achtzig Jahre alt ist, noch immer mitarbeiten. Er sagte, sein Augenlicht wäre nicht mehr das Beste, so hätte er das Kopieren aufgegeben und würde nur noch Rahmen vergolden und das würde auch Spaß machen. Sie würden zu fünft in einer Wohngemeinschaft leben und Ende Oktober, wenn es nicht mehr so heiß wäre, würden sie eine Donaukreuzfahrt bis zur Mündung machen. Ich kann die begeisternden Worte des Herrn Olbert nicht so wiedergeben, aber es war schon außergewöhnlich."

Susi lachend: „Der Ernst, der sonst ganz still ist, spricht euch einfach so an. Ich kenne ihn, seit ich bei der Galerie Kaiser bin. Seine Frau ist vor über fünfzehn Jahren gestorben und er hat weitere Kollegen in seinem Haus aufgenommen. Eine Künstlergemeinschaft, die sehr gut harmoniert, trotz des Altersunterschiedes klappt das prima."

Nach dem Frühstück verabschiedeten sich Luise und Frank mit den Worten: „Wir bedanken uns für die außergewöhnliche Gastfreundschaft und wissen, wir waren bei Freunden und werden immer zu Freunden kommen."

Susi und Moritz brachten ihre Gäste nach unten und Moritz bot an, sie zum Bahnhof zu fahren. Susi sagte zum Abschluss: „Wenn ihr gut in München angekommen seid, ruft doch bitte an, damit wir uns keine Sorgen machen."

Susi ging noch mal zu Nina und Saskia und ihren Zwillingen, danach musste sie in ihr Büro.

***

Dienstagmorgen war turbulent. Die Zwillinge hatten wieder eine unruhige Nacht. Nach dem Frühstück war Nina nach unten gegangen um die Gästezimmer wieder in Ordnung zu bringen. Susi und Moritz gingen in ihre Büros.

Es klingelte an der Wohnungstür und Saskia machte auf.

Vor der Tür stand eine Frau mit einer Tasche und fragte: „Hier wohnt doch Frau Susanne Kaiser?“

Saskia: „Ja natürlich, aber bitte kommen Sie doch herein, Frau Kaiser ist im Büro, wen darf ich denn melden?“

Die Dame sagte: „Mein Name ist Höhler, ich bin die Mutter von Frau Kaiser.“

Saskia ganz freudig: „Da wird sich Susi aber freuen. Sie wollen sicher Ihre Enkel mal sehen, im Moment schlafen sie. Sie bekommen wahrscheinlich Zähne, da sind sie unruhig.“

Frau Höhler ganz verdattert: „Frau Kaiser hat Kinder?“ und sie murmelte eine Entschuldigung. Und dann sah sie die beiden friedlich schlafenden Babys und schaute sie lange an. Dann ging sie mit Saskia aus dem Kinderzimmer und fragte noch mal nach Susi.

Saskia: „Entschuldigung, ich rufe Susi gleich an.“ Nachdem sie mit Susi telefoniert hatte, sagte sie zu Frau Höhler: „Susi lässt sich im Moment entschuldigen, sie hat noch Besuch, aber ihr Mann wird gleich zu Ihnen kommen.“

Saskia nahm Frau Höhler den Sommermantel ab, bat, sich zu setzen und bot ihr Kaffee an.

Wenig später kam Moritz. Frau Höhler stellte fest, ein Herr in ihrem Alter, sehr elegant und stellte sich vor:

„Frau Höhler? Ich bin Moritz Kaiser, wie Sie wissen, Susis Ehemann. Was verschafft uns die Ehre Ihres unerwarteten Besuchs?“

„Herr Kaiser, Entschuldigung, ich bin jetzt etwas durcheinander. Ich wusste nicht, dass Susanne Kinder hat und ich habe mir ihren Ehemann auch ganz anders vorgestellt."

Moritz musste lächeln: „Frau Höhler, ich kann mir vorstellen, dass das ein schwieriger Gang für Sie war. Ich möchte auch keinesfalls etwas sagen oder tun, was Sie verletzen könnte. Sie sollten aber wissen, dass meine Frau unendlich durch das Schreiben Ihres Mannes verletzt ist. Es wird sicherlich nicht einfach werden die vielen Missverständnisse und Ungereimtheiten aus der Welt zu schaffen."

Frau Höhler: „Ich hab noch nicht mal gewusst, dass Susanne Kinder hat, das hat mich auch verletzt."

Moritz: „Frau Höhler, ich persönlich habe Ihnen eine Geburtsanzeige geschickt und noch einige persönliche Worte dazu geschrieben. Außerdem haben wir Ihnen eine Einladung zur Taufe geschickt, die nie beantwortet wurde."

Frau Höhler: „Herr Kaiser, davon weiß ich nichts. Möglich, dass mein Mann diese Sachen weggelegt hat."

Moritz: „Ich will Susi nicht vorgreifen, aber ich weiß, wie oft sie versucht hat mit Ihnen Kontakt aufzunehmen und immer ging das schief. Aber das soll Ihnen Susi selbst sagen. Sie sollten wissen, dass Ihre Tochter heute Vorstand des Vereins der Galerie Kaiser Wiesbaden e.V. ist, sie ist außerdem Geschäftsführerin der Galerie Kaiser GmbH, sie ist im Aufsichtsrat unserer Studios in Rom und unserer Galerie und Studios in St. Petersburg. Sie ist Aufsichtsrätin unseres Tochterunternehmens Galerie artis opus in Wuppertal und über unseren Verein Aufsichtsrätin der Kaisers Association of Art in Boston USA. Aber neben all diesen Ämtern ist sie der Gute Geist all unserer Unternehmen. Sie ist die Mutter aller Mitarbeiter und sehr beliebt.

Für mich ist sie nicht nur eine gute Mutter unserer Kinder, sie ist eine ganz liebenswerte Ehefrau und meine Lebenspartnerin. Wir haben uns sehr gern." Frau Höhler ziemlich kleinlaut: „Herr Kaiser, das wusste ich alles nicht."

Moritz fasste nach: „Sie können sich vorstellen, dass ich mich frage, wie Ihr Mann dazu kommt, ein solches Schreiben zu verfassen, wie wir es von Rechtsanwalt Satorius anlässlich einer Mitgliederversammlung bekamen und das allen Mitarbeitern vorgelesen wurde. Es war für Ihre Tochter sehr blamabel. Noch nie habe ich Susi derart schockiert gesehen. Sie können mir glauben, dass ich Susi in Zukunft solche beschämende Situationen ersparen möchte."

Frau Höhler: „Ich kenne nur den Inhalt des Schreibens von Ihrem Anwalt Dieter Zeiser. Das Schreiben meines Mannes kenne ich nicht. Er sagte mir, er hätte keine Kopie."

Moritz: „Liebe Frau Höhler, ich habe eine Kopie dieses Schreibens unten in meinem Büro, ich gebe es Ihnen gerne zur Kenntnis und wenn Sie es wünschen, mache ich Ihnen eine Kopie, damit Sie wissen, wovon wir sprechen. Sie bleiben doch sicher zum Mittagessen?"

Und als Frau Höhler die Einladung annahm, bat Moritz Saskia zum Mittagessen noch ein weiteres Gedeck aufzulegen. Dann ersuchte er Frau Höhler mit nach unten in sein Büro zu kommen.

Dort angekommen bot er Frau Höhler einen Platz an und telefonierte mit Susi, um zu sagen, dass er mit Frau Höhler in seinem Büro ist. Dann machte Moritz eine Fotokopie des Schreibens von Herrn Höhler an Rechtsanwalt Satorius.

Frau Höhler las aufmerksam die wenigen Zeilen, die ihr Mann geschrieben hatte und sagte dann: „Wie kann denn mein Mann so etwas schreiben. Ich weiß zwar, dass er einmal in Wiesbaden war und sich nach Susanne erkundigt hat, aber das liegt schon viele Jahre zurück. Ich weiß auch, dass vor nicht allzu langer Zeit ein Herr da war, der mit meinem Mann über die Galerie Kaiser sprach, aber auch nicht was, da ich zu diesem Zeitpunkt bei meiner Schwiegertochter war. Ich bin jetzt ganz aufgeregt."

Es klopfte, und auf das Herein, kam Susi. Susi war elegant wie immer, ging zu ihrer Mutter, sagte: „Hallo Mama."

Gab ihr einen Kuss auf die Wange und meinte: „Tut mir leid, dass ich dich warten ließ, aber bei mir im Büro ist heute der Teufel los. Ich sehe, ihr beiden habt euch schon bekanntgemacht."

Und zu Moritz gewandt: „Moritz, ich muss jetzt zum Stillen. Ich nehme Mama ganz einfach mit. Wir sehen uns dann um eins."

Susi ging mit ihrer Mutter nach oben und sagte so nebenbei: „Du musst dich nicht wundern, niemand spricht mich hier mit Susanne an. Jeder sag nur Susi zu mir und ich finde das so in Ordnung. Bei Saskia hast du dich sicher schon vorgestellt. Sie passt tagsüber und manchmal auch nachts auf meine beiden Süßen auf. Du hast sie sicher schon gesehen. Sie sind mein ganzer Stolz." Susi nahm ihre Mutter mit zum Stillen und dabei unterhielten sich die beiden.

Susi: „Mama, weiß eigentlich Papa, dass du zu mir gefahren bist."

Und Frau Höhler: „Susanne, nein, wo denkst du hin, das hätte den allergrößten Krach gegeben. Er hat mir nur den Brief deines Anwaltes Zeiser gezeigt und gesagt, jetzt will mich Susanne auch noch finanziell ruinieren. Da konnte ich einfach nicht anders und musste zu dir fahren. Ich wusste nicht, was Papa geschrieben hatte, erst dein Mann hat mir vorhin eine Kopie davon gegeben. Das ist furchtbar."

Susi: „So habe ich mir das vorgestellt. Da hast du meine Briefe also auch nicht bekommen."

Frau Höhler: „Welche Briefe? Dein Mann hat mir vorhin schon gesagt, dass ihr uns eine Geburtsanzeige geschickt hättet und auch eine Einladung zur Kindstaufe. Aber die habe ich auch nicht gesehen. Von Briefen die du mir geschickt hast, davon weiß ich nichts."

Susi langsam: „Mama, ich will nicht hetzen, aber Papa hat meine Post an dich unterschlagen. Ich habe auch mehrfach versucht dich anzurufen, leider war immer Papa am Apparat. Wir essen um eins. Bei mir ist heute Nachmittag im Büro noch mal der Teufel los. Ich gebe dir jemand mit, der dir im Schnellgang unser Unternehmen zeigt.

Heute Abend um sechs haben wir, wie jeden Tag, einen sogenannten Umtrunk für die führenden Leute unseres Unternehmens. Da hätte ich dich gerne vorgestellt.

Danach können wir zusammen reden. Ich bin dafür, dass du mindestens bis morgen bleibst. Wir brauchen einfach etwas Zeit miteinander. Über zehn Jahre haben wir uns nicht gesehen und keinen Kontakt gehabt, da dauert es etwas, bis wir wieder unbeschwert zusammen reden können. Leider ist inzwischen zu viel Unangenehmes geschehen. Wenn du willst, kannst du Papa anrufen und ihm sagen, dass du ein paar Tage hierbleibst."

Frau Höhler: „Susanne, dein Vorschlag ist lieb gemeint, aber Papa flippt aus wenn er hört, dass ich bei dir bin."

Susi: „Mama, wenn du nicht willst, so rufe ich ihn an, vielleicht hört er auf mich."

Frau Höhler: „Susanne ich hab doch überhaupt nichts mit, um hier zu übernachten. Weder ein Nachthemd noch Wäsche zum Wechseln, geschweige denn eine Zahnbürste."

Susi: „Mama, mach dir darüber keine Gedanken. Wir haben in etwa die gleiche Figur. Du kannst alles von mir haben, notfalls kaufen wir die Dinge, die du brauchst. Du warst noch nie bei uns und wir haben uns so viel zu erzählen, da musst du ganz einfach bleiben."

Kurze Zeit später kam Saskia und sagte: „Susi, kommt ihr, wir sitzen schon alle bei Tisch."

Susi stellte ihrer Mutter noch Nina und Ingo Merz vor. Sie bat Nina, für ihre Mutter noch eines der Gästezimmer im 4. Stock zurechtzumachen.

Danach fragte sie Moritz: „Moritz, ich habe mir gedacht, dass du am Nachmittag im Schnellgang Mama unser Unternehmen zeigst. Denke so bis gegen halb fünf. Danach wollte ich Nina bitten, mit Mama ein paar Sachen zu besorgen. Mama hat keine Zahnbürste, kein Nachthemd und keine

Leibwäsche zum Wechseln. Ich kann zwar mit manchen Sachen aushelfen, aber eben nicht mit allem. In jedem Fall will ich, dass Mama ein paar Tage dableibt, damit wir uns nach so langer Zeit wieder etwas näherkommen. Papa weiß nicht, dass sie zu uns gefahren ist. Auch das müssen wir regeln."

Moritz: „Liebe Frau Höhler, wir machen das Ganze unkompliziert. Ihre Tasche und den Mantel bringt Nina hinunter in Ihr Gästezimmer. Ich entführe Sie jetzt in die Räume unserer Firma. Ganz schaffen wir das heute sowieso nicht. Nur damit Sie so einen kleinen Überblick bekommen. Um vier oder halb fünf bringe ich Sie wieder zurück, dann wird Sie Nina zu einem Einkauf mitnehmen. Um sechs sind Sie spätestens wieder zurück, dann können wir Sie unseren führenden Damen und Herren vorstellen. Danach, so gegen acht, wird Susi noch mal unsere Zwillinge stillen und dann gibt's Abendbrot." Ohne weiter zu fragen, nahm Moritz Susis Mutter und ging nach unten.

Als die beiden gegangen waren, sagte Saskia: „Susi, deine Mutter wusste ja nicht mal, dass du Zwillinge hast. Habt ihr das nicht geschrieben?"

Susi: „Saskia, das ist eine ganz verfahrene Situation. Mein Papa hat anscheinend die gesamten Briefe, die ich meiner Mutter geschrieben habe, unterschlagen. Das gibt jetzt noch einen Heidenkrach. Schade dass ich ausgerechnet heute keine Zeit für meine Mama habe, aber ab jetzt kommt ein Besucher nach dem anderen. Um vier zum Stillen bin ich wieder hier."

Und zu Nina gewandt: „Wie läuft dein Umzug?"

Nina: „Ingo geht gleich noch mal ins Atelier und ich mache nur noch den Wagen sauber. Wenn du willst, kann ich um vier mit deiner Mutter einkaufen gehen. Wenn sie für eine Übernachtung nicht eingerichtet ist, dann braucht sie doch mehrere Sachen."

Susi: „Danke dir! Bei mir im Bad ist noch ein Kulturbeutel, den kannst du nehmen. Handtücher sind unten, auch einen Morgenmantel von mir hängst du einfach nach unten.

Ein Nachthemd oder einen Pyjama müsst ihr kaufen. Wahrscheinlich braucht meine Mutter auch noch etwas Unterwäsche. Nimm dir Geld mit, ich würde das gerne meiner Mutter schenken. Denke auch an Kamm und Bürste. So wie ich dich kenne, wirst du schon das Richtige besorgen. Ich glaube, meine Mutter ist im Moment sehr verunsichert. Also beim Einkauf die Beratung mit etwas Fingerspitzengefühl. Und jetzt schon vielen, vielen Dank."

Moritz war mit Frau Höhler erst im Hinterhaus gewesen und hatte dort die Lagerräume und Studios besucht. Dann ging er mit ihr in die Ausstellung des Vorderhauses im Erdgeschoss und im ersten Stock. Besuchte die Büros im 2. Stock, dann die Räume der Geschäftsleitung und zuletzt den 4. Stock, wobei sie Nina über den Weg liefen und die zeigte Frau Höhler gleich ihr Gästezimmer, erklärte Bad und Toilette, Küche und sagte:

„Um sechs ändert sich das alles, denn hier ist fast jeden Abend in der Diele, dem Wohnzimmer und der Küche ein Treffen unserer Mitarbeiter. Sie werden es sehen. Morgen früh kommen Sie ganz einfach um halb neun zum Frühstück nach oben."

Frau Höhler bedankte sich und fragte Nina: „Susanne sagte, Sie würden mich zum Einkaufen begleiten. Gehen wir gleich?"

Und als Nina bejahte, verabschiedete sich Moritz von Frau Höhler und Nina ging mit ihr zum Einkaufen.

Wie jeden Abend füllten sich die Räume im 4. Stock rasch. Um den Service kümmerte sich Moritz und Susi fragte erstaunt: „Hast du was von Nina und Mama gehört?"

Moritz lachte: „Da hast du zwei zum Einkaufen geschickt, mal sehen, wann die zurückkommen.“

Wenig später kam Nina mit Frau Höhler. Die beiden verschwanden gleich im Gästezimmer und wenig später gelang es Susi, ihre Mutter den Mitarbeitern vorzustellen.

Wie immer, saß Maxim mit Alena, Franz und Boris in der Küche, begrüßten Frau Höhler freundlich und sagen: „Willkommen Frau Höhler. Ihre Enkelchen brauchen ihre Oma. Kommen Sie und trinken Sie mit uns ein Wässerchen.“

Und obwohl sich Frau Höhler wehrte, sie musste mit Maxim und den anderen anstoßen. Es war anscheinend für Susis Mutter ungewohnt so unkompliziert aufgenommen zu werden und so sagte sie zu Susi: „Susanne, sind deine Mitarbeiter immer so herzlich und gut gelaunt? Alle sind so liebenswürdig und umgänglich, ich fühle mich hier wohl. Auch der Einkauf mit Nina war unproblematisch und schön, aber wegen dem Bezahlen müssen wir noch mal reden. Soll ich Nina etwas für ihre Mühe geben?“

Und Susi: „Untersteh dich, die würdest du sehr beleidigen. Das ist bei uns nicht üblich, das macht man gerne. Aber warte, wir gehen gleich nach oben, ich will mich nur kurz verabschieden.“

Wie immer stieg Susi auf einen kleinen Schemel, klopfte an ihr Glas und sagte in die Runde: „Ihr Lieben, wie immer um acht, so ist auch heute die Fütterung meiner kleinen Raubtiere angesagt und Oma will zusehen. Euch allen noch einen schönen Abend. Tschüss!“

Dann ging Susi noch kurz zu Moritz und flüsterte: „Um halb neun Abendessen“, nahm ihre Mutter bei der Hand und ging eine Etage nach oben in ihre Wohnung.

Saskia hatte die Zwillinge schon so weit und sagte nur: „In der Küche habe ich schon das Fläschchen gewärmt. Ich glaube die zwei haben heute großen Hunger.“

So war es auch. Susi hatte während des Stillens eine nette Unterhaltung mit ihrer Mutter und die betonte nur immer wieder, dass sie sich hier alles ganz anders vorgestellt hätte. Danach war Abendessen angesagt.

Nina und Ingo, die auch mit zur Nacht gegessen hatten, gingen nach unten, um in einem der Gästezimmer zu schlafen, denn sie trauten sich noch nicht in ihre Wohnung. Sie sagten Gute Nacht und informierten, dass sie morgen Früh mit den beiden Schreinern den Rest aus Ninas Wohnung holen wollten.

Moritz und Susi baten Frau Höhler ins Wohnzimmer und Moritz fragte: „Nehmen wir noch ein Glas Wein oder lieber ein Glas Sekt?"

Sie entschieden sich für Wein und als Moritz eingeschenkt hatte, meinte er: „Liebe Frau Höhler, obwohl wir beide wahrscheinlich gleichaltrig sind, so ändert das nichts an der Tatsache, dass ich Ihr Schwiegersohn bin. Es ist unter Verwandten üblich, sich zu Duzen. Darf ich daher das Du anbieten? Ich bin Moritz."

Frau Höhler sichtlich verlegen: „Ja natürlich, ich bin Magda."

Moritz gab seiner Schwiegermutter einen Kuss auf die Wange und sagte: „Magda, das freut mich, ich hoffe, dass das der Anfang einer vernünftigen, unkomplizerten und schönen verwandtschaftlichen Beziehung ist. Hast du eigentlich schon mit deinem Mann gesprochen?"

Magda: „Ach wisst ihr, vor diesem Gespräch graust es mir. Ich weiß nicht, ob er mir je verzeihen wird, dass ich zu euch gefahren bin. Er ist so voller Hass, das kann ich euch gar nicht beschreiben. Das begann damals, als du sagtest, du wolltest die Kunstfachschule in Wiesbaden besuchen. Er hat dir damals zwar zugesagt, dass er die Fahrtkosten nach Wiesbaden und das Schulgeld übernehmen würde. Aber mehr war auch nicht. Ich habe ihm damals schon gesagt, das sei unfair dir gegenüber, aber er war der Meinung, Mädchen brauchen kein Studium. Susi, du kamst damals nur alle drei bis vier Wochen nach Hause, weil du kein Geld hattest. Damals warst du nur noch Haut und Knochen und dann gab's den Krach, weil du Samstag kamst, deine Wäsche gewaschen hast und Sonntagabend wieder fuhrst. Danach nur noch alle sechs bis acht Wochen. Mir hast du erzählt, du müsstest Geld verdienen und an Wochenenden hättet ihr oft Ausstellungen, da könntest du helfen, ansonsten kopierst du Bilder und hättest einfach keine Zeit. Papa fuhr dann einmal nach Wiesbaden und irgendwer muss ihm erzählt haben, du würdest in einem Nachtclub arbeiten und dir dort Geld verdienen. Ich weiß nicht wer das war. Kurz danach hast du uns geschrieben, dass du diesmal Weihnachten nicht nach Hause kommen würdest. Den Kommentar deines Vaters kannst du dir vorstellen. Dann kam die Karte, dass du dich verlobt hast und Tage später hast du deinen damaligen Mann Max vorgestellt. – Wenn ich das richtig sehe, war das der Bruder von Moritz. Ist das richtig?"

Susi: „Ja Mama, das ist richtig und es ist auch richtig, dass ihr mich mit Max noch nicht mal in die Wohnung gelassen habt und mich mitsamt meinem Verlobten rausgeschmissen habt. Wir haben dich und Papa dann zur Hochzeit eingeladen und keine Antwort bekommen und als mein Mann später starb habe ich euch geschrieben und gebeten wenigstens zur Beerdigung zu kommen, auch das war eine Fehlbitte. Nach der Beerdigung bin ich noch mal nach Limburg gefahren und wollte mit euch sprechen. Papa stand in der Wohnungstür und hat mir wortwörtlich gesagt, er hätte keine Tochter mehr und ich solle schauen dass ich fort käme.

Magda: „Kind, das einzige was ich weiß, dass du mit deinem damaligen Mann kamst und wolltest ihn vorstellen. Ich habe damals deinem Vater große Vorwürfe wegen seines Verhaltens gemacht, aber er hat nur gemeint, dein damaliger Verlobter das sei eine von deinen Nachtclubliebschaften. Alles andere erfahre ich jetzt zum ersten Mal."

Moritz: „Liebe Schwiegermutter, bis dahin kann ich nichts dazu sagen. Als mir Susi das erste Mal davon erzählte, dass zwischen ihr und ihren Eltern eine Spannung bestünde, konnte ich das fast nicht glauben. Ich bin dann zusammen mit Susanne zu euch gefahren und mir ist das Gleiche passiert wie meinem Bruder Max. Dein Mann hat mich erst gar nicht in die Wohnung gelassen und hat uns im Treppenhaus abgefertigt wie Schulkinder. Für mich war das schlimm. Trotzdem habe ich kurz vor unserer Hochzeit noch mal versucht, mit deinem Mann zu sprechen. Er hat mich wieder abgefertigt wie einen dummen Jungen.

Wir haben dann zu unserer Hochzeit eingeladen. Die Einladung blieb unbeantwortet. Als unsere Zwillinge geboren wurden, haben wir die Geburtsanzeige geschickt. Wieder keine Antwort. Danach haben wir die Taufe gleichzeitig mit einer Einladung verbunden. Auch wieder keine Antwort."

Magda kamen die Tränen. „Moritz, ich hab ja schon gesagt, davon wusste ich nichts. Wenn ich nur das Wort Susanne in den Mund nahm, hat mein Mann vor Wut gekocht."

Moritz: „Das alles wäre noch zu ertragen gewesen, wenn nicht vor neun Tagen während einer Mitgliederversammlung des Vereins, vor allen Mitarbeitern dieser infernalische Brief deines Mannes verlesen worden wäre. Ein Vater, der so etwas tut, der muss verblendet sein. Selbst wenn es wahr wäre, dürfte man so etwas nicht schreiben. Aber es ist schlimmer, es stimmt ganz einfach nicht."

Susi: „Mama, wie kann Papa so etwas behaupten, wo nimmt er sein angebliches Wissen her, warum hat er nie mit mir darüber gesprochen. Selbst wenn er mit mir nicht darüber sprechen will, ein Brief hätte genügt um diese Anschuldigungen aus der Welt zu schaffen.

Aber er hat nicht nur mich beleidigt, er hat auch meinen ersten Mann schwer beleidigt und jetzt auch noch Moritz. Außerdem hat er ein ganzes Unternehmen mit seiner Behauptung bloßgestellt."

Moritz wieder ganz ruhig: „Liebe Magda, wir sind die letzten, die bei einem solchen Streit nicht einlenken würden. Was ich deinem Mann getan haben könnte, das verstehe ich sowieso nicht, denn wir kennen uns nicht. So war es auch bei meinem Bruder Max. Woher nimmt dein Mann die Chuzpe solche Ungeheuerlichkeiten über Susi zu behaupten. Eben das war der Sinn des Schreibens unseres Anwaltes. Irgendjemand muss deinem Mann Unwahrheiten erzählt haben und das wollen und müssen wir wissen. Wir sind gespannt, wie dein Mann darauf reagiert. Aber jetzt sollten wir nicht mehr davon sprechen. Susi und ich freuen uns, dass du den Weg zu uns gefunden hast und ich kann dir sagen, du bist bei uns sehr willkommen und wir freuen uns auf ein paar schöne Tage mit dir. Auch wenn du länger bleiben willst, du bist immer willkommen."

***

Ein trüber Mittwochmorgen, Susi saß unlustig im Büro, als sie einen Anruf aus München erhielt.

(Luise) Hallo Susi, schön dass ich dich erreiche. Ist bei euch alles in Ordnung?

(Susi) Bis auf meine Faulheit, ist alles okay, aber erzähle, wie geht's bei Euch?

(Luise) Ich wollte dir nur in Kurzform berichten. Du hast recht, Peter, mein Mann, war zumindest bis Freitag hier in München und nicht irgendwo in Russland.

(Susi) Luise, woher weißt du das?

(Luise) Ganz einfach. Viele seiner Anzüge fehlen und verschiedene persönliche Dinge sind nicht mehr da. Soweit ich es beurteilen kann, hat er nicht hier geschlafen.

Anders war es in der Firma, der Kunst- und Antiquitätenberatung Wahl. Wir haben, wie du sicher weißt, drei langjährige Mitarbeiterinnen. Peter war da und hat die Gehälter an die drei überwiesen. Er hat bis auf das Festgeld, alle Konten so ziemlich geplündert. Knapp über 67.000 Euro hat er eingesteckt. Frank versucht im Moment mit unserem Steuerberater und den drei Damen einen Überblick zu bekommen.

(Susi) Luise, hast du Michail schon Bescheid gesagt?

(Luise) Ich würde dich bitten, dass du das machst. Wir haben im Moment viel zu tun. Gleich wollen wir zusammen zu Franks Anwalt um die Auflösung des Geschäftsführervertrages von Peter zu veranlassen und Frank Lappas als neuen Geschäftsführer zu bestellen. Wir müssen auch noch zu einem Notar um das Aufstocken des Kapitals zu protokollieren.

(Susi) Luise, Michail werde ich anrufen. Wenn ich irgendetwas für euch tun kann, rufe an. Vor allen Dingen grüße Frank und denke daran, überall die Schlösser auszuwechseln. Also noch mal Tschüss, wir halten die Daumen.

(Luise) Danke dir. Ich melde mich wieder. Tschüss!

Susi überlegte einen Moment, dann wählte sie Michails Nummer in St. Petersburg:

(Michail) Borodin!

(Susi) Hallo Michail, ich habe eine kleine Überraschung für dich und Grigori. Peter Wahl war zumindest bis letzte Woche in München. ... dann erzählte sie, was sie soeben von Luise erfahren hatte und auch, dass er so freundlich war und die Geschäftskonten um 67.000 Euro erleichtert hat ... Sie fügte hinzu: Michail, denke daran, Peter Wahl soll euren Botschafter in Berlin entführen, der ist nach meiner Meinung irgendwo in Berlin oder in diesem Umfeld.

(Michail) Susi, der Mann ist mehr als gut bewacht. Ich glaube nicht, dass das gelingen kann. Aber ich werde beide noch mal warnen.

(Susi) Du bist dir wegen der Bewachung sehr sicher, das wäre ich nicht. Seid vorsichtig. Grüße Paula herzlich. Tschüss Michail.

(Michail) Auf Wiedersehen Susi, Grüße an Moritz.

Nachdenklich legte Susi auf. Ihr gefiel das alles nicht. Sie nahm sich vor, ihre Leute zu warnen.

Susi versuchte weiterzuarbeiten und hatte gerade einen Vorgang beendet, als Moritz anrief und sie bat, sie möchte doch schnell mal in sein Büro kommen. Das war selten, und so ging Susi eine Etage nach oben.

In Moritzens Büro traf sie neben Moritz auch ihre weinende Mutter. Susi nahm sie in den Arm und unter Schluchzen erzählte sie, dass sie Papa angerufen hätte. Als sie sich einigermaßen beruhigt hatte, erfuhr Susi, dass ihre Mutter ihren Vater informieren wollte, dass sie in Wiesbaden bei Susi ist und das schien schief gegangen zu sein

Susis Mutter erzählte: „Als ich ihm dann sagte, dass ich bei dir bin, hat er nur noch geschrien. Er hat gesagt, ich könne ganz bei dir bleiben. Da würde ich auch hingehören. Kind, ich kann dir gar nicht sagen, welch schreckliche Ausdrücke er gebraucht hat. Ich weiß jetzt gar nicht mehr, was ich machen soll."

Susi ganz ruhig: „Mama, erst musst du dich mal beruhigen. Dann reden wir in aller Ruhe darüber. Sei ganz sicher, dass wir einen Weg finden, das alles wieder ins Lot zu bringen. Mama, du hast bisher alles geschluckt, nach diesem unbeherrschten Verhalten von Papa musst du ihm mal die Stirn bieten. Das kannst du dir nicht gefallen lassen."

Moritz beruhigend: „Liebe Magda, du solltest wissen, dass du zu unserer Familie gehörst. Du bis bei uns zu Hause und wir helfen dir. Wir wissen nicht, was in deinen Mann gefahren ist, dass er Susi mit einem solchen Hass verfolgt. Erzähle uns doch, was hat er genau gesagt."

Susi hielt ihre Mutter immer noch im Arm und die erzählte mit feuchten Augen:

„Ich wollte doch gar nichts Böses, ich musste ihm doch erzählen wo ich bin und dass ich mit Susanne wegen des Briefes von dem Anwalt Zeiser sprechen wollte. Weiter kam ich nicht. Er schrie mich an, ich solle bei der Hure bleiben, -

Kind, entschuldige diesen Ausdruck, aber das hat er wortwörtlich gesagt – und ich könne meine drei Fetzen holen, damit meinte er wahrscheinlich meine Kleider. Ich wollte ihm erzählen, dass er sich irrt, aber er schrie nur weiter, ich hätte dich falsch erzogen und ich sei genauso schlimm wie Susanne. Dann legte er einfach auf."

Susi rief Dieter Zeiser an und erklärte ihm die Situation, dann folgte ein langes Gespräch.

Da Dieter Zeiser noch eine Menge Termine hatte verblieb man so, dass Dieter mit Susis Mutter am Samstag mit dem Wagen nach Limburg fahren würde, um an Ort und Stelle mit Susis Vater die Angelegenheit zu besprechen. Falls eine Lösung nicht möglich sein sollte, so würde Dieter Susis Mutter wieder mitbringen.

Susi erklärte ihrer Mutter das und die meinte nur: „Kind, meinst du nicht, dass das alles nur noch schlimmer macht?"

Moritz beruhigend: „Magda, ich glaube Susi hat recht, wenn sie meint, du solltest nicht allein oder mit einem von uns zu deinem Mann fahren. Unser Anwalt, Dieter Zeiser ist ein ruhiger und besonnener Anwalt. Er wird dir helfen die richtigen Worte bei deinem Mann zu finden. Wie du selbst sagst, hat er Susi im Zorn als Hure bezeichnet und das kann man nicht einfach so hinnehmen. Wir wollen kein Öl ins Feuer gießen, sondern bedacht handeln und da erscheint mir diese Lösung das Beste zu sein."

Susis Mutter: „Es tut mir leid, dass ich euch so in Schwierigkeiten bringe. Entschuldigt, bitte."

Susi: „Mama, meinst du, du kannst im Moment allein noch mal hoch zu Saskia gehen und ihr beim Mittagessen helfen? Ich habe noch kurz im Büro zu tun und komme dann zum Stillen nach oben. Um eins ist dann Mittagessen. Nina und Ingo kommen auch."

Viel Zeit zum Überlegen hatte Susi nicht. In ihrem Büro war es turbulent. Bevor sie sich versehen hatte, war es zwölf und sie musste zum Stillen nach oben. Dort traf sie ihre Mutter bei Saskia im Gespräch.

Inzwischen hatte sich Susis Mutter etwas beruhigt. Susi hatte ein sachliches Gespräch mit ihr und sagte dann zum Abschluss:

„Mama, jetzt bist du erstmal hier. Papa wird vielleicht noch zu sich kommen und wenn nicht, dann muss er es eben auf die harte Tour lernen. Wenn ich es richtig sehe, steht dir in etwa die Hälfte seiner Pension zu, dazu kommt Krankenkasse und so einige Kleinigkeiten. Er wird die Wohnung nicht mehr halten können. Ich hoffe nur, er hat einen guten Anwalt der ihm das erklärt."

Nina und Ingo waren gekommen und als Moritz kurze Zeit später kam, ging man zu Tisch.

Wie immer war es eine nette Runde. Nina erzählte, sie hätten jetzt die Wohnung besenrein und der Rest der Habseligkeiten wäre im Auto. Am Nachmittag wollten sie mit den beiden Schreinern die Sachen in Ingos Wohnung bringen. Nina und Ingo verabschiedeten sich nach dem Essen und Susi und Moritz gingen in ihre Büros.

Ein voller Schreibtisch erwartete Susi und die Zeit verflog wieder mal. Es war halb vier als Susis Direktleitung klingelte. Susi nahm ab:

(Nina) Susi, mein Exmann hat Ingo mit einem Messer in den Bauch oder die Brust gestochen. Der eine Schreiner hält meinen Exmann fest bis die Polizei kommt und der andere spricht gerade mit der Ambulanz. Ich lasse Ingo in das gleiche Krankenhaus bringen, in dem Moritz war. Ich bin ganz aufgeregt, kommst du?

(Susi) Nina, wie schwer ist Ingo verletzt. Weißt du das schon?

(Nina) Nein, mein Exmann wollte mich mit dem Messer erstechen und Ingo hat sich vor mich gestellt. So hat er das Messer in den Bauch oder in die Brust bekommen. Es ist alles voller Blut. Bitte, komme schnell.

(Susi) Okay, ich komme sofort und bringe auch Saskia mit. Bis gleich.

Susi sagte noch schnell in ihrem Büro Bescheid, dann ging sie zu Moritz und erzählte ihm in kurzen Worten was geschehen war und bat ihn, nach ihrem Büro zu sehen. Dann ging sie nach oben in ihre Wohnung. Dort traf sie Saskia und ihre Mutter in der Küche.

Susi ganz ruhig: „Ihr beiden, ich muss euch leider etwas Schreckliches berichten. Ninas Exmann hat anscheinend vor Ingos Wohnung Nina mit einem Messer angegriffen, Ingo hat sich dazwischengestellt und Ninas Exmann hat ihn mit einem Messer in den Bauch oder in die Brust gestochen. Er ist auf dem Weg ins Krankenhaus.

Saskia, ich nehme dich jetzt mit ins Krankenhaus zu deinem Bruder. Mama, dich muss ich bitten, nach den Zwillingen zu sehen. Du weißt wo die Fläschchen sind, denn zum Stillen komme ich jetzt nicht. Moritz weiß Bescheid. Bitte kümmere dich um die beiden. Ich hoffe ich bin so gegen sieben oder acht heute Abend wieder da."

Es dauerte, bis Susi in der riesigen Klinik die Notaufnahme fand. Dort war auch Nina. Ingo war bereits im Operationssaal und so begann das lange Warten. Susi erledigte erstmal die Formalitäten im Krankenhaus und sagte dann zu Nina: „Nina, mein Schatz, ich habe für Ingo ein Einzelzimmer gebucht, sobald er aus der Intensivstation kommt. Das wird zwei bis drei Tage dauern. Im Moment können wir nichts tun als warten und hoffen, dass die Operation gelingt."

Nina: „Susi, ich bin mit der Ambulanz gekommen, aber die haben ihn sofort in den Operationssaal gebracht. Sie haben geraten, ich solle warten. Niemand hat mir gesagt, wie die Überlebenschancen sind."

Susi legte ihren Arm um Nina und fragte: „Nina, ich muss Notar Zeiser anrufen, dem muss ich die Einzelheiten erzählen, bitte schildere mir genau, wie sich alles ereignet hat."

Ninas Augen füllten sich wieder mit Tränen: „Susi, wir sind vom Mittagessen wieder zurück zur alten Wohnung gefahren und haben auf die beiden Schreiner gewartet. Dann haben wir die alte Wohnung abgeschlossen und die Schlüssel beim Hausmeister abgegeben und fuhren zu Ingos Haus.

Wir waren beim Ausladen, anscheinend hatte sich mein Exmann hinter dem Wagen angeschlichen, sprang dann auf mich zu und schrie » dich stech' ich ab «. Ingo stellte sich vor mich und da rammte mein Exmann Ingo das Messer in den Bauch oder in die Brust.

Der eine Schreiner hatte ein Brett in der Hand, damit schlug auf den Kopf meines Exmannes, der brach zusammen und dann bog er ihm den Arm um.

Ich kümmerte mich sofort um Ingo, legte ihn flach auf den Boden und drückte von außen ein Tuch auf die Wunde. Der andere Schreiner rief die Polizei und den Notarzt. Der Notarzt, das heißt die Ambulanz, war ganz schnell da und kümmerte sich um Ingo. Die Polizei ließ auf sich warten. Kurz bevor die Ambulanz wegfuhr, kam auch die Polizei. Was dann weiter passiert ist, weiß ich nicht."

Susi ruhig: „Nina, die Operation dauert sicher etwas länger. Du bleibst erst mal hier. Ich fahre jetzt zu Ingos Haus, dort sind wahrscheinlich die beiden Schreiner noch beim Ausladen. Haben die einen Schlüssel von Ingos Wohnung?"

Nina: „Susi, die haben meinen ganzen Schlüsselbund. Die wissen auch wohin mit den Sachen. Wenn sie fertig sind, sag ihnen, sie sollen dir die Schlüssel geben. Soll Saskia auch hier bleiben?"

Susi: Nina, selbstverständlich kann sie das, aber geschehen wird im Moment nichts. Ich kann mir vorstellen, dass diese Operation etwas länger dauert. Wenn Saskia will, so kann sie mit mir fahren. Ich fahre von Ingos Wohnung noch zu Notar Zeiser und komme dann nach hier zurück."

Susi fuhr mit Saskia zu Ingos Haus. Der LKW stand davor und Susi traf die beiden Schreiner, die die letzten Möbelstücke und Sachen in den Keller und auf den Speicher brachten. Sie erzählten Susi:

Als die Polizei kam, erzahlten sie den Tathergang und machten darauf aufmerksam, dass sich Ninas Exmann eigentlich illegal hier aufhalten würde. Sie gaben der Polizei die Telefonnummer von Dieter Zeiser, sie mögen sich dort erkundigen. Anscheinend bestätigte Dieter Zeiser das, denn die Polizei nahm Ninas Exmann fest. Danach machten sie eine Zeichnung des Tatortes und auch einige Aufnahmen. Jetzt wäre man mit dem Ausladen fertig. Der eine Schreiner gab Saskia den Schlüsselbund und die beiden Schreiner sagten nur kurz, sie brächten den LKW zurück in die Spedition und kämen dann noch auf ein Glas zum abendlichen Treffen.

Susi rief über Handy Notar Zeiser an und erkundigte sich, wie die Angelegenheit jetzt weitergehen würde. Der beruhigte Susi und meinte nur, ich komme heute Abend auf einen Drink zu euch, dann erzähle ich alles.

Susi fuhr mit Saskia zurück ins Krankenhaus. Nina wartete immer noch. Saskia übergab Nina die Schlüssel und kurze Zeit später kam aus dem Operationssaal ein Arzt der fragte, ob sie die Angehörigen von Herrn Merz wären. Als diese bejahten informierte er nur, dass die Operation noch andauert.

Susi fragte Nina: „Schatz, sollen wir mit dir warten oder meinst du, Saskia und ich sollten lieber zurückfahren. Ich glaube, die übrigen würden gerne erfahren wie es um Ingo steht."

Nina ziemlich gefasst: „Susi, sage allen, wie tapfer die beiden Schreiner geholfen haben und dass im Moment die Operation noch andauert."

Susi versprach, am späten Abend noch mal vorbeizuschauen und dann Nina mitzunehmen.

Es war schon halb sieben, als Susi zurückkam. Saskia übernahm trotz aller schrecklichen Ereignisse sofort den Service der abendlichen Runde und alle wollten wissen, wie es Ingo geht. Die Schreiner hatten den Tathergang erzählt und man wartete jetzt auf Notar Dieter Zeiser, der sein Kommen versprochen hatte.

Susi sagte nur: „Ihr Lieben, ich bin in einer halben Stunde wieder hier, ich muss nur schnell nach meinen Süßen und meiner Mutter sehen, wie sie mit den Zwillingen fertig wird."

Als Susi nach oben in die Wohnung kam, traf sie die Oma mit ihren Zwillingen an und diese erzählte: „Susi, die zwei kriegen Zähne. Ein bisschen den Bauch streicheln und schon sind sie zufrieden. Das sind zwei ganz liebe Babys. Man kann sie nur gern haben."

Dann fragte sie: „Sag mal, was ist denn mit Ingo passiert?" Susi erzählte ihrer Mutter ausführlich den Tathergang und dass Nina im Krankenhaus das Ergebnis der Operation abwarten würde.

Und Susis Mutter: „Also Susi, wenn du mich für die Zwillinge brauchst, ich nehme sie gerne, auch nachts. Du musst nicht fragen, du kannst mich mit einplanen."

Susi bedankte sich und sagte: „Ich geh jetzt noch mal nach unten. Um acht bin ich zum Stillen wieder hier. Danach muss ich ins Krankenhaus, das hab ich Nina versprochen."

Als sie nach unten kam, war Dieter gekommen und erzählte, was er bei der Polizei in Erfahrung bringen konnte. Ninas Exmann, Herr Öztal, wurde festgenommen und wird wahrscheinlich wegen versuchten Totschlags angeklagt.

Susi begrüßte alle, erzählte kurz ihre Version des Tathergangs und fügte an: „Ich hoffe nur, Ingos Verletzungen sind nicht so schlimm, dass sich daraus eine Behinderung ergibt. Ich fahre heute Abend noch mal ins Krankenhaus, das hab ich Nina versprochen. Morgen wissen wir mehr."

Susi bedankte sich vielmals bei Dieter, verabschiedete sich von den anderen und ging nach oben in ihre Wohnung.

Saskia war mitgekommen und bereitete das Abendessen.

Kurz vor halb neun kam Moritz, die abendliche Runde hatte sich schnell aufgelöst und so saß man beim Abendbrot. Danach fuhr Susi mit Saskia in die Klinik.

Nina wartete immer noch und sagte zu Susi: „Danke, dass ihr noch mal gekommen seid. Vorhin war eine Schwester da und meinte, der Arzt käme gleich."

Nicht viel später erschien einer der Ärzte und berichtete: „Die Operation hat relativ lange gedauert. Ich will versuchen, die Operation für Laien verständlich zu erklären. Zunächst, der Patient befindet sich nicht mehr in einer lebensbedrohlichen Situation. Trotzdem ist sein Zustand ernst. Das Messer hat die Bauchdecke durchstoßen, den Magen und Därme verletzt. Das wurde genäht und der Bauchraum gesäubert. Deshalb hat die Operation auch so lange gedauert. Zurzeit befindet sich der Patient bis zum Aufwachen aus der Narkose in einem separaten Raum neben dem Operationssaal und wird dann auf die Intensivstation verlegt. Sie können den Patienten vor morgen Früh nicht besuchen. So lange er auf der Intensivstation ist, dürfen sie ihn zweimal pro Tag kurz besuchen. Ansonsten steht Ihnen morgen ab elf Uhr der Professor für ein ausführliches Gespräch zur Verfügung."

Nina und Susi bedankten sich für die Information.

Dann fragte Susi: „Nina, willst du jetzt mitkommen, oder soll ich dich in Ingos Wohnung fahren?"

Nina: „Susi, ich komme mit zu euch. Jetzt allein in Ingos Wohnung, das traue ich mir noch nicht zu. Bei euch bin ich auch zu Hause."

Sie fuhren nach diesem so ereignisreichen Tag zurück in Susis Wohnung.

***

Am Donnerstagmorgen, nach dem Frühstück, fragte Susi Moritz: „Kannst du Nina und Saskia in die Klinik fahren, die wollen sicher Ingo besuchen und dann auch mit dem Professor sprechen. Falls es noch etwas in der Klinik zu regeln gibt, bitte tue das. Ich muss heute im Büro bleiben, denn Jens will mit mir zusammen die Umsätze durchgehen."

Moritz brummte sein Einverständnis und lachte dabei.

Susi an ihre Mutter gewandt: „Mama, jetzt hast du die Verantwortung für deine beiden Enkel und für unser Mittagessen. Ich bin um zwölf wieder zum Stillen hier und wahrscheinlich sind wir um eins zu fünft beim Mittagessen. Ich muss jetzt", und schon war Susi verschwunden.

In Susis Büro warteten schon Jens und Anton.

Jens meinte nur: „Bei dir war's ziemlich stressig, wie geht's Ingo?"

Susi konnte auch nichts Neues sagen, sie erzählte nur, was sie gestern noch vom Arzt erfahren hatten. Dann fragte sie: „Sagt mal, was führt euch denn so früh zu mir?"

Jens begann: „Susi, ich bin die Verkaufszahlen durchgegangen. Dabei fiel mir verschiedenes auf, das muss ich mit euch beiden besprechen."

Jens gab jedem ein Blatt Papier mit Zahlen und begann zu erklären:

„Unser US Geschäft ist zwar gut, aber das nur Dank der Militaria. Unser Stammgeschäft ist rückläufig und nur wegen der Großaufträge für die Kirchenausstattungen sind die Zahlen gut. Achtung, so gut wie keinen Verkäufe von Kopien der alten Meister. Unsere Filiale in St. Petersburg macht ausgezeichnete Geschäfte. Die Verkaufszahlen sind hervorragend.

Fast unsere gesamte Produktion aus Wuppertal ging bisher nach St. Petersburg.

Der Verkauf in Rom ist ebenfalls außergewöhnlich gut. Ein Großteil unserer Wiesbadener Produktion geht nach dort. Auch unser Atelier in Rom ist voll ausgelastet.

Der Verkauf hier in Wiesbaden und in Wuppertal ins Ausland ist eher etwas rückläufig aber noch nicht beängstigend.

Aber jetzt kommt's. Unser Verkauf innerhalb Deutschlands ist praktisch gleich Null. Das einzige was läuft, sind die Öldrucke und dazu noch ein paar Kunstdrucke. Unser Ladenverkauf in Wiesbaden ist zwar gut, aber die Käufer sind fast ausschließlich Ausländer. Der Galerieverkauf in Wuppertal ist gleich null. Allerdings ist der Verkauf von Holzschnitzereien in Wuppertal gut.

Lasst mich zusammenfassen. Wir haben eine Steigerung des Gesamtumsatzes von bisher mehr als hundert Prozent. Wenn das so weitergeht, erreichen wir bis Jahresende zweihundert Prozent, denn die umsatzstärksten Monate kommen noch. Das ist aber ausschließlich auf die Filialen in St. Petersburg und Rom zurückzuführen und auf den Verkauf von Holzschnitzereien. Auch der Umsatz von Öldrucken macht sich noch bemerkbar, aber der Verkauf unserer Stammerzeugnisse stagniert. Der Deutschlandumsatz ist von bisher zehn Prozent auf zwei Prozent gesunken."

Anton: „Unser Lager in Wiesbaden ist leer, es sind eigentlich nur noch Ladenhüter vorhanden. Wir produzieren hier in Wiesbaden wie die Wilden. Mehr geht im Moment nicht. In Wuppertal sieht es nicht anders aus. Ich habe mich mit Bart unterhalten, auch sein Lager ist leer. Die von der alten Galerie **artis opus** noch vorhandenen Kopien sind alle nach St. Petersburg gewandert. Nächste Woche fährt wieder ein LKW mit Exponaten nach St. Petersburg. Auch dort ist das Lager leer. Hans Ruppert mit seinen Holzschnitzereien verkauft gut.

Das Geschäft der Öldrucke wird zwar durch den Wegfall von zwei Fachkräften etwas zurückgehen, aber ich hoffe, dass wir bald Ersatz haben werden. Aber auch da haben wir Lieferzeiten von zurzeit sechs Wochen."

Jens: „Anton, das alles weiß ich und kann das auch an Hand der Zahlen sehen. Noch nie war unsere Liquidität so gut wie im Moment. Dadurch, dass unsere Lager leer sind, steigt logischerweise unsere Liquidität. Trotzdem ist die Entwicklung nicht gut. Ich meine, auf zwei Dinge sollten wir achten. Erstens, wie kriegen wir das Deutschlandgeschäft wieder in den Griff? Zweitens, was macht das US-Geschäft?"

Susi lachte: „Ihr seid wirklich gut. Wir steigern unseren Umsatz um hundert Prozent, unsere Lager sind leer und wir sollen unsere Umsätze steigern?

Jens du hast vollkommen recht. Wir müssen uns über die Entwicklung Gedanken machen. Ganz besonders über das Deutschlandgeschäft. Da machen wir was falsch.

Beim US-Geschäft ist das schon etwas anderes. Die haben keinen eigenen Direktverkauf, sie leben nur von Ausstellungen oder Kontakten. Ich werde mit Mike sprechen.

Was mir mehr Sorgen macht, wie können wir unsere Produktion steigern? Wir können unseren Leuten nicht zumuten, jedes Wochenende und jeden Feiertag zu arbeiten. Sicherlich wird das Kopieren von Gemälden durch die neue Kopierart schneller gehen.

Aber wie schaut es bei den Bilderrahmen aus? Ihr wisst, wir haben arbeitsaufwändige Rahmen im Programm. Da sehe ich noch keine Möglichkeit einer schnelleren Fertigung. Was meinst du, Anton?"

Anton: „Susi, vielleicht sollten wir noch mal mit Horst Gerkan in Wuppertal sprechen. Einige Rahmen beziehen wir von dort. Aber seine anderen Modelle passen für unsere Gemälde nicht. Sprichst du mal mit ihm? Vielleicht können wir einen neuen Weg finden. Was meinst du?"

Susi: „Okay, ich werde ihn heute oder morgen anrufen. Vielleicht findet sich eine Lösung. Gib mir nachher eine Liste, welche Bilderrahmenarten du brauchst und welche Größen. Ich weiß auch, dass er von uns geschnitzte Holzrahmen bezieht. Vielleicht passen die für unsere Bilder. Je schneller du mir die Liste gibst, umso rascher haben wir eine Antwort."

Jens: „Jetzt hab ich nur noch eine Kleinigkeit. Ich habe eine ganze Menge Festgeld bei der Bank. Wir nähern uns so langsam dem Jahresende und da sollten wir diese Festgeldbestände abbauen. Mit Hugo in St. Petersburg habe ich schon gesprochen, auch mit Carlo in Rom. Mit Mike werde ich noch sprechen. Ich brauche so einige à conto Rechnungen, sonst frisst uns die Steuer die Haare vom Kopf. Bitte denkt daran."

Susi bedankte sich bei beiden und sagte: „Ihr seid mir nicht böse, aber so langsam muss ich zu meinen beiden Süßen. Meine Mama hält sie zwar, aber stillen muss ich selbst."

Susi kam in ihre Wohnung und fand ihre Mutter bei den Zwillingen.

Susis Mutter erzählte: „Susanne, deine Kinder waren heute Morgen wirklich brav. Obwohl sie Zähnchen bekommen, haben sie sich kaum gerührt. Während du stillst, gehe ich in die Küche und helfe Saskia. Nina hat auch angerufen. Sie ist kurz vor eins zum Essen da."

Nina kam etwas früher von der Klinik. Sie erzählte, dass sie mit dem Professor gesprochen hätte. Die Operation sei gut verlaufen. Ingo müsste noch bis morgen auf der Intensivstation bleiben und käme dann auf Station. Da sie Krankenschwester sei, dürfe sie zu Ingo ins Zimmer. Man würde ein zusätzliches Bett hineinstellen. Dann kamen Nina die Tränen und sie sagte: „Ich bin ja so froh, dass die Operation gelungen und Ingo auf dem Weg der Besserung ist. Der Professor meint, wenn alles normal läuft, könne Ingo eventuell schon in vierzehn Tagen nach Hause entlassen werden. Euch allen danke ich für eure Hilfe."

Susi: „Nina, wir freuen uns mit dir und hoffen, dass Ingo schnell gesund wird.“

Kurz nachdem Susi in ihr Büro gekommen war, klopfte Anton und brachte die versprochene Liste mit den benötigten Bilderrahmengrößen.

Susi fragte Anton: „Hör mal, was wollte uns Jens heute Morgen eigentlich sagen? Wir haben den Umsatz um hundert Prozent gesteigert, du bist mit der Produktion voll ausgelastet. Alles läuft auf Hochtouren, wir haben keine Liquiditätsschwierigkeiten und trotzdem scheint sich Jens Sorgen zu machen. Was meinst du?“

Anton in seiner bedächtigen Art: „Ich glaube, Jens macht sich Sorgen, dass der Aufschwung unseres Unternehmens zu rasch vor sich geht. Da steht er nicht allein da. Auch Moritz ist dieser Meinung.

Du weißt, wir sind wirklich im Umbruch. Du gehst verkaufstechnisch neue Wege mit dem neuen Modell der eigenen Verkaufsausstellungen im Ausland, siehe Rom, St. Petersburg und jetzt noch Jerusalem, ich gehe ganz neue Wege in der Fertigung, neues Kopierverfahren, Öldrucke, Kunstdrucke, Holzschnitzerei in mechanischer Form, neue Technik bei den Ikonen.

Die bisherigen Techniken bei der Fayencenherstellung, bei Porzellan, bei Glas- oder Metallherstellung wie Zinn, Silber und so weiter, spielen so gut wie keine Rolle mehr.

Hugo und Olga in St. Petersburg machen uns vor, wie es auch bei uns laufen sollte, die haben ein breit gefächertes Angebot und gleichzeitig eine breit gefächerte Herstellung. Allerdings die haben es etwas einfacher, wenn bestimmte Gemälde besser laufen, so bestellen sie einfach bei uns und wir liefern. Das gleiche ist bei Rom der Fall. Die haben zwar ein eigenes Atelier, trotzdem liefern wir von hier aus.

Dadurch entstehen bei uns die Engpässe."

Susi lachte: „Anton, eigentlich kann uns nichts besseres passieren als die derzeitige Situation. Andererseits kannst du dich erinnern, wir haben uns immer gewünscht, endlich einmal einen Lagerbestand von 5 – 10 Exponaten je Einzelstück zu haben. Dafür fehlt uns heute alles. Wir kommen kaum mit der Produktion nach, zum anderen hätten wir hier in Wiesbaden noch nicht mal die Möglichkeit diese Exponate sachgemäß zu lagern. Noch nie waren wir so knapp an Betriebsräumen wie jetzt."

Anton: „Es ist noch schlimmer. In Maxims Atelier habe ich schon Boris untergebracht und zwei russische Künstler. Das wird ein bisschen helfen. Ausreichen wird es nicht. Wie schaut es eigentlich in Wuppertal mit Lagerraum aus? Meinst du, wir könnten eventuell die gesamte Bilderrahmenproduktion nach dort verlegen?"

Susi ernst: „Anton, du weißt, das ist nicht ganz einfach. Wir haben in Wuppertal noch Raummöglichkeiten, aber auch dort wird es enger, denke daran, wir bekommen einen Andruckautomaten und damit brauchen wir noch Platz für Schneidmaschinen, Papier und Leinenlager. Aber ich wollte ohnehin mit Horst Gerkan telefonieren. Vielleicht hat der noch Lagerkapazitäten die er uns eventuell anbieten kann. Bleib noch da, dann kannst du mithören."

Anton war damit einverstanden und so wählte Susi die Nummer von Horst Gerkan in Wuppertal an:

(Stimme) Erste Elberfelder Bilderrahmenfabrik Gerkan.

(Susi) Galerie Kaiser in Wiesbaden, könnten wir mit Herrn Gerkan sprechen?

(Stimme) Moment ich verbinde.

(Gerkan) Gerkan, Hallo, Frau Kaiser, was kann ich für Sie tun?

(Susi) Schön Sie zu erreichen. Sind Sie damit einverstanden, dass ich auf Konferenzschaltung gehe?

Neben mir sitzt Anton Jonas und wir haben ein beiderseitiges Anliegen.

(Gerkan) Selbstverständlich, um was geht es?

(Anton) Hier Jonas, Hallo, Herr Gerkan. Wir haben zwei Anliegen: Erst mal kommen wir mit der Rahmenfertigung nicht nach. Es handelt sich um besondere Rahmen aus unserem Gemäldeprogramm, die gegossen werden müssen und danach vergoldet. Ich gebe Ihnen jetzt die Details und Größen. Die Muster können Sie aus unserem Katalog entnehmen.

... dann gab Anton die Größen und die Muster durch ...

(Gerkan) Ich werde mir das ansehen und da wir wahrscheinlich einen Holzuntergrund haben müssen, werde ich mit Ihrem Herrn Ruppert darüber sprechen. Sollen wir das Vergolden machen oder wollen Sie das übernehmen?

(Anton) Das müssen wir noch vereinbaren, das ist eine Sache des Preises. Ich erwarte Ihr Angebot. Jetzt haben wir noch eine Frage. Wir sind in Wiesbaden am Ende unserer Lagerkapazitäten. Wir haben zwar noch Platz in unseren Räumen in Wuppertal, aber wir bekommen eine Andruckpresse für Öldrucke, damit im Zusammenhang natürlich die notwendigen Maschinen für Schneiden und so weiter. Unsere Frage, haben Sie bei sich eventuell noch Lageraumkapazitäten die Sie an uns vermieten könnten?

*(Gerkan) Ich war vor wenigen Tagen bei der Galerie **artis opus** und habe sowohl mit Paul und Bart als auch mit den Herren Hall und Ruppert gesprochen, weil ich bei Ihnen Lagerräume anmieten wollte. Alle vier Herren haben mir ähnliches wie Sie erzählt, dass man zwar im Moment noch Kapazitäten hätte, aber es würde zum Ende des Jahres eng. Ich nehme an, das beantwortet Ihre Frage. Auf gut deutsch, ich suche selbst Lagerraum.*

(Susi) Herr Gerkan, nur so eine Frage am Rande. Zwischen Ihrem und unseren Gebäuden steht doch die alte Fabrik. Ist die immer noch unverkauft? Kann man dort eventuell etwas anmieten?

(Gerkan) Anmieten nicht. Aber sie ist nach wie vor zu verkaufen. Ich habe mich selbst schon einmal dafür interessiert. Erst wollten sie eine Million, inzwischen ist man bei 600.000 Euro. Ich glaube, man könnte es für eine halbe Million kaufen. Aber, das Gebäude ist renovierungsbedürftig. Ich hätte sogar eine Bank, die das Ganze einschließlich der Renovierungsarbeiten bis zu einer Million finanzieren würde. Aber für mich allein ist das einfach zu viel.

(Susi) Wie hoch schätzen Sie die Renovierungskosten?

(Gerkan) Die brauche ich nicht zu schätzen, die weiß ich. Der polnische Architekt, der Ihre Räume umgebaut hat, machte mir ein Angebot. Es ist ein Betrag um die halbe Million. Zur Information, das Dach ist in Ordnung und der Keller ist trocken. Die Fenster sind verglast. Aber warum kommen Sie nicht mal und wir schauen uns die Räume an? Lagemäßig wäre das für uns beide ideal.

(Anton) Herr Gerkan, Sie haben recht, das sollten wir machen. Ich werde das mit Frau Kaiser besprechen. Sie wissen aber, dass wir das nicht allein entscheiden können. In jedem Fall werden Sie in dieser Angelegenheit von uns hören. Wann kann ich mit dem Bilderrahmenangebot rechnen?

(Gerkan) Ich nehme an, in wenigen Tagen. Ich melde mich, sobald ich die Preise habe. Ich bedanke mich für ihre Anfrage.

(Anton) Auch unsererseits vielen Dank und auf Wiedersehen.

(Susi) Tschüss, Herr Gerkan, bis demnächst.

(Gerkan) Tschüss!

Als sie aufgelegt hatten, hingen Susi und Anton einen Moment ihren Gedanken nach. Dann meinte Susi:

„Anton, so übel ist die Idee mit dem Kauf dieser anderen Gebäude gar nicht. Diese Gebäude müssten so eine Lagerfläche von mindestens 5.000 Quadratmeter haben. Außerdem sind in den Gebäuden zwei Warenlifte. Ob die funktionieren?

Keine Ahnung! Meinst du nicht, wir sollten Moritz zu diesem Gespräch holen?"

Anton war damit einverstanden und so rief Susi Moritz an; um ihn zu diesem Gespräch zu bitten. Wenige Minuten später war Moritz bei ihnen.

Als Moritz kam fragte er: „Na, wo brennt's bei euch?"

Susi: „Heute morgen war Jens hier, um uns mitzuteilen, dass unser Umsatz bis jetzt hundert Prozent besser ist als letztes Jahr. Außerdem hat er uns noch erzählt, dass Mike in USA praktisch kein Stammgeschäft mehr hat. Unser Deutschlandumsatz ist auf zwei Prozent geschrumpft und wir haben hohe liquide Finanzmittel, die wir verkleinern müssen, denn sonst zahlen wir uns tot an Steuern."

Moritz lachte: „Gute Zahlen, gute Finanzen und ihr macht euch Sorgen? Aber Spaß beiseite, irgendwo hat Jens schon recht. Was meint ihr denn?"

Anton: „Moritz, Susi und ich haben uns jetzt lange unterhalten. Ich stehe bei der Produktion praktisch mit dem Rücken an der Wand. Unsere Leute arbeiten wie die Bekloppten, jedes Wochenende und jeden Feiertag. Dazu kommt, je mehr wir produzieren, umso mehr Mitarbeiter brauchen wir. Je mehr Mitarbeiter wir haben, umso räumlich beengter werden wir. Wir beide, Susi und ich, dachten, in Wuppertal wäre noch genügend Raum zur Verfügung, aber auch das ist nicht mehr möglich. Wir haben bei Horst Gerkan nachgefragt, aber der sucht selbst."

Moritz: „Das hätte ich euch auch sagen können. Durch das Aufstellen der Andruckautomaten brauchen wir in Wuppertal viel Platz. Wenn ihr wollt, so kümmere ich mich darum. Wie viel Raum fehlt euch?"

Susi: „Moritz, das ist ganz einfach. Im Moment geht es gerade noch. Aber wir haben keinerlei Lagerhaltung mehr, da praktisch alles verkauft ist. In dem Moment, in dem wir wieder mit einer Lagerhaltung beginnen, und das müssen wir, dann wird es eng.

In diesem Zusammenhang hat uns Horst Gerkan erzählt, dass das große Gebäude, das zwischen unserem Anwesen und Gerkans Hallen liegt, noch immer leer steht. Gerkan hat sich erkundigt und die Verkäufer gehen von dem angedachten Verkaufspreis von einer Million Euro auf zirka 600.000 Euro herunter. Gerkan meint, man könnte sie sogar auf eine halbe Million drücken. Die Renovierungsarbeiten sind sicherlich enorm. Aber Gerkan hat sich mit dem polnischen Architekten unterhalten und der hat ein Angebot gemacht, das bei einer halben Million Euro liegt.

Vielleicht sollte man sich diese Gebäude einmal ansehen. Was hältst du davon, wenn du nächste Woche nach Wuppertal fährst? Dann kannst du dir zusammen mit Gerkan und eventuell dem polnischen Architekten die Gebäude genauer ansehen. Wenn Gerkan die eine Hälfte nähme und wir die andere, so wäre beiden geholfen. Was meinst du?“

Moritz: „Überredet. Ich schau mir das Ganze an. So, aber jetzt muss ich leider wieder in mein Büro. Wir sehen uns um sechs, wie immer. Tschüss ihr zwei.“

Als Moritz gegangen war, sagte Susi: „Anton, wenn Moritz das in den Händen hat, dann kommt das zum Klappen, wenn die Bedingungen vernünftig sind. Ende nächster Woche wissen wir mehr.“

Susi war schon etwas früher zum allabendlichen Aperitif gegangen. Es war nur Nina da, die Susi aufgeregt erzählte:

„Susi, heute Nachmittag war ich fast eine Stunde bei Ingo. Es war so schön, er hat zwar immer noch Schmerzen im Bauch, auch scheint er starke Schmerzmittel zu bekommen, aber morgen Nachmittag kommt er auf Station. Wie du gesagt hast, bekommt er ein Einzelzimmer und man stellt für mich noch ein Bett rein. Ich bin auch sicher, er wird wieder ganz gesund, wie der Professor heute Vormittag sagte.“

Nina und Susi waren noch am Eindecken der Gläser, als Maxim und Boris mit zwei russischen Künstlern kamen, die eingearbeitet wurden. Maxim wandte sich gleich an Susi:

„Susi, weißt du, dass wir die ganzen Ikonen, die wir hier fertigen, alle nach St. Petersburg schicken? Können die nicht selber welche machen? Die haben doch genügend Künstler, die so was anfertigen können."

Susi musste lachen: „Recht hast du Maxim, die produzieren auch ziemlich viel Ikonen, aber sie verkaufen auch doppelt so schnell. Ich habe heute Vormittag und auch heute Nachmittag mit Jens, Anton und Moritz zusammengesessen um das Problem zu lösen. Wir haben jetzt schon hundert Prozent mehr verkauft als im ganzen letzten Jahr. Wir liegen an der obersten Grenze unserer Auslastung, aber ich hoffe, wir hatten eine Idee das zu ändern."

„Ich sehe gerade Moritz kommen." Susi winkte Moritz heran und sagte dann: „Moritz, du fährst doch nächste Woche nach Wuppertal. Was hältst du davon, wenn du Maxim mit nach Wuppertal nimmst. Vielleicht entdeckt er etwas, das unser Fertigungstempo dort etwas beschleunigt."

Und zu Maxim gewandt: „Nicht, dass ich der Meinung bin, dass die Kollegen in Wuppertal zu langsam arbeiten, aber vielleicht finden wir einen Weg, die Produktion zu beschleunigen. Sage auch noch Anton Bescheid."

Susi sagte dann ein allgemeines Tschüss und verschwand nach oben in ihre Wohnung.

Hallo Mama, hallo Saskia, ich sehe schon, meine beiden Süßen schlafen. Wie geht es euch?"

Die beiden erzählten, dass sie sich gut unterhalten hätten und Susi meinte: „Mama, ich wollte dich nur kurz in Antons Galerie entführen. Die hast du noch nicht gesehen und bei der Gelegenheit können wir auch gleich Erika besuchen. Saskia, um acht Uhr sind wir wieder hier. Und um halb neun Abendessen wie immer."

Susi fuhr mit ihrer Mutter zu Antons Galerie. Als sie die sah, konnte sie fast nicht glauben, dass das auch zur Galerie Kaiser gehören würde. Susi stellte ihre Mutter den beiden Damen in der Galerie vor und ging dann nach oben zu Erika.

Erika begrüßte Susis Mutter herzlich und als Erika mit dem »Sie« anfangen wollte, kürzte Susi das ab: „Wir sind doch eine Familie, da ist man per Du. Also sagt doch ganz einfach Du zueinander."

Danach sagte Magda: „Erika, ihr habt aber eine hübsche Wohnung", Erika zeigte voller Stolz ihr zu Hause und lud zu einem Drink ein. Der kleine Mike schlief. Sie hatten noch nicht angetrunken, als Anton erschien.

Anton lachte: „Ihr wollt ohne mich saufen? Das gibt's nicht." Schon hatte er ein Glas in der Hand. Susi sagte nur kurz: „Mama und Erika sind schon per Du, jetzt fehlst du noch." So nahm Anton sein Glas, hob es und sagte: „Ich bin Anton" und Susis Mutter ganz schüchtern, „ich bin Magda." Sie prosteten sich zu.

Susi bemerkte: „Wir zwei sind nur auf einen Sprung vorbeigekommen. In einer halben Stunde muss ich wieder zur Fütterung meiner beiden Raubtiere zu Hause sein. Wir kommen ein andermal länger, da melden wir uns aber vorher an."

Auf dem Rückweg fragte Susis Mutter: „Erika ist doch die Tochter aus erster Ehe von Moritz. Und Anton? Von dem hast du doch schon erzählt, als du nach Wiesbaden kamst."

Susi lachend: „Richtig. Anton ist ein ganz lieber Kollege. Er ist mein Freund und mein Geschäftspartner. Alle dachten, aus uns wird mal ein Paar, aber daraus ist nichts geworden. Dafür ist es eine wundervolle Freundschaft."

Susi und ihre Mutter kamen rechtzeitig zurück. Die Zwillinge waren schon unruhig. Während des Stillens unterhielt sich Susi mit ihrer Mutter und die meinte: „Susanne, ich weiß auch nicht, aber bei euch ist das alles so unkompliziert und einfach. Auch euer Umgangston untereinander ist freundlich und liebenswürdig. Ich finde das sehr schön."

Susi: „Mama, eigentlich war das hier schon immer so. Das Schöne ist, wir helfen einander. Ich hoffe, du bleibst noch etwas und lernst die gesamte Mannschaft kennen."

Um halb neun kam Moritz mit Nina. Die sagte nur: „Wir kommen zum Abendessen. Unsere Russen haben sich in der Küche festgesoffen, ich gehe nachher runter und räume auf."

Moritz musste lachen: „Nina hat den richtigen Umgangston mit denen. Maxim ist heute wieder mal in Hochform."

Während des Abendessens unterhielten sie sich gut. Danach wollte Saskia noch die Küche aufräumen und Susis Mutter, Moritz und Susi zogen sich ins Wohnzimmer zurück.

Moritz fragte: „Magda, was trinkst du?" und Magda entschied sich für Weißwein.

Susi lachte: „Moritz, heute Abend nehme ich auch ein Glas Weißwein, ich stille doch bald ab. Unsere Zwillinge werden nicht mehr satt. Wir füttern sehr viel zu."

Dann sagte Magda: „Glaubt mir, ich habe Angst vor Samstag. Ich habe keine Ahnung wie Papa reagieren wird. Hier ist alles so einfach und schön, aber wenn ich an Limburg denke, wird mir angst und bange."

Moritz: „Magda, du musst nur ganz klar deine Meinung vertreten, dann hat dein Mann keine Chance. Du hast das Normalste der Welt gemacht, du hast deine Tochter besucht. Du wolltest außerdem die Angelegenheit mit dem Schreiben von Notar Zeiser klären. Auch das ist normal. Dein Mann hat sich falsch verhalten. Er hat dich praktisch vor die Tür gesetzt. Aber wenn er dabei bleibt, dann komme einfach hierher. Du weißt, wir haben Platz, wir haben dich gern und würden dich hier mit in unser Leben einbinden."

Susi: „Mama, Moritz hat recht, Papa hat jahrelang die Post von mir unterschlagen, er hat mich schlecht gemacht und er hat deine Tochter, nämlich mich, grundlos verdammt. Das ist Unrecht. Das musst du ihm sagen. Ich glaube, dass ihm das auch Dieter Zeiser sagen wird. Mama, springe über deinen Schatten und biete deinem Mann die Stirn. Du wirst sehen, er wird einlenken. Wenn er das nicht tut, dann ist ihm nicht zu helfen. In diesem Fall kommst du einfach zu uns, wie es dir Moritz angeboten hat. Außerdem hast du hier zwei Enkelchen, die eine Oma brauchen.“ Susi musste lachen: „und vielleicht kommen ja noch weitere hinzu?“

Susis Mutter: „Ihr wollt noch mehr Kinder? Habt ihr euch das überlegt?“

Susi: „Mama, ein ganz klares Ja. Uns sind zwar altersmäßig Grenzen gesetzt, aber wenn es noch möglich ist, so wollen sowohl Moritz als auch ich mindestens noch ein oder zwei Kinder.“

Magda fragte Moritz: „Bist du der gleichen Meinung?“

Moritz muss lachen: „Magda, ganz sicher. Hätte mir das jemand vor zwei Jahren vorausgesagt, den hätte ich ausgelacht. Aber seit ich hier in Wiesbaden bin, ist das für mich eine Selbstverständlichkeit.“

Es klopfte. Nina schaute herein, lachte und sagte, „Susi, Maxim und seine Kollegen haben sich festgesoffen. Wenn Frau Höhler ins Bett will, sollte ich sie nach unten bringen.“

***

Freitagmorgen war es wie immer hektisch. Als Susi in ihr Büro kam, klingelte bereits das Telefon. Jacques Claesen aus Brüssel war am Apparat.

(Susi) Hallo Herr Claesen, was kann ich für Sie tun?

(Claesen) Frau Kaiser, ich habe Ihnen doch von den beiden Herren erzählt, die sich Ihre Galerie in Rom angesehen haben und die stark an etwas ähnlichem in Ägypten interessiert sind. Sie wollten sich Ihre Galerie in St. Petersburg an-

schauen, aber man hat ihnen erzählt, das Visum würde mindestens vierzehn Tage dauern bis es erteilt wird. Haben Sie vielleicht Beziehungen wie man schneller an ein Touristenvisum herankommt?

(Susi) Herr Claesen, dazu müssten die beiden Herren nach hier kommen. Ich kann dann von hier aus mit dem Botschafter in Berlin sprechen. Außerdem ist es empfehlenswert, wenn die beiden Herren sich unsere Ausstellungen in Wiesbaden ansehen. Geben Sie mir die Namen der Herrschaften, damit ich Hotelzimmer reservieren kann.

(Claesen) Der eine Herr heißt Achmed HUSNI. Herr Husni hat in Gent studiert und spricht gut Deutsch. Der andere Herr heißt Hassan SHAKER, hat in London und München studiert, spricht sehr gut Deutsch.

(Susi) Ich will versuchen die Herrschaften im Ibis Hotel unterzubringen. Das liegt hier in der Nähe und ist preiswert. Wenn die Herren am Montag kommen, sollen Sie sich in der Ausstellung in der Taunusstraße melden. Frau Alena Konovalova wird sie führen. Sie wird sie zuerst zu mir bringen, damit ich die Angelegenheit mit den Visen klären kann. Ich erwarte die beiden Herren am Montagmorgen.

(Claesen) Frau Kaiser, herzlichen Dank.

(Susi) Tschüss Herr Claesen.

Susi bat eine ihrer Vorzimmerdamen die Reservierung vorzunehmen und Herrn Claesen zurückzurufen, dann sprach sie mit Alena um sie über den Besuch am Montagmorgen zu unterrichten.

Der restliche Vormittag verging wie im Fluge. Bevor Susi sich versah, war es zwölf. Susi ging nach oben in ihre Wohnung, wo zwei hungrige Babys auf sie warteten.

Während Susi stillte, erzählte Nina, dass sie noch früh auf der Intensivstation bei Ingo gewesen wäre. Ingo ginge es den Umständen entsprechend gut und er würde heute Nachmittag zwischen zwei und drei auf Station verlegt.

Sie hätte ihre Tasche schon gepackt.

Wenige Minuten später kam Moritz und Nina fragte ganz schüchtern: „Moritz, könntest du mich nach dem Mittagessen ins Krankenhaus fahren? Es wäre schön, wenn ich jemanden dabei hätte, falls das mit dem Einzelzimmer und meinem Zusatzbett nicht klappt."

Moritz musste lachen: „Nina, logisch fahre ich dich und helfe dir auch. Außerdem will ich Ingo auch gerne besuchen. Wir fahren gleich nach dem Mittagessen."

Während des Essens fragte Susi ihre Mutter: „Mama, hast du heute Nachmittag irgendetwas vor? Ich wollte mit dir zum Friedhof gehen und dir die Grabstätte von Max, meinem ersten Mann zeigen. Danach haben wir vielleicht noch Zeit, einen Besuch bei Maxim in seinem Atelier zu machen und bei Petra Leekpai vorbeizuschauen."

„Kind, du musst dir doch wegen mir keine so großen Umstände machen. Aber ich habe weiter nichts vor. Saskia ist bei den Zwillingen."

Nach dem Mittagessen löste sich die Runde schnell auf. Moritz fuhr mit Nina in die Klinik und Susi fuhr mit ihrer Mutter zum Friedhof.

Lange stand Susi mit ihrer Mutter vor dem Grab von Max und Otto. Dann erklärte Susi wer Otto Unger war.

„Weißt du, Otto war der Gründer der Galerie Kaiser. Ihm gehörte eigentlich alles. Für mich war Otto so etwas wie mein Opa und ein guter, väterlicher Freund. Schon am Anfang hatte mich Otto unter seine Fittiche genommen. Er hat mir geholfen, meine erste Bude einzurichten. Die war da, wo heute meine Wohnung ist. Nur damals war das ein Speicher und ich hatte das kleine Zimmer, in dem heute Saskia schläft. Dazu gab es noch eine alte Dusche mit Klo. Otto hat mir die Porzellanmalerei beigebracht und das Kopieren von Bildern erklärt. Mit Otto konnte ich alles besprechen. So kam er eines Tages und hat mich gefragt, was zwischen Max und mir wäre, dabei war da gar nichts. Er hat mich darauf aufmerksam gemacht, dass Max und ich wie zwei liebeskranke Hühner herumlaufen. Mein erster Mann Max hat sich nicht getraut, mir seine Zuneigung zu gestehen und ich hätte mich nie gewagt Max zu sagen, dass ich ihn gern habe. Erst Otto hat das ermöglicht.

Susis Mutter fragte dazwischen: „War das damals, als du Weihnachten nicht nach Hause kamst?"

„Ja, an diesem Heiligen Abend habe ich Max gebeichtet, dass ich ihn gern habe und auch er hat mir seine Zuneigung gestanden. Da war ich schon fünf Jahre bei der Galerie Kaiser. Wir haben uns rasch verlobt.

Dann folgten Jahre wie im Traum. Ich hatte Max sehr gern und er mich auch. Aber unser Glück sollte nicht lange dauern. Max bekam Krebs. Es folgte eine lange Krankheitsperiode. Endlich war er wieder auf den Beinen und wir heirateten. Ein Jahr nach unserer Heirat kam der Krebs wieder. Wir kämpften wie die Löwen. Es wurde alles versucht, aber wir haben den Kampf verloren. Der Tod von Max hat mich sehr getroffen und ich wollte eigentlich nicht mehr leben. Anton und ich haben dann fünf Jahre wie die Brunnenputzer gearbeitet, um unser Unternehmen so aufzubauen, wie es heute ist."

Susis Mutter fragte wieder: „Nur du und Anton habt das aufgebaut?"

„Nachdem Max gestorben war, haben nicht nur ich und Anton, sondern alle daran gearbeitet, dass wir nicht nur überlebt haben, sondern dass wir so erfolgreich waren. Nach fünf Jahren wollte ich endlich einmal Urlaub machen. Ich war urlaubsreif. Ich hatte meine Reise schon festgelegt, ging noch auf einen Drink in die Bar eines Hotels. Als ich mich umdrehte, sah ich ein paar Tische weiter Max sitzen. Ich fing an zu zittern, denn ich wusste ja, Max war tot. Ich konnte mich erinnern, dass Max immer von einem Zwillingsbruder sprach, der in den Nachkriegswirren verloren gegangen war. Also ging ich an den Tisch dieses Mannes und es stellte sich rasch heraus, dass es tatsächlich der Zwillingsbruder von Max war, nämlich Moritz. Die Gene von Moritz waren anscheinend gleich, denn wir verliebten uns rasch ineinander. Moritz ist wie Max und Max war wie Moritz. Moritzens Tochter – Erika – hast du gestern kennengelernt und Erich, seinen Sohn wirst du noch kennenlernen. Alle zusammen sind wir eine Familie.

So jetzt kennst du in Kurzform meine Geschichte. Für mich war es bisher schmerzlich, dass ich keine Eltern hatte."

Susi umarmte ihre Mutter: „Aber eine Mama habe ich jetzt wieder. Das ist ein wunderbares Gefühl. … Wenn immer ich vor dem Grab von Otto und Max stehe, muss ich ein paar Worte mit ihnen reden. Das ist ein Bedürfnis. Sei also nicht erstaunt."

Susi trat einen Schritt vor und begann leise:

„Lieber Otto, lieber Max, danke euch, dass ihr mir meine Mutter geschickt habt. Ich bitte euch, macht es morgen für Mama in Limburg nicht gar zu schlimm. Vielleicht ist es euch möglich, Papa dahingehend zu beeinflussen, dass er nicht schlecht von mir denkt. Ich danke euch vielmals für eure Hilfe. Für euch beide einen Kuss. Tschüss ihr beiden."

Susi trat zurück, blieb noch einen Moment stehen, hängte sich bei ihrer Mutter ein und sie verließen den Friedhof.

Als sie wieder im Auto waren, sagte Susis Mutter: „Das hat mich jetzt berührt, wie du mit den beiden gesprochen hast. Was sagt denn Moritz dazu wenn du mit deinem ersten Mann sprichst?"

Susi erstaunt: „Mama, was soll er denn dazu sagen? Erstens ist es sein Zwillingsbruder und zweitens hat er großes Verständnis dafür, dass ich mich noch mit ihm unterhalte. Ich habe Moritz auch ans Grab mitgenommen bevor wir zueinander fanden und habe Max gefragt. Ich weiß, es kommt vielen komisch vor, aber ich meine, Max und auch Otto hören mich und leiten mich.

So, jetzt fahren wir in das Atelier von Maxim. Dort baut Maxim seine Kirchenausstattungen. Er ist ein großer Künstler auf diesem Gebiet."

Als sie zu Maxim ins Atelier kamen, war dieser gerade dabei, die Wand einer Ikonostase aufzurichten. Er begrüßte Susi und ihre Mutter und sagte: „Mamutschka, schön, dass du gekommen bist. Lass dir erklären was wir hier machen. Hier oben in meinem Atelier machen wir nur heilige Sachen. Die beiden Herren dort hinten fertigen Ikonen nach der Anweisung von Boris. Diese Ikonen werden entweder für Kirchen verwandt oder für den sogenannten Hausaltar. Wir machen hier eine Ikonostase. Das ist die Zwischenwand in einer orthodoxen Kirche, die den Raum der Gläubigen und den der Priester teilt. Dieses Stück, das wir im Moment fertigen, ist besonders teuer, da die Wände mit echtem Gold verkleidet werden.

Die Ikonen, die die beiden Herren dort hinten machen, sind für die gleiche Kirchengemeinde bestimmt. Die Kirche weiht diese und verkauft sie an die Gläubigen der Gemeinde."

Susis Mutter hatte noch Fragen, aber Susi drängte zum Aufbruch.

So sagte Maxim: „Mamutschka, wenn du wieder hier bist, sei herzlich eingeladen. Meine Frau und ich würden uns freuen, wenn du einen Abend mit uns verbringen würdest. Außerdem kennst du die Wohnung von Boris nicht und auch nicht von Franz und Alena. Also versprochen, du kommst!"

Susis Mutter bedankte sich und Susi sagte zu allen Tschüss und sie verließen Maxims Atelier.

Sie gingen in das Nachbarhaus und Susi sagte: „Wir gehen jetzt zur Familie Leekpai. Herr Leekpai ist einer unserer

Kunstwissenschaftler. Ich will dich nur kurz vorstellen." Es folgte eine herzliche Begrüßung durch Petra. Sie stellte ihre Kinder vor, die gerade bei ihren Schulaufgaben waren. Zuletzt warfen sie einen Blick in das Kinderzimmer in dem Anna und Ben spielten. Und Petra erklärte dazu: „Anna und Ben, unsere beiden Lieblinge. Die beiden sind unzertrennlich und ganz lieb dazu."

Als Susi mit ihrer Mutter in die Wohnung zurückkam, fanden sie diese leer. So gingen sie nach unten in den 4. Stock wo das abendliche Treffen bereits im Gange war. Saskia hatte die Zwillinge mit nach unten genommen und sie in Moritzens Büro gestellt. Beide schliefen friedlich. Saskia hatte sich um die Getränke gekümmert. Susis Mutter war schnell in die Gespräche mit eingebunden.

Gegen halb acht nahm Susi ihre Zwillinge und ging nach oben in ihre Wohnung. Ihre Mutter folgte und meinte: „Susi, bei euch verfliegt die Zeit nur so. Ich hab mich so gut unterhalten, aber jetzt wollte ich doch bei dir sein, während du deine Süßen stillst." Sie unterhielten sich noch und als Susi fertig gestillt hatte, machte sie zusammen mit ihrer Mutter Abendbrot.

Nach dem Abendessen ging Saskia noch mal nach unten, um aufzuräumen und Susi, ihre Mutter und Moritz zogen sich ins Wohnzimmer zurück. Moritz meinte, der Weißwein hat euch gestern Abend geschmeckt, dann nehmen wir ihn doch noch mal. Als eingegossen war, hob Moritz sein Glas und sagte:

„Liebe Magda, es ist schön, dass du da bist. Ich kann mir gar nicht vorstellen wie es sein wird, wenn du auf einmal nicht mehr hier bist. Aber wie dem auch sei, wenn du Morgen nicht wieder zurückkommst, dann hoffe ich, du kommst bald mal wieder. Und wenn du morgen Abend wieder mitkommst, dann brechen wir einer Flasche Schampus den Hals. Dir wünsche ich für morgen Nachmittag alles Gute und einen glücklichen Ausgang der Gespräche."

***

Samstagmorgen. Noch während des Frühstücks sagte Susi, dass sie ihre Mutter zu einem Bummel durch die Stadt entführen würde. Gegen zwölf wollte sie wieder zurück sein. Notar Zeiser wollte Magda um halb zwei abholen.

Dann meinte sie: „Saskia, heute Nachmittag übernehme ich die Zwillinge und wenn du willst, auch heute Nacht. Du gehst sicher zu deinem Bruder in die Klinik. Wenn du morgen was vorhast, so kannst du dir frei nehmen."

Saskia: „Also zu Ingo gehe ich heute Nachmittag gerne. Susi, du kommst um zwölf zum Stillen und ich mache das Mittagessen für halb eins. Viel Spaß beim Stadtbummel."

Susi war mit ihrer Mutter durch die Einkaufsstraßen von Wiesbaden gegangen, sie hatten in einem Café ein Eis gegessen und danach sagte Susi:

„Mama, ich würde dir gerne ein Andenken an die paar Tage in Wiesbaden kaufen. Was wünschst du dir denn. Schmuck oder eine Handtasche oder etwas zum Anziehen. Ich habe so überhaupt keine Ahnung, womit ich dir eine Freude machen kann."

„Aber Kind, das ist doch nicht notwendig. Ihr habt schon so viel für mich getan, ich hab doch alles."

Susi: „Mama, aber das sind keine Andenken. Wenn ich mir so deine Handtasche ansehe, könnte ich mir vorstellen, dass du vielleicht gerne mal eine neue Tasche hättest. Sieh mal, da ist gerade ein Geschäft, komm, lass uns schauen, ob wir nicht etwas für dich finden."

Trotz des Protestes von Susis Mutter betraten sie das Geschäft und schnell wusste Susi, wie sie den Widerstand ihrer Mutter brechen konnte. Letztendlich konnte Susi ihre Mutter überzeugen und kaufte eine wunderschöne Handtasche, ein italienisches Modell, sehr elegant. Man konnte sehen, wie sehr sich Susis Mutter darüber freute. Danach bummelten sie weiter, aber die Zeit setzte Grenzen, denn Susi musste um zwölf zurück sein. Susi stillte ihre beiden Süßen und danach hatte Saskia das Mittagessen fertig.

Wie jedes Abschiedsessen, so war auch dieses etwas wehmütig und Moritz sagte zum Abschluss: „Magda, bitte komme bald wieder, du wirst uns fehlen."

Limburg /Lahn

Pünktlich um halb zwei hatte Notar Dieter Zeiser Susis Mutter abgeholt und sie fuhren nach Limburg. In Limburg dirigierte Susis Mutter Herrn Zeiser zu ihrem Haus. Es war ein Mehrfamilienhaus, in welchem im ersten Stock die Familie Höhler ihre Wohnung hatte.

Die beiden gingen nach oben und klingelten an der Wohnungstür. Die Tür wurde geöffnet und ein Mittsechziger – Herr Höhler – begrüßte seine Frau: „Dass du dich noch hertraust!" und zu Herrn Zeiser gewandt: „Wer ist denn das?"

Dieter Zeiser: „Mein Name ist Dieter Zeiser, ich wurde gebeten Ihre Frau nach hier zu begleiten. Ich bin der Notar, der Ihnen hinsichtlich Ihrer Tochter geschrieben hat. Wollen Sie uns nicht hereinbitten?"

Herr Höhler etwas nervös: „Entschuldigung, bitte sehr." Er machte eine entsprechende Handbewegung.

Sie traten ein und Herr Höhler geleitete sie rechts in ein Wohnzimmer und bat Platz zu nehmen.

Notar Zeiser begann: „Herr Höhler, ich bin zu Ihnen gekommen um in der Angelegenheit Susanne Kaiser zu einer gütlichen Lösung zu kommen. Es stehen hier zwei Dinge im Raum. Erst mal das seit Jahren andauernde Zerwürfnis zwischen Ihnen und Ihrer Tochter Susanne und dann Ihr Schreiben, in welchem Sie Ihre Tochter verleumdet haben. Ihre Frau hat etwas sehr gut Nachvollziehbares getan und hat den direkten Kontakt zu Ihrer Tochter hergestellt, indem Sie sie besucht hat. Soweit ich gehört habe, waren Sie damit nicht einverstanden."

Herr Höhler: „Herr Notar, ich war gestern bei einem Anwalt und habe mich beraten lassen. Auch er hat gemeint, dass ich ein direktes Gespräch suchen soll."

Frau Höhler: „Johannes, warum müssen wir gleich Anwälte haben. Susanne ist doch unser Kind. Ich war jetzt einige Tage bei ihr und muss dir sagen, sie ist ein sehr liebenswertes Kind. Die ganze Umgebung in der sie lebt und arbeitet ist einwandfrei. Susanne ist eine fleißige Frau, eine gute Mutter und eine erfolgreiche Geschäftsfrau. Alles was ich in den letzten Jahren von dir über Susanne gehört habe, das stimmt einfach nicht. Wir hätten uns seinerzeit besser erkundigen sollen. Das ist meine heutige Meinung."

Herr Höhler aufbrausend: „Magda, das hab ich doch getan. Ich war in Wiesbaden und habe mich erkundigt. Dort hat man mir erzählt, dass sich Susanne in Nachtclubs herumtreibt und Bekanntschaften mit älteren Männern hat."

Hier mischte sich Notar Zeiser ein: „Herr Höhler, ich weiß nicht, woher Sie Ihre Informationen haben. Diese stimmen nicht. Ich kenne Frau Kaiser so lange sie in Wiesbaden ist. Susanne kam zur Galerie Kaiser weil sie einen Job suchte. Man hat sie praktisch als Putzfrau eingestellt und ab und zu durfte sie bei Verkaufsausstellungen helfen.

Dann las die unbedarfte Susanne eine Anzeige, bei der eine Barfrau gesucht wurde. Sie konnte sich nichts darunter vorstellen. Die Kollegen wussten gleich worum es dabei ging, so hat man Susanne nicht gewarnt, sondern man hat vereinbart, sie nach zwei Stunden Dienst dort herauszuholen. Das hat Max dann auch getan.

Sie war also insgesamt zwei Stunden in einer Nachtbar.

Am nächsten Tag haben wir ihr angeboten, entweder ein Stipendium unserer Galerie anzunehmen, oder den Hausmeisterposten in der Taunusstraße zu übernehmen. Sie hat sich für den Hausmeisterposten entschieden. Das war neben ihrem Studium eine harte Arbeit. Susi hatte ein winziges Mansardenzimmerchen, viel Arbeit und wenig Geld. Trotzdem zog sie ihr Studium durch.

Unser damaliger Senior – der Begründer der Galerie – mochte sie auch gut leiden und hat Susanne das Kopieren beigebracht. Als sie das Studium beendet hatte, übernahmen wir sie als Kopistin, später als Sachbearbeiterin im Büro. Jeder mochte Susi sehr gern.

Alle konnten damals sehen, dass Susi ihren damaligen Chef, Herrn Max Kaiser verehrte. Umgekehrt sah Max Kaiser Susanne sehr gerne. Erst der Senior bei uns brachte es fertig, dass sich die beiden an einem Weihnachtsfest ihre gegenseitige Zuneigung gestanden. Es wurde ein Traumpaar. Ihr einziger Wermutstropfen war, dass Susannes Eltern, nämlich Sie, die beiden zu Hause rausgeworfen haben.

Max Kaiser erkrankte an Krebs und Susanne hat ihren Mann aufopferungsvoll bis zum letzten Tag gepflegt. Max Kaiser starb. Wieder hat sie vergebens gehofft, ihre Eltern würden wenigstens zur Beerdigung kommen.

Dann begann für Susi eine ganz harte Zeit. Die Geschäfte gingen nicht so wie sie sollten und da ist Susi über sich selbst hinausgewachsen. Sie hat zusammen mit ihrem Geschäftspartner Anton aus der Galerie Kaiser ein Weltunternehmen gemacht. Fünf Jahre haben die beiden wie die Wilden gearbeitet und endlich wollte Susanne mal ausspannen.

Am Vorabend dieses Urlaubs sah sie in einer Hotelbar einen Mann der wie ihr Ehemann Max ausschaute. Schnell stellte sich heraus, dass es der verschollene Zwillingsbruder von Max war. Moritz, so war sein Name, schaute nicht nur aus wie sein Bruder, er war auch wie sein Bruder. Niemand bei uns hat sich gewundert, dass sich Susanne in ihn verliebte. Wieder haben die beiden versucht Ihren Segen zur Verlobung zu bekommen und wieder wurde der versagt.

Man hat Sie zur Hochzeit eingeladen. Es kamen sowohl der Ministerpräsident des Landes als auch der Oberbürgermeister der Stadt Wiesbaden; nur Susannes Eltern fehlten. Als dann die Zwillinge Max und Moritz geboren wurden, hat man Sie benachrichtigt. Oma und Opa rührten sich nicht. Dann kam die feierliche Taufe im Mainzer Dom. Der Erzbischof selbst führte die Taufe durch. Opa und Oma waren eingeladen. Aber Sie negierten die Einladung.

So, und jetzt kommt das Schlimmste, was einem Kind seitens der Eltern passieren kann. Anlässlich einer Mitgliederversammlung unter Anwesenheit nahezu aller Mitarbeiter, wurde vor Susanne öffentlich ein Brief vorgelesen, der sie praktisch als leichtes Mädchen darstellte. Der Brief stammte von Ihnen, Herr Höhler.“

Herr Höhler: „Von meiner Warte aus war es schon etwas anders. Susanne hatte schon immer ihren eigenen Kopf. Wir schickten sie auf die hiesige Marienschule. Dort machte sie im Anschluss noch die höhere Handelsschule. Danach eine Lehre in einer Kunsthandlung. Die hätten sie auch als Angestellte übernommen. Unsere drei Jungen studierten damals und als Susanne kam und sagte, sie wolle die Kunstfachschule in Wiesbaden besuchen, da haben wir ihr erklärt, dass wir zwar das Schulgeld bezahlen könnten und eventuell die Bahnfahrt, mehr aber nicht.

Susanne wollte aber unbedingt in Wiesbaden wohnen. Sie setzte ihren Kopf durch und zog nach Wiesbaden. Monate später hatten wir eine Meinungsverschiedenheit und so ließ ich die Geldzahlungen weg. Von da an wurden ihre Besuche bei uns immer seltener.

Ich fuhr dann nach ungefähr vier Jahren einmal nach Wiesbaden um zu sehen wie Susanne wohnt und was sie macht. Ich konnte sie nicht finden. In dem Haus Taunusstraße traf ich einen Mann mit dem ich mich unterhielt und der erzählte mir, dass Susanne in einer Nachtbar arbeiten würde und sich mit älteren Männern herumtreibt. Wortwörtlich sagte er: Die schläft doch jetzt, wer weiß bei welchen Männern."

Notar Zeiser: „Herr Höhler, sie wissen sicherlich die Adresse dieses Herrn, damit wir gegen ihn wegen Verleumdung vorgehen können."

Herr Höhler: „Bedauerlicherweise habe ich weder den Namen noch die Adresse dieses Herrn. Er sah aber sehr glaubwürdig aus."

Frau Höhler: „Johannes, du hast irgendeinem dahergelaufenen Mann diese Geschichte geglaubt, hast weder Namen noch hast du Adresse dieses Herrn? Das kann doch nicht wahr sein. Wie naiv bist du eigentlich? Du hast auch Susanne nicht weiter gesucht, hast sie auch nicht zur Rede gestellt? Aufgrund des Geschwafels von irgendeinem Menschen haben wir unsere Tochter des Hauses verwiesen. Du hast mir ihre Briefe unterschlagen, die Einladungen, die Nachrichten. Ist dir eigentlich bewusst, was du angerichtet hast?"

Herr Höhler: „Na, ganz so ist es nun wieder nicht. Vor vier oder fünf Wochen war ein Herr bei mir, der mir genau dasselbe erzählt hat. Diesmal habe ich nicht nur die Adresse, er hat mir das sogar handschriftlich bestätigt."

Herr Höhler kramte in einem Stoß Papier und förderte einen handschriftlichen Zettel zu Tage und überreichte ihn Notar Zeiser.

Dieser las, entnahm seinerseits seiner Mappe eine Akte: „Lieber Herr Höhler, der Herr der bei Ihnen war, ein gewisser Peter Wahl, ist uns sehr gut bekannt. Ich gebe Ihnen jetzt die Kopie eines Auslieferungsersuchens der russischen Förderation zur Kenntnis. Herr Peter Wahl ist in St. Petersburg angeklagt wegen Bildung einer kriminellen Vereinigung, wegen

Verbringung russischen Kulturgutes in das Ausland, wegen Menschenraubs und Verschleppung, Begünstigung, der Strafvereitelung, der Hehlerei, des Betrugs und der Untreue.

Aber bitte, lesen Sie selbst."

Als Herr Höhler gelesen hatte, sagte Notar Zeiser: „Herr Wahl ist ein Gauner. Die Galerie Kaiser ist ein Konkurrent und seine Absicht war, die Geschäftsleitung unmöglich zu machen. Das wäre beinahe geglückt. Ich versichere, dass an den Behauptungen von Herrn Wahl nicht das Geringste wahr ist. Sie sind einem Betrüger aufgesessen."

Frau Höhler: „Johannes, jeder macht mal Fehler, wir haben einen ganz großen Fehler gemacht. Wir hätten früher mit Susanne sprechen müssen. Wir haben unser Kind unheimlich verletzt. Wir sind an der Reihe das wiedergutzumachen. Wir haben eine außergewöhnliche Tochter. Johannes, bitte, gib deinem Herzen einen Stoß, wir müssen das gleich machen, nicht erst wieder endlos warten. Notar Zeiser fährt jetzt zurück nach Wiesbaden, da können wir eventuell mitfahren und wir beide können uns gemeinsam bei Susanne und ihrem Mann entschuldigen. Du wirst sehen, es sind ganz wundervolle Menschen. Bitte Johannes!"

Notar Zeiser: „Das wäre eine Lösung der Angelegenheit, die ich begrüßen würde. So könnte ich das angedrohte Verfahren wegen übler Nachrede und Verleumdung einstellen und außerdem weiß ich, dass sich Susanne, sehr darüber freuen würde. Ich nehme Sie gerne mit nach Wiesbaden."

Herr Höhler: „Und wie kommen wir nach hier zurück?"

Frau Höhler lachte: „Johannes, du packst deinen Schlafanzug ein. Morgen oder übermorgen bringt uns sicher Moritz oder Susanne zurück."

Herr Höhler konnte nicht so richtig über seinen Schatten springen. Er suchte noch nach Ausreden um den Gang nach Kanossa zu vermeiden. Aber sowohl seine Frau als auch Notar Zeiser setzten ihm zu, so dass ihm letztlich nichts anderes blieb, als zuzustimmen. So sagte er:

„Magda, damit du endlich Ruhe gibst. Gut, ich fahre mit, aber es fällt mir wirklich schwer. Mein Anwalt hat mir gestern gesagt, ich solle eine gütliche Regelung suchen und außerdem, Susanne ist unser Mädchen.“

Notar Zeiser musste lachen: „Herr Höhler, von einem kleinen Mädchen ist da nicht viel übrig. Susanne – oder wie wir sagen, unsere Susi – ist eine knallharte Geschäftsfrau mit einem großen Herzen. Sie haben sicher ein Telefon, damit ich Susi mitteilen kann, dass ich Sie beide mitbringen werde. Susi und Moritz werden sich sehr freuen.“

Während das Ehepaar Höhler rasch seine Sachen packte, telefonierte Dieter Zeiser mit Susi. Als er aufgelegt hatte meinte er: „Mit Ihrem Besuch machen Sie Ihrer Tochter eine sehr große Freude.“

Wiesbaden

Während der Fahrt von Limburg nach Wiesbaden erzählte Susis Mutter ihrem Mann von der großen Gastfreundschaft allen gegenüber, der schönen Wohnung und der großzügigen Verhaltensweise ihrer Tochter und ihres Mannes. Sie vergaß nicht die Enkelchen Max und Moritz, die sie besonders ins Herz geschlossen zu haben schien. In knapp einer Stunde waren sie in Wiesbaden und Notar Zeiser sagte nur, ich fahre in den Hof und bringe Sie nach oben.

Herr Höhler fragte: „Wohnte Susi schon immer hier? Das kommt mir ganz fremd vor.“

Notar Zeiser: „Ja, anfangs in einem kleinen Zimmerchen in der Mansarde. Später wurde die zur Wohnung umgebaut.“

Herr Höhler: „Ich muss mir das morgen genauer ansehen. Ich war seinerzeit anscheinend in einem anderen Haus. Hier war ich noch nie.“

Der Notar begleitete sie zum Lift, sie fuhren nach oben in den 4. Stock und gingen die letzte Treppe in die fünfte Etage.

In der Wohnungstür standen Susi und Moritz und begrüßten die drei.

Moritz nahm die kleinen Köfferchen des Ehepaares Höhler und stellte diese beiseite, dann begleitete er die Herrschaften ins Wohnzimmer. Sie hatten schon Sektgläser vorbereitet, Moritz schenkte ein und sagte: „Liebe Magda, liebe Susi, lieber Herr Höhler und lieber Dieter, das ist ein besonderer Moment. Die Eltern meiner Frau und meine Frau haben sich nach über zehn Jahren wieder gefunden. Alle mussten dabei sicher über ihren Schatten springen und sich zu diesem Schritt überwinden. Dafür danke ich euch. Ich will keine lange Rede halten, ein herzliches Willkommen der Oma und dem Opa unserer Kinder Max und Moritz. Es ist erfreulich, dass meine Frau wieder Eltern hat und ich Schwiegereltern. Lasst uns darauf anstoßen."

Sie erhoben die Gläser, stießen an. Es war ein feierlicher Moment. Magda umarmte ihre Tochter, dann gab sie Moritz einen Kuss auf die Wange und dann Dieter die Hand und bedankte sich bei ihm.

Herr Höhler etwas schüchtern: „Herr Kaiser, danke für die freundlichen Worte" und zu Susi gewandt: „Susanne, danke für den herzlichen Empfang." Bei Notar Zeiser bedankte er sich für das Gespräch am heutigen Nachmittag.

Als Moritz zum Sitzen einlud, schlug dies Notar Zeiser aus. Er sagte: „Ihr seid mir nicht böse, aber ich muss ganz einfach nach Hause." Danach verabschiedete er sich rasch.

Als sie sich gesetzt hatten meinte Moritz: „Wir sind jetzt wieder eine Familie. Es ist üblich und unkomplizierter, wenn man innerhalb der Familie per Du ist. Herr Höhler, ich bin Moritz" und Herr Höhler schüchtern: „Ich heiße Johannes."

So war man schnell beim Du und Moritz nahm Johannes mit in den vierten Stock um ihm die Gästezimmer zu zeigen.

Als sie wieder nach oben kamen, fanden sie Susi und Magda bei den Zwillingen. Auch die wurden bewundert, dann kam Saskia. Sie wurde Susis Eltern vorgestellt.

Sie hatten vereinbart, dass Saskia sich um das Abendessen kümmert, während Susi und ihre Mutter die Zwillinge fütterten. Moritz unterhielt sich angeregt mit Johannes. Anschließend aßen sie zusammen Abendbrot.

Danach gingen Susi und ihre Eltern mit Moritz ins Wohnzimmer. Moritz bot Wein an und sie nahmen Weißwein.

Anfangs war die Unterhaltung etwas stockend, bis Susis Vater sagte: „Susanne, ich muss mich bei dir entschuldigen. Als ich vor über zehn Jahren hier war um dich zu besuchen, war ich in einem ganz anderen Haus. Was mir ein sicher seriös aussehender Mann über dich erzählte, war entweder ein Märchen oder es handelte sich um eine ganz andere Person. Kind entschuldige. Dann kam noch dieser Herr Wahl und bestätigte das, so glaubte ich, dass du auf die schiefe Bahn geraten bist. Verzeih mir."

Susi ernst: „Papa, es ist wunderschön, dass du da bist. Es ist noch schöner, dass du mit Mama hier bist, und es ist einfach wunderbar, dass Max und Moritz jetzt wieder Großeltern haben. Ich glaube es ist am besten, wenn wir die Vergangenheit einfach vergessen."

Nun erzählten Susis Eltern, dass der älteste Bruder Theo sein Studium in Köln abgeschlossen hätte und wäre dann zu Bayer gegangen. Da ist er heute noch. Er hätte spät geheiratet, aber die Ehe sei kinderlos. Der Kontakt sei sehr sporadisch. Anders wäre es bei dem Bruder Oliver. Er hätte in Frankfurt studiert, sei Lehrer geworden und unterrichte an einem Gymnasium in Frankfurt. Er ist mit einer netten Frau verheiratet, die auch Lehrerin ist. Die beiden hätten zwei liebe Kinder.

Magda schwärmte: „Olivers Kinder sind ganz goldig. So oft ich kann, bin ich dort. Schade, dass sie so eine kleine Wohnung haben. Aber die Kinder sind oft bei uns. Sie sind mein ganzes Glück. Auch mit meiner Schwiegertochter verstehe ich mich gut."

Susi fragte: „Mama, und wie geht es Tommi?"

Magda bekam einen traurigen Blick und sagte langsam: „Susanne, das soll dir Papa erzählen."

Johannes schluckte, schaute kurz um sich, so als suche er Hilfe und begann: „Susanne, rückblickend glaube ich, habe ich da irgendetwas falsch gemacht. Lass dir erzählen:

Vor zirka zehn Jahren kam Thomas um mir seine Freundin vorzustellen. Mama war leider gerade in Frankfurt.

Ich sehe die beiden immer noch vor mir sitzen. Sie sah aus wie eine Zigeunerin, hatte nur ein leichtes, kurzes Kleid an, die Haare verstrubbelt und beide waren unordentlich gekleidet und dazu noch ungepflegt.

Thomas sagte, seine Braut sei Palästinenserin oder so was ähnliches und wäre eine Studienkollegin. Beide wollten heiraten. Die Frau sagte kaum etwas. Auf meine Frage, wovon sie leben wollten und wie sie sich das weitere berufliche Fortkommen vorstellen, bekam ich keine Antwort.

Susanne, ich gebe zu, mir gingen damals die Nerven durch. Es gab sehr unschöne Worte. Dieser kurze aber heftige Streit endete damit, dass Thomas und seine Braut wortlos unsere Wohnung verließen.

Susanne, es tut mir leid, ich wollte, ich könnte die damalige Auseinandersetzung rückgängig machen."

Magda: „Susanne, Thomas hat in Darmstadt an der Technischen Hochschule studiert. Er hat auch dort sein Examen gemacht. Sein Studiengeld hat er sich größtenteils als Taxifahrer verdient. Er lebte das letzte halbe Jahr in Darmstadt mit seiner Braut zusammen.

Man konnte mir nur sagen, dass er mit ihr in den Orient ging. Eine Adresse hatte niemand. Das nächste Mal bringe ich dir meine Unterlagen mit, um dir zu zeigen, was ich alles unternommen habe, um ihn zu finden." Magda kamen die Tränen.

Susi umarmte ihre Mutter:

„Mama, bringe die Unterlagen mit, die übergeben wir Notar Dieter Zeiser, ich bin sicher, der wird herausfinden, wo

Thomas ist. Mich wundert nur, warum er mich nie gesucht hat. Zwischen uns gab es nie ein böses Wort."

Lange sprach man noch über dieses Thema. ...

***

Sonntagmorgen. Es war regnerisch, alle hatten gefrühstückt und Susi sagte: „Mama, ich wollte schon so lange mal meine Wäschebestände nachsehen, könntest du mir dabei helfen?"

Susis Mutter war sofort einverstanden.

Moritz sagte zu Johannes: „Da sind wir überflüssig. Komm, wir beide gehen nach unten und schauen uns die Ausstellung an. Ich glaube, heute ist niemand dort."

Moritz war erstaunt, als er in der Ausstellung Prem Leekpai antraf. Moritz stellte seinen Schwiegervater vor.

Prem erklärte: „Moritz, ich komme einfach mit den Gutachten nicht nach. Jetzt hat man Bilder in die Ausstellung gebracht, die keine Gutachten haben."

Zu Johannes gewandt sagte Prem: „Wenn ich es richtig sehe, so sind Sie heute zum ersten Mal hier. Da kann ich Sie nicht kommentarlos diese Kunstwerke betrachten lassen.

Lieber Herr Höhler, Sie sehen hier die berühmtesten Gemälde der Welt. Alle hier gezeigten Exponate sind Kopien. Die Galerie Kaiser ist dafür berühmt, Kopien von außergewöhnlicher Qualität zu liefern. An jedem Gemälde haben sie auf der Rückseite eine Lederlasche in welcher eine mehrsprachige Beschreibung des Bildes ist. Auch Angaben, in welchem Museum sich das Original befindet. Die Authentizität dieser Kopie wird durch die Unterschriften zweier Kunstwissenschaftler bestätigt. Außerdem finden Sie noch die Angaben über den Künstler, der diese Kopie gefertigt hat." Prem blieb vor einem kleinen Bild stehen, etwa 45 x 37 cm groß und sprach weiter: „Dies ist ein **Auguste Renoir**, das Bild hängt im Original im Louvre, Paris. Es wurde um 1876 gemalt und nennt sich **Lesende Frau**. Auguste Renoir ist Impressionist und ein Verkünder sinnlicher Lebensfreude." Prem griff hinter die Rückseite des Bildes und entnahm einer Lederlasche mehrere Papiere. „Hier sehen Sie die Beschreibung des Bildes in vier Sprachen. Auf dieser anliegenden Urkunde bestätigen zwei Kunstwissenschaftler die Authentizität der Kopie. Dann finden Sie die Angabe, in welchem Museum das Original hängt. In dieser Zusatzurkunde finden Sie das Datum der Erstellung dieser Kopie und den Namen des Künstlers, beziehungsweise der Künstlerin. In diesem Fall ist es Ihre Tochter."

Johannes: „ Das kann unsere Susanne? So ein Meisterwerk?"

Prem: „Herr Höhler, unsere Susi ist eine außergewöhnlich begabte Kopistin. Leider hat sie zu wenig Zeit."

Prem nahm seine beiden Gäste eine Etage mit nach oben. Dann begann er zu dozieren:

„Dieses Bild ist Ihnen sicher bekannt. Es ist **Leonardo da Vincis** – **Mona Lisa** oder auch **La Gioconda**. Es ist ein kleines Bildchen, wenn auch weltberühmt. Es wurde um 1503 gemalt und zwar auf einer Holzplatte. Das Kopieren dieses Gemäldes ist nicht problemlos, da die Holzplatte aus gut abgelagertem Holz sein muss. Das ist auch der Grund, warum bei uns dieses Gemälde relativ teuer angeboten wird. Trotzdem, wir verkaufen es sehr oft. Im Moment ist unser Lager bis auf dieses Exemplar leer. Die Lieferzeit beträgt vier Monate. Soweit ich weiß, haben wir viele Vorbestellungen."

Sie kamen zum nächsten Bild: „Ein **Lucas Cranach**, nur 69 x 51 cm. Es wurde um 1504 gemalt und heißt **Die Ruhe auf der Flucht**. Es ist das erste Werk, das Cranach signiert und mit Datum versehen hat. Auch dieses Werk ist auf Holz gemalt und wegen der Schwierigkeit, entsprechend abgelagerte Holzplatten zu bekommen, ist es nicht eben billig."

Sie gingen zum nächsten Bild: „**Tizian**, ein großes Bild 119 x 165 cm. Es entstand wahrscheinlich um 1538, das Original hängt in den Uffizien in Florenz und heißt **Die Venus von Urbino**. Bilder in dieser Größe verkaufen sich nicht ganz so gut."

Sie gingen weiter: „Dieses Bild kennen Sie mit Sicherheit. Es ist ein **Raffael**, ein Künstler, der leider sehr früh starb. Er wurde nur 37 Jahre alt. Das Bild ist auf Leinwand gemalt, wie Sie sehen sehr groß 265 x 196 cm, entstand zwischen 1512 und 1513 und ist die berühmte **Sixtinische Madonna** die heute in der staatlichen Gemäldegalerie in Dresden hängt."

Prem ging zum nächsten Gemälde: „Ein **El Greco**, wie ihr seht, auch wieder ein großes Bild, 165 x 99 cm. Es ist auf Leinwand gemalt und das Original hängt in der Alten Pinakothek in München. Es heißt **Die Entkleidung Christi**. Ich selbst habe das Bild noch nicht verkauft und soweit ich weiß, ist es nicht besonders gefragt."

So ging es eine ganze Stunde weiter bis sie vor einem riesigen Bild stehen blieben, das eine ganze Wand einnahm. Prem erklärte: „Ein **Francisco de Goya**, wie Sie sehen, es ist sehr groß, genau 2,66 x 3,45 Meter. Goya malte es 1814. Es heißt **Die Erschießung der Aufständischen am 3. Mai 1808** und das Original hängt im Prado in Madrid. Wir haben hier eine Spezialistin, die Goya kopiert."

Prem griff auf die Rückseite, entnahm einer Lederlasche mehrere Papiere, Beschreibung des Bildes. Das Zertifikat, welches die Authentizität der Kopie bescheinigt und die Angaben über die Kopistin. Erstaunt las Susis Vater: „Kopiert durch: Susanne Höhler, Wiesbaden. Es folgte das Datum."

Prem erklärte: „Das Bild ist über zehn Jahre alt. Soweit man mir erzählte, hat bei diesem Bild noch der Begründer der Galerie, Otto Unger, mitgeholfen. Susi wohnte damals in einem kleine Zimmerchen auf der Mansarde, Herr Höhler, ich kann Sie nur zu dieser Tochter beglückwünschen."

Prem machte eine Pause: „Wir sind noch lange nicht durch, aber ich muss Sie leider verlassen. Ich habe meinen Kindern versprochen, heute Nachmittag in Mainz eine Ausstellung für Modelleisenbahnen zu besuchen."

Prem verabschiedete sich rasch und Johannes und Moritz gingen nach oben in die Wohnung.

Als danach Susis Vater seine Tochter sah meinte er: „Susanne, mir hat ein Herr heute Morgen einen Teil eurer Galerie erklärt. Einmalig was ihr da habt. Sehr überrascht war ich, wie gut du kopieren kannst. Dazu kann ich dir nur gratulieren."

Susi lachend: „Papa, leider habe ich kaum noch Zeit. Das Büro und die Geschäfte erlauben es leider nicht."

Moritz fragte: „Na, ihr drei Mädchen, was habt ihr heute Vormittag gemacht?" Magda erzählte: „Susi hat Wäsche wie ein Hotelbetrieb. Wir haben aussortiert und neu geordnet. Saskia hat uns geholfen und ich bin erstaunt wie gut Saskia zur Hand gehen kann."

Nicht viel später saßen sie bei Tisch. Während der Mahlzeit vereinbarte man, dass Moritz mit Johannes die Galerie bei Anton ansehen sollte. Man rief nach dem Mittagessen Anton an und schnell war vereinbart, dass Anton seine Galerie zeigen wird. Erika lud zum Kaffeetrinken ein, so wollte Susi mit ihrer Mutter und den Zwillingen spazieren gehen und zum Kaffeetrinken zu Erika kommen.

Johannes und Moritz hatten sich in Antons Galerie verabredet, aber durch Zufall bekam Johannes mit, dass im Keller Ikonen gebrannt werden. So gingen sie nach unten in den Keller, um Boris beim Brennen der Ikonen zuzusehen.

Boris erklärte: „Normalerweise kopieren wir alte Ikonen, aber da wir orthodoxe Kirchen ausstatten, die Ikonostasen selbst gestalten, entwerfen wir für diese Kirchen auch eigene Ikonen, die dem jeweiligen Kirchenheiligen gewidmet sind. Ikonen aus Porzellan gibt es so gut wie nicht. Ich kenne nur eine, und die hängt in einer bulgarischen Kirche. So habe ich für diese orthodoxe Kirchengemeinde eine Ikone entworfen, die aus Porzellan ist. Sehen Sie, hier ist der Entwurf."

Boris zeigte eine etwa 30 x 40 cm große Porzellanikone, die eine hochglänzende Goldfläche hatte und in der Mitte war die Mutter Jesu mit ihrem Kind zu sehen. Oben rechts in einer schemenhaften Wolke das Gesicht des Kirchenheiligen. Das Ganze war in prächtigen Farben ausgeschmückt und machte einen fantastischen Eindruck.

Boris erklärte weiter: „Wir fertigen die Ikonen aus Porzellan, das wir selbst herstellen. Aus 40–65 Prozent Kaolin, 15–35 Prozent Feldspat und 12–30 Prozent Quarz. Die Aufbereitung ist sehr aufwändig, aber wir haben hier alle notwendigen Maschinen und Pressen. Danach gießen wir die Schlemme in eine Gipsform. Das überschüssige Wasser wird herausgegossen und die Rohform der Ikone wird sorgfältig in einem feuchten Raum getrocknet. Dann werden diese Stücke bei etwa 900° Celsius verglüht. Die einzelnen Ikonen werden überprüft, ob sich keine Risse gebildet haben und dann werden die Stücke glasiert.

Sie werden wieder gebrannt und zwar bei einer Temperatur von zirka 1300-1450° Celsius. Während des Brandes schmilzt die Glasur und die Ikone erhält eine glänzende, stahlharte Glasschicht. Außerdem verkleinert sich der jeweilige Gegenstand um 15-17 Prozent. Es ist also so, dass jede einzelne Ikone etwas unterschiedlich ist."

Boris zeigte eine Ikone: „Nach diesem Brand bemalen wir die Ikone mit Aufglasurmalerei. Die Goldfläche entsteht mittels eines Glanzgoldverfahrens. Dieses Verfahren hinterlässt beim Brand eine hochglänzende, hauchdünne Schicht. Die anderen Farben sind Spezialfarben, die entsprechend mit dem Pinsel aufgetragen werden. Danach werden die Ikonen noch mal gebrannt. Man sieht sie wiederum auf Fehler durch und versieht sie auf der Rückseite mit einem Aufhängemechanismus." Johannes war fasziniert von dieser Technik. Er konnte sich kaum davon trennen.

Anton sagte nur: „Wenn wir nicht gehen, haben wir zwei nichts zu lachen, wenn wir zu Erika kommen."

Johannes bedankte sich vielmals bei Boris und die beiden fuhren mit dem Lift in Antons Wohnung. Dort wartete man bereits und Johannes entschuldigte sich, es wäre so interessant gewesen. So beiläufig fragte er Anton: „Herr Anton, was kostet eigentlich so eine Ikone, die wir eben gesehen haben?"

Anton ganz ruhig: „Ich weiß es nicht genau. Bei dieser Art der Herstellung spielt es eigentlich keine Rolle, ob man ein Stück oder 100 Stück verkauft. Die Herstellung ist zeit- und kostenaufwändig. In diesem Fall hat die Kirchengemeinde 100 Stück bestellt. Ich schätze das Stück 1.000 Euro, also ein Auftrag über 100.000 Euro. Es sind aber auch einmalige Stücke. Ich bin mir sicher, wenn die Kirche sie weiht, so wird sie das Stück nicht unter 3.000 Euro an die Gläubigen weitergeben. Diese Kunstwerke halten Jahrhunderte. Mit Sicherheit kann man bei dieser Art von Kunstwerken mit einer großen Wertsteigerung rechnen."

Erika hatte sich viel Mühe mit ihrer Kaffeetafel gegeben. Als man endlich bei Tisch saß, meinte Susi: „Ihr Lieben, wir sind doch eine Familie, Anton ist mit meinem Vater per Sie, warum sagen wir nicht einfach Du zueinander."

Nach dem Kaffeetrinken fragte Johannes: „Sag mal Anton, meinst du, wir könnten noch mal in den Keller gehen, diese Produktion interessiert mich sehr."

So verschwand Anton mit Johannes nach dem Kaffeetrinken wieder. Moritz blieb oben.

Erst nach sechs tauchten Johannes und Anton wieder auf. Sie unterhielten sich gut, und Erika sagte in die Runde, ich habe zwar wenig im Haus, aber für ein Abendessen reicht es.

***

Montagmorgen. Schon während des Frühstücks hatte Susi mit ihren Eltern vereinbart, dass diese noch einen weiteren Tag bleiben würden. Moritz wollte Johannes am Nachmittag noch die Werkstätten im Hinterhaus zeigen und Saskia hatte Susis Mutter zu einem Bummel in den Kurpark eingeladen.

Susi hatte sich noch vor neun verabschiedet, sie erwartete den Besuch der beiden Herren, die Rechtsanwalt Claesen angekündigt hatte. Kurz nach neun wurden ihr die beiden Herren gemeldet.

Die Vorstellung war kurz und Susi fragte: „Herr Rechtsanwalt Claesen hat mir berichtet, Sie beabsichtigen in Ägypten so etwas ähnliches wie unsere Galerie in Rom zu machen. Haben Sie da bestimmte Vorstellungen?"

Einer der beiden Herrn, Herr Achmed Husni, begann: „Frau Kaiser, wir sind derzeit im Auftrag des Ägyptischen Museums in Kairo unterwegs. Sie wissen wahrscheinlich, dass unser Museum in Kairo über 120.000 Exponate in drangvoller Enge präsentiert. Unser derzeitiges Museum liegt im Stadtzentrum am Nil, und eine Erweiterung ist nicht möglich. So ist ein Museumsneubau in Sichtweite der Pyramiden von Gizeh geplant. Die Baukosten schätzen wir auf über 460 Millionen. Ägypten ist arm und wir müssen einen Teil der Baukosten selbst aufbringen. Bei einer kürzlichen Ausstellung unserer Exponate in Rom, haben wir auch Ihre Galerie in Rom gesehen, Professor Prantner hat uns geführt und uns auch Ihr Atelier gezeigt. Großartig kann ich nur sagen. Er hat uns geraten mit Ihnen Kontakt aufzunehmen. Er erzählte uns, dass Sie eine neue Galerie in St. Petersburg eröffnet haben. Die hätten wir uns gerne angesehen. Da wir vorhaben, unsere ägyptischen Exponate auch in St. Petersburg auszustellen, können uns Ihre Mitarbeiter in St. Petersburg vielleicht einen Kontakt zu einem der dortigen Museen herstellen."

Susi: „Meine Herren, ich darf doch für die Anrede Ihre Vornamen benutzen, das ist einfacher. Im Moment haben sie also drei Wünsche:

Erstens: Sie beide brauchen ein Visum für Russland. Das lässt sich eventuell machen, ich werde im Anschluss an dieses Gespräch sofort mit seiner Exzellenz dem Botschafter in Berlin sprechen.

Zweitens: Sie wollen unsere Galerie und unsere Werkstätten in St. Petersburg sehen. Das lässt sich organisieren. Ich werde dort anrufen und Sie anmelden.

Drittens: Sie suchen ein Museum, in welchem Sie eine Ausstellung Ihrer Exponate arrangieren wollen. Da kommt nach meiner Meinung nur die Eremitage in Frage, die haben eine eigene Ausstellung für Ägyptische Kunst. Ich kenne den Direktor der Eremitage, den werde ich fragen, ob er an so etwas interessiert ist und werde Sie dort anmelden."

Susi bat ihre Vorzimmerdamen die Telefonverbindungen der Reihe nach herzustellen und hatte sehr schnell die erste Verbindung mit der Botschaft in Berlin, dort mit dem Botschafter:

(Botschafter) Hallo, Frau Kaiser, was kann ich für Sie tun?

(Susi) Exzellenz! Wie immer, ich habe eine Bitte. Bei mir sitzen zwei Herren des Ägyptischen Museums in Kairo, die sich gerne unsere Galerie in St. Petersburg angesehen hätten. Sie planen außerdem eine Ausstellung ägyptischer Exponate in St. Petersburg. Dieserhalb muss ich noch mit Michail sprechen. Meinen Sie die beiden Herren – beide sind ägyptische Staatsangehörige und Kunstwissenschaftler – könnten kurzfristig ein Visum für Russland bekommen?

(Botschafter) Frau Kaiser, Ihnen kann ich doch keine Bitte abschlagen. Selbstverständlich geht das. Ich schlage vor, sie sollen morgen Abend nach Berlin kommen und übermorgen kurz nach neun sich bei mir melden. Bitte, je zwei Passbilder mitbringen. Dann haben sie ihr Visum bis spätestens um zwölf. Danach können sie noch den Nachmittagflug von Berlin nach St. Petersburg bekommen.

(Susi) Exzellenz, ich werde das so weitergeben. Ich gebe Ihnen jetzt die Namen der beiden Herren. Es sind Achmed Husni und Hassan Shaker. Vielen Dank. Ich habe noch eine kleine Bitte, Michail hat Ihnen sicher berichtet, dass Peter Wahl noch in Deutschland ist. Ich denke da an Plan 02. Bitte, geben Sie auf sich acht.

(Botschafter) Danke für den Hinweis.

(Susi) Danke noch mal, Auf Wiedersehen.

Als Susi aufgelegt hatte, sagte sie kurz: „Meine Herren, das klappt. Mittwochmorgen erhalten Sie in der russischen Botschaft Ihre Visen für die Einreise."

Achmed Husni: „Frau Kaiser, herzlichen Dank für Ihre Bemühungen.

Kurze Zeit später hatte Susi ihre Galerie in St. Petersburg in der Leitung.

(Olga) Olga Waganowa.

(Susi) Hallo Olga, wie geht es dir? Ist Hugo irgendwo in der Nähe?

(Olga) Tut mir leid, er kommt erst in einer Stunde wieder, kann ich etwas für dich tun?

(Susi) Ich habe hier zwei Herren vom Ägyptischen Museum in Kairo. Die Herren wollen sich unsere Galerie in St. Petersburg ansehen. Ihr könnt sie sicherlich führen. Bitte reserviert doch ein Doppelzimmer in einem preiswerten Hotel. Ankunft am kommenden Mittwoch. Soweit ich erkennen kann, möchten sie noch Michail sprechen, da das Ägyptische Museum eine Wanderausstellung hat, die sie auch in St Petersburg präsentieren wollen.

(Olga) Die Ausstellung kenne ich. Sehr sehenswert, aber nicht billig. Werde versuchen, die beiden Herren im Kempinski unterzubringen. Wir haben dort einen Sondertarif.

(Susi) Ich gebe dir jetzt die Namen durch. Es sind die Kunstwissenschaftler Achmed Husni und Hassan Shaker.

(Olga) Oh, grüße sie herzlich von mir, ich kenne sie, wir haben uns vor über einem Jahr in New York getroffen. Gib mir ihre Ankunftszeit an, dann werde ich sie persönlich am Flughafen abholen.

(Susi) Olga, die bekommst du heute noch. Grüße Hugo von mir. Tschüss.

(Olga) Tschüss und Grüße an alle.

Nachdem Susi aufgelegt hatte sagte sie: „Meine Herren, ich soll Sie herzlich von Frau Olga Waganowa grüßen, sie kennt Sie aus New York. Anscheinend haben Sie sich dort im letzten Jahr getroffen.“ Achmed und Hassan fast gleichzeitig: „Olga, eine sehr nette Person.“

Schon wieder klingelte ihr Telefon und die Damen meldeten, Michail sei in der Leitung:

(Susi) Hallo Michail, wie geht es dir? Wie geht es Paula?

(Michail) Hallo Susi, uns beiden geht es gut und unseren Kindern auch. Was kann ich für dich tun?

(Susi) Michail, neben mir sitzen die Herren Achmed Husni und Hassan Shaker vom Ägyptischen Museum in Kairo. Wie du sicherlich weißt, veranstaltet das Ägyptische Museum in Kairo Wanderausstellungen mit seinen kostbaren Exponaten. Sie würden gerne ein Gespräch mit dir führen, hättest du am Donnerstag oder Freitag für die beiden Herren Zeit?

(Michail) Selbstverständlich. Wann kommen die Herren?

(Susi) Die beiden Herren erhalten ihr Visum am Mittwochvormittag und ich werde versuchen, am Mittwochnachmittag noch Plätze auf der Maschine nach St. Petersburg zu bekommen. Olga kennt die beiden Herren von New York her und wird sie am Flughafen abholen. Ich werde alle Daten Olga durchgeben. Du kannst dich dann mit ihr verständigen. Ist das in deinem Sinn?

(Michail) Susi, perfekt. Aber wie kommt ihr an die beiden Herren?

(Susi) Soweit ich weiß, haben die beiden Herren unsere Galerie in Rom gesehen und beabsichtigen, eventuell so was Ähnliches in Ägypten zu machen und wollen sich unsere Galerie in St. Petersburg ansehen. Wenn wir helfen können, dann machen wir das. Ich werde dich weiter unterrichten.

(Michail) Danke dir, grüße alle von mir.

(Susi) Tschüss Michail, Grüße an Paula.

Als Susi aufgelegt hatte, sagte sie: „Meine Herren, Olga wird Sie am Flughafen St. Petersburg abholen und in Ihr Hotel bringen. Sie wird mit dem Direktor der Eremitage einen entsprechenden Termin vereinbaren. Michail Borodin freut sich, Sie beide zu empfangen."

Die beiden Herren bedankten sich überschwänglich und fragten dann: „Frau Kaiser, wir haben zwar vor, etwas ähnliches wie die Galerie Kaiser in Kairo oder Luxor zu betreiben, aber wir haben leider keine Ahnung, wie man so etwas vernünftig und gewinnbringend organisiert. Meinen Sie, es besteht die Möglichkeit, dass uns die Galerie Kaiser hilft, eine Galerie in Kairo oder Luxor zu installieren?"

Susi lachte: „Lieber Achmed, lieber Hassan, wir haben zwei Galerien und mehrere Werkstätten in Wiesbaden, die sollten Sie sehen. Dies sind die kleinsten unseres Unternehmens. Dann haben wir noch Werkstätten in Wuppertal. Rom haben Sie bereits gesehen. St. Petersburg werden Sie sehen. Demnächst kommt noch Jerusalem hinzu. Mit jeder neuen Galerie lernen wir. Es ist denkbar, auf Kontraktbasis eine solche Verkaufsgalerie mit angegliederten Werkstätten zu etablieren. Dies aber nur im Einverständnis mit dem Ägyptischen Museum und den ägyptischen Behörden. Gerade das Kopieren von ägyptischen Exponaten stellt Sie und damit eventuell auch uns vor ganz neue Anforderungen. Sie kennen die Schwierigkeiten bei illegalen Ausfuhren von Kunstgegenständen aus Ägypten. Ähnlich ist es bei Ausfuhren von Kunstgegenständen aus Russland. Wir haben das in

St. Petersburg sehr gut gelöst. Lassen Sie sich von Olga oder unserem Dr. Hugo Wettengel erklären, wie wir es dort handhaben. Das wäre vielleicht ein Weg, den man auch in Ägypten gehen könnte. Ich würde vorschlagen, Sie sehen sich erst St. Petersburg an, wenn Sie dann noch Möglichkeiten sehen, dann können wir uns unterhalten.

Ich rufe jetzt am besten Frau Alena Konovalova, sie soll Sie bei uns führen. Frau Alena ist auch Kunstwissenschaftlerin und kommt aus St. Petersburg. Bevor sie zu uns kam, war sie Mitarbeiterin bei der Eremitage in St. Petersburg."

Susi rief in der Galerie an und bat, dass man Frau Alena zu ihr schickt.

Wenig später klopfte es. Auf Susis „Herein" kam Alena. Wie sich schnell herausstellte, hatte sich Alena am Morgen schon mit den Herren bekanntgemacht.

So sagte Susi: „Alena, bitte nehme dich der beiden Herren an. Es ist gleich zwölf, ihr geht am besten erst etwas essen. Du kannst ja Franz mitnehmen, denn ich meine, man sollte den beiden Herren unser Abrechnungssystem erklären und ich glaube, Franz kennt das besser als Du.

Danach schaut erst mal die Galerie hier im Haus und die Werkstätten im Hinterhaus an. Um sechs kommt ihr dann zum Aperitif. Bis dahin habe ich auch den Reiseplan der Herren fertig. Die Herren haben dann noch morgen Vormittag Zeit, um sich Antons Galerie anzusehen und wenn noch Zeit bleibt, Maxims Werkstatt."

Alena und die beiden Herren Achmed und Hassan verabschiedeten sich von Susi.

Es war Zeit für Susi in ihre Wohnung zu kommen. Saskia und Magda warteten schon mit den Zwillingen.

Pünktlich um eins kam Moritz mit Johannes. Er erzählte begeistert, was er alles in den Werkstätten gesehen hat. So erzählte er: „Also Antons Galerie ist etwas einmaliges. Seine beiden Damen haben mir das sehr gut erklärt."

Moritz meinte nur: „Ich musste Johannes herschleppen."

Johannes: „Moritz, du hast recht. Ich bin gespannt, was ich heute Nachmittag in eurem Hinterhaus sehe.“

Abends um sechs, Aperitifzeit bei der Galerie Kaiser. Wie immer war ein Großteil der Führungskräfte gekommen. Die beiden Ägypter Achmed und Hassan wurden vorgestellt. Sie waren schnell in die Gespräche eingebunden.

Nach einiger Zeit zog Susi die Herren Achmed und Hassan in das Büro von Moritz und winkte auch Alena zum Gespräch.

Sie sagte: „Meine Herren, ich habe für Sie morgen Nachmittag Flüge von Frankfurt nach Berlin gebucht. Abflug 16:45 Uhr. Frau Alena wird Sie zum Flughafen bringen. Sie sollten so kurz nach 13 Uhr hier wegfahren. Hotelzimmer haben wir in der Nähe der Russischen Botschaft bekommen. Die Reservierungsunterlagen liegen bei mir im Büro. Mittwochnachmittag habe ich für Sie zwei Plätze auf dem Flug Berlin – St. Petersburg gebucht. Flugkarten bekommen Sie bei mir im Sekretariat. In St. Petersburg wird Sie Frau Olga abholen. In St. Petersburg ist ein Doppelzimmer im Kempinski-Hotel gebucht.“

Die beiden Herren Achmed und Hassan bedankten sich herzlich. Alena versprach, die beiden Herren zum Flughafen zu bringen. Dann sagte Alena:

Die Herren Achmed und Hassan sind heute Abend bei Franz und mir eingeladen, Maxim und Boris kommen auch. In jedem Fall wollen die Herren Maxims Ikonostasen sehen. Das müssen wir aber noch vereinbaren. Aber das klappt sicher noch.“

Boris winkte Susi und zusammen baten sie Johannes in Moritzens Büro. Boris hatte ein Paket in den Händen und sagte zu Johannes: „Lieber Herr Höhler, Sie haben gestern so begeistert meiner Arbeit bei den Ikonen zugesehen. So konnte ich es nicht übers Herz bringen, diese hier zu vernichten, da sie einen kleinen Fehler hat. Betrachten Sie die Ikone als Erinnerung an den gestrigen Tag."

Johannes packte das Paket aus. Es war eine der Porzellanikonen, die man gestern gefertigt hatte. Das Gold der Ikone glitzerte und es war eine Pracht dieses Stück anzusehen.

Johannes: „Boris, dieses herrliche Stück kann ich doch nicht annehmen. Das ist ja eine Kostbarkeit."

Boris lachte: „Die Ikone können Sie annehmen, ich habe das mit Susi so abgesprochen."

Johannes: „Lieber Herr Boris, ich kann nur Danke sagen. Dieses Stück gefällt mir ausnehmend gut. Ich werde es an einer besonderen Ecke in unserer Wohnung anbringen."

Boris: „Herr Höhler denken Sie daran, eine Ikone ist so etwas wie ein Hausaltar."

Johannes bedankte sich auch bei Susi. Dann ging man wieder zu den Übrigen. Kurz vor halb acht verabschiedeten sich Susis Eltern von allen, da sie morgen Früh zurück nach Limburg fahren wollten. Dann gingen Susi, Moritz und ihre Eltern nach oben in die Wohnung.

Johannes sprach noch mal mit Susi: „Sag mal Susanne, wie kann ich denn das mit der Ikone wiedergutmachen? Ein so großzügiges Geschenk. Wenn ich es abgelehnt hätte, wäre Boris beleidigt gewesen. Was soll ich denn machen?"

Susi lachte: „Papa, nimm es als Andenken an dieses Wochenende. Als Erinnerung an diese Tage, in welchen wir uns wiedergefunden haben."

Johannes umarmte seine Tochter und sagte leise: „Danke vor allem für deine Großherzigkeit und danke, dass du es mir so leicht gemacht hast."

***

Berlin

Berlin, Hauptstadt Deutschlands, mit etwa dreieinhalb Millionen Einwohnern.

Wenige wissen, dass die Städte Berlin und Cölln um 1230 gegründet wurden. Die beiden Städte waren führend im Märkischen Städtebund (1308), später Mitglied der HANSE.

Die Stadt nahm erst unter Friedrich Wilhelm – der große Kurfürst – einen Aufschwung (Industrialisierung, Hugenotteneinwanderung). Friedrich Wilhelm I und Friedrich der Große machten die Stadt nicht nur zu einem wirtschaftlichen, sondern auch zu einem geistig – kulturellem Zentrum.

Um 1800 hatte Berlin 170.000 Einwohner. Von 1871 bis 1945 war Berlin die Hauptstadt des Deutschen Reiches. 1939 hatte Berlin viereinhalb Millionen Einwohner.

Im 2. Weltkrieg erlitt Berlin schwere Zerstörungen. Bei Kriegsende (1945) wurde Berlin von sowjetischen Truppen erobert.

Berlin unterstellte man danach den vier Siegermächten. Die USA, UdSSR, Großbritannien und Frankreich erhielten je einen Besatzungssektor.

Im Zuge des sich verschärfenden Ost-West-Konfliktes wurde Berlin nochmals gespalten in Ost-Berlin (sowjetischer Sektor) und West-Berlin (die drei westlichen Sektoren).

Die berühmt-berüchtigte Berliner Mauer wurde 1961 durch die SED (Ost-Berlin und sowjetischer Sektor) errichtet. Eine 46 Kilometer lange Sperranlage entlang der Zonengrenze zwischen dem Ost-Teil der Stadt und dem West-Teil der Stadt wurde gebaut. Eine gleiche Mauer wurde zwischen West-Berlin und der sowjetischen Besatzungszone oder auch DDR, errichtet. 115 Kilometer Sperranlage mit drei bis vier Meter hohen Betonmauern, Metallgitterzäunen, bis fünf Meter tiefen Gräben, Stolperdrähten, Laufanlagen für Wachhunde, Signalzäune und Beobachtungstürmen.

Diese Mauer sollte den Bewohnern des Ostteils der Stadt Berlin und den Bewohnern der sowjetischen Besatzungszone

(DDR) eine Flucht nach Westberlin unmöglich machen. Bei dem Versuch diese Mauer zu überwinden, kamen 235 Menschen ums Leben.

Am 9. November 1989 verlor diese Mauer ihren Sinn, da die Beschränkungen der Ostberliner Bevölkerung und der Einwohner der DDR aufgehoben wurden. Der Abriss der Mauer wurde am 30.11.1990 beendet.

Die Wiedervereinigung des geteilten Deutschlands und damit auch Berlins, wurde am 3. Oktober 1990 beschlossen. Damit wurde Berlin ein Land der Bundesrepublik Deutschland. Der Einigungsvertrag erklärte Berlin zur Hauptstadt Deutschlands.

Ab 1990 wurde begonnen, die geteilte Stadt Berlin wieder zu einem Ganzen zusammenzufügen. Dieses Experiment ist gelungen. Berlin ist heute eine pulsierende Metropole und Schnittpunkt zwischen Ost und West. Das sowohl in wirtschaftlichem, wissenschaftlichem als auch kulturellem Sinn.

Südöstlich des ehemaligen Berliner Flughafens Tempelhof liegt der Stadtteil Neukölln. Dieser Stadtteil hat einen relativ hohen Ausländeranteil und in manchen Straßen könnte man meinen, in Istanbul zu sein.

Unweit des Rathauses Neukölln führt eine kleine Straße zum Neuköllner Schifffahrtskanal. Kurz bevor man diesen überqueren kann, liegt rechter Hand ein Laden mit einem kleinen Schaufenster. Auf einem nicht zu übersehenden Schild steht » Eingang zur Galerie «. In dieser Gegend eine Galerie zu etablieren, ist eigenartig, denn es ist eine Gegend in der man sicherlich keine Galerie vermutet. Aber es scheint sich niemand Gedanken darüber zu machen.

Es war Mittwochmorgen gegen neun, als ein Herr Anfang vierzig den Laden der Galerie betrat. Er ging durch den relativ kleinen Ladenraum, der voller Bilder hing, zu einer Tür, öffnete ohne zu klopfen und trat in einen großen Raum, der einer Galerie schon ähnlicher sah. Wieder ging er durch den Raum, öffnete eine weitere Tür und stand in einem Raum, in welchem sich vier Personen befanden. Die Herrschaften kannten sich. Es gab eine freundliche Begrüßung und der angekommene Herr setzte sich dazu.

Nach ein paar einleitenden Worten fragte dieser: „Wie weit seid ihr mit euren Recherchen und wann glaubt ihr, können wir unseren Plan ausführen? Dimitri, willst du anfangen?"

Dimitri Michailow, ungefähr 1,85 Meter groß, blond und Mitte dreißig, begann:

„Peter, das war nicht ganz einfach. Du weißt, die russische Botschaft liegt fast am Brandenburger Tor. Dort ist eine Botschaft neben der anderen, Polizei ohne Ende. Der Botschafter wohnt auch noch in der Botschaft. Dort hineinzukommen ist fast aussichtslos.

Wenn der Botschafter die russische Botschaft verlässt, dann nur mit einem Wagen der neben dem Fahrer noch einen persönlichen Wachmann hat. Außerdem fährt hinter ihm immer noch ein zweiter Wagen mit drei bis vier weiteren Wachmännern.

Wir haben genau recherchiert: Wenn er zum Auswärtigen Amt fährt, so haben wir keine Chance, wenn er eine andere Botschaft aufsucht, so sind wir genauso chancenlos.

Aber Seine Exzellenz geruht ein- bis zweimal pro Woche mit Gästen mittags und manchmal auch abends vornehm zu speisen. Er fährt mit seiner Eskorte immer in das gleiche Nobelrestaurant. Ein kleines, sehr teures, aber unscheinbares Restaurant in der Nähe des Hackeschen Marktes. Auch da sitzt er nicht im Restaurant sondern in einem Hinterzimmer. Die beiden Wagen bleiben für die Dauer seiner Anwesenheit vor dem Restaurant stehen. Zwei Mann seiner Wachmannschaft gehen in das vordere Restaurant. Dort bleiben sie, während Seine Exzellenz im hinteren Zimmer speist.

Das Restaurant hat eine Toilettenanlage für die Gäste im vorderen Teil des Restaurants und für das Hinterzimmer eine getrennte Toilettenanlage. Hier sehe ich unsere Chance.

Alle Fenster des Restaurants und auch der Toiletten sind mit Stahlgitter gesichert. Die Toilettenanlage des hinteren Zimmers hat jedoch zwischen der Toilette für Herren und für Damen in der Mitte einen kleinen Lagerraum. Dieser Lagerraum war anscheinend früher ein Eingang oder der Personaleingang. Dieser Lagerraum hat eine Tür, die ist ebenfalls mit Gitter gesichert. Dieses Gitter ist aber herausnehmbar und nur mit zwei Hängeschlössern versehen."

Der mit Peter angesprochene fragte dazwischen: „Und wie wollt ihr den Botschafter ungesehen durch diese Tür wegbringen?"

Dimitri: „Peter langsam, kommt alles noch. Also von dem Raum in welchem der Botschafter zu speisen pflegt, geht es erst noch mal in einen Vorraum. Von dort gehen drei Türen ab Links die Herrentoilette, in der Mitte der Lagerraum und rechts die Damentoilette."

Peter fragte wieder: „Dimitri, wie wollt ihr den Botschafter in die Toilette oder den Vorraum kriegen?"

Dimitri lachte: „Peter hab ein wenig Geduld. Wir haben recherchiert, dass der Botschafter, während er dort isst, mindestens einmal die Toilette besucht. Meist sogar zweimal. Also, das ist unser geringstes Problem. Aber lass dir weiter unsren Plan erklären. Der Lagerraum in der Mitte ist so groß, das man dort ohne Schwierigkeiten vier Personen verstecken kann. Die Tür des Lagerraums geht auf den Innenhof eines Hauses, das im Moment renoviert wird. Man kann ohne aufzufallen einen Lieferwagen unmittelbar an dieser Tür parken. Die Vorhängeschlösser schneiden wir mit einer Bolzenzange durch. Das dauert Sekunden. Schlüssel für die Tür haben wir bereits. Vier Mann verstecken sich im Lagerraum. Durch die Tür im Lagerraum haben wir schon ein Loch gebohrt, damit wir sehen können, wer den Vorraum betritt.

Wenn der Botschafter in der Toilette ist, betreten wir sie, betäuben den Botschafter mit Äther und bringen ihn umgehend über den Lagerraum in unseren Lieferwagen. Ein Mann bleibt zurück um eventuelle Unordnung zu beseitigen und kommt nach. Wir anderen fahren direkt hierher. Wir benutzen hier den Hintereingang und bringen den Botschafter in unseren Lagerraum. Der hat kein Fenster. Liege und eine Campingtoilette sind bereits im Raum. Du kannst es dir gleich ansehen."

Peter: „Woher wollt ihr wissen, wann der Botschafter zum Restaurant fährt?"

Dimitri: „Wie du weißt, haben wir einen Informanten bei der Botschaft. Der wird uns benachrichtigen. Es reicht aus, dass er uns anruft, wenn seine Exzellenz die Botschaft verlässt. Besser ist es, wenn wir es ein paar Stunden vorher wissen."

Peter: „Und wenn nur eine Kleinigkeit schief geht, zum Beispiel, ihr bekommt keinen Parkplatz im Hinterhof."

Dimitri lachte: „Peter, unser Lieferwagen steht schon ein paar Tage im Hinterhof und stört niemanden. Wir haben alle Einzelheiten mehrfach durchgespielt und alle Möglichkeiten beleuchtet. Einer unserer Leute, der Anarei Perow ist seit vorgestern bei dem Wagen. Er hat sich bei den übrigen Arbeitern bekanntgemacht. Er sorgt auch dafür, dass sich kein anderer Wagen vor unseren Lieferwagen stellt."

Peter: „Dimitri, warum bringen wir den Botschafter nicht gleich aus Berlin heraus? Ich könnte mir vorstellen, dass sie ihn zuerst hier suchen."

Dimitri: „Peter, genau das wird die Polizei vermuten. Stell dir vor, der Botschafter der Förderation Russland wird in Berlin entführt. Dann ist hier der Teufel los. Als erstes wird man den Lieferwagen suchen. Den wird man auch finden. Wir parken ihn auf einem der Parkplätze am Treptower Park. Das ist nicht weit von hier. Fingerabdrücke wird man nicht finden. Der Wagen ist gestohlen und die Nummernschilder auch. Ich würde vorschlagen, hier bleibt der Botschafter ein bis zwei Wochen, dann können wir ihn immer noch außerhalb Berlins unterbringen."

Peter: „Ich habe Nachricht, dass man Bussow bereits in ein Lager nach Sibirien gebracht hat. Es könnte daher sein, dass die Auslieferung Bussows und der von uns geforderten Gemälde einige Zeit in Anspruch nimmt. Ich bleibe die nächsten Tage in Berlin, damit ich unmittelbar nach der Entführung mit Borodin oder Orlow Kontakt aufnehmen kann. Ich habe mir zwei Handys gekauft, die ich nach dem jeweiligen Telefonat wegwerfen kann. Wenn das zu nichts führt, werde ich versuchen, unsere Wünsche über die Galerie Kaiser in Wiesbaden an St. Petersburg weiterzugeben."

Dimitri: „Peter, wir sollten uns jetzt den zukünftigen Aufenthaltsort des Botschafters anschauen. Wir haben ihn so hergerichtet, dass eine Flucht unmöglich ist. Komm lass ihn uns ansehen."

Sie gingen zwei Türen weiter und kamen in einen kleinen Raum ohne Fenster. Der Raum war etwa zweimal vier Meter groß. Die Wände waren mit fünf Zentimeter dickem Styropor verkleidet. Der Fußboden bestand aus Hartstyropor und man hatte auch die Decke nicht vergessen. Der Raum hatte eine Liege, einen kleinen Tisch, einen Stuhl, eine Campingtoilette und einen Waschtisch nebst einer Kanne Wasser. An der Decke hing eine Lampe, die nur von außen geschaltet werden konnte. Die Tür war gepolstert.

Peter: „Dimitri, das habt ihr großartig gemacht. Absolut schalldicht. Auch klopfen und schreien zwecklos."

Dimitri: „Wir können den Raum nur nicht endlos benutzen. Wir haben eine Putzfrau, die ist im Moment in Urlaub. Wir haben ihr erzählt, dass wir diesen Raum an ein polnisches Tonstudio vermietet haben, die dort Tonaufnahmen machen wollen. Deshalb die Schallisolierung. Sie ist Türkin und nicht dumm. Wenn sie aus dem Urlaub zurück ist, muss auch der Botschafter weg sein."

Sie gingen zurück zu den anderen. Inzwischen waren noch zwei andere Herren gekommen.

Dimitri stellte vor: „Das ist Peter Wahl, ein Freund unseres Iwan Bussow und das sind Wassili Rudnew und Ralf Wenz.“ Schnell war man im Gespräch

Wassili Rudnew sagte: „Hört mal, wie ich heute erfahren habe, hat der Boschafter zwar heute Gäste, aber man glaubt nicht, dass er mit denen essen geht. Es sind zwei Ägypter. Aber am Freitag hat er Besuch aus Moskau und wir vermuten sehr stark, dass er zu Mittag seinen Besuch zum Essen einlädt. Ich bekomme morgen Bescheid, ob er für Freitag in diesem Nobelschuppen einen Tisch reservieren lässt.“

Dimitri: „Wassili, das wäre sehr gut. Wenn uns das am Freitag gelingen würde. Stellt euch an einem Freitagnachmittag die Suche der Polizei nach einem entführten Diplomaten vor. Eine Katastrophe. Der Verkehr wird zusammenbrechen. Wir können unseren Wagen am Treptower Park problemlos parken, man wird ihn wahrscheinlich vor Montag nicht finden. Die Parkplätze werden am Wochenende überfüllt sein.“

Peter Wahl: „Für mich ist das nicht so günstig. Wie soll ich am Wochenende Borodin, den Direktor der Eremitage, erreichen oder gar Grigori Orlow. Dimitri, wahrscheinlich musst du mir helfen. Meine Stimme ist bei der Galerie Kaiser bekannt, deine nicht. Wir geben unsere Forderungen an Susi Kaiser durch und verpflichten sie, diese an Borodin weiterzugeben. Der kann dann alles Weitere veranlassen.“

Es folgte ein langes Gespräch aller anwesenden Personen. Die Entführung des russischen Botschafters wurde minutiös geplant. Fast drehbuchartig wurden alle Einzelheiten festgelegt.

Alle waren sich darüber einig, dass diese Entführung problemlos durchzuführen sei.

Susi
+
die
Kidnapper

Wuppertal

Donnerstagmorgen waren Moritz und Maxim mit dem Wagen von Wiesbaden nach Wuppertal unterwegs. Es war starker Verkehr und es regnete leicht. Die Unterhaltung floss schleppend bis Maxim fragte:

„Moritz, ich bin gar nicht mehr über unsere Galerie in Wuppertal im Bilde. Wie läuft es dort?"

Moritz ruhig: „Maxim, die Werkstätten eigentlich recht gut, die Galerie **artis opus** so gut wie gar nicht. Das wussten wir aber von vornherein. Für eine Galerie ist es die falsche Lage und der falsche Ort. Trotzdem, Paul bemüht sich sehr. Ich bin erstaunt wie viel Paul trotz der schlechten Lage verkauft. Mit unserer Dame am Empfang haben wir einen Glücksgriff getan, die hilft Paul beim Verkauf.

Für die Reinigung und die Hilfsarbeiten haben wir immer noch die Arbeiter, die vom Anfang an dabei sind.

Bei Bart van de Velde in den Ateliers klappt es problemlos. Wir haben dort sechs Kopisten, die du kennst. Dazu kommen zwei Schreiner, die den Versand und die Rahmen machen. Auch Keilrahmen!

Bei unserer Holzschnitzerei geht es etwas langsam. Hans Ruppert ist ein übergenauer Mensch. Er und ein weiterer Mann sind bei der Holzfräse. Für das Nachschnitzen haben wir zwei Herren. Für die Bemalung haben wir zwei Künstler. Also in der Schnitzerei total acht Personen.

Insgesamt beschäftigen wir zurzeit zwanzig Mitarbeiter und müssen noch weitere drei bis vier Mann einstellen."

Maxim: „Moritz, meinst du nicht, das wäre im Moment etwas viel? Irgendwann wird St. Petersburg in der Lage sein in ihren Ateliers soviel herzustellen, wie sie verkaufen."

Moritz: „Lass uns das in Wuppertal diskutieren. Wuppertal hat gute Zahlen. Die Holzschnitzerei verkauft sehr gut und was das Atelier produziert, das geht fast ausschließlich nach St. Petersburg. Wir sollten auch nicht vergessen, dass wir die Andruckpressen für die Öldrucke demnächst bekommen."

Maxim nachdenklich: „Moritz, ich glaube, wir müssen uns bald zusammensetzen, ich befürchte sonst Schwierigkeiten. Im Moment klappt alles prima, aber was ist, wenn der Verkauf stagniert oder zurückgeht?"

Moritz ebenfalls grübelnd: „Maxim, da geht es dir wie mir. Auch ich habe Angst, dass das einmal rückläufig sein könnte. Andererseits haben wir schon jetzt hundert Prozent mehr Umsatz als im letzten Jahr. Immer, wenn ich mit meinen Bedenken komme, sagt mir Susi » schau doch mal auf die Zahlen « und dann habe ich keine Argumente mehr.

Ich glaube, Anton und Susi haben recht wenn sie sagen, wir brauchen Lagerraum. In Wiesbaden sind wir am Ende unserer Lagerräumlichkeiten. In Wuppertal haben wir noch Lagerkapazitäten, aber durch die Anschaffung des Andruckautomaten für Öldrucke wird es da eng.

Antons und Susis Argumente kann man nicht einfach wegwischen. Beide sagen, dass uns Schaden entsteht, wenn wir nicht auf Lagerbestände zurückgreifen können, sondern immer nur nach den Bestellungen fertigen. Wir sollten das heute diskutieren und wegen der Lagerhaltung müssen wir uns die Räume ansehen."

Der Verkehr nahm zu, die Unterhaltung stockte und kurz darauf war man bereits im Stadtgebiet von Wuppertal. Es war nach neun, als sie die Galerie **artis opus** erreichten.

Als erster entdeckte sie Bart von der Velde, winkte und kam auf die beiden zu: „Hallo ihr zwei, so früh hatten wir mit euch noch nicht gerechnet."

Dann kam die übliche Begrüßung und Bart meinte: „Geht nach oben, Paul Vermeylen und Thomas Hall warten schon im Büro. Ich komme nach."

Moritz und Maxim gingen am Empfang vorbei, sagten nur: „Hallo, wir gehen jetzt ins Büro und kommen nachher, um mit Ihnen zu reden." Dann weiter in den zweiten Stock ins Büro. Dort trafen sie Paul Vermeylen, den Leiter der Galerie und des Verkaufs, Thomas Hall den kaufmännischen Leiter und Hans Ruppert den technischen Leiter der Holzverarbeitung. Es gab eine herzliche Begrüßung.

Nachdem jeder seine kleinen Alltagssorgen losgeworden war, begann Moritz:

„Die Einzelheiten eurer Anliegen sind fast identisch mit dem Grund unseres Besuchs hier oder ergeben sich daraus. Deshalb lasst mich kurz erklären: Unsere Lager in Wiesbaden sind praktisch leer, da wir selbst verkaufen und außerdem noch unsere Ausstellung in Rom beliefern. Bei Ihnen in Wuppertal ist es ähnlich, nur Ihre Produktion geht nach St. Petersburg. Wenn ich es richtig sehe, so ist der Verkauf unserer Holzschnitzereien sehr gut, aber ohne eine Lagerhaltung.

Hans Ruppert unterbrach: „Herr Kaiser, bitte vergessen Sie nicht, dass die Holzschnitzereien bei einer Lagerhaltung sehr viel Platz benötigen."

Maxim unterbrach: „Liebe Kollegen, lieber Moritz, eines verstehe ich immer noch nicht. In Wiesbaden sind unsere Lagerräume leer. Trotzdem suchen wir neue Lagermöglichkeiten. Hier in Wuppertal haben wir Platz ohne Ende und ihr jammert nach zusätzlichen Lagerräumen. In Rom – hat mir Gina erklärt – hätte sie viele Lagermöglichkeiten und soweit ich St. Petersburg kenne, gibt es dort auch genügend entsprechende Räume. Warum in drei Teufels Namen suchen wir Lagerräume, wenn wir überall genügend leere Lager haben?"

Moritz schmunzelte: „Maxim hat mit seiner Frage sehr recht. Sie ist schnell beantwortet:

Es ist richtig, St. Petersburg hat ausreichende Lagerräume und auch Rom und Boston/USA haben keine Schwierigkeiten. Aber in Wiesbaden und Wuppertal wird es problematisch. Wir haben unsere Umsätze in den letzten Jahren verdreifacht. Dadurch wurden in Wiesbaden die Lagerräume zu

Produktionsstätten. Durch die Produktion der sogenannten Öldrucke, verloren wir in Wiesbaden viele Lagerräume. Das Gleiche kommt in Wuppertal auf uns zu.

Mit dem erhöhten Umsatz von Gemälden geht zwangsläufig die Rahmenproduktion einher. Mit den gestiegenen Umsätzen unserer Exponate ist automatisch der Lagerraum für Verpackungen aller Art gewachsen.

Wenn wir bisher bei unseren Exponaten von einer Lagerhaltung mit ein bis zwei Exemplaren ausgingen, müssen wir bei steigenden Umsätzen von fünf bis zehn Stück ausgehen. Da die Lagerung trocken, warm und luftig erfolgen muss, ergibt dies allein eine Lagerfläche von zirka 2.000 m².

Ich habe ausgerechnet, dass wir für die Lagerung der Exponate, des Arbeitsmaterials und des Verpackungsmaterials mindestens 5.000 m² zusätzlichen Lagerraum brauchen."

Moritz fuhr fort: „Aber lassen Sie mich berichten: Ich habe mit Herrn Gerkan – unserem Nachbarn von der Bilderrahmenfabrik – gesprochen. Auch der hat zu wenig Lagerraum. Wir alle wissen, die frühere Fabrik, zu der auch unsere Gebäude einmal gehörten, steht seit vielen Jahren leer.

Herr Gerkan hat sich erkundigt, die Gebäude sind immer noch zu verkaufen. Wir haben überlegt, ob wir nicht die Gebäude gemeinsam kaufen. Die Renovierung ist zwar teuer, aber das lässt sich noch verkraften. Wir haben daher mit Herrn Gerkan, dem Anwalt der Eigentümer, dem Architekten – der auch hier die Renovierungen gemacht hat – und uns heute, um dreizehn Uhr, einen Ortstermin zur Besichtigung der Gebäude gemacht. Ich würde vorschlagen, dass wir uns das alle ansehen."

Moritz hatte noch nicht ganz ausgesprochen, als auch schon die ersten begeisterten Vorschläge kamen.

Moritz lachte: „Bevor wir ins Schwärmen geraten schlage ich vor, dass ihr euch Gedanken darüber macht und mir heute Nachmittag sagt, wie viel Raum jede Abteilung braucht. Bitte, vergesst nicht den Andruckautomaten und die dafür notwendigen Trockenräume, Lagerräume für Papier und Stoff sowie die Lagerräume für die Fertigprodukte. Wir treffen uns also um dreiviertel eins und gehen dann gemeinsam nach drüben."

Moritz ging mit Thomas Hall, um die einzelnen Mitarbeiter in den Abteilungen zu begrüßen.

Als Moritz mit Herrn Hall zur Dame am Empfang kam, begrüßte diese die beiden sehr freundlich und auf Moritzens Frage, wie es ihr ginge, meinte sie: „Herr Kaiser, das ist schnell gesagt, nämlich sehr gut. Das Betriebsklima ist gut. Ich habe meist nur mit Paul zu tun, allein das ist sehr angenehm.

Ich muss außerdem noch was erzählen, ich habe mich hier von den Künstlern anstecken lassen. Ich bin dabei, mich mit dem Bemalen der Heiligenfiguren anzufreunden."

Herr Hall lachte: „Die Kollegen von der Holzbearbeitung waren mit dem Bemalen der Figuren in Zeitverzug. So hat man sie einfach mit eingebunden und ich muss sagen, sie macht das schon recht gut."

Noch ein paar freundliche Worte und dann begaben sich Moritz und Herr Hall in den 3. Stock des Seitentraktes zu den Kopisten. Dort trafen sie Maxim im angeregten Gespräch mit seinen Kollegen. Moritz begrüßte alle und fragte: „Kann ich euch in irgendeiner Form helfen oder habt ihr Wünsche?"

Maxim gab die Antwort: „Moritz, wir sind erst kurz im Gespräch. Wahrscheinlich habe ich eine ganze Liste von Wünschen, das sparen wir uns für später auf."

Danach gingen die beiden in die Schnitzerei. Diese war inzwischen groß geworden und beschäftigte acht Mann. Moritz begrüßte alle und Herr Ruppert stellte seine Mitarbeiter vor, soweit Moritz sie noch nicht kannte.

Moritz fragte, ob er irgendwo helfen könne. Es stellte sich schnell heraus, dass man viele Wünsche hatte.

Zusammen mit Herrn Hall und Herrn Ruppert besprachen sie die personelle Situation. Danach sah sich Moritz das Lager der Verkaufsexponate an und stellte fest, dass es bis auf wenige Stücke leer war. Herr Ruppert, der mitgegangen war sagte: „Herr Kaiser, so schön es ist gut zu verkaufen, es bringt leider auch Nachteile mit sich, dadurch, dass eine Lagerhaltung fehlt, müssen wir die Fräsmaschine dauernd umstellen und das kostet Zeit und bringt Unruhe.

Da unsere Erzeugnisse antik aussehen sollen, müssen wir einfach diese feinen Risse oder wie man sagte Krakelüren, mittels eines besonderen Reißlackes herstellen. Also noch mal eine Sonderbehandlung der Exponate. Es wäre einfacher, wir hätten einen großen Trockenofen."

Moritz unterbrach: „Herr Ruppert, schreiben Sie Ihre Wünsche einfach auf. Ich könnte mir vorstellen Sie haben noch mehr auf dem Herzen. Wir können dann heute Nachmittag oder morgen Vormittag darüber sprechen. Aber sagen Sie, hat die Holzbestellung aus der Slowakei geklappt?"

Herr Ruppert: „Das sind fantastische Holzstücke, alle mit einem Durchmesser von 50 – 70 cm und einer Länge zwischen 100 bis 200 cm. Leider hat das Holz während des Transportes gelitten. Es wurde nass und muss jetzt langsam abtrocknen. Der nächste Transport kommt nächste Woche. Es sind alle Holzarten vertreten."

Moritz schaute auf die Uhr: „Mein Gott, es ist ja schon fast halb eins. Kommen Sie Herr Hall, wenigstens eine Tasse Kaffee will ich noch in Ihrem Büro trinken, bevor wir die Gebäude nebenan besichtigen."

Zehn vor eins gingen sie zusammen zu den Nachbargebäuden und trafen davor wartend Herrn Gerkan mit dem Anwalt der Eigentümer und dem Architekten.

Herr Gerkan: „Hallo, Herr Kaiser, darf ich Ihnen den Anwalt der Eigentümer vorstellen?" Dann begann die Vorstellung der Herren und der Anwalt schloss das große Einfahrtstor auf und man begab sich in die Gebäude. Es war nicht zu übersehen, dass es sich um zwei große Fabrikgebäude handelte. Nach der Einfahrt links und rechts zwei Warenaufzüge, dahinter einen großen Hof. Beidseitig gab es je ein Gebäude mit einem Keller, Erdgeschoß und drei Etagen und noch eine sehr geräumige Mansarde.

Der Architekt fragte den Anwalt, ob er die Herrschaften führen dürfe und begann:

„Sie alle wissen, dass ich Ihre Räume in dem Nachbargebäude renoviert habe. Das war sehr kostenaufwändig, weil ich mehrere Wohnungen eingebaut habe und dazu repräsentable Galerieräume. Hier ist das anders. Diese Gebäude wurden von einer Fabrik genutzt, die schwere Maschinen aufgestellt hatte. Dadurch ist die Raumhöhe entsprechend, im Erdgeschoss 5 Meter, in den übrigen Etagen 4,20 Meter. Keller und Mansarde 3,5 Meter. Die Statik habe ich noch nicht geprüft, dürfte aber ausreichend sein.

Hier unterbrach der Anwalt: „ Meine Herren, die genauen Baupläne liegen bei mir im Büro. Ich will nicht übertreiben, aber ich weiß, dass wir ungefähr 10.000 m² anbieten."

Der Architekt fuhr fort: „Wir gehen jetzt zu Fuß in den linken Trakt. Ich nehme an, dass die Heizung – bis auf wenige Ausnahmen – in Ordnung ist. Allerdings traue ich den Wasserinstallationen nicht."

Gemeinsam gingen sie bis zur Mansarde des linken Flügels und stellten fest, dass ab der zweiten Etage je ein Übergang zum rechten Flügel der Gebäude war. Dann besichtigten sie den rechten Teil und der Architekt erklärte weiter: „Wie Sie sehen, sind nur einige Räume unterteilt. Ansonsten sind es sogenannte Fabriksäle. Eine Unterteilung ist heute dank der preisgünstigen Rigips-Stellwände leicht ausführbar. Wie Sie sehen, sind nahezu alle Fenster vorhanden. Nur im Erdgeschoss sind einige zu Bruch gegangen. Der Verputz ist teilweise auszubessern und in jedem Fall zu streichen. Der Betonboden ist für Lagerräume geeignet. Die gesamte Elektroinstallation muss erneuert werden. Die Toilettenanlagen müssen saniert werden. Die Türen in beiden Gebäuden sind bis auf eine Ausnahme zufriedenstellend.

Soweit ich sehen konnte, sind die beiden Aufzugsanlagen funktionsfähig."

Es gab noch viele Fragen und auch noch viele Erklärungen. So gegen fünfzehn Uhr war die Besichtigung zu Ende. Moritz sagte zum Anwalt: „Herzlichen Dank für Ihre Geduld. Wenn es möglich wäre, würde ich Sie bitten, dass Sie unserem Architekten eine Kopie der Baupläne geben. Vielleicht ist es machbar, ihm vorübergehend einen Schlüssel für die Gebäude zu überlassen, damit er bei der Kalkulation seines Angebotes alles berücksichtigen kann. Ich könnte mir vorstellen, dass der Elektriker und die Installateure ebenfalls besichtigen wollen. Aber damit brauchen Sie sich nicht zu belasten. Das kann unser Architekt erledigen."

Sie verabschiedeten sich schnell und begaben sich mit dem Architekten zurück zur Galerie **artis opus**.

Herr Gerkan, der Architekt, Moritz und Herr Hall gingen ins Büro. Der Architekt begann: „Meine Herren, ich muss Ihnen nicht sagen, dass die Gebäude, innen und außen, in einem tadellosen Zustand sind. Für Herrn Gerkan habe ich schon mal die Kosten für die Renovierung geschätzt. Sie werden Verständnis dafür haben, dass ich eine genaue Kalkulation machen muss, um Ihnen ein entsprechendes und verbindliches Angebot machen zu können. Voraussetzung für das Angebot ist, dass meine Leute bei Ihnen wohnen können. Wie ich weiß, ist bei Ihnen die Hausmeisterwohnung noch nicht wieder belegt. Ich hoffe, dass ich in sieben bis zehn Tagen ein Angebot vorlegen kann."

Moritz und Herr Gerkan bedankten sich.

Der Architekt verabschiedete sich und als die drei Herren allein waren, begann Herr Gerkan: „Eigentlich ist mir das eine Nummer zu groß. Andererseits brauche ich dringend etwa 1.000 m^2 Lagerraum und wahrscheinlich demnächst mehr. Ich will Ihnen nicht verhehlen, dass mein Geschäft mit Ihren Öldrucken hervorragend läuft. Ich rahme sie nur und kann sie mit einem satten Gewinn verkaufen. Außerdem bin ich dabei, mich eventuell in Frankreich an einer entsprechenden Firma zu beteiligen oder mich vertraglich zu binden, dies würde mir einen großen Umsatzzuwachs bringen."

Moritz: „Da gratuliere ich, anhand der Zahlen habe ich gesehen, dass Ihr Geschäft steil bergauf geht. Aber wo liegt Ihr Problem?"

Gerkan fuhr fort: „Wie jedes Geschäft, so ist auch das Geschäft mit Bilderrahmen ein hart umkämpfter Markt. Ich bin als Einzelkämpfer zurzeit gut im Geschäft. Was ich Sie jetzt frage, ist nur ins Unreine gesprochen. Ich suche entweder einen Partner oder einen Käufer. Dabei wäre ein Partner wie die Galerie Kaiser mir sehr angenehm. Im Falle einer Partnerschaft wäre eine Beteiligung von fünfzig Prozent möglich, im Falle eines Kaufes, könnte die Kaufsumme ein langfristiges Darlehen sein. Dabei versteht es sich von selbst, dass ich Geschäftsführer dieses Unternehmens bleiben möchte. Allein die Tatsache, dass hinter mir eine geballte Kraft steht, auf die ich mich gegebenenfalls berufen kann, würde mir in vielen Fällen helfen. Außerdem bin ich Kunstwissenschaftler und fühle mich der Kunst mehr verbunden als dem reinen Rahmengeschäft."

Moritz: „Herr Gerkan, ich will das gerne unserem Gremium vortragen. Dazu brauche ich die Zahlen Ihrer Firma, Ihre Vorstellung einer Beteiligung oder eines sogenannten Kaufs auf Raten. Es gibt da entsprechende Modelle."

Gerkan: „Reicht es Ihnen, wenn Sie die Zahlen und meine Vorstellungen innerhalb von vierzehn Tagen haben?"

Moritz: „Selbstverständlich. Sie haben erwähnt, dass Sie eine Bank hätten, die eventuell das Gesamtprojekt des Nachbarhauses finanziert?"

Gerkan: Es ist die Bank, die die Hypotheken auf diese Gebäude hält. Sie gehen bis zu einer Million mit. Die Bank hat mir das angeboten.

Anscheinend hat die Bank Auflagen von einer Aufsichtsbehörde, die sogenannte faule Hypotheken untersucht. Wenn

Sie es wünschen, so werde ich mich noch mal mit der Bank unterhalten."

Moritz: „Das wäre nett. Ich brauche ein Angebot der Bank. Der Käufer ist die Galerie Kaiser Wiesbaden e.V."

Man sprach noch mal das Projekt durch, bis Moritz meinte: „Meine Herren, die Zeit fliegt wieder mal, ich will heute Abend noch nach Solingen zu meinen Kindern und meiner Enkelin und sollte nicht zu spät kommen."

Sie verabschiedeten sich rasch. Moritz wollte noch klären, ob Maxim mit nach Solingen kommt. Aber Maxim hatte mit seinen Mitarbeitern noch viel zu besprechen, sodass er hierbleiben wollte.

Solingen

Moritz kaufte auf der Fahrt nach Solingen einen großen Strauß Blumen für Hilde. Als er auf den Parkplatz der Firma Granika einbog, stand Hilde bereits in der Tür. Sie lief auf Moritz zu, umarmte ihn, gab ihm zwei Küsschen und sagte: „Mensch Moritz, ist das schön, dass du wieder mal kommst. Wo hast du dein Köfferchen?"

Hilde griff nach seiner Reisetasche, hängte sich bei Moritz ein und sie gingen ins Haus. Sie fragte Moritz: „Welchen Willkommensdrink nimmst du?" Er entschied sich für einen Whisky und Hilde nahm ein Glas Weißwein. Die Tür ging auf und Erich kam: „Hallo Papa", sie umarmten sich.

Als Erich seinen Drink hatte, meinte Hilde: „So, Opa, jetzt musst du unsere kleine Susi bewundern."

Hilde nahm Moritz und ging mit ihm in das Esszimmer, dort stand das Körbchen mit der kleinen Susi. Moritz staunte: „Hilde, die ist groß geworden. Wenn ich mir unsere Zwillinge ansehe, die sind dagegen winzig."

Sie sprachen einige Zeit über die Säuglinge bis Hilde sagte: „Ach, das hab ich noch nicht erwähnt. Wir bekommen heute Abend noch Besuch. Gestern hat Anja Henzo angerufen, die frühere Freundin von Heinz. Die hat vor einigen Tagen ein Schreiben bekommen, in welchem vor Geschäften mit der Galerie Kaiser in Wiesbaden gewarnt wird, da diese in finanziellen Schwierigkeiten wäre. Frau Henzo hat mir gesagt, so ein ähnliches Schreiben hätte sie auch schon vor sechs Monaten erhalten. Das würde sie uns heute Abend auch mitbringen."

Moritz: „Wer schreibt denn so einen Blödsinn? Danke dir, dass du gleich veranlasst hast, dass uns die Schreiben zugespielt werden. Ich bin neugierig, wer so etwas verfasst hat."

Man war noch beim ersten Drink, als es klingelte. Hilde ging nach draußen und kam mit Frau Henzo wieder. Es gab eine freundliche Begrüßung und Frau Henzo sagte: „Ich wollte eigentlich nicht stören, aber es erschien mir wichtig, Ihnen die beiden Schreiben schnellstmöglich zu geben. Das erste Schreiben hatte ich überhaupt noch nicht gesehen. Erst als wir in unserem Geschäft das zweite Schreiben erhielten, sagte mir die Sekretärin, dass schon mal eine solche Information gekommen ist."

Frau Henzo gab Herrn Kaiser die beiden Schreiben. Der überflog rasch die beiden Schriftstücke.

Moritz ziemlich erschüttert: „Frau Henzo, vielen Dank. Die Schreiben sind eine bodenlose Unverschämtheit. Ich hoffe, wir dürfen die Originale behalten."

Frau Henzo: „Selbstverständlich, ich habe Fotokopien angefertigt und diese zu den Akten gelegt.

Außerdem habe ich bei meinem Chef um Erlaubnis gefragt. Sie können diese Originale selbstverständlich verwenden."

Hilde: „Moritz, was steht in den beiden Schreiben?" Spann uns doch nicht auf die Folter."

Moritz lachte: „Hilde noch ein paar Sekunden, ich muss es selbst noch mal überfliegen." Das Ganze ist wieder mal eine bodenlose Unverschämtheit von diesem Peter Wahl."

Dann las Moritz das erste Schreiben vor:

Kunst- und Antiquitätenberatung Wahl GmbH
MÜNCHEN

München, den 12. Febr. ....

Betr.: Galerie Kaiser Wiesbaden

Sehr geehrte Damen und Herren,
wie wir heute aus gut unterrichteter Quelle in Erfahrung bringen konnten, hat die Galerie Kaiser eine große Verkaufsausstellung in einer ehemaligen Klosterkirche in Rom eröffnet. Dies unweit des Vatikans. Im gleichen Kloster wird die Galerie Kaiser ein Kunstatelier etablieren.
Wie wir erfuhren, betrugen die Investitionen der Galerie Kaiser in Rom mehrer Millionen Euro. Soweit bekannt, drohte dem Geschäftspartner der Galerie Kaiser, einem Herrn Marco Zontini, im Herbst letzen Jahres der Konkurs. Dieser ist jetzt Mitinhaber der Galerie Kaiser in Rom.
Wir sind daher im Zweifel, ob die neue Galerie Kaiser in Rom und deren Geschäfte auf einer seriösen und finanziell gesicherten Basis geführt werden.
Aufgrund verschiedener Anfragen raten wir von Geschäften mit dem Unternehmen Kaiser in Wiesbaden und Rom ab.

Peter Wahl

Hilde aufgebracht: „Dieser Wahl, das ist doch das Schwein, der unsere Susi so verunglimpft hat. Das war doch der Lump, der hinter der Zwangseinberufung der Mitgliederversammlung stand. Dieser Halunke wollte doch die Ablösung von Susi erzwingen und außerdem den Verein auflösen.

Ich habe mit Mike und Jo gesprochen, dieser Schuft hat schon mehrfach gegen den Verein intrigiert und außerdem hinterhältig die Kunden bei Vernissagen abgefangen.

Moritz, was steht in dem zweiten Brief?"

Kunst- und Antiquitätenberatung Wahl GmbH
MÜNCHEN

München, den 25. Sept. ….

Betr.: Galerie Kaiser Wiesbaden

Sehr geehrte Damen und Herren,
mit Schreiben vom 12. Februar d.J. haben wir darauf hingewiesen, dass sich das im Betreff genannte Unternehmen möglicherweise in finanziellen Schwierigkeiten befindet.
Umso erstaunlicher ist es, dass die Galerie Kaiser im Sommer dieses Jahres eine Galerie nebst Ateliers in St. Petersburg eröffnet hat.
Soweit wir recherchieren konnten, handelt es sich um ein mehrgeschossiges Gebäude mit einem zusätzlichen, rückwärtigen Gebäude, in welchem die Ateliers untergebracht sind. Dieses Gebäude ist unweit der Eremitage, also in bester Lage.
Aus gut unterrichteten Kreisen haben wir erfahren, dass mehrere Millionen Euro investiert wurden.
Wir fragen uns, woher die Galerie Kaiser die Finanzmittel nimmt, zumal es sich bei der Galerie Kaiser Wiesbaden um einen gemeinnützigen Verein handelt.
Es erscheint uns zweckmäßig, vor Geschäften mit diesem Unternehmen zu warnen.

Peter Wahl

Moritz sehr ernst: „Bei soviel dreister Frechheit bleibt einem die Spucke weg. Frau Henzo, nur zu Ihrer Information. Herr Peter Wahl wurde vor wenigen Tagen als Geschäftsführer der Kunst- und Antiquitätenberatung in München abberufen. Herr Wahl wird wegen vieler Verbrechen in St. Petersburg gesucht. Ein Auslieferungsverfahren läuft. Ich werde diese beiden Schreiben unserem Justiziar übergeben, er soll sich mit dem neuen Geschäftsführer, einem Herrn Frank Lappas in Verbindung setzen. Außerdem müssen wir Frau Luise Wahl, die Eigentümerin dieser Firma, unterrichten.

Mir ist jetzt auch klar, warum unser Deutschlandumsatz so stark einbrach."

Hilde: „Ihr Lieben, ich brauche jetzt noch einen Drink, das regt mich auf."

Hilde fragte die andern, ob sie auch noch ein Getränk wünschen und jeder bejahte.

Als alle versorgt waren sagte Hilde: „Wenn wir alle ausgetrunken haben, dann darf ich euch zu Tisch bitten. Frau Henzo, Sie bleiben doch zum Essen?" Frau Henzo bedankte sich für die Einladung. Nach dem Abendessen verabschiedete sich Frau Henzo.

Moritz fragte danach Erich: „Erich, wie läuft denn euer Geschäft? Überall hört man von Geschäftsrückgang, bei Euch auch?"

Erich lachte: „Papa, bei uns läuft es einfach prima. Und wenn's irgendwo stockt, dann kümmert sich Hilde. Sie ist überhaupt nicht mehr wegzudenken. Unsere Besteckverkäufe sind gut. Sogar das Italiengeschäft hat angezogen. Außerdem hat Hilde jetzt einen Vertreter in Frankreich, der mehr als gut ist. Das Geschäft mit der Militaria und Orden ist nach wie vor erstklassig. Wir haben jetzt auch Kontakte nach Portugal und Spanien und das Geschäft entwickelt sich. Unsere medizinischen Geräte laufen nach wie vor. Die Werbeartikel mit antiken, medizinischen Geräten ist der Renner in diesem Herbst. Jetzt ist Hilde dabei, die alten getriebenen Silbersachen neu auf den Markt zu bringen."

Hilde lachte: „Moritz, die haben mich deswegen alle für beschossen gehalten. In spätestens einem Monat habe ich die neue Kollektion fertig. Für das Weihnachtsgeschäft zu spät, aber für die Messen im Januar gerade richtig. Ich will im kommenden Jahr auf die Frankfurter Frühjahrsmesse. Stand habe ich schon. Ich will unsere Artikel dort präsentieren. Ich bin überzeugt, wir kriegen eine Menge neuer Kunden.

Erich: „Papa, du siehst, ich hab nichts mehr zu sagen.“ Er lachte und fuhr fort: „Ich weiß gar nicht, wie es vorher ohne Hilde ging. Wenn du morgen Früh Zeit hast, geh doch kurz durch den Betrieb, du wirst manches nicht wiedererkennen.“

Moritz: „Ich muss zwar früh weg, aber wenn wir um acht frühstücken könnten, dann habe ich sicher noch eine halbe Stunde und kann mir die Neuerungen ansehen. Ich freue mich schon darauf.“

***

Wuppertal

Kurz nach zehn war Moritz in Wuppertal in der Galerie **artis opus**. Es hatte in Solingen doch etwas länger gedauert. Seine früheren Mitarbeiter hatten ihn freudig begrüßt, erzählten die Neuerungen und die Zeit war Moritz davongelaufen. So war er erst um halb zehn weggekommen.

Er begrüßte seine Mitarbeiter in Wuppertal und dann begannen die Diskussionen. Jeder hatte etwas auf dem Herzen. Man hatte wieder keine Zeit zum Essen.

Obwohl es im Moment noch genügend Platz in den Räumen der Galerie **artis opus** gab, waren alle der Meinung, dass man die Nebengebäude kaufen sollte.

Moritz lachte: „Herr Ruppert, Sie haben mir gestern so nebenbei erzählt, dass sie noch immer keine Formen für Gussfiguren hergestellt haben, da Ihnen hierfür die Leute und der Platz fehlen. Wie viel Leute, schätzen Sie, brauchen Sie dafür?“

Herr Ruppert: „Figuren aus Kunstharz oder eventuell nur aus Gips oder Alabaster, vielleicht auch aus weißem Zement sind zwar relativ einfach herzustellen, aber dafür ist ein neuer

Vertriebsweg erforderlich. Die Käufer wären Steinmetzen. Für die Herstellung würden wir zwei Steinmetzen benötigen und zwei Hilfsarbeiter. Das Produkt ist sehr schwer und die größte Schwierigkeit ist der Versand. Ich mache Ihnen mal eine Aufstellung und füge eine Kalkulation hinzu. Die neuen Räume würden sich gut dafür eignen."

Bart, der zugehört hatte sagte: „Herr Kaiser, der Markt für gegossene Figuren ist sehr krisensicher. Ich habe drüben bei den Aufzügen gesehen, dass sie mit bis zu 3.000 kg beladen werden können. Herr Ruppert hat recht, wenn er sagt, die Räume drüben würden sich sehr gut eignen."

Jeder hatte Vorschläge und Moritz musste sich richtiggehend loseisen, um pünktlich, um 16 Uhr, zurück nach Wiesbaden zu fahren. Als Moritz und Maxim sich endlich verabschiedet hatten, sagte Maxim: „Das waren zwei sehr interessante Tage. Unsere Kopisten hier sind sehr gut und auch sehr motiviert, aber dadurch, dass sie immer und immer wieder ihre Arbeiten unterbrechen müssen, da Eilaufträge zu erledigen sind, ist der Arbeitsaufwand zu groß."

In dieser Form lief die Unterhaltung weiter und die beiden freuten sich, wieder nach Hause zu kommen.

Wiesbaden

Freitagnachmittag. Susi freute sich auf das Wochenende. Endlich wieder ein, zwei ruhige Tage. Susi hatte sich vorgenommen, sich dieses Wochenende nicht nehmen zu lassen.

So gegen halb vier stellte ihr Vorzimmer ein Gespräch durch mit der Bemerkung, der Herr wollte mir seinen Namen nicht sagen, aber er meinte es wäre wichtig.

(Stimme) Sind Sie Frau Susanne Kaiser?
(Susi) Ja, mit wem spreche ich?
(Stimme) Haben Sie Papier und Stift? Schreiben Sie!

Wir haben den russischen Botschafter. Sagen Sie Ihren Freunden Borodin und Orlow, sie können ihn wiederhaben. Dies im Tausch gegen Bussow und 1000 Gemälde. Die Liste der von uns verlangten Gemälde bekommen Sie per Post.

(Susi) Warum rufen Sie die Herren nicht direkt an? Was hab ich damit zu tun?

(Stimme) Schnauze! Sie werden tun was wir verlangen, sonst wird Ihre Galerie in Flammen aufgehen.

Klick! Die Verbindung war unterbrochen.

Als hätte sie eine Eingebung gehabt, hatte sie zu Beginn des Gespräches auf die Taste Mitschnitt gedrückt. Jetzt hörte sie sich die wenigen Worte noch mal an. Dann rief sie eine ihrer Vorzimmerdamen und bat sie, die wenigen Worte aufzuschreiben. Dies mit Datum und Uhrzeit.

Als Susi das Schriftstück hatte, wählte sie Borodins Nummer in St. Petersburg.

Sie musste verbunden werden und hatte dann Olga am Apparat:

(Olga) Olga Waganowa! Hallo Susi, tut mir leid, aber ich kann dich nicht mit Michail verbinden. Es ist was Furchtbares passiert, man hat Michails Freund, den Botschafter in Berlin entführt.

(Susi) Olga, deshalb rufe ich an. Bei mir hat sich vor wenigen Minuten eine Stimme gemeldet und mir die Forderung der Entführer durchgegeben.

(Olga) Bleibe in der Leitung, das muss Michail sofort wissen, aber er spricht auf der anderen Leitung mit Grigori Orlow. Moment. ...

Es dauerte zwei Minuten.

(Michail) Hallo Susi, wie kommen die Entführer zu dir? Wann war das?

(Susi) Hallo Michail, vor wenigen Minuten hatte ich einen Anruf. Als hätte ich es geahnt, habe ich das Gespräch

mitgeschnitten. Ich halte jetzt den Hörer an den Lautsprecher des Aufnahmegerätes, sodass du das Gespräch hören kannst. ... dann fragte Susi, hast du alles mitbekommen?

(Michail) Ja. Kannst du mir den Text eventuell per Fax übermitteln, damit ich eine schriftliche Unterlage habe?

(Susi) Selbstverständlich, geht sofort an dich ab.

(Michail) Ihr hattet doch immer einen Mann der früher beim Bundeskriminalamt war. Hast du seine Adresse und seinen Namen? Vielleicht sollten wir ihn bitten, uns in dieser Angelegenheit zu beraten und zu helfen.

(Susi) Michail, der Herr heißt Herbert Wagner – und dann gab Susi seine Adresse und Telefonnummer durch. ... Wenn wir irgendetwas tun können, machen wir das selbstverständlich. Herbert Wagner kann auch wieder ein Büro bei uns haben und unser Telefon, Fax und so weiter benutzen. Warum die ihre Forderung ausgerechnet über uns weitergeben, das ist mir ein Rätsel.

(Michail) Mir nicht. Erstens waren weder Grigori noch ich zu erreichen, da wir gerade die Mitteilung von der Entführung erhalten hatten und zweitens, du weißt doch, Peter Wahl steckt dahinter, der kennt unsere Verbindung.

(Susi) Michail, wie um Gottes Willen ist es den Gaunern gelungen, den Botschafter zu entführen?

(Michail) Wir sind noch mitten in den Recherchen. Ich rufe dich später an und erzähle dir alles genau. Kannst du eventuell Herbert Wagner anrufen und ihn vorwarnen, dass wir seine Hilfe brauchen?

(Susi) Mache ich gerne Michail, wenn immer wir euch helfen können, rufe an. Gleich ob Tag oder Nacht. Darf ich von der Entführung Luise und Frank erzählen. Da Peter Wahl involviert ist, wäre das vielleicht zweckmäßig.

(Michail) Ja. Es wird ohnehin bald in allen Zeitungen stehen, denn bedauerlicherweise erfolgte die Entführung in einem Nobelrestaurant und im gleichen Restaurant war zur selben Zeit ein Zeitungsmensch. Der wird veröffentlichen.

Leider nicht mehr zu ändern. Susi, ich rufe dich später an und berichte.

(Susi) Wiedersehen Michail und grüße Olga und deine Frau.

Als Susi aufgelegt hatte veranlasste sie sofort die Durchgabe des Gesprächstextes per Fax an Michail.

Dann versuchte sie Herbert Wagner anzurufen, was ihr auch gelang und dieser versprach, zum Treffen um 18 Uhr bei Susi zu sein.

Mist, dachte Susi, das mit dem ruhigen Wochenende wird wohl nichts.

Susi versuchte Luise anzurufen.

(Stimme) Kunst- und Antiquitätenberatung Wahl.

(Susi) Hier Susanne Kaiser. Könnte ich Frau Wahl oder Herrn Lappas sprechen?

(Stimme) Frau Wahl ist leider im Moment nicht hier, aber ich verbinde Sie mit Herrn Lappas.

(Lappas) Hallo Susi, wie geht's bei euch?

(Susi) Ich muss euch leider etwas Unschönes berichten. ... dann erzählte Susi von dem Telefonat mit welchem ihr die Forderungen der Kidnapper durchgegeben wurde, dann von ihrem Telefonat mit Michail, sie beendete ihren Bericht mit den Worten: Ihr werdet es morgen ohnehin in der Zeitung lesen.

(Lappas) So ein Mist, aber was habt ihr damit zu tun?

(Susi) Frank, das wüsste ich auch gerne. Michail meint, Grigori und er waren kurzzeitig nicht zu erreichen und da wahrscheinlich Peter Wahl dahintersteckt, hat man uns die Forderung der Entführer zugespielt. Wo seid ihr eigentlich zu erreichen? Ich habe zwar alle Telefonnummern von Luise, aber leider nicht von dir?

(Frank) Entschuldigung. Ich konnte Luise überreden nicht mehr in die alte Wohnung zu gehen, zumindest vorüberge-

hend nicht. Sie wohnt im Moment mit bei mir, das erschien uns sicherer.

(Susi) Das ist vernünftig. Habt ihr das Geschäftliche erledigen können?

(Frank) Ja, Peter Wahl wurde als Geschäftsführer abberufen und ich als neuer Geschäftsführer eingesetzt. Die Kapitalaufstockung wurde bei einem Notar vorgenommen. Im Moment wühle ich mich durch die Unterlagen. Nimm einen Bleistift und schreibe meine Telefonnummern auf. ... Frank gab Susi seine Privatnummer und seine Handynummer.

(Susi) Frank vielen Dank. Tschüss und Grüße an Luise.

(Frank) Wiedersehen und Grüße an Moritz.

Nachdenklich legte Susi den Telefonhörer auf. Sie musste unbedingt noch Anton anrufen, um ihn zu unterrichten. Das machte sie gleich und Anton versprach um 18 Uhr zum abendlichen Umtrunk zu kommen.

Susi verließ ihr Büro. Vor dem abendlichen Treffen wollte sie noch kurz nach ihren Zwillingen sehen. Als sie in ihre Wohnung kam, traf sie dort Nina und Saskia.

Erstaunt fragte Susi: „Nina, was machst du denn hier? Ich denke du bist bei deinem Stern im Krankenhaus?“

Nina lachte. „Saskia hat mich angerufen, ob ich nicht zwei oder drei Stunden auf unsere Süßen aufpassen könnte. Sie glaubt, das abendliche Treffen heute wird wahrscheinlich stark besucht und sie müsse den Service machen, da Moritz nicht da ist. Nach acht gehe ich wieder ins Krankenhaus.“

Susi: „Also, das finde ich toll. Aber Moritz ist mit Maxim schon unterwegs nach hier, ich hoffe er ist um sechs da. Saskia, wenn du willst, so kannst du schon nach unten gehen. Auch ich glaube, dass es heute Abend voll wird. Aber sagt, wie geht es meinen beiden Süßen?“

Saskia berichtete, dass alles unter Kontrolle wäre und Nina meinte: „Wenn man nicht den ganzen Tag da ist, so sieht man sie wirklich jeden Tag wachsen. Ab nächster Woche kann ich wieder den Dienst regelmäßig versehen. Ingo ist soweit, dass er nachts keine Hilfe mehr braucht."

Saskia meuterte: „Also, das ist nicht notwendig. Macht euch um mich keine Gedanken. Allerdings haben mich Ingos Kollegen eingeladen ins Atelier zu kommen, da will ich nächste Woche in meiner Freizeit hin."

Susi: „Saskia, du wirst doch nicht in Ninas Fußstapfen treten wollen und auch mit dem Kopieren beginnen?"

Saskia: „Ich habe das noch nie probiert. Nur Ingos Kollegen meinten, ich soll es probieren, es würde Spaß machen."

Sie flachsten noch, als die Tür aufging und Moritz kam mit Maxim. Susi zog Moritz und Maxim ins Wohnzimmer.

Dann berichtete sie den beiden von dem Telefonat der Entführer und den Forderungen und, dass Michail am Abend die Details der Entführung mitteilen würde.

Susi ging mit Maxim und Moritz nach unten in den 4. Stock und sie waren sehr erstaunt, dort schon einen Teil ihrer Mitarbeiter zu finden. Auch Herbert Wagner war gekommen und im Schlepptau Manfred Wundram von der Kripo in Wiesbaden. Dieter Zeiser ihr Notar und Jens Gerner ihr Steuerberater hatten es nicht versäumt zu kommen.

Als jeder seinen Drink hatte, stieg Susi wie üblich auf einen Schemel und sagte:

„Unsere Hilde hätte jetzt gesagt, bei uns ist immer was los. So auch heute. Gegen halb vier hatte ich einen Anruf von einem mir unbekannten Menschen, der mir berichtete, man hätte den russischen Botschafter in der Bundesrepublik Deutschland entführt. Man würde ihn herausgeben, wenn man den Strafgefangenen Iwan Bussow freilassen würde und außerdem noch 1.000 Gemälde aus dem Fundus der Eremitage in St. Petersburg bekäme. Einzelheiten würde man uns per Post mitteilen.

Es war mir möglich, kurze Zeit später Michail Borodin, den Direktor der Eremitage in St. Petersburg, zu erreichen. Der bestätigte mir die Entführung des russischen Botschafters in Berlin. Er bat mich hinsichtlich der Einzelheiten der Entführung etwas Geduld zu haben. Er würde sie mir noch heute Abend mitteilen. Ihr Lieben, mehr kann ich euch nicht sagen. Ich verspreche, euch zu unterrichten."

Gegen halb acht läutete das Telefon. Moritz nahm ab und winkte Susi. Sie nahm den Hörer und sagte kurz: „Ich rufe in fünf Minuten zurück."

Dann bat sie diskret die Herren Wagner, Wundram, Dieter Zeiser, Jens Gerner, Anton Jonas, Maxim Pasternak und ihren Mann zu sich ins Büro. Man begab sich eine Treppe tiefer in Susis Büro und als alle an Susis Besprechungstisch Platz genommen hatten, sagte Susi:

„Ich hatte Michail am Apparat und habe ihm versprochen sofort zurückzurufen. Da er mir die Einzelheiten durchgeben wollte dachte ich mir, es ist besser ihr hört alle zu.

Dann wählte Susi Michails Telefonnummer:

(Michail) Michail Borodin.

(Susi) Hallo Michail, ich bin jetzt in meinem Büro und kann eventuell die Einzelheiten unseres Gesprächs mitschneiden. Außerdem sind folgende Herren bei mir, Herbert Wagner, wie ich hörte, hast du schon mit ihm telefoniert, Manfred Wundram, der aufgrund deines Wunsches mitgekommen ist. Unser Notar Dieter Zeiser und Jens Gerner, die wir möglicherweise in dieser Angelegenheit brauchen, mein Mitgeschäftsführer Anton Jonas, Moritz und selbstverständlich Maxim, der wie kein anderer die Zusammenhänge kennt.

(Michail) Susi, das ist doch selbstverständlich. Es tut mir nur sehr leid, dass ihr auf einmal mit etwas konfrontiert wurdet, womit ihr eigentlich nicht das Geringste zu tun habt.

(Susi) Michail, du hast uns schon so oft geholfen und es ist ganz selbstverständlich, dass wir auch helfen. Außerdem ist euer Botschafter in Berlin eine Persönlichkeit, die wir schätzen. Also erzähle wie ist es diesen Halunken gelungen, den Botschafter zu entführen?

(Michail) Susi, ihr werdet es wahrscheinlich morgen in allen Zeitungen ausführlich lesen können. Unser Botschafter geht ab und zu mal mit Gästen in ein gutes Restaurant. Dort benutzt er einen separaten Raum, der keinen eigenen Eingang hat. Dieser separate Raum hat sogar eine eigene Toilettenanlage. Die Fenster sind vergittert. Die Toilettenanlage hat eine getrennte Herren- und Damentoilette. Zwischen den beiden Toilettenanlagen befindet sich ein Lagerraum. Vor den Toiletten ein Vorraum.

Der Botschafter besuchte die Herrentoilette. Kurz nach ihm ging eine Dame seines Besuches auf die Toilette. Diese hat man bereits im Vorraum abgefangen, mit Äther betäubt und in die Damentoilette geschleift. Als der Botschafter aus der Herrentoilette kam, packten ihn drei Männer und brachten ihn über den Lagerraum nach draußen. Das Gitter des Lagerraumes hatte man entfernt. Ein Lieferwagen hat dort seit mehreren Tagen gestanden, dahinein brachte man den Botschafter und fuhr davon.

Als der Botschafter und die Dame nicht zurückkamen, suchte man nach den beiden. Man fand die Dame. Es dauerte etwas, bis diese erzählen konnte. Die Bewacher des Botschafters wurden sofort hinzugezogen, sie reagierten sehr schnell, aber der Botschafter war weg. Wir haben sowohl die Nummer des Wagens in welchem der Botschafter entführt wurde, als auch eine genaue Beschreibung des Mannes, der den Wagen dort seit Tagen geparkt hatte.

Die Autonummer ist gestohlen, das wissen wir inzwischen. Nach dem Fahrzeug wird in und um Berlin fieberhaft gesucht. Das Ganze war sehr professionell.

Die deutschen Behörden wurden sofort eingeschaltet. Die sind sehr hilfsbereit. Da wir schon mit Herrn Wagner und Herrn Wundram zusammengearbeitet haben war mein Vorschlag, dass das Bundeskriminalamt in Wiesbaden die Suche übernehmen soll, zumal anscheinend über euch die Rückgabeverhandlungen laufen sollen.

Ich könnte mir vorstellen, dass Peter Wahl hinter dieser Entführung steckt. Die versuchten uns in St. Petersburg anzurufen. Aber weder ich noch Grigori waren an ihren Arbeitsplätzen. So hat man das wahrscheinlich über euch gemacht.

(Susi) Michail, vielen Dank für die Informationen. Willst du jetzt Herbert Wagner und Herrn Wundram noch mal haben? Dann schalte ich den Mitschnitt des Telefonats ab.

(Michail) Susi gerne. An alle Anwesenden herzlichen Dank für ihre Mitarbeit.

(Maxim) Michail Stopp. Du weißt, ich kenne die Familie des Botschafters. Sage seiner Frau, dass wir helfen wollen. Wir werden alles in unserer Macht stehende tun, um ihren Mann heil und gesund wieder zurückzubringen.

(Michail) Danke dir, Maxim. Ich werde es ihr ausrichten.

(Susi) Michail grüße deine Frau aber auch Grigori. Ich schalte jetzt um.

Sie erklärte Manfred Wundram und Herbert Wagner ihre Telefonanlage und sagte dann, kommt ihr Lieben, wir lassen die beiden Herren jetzt allein und gehen nach oben. Ich glaube, wir alle brauchen jetzt noch einen Drink.

Als man im 4. Stock war, fragten alle nach den Einzelheiten, so erzählte Susi den Anwesenden, wie die Entführung vonstattenging.

Kurz danach kamen Herbert Wagner und Manfred Wundram. Herbert nahm Susi beiseite und fragte: „Susi, kann ich bei euch wieder ein Büro haben? So, wie mir Michail Borodin sagte, wird Grigori Orlow die deutschen Behörden bitten, Amtshilfe zu leisten. Michail Borodin meint, dass ihr wahrscheinlich als Vermittler bei dem Austausch der beiden Personen und eventuell der Bilder fungieren werdet.“

Susi: „Herbert, das ist doch selbstverständlich. Wo bist du am liebsten, im 2., 3. oder 4. Stock.“

Herbert lachte: „Susi, du wirst das schon machen. Montagmorgen wäre es schön, wenn ich da einen Platz hätte.“

***

Samstagmorgen. Susi, Moritz und Saskia saßen beim Frühstück. Saskia erzählte:

„Gestern Abend ist's wieder spät geworden. Diesmal war's nicht Maxim, diesmal haben Jens Gerner, Dieter Zeiser, Anton und Jo kein Ende finden können. Das habe ich bei denen noch nie erlebt. Wenn du mich nicht brauchst, dann würde ich am Nachmittag ins Hinterhaus zu Ingos Arbeitskollegen gehen, die arbeiten heute."

Susi lachte: „Logisch darfst du das. Ich will heute Vormittag nur kurz ins Büro gehen um zu sehen, wo ich Herbert Wagner platziere. Außerdem habe ich noch zwei Kleinigkeiten zu erledigen. Saskia, wenn du das Mittagessen machen würdest, dann übernehme ich danach."

Kurze Zeit später waren Susi und Moritz in Susis Büro und Moritz meinte: „Bevor jetzt wieder irgendwelche Telefonate kommen, muss ich dir etwas berichten."

Dann erzählte Moritz, dass er bei Hilde Frau Henzo getroffen habe, die ihm zwei Schreiben von Peter Wahl zur Kenntnis brachte. Moritz überreichte Susi die beiden Schreiben mit den Worten: „Lies selbst."

Zweimal las Susi die beiden Briefe und sagte dann ernst: „Jetzt müssen wir uns nicht mehr wundern, warum unser Deutschlandumsatz nahezu auf Null gefallen ist. Komm, lass mich gleich Luise und Frank anrufen, dann kann ich heute noch die beiden Schreiben faxen und sie können sich überlegen, wie wir die Sache aus der Welt schaffen können. Vorsicht ist geboten."

Susi nahm das Telefon und rief die Kunst- und Antiquitätenberatung Wahl an.

Sie hatte sofort Luise am Apparat.

(Susi) Hallo Luise, dir einen schönen Tag. Müsst ihr beide heute arbeiten?

(Luise) Ach Susi, bei mir ist es schlimm. Hier erwartete uns ein Chaos und in meinem Antiquitätenladen werde ich schmerzlich vermisst. Wir haben heute Morgen die Zeitung studiert. Da ist die Entführung des Botschafters genau geschildert. Weißt du mehr?

(Susi) Ich hab zwar noch keine Zeitung gelesen, aber sicherlich steht in den Gazetten mehr als wir wissen. Die Entführer haben sich anscheinend entschlossen über uns die Verhandlungen zu führen.

Aber mein Anruf hat einen anderen Grund. Dein Mann, Peter Wahl, hat am 12. Februar diesen Jahres und am 25. September diesen Jahres – also praktisch vor zweieinhalb Wochen – unter dem Absender der Kunst- und Antiquitätenberatung Wahl zwei Schreiben verfasst, in welchem er unser Unternehmen so darstellt, als wären wir pleite. Er warnt vor Geschäften mit uns. Wahrscheinlich ging dieses Schreiben an alle Galerien und Kunsthandlungen in Deutschland. Wir wunderten uns schon die ganze Zeit, warum unser Deutschlandumsatz weggebrochen ist. Ich schicke dir jetzt ein Fax mit den Kopien dieser Schreiben.

(Luise) das ist ja furchtbar, ich kann mich nur entschuldigen. Das müssen wir sofort richtigstellen.

(Susi) Luise, Vorsicht! Ein einfacher Widerruf könnte eventuell das Gegenteil bewirken. Wir müssen uns da gemeinsam etwas überlegen. Ich werde jedenfalls mit Dieter Zeiser darüber sprechen. Sicherlich hat Frank da auch ein paar gute Ideen. Wir telefonieren deswegen wieder am Montag. Jetzt will ich nur noch sehen, wo ich die Polizei bei uns unterbringe und dann geht's ins Wochenende.

(Luise) Susi, ich mache es ganz kurz. Dir und Moritz ein wunderschönes Wochenende und alles Gute. Tschüss bis Montag.

(Susi) Danke, dir und Frank Tschüss.

Als sie aufgelegt hatte sagte Susi zu Moritz: „Komm lass uns schnell noch den Raum für Herbert Wagner ansehen. Ich denke wir platzieren ihn im 2. Stock. Dann will ich mit dir spazieren gehen, das haben wir schon so lange nicht mehr gemacht."

***

Berlin

Im Hinterzimmer einer Galerie in Berlin-Neukölln trafen sich die Entführer des russischen Botschafters.

Peter Wahl fragte: „Ralf und Jan, mit dem Botschafter alles in Ordnung?"

Ralf Wenz: „Der ist ganz ruhig. Lediglich heute Morgen wollte er eine Zeitung haben. Ich habe mit Dimitri darüber gesprochen, dann habe ich ihm eine Bild-Zeitung gegeben."

Jan Schneider: „Auch mit dem Essen klappt das gut."

Es klopfte und Anarei Perow kam. Er begrüßte die Übrigen. „Hallo, unseren Wagen haben sie noch immer nicht gefunden. Ich habe ihn geschickt zwischen Bäumen geparkt. Davor hat sich ein Wohnmobil gestellt. Alles ist zugeparkt."

Peter Wahl: „Thomas, den Brief hast du doch gestern, wie besprochen, am Alex eingeworfen?"

Thomas Hanke: „Aber klar doch, wie vereinbart, mit Handschuhen. Hatte Arbeitsklamotten an und Arbeitshandschuhe. Das kann niemanden aufgefallen sein."

Thomas Hanke fragte dann nervös:

„Peter, sag mal, ich bin erst so kurz bei euch und blicke noch nicht so ganz durch. Dem Stepan Pimenow gehört doch hier die Galerie. Das ist doch richtig?"

Peter Wahl: „Ja, offiziell ist das richtig."

Thomas Hanke fragte weiter: „Dimitri Michailow, Wassili Rudnew und Anarei Perow, die waren doch früher bei der

Galerie für russische Kunst. Sind die nicht automatisch verdächtig den Botschafter entführt zu haben?“

Peter Wahl: „Allerdings, die drei wird man zuerst verdächtigen. Deshalb sollen sie sich keinesfalls vorn in der Galerie sehen lassen. Thomas Hanke jetzt zaghaft: „Und wie kommen Ralf Wenz und Jan Schneider zu uns?“

Peter Wahl: „Die beiden haben dafür gesorgt, dass viele Gemälde und Ikonen aus St. Petersburg nach Berlin gebracht wurden. Thomas, mach dir keine Gedanken, wir haben alles fest im Griff.“

Dimitri Michailow: „Ich hoffe nur, Frau Kaiser hat unsere Forderung nach St. Petersburg weitergeleitet.“

Peter Wahl lachte: „Ich bin mir ganz sicher, du hattest noch nicht ganz aufgelegt, da wusste das Borodin schon. So noch mal für alle. Ein Mann bleibt im Laden der Galerie, zwei Mann zur Bewachung unserer Geisel. Alle viertel Stunde werft ihr einen Blick auf den Botschafter. Niemand betritt die Zelle, wenn nicht zusätzlich zwei Mann an der Tür stehen. Randaliert der Botschafter, betäubt ihr ihn oder je nachdem, fesselt ihn. Also, Vorsicht für alle.“

Dimitri: „Ich wiederhole noch mal, keine Fertigmahlzeiten kaufen, sondern selbst zubereiten. Einkaufen nur in einem Supermarkt. Solange wir hier den Botschafter bewachen, keinen Tropfen Alkohol. Auch kein Bier. Den Botschafter selbst freundlich behandeln. Wir verhalten uns vierzehn Tage ganz ruhig. Danach müssen wir hier ohnehin weg.

Anarei, das ist eine Aufgabe für dich, wir brauchen wieder einen Lieferwagen mit geänderten Nummernschildern oder wir nehmen einen Leihwagen, aber den sollten wir nicht in Berlin mieten. Bitte, kümmere dich darum.“

Sie sprachen noch über die Angelegenheit bis Peter Wahl meinte: „Da wir jetzt ohnehin über die Galerie Kaiser in Wiesbaden verhandeln, will ich mal sehen, ob wir nicht im Rhein-Main-Gebiet eine passende Unterkunft für den Botschafter finden. Ich habe dort einige Bekannte.“

***

Wiesbaden

Montagmorgen. Susi, Moritz und Saskia hatten eben fertig gefrühstückt, als Herbert Wagner kam.

Susi lachte: „Herbert, schon so früh auf den Beinen?“

Herbert: „Das war ein etwas anstrengendes Wochenende. Unsere russischen Freunde haben unser Auswärtiges Amt ganz schön unter Druck gesetzt. Die Staatsanwaltschaft in Karlruhe hat jetzt übernommen. Das Bundeskriminalamt ist eingeschaltet. Mich hat man jetzt mit einbezogen und es ist eine Großfahndung eingeleitet. Susi, bitte, zeige mir mein Büro, damit ich denen meine Telefonnummer durchgeben kann. Um zehn kommen die Techniker um weitere Leitungen zu installieren und vor allen Dingen um Gespräche rückverfolgen zu können. Ein riesiger Aufwand.“

Susi meinte nur: „Herbert, womit haben wir das verdient. Ich wollte dich zwar im zweiten Stock unterbringen, aber wenn die an unsere Telefonzentrale wollen, ich habe in meiner Etage noch einen kleinen Raum, da sind sie näher an den Leitungen. Komm, wir schauen uns das an.“

Schnell waren sich Herbert und Susi einig, dass der Raum neben der Telefonzentrale günstiger ist. Susi bat die beiden Schreiner nach oben, damit der Raum für Herbert ausgestattet wurde. Sie waren mit der Möblierung noch nicht ganz fertig, als zwei Herren vom Bundeskriminalamt kamen, um die Leitungen zu schalten. Sie stellten Herbert auch ein Aufnahmegerät zur Verfügung.

Kurz nach zehn kam ein weiterer Beamter des Bundeskriminalamtes, um ein Schreiben der Kidnapper in Empfang zu nehmen. Es gab einen heftigen Wortwechsel zwischen Susi und dem Beamten, der das Schreiben beschlagnahmen wollte ohne Susi die Möglichkeit zu geben, eine Fotokopie davon zu machen. Herbert Wagner konnte den Streit schlichten und der Beamte erklärte sich bereit, ihr drei Fotokopien des Schreibens zu überlassen.

Kurz nach elf Uhr kam die Post und mit ihr auch das Schreiben mit einer Aufstellung der geforderten eintausend Gemälde der Eremitage.

Die Liste war auf einem Computer geschrieben und hatte einen Nachsatz:

» Die Gemälde sind bis zum kommenden Freitag an die Galerie **artis opus** in Wuppertal zu liefern und dort zu lagern, bis weitere Anweisungen erfolgen. «

Ganz vorsichtig fertigte der Beamte mit Latex-Handschuhen die Fotokopien an. Nahm dann das Schreiben nebst Umschlag, um es auf Fingerabdrücke zu untersuchen.

Susi zu Herbert: „Wenn sich ein Beamter nochmals so aufführt, dann ist es mit meiner Freundlichkeit vorbei. Auch mit meiner Hilfestellung. Das lasse ich mir nicht bieten. Wir tun alles, um zu helfen und da müssen sich die Beamten des Bundeskriminalamtes auch eines höflichen Tons bedienen."

Herbert: „Susi, sicher hast du recht, aber die Männer machen auch nur ihren Job und das ist nicht immer einfach."

Susi verärgert: „Herbert, ich sage das nur einmal, noch mal eine solche Unhöflichkeit wie vorhin und mir kommen diese Herren nicht mehr ins Haus. Weder hier in Wiesbaden noch in Wuppertal. Richte ihnen das aus. Dieser Beamte hatte überhaupt kein Recht mit mir so zu sprechen oder gar den Brief zu beschlagnahmen. Er hätte dazu eine richterliche Verfügung haben müssen.

Ich bin stinksauer."

Herbert Wagner: „Susi, so kenne ich dich gar nicht. Aber zu deiner Beruhigung, ich werde es an das BKA weitergeben. Ich hoffe, das wird sich nicht mehr wiederholen."

Susi war immer noch verärgert. Sie ging, um zu veranlassen, dass Michail Borodin von der Eremitage in St. Petersburg ein Fax mit diesem Schreiben bekam und auch Grigori Orlow in St. Petersburg. Bei dem Fax an Hugo Wettengel ihrer Galerie in St. Petersburg fügte sie noch an, dass er darauf achten soll, möglicherweise Aufnahmen der verlangten Gemälde zu machen, da die Publikationsrechte, egal wer der jeweilige Besitzer sei, bei der Galerie Kaiser lägen. Falls das nicht möglich wäre, dann wolle sie versuchen, diese Fotografien in Wuppertal zu machen.

Bei dem Fax an die Galerie **artis opus** in Wuppertal fügte sie hinzu, dass man Lagerräume bereitstellen solle.

Wie Susi ihrem Terminkalender entnehmen konnte, kam am Nachmittag Orlando Lopez aus Mexiko-City in Frankfurt an. Sie erreichte Franz Westermann noch, der Orlando Lopez am Flughafen abholen sollte. Er erzählte Susi, dass Maxim mitkommen wollte. Auf Susis Frage, wie sie die Unterbringung gelöst hätten, meinte Franz:

„Susi, das war ganz einfach, ich habe Orlando Lopez angerufen und gefragt, ob er damit einverstanden ist im Fremdenzimmer von Maxim zu bleiben. Wenn's ihm nicht gefällt, dann müssen wir eine andere Lösung finden. Aber das Telefonat mit Lopez war so freundschaftlich, dass ich glaube, Herr Lopez ist ein angenehmer Zeitgenosse. Heute Abend soll er erst mal schlafen. Ich bringe ihn morgen Abend mit zum Sechsuhrtreffen." Susi wünschte Franz eine angenehme Fahrt nach Frankfurt.

Der Vormittag war verflogen und Susi musste zu ihren Zwillingen. Saskia wartete schon und meinte: „Susi, du kannst es noch mal mit Stillen versuchen, aber ich habe die Fläschchen schon fertig."

Susi meinte: „Saskia, ich glaube du hast recht. So langsam ist es mit dem Stillen vorbei."

Um dreiviertel eins kam Moritz und unmittelbar danach Nina. Sie gingen gemeinschaftlich zu Tisch.

Kurz nach zwei war Susi wieder in ihrem Büro. Sie hatte ein langes Gespräch mit Michail, dem sie erklären musste, dass das Schreiben der Entführer beim Bundeskriminalamt läge, aber sie hätte eine Fotokopie, die sie sofort schicken würde. Susi telefonierte mit Hugo hinsichtlich der aufzunehmenden Bilder und zuletzt mit Paul Vermeylen in Wuppertal.

(Susi) Hallo Paul, ihr habt sicher schon mein Fax. Wie ihr wahrscheinlich inzwischen wisst, hat man den russischen Botschafter entführt. Dummerweise hat man uns als Vermittler ausgesucht. Wir nehmen an, es war Peter Wahl. So kommt es auch, dass diese 1.000 Bilder aus der Eremitage bei euch zwischengelagert werden sollen. Wer immer sie abholt, ich muss dazu mein Okay geben. Die Polizei darf die Bilder nur in Augenschein nehmen, wenn sie entweder dazu eine richterliche Erlaubnis haben oder wenn ich es erlaube. Keinesfalls darf die Polizei an den Gemälden irgendwelche Wanzen oder Ortungsgeräte anbringen. Es könnte sonst das Leben des russischen Botschafters gefährdet werden. So habe ich es mit den russischen Behörden abgesprochen.

(Paul) Danke für den Hinweis. 1.000 Gemälde, das ist ein riesiger LKW voller wertvoller Exponate. Wir haben uns schon überlegt, dass wir die wahrscheinlich im Seitentrakt im 1. Stock lagern. Meinst du, die kommen wirklich am Freitag?

(Susi) Da bin ich mir ziemlich sicher. Paul, wir besitzen gemäß dem Vertrag mit der Eremitage die Publikationsrechte für diese Gemälde. Ich habe Hugo Wettengel gebeten, entsprechende Ablichtungen dieser Bilder zu machen. Wieweit er dazu in St. Petersburg in der Lage ist, das weiß ich nicht. Es ist möglich, dass ihr noch Aufnahmen machen müsst. Habt ihr entsprechende Kameras dafür?

(Paul) Aber selbstverständlich. Bart und auch ich haben privat diese Kameras, sowohl als normale Filmkameras als auch digital. Es ist vielleicht am einfachsten, wir nehmen sie alle auf. Allerdings, tausend Stück, das ist eine Mammutarbeit. Du kannst dich darauf verlassen, dass das klappt.

(Susi) Danke Paul, grüße die anderen und Tschüss!

Die Zeit verflog wieder mal. Es war schon fast fünf am Nachmittag als es an ihrer Tür klopfte. Es kamen Franz Westermann und Maxim mit einem ihr unbekannten Mann. Es war Orlando Lopez. Ein sehr gut aussehender Mittvierziger mit einem dunklen Teint und tiefschwarzem Haar.

Susi gab ihm die Hand und sagte: „Herzlich willkommen bei uns. Es ist uns eine Freude einen Bekannten von Mike bei uns zu sehen."

Franz: „Wir wollten Herrn Lopez erst morgen vorstellen, denn er hat einen langen Nachflug hinter sich, aber er wollte unbedingt etwas bei dir abgeben."

Herr Lopez lachte und übergab ein Päckchen: „Für Sie, Frau Kaiser, eine kleine Überraschung aus Mexiko. Ich hoffe, es gefällt Ihnen."

Susi packte aus und war überrascht. Eine aus Silber getriebene Maske hielt sie in der Hand. Susi bedankte sich vielmals und Orlando Lopez erklärte:

„Dies ist eine aus Silber getriebene Maske aus Taxco, dem Zentrum des Silberhandels. Die Maske verkörpert uralte Handwerkskunst Mexikos. Masken und Maskentänze gibt es in Mexiko in vielfältiger Form. In Mexiko sind einige der Tänze auch spanischen Ursprungs, aber die spanischen Missionare haben die Indianer immer wieder ermuntert, ihre alten Lieder und Tänze zu bewahren."

Nochmals bedankte sich Susi für die wertvolle Maske und sagte: „Herr Lopez, Sie müssen nach dem langen Flug hundemüde sein. Wir haben sicherlich Gelegenheit in den nächsten Tagen ausführlich über Ihr Land zu sprechen."

Es folgte noch ein kurzes Gespräch und die Herren verabschiedeten sich.

Susi wollte gerade nach oben in ihre Wohnung gehen, als sie Michail am Apparat hatte. Der bedankte sich nur kurz für das Fax und sagte ihr, dass die Bilder entsprechend der Wünsche der Entführer zusammengestellt würden. Am Mittwochmorgen sollte der LKW mit den Exponaten ab

St. Petersburg nach Wuppertal fahren. Zwei Beamte der Miliz würden den LKW begleiten und blieben auch bei den Bildern in Wuppertal. Michail fragte an, ob die beiden Herren in der Nähe der Bilder schlafen könnten, was Susi bejahte.

***

Berlin

Dienstagmorgen. In der Galerie, in welcher der gekidnappte Botschafter festgehalten wurde, war es relativ ruhig. Ralf und Jan hatten das Frühstück dem Botschafter gebracht. Er war ruhig und fragte: „Habt ihr schon Nachricht, wann ich gegen Bussow ausgetauscht werde?“

Ralf der in der Zelle war, verneinte und sagte: „Wir haben noch keinerlei Nachricht aus St. Petersburg. Soweit wir wissen, ist Bussow schon in Sibirien und muss erst zurücktransportiert werden.“

Als die Zelle wieder geschlossen war, meinte Ralf: „Eigentlich ist es zu ruhig. Bin mal neugierig was Anarei berichtet und ob man den Wagen schon gefunden hat.

Nicht viel später kam Wassili Rudnew und erzählte: „Gestern Abend hat man meinen Kontaktmann in der Botschaft verhaftet. Ich kann nur hoffen, dass der dicht hält. Selbst wenn nicht, er hat nur meine Privatanschrift in Köpenick. Meine Frau weiß nur, dass ich für Bussow gearbeitet habe und Bussows Galerie hat keinen Bezug zu der Galerie hier. Trotzdem meine ich, wir sollten vorsichtshalber in unserer Galerie das große Bild vor die Tür zu den hinteren Räumen stellen. Man weiß nie, ob nicht irgendjemand fragen kommt. Über meine Frau erfahre ich in jedem Fall ob die mich suchen.“

Wenig später kam Anarei Perow: „Stellt euch vor, die haben den Wagen immer noch nicht entdeckt. Das Wohnmobil steht noch davor, trotzdem, man kann den Wagen deutlich sehen. Heute Nachmittag will ich noch mal vorbeigehen."

Als später Dimitri Michailow kam, berichteten ihm seine Leute und er rief Peter Wahl an. Dieser empfahl, Anarei Perow solle jetzt schon einen Lieferwagen als Mietwagen besorgen. Den könne man in der Nähe parken.

Kurze Zeit später kam Stepan Pimenow und berichtete: „Heute Morgen um sechs haben sie die Galerie für russische Kunst durchsucht. Drei Stunden waren sie mit zwölf Mann dort. Erst gegen neun Uhr sind sie wieder gegangen. Die Kripo scheint sehr gründlich gewesen zu sein. Selbst Keller und Speicher im gleichen Haus haben sie durchsucht."

Wiesbaden

Dienstagmorgen, kam Susi in ihr Büro. Dort waren schon wieder zwei Techniker des Bundeskriminalamtes am arbeiten. Susi ging zu Herbert und fragte:

„Sag mal Herbert, wie lange wollen denn die Techniker noch unseren Betrieb stören. Die haben gestern den ganzen Tag gearbeitet und heute Morgen sind sie schon wieder zu Gange. Kann man das nicht abkürzen?"

Herbert: „Susi, ich sehe, du bist noch immer verärgert, aber irgendetwas hat bei der Schaltung nicht geklappt. Diesen Fehler suchen sie jetzt."

Susi lachte: „Herbert du hast mich durchschaut, ich bin immer noch sauer. Wenn die glauben, sie kämen an die Bilder in Wuppertal heran, dann haben sie sich geirrt.

Eventuell Wanzen oder Peilgeräte anzubringen, das läuft nicht. Damit würde man nur das Leben des Botschafters gefährden. Die Bilder werden am Mittwoch in St. Petersburg auf einen LKW geladen und kommen voraussichtlich am Freitag in Wuppertal an. Der Wagen wird von zwei russischen Beamten begleitet, die die Aufgabe haben, niemanden

– und ich betone – niemanden an die Bilder heranzulassen. Der LKW bleibt voraussichtlich in Wuppertal. Entweder er bleibt bei uns im Hof oder wir finden einen geschützten Platz für den Transporter."

Herbert: „Susi, meinst du nicht, du schüttest jetzt das Kind mit dem Bade aus? Der Beamte wollte doch nur die Fingerabdrücke feststellen, allerdings hat er sich etwas ungeschickt ausgedrückt."

Susi: „Damit so etwas Ungeschicktes nicht noch mal passiert, ganz klar, ohne meine Einwilligung geschieht hier keinerlei Beschlagnahmung oder gar interne Recherche. All diese Dinge können das Leben des Botschafters gefährden und das kann ich nicht verantworten. Aber du bist ja für Borodin tätig, daher blasen wir ins gleiche Horn."

Herbert: „Oh je, jetzt hat aber das Bundeskriminalamt bei dir ganz schlechte Karten. Jeder kann mal einen schlechten Tag haben. Das musst du nicht überbewerten."

Susi: „Herbert, ich hatte Borodin das Schreiben versprochen und zwar das Original und nicht eine Fotokopie."

Susi ging zurück in ihr Büro und ließ sich mit Paul Vermeylen in Wuppertal verbinden.

(Paul) Hallo Susi, was kann ich für dich tun.

(Susi) Paul, ich habe mit Michail gesprochen. Der LKW mit den 1.000 Gemälden fährt am Mittwoch in St. Petersburg ab. Er wird im Laufe des Freitag in Wuppertal ankommen. Der Wagen wird von zwei Beamten begleitet und Michail hat gefragt, ob wir sie unterbringen können.

(Paul) Neben unseren russischen Kopisten habe ich noch eine nicht benutzte Wohnung mit zwei Schlafzimmern. Die Wohnung wurde noch nie bewohnt. Es ist eine Dreizimmerwohnung mit Küche, Bad und Toilette. Also ideal für die beiden Beamten.

(Susi) Danke dir. Ich bin froh, dass Borodin zwei Beamte mitschickt, dann sind wir die Sorgen los, dass eventuell

jemand irgendwelche Wanzen oder Ortungsgeräte platziert. Aber ich habe noch eine Bitte, der große LKW soll in Wuppertal bleiben. Bitte besorge irgendwo einen Platz für das Auto, wo man ihn nicht manipulieren kann. Ich bin mir sicher, du wirst was finden.

(Paul) Susi, mach dir keine Gedanken, das kriege ich schon hin. Wie lange rechnest du, müssen wir den LKW und die beiden Beamten hier unterbringen?

(Susi) Ich habe keine Ahnung, aber ich glaube, nicht länger als vierzehn Tage bis drei Wochen.

(Paul) Wie ist es mit der Verpflegung der beiden Beamten und der Fahrer für den LKW. Die Fahrer könnten eventuell in der Hausmeisterwohnung bleiben.

(Susi) Paul, ich werde das mit Michail besprechen.

(Paul) Okay, rufe dich morgen deswegen an Tschüss Susi!

(Susi) Danke, Paul.

Susi war froh, dass sie das erledigt hatte. Sie rief Michail in St. Petersburg an.

(Michail) Borodin

(Susi) Hallo Michail, ich habe eben mit Wuppertal gesprochen. Wir haben für deine beiden Beamten in unseren Räumen in Wuppertal eine kleine Wohnung mit getrennten Schlafzimmern. Die beiden Fahrer können in der ehemaligen Hausmeisterwohnung bleiben. Wie machen wir es mit den Mahlzeiten? Sollen wir dafür sorgen?

(Michail) Susi, wenn das nicht zu sehr belastet, wäre es schön, wenn ihr euch darum kümmern würdet.

(Susi) Wird gemacht. Unser Paul Vermeylen will sich um einen sicheren Abstellplatz für den LKW kümmern.

(Michail) Danke dir vielmals. Kannst du mich noch mal mit Herbert Wagner verbinden?

(Susi) Sicherlich, Tschüss Michail.

... und Susi verband mit Wagner.

Berlin

Es war fast zwölf, als die Ladentür der Galerie in Neukölln aufging und zwei Herren hereinkamen. Sie fragten höflich, ob sie sich die Galerie ansehen könnten. Thomas Hanke, der im vorderen Laden stand, sagte.

„Selbstverständlich meine Herren, kommen Sie doch bitte in unsere hintere Galerie, wenn ich Sie beraten darf, so wenden Sie sich an mich oder meinen Kollegen."

In der rückwärtigen Galerie war Stepan Pimenow, der begrüßte die beiden freundlich und sagte: „Wenn ich Sie beraten darf, bitte fragen Sie, ich helfe gerne.

Die beiden Herren schauten sich die Bilder an und sagten: „Wir haben bei unserem letzten Besuch mit Herrn Wassili Rudnew gesprochen. Ist er nicht hier?"

Stepan Pimenow: „Das muss aber mindestens drei oder vier Wochen her sein. Er hat nur kurz bei uns ausgeholfen. Wahrscheinlich erreichen sie ihn in der Galerie für russische Kunst ... und er gab die Adresse dieser Galerie an. Was hat Ihnen denn Wassili Rudnew empfohlen?"

Die beiden Herren meinten, das wäre mehr privater Natur und gingen.

Stepan zu seinem Kollegen: „Wassilis Informant in der Botschaft hat gesungen. Jetzt wird's heiß. Wir warten etwas, dann müssen wir das den Kollegen sagen."

Thomas schaute aus der Ladentür und sah gerade noch, wie die beiden Herren in ein Auto stiegen und fortfuhren. Stepan sagte nur kurz, „Thomas halte die Stellung, ich gehe und informiere die anderen."

Da man die Tür zwischen der Galerie und den übrigen Räumen mit einem großen Bild zugestellt hatte, musste Stepan um den ganzen Hausblock gehen, um an die rückwärtige Eingangstür zu kommen.

Als er bei seinen Kollegen war, erzählte er von dem dubiosen Besuch der beiden Herren und sie vermuteten Kriminalbeamte oder Herren der russischen Botschaft.

Nicht viel später kam Anarei Perow und berichtete: „Endlich haben sie das Auto im Treptower Park gefunden. Ein riesiges Polizeiaufgebot. Ich habe mich gleich verdünnisiert."

Dimitri Michailow fragte: „Hast du schon den Wagen besorgen können?"

Anarei: „Aber sicher, ein großer toller Chevy-Van mit getönten Scheiben und Übergröße. Habe ihn vorne am Kanal geparkt. Fünf Mann plus Botschafter haben Platz."

Wiesbaden

Der Dienstagnachmittag war für Susi ziemlich stressig und sie war froh, als es endlich sechs war. Sie ging eine Treppe nach oben, wo sich inzwischen viele Mitarbeiter eingefunden hatten. Sie traf Orlando Lopez, der sich schon bekanntgemacht hatte und begrüßte ihn:

„Herr Lopez, schön Sie zu sehen. Ich hoffe, Sie haben den langen Flug überwunden."

„Frau Kaiser, es ist wirklich ein langer Flug, aber durch meinen Kollegen Maxim, hatte ich die notwendige Bettschwere, Dank seines Willkommenswässerchens."

Susi lachte: „Konnten Sie hier schon mal einen Blick in die Galerie werfen?"

Orlando Lopez lachte: „Nur ganz kurz. Ich musste mir erst Maxims Werkstatt ansehen. Erstaunlich, was Maxim dort macht. Soweit ich es beurteilen kann, sind meine zukünftigen Kollegen außergewöhnliche Fachleute. Aber meinen Sie, ich könnte vielleicht auch Ihre übrigen Galerien in Rom, St. Petersburg und Wuppertal ansehen?"

Susi ernst: „Herr Orlando, Sie sollen hier einen Überblick über unsere Leistungsfähigkeit bekommen. Wahrscheinlich sind Rom und St. Petersburg für Sie sehr interessant, zumal der dortige Verkauf ganz neue Wege geht. In jedem Fall aber sollten Sie morgen Früh zu mir ins Büro kommen, denn wir müssen Ihre Spesenfrage klären. Ich werde zu diesem Gespräch Herrn Jens Gerner bitten, der die Finanzen regelt. Aber Moment, ich sehe ihn gerade kommen."

Susi winkte Jens heran, stellte ihn Orlando Lopez vor und fragte dann: „Jens, hast du morgen Früh kurz Zeit? Wir sollten zusammen die Spesenfrage von Herrn Lopez klären."

Jens: „Ich habe schon mit Mike darüber gesprochen, die Kosten und Spesen von Herrn Lopez sollen unter Kaisers Association of Art in Boston verbucht werden. Am besten, wir machen das gleich um neun. Herr Lopez, wäre Ihnen das angenehm?"

Orlando Lopez lachte: „Wenn mich jemand morgen Früh bei Maxim abholt, bin ich pünktlich."

Susi winkte Prem, den sie gerade sah: „Prem, Herrn Lopez hast du schon getroffen. Er wohnt bei Maxim. Könntest du ihn morgen Früh mit zu mir bringen?"

Prem: „Das ist kein Problem. Ich fahre gegen dreiviertel neun zu Hause weg. Werde vorher bei Maxim klingeln."

Susi blieb nicht lange beim abendlichen Treffen. Sie musste zu ihren Zwillingen. So verabschiedete sie sich rasch und ging eine Treppe nach oben in ihre Wohnung.

Dort traf sie Nina und Susi fragte: „Nina, erzähle, wie geht's Ingo?

Nina: „Susi, eigentlich gut. Er hat noch immer Schmerzen, aber das ist normal. So langsam kommen seine Lebensgeister wieder. Wenn alles klappt, kommt er vielleicht in einer Woche nach Hause. Susi, ich hab immer noch ein paar Bedenken, allein in Ingos Wohnung zu sein. Ich darf doch noch hier schlafen, bis Ingo wieder daheim ist?"

Susi: „Nina, du brauchst doch nicht zu fragen, das ist doch selbstverständlich. Du bist doch hier auch zu Hause und wir freuen uns, wenn du da bist."

***

Berlin

Ralf Wenz hatte dem Botschafter Frühstück gebracht. Der Botschafter fragte höflich, ob er eine Tageszeitung haben dürfe und eventuell etwas zu lesen. Ralf Wenz sagte, er würde fragen und wenn ja, dann brächte er die Zeitung, wenn er das Frühstücksgeschirr abholen würde. Die ganze Unterhaltung mit dem Botschafter war ausgesprochen höflich und Ralf und Jan bemühten sich, die Umgangsformen nicht zu verletzen.

Kurz nach neun kam Peter Wahl mit Dimitri Michailow. Sie erkundigten sich bei den Anwesenden ob es etwas Neues gäbe, als diese verneinten sagte Peter Wahl:

„Dadurch, dass die Polizei bereits einmal in der Galerie war, erscheint mir das Versteck nicht mehr sicher genug. Ich habe in Frankfurt ein geeignetes Versteck gefunden. Ich glaube, ein oder zwei Tage können wir unser momentanes Versteck noch nutzen. Der Transportwagen muss auf Abruf bereitstehen. Anarei, für wie lange hast du ihn gemietet?“

Anarei Perow: „Für drei Wochen. Es ist ein Chevy-Van mit getönten Scheiben. Der Wagen ist eine Stretch-Version, ideal für unsere Zwecke. Er hat eine Dürener Autonummer. Die Innenausstattung für den Transport des Botschafters ist bis heute Abend fertig. Selbst wenn jemand in den Wagen schauen sollte, kann man den Botschafter nicht sehen.“

Peter Wahl: „Wir werden wie folgt vorgehen:

Ich stelle über Frau Kaiser fest, wann die Bilder nach Wuppertal gebracht werden. Wir werden den gleichen LKW zum Abtransport verwenden. Wir fahren mit diesem in eine Halle in der Nähe von Karlsruhe. Dort laden wir in kleinere LKWs um und bringen die Bilder über die Grenze nach Frankreich. Damit man uns über Satellit nicht beobachten kann, fahren wir nachts. Sollten wir beobachtet werden, haben wir den zweiten Fahrer als Geisel. Wenn ich es richtig sehe, müsste das am kommenden Dienstag am späten Abend möglich sein. Hat einer dazu noch Fragen?“

Dimitri fragte: „Wer soll eigentlich mit dem LKW ab Wuppertal fahren?“

Peter Wahl: „Ich dachte mit dem LKW Wassili Rudnew und ein russischer Fahrer und dahinter in einem PKW Thomas Hanke mit dem zweiten russischen Fahrer. Einzelheiten besprechen wir noch.“

Dimitri Michailow legte einen deutschen Reisepass auf den Tisch und sagte: „Gott sei Dank war Bussows Wohnung nicht bewacht. Ich hatte ja noch die Schlüssel, so war das Ganze ein Kinderspiel. Auch Bussows deutscher Reispass war noch vorhanden. Wie geht's jetzt weiter?“

Peter Wahl: „Ab jetzt wird's ein Kinderspiel. Wir verlangen, dass Bussow am kommenden Montag von St. Petersburg am Nachmittag nach Frankfurt geflogen wird. Wir geben auch die Maschine vor, Lufthansa Flug Nr. 3217. Die ist so gegen halb vier in Frankfurt. Er kann ohne weiteres von Beamten begleitet werden. Ich schicke Bussows deutschen Reisepass an die Galerie Kaiser nach Wiesbaden. Wir verlangen, dass Frau Kaiser diesen Pass nach Frankfurt bringt und ihn dort Herrn Bussow übergibt. Wir bestehen darauf, dass Herr Bussow am gleichen Tag mit der Lufthansa Flug Nummer 690 um 22.20 Uhr ab Frankfurt nach Tel Aviv fliegt. Ich werde dafür sorgen, dass Bussow in Tel Aviv von unseren Leuten abgeholt wird.“

Dimitri fragte: „Wieso ausgerechnet Israel?“

Peter Wahl lachte: „Dimitri, Israel hat weder mit Deutschland noch mit Russland ein entsprechendes Auslieferungsabkommen. Wenn Bussow in Israel ist, werden wir ihn möglichst rasch nach Jordanien bringen und von dort eventuell nach Dubai. Ich denke, wir bringen den Botschafter dann nach Wiesbaden zur Galerie Kaiser und lassen ihn frei.“

Dimitri: „Wann soll ich mit der Galerie Kaiser sprechen?"

Peter Wahl: „Wir machen jetzt den Text für das Gespräch. Diesen Text in drei Abschnitten zu je drei Minuten. Am besten ist es, du gehst zum Alex und telefonierst von da. Es gibt dort genügend Telefone in erreichbarer Nähe. Du musst in jedem Fall immer eine andere Telefonzelle benutzen. Sei sicher, die haben alle Leitungen angezapft."

Danach setzte sich Peter Wahl mit Dimitri Michailow zusammen um den Text für die Telefonate zu entwerfen.

Wiesbaden

Als Susi am Mittwochmorgen in ihr Büro kam, warteten schon Orlando Lopez und Jens auf sie.

Jens: „Ich habe mit Mike ausführlich über die Unkostensätze von Herrn Lopez gesprochen. Wir sind so verblieben, dass ich ein eigenes Konto für Herrn Lopez auf den Account der Kaiser's Association of Art in Boston USA einrichte. Herr Lopez muss nicht nur seine Spesen ersetzt bekommen, er muss auch in die Lage versetzt werden, eventuell für die zu gründende Agentur oder Galerie in Mexico tätig werden zu können. Dafür braucht er Finanzmittel. Mike schlägt vor, seine Bezüge mit 3.000 US $ pro Monat festzulegen. Susi, bist du damit einverstanden?"

Susi „Lieber Herr Lopez, das wird Ihnen jetzt alles etwas eigenartig vorkommen, aber ich will es Ihnen erklären. Alle Mitarbeiter bei uns sind sogenannte freie Feste. Das heißt, sie sind nicht angestellt, sondern haben einen Vertrag als selbständige Mitarbeiter. Jeder unserer Mitarbeiter arbeitet auf Provision. Gleich was er macht, er hat bei Verkäufen einen bestimmten Anteil am verkauften Gegenstand, bei Gutachten zum Beispiel hat er einen bestimmten Betrag des Gegenstandes, den er begutachtet und so weiter. Lassen Sie sich von Jens das System erklären. Alle sind sehr zufrieden mit ihrem

Einkommen. Unsere Kunstwissenschaftler haben für sich selbst ein Fixum von 3.000 Euro je Monat festgelegt, obwohl ihr Einkommen wesentlich höher ist. Sie beginnen bei uns praktisch heute und somit beginnt auch ihr Fixum ab heute. Ich meine nur, wir sollten hier in Euro rechnen und nicht in US $. Das dürfte auch besser für Sie sein. Sie erhalten also pro Monat vorerst ein Fixum von 3.000 Euro, zusätzlich Ihre Spesen für Übernachtung, Essen, Reisekosten und so weiter. Geht das in Ordnung?"

Orlando Lopez: „Frau Kaiser, danke für Ihre Erklärungen. Selbstverständlich bin ich damit einverstanden. Damit hatte ich nicht gerechnet. Danke!"

Es schloss sich eine nette Unterhaltung an bis Jens drängelte: „Seid mir nicht böse, aber ich muss ins Büro und würde Herrn Lopez gerne mitnehmen."

Schnell hatte man sich danach verabschiedet.

Kurz nach elf meldete sich ihr Telefon. Susi nahm ab.

(Susi) Susanne Kaiser.

(Stimme) Frau Kaiser, wann sind die Bilder in Wuppertal?

(Susi) Bevor Sie irgendwelche Auskünfte von mir bekommen, wie geht es dem Botschafter? Wir müssen ein Lebenszeichen von ihm bekommen, sonst gibt es keinerlei Auskünfte.

(Stimme) Je mehr Sie reden, umso geringer sind seine Chancen. Wir haben zum Sprechen noch eineinhalb Minuten Zeit. Ihre Zentrale hat mich über eine Minute warten lassen. Also, wann sind die Bilder in Wuppertal?

(Susi) Sie geben mir jetzt eine Antwort auf meine Fragen oder Sie bekommen keine Auskünfte.

(Stimme) Dem Botschafter geht es gut. Sie erhalten von uns heute noch eine Aufnahme des Botschafters nebst der heutigen Tageszeitung mit Datum im Foto. Außerdem bei Abholung der Bilder erhalten Sie ein aktuelles Foto nebst Tageszeitung im Bild. Beeilen Sie sich, die mir zur Verfügung

stehende Zeit ist gleich um. Beschweren Sie sich bei Ihrer Telefonzentrale.

(Susi) Die Bilder kommen per LKW voraussichtlich am kommenden Freitag in Wuppertal an.

(Stimme) Sie geben mir jetzt die Telefonnummer Ihrer Galerie in Wuppertal und den Namen des Leiters.

(Susi) Das ist Paul Vermeylen und die Telefonnummer ist – Susi gab die Telefonnummer durch.

(Stimme) Die Zeit ist um --------- Klick

Susi musste erst mal Luft holen. Bevor sie noch irgendetwas unternehmen konnte, stand Herbert Wagner in der Tür. „Susi, das hast du gut gemacht. Leider konnten wir den Anruf nicht genau verfolgen. Wir wissen nur, er kam aus Berlin-Mitte. Kannst du Paul Vermeylen Bescheid geben?"

Susi sachlich: „Herbert natürlich. Bleibe da und höre mit." Susi wählte ihre Galerie in Wuppertal an:

(Eva) Galerie artis opus, Wuppertal, Eva Bergmann.

(Susi) Hallo, Frau Bergmann, können Sie mir sagen, ob Sie in der Zentrale ein Gespräch mitschneiden können?

(Eva) Frau Kaiser, wir haben eine ganz neue Telefonanlage mit allem Schnickschnack, da kann ich auch alle Gespräche aufnehmen. Wieso, soll ich auf etwas achten?

(Susi) Ja, ist eigentlich Paul da?

(Eva) Ja, Paul ist irgendwo im Haus, soll ich ihn holen?

(Susi) Das wäre nett. Ich warte so lange.

Es dauerte etwas, bis sich Paul meldete.

(Paul) Hallo Susi, was ist los?

(Susi) Paul, ich hatte einen Anruf der Kidnapper und sie wollen sich mit dir über die Modalitäten der Bilderabholung unterhalten. Bitte, bleibe an der Zentrale. Wenn das Gespräch kommt, schneidet es bitte mit. Frau Bergmann soll es dann abtippen und mir sofort als Fax schicken. Danke dir und noch Grüße an Frau Bergmann.

(Paul) Moment noch, ich konnte das mit dem Standplatz des LKW klären. Wir müssen die Bilder entladen und alle Aufnahmen machen. Am Freitag, gleich nach Ankunft der Bilder, wollen wir mit dem Fotografieren anfangen. Dauert sicher bis Montag. Wir machen das digital. Zwei Scheinwerfer zum Ausleuchten habe ich zusätzlich besorgt. Den LKW selbst, können wir für eine Woche kostenfrei auf dem Nachbargrundstück unterstellen. Habe mit dem Anwalt gesprochen. Wir bekommen für diese Zeit auch einen Schlüssel für das Haupttor.

(Susi) Paul, das ist prima. Bitte, geh nicht von der Zentrale weg, ich rechne, in zehn Minuten bis einer halben Stunde hast du den Anruf. Ciao, Paul.

(Paul) Servus, Susi.

Herbert, der mitgehört hatte, sagte: „Susi, das scheint zu klappen. Mal sehen, was das BKA dazu sagt. Die sind ohnehin etwas verschnupft, da unsere russischen Freunde anders denken. Dieser Orlow ist in erster Linie daran interessiert, den Botschafter lebend und gesund wiederzubekommen."

Susi: „Herbert, wenn du den Botschafter kennen würdest, dann bin ich sicher, könntest du das auch verstehen. Er ist ein liebenswerter Mann. Herbert, aber jetzt muss ich ganz einfach wieder zu meinen beiden Süßen. Sei mir nicht böse, aber das muss einfach sein."

Susi lachte, gab Herbert ein Bussi auf die Wange. Susi ging langsam nach oben in ihre Wohnung. Sie freute sich auf ihre Zwillinge, ihren Mann und auch auf Saskia und Nina.

Wuppertal

Nach dem Telefonanruf mit Susi blieb Paul bei der Sekretärin, die den Telefondienst versah. Schon lange war man per Du und es hatte sich ein herzliches Verhältnis entwickelt.

Eva hatte beim Aufbau der Galerie mitgeholfen, was ihr viel Spaß machte. Paul war ein sehr guter Lehrmeister und Eva fand sich in der Welt der Kunst sehr gut zurecht. So sagte sie zu Paul: „Ich weiß ja nicht, wie lange das gut geht, wenn wir immer nur eine leere Galerie haben. Ich meine, wir müssten etwas Leben in unsere Galerie bringen.“

Paul: „Und wo willst du die Besucher hernehmen?“

Eva Bergmann lachte: „Wir könnten Gymnasien ansprechen, Altenheime, bestimmte Firmen oder Ämter und zu einem Besuch einer sogenannten Sonderausstellung einladen. Zum Beispiel eine Ausstellung der Gemälde von Caspar David Friedrich, oder vielleicht Carl Spitzweg. Ich bin sicher, bei entsprechender Werbung kämen auch Busse aus der Umgebung. Und Paul, ich kenne unsere Verdienstspanne als Verkäufer. Wenn ich nur zehn Verkäufe zusätzlich im Monat hätte, ich würde mir eine goldene Nase verdienen.“

Paul: „Meinst du, ich sollte mal mit der Werbeabteilung darüber sprechen?“

Eva: „Aber sicher, das sollten wir in irgendeiner Form anleiern. Ich hatte letzte Woche ein Gespräch mit Ilse Bach, die würde uns dabei helfen. Vielleicht rufst du die zuerst an.“

Eva wollte weitersprechen, aber es kam ein Gespräch:

(Eva) Galerie artis opus, Wuppertal. Eva Bergmann.

(Stimme) Bitte Herrn Paul Vermeylen.

(Eva) Wen darf ich melden?

(Stimme) Er erwartet meinen Anruf.

(Eva) Moment, ich verbinde.

(Paul) Paul Vermeylen, kann ich Ihnen helfen?

(Stimme) Sie wurden sicher über meinen Anruf informiert. Können Sie das Gespräch aufnehmen?

(Paul) Ja, ich kann das Gespräch aufnehmen.

(Stimme) Sie erhalten am kommenden Freitag einen LKW mit Bildern aus der Eremitage in St. Petersburg. Wir werden diesen LKW mitsamt den Bildern in der darauffolgenden

Woche abholen. Wie Sie sicher wissen, ist der russische Botschafter als Geisel in unseren Händen. Sollte die deutsche Polizei oder Mitarbeiter der russischen Miliz den Wagen bei Abfahrt überwachen, so verliert der russische Botschafter ein Bein. Konnten Sie mir folgen?

(Paul) Ja, sicherlich, wann sollen die Bilder denn abgeholt werden?

(Stimme) Den Tag des Abtransportes geben wir noch bekannt. Falls die Bilder oder der LKW mit Wanzen oder Ortungsgeräten ausgestattet sind, so verliert der Botschafter ebenfalls ein Bein. Wird der LKW verfolgt, so ist der Botschafter sehr gefährdet. Wissen Sie schon, mit wie viel Fahrern der LKW zu Ihnen gebracht wird?

(Paul) Soweit ich weiß, mit zwei Fahrern.

(Stimme) Für den Abtransport müssen beide Fahrer zur Verfügung stehen. Keine Waffen, keine Handys dürfen in ihrem Besitz sein. Wir warnen noch mal vor einem Einsatz der Polizei, das würde den Botschafter sehr gefährden, um nicht zu sagen, es könnte ihm das Leben kosten.

Eva hatte mitgehört. Paul war kalkweiß und sagte: „Die gleiche Scheiße, wie wir sie schon einmal hatten."

Paul meinte: „Schreib doch erst das Gespräch ab. Dann geben wir das per Fax durch."

Wiesbaden

Susi kam kurz nach zwei Uhr in ihr Büro und fand dort das Fax von Paul. Sie musste es zweimal lesen, ging gleich zu Herbert Wagner, machte dort die entsprechenden Kopien und fragte Herbert: „Unterrichtest du Borodin oder soll ich das machen?"

Herbert sehr ernst: „Susi, wir sitzen in einem Boot. Ich rufe Borodin sofort an und werde ihm berichten. Außerdem sorge ich dafür, dass er den Text des Gespräches mit Wuppertal sofort per Fax erhält. Ich bin sicher, dass du in spätestens einer Stunde noch mal angerufen wirst. Man wird dir Einzelheiten über den Austausch Bussow gegen den Botschafter mitteilen."

Susi ernst: „Herbert, ich weiß, ich kann da nicht mehr raus, aber ich wollte, wir hätten nichts damit zu tun. Wenn du mit Michail sprichst, bitte, gib ihn mir noch mal. Ciao Herbert." Nachdenklich ging Susi in ihr Büro.

Paul rief an, fragte, ob sie das Fax schon erhalten hätte und als Susi bejahte meinte er nur, dass er sofort nach Ankunft des LKW mit den Aufnahmen der Bilder anfangen würde. Susi hatte kaum aufgelegt, als ihr Apparat wieder klingelte.

(Susi) Susanne Kaiser

(Stimme) Na, auf einmal geht's schneller. Die Polizei kann sich die Verfolgung des Anrufes sparen. Ich werfe das Handy nach diesem Gespräch ins Wasser.

Bitte, notieren Sie: Bussow soll mit Grigori Orlow am kommenden Montag mit Flug Nr. 3217 von St. Petersburg nach Frankfurt fliegen. Ankunft in Frankfurt um 15.25 Uhr. Wir wissen nicht, ob Bussow zurzeit einen Pass hat. Sollte er einen russischen Pass bekommen, so wissen wir nicht, ob er ein Visum für Deutschland hat. Bussow hat eine deutsche Staatsbürgerschaft und einen deutschen Reisepass. Diesen Reisepass schicken wir Ihnen heute zu. Sie übergeben Bussow diesen Pass am Airport in Frankfurt bei Ankunft. Sie können über die Polizei sicher ins Zollgebiet, um den Pass zu übergeben. Buchen Sie einen Flug Frankfurt – Tel Aviv, ebenfalls für kommenden Montag. Dies auf Lufthansa, Flug Nr. 690 ab Frankfurt um 22.20 Uhr. Herr Orlow darf nur bis Frankfurt begleiten und bei Bussow bleiben, bis dieser die abfliegende Maschine nach Tel Aviv bestiegen hat. Auch Sie bleiben bis zu diesem Moment bei Bussow. Wenn Bussow in

Tel Aviv gelandet ist, dort nicht behindert wird und ohne Schwierigkeiten dort untertauchen konnte, wird Ihr Botschafter am darauffolgenden Donnerstagabend zu Ihrer Firma nach Wiesbaden gebracht.

(Susi) Welche Garantie erhalten wir dafür, dass der Botschafter noch lebt?

(Stimme) Mit dem Reisepass von Herrn Bussow bekommen Sie ein Bild des Botschafters. In der oberen linken Ecke ein Ausschnitt einer Zeitung mit Datum von heute. Am Samstag erhalten Sie ein direktes Gespräch mit dem Botschafter.

(Susi) Das reicht nicht aus. Ich muss unbedingt ...klick.

Susi brauchte etwas, um das Gehörte zu verdauen.

Die Tür ging auf und Herbert stand im Raum. „Na Susi, was hab ich gesagt, das sind Profis. Wir haben das Handy geortet. Es liegt wahrscheinlich jetzt in der Nähe des Berliner Doms in der Spree. Kann mir einer der Damen das Gespräch aufschreiben. Ich möchte es sofort an Michail durchgeben."

Susi: „Klar, das macht eine unserer Damen. Vergiss nicht, ich brauche auch drei Kopien."

Herbert Wagner ging schnell nach draußen um das Abschreiben des Textes zu veranlassen, dann kam er zurück.

Susi fragte: „Herbert, was hältst du davon?"

Herbert: „Susi, wie ich schon sagte, das sind Profis. Ich bin mir sicher, wenn wir uns nicht an die Anweisungen halten, kriegen wir den Botschafter in einem Sarg zurück. Auf die Idee mit Israel wäre ich überhaupt nicht gekommen. Das ist das einzige Land das ich kenne, zu dem weder Deutschland noch Russland ein allgemeines Auslieferungsabkommen hat. Dort ist er sicher wie in Abrahams Schoß. In Deutschland können sie ihn nicht verhaften, denn über das Auslieferungsgesuch ist noch nicht entschieden. Die Entführung des Botschafters kann man ihm nicht zur Last legen, denn da saß er in einem russischen Gefängnis. Wenn er wirklich deutscher Staatsangehöriger ist, er hier noch einen festen Wohnsitz hat, dann kann er auch hier nicht so ohne weiteres verhaftet werden. Ein guter Anwalt und er ist in 24 Stunden frei. So, wie ich die Angelegenheit heute betrachte, wird Orlow wahrscheinlich mit Bussow nach Frankfurt kommen, wir werden dafür sorgen, dass er durch dich im Zollgebiet seinen Pass erhält und ihr beide werdet ihn zur Maschine nach Tel Aviv begleiten. Die Behörden dort können wir nicht einschalten, er hat einen gültigen Pass, ist deutscher Staatsangehöriger, wie wollen wir seine Einreise verhindern? Und sollten wir das tun, so ist das Leben des Botschafters gefährdet. Also, ich würde sagen, gut eingefädelt."

Susi: „Sprichst du nachher noch mal mit Michail?"

Herbert: „Ja, wenn das Fax durch ist, will ich noch fünfzehn Minuten warten und ihn dann anrufen.?

Susi: „Wenn du mit ihm gesprochen hast, gib ihn mir. Bitte kläre, ob die deutsche Polizei auch in Wuppertal auftauchen wird. In jedem Fall muss ich dann Paul Bescheid geben. Die haben ohnehin ab Freitag unendlich viel zu tun. Eintausend Bilder aus den Verpackungen nehmen, sie zu fotografieren und wieder einzupacken, ist viel Arbeit.

Herbert: „Ich glaube, sie werden sicherlich noch einen Tag mehr Zeit haben. Bevor die die Bilder abholen, werden sie erst abwarten, bis Bussow gut in Tel Aviv gelandet ist. Vor Dienstagabend holt man die Bilder keinesfalls ab."

Eine viertel Stunde später klingelte bei Susi das Telefon:

(Susi) Susanne Kaiser

(Michail) Hallo, Susi, die Kidnapper scheinen sich auf dich eingeschossen zu haben. Tut mir leid. Zu deiner Information, der LKW mit den Bildern ist heute Morgen hier abgefahren. Er wird voraussichtlich am Freitagmorgen in Wuppertal sein. Die Bilder konnten wir nicht mehr fotografieren. Wir hatten hier ziemliche Schwierigkeiten. Nicht alle sind mit Grigori und mir der Meinung, dass das Leben unseres Botschafters Vorrang hat. Die Telefaxe habe ich erhalten. Werde

sie zusammen mit Grigori studieren. Wagner ist hilfreich. Wir hoffen, das Bundeskriminalamt richtet sich nach unseren Anweisungen. Das mit Bussows Pässen klären wir noch. Bussow selbst kommt erst morgen. Er wird uns sagen können, was es mit dem deutschen Pass auf sich hat. Für uns ist am wichtigsten, dass unser Freund und Botschafter gesund zurückgebracht wird.

(Susi) Ich freue mich, dass ihr keinerlei Risiko bei der Geiselnahme eingeht. Ich habe den Botschafter als herzensguten Menschen kennengelernt, und es würde mich sehr treffen, wenn ihm etwas passieren würde. So – jetzt muss ich dir noch sagen, wir haben für den LKW einen sicheren Platz zum Unterstellen gefunden. So können wir sicherstellen, dass niemand etwas an dem LKW anbringt oder manipuliert.

(Michail) Danke, unsere Beamten sind schon mit dem Wagen unterwegs. Bitte veranlasse, dass das diesen beiden Beamten gesagt wird. Notfalls können sie mich anrufen.

(Susi) Michail, mache ich. Da fällt mir noch etwas ein. Du weißt ja, wir eröffnen in Jerusalem eine Galerie. Der Leiter der Galerie ist ein Jacob Goldman. Er war bis vor fünfundzwanzig Jahren beim CIC der US Army und hat dann in Berlin Kunstwissenschaften studiert und ist vor zwanzig Jahren nach Israel ausgewandert. Aber er hat einen zweiten Mann bei sich; er heißt David Terry und der war bis vor fünfzehn Jahren beim CIC der US Army. Wenn ihr Hilfe in Israel braucht, so will ich gerne mit beiden telefonieren. Ich glaube, Terry wäre die geeignete Person, um auf Bussow in Israel aufzupassen. Besprich das mit Grigori. Vielleicht ist diese Hilfe besser, als die offizielle über den Mossad.

(Michail) Susi, die Idee ist gut. Werde dir Bescheid sagen, aber ohne Grigori will ich das nicht entscheiden. Grüße an Moritz, Wiedersehen.

(Susi) Grüße an Paula und auch an Grigori. Sag Grigori, wenn er Bussow nach Frankfurt bringt, kann er anschließend bei uns wohnen. Tschüss.

Susi stellte fest, dass es schon wieder fast sechs Uhr war, räumte ihren Schreibtisch auf und begab sich eine Treppe höher zum abendlichen Aperitif.

Als sie den 4. Stock betrat, standen dort acht Personen und Lopez erzählte interessant von Mexico. Susi sah schon, das würde ein längerer Abend werden, sie musste sich verkrümeln und so sagte sie zu ihren Mitarbeitern:

„Ich würde noch gerne bei euch bleiben, aber ihr wisst, meine beiden Süßen brauchen die Mami. Euch einen schönen Abend. Tschüss."

***

Berlin

Die Galerie in Berlin-Neukölln öffnete um 10 Uhr. Kurz danach betraten zwei Herren den Laden und wiesen sich als Beamte der Kriminalpolizei aus. Sie fragten: „Können wir Herrn Wassili Rudnew sprechen?"

Thomas Hanke der im vorderen Teil der Galerie war, sagte: „Bedauere, aber vor zwei Tagen waren schon mal zwei Herren hier und haben nach ihm gefragt. Mein Kollege hat mit den Herren gesprochen. Er ist im hinteren Teil der Galerie, vielleicht kann der ihnen weiterhelfen."

Thomas Hanke begleitete die beiden Herren nach hinten und sagte zu seinem Kollegen: „Stepan, bei dir waren doch vor zwei Tagen zwei Herren, die nach Wassili fragten. Die Herren sind von der Polizei und wollen Wassili sprechen."

Stepan Pimenow: „Komisch, die beiden Herren sahen aus, als wären sie von der Polizei. Ich konnte ihnen nur sagen, dass er hier vor zirka vier Wochen ausgeholfen hat. Seit der Zeit haben wir ihn nicht mehr gesehen."

Einer der beiden Beamten fragte: „Haben die beiden Herren am Dienstag gesagt, was sie von Herrn Wassili wollten?"

Stepan: „Ja, sie wollten ihn in einer privaten Angelegenheit sprechen. Die Herren waren nicht lange da und fuhren mit einem schwarzen Auto weg. Wenn Wassili zufälligerweise kommt, soll ich ihm was ausrichten?"

Einer der Beamten: „Sollte er sich bei Ihnen melden, ich gebe Ihnen meine Karte, er soll mich anrufen."

Der andere Beamte fragte: „Darf ich mich mal kurz bei Ihnen umsehen?"

Stepan: „Gerne, darf sich Sie mit unseren Bildern bekanntmachen? Wir haben außergewöhnliche Gemälde hier und preiswert dazu."

Der Beamte lachte: „Nein, danke. Ich muss mich nur von Berufswegen umsehen. Haben Sie noch mehr Räume?"

Stepan: „Ja natürlich, hier noch einen kleinen Lagerraum", er öffnete die Tür zu einem kleinen Nebenraum, „sehen Sie, nicht alle Bilder sind in der Galerie." Wieder öffnete er eine Tür: „Hier ist unser Büro und die Toiletten."

Der Kriminalbeamte warf einen Blick in das Büro, ging zur Toilettentür, und öffnete sie kurz.

Beide Beamte bedankten sich bei beiden und gingen.

Stepan leise: „Thomas, du wartest jetzt noch eine viertel Stunde, dann gehst du und warnst die anderen. So langsam wird's heiß. Also waren die beiden Herren vor zwei Tagen von der russischen Botschaft. Ich glaube zwar, die beiden haben keinen Verdacht geschöpft, trotzdem, ganz geheuer ist mir das Ganze nicht."

Nach etwa fünfzehn Minuten ging Thomas Hanke um den Block zum rückwärtigen Eingang und erzählte seinen Kollegen vom Besuch der Polizei. Dort erfuhr er auch von Dimitri, dass die Polizei ihn suchen würde. Allerdings meinte er, das hätte wohl kaum etwas zu bedeuten, da er für die Galerie russische Kunst in Berlin gearbeitet hätte, wäre er automatisch verdächtig.

Dann berichtete Dimitri, dass sich Peter Wahl nunmehr für ein Versteck in einem Frankfurter Hochhaus entschieden hätte. Es wäre eine Dreizimmerwohnung im 8. Stock eines Hochhauses im Norden Frankfurts. Von der Tiefgarage könne man direkt mit dem Lift in den 8. Stock fahren. Man würde im Moment einen Raum mit Styropor auskleiden, auch Fußboden und Decke und das Fenster mit einer Spanplatte versehen, darüber Styropor. Das würde bis morgen dauern: Dimitri fuhr fort:

„Wir bringen den Botschafter am Freitag gegen Abend von hier weg, so dass wir in Frankfurt zwischen drei und vier in den Morgenstunden ankommen. Wir müssen nur noch für den Botschafter eine Kiste zimmern, in der wir ihn im Hochhaus transportieren können. Die Chemietoilette, den Waschtisch und das Klappbett nehmen wir von hier mit.“

Sie vereinbarten, dass Ralf Wenz, Jan Schneider und Anarei Perow mit Dimitri Michailow nach Frankfurt fahren würden.

Stepan Pimenow und Thomas Hanke sollten in der Galerie in Berlin bleiben, um die Gefängniszelle des Botschafters wieder in den vorherigen Zustand zu versetzen, außerdem alle Spuren zu beseitigen.

Wiesbaden

Donnerstagmorgen versuchte Susi einigermaßen über ihren Schreibtisch Herr zu werden. Es war schon fast elf, als es klopfte und Ilse das Büro betrat.

„Guten Morgen, Susi“, lachte Ilse, „sieht ja aus, als wolltest du deinen Schreibtisch aus dem Fenster werfen.“

Susi lachte auch: „Ilse, das wäre das Gescheiteste. Aber sag, was führt dich zu mir?

Ilse: „Ich hatte heute Morgen ein langes Telefonat. Erst mit Paul Vermeylen und dann mit Eva Bergmann. Paul Vermeylen ist ein ganz softer, der niemand wehtun will. Eva Bergmann ist da ganz anders. Die sagt, wo es langgeht. Ich will die Gespräche zusammenfassen. Eva ist der Meinung, sie hätten so schöne Galerieräume und es wäre eine Schande die ohne Besucher zu lassen. Sie hat auch gleich mehrere konstruktive Vorschläge.

Im Abstand von vier Wochen immer eine neue Präsentation zu machen.

So zum Beispiel:

Sonderausstellung » Die Impressionisten « oder
Sonderausstellung » Caspar David Friedrich « oder
Sonderausstellung » Carl Spitzweg « oder als

Thema:

» Die berühmtesten Gemälde der Welt «

Eva Bergmann meint, die Räume leer stehen zu lassen, das wäre eine Sünde. Und dann brachte sie klar zum Ausdruck: Sie kennt unsere Verkaufsprovisionen und will sich eine goldene Nase verdienen.

Ich meine, Paul ist sicher ein guter Verkäufer, aber er ist kein Motor für die Galerie. Die beiden gemeinsam könnten so etwas auf die Beine stellen. Was meinst du dazu?“

Susi hatte aufmerksam zugehört: „Ilse, unsere Galerie in Wuppertal ist wirklich schön. Eva hat recht, es ist eine Schande sie nicht zu nutzen. Hast du schon mit Anton darüber gesprochen?“

Ilse: „Nein, unser Gespräch ist ja erst vor einer Stunde gewesen. Zwar hat Eva Bergmann schon zweimal vorher mit mir gesprochen, aber noch nicht so konkret. Ich habe auch in den Computer geschaut. In und um Wuppertal hat der Fachhandel das letzte Mal vor vier Jahren etwas bestellt. Also, wir treten niemand auf die Füße. Wuppertal ist nicht gerade klein und es liegen eine Menge großer Städte in der Nähe. Ich finde, dass Eva Bergmann da etwas angestoßen hat, was wir verfolgen sollten.

Susi: „Ilse, sprich mit Anton über die Thematik. In zehn Wochen ist Weihnachten. Es müsste zu machen sein. Wir brauchen ein gutes Verkaufskonzept und eine erstklassige

Werbung und hervorragende Verkäufer. Meinst du, Ihr schafft die erste Vernissage in vier Wochen?“

Ilse: „Susi, das ist ein Wort. Das ist zu machen.Ich werde gleich mit Wuppertal sprechen und danach mit Anton.“

Susi: „Ilse, wir haben nur eine Schwierigkeit, wir sind mit unserer Produktion ziemlich im Rückstand. Daher unbedingt mit Anton sprechen. Vielleicht kann in Wuppertal Bart van de Velde helfen und in Überstunden produzieren.

Ilse: „Susi, ich danke dir. Was machen deine Zwillinge?“

Susi: „Ilse, leider habe ich zu wenig Zeit für meine Süßen. Saskia und Nina kümmern sich zwar mit großer Liebe, aber ich wollte, ich hätte mehr Zeit. Aber sag, was macht Ben?“

Ilse seufzte: „Susi, da geht’s dir wie mir. Zu wenig Zeit. Aber das Wunder Anna und Ben ist schon sehr eigenartig. So liebe Kinder ist fast zum Fürchten. Du weißt, ich bin keine Buddhistin wie Petra, aber manchmal kommen mir so Gedanken, dass an Petras Überlegungen doch was dran sein könnte. Am meisten freue ich mich, dass Jo so gut mit Ben, Anna und auch den anderen Kindern von Prem und Petra zurechtkommt. Mein Ben hat jetzt wirklich einen Papa und ich einen ganz lieben Mann.“

Susi: „Ilse, das freut mich sehr. Was sich doch in dem letzten dreiviertel Jahr alles geändert hat. Ilse, ich muss nach oben, meine beiden Süßen warten auf die Mami. Tschüss.“

Wuppertal

Eva Bergmann hatte eben ein langes Telefonat mit Ilse Bach beendet. Das musste sie mit Paul und Bart besprechen. So rief sie die beiden an und bat um ein Gespräch.

Kurze Zeit später waren die beiden bei ihr und Eva begann: „Eben hatte ich ein Telefonat mit Ilse Bach. Sie hat mit Susi wegen eventueller Sonderausstellungen in unserer Galerie gesprochen. Die Erlaubnis dazu ist da. Die Thematik will sie noch mit Anton besprechen. Das einzige Übel ist, wir haben im Moment nicht die erforderlichen Bilder für die Sonderausstellung. Unsere Lager sind leer und die Wiesbadener Lager auch. Ilse Bach meint, dass Bart vielleicht helfen kann. Wenn unsere Kopisten eventuell noch die Wochenenden mit einplanen könnten, dann würde es sicher klappen."

Bart: „Ilse Bach hat keine Ahnung. Meine Kopisten arbeiten schon fünfzig und mehr Stunden die Woche. Allerdings hat Maxim mit uns einige Dinge besprochen, wie wir die Produktion beschleunigen können. Ich werde mit meinen Künstlern darüber sprechen. Auf jeden Fall sind die daran interessiert, mehr zu verdienen und ich auch."

Paul: „Das ist alles schön, aber vorerst müssen wir mit den Aufnahmen für die Bilder aus St. Petersburg anfangen. Dazu brauchen wir zwar keine Kopisten, aber wir brauchen unsere vier Arbeiter. Zwei zum Aufmachen der Verpackungen und zwei zum Schließen der Verpackungen. Bart und ich machen die Bilder. Wir brauchen einen von den russischen Kopisten, der uns die kyrillische Schrift übersetzt und du Eva musst nach den Nummern die Listen fertigstellen."

Eva: „Ich werde noch mal mit Ilse sprechen, sie sollen uns die Thematik vorgeben, damit wir planen können. Ilse hat mir gesagt, sie käme auch mit Jo Snyder um zu helfen. Dekomaterial und Strahler hätten sie in Wiesbaden genügend. Die würde Ilse herbringen. Auch Podeste, Tischchen und Staffeleien. Davon wären genügend vorhanden. Ich bin mir ganz sicher, dass das klappen wird."

Noch ein kurzes Gespräch, dann mussten Paul und Bart zu ihren Vorbereitungsarbeiten für die Fotoaufnahmen der Gemälde aus St. Petersburg.

***

Wiesbaden

Schon früh am Freitagmorgen war Ilse bei Anton. Sie sprach mit ihm die Vernissagen in Wuppertal durch und Anton hatte nur Bedenken hinsichtlich der Fertigung der Bilder. Es gab eine längere Diskussion bis Anton sagte:

„Ilse, für eine Sonderausstellung einer bestimmten Kunstrichtung oder gar eines Künstlers, dafür reicht unsere Zeit für die Vorbereitungen nicht. Aber eine Ausstellung

» Die berühmtesten Gemälde der Welt «

ließe sich machen. Wir brauchen mindestens 120 entsprechende Gemälde und beginnen im 15. Jahrhundert."

Ilse erfreut: „Anton, bis wann glaubst du, könnte ich eine Liste der Ausstellungsstücke haben? Ich müsste die Liste bis kommenden Montag haben. Meinst du, du könntest das bis dahin schaffen?"

Anton lachte: „Eigentlich nein, aber wenn Erika mich nicht totschlägt, dann schaffe ich das bis Sonntagabend, das heißt, vorausgesetzt du und Jo helft mir dabei. Sprich mit Jo darüber, dann können wir uns gegebenenfalls ab Samstagnachmittag zusammensetzen."

Ilse: „Anton, ich muss nicht nur mit Jo, sondern auch noch mit Petra darüber sprechen, ob sie mir Ben hält."

Anton lachend: „Bei Petra habe ich keine Bedenken, aber wenn Prem eventuell auch noch mithelfen könnte, so schaffen wir es schneller. Also sagen wir, Samstag um 14.00 Uhr bei mir in der Galerie. Einverstanden?

Ilse: „Anton, da fällt mir ein Stein vom Herzen. Werde gleich in Wuppertal anrufen und denen die freudige Mitteilung machen."

Ilse wählte Wuppertal an:

(Eva) Galerie artis opus Wuppertal, Eva Bergmann.

(Ilse) Hallo Eva, ist Paul irgendwo zu erreichen?

(Eva) Ilse, das ist so gut wie ausgeschlossen, der LKW aus St. Petersburg ist vor einer halben Stunde gekommen.

Für die nächsten Stunden kannst du Paul vergessen. Aber was gibt es?

(Ilse) Ich bin bei Anton, wir haben soeben das Motto für die Ausstellung in Wuppertal festgelegt. Es ist:

» Die berühmtesten Gemälde der Welt «

Morgen wollen wir die Exponate zusammenstellen, die zurzeit verfügbar sind. Am Montag gebe ich die Liste durch.

(Eva) Wundervoll. Vorher können wir hier ohnehin nichts machen, du weißt ja, wir haben eintausend Bilder reprotechnisch aufzunehmen. Eine heikle Arbeit. Danke für die schnelle Reaktion. Kannst du mich noch mal mit Susi verbinden?

Susi war schon früh im Büro. Sie hatte bereits mit Michail gesprochen und im Moment war Herbert bei ihr.

Das Telefon klingelte und Susi nahm das Gespräch entgegen. Eva Bergmann teilte ihr mit, dass der LKW aus St. Petersburg angekommen ist. Weitere Einzelheiten wüsste sie auch nicht, würde aber sofort anrufen, sobald sie Paul erreichen könne.

Susi zu Herbert: „Der LKW aus St. Petersburg ist in Wuppertal angekommen. Sobald ich weitere Einzelheiten habe, werde ich sie dir mitteilen. Vielleicht solltest du der Ordnung halber Michail in St. Petersburg anrufen und ihn davon in Kenntnis setzen."

Herbert: „Das mache ich gleich. Er wird mich fragen ob Bussows Reisepass schon eingetroffen ist."

Susi: „Herbert, er ist noch nicht da. Mehr können wir ihm auch nicht sagen. Wenn er eintrifft, bekommt er Bescheid."

Susi hatte noch einige wichtige Telefonate zu führen. Die Zeit verflog wieder mal. Gegen elf Uhr brachte eine ihrer Vorzimmerdamen einen braunen Umschlag mit der Bemerkung: „Susi, ich glaube, das ist der Brief aus Berlin. Ich habe ihn ganz vorsichtig angefasst."

Susi bedankte sich, rief Herbert an und bat ihn in ihr Büro zu kommen.

Herbert betrat Susis Büro mit der Frage: „Ist es wirklich der Pass?“

Susi: „Herbert, das weiß ich nicht. Ich glaube den Brief solltest du öffnen. Hast du Latex-Handschuhe dabei?

Herbert lachte: „Die trage ich schon seit gestern mit mir herum. Komm, lass uns den Brief aufmachen.“

Herbert zog seine Latex-Handschuhe an und öffnete vorsichtig den Brief. Er enthielt den deutschen Reisepass von Bussow und kommentarlos eine Aufnahme, auf dem der Botschafter zu sehen war und in der oberen Ecke eine Berliner Zeitung mit dem Datum von gestern.

Susi betrachtete lange das Bild, dann sage sie: „Herbert, der Botschafter sieht aus wie immer. Er ist gepflegt, rasiert und macht einen ruhigen Eindruck.“

Herbert ruhig: „Susi ich habe mit Michail vereinbart, dass ich den Pass jetzt zur kriminaltechnischen Untersuchung ins Bundeskriminalamt bringe. Ich werde mich während der Untersuchung weder vom Bild noch vom Pass trennen.“

Susi ernst: „Also wenn du das mit Michail vereinbart hast, dann ist es in Ordnung. Wir sollten aber gleich, sowohl vom Bild als auch vom Reisepass Fotokopien machen. Während du beim Bundeskriminalamt bist, kann ich Michail anrufen und die Dokumente faxen.“

Fünfzehn Minuten später nahm Susi den Telefonhörer und wählte Michails Direktnummer.

(Michail) Borodin!

(Susi) Hallo Michail, soeben ist der Pass von Bussow und ein Foto des Botschafters bei uns eingetroffen. Bild und Passdetails sind an dich per E-Mail unterwegs. Herbert Wagner ist mit den beiden Dokumenten zur kriminaltechnischen Untersuchung ins Bundeskriminalamt. Er versprach diese Dokumente wieder mitzubringen.

(Michail) Sehr gut, hast du schon weitere Nachricht aus Wuppertal?

(Susi) Leider nein, ich nehme an, unsere Herrschaften haben im Moment viel zu tun. Der Wagen ist anscheinend die ganze Nacht durchgefahren und ich kann mir vorstellen, dass die vier Männer hundemüde sind.

(Michail) Danke dir! Das Foto des Botschafters wurde mir soeben auf den Schreibtisch gelegt. Ihm scheint es den Umständen entsprechend gut zu gehen. Kannst du eventuell eine Kopie des Fotos an die russische Botschaft in Berlin schicken? Seine Frau ist sehr in Sorge.

(Susi) Michail, wir kennen die Frau des Botschafters von unserer Hochzeit. Wenn sie will, so kann sie gerne hierher kommen, um ihren Mann am kommenden Donnerstag in Empfang zu nehmen. Sie kann bei uns schlafen.

(Michail) Danke Susi! Bitte, rufe an, wenn du Einzelheiten aus Wuppertal erfährst. Danke dir für alles. Auf Wiedersehen und Grüße an Moritz.

(Susi) Ciao Michail, grüße Paula.

Nachdem sie aufgelegt hatte, diktierte sie einen kurzen Brief an die Gattin des russischen Botschafters mit einer Einladung für die kommende Woche. Susi schrieb auch, dass man sie am Flughafen in Frankfurt abholen würde. Dann veranlasste sie, dass Foto und Brief per Fax an die russische Botschaft in Berlin geschickt wurde.

Danach wählte sie Wuppertal:

(Eva) Galerie artis opus, Wuppertal, Eva Bergmann.

(Susi) Hallo Eva, was gibt es Neues bei euch, Michail in St. Petersburg ist schon etwas nervös. Kannst du nicht Paul mal für zwei, drei Minuten ans Telefon schleifen?

(Eva) Bleib ganz einfach am Apparat. Ich weiß nicht, wo er im Moment ist, aber ich hole ihn.

… Es dauerte etwas …

(Paul) Hallo Susi, tut mir leid, dass ich noch nicht zurückgerufen habe, aber ich habe zwei übermüdete Fahrer, die ich in die Hausmeisterwohnung bringen musste, dazu kommt Frühstück und so weiter, dann sind noch zwei nervöse Milizbeamte mitgekommen, auch die mussten erst in die Wohnung gebracht werden und was essen. Außerdem will von denen immer einer beim Ausladen und auch bei den Aufnahmen dabei sein. Die Fahrt von St. Petersburg nach hier scheint problemlos verlaufen zu sein. Auch hier klappt eigentlich alles. Nur die beiden Milizbeamten sind etwas nervös. Das bekommen wir noch hin. Also sag Michail, alles in Ordnung. Noch drei Stunden, dann ist der LKW leer. Wir bringen ihn dann in das Gebäude nebenan..

(Susi) Danke dir, Paul. Solltest du noch Schwierigkeiten mit den beiden Milizbeamten haben, dann rufe mich an oder direkt Michail. War die deutsche Polizei schon bei euch?

(Paul) Gott sei Dank, noch nicht. Die hätte mir gerade noch gefehlt. Es geht so schon alles drunter und drüber. Spätestens heute Nachmittag will ich mit den Aufnahmen anfangen. Ich muss wieder, Tschüss Susi.

(Susi) Tschüss Paul, Grüße an die anderen und halte die Ohren steif.

Susi dachte sich, das hört sich alles normal an. Nahm den Telefonhörer und informierte Michail.

Berlin

In den hinteren Zimmern der Galerie in Berlin-Neukölln herrschte Aufbruchstimmung. Man war bemüht, möglichst alle Spuren zu beseitigen. Anarei Perow hatte zusammen mit Wassili Rudnew eine Transportkiste für den Chevy-Van gebastelt, diese ausgepolstert und mit Transportrollen versehen. Sie passte exakt in das Auto.

Dimitri Michailow betrat die Zelle des Botschafters. Er begrüßte ihn freundlich und sagte: „Herr Botschafter, wir werden Sie gegen Bussow austauschen. Dies am kommenden Donnerstag. Sie werden heute Nacht von uns in ein anderes Versteck gebracht. Kurz nach Abfahrt haben Sie Gelegenheit mit Frau Kaiser in Wiesbaden zu sprechen. Das Gespräch darf nicht länger als drei Minuten dauern. Sie sollten Frau Kaiser lediglich sagen, dass Sie gesund und wohlauf sind. Frau Kaiser wird Ihre Nachricht an die Herren Borodin und Orlow weiterleiten.

Zu Ihrer Information, Bussow wird am kommenden Montag mit Herrn Orlow von St. Petersburg nach Frankfurt gebracht. Dort erhält er durch Frau Kaiser seinen deutschen Reisepass und wird am gleichen Abend mit Lufthansa weiter nach Tel Aviv fliegen. Wenn er bei seiner Ankunft in Israel durch die dortigen Behörden nicht belästigt wird, bekommen wir am Donnerstag den Auftrag, Sie freizulassen. Wir werden Sie dann nach Wiesbaden zur Galerie Kaiser bringen, wo Sie Herr Orlow erwartet."

Der Botschafter fragte: „Und die deutschen Behörden schauen tatenlos zu? Das kann ich mir fast nicht vorstellen."

Dimitri Michailow: „Nach unseren Informationen ist das so. Anscheinend will man Ihr Leben schonen. Ich brauche Ihnen nicht zu sagen, dass im Falle eines Eingreifens der Polizei Ihr Leben an einem seidenen Faden hängt. Es wäre sehr bedauerlich wenn wir Maßnahmen ergreifen müssten, die Ihre Gefangenschaft zur Hölle macht."

Der Botschafter: „Was hat eigentlich die Galerie Kaiser mit meiner Entführung zu tun?"

Dimitri Michailow lachte: „Das war unsere beste Idee. Ein neutraler Vermittler. Einmal ist in Wiesbaden das Bundeskriminalamt, also die Nähe zu den deutschen Behörden, andererseits dient die Galerie **artis opus** in Wuppertal als Zwischenlager für die Bilder und außerdem bestehen zwischen der Eremitage und der Galerie Kaiser gute Kontakte."

Der Botschafter: „Was für Bilder denn? Seid ihr denn wahnsinnig, neben dem Austausch gegen Bussow auch noch Bilder zu verlangen?“

Dimitri Michailow: „Herr Botschafter, nicht ganz wahnsinnig. Die von uns geforderten eintausend Gemälde wurden bereits von St. Petersburg nach Wuppertal gebracht. Von dort werden sie an den von uns genannten Ort gebracht.“

Der Botschafter: „Ihr spielt mit dem Feuer. Gebt auf, das ist das Einzige was ich euch empfehlen kann. Noch ist nichts passiert. Wenn irgendetwas schief geht, verfolgt euch die ganze Welt. Der Austausch Bussow gegen mich, das kann man noch verstehen, aber zusätzlich noch Gemälde im Wert von hundert Millionen Dollar, das zieht die Verbrecher an wie das Licht die Motten. Also gelingt euch der Coup, dann kommt ihr erst in Schwierigkeiten. Nicht nur die Polizei aller Länder wird euch verfolgen, sondern auch noch die großen Verbrechersyndikate der Welt. Ich möchte dann nicht in eurer Haut stecken. Sprechen Sie mit Ihrem Boss, ich helfe euch, aus dieser Scheiße herauszukommen.“

Dimitri Michailow: „Herr Botschafter, lassen Sie das unsere Sorge sein.“

Der Botschafter: „Denken Sie daran, der Wahnsinn geht erst los, wenn Bussow, die Bilder und ich heil aus der Affäre heraus sind. Jetzt kann ich auch verstehen, warum die deutschen Behörden so zurückhaltend sind.“

Dimitri Michailow: „Danke für den Hinweis. Heute gegen Abend werden Sie für ganz kurze Zeit in eine Transportkiste gelegt. Es ist nur für kurze Zeit, denn wir müssen Sie außer Haus bringen. Danach fahren wir von hier zu Ihrem neuen Versteck. Unterwegs haben Sie Gelegenheit mit Frau Kaiser zu sprechen. Ich sage nochmals, so kurz wie möglich. Am Zielort müssen Sie nochmals kurz in die Transportkiste. Das dauert nicht lange.“

Der Botschafter wollte noch etwas sagen, aber Dimitri verließ wortlos die Zelle.

Wiesbaden

Susi war nach dem Mittagessen sofort wieder in ihr Büro gegangen. Es gab noch eine Menge zu tun. Als erstes traf sie Herbert. Der übergab ihr Bussows Reisepass mit den Worten:

„Susi, der Pass ist echt. Bussow hat vor drei Jahren in Anklam in der Nähe der Insel Usedom eine Deutsche geheiratet. Er hat die deutsche Staatsbürgerschaft beantragt und auch erhalten. Fingerabdrücke waren weder auf dem Umschlag noch auf dem Pass zu finden. Es ist ein rechtsgültiges Dokument. Schließ den Pass gut weg. Das Leben des Botschafters hängt daran. Nur noch nebenbei. Bussows Frau lebt nicht mehr, sie ist bei einem Busunglück im letzten Jahr ums Leben gekommen. Michail habe ich schon informiert. Das Bundeskriminalamt ist stinksauer auf die russischen Behörden. Aber sie wollen dir helfen, ins Zollgebiet am Frankfurter Flughafen zu gelangen. Ich werde auch dabei sein."

Kurze Pause, dann fuhr er fort: „Man wird morgen Früh eine Delegation von Beamten nach Wuppertal schicken, um die Gemälde zu sichten und mit den beiden russischen Beamten zu sprechen. Warne Paul vor."

Susi bedankte sich bei Herbert und nahm das Telefon, um Paul zu informieren.

(Eva) Galerie artis opus, Wuppertal, Eva Bergmann.

(Susi) Hallo Eva, ist Paul irgendwo in deiner Nähe?

(Eva) Direkt neben mir, wir sind schon bei den ersten Aufnahmen. Habe die Telefonzentrale nach hier umgestellt. Moment, ich gebe ihn dir.

(Paul) Hallo Susi, welche Neuigkeiten gibt es? Bei uns ist soweit alles in Ordnung. Der LKW ist im Nebengebäude. Der eine Beamte hat mit Michail gesprochen, seitdem sind die wie umgewandelt. Läuft alles bestens.

(Susi) Wollte dir nur sagen, morgen kommt eine Delegation vom Bundeskriminalamt in Wiesbaden. Sei freundlich, aber überlass das Gespräch möglichst den beiden Russen. Die können sich Rückendeckung in St. Petersburg holen. Das Bundeskriminalamt ist sehr verschnupft.

(Paul) Die sollen selbst mit dem Bundeskriminalamt verhandeln. Gibt es sonst noch was?

(Susi) Nein das war's schon, euch viel Spaß beim Fotografieren. Tschüss und viele Grüße an die anderen.

(Paul) Auch von uns viele Grüße, Tschüss.

Susi brauchte ein paar Minuten um wieder klare Gedanken fassen zu können. Die ganzen Tage hatte sie vor mit Jerusalem zu sprechen, morgen ging nicht, da war Schabbes in Israel, also wollte sie es gleich versuchen. Susi wählte und jemand nahm ab:

(Stimme) Galerie Kaiser Jerusalem

(Susi) Hier Susanne Kaiser, könnte ich Herrn Goldman oder Herrn Terry sprechen?

(Jacob) Hallo Susi, wie geht's dir, was verschafft uns die Ehre so kurz vor dem Sabbat deine Stimme zu hören?

(Susi) Eine ganze Menge. Ich weiß nicht, ob dir jemand erzählt hat, dass man den russischen Botschafter in Deutschland entführt hat und gegen einen Gauner, einen gewissen Bussow, austauschen will.

(Jacob) Ich kenn die Geschichte, letztmalig habe ich heute Morgen mit Moritz deshalb gesprochen. Kann ich was in der Angelegenheit tun?

(Susi) Ja und nein, ich glaube David Terry wäre in diesem Fall besser. Ist er zufälligerweise bei dir?

(Jacob) Warte, ich gebe ihn dir.

(David) Hallo Susi, hast du Ärger?

(Susi) Das kannst du singen, aber ich erzähle dir in Kurzform die ganze Geschichte ... und Susi erzählte die ganze

Entführung und wie sie zu der Ehre als Vermittlerin gekommen ist. Zum Abschluss sagte sie: ... *David, meinst du es ist möglich, Bussow ab Ankunft in Tel Aviv zu beschatten, ohne dass er es merkt. Wenn er es merkt, können wir den Botschafter vergessen.*

(David) Das ist eine diffizile Angelegenheit. Aus meiner Tätigkeit kenne ich eine Menge Leute beim Mossad, aber du sagst, der sei nicht eingebunden. Morgen kann ich nicht viel machen. Du kennst sicher den Sabbat in Israel, da laufen Gespräche dieser Art nicht. Aber am Sonntag werde ich mich umhören. Ich könnte mir vorstellen, dass uns das gelingt. Welche Geldmittel stehen uns zur Verfügung?

(Susi) David, das werde ich morgen klären. Könnte mir vorstellen, dass uns St. Petersburg die entsprechenden Mittel zur Verfügung stellt. Rufe dich an, sobald ich das weiß. Wie läuft es sonst bei euch?

(David) Wir kommen prima voran. Wenn alles so weitergeht wie bisher, so können wir bald mit der Eröffnung beginnen. Ein langes Telex geht am Sonntag oder am Montag an dich ab. Warte, ich gebe dir noch mal Jacob.

(Jacob) Susi, bei uns läuft es besser als ich es mir je hätte träumen lassen. Wir haben jetzt zwei Kopisten, die wirklich fabelhaft kopieren. Es macht Spaß den beiden zuzuschauen. Anton hat uns fantastische Unterlagen zur Verfügung gestellt. Leinwand, Holz sind hier kein Problem. Lediglich eure Farben sind im Einkauf durch den Zoll sehr teuer. Auch die Rahmenherstellung läuft hier gut. Ich klinge jetzt sicher sehr euphorisch, und das bin ich auch, denn es entwickelt sich hier alles problemlos. So habe ich Israel bisher noch nicht kennen gelernt. Merke dir schon mal vor, Anfang November ist die Eröffnung in Jerusalem. Genaues Datum folgt.

(Susi) Das ist wundervoll zu hören. Jacob, ich freue mich jetzt schon auf ein paar schöne Tage bei euch. Grüße Terry und dir weiterhin alles Gute. Tschüss.

(Jacob) Schalom, Susi.

Es freute Susi, dass in Jerusalem alles so unkompliziert war. Sie nahm sich vor, heute Abend mit Anton und auch mit Moritz darüber zu sprechen.

Schon wieder klingelte das Telefon. Ihre Vorzimmerdame sagte nur: „Die russische Botschaft in Berlin – ich stelle durch."

(Susi) Susanne Kaiser

(Anna Achmatova) Hier Achmatova, Frau Kaiser, ich habe eben Ihr Fax bekommen. Herzlichen Dank für die liebenswürdige Einladung. Sie können sich vorstellen, wie es mir im Moment geht. Ich hatte keine Ahnung, dass Sie auch mit dem Fall zu tun haben. Wie kommt das?

(Susi) Ich kann mir vorstellen wie es Ihnen geht. Um Ihre Frage zu beantworten, erzähle ich Ihnen am besten die ganze Geschichte: ... Susi erzählte der Frau des Botschafters, wie sie zu der zweifelhaften Ehre gekommen ist eine Vermittlerposition einzunehmen. Dass sie am Montagabend den Pass an Bussow übergeben wird und ihn zur Maschine nach Tel Aviv begleiten muss. Dass sie Orlow eingeladen hätte, bei ihr zu wohnen. Sie endete mit den Worten: … *Ihr Mann soll am kommenden Donnerstagabend zu uns gebracht werden. Ich kann mir vorstellen, dass Sie ihn gerne als Erste begrüßen würden, daher meine Einladung an Sie. Kommen Sie, dann sind Sie am Ort des Geschehens. Es wäre mir eine Freude, Sie bei uns begrüßen zu können. Rufen Sie mich einfach an, wann wir Sie am Flughafen oder am Bahnhof abholen sollen. Wir würden uns alle freuen, Ihnen die Zeit des Wartens zu verkürzen.*

(Anna Achmatova) Liebe Frau Kaiser, Ihre Hochzeitsfeier war schon ungewöhnlich. Ihre Einladung zu diesem Anlass ist noch viel ungewöhnlicher. Ich nehme Ihre Einladung an und Sie können sicher verstehen, wie sehr ich um meinen Mann bange. Wäre es Ihnen angenehm, wenn ich am kommenden Dienstag im Laufe des Tages zu Ihnen komme?

(Susi) Frau Achmatova, geben Sie mir die Ankunftszeit Ihres Fluges oder des Zuges an. Mein Mann wird Sie abholen. Wir freuen uns auf Sie, auch wenn der Anlass nicht schön ist.

(Achmatova) Danke Ihnen vielmals. Sollten Sie inzwischen etwas von meinem Mann hören, bitte, rufen Sie mich sofort an. Ich sterbe fast vor Angst.

(Susi) Ganz selbstverständlich. Sollte ich irgendein Lebenszeichen bekommen, werde ich Sie sofort benachrichtigen. Über die Botschaft oder haben Sie einen Direktapparat.

(Achmatova) Ich gebe Ihnen jetzt meine Direktnummer ... dann erhielt Susi die Telefonnummer ... *nochmals vielen Dank. Wiedersehen.*

(Susi) Wiedersehen bis Dienstag nächster Woche.

Susi musste lächeln. Wieder mal schien sie ein volles Haus zu bekommen. Sie rief Herbert an und berichtete ihm vom Anruf in Jerusalem und dass die Frau des Botschafters am kommenden Dienstag kommen würde. Sie sagte zum Abschluss: „Herbert, alles Weitere nachher beim Aperitif. Ich sehe eben, es ist bald sechs. Tschüss."

Susi räumte ihren Schreibtisch auf und ging langsam eine Treppe nach oben zum Aperitif. Sie suchte Moritz und berichtete ihm vom geplanten Besuch von Frau Achmatova am kommenden Dienstag, dann von ihrem Gespräch mit Jerusalem und fragte Moritz:

„Wusstest du, dass Jacob und David in Jerusalem schon so weit sind, dass sie in vierzehn Tagen oder drei Wochen die Galerie in Jerusalem eröffnen wollen?"

Moritz schmunzelte: „Die Verräter, wir wollten dich alle damit überraschen."

Maxim kam: „Susi, gibt es Neuigkeiten in Sachen Entführung?"

Susi ernst: „Maxim, das Ganze ist entsetzlich. Also die tausend Bilder sind heute Morgen in Wuppertal eingetroffen. Die Armen in Wuppertal haben jetzt ein arbeitsreiches Wochenende vor sich. Zu allem Überfluss kommt morgen noch eine Delegation des Bundeskriminalamtes nach Wuppertal. Der deutsche Pass von Bussow ist auch eingetroffen. Die Frau des Botschafters hält es zu Hause auch nicht mehr aus, sie kommt am Dienstag, um ihren Mann als Erste zu sehen. Dass Orlow am Montag kommt, weißt du sicher schon. So, das wären die momentanen Neuigkeiten."

Berlin

Die rückwärtigen Räume der Galerie hatte man geräumt. Ralf und Jan hatten darauf geachtet, dass alles peinlichst so gesäubert wurde, dass keine Fingerabdrücke mehr gefunden werden konnten. Es war bereits nach sechs, als man dem Botschafter noch mal ein Essen brachte. Dies mit der Bemerkung, das sei die letzte Mahlzeit vor dem Verlassen der Zelle.

Der Botschafter nahm das relativ gelassen hin. Gegen halb sieben bat man ihn, in die vorbereitete Kiste zu steigen, dies mit dem Kommentar, er würde nicht lange darin ausharren müssen. Man rollte sie zum hinteren Ausgang und verlud sie zu viert in den Chevy-Van.

Kurz vor neunzehn Uhr fuhren Anarei Perow, Dimitri Michailow, Ralf Wenz und Jan Schneider mit dem Botschafter ab. Sie verließen Berlin auf der B1 in östlicher Richtung. Weit außerhalb des Stadtgebietes hielten sie in einem kleinen Ort namens Herzfelde auf einem Parkplatz. Ralf und Jan öffneten die Kiste in der sich der Botschafter befand und halfen ihm heraus. Nach einer kurzen Pause, Ralf hatte ihm zu trinken gegeben, sagte Dimitri Michailow:

„Herr Botschafter, ich wähle jetzt die Nummer der Galerie Kaiser in Wiesbaden und verbinde Sie mit Frau Kaiser. Sagen Sie ihr in kurzen Worten wie es Ihnen geht. Keine Ortsangaben. Dieses Gespräch soll lediglich dazu dienen, dass die Gegenseite ein Lebenszeichen von Ihnen erhält."

Dimitri Michailow nahm ein Handy, wählte die Nummer der Galerie Kaiser. Er wurde mehrfach verbunden, bis er endlich Susanne Kaiser am Apparat hatte.

(Stimme) Spreche ich mit Frau Susanne Kaiser?

(Susi) Ja ich bin Susanne Kaiser.

(Stimme) Moment ich übergebe an den russischen Botschafter.

(Achmat) Hier spricht Peter Achmat, Botschafter der russischen Förderation in Berlin, spreche ich mit Frau Susanne Kaiser in Wiesbaden?

(Susi) Hallo, Exzellenz, freue mich Ihre Stimme zu hören.

(Achmat) Wie Sie wahrscheinlich wissen, bin ich in den Händen von Kidnappern die mir sagten, ich würde gegen Bussow ausgetauscht sowie gegen eintausend Bilder aus der Eremitage.

(Susi) Wo sind Sie und wie geht es Ihnen?

(Achmat) Körperlich und gesundheitlich ist alles in Ordnung. Die Behandlung seitens der Kidnapper stimmt auch. Könnten Sie das Michail und Orlow sagen?

(Susi) Selbstverständlich. Habe auch mit Ihrer Frau gesprochen. Sie macht sich große Sorgen und kommt um Sie bei mir abzuholen. Orlow wird dann auch hier in Wiesbaden sein. Soll ich Ihrer Frau etwas ausrichten?

(Achmat) Ja, sagen sie ihr, ich liebe sie und freue mich, sie am kommenden Donnerstag zu sehen.

(Susi) Exzellenz, wo sind Sie?

(Achmat) Das weiß ich nicht genau. Nehme an irgendwo in der Nähe von Berlin ... Stimme im Hintergrund – Schluss, keine Ortsangabe ... *Frau Kaiser, Sie hören es ja, keine Ortsangaben. Aber wie gesagt, es geht mir den Umständen entsprechend gut. Grüße an alle. ...Klick*

Wiesbaden

Susi musste sich erst von dem Schrecken des unverhofften Telefonanrufes erholen.

Susi sagte zu Nina: „Du, ich glaube, heute Abend wird es turbulent. Trotzdem sollten wir erst Abendbrot haben.“

Nicht viel später kam Herbert und wollte berichten, aber Susi blieb hart: „Herbert, erst essen wir, danach müssen wir ohnehin vieles tun. Also komm, setz dich.“

Danach wollte Herbert dafür sorgen, dass der Text des Gespräches per Fax an Michail und Grigori Orlow übermittelt wird. Er erzählte, dass das Bundeskriminalamt das Gespräch auch mitgeschnitten hätte. Man konnte feststellen, dass das Telefonat von einem Handy geführt wurde und zwar in Herzfelde, östlich von Berlin. Man nimmt an, dass der Wagen in Richtung Polen fahren würde und hat die Grenzpolizei entsprechend benachrichtigt. Die B 1 wird überwacht.

Susi ungerührt: „Niemals bringen die den Botschafter nach Polen, wenn sie ihn am kommenden Donnerstag in Wiesbaden freilassen wollen. Entweder die haben nicht vor den Botschafter freizulassen oder die wollen lediglich davon ablenken, in welche Richtung der Botschafter gebracht werden soll. In jedem Fall muss ich jetzt Peter Achmats Frau anrufen. Das habe ich versprochen.

Herbert Wagner ging mit Moritz nach unten um seinen Teil zu erledigen und Susi wählte die Direktnummer von Frau Anna Achmatova.

(Achmatova) Anna Achmatova.

(Susi) Hallo, Frau Achmatova, ich habe eine gute Nachricht für Sie. Ich habe vor zirka einer halben Stunde mit Ihrem Mann gesprochen. Er ist gesund und wohlauf. Er freut sich darauf, dass Sie ihn am kommenden Donnerstag in Wiesbaden abholen. Ich soll Ihnen ausrichten, er liebt Sie sehr.

(Achmatova) Frau Kaiser, wo ist er, was hat er gesagt?

(Susi) Es war ein sehr kurzes Gespräch unter Aufsicht der Kidnapper. Der Anruf ist so zu verstehen, dass die Kidnapper den Nachweis erbringen wollten, dass Ihr Mann noch lebt und dass es ihm gut geht.

(Achmatova) Frau Kaiser, danke vielmals für diese schöne Nachricht. Vielen, vielen Dank.

(Susi) Wiedersehen bis Dienstag der nächsten Woche.

***

Frankfurt am Main

Die Kidnapper hatten eine problemlose Fahrt von Berlin nach Frankfurt. Kurz vor Frankfurt hielten sie auf einem Rastplatz an der Autobahn. Sie zwangen den Botschafter, sich wieder in die Kiste zu legen. Es entspann sich ein kurzer Wortwechsel der damit endete, dass sie dem Botschafter unmissverständlich zu verstehen gaben, falls er sich nicht freiwillig in die Kiste legen würde, dann müssten sie leider wieder zur Narkose greifen.

So waren sie kurz nach zwei Uhr morgens in Frankfurt vor dem Hochhaus im Norden Frankfurts.

Wie verabredet, wartete Peter Wahl vor dem Hochhaus, öffnete mit einem Schlüssel das Tor zur Tiefgarage und der Wagen fuhr hinein. Peter Wahl dirigiert sie zu einem Parkplatz in der Nähe der Aufzugsanlage. Die Tiefgarage war menschenleer. Sie hoben die Kiste aus dem Fahrzeug und rollten sie zum Aufzug.

Mit der Kiste fuhren sie nach oben.

Vom Lift zur Wohnungstür im achten Stock waren es zirka zwölf Meter. Ungesehen kamen sie dorthin. Ein Namensschild » Brunner « war an der Tür angebracht. Sie betraten die Wohnung, rollten die Kiste in den für den Botschafter zurechtgemachten Raum. Dort öffneten Dimitri, Ralf und Jan die Kiste und halfen dem Botschafter heraus. Ralf holte aus der Wohnung einen Stuhl und sagte:

„Ihr Feldbett, die Chemietoilette und den Waschtisch bringen wir gleich. Tisch und noch einen Stuhl stellen wir Ihnen nachher in den Raum."

Während Ralf und Jan nach unten zum Wagen gingen um die restlichen Sachen zu holen, unterhielt sich Dimitri Michailow mit Peter Wahl.

Peter Wahl: „Unser größter Schwachpunkt ist Wassili Rudnew. Der wird gesucht. Wenn die Sache vorbei ist, die Bilder an einem sicheren Ort sind, dann verschwindet ihr alle sieben nach Palma de Mallorca. Du warst schon dort, die Finca ist noch bis Ende nächsten Jahres gemietet. Dort seid ihr sicher bis sich die Wogen etwas geglättet haben."

Dimitri Michailow: „Ich glaube, du machst dir zu viel Gedanken. Mich suchen sie auch. Eigentlich alle, die einmal in Bussows Galerie für russische Kunst gearbeitet haben. Sie haben uns in Berlin nicht gefunden und sie werden uns schon gar nicht in Spanien entdecken. Also wie besprochen, wir kümmern uns um den Botschafter bis wir die Nachricht erhalten haben, dass Bussow in Israel gut angekommen ist und wenn wir wissen, dass die Bilder gut in unserem Versteck sind. Ist das abgeschlossen, nehmen wir den nächsten Ferienflieger und ab geht's nach Mallorca. Was machst du jetzt?"

Peter Wahl: „Ich halte Kontakt mit euch in Frankfurt. Stepan bleibt in der Galerie in Berlin und ist dort unser Kontaktmann. Mit Wassili Rudnew und Thomas Hanke habe ich alles hinsichtlich des Bildertransportes besprochen. Die Handynummern hast du alle.

Ich fliege heute im Laufe des Tages nach Tel Aviv, um die Ankunft von Bussow vorzubereiten. Sowie Bussow in Tel Aviv angekommen ist, rufe ich dich an. Dann stellen wir fest, ob Bussow überwacht wird. Wenn nicht, dann brauchen wir nur noch die Bilder. Sowie das gelaufen ist, gebe ich dir Bescheid, dann könnt ihr den Botschafter mitsamt der Kiste bei der Galerie Kaiser in Wiesbaden abladen. Falls es nicht so klappt wie wir uns das vorstellen, dann kommt Plan 2. Ich kann nur hoffen, dass das nicht notwendig sein wird.“

Inzwischen waren die restlichen Sachen für den Botschafter gebracht worden. Man stellte sie ihm in seinen Raum, der in wenigen Tagen in eine schalldichte Zelle ohne Fenster umgebaut worden war.

Peter Wahl: „Wenn ihr die Wohnung verlasst, alle Schlüssel in den Briefkasten » Brunner « werfen. Macht die Wohnung sauber und hinterlasst keine Fingerabdrücke. Die Styroporverkleidung der Zelle entfernt Brunner. Chemietoilette, Waschtisch und Klappbett lasst ihr da.“

Peter Wahl verabschiedete sich von allen, dann fragte er Anarei Perow, ob er ihn zum Flughafen fahren könne und verließ zusammen mit ihm die Wohnung.

Wiesbaden

Susis Zwillinge hatten eine unruhige Nacht. So waren weder Susi noch Moritz ausgeschlafen. In der Küche werkelten Nina und Saskia schon. Als Nina Susi sah sagte sie: „Susi, du bist selber dran schuld. Ich habe dir angeboten, unsere Süßen zu nehmen. Du bist so im Stress, dass du deine Nachtruhe brauchst, also hör auf deine Nina,“ und sie lachte.

Susi musste auch lachen: „Nina, danke für deine Ratschläge, aber du weißt, ich habe sie auch sehr gerne bei mir. Aber sag mal, ich hab nicht mehr mitgekriegt, wie lange die gestern da unten getagt haben.“

Nina: „Susi, gestern wollte es wieder mal kein Ende nehmen. Gestern Abend haben sie Orlando Lopez eingeseift. Ich glaube, der hat seine Feuertaufe bestanden. Auf jeden Fall, trinkfest ist er. Er passt unheimlich gut in unser Team.

Susi war nach dem Frühstück in ihr Büro gegangen. Samstagmorgen hatte sie immer Zeit, um ihren Schreibtisch leerzuarbeiten. Gegen elf klopfte es, Orlando Lopez kam und entschuldigte sich mit den Worten: „Ich glaube, mein letzter Schnaps gestern Abend war schlecht", und lachte:

Susi auch lachend: „Ich hab schon von euren gestrigen Heldentaten gehört. Wann seid ihr ins Bett gekommen?"

Orlando Lopez: „So spät war es eigentlich nicht, aber die Menge des Alkohols war um das letzte Glas zuviel."

Es klopfte wieder und Moritz stand in der Tür. Susi sagte nur: „Komm zu uns, Herr Lopez kam vor ein paar Minuten."

Moritz begrüßte Orlando mit: „Orlando, wieder unter den Lebenden?

„Was", sagte Susi, „Ihr seid per Du? Seit wann?"

Moritz lachte: „Seit gestern Abend."

Susi ebenfalls lachend: „Das hab ich gern, mit anderen Leuten saufen, spät heimkommen und dann noch denen das Du anbieten. Orlando, das müssen wir nachholen. Ich bin Susi."

Lopez wusste nicht genau wie er sich verhalten sollte, lächelte und sagte mit einer Verbeugung: „Ich bin Orlando." Er fügte hinzu, „so schnell wie hier, wurde ich noch nie in einen Freundeskreis aufgenommen."

Susi: „Das freut mich für dich, du weißt, das könnte auch anders sein. Ist die Unterbringung bei Maxim in Ordnung?"

Orlando: „Es ist ein schönes Zimmer, allerdings mit Familienanbindung. Maxim und seine Familie überschlagen sich fast, um es mir so bequem wie möglich zu machen. Außerdem, Maxim ist ein Künstler in Reinkultur. Er hat einfach die Gabe, die wesentlichsten Merkmale in seinen Kunstwerken wiederzugeben. Im sakralen Bereich ist er einmalig."

Susi lächelnd: „Orlando, das hört sich alles gut an. Ich weiß nicht, ob du für Russland ein Visum brauchst, auch nicht ob du eines für Israel haben musst. In jedem Fall solltest du dir diese bei den jeweiligen Konsulaten schnellstens beschaffen. In zirka drei Wochen eröffnen wir Jerusalem, da solltest du dabei sein."

Frankfurt am Main

Anarei Perow hatte Peter Wahl zu einem Hotel am Frankfurter Airport gebracht. Peter Wahl bat Perow, mit hoch in sein Zimmer zu kommen. Dort stellte er fest, dass er einen Anruf eines Herrn aus Karlsruhe erhalten hatte, der um Rückruf bat.

Peter Wahl erklärte nur kurz Anarei, dass das ein Informant sei und wählte die Nummer in Karlsruhe. Es war ein längeres Gespräch und am Ende des Telefonats sagte er: „Okay, wir werden unsere Planung total umstellen. Das werde ich sofort in die Wege leiten."

Danach Peter Wahl zu Anarei: „So eine Scheiße, die deutsche Polizei hält sich nicht an die Vereinbarungen. Ich weiß, dass die gesamte deutsche Polizei länderübergreifend nach dem russischen LKW fahndet. In Wuppertal hat man einen Gürtel um die gesamte Stadt beschlossen. Alle Ausfallstraßen werden überwacht. Gott sei Dank, nicht die Innenstadt selbst. Die Einsatzfahrzeuge der Polizei sind samt und sonders Privatfahrzeuge, also nicht zu erkennen.

Unser Plan mit Karlsruhe und dem Elsass funktioniert also nicht. Sag deinen Kollegen Bescheid, dass wir zunächst kurz nach Wuppertal fahren. Heute Abend sind wir wieder zurück."

Nach ungefähr einer halben Stunde verließen die beiden das Hotel und fuhren in Richtung Wuppertal.

Wuppertal

Punkt neun betrat eine Delegation des Bundeskriminalamtes die Räume der Galerie **artis opus** in Wuppertal. Paul begrüßte sie freundlich, berichtete, dass sie am Aufnehmen der tausend Kunstwerke wären und führte die Herren auch in den Raum, in welchem die Aufnahmen gemacht wurden. Dann sagte er:

„Meine Herren, Sie wissen, dass wir hier in eine Situation gebracht wurden, wofür wir nichts können. Lediglich die Publikationsrechte dieser Bilder gehören der Galerie Kaiser und für diese nehmen wir die Bilder auf. Wenn wir fertig sind, werden wir die Bilder einscannen, mit den entsprechenden Texten versehen und dann können wir diese am Computer ausdrucken. Frau Kaiser hat mir schon gesagt, dass Sie wahrscheinlich davon eine CD benötigen. Heute und morgen kann ich das noch nicht machen, denn es müssen erst alle Aufnahmen gemacht sein. Hinsichtlich anderer Einzelheiten sollten Sie sich mit den Herren aus St. Petersburg unterhalten."

Paul stellte die beiden Beamten aus St. Petersburg vor und bat sie, im Konferenzzimmer Platz zu nehmen. Bei der Delegation war ein Dolmetscher, der die Kommunikation vereinfachen sollte. Die Herren baten Paul Vermeylen, während der Besprechung anwesend zu sein. So erfuhr Paul, dass das Bundeskriminalamt sich nicht an die Vereinbarung halten wollte, den LKW nicht zu beschatten.

Es kam zu erregten Diskussionen, bis man endlich Michail Borodin und Grigori Orlow einschaltete. Diese lehnten strikt eine Einmischung der deutschen Behörden ab und verbaten die Beschattung des LKW durch die deutschen Behörden. Grigori Orlow sagte als letzten Satz: „Sollten Sie sich nicht an unsere Anweisungen halten und der Botschafter wird verletzt oder gar getötet, so werden wir die Bundesrepublik Deutschland dafür haftbar machen."

Es war eine unschöne Unterhaltung. Zum Abschied der Delegation des Bundeskriminalamtes fragten diese Paul: „Wann können wir mit den Aufnahmen der Bilder rechnen?"

Paul: „Keinesfalls vor Dienstag der kommenden Woche. Wir brennen das Bild- und Textmaterial auf eine CD und schicken diese an Frau Kaiser. Herr Wagner kann sie Ihnen dann übergeben."

Paul war heilfroh als die Delegation endlich die Galerie verließ. Paul setzte sich sofort mit Susi in Verbindung.

Anarei Perow und Peter Wahl waren im Eiltempo nach Wuppertal gefahren und unterwegs erzählte Peter:

„Bei unserer Anfangsplanung hatten wir eine Halle in Wuppertal ausgesucht, in welcher wir den russischen LKW unterstellen wollten. Es war geplant, nicht allzu weit von der Galerie **artis opus** entfernt die Bilder umzuladen und sie in vier kleineren LKW's wegzubringen. Wir fanden eine große Halle mit einem riesigen Tor und davor einen großen Parkplatz. Die Halle ist vierzig Meter lang und gute zwanzig Meter breit. Also ideal für so einen großen LKW und genügend Platz um in der Halle umzuladen. Wir haben sie damals für ein halbes Jahr mieten müssen und die Mietzeit läuft noch. Wir haben umdisponiert, da wir dachten, die Halle sei doch zu nah bei der Galerie **artis opus**. Wie ich jetzt erfahren habe, will man den russischen LKW ab Stadtgrenze, sprich ab den Autobahnauffahrten und den Ausfallstraßen, beschatten. Das werden wir ihnen versalzen."

Die beiden waren von Frankfurt über die A 45 – die Sauerlandlinie – in Richtung Dortmund gefahren und dann auf die A 46 abgebogen. Sie verließen die Autobahn bei der Ausfahrt Wuppertal Wichlingshausen und fuhren in Richtung Wuppertal Barmen. Peter dirigierte Anarei zu einem Industriegelände, in welchem sich die besprochene Halle befand.

Peter suchte den Platzwart, der ihn begrüßte und meinte: „Ich habe schon gedacht, ihr würdet die Halle überhaupt nicht mehr brauchen. Ich hab sie sauber gehalten. Außerdem bekomme ich noch Strom- und Wassergeld."

Peter Wahl lachte: „Keine Angst, das bekommen Sie."

Der Platzwart aber meinte: „Man könne das eventuell pauschal ausgleichen". Peter verstand sofort und fragte: „Reichen einhundert Euro?" Und als der Mann bejahte, drückte er ihm einen Hunderter in die Hand.

Dann besichtigten sie zusammen die Halle. Anarei war sehr von der Größe dieser Halle angetan. Er meinte: „Peter, das ist genau das, was wir suchen. Was machen wir mit den LKW's, die wir in Straßburg gemietet haben?"

„Die sollen am Montagmorgen von Straßburg nach hier fahren und dann ganz einfach warten. Wir sagen nachher telefonisch Wassili Rudnew und Thomas Hanke in Berlin Bescheid, dass sie sofort nach Wuppertal fahren sollen, um dort auf die LKW's zu warten."

Sie besprachen noch mit dem Platzwart, wo die Fahrer und ihre beiden Leute schlafen können. Der Platzwart erklärte, er würde die Zimmer bestellen.

Peter und Anarei bedankten sich beim Platzwart und fuhren ab.

Peter meinte: „Anarei, ich zeige dir jetzt, wo die Galerie **artis opus** ist. In unmittelbarer Nähe gibt es auch eine kleine Gaststätte, da können wir was essen." Sie parkten den Wagen neben der Galerie und gingen dann zur Gaststätte.

Peter musste lachen: „Schau mal, wer wahrscheinlich in der Gaststätte ist. Die Polizei aus Wiesbaden. Wiesbadener Autonummer und Dienstwagen. Lass uns mal schauen."

Als sie in die Gaststätte kamen, waren nur zwei Tische besetzt. Sie setzten sich und konnten Wortfetzen des Gesprächs aufschnappen. Schnell war den beiden klar, dass die Beamten anscheinend sehr verärgert waren. Auch war klar zu erkennen, dass man die Ausfallstraßen in Dortmund überwachen würde.

Als Peter Wahl und Anarei Perow die Gaststätte verließen, meinte Peter:

„Das war ein interessantes Mittagessen. Besser hätte es nicht kommen können. Wir fahren jetzt zurück nach Frankfurt, dann bekomme ich heute am späten Abend noch die Maschine nach Israel. Unterwegs telefoniere ich mit der Spedition in Straßburg und veranlasse, dass die vier bestellten LKW's am Montagmorgen von Straßburg nach Wuppertal kommen. Die Fahrzeuge und Fahrer müssen bis Donnerstag zur Verfügung stehen. Dienstagabend wird dann hier in der Halle umgepackt und die vier Kleinlaster fahren in unser Lager bei München. Dort laden die nur ab. Sie können dann von München zurück nach Straßburg fahren. Unmittelbar nach Abfahrt der Straßburger Lastwagen in München, holt unser LKW die Bilder dort ab und bringt sie nach Erding. Dort bleiben die Bilder vorerst und ihr alle verschwindet."

Es folgte ein langes Telefonat mit Berlin. Peter Wahl erklärte Wassili Rudnew die Änderung der Pläne und vor allen Dingen, warum. Der war davon angetan und meinte: „Der Plan ist mir viel lieber, Straßburg hat mir nicht behagt, außerdem ist er einfacher und zeitsparender."

Wassili wiederholte die Einzelheiten und meinte: „Wir fahren am besten heute Nachmittag noch nach Wuppertal. Hier in Berlin ist es mir ohnehin nicht geheuer. Es ist einfach zu ruhig. Die Telefonnummer vom Platzwart der Halle habe ich, der soll mir den Namen des Hotels sagen. Tschüss und dir einen guten Flug nach Israel."

Dann kam ein langes Gespräch mit der Spedition in Straßburg. Man konnte sich darauf einigen, dass die Wagen am Montag gegen zwölf Uhr Straßburg verlassen würden. Hinsichtlich der Übernachtung gab Peter der Spedition die Telefonnummer des Platzwartes an. Wegen der größeren Fahrstrecke, versprach Peter die Mehrkosten direkt an die Fahrer zu zahlen.

Während der Fahrt sprach Peter nochmals alle Einzelheiten mit Anarei durch.

Wiesbaden

Obwohl es Samstag war, musste Susi am Nachmittag in ihr Büro. Michail hatte angerufen und gemeint, Herbert solle noch mal beim Bundeskriminalamt vorstellig werden, damit der LKW bei Abholung der Bilder nicht überwacht würde. Herbert war sofort zum BKA gegangen und immer noch nicht zurückgekommen. Endlich, gegen vier kam Herbert zurück.

Er meinte: „Susi, die Herren lassen sich nicht überzeugen, dass das schiefgehen könnte. Sie sind der Ansicht, dass man nur über die Beschattung an die Entführer herankommen könne. Man glaubt ohnehin nicht, dass man den Botschafter freilassen würde“

Susi verärgert: „Was stellen die sich vor, meinen die, sie hätten es mit Anfängern zu tun? Bis heute haben sie noch nicht einmal eine Spur, wo sich der Botschafter in Berlin befunden hat oder gar noch ist. Unsere Telefone hat man überwacht, aber außer, dass man festgestellt hat, von wo telefoniert wurde, weiß man nichts.“

Herbert: „Susi, anscheinend hat man inzwischen eine Spur, wo sich der Botschafter in Berlin befindet oder sich befunden hat. Man überwacht im Moment eine Galerie in Berlin-Neukölln. Aber wie gesagt, das ist nur ein vager Verdacht. Alle Muster einer Entführung sind normalerweise anders. Wenn die Kidnapper etwas von der Beschattung durch das BKA mitbekommen, dann könnten sie die Nerven verlieren und dann ist eine Kurzschlusshandlung möglich. Ich hoffe, die Kidnapper melden sich noch mal.“

Danach riefen sie Michail in St. Petersburg an und berichteten ihm, was Herbert beim BKA erreicht hat.

Die beiden verabschiedeten sich und Susi ging nach oben in ihre Wohnung.

Berlin

Wassili Rudnew und Thomas Hanke hatten ihre Sachen schon im Auto. Sie wollten eben wegfahren, als zwei Wagen in den meist nicht benutzten Hinterhof fuhren. Niemand stieg aus und die Motoren wurden abgestellt.

„Scheiße“, sagte Thomas, „das ist die Schmiere. Lass uns schauen, dass wir wegkommen. Der Stepan wollte doch was essen gehen, vielleicht ist er noch beim Türken, dann können wir ihn gleich mitnehmen. Wenn die jetzt schon observieren, dann ist morgen Früh ohnehin alles zu spät.“

Die beiden hatten Glück. Stepan Pimenow war noch im Kebabladen. Sie unterrichteten ihn. Eigentlich wollte er bleiben. Nach einem Telefonat mit Dimitri Michailow entschied er sich, sofort mit nach Wuppertal zu fahren. Er wollte sich nur noch zu Hause ein paar Klamotten mitnehmen und vor allen Dingen seinen Reispass holen. Das klappte auch problemlos und schon kurz nach vier waren sie auf dem Weg nach Wuppertal. Unterwegs erzählten sie Stepan von den geänderten Plänen in Wuppertal.

***

Sonntagmorgen gegen sieben Uhr fuhren je zwei Wagen der Polizei vor die Galerie in Neukölln. Dies sowohl auf der Straßenseite als auch zum rückwärtigen Eingang. Da man am Vortag niemand von den Mietern erreichen konnte, ließ man die Türen durch einen Schlüsseldienst öffnen und betrat die Räume. Gründlich durchsuchte man die Galerie. Man entdeckte auch die mit einer Spanplatte zugenagelte Tür und auch den Raum, der mit Styropor verkleidet war. In diesem Raum befand sich auch ein Tonaufnahmegerät. Was die Beamten am meisten störte war, dass sich in den rückwärtigen Räumen keinerlei Fingerabdrücke fanden.

Gegen zehn kam ein Polizeiwagen mit der Ehefrau von Herrn Stepan Pimenow. Die erklärte, dass ihr Mann für einige Wochen nach Russland gefahren sei, um Bilder für ihre Galerie einzukaufen. Die rückwärtigen Räume hätten sie an eine polnische Firma vermietet, die Tonaufnahmen gemacht hätten. Diese wären am vergangenen Freitag ausgezogen. Sie wühlte in Akten und fand einen Mietvertrag, den sie als Beweis vorlegte.

Einer der Beamten fragte: „Da gibt es doch noch einen zweiten Herrn, der hier in der Galerie beschäftigt ist?

Frau Pimenow: „Sie meinen Thomas, der ist mit meinem Mann nach Russland. Die sind gestern Nachmittag gefahren. Können Sie mir verraten, was Sie bei uns suchen? Wir haben unsere Steuern bezahlt, alle Unterlagen sind bei unserem Steuerberater. Dann kommen Sie ausgerechnet an einem Sonntagmorgen und stellen alles auf den Kopf."

Der Beamte: „Warum haben Sie die Räume vermietet?"

Frau Pimenow: „Das machen wir nicht aus Spaß, sondern weil wir Geld brauchen. Im Sommer läuft unsere Galerie so gut wie gar nicht. Von irgendetwas müssen wir die Miete bezahlen und auch leben. Sie haben mir zwar Ihren Durchsuchungsbefehl gezeigt, aber ich weiß immer noch nicht, warum Sie unsere Galerie durchsuchen."

Es gab noch eine längere Diskussion mit Frau Pimenow. Endlich gegen zwölf Uhr verließen die Beamten die Räume.

Auf die Frage, wer den Dreck wegwischen würde, den die Durchsuchung verursachte, bekam sie keine Antwort.

Wiesbaden

Wie meist, so ließ man sich am Sonntagmorgen Zeit. Es gab ein langgezogenes Frühstück. Susi hatte vor, den Vormittag so richtig zu vergammeln. Nina hatte vor, um zwei zu Ingo ins Krankenhaus zu fahren und Susi und Moritz wollten kurz mitkommen, um noch mal einen Krankenbesuch bei Ingo zu machen.

Susi, Moritz und Nina waren nach dem Mittagessen zu Ingo ins Krankenhaus gefahren. Ingo begrüßte sie herzlich und meinte: „Ich hoffe, in zwei Tagen entlassen zu werden.“

Als Ingos Eltern kamen verabschiedeten sich Susi und Moritz.

Danach fuhren sie zu Antons Galerie. Dort sahen sie im ersten Stock einen großen Tisch und im ernsten Gespräch fanden sie Anton, Prem, Ilse, Jo und Orlando.

Es gab eine freundliche Begrüßung und Anton sagte: „Kommt setzt euch zu uns. Seit gestern Nachmittag arbeiten wir an der Zusammenstellung der Ausstellung in Wuppertal.“

Nicht viel später kam Erika mit einem großen Tablett, brachte den Kaffee und Gebäck, begrüßte Susi und Moritz herzlich und sagte: „Seid mir nicht böse, wenn ich gleich wieder verschwinde, aber mein kleiner Mike hat Hunger.

Nachdem sie Kaffee getrunken hatten, begann Prem:

„Wir haben jetzt fast eineinhalb Tage an diesem Konzept gearbeitet und ich erlaube mir, es kurz vorzustellen.“

Prem stand auf: „Wir haben der geplanten Ausstellung in Wuppertal einen Namen gegeben, den wir auch propagieren wollen: **» Die berühmtesten Gemälde der Welt «**

Wir haben unsere Ausstellung in sechs Teile gegliedert. Die Präsentation beginnt im 15. Jahrhundert und endet Ende des 19. Jahrhunderts.

1. Teil beginnt im 15. Jahrhundert
Spätgotik und Frührenaissance
2. Teil 1490 bis 1520
Hochrenaissance
3. Teil 1520 bis um 1600
Spätrenaissance / Manierismus

4. Teil 1600 bis 1750
Barock und Rokoko
5. Teil 1750 bis 1830
Klassizismus und Romantik
6. Teil 1830 bis 1900
Vom Realismus zum Impressionismus

Für jedes dieser einzelnen Segmente haben wir im Moment noch zwischen zwanzig und dreißig Exponate auf Lager. Wir können ungefähr 150 Exponate präsentieren."

Jetzt stand Ilse auf und sichtlich stolz sagte sie: „Neu in dieser Ausstellung ist die erstmalige Vorstellung unserer Öldrucke und Kunstdrucke, gleichzeitig mit unseren außergewöhnlichen Kopien."

Hier unterbrach Susi, „Ilse, das aus deinem Mund, der immer nur von Fälschungen sprach. Ich gratuliere dir."

Ilse musste lachen: „Du hast recht. Aber ich bin inzwischen davon überzeugt, dass unsere Kopien etwas Besonderes sind. Um auf die Ausstellung zurückzukommen, wir können nicht bei allen Ölgemälden einen Öldruck oder einen Kunstdruck gegenüberstellen.

Es ist ein Versuch, um zu sehen, wie das Publikum darauf reagieren wird. Wir alle sind gespannt.

Anton stand auf: „Wenn Ihr alle aufsteht, so muss ich das auch tun", und sagte dann: „Wir müssen bis zur Ausstellung noch viel experimentieren. Aber folgen wir unserem Konzept, so müsste das klappen. Es wird eine außergewöhnliche Kunstausstellung und ich könnte mir vorstellen, dass uns entweder die Presse zerreißt oder sie berichtet begeistert über unsere einzigartigen Kunstwerke dieser sensationellen Präsentation."

Orlando Lopez stand jetzt auf, lachte und sagte: „Es war eine großartige Erfahrung, dass ich bei diesen Gesprächen anwesend sein durfte. Auch ich bin auf dieses Experiment gespannt. Ich wäre gerne bei dieser Ausstellung mit eingebunden."

Jo lachte, auch er stand auf: „Wir haben seit gestern Nachmittag zu fünft an dieser neuen Idee gearbeitet. Leider haben wir fast keine Lagerbestände mehr, trotzdem ist uns die Gestaltung der Ausstellung nach meiner Meinung gelungen. Ich bin gespannt, wie das Experiment ankommt. Wenn wir gut aufbauen, richtig präsentieren und anschließend noch tadellos beraten, dann müsste das ein Verkaufserfolg werden. Das Ganze in der Vorweihnachtszeit, das muss einfach klappen. Das einzige was ich gerne dazu wüsste, wie hoch ist der Schätzwert der tatsächlichen Originale, die irgendwo in den Museen hängen?“

Hier unterbrach Anton: „Jo, ich habe ein Buch der Versicherungswirtschaft, in welchem du die Schätzwerte der Exponate findest. Vielleicht nicht alle, aber ziemlich alle.“

Jo bedankt sich und sagte: „Diese Schätzwerte der Originale sollten wir vielleicht in unseren Katalogen angeben. Das wäre ein weiterer Kaufanreiz.“

Hier unterbrach Susi: „Jo, deine Idee ist fantastisch. Warum sind wir all die Jahre nicht darauf gekommen, den Schätzwert der Originale sowohl in unserem Katalog als auch bei den Bildbeschreibungen zu publizieren? Wir können dabei als Quelle das Buch der Versicherungswirtschaft angeben. Wenn Ihr damit einverstanden seid, will ich das Notwendige morgen in der Werbeabteilung veranlassen.“

Alle Gesprächsteilnehmer waren damit einverstanden und Susi fuhr fort:

„Ihr Lieben, ich danke euch für den ausführlichen Bericht. Ich hoffe mit euch, dass wir Erfolg mit dieser Ausstellung haben werden. Übergebt eure Ideen der Werbeabteilung. Die haben Erfahrung mit neuen Konzepten.

Es ist jetzt bald fünf Uhr, Anton was hältst du von einem Drink?“

Anton lachte: „Susi du darfst im Moment ohnehin nicht, aber ich lade euch jetzt zu einem Glas Sekt ein. Seid ihr damit einverstanden?“

***

Montagmorgen, wie immer etwas hektisch und Susi war gleich nach dem Frühstück in die Werbeabteilung gegangen. Gestern hatte sie sich bei Anton das Buch der Versicherungswirtschaft mit den Schätzpreisen der Exponate geben lassen und zeigte es ihren Damen der Werbeabteilung.

Die begriffen sehr schnell, welche Verkaufsvorteile die Schätzpreise der Versicherungswirtschaft für die Galerie Kaiser haben würde.

Eine der Damen meinte: „Wir alle waren bis jetzt mit Blindheit geschlagen. Bei unseren bisherigen Vernissagen oder Verkäufen, haben wir die Schätzwerte der Originale nur hinter vorgehaltener Hand erwähnt. Dabei sind diese Schätzpreise der Originale ein Himmelsgeschenk. Wir hatten zwar eine kurze Liste irgendwelcher Schätzungen aber nie mit Quellenangabe."

Susi fragte: „Meint ihr, dass das problemlos machbar ist?"

Beide Damen waren der Meinung, dass das kein großer Arbeitsaufwand wäre. Eine der Damen meinte: „Susi damit es keine Missverständnisse gibt, skizziere ich dir kurz meine Vorstellung:

„In unseren Unterlagen bleiben die Einzelheiten des jeweiligen Bildes unverändert. Also auch wo das Original-Gemälde ausgestellt wird und so weiter. Wir fügen lediglich hinzu: > Gemäß den Unterlagen der Versicherungswirtschaft wird der Wert für das Original dieses Gemäldes mit einem Schätzwert von Euro .... angegeben.

Die Angaben über den Kopisten bleiben unverändert.

Es folgt dann lediglich noch ein Nachsatz, dass dieses Gemälde auch als Öldruck und als Kunstdruck erhältlich ist.

In der Preistabelle verändert sich dagegen vieles:

Als Sammelangabe der sogenannten Schätzwerte nehmen wir folgenden Satz auf:

» Die in dieser Preisliste angegebenen Schätzwerte der Originale sind einem Fachbuch der Versicherungswirtschaft entnommen. Die Preise wurden zum Tageskurs per (dann Datum) in Euro umgerechnet. Stand der Schätzungen Ende zwanzigstes Jahrhundert. «

Die Preise jetzt nur als Beispiel, ausrechnen müssen wir das genau:

Schätzpreis des Originals	**120.000** Euro
Kaisers Originalkopie	**12.000** Euro
Kaisers Öldruck	**1.200** Euro
Kaisers Kunstdruck	**200** Euro

Alle Preise verstehen sich einschließlich Mehrwertsteuer und Rahmen.

Susi lachte: „Schon sind wir preiswert. Als Jo das gestern erwähnte habe ich mich nur gefragt, warum sind wir bisher noch nicht auf diese Idee gekommen.“

Susi erzählte den Damen noch von dem neuen Konzept der Vernissagen in Wuppertal und meinte, Ilse würde sich noch melden. Dann ging Susi in ihr Büro.

Frankfurt am Main

Dimitri Michailow, Anarei Perow, Ralf Wenz und Jan Schneider saßen im 8. Stock eines Frankfurter Hochhauses. Der Botschafter hatte bereits sein Frühstück und die vier Herren waren ebenfalls beim frühstücken.

Dimitri meinte versonnen: „Also aus Berlin sind wir gerade noch rechtzeitig weggekommen. Stepans Frau meinte zwar, die hätten keinen Verdacht geschöpft, aber die hätten erst gar nicht durchsucht, wenn sie keinen Verdacht gehabt hätten. Mal sehen, ob das heute mit dem Bussow klappt und ob man ihn ausfliegen lässt. Zwei Hürden sind dann noch zu nehmen. Da ist einmal der Abtransport der Bilder in Wuppertal und zum anderen die Rückführung des Botschafters."

Anarei Perow unterbrach: „Also wegen der Bilder mache ich mir weniger Sorgen. Wassili ist ein Könner. Ich bin sicher, der regelt das so, dass wir das problemlos über die Bühne bringen. Da wir bei dem Abtransport der Bilder den Botschafter noch als Geisel haben, werden die sicherlich nichts unternehmen. Anders ist es bei der Rückführung des Botschafters. Mit hundertprozentiger Sicherheit überwachen sie die Galerien Kaiser in Wiesbaden. Das dümmste, was wir machen können, ist den Botschafter dort freizulassen. Da müssen wir uns was anderes einfallen lassen."

Dimitri nachdenklich: „Das geht mir auch die ganze Zeit durch den Kopf. Ich habe für Bussow mal die Galerie Kaiser in Wiesbaden überwacht. Schon damals war es schwer an die Gebäude heranzukommen. Es ist uns zwar gelungen, aber es war nicht einfach. Später habe ich noch mal recherchiert und herausgefunden, dass die russischen Wissenschaftler aus der Eremitage gemeinsam in einem Haus in einer ruhigen Randlage Wiesbadens wohnen. Einer der Künstler hat dort sein Atelier, ein gewisser Maxim Pasternak. Das Haus ist von einem kleinen Park umgeben. Es gibt dort auch eine Garagenauffahrt. Dort könnten wir am Abend leicht den Botschafter in der Kiste aussetzen. Was meint ihr dazu?"

Sie waren sich schnell einig, dass man das machen sollte.

Ralf Wenz: „Damit bin ich auch einverstanden. Was mir mehr Sorgen macht, sind unsere Ferienflüge nach Mallorca. Meinen und Jans Namen kennen die mit Sicherheit nicht. Aber alle anderen Namen haben sie. Es ist ziemlich einfach für die Polizei festzustellen, mit welchem Flug wir Deutschland verlassen haben. Auch grenzübergreifend ist das möglich. Wir sollten die Finger von einer Flugreise lassen. Was haltet ihr davon, wenn wir mit der Bahn bis Barcelona fahren und dann mit dem Schiff weiter nach Mallorca. Ich gebe zu, das ist umständlich und langsam. Was meint ihr?"

Dimitri: „Du hast recht, sollten wir zur Fahndung ausgeschrieben sein, so reicht einer von uns, und sie haben den Rest. Warum machen wir keine Bahnreise. München - Mailand, dann weiter über Genua entlang der Riviera nach Marseille, fahren weiter nach Barcelona und nehmen von dort die Fähre nach Palma de Mallorca. Dort mieten wir in aller Ruhe ein preiswertes Auto und fahren auf unsere Finca. Seid ihr damit einverstanden?"

Man diskutierte das Für und Wider, war aber schnell der Meinung, dass dies der beste Weg wäre, ihre Spur zu verwischen.

Dimitri sehr ernst: „Und wenn Bussow nicht nach Israel gelangt oder wenn das mit den Bildern nicht klappt? Wollt ihr dem Botschafter ein Bein abhacken? Ich bin dann eher dafür, dass wir den Botschafter etwas mehr Äther bei einer Narkose geben und er nicht mehr aufwacht."

Hier gab es eine erregte Diskussion bis Jan Schneider sagte: „Ich mache alles mögliche mit, aber keinen Mord oder eine Verstümmelung. Kidnapping ist schon schlimm genug. Wenn alles schief geht, so müssen wir zwar verschwinden, aber den Botschafter müssen wir dann eben irgendwann freilassen."

Anarei Perow: „Hoffen wir, dass nichts schief läuft. Wenn doch, so nützt uns ein lebender Botschafter weit mehr als ein toter. Im Moment spielt die Zeit noch für uns. Unsere finanziellen Mittel reichen noch für ein Jahr. Lasst uns damit sorgfältig umgehen."

Wiesbaden

In Susis Büro wartete Herbert Wagner. Er erzählte, dass er heute Morgen beim Bundeskriminalamt gewesen sei und dort erfahren hat, dass die durchsuchte Galerie in Berlin Neukölln keine neuen Erkenntnisse gebracht hätte. Dann sagte er:

„Susi, ich habe mit dem BKA vereinbart, dass wir beide um halb zwei zum Flughafen fahren. Ein Beamter des Bundeskriminalamtes kommt mit. Es ist alles so arrangiert, dass wir mit Sonderausweis das Zollgelände betreten können und mit einem Wagen direkt zur ankommenden Maschine aus St. Petersburg gebracht werden. Ich hab doch richtig verstanden, dass Moritz hier bleibt, um eventuelle Anrufe seitens der Entführer entgegenzunehmen?"

Susi ernst: „Ja, Moritz bleibt leider hier, einer muss die Stellung halten. Mir stinkt das alles. Ich mache das wirklich nur dem Botschafter zuliebe. Wie geht's dann weiter?"

Herbert: „Wir gehen dann gemeinsam, das heißt Orlow, Bussow, der Beamte des BKA und wir beide in einen Vernehmungsraum der Kriminalpolizei am Flughafen. Dort gibt es eine kurze Besprechung. Dann bringen wir Bussow in eine Haftzelle am Flughafen. Dort bekommt er Abendessen. Eine Stunde vor Abflug, also kurz nach neun, begeben wir uns alle wieder gemeinsam zur Abfertigung. Wir werden dann mit einem Kleinbus auf das Vorfeld gebracht, wo die Maschine der Lufthansa zum Abflug bereitsteht. Bussow betritt das Flugzeug mit einem Beamten des Flughafens und wir warten im Fahrzeug vor dem Flugzeug, bis dieses anrollt. Danach können wir zurückfahren."

Herbert erkundigte sich noch, ob sie schon Neuigkeiten aus Wuppertal hätte, aber Susi meinte nur: „Herbert, wenn du willst, bleibe da, ich rufe kurz in Wuppertal an."

Schon hatte sie den Telefonhörer und wählte Wuppertal:

(Eva Bergmann) Galerie artis opus, Wuppertal. Guten Tag.

(Susi) Hallo Eva, ich bin auf Konferenzschaltung. Mit in der Leitung ist Herbert Wagner. Ist Paul irgendwo?

(Eva Bergmann) Wir haben die ganze Telefonanlage während der Bilderaufnahmen verlegt. Er ist direkt neben mir. Moment, ich gebe ihn dir.

(Paul) Hallo Susi, wir sind im Moment dabei, die letzten Bilder aufzunehmen. Haben Samstag auf Sonntag bis um zwei Uhr nachts gearbeitet und letzte Nacht bis drei Uhr. In einer Stunde sind wir fertig und können danach wieder mit dem Laden des LKW beginnen.

(Susi) Habt ihr schon etwas von den Entführern gehört, wann gedenken die, die Bilder abzuholen?

(Paul) Nichts, kein Anruf, keine Mitteilung.

(Wagner) Guten Tag Herr Vermeylen. Wie wir schon mal besprochen haben, werden die Entführer erst abwarten bis Bussow in Israel angekommen ist und sich dann melden. Das ist frühestens morgen Früh. Da sie keinesfalls den LKW bei Tageslicht fahren werden, nehme ich an, Sie werden morgen einen Anruf erhalten, wann der LKW abgeholt wird. Nach meiner Meinung nach Eintritt der Dunkelheit. Das heißt morgen Abend. Ich bin gespannt, was sich die Entführer einfallen lassen, um diesen riesigen LKW ungesehen durch die observierenden Wagen der Polizei zu bringen. Bitte rufen Sie mich oder Susi an, sobald Sie irgendetwas hören.

(Paul) Selbstverständlich. Wir haben hier alles so geregelt, dass wir jedes Gespräch mitschneiden können. In einer Stunde bauen wir die Telefonzentrale hier wieder ab und nehmen sie zum Empfang.

(Susi) Paul, wir haben außer der Entführung auch sonst noch was zu tun. Am Samstag und Sonntag haben sich Anton, Ilse, Jo, Prem und der neue Mann für Mexiko, Orlando Lopez, mit der Thematik der Ausstellung in Wuppertal befasst. Du kriegst alles noch schriftlich. Wir werden zirka 150 Exponate ausstellen.

(Paul) Soviel hätte ich gar nicht erwartet, wo hat Anton die aufgetrieben.

(Susi) Paul, die haben sich wirklich Mühe gegeben. Aber danach sind unsere Lager leer. Eine Neuerung für all unsere Verkäufe hat sich durch unsere Gespräche ergeben. Wir werden ab sofort bei all unseren Bildbeschreibungen in den

Katalogen und den Preislisten die Schätzpreise der Originale angeben.

(Paul) Wo habt ihr die denn her?

(Susi) Anton hat ein Buch der Versicherungswirtschaft, in welchem die Schätzpreise dieser Exponate gelistet sind. Ich könnte mir vorstellen, das hilft beim Verkauf.

(Paul) Mit Sicherheit wird das den Verkauf unserer Kopien sehr erleichtern. Gratuliere euch zu dieser neuen Idee.

...Danach verabschiedete man sich schnell am Telefon ...

Susi hatte ihr Büro kurz vor zwölf verlassen und traf Nina und Saskia in ihrer Wohnung. Sie fragte Nina: „Sag mal, wie geht's Ingo?"

Nina sprudelte hervor: „Ach Susi, heute Nachmittag ist mein letzter Besuch bei Ingo. Morgen darf er heim."

Susi lachte: „Schätzchen, das ist eine frohe Botschaft. Das freut mich wirklich für dich. Du wirst dir sicher einige Tage freinehmen wollen?"

Nina: „Das habe ich schon alles mit Saskia besprochen. Saskia bleibt in der gesamten Zeit hier."

Susi erfreut: „Nina, Saskia, das habt ihr gut gelöst, ihr wisst ja, bei mir wird's sehr turbulent. Ab morgen haben wir ein volles Haus. Erst muss heute dieser Bussow nach Israel fliegen. Ich komme heute Abend erst gegen Mitternacht wieder. Aber jetzt muss ich mich umziehen."

Nach dem Mittagessen verabschiedete sich Susi. Moritz kam mit ihr nach unten ins Büro, wo Herbert mit einem Beamten des Bundeskriminalamtes wartete.

Susi gab ihrem Mann einen Kuss und sagte: „Schade, das du nicht mitkommen kannst. Ich rufe dich von unterwegs an um dir zu berichten. Ich nehme an, Michail ist gespannt, wie es am Flughafen läuft."

In Gedanken ging Moritz in sein Büro. Kurze Zeit später stellt Susis Sekretariat ein Gespräch aus Israel durch:

(Moritz) Kaiser!

(Terry) Hier David Terry, Hallo, eigentlich wollte ich Ihre Frau sprechen. Aber man sagte mir, sie ist zum Flughafen.

(Moritz) Sie hat mir schon erzählt, dass Sie eventuell anrufen würden. Sie ist zum Flughafen um diesen Bussow von der Maschine aus St. Petersburg abzuholen und ihn zur Maschine um 22.20 Uhr nach Tel Aviv zu bringen. Sie können sich vorstellen, das mit Polizei und allem Drum und Dran. Sie wird mich telefonisch auf dem Laufenden halten.

(Terry) Das ist gut. Ich habe über Internet das Bild von Bussow erhalten, ebenso wie alle dazu notwendigen Angaben. Gestern konnte ich ausführlich mit einem mir gut bekannten Beamten des Mossad sprechen. Die wissen zwar von der Entführung, wurden aber um Amtshilfe weder von der Bundesrepublik Deutschland noch von der russischen Förderation gebeten. Nachdem sie durch mich erfahren haben, dass im Hintergrund noch eintausend Exponate aus der Eremitage in St. Petersburg im Spiel sind, haben sie sich bereit erklärt, Bussow zu beschatten. Es wird wahrscheinlich eine Spende auf uns zukommen. Rechnet mal mit etwa 10.000 US $. Sobald Bussow mit der Maschine in Frankfurt abgeflogen ist, gebt mir sofort Bescheid. Moment, ich gebe jetzt meine Privatnummer durch: …dann gab Terry seine private Telefonnummer und die seines Handys durch. …

(Moritz) Danke vielmals, darf ich das an die russischen Behörden weitergeben?

(Terry) Offiziell nicht. Lediglich, dass die Galerie Kaiser ihn beschattet. Wenn das offiziell wird, ist es möglich, dass es Schwierigkeiten gibt. Aber sei sicher, wenn

der Mossad eine Beschattung vornimmt, dann merkt dieser Bussow oder seine Leute nichts.

(Moritz) Vielen Dank. Wie geht's bei euch in der Galerie voran?

(Terry) Alles läuft besser als wir dachten. In einigen Tagen können wir den Termin für die Eröffnung festmachen. So, jetzt schicke ich dir ein Fax, was wir noch alles dringend brauchen. Bitte, sofort zusammenstellen und per Luftfracht nach hier schicken. Weißt du eigentlich, wann die Andruckpresse geliefert wird?

(Moritz) Wenn ich richtig informiert wurde, so ist die Maschine nach Israel bereits auf dem Weg. Werde mich erkundigen. Auf jeden Fall bekommt ihr auch eine Fachkraft mosaischen Glaubens. Einzelheiten kriegt ihr noch. Schalom Terry.

(Terry) Schalom

Moritz behagte die ganze Affäre um die Entführung nicht. Viel Zeit und viele Nerven kostete das Ganze. Trotzdem musste er jetzt Michail anrufen und ihm Bescheid geben, wie Bussows Beschattung in Israel erfolgen würde. Er bat Susis Vorzimmer um ein Gespräch mit Michail.

(Michail) Borodin

(Moritz) Hallo Michail, Susi ist auf dem Weg zum Flughafen. Ist Bussow gut weggekommen?

(Michail) Hier hat alles einwandfrei geklappt. Orlow ist mit Bussow auf dem Weg nach Frankfurt. Sag mir Bescheid, wenn er gut dort gelandet ist. Haben die Entführer was über die Abholung des LKW in Wuppertal von sich hören lassen?

(Moritz) Michail, Susi ruft mich vom Flughafen aus an. Ich gebe dir dann Nachricht, wie dort verfahren wird. Ebenso werde ich dir berichten, wenn Bussow in Frankfurt abgeflogen ist. Das wird aber spät. Von den Kidnappern haben wir hinsichtlich Wuppertal noch nichts gehört.

(Michail) Gibt es sonst noch Neuigkeiten?

(Moritz) Vor einer halben Stunde bekam ich Nachricht von unserem David Terry aus Israel. Er konnte mit dem Mossad sprechen. Die sind über die Entführung des Botschafters informiert. Aber weder von eurer noch von der Seite der Bundesrepublik Deutschland gab es Hilfeersuchen. Die Beschattung übernimmt der Mossad gegen Bezahlung. Terry rechnet mit zirka 10.000 US $. Ich gebe dir vorsichtshalber mal die Telefonnummer von David Terry … dann gab Moritz die Privatnummer und die Geschäftsnummer durch.

(Michail) Entschuldige, wenn ich so fordere, aber wir alle haben einfach nur Angst um den Botschafter.

(Moritz) Michail, wir verstehen das sehr gut, sei sicher, dass wir alles tun, um euch zu helfen. Also, ich melde mich wieder. Grüße an Paula. Wiedersehen.

(Michail) Moritz, danke für alles. Auf Wiedersehen.

Moritz erledigte die vielen Kleinigkeiten, die sich neuerdings auch auf seinem Schreibtisch stauten. Es war schon nach vier, als sein Telefon klingelte und sich Susi meldete. Sie erzählte, Orlow sei mit Bussow gelandet, man begäbe sich jetzt in ein Besprechungszimmer der Kriminalpolizei am Flughaben. Sie würde sich wieder melden.

Kurz darauf rief die russische Botschaft in Berlin an und teilte mit, dass die Gattin des Botschafters morgen in Frankfurt um 17.55 Uhr mit Flug Nr. 189 ankommen würde. Moritz versprach sie abzuholen.

Moritz informierte Michail von der Landung Orlows und Bussows und fügte hinzu, dass die Frau des Botschafters morgen kommen würde. Er selbst hole sie ab. Er versprach, ihn sofort zu informieren, wenn Bussow in Frankfurt abgeflogen wäre.

Es wollte heute nicht sechs werden. Moritz ging erst nach oben in seine Wohnung, um nach den Zwillingen zu sehen und dann zum Treffen um sechs Uhr, wie immer.

Nachdem er in die Wohnung kam, traf er Saskia mit den Zwillingen. Es war schön zuzuschauen, wie Saskia mit den beiden Winzlingen umging.

Moritz meinte: „Du weißt ja, ich muss gleich nach unten. Kommt eigentlich Nina noch mal?“

Saskia: „Nina muss jeden Moment kommen. Sie nimmt dann unsere Süßen und ich helfe dir unten beim Service.“

Als Moritz nach unten kam, waren nur Maxim und Lopez anwesend. Die beiden saßen in der ehemaligen Küche. Sie begrüßten Moritz und Maxim sagte: „Moritz, du bist jetzt Strohwitwer, da brauchst du ein Wässerchen.“

Kurz vor acht hatte sich Moritz aus der abendlichen Runde verabschiedet. Er aß mit Nina und Saskia zu Nacht, die Zwillinge hatten auch getrunken und schliefen jetzt fest. Moritz unterhielt sich mit beiden Mädchen. Nina freute sich auf den morgigen Tag und war froh, dass sie ihren Ingo wieder hatte. Saskia meinte:

„Es war immer mein Traum, einmal Kinderschwester zu werden, aber wenn ich sehe was mein Bruder drüben in den Ateliers macht, könnte mir das auch gefallen. Ich muss mal mit Ingo darüber sprechen, ob ich nicht eventuell auch die Kunstschule besuche. Ingos Kollegen meinen, ich wäre genauso begabt wie mein Bruder. Was meinst du denn, Moritz?“

Moritz lachte: „Saskia, mich darfst du nicht fragen, ich habe so gar keine Ahnung davon. Am besten ist es, du unterhältst dich mit Anton. Aber wir haben hier so viele Kunstsachverständige, die können dir alle raten. Auch Susi wird dir helfen, wenn du interessiert bist. Wenn es am Schulgeld hapern sollte, so kann dir der Verein helfen. Da allerdings musst du mich fragen, aber da kann ich dir jetzt schon sagen, das würde klappen. Aber wahrscheinlich kann dir Susi ein noch besseres Angebot machen. Aber du musst sicher sein, dass du auch die Begabung hast."

Sie sprachen noch einige Zeit darüber bis Moritz sagte: „Saskia, wir beide sollten noch mal nach unten gehen und sehen, ob das Gästezimmer für Orlow in Ordnung ist, ob Bad und Toilette in einem einwandfreien Zustand sind."

Das alles war rasch in Ordnung gebracht. Saskia und Nina verabschiedeten sich und Moritz wartete auf Susis Anruf. Der kam um dreiviertel elf. Bussow hatte die Maschine nach Tel Aviv bestiegen, man hatte gewartet bis sie zur Runway rollte und sie waren jetzt auf dem Weg zum Auto, um heim zu fahren. Susi meinte, so um halb zwölf sind wir da.

Moritz informierte sofort Michail, der bat, dass Orlow ihn noch mal anrufen solle. Dann rief Moritz in Jerusalem an und informierte David Terry, dass Bussow mit Flug Nr. 690 der Lufthansa in Tel Aviv um 3.15 Uhr ankommen würde.

Es war kurz nach halb zwölf, als Susi und Grigori Orlow kamen. Susi brachte Orlow erst in sein Gästezimmer, erklärte kurz die Wohnung im 4. Stock und bat ihn, mit nach oben in ihre Wohnung zu kommen.

Da Orlow und Susi sehr müde waren, nahm man nur noch einen Drink und verabschiedete sich. Susi sagte nur noch: „Grigori, Frühstück morgen hier in der Wohnung so gegen halb neun. Dir eine gute Nacht."

***

Susi hatte ihr Büro kaum betreten, als ein Gespräch aus Jerusalem kam.

(Susi) Susanne Kaiser

(Terry) Hallo, wie geht's in Wiesbaden. Ich wollte nur kurz die Neuigkeiten aus Israel durchgeben. Bussow ist

planmäßig gelandet. Nach den Zollformalitäten wurde er von zwei Herren abgeholt. Sie sind mit einem großen Wagen vom Flughafen direkt nach Ramallah gefahren. Dort scheint er bei diesen Leuten zu wohnen.

(Susi) Danke dir, aber sag mal, wo liegt denn dieses Ramallah?

(Terry) Zirka fünfzehn Kilometer nördlich von Jerusalem. Es ist die heimliche und manchmal unheimliche Hauptstadt der Palästinenser. Zirka 30.000 Einwohner. Ramallah hat eine arabische Universität. Ramallah oder auch Ram Allah ist die größte Stadt im Westjordanland. Wir sagen dazu auch die Westbank. Sie war von 1967 bis 1994 von Israel besetzt und ist heute noch der Zankapfel der gesamten Region.

(Susi) Vielen Dank für die Aufklärung. Ihr ruft mich doch heute Abend noch mal an?

(Terry) Selbstverständlich. Schalom.

(Susi) Schalom

Nachdenklich legte Susi den Telefonhörer auf. Sie nahm sich einen Atlas, schlug Israel auf und schaute, wo dieses verdammte Ramallah lag. Dann wählte sie Michails Direktnummer an:

(Michail) Borodin!

(Susi) Michail, Bussow ist gut in Tel Aviv gelandet. Er wurde von zwei Herren abgeholt. Sie fuhren vom Airport direkt nach Ramallah im Westjordanland. Weitere Einzelheiten erfahre ich heute Abend. Werde dir dann berichten.

(Michail) Scheiße, ausgerechnet im Westjordanland, da haben wir keine sehr guten Karten mit einem Auslieferungsverfahren. Wenn es uns trotzdem gelingt, dann kostet uns das viel Geld. Aber darüber sprechen wir noch.

(Susi) Hast du deine Visen für Israel schon beantragt? Wenn nicht, solltest du das schnellstens tun. In zwei bis drei Wochen eröffnen wir unsere Galerie in Jerusalem.

(Michail) Kannst du mich mit Grigori verbinden?

(Susi) Aber selbstverständlich, Wiedersehen Michail – ich verbinde.

Susi durfte nicht vergessen, Grigori und Frau auf die Einladungsliste der Galerieeröffnung in Jerusalem zu setzen.

Frankfurt am Main

Wie jeden Morgen saßen die Entführer des Botschafters zusammen. Dimitri meinte: „Es wird langsam Zeit, dass Bussow was von sich hören lässt. Er hat versprochen, sofort nach Ankunft anzurufen. Jetzt ist es neun und noch immer nichts. Habt ihr alle die Handys eingeschaltet?“

Alle schauten nach, alles war in Ordnung. Nicht viel später meldete sich Dimitris Handy.

(Dimitri) Ja?

(Peter) Bussow ist planmäßig gelandet. Er wurde von zwei Bekannten abgeholt und nach Ramallah gebracht. Soweit ich feststellen konnte, wird er nicht überwacht. Auch die Einreise nach Israel ging problemlos vonstatten.

(Dimitri) Bei uns läuft soweit alles planmäßig. Wir mussten kurzfristig einige Änderungen vornehmen … dann erzählte er, die Änderungen der Abholpläne des LKW mit den Bildern, da man erfahren hatte, dass die Polizei alle Fernstraßen rund um Wuppertal überwachen würde. Dann die Änderung der Reise nach Palma de Mallorca.

(Peter) Da seid ihr aber übervorsichtig, ich glaube nicht, dass man etwas unternimmt, solange wir den Botschafter als Geisel haben. Wie macht ihr die Rückführung der Geisel, wenn alles wie geplant abläuft?

(Dimitri) Auch das haben wir geändert … dann schilderte er, wie man den Botschafter zurückbringen wollte … *Da-*

nach fahren wir nach Erding. Dort treffen wir die anderen. Noch am gleichen Tag wollen wir weiter nach Mailand.

(Peter) Okay. Habe mit Wassili vereinbart, er soll mich anrufen, sobald die Bilder in Erding sind. Ihr ruft mich an, wenn ihr den Botschafter zurückgebracht habt. Tschüss.

(Dimitri) Grüße an Bussow. Wir halten dich auf dem Laufenden.

Dimitri erzählte seinen Kollegen was Peter Wahl gesagt hatte und meinte dann:

„Ich fahre jetzt mit Anarei am besten zum Flughafen und rufe von dort aus die Galerie **artis opus** in Wuppertal an. Ebenfalls auch Wassili. Wir sind vor zwölf wieder zurück."

Kurze Zeit später fuhren Anarei und Dimitri zum Frankfurter Flughafen um die Anrufe zu machen. Sie wählten die Abflughalle C, da dort wenig Betrieb war. Dimitri suchte sich eine öffentliche Telefonzelle aus und wählte:

(Eva Bergmann) Galerie artis opus, Wuppertal.

(Dimitri) Bitte, Herrn Paul Vermeylen.

(Eva Bergmann) Wen darf ich melden?

(Dimitri) Herr Vermeylen erwartet meinen Anruf hinsichtlich der Bilder aus der Eremitage. Verbinden Sie mich sofort.

(Eva Bergmann) Einen Moment bitte.

(Paul) Paul Vermeylen! Guten Tag, mit wem habe ich die Ehre?

(Dimitri) Schreiben Sie auf oder nehmen Sie das Gespräch auf. Heute Abend um 19.30 Uhr kommt unser Beauftragter und holt den LKW mit den 1.000 Bildern der Eremitage ab. Beide Fahrer kommen mit. Der Wagen muss vollgetankt sein. Sollte der Wagen beschattet werden oder ein Gerät angebracht sein, mit welchem man den Wagen orten kann, gleich um welche Art es sich handelt, so verliert der russische Botschafter ein Bein. Werden wir behindert, gleich in welcher Form, so ist die Rückführung des Botschafters stark gefähr-

det. Sollte man uns festhalten, unerheblich durch welche Behörden oder Personen, so werden wir den Botschafter stückweise zurückgeben, bis Sie unsere Forderungen erfüllt haben. Der LKW mit den Fahrern wird innerhalb von 48 Stunden an Sie zurückgeführt. Haben Sie alles?

(Paul) Ja, aber ich soll Ihnen sagen ...

(Dimitri) Sie haben mir nichts zu sagen. ... Klick

Dimitri und Anarei entfernten sich schnell vom Telefon. Dimitri ging von dort in Halle B, von einem dortigen Telefon wählte er Wassilis Handy an:

Es war ein kurzes Gespräch. Wassili erzählte, dass die vier Kleinlastwagen bereits gestern Abend angekommen sind. Er hätte sechs weitere Arbeiter zum Umladen der Bilder für neunzehn Uhr bestellt. Die Kleinlaster sind so geparkt, dass die russischen Fahrer sie bei Einfahrt in die Halle nicht sehen könnten. Dimitri fragte noch mal, ob die Ladekapazität der Kleinlaster reichen würde, aber Wassili zerstreute seine Bedenken. Er erklärte Dimitri, es seien moderne Siebentonner, man könne bequem fünf Tonnen pro Wagen zuladen. Auch das Volumen sei zufriedenstellend. Dimitri erläuterte noch mal den Plan der Reise mit der Bahn nach Palma de Mallorca und fügte hinzu, Peter meint, dass er eventuell den einen oder anderen von uns in Israel braucht. Er wird uns in den nächsten Tagen Bescheid geben.

Anarei war in der Nähe des öffentlichen Telefons in Halle C geblieben. Er konnte zusehen, wie einige Beamte die nach allen Seiten offene Zelle absperrten. Mehr brauchte Anarei nicht zu sehen um zu wissen, dass jetzt bald die Spurensicherung kommen würde, um nach Fingerabdrücken zu suchen.

Als Anarei wieder zu Dimitri kam, sagte er: „Das Telefon in Wuppertal wird jetzt auch überwacht.“

Wiesbaden

Es war kurz vor elf Uhr als Susi ein Fax übergeben wurde. Gleichzeitig klingelte es:

(Susi) Susanne Kaiser.

(Paul) Endlich, heute um halb elf haben die Entführer angerufen. Ich habe dir den Inhalt des Gespräches schon per Fax durchgegeben.

(Susi) Moment Paul, ich habe es soeben bekommen. Lasse es mich lesen. – Susi las das Fax – dann sagte sie: *Paul, ich hab schon gesehen, du konntest mit denen nicht sprechen. Vielleicht solltest du heute Abend diesem Mann, der den LKW holt, sagen, dass die Ausfallstraßen observiert werden.*

(Paul) Ich habe schon mit den beiden Beamten aus St. Petersburg darüber gesprochen. Die sind auch der Meinung, wenn wir das Leben des Botschafters nicht gefährden wollen, so müssen wir ihnen das mitteilen. Ist sonst noch auf etwas zu achten?

(Susi) Paul, ich weiß es auch nicht, aber ich werde das Fax jetzt Herbert zeigen. Mal sehen, was der dazu meint. Ist noch irgendetwas Wichtiges, so rufe ich dich sofort an. In jedem Fall sprechen wir uns noch mal vor heute Abend.

Ansonsten halte ich dir die Daumen. Tschüss Paul.

(Paul) Tschüss Susi.

Susi nahm das Fax und ging damit zu Herbert. Der telefonierte. Als er aufgelegt hatte sagte er: „Das Bundeskriminalamt hat auch die Telefonleitungen in Wuppertal angezapft. Die haben mir eben Bescheid gegeben, dass heute Abend um 19.30 Uhr der LKW von einem Mann abgeholt würde. Eigentlich hätte man uns Bescheid geben müssen, dass die Leitungen überwacht werden."

Susi gab Herbert das Fax und sagte nur kurz: „Ich mache dir jetzt zwei Fotokopien davon. Willst du Michail informieren oder soll ich das machen?"

Herbert meinte: „Susi, du hast so viel um die Ohren, ich werde Michail anrufen und es ihm sagen. Weißt du wo Orlow im Moment ist?"

Susi: „Heute Morgen ging er mit Moritz, um zu telefonieren. Seither habe ich nichts mehr von den beiden gesehen. In jedem Fall triffst du ihn, wenn du zu uns zum Mittagessen kommst."

Herbert lachte: „Ich werde erst versuchen Grigori Orlow zu erreichen, dann Michail Borodin. Danke für die Einladung zum Mittagessen. Komme gerne."

Susi ließ schnell die Fotokopien machen, dann ging sie nach oben in ihre Wohnung.

Susi war erstaunt in ihrer Wohnung Nina zu sehen: „Was ist los", fragte sie: „Hat man Ingo nicht entlassen?"

Nina kamen die Tränen: „Ach Susi, Ingo hatte heute Morgen Fieber. Da hat man den Herd gesucht und fand eine winzige Fistel an der einen Operationsnarbe. Die will der Professor morgen Früh genau untersuchen. Er muss noch mindestens bis Freitag bleiben. Ich hatte bei uns zu Hause schon alles so schön hergerichtet, jetzt ist nichts. Du kannst dir vorstellen, wie mich das mitnimmt." Susi nahm Ninas Hand: „Nina, besser jetzt als in zwei oder drei Tagen bei euch zu Hause. So ist wenigstens ein Ende abzusehen. Hat Ingo denn Schmerzen?"

Nina, immer noch mit Tränen in den Augen: „Nein, nichts, nur das bisschen Fieber, aber ich weiß ja selbst, dass man mit Fieber nicht aus dem Krankenhaus entlassen wird. Aber ich war heute schon sehr enttäuscht."

Susi lachte: „Hört mal ihr zwei, ich denke jetzt praktisch. Wir haben heute zum Mittagessen noch zwei Personen mehr. Also wir vier, dann Grigori Orlow und jetzt kommt noch Herbert Wagner dazu. Wird das Essen für uns reichen?"

Saskia ganz stolz: „Susi, ich schütte noch einen Eimer Wasser in die Suppe, dann reicht es allemal – aber Spaß beiseite, es reicht wirklich. Ich muss nur den Tisch umdecken."

Susi fragte Nina: „Nina, hast du vor, jetzt schon in Ingos Wohnung zu schlafen oder willst du lieber bei uns bleiben?“

Nina schüchtern: „Susi, wenn ich darf, würde ich gerne noch hier bleiben, bis Ingo aus dem Krankenhaus entlassen wird. Darf ich?“

Susi: „Das weißt du doch. Du bist doch inzwischen auch bei uns zu Hause. Da wir das zweite Gästezimmer für die russische Botschaftergattin brauchen, musst du mit Saskia zusammen im Zimmer schlafen. Aber sagt mal, was machen denn unsere beiden Süßen?“

Saskia: „Die sind gut erzogen, es ist noch nicht zwölf, du wirst sehen, in fünf Minuten fangen die an zu krähen. Die Fläschchen sind schon fertig. Willst du sie heute füttern?“

Susi lachend: „Prima, ich kümmere mich gleich. Endlich heute etwas, was mir Spaß macht.“

Kurz vor eins kam Moritz mit Grigori und Herbert. Die drei Herren nahmen vor dem Essen noch einen trockenen Sherry und Punkt eins setzte man sich zu Tisch.

Es war ein gemütliches Mittagessen gewesen und nach dem Essen zogen sich Susi, Moritz, Orlow und Wagner ins Wohnzimmer zurück und tranken dort noch eine Tasse Kaffee und unterhielten sich.

Orlow nachdenklich: „Was meint ihr, ist es nicht besser, ich fahre nach Wuppertal und sehe mir das Abholen der LKW's an?

Ich habe so das Gefühl, dass ich das machen sollte. Meint ihr, es könnte mich jemand fahren?“

Alle waren der Meinung, dass das eine gute Idee wäre.

Susi meinte: „Moritz ist verplant, denn er muss die Frau des Botschafters abholen. Ich sollte anwesend bleiben, falls die Kidnapper anrufen. Herbert, du musst die Stellung halten, für den Fall, dass es Ärger mit dem Bundeskriminalamt gibt. Aber was haltet ihr davon, wenn Maxim mit Grigori nach Wuppertal fährt?“

Alle waren von der Idee angetan. Susi nahm das Telefon und rief Maxim an. Der sagte ohne Wenn und Aber zu und versprach in dreißig Minuten Grigori abzuholen.

Sie gingen ins Susis Büro, Herbert und Grigori versuchten noch mal auf die Herren beim Bundeskriminalamt einzuwirken um die Überwachung des LKW zu verhindern. Die Herren blieben hart und meinten, die Observation könne nicht auffallen.

Kurze Zeit später kam Maxim, um mit Grigori nach Wuppertal zu fahren. Der Nachmittag verging wie im Flug und um halb fünf fuhr Moritz zum Flughafen, um Frau Anna Achmatova abzuholen.

Susi kontrollierte, ob das Gästezimmer für die Frau des Botschafters in Ordnung war. Dann ging sie nach oben in die Wohnung, wo sie Saskia und Nina traf.

„Nanu, Nina", sagte Susi, „du bist schon wieder aus dem Krankenhaus da?"

Nina: „Ich weiß doch, was heute noch alles zu machen ist. Ich übernehme jetzt unsere Süßen und Saskia will nach unten gehen und alles für das Treffen um sechs vorzubereiten."

Susi schaute noch kurz nach ihren Zwillingen und ging dann mit Saskia nach unten um den Aperitif zu richten. Die ersten ihrer Mitarbeiter trudelten schon vor sechs ein. Jeder war erstaunt, dass Grigori schon wieder unterwegs ist.

Ilse, Jo, Anton und Prem standen zusammen. Sie diskutierten über die Ausstellung in Wuppertal. Susi stellte sich dazu und Anton drückte ihr eine Liste in die Hand: „Susi, das sind in etwa die Bilder, die wir für die Sonderausstellung in Wuppertal zusammengestellt haben. Es wird sich zwar noch einiges daran verändern, aber der grobe Rahmen stimmt. Per Fax habe ich die Liste nach Wuppertal durchgegeben und die Werbeabteilung hat sie auch schon. Was meinst du?"

Susi lachte: „Du drückst mir eine Liste mit 160 Ausstellungstücken in die Hand und ich soll gleich dazu Stellung nehmen. Du musst mir schon ein bisschen Zeit lassen. Außerdem weißt du doch, dass ich an deinen Zusammenstellungen noch nie was zu meckern hatte."

Es war kurz nach sieben, als die Tür aufging und Moritz kam mit Frau Achmatova. Moritz winkte nur kurz und sagte: „Ich bringe unseren Gast erst mal auf ihr Zimmer und stelle danach vor."

So geschah es auch und nach der Vorstellungszeremonie kümmerten sich Alena und Boris besonders um sie.

Susi sagte nur zwischendurch: „Frau Achmatova, wir essen um halb neun, ich nehme Sie dann mit nach oben."

Wuppertal

Maxim und Gregori waren nach zwei Stunden in Wuppertal. Die Begrüßung in der Galerie **artis opus** war sehr freundschaftlich verlaufen. Grigori hatte sich erst mit seinen beiden Beamten auf Russisch unterhalten. Zusammen mit den beiden Herren hat er dann noch mal den Wagen mit Sensoren auf eventuelle Ortungsgeräte untersucht. Alles war negativ verlaufen.

Grigori war erstaunt, mit welcher Selbstverständlichkeit die vier Herren aus St. Petersburg in die Arbeiten der Galerie eingebunden waren.

Als er mit Paul sprach, brachte er das auch zum Ausdruck:

„Herr Vermeylen, ich bedanke mich für die Aufmerksamkeiten, die Sie meinen Leuten angedeihen lassen."

Paul bedankte sich für das Lob und fragte dann: „Herr Orlow, Sie und Maxim Pasternak bleiben doch sicher über Nacht bei uns. Da wir kein Hotel sind, muss ich noch etwas arrangieren. Vielleicht ist es nicht ganz so komfortabel, aber ich tue mein Möglichstes."

„Besten Dank, Herr Vermeylen, ein einfaches Bett genügt. Ich glaube, es ist besser ich bleibe hier. Ich kann auch zusammen mit Maxim in einem Zimmer schlafen. Machen Sie sich nicht zu viel Mühe."

Paul telefonierte mit Bart und die beiden verabredeten, dass sich Bart darum kümmern soll.

Orlow ging noch mal zu den beiden Fahrern, instruierte sie, sich so zu verhalten, dass die Gegenseite kein Argument finden konnte, dem Botschafter Schaden zuzufügen.

Die gesamte Mannschaft der Galerie **artis opus** blieb, um anwesend zu sein, wenn der LKW abgeholt wird.

Die Zeit bis halb acht verging zäh. Genau um halb acht betrat ein Mann die Galerie. Eva Bergmann saß am Empfang und fragte nach den Wünschen. Der nur knapp: „Bitte Herrn Vermeylen."

Die Sekretärin brachte den Herrn in das Büro, in welchem Orlow und Paul auf ihn warteten.

Sehr selbstbewusst ging dieser auf Paul zu und fragte: „Ist der LKW aufgetankt und sind die beiden Fahrer zur Abfahrt bereit? Befinden sich alle tausend Gemälde im LKW? Ich muss vor Abfahrt noch mal einen Blick in den Laderaum werfen."

Paul: „Zu Ihren Fragen, der LKW ist vollgetankt und die Fahrer sind bereits im LKW. Alle tausend Gemälde sind geladen und es ist ohne weiteres möglich, dass Sie noch mal einen Blick auf die Ladefläche werfen. Sie können sofort losfahren. Allerdings möchte Sie Herr Orlow noch kurz unter vier Augen sprechen. Ich lasse Sie jetzt für einige Minuten allein." Paul verließ das Zimmer.

Als Paul die Tür hinter sich geschlossen hatte sagte Orlow: „Na, Wassili, deine Verkleidung ist gut, aber ich würde dich auch erkennen, wenn du dich hättest operieren lassen. Allein dein Gang und deine Bewegungen verraten dich. Wir wissen schon die ganze Zeit, dass Peter Wahl, Dimitri Michailow, Stepan Pimenow, Anarei Perow und du zu den Entführern gehören. Es müssen noch ein paar andere dabei sein, aber die Namen kriegen wir auch noch raus."

Wassili: „Wenn Sie mich jetzt festnehmen, so hat euer Botschafter keine Chance."

Grigori Orlow lächelnd: Wassili, für wie dumm hältst du mich eigentlich, du weißt, ich kenne die Spielregeln. Wir wollen das Leben des Botschafters nicht gefährden, deshalb bin ich extra hierhergekommen um euch zu warnen. Wir haben keinen Einfluss auf die deutschen Behörden. Die haben sich vorgenommen euch zu observieren, sobald ihr das Stadtgebiet verlassen habt. Wir haben zwar interveniert, aber das war nutzlos."

Wassili: „Orlow, das wissen wir längst, so blöd sind wir auch nicht. Das haben wir im Griff."

Orlow zynisch: „Wassili, wie schön für euch. Hoffentlich habt ihr einen guten Plan die Sperren zu umgehen. Ich wünsch es euch in unserem Interesse. Aber Wassili jetzt noch einige Worte zu uns beiden. Wir kennen uns schon viele Jahre, du hast eine Familie mit drei lieben Kindern, eine gute Frau und ein schönes kleines Häuschen in Köpenick. Warum musst du dich mit Ganoven wie Bussow, Wahl und Dimitri Michailow abgeben? Alle drei haben Blut an ihren Händen. Auch die Entführung des Botschafters ist wieder eine solche Tat, die leicht mit der Ermordung des Botschafters enden kann. Das weißt du auch. Warum lässt du dich wieder mit diesen Ganoven ein?"

Wassili: „Orlow, wir kennen uns wirklich lange. Aber es ist nun mal so und ihr wisst doch ganz genau, wie man in so etwas hineinrutscht. Lass uns das jetzt hinter uns bringen."

Orlow sehr ernst: „Bevor wir das abwickeln, mache ich dir ein Angebot. Ich weiß, dass Stepan Pimenow, Anarei Perow und du Randfiguren seid, die letztendlich den Kopf für andere hinhalten. Wir sind an drei Personen interessiert, Iwan Bussow, Peter Wahl und Dimitri Michailow. Rufe mich an, wo immer du auch sein magst, ich komme, dann können wir über die Sache sprechen. Ich kann für dich die Kronzeugenregelung beantragen, dann erhältst du zwar eine Strafe, aber ich verspreche dir, sie wird ausgesetzt und du kannst nach Hause zu deiner Familie.“

Wassili: „Ich bin doch kein Judas, der seine Freunde verrät.“

Orlow: „Über kurz oder lang kriegen wir euch sowieso. Kidnapping ist weltweit eines der schlimmsten Verbrechen. Alle Staatsanwaltschaften der Welt werden euch suchen. Noch schlimmer aber, Ihr seid im Besitz von Gemälden, die sicher um die hundert Millionen Dollar wert sind. Die Aasgeier dieser Welt werden hinter diesen Werten her sein. Wenn es ganz schlimm kommt, dann gibt das womöglich noch ein Politikum. Dann möchte ich nicht in eurer Haut stecken. Ich gebe dir jetzt einen Zettel mit all meinen Telefonnummern. Du kannst mich zu jeder Tageszeit anrufen. Verschlüssle die Telefonnummern, bevor du sie in dein Telefonverzeichnis einträgst. Ich rate dir gut. Wassili, überlege es dir und denke daran, ich will dir helfen.“

Wassili: „Danke, aber ich werde jetzt gehen. Ich muss auch noch den Wagen überprüfen, ob kein Ortungsgerät angebracht ist.“

Orlow: „Wassili, das kannst du dir sparen, Ich versichere dir, ich habe den Wagen selbst überprüft. Er ist einwandfrei. Auch alle von euch geforderten Bilder sind im LKW. Spare dir die Arbeit. Du kannst gleich fahren und ich wünsche euch, dass ihr gut ankommt, denn das Leben des Botschafters und meines Freundes hängen davon ab. Also sei vorsichtig.“

Nochmals bedankte sich Wassili und die beiden verließen den Raum, sie fanden Paul im Nebenzimmer und zusammen gingen sie zum LKW. Das große Tor wurde geöffnet, beide Fahrer saßen im Führerhaus. Wassili stieg zu und der LKW verließ langsam die Gebäude der Galerie **artis opus**.

Orlow rief sofort auf seinem Handy Herbert Wagner an und informierte ihn, dass um viertel nach acht der LKW die Galerie **artis opus** verlassen hätte. Dann rief er Michail in St. Petersburg an.

Er erzählte Michail Borodin die Begegnung mit Wassili Rudnew und dass ihre Vermutung, dass hinter der Entführung Peter Wahl und Dimitri Michailow stecken würden, stimmt. Er gab auch die anderen Namen durch, soweit er sie hatte. Orlow erwähnte noch, dass er Wassili das Angebot der sogenannten Kronzeugenregelung gemacht hätte. Er hoffe, dass das auf fruchtbaren Boden gefallen ist.

Als die beiden Gespräche beendet waren, lud Paul zum Abendessen ein.

Orlow war erstaunt, mit so vielen Personen zu Tisch zu gehen. Bart hatte zusammen mit Eva Bergmann ein einfaches Gericht zusammengestellt, aber es schien allen zu schmecken. Einer der russischen Kopisten sagte zu Orlow: „Es ist hier so ähnlich wie bei uns zu Hause. Die Kameradschaft ist gut, wir verdienen prima aber wir müssen arbeiten wie die Sklaven.“ Er lachte lauthals.

Dann erzählte er, zehn bis zwölf Stunden pro Tag würden sie kopieren, jeden Samstag und neuerdings auch jeden Sonntag. Aber trotz der vielen Arbeit wäre es sehr schön.

Langsam war der LKW aus der Ausfahrt gefahren. Es war nicht ganz einfach mit diesem riesigen LKW durch anfänglich schmale Sträßchen zu fahren. Dann kam man auf die Ausfallstraße zur Autobahn in Richtung Wichlingshausen. Vor einer Bahnunterführung sagte Wassili den Fahrern sie müssten abbiegen und dann dirigierte Wassili den Fahrer durch mehrere kleine Straßen in ein Industriegebiet bis sie zu einem geöffneten Tor kamen, dort fuhren sie hinein, ein großes Hallentor stand offen und Wassili sagte den Fahrern, sie sollten seitlich bis ans Ende der Halle fahren.

Nachdem die Fahrer den Motor abgestellt hatten, meinte Wassili: „Meine Herren, tut mir leid, ich habe mit eurem Chef vereinbart, dass Ihr euch jetzt in die Schlafkabine begebt. Lebensmittel hat man euch mitgegeben und eine Chemietoilette habt ihr auch. Ein Mann wird euch bewachen. Ihr könnt schlafen bis morgen Früh um sieben oder meinetwegen länger.

In jedem Fall kommt um sieben der Platzwart, der euch zurück zur Galerie **artis opus** lotst. Das ist schon alles. Wir entladen nur den Wagen und schließen die hintere Laderampe wieder."

Stepan Pimenow übernahm die Bewachung der beiden Fahrer.

Wassili und Thomas Hanke öffneten die rückwärtige Tür des Wagens und der erste Wagen aus Straßburg fuhr langsam rückwärtig an den russischen LKW, fuhr dann seine Ladeklappe aus, so dass die beiden Ladeflächen eben waren und dann begannen die sechs bestellten Hilfsarbeiter die Bilder umzuladen. Um halb zehn war der erste LKW beladen und fuhr ab in Richtung München. Um elf Uhr war der letzte LKW beladen und fuhr ebenfalls ab. Man hatte die Fahrer instruiert, wohin die Ladungen gebracht werden sollten und dass sie nach dem Abladen zurück nach Straßburg fahren könnten.

Wassili informierte seine Leute in Erding. Sechs Mann sollten gegen vier Uhr zum Zwischenlager im Norden Münchens fahren um die LKW's zu entladen. Sie wurden instruiert, dass mit dem Abtransport erst begonnen werden darf, wenn die Straßburger LKW abgefahren sind. Wassili und seine Kollegen Stepan und Thomas wollten die Halle erst gegen zwei Uhr morgens verlassen, wenn sie sicher sein konnten, dass sich die beiden Fahrer an die Vereinbarung halten würden.

***

München

Peter Wahl hatte für das Zwischenlager in München die große Scheune eines aufgelassenen Bauernhofes angemietet. Um halb fünf kamen die sechs Männer aus Erding in diesem Zwischenlager an. Sie parkten ihren LKW gute 200 Meter von der Scheune entfernt und warteten in der Scheune auf die Straßburger Wagen. Kurz vor fünf erschien das erste Fahrzeug. Um neun Uhr war der letzte Straßburger LKW entladen und fuhr ab.

Sie holten sofort ihren LKW und begannen mit dem Beladen. Sie waren noch nicht ganz fertig, als ein älterer Mann aus dem Wohnhaus des Hofes kam und fragte: „Ja, sagt's amal, was macht's denn ihr, erst tut's ihr das Zeigl abladen, jetzt lads ihrs wieder auf. Was isn überhaupts da drin?"

Der eine Mann lachte: „Gell da schaust, aber die Scheuer ist feucht und in dene Packerl sind Bilderrahmen, die verziehn sich, da kemmers net lassen. Verstehst?"

Und der alte Mann sagte: „A'so, des hätt's ihr aber auch früher sehn könne, die Scheur is scho immer nass. Des Dach müsst halt amal g'macht wern." Danach ging er wieder.

Man beeilte sich beim Laden des LKW und einer sagte: „Wenn wir einigermaßen gut laden, packen wir's mit zwei Fuhren."

So war es auch. Punkt zwölf fuhr der LKW mit den restlichen Bildern in Richtung Erding. Die sechs Männer waren durchgeschwitzt, so hatte man sich beeilt. Einer sagte: „Ich muss nur noch telefonieren, dann machen wir eine Brotzeit. Er nahm sein Handy und rief Dimitri Michailow an. Er unterrichtete ihn, dass die Aktion abgeschlossen ist. Man hätte das Zwischenlager verlassen und sei auf dem Weg nach Erding mit dem Rest der Bilder, Wenn alles ordnungsgemäß in Erding eingelagert sei, würde er noch mal anrufen.

Wuppertal

Kurz nach sieben am Mittwochmorgen schellte es bei der Galerie **artis opus**. Paul rannte nach unten. Der russische LKW stand vor der Tür. Paul öffnete das große Tor und der LKW rangierte in die Einfahrt. Paul weckte Orlow und Maxim, kochte Kaffee und die beiden Fahrer erzählten ihre Erlebnisse. Der Platzwart war nur mit seinem Auto vorgefahren und hatte sie hierher gelotst und war dann weitergefahren.

Orlow fragte: „Würdet ihr eventuell die Halle wiederfinden?"

Beide Fahrer meinten, kaum. Sie waren bei Nacht hingefahren und heute Morgen wäre so viel Verkehr gewesen, und sicherlich hätte der Platzwart einen Umweg gemacht, so sei es ihnen zumindest vorgekommen.

Orlow rief sofort Michail in St. Petersburg an und berichtete. Zum Abschluss des Gesprächs sagte er: „Michail, dumm sind die nicht. Sie pokern ganz hoch, aber wie du siehst, sie gewinnen. Was mich in der Angelegenheit stört, dass Wassili wusste, dass die Polizei die Ausfallstraßen rund um Wuppertal observiert. Irgendwo ist da eine undichte Stelle. Außerdem bin ich mir ziemlich sicher, dass sich Wassili in absehbarer Zeit an mich wenden wird und singt."

Grigori telefonierte dann lange mit Herbert Wagner, er schilderte die Vorkommnisse des gestrigen Abends und auch des heutigen Morgens und fragte Herbert, ob er schon etwas vom Bundeskriminalamt gehört hätte. Herbert meinte, die seien verschnupft, aber er würde jetzt selbst ins Amt gehen und mal hören, was die Observation erbracht hätte. Paul hatte das Frühstück für alle fertig. Die Sekretärin hatte Brötchen gekauft. Es war eine nette Runde.

Maxim sprach aus, was alle bewegte: „Ich bin froh, dass das alles funktioniert hat. Die haben vorläufig die Bilder und wir bekommen hoffentlich bald unseren Botschafter wieder. Ich weiß, dass wir die Bilder auch wiederfinden." Maxim lachte: „Grigori, wenn du meine Hilfe brauchst, rufe einfach an. Außerdem bin ich sicher, dass auch alle bei der Galerie Kaiser helfen werden."

Man vereinbarte, dass der LKW noch am Vormittag mit den beiden Beamten zurück nach St. Petersburg fahren soll. Es gab einen herzlichen Abschied von den beiden Fahrern und den beiden Beamten und auch Grigori und Maxim fuhren zurück nach Wiesbaden.

Wiesbaden

Orlow hatte Susi angerufen und ihr mitgeteilt, dass der Wagen mit den beiden Fahrern zurückgekehrt sei und erzählte ihr, auf welch geschickte Art die Kidnapper es verstanden hätten, den observierenden Fahrzeugen der Polizei zu entgehen. Er erzählte ihr auch, dass er nun wüsste, wer die Entführer wären und dass Peter Wahl anscheinend der Drahtzieher ist. Er versprach Susi bei Rückkehr nach Wiesbaden einen ausführlichen Bericht. Kurze Zeit später stellte Susis Vorzimmer ein Gespräch aus Jerusalem durch:

(Susi) Susanne Kaiser

(Terry) Hallo Frau Kaiser, Entschuldigung, dass ich erst heute Morgen anrufe. Aber gestern Abend hatte ich noch nicht alle Informationen.

(Susi) Hallo David, das macht doch nichts. Also schießen Sie los.

(Terry) Die beiden Herren, die Bussow am Flughafen abgeholt haben, gehören zu einer Organisation, die die finanziellen Mittel für die Palästinenser beschaffen. Sie haben äußerst gute Verbindungen zu Saudi Arabien, Kuwait und den Emiraten. Bussow wohnt auch in diesen Gebäuden. Der Mossad ist plötzlich hellwach und befürchtet, dass die Gemälde, die sich in Bussows Händen befinden, finanziell in Waffen umgewandelt werden könnten. Die Identität des drit-

ten Mannes weiß man noch nicht. Man vermutet, es ist ein Deutscher oder ein Schweizer. Spätestens heute Abend dürfte das bekannt sein. Ein Foto von Bussow und eines von dem Schweizer oder dem Deutschen schicke ich euch per E-Mail. Eure russischen Freunde sollten sich jetzt baldmöglichst mit dem Mossad in Verbindung setzen. Ich gebe dir jetzt die Telefonnummern meines Kontaktmannes. ... dann gab Terry mehrere Telefonnummern und Namen durch ... *Nur zur Information, die Beschattung geht auf jeden Fall weiter. Ich werde dir weiter berichten. Ansonsten läuft bei uns alles auf Hochtouren. Jacob ist schon wieder unterwegs. Ich hoffe, dass wir den Eröffnungstermin bald sagen können.*

(Susi) David, das wäre sehr schön. Wir müssen auch planen und gerade jetzt geht es bei uns besonders turbulent zu. Liebe Grüße an Jacob. Schalom David.

(Terry) Schalom.

Das mit dem Gedanken, die Bilder gegen Waffen zu tauschen, erschien ihr im ersten Moment zwar etwas weltfremd, je mehr sie darüber nachdachte, umso wahrscheinlicher kam ihr das vor. Es war bekannt, dass die sogenannten Ölnationen wie Kuwait, Saudi Arabien und auch die Emirate, Kunstwerke suchten. Warum sollten sie nicht an diesen außergewöhnlichen Bildern interessiert sein?

Frankfurt am Main

In der Wohnung im achten Stock des Wohnhauses, in welchem die Kidnapper den Botschafter gefangen hielten, ging es ruhig zu.

Heute Morgen hatte Wassili angerufen und Dimitri erzählt, wie hervorragend die Bilderübernahme geklappt hätte. Fünf Stunden später rief Erding an und berichtete, dass alle Bilder im Endlager in Erding wären. Kurz danach hatte Wassili angerufen, dass er in Erding angekommen sei und alles wie geplant abgelaufen ist.

Sie einigten sich darauf, dass Dimitri und seine Kumpane die Wohnung gegen zwanzig Uhr mit dem Botschafter verlassen würden. Der Botschafter wie geplant in der vorbereiteten Kiste. Der Botschafter würde also so gegen einundzwanzig Uhr vor dem Garagentor von Maxim Pasternaks Haus abgestellt. Sie würden dann sofort nach Erding fahren.

Sowohl Anarei als auch Ralf und Jan begrüßten diese Verkürzung der Wartezeit. Wenig später meldete sich Dimitris Handy.

(Dimitri) Ja?

(Peter) Hallo Dimitri, alles okay?

(Dimitri) Ist alles wie geplant gelaufen. Die Bilder sind im Lager in Erding. Die Polizeiobservation wurde umgangen, die Straßburger LKW's scheinen unerkannt durch die Sperren gelangt zu sein. In München beim Umsetzen der Bilder gab es auch keinerlei Schwierigkeiten. Das einzig Auffällige war, dass Orlow bei der Abholung des LKW anwesend war. Er hat sogar noch Wassili vor der Polizei gewarnt. Eigentlich läuft alles viel zu glatt.

Wir haben heute noch eine kleine Änderung bei der Rückführung des Botschafters gemacht. Wir werden das Hochhaus erst gegen zwanzig Uhr verlassen, dann sind nicht mehr so viele Leute im Haus unterwegs. Mit der Wohnungsreinigung fangen wir sofort an.

Wir werden in der Nacht von Donnerstag auf Freitag zurück nach München fahren. Werden so gegen zwei Uhr nachts in Erding sein, dann ein paar Stunden schlafen und versuchen, dass wir am Freitag noch bis Mailand kommen.

(Peter) Das ist prima. Unterrichtet mich, wenn ihr in Erding seid. Danach rechne ich am kommenden Dienstag wieder mit einem Anruf aus Mallorca. Grüße von Bussow. Der muss sich erst von seiner Haft erholen. Tschüss.

Wiesbaden

Alena hatte sich den ganzen Mittwochmorgen um die Gattin des russischen Botschafters gekümmert. Obwohl Alena hochschwanger war, hatte sie sich das nicht nehmen lassen. Sie brachte die Botschaftergattin um eins zu Susi und verabschiedete sich.

Frau Achmatova sagte zu Susi: „Frau Kaiser, Alena hat mir Antons Galerie gezeigt, ich muss Ihnen einfach ein Kompliment machen. Einmalig! Aber haben Sie schon etwas aus Wuppertal gehört?"

Susi erzählte, dass alles problemlos gelaufen ist, aber das könne ihr Grigori Orlow sicher besser erzählten, der müsste bald aus Wuppertal zurück sein.

Als hätte man es abgesprochen, kamen kurz darauf Maxim und Grigori.

Nach der Begrüßung fragte Susi: „Saskia, meinst du, wir hätten für die beiden Herrn noch was zu essen?"

Saskia lachte: „Für Herrn Orlow und für Maxim immer."

Sie legte noch zwei Gedecke auf und bat die beiden Herren Platz zu nehmen.

Während des Essens erzählte Orlow in Einzelheiten wie die Abholung der Bilder gelaufen ist und dass nun alle Auflagen der Kidnapper erfüllt seien.

Grigori sagte: „Ich nehme an, dass man noch bis morgen Abend warten wird und bringt dann den Botschafter zurück. Allerdings auf welchem Weg, das wissen wir leider nicht. Aber warten wir es ab.

Alena kam um die Frau des Botschafters abzuholen und hatte einen dicken Umschlag in der Hand. Sie wollte anfangen zu berichten, aber Susi sagte: Alena, einen Moment, wir ziehen uns ins Wohnzimmer zurück und nehmen dort den Kaffee. Willst du auch einen?

Alena lachte: „Heute ausnahmsweise ja. Du wirst gleich hören warum.“

Als alle im Wohnzimmer saßen, brachte Saskia Kaffee und Alena begann mit ihrer Schilderung: „Im Januar habe ich die Unterlagen für unsere Hochzeit beantragt. Ich weiß nicht, warum es so lange gedauert hat, aber heute sind sie gekommen. Jetzt haben wir alles beisammen. Ihr könnt alle sehen, dass ich hochschwanger bin und Mitte November mit Nachwuchs rechne. Wir wollten unbedingt verheiratet sein, bevor unser Kind zur Welt kommt. Morgen Früh will ich gleich aufs Standesamt gehen. Ich hoffe, sie haben noch irgendeinen Termin frei. Es wird zwar keine große Hochzeitsfeier geben, aber die holen wir dann bei der kirchlichen Trauung nach.“

Susi umarmte Alena: „Das freut mich für Franz und für Dich. Die Hochzeitsfeier kriegen wir auch noch hin. Am besten ist es, du nimmst morgen Früh Franz mit zum Standesamt, damit das mit dem baldigen Termin klappt.“

Die Botschaftergattin gratulierte Alena und Orlow schloss sich an.

Alena ging mit der Frau des Botschafters in die untere Galerie in der Taunusstraße, während Susi mit Orlow und Maxim zu Herbert Wagner gingen. Da Herberts Büro doch etwas klein war, gingen sie in Susis Büro und setzten sich an den Konferenztisch.

Orlow fragte Herbert, was die Beamten vom Bundeskriminalamt erzählt hätten und Herbert berichtete:

„Meine ehemaligen Kollegen vom BKA sind ziemlich verschnupft. Sie hatten sich das eigentlich recht einfach vorgestellt und ein ziemliches Aufgebot an Beamten postiert. Gegen halb neun gestern Abend sah ein Beamter von der Autobahn aus auf einer Nebenstraße einen ähnlichen LKW in Richtung Gennebreck – Langenberg fahren. Sofort nahmen zwei Wagen die Verfolgung dieses LKW auf. Man holte ihn erst in Langenberg ein und merkte dort, dass es ein rumänischer LKW war. Wertvolle dreißig Minuten waren für die

Überwacher verstrichen. Mit anderen Worten: Die ganze Überwachung war ein Flop. Man schiebt uns den schwarzen Peter zu, wir hätten nicht kooperiert."

Orlow lachte: „Glück für uns, Pech für die anderen. Ich an deren Stelle würde mich auch ärgern."

Dann erzählte Orlow die Ereignisse in Wuppertal, auch, dass er jetzt einen Teil der Namen der Entführer wüsste und dass er einem der Ganoven die Kronzeugenregelung angeboten hätte. Anschließend sagte er:

„Ich will euch nicht verschweigen, dass die Gefahr für den Botschafter noch nicht vorbei ist, aber ich glaube, dass er zumindest eine gute Chance hat. Bei den Entführern ist ein gewisser Anarei Perow und Wassili Rudnew, den beiden traue ich einen gemeinschaftlichen Mord nicht zu. Bitte, kein Wort von meinen Bedenken zur Frau des Botschafters. Ich kenne Anna schon sehr lange und weiß, wenn ihrem Mann etwas passieren würde, wäre das entsetzlich für sie. Ich glaube, sie würde sich was antun. Also bitte, nur positive Bemerkungen."

Susi bedankte sich bei Orlow und sagte, bei mir im Büro ist noch viel zu tun, kann ich euch jetzt allein lassen?"

Orlow lachte: „Susi, ich weiß zwar, dass dein Mann heute auch viel zu tun hat, trotzdem muss ich noch mal zu ihm."

Susi meinte: „Also sehe ich euch alle heute Abend um sechs."

Wie immer um sechs füllten sich die Räume im 4. Stock rasch. Saskia hatte alles im Griff. Jede bekam einen Drink und sie sorgte dafür, dass kein Glas leer blieb.

Alena, Franz und die Frau des Botschafters waren im Gespräch, als Susi dazu kam.

Susi gratulierte noch mal Alena und Franz und sagte dann: „Macht euch beide um die Hochzeit keine zu großen

Gedanken. Die standesamtliche Trauung machen wir im kleinen Kreis. So wie ich uns kenne, ist der schon groß:"

Susi fragte Alena: „Sag mal, wann kommt eigentlich deine Mutter?"

Alena: „Susi, sie wollte Anfang November kommen. Um Geld zu sparen will sie den Bus nehmen und der fährt immer Freitag. Sie wäre dann am Sonntag hier. Das ist der 2. November."

Susi unkompliziert wie immer: „Warum versucht ihr beiden nicht einen Termin für Freitag, den 7. November, beim Standesamt zu bekommen. Vergesst nicht Hugo und Olga einzuladen. Die müssen sich noch die Flüge besorgen. Stellt eine Liste zusammen wer unbedingt eingeladen werden muss. Alena, vergiss deine Brüder nicht."

Franz lächelnd: „Ich sehe schon, aus der kleinen Hochzeit wird sicher nichts. Wir müssen Hilde und Erich aus Solingen einladen, zumindest Paul, Bart und Thomas Hall aus Wuppertal. Wenn wir Gina aus Rom einladen, dann gehört Professor Prantner dazu und vielleicht Carlo Steiner. Mike und Albert darf ich nicht vergessen und hier in Wiesbaden mindestens die Hälfte der Mannschaft." Franz musste lachen, „das trägt uns weiter als wir dachten."

Die Frau des Botschafters die dabeistand, lachte jetzt auch: „Alena, ganz sicher, dass mein Mann und ich auch kommen werden. Wir haben deine Verlobung mitgefeiert, also müssen wir auch bei der Hochzeit anwesend sein."

Die übrigen der abendlichen Runde gesellten sich dazu und die meisten luden sich selbst zur Hochzeit ein.

Franz in seiner Not: „Hallo, treibt es nicht zu arg. Ich hab ja noch nicht mal einen Termin beim Standesamt. Ich will versuchen das morgen Früh mit Alena zu regeln. Dann kriegt ihr spätestens Anfang der nächsten Woche eine Einladung. Versprochen."

Als es etwas ruhiger wurde, nahm Susi das Brautpaar zur Seite und sagte: „Franz, wir kriegen das schon hin. Das mit der Hochzeit im kleinen Kreis wird nichts. Dass kann man jetzt schon sehen. Setz dich morgen mit Moritz zusammen. Ein Saal muss gemietet werden und die Einladungen müssen schnellstens raus. Du kannst jetzt schon sehen, hundert Personen werden es mindestens und wie ich unsere Mannschaft kenne, will sie mit euch diesen Tag feiern. Ich freue mich für euch beide, denn das bedeutet auch, dass ihr beide sehr beliebt seid. Über das Finanzielle sprechen wir, wenn wir die Größenordnung der Feier wissen. Also macht euch keine Sorgen.“

***

Donnerstagmorgen. Es war eine ruhige Frühstücksrunde in Susis Wohnung. Sie saßen noch bei einer Tasse Kaffee am Frühstückstisch als Susi meinte:

„Ihr Lieben, ich habe heute Vormittag noch ziemlich viel in meinem Büro zu tun. Ich weiß, Frau Achmatova wurde gestern Abend von Maxim eingeladen, sein Atelier zu besichtigen. Wie wir Maxim kennen, wird er Frau Achmatova zum Mittagessen einladen. Aber heute Nachmittag hätte ich gerne Frau Achmatova für ein oder zwei Stunden entführt.“

Frau Achmatova erklärte ihr Einverständnis und dann fuhr Susi fort: „Gregori, dich hätte ich gerne heute Vormittag für eine Stunde bei mir im Büro. Ich will noch mal mit unserem Vertreter in Jerusalem sprechen und ich glaube es wäre günstig, wenn du dabei wärst.“

Schnell war die Frühstücksrunde aufgehoben. Moritz begleitete Frau Achmatova nach unten und Grigori ging mit Susi in deren Büro.

Susi nahm mit Grigori an ihrem Konferenztisch Platz und bat Herbert Wagner mit zu diesem Gespräch. Dann wählte sie ihre Nummer in Jerusalem:

(Jakob) Galerie Kaiser, Jerusalem, Jacob Goldman.

(Susi) Hallo Jacob, ich bin auf Konferenzschaltung. Mit mir sind am Apparat Herr Grigor Orlow von den Polizeibehörden in St. Petersburg und Herbert Wagner, unser polizeitechnischer Berater. Ist David Terry bei dir?

(Jacob) Hallo Susi, euch allen einen schönen Morgen. Bevor ich an David übergebe, wir haben jetzt den Termin für die Eröffnung unserer Galerie in Jerusalem. Es ist der 16. und 17. November. Der Termin steht fest. Du musst mir nur noch sagen, mit wie viel Personen wir zur Eröffnung von eurer Seite rechnen können.

(Susi) Jacob, die Einladungen und alles was mit Eröffnungsveranstaltungen zu tun hat, das macht Moritz. Ich werde im Anschluss an das Gespräch Terry mit Moritz verbinden. Also bis nachher.

(Jacob) Okay, warte einen Moment, ich hole David.

(Terry) Hallo, Frau Kaiser, ich habe soeben das Lichtbild des Schweizer Herrn geschickt. Er heißt Robert Willer.

(Grigori) Hallo Herr Terry, mein Name ist Grigori Orlow und ich bin der Beauftragte der Polizei in St. Petersburg zur Aufklärung der Entführung unseres Botschafters. Wie ich im Moment höre, nennt sich der Mann Robert Willer und ist angeblich Schweizer Staatsangehöriger. Wir haben ermittelt, dass Peter Wahl drei verschiedene Reisepässe besitzt. Einmal seinen deutschen Reisepass mit dem Namen Peter Wahl, dann einen Schweizer Reisepass mit dem Namen Robert Willer und noch einen tschechischen Reisepass auf den Namen Josef Novotny. Wir können daher sicher sein, dass es sich im vorliegenden Fall um die Person Peter Wahl handelt. Was hat die Beschattung bisher gebracht?

(Terry) Sie werden sich sicherlich noch an die Herren vom Mossad wenden. Dort werden Sie hören, dass sich sowohl Peter Wahl oder Robert Willer, und Iwan Bussow nach wie vor bei diesen dubiosen Palästinensern aufhalten. Eines ist bekannt, dass diese Organisation oder diese Herren engen

Kontakt zu den Emiraten, Kuwait und Saudi Arabien haben. Sie gelten als die Beschaffer von Finanzmitteln für den sogenannten Freiheitskampf der Palästinenser.

(Herbert) Hallo, Herr Terry, wir kennen uns von der Mitgliederversammlung des Vereins der Galerie Kaiser und von der Beschaffung der damals gestohlenen Bilder. Im Moment bin ich für die Eremitage in St. Petersburg tätig um die erpressten eintausend Bilder wieder zu beschaffen.

(Terry) Natürlich kennen wir uns. Was kann ich für Sie tun?

(Herbert) Bevor ich tätig werden kann, müssen die Kidnapper erst den russischen Botschafter in Berlin freilassen. Wir hoffen, dass das im Laufe des heutigen Tages erfolgen wird. Wenn ich dann Ihre Hilfe brauche, so darf ich mich an Sie wenden?

(Terry) Selbstverständlich.

(Grigori) Haben Sie herzlichen Dank für Ihre Bemühungen. Ich melde mich wieder.

(Susi) Terry, bevor ihr alle auflegt, ich stelle jetzt zu Moritz durch. Jacob soll ihm alle Einzelheiten zur bevorstehenden Eröffnungsfeierlichkeiten in Jerusalem geben. Schalom David.

(Herbert) Wiedersehen.

(Grigori) Schalom.

Dann wurde das Gespräch zu Moritz verbunden.

Grigori meinte: „Susi, kannst du nachsehen lassen, ob die E-Mail aus Jerusalem schon eingegangen ist?“

Susi ging in ihr Sekretariat und nach wenigen Minuten kam sie mit einer zweiseitigen E-Mail zurück. Alle drei schauten sich die Bilder auf der E-Mail an. Der sogenannte Schweizer Robert Willer war zweifelsohne Peter Wahl.

Susi frage: „Grigori, darf ich Luise sagen, dass sich ihr Mann zur Zeit unter dem Namen Robert Willer in Israel aufhält? Ich glaube sie würde gern wieder in ihre Wohnung in

München gehen ohne befürchten zu müssen, dort Peter Wahl zu begegnen.

Grigori lachte: „Susi, das darfst du. Außerdem habe ich ihr selbst in St. Petersburg erzählt, dass ihr Mann zwei falsche Pässe hat. Mittagessen wie immer um eins?“

Susi bejahte und sagte: „Beinahe hätte ich was Wichtiges vergessen. Du hast mitgehört, dass wir am 16. und 17. November unsere Galerie in Jerusalem eröffnen. Paula und Michail sind selbstverständlich eingeladen. Würde deine Frau und du uns die Ehre geben, bei unserer Eröffnung dabei zu sein?“ Anreise am 15. November, Rückreise am 18. November?“

Grigori lachte: „So wie es im Moment ausschaut, bin ich eventuell sogar schon früher in Jerusalem. Aber in jedem Fall, wir kommen gern.“

Danach verabschiedeten sich die beiden Herren schnell.

Noch in Gedanken, wählte Susi Luises Nummer in München.

(Frank) Kunst- & Antiquitätenberatung Wahl, Frank Lappas, Guten Tag.

(Susi) Hallo Frank, wie geht es euch?

(Frank) Hallo Susi, es geht uns gut. Allerdings ist viel zu tun. Was macht die Entführungsaffäre?

(Susi) Da will ich dich kurz auf den neuesten Stand bringen. ... und dann erzählte sie Frank, was sich bisher ereignet hatte und fügte hinzu ... *So warten wir auf die Freilassung des russischen Botschafters. Frank halte uns die Daumen, dass die auch erfolgt. Aber sag mal, ist Luise da?*

(Frank) Sie steht neben mir, Moment, ich gebe sie dir.

(Luise) Hallo Susi, ich hab schon mitgehört.

(Susi) Wenn du mitgehört hast, so weißt du schon alle Neuigkeiten bis auf eine. Peter Wahl ist in Israel aufgetaucht. Dort unter dem Namen Robert Willer mit einem Schweizer Pass. Er wohnt in einem Ort namens Ramallah in der soge-

nannten Westbank. Wir nehmen an, dass man die erpressten eintausend Bilder aus der Eremitage an die arabischen Emirate verkaufen will. Tschüss ihr beiden.

(Luise) Tschüss Susi und grüße Moritz von uns.

Susi stellte fest, dass es kurz vor zwölf war und ging nach oben in ihre Wohnung. Mit dem Stillen war es vorbei. Ihre Milch hatte für die beiden Winzlinge nicht mehr gereicht. Nina fütterte die beiden und sagte:

„Unsere beiden Süßen sind wirklich brav. Wenn sie ihr Fläschchen haben und satt sind, ihr Bäuerchen gemacht haben, dann schlafen sie und man sieht sie fast wachsen."

Susi war erstaunt, wie Saskia die Essenszubereitung schaffte und das sagte sie ihr auch: „Saskia, ich bin immer wieder über deine Kochkünste erstaunt."

Saskia stolz: „Susi, bei uns zu Hause hab ich auch immer gekocht. Ich mach das gern und es macht mir auch Spaß. Heute gibt's eine Pilzsuppe, danach einen Rinderbraten mit Nudeln und Salat und als Nachtisch eine Schokoladencreme. Ich hoffe, es schmeckt allen. Die Frau des Botschafters kommt nicht. Das ist doch richtig?"

Susi: „So wie wir alle Maxim kennen, wird sie dort eingeladen. Aber um zwei kommt sie. Ich will mit ihr auf den Friedhof gehen."

Kurz vor eins kam Moritz mit Grigori und Herbert. Susi ging mit ihnen ins Wohnzimmer. Sie nahmen noch einen kleinen Aperitif, dann lud Saskia zum Mittagessen ein.

Gegen zwei brachte Maxim die Frau des Botschafters. Susi hatte ihr gestern Abend erzählt, dass sie immer, wenn sie Sorgen hätte oder auch ein freudiges Ereignis bevorstünde, zum Grab ihres ersten Ehemannes und des Begründers der Galerie Kaiser gehen würde, um mit den beiden zu sprechen. Sie würde fest daran glauben, dass die beiden ihr helfen würden. So hatten sie nach dem Gespräch vereinbart, dass sie heute Nachmittag den Friedhof besuchen wollten.

Susi fuhr mit ihrem Wagen zum Friedhof. Frau Achmatova und Susi gingen zum Grab der beiden und Susi erzählte:

„Otto Unger war der Gründer der Galerie Kaiser. Er war eine Seele von Mensch und für mich nicht nur ein guter Freund, er war so etwas wie mein Großvater. Mit Otto konnte ich über alles sprechen und er hat mir auch immer geholfen. Otto war es auch, der mir klarmachte, dass ich Max, meinen ersten Mann, lieben würde. Er brachte das Kunststück fertig, uns beide zusammenzubringen. Wir beide wären zu schüchtern gewesen.

Die Ehe mit meinem Mann Max war einfach wundervoll. Wir brauchten nicht viel zu sprechen, wir verstanden uns großartig. Leider ist er viel zu früh gestorben. Er hat mir immer wieder erzählt, er hätte einen Zwillingsbruder, aber wir alle haben nicht daran geglaubt ihn zu finden.

Fünf Jahre nach dem Tod meines Mannes Max, sah ich meinen verstorbenen Mann in einer Hotelbar sitzen. Ich bin damals zur Salzsäule erstarrt. Die Ähnlichkeit war verblüffend. Schnell stellte ich fest, dass das der von meinem Mann immer gesuchte Zwillingsbruder war. Niemand wunderte sich, dass wir uns ineinander verliebten. Sie waren bei der Hochzeit dabei und ich liebe ihn sehr. Er ist die Zweitausgabe meines Mannes Max.

Die beiden Damen hatten sich auf die Bank unweit der Grabstätte gesetzt. Jetzt stand Susi auf, trat wenige Schritte zum Grab und begann:

„Lieber Otto, lieber Max, wieder ist vieles geschehen, aber das wisst ihr ja. Dass die Geschäfte gut laufen, darüber seid ihr auch informiert. Unsere Kleinen, Max und Moritz, gedeihen wirklich gut. Auch Erikas Mike und Hildes Susi sind gesund und munter. Moritz und ich sind auch gesund, nur manchmal ist es etwas zu stressig. Franz und Alena wollen im nächsten Monat heiraten. Alena erwartet ihr erstes Baby und ich hoffe, es geht alles gut.

Ihr habt sicher schon gehört, dass wir im nächsten Monat eine Galerie in Jerusalem eröffnen und ich bitte euch, gebt ihr euren Segen.

Mit mir ist heute Anna Achmatova gekommen. Ihr wisst sicher, dass man ihren Mann entführt hat. Ich bitte euch, helft Anna, dass sie ihren Mann heute gesund zurückbekommt.

Lieber Otto, lieber Max, da ist noch so eine Geschichte mit den tausend erpressten Gemälden aus der Eremitage. Wir haben den Verdacht, dass diese möglicherweise gegen Waffen eingetauscht werden. Bitte, wenn es irgendwie geht, verhindert das. Es müssen eventuell Unschuldige sterben.

Ich habe euch beide sehr gern. Fühlt euch von mir umarmt.

Susi blieb noch zwei Minuten am Grabe stehen. Es war ganz still.

Dann kam ein herbstlicher Windstoß und fegte viele Blätter von den Bäumen.

Susi drehte sich um, hinter ihr stand Frau Achmatova, und zusammen gingen beide langsam zum Ausgang.

Frau Achmatova: „Frau Kaiser, es ist schon seltsam und bewegend, was ich in den letzten Minuten an Ihrem Grab gehört habe. Ich bin kein gläubiger Mensch. Aber ich möchte daran glauben und hoffe, dass mein Mann heute zurückkommt. Ich weiß – wie Sie – dass seine Chancen nicht besonders groß sind. Ich weiß auch, dass Michail und auch Grigori alles getan haben um einen Mord an meinem Mann zu verhindern. Ich hoffe, dass Ihr Gebet mit dazu beitragen wird, meinen Mann gesund zurückzubringen."

Die beiden stiegen ins Auto und Susi erzählte: „Liebe Frau Achmatova, ich weiß wie Sie, dass die Chancen, Ihren Mann gesund zurückzubekommen fünfzig zu fünfzig stehen. Trotzdem habe ich das Gefühl, dass wir Ihren Mann heute Abend noch begrüßen können. Dass man ihn in der Taunusstraße abliefern wird, das glaube ich nicht. Wahrscheinlich wird er am Bahnhof oder sonst wo ausgesetzt. Wir müssen uns sicherlich auf eine längere Wartezeit einstellen.

Immer wenn ich mit Otto und Max sprach, sind meine Bitten in Erfüllung gegangen. Auch wenn ich um Rat bat, so habe ich den indirekt erhalten. Halten Sie mich nicht für kindisch, aber ich glaube daran, dass mich Otto und Max hören." Susi lachte, „der Glaube versetzt Berge."

Frau Achmatova ernst: „Frau Kaiser, diese Fahrt zum Friedhof war für mich ein Erlebnis besonderer Art. Ich kann jetzt auch verstehen, warum man Sie so schätzt. Sie sind nicht nur ein besonderer Mensch, Sie haben auch ein großes Herz für Ihre Mitmenschen. Dazu gratuliere ich Ihnen."

Als man in der Taunusstraße ankam, sagte Susi: „Frau Achmatova, heute Abend werden wir viele Besucher beim Sechsuhrtreffen haben. Ich muss mich darum kümmern, was meine beiden Mädchen – Nina und Saskia – vorbereiten wollen. Möchten Sie mit nach oben kommen?"

Frau Achmatova bejahte und so gingen die beiden in Susis Wohnung. Nina war noch im Krankenhaus und Saskia wickelte die Zwillinge.

Susi fragte Saskia nach den Abendvorbereitungen und Saskia sagte: „Nina müsste gleich kommen, die bringt den Brotbelag mit. Brot und Butter und ein paar Kleinigkeiten für die Schnittchen heute Abend sind da. Wir haben ausgerechnet, wir werden voraussichtlich zwischen fünfundzwanzig und dreißig Personen sein. Wenn wir im Durchschnitt mit fünf Schnittchen pro Person rechnen, so müssen wir einhundertfünfzig Schnittchen machen. Wein und Sekt habe ich schon aus dem Keller geholt. Das steht schon alles unten im vierten Stock. Säfte und Wasser sind auch schon dort. Sowie Nina da ist, fangen wir an die Schnittchen zu machen."

Frau Achmatova: „Frau Kaiser, da helfe ich gerne mit, ich mache so was gern. Ich müsste nur eine Schürze haben."

Susi lachte: „Das ist nett. Dann geht das schnell. Warten Sie, ich hole eine Schürze."

Kurze Zeit später kam Nina mit dem Belag und schon war man zu viert am Bereiten der Schnittchen für den wahrscheinlich längeren, abendlichen Umtrunk.

Die vier Damen unterhielten sich gut und es war noch nicht halb sechs, als sie damit fertig waren.

Nina blieb oben bei den Zwillingen und Frau Achmatova, Susi und Saskia gingen in den 4. Stock.

Wie vorausgedacht, jeder der einigermaßen konnte, kam zum abendlichen Treffen. Um halb sechs kamen Erika und Anton. Erika gab ihren kleinen Mike bei Nina ab und kam dann nach unten in den 4. Stock. Dann trudelten nach und nach alle übrigen ein.

Susi sah Alena und Franz bei Frau Achmatova stehen und gesellte sich dazu. Sie fragte Franz: „Na, habt ihr beiden Hübschen einen Termin beim Standesamt bekommen?"

Alena sprudelte heraus: „Freitag, den siebten November, um 16.30 Uhr. Ist das nicht toll?"

Franz: „Wir haben schon mit Moritz gesprochen, er will sich morgen um einen Saal kümmern." Franz lachte, „aus der Hochzeit im kleinsten Kreis wird nichts. Es werden mindestens hundert Personen kommen. Mir wird angst und bange, wenn ich an die Kosten denke."

Susi schmunzelte: „Armer Franz, du hast auch überhaupt keine Rücklagen. Ich werde nachher mal mit dem Zylinder rum gehen und für dich sammeln."

Franz schmunzelnd: „Das hoffe und erwarte ich auch. Aber Spaß beiseite, wir müssen an diesem Wochenende noch festlegen wer eingeladen werden muss."

Susi sah Grigori im Gespräch mit Herbert Wagner und Moritz. Sie ging zu dieser Gruppe und fragte Grigori: „Sag mal, wie war dein Gespräch mit dem Mossad?"

Grigori ernst: „Terry hat da gute Vorarbeit geleistet. Man wird versuchen alles zu tun, um den Verkauf der Gemälde aus der Eremitage zu verhindern. Außerdem glaubt man, dass Bussow verhaftet werden kann, sobald er palästinensisches

Gebiet verlässt. Ich habe schon veranlasst, sobald unser Botschafter frei ist, wird ein Auslieferungsersuchen für Herrn Bussow an die Israelischen Behörden abgehen. Das Gleiche für Peter Wahl. Ich bin gespannt, ob es den beiden gelingt, noch mal aus unserem Fahndungsnetz zu schlüpfen.

Saskia kümmerte sich um die Getränke der Gäste und gegen sieben brachte sie zusammen mit Nina mehrere Platten mit Schnittchen.

Es war schon nach acht, als Susi Frau Achmatova bei Maxim und Boris stehen sah. Maxim winkte Susi und sagte: „Susi, du hast heute unsere Anna tief beeindruckt. Sie war mit dir auf dem Friedhof. Ich kenne Anna schon lange und ich weiß, dass sie nicht leicht zu beeindrucken ist. Wie hast du das gemacht?“

Susi langsam: „Maxim, ich kann mir vorstellen, wie es Frau Achmatova im Moment geht. Da habe ich ihr gezeigt, wie ich mit solchen Situationen umgehe. Mehr war schon nicht.“

Maxim: „Ihr seid noch per Sie? Das müsst ihr sofort ändern! Susi ich weiß, du darfst jetzt wieder Alkoholisches trinken. Da müsst ihr ein Wässerchen haben.“ Nahm zwei Gläser, goss einen Wodka hinein, drückte Susi und Anna Achmatova je ein Glas in die Hand und sagte: „Trinkt auf das Du.“

Susi und Frau Achmatova prosteten sich zu und sagten: „Ich heiße Anna!“ und Susi: „Alle nennen mich Susi.“

Die Zeit rann zäh, es wurde halb neun, neun. Immer war noch nichts vom Botschafter zu sehen oder zu hören. Susi sah plötzlich Anna nur noch in eine Ecke schauen. Sie nahm Anna und geleitete sie in Moritzens Büro: „Anna, ich weiß wie dir zumute ist. Aber eigentlich kann dein Mann noch gar nicht da sein. Wenn die Entführer nur einigermaßen schlau sind, dann bringen sie ihn erst nach Einbruch der Dunkelheit. Wo immer sie deinen Mann auch gefangen hielten, sicher nicht in Wiesbaden. Also müssen sie erst nach Wiesbaden fahren. Sie bringen ihn auch nicht hierher in die Taunusstraße, sondern setzen ihn irgendwo ab. Es dauert dann, bis er hierher kommen kann."

Plötzlich liefen bei Anna die Tränen. Susi nahm sie in den Arm und tröstete sie. „Anna ich bin mir ganz sicher, dass meine beiden Männer, Otto und Max helfen. Du musst nur Geduld haben. Sie haben mir bisher immer geholfen. Es kann auch sein, dass es Mitternacht wird. Bitte, bleibe stark."

Anna bedankte sich, trocknete sich die Tränen und beide begaben sich wieder zu den anderen. Es wollte nicht zehn werden.

Das Haustelefon klingelte. Prem nahm es ab. Er sprach zwei Sätze und winkte Maxim und sagte: „Maxim, deine Frau."

Maxim sprach kurz mit seiner Frau. Legte auf, ging zu Susi und sagte leise: „Meine Frau trug den Müll nach unten. Bei mir vor der Garage ist eine längliche Kiste; fast so lang wie ein Sarg. Komm wir beide verschwinden kurz und fahren mit meinem Auto, um nachzusehen, was das ist."

Susi sagte nur kurz Moritz Bescheid und ging mit Maxim nach unten und zusammen fuhren sie zu Maxims Haus.

Wirklich, direkt vor der Garage stand eine längliche Kiste. Die Autoscheinwerfer beleuchteten die Kiste, beide nahmen sie in Augenschein. Es waren sechs Verschlüsse angebracht. Maxim löste diese, öffnete den Deckel und sie fanden einen schlafenden oder ohnmächtigen Botschafter.

Susi: „Maxim, schnell kaltes Wasser, noch besser Salmiakgeist. Maxim sauste in sein Atelier und kam mit einer Flasche Salmiakgeist wieder. Ganz vorsichtig hielten sie die Flasche vor die Nase. Eine zuckende Bewegung und der Botschafter erwachte zum Leben.

Es dauerte etwas, bis er zu sich kam. Ganz vorsichtig half man dem Botschafter aus der Kiste. Die frische Luft verhalf ihm seine Lebensgeister wiederzufinden. Sie setzten den Botschafter in das Auto, Moritz schob die Kiste in seine Garage und sie fuhren rasch in die Taunusstraße.

Susi sagte: „Wir bringen ihn erst mal in meine Wohnung im 5. Stock und holen seine Frau und Grigori.“

Während Maxim den Botschafter in Susis Wohnung brachte, holte Susi Anna und Grigori. Sie flüsterte Anna zu: „Komm, wir haben deinen Mann oben bei mir in der Wohnung. Er ist im Moment noch etwas benommen.“ Dann führte sie Anna und Grigori nach oben.

Susi ging wieder zu den anderen, stellte sich auf einen Schemel, klopfte an ein Glas und sagte laut und deutlich:

„Ihr Lieben, ihr wisst, bei uns ist immer was los. So auch heute Abend. Wir haben unseren Botschafter wieder. Er ist oben bei uns in der Wohnung und seine Frau und Grigori sind im Moment bei ihm. Ihr könnt euch vorstellen, dass er noch etwas benommen ist. Lasst ihm ein paar Minuten Zeit. Er wird euch noch begrüßen.“

Dann brach der Jubel los. Es war nicht zu übersehen, wie sich alle freuten, dass die Entführung so endete.

Susi in Jerusalem

Jerusalem

Jerusalem – eine heilige Stadt. Niemand kann sich dem Zauber dieser 6000 Jahre alten Stadtgeschichte entziehen. Sie ist die Wiege dreier Weltreligionen.

Jerusalem ist nicht nur die heilige Stadt der Juden, Christen und Muslime, sie ist auch eine heilige Stadt wegen ihrer Geschichte, denn einstmals war Jerusalem der Mittelpunkt des Weltgeschehens.

Jerusalem, heiß umkämpfte Stadt der verschiedensten Kulturen während tausender von Jahren. Wie in keinem anderen Ort der Welt wird hier von den Einwohnern Toleranz verlangt. Heute mehr denn je.

Jerusalem ist heute Hauptstadt Israels. Von den 615.000 Einwohnern sind 385.000 Juden, 175.000 Moslem und 55.000 Christen.

Die zum großen Teil moderne Hauptstadt Jerusalem unterscheidet sich von der im Osten der Stadt liegenden Altstadt wesentlich. Die Altstadt im Osten Jerusalems ist noch immer von einer hohen Mauer umgeben, die im 16. Jahrhundert der osmanische Herrscher Suleyman II (der Prächtige) auf den byzantinischen und römischen Fundamenten errichten ließ.

Ein Gang durch die Altstadt ist vor allem eine ungemein sinnliche Erfahrung; man tritt durch das Jaffa-Tor und findet sich in einer farbenfrohen, lebhaften, orientalischen Welt wieder. Die arabischen Läden entlang der David Street und den umliegenden Gassen üben eine magische Anziehungskraft aus.

Hier kann man schöne Lederwaren erstehen, herrliche Messingwaren, Teppiche, armenische Kacheln, echte und falsche Antiquitäten, Bilder und Kunstgegenstände aller Art, Beduinenschmuck, bestickte Kleider, Kästchen mit Einlegearbeiten aus Perlmutt sowie unendlich viel Touristenramsch.

Im Gewirr der Gassen weicht man hoch bepackten Eseln, Schuhputzern und Wasserträgern aus. Arabische Frauen in bestickten Gewändern balancieren Körbe und Bündel elegant auf ihren Köpfen und Jungen tragen Tabletts mit Tee durch die Menschenmenge, ohne einen Tropfen zu verschütten.

Kaffeehäuser sind die Domäne der Männer. Hier sitzen sie und schauen wie die Welt draußen vorbeizieht. Sie trinken arabischen Kaffee mit Kardamon aus winzigen Tassen.

Die arabischen Bäckereien bieten köstliches und süßes Gebäck. Überall locken Stände mit Sesamkringeln und Falafel. In schlicht anmutenden Restaurants kann man sich mit Shiskebab stärken und die Mahlzeit mit einem arabischen Kaffee beenden.

Tritt man vom Westen kommend durch das Jaffa-Tor in die Altstadt, so hat man linker Hand die Klagemauer passiert und rechts die Zitadelle gesehen. An einem Freitagnachmittag ging ein europäisch gekleideter Herr durch das Jaffa-Tor in Richtung Altstadt. Er ging relativ rasch und nach zirka 150 Metern betrat er linker Hand einen nicht eben orientalisch aussehenden Laden, der Kunstgegenstände anbot.

Der Mann durchquerte den Laden und betrat durch eine Tür einen rückwärtigen Raum. Ein älterer Araber kam auf ihn zu und begrüßte den Ankömmling:

„Masa al cheir, Peter, inta minen“ und weiter in fließendem Deutsch: „Das ist eine angenehme Überraschung. Warum hast du mich nicht angerufen, du weißt, du bist immer mein Gast.“

Der mit Peter angesprochene umarmte seinen Gastgeber und meinte:

„Baki, ich bin in einer schwierigen Mission hier und brauche wahrscheinlich deine Hilfe. Du wirst gut daran verdienen. Allerdings brauchen wir keine Zuhörer. Können wir zu dir nach oben gehen?“

Baki lachte: „Mein Freund, komm, ich sage nur eben Bescheid, nimmst du lieber einen Tee oder einen Kaffee?“

Man einigte sich rasch auf einen Mint-Tee und beide gingen nach oben in Bakis Büro. Als sie sich gesetzt hatten begann Baki:

„Peter, wo drückt der Schuh, wie kann ich dir helfen?“

Peter – kein anderer als Peter Wahl – begann zu erzählen, er schilderte die Möglichkeit des Verkaufs von 1.000 Kunstwerken aus der Eremitage in St. Petersburg an ein neu zu eröffnendes Museum in den arabischen Emiraten. Er erzählte, dass die Kunstwerke zurzeit in der Nähe von München lagern und diese sollten schnellstmöglich nach Italien gebracht werden und von dort per Schiff ab Brindisi direkt in die Arabischen Emirate. Die Käufer wünschten nun einen Sachverständigen, der die Exponate begutachtet und da hat er an Baki gedacht.

Baki hatte aufmerksam zugehört und sagte dann ganz ruhig: „Peter, die Gemälde zu begutachten, dass ist nicht die Schwierigkeit. Dass es sich um gestohlene Bilder handelt, das ließe sich auch noch machen, aber was haben meine Freunde aus Ramallah damit zu tun? Wenn ich es richtig verstanden habe, so bekommt die Hälfte des Geldes die Hamas und die wird damit Waffen kaufen. Für fünfzig Millionen Dollar Waffen, das bringt uns hier einen neuen Krieg. Wenn der Mossad – der israelische Geheimdienst – das mitkriegt, dann ist dein und mein Leben keinen Pfifferling mehr wert. Warum wollt ihr das unbedingt mit der Hamas zusammen machen? Es muss doch einen Weg geben um das zu umgehen. Auch die Emirate können nicht daran interessiert sein, dass es hier zu einem neuen Blutvergießen kommt. Lasst die Hamas da weg.“

Peter nachdenklich: „Baki, ich weiß nicht, ob das noch zu ändern ist. Mein Geschäftspartner hat alles über die Hamas in die Wege geleitet. Die stellen sowohl den Schiffstransport ab Italien, als auch die gesamte finanzielle Abwicklung. Es geht lediglich nur noch um die Begutachtung der Gemälde. Wie du selbst sagst, ist das ungefährlich.“

Hier unterbrach Baki: „Peter, der Mossad erfährt davon. Er erfährt dann auch, wer die Gemälde begutachtet hat. Damit kann ich mein Unternehmen in Jerusalem schließen. Du weißt, ich bin hier geboren, ich bin hier in dieser Stadt aufgewachsen und ich betreibe mein Geschäft in dieser Stadt. Meine Kinder wurden hier geboren und ich betrachte Jerusalem als meine Heimat. Ich werde nichts tun, was meinen Wohnsitz hier gefährden kann. Fünfzig Millionen Dollar in den Händen der Hamas bedeutet Krieg und damit gleichzeitig das Ende meiner Geschäfte. Peter, tut mir leid, ich glaube, hier kann ich dir nicht helfen. Es gibt genügend Gutachter weltweit, nimm einen aus Deutschland, Frankreich oder England, die sind nicht in Gefahr."

Peter zurückhaltend: „Baki, du bekämst für die Gutachten 5% des veranschlagten Wertes der Gemälde, das heißt fünf Millionen Dollar, damit wärst du unabhängig und könntest auf deine Geschäfte hier verzichten."

Baki aufgebracht: „Aber Peter, dann hätte ich Blut an den Händen. So etwas könnte ich vor mir nicht verantworten. Wenn die Hamas nicht in dieses Geschäft eingebunden ist, dann stehe ich zur Verfügung. In dem Moment in dem die Hamas mit dabei ist, kannst du mit mir nicht rechnen."

Peter: „Baki, gut ich werde noch mal mit meinem Partner darüber sprechen. Aber da gibt es noch etwas, du wirst in Zukunft mit einer großen Konkurrenz rechnen müssen. Soweit ich weiß, wird die Galerie Kaiser hier in unmittelbarer Nähe eine Galerie und Ateliers errichten."

Baki lachte: „Peter, das ist ein alter Hut. Ich kenne Jacob Goldman seit meinem Studium in Berlin-Charlottenburg. Wir sind befreundet. Bevor sich Jacob bei Kaiser beworben hat, hat er sich mit mir beraten. Jacob ist ein fairer Geschäftsmann. Während der letzten zwanzig Jahre habe ich nur gute Erfahrungen mit ihm gemacht. Die neue Galerie Kaiser wird hier eine Bereicherung des Kunstmarktes darstellen und ich freue mich über diese Konkurrenz."

Peter ganz ruhig, „Baki, nicht jeder denkt so. Ich habe gehört, dass man zur Eröffnung einen Anschlag plant. Nimm deinen Kindern nicht den Vater und gehe nicht zu den Eröffnungsfeierlichkeiten. Das ist vertraulich und sehr ernst."

Baki leicht verschnupft: „Peter jetzt einen guten Rat von mir, sieh zu, dass du möglichst rasch aus diesem Kreis kommst. Allein die Tatsache, dass du von einem geplanten Attentat auf die Galerie Kaiser weißt, ist schlimm. Wieder ein Mosaiksteinchen, das den Tourismus – und damit unsere Geschäfte – zum Erliegen bringt. Peter, halte dich da raus, du spielst mit dem Feuer. Aber verrate mir mal, was hast du eigentlich gegen die Galerie Kaiser? Das sind doch ordentliche Geschäftsleute?"

Nun erzählte Peter Wahl von seinen unangenehmen Erfahrungen mit der Galerie Kaiser. Man sprach noch lange über dieses Thema.

Wiesbaden

Es war Freitagabend, wie immer um achtzehn Uhr, Aperitifzeit in der Galerie Kaiser. Der Kreis der Besucher war kleiner geworden. Der vergangene Tag war voller Überraschungen gewesen. Erst die Polizei im Hause, die alle Einzelheiten der Rückführung des Botschafters wissen musste, dann die herzliche Verabschiedung des Botschafters und seiner Frau , danach die Abreise Grigori Orlows.

Als man endlich im kleinen Kreis zusammenstand sagte Susi: „Ihr Lieben, die letzten Tage waren heftig, ich kann nur hoffen, dass die nächsten Tage ruhiger werden und jetzt brauche ich einen Whisky."

Alles lachte, schnell hatte Susi ihren Whisky in der Hand und prostete allen zu.

Es war schon nach sieben, als Nina aus der Klinik kam. Freudig berichtete sie, dass man morgen ihren Freund Ingo aus dem Krankenhaus entlassen würde. Er müsse zwar am Montag nochmals dorthin und sie fragte Moritz, ob er so freundlich wäre, sie morgen zu begleiten.

Moritz brummte: „Immer ich“, zwinkerte mit dem Auge, nahm Ninas Hand und sagte: „Nina, das freut mich für dich. Wir fahren morgen Früh von hier zum Krankenhaus.“

***

Samstagmorgen, nur noch ein kleiner Kreis saß beim Frühstück und Saskia meinte, es ist auch schön, wieder mal allein zu sein.

Das Telefon klingelte und Susi nahm ab. Es war unschwer zu erkennen, dass sie mit ihrer Mutter sprach, die ihren Besuch für heute ankündigte. Es war ein etwas längeres Gespräch und Susi sagte zum Abschluss: „Vergesst nicht, Zahnbürste und Schlafanzug einzupacken.“ Dann legte sie auf.

Susi schaute in die fragenden Augen und sagte: „Meine Eltern haben für heute ihren Besuch angekündigt. In zirka zwei Stunden sind sie hier. Papa lässt fragen, ob er heute wieder in Antons Werkstätten zuschauen darf und Mama hat Sehnsucht nach den Zwillingen.“

Susi lachend: „Das mit dem Alleinsein, das wird anscheinend nichts. Also Moritz und Nina verschwindet, um Ingo abzuholen. Moritz ist dann zum Mittagessen wieder da. Heute Nachmittag sind Moritz und ich mit Alena und Franz verabredet, wir müssen die Einladungen für die Hochzeitsfeier durchgehen. Ich will gleich mal mit Anton telefonieren, ob in seinen Werkstätten gearbeitet wird.“

Gesagt, getan. Susi rief Anton an und der schien hocherfreut, eine zusätzliche Hilfe zu haben. Boris bastelte gerade an einer Ikone, halb Holz, halb Porzellan und die sollte heute Nachmittag zusammengefügt werden.

So sagte sie: „Saskia, vielleicht kannst du meinen Vater nach dem Mittagessen in die Werkstätten zu Anton bringen. Wenn du willst, kannst du bei meiner Mutter bleiben oder ins Hinterhaus zu deinen Freunden gehen."

Saskia lachte: „Das passt mir gut. Ich bleibe am Nachmittag bei deiner Mutter und so gegen sieben will ich mit den anderen zum Weinfest nach Nierstein."

Susi locker: „Saskia, nimm dir einfach das Wochenende frei. Ich will gleich mal mit Hilde sprechen, ob wir nicht am Sonntag mit meinen Eltern nach Solingen zu Hilde und Erich fahren."

Susi klärte das schnell und berichtete, dass sich Hilde und Erich sehr über den Besuch freuen würden.

Moritz schmunzelte: „Komm Nina, lass uns gehen, wir können auch zusammen einkaufen und dann Ingo abholen."

Saskia und Susi beeilten sich mit dem Aufräumen der Wohnung und es war noch keine elf am Vormittag als es klingelte und Susis Eltern vor der Tür standen. Eine herzliche Begrüßung folgte und Saskia brachte Susis Eltern nach unten ins Gästezimmer. Kurz nach zwölf kam Moritz, begrüßte seine Schwiegereltern und um halb eins saß man bei Tisch.

Nach dem Essen brachte Saskia Susis Papa zu Antons Galerie. Er traf im Untergeschoss Boris, der ihn freudig begrüßte und sagte: „Väterchen, ich hab schon auf dich gewartet. Allein geht das Zusammensetzen der Ikonen ziemlich schwer, zusammen schaffen wir das schneller." Dann erklärte er, was zu machen sei. Susis Vater musste einen Arbeitsanzug anziehen und schon war er integriert.

Saskia stand dabei und sagte bevor sie ging: „Johannes, du wirst sehen, dir geht es wie mir, wenn du erst einmal dabei bist, dann musst du es einfach machen und es macht auch noch Riesenspaß."

Alena, Franz, Susi, Moritz und die beiden Damen der Werbung saßen zusammen, um die Einladungslisten der Hochzeitsfeierlichkeiten durchzugehen. Moritz hatte lange nach einem entsprechenden Saal gesucht. Schließlich mussten sie doch wieder das Kurhaus nehmen, denn alle anderen Säle waren belegt. Sie hatten eine Liste von einhundertfünfzig einzuladenden Personen und Moritz meinte, „Ich bin mir ganz sicher, dass wir mehr Personen haben werden. Ich habe schon mal ins Unreine geplant.“ Er gab jedem einen Zettel mit dem Programm.

16:30 h	Standesamtliche Trauung. Das im kleinsten Kreis.
17:30 h	Empfang des Hochzeitspaares in den Kolonnaden. Ein Stehempfang, längstens bis 18:15 h
19:00 h	Fototermin des Hochzeitspaares
19:30 h	Empfang in der Halle des Kurhauses
20:00 h	Saalöffnung, Begrüßung der Gäste
20:30 h	Beginn des Abendessens
22:00 h	Rede anlässlich der Hochzeit und Eröffnung des Hochzeitwalzers
bis 3 h	Tanz

„Wäre das so in eurem Sinn?“

Alena meinte: „Sollte da nicht noch etwas zu Mitternacht erfolgen?“

Moritz: „Alena, diese Kleinigkeiten können wir im Einzelnen noch regeln. Das Orchester habe ich. Um Mitternacht kann eventuell eine Tanzeinlage erfolgen oder man serviert die berühmte Mitternachtssuppe. Da sollten wir die Gastronomie fragen.“

Franz: „Meint ihr, wir müssen all diese Leute auf der Liste wirklich einladen? Denkt mal an die Hotelkosten.“

Moritz: „Franz, ich weiß, die Kosten bedrücken dich sehr, aber wir sind ein Verein, ich muss ohnehin mit Jens sprechen, wie wir die Kosten deiner Hochzeit aufteilen. Ihr beide heiratet nur einmal und das muss eine Veranstaltung sein, die entsprechend eurem Status in unserem Unternehmen ist. Ihr wisst, der russische Botschafter kommt, demzufolge werden auch die Behörden wieder kommen. Ich bin sicher, dass wir eher zweihundert Hochzeitsgäste haben werden."

Man sprach noch lange über das Thema und beschloss, dass die Einladungen in drei Tagen abgeschickt werden sollten. Zwar sehr knapp, aber immerhin noch über zehn Tage vor dem Termin. Die Damen der Werbung hatten eine reizende Einladung vorbereitet, die allen sehr gut gefiel und die auch erklärte, warum die Einladung so spät erfolgt.

Susi fragte zum Abschluss des Gesprächs: „Alena, Franz, seid ihr mit diesen Vorstellungen der Feier einverstanden? Entspricht das euren Wünschen?"

Alena: „Ich hab's Franz schon gesagt, ihr seid einfach wundervoll. Ich freue mich auf unser Kind, auf unsere Hochzeit und vor allen Dingen auf meine Mutter und meine Brüder. Ich weiß, ihr macht das alles richtig, vielen, vielen Dank."

Als Moritz und Susi in ihre Wohnung kamen, waren weder ihre Mutter mit Saskia und den Zwillingen, noch Susis Vater zu sehen. Erst nach fast einer Stunde trudelten sie ein. Saskia kümmerte sich um die Fläschchen und machte sich danach fertig, um mit ihren Kollegen vom Atelier zum Weinfest nach Nierstein zu fahren.

Susi und ihre Mutter kümmerten sich um das Abendessen, aber von ihrem Papa war nichts zu sehen. Es war schon weit nach sieben, als er endlich kam.

Begeistert berichtete er, wie er mit Boris die neuen Formen der Ikonen montiert hat. Er sagte zum Abschluss, dass macht so richtig Spaß, etwas so Wertvolles zu schaffen. Außerdem, mit Boris kann man sehr gut arbeiten, das ist ein wundervoller Mensch.

***

Solingen

Schon um neun am Sonntagmorgen waren Moritz und Susi mit den Zwillingen und ihren Eltern nach Solingen aufgebrochen. Während der Fahrt verhielten sich die Zwillinge mustergültig und verschliefen die meiste Zeit. Schon um elf Uhr war man in Solingen und kaum am Parkplatz, als Hilde aus der Tür stürmte, um ihre Gäste zu begrüßen.

Hilde, unkompliziert wie immer, sagte: „Kommt einfach ins Haus, Erich hat sicher schon ein Gläschen Sekt vorbereitet." So war es auch. Nach der ersten Begrüßung meinte Hilde: „Hört mal, wir sind doch eine Familie, da brauchen wir das Sie nicht. Ich bin Hilde!"

Man stieß darauf an und schnell war eine nette Unterhaltung im Gang. Hilde brachte ihre kleine Susi und sagte: „Schaut sie euch an, hat sie nicht wundervolle blaue Augen? Sie ist ein Schatz, ganz brav, trinkt, schläft und hat die Windel nass. Und was machen eure beiden Süßen? Alles in Ordnung?"

Susi meinte: „Die beiden sind lieb wie eure kleine Susi. Unsere Nina und auch Saskia kümmern sich wirklich rührend. Aber auch Mama hat die zwei sehr gern."

Susis Mutter hatte ein paar Fragen. Hilde kürzte das alles ab und sagte, Magda, Johannes, kommt, ich zeige euch das Haus. Heute Nachmittag können wir dann die Firma anschauen.

Als sie mit beiden im Haus unterwegs war, meinte Hilde: „Ihr wisst ja, Susi und ich sind seit meiner Kindheit miteinander befreundet. Ich war ein Waisenkind und Susi hatte auch keine Eltern. Das hat uns zusammengeschweißt und auch heute noch sind wir unzertrennlich. Ihr beide habt einen einmaligen Menschen als Tochter. Ich kann mir eine Zeit ohne Susi gar nicht vorstellen. Wisst ihr, als ihr erster Mann Max starb, da dachten wir alle Susi überlebt das nicht. Aber sie hat es geschafft und Moritz ist wie Max. Als Moritz auftauchte wusste ich gleich, das wird ein Paar und sie wurden es auch. Auch wenn es nicht immer so aussehen mag, aber die beiden verstehen sich ohne viel zu sagen. Sie sind eine Einheit. Beide wissen, dass sie sich hundertprozentig aufeinander verlassen können. Kommt wir gehen wieder nach unten, das Essen ist so gut wie fertig."

Hilde hatte im Speisezimmer eine wundervolle Tafel gedeckt. Die Ersatzoma hatte in der Küche mitgeholfen, begrüßte jetzt Susis Eltern und dann ging man zu Tisch.

Hilde meinte: „Viel Zeit zum Vorbereiten hatten wir nicht, so gibt es nur: Quiche Lorraine, Consommé double, Rinderbraten mit Beilagen und einen Fruchtsalat. Ich hoffe, es schmeckt euch."

Erich kümmerte sich um die Tischweine und ein schönes Sonntagsessen begann. Moritz lobte nach dem Essen Hilde über den grünen Klee und sagte:

„Hilde, du überrascht mich immer wieder. Einfach wundervoll."

Hilde lachte: „Moritz, jetzt hast du die Falsche gelobt. Das Lob gehört unserer Ersatzoma. Die kann das einmalig. Aber bei der Gelegenheit können wir euch auch gleich unsere Neuerungen bekanntgeben.

Wir haben doch oben auf der Mansarde noch zwei Zimmer, die voller Gerümpel stehen. Die wollen wir umfunktionieren. Es ist noch Platz genug, um aus den beiden Zimmern ein Wohn- und ein Schlafzimmer zu machen, dann haben wir noch Platz für eine kleine Küche und Bad mit Dusche und Toilette. Unsere Ersatzoma kann dann ganz zu uns ziehen. Wir alle drei finden das eine gute Lösung, denn ich werde doch mehr im Geschäft sein müssen als wir anfänglich annahmen. Was meint ihr?"

Es gab eine lebhafte Diskussion, aber schließlich war man der Meinung, dass diese Lösung gut ist. In den nächsten Tagen soll mit den Umbauarbeiten begonnen werden. Dann lud Erich zur Betriebsbesichtigung ein.

Es war Sonntag, also Arbeitsruhe. Sie gingen erst in den Ausstellungsraum. Hilde hatte neu dekoriert. Alles blitzte und blinkte. Die Bestecke in echt Silber, versilbert und in Edelstahl, dann die Schneidwaren, danach die medizinischen Bestecke, dann die medizinischen Werbegeschenke.

Alle waren überrascht. Hilde hatte auch neue Kataloge für die Präsentationen herstellen lassen, auch die sahen hervorragend aus. Keiner sparte mit dem Lob.

„So", sagte Hilde, „jetzt haben wir noch eine Überraschung, dazu müssen wir aber in den Seitenbau gehen. Sie gingen in den Raum, in welchem Hilde seinerzeit die Militaria vorgestellt hatte und sie betraten diesen Raum, der sich gänzlich verändert hatte.

Die Wände waren mit einer Rohsteintapete beklebt, es sah aus wie ein Burgverlies. Fünf Ritterrüstungen wurden indirekt angestrahlt. Es waren alte Waffen aller Art zu sehen, Hieb- und Stichwaffen aus Kupfer, Bronze und Eisen, viele verschiedene Helmarten vom römischen Legionärshelm bis zur Pickelhaube. Dazwischen Beile aller Art, Schilder, Dolche, Lanzen, Speere, Piken, Schwerter, Säbel, Morgensterne, Hellebarden aller Art, alte Feuerwaffen – Gewehre, Karabiner und Pistolen.

Alles war dezent beleuchtet und der Raum sah aus wie ein Waffenmuseum.

Hilde begann: „Es hatte sich in Solingen rasch rumgesprochen, dass wir wieder Ehrendolche und alte Abzeichen aus der Nazizeit fertigen. Plötzlich konnten wir uns vor Angeboten alter Waffen nicht retten. Jeden zweiten, dritten Tag kam jemand und bot uns das Zeug zur Fertigung an. Das, was ihr hier seht, ist erst ein kleiner Teil. Erich hat sehr geschickt mit den Leuten verhandelt, so zahlen wir nur das jeweilige Werkstück und haben damit die Herstellungsrechte. Existiert von einem solchen Werkstück gar noch das Fertigungswerkzeug oder die Patrizen und Matrizen, dann zahlen wir auch dieses zum Herstellungswert.“ Wir können damit wahrscheinlich einen eigenen Markt aufbauen.“

Hilde ließ ihre Gäste die Ausstellungsstücke ansehen und sagte dann:

„Jetzt kommt unsere letzte Überraschung. Der nächste Raum war in dunkelrot gehalten. Auf rotsamtenen Polstern waren Ehrendolche und Abzeichen aus der Nazizeit präsentiert. Hilde begann: „Ihr alle kennt einen Teil dieser Abzeichen und Ehrendolche. Hier in diesem Raum sind jetzt nahezu alle damals verwendeten Abzeichen vertreten. Und noch eine Neuerung präsentieren wir:

Alle Orden und Ehrenzeichen des Deutschen Reiches von 1871 bis 1918 und alle Orden und Ehrenzeichen der Weimarer Republik von 1918 – 1933.“

Erstaunt begann Moritz: „Hilde, Erich, ihr überrascht mich immer wieder. Wie macht ihr das eigentlich, so schnell und so selbstverständlich, als wäre das ein Klacks. Dabei weiß ich, wie viel Arbeit, wie viel Wissen und wie viel Sachkenntnis dazu gehört, so etwas aufzubereiten und zu präsentieren. Mein Kompliment.“

Erich nahm seine Hilde in den Arm: „Ohne meine Hilde wäre das nicht möglich. Sie ist ein Tausendsassa. Alle meine Leute mögen sie, ich mag sie am allermeisten. Ob ihr es mir glaubt oder nicht, ich glaube, ich könnte ohne Hilde nicht mehr leben.“ Erich drückte seine Frau fest.

Hilde lachte: „Kommt, lasst uns den Betrieb anschauen, bevor wir uns in weiteren Lobhudeleien ergehen. In einer halben Stunde gibt’s Kaffee.“

Zusammen machten sie einen Rundgang durch den Betrieb und waren nach einer halben Stunde wieder zurück und saßen beim Kaffee. Die Ersatzoma hatte den Tisch gedeckt, Magda bestaunte die hübsche Tischdekoration und sagte:

„Hilde, bei dir ist's wie bei Susanne, hier fliegt die Zeit einfach und alles ist so schön und unkompliziert. Man fühlt sich zu Hause."

Es waren angeregte Gespräche während des Kaffeetrinkens, bis Susi sagte: „Eigentlich wollte ich gerne noch mal in Wuppertal vorbeischauen, Eva, Bart und Paul wollten die ersten Vorbereitungen für die Vernissagen vom 21. November bis 23. Dezember vorbereiten. Es interessiert mich, wie die das machen wollen. Meint ihr, das lässt sich einrichten?"

Hilde ganz ruhig: „Susi, du weißt wie viel Vorbehalte ich bei dem Thema Wuppertal habe. Andererseits bin ich die Verwalterin der Gebäude und hätte mich schon längst dort sehen lassen müssen. Paul und Bart sind mir immer noch suspekt. Trotzdem sollte ich vielleicht mal mitfahren. Unsere kleine Susi kann ja bei der Ersatzomi bleiben."

Magda fragte: „Hilde, warum kannst du denn die beiden Herren nicht leiden? Haben sie dir denn was getan?"

Susi enthob Hilde der Antwort und sagte: „Mama, leider ja", und dann erzählte sie ihren Eltern von der Entführung der kleinen Susi und der Befreiung und wie Bart und Paul damit zusammenhingen.

Das Thema wurde noch kurz besprochen und Susi rief in Wuppertal an, kündigte ihren Besuch an und erwähnte, dass auch Hilde und Erich mitkommen würden.

So gab es einen raschen Aufbruch. Man beschloss mit zwei Autos zu fahren.

Wuppertal

Als sie in Wuppertal ankamen, war das große Hoftor bereits geöffnet und sie konnten direkt in den Innenhof fahren. Paul begrüßte alle und bat sie in die Galerie zu kommen. Dort begrüßten sie Hans Ruppert, den Computerfachmann, Bart van de Velde und die Sekretärin Eva Bergmann.

Während die Übrigen die sich im Aufbau befindliche Galerie ansahen, bat Hilde Bart und Paul zur Seite und sagte:

„Meine Herren, wir wissen was alles passiert ist. Wir wissen, dass uns dieses Gespräch sehr schwer fällt. Susi hat ihren Frieden mit Ihnen gemacht. Um eine gute Arbeitsplattform zu schaffen, will auch ich Frieden mit Ihnen schließen. Die Vergangenheit kann ich nicht vergessen. Meine Herren, ich biete Ihnen an, ein guter Verwalter dieser Gebäude zu sein und Ihre Arbeit im Sinne unseres Vereins zu unterstützen. Unsere Zusammenarbeit wird nie ganz ohne einen Schatten sein, trotzdem biete ich Ihnen das Du an und hoffe auf eine gute und fruchtbare Zusammenarbeit."

Paul und Bart fanden sehr schöne Worte der Dankbarkeit und versicherten Hilde, dass sie sich der kommenden Aufgaben im Interesse des Vereins widmen würden und sie seien überzeugt, dass sie Hilde nicht enttäuschten.

Als die Drei zurück zu den anderen kamen, stellte Susi schnell fest, dass Hilde, Paul und Bart per Du waren, lächelte und sprach: „Jetzt seid ihr alle drei über euren Schatten gesprungen. Meine Hochachtung! Und wenn ihr irgendwo ein Gläschen Sekt habt, dann sollten wir darauf anstoßen."

Paul bat die Herrschaften in das Konferenzzimmer im 2. Stock, öffnete eine Flasche Sekt und man stieß auf das Du an. Erich schloss sich dem Du an.

Man hatte sich die Pläne der Vernissage angesehen und es begann eine erfreuliche Diskussion.

Johannes war mit seiner Frau zusammen mit Hans Ruppert zur Holzfräse gegangen, die dieser vorführen wollte. Als Susis Eltern lange nicht zurückkamen schickte Susi Bart um zu sehen, wo sie blieben. Als sie mit Hans und Bart zurückkamen, brachte Johannes einen zirka 20 cm hohen Holzrohling mit. Er war ganz begeistert:

„Stellt euch vor, Herr Ruppert hat in kaum zehn Minuten aus einem Stück Holz diese Figur geschnitzt. Er meinte, ich könnte die behalten."

Susi lachte: „Papa, wenn Herr Ruppert das sagt, dann betrachte es auch als Geschenk. Wenn wir das nächste Mal herkommen, dann kannst du dir zeigen lassen, wie man die bemalt. Ich kann mir vorstellen, dass dir das Spaß macht."

Die anderen Räume konnte man nicht mehr zeigen. Die Zeit war zu knapp. Susi, Moritz, ihre Eltern und die Zwillinge mussten zurück nach Wiesbaden, Hilde und Erich zurück nach Solingen.

***

Jerusalem

Es war noch nicht zehn Uhr am Morgen, als es an den neuen Räumen der Galerie Kaiser anhaltend klopfte. Eine Person in einem Kaftan mit Kapuze stand vor der Tür.

Jacob öffnete. Er erkannte Baki nicht sofort. Dann war das Erstaunen groß.

„Sag mal, seit wann verkleidest du dich? So habe ich dich noch nie gesehen."

„Jacob, wir kennen uns schon so lange, du weißt, ich fürchte mich weder vor dem Tod noch dem Teufel, aber manchmal muss man so etwas tun, weil es einem besser erscheint. Komm lass uns nach hinten in dein Büro gehen. Es muss mich nicht jeder mit dir im Gespräch sehen."

Jacob bot den obligatorischen Tee an und fragte dann: „Baki, was gibt's? Es scheint etwas Unangenehmes zu sein."

Baki ganz ruhig: „Jacob, kennst du einen Kunstwissenschaftler namens Peter Wahl?"

Jacob: „Und ob wir den kennen. Baki, da kann ich dich nur warnen … und dann erzahlte er Baki sein Wissen hinsichtlich der letzten Vorgänge um Peter Wahl und dass er in Russland wegen vieler Delikte gesucht würde … Baki, woher kennst du ihn?"

Baki: „Jacob, du müsstest ihn eigentlich auch kennen, er hat mit mir in Berlin-Charlottenburg studiert. Allerdings glaube ich, das war vor oder nach meiner Zeit. Er hat eine Kunst- und Antiquitätenberatungsfirma in München und kontrolliert im deutschsprachigen Gebiet alle entsprechenden Veranstaltungen. Er ist ein guter Fachmann. Ich habe einige Geschäfte mit ihm gemacht und bin immer gut gefahren."

Jacob: „Baki, wir kennen uns lange, Finger weg, wenn du erlaubst, so hole ich meinen Partner David Terry, der ist besser informiert."

Jacob Goldman ging nach draußen und holte David Terry und machte ihn mit Baki bekannt.

David begann: „Lieber Herr Baki, über eine Person zu sprechen, die man nicht kennt ist schwer. Ich kenne Herrn Wahl nicht. Allerdings weiß ich einiges: Er ist nach Israel mit einem Schweizer Pass eingereist und nennt sich Robert Willer. Er hat auch noch einen tschechischen Reisepass auf den Namen Josef Novotny. Er wird von den russischen Behörden gesucht wegen Kunstdiebstahl, Kidnapping, Untreue und so weiter. Seine Firma, die Kunst- und Antiquitätenberatung Wahl besteht noch, jedoch wurde er als Geschäftsführer abberufen. Seine Ehefrau hat die Scheidung beantragt. Er steht im Verdacht, mit einem gewissen Bussow zusammenzuarbeiten, der zirka 1000 wertvolle Gemälde aus dem Fundus der Eremitage gestohlen hat. Nach meinem Wissen befinden sich sowohl Herr Bussow als auch Herr Wahl in Ramallah. Reicht das?"

Baki lachte: „David – ich darf doch David sagen – Sie sind außerordentlich gut informiert. Darf ich fragen, woher Sie Ihr Wissen haben?"

David nun ebenfalls lachend: „Baki, das ist nicht schwer, allerdings muss ich Ihnen dazu eine Geschichte erzählen, die unglaublich klingt. … Nun begann Terry die Geschichte von den Machenschaften des Herrn Wahl bis hin zur Entführung des russischen Botschafters und dessen erst vor drei Tagen erfolgte Rückführung. ... Wie Sie sehen, sind wir weit mehr mit dieser Angelegenheit befasst als uns lieb ist. Aber was haben Sie mit dieser russischen Mafia zu tun?“

Baki sehr ernst: „Ich habe Jacob schon erzählt, dass ich Peter Wahl aus unserer Studentenzeit in Berlin kenne. Ich machte ein paar Geschäfte mit ihm und war eigentlich immer zufrieden. Letzten Freitag war er bei mir und bot mir an, ich sollte zirka 1.000 Bilder aus der Eremitage begutachten. Dies bei einer Provision in Höhe von 5% des Schätzwertes. Zweifelsohne ein Millionenauftrag. Ich vermutete gleich, dass es sich um gestohlene Kunstwerke handelt und habe das Angebot abgelehnt. Das ist aber nicht der Grund meines heutigen Besuches. Ein Nebensatz von Wahl hat mich erschreckt. Er meinte, bei Eröffnung eurer Galerie wäre ein Attentat geplant. Er hat nicht gesagt wer das plant, er hat mir auch nicht gesagt woher er sein Wissen hat. Aber nachdem ich nun weiß, dass er anscheinend mit der Hamas zusammenarbeitet, kann ich mir alles Weitere denken. Ich würde euch raten, verständigt den Mossad. Wenn man mich dazu befragen will, dann nur äußerst diskret, ich könne mir vorstellen, dass man meinen Laden überwacht.“

Jacob ernst: „Baki, danke dir, der Mossad weiß zwar davon, wurde aber noch nicht tätig, da Russland noch keine Amtshilfe beantragt hat. Nach meiner Auffassung wird das in den nächsten Tagen geschehen. Es sind noch knapp drei Wochen bis zur Eröffnung unserer Galerie. Bis dahin haben wir sicherlich alle erforderlichen Sicherheitsmaßnahmen getroffen. Aber du kommst doch zur Eröffnung?“

Baki wieder lachend: „Jacob, es würde auffallen, wenn ich nicht käme. Selbstverständlich werde ich mit euch feiern. Bleibt es bei unserer Vereinbarung, dass ich bei mir im Laden ausgesuchte Exponate von euch vertreiben darf?“

Jacob: „Baki, das haben wir vereinbart, dabei bleibt es auch. Außerdem solltest du dir gleich noch unser Jerusalem Feature ansehen. Ich glaube es ist unserem Künstler gelungen, Jerusalem auf einfachste Art dazustellen und es wird jedem die Heiligkeit dieser Stadt bewusst werden. Komm mit, ich zeige es dir.“

Jacob, Baki und Terry gingen in einen Nebenraum. Auf einer Staffelei war ein Bild mit einem weißen Laken verhängt. Jacob entfernte es und sie sahen eine strahlend weiße Fläche, auf der – wie auf einem Berg – die Silhouette Jerusalems zu sehen war. Es war ein Meisterwerk.

Ehrfurchtsvoll betrachteten die drei das Gemälde; dann begann Jacob zu sprechen: „Der Künstler will unbekannt bleiben und dabei sollten wir es auch belassen. Wir haben die Publikationsrechte, aber der Künstler bestimmte, dass das Bild helfen soll Jerusalem den Frieden zu bringen. Alle, die wir uns mit Kunst befassen, sind gefordert. Auch du Baki! Bitte, hilf uns mit deinen Ideen das Motiv dieses Bildes so zu nutzen, damit es seinen Zweck erfüllt.“

Baki: „Jacob, das ist etwas Wundervolles. Selbstverständlich bin ich dabei, wenn es um den Frieden in unserer Stadt geht. Ich könnte mir vorstellen, dass dieses Bild die Religionen daran erinnert, dass sie Liebe und Frieden predigen und vor allen Dingen, dass unsere Politiker begreifen, dass alle Menschen gleich sind. Jacob, David, ich gratuliere euch zu diesem gelungenen Meisterwerk.

Jacob ernst: „Baki, es freut uns, dass dir dieses Kunstwerk gefällt und wir sind auch sicher, dass du mithelfen wirst, es zu vermarkten.

Wir gehen nachher nach unten, da wirst du sehen, dass wir bereits unsere Andruckpresse für Ölgemälde am montieren sind. Die Fachleute für die Drucke haben wir auch.

Wir haben gedacht, jeder unserer Gäste erhält zur Eröffnung unserer Galerie einen kleinen Öldruck von diesem Meisterwerk mit der Silhouette Jerusalems; etwas größer als eine Postkarte, zirka 13 x 19 cm mit einem Goldrahmen als Andenken. Außerdem wollen wir es noch in zwei weiteren Größen herausbringen. Da allerdings brauchen wir deine Hilfe. Ich glaube in zwei Tagen können wir mit unserer Andruckpresse die ersten Öldrucke herstellen und dann würde ich dich anrufen. Wir haben noch mehrere Motive, die wir gerne mit dir zusammen aussuchen würden. Außerdem habe ich schon mal mit Wiesbaden gesprochen, die haben einen Spezialisten für Ikonen, den hätte ich gerne für vierzehn Tage hier, damit er mir eine große Anzahl Ikonen macht, das ist doch auch etwas für deinen Laden."

Sie sprachen noch über die Zusammenstellung der Kollektion bis David meinte: „Wir sollten jetzt nach unten gehen und uns die Andruckpresse ansehen."

Als sie nach unten in einen großen Raum kamen, standen sie vor einer noch nicht ganz fertig aufgebauten Maschine. Drei Herren bemühten sich und Jacob sprach sie an: „Na meine Herren, wie läuft es?"

Der eine antwortete: „Eigentlich wie immer, ich schätze wir brauchen noch zirka acht Sunden, dann können wir den ersten Probelauf machen. Sie müssen nur zusehen, dass die Regale für die Trocknung der Öldrucke montiert werden."

Jacob lachte: „In zwei Stunden kommen die Schreiner und die haben versprochen, dass heute Abend alles aufgebaut ist. Meinen Sie, Sie können morgen Früh andrucken?"

Einer der Herren: „Wenn nichts dazwischenkommt, dann können wir morgen Früh beginnen. Vereinbarungsgemäß wird der Montageleiter der Firma bis zur Eröffnung hierbleiben um eventuelle Schwierigkeiten zu beheben. Da er zum ersten Mail in Israel ist, will er sich Jerusalem und Israel ansehen, ich glaube, das lässt sich machen, denn wir hoffen nicht, dass wir noch große Schwierigkeiten haben werden. Lediglich Farben müssen wir noch mal nachbestellen.

Baki fragte: „Jacob, meinst du ich kann morgen Früh auch mal schauen wie das abläuft? Ich glaube diese Öldrucke werden ein ziemliches Geschäft. Du weißt, ich habe in Elath, in Jaffa und in Haifa noch kleine Galerien. Außerdem will ich demnächst in Safed eröffnen."

Jacob: „Gratuliere dir, selbstverständlich bist du willkommen."

Jacob wollte Baki zum Mittagessen einladen, der aber bedauerte und sage: „Jacob, war nett bei euch. Ich werde morgen im Laufe des Tages bei euch vorbeischauen und mir die Andrucke ansehen. Ich bin gespannt."

Es gab eine herzliche Verabschiedung. Danach meinte David: „Jacob, das war eine deutliche Warnung. Ich werde gleich anschließend mit dem Mossad telefonieren."

„Okay", meinte Jacob, „kümmere dich darum und ich versuche, Susi zu bewegen uns Boris für vierzehn Tage zu überlassen. Der soll unsere beiden russischen Künstler anleiten Ikonen herzustellen."

Wiesbaden

Susi, ihre Mutter, Moritz und Saskia hatten gerade zu Mittag gegessen. Johannes war bereits seit den frühen Morgenstunden in Antons Galerie gegangen, um dort zusammen mit Boris Ikonen zu fertigen. Er hatte großen Spaß daran. Sie nahm noch einen Kaffee, als das Telefon läutete.

Susi meldete sich, begrüßte Jacob und hörte dann nur zu. Zum Abschluss des Gespräches sagte sie nur: „Jacob, ich rufe dich zurück."

Dann sagte sie zu den Übrigen: „Ich glaube, ich gehe jetzt gleich mal zu Boris und Papa. Jacob bat mich, ich soll Boris für vierzehn Tage nach Jerusalem schicken, damit er dort zwei russische Künstler in der Ikonenherstellung anleiten kann. Mal sehen, ob das möglich ist."

Moritz fragte dazwischen: „Meinst du, das ist machbar? Soweit ich weiß; ist Boris auch im Rückstand mit seinen Arbeiten."

Susi: „Mal sehen, vielleicht gibt es einen Weg. Ich geh mal rüber und frage."

Schnell ging Susi in Antons Galerie, wo sie im Keller Boris, seinen Kollegen und auch ihren Vater vermutete.

Sie traf die drei einträchtig bei der Bearbeitung der Ikonen. Susi bewunderte die Arbeiten und sagte dann: „Boris, ich habe eine Frage. Vor einer viertel Stunde hat mich Jacob aus Jerusalem angerufen, er braucht deine Hilfe. Er hat zwei Kollegen aus Russland, die schon Ikonen gefertigt haben, aber es fehlt ihnen eben noch viel Erfahrung. So bittet er, ob du nicht eventuell vierzehn Tage nach Jerusalem fliegen kannst und die beiden anlernst. Am besten ist es, wenn du gleich mit Jacob sprichst."

Boris knurrte: „Das passt mir zwar gar nicht, aber andererseits muss man Jacob helfen. Ich geh hoch in Antons Büro und rufe ihn an. Mal sehen was er sich gedacht hat." Boris ging nach oben, während Susi bei dem Kollegen aus Russland und ihrem Vater blieb.

Nicht viel später kam Boris zurück und erzählte:

„Jacob hat ein großes Problem. Er hat zwar zwei gute Künstler aus meiner Heimat, aber weder entsprechende Vorlagen noch die meist dazu notwendigen Matrizen. Wir sind so verblieben, dass ich etwa zwanzig verschiedene Ikonen zusammenstelle und am kommenden Wochenende nach Tel Aviv fliege. Dann bleiben mir noch vierzehn Tage bis zur Eröffnung der Galerie in Jerusalem und ich hoffe, in dieser Zeit die beiden russischen Künstler einarbeiten zu können."

Susi: „Boris, und wer macht deine Arbeiten hier?"

Boris lachend: „Susi, da hab ich dein Väterchen, der ist so geschickt, der kann zusammen mit meinem Kollegen ganz bestimmte Muster zusammenstellen und fertigmachen. Allerdings muss er dann mindestens drei Wochen hierbleiben."

Johannes ganz bescheiden: „Also, wenn ich mithelfen kann diese Kunstwerke zu gestalten, dann macht ihr mir damit eine Freude. Ich kann doch bei euch schlafen?"

Jetzt musste auch Susi lachen: „Papa, du bist hier zu Hause und außerdem wirst du wie alle übrigen Künstler oder Helfer bezahlt. Das ist bei uns so üblich. Du musst nur noch mit Jens sprechen, wie wir das abrechnen."

Zu Boris gewandt: „Musst du in der Angelegenheit noch mit Maxim sprechen?"

Boris ruhig: „Susi, ich kläre das mit Maxim. Unsere nächsten Termine sind Anfang Dezember in den USA und dafür ist nahezu alles fertig. Also, da kann nichts schief gehen. Ich habe mit Jacob vereinbart, dass ich heute Abend mit den beiden russischen Künstlern sprechen werde, um zu sehen, wie deren Möglichkeiten und deren Kenntnisse sind. Nur eines ist wichtig, ich muss am 7. November zu Alenas Hochzeit hier sein. Soweit ich weiß, kommt Jacob auch. Wir fliegen dann am 8. November wieder zurück. Das sind zwar eine Menge Kosten, aber die Hochzeit darf ich nicht versäumen. Das würde mir Alena und auch meine Frau ewig übelnehmen."

Susi lachte: „Mein Gott, an Alenas Hochzeit habe ich im Moment überhaupt nicht gedacht. Stimmt ja. Aber das lässt sich machen." Susi verabschiedete sich, und ging dann zurück in ihr Büro.

Schon um fünf am Nachmittag war Susi in ihrer Wohnung um nach ihren Zwillingen zu sehen. Ihre Mutter und Saskia kümmerten sich um die beiden und Susi sagte zu ihrer Mutter: „Mama, ich glaube euer Aufenthalt wird diesmal etwas länger, dann erzählte sie ihr, was sie vereinbart hatte."

Ihre Mutter konnte das kaum glauben: „Kind, du weißt, ich bin gerne bei dir und deinen beiden Süßen, aber dass sich Papa plötzlich um hundertachtzig Grad dreht, wer hätte das gedacht. Ich bin so froh, dass es so gekommen ist. Außerdem glaube ich, die Ikonen haben es ihm angetan. Als wir zu Hause waren, hat er sich aus der Stadtbibliothek alles an Fachbüchern über Ikonen geholt."

***

Moritz war schon früh in sein Büro gegangen.

Das Telefon läutete:

(Moritz) Moritz Kaiser!

(Gerkan) Hallo Herr Kaiser, Horst Gerkan am Apparat. Wie geht's?

(Moritz) Hallo Herr Gerkan, was machen unsere Pläne hinsichtlich des Nachbargebäudes?

(Gerkan) Es ging alles viel schneller, als ich es mir hätte träumen lassen. Ich habe das komplette Angebot des polnischen Architekten. Sehr ordentlich und außergewöhnlich preiswert. Außerdem habe ich mit der Bank gesprochen. Die ist bereit zu hundert Prozent zu finanzieren. Dies einschließlich der Renovierungsarbeiten.

(Moritz) Das klingt fast zu schön um wahr zu sein.

(Gerkan) Dann war ich bei meinem Anwalt, da haben wir einen Weg gefunden, wie wir einen Firmenzusammenschluss herbeiführen können, ohne dass sich eine der beiden Parteien übervorteilt fühlt. Wann können wir uns treffen?

(Moritz) Moment, ich will mal in meinen Terminkalender schauen. ... Wie wäre es am Donnerstag dieser Woche? Ich will aber noch mal mit meiner Frau sprechen, ob sie mitkommen will.

(Gerkan) Gut, halten wir Donnerstag, 11 Uhr, fest. Sollte sich der Termin ändern, rufen Sie mich an. Ich werde zu diesem Gespräch den polnischen Architekten bitten und einen Vertreter der Bank.

(Moritz) Einverstanden. Sollten Sie nichts mehr von mir hören, so bleibt der Termin. Wiedersehen.

(Gerkan) Wiedersehen.

Einen Moment blieb Moritz still an seinem Schreibtisch sitzen. Er wusste, man würde die Räumlichkeiten in Wuppertal dringend brauchen. Er musste mit Susi darüber sprechen und dazu sollte man etwas Zeit haben.

Moritz erledigte seine Angelegenheiten und ging dann nach oben in die Wohnung, wo er seine Schwiegermutter, Saskia und Nina traf. Saskia und Nina bereiteten das Mittagessen zu und wenig später kam Susi.

„Nanu“, fragte Susi, „Nina, was treibt dich denn hierher.“

Nina: „Susi, du hast doch gesagt, du willst mich bis Dienstag nicht mehr sehen, das hab ich auch gemacht.“

Susi lachte: „Schätzchen, du hast recht. Aber du hast zu Hause im Moment einen kranken Mann, den kannst du nicht allein lassen. Was hältst du denn davon, wenn du einfach diese Woche noch bei deinem Ingo bleibst. Wenn Not am Mann ist, dann kannst du mit mir oder Saskia vereinbaren, wann du kommst. Du hast so viele Überstunden, da musst du kein schlechtes Gewissen haben. Und jetzt erzähle, wie war das vergangene Wochenende mit deinem Schatz?“

Nina: „Danke Susi, das ist furchtbar nett. Ihr könnt euch vorstellen, wir waren im siebten Himmel. Es war einfach wunderschön. Es ist nichts Besonderes passiert, allein, dass wir zusammen waren, war so wundervoll.“

Susis Mutter zu Nina: „Es ist sehr schön dir zuzuhören, besser kann man Liebe nicht beschreiben.“

Nach dem Mittagessen ging Moritz mit Susi ins Büro. Er erzählte ihr vom Anruf Gerkans aus Wuppertal und fragte, ob sie eventuell am Donnerstag mit nach Wuppertal käme. Susi war einverstanden und sie verabredeten kurz vor neun am Morgen zu fahren.

Danach rief Susi Eva Bergmann in Wuppertal an um sie zu informieren, dass sie um elf Uhr einen Termin mit Gerkan hätte und voraussichtlich gegen fünfzehn Uhr in die Galerie käme. Sie fragte, ob sie etwas mitbringen solle. Eva sagte nur, sie solle Anton fragen, der hätte eine Menge auf seinem

Block stehen. Als Susi danach mit Anton sprach, lachte der nur und sagte: „Am besten, du nimmst meinen Wagen. Ich lade ihn und du brauchst das Zeug nur abzugeben.“

Palma de Mallorca

An der Nordwestspitze der Insel Mallorca liegt in der Nähe des kleinen Touristikortes San Telmo eine Finca. Eigentlich liegt sie inmitten von Nirgendwo. Der nächste größere Ort ist Andraitx. Seit vielen Monaten war die Finca unbewohnt, jedoch seit gestern hatten sich sieben Herren einquartiert. Sie waren mit zwei Mietwagen gekommen und hatten relativ wenig Gepäck dabei. Die Verwalterin hatte geschimpft und gemeint, man hätte sie wenigstens vorher benachrichtigen sollen, aber auch das ließ die Herren kalt.

Sie saßen beim Frühstück zusammen und beratschlagten, wie man jetzt vorgehen muss.

Dimitri meinte: „So lange sich Bussow noch nicht gemeldet hat, muss hier immer jemand erreichbar sein. In jedem Fall brauchen wir neue Kleidung, Lebensmittel und günstigere Leihwagen. All das bekommen wir in Palma de Mallorca. Ich schlage vor, wir teilen uns.

Heute fahre ich mit Stepan und Ralf zum Einkauf. Morgen fahren dann Wassili, Anarei, Thomas und Jan.“

Wassili, Anarei, Thomas und Jan blieben zurück und Wassili sagte zu seinen Kumpanen:

„Ich weiß nicht, das Herumhängen hier auf dieser Ferieninsel gefällt mir nicht. Auf dieser Finca sind wir so richtig auf dem Präsentierteller. Welcher Tourist begibt sich in eine solche Einöde. Wir müssen mit den anderen noch mal darüber sprechen, ob wir uns nicht eventuell besser trennen und uns nur jede Woche einmal treffen. Lass uns noch mal ein paar Tage warten, dann besprechen wir das in Ruhe.“ Nach einiger Zeit meinte Anarei: „Ich glaube nicht, dass wir allzu lange auf der Insel bleiben werden. Wenn ich es richtig sehe, sollen die Bilder jetzt in die Emirate. Der Landweg ist zu lange und zu gefährlich, also bleibt nur der Seeweg und da ist der kürzeste Weg über Italien, das Mittelmeer, durch den Suezkanal, das Rote Meer in den Persischen Golf. Ihr werdet sehen, die LKW's von Erding nach Italien dürfen wir fahren und der eine oder andere darf auch noch die Bilder auf irgendeinem Schiff begleiten. Abgesehen davon, schmeckt mir der Verkauf der Bilder an die Araber nicht. Das ist gefährlich. Es geht immerhin um einhundert Millionen Dollar." Noch lange sprachen sie darüber.

Wiesbaden

Der Mittwoch war arbeitsreich gewesen und Susi freute sich auf den abendlichen Umtrunk um achtzehn Uhr. Kurz nach fünf ging sie nach oben in ihre Wohnung und fand dort ihre Mutter mit Saskia. Sie lud ihre Mutter zum Umtrunk ein, aber die meinte, Saskia könne den Service besser machen. Außerdem wolle sie sich um das Abendessen kümmern.

Wie immer um sechs füllte sich der Raum im 4. Stock rasch. Nach den ersten Begrüßungsworten kam Maxim, lachte und sagte: „Ihr habt mir Boris entführt." Und mit Augenzwinkern: „Dafür hab ich dein Väterchen bekommen."

Susi lachte auch: Maxim, du weißt, Jacob ist in Schwierigkeiten. So kurz vor der Eröffnung gibt es immer Engpässe. Es musste einfach sein."

Maxim; „Ich weiß doch wie das ist. Aber dein Väterchen hat das Gespür für Ikonen, das darfst du nicht übersehen. Nicht jeder kann das. Außerdem scheint er sich gut über diese Art der Gemälde informiert zu haben. Boris hat mir berichtet, dass er ihm interessantes über die Ikonenmalerei erzählt hat. Woher sollte dein Vater wissen, dass ausgerechnet Boris sein Staatsexamen über die Ikonenmalerei des 14. und 15. Jahrhunderts gemacht hat. Dein Vater denkt mit und weiß, dass wir Kultbilder für die Gläubigen der orthodoxen Kirche herstellen."

Susi bedankte sich für die netten Worte. Kurze Zeit später kamen Boris, sein Kollege mit Susis Vater zum abendlichen Umtrunk.

Ganz begeistert erzählte Johannes was sie heute alles gemacht haben und was noch alles in den nächsten drei Wochen gemacht werden muss.

„Papa", sagte Susi, „Ihr müsst auch noch mal nach Limburg, du brauchst Kleidung und Wäsche, außerdem für die Hochzeitsfeierlichkeiten entsprechende Garderobe. Vielleicht ist es auch gut, wenn du mal nach deiner Post siehst."

Johannes fragte: „Welche Hochzeitsfeierlichkeiten?"

„Aber Papa", lachte Susi, „Alena und Franz heiraten am 7. November, da dürft ihr doch nicht fehlen. Wenn mich nicht alles täuscht, so wurde heute die Einladung für euch beide übergeben. Absagen darfst du da nicht."

„Susi, ich kenne die beiden doch kaum."

Susi lachte immer noch, „aber ihr seid meine Eltern, Franz und Alena unsere Mitarbeiter und da du jetzt mitarbeitest, bist du auch Kollege der beiden."

Jerusalem

Sechs Männer umstanden die Andruckpresse für Öldrucke. Die letzten drei Tage hatten sie gebastelt um die Maschine in Gang zu bringen und letzte Nacht war der Durchbruch gelungen. Die Maschine funktionierte. Es war nur eine Kleinigkeit gewesen, eine Walze hatte nicht den richtigen Durchmesser. Erst als gestern per Luftfracht die richtige Walze eingetroffen war, hatte man einbauen können und nun lagen die ersten fertigen Öldrucke vor ihnen. Baki, der vor einer halben Stunde gekommen, war sagte nur: „Fantastisch die Qualität der Bilder. Nur mit einem Fadenzähler kann man die Raster feststellen. Wollt ihr so verkaufen oder diese kleinen Kunstwerke noch leicht übermalen?“

Jacob zu Baki gewandt: „Schöner wäre es, wir könnten sie noch übermalen, andererseits weiß ich nicht, ob das notwendig ist. Wir können sie ja als Öldrucke verkaufen. Was meinst du?“

Baki im Zweifel: „Jacob, mir geht es wie dir, eigentlich sind die Öldrucke ausreichend. Kein Mensch kann sie ohne Fadenzähler als Öldrucke erkennen. Du hast doch vor, diese kleinen Kostbarkeiten als Öldrucke kenntlich zu machen?“

Jacob: „Ganz sicher werden wir auf der Rückseite eine genaue Beschreibung des jeweiligen Bildes machen. Das in drei Sprachen, nämlich Englisch, Hebräisch und Arabisch. Selbstverständlich werden wir angeben, dass es sich um Öldrucke handelt. Wenn wir übermalen, dann bezeichnen wir die Bilder als Kopien. Die kleinen Bildchen 13 x 19 cm können wir nicht auf Keilrahmen aufziehen. Ich habe mir gedacht, dass wir das Leinen auf eine Holzplatte kleben, dann bedrucken, schneiden und in den Rahmen einfügen, so wie hier dieses Muster.“

Jacob nahm von einem Regal ein fertiges Bildchen und überreichte es Baki. Der sah sich das genau an und meinte dann: „Jacob, das sieht gut aus. Der Rahmen passt, man kann sehen, dass das Bild auf Leinen gedruckt oder gemalt wurde, es ist kompakt. Willst du es so verkaufen oder noch in einem Umkarton legen?“

Jacob schmunzelte: „Selbstverständlich noch in einem Umkarton, bei dem die Ecken des Bildchens nochmals mit Styropor geschützt sind. Der Umkarton soll mit dem gleichen Motiv bedruckt werden. Außerdem soll die Verpackung klar zum Ausdruck bringen, dass dieses Bild helfen soll, der Stadt Jerusalem den Frieden zu bringen. Ich meine, dass man mit dem Verkauf dieser Bilder einen bestimmten Geldbetrag einem Förderverein des Friedens der Heiligen Stadt Jerusalem zukommen lassen kann. Baki überlege es dir, ich bin mir sehr sicher, dass wir innerhalb kurzer Zeit sieben oder mehr Künstler dazu bringen können, sich dieser Idee anzuschließen."

Baki lachend: „Jacob, du weißt wie zerstritten wir in Jerusalem sind. Sicher hast du recht, dass wir in dieser Richtung etwas unternehmen sollten, aber das wird ein Tanz auf dem Vulkan. So, jetzt lass uns aber zum Geschäft kommen, ich weiß noch immer nicht, was du für deine Bildchen haben willst."

Jacob, Baki und David gingen ins Büro. Sie hatten ein langes Gespräch über Preise, über Abnahmemengen und Rabatte. Den zufriedenen Gesichtern nach zu urteilen, waren sie alle mit den Vereinbarungen einverstanden.

Wuppertal

Schon vor neun waren Moritz und Susi mit Antons Wagen nach Wuppertal gefahren. Der Wagen war überladen. Anton hatte jede Ecke genutzt. So brachte man den Wagen in Wuppertal erst zur Galerie **artis opus** damit er entladen werden konnte und Susi und Moritz gingen zu Fuß zu Horst Gerkan. Sie wurden schon erwartet. Horst Gerkan stellte den polnischen Architekten vor, dann Direktor Franz Engers von der finanzierenden Bank sowie seinen Anwalt von der Heide.

Nach einem kurzen, einleitenden Gespräch begann Moritz: „Meine Herren, liebe Susi, wir sind hier im Auftrag des Vereins Galerie Kaiser Wiesbaden e.V. Für Beschlüsse in der Größenordnung des eventuell zu kaufenden Gebäudes, benötigen wir die Zustimmung eines Gremiums des Vereins, das aus sieben Mitgliedern besteht. Zwei davon sind meine Frau und ich. Obwohl das eventuell zu kaufende Gebäude im Moment für unsere Belange noch zu groß ist, sind wir trotzdem daran interessiert, falls der Kaufpreis und die Kosten der

Renovierungsarbeiten stimmen. Das früheste Zusammentreten unseres Gremiums für einen Kauf ist Mitte des kommenden Monats. Allerdings, sollte es zwingende, sofortige Entscheidungsgründe geben, so können diese auch telefonisch eingeholt werden. Dies nur zu Ihrer Information“

Horst Gerkan: „Es geht heute um zwei Dinge: Erstens Kauf der besichtigten Gebäude, Renovierung dieser Gebäude, Finanzierung des Kaufpreises und der Renovierung, sowie Kauf meines Betriebes durch die Unternehmen Kaiser.“

Der Bänker nahm das Wort: „Frau Kaiser, meine Herren, ich bin Direktor des Ihnen bekannten Bankinstituts. Ich bin bevollmächtigt, Ihnen folgendes Angebot zu unterbreiten. Ein Verhandeln des angebotenen Verkaufs- und Finanzierungspreises ist nicht mehr möglich, da wir bereits an das unterste Ende unserer Möglichkeiten gegangen sind.

Wir verkaufen Ihnen die Gebäude (wie besichtigt) zum Pauschalpreis von 500.000 Euro. Maklergebühren oder Anwaltsgebühren sind nicht zu zahlen. Lediglich die Gebühren für die Grunderwerbssteuer und Notariatsgebühren sowie Grundbuchkosten sind von Ihnen zu übernehmen.

Ihr Architekt hat ein Angebot für die Renovierung der Gebäude abgegeben. Diese Kosten betragen 452.000 Euro und beinhalten einen Passus des eventuellen Überschreitens des Betrages durch unvorhergesehene Bauschäden und so weiter, von zehn Prozent der Angebotssumme. Also total 497.000 Euro.

Unsere Bank ist bereit, sowohl den Erwerb des Grundstückes nebst Gebäuden als auch die Kosten der Renovierung zu finanzieren. Also insgesamt 997.000 Euro. Dies zu einem Zinssatz von 5,25% per anno festgeschrieben auf zehn Jahre. Rückzahlung in fallender Staffel, beginnend mit 2% pro Jahr, gemäß unseren allgemeinen Bedingungen.

Kreditnehmer ist die Galerie Kaiser, Wiesbaden e.V., Frau Kaiser, Herr Kaiser, was sagen Sie zu diesem außergewöhnlich guten Angebot?“

Moritz lachte: „Herr Direktor Enders, Ihr Angebot ist gut. Zweifelsohne ist aber auch der zu verkaufende Besitz für uns zu groß. Ich will nicht anfangen zu handeln, denn ich kann mir vorstellen, was Sie alles unternommen haben, um uns dieses Angebot machen zu können. Ich muss das mit unserem Finanzmann, Herrn Jens Gerner, durchsprechen. Sie haben sicher Ihr Angebot in schriftlicher Form, das Sie mir mitgeben können?"

Direktor Enders: „Herr Kaiser, sicherlich. Aber wir haben auch unsere Verbindungen und wissen so einiges über Ihre Unternehmungen. Wir wissen, dass Sie dringend Abschreibeobjekte suchen. Ich glaube, Sie sparen viel Steuern, wenn Sie in diesem Jahr noch kaufen. Unsere Bank verliert nahezu eine Million. Würde uns nicht die Bankenaufsicht so unter Druck setzen, wir würden niemals zu diesem Preis und diesen Bedingungen verkaufen."

Hier mischte sich Gerkans Anwalt, Herr von der Heide, ins Gespräch: „Sie entschuldigen, aber ich dachte immer, diese Gebäude würden hälftig gekauft. Hat sich das geändert?"

Herr Gerkan lachte: „Schon richtig, so hatten wir das geplant, nur hatten Herr Kaiser und ich ein Gespräch in welchem ich zu erkennen gab, dass ich eventuell meine Firma an die Galerie Kaiser verkaufe."

Moritz Kaiser lachte: „Herr von der Heide, Sie haben recht. So war es ursprünglich geplant. Ich darf vielleicht in wenigen Worten sein Angebot schildern.

Es gibt zwei Versionen. Die Bilderrahmenfabrik geht zu 100% in den Besitz der Galerie Kaiser e.V. über. Dies zum 1. Januar. Herr Gerkan bleibt Geschäftsführer des Unternehmens. Der Bilanzwert wird als Übergabewert angenommen. Zurzeit geschätzt mit zirka 600.000 Euro. Diesem Übergabewert wird der sogenannte Good Will hinzugefügt, das heißt bilanzmäßiger Gewinn der letzten fünf Jahre. Die sich dann ergebende Summe wird in jährlichen Raten à 5% an Herrn Gerkan gezahlt. Nach den momentanen Zahlen sind dies voraussichtlich beim Good Will 200.000 Euro, das heißt insgesamt 800.000 Euro oder Rückzahlung pro Jahr 40.000 Euro. Diese Beträge sind nicht zu verzinsen.

Die zweite Version, Herr Gerkan behält 50% des Unternehmens. Er bleibt Geschäftsführer und die die vorgenannten Summen halbieren sich. Über das Arbeitsentgelt von Herrn Gerkan wurde noch nicht gesprochen. Ich könnte mir vorstellen, dass wir es erfolgsabhängig machen, wie überall in unseren Unternehmungen. Herr Gerkan, habe ich das so richtig wiedergegeben?“

Herr Gerkan bestätigte die Angaben von Moritz und fügte hinzu: „Der Markt ist sehr hart geworden. Ich bin ein Einzelkämpfer und habe nicht die Möglichkeiten, wie die Galerie Kaiser, weltweit tätig zu sein. Gleich welche Möglichkeit sich ergibt, ich wäre mit jeder einverstanden.“

Moritz: „Meine Herren, wenn es also zu einem Zusammenschluss der Bilderrahmenfabrik Gerkan mit unserem Unternehmen kommen sollte, so macht eine Teilung der zu kaufenden Gebäude keinen Sinn. Ich glaube in aller Interesse zu sprechen, wenn wir den Kauf der Gebäude im Moment bei uns allein belassen. Es ist fast ein Uhr, was halten Sie davon, wenn wir eine Kleinigkeit essen gehen. Ich darf Sie doch einladen?“

Alle waren einverstanden und Gerkan hatte ein kleines Lokal, nicht allzu weit, ausgesucht.

Die Unterhaltung während des gemeinschaftlichen Mittagessens verlief ruhig. Als man beim Kaffee war, sagte Susi:

„Meine Herren, wir wollen die Angelegenheit des Kaufes und der Renovierung der Gebäude nicht endlos hinausschieben. Herr Direktor Engers, Sie haben zweifelsohne recht, dass wir für dieses Geschäftsjahr noch Abschreibungsobjekte brauchen. Ich kann im Moment nicht genau beurteilen, wie hoch der Abschreibungssatz der Renovierungskosten ist. Das muss unser Finanzverwalter, Herr Jens Gerner, klären. Aber ich könnte mir vorstellen, dass wir dem Kauf bald zustimmen können. Wie Sie sicher wissen, muss unser Gremium einstimmig dem Kauf zustimmen. Ich werde versuchen, übermorgen eine Gremiumsversammlung einzuberufen, wobei die Meinung einer Stimme, das ist unser Mike Curtis in Boston USA per Telefon eingeholt werden muss. Falls wir positiv entscheiden, so könnten wir eventuell am kommenden Montag grünes Licht für den Kauf geben."

Moritz fuhr fort: „Herr Direktor Engers, meinen Sie, dass Sie uns im Laufe des heutigen Nachmittags noch Ihr schriftliches Angebot zukommen lassen können?"

Direktor Enger versprach, es noch im Laufe des nachmittags bei der Galerie **artis opus** abzugeben.

Susi fuhr fort: „Herr Gerkan, mein Mann hat Ihre Unterlagen auf Herz und Nieren geprüft. Er versicherte mir, sie sind einwandfrei. Nach meiner Meinung sollte die Fabrik zu 100% in unseren Besitz übergehen. Selbstverständlich nur, wenn die Leitung der ersten Elberfelder Bilderrahmenfabrik in Ihren Händen bleibt. Allerdings würden Sie eine Art Aufsichtsrat bekommen, der weisungsbefugt ist. Die Finanzen würden in den Händen unseres Herrn Jens Gerner liegen. Ihr Vertrag selbst wäre umsatz- und gewinnabhängig. Das Ganze per 1. Januar. Wäre das in Ihrem Interesse?"

Horst Gerkan stimmte zu und Susi sprach weiter:

„Herr Gerkan, Herr von der Heide, der finanzielle Teil dieses Vertrages muss mit unserem Jens Gerner besprochen und vereinbart werden. Der rechtliche Teil mit unserem Notar Dieter Zeiser und der fachliche Teil mit unserem Anton Jonas. Der Vertrag muss durch unser Gremium einstimmig gebilligt werden. Sie wissen, dass es ein paar dunkle Wolken zwischen Ihnen und unserem Unternehmen gab. Daraus könnten sich Schwierigkeiten hinsichtlich des Vertrages ergeben. Ich werde versuchen, dieserhalb am Samstag mit Mike Curtis zu sprechen."

Herr Gerkan: „Liebes Ehepaar Kaiser, wann glauben Sie, kann ich mit einer Zu- oder Absage Ihrerseits rechnen?"

Moritz Kaiser lächelnd: „Herr Gerkan, ich kann gut verstehen, dass Sie bald eine entsprechende Antwort haben wollen. Zumindest kann ich Ihnen am nächsten Montag einen Zwischenbescheid geben. Ich glaube, beide Seiten sind an einer Zusammenarbeit interessiert. Montag sind wir schlauer. Ich bitte Sie noch um vier Tage Geduld."

Susi, Moritz und der Architekt gingen zurück zur Galerie **artis opus**, wo sie schon erwartet wurden.

Am Empfang begrüßte sie Eva Bergman und sagte: „Die Herren Hall, Vermeylen und van de Velde erwarten Sie."

Als sie zu Herrn Hall ins Büro kamen, gab es eine nette Begrüßung und die Herren fragten; „Na, wie waren die Verhandlungen?"

Moritz lachend: „Meine Herren, ich will es kurz machen. Wir werden am Samstag eine Gremiumsversammlung einberufen. Dann wollen wir entscheiden. Meine Frau und ich sind für den Kauf und auch für eine Übernahme der Bilderrahmenfabrik. Bei den übrigen Herren müssen wir abwarten.

Damit wir unserem Architekten nicht die Zeit stehlen, kurz einige Worte. Er selbst war bei der Verhandlung dabei. Wenn wir also Montag eine Zusage geben, so kann er praktisch bereits am nächsten Tag beginnen. Das heißt, Ihre Arbeiter können ab Dienstag in die Hausmeisterwohnung hier einziehen."

Danach verabschiedete sich der Architekt.

Bart und Paul baten Susi und Moritz mit nach unten in die Ausstellung, wo sie bereits einen Raum für die Ausstellung **»Die berühmtesten Gemälde der Welt«** vorbereitet hatten.

Paul begann mit der Erklärung:

„Liebe Susi, lieber Moritz, wir haben acht Ausstellungsräume für unsere Ausstellung » **Die berühmtesten Gemälde der Welt** «. Ein Ausstellungsraum ist fertig."

Paul übergab sowohl Susi als auch Moritz ein Blatt und diese lasen:

Saal 8 der Ausstellung der berühmtesten Gemälde der Welt.

****

1434 bis 1590

*1	**1434**	**Jan van Eyck** Vermählungsbild des Giovanni Arnolfini
*2	**1470**	**Piero della Francesca** Portrait des Federigo da Montefeltre
*3	**1485**	**Sandro Botticelli** Die Geburt der Venus
*4	**1490**	**Hieronymus Bosch** Der Heuwagen
*5	**1503**	**Leonardo da Vinci** Mona Lisa (La Gioconda)
*6	**1504**	**Lucas Cranach** Die Ruhe auf der Flucht
*7	**1505**	**Giorgione** Die schlafende Venus
*8	**1517**	**Mathis Gotthard Niethart** Maria mit Kind
*9	**1526**	**Albrecht Dürer** Die vier Apostel - 2 Holztafeln
*10	**1513**	**Raffael** Die Sixtinische Madonna
*11	**1529**	**Albrecht Altdorfer** Die Alexanderschlacht
*12	**1532**	**Hans Holbein der Jüngere** Portrait des Kaufmanns Georg Gisze
*13	**1538**	**Tizian** Die Venus von Urbino
*14	**1568**	**Pieter Brueghel** Die Bauernhochzeit
*15	**1590**	**El Greco** Die Entkleidung Christi

Rückseitigem Lageplan entnehmen Sie bitte den Standort der Gemälde

Susi drehte das Blatt um und fand dort auf einer Skizze den Lageplan der vorn aufgeführten Gemälde.

Paul und Eva nahmen einen Vorhang zur Seite und alle betraten einen hell erleuchteten Saal. Jedes Bild war gekonnt angestrahlt und in der Mitte des Raumes waren vier Staffeleikonstruktionen zu sehen, auf welchen je eine Originalkopie, ein Öldruck und ein Kunstdruck des gleichen Bildes präsentiert wurden. Diese waren so geschickt gestaffelt, dass man sofort feststellen konnte, dass es sich zwar um die gleichen Bilder handelte, jedoch um drei verschiedene Ausführungen.

Die Wände des Raumes waren weiß gestrichen, die Decke schwarzgrün, sodass der Eindruck entstand, der Raum ist nach oben offen.

Zwischen den Gemälden waren geraffte, rote, golddurchwirkte Tülldekorationen. Die Staffeleien in der Mitte des Raumes waren ebenfalls mit diesen Tülldekorationen versehen. Der ganze Raum wirkte exquisit.

Susi fand zuerst die Sprache wieder: „Euch allen meine ganz große Hochachtung. Ihr habt hier etwas in einer überragenden Form geschaffen, das unsere Kunst unübertrefflich präsentiert. Vielen, vielen Dank.

Besonders ist euch die in der Mitte des Raumes gezeigte Gegenüberstellung von Originalkopie, Öldruck und Kunstdruck gelungen. Noch mal ganz lieben Dank."

Paul: „Wir haben in den letzten Tagen geschafft wie die Brunnenputzer. Nachdem jetzt unser Konzept steht, geht das mit den nächsten Räumen schneller."

Eva ganz stolz: „Susi, Moritz, wir wollten euch zeigen, dass wir in der Lage sind unsere Kunst zu präsentieren. Es müsste mit dem Teufel zugehen, wenn wir nicht auch noch gut verkaufen würden. Ich habe jetzt schon über vierzig Gruppen, die unsere Ausstellung besuchen wollen. Der Titel der Ausstellung ist ein Renner für sich und ich bin überzeugt, dass unsere Exponate tolle Verkaufszahlen erreichen."

Moritz ernst: „Auch von mir meine Anerkennung. Das habt ihr prima hingekriegt. Meint ihr, dass ihr den Eröffnungstermin halten könnt? In drei Wochen ist es so weit!“

Sowohl Paul, Bart und Eva, als auch Herr Hall waren der Meinung, dass man das schafft.

Es gab noch eine kleine Diskussion, aber Herr Hall drängte darauf, die Angelegenheit mit der Andruckpresse für die Öldrucke zu diskutieren und man begab sich wieder in Halls Büro. Dort angekommen bat Herr Hall alle Platz zu nehmen, telefonierte nach Herrn Ruppert und sagte dann:

„Eigentlich ist es lächerlich, dass ausgerechnet wir über Platzprobleme sprechen, trotzdem ist das notwendig.“

Susi lachte: „Ich kann mir vorstellen, was jetzt kommt.“

Herr Hall ernst: „Susi, ich glaube nicht. Als die Andruckpressen für die Öldrucke bestellt wurden, haben wir alle an die Maschinengröße der normalen Formate gedacht. Es war auch aufgrund der Prospekte nicht zu sehen, welche Ausmaße diese Andruckpressen haben. Noch mal zur Erinnerung, die kleinste Maschine mit einem Format von 60 x 80 cm bekam Jerusalem. Also problemlos zu stellen. Mit Rom, Bosten und St. Petersburg habe ich schon telefoniert, deren Andruckpressen haben eine Länge von zirka 6 - 7 Metern. Alle drei Filialen haben mir versichert, dass sie die Maschinen stellen können.

Ausgerechnet wir, die wir den meisten Platz haben, bekommen große Schwierigkeiten. Unsere Andruckpresse für die Großformate von 2 x 3 Metern, hat eine Breite von über 2 Metern und eine Länge von 9,5 Metern. Obwohl wir einige Zwischenwände in unserem Gebäude wieder herausnehmen müssten, liegt unser Problem weniger beim Stellen der Andruckpresse als beim Stellen der Regale für die Trocknung der Öldrucke. Diese Regale in geheizten Räumen noch zu installieren erscheint mir nicht machbar. Allein die Trocknungsvorrichtung für die großflächigen Öldrucke hat die gleichen Maße wie die Andruckpresse.“

Es klopfte und Herr Ruppert kam. Susi und Moritz begrüßten ihn freundlich und Susi sagte: „Herr Ruppert, wir sind schon mitten in der Thematik Raumproblem. Wir haben verstanden, in den alten Räumen ist kein Platz für die großformatige Andruckpresse und die Lagerregale. Was meinen Sie?“

Herr Ruppert bedächtig: „Der Raumbedarf der Andruckpresse hat uns alle schockiert. Wir haben das ganze Prospektmaterial durchgesehen und konnten die Maße nirgends entdecken. Am schlimmsten sind aber die Maße der Trocknungsstraße und der Regale für die Lagerung.“

Hier sprach Herr Hall dazwischen: „ Es ist ja nicht nur die Lagerhaltung der fertigen Produkte, allein das Lager für das zu bedruckende Leinen füllt einen Raum. Wir haben eine Weberei in der Slowakei gefunden die in der Lage ist, Leinen auf einer Breite von 2,20 Meter zu liefern. Auch Rom, Boston und St. Petersburg dürften diese Breiten brauchen. Daher müssen wir dieses Lager aufbauen. Außerdem bei dem zu erwartenden Verkauf kommt Lagerhaltung für Keilrahmen und Rahmen hinzu. Ganz zu schweigen von dem Verpackungsmaterial. Aber lassen Sie sich von Herrn Ruppert erzählen, welchen Raumbedarf er anmeldet.“

Herr Ruppert lachte trocken: „Als ich unsere Räume hier zum ersten Mal sah, glaubte ich, die reichen für ewig. Ich hatte mich gründlich geirrt. Die Produktion unserer Holzschnitzereien läuft gut. Die Herstellung der Rahmenleisten beginnt Fahrt aufzunehmen, sodass wir zwangsläufig eine Leistenstraße einrichten müssen. All das ist noch machbar.

Wunschgemäß habe ich mit den Formen der Gussfiguren begonnen. Die ersten Modelle können Sie nachher bei mir in der Werkstatt bewundern. Ich habe Kontakt zu einem Händler aufgenommen, der die Steinmetze beliefert. Der hat sich das angesehen und ist bereit, unsere Produkte zu vertreiben. Einen Vertragsentwurf habe ich unten in meinem Büro. Das ist in den derzeitigen Räumen nicht mehr zu machen. Zwei

Steinmetze hätte ich auch, die sich mit der Produktion dieser Gussfiguren auskennen und die bereit wären, zu uns zu kommen. Allerdings setzt das voraus, dass wir die besichtigten Gebäude kaufen oder mieten."

Moritz trocken: „Auf gut Deutsch heißt das, entweder wir kaufen diese Gebäude oder wir verlieren ein neues Geschäft."

Susi lachte: „Ihr Lieben, eigentlich müsste ich zu allem nein sagen. Das ist zu rasch, zu unüberlegt und ob das so klappt wie wir uns das vorstellen, das steht in den Sternen. Andererseits haben wir in den letzten Jahren so gute Gewinne gemacht, dass wir investieren müssen, um nicht der Steuer das Geld in den Rachen zu werfen. Ihre Argumente sind nur noch eine Unterstützung gegenüber dem Gremium, um dieses zu bewegen, zum Kauf der Gebäude das Einverständnis zu geben. Hier meine Meinung, ich bin dafür, die Nachbargebäude zu kaufen. Was meinst du, Moritz?"

Moritz trocken:" Ausgerechnet ich, der immer für Sparflamme ist und der solch immense Investitionen scheut, komme jetzt in die Zwangslage zu diesem Projekt ja zu sagen. Ich habe es unterlassen, mir die Maße der Maschinen geben zu lassen und ich habe verabsäumt zu überdenken, dass wir dazu noch Trockenstraßen und Lagerhallen haben müssen. Ein grober Fehler. Ich glaube, so etwas wird mir nicht noch einmal passieren. Asche auf mein Haupt."

Moritz lachte: „Es kommt noch schlimmer, ausgerechnet ich habe Herrn Ruppert gebeten, den Sektor Gussfiguren aufzubauen, der uns jetzt in Schwierigkeiten bringt. Aber meine Herren, ich bin zuversichtlich, dass wir das schaffen."

Es gab danach noch eine kurze aber angeregte Diskussion, dann begaben sie sich nach unten, um bei Hans Ruppert die Gussfiguren anzusehen. Wieder erwartete Susi und Moritz eine Überraschung. In einem Raum neben Rupperts Werkstatt hatte er einige Muster aufgebaut. Er begann zu erklären:

„Alle hier gezeigten Stücke sind nur aus Gips hergestellt und der ist entsprechend eingefärbt.

Hier das **Fragment eines Girlandensarkophages**, zirka 120 – 130 n. Chr. Es stammt aus Rom. Das Original ist aus weißem Marmor gefertigt und ist 120 cm breit und 72 cm hoch."

Susi und Moritz bestaunten dieses einmalige Stück.

Dann fuhr Herr Ruppert fort:

„**Hier eine eckige Marmorurne mit nicht dazugehörigem Deckel**. Stadtrömisch, Anfang des 2. Jahrhundert n. Chr., Marmor, Höhe des Kastens 53 cm, Breite 35,5 cm."

Weiter erklärte Herr Ruppert:

„Noch mal eine **rechteckige Marmorurne**, ebenfalls stadtrömisch, Marmor, Höhe 29,5 cm, Breite 47 cm."

Herr Ruppert verwies auf die nächste Figur:

„Ein **Faustkämpfer** aus Bronze, klassisch, zirka 400 v. Chr. aus Athen, Höhe 20,2 cm."

Susi fragte: „Wie habt ihr denn die Bronzefarbe hinbekommen?"

Ruppert lachte: „Unter den Gips haben wir Bronzepulver und Farbe gemischt und danach die gegossene Figur noch entsprechend bemalt. Bei Guss aus Zement, müssen wir weißen Zement nehmen, diesen zu 50% mit Bronzepulver und Farbe mischen. Wir haben das probiert und es sieht sehr gediegen aus. Aber schaut doch weiter:

Herr Ruppert verwies auf die nächste Figur:

„**Eine Terrakottafigur einer Aphrodite, sogenannte Aphrodite Heyl**. Hellenistisch 2. Jahrhundert v. Chr., aus Myrina, Höhe 37,6 cm."

Schaut euch mein nächstes Stück an:

„**Ein Weihrelief mit Götterversammlung**, zirka 375 v. Chr., aus Marmor. Höhe 42 cm, Breite 49 cm."

Es war einen Moment still, dann sagte Susi:

„Herr Ruppert, ich hätte vieles erwartet, das nicht. Wo haben Sie die Vorlagen her?"

Herr Ruppert ernst: „Die Antikensammlung der Staatlichen Museen zu Berlin war da sehr hilfreich. Es hat mich ein Wochenende gekostet und ich konnte die Figuren scannen."

Susi schüttelte Herrn Ruppert die Hand: „Ich gratuliere Ihnen. Sie haben hier Einmaliges gemacht. Als man von Friedhofsfiguren sprach, hab ich an die dort üblichen Figuren, Urnen und Symbole gedacht. Dass man dafür solche Kunstwerke nehmen könnte, überrascht mich. Schade, dass das unsere Kollegen vom Gremium nicht sehen können."

Herr Ruppert erfreut: „Das können sie, ich habe von allen sechs Exponaten Aufnahmen gemacht, die ich ihnen mitgebe. Dazu noch die Beschreibungen der Objekte. Sie können dem Gremium sagen, dass ich auch in den Vatikanischen Museen einige Exponate scannen konnte. Sobald ich Zeit habe, werde ich die Figuren gießen. Außerdem hat mir St. Petersburg zugesagt, dass man mir bei der Auswahl der Objekte helfen will. Ich glaube, wir bekommen ein außergewöhnliches Angebot unserer Skulpturen. So und jetzt übergebe ich den Vertragsentwurf mit unserem Interessenten."

Er übergab Susi eine Mappe mit Unterlagen und sie bedankte sich herzlich dafür und fragte dann: „Was macht unsere Holzschnitzerei?"

Herr Ruppert lachte nur: „Die läuft immer besser, fragen Sie Herrn Hall, der wird Ihnen das bestätigen."

Auch Herr Hall lachte: „Dieser Markt ist so ganz anders wie der Verkauf unserer Bilder und Skulpturen in Wiesbaden. Dieses Geschäft geht ganz ruhig vor sich. Wir mussten unser Lager und die Ausstellung unserer Produkte aus der Galerie in den vierten Stock verlegen. Wir dachten anfangs, dass das ein Nachteil wäre, es entpuppte sich als großer Vorteil. Das helle Licht der Räume, die besseren Präsentationsmöglichkeiten und die Mundpropaganda haben dazu beigetragen, dass täglich Interessenten kommen. Die meisten unserer Schnitzprodukte werden nicht in Rom, St. Petersburg, Boston oder Wiesbaden verkauft, nein, die verkaufen wir hier."

Susi bedankte sich und sagte: „Es ist schon wieder sechs und wir müssen noch nach Wiesbaden. Außerdem wollte uns Eva Bergmann noch sprechen.“

Sie verabschiedeten sich und Susi, Moritz und Herr Hall gingen zu Frau Bergmann. Die hatte sie schon erwartet. Sie meinte lachend:

„Ich wusste es wird spät, aber eine halbe Stunde müsst ihr noch Zeit haben. Es geht um die Werbung für die Ausstellung und in dem Zusammenhang wie immer um Geld. Vielleicht sollten noch Paul und Bart dabei sein.“

So telefoniert man nach den beiden und wenig später waren diese am Empfang bei Eva und fragten: „Was gibt es noch?“

Eva bat alle Platz zu nehmen und begann: „Eigentlich läuft alles bestens. Besser als wir es uns alle vorgestellt haben. Eines macht mir Sorgen, das sind die Finanzen.

Paul und Bart machen die Ausstellung wunderbar. Ich kann die beiden nur bewundern. Aber es kostet alles auch Geld. Sicherlich sind wir sparsam und bekommen fast alle notwendigen Materialien von Wiesbaden. Aber es gibt auch Ausgaben, die fallen direkt an. Zum Beispiel das Streichen der Räume, die neue Dekoration mit dem Tüll und die neuen Staffeleien. Auch wenn wir überall auf Sparflamme einkaufen, es kostet Geld. Wir brauchen hier für den Empfang eine kleine Theke zum Ausschank der Getränke und einen weiteren Kühlschrank. Außerdem ein Gläserspülmaschine.“

Susi wollte unterbrechen, aber Eva winkte ab und sagte: „Lasst mich erst fertig ausführen. Ich brauche für den Service drei Mädchen während der gesamten Zeit der Ausstellung und noch eine zusätzliche Reinigungskraft. Für die Dauer der Ausstellung noch jemanden am Empfang. Ich sehe jetzt schon, wie viel Anfragen täglich kommen und wie man mich hinsichtlich der Ausstellung mit Fragen bombardiert. Ich muss einfach wissen, wie weit ich mit den Ausgaben gehen darf. Eine klare Anweisung wäre mir sehr lieb.“

Susi: „Eva, deine Bedenken ehren dich und ich bin dir auch sehr dankbar für deine Hinweise. Andererseits ist auch Herr Hall über Ausgaben einer solchen Ausstellung, zumal sie noch vier Wochen lang gehen soll, an Nebenausgaben dieser Art gewöhnt. Ich bin sehr sicher, dass Herr Hall jetzt schon genaue Aufzeichnungen darüber hat. Thomas, habe ich Recht? Du kennst die Problematik."

Herr Hall schmunzelnd: „Liebe Susi, liebe Eva! Ich kenne hunderte von Vernissagen und Ausstellungen. Ich kenne auch die Unkostenposten und die Einnahmen. Sicherlich ist die Ausstellung in Wuppertal ein Experiment, das zwei, drei Nummern zu groß geraten ist. Ich habe mir die Zahlen von Rom und von St. Petersburg kommen lassen. Wenn wir nur halb so gut sind, so wird es ein gutes Geschäft. Wir Buchhalter sind nicht so euphorisch wie ihr Verkäufer oder Künstler, aber wir haben einen klaren Blick für Zahlen und auch für Schätzungen von Umsätzen, wenn wir Vergleiche haben.

Liebe Eva, wir haben schon mehrfach darüber gesprochen, wir müssen zwar sparen, aber nicht am falschen Fleck. Die Dekoration der Räume muss sein und wurde von mir genehmigt. Dass wir ein kleines Buffet für den Getränkeausschank haben müssen, das ist klar."

Hier in Wuppertal wird die Kantine einer Fabrik aufgelöst. Da kann ich diese Sachen für einen Appel und ein Ei haben und die bringen sie mir auch noch hierher."

Susi: „Thomas, das ist ein Wort und was machen wir mit dem Service und der Reinigung?"

Thomas Hall: „Hinsichtlich der Aushilfskraft beim Empfang gebe ich Eva recht. Schon jetzt klingelt das Telefon ununterbrochen und die Gespräche dauern. Also diese Kraft muss umgehend eingestellt werden und zwar als Teilzeitkraft ab sofort bis Weihnachten.

Ich glaube, Eva hat da jemanden an der Hand."

Eva Bergmann: „Eine junge Dame, bisher bei einer Kunsthandlung in Köln tätig, verlor ihre Stellung, da dort der

Umsatz eingebrochen ist. Sie hat sich bei uns beworben und wäre vorerst auch mit einem Teilzeitjob einverstanden. Die könnte sofort bei uns anfangen."

Thomas Hall: „Bei mir hat sie sich auch vorgestellt. Sie sieht gut aus, hat gute Manieren, Abitur, eine dreijährige Lehre im Kunsthandel. Allerdings ist sie an einer Dauerstellung interessiert. Ich habe sie vertröstet. Aber Eva oder ich können sie morgen anrufen und fragen, ob sie mit einem Teilzeitjob einverstanden ist."

Susi: „Thomas, sag Jens Bescheid, dass es sich um einen Teilzeitjob handelt, sonst brauchen wir eine Genehmigung des Gremiums. Wie schaut es mit dem Servicepersonal und dem Reinigungspersonal aus?"

Thomas: „Zwei Reinigungskräfte haben wir, die sind allerdings bereits mit in die Produktion eingebunden. Wir müssten also drei Damen für den Service, einen Herrn für das Buffet und noch weitere zwei Damen für die Reinigung haben. Da es sich samt und sonders um Teilzeitjobs handelt, brauchen wir dafür keine Genehmigung durch das Gremium. Das ist doch richtig?"

Susi: „Thomas, richtig, Eva, haben wir damit deine Fragen beantwortet und bis du mit diesem Ergebnis zufrieden?

Eva lächelte auch: „So einfach hab ich es mir nicht vorgestellt. Ilse hat schon gesagt, ich würde mir zuviel Gedanken machen. Sie hatte recht."

Eva übergab noch die Unterlagen der Bank, die man inzwischen abgegeben hatte. Danach gab es eine rasche Verabschiedung. Susi und Moritz wollten schnellstmöglich zurück nach Wiesbaden.

Auf dem Heimweg sagte Susi zu Moritz: „Schatz, jetzt geht es mir wie dir, das geht mir alles zu schnell. Wenn ich nicht täglich die Umsatzzahlen sehen würde, die mehr als gut sind, wenn ich mir nicht das Gejammer von Jens anhören müsste, wir brauchen Unkosten und Abschreibungen, dann hätte ich heute alles gebremst."

***

Palma de Mallorca

Zu siebt saß man am Freitagmorgen beim Frühstück auf einer Finca in der Nähe des Ortes San Telmo.

Plötzlich meldete sich Dimitri Michailows Handy. Er drückte die Sprechtaste und sagte nur: „Ja!“ Dann nahm er einen Bleistift und schrieb mit und sagte: „Sobald ich die Abflugzeiten weiß, melde ich mich sofort. Wie geht's Iwan?“ Wieder eine kurze Pause und dann noch: „Peter, sag ihm, er soll sich erholen und beste Genesungswünsche. Tschüss!“

Alle waren gespannt auf Dimitris Erklärungen.

„Die Käufer der arabischen Emirate wollen eine nochmalige Schätzung der Gemälde. Zu diesem Zweck wurde ein belgischer Kunstsachverständiger engagiert. Sein Name ist van Engelen, er ist aus Brüssel. Adresse und Telefonnummer habe ich. Er erhält für seine Tätigkeit 500.000 Euro. Die eine Hälfte bei Beginn und die zweite Hälfte, wenn er die Urkunde der Schätzung bei einem Notar beglaubigen lässt. Eine Unterschriftsbeglaubigung reicht.

Du, Wassili Rudnew, sollst mit Stepan Pimenow, Anarei Perow und Thomas Hanke nach München reisen.

Ich, Jan Schneider und Ralf Wenz sollen umgehend nach Tel Aviv fliegen. Wir werden dort abgeholt.

Das soll alles rasch gehen. Ich habe mir gedacht, ich fahre sofort zum Flughafen und sehe zu, wie wir am schnellsten nach Tel Aviv kommen. Für euch, die ihr nach München müsst, besorge ich Flüge nach Österreich, Schweiz oder Italien. Mal sehen, was am schnellsten geht.

Von dort fahrt ihr mit der Bahn nach München.

Es gab eine Flut von Fragen, aber mehr konnte Dimitri Michailow nicht beantworten. Man vereinbarte, dass die Herren Dimitri Michailow, Jan Schneider und Ralf Wenz sofort ihr Gepäck nehmen und zum Flughafen fahren werden.

Wassili Rudnew, Stepan Pimenow, Anarei Perow und Thomas Hanke wollten noch der Verwalterin Bescheid geben und dann ebenfalls zum Flughafen fahren.

Am Flughafen Palma de Mallorca trafen sie wieder zusammen und Dimitri berichtete:

„Für Wassili, Stepan, Anarei und Thomas habe ich vier Flüge nach Zürich gebucht. Erkundigt Euch, ob ihr noch einen Zug nach München erwischt, sonst nehmt einen Leihwagen. Sobald ihr in Erding seid, solltet ihr euch sofort mit Peter Wahl oder Iwan Bussow in Verbindung setzen.

Für mich, Ralf und Jan habe ich Flüge nach Rom. Wie wir von dort weiterkommen, das wissen wir noch nicht. Es gibt einen Anschlussflug, aber der scheint ausgebucht zu sein.“ Sie verabschiedeten sich rasch, denn die Maschine nach Rom wurde aufgerufen.

Ramallah

In einem Gebäudekomplex im Zentrum von Ramallah saßen in einem kleinen Zimmer Peter Wahl und Iwan Bussow. Peter Wahl: „Iwan, das mit meiner Frau geht mir an die Nieren. Dass die so schnell reagiert hat und sich mit diesem Scheiß-Journalisten zusammengetan hat, das ist bitter für mich.“

Iwan lachte: „Peter, was hast du erwartet, die war bei meinem Prozess im Gerichtssaal. Sie hat bis zum letzten Tag alles mitbekommen. Vielleicht klappt unser Plan und wir können deine Freunde samt und sonders in die Luft jagen. Es sollte mich nicht wundern, wenn die ganze Firmenspitze der Galerie Kaiser zur Eröffnung der Galerie nach Jerusalem kommt. Vielleicht sogar deine Frau mit diesem Journalisten. Wir werden sehen.“

Peter: „Dein Plan ist teuflisch, meinst du er klappt? Die Sprengladungen einfach einzumauern und sie dann fernzuzünden?“

Iwan lachend: „Da sei sicher. Das Untergeschoss war noch nicht renoviert. Die Zeit eilte und man musste Tag und Nacht arbeiten, um termingerecht fertig zu werden. Wir haben die Sprengladung bereits in die Steine eingearbeitet. Lediglich die Antennen für die Fernzündungen müssen noch unterputz verlegt werden. Das ganze Gebäude fliegt in die Luft. Wir müssen nur den Moment abwarten, wenn alle Personen in den Räumen sind. Kein Problem.“

Peter: „Klappt das mit dem Geld für van Engelen?“

Bussow: „Sobald Wassili in Erding ist, werde ich das Geld an eine Bank am Flughafen München swiften. Er kann es dann unter Vorlage seines Passes abholen. Ich swifte in zwei Teilen. Einmal 250.000 Euro und beim zweiten Mal 300.000 Euro, damit Wassili den Rest an van Engelen zahlen kann und die Kosten für dic LKW's nach Brindisi hat. Das dürfte gut klappen. Überhaupt ist mir die Schätzung durch diesen van Engelen lieber als durch deinen Bekannten hier, diesen Baki oder wie immer der heißt. Mir scheint, der van Engelen ist ein alter Fuchs, dem es nur aufs Geldverdienen ankommt. Er hat mir versprochen bei der Schätzung die obere Grenze anzunehmen. Ich bin mal gespannt, ob das klappt.“

Peter: „Weißt du schon, wie wir von hier wegkommen, wenn die Bilder auf dem Schiff sind und die Galerie Kaiser hier in die Luft geflogen ist?“

Iwan: „Das ist das Einfachste der Welt. Wir werden mit dem PKW nach Jordanien gebracht und fliegen dann mit einem Privatjet von Amman direkt in die Emirate. Dort warten wir auf die Ankunft des Schiffes und bei Übergabe der Bilder erhalten wir und die Hamas unser Honorar. Vielleicht müssen wir noch ein klein wenig handeln, aber soweit ich weiß, steht der Übergabe des Betrages von einhundert Millionen Dollar nichts im Wege.“

Wiesbaden

Es wollte an diesem Tag nicht achtzehn Uhr werden. Susi seufzte, heute war ein strammer Tag. Das Gremium wurde geladen und die einzelnen Gremiumsmitglieder wurden über die Thematik informiert. Susi stellte die Zahlen zusammen die sie für morgen brauchte und auch die Unterlagen für die Sitzung. Gremiumssitzung um vierzehn Uhr.

Um halb sechs ging sie in ihre Wohnung, sie wollte ihren Zwillingen und auch ihrer Mutter und Saskia Hallo sagen. Sie erwischte Saskia gerade noch, denn die wollte nach unten, um den Aperitif zu richten.

Dann kam sie zu ihren Zwillingen und ihrer Mutter. „Mama, tut mir leid, dass ich dich allein lassen muss, aber bei uns ist einfach der Teufel los. Ich habe einen vollen Schreibtisch und unendlich viel zu tun. Wie geht's dir und was machen meine beiden Süßen?"

Susis Mutter: „Kind, unsere beiden Kleinen sind brav und man kann sie nur gern haben. Mit Saskia und auch mit Nina funktioniert das prima. Beide Mädchen, eigentlich müsste ich ja junge Frauen sagen, sind zwei ganz liebe und zuverlässige Hilfen. Da hast du wirklich Glück. Mir geht es ganz wunderbar. Jeder hier ist freundlich und nett, ich fühle mich zu Hause. Auch Papa ist auf einmal ganz anders. Er ist wie umgewandelt. Stell dir vor, gestern Abend haben wir uns von sechs bis ihr kamt, einfach nur unterhalten. Ich weiß nicht, wann das das letzte Mal passiert ist. Susanne, es ist einfach schön bei euch zu sein."

Susi musste nach unten zum abendlichen Treffen und verabschiedete sich schnell von ihrer Mutter.

Als sie nach unten kam, wurde sie von ihren Kollegen erwartet. Alle waren gespannt, was Susi und Moritz von Wuppertal zu berichten hatten.

Susi begrüßte ihre Mannschaft, nahm sich einen Drink, stieg wie immer auf ihr Schemelchen und sagte in die Runde:

„Ihr Lieben, Moritz und ich haben gestern in Wuppertal tolle Sachen gesehen. Paul und Bart haben bereits den ersten Saal der Ausstellung fertig und ich muss sagen, umwerfend."

Dann schilderte Susi ausführlich die Präsentation der Ausstellung in Wuppertal und fügte an: „Ilse, Jo, ihr müsst euch das ansehen. Wer dann mit den beiden mit nach Wuppertal fahren will, der darf. Glaubt mir, Rom war toll, St. Petersburg ist einmalig aber Wuppertal wird extravagant. Eure Kollegen in Wuppertal haben's drauf."

Susi lachte und fuhr fort: „Aber nicht nur Paul und Bart mitsamt ihrer quirligen Eva machten Eindruck. Auch unser Hans Ruppert hat uns überrascht. Er hat Formen zum Guss von Statuen, Reliefs und Urnen aus Stein hergestellt. Alle Exponate sind aus der vorchristlichen Zeit. Dies in Zusammenarbeit mit der Antikensammlung in Berlin. Moritz und ich waren sehr angenehm überrascht."

Susi führte weiter aus: „Unser Thomas Hall – ihr alle kennt ihn gut – den wir immer nur als gestrengen Buchhalter kannten, entpuppt sich als kreativer Geschäftsführer unseres Unternehmens in Wuppertal. Ich kann nur sagen, ich habe große Hochachtung vor seinem Können."

Susi sagte zum Abschluss: „Ihr wollt sicher wissen, wie unsere Verhandlung hinsichtlich des Gebäudekaufs und der Übernahme oder Beteiligung an der Bilderrahmenfabrik gelaufen ist. Die Verhandlungen konnten positiv abgeschlossen werden, aber da das eine weitreichende Investition ist, muss unser Gremium zustimmen. Ob wir diese Zustimmung erhalten, das ist ungewiss. Das Gremium tagt morgen Nachmittag. Danach wissen wir mehr."

Susi stieg von ihrem Schemel. Ihr Vater kam auf sie zu: „Susi, könnte ich vielleicht morgen Nachmittag deinen Wagen ausleihen? Boris muss zum Flughafen. Er fliegt nach Tel Aviv. Franz und Alena können ihn nicht fahren, die haben

Kunden. Maxim kann auch nicht, er ist beim Gremium. So hat man mich gebeten."

„Papa, logisch darfst du ihn haben. Die Schlüssel und die Papiere sind entweder bei mir im Büro oder oben in der Wohnung. Wann wollt ihr denn fahren?"

„Der Flug geht um 16.30 Uhr. Ich dachte, wir fahren kurz nach dem Mittagessen. Ist dir das recht?"

„Papa, selbstverständlich. Sage Boris, wir wünschen ihm einen guten Flug und einen problemlosen Aufenthalt in Jerusalem. Er kommt ja am kommenden Donnerstag schon wieder, um bei Alenas Hochzeit dabei zu sein. Lasse dir seine Ankunftszeit geben, damit du ihn wieder abholen kannst. Wir sehen uns ja noch. Bis nachher."

Susis Vater bedankte sich und schon waren Anton, Maxim, Jens und Dieter bei Susi. Sie wollten mehr Einzelheiten haben. Susi blockte ab:

„Was haltet ihr davon, wenn wir morgen Früh so ab zehn Uhr darüber sprechen. Ohne Unterlagen ist das in diesem Rahmen schlecht."

Jens und Dieter waren einverstanden, aber Anton sagte: „Tut mir leid, aber morgen Früh habe ich Kunden." Moritz konnte auch nicht. So erklärte Susi sich bereit, einen kleinen Überblick zu geben und zog die vier in Moritzens Büro.

Susi erzählte in Kurzform von den fantastischen Bedingungen der Bank und dem hervorragenden Angebot für die Renovierung.

Jens war begeistert, Dieter sprach von einem außergewöhnlichen Angebot und Anton sagte nur, da muss ich noch einige Einzelheiten haben, aber es klingt gut. Nur Maxim meinte: „Ich kann immer noch nicht die Notwendigkeit dieses Kaufes erkennen. Aber darüber können wir morgen ausführlich sprechen." Susi sprach über den Kauf der Bilderrahmenfabrik Gerkan. Anton war begeistert und meinte, das würde ihm viele Sorgen abnehmen. Auch Maxim hatte schon eine Erfahrung mit Gerkan und auch er war geneigt dem zuzustimmen. Dieter meinte, er müsse sich die Unterlagen noch mal genau ansehen. Jens war jetzt derjenige der zögerte.

Als man sich wieder zu den anderen gesellen wollte, sagte Anton: „Susi, hinsichtlich der Bilderrahmenfabrik schwimmen wir auf der gleichen Ebene. Sieh zu, dass wir sie übernehmen können. Zu hundert Prozent wäre mir lieber als nur zur Hälfte. Wegen des Gebäudekaufs müssen wir allerdings Maxim überzeugen. Der ist dagegen. Am besten, du sprichst gleich noch mal mit ihm. Ich schicke ihn dir."

So blieb Susi in Moritzens Büro und wartete auf Maxim. Der kam lachend mit einem Wässerchen für sich und einem Glas Whisky für Susi:

„Susi, du brauchst was zu trinken, sonst können wir nicht sprechen. Ich weiß schon, ihr wollt dieses riesige Haus kaufen. Erkläre mir in drei oder vier Sätzen warum. Wenn ich das begreife, dann bin ich auch dabei, wenn nicht, dann musst du mich totschlagen."

Susi: „Prost Maxim. Ganz kurz: Wir haben die letzten Jahre sehr gut gewirtschaftet. Deshalb haben wir versteckte Gewinne in der Bilanz, die wir auflösen müssen. So kostet uns die Renovierung, gerechnet auf fünf Jahre praktisch nichts. Die Kosten des Hauskaufs halbieren sich somit. Dazu kommen die Abschreibungen auf das Haus.

Der zweite Punkt. Wir bekamen in Wuppertal die Andruckpresse. Diese hat eine Breite von zirka drei Meter und eine Länge von neuneinhalb Meter. In den alten Räumen schwer zu stellen. Was wir nicht wussten, dazu gehört eine Trockenstraße von noch mal drei auf neuneinhalb Meter. Die großflächigen Öldrucke müssen gelagert werden. Dies nicht aufeinander. Also brauchen wir Lagerkapazität auf Regalen mit einer Tiefe von drei Metern. Bei nur einhundert verschiedenen, großformatigen Öldrucken mit je zehn Andrucken ergibt dies eintausend Drucke. Bei einem normalen Lagerbestand benötigen wir vierunddreißig laufende Meter Regalfläche. Ich habe die Ausrechnung bei meinen Unterlagen. Kurzum wir benötigen für die Öldrucke rund zweitausend bis dreitausend Quadratmeter Raum für die Herstellung. Soviel Raum haben wir in den alten Gebäuden in Wuppertal nicht.

Der dritte Punkt: Ruppert hat mit seiner Fräse Gussformen geschaffen, um außergewöhnliche Skulpturen, Urnen und Grabschmuck zu machen. Nicht nur, dass er die Herstellung initiiert hat, er hat auch gleich einen Großkunden mit Vertrag besorgt. Verträge habe ich dabei. Das Zeug ist schwer und braucht Platz. Wir haben ausgerechnet, dass wir für die Fertigung mindestens eintausend Quadratmeter benötigen.

Der vierte Punkt: Gleich wie der Vertrag für die Bilderrahmenfabrik ausgeht, diese haben einen Bedarf von eintausend bis eintausendfünfhundert Quadratmeter für ihre Leisten und den Versand.

Der fünfte Punkt: Wir wollen unsere Styroporverpackungen selbst schäumen, das ist billiger. Auch für diese Fabrikation und für die Lagerung kommen wir nicht ohne Raum aus.

Der sechste Punkt: Wir müssen unsere Versandabteilung zentralisieren, diese wahrscheinlich nach Wuppertal verlegen. Auch die brauchen Platz.

Der siebte Punkt: Wir haben keinerlei Lagerhaltung. Angestrebt sind je Exponat fünf Stück einschließlich Rahmen, auch da müssen wir entsprechende Räume haben."

Susi lachte: „Und der achte Punkt: Wir beide brauchen jetzt unbedingt was zu trinken."

Maxim lachte auch: „Aber ein großes Glas."

Als sie ihre Gläser hatten sagte Maxim: „ Der erste und der letzte Punkt leuchten mir ein. Die sind abgehakt. Über den zweiten Punkt lass ich auch mit mir reden. Ich habe mit Olga gesprochen, die meint auch, die Öldrucke sind das zukünftige Geschäft. Dass die Druck- und Trockenstraßen so groß sind, wusste anscheinend nur dieser Berger und der hat sein Wissen für sich behalten. Das mit den Gussformen musst du mir näher erklären. Könnte mir vorstellen, dass das ein riesiger Markt ist. Ich bin schon gespannt, was sich dieser

Hans Ruppert an Mustern ausgesucht hat. Ich muss eine Nacht darüber schlafen. Susi, ich hab noch nie soviel Geld gehabt, aber ich musste auch noch nie soviel arbeiten.“

Maxim prostete Susi zu und lachte und lachte.

Ilse kam zu Susi. „Susi, es freut mich, dass dir der erste Saal der Ausstellung in Wuppertal gefallen hat. Wenn ich sehe, wie viel Anmeldungen Eva schon heute zur Ausstellung hat, dann muss diese ein Erfolg werden. Bart und Paul haben das künstlerische Händchen, aber Eva ist der Motor des Ganzen. Es gibt im Umkreis von einhundert Kilometern kein Busunternehmen, das sie nicht mit ihren Ideen verrückt gemacht hat. Und die Werbung läuft auch auf Hochtouren. Mal sehen, ob sie recht hat. Dabei ist es nicht nur die kommende Ausstellung, die bis 21. Dezember läuft. Sie plant schon die nächste für nach Karneval. Ich wünsche ihr, dass die Wuppertaler Erfolg haben. Ich kenne von meiner früheren Tätigkeit viele Ausstellungen, die ein Flop waren.“

Susi: „Nicht nur du kennst so was, wie oft war ich mit dabei, wenn keine Besucher kamen. Das ist schlimm und enttäuscht sehr. Halten wir Eva die Daumen.“ Susi schaute auf die Uhr: „Ilse, sorry, ich habe meiner Mutter versprochen, dass wir um halb neun zum Abendessen kommen. Sei mir nicht böse, aber ich muss!“ Susi ging zu Moritz, der im Gespräch war, und sagte: „Schatz, wir haben versprochen um halb neun beim Abendessen zu sein. Kommst du bald?“

Moritz lachte und meinte nur: „Geh schon mal.“

Als Susi in ihre Wohnung kam, warteten ihre Mutter, Nina und Ingo. Magda sagte: „Willst du noch mal nach deinen Süßen schauen?“ Und ob Susi das wollte. Sie ging erst noch ins Bad und dann zu ihren Zwillingen. Inzwischen war Moritz mit Johannes gekommen und man ging zu Tisch. Es war eine lebhafte Unterhaltung und Susi fragte: „Sagt mal, Nina und Ingo, habt ihr noch größere Dinge vor?“

Nina erzählte: „Wir wollen heute Abend in die Disco und Saskia mitnehmen, das aber nicht zu früh, denn da ist noch nichts los. Wir wollen mit Saskia unten noch ein bisschen Fernsehen gucken und so gegen elf Uhr verschwinden."

Magda: „Das ist auch richtig, dass die jungen Leute mal ausgehen. Die hocken sonst immer vor dem Fernseher. Ich lasse nach dem Essen noch etwas für Saskia stehen, das Kind muss was essen."

Nach dem Essen gingen Nina und Ingo nach unten fernsehen und Susi mit ihrem Mann und ihren Eltern ins Wohnzimmer. Moritz servierte wie immer ein Glas Wein.

Susi erklärte, dass sie morgen den ganzen Tag Gremiumssitzung hätte. Sie wüsste noch nicht, ob sie zum Mittagessen kämen. In jedem Fall wolle sie aber spätestens um sechs Uhr wieder in ihrer Wohnung sein. Den Sonntag hätten sie ausgespart und sie wollte ihren Eltern ein klein wenig die Stadt Wiesbaden zeigen.

***

Samstagmorgen war Susi schon beizeiten auf den Beinen. Sie hatte mit ihren Eltern gefrühstückt und ging früh in ihr Büro. Sie hatte gestern Abend noch spät mit Mike Curtis in Boston/USA telefoniert und ihm von ihren Sorgen erzählt. Der meinte nur, sie solle sich keine zu großen Gedanken machen. Die Sache mit dem Kauf der Bilderrahmenfabrik müsse er sich überlegen und zumindest eine Nacht darüber schlafen. Eigentlich hatte sich Horst Gerkan gegenüber seinem Studienkollegen fair verhalten. Dass dieser seine Gutmütigkeit missbraucht hätte, das könne man ihm nicht ankreiden. Wenn ein Kauf, dann aber nur zu hundert Prozent. Ansonsten käme er zur Hochzeit von Alena und Franz und zwar am nächsten Donnerstag. Er müsste aber unbedingt zwei Tage später zurück nach Boston, würde aber ein oder zwei Tage vor Eröffnung in Jerusalem von New York direkt nach Tel

Aviv fliegen. Danach käme er mit nach Wiesbaden und wolle sich auch die Ausstellung in Wuppertal ansehen. Dann hatte er vor, Anfang Dezember mit Maxim zum Aufbau in der orthodoxen Kirche wieder in die USA zu fliegen..

Pünktlich um zehn kamen Jens Gerner und Dieter Zeiser. Susi bot Kaffee an und sie kamen gleich zur Sache.

Als erstes legte Susi den Vertrag mit der Bank vor und das verbindliche Angebot des Architekten. Susi und die beiden sahen sich die Papiere aufmerksam an.

Wenig später kam Moritz mit dazu und fragte: „Na, wie gefällt euch dieses außergewöhnliche Angebot?"

Jens Gerner: „Moritz, ich suche immer noch den Pferdefuß. Eigentlich kann eine Bank ein solches Angebot nicht machen. Der Schätzwert liegt bei drei Millionen, der Verkaufspreis bei 500.000 Euro, da fragt man sich automatisch, was ist da faul?"

Dieter Zeiser: „Ich glaube, die Bank ist in einer Zwangslage. Die Bankenaufsicht steht denen auf den Füßen und da ist das besser als eine Zwangsversteigerung. Außerdem gewinnt man einen neuen Kunden und gibt an eine solvente Firma ein Darlehen zu fünf Prozent. Dass man außerdem noch die Kosten des Umbaus finanziert, auch das kann ich verstehen. Der Schätzwert von drei Millionen bleibt, nur es handelt sich dann um ein renoviertes Gebäude. Was können die verlieren? Nichts! Wir sollten das Angebot annehmen."

Jens Gerner: „Also von meiner Warte aus, ist es das Beste sofort zu kaufen, damit wir die diesjährige Abschreibung noch geltend machen können. Nach meiner Auffassung sind dies 20% von den Kosten für die Renovierung und wahrscheinlich 4% auf das Gebäude. Das ist genau das, was ich unbedingt brauche, denn ich muss einige Rückstellungen auflösen. Ich bin in jedem Fall dafür. So wie ich Wuppertal sehe, macht sich das Geschäft dort hervorragend. Ihr wisst ja, ich bin durch Thomas bestens informiert."

Susi: „Jetzt kommt nur noch der Kauf der » Bilderrahmenfabrik Gerkan «. Ich habe mit Mike gesprochen, der ist nur für einen hundertprozentigen Kauf. Was meint ihr?“

Dieter Zeiser: „Mike hat recht. Eine Beteiligung zu 50% bringt im Regelfall nur Ärger. Du hast die Papiere dabei, die kann ich mir heute Nachmittag kurz ansehen. Vertraglich dürfte das keine große Sache werden.“

Jens Gerner: „Ich muss noch mal ins Büro. Ich hoffe, meine Damen haben die aktuellsten Umsatzzahlen zusammengestellt. Das können wir heute Nachmittag diskutieren. Um 14 Uhr bin ich wieder hier.“

Dieter Zeiser schloss sich an.

Susi und Moritz schauten sich an und Moritz meinte: „Susi, ich glaube das wird keine sehr aufregende Sitzung. Ich bin überzeugt, dass wir beide mehr Bedenken haben, als der Rest unseres Gremiums.“

Susi schloss sich der Meinung ihres Mannes an und sagte dann: „Komm, lass uns nach oben gehen, mal sehen, ob die für uns noch was zu essen haben.“

Susi lachte und beide gingen in ihre Wohnung.

Susis Mutter: „Saskia, du hattest recht, die beiden kommen zum Mittagessen.“

Susi fragte Saskia: „Schätzchen, wie war's gestern in der Disco? Hattest du Spaß?“

Saskia: „Die zwei sind doch langweilig. Als es um zwei Uhr anfing interessant zu werden, wollten die nach Hause. Die sind schon wie ein altes Ehepaar.“

Susi lachte: „Saskia, die zwei sind verliebt und wollten in ihr Nest. Außerdem sind sie nach meiner Meinung zu alt für die Disco.“

Saskia: „Susi, da hast du recht. Die im Hinterhaus vom 4. Stock haben mich schon einige Male eingeladen. Mit denen gehe ich das nächste Mal. Anfang Dezember haben die von der Kunstschule einen Weihnachtsball, da habe ich schon zugesagt. Da geht so richtig die Post ab.“

Susi lachte: „Saskia, sag rechtzeitig Bescheid, damit wir dich nicht verplanen. Nimm dir in jedem Fall auch noch den nächsten Tag frei, damit du ausschlafen kannst."

„Aber klar! Susi, Moritz, habt ihr vor dem Essen noch ein paar Minuten Zeit, ich wollte euch was fragen."

Als Susi und Moritz bejahten, begann Saskia: „Ich hab schon mal mit Moritz darüber gesprochen und will jetzt euch beide fragen. Die Kollegen im Hinterhaus haben mit mir einige Tests gemacht. Die wollen sie noch mit Anton besprechen. Sie meinen, ich wäre sehr begabt und rieten mir alle zur Kunstschule, anstelle des Lehrberufs einer Kinderschwester. Was meinst du, Susi?"

Susi ernst: „Das ist ein Thema, das kann man nicht in zehn Minuten erledigen. Zuerst muss Anton sein Okay geben. Dann müssen wir mit der Leitung der Kunstschule sprechen und du musst dort eine Aufnahmeprüfung machen. Wenn das alles positiv erledigt ist, müssen deine Eltern ihr Einverständnis geben. Soweit mir Moritz gesagt hat, wird der Verein in diesem Fall die Schulkosten übernehmen. Ich kann dir anbieten, dass du während der Zeit deines Schulbesuches weiter die Stellung hast, die du im Moment bei uns wahrnimmst. Auch das gleiche Entgelt."

Saskia in ihrem Überschwang umarmte Susi und bedankte sich vielmals.

Susi fuhr fort: „Saskia, als ich nach Wiesbaden kam um die Kunstschule zu besuchen, hat mir der Verein in der gleichen Weise geholfen. Hier, meine Wohnung war noch Mansarde und dein Zimmerchen hatte noch ein altes Klo und eine primitive Dusche. Das war mein zu Hause. Ich hatte den Hausmeisterposten mit allem was dazugehört. Nebenbei noch Schule und habe auch noch kopieren gelernt. Ein Knochenjob. Stelle es dir nicht einfach vor. Aber ich bin der Meinung, du schaffst das. Also sprich mit Anton. Der soll veranlassen, dass du die Aufnahmeprüfung in der Kunstschule machen kannst. Die Kollegen vom 4. Stock sollen dich auf die

Prüfung vorbereiten. Denke daran, Kunst ist eine schöpferische Tätigkeit und die Gabe dazu musst du mitbringen. Da du einen Bruder hast, der ein sehr guter Künstler ist, kann es sein, dass du die gleiche Veranlagung hast. Wenn immer du unseren Rat brauchst, komme einfach, du weißt, wir sind eine große Familie und du gehörst dazu."

Saskia umarmte Susi und Moritz, bedankte sich und sagte: „Ich glaube, jetzt muss ich helfen den Tisch decken."

Als Susi und Moritz allein waren fragte Moritz: „Was meinst du, hat sie die Begabung?"

Susi ernst: „Moritz, der Weg den Saskia gehen will ist ein wunderschöner aber auch ein sehr steiniger. Sie wird durch viele tiefc Täler gehen, wird Erwartungen und Hoffnungen nicht erfüllen können, wird Enttäuschungen erleben und desillusioniert sein. Ernüchterung wird sich bei ihr einstellen und sie wird sich fragen, ob sie den richtigen Beruf gewählt hat.

Andererseits wird sie durch ihre schöpferische Tätigkeit den Weg zu sich und auch zu ihren Mitmenschen finden. Kunst kommt von Können und sie wird es möglicherweise dadurch zur Meisterschaft bringen.

Sie wird die Höhen des Schönen in Natur und Kunst erleben und wird hoffentlich zu einem Menschen, der das Schöne im Leben und in der Kunst besonders schätzt und leider auch manchmal überschätzt.

Moritz, ich werde ihr helfen soweit es mir möglich ist. Du weißt, ich bin einmal den gleichen Weg gegangen."

Pünktlich um 14 Uhr traf man sich in Susis Büro zur Versammlung des Gremiums. Susi hatte Saskia gebeten für Kaffee zu sorgen und diese servierte ihn, lachend wie immer.

Es waren neben Susi und Moritz noch ihr Geschäftspartner Anton Jonas, der Steuerberater Jens Gerner, ihr Notar Dieter Zeiser und der Kollege Maxim Pasternak anwesend. In der Runde fehlt Mike Curtis. Protokoll führte eine Dame aus Susis Vorzimmer.

Susi hatte die Tagesordnung vorbereitet, die vor jedem lag. Susi begrüßte alle Teilnehmer, verwies auf die Tagesordnung, nahm sie und las vor:

Tagesordnung der Gremiumsversammlung des Vereins Galerie Kaiser Wiesbaden e.V.

Wiesbaden, Samstag, den .... Beginn 14.00 Uhr

Protokoll: Tanja Martin
Anwesend: Susi Kaiser, Moritz Kaiser, Anton Jonas, Jens Gerner, Dieter Zeiser, Maxim Pasternak.
Per Konferenzschaltung teilweise zugeschaltet: Mike Curtis

TAGESORDNUNG:

TOP 1 Derzeitige Umsatzentwicklung der Unternehmen Galerie Kaiser.
Bericht durch Jens Gerner

TOP 2 Dauerausstellung der Galerie artis opus November / Dezember.
Bericht durch Susi Kaiser

TOP 3 Produktionsentwicklung und Lagerhaltung.
Bericht durch Anton Jonas

TOP 4 Sonderausstellung Holzschnitzereien in Wuppertal.
Bericht Susi Kaiser

TOP 5 Aufbau einer neuen Kunstrichtung antike Skulpturen, Sarkophage, Urnen
Bericht Moritz Kaiser

TOP 6 Kauf der Firma »Erste Elberfelder Bilderrahmenfabrik« in Wuppertal.
Bericht Anton Jonas und Susi Kaiser

TOP 7 Kauf der Gebäude neben der Galerie artis opus in Wuppertal.
Bericht Moritz Kaiser

Nachdem Susi vorgelesen hatte fragte sie: „Seid ihr alle mit der Tagesordnung einverstanden?“ Als alle bejahten, begann sie:

„**Zu TOP 1** Umsatz unserer Unternehmen. Jens bitte!“

Jens Gerner: „Liebe Kollegen, in eurer Mappe vor euch habt ihr eine Aufstellung der aktuellen Zahlen unserer Unternehmen bis einschließlich 30. September. Dazu die Schätzung für die letzten drei verbleibenden Monate. Wie ihr sehen könnt, werden wir uns um über 200% gegenüber dem Vorjahr steigern. Diese Umsatzsteigerung ist auf verschiedene Faktoren zurückzuführen. Rom produziert und verkauft hervorragend. St. Petersburg ist kaum zu übertreffen, Boston USA hat wieder angezogen und selbst Wuppertal verkauft schon gut, obwohl wir mit einem ersten negativen Jahr gerechnet haben. Die Zahlen der Produktion in Wiesbaden sind sehr gut, allerdings lassen die Verkaufszahlen zu wünschen übrig. Schaut euch die Zahlen im Einzelnen in Ruhe an und ihr werdet feststellen, dass wir das beste Umsatzjahr in der Firmengeschichte haben.“

Es gab eine kurze und erfreuliche Diskussion.

Susi unterbrach und sagte:

„**Zu TOP 2** Dauerausstellungen in Wuppertal im November und Dezember.

Dazu habe ich einiges anzumerken:

Wir hatten bisher in Deutschland noch keine Dauerausstellung wie in Rom oder St. Petersburg. Die Ausstellung der Galerie **artis opus** ist ein Experiment.

Der Titel » **Die berühmtesten Gemälde der Welt** « scheint Kunden zu locken. Der erste Saal der Ausstellung ist fertig. Moritz und ich konnten ihn vor zwei Tagen bewundern. Die Herren Vermeylen und van de Velde haben eine außergewöhnliche Gabe so etwas zu gestalten. Eva Bergmann hat in Zusammenarbeit mit unserer Ilse Bach und Jo Snyder und der Unterstützung unserer Werbeabteilung das Kunststück fertiggebracht, dass bereits heute vierzig Busse mit Besuchern angemeldet sind. Das Ganze ist vom 21. November bis 21. Dezember geplant. Also insgesamt 31 Tage. Wir haben jeden Tag in drei Besucherperioden unterteilt, wir nennen das Sessionen.

Jede Session beginnt mit einem Sektempfang und einer kurzen Empfangsrede. Danach Besichtigung der Ausstellung, gegen Ende noch mal Sekt oder ein anderes Getränk, dazu Kanapees oder Schnittchen.

Es sind drei Sessionen täglich geplant.

1. Session von 10 Uhr bis 13 Uhr
2. Session von 14 Uhr bis 18 Uhr
3. Session von 19 Uhr bis 22 Uhr

Mir wird schwindlig bei dem Gedanken, wie hoch dieser zusätzliche Umsatz einzuschätzen ist. Außerdem habe ich Angst, dass wir nicht genügend Verkaufsmaterial haben. Selbstverständlich müssen wir zusätzliches Personal auf Teilzeitbasis einstellen. Dazu brauchen wir keine Genehmigung, aber es hat sich herausgestellt, dass der Empfang eine zusätzliche Kraft benötigt und dafür fragen wir das Gremium, dürfen wir eine solche Kraft einstellen?“

Susi fragte in die Runde ob jeder mit der Einstellung einverstanden ist und erhielt von allen ein Ja.

Wieder gab es eine kurze Diskussion, die Susi stark verkürzte indem sie sagte: „Ihr Lieben, wir haben noch fünf Tagesordnungspunkte, wir sollten uns beeilen, denn die Wichtigsten kommen noch.“

Saskia war gerade noch mal mit einer Kanne Kaffee gekommen und nachdem sie eingeschenkt hatte, begann Susi:

„**Zu TOP 3** Produktentwicklung und Lagerhaltung.

Dazu soll uns Anton Jonas einen Kurzbericht geben.“

Anton lachte: „Schaut in eure Mappe vor euch, da habt ihr meinen Bericht. Wegen der enormen Umsätze kommen wir mit unserer Produktion nicht nach und unsere Lagerhaltung ist gleich Null, denn was immer wir auch herstellen, wandert meist nach Rom oder St. Petersburg.

Ich möchte nichts komplizieren, aber ich hätte gerne eine Carte blanche, das heißt die Vollmacht, um den Bedürfnissen entsprechend Künstler oder auch Hilfspersonal für unsere Produktion einzustellen. Es genügt, wenn Susi und ich diese Vollmacht gemeinsam erhalten. Dies beantrage ich hiermit."

Es gab eine kurze Diskussion, alle waren damit einverstanden und Susi fragte:

„Seid ihr damit einverstanden, dass Anton Jonas und ich gemeinsam die Vollmacht erhalten, Personal den Bedürfnissen entsprechend einzustellen?" Wieder gab es sechs Ja-Stimmen.

Susi fuhr fort:

„**Zu TOP 4** Sonderausstellung Holzschnitzereien in Wuppertal.

Dazu kann ich selbst einiges sagen. Es ist lediglich ein informativer Bericht, der aber eventuell zu Veränderungen hier in Wiesbaden führt.

Die Holzschnitzereien haben ganz langsam begonnen. Von uns allen mehr oder weniger nicht beachtet. Es stellte sich heraus, dass sie sich von selbst verkaufen. Wuppertal hat im 4. Stock des Vorderhauses eine Ausstellung eingerichtet die gut besucht wird.

Die Umsatzzahlen beweisen das. Wir sollten überlegen, so eine ähnliche Ausstellung hier in Wiesbaden zu machen, dazu aber bedarf es einer Neuordnung innerhalb unserer Unternehmen. Das zur Information."

Zwei, drei Fragen seitens der Konferenzteilnehmer, dann nahm Susi wieder das Wort:

„**Zu TOP 5** Aufbau einer neuen Kunstrichtung.

Dazu wird uns mein Mann einiges sagen."

Moritz lachte: „Schaut in eure Mappe, dann werdet ihr meinen Kurzbericht über antike Skulpturen, Sarkophage und Urnen finden. Dabei sechs Aufnahmen solcher Exponate."

Die Anwesenden blätterten in ihren Mappen und sahen sich die Fotos an. Alle waren begeistert.

Moritz fuhr fort: „Ein wesentlicher Grund, warum wir die Holzschnitzmaschine kauften, war, dass man damit Formen für Gussfiguren fertigen konnte. Ich habe Hans Ruppert vor einiger Zeit gebeten, endlich in diesem Sektor tätig zu werden und die ersten sechs Muster habt ihr auf den anliegenden Fotos. Wir haben sie im Original gesehen und ich muss sagen, es sind einmalige Stücke und entsprechen unserem Niveau. Gleichzeitig mit diesen Mustern überreichte mir Hans Ruppert den Vorvertrag eines Händlers, der an Steinmetze verkauft und zumindest einen Teil der Produktion abnimmt. Fotokopie des Vertrages liegt ebenfalls in eurer Mappe.

Voraussetzung für den Beginn dieser Produktion ist entsprechender Produktionsraum, Lagerräume plus Personen, nämlich zwei Steinmetze und zwei Hilfskräfte. Dazu kommt das Material. Eine vorläufige Berechnung dieser Kosten für das kommende Jahr liegt ebenfalls bei den Unterlagen. Wir brauchen also die Genehmigung diesen neuen Geschäftszweig aufzubauen und das entsprechende Personal einzustellen. Allerdings ist die Voraussetzung dafür, dass wir genügend Produktionsraum haben.“

Es gab eine heftige aber kurze Diskussion.

Maxim brachte es auf den Punkt: „Seid mir nicht böse, eigentlich müsste ich nein sagen. Leider weiß ich, dass sich diese Sachen weltweit vertreiben lassen und das auch noch mit einem guten Gewinn. Bevor wir in St. Petersburg mit der Ikonenfertigung angefangen haben, spielten wir mit dem Gedanken diese Dinge für Zömeterien, das heißt für Ruhestätten aller Art herzustellen. Außerdem hätten wir die Gussformen sehr umständlich anfertigen müssen. Nachdem ich weiß, dass dies ein dauerhafter und unserer Branche entsprechender Markt ist, kann ich nur ja dazu sagen.“

Danach fragte Susi alle Anwesenden ob sie mit diesem neuen Projekt einverstanden sind und sie erhielt nur Ja-Stimmen. Außerdem erhielt sie die Genehmigung entsprechendes Fachpersonal einzustellen. Moritz fuhr fort:

„**Zu TOP 6** und somit vorletzter, heutiger Besprechungspunkt. Kauf der Firma » **Erste Elberfelder Bilderrahmenfabrik** «, Verkäufer: Horst Gerkan in Wuppertal.

Ich sollte noch anmerken, die Elberfelder Bilderrahmenfabrik ist seit langem in Wuppertal – Barmen und nicht in Elberfeld. Sie wurde während des letzten Krieges in Elberfeld ausgebombt und bekam nur Räume in Barmen. Da die Firma so eingetragen ist und aufgrund der Vorverträge der Name nicht geändert werden darf, muss er so bestehen bleiben. Ich gebe nur meine Zustimmung, wenn wir das Unternehmen hundertprozentig übernehmen. Die gleiche Meinung hat Mike Curtis. Mit dem Kauf müssen wir den Geschäftsführer, Herrn Gerkan, übernehmen. Dies zu unseren Vertragsbedingungen. Die Verträge sollten durch Dieter und Jens geschlossen werden. So, nun darf Anton erklären, warum wir kaufen wollen."

Anton deutete auf die Mappe und sagte: „Hier ist eine Aufstellung der Stückzahlen unserer Bilderherstellung. Wie ihr alle wisst, jedes Bild hat zwei Rahmen, nämlich einmal den Keilrahmen auf dem das Bild aufgezogen ist und dann den eigentlichen Rahmen. Unsere Keilrahmen sind aufwändig, da sie teilweise auf alt getrimmt werden müssen. Dazu kommt, dass die Keilrahmen der überformatigen Bilder noch Stützen haben. Sie werden teilweise aus altem Holz hergestellt. Die eigentlichen Bilderrahmen sind sehr aufwändig und die Vergoldung meist schon ein eigenes Kunstwerk.

Ich habe mehrere Gespräche mit Herrn Gerkan geführt. Er ist Kunstwissenschaftler und daher unserem Unternehmen sehr nahe. Er versteht unsere Fertigungsweise und ist auch in der Lage, diese zu übernehmen. Wir beziehen seit vielen Jahren Bilderrahmen von ihm und es gab noch keine Komplikationen.

Herr Gerkan hat einen eigenen Bilderverkauf über Kaufhäuser und Kettenläden; dieser klappt gut. Bei einem Kauf seines Unternehmens könnten wir indirekt einen Markt beliefern, der uns sonst versagt bliebe. Außerdem könnten wir die gesamte Rahmenfertigung in seine Hände legen und damit viel Geld sparen. Ich bin dafür, dass wir sein Unternehmen übernehmen. Dies zum 1. Januar des kommenden Jahres."

Wieder gab es eine Diskussion, aber es lief ruhiger als Susi gedacht hatte. Man kannte die Rahmen der Fabrik und war eigentlich zufrieden, dass man diesen Geschäftszweig in andere Hände legen konnte. Als Susi die Gretchenfrage stellte, erhielt sie sechsmal ein Ja und sagte:

„**Zu TOP 7** Unser letzter Punkt der Tagesordnung. Kauf der Gebäude neben der Galerie **artis opus** in Wuppertal. Moritz, du wolltest diesen Punkt erklären."

Moritz schaute in die Runde und sagte: „Am Ende eurer Mappe habt ihr die Unterlagen für den Hauskauf in Kurzform. Schaut sie euch gut an, dann muss ich mir nicht den Mund fusselig reden." Er ging, holte sich noch eine Tasse Kaffee und fuhr dann fort:

„Eigentlich hätte ich zu allen vorgenannten Punkten nein sagen müssen und zu diesem auch. Aber zweihundert Prozent mehr Umsatz verlangt nun mal größere Ausgaben, mehr Personal und mehr Produktionsraum.

Wir kaufen Gebäude, die zwischen unserem Haus in Wuppertal liegen und neben der zu übernehmenden Firma Gerkan. Diese Häuser bestehen aus zwei Teilen und haben eine Gebäudeinnenfläche von 10.000 Quadratmetern. Wie ihr der anliegenden Aufstellung entnehmen könnt, werden wir davon zirka 6.000 Quadratmeter nutzen. Der Rest ist Reserve. Ich weiß nicht warum, aber ich habe das Gefühl, wir brauchen das bald dringend."

Wieder hielt Moritz ein Blatt in die Höhe. Hier habt ihr eine Aufstellung der Kosten und der Rendite.

Die Gebäude haben einen momentanen Schätzwert von zirka drei Millionen. Sie sind im Moment nicht verkäuflich, da Gewerbeflächen nicht gesucht sind. Wir kaufen diese Gebäude für 500.000 Euro, dazu kommen die Kosten für die

Renovierung von weiteren 500.000 Euro, also rund eine Million. Die Renovierungskosten können wir innerhalb von fünf Jahren voll von der Steuer absetzen. Ihr habt auf eurem Blatt einige Berechnungsbeispiele, alle sind äußerst positiv. Ich rate zum Kauf der Gebäude."

Jens meldete sich: „Herrschaften, wir haben die letzten Jahre Gewinne gemacht, die ich durch Rechnungsabgrenzungsposten in der Bilanz versteckte. Die muss ich in diesem Jahr auflösen. Außerdem weiß ich nicht, wie die diesjährige Bilanz ausfällt. Unseren Festgeldkonten nach muss die einfach gut sein. Dazu kommt, dass auch Mike, Rom und St. Petersburg gute Zahlen schreiben. Wie ich höre, auch Wuppertal. Wir sollten in jedem Fall kaufen, selbst wenn wir die Gebäude im Moment nicht nutzen und nur spekulieren."

Dieter Zeiser: „Die Chance, Industriegebäude zu so einem günstigen Preis zu kaufen, ist nur im Moment möglich. Die Zeiten werden sich wieder ändern. Durch die Finanzierung der Bank verlieren wir keine Liquidität, also kaufen."

Maxim Pasternak lachte: „Susi, ich hab dir schon mal gesagt, du bist ein Teufelsweib. Du weißt ganz genau, dass ich eigentlich gegen den Kauf dieser Gebäude war, weil ich befürchte, wir werden zu groß. Du hast die Tagesordnung so geschrieben, dass die ersten Punkte uns gar keine andere Möglichkeit ließen, als zum Kauf Ja und Amen zu sagen. Ich stimme zwar zu, aber nicht wegen der Steuer oder dem günstigen Preis, sondern weil ich davon überzeugt bin, dass die neue Abteilung, die sich mit der Herstellung von Skulpturen, Sarkophagen, Urnen und so weiter befassen soll, viel Platz braucht. Diese Exponate sind sehr schwer, in den neuen Gebäuden haben wir stabile Decken und einen großen Keller und außerdem Fahrstühle, die solche Lasten tragen können. Ich mache es kurz: Susi, auch ich stimme zu."

Susi lachte auch: „Danke Maxim. Kommen wir zur Abstimmung. Wer ist für den Kauf dieser Gebäude?" Alle Teilnehmer stimmten zu!

„So meine Herrschaften, jetzt brauchen wir nur noch das Okay von Mike. Tanja, wärst du so gut und würdest eine Verbindung mit Mike herstellen und dann durchstellen, damit wir eine Konferenzschaltung vornehmen können?“ Tanja beeilte sich, da Mike vorgewarnt war, dauerte das Ganze nur Minuten.

Jeder hatte seinen Telefonhörer und Susi erklärte die einzelnen sieben Punkte in Kurzform. Nach einigen Rückfragen gab Mike sein Okay zu allen Punkten. Er gab noch kurz durch, mit welchem Flug er am kommenden Donnerstag in Frankfurt ankommen würde.

Susi lud alle noch auf einen Drink ein. Dieter Zeiser musste zurück und Anton wollte auch nach Hause. So gingen Susi und Moritz mit Jens und Maxim nach oben.

Nachdem jeder seinen Drink hatte meinte Maxim: „Habt ihr mal mitgerechnet, was wir heute in den paar Stunden beschlossen haben? Das sind ja Millionenumsätze und auch Millionen Unkosten.“

Jens bedächtig wie immer: „Maxim, richtig, aber ich kenne die Zahlen genau, weiß aber auch, dass wir heute Beschlüsse gefasst haben, die für unsere Unternehmen neue Dimensionen bedeuten. Wichtig ist nur, dass wir bei unserem System des Vereins bleiben. Meinetwegen können wir den einen oder anderen Betrieb ausgliedern, aber das Grundkonzept muss bleiben.“

Susi nachdenklich: „Wisst ihr, mit der Größe des Unternehmens verliere ich den Kontakt zu unseren Mitarbeitern. Das schmerzt mich und das muss ich ändern. Der Erfolg unserer Unternehmen war das Füreinander und das Miteinander. Früher wusste ich immer wenn es irgendwo brannte, wenn jemand Sorgen hatte, oder einer krank war. Heute erfahre ich nur ab und zu mal was. Das ist nicht richtig. Ich will und ich werde den Draht zu unserer Familie wieder herstellen. Noch etwas bedrückt mich, wenn ich nicht bald wieder einen Pinsel in die Hand nehme, verliere ich die Verbindung zu unseren Produkten. Sehr wohltuend waren die wenigen Stunden in Wuppertal. Es waren nur drei Stunden mit Paul, Bart und Hans. Es war toll was die gemacht haben. Auch Thomas und Eva reißen sich ein Bein aus und es macht einfach Freude das zu sehen. Ich muss irgendwie wieder ins Geschehen und ich werde das auch schaffen."

Maxim lachte: „Susi, so gefällst du mir. Ohne die Kunst könnte ich auch nicht leben. Ich würde eingehen wie eine Blume ohne Wasser. Aber ich glaube, den Draht zu deinen Mitarbeitern hast du nicht verloren. Vergiss den Berger mit seinen zwei Kumpanen, die dich so übel verleumdet haben, und vergiss nicht, ich habe schon wieder ein leeres Glas." Maxim lachte laut.

***

Erding

Nordöstlich von München liegt die Kreisstadt Erding mit zirka 29.000 Einwohnern. Sehr bekannt wurde Erding durch den Münchner Großflughafen „Franz-Josef-Strauß".

Am Sonntagvormittag warteten eben auf diesem Flughafen Wassili Rudnew auf den Sachverständigen van Engelen, den er aus Brüssel erwartete. Er hatte noch Zeit, denn der Flug hatte sich verspätet.

Wassili war mit seinen Kumpanen am Freitag von Palma de Mallorca nach Zürich geflogen. Sie hatten sich am Flughafen in Zürich einen Leihwagen genommen und waren damit direkt nach Erding gefahren. Am späten Abend waren sie dort angekommen. Peter Wahl hatte schon vor längerer Zeit einen Bauernhof mit einer großen Scheune in der Nähe von Erding besorgt und dort waren sie untergekommen.

Am Samstag hatten sie Peter Wahl informiert und Bussow hatte veranlasst, dass sofort 250.000 Euro auf eine Bank am Münchener Flughafen geswiftet wurden. Die hatte er abgeholt. Danach telefonierte er mit van Engelen in Brüssel, der ihm seine Ankunftszeit in München durchsagte. Es war ein langes Gespräch mit ihm. Dieser war sehr erfreut als er hörte, dass es schon Schätzungen aus den Siebziger Jahren für diese Bilder gäbe.

Wassili musste immer und immer wieder an das Angebot von Grigori Orlow denken. Der Verkauf der Bilder an die Emirate behagte ihm nicht. Er und jeder seiner Kollegen sollten eine Million Dollar bekommen. Aber was ist, wenn die Araber nicht bezahlten? Er wusste inzwischen, dass die Hamas mit eingebunden war. Konnte man sich da auf irgendjemand verlassen? Das sind politische Eiferer, dachte er. Bisher hatte man Wahl und Bussow vertrauen können. Aber was ist, wenn die das Geld haben? Ihm kam der kalte Schweiß, wenn er daran dachte, dass man sie eventuell liquidieren könnte. Er hatte das bei Bussow schon mal miterlebt.

Wassili stellte sich an die Ankunft und hatte ein kleines Schild gebastelt mit dem Namen van Engelen.

Ein sehr seriös aussehender, älterer Herr und eine Dame mittleren Alters kamen auf ihn zu und der Herr fragte: „Herr Rudnew?"

Man stellte sich vor. Wassili hatte in einem Erdinger Gasthof zwei Einzelzimmer bestellt und man begab sich dahin. Wassili bat Herrn van Engelen um ein Gespräch unter vier Augen. Er ging mit ihm auf sein Zimmer und übergab die 250.000 Euro. Die Herrschaften machten sich danach nur frisch und Wassili fuhr mit ihnen zum Bauernhof.

Dort angekommen, stellte Wassili Herrn van Engelen seinen Kollegen vor. Danach gingen sie in die Scheune, in welcher die Bilder aus St. Petersburg lagerten.

Van Engelen sah sich einige an und sagte: „Wir müssen jetzt die Reihenfolge klären, nach welcher ich die Schätzungen vornehmen soll. Sie haben die Liste der Gemälde mit den Schätzungsdaten. Könnte ich die mal sehen?"

Wassili übergab ihm die Liste. Van Engelen blätterte sie durch und sagte dann:

„Als ich mit Herrn Wahl die Vereinbarung traf, diese Bilder zu schätzen, hat er mit keinem Wort erwähnt, dass es sich um Gemälde handelt, die eigentlich international gesucht werden und die sich nach meiner Meinung in russischem Besitz befunden haben. Darf ich fragen, wie Sie in den Besitz der Bilder kamen?"

Stepan Mimenow trocken: „Herr van Engelen, fragen dürfen Sie, eine Antwort können wir Ihnen nicht geben."

Van Engelen: „Dann bedauere ich, in diesem Fall werde ich auch keine Schätzung vornehmen."

Wassili Rudnew: „Gut, Herr van Engelen, Sie händigen mir jetzt wieder die Ihnen übergebenen 250.000 Euro aus, ich werde Ihnen Ihre Reisekosten und Spesen erstatten und wir trennen uns."

Van Engelen: „Aber meine Herren, nicht so schnell. Es ist gefährlich, diese Bilder zu schätzen, das kann ich keineswegs für einen Betrag von 500.000 Euro machen. Da müssen wir noch mal über den Preis reden."

Wieder sprach Stepan Pimenow: „Wir sind keine Laien und wir wissen wie Sie, um welche Bilder es sich hier handelt. Wir alle kommen aus der Kunsthandelsszene und sind im Bilde, was für eine Schätzung üblicherweise bezahlt wird. Wenn Sie nicht wollen, geben Sie das Geld zurück, wir ersetzen Ihre Spesen."

Van Engelen aufgebracht: „So können Sie nicht mit mir reden, ich verlange, sofort mit Herrn Wahl zu sprechen."

Wassili Rudnew: „Das bleibt Ihnen unbenommen. Herr Wahl ist im Ausland und Herr Bussow auch. Dort sind beide im Moment nicht erreichbar. Sie haben einen festen Preis vereinbart. Wir halten uns daran. Sie nehmen entweder die Schätzungen wie vereinbart vor, dann erhalten Sie nach der notariellen Unterschriftenbeglaubigung bei einem Notar die restlichen 250.000 Euro oder Sie geben Ihr Geld zurück."

Van Engelen kleinlaut: „Ich werde die Schätzungen machen wie von mir verlangt, aber ich werde noch mal mit Herr Wahl oder Herrn Bussow über den Preis sprechen müssen."

Nach diesem Eklat schritt man schnell zur Arbeit. Sie vereinbarten, dass die begleitende Dame von Herrn van Engelen eine Liste anfertigen sollte, die entsprechend der Liste mit den Schätzungsurkunden aus St. Petersburg erstellt wurde. Da die Schätzungsurkunden aus der UdSSR teilweise in kyrillischer Schrift ausgefertigt waren und teilweise in Französisch in lateinischer Schrift, einigte man sich schnell, dass die Schätzungen durch Herrn van Engelen in französischer Sprache erstellt würden. Thomas Hanke sollte die Bilder auspacken, Anarei Perow, diese wieder einpacken und Wassili Rudnew wollte Herrn van Engelen zur Hand gehen.

Sie wollten in der Scheune arbeiten, um keine langen Transportwege zu haben, montierten gutes Licht in der Scheune und machten alle Vorbereitung für den nächsten Morgen. Van Engelen schätzte, dass er viele Tage für die Schätzungen benötigen würde.

Wassili Rudnew wurde immer unruhiger, er beschloss zumindest ein Telefonat mit Grigori Orlow zu führen und so sagte er seinen Kollegen, dass er noch mal zum Flughafen müsse, er wolle zumindest kurz mit seiner Frau telefonieren und das wäre ihm vom Handy aus Erding zu gefährlich. Der Flughafen wäre da unverfänglich. Außerdem würde er nicht mehr als höchstens ein oder zwei Minuten sprechen.

Wassili hatte mehrere Telefonnummern von Grigori. Er probierte und hatte bei der dritten Erfolg.

(Orlow) Grigori Orlow!

(Rudnew) Hier Wassili, Sie wissen wer ich bin?

(Orlow) Deine Stimme kenne ich, wo bist du?

(Rudnew) Ich bin in München. Mit mir sind noch drei meiner Kollegen, die Sie kennen. Stepan Pimenow, Anarei

Perow und Thomas Hanke. Wenn Sie alle Bilder wiederbekämen, könnten dann Anarei, Stepan und Thomas auch die Kronzeugenregelung bekommen?

(Orlow) Für dich ja. Für die anderen, kann ich nicht allein entscheiden. Ich werde das morgen klären. Wo kann ich dich in München treffen?

(Rudnew) Ein Treffen hat nur Sinn, wenn die anderen die Kronzeugenregelung auch bekommen. Andererseits kann ich Ihnen versprechen, dass die Bilder unversehrt in Ihre Hände gelangen. Dies ohne große Kosten.

(Orlow) Wassili, wo sind die Bilder jetzt. Wir wissen wo Bussow und Wahl sind. Beide in Ramallah. Es ist nur eine Frage der Zeit, bis wir sie haben.

(Rudnew) Die Bilder sind noch in Deutschland. Aber nicht mehr lange.

(Orlow) Wassili, kann ich mir vorstellen. Bussow und Wahl spielen mit dem Teufel, die wollen die Bilder in die Emirate verkaufen. Die Hamas ist mit eingebunden. Jetzt einen guten Rat von mir, sieh zu, dass du einigermaßen heil aus der Affäre herauskommst. Rufe mich morgen Nachmittag an, dann kann ich dir sagen, ob die Kronzeugenregelung auch für deine Genossen angewendet werden kann. Ich würde sagen, wir treffen uns am Dienstag in München.

(Rudnew) Ja, ich rufe Sie morgen Abend an. Ob am Dienstag schon ein Treffen mit mir und den Kollegen zweckmäßig ist, kann ich noch nicht beurteilen. Ich habe noch nicht mit ihnen gesprochen. Ich muss da sehr vorsichtig sein. Für mich war das mit dem Botschafter zuviel.

(Orlow) Was habt ihr eigentlich in Palma de Mallorca gemacht und warum seid ihr von da nach Zürich geflogen?

(Rudnew) Wie habt ihr denn das rausgekriegt?

(Orlow) Ihr seid international zur Fahndung ausgeschrieben. Viele Chancen habt ihr nicht. Ich hab dir schon mal gesagt, auch Anarei und Stepan haben eigentlich nicht viel zu befürchten. Ich will versuchen die Kronzeugenrege-

lung für euch vier zu bekommen. Also bis morgen am späten Nachmittag.

(Rudnew) Ich hoffe das klappt. Entweder alle vier oder keiner. Meine Kollegen will ich nicht auch noch verraten. Bis morgen"

(Orlow) Wassili, nur zur Information, deiner Frau und den Kindern geht es gut. Du musst nicht anrufen, euer Telefon wird überwacht. Do swidanija!

(Rudnew) Do swidanija!

Wassili kam aus der Telefonzelle und war nass vor Schweiß. Die wussten wo Wahl und Bussow waren. Orlow wusste, dass sie in Palma de Mallorca waren. Wären sie in Palma de Mallorca geblieben, so war es nur eine Frage der Zeit, bis man sie gehabt hätte. Er musste mit seinen Kollegen sprechen, aber erst das Gespräch mit Orlow abwarten.

***

Den ganzen Tag waren sie in der Scheune fleißig. Thomas Hanke hatte die Bilder aus den Verpackungen genommen, Wassili und van Engelen verglichen sie kurz mit der Schätzungsliste. Van Engelen machte daneben kurz Notizen und Anarei Perow packte sie wieder ein. Wenn sie so weitermachten, würde die Schätzung – selbst bei diesem Schnellgang – mindestens vierzehn Tage dauern.

Nach dem Mittagessen sagte Wassili: „Lieber Herr van Engelen, wir hatten zwar gestern eine kleine Meinungsverschiedenheit, aber ich glaube, wir sollten im allseitigen Interesse zusammenarbeiten. Wenn wir so weitermachen, brauchen wir noch Wochen, bis die Schätzungsurkunden erstellt sind. Wir könnten doch auch das Verfahren abkürzen. Wir haben doch gesehen, dass der Inhalt der Kisten stimmt. Wenn

Sie die Schätzung nach den vorangegangen Schätzungsunterlangen vornehmen und wir machen nur bei jedem zehnten Bild eine Stichprobe, dann sind wir schnell fertig. Vielleicht sogar schon am Mittwoch und könnten am Donnerstag die Urkunden beglaubigen lassen. Es ist nur eine Unterschriftsbeglaubigung, geht also schnell. Den Notar haben wir und er weiß Bescheid. Was halten Sie davon?"

Van Engelen: „Es sind alles Originale, das sieht man, die beiliegenden Schätzungsurkunden stimmen auch mit der Nummerierung überein. Ich könnte dann aufgrund dieser Schätzungsurkunde die neuen Schätzpreise festlegen. Das würde eine Menge Zeit sparen. Wir werden das heute Nachmittag ausprobieren. Ich weiß, wir schaden niemand, denn mir wurde mitgeteilt, dass der Verkaufspreis festliegt. Diese Testierung soll nur zeitnah sein und hat eigentlich mehr imaginären Charakter. Ich glaube, das lässt sich machen."

Alle waren einverstanden.

Wassili bemerkte nur: „Leider muss ich Sie am späten Nachmittag kurz verlassen, ich habe am Flughafen noch etwas zu erledigen. In einer Stunde bin ich wieder zurück."

Kurz nach vier verabschiedete sich Wassili und fuhr zum Flughafen. Diesmal klappte sein Anruf sofort.

(Orlow) Grigori Orlow

(Rudnew) Hier Wassili, ich konnte noch nicht mit meinen Kollegen sprechen. Konnten Sie etwas erreichen?

(Orlow) Wassili, ich bekomme voraussichtlich die verbindliche Antwort erst morgen. Was ich dir jetzt sage, ist noch unverbindlich. Die Kronzeugenregelung für dich steht. Die für deine drei Kollegen noch nicht. Der zuständige Staatsanwalt hat mir jedoch versichert, dass er sein äußerstes tun wird, um das für deine Kollegen zu erreichen. Ich erfahre es im Laufe des morgigen Vormittag. Du kannst mich morgen hier erreichen. Rufe mich am Nachmittag an. Am Mittwoch fliege ich nach München.

Du kannst mich Mittwochabend und Donnerstag den ganzen Tag in München erreichen. Dort bei der Firma Kunst- & Antiquitätenberatung Wahl GmbH. Sprich dort mit Luise Wahl oder Frank Lappas. Sie wissen in welchem Hotel ich wohne. Am Freitagmorgen fliege ich nach Frankfurt. Ich bin dort über die Galerie Kaiser in Wiesbaden zu erreichen. Die Adresse hast du. Dort bin ich bis Samstagvormittag. Wir können uns ab Samstagnachmittag wieder in München treffen. Aber Wassili, die Zeit ist gegen dich. Sieh zu, dass du deine Kollegen schnellstmöglich mit ins Boot bekommst. Die Kronzeugenregelung für deine Kollegen wird wahrscheinlich zeitlich begrenzt sein.

(Rudnew) Was verstehen Sie unter zeitlich begrenzt?

(Orlow) Die Bilder müssen bis zu einem bestimmten Zeitpunkt in unseren Händen sein oder wir müssen zumindest wissen, wo sie sind. Ich nehme an, dass man den nächsten Sonntag als Termin nehmen wird, also in sechs Tagen. Wassili, beeile dich, ich meine es mit dir wirklich gut, sonst kommst du in Teufels Küche. Die deutsche Polizei ist auch fieberhaft am suchen. Die wissen inzwischen, dass die Bilder seinerzeit von Wuppertal mit einem französischen Unternehmen nach München gebracht wurden. Die suchen in und um München. Du kannst dir vorstellen, mir wäre es nicht recht, wenn sie die Bilder finden würden. Also, auch ich habe ein Interesse daran, dass wir die Bilder schnell bekommen.

(Rudnew) Danke, ich werde mein Äußerstes versuchen. Rufe morgen Nachmittag an. Do swidanija!

(Orlow) Do swidanija! Anruf morgen wieder unter der gleichen Nummer.

Wieder war Wassili nach diesem Telefonat nass geschwitzt. Er fragte sich, was machte Grigori bei der Kunst- und Antiquitätenberatung Wahl, wieso fuhr er nach Wiesbaden zur Galerie Kaiser? Das war ihm alles unheimlich. Auch, dass Grigori so offen mit ihm sprach, beunruhigte ihn sehr.

Er musste unbedingt mit seinen Kollegen sprechen. Er beschloss, erst mal abzuwarten, ob die russischen Behörden die Kronzeugenregelung für sich und seine Kollegen anwenden würden. Mit einem schlechten Gewissen gegenüber seinen Freunden ging er zurück.

Wiesbaden

Susi hatte ganzen Vormittag telefoniert. Erst mit Gerkan gesprochen und ihm mitgeteilt, dass das Gremium der Übernahme seiner Firma zugestimmt hatte. Sie bat ihn, sich mit Dieter Zeiser, Jens Gerner und Anton Jonas in Verbindung zu setzen, damit der Übernahmevertrag rasch geschlossen werden kann.

Sie informierte die Bank in Wuppertal, dass das Gremium den Kauf der Gebäude in Wuppertal beschlossen habe und bat die notarielle Protokollierung in die Wege zu leiten. Außerdem fragte sie bei der Bank an, ob man auch schon vor der Protokollierung mit den Renovierungsarbeiten beginnen könne, was die Bank erlaubte.

Danach hatte sie ein langes Gespräch mit Thomas Hall in Wuppertal. Sie erzählte ihm von den Beschlüssen des Gremiums und bat ihn, sich mit Gerkan von der Bilderrahmenfabrik in Verbindung zu setzen, um mit ihm seine Raumwünsche zu besprechen.

Es war ein turbulenter Tag. Am Nachmittag gegen sechzehn Uhr erschien Jens Gerner mit Dieter Zeiser. Susi erstaunt:

„Sagt mal, was verschafft mir die Ehre eures Besuches?“

Jans lachte: „Susi, du bist uns gleich wieder los. Dieter und ich haben mit der Bank gesprochen. Die hätten gern den Notar, den ihr schon mal in Wuppertal hattet. Dieter hat sich mit ihm in Verbindung gesetzt, sodass wir in Wuppertal protokollieren. Du und Anton müsst nach Wuppertal kommen.

Anton könnte am Mittwochnachmittag, hast du einen Termin frei?“

Als Susi bejahte, fuhr Jens fort:

„Im Anschluss an die notarielle Beglaubigung sollten wir gemeinsam mit Horst Gerkan seinen Vertrag besprechen. Würde dir das passen? Allerdings wird es da wahrscheinlich spät werden.“

Susi lachte: „Jens, es wird oft spät, ihr solltet nur noch einplanen, den ersten, fertigen Saal unserer Ausstellung in Wuppertal anzusehen. Diese Stunde müsste noch drin sein. Kommt Moritz auch mit?“

Dieter: „Aber selbstverständlich, der Wuppertaler Notar hat auch danach gefragt.“

***

Erding

Wieder stand Wassili Rudnew am Flughafen in München. Er hatte eben mit Grigori Orlow gesprochen. Es war ein sehr ernstes Gespräch gewesen aber Grigori konnte erreichen, dass er und seine Kollegen bei einer Bekanntgabe des Lagerortes der Bilder bis kommenden Sonntag, die Kronzeugenregelung bei einem Prozess gegen Bussow und Wahl erhielten. Allerdings hatte Grigori Orlow auch zu verstehen gegeben, dass er mit der Zusammenarbeit der vier rechne. Wassili fühlte sich als Verräter und er wusste immer noch nicht, wie er das seinen Kollegen beibringen sollte. Er fuhr zurück zu dem Bauernhof, wo die Kollegen mit van Engelen die Bilder begutachteten.

Als er zurück kam, sah er als ersten Stepan Pimenow. Der nahm ihn zur Seite und sagte: „Dieser van Engelen ist ein Gauner. Die Schätzungen die der macht sind keinen Pfifferling wert. Der verdoppelt oder verdreifacht einfach die alten

Schätzpreise. Mit dem Bildernachsehen sind wir so gut wie fertig. Jetzt ist es nur noch Schreibarbeit. Die machen wir morgen fertig.

Mir wird richtig übel wenn ich daran denke, dass eventuell bei der Übernahme ein Fachmann dabei ist und die Schätzungen des van Engelen sieht.

Die Sache mit den Exponaten wird immer gefährlicher. Der Verkauf der Bilder nach den USA, ja das war in Ordnung. Aber der Verkauf nach den Emiraten, noch dazu, wenn sich jetzt auch noch politische Parteien wie die Hamas einmischen, da bekomme ich kalte Fuße."

Wassili: „Stepan, diese Bedenken habe ich schon eine ganze Zeit. Ich glaube, wir vier müssen uns darüber unterhalten. Was meinst du, wenn wir heute Abend zu viert auf ein Bier in eine Wirtschaft gehen. Aber ohne van Engelen und ohne den Freund von Wahl, der den Hausmeister spielt."

Stepan: „Das sollten wir machen. Ich denke dabei daran, was der Botschafter in Berlin gesagt hat, dass er uns eventuell hilft. Wenn Bussow meint, dass wir mit den Bildern in die Emirate fahren, dann täuscht er sich. Ich auf jeden Fall nicht. Ich glaube, du und Thomas Hanke auch nicht. Bei Anarei weiß ich nicht so genau wie er denkt. Ich kann's mir aber nicht vorstellen, dass er mit in die Emirate fährt. Also bis Brindisi bringen wir die Bilder, aber dann ist Schluss."

Kurz vor sieben sagte van Engelen, dass er jetzt aufhören würde und bat, dass man ihn in seinen Gasthof zurückbringt. Man vereinbarte noch das Abholen am nächsten Morgen und Anarei fuhr ihn zurück.

Als er zurück war, sagten sie Wahls Freund, dass sie heute mal auswärts etwas essen und trinken wollten. Peter Wahls Freund wollte zwar mit, aber die vier lehnten das ab, denn einer müsse bei den wertvollen Bildern bleiben.

Sie suchten sich ein kleines, nicht stark frequentiertes Gasthaus aus und als sie ihre Getränke hatten, begann Stepan: „Diese Schätzungen von van Engelen gefallen mir nicht. Es besteht zwar kein Zweifel, dass der ein Kunsthändler und wahrscheinlich auch ein Sachverständiger ist, aber die Schätzungen, die der macht, die könnte auch jeder von uns machen. Wenn die ein Fachmann sieht, dann lacht er sich tot. Seine Schätzzahlen sind Hausnummern. Ich hab Wassili schon gesagt, ich bekomme so langsam kalte Füße."

Anarei Perow: „Stepan, mir geht es wie dir. Ursprünglich war von den USA die Rede. Das war in Ordnung und der Plan auch gut. Was meinst du Thomas?"

Thomas Hanke: „Mir hat das schon mit Mallorca nicht gepasst. Ich hätte mich in Berlin sicherer gefühlt als dort. Das mit den Emiraten ist nicht astrein. Wenn ich noch könnte, würde ich aussteigen."

Wassili Rudnew: „Mir geht's wie euch, nur glaube ich, hab ich einen Ausweg. Ich habe meine Frau angerufen, die hat mir verraten, dass mein Telefon überwacht wird und gab mir eine Nummer in St. Petersburg, die soll ich anrufen. Es war Grigori Orlow am Apparat."

Rudnew erzählte weiter, dass Orlow die Adresse von Bussow und Wahl in Ramallah kennt, dass man weiß dass die Bilder an die Emirate verkauft werden sollen. Er schilderte, dass Orlow im Bilde war, dass sie sich in Mallorca aufgehalten hätten und er und auch die deutsche Polizei wüssten, dass sich die Bilder in oder bei München befinden würden. Er erklärte seinen Kumpanen auch, wie Grigori das erfahren hatte.

Dann sage er: „Grigori Orlow hat mir zugesagt, dass es bei einem Prozess für uns die Kronzeugenregelung gäbe, wenn wir die Bilder bis kommenden Sonntag übergeben würden oder ihm sagen, wo sie sind. Er ist nicht daran interessiert, dass die deutsche Polizei diese Bilder findet, da es sich um sogenanntes Beutegut aus dem letzten Krieg handelt. Er kommt morgen Abend nach München und wir können ihn in der Firma von Peter Wahl treffen. Entweder die haben Peter Wahls Firma besetzt oder Vereinbarungen mit denen, nachdem sie dort tätig werden können. Wie ihr wisst, ich kenne Orlow schon lange, er ist ein Sauhund, aber mir gegenüber hat er sich immer fair verhalten, außerdem habe ich ihm mal einen großen Gefallen erwiesen."

Es war eine Zeit lang ganz ruhig. Jeder musste das Gehörte erst verinnerlichen. Dann meinte Stepan.

„Wassili, können wir dem Grigori Orlow trauen? Mir kommt es sehr unwahrscheinlich vor, dass man vier Personen die Kronzeugenregelung zubilligt."

Wassili: „Stepan, du weißt, vor drei Jahren gab's doch dieses riesige Theater wegen der Ikonen, die ich angeblich nach Berlin gebracht habe. Ich habe damals Orlow geholfen, die Ikonen zu finden. Orlow hat es fertiggebracht meinen Namen in der ganzen Angelegenheit zu verheimlichen. Ich denke, wir vier sollten gemeinschaftlich ein Gespräch mit ihm führen."

Schnell einigte man sich, am Donnerstag, das heißt in zwei Tagen, einen Termin mit Grigori zu machen. Am Besten wäre es nach der sogenannten notariellen Unterschriftsbeglaubigung durch van Engelen. Sie verständigten sich darauf, dass man noch heute Abend in Ramallah anrufen wird, damit Wahl oder Bussow die 300.000 Euro termingerecht swiften kann. Wassili sollte das Geld morgen abholen und am Donnerstag mit zum Notar nehmen.

Stepan zum Abschluss: „Wassili, wenn das Ganze eine Falle ist?"

Wassili lachte trocken: „Dann brauchen wir nur unseren Mund zu halten. Ich glaube nicht, dass die in Erding suchen, dann muss sich Peter oder Iwan jemand andern für den Transport nach Brindisi suchen. Den einzigen, den es dann trifft, das bin ich, denn mich haben sie in Wuppertal gesehen. Euch können sie nichts nachweisen, außer, dass wir zusammen in Ferien auf Mallorca waren. Es müsste mich wundern, wenn Orlow so etwas in die Wege geleitet hätte. Der fürchtet mehr, dass die deutsche Polizei die Bilder bekommt."

***

Wiesbaden

Donnerstagmorgen war ein hektischer Betrieb in Susis Büro. Sie war noch müde von der gestrigen Fahrt nach Wuppertal. Die Protokollierung war problemlos verlaufen. Auch die Besprechung mit Gerkan war gut gewesen.

Die ersten Gäste zur Hochzeit von Alena und Franz trafen ein. Maxim und ihr Mann hatten irgendein Geheimnis, anscheinend eine Hochzeitsüberraschung für das Paar. Alles lief auf Hochtouren.

Susi musste im Nachhinein lächeln. Sie hatte das Kunststück fertiggebracht, für die Hochzeitsfeierlichkeiten ihre Mutter in ein Abendkleid zu stecken und ihrem Vater einen Smoking zu verpassen. Es hatte sie viel Überredungskunst gekostet. Es war gelungen und ihre Eltern würden einen eleganten Eindruck machen. Susi musste jetzt noch über die Gesichter ihrer Eltern schmunzeln, aber sie war froh, dass sie das geschafft hatte.

Das Telefon meldete sich und ihr Sekretariat avisierte Frank Lappas aus München:

(Susi) Hallo Frank, was gibt's?

(Frank) Bei uns ist soweit alles in Ordnung, wir haben nur unendlich viel zu tun. Du kannst dir vorstellen, dass hier noch alles drunter und drüber geht. Aber Grigori Orlow ist hier und möchte dich gerne sprechen.

(Orlow) Hallo Susi, wie geht's?

(Susi) Bei uns ist der Teufel los, du weißt, morgen ist Alenas Hochzeit angesagt. Du kommst doch?

(Orlow) Das ist doch selbstverständlich. Meine Frau kann leider nicht, der Kinder wegen, sie kommt aber mit

nach Jerusalem. Aber das ist nicht der Grund meines Anrufes. Ich glaube, ich habe die Bilder gefunden. Sie sind wahrscheinlich in oder bei München. Genaueres erfahre ich heute Nachmittag. In dem Zusammenhang habe ich einige Fragen. Könnten wir die Gemälde noch mal nach Wuppertal bringen? Da es sich um Exponate des Beutegutes handelt, bleiben sie am besten in Wuppertal. Kann die Firma Wahl bei euch Räume mieten, um diese Bilder in temperierten Räumen zu lagern? Und die dritte Frage: Habt ihr zwei Schreiner, die mir ab Samstag oder Sonntag für etwa drei bis vier Tage zur Verfügung stehen?

(Susi) Grigori, gratuliere dir, wieso ging das so schnell?

(Orlow) Du weißt, ich hatte auf einen Informanten spekuliert und der wird voraussichtlich heute oder morgen kommen und singen. Dafür musste ich die Kronzeugenregelung versprechen. Ich habe vor, die Gemälde gleich in Deutschland zu lassen, sie zu vermarkten ist dann Luise und Franks Angelegenheit. Die beiden haben aber in München keine Lagermöglichkeit für eine solche Menge. Da dachte ich an Euch. Eure Gebäude sind beheizt, ihr achtet auf Luftfeuchtigkeit und sie sind entsprechend gesichert. Du müsstest dann nur mit Frank oder Luise die Miete vereinbaren.

(Susi) In unseren alten Gebäuden geht das zwar vorübergehend, aber nicht für die Dauer. Wir haben aber das große Nachbargebäude gekauft, in welchem schon mal euer LKW stand. Dort haben wir 10.000 Quadratmeter Lagerfläche. Da könnt ihr eine ganze Etage haben. Die versehen wir mit einer Stahltür und die Fenster mit Gittern. Außerdem kann man die an unsere Alarmanlage anschließen. Diese Räume müssen nur renoviert werden. Die Handwerker haben wir schon. Die fangen heute mit der Renovierung an. Aber sag, wozu brauchst du die Schreiner?

(Grigori) Ich weiß noch nicht genau, wie ich mit den Informanten zurechtkomme, aber ich plane, diese mit den Bildern nach Wuppertal zu schicken. Die Bilder dort auszupa-

cken, aus Dachlatten Rahmen zu schneiden, diese in die leeren Verpackungen zu legen und wieder zuzukleben. Da die Bilder in die Emirate sollen, müssen sie zwangsläufig auf dem Seeweg dorthin gebracht werden. Genaueres erfahre ich morgen. Zu diesem Schiff will ich die leeren Verpackungen bringen. Die Überraschung beim Auspacken wird groß werden.

(Susi) Grigori, du bist ein Aas. Wenn dir das gelingt, braucht ihr wahrscheinlich keine Anklage und keinen Prozess mehr, das nehmen euch die Araber ab. Wenn nicht die, dann die Palästinenser.

(Orlow) Susi, du weißt doch, wir Russen sind bekannt für Potemkinsche Dörfer. Aber diese beiden, Bussow und Wahl, haben soviel Leid und soviel Blut an ihren Händen, da kann ich einfach nicht anders. Susi, ich kann also Frank und Luise sagen, dass sie die Bilder dort einlagern dürfen. Die Einzelheiten müsst ihr vereinbaren. Außerdem glaube ich, ist Wuppertal eine gute Lagerstätte, da die Rückgabe jeweils in Brüssel erfolgen soll. Danke dir für deine Hilfe.

(Susi) Was die Lagerfläche angeht, das ist kein Problem. Allerdings bezüglich der Schreiner, muss ich erst mit Wuppertal sprechen, aber das dürfte auch in Ordnung gehen. Grüße Luise und Frank von uns und sage, wir freuen uns, dass sie zur Eröffnung unserer Filiale nach Jerusalem kommen. Grigori, soll ich jetzt Wiedersehen, Schalom oder Do swidanija sagen?

(Orlow) Weder noch. Freue mich, dich morgen zu sehen.

Susi rief gleich Thomas Hall an, um ihm die Neuigkeiten zu erzählen. Hinsichtlich der Schreiner hatte der keine Probleme. Er lachte nur und sagte: „Susi, ich musste mich hier umtun, weil wir für die Regale der Öldrucke zwei Schreiner brauchten. Wenn ich denen sage, dass sie jetzt schon was machen können, freuen die sich. Außerdem müssen diese Bilder auf Regale gelegt werden und die muss man anfertigen."

Susi verabschiedete sich von Thomas Hall, es war Zeit zum Mittagessen. Sie ging nach oben in ihre Wohnung.

Dort angekommen erfuhr sie von ihrer Mutter, dass ihr Mann nicht zum Essen kommen würde. Ihre Mutter meinte nur, er hätte so geheimnisvoll getan.

Saskia lachte: „Moritz hat mit Maxim irgendeine Überraschung vor. Wir werden es morgen erleben. Susi, wie machen wir das morgen mit unseren Süßen? Nehmen wir sie wieder mit und lassen sie in dem kleinen Nebenraum? Ich weiß, es werden sechs Babys sein. Du bist doch damit einverstanden? Eine von uns übernimmt die Aufsicht."

Susis Mutter fragte nur: „Woher kommen denn die ganzen Babys?"

Susi erklärte: „Unsere beiden, dann der kleine Mike und die kleine Susi und noch zwei Weitere von Mitarbeitern. Außerdem noch vierzehn Kinder unter zehn Jahren. Wir haben einen kleinen Raum, wo die Babys sein können und wo später auch die Kinder schlafen."

Susi bemerkte nur zu Saskia: „Du solltest heute Abend etwas früher nach unten gehen und die Getränke richten."

Sie musste wieder in ihr Büro. Ihr war bewusst, heute würde es nichts mehr mit der Arbeit werden, denn die Besucher kamen und ihr Büro füllte sich rasch.

München

Es war schon fast vier Uhr am Nachmittag, als Stepan, Anarei, Thomas und Wassili bei der Firma Kunst- und Antiquitätenberatung Wahl auftauchten. Orlow hatte gebeten, das Besprechungszimmer benutzen zu können und nach dem Bekanntmachen sagte er:

„Ich habe euch Frau Luise Wahl und Herrn Frank Lappas vorgestellt. Ich merkte euer Erstaunen. Zu eurer Information: Herr Peter Wahl wurde als Geschäftsführer abberufen. Seine

Stelle nimmt der Journalist Frank Lappas ein. Frank Lappas ist Journalist der Kunstszene. Er wird über die Angelegenheit der Gemälde aus der Eremitage nicht berichten. Ebenso Frau Wahl, die sich von ihrem Mann trennen wird. Ihr habt daher sicher nichts dagegen, wenn diese beiden Herrschaften bei unserem Gespräch anwesend sind?“

Stepan: „Danke, Herr Orlow. Wassili hat uns erzählt, dass Sie, falls Sie in den Besitz oder Kenntnis des Lagerungsortes der Gemälde kommen, bei einem Prozess gegen uns oder die Herren Bussow und Wahl die Kronzeugenregelung anwenden würden und unsere Strafe wird zur Bewährung ausgesetzt. Ist das richtig?

Orlow: „Ja, das ist korrekt. Es kommt nur noch ein kleiner Zusatz, nämlich, dass Sie uns ihren Möglichkeiten entsprechend helfen, die Herren Bussow, Wahl und Michailow zu fassen. Was ich verlange, ist lediglich die Zusammenarbeit mit Ihnen, die Gemälde außer Landes zu bringen. Also gänzlich ungefährlich. Dazu müsste ich wissen, wohin sollen Sie diese Bilder bringen? Nach meinen Recherchen sollen Sie diese zu einem italienischen Hafen bringen. Von dort auf dem Seeweg nach den Emiraten. Wann sollen Sie diese dorthin bringen und wie heißt der Hafen?“

Stepan: „Sie können sich vorstellen, dass wir, bevor wir Ihre Fragen beantworten, die Straferleichterung durch die Kronzeugenregelung gerne schriftlich hätten.“

Orlow: „Stepan Pimenow, das kann ich verstehen. Dieses Dokument habe ich bei mir. Das Papier wurde durch die Staatsanwaltschaft in St. Petersburg ausgefertigt und ich übergebe Ihnen hiermit das Original.“

Stepan las es aufmerksam, gab das Papier dann weiter an seine Kollegen und Wassili sagte: „Danke Herr Orlow. Wir sind jetzt bei Ihnen im Boot.

Die Bilder befinden sich in der Nähe des Münchener Flughafens. Alle Bilder wurden noch mal geschätzt und die Schätzungsurkunden wurden heute Vormittag ausgehändigt.

Eine Urkunde hat der Schätzer, eine Urkunde bleibt hier bei einem Freund von Herrn Wahl, fünf Urkunden gingen per Luftpost nach Ramallah und drei Urkunden sind noch in meinem Besitz. Eine davon können Sie haben."

Wassili übergab eine dieser umfangreichen Urkunden Herrn Grigori. Der blätterte, las die letzte Summe und musste laut lachen.

Er sagte zu Pimenow: „Stepan, Sie verstehen doch auch was von diesem Gewerbe, was sagen Sie zu dieser Endsumme und dieser Schätzung?"

Stepan: „Mir geht es wie Ihnen. Das ist eine Wald-Wiesen-Schätzung. Das hat ein belgischer Schätzer gemacht. Ich hatte den Eindruck, dass er den Auftrag hatte, die Preise nach oben zu treiben."

Orlow gab Luise Wahl diese Urkunde: „Nehmt sie an euch. Ich lasse mir gegebenenfalls von Wassili noch eine Kopie geben."

Orlow lachte: „Nun erzählt mal, wann und wohin sollt Ihr die Bilder bringen?"

Wassili: „Orlow, wohin wissen wir, aber noch nicht wann. Soweit wir wissen, sollen wir uns am Tag X mit den Bildern und zwei LKW's nach Italien begeben und nach Brindisi fahren. In Brindisi würden die Bilder von einem Schiff übernommen. Den Namen des Schiffes und den dortigen Schiffsagenten würden wir noch erfahren."

Orlow: „Wann erfahrt Ihr das?"

Wassili: „Wir wollen heute Abend mit Ramallah telefonieren und nehmen an, dass wir dann hören, wann das Schiff in Brindisi ist."

Orlow: „Ihr müsst schnellstmöglich aus München weg. Die Polizei weiß, dass sich die Bilder in oder bei München befinden. Es ist nur eine Frage der Zeit, bis sie euer Versteck gefunden haben. Dumm sind die nicht. Ihr müsst euch ohnehin zwei LKW,s mieten. Ich habe mit der Galerie Kaiser gesprochen, die hat in Wuppertal genügend Raum, um die Bilder zu lagern. Dort bringt ihr sie hin. Ich werde veranlassen, dass sie dort ausgeladen werden. Ich werde dafür sorgen, dass ihr dort Unterkunft findet. Dann nehmt ihr die Bilder sorgfältig aus den Kartons, beziehungsweise aus den Verpackungen. Ich habe gebeten, dass zwei Schreiner aus Latten Rahmen in der entsprechenden Größe und Gewicht herstellen, die ihr wieder in die Originalverpackungen legt und diese gut zuklebt und mit Kunststoffverschnürungen verseht. Ihr gebt die Bilder in Brindisi ab und kommt sofort zurück, gebt die Wagen zurück und begebt euch nach Berlin.

Sollte es einen Prozess und eine Anklage geben, so laden wir euch zum Prozess nach St. Petersburg. Die deutsche Polizei wird unterrichtet, dass ihr nicht mehr zu den Verdächtigen gehört.

Wir nehmen an, dass wir in spätestens vier Wochen, Bussow, Wahl und Michailow haben. Also vier Wochen lang nicht ans Telefon gehen. Ich glaube, in Berlin seid ihr sicherer als auf Mallorca. Wenn ich euch eine sichere Unterkunft besorgen soll, lasst es mich wissen."

Wassili: „Was soll ich Bussow sagen, dass wir jetzt schon fortwollen?"

Orlow: „Na, das ist einfach und stimmt auch noch. In den Münchener Gazetten war ein Aufruf der Polizei, die nach diesen Bildern fahndete. Sag einfach, euch wird das Pflaster zu heiß. Die österreichische Grenze und die Schweizer Grenzen würden überwacht. Ihr versucht über Frankreich nach Italien zu fahren."

Sie vereinbarten, dass sie am nächsten Tag mit Orlow in Wiesbaden telefonieren würden. Orlow gab ihnen seine Handynummer. Die Verabschiedung ging schnell.

***

Wiesbaden

Freitagmorgen. Susi kam in ihr Büro, nahm sich noch eine Tasse Kaffee und versuchte ihre Gedanken zu sortieren. Heute war der Hochzeitstag von Alena Konovalova und Franz Westermann.

Gestern Abend hatte man Alenas und Franzens Polterabend hier im Haus gefeiert. Es wurde zwar nicht sehr spät, aber es war eine tolle Stimmung und man merkte, wie sehr die beiden in das Unternehmen eingebunden waren. Auch Alenas Mutter und ihre Brüder hatten sich gut integriert. Heute hatte man Franz und Alena von allen Verpflichtungen freigestellt. Sie würden sich erst wieder auf dem Standesamt treffen. Susi hatte eine Menge Termine, der Wichtigste war das Treffen mit dem russischen Botschafter und seiner Frau, Grigori Orlow, Olga Waganowa mit Dr. Hugo Wettengel und Michail Borodin mit seiner Frau Paula aus St. Petersburg. Susi und ihr Mann hatten sich um zwölf Uhr in ihrem Stammrestaurant Giovanni verabredet.

Der Vormittag verflog wieder mal. Kurz vor zwölf holte Moritz Susi ab und zusammen gingen sie zu Giovanni.

Fast gleichzeitig trafen Susis Gäste dort ein. Es gab eine herzliche Begrüßung und man setzte sich zu Tisch. Giovanni bemühte sich, wie immer, besonders um seine Gäste.

Es war eine lebhafte Unterhaltung während der Mahlzeit. Man war schon beim obligatorischen Kaffee, als Grigori Orlow an sein Glas klopfte, um Ruhe bat und sagte: „Tut mir leid, wenn ich jetzt zu einem ernsten Thema kommen muss. Einige hier am Tisch wissen die Entwicklung in der Sache Bussow und Wahl noch nicht. Ich fasse zusammen.

Bussow, Wahl, und drei weitere Entführer unseres Botschafters befinden sich in Ramallah, im sogenannten Palästinensergebiet. Die erpressten Bilder aus der Eremitage sollen an die Emirate verkauft werden und das erzielte Geld hälftig an die Entführer und die Hamas gezahlt werden. Wenn dies gelänge, würde das Krieg in Nahost bedeuten."

Der Botschafter hatte eine Zwischenfrage, aber Grigori Orlow bat um Geduld. Dann fuhr er fort:

„Es ist mir gelungen, bei der Auslieferung der Bilder an die Entführer, einem mir bekannten Ganoven, nämlich Wassili Rudnew, die Kronzeugenregelung schmackhaft zu machen, wenn er mit uns zusammenarbeitet. Das ist in den letzen Tagen geschehen. Dieser Rudnew hat sich gemeldet und noch für drei weitere Ganoven, die mit bei der Entführung waren, um die Kronzeugenregelung gebeten. Die mussten wir für vier der Entführer zugestehen. Jetzt wissen wir, die Bilder lagern in einem Bauernhof in der Nähe des Münchner Flughafens in der Stadt Erding. Wie ich heute Morgen erfahren habe, sollen diese Bilder mit zwei LKW,s von Erding nach Brindisi gebracht werden, dort zwischen dem 15. und 17. dieses Monats auf ein Schiff verladen werden um in die Emirate zu gelangen. In den letzten Tagen wurden diese Gemälde noch mal durch einen Sachverständigen geschätzt.“

Grigori fuhr fort: „Die Schätzung ist eine Farce. Sie dient anscheinend nur dazu, eine Wertsteigerung nachzuweisen.

Ich habe veranlasst, dass heute noch die beiden LKW's gemietet werden und dass man die Wagen umgehend belädt und mit den Bildern von Erding nach Wuppertal bringt. Es muss schnell gehen, denn die Wagen müssen bis Samstag nächster Woche in Brindisi sein.

In Wuppertal müssen die beiden Wagen entladen werden, die Bilder sollen dort aus ihren Verpackungen genommen werden. Aus Dachlatten oder anderen Hölzern müssen Rahmen gezimmert werden, die der Größe und dem Gewicht der Bilder entsprechen. Die Holzrahmen sollen dann wieder verpackt werden. Diese werden dann nach Brindisi gebracht. Soweit mir gesagt wurde, werden diese Kisten und Kartons lediglich einem Schiffsmakler in Brindisi übergeben. Die vier Herren kommen dann mit dem LKW nach hier zurück und begeben sich nach Berlin. Die Deckadressen in Berlin bekomme ich.

Wie mir Susi mitgeteilt hat, können in Wuppertal entsprechende Räumlichkeiten zur Verfügung gestellt werden und es stehen auch zwei Schreiner bereit, um die Holzrahmen anzufertigen. Stimmt doch?“

Susi lachte: „Das ging zwar alles holterdiepolter, aber es klappt. Die Wagen können am Samstag in den Hof gestellt werden. Mit dem Ausladen wird man erst am Sonntag beginnen können.“

Grigori Orlow: „Danke Susi, ihr wart sehr hilfreich. Ich will versuchen, mich heute Abend noch mal mit Thomas Hall zu unterhalten. In jedem Fall werde ich morgen Nachmittag von hier nach Wuppertal fahren, um bei der Ankunft der Wagen dabei zu sein.“

Moritz: „Grigori, sei sicher, dass sich das machen lässt. Trotzdem sollten wir uns deswegen nicht die Hochzeitsfeier von Alena und Franz vermiesen lassen. So langsam wird es Zeit, dass wir uns ans Umkleiden für die Feierlichkeiten machen. Ich glaube, wir heben die Tafel auf.“ Alles lachte, man stand auf und verließ gemeinsam das Restaurant.

Man war im kleinsten Kreis zum Standesamt gefahren. Nur das Hochzeitspaar und die Trauzeugen mit Begleitung. Pünktlich um 16.30 Uhr begann die Trauung.

Alenas Trauzeugin war Frau Paula Borodin, die mit ihrem Mann Michail gekommen war, der Trauzeuge von Franz war Moritz, der mit Susi zugegen war. Es war zwar eine feierliche aber auch etwas nüchterne Atmosphäre. Nach zwanzig Minuten war alles vorüber.

Das Hochzeitspaar und die Trauzeugen nebst Anhang fuhren mit drei Autos zu den Kolonnaden des Kurhauses, wo der Stehempfang um 17.30 Uhr geplant war. Sie waren gute fünfzehn Minuten vor Beginn bereits dort, aber die meisten Gäste auch.

Man klatschte, als das Hochzeitspaar die Kolonnaden betrat und bewarf es mit Reis. Es wurde Sekt gereicht und man trank auf das Wohl des Hochzeitspaares. Moritz hatte Mühe, das Paar kurz nach sechs aus den Kolonnaden zu bringen, da man sich noch für die Abendfeierlichkeiten umziehen musste.

Man hatte das Umziehen in eine der großen Künstlergarderoben verlegt, so dass das Hochzeitspaar pünktlich den Fototermin um 19 Uhr wahrnehmen konnte.

Es war ein schönes Paar. Zwar war Alena durch ihre Schwangerschaft gehandicapt, aber die russische Volkstracht verbarg etwas ihren Zustand und sie sah in dieser bunten Kleidung sehr hübsch aus. Franz hatte wie immer seinen Smoking an, der ihn gut kleidete.

Nachdem die Aufnahmen gemacht waren, bat Moritz das Hochzeitspaar nach draußen in die Halle des Kurhauses mit den Worten: „Alena, Franz, wie bei unserer Hochzeit, hat sich durch die Anwesenheit des russischen Botschafters der Ministerpräsident des Landes und der Oberbürgermeister unserer Stadt angesagt. Daher sind wieder die entsprechenden Absperrungen durch die Polizei vorgenommen worden. Ihr stellt euch nach der Absperrung auf, das zeige ich euch und ich führe euch die Gäste zu. Nach Euch stehen die Trauzeugen. Wenn alle Gäste hinter der Absperrung sind, wird Mike die Gäste willkommen heißen.

Danach ist Saalöffnung und da alle Gäste Platzkarten mit ihrer Einladung erhalten haben, dürfte es kein Gedränge geben. Dann kommen die Begrüßungen und das Abendessen. So und jetzt wollen wir gehen.“ Als sie nach draußen in die Halle kamen, waren vor der Absperrung schon viele Leute. Franz sagte nur zu Moritz: „Das sind jetzt schon bald zweihundert Gäste. Wie viel sind es denn insgesamt?“

Moritz lachte und sagte leise: „Ich habe mich nicht getraut es dir vorher zu sagen, es sind weit mehr als zweihundertfünfzig geladene Gäste.“

Moritz führte sie zur Absperrung, vergewisserte sich, dass der Getränkeservice klappt und öffnete dann die Absperrung. Das Defilee begann. Als eine der letzten Gäste kamen der Ministerpräsident und der Oberbürgermeister.

Auf einem kleinen Podest erschien Mike Curtis, nahm eine Klingel und begann: „Mein Name ist Mike Curtis und im Namen des Hochzeitspaares Alena und Franz Westermann begrüße ich unsere Gäste und möchte Sie mit dem Ablauf des heutigen Abends bekanntmachen.

Wenn meine Rede beendet ist, werden sich die Saaltüren öffnen und Sie nehmen an Ihren Tischen Platz. Auf Ihrer Einladung ist die Tischnummer vermerkt. Sollte es Unstimmigkeiten geben, an den Eingangstüren sind zwei Herren in dunklen Umhängen mit einem großen roten Punkt. Bitte wenden Sie sich an diese. Sie werden Ihnen helfen. Vor Ihnen auf den Plätzen liegt ein Programm des heutigen Abends. Da wir das Hochzeitspaar überraschen wollten, werde ich die Änderung erst bei der Begrüßungsrede bekanntgeben. Ansonsten wünsche ich allen einen schönen Abend und viel Spaß bei dieser Hochzeitsfeier. Danke Ihnen!“

Ein Applaus kam auf und wie auf Kommando gingen die Saaltüren zum Festsaal auf. Ein schön geschmückter Raum mit festlich gedeckten Tischen war zu sehen, an den runden Tischen war jeweils für acht Personen eingedeckt und in der Mitte, zur Bühne hin, war eine große Tanzfläche ausgespart.

Die Gäste nahmen Platz, der Getränkeservice war rasch und schon kurz vor acht hatte jeder sein bestelltes Getränk. Langsam wurde das Licht gedimmt, ein Scheinwerfer beleuchtete die Bühne und Mike trat ins Rampenlicht. Es wurde plötzlich still im Saal und Mike begann:

„Liebe Gäste, zwei Herzen haben sich gefunden, nämlich unsere Alena und Franz. Eine deutsch – russische Hochzeit. Als Alena vor einem Jahr zu uns kam, hätten weder sie noch wir gedacht, dass Alena für immer bei uns bleibt. Bei unserem eingefleischten Junggesellen Franz hatten wir es aufgegeben an eine Verbindung zu denken. Erhebt mit mir die Gläser und trinkt auf das Wohl und die Zukunft unseres Paares. Wir freuen uns mit den beiden und wünschen ihnen auf ihrem kommenden, gemeinsamen Lebensweg Glück, Zufriedenheit und Gesundheit.

Nicht nur wir, liebe Alena, gratulieren dir, wir wissen, du warst von Kindheit an in einer Volkstanzgruppe und hast dort viele Freunde zurückgelassen. Auch die wollen dir gratulieren, sie sind den weiten Weg von St. Petersburg nach hier gekommen, um zu gratulieren. Das ist unsere erste Überraschung.

Die zweite Überraschung, du hast auch Freunde bei dem Orchester, das euch bei den Volkstänzen immer begleitet hat. Auch die haben den weiten Weg von St. Petersburg nicht gescheut und wollen dir auch gratulieren.

Und die dritte Überraschung, als Kind hast du wenige Jahre Ballettunterricht gehabt. Zwei deiner damaligen Gruppe wurden später in der Ballettakademie in St. Petersburg ausgebildet. Auch sie wollen dir gratulieren und sind hier.

Organisiert hat das unser Maxim zusammen mit Boris. Aber es musste auch noch finanziert werden. Die Sponsoren sind die Familien von Maxim Pasternak und Boris Gogol, die Familie Michail und Paula Borodin, der russische Botschafter in Berlin, Seine Exzellenz Peter Achmat und seine Ehefrau Anna, unserer Olga Waganowa und Dr. Hugo Wettengel, sowie das Ehepaar Susi und Moritz Kaiser.

Während der Darbietungen für unsere Gäste, werde ich Sie durch das Programm führen. Ich hoffe, wir können so gegen 20.45 Uhr mit dem Abendessen beginnen. Danach haben alle Mitarbeiter für eine Überraschung gesorgt. Danke für Ihre Aufmerksamkeit. Es gab Applaus.

Plötzlich, von Scheinwerfern angestrahlt, war ein russisches sechs Mann Orchester in Tracht zu sehen. Die Musik begann und sechs Paare in Volkstrachten kamen auf die Tanzfläche.

Mit einer folkloristischen Musik wurden die Tänzerinnen und Tänzer bei ihrem Volkstanz begleitet. Es war ein außergewöhnlicher Kasatschok. Die Paare wirbelten durcheinander bis sie endlich einen Kreis bildeten und sich vor ihrem Publikum verneigten.

Es gab einen großen Applaus, die Tanzfläche verdunkelte sich wieder. Ein Scheinwerfer leuchtete auf, Mike stand seitlich der Bühne und begann:

„Liebe Gäste, das kommende Paar brauche ich namentlich nicht anzusagen, ihr alle kennt sie aus Filmen und vom Fernsehen. Sie sind in den berühmtesten Opernhäusern der Welt zu Hause.

Sie tanzen nach Peter Tschaikowskys »Schwanensee« und zwar eine Szene aus dem 2. Akt »Tanz der Schwäne«. Wir konnten zwar kein Orchester dafür einfliegen, aber ich verspreche Ihnen, die Musik Tschaikowskys wird Ihnen feinstes interpretiert mit größter künstlerischer Reife und bei größter technischer Qualität. Danke!“

Wieder ein Applaus. Der Scheinwerfer erlosch, es wurde ganz dunkel. Dann beleuchtete ein Scheinwerfer die Mitte der Tanzfläche. Ein starr stehendes Tanzpaar war zu sehen. Wie aus Erz gegossen, standen sie statuenhaft und unbewegt. Dann begann die Musik.

Unter den Tönen dieser herrlichen Musik erwachte das Paar aus der Erstarrung und bot den Tanz der Schwäne in einmaliger Form dar. Jede Bewegung war auf diese herrliche Musik abgestimmt. Am Ende der Musik verneigten sich die Tänzer.

Es gab einen frenetischen Applaus, der nicht enden wollte.
Die Scheinwerfer zur Tanzfläche hin erloschen und Mike wurde wieder angestrahlt.

„Liebe Gäste, unsere Volkstanzgruppe wird Sie jetzt noch mal mit einer kurzen, lustigen Tanzszene erfreuen. Ich wünsche viel Spaß:

Viele Scheinwerfer flammten auf, das Orchester in ihren bunten Volkstrachten war zu sehen und sie begannen mit einem bekannten russischen Lied.

Die Volkstanzgruppe kam wieder auf die Tanzfläche, sie zeigten ein Können, das schon an Akrobatik grenzte. Eine tolle Leistung. Wieder bildeten sie einen Kreis und verneigten sich zum Ende der Show.

Es folgte ein langer Applaus. Die Tanzfläche verdunkelte sich, die Paare verschwanden und Mike war zu sehen. Er begann:

Liebe Gäste, während des jetzt folgenden Hochzeitsessens wird uns das Orchester mit schöner, dezenter, russischer Musik unterhalten. Nach Beendigung des Festmenüs darf ich Moritz Kaiser auf die Bühne bitten. Euch allen einen guten Appetit.

Die Kellner kamen und deckten die Vorspeise ein. Der Service klappte hervorragend. Man unterhielt sich gut während des Essens, zumal sich die meisten kannten. Zum Dessert hatte man sich etwas Besonderes einfallen lassen. Es gab eine riesige Eistorte, die das Hochzeitspaar anschneiden musste, was auch unter viel Gelächter geschah.

Als man beim Kaffee war wurde es im Saal wieder etwas dunkler. Seitlich der Bühne wurde Moritz angestrahlt, es wurde ruhig im Saal und er sprach:

„Liebe Alena, lieber Franz,

Als wir begannen eure Hochzeit zu planen, da dachten wir an eine kleine Feier. Wir schätzten um die fünfzig Personen. Aber sie hatte eine Eigendynamik. Erst wurden es hundert, dann hundertfünfzig, heute Nachmittag schätzte ich noch zweihundertfünfzig Gäste und zwischenzeitlich weiß ich, wir kommen locker auf dreihundert Gäste. Das beweist eure Beliebtheit. Franz ist schon sehr lange bei uns und ist nicht mehr fortzudenken. Alena erst ein Jahr, aber auch sie ist ganz fest mit uns allen verbunden. So darf ich mir erlauben, mich bei euren Gästen für ihr Kommen zu bedanken.

Ich begrüße den Ministerpräsidenten des Landes Hessen mit Gemahlin. Sie waren schon bei der Verlobung des Paares Westermann bei uns und wir bedanken uns für Ihr Kommen. Das Gleiche gilt für den Oberbürgermeister dieser Stadt, dem wir für seine liebenswürdige Teilnahme an unserem Fest danken. Es verbindet uns alle sehr viel mit dem Botschafter der russischen Föderation, der mit seiner Frau bei uns ist. Das Schicksal hat uns zu Freunden werden lassen. Danke für euer Kommen.

Es gibt uns heute Abend der Direktor eines der größten Museen der Welt, der Eremitage in St. Petersburg, die Ehre. Eigentlich müsste er uns böse sein, denn eine außergewöhnliche Mitarbeiterin – nämlich Alena – haben wir entführt. Viel verbindet uns mit ihm und seiner Frau Paula. Wir sind nicht nur befreundet, wir sind Freunde, die ein teilweise harter Weg zusammengebracht hat. Danke, dass Ihr kommen konntet. Noch ein Freund ist unter uns. Grigori Orlow. Eigentlich hatte er keine Zeit, das wissen wir genau. Dass er trotzdem hier ist, ehrt uns sehr.

Das ist noch nicht alles: Olga Waganowa, Direktorin der Eremitage weilt unter uns und wir sind froh, dass sie hier ist. Mit ihr kam Dr. Hugo Wettengel, der Leiter unserer Galerie in St. Petersburg. Danke fürs Kommen.

Unseren Gästen aus Rom, den USA und anderen Ländern, danke ich für ihr Hiersein. Den Kollegen aus Wiesbaden und Wuppertal herzlichen Dank für die Teilnahme. Unserer Hilde mit Familie einen Dank und nicht zu vergessen Alenas Freunde aus St. Petersburg, die die Strapazen dieser weiten Fahrt auf sich genommen haben. Sollte ich jetzt jemanden vergessen haben, entschuldigt bitte.

Die Kollegen von Alena und Franz haben sich auch eine Hochzeitsüberraschung einfallen lassen. Wir werden jetzt die Türen zum Park öffnen. Gleich beginnt das Feuerwerk zu Ehren des Hochzeitspaares als Geschenk aller Kolleginnen und Kollegen. Wenn das Feuerwerk vorbei ist, werde ich den Hochzeitswalzer ankündigen."

Der Service öffnete einen Teil der Türen und die Hochzeitsgäste begaben sich in den Kurpark. Es war ein schönes Feuerwerk mit vielen Facetten. Die Gäste waren begeistert. Am Ende gab es einen Applaus.

Die Unterbrechung durch das Feuerwerk fanden alle gut. Man stand noch in Grüppchen zusammen und ging wieder in den Saal. Das Orchester wurde angestrahlt und Moritz verkündete von der Bühne:

„Liebe Gäste, keine Hochzeit ohne Hochzeitswalzer. Liebe Alena, lieber Franz, bitte eröffnet den Tanz, der ab jetzt bis kurz vor Mitternacht euch allen hilft, in Bewegung zu bleiben. Unser Hochzeitspaar darf eine Runde allein tanzen, danach können sich alle anschließen."

Inzwischen waren Alena und Franz auf der Tanzfläche, die Musik begann und das Paar eröffnete den Tanz mit dem Hochzeitswalzer.

Danach ging Alena mit Franz zu den beiden Tischen an dem ihre ehemaligen Vereinskollegen saßen. Es gab eine Begrüßung bei der auch viele Freudentränen flossen. Alena konnte ihr Glück nicht fassen, dass ihre ehemaligen Freunde gekommen waren. Dann gingen sie zu den Sponsoren, um sich zu bedanken. Sie wanderten von Tisch zu Tisch. Es war schön zu sehen, mit wie viel Herzlichkeit sie an jedem Tisch begrüßt wurden.

Auch Susi ging mit Moritz von Tisch zu Tisch, sprach mit allen und als sie zu dem Tisch kam, an dem ihre Eltern saßen, sagte ihre Mutter:

„Susanne, das ist die schönste Hochzeitsfeier die ich je gesehen habe. Warst du schon mal bei den Babys und den

Kindern? Nina und Saskia haben das prima organisiert. Ich hätte nie gedacht, dass Babys und Kinder so brav sein können. Du musst dir das einfach ansehen.“

Und Susis Vater, noch ganz im Bann des Gesehenen: „Susi, ich wusste durch Boris schon, was man für die Hochzeit geplant hatte, aber, dass das so einzigartig schön wird, das konnte ich mir nicht vorstellen. Ich muss jetzt noch mal zu Boris gehen, bevor er wieder nach Jerusalem verschwindet.“

An einem der Tische fanden sie Grigori Orlow im Gespräch mit Thomas Hall.

Susi lachte: „Na ihr zwei, könnt ihr das Geschäft nicht mal einige Minuten vergessen?“

Grigori Orlow: „Susi, der heutige Abend war wunderschön, aber du weißt, ich dürfte eigentlich nicht da sein. So habe ich mit Thomas Hall vereinbart, dass wir morgen nach dem Mittagessen zurück nach Wuppertal fahren. Aber versprochen, jetzt wird mit Alena und Franz noch gefeiert. Außerdem muss ich noch mit Paula tanzen, ich darf Olga nicht vergessen, aber als nächste bist du dran.“

Er verbeugte sich vor Susi: „Darf ich?“ Nahm sie und verschwand mit ihr auf die Tanzfläche.

Die Musik verstummte, es wurde etwas dunkler im Saal. Ein Scheinwerfer leuchtete auf und strahlte Moritz an, der seitlich der Bühne stand.

„Liebe Gäste, es ist gleich Mitternacht und es ist üblich, zu diesem Zeitpunkt eine Kleinigkeit zu reichen.

Zu Ehren der Braut servieren wir gleich Borschtsch nach einem original russischen Rezept. Das ist eine Suppe aus Rindfleisch mit verschiedenen Gemüse, besonders Weißkraut und roten Rüben. Die Suppe ist mit dem Saft von roten Rüben gefärbt. Sie wird mit einem Klecks saurer Sahne serviert. Dazu werden Piroggen gereicht. Das sind in Russland übliche Pasteten aus Hefeteig mit einer Füllung aus Fleisch, Kohl, Pilzen und Eiern. Das Rezept hat uns Olga besorgt und ich glaube, es ist den Köchen gelungen, diese Köstlichkeit zuzubereiten. Die Suppe müsst ihr euch selbst holen, ich wünsche euch allen einen guten Appetit."

In der Mitte der Tanzfläche war jetzt ein kleines Buffet zu sehen. Zwei Köche standen um einen Kessel mit dem Borschtsch und zwei weitere bei der Ausgabe der Piroggen.

Sehr diszipliniert stellte man sich an. Es wurde ganz ruhig im Saal und Susi, die gerade an Maxims Tisch stand fragte: „Na Maxim, ist das dein Geschmack?"

Maxim stand auf, gab Susi ein Bussi auf die Wange und sagte: „Das ist der beste Borschtsch, den ich je gegessen habe. Moritz hat das inszeniert und ich dachte, das wird ein Flop, aber es ist die Krönung dieser Feier. Du wirst sehen, der Borschtsch wird bis zur Neige aufgegessen."

So war es auch. Nach zwanzig Minuten war der Kessel leer und auch Piroggen gab es keine mehr. Das Buffet wurde nach draußen gerollt. Wieder leuchtete ein Scheinwerfer auf die Bühne. Mike war zu sehen:

„So, ihr Lieben, nachdem wir uns gestärkt haben, dürft ihr die überschüssigen Kalorien beim Tanz abtrainieren. Es darf bis um drei Uhr morgens getanzt werden. Wer schon etwas früher nach Hause möchte, ab zwei Uhr stehen vor dem Haupteingang des Kurhauses Busse, die euch in euer Hotel oder euer Heim bringen. Die Busse fahren alle zehn Minuten. Der letzte gegen drei Uhr dreißig. Jetzt viel Spaß beim Tanz und bei der Unterhaltung. Kurz vor dem letzten Tanz melde ich mich noch mal.

Die Musik begann wieder und die Tanzfläche füllte sich schlagartig. Mike stellt für sich fest, dass fleißige Tänzer unter den Gästen waren.

***

Samstagmorgen. Neun Uhr. So langsam kam Leben in Susis Küche. Saskia deckte den Frühstückstisch im Esszimmer, baute ein Buffet auf, denn sie nahm an, dass nicht alle gleichzeitig kommen würden. So war es auch.

Als erstes kam Hilde mit ihrer kleinen Susi und Erich, sie schwärmte: „Das war wieder mal eine schöne Feier."

Saskia, du scheinst dich ja mit verschiedenen aus dem Hinterhaus gut zu verstehen."

Saskia fröhlich: „Es war aber auch toll, da sind einige aus dem vierten Stock, die wollen mir bei der Prüfung zur Kunstschule helfen. Außerdem tanzen die auch noch prima. Wir hatten viel Spaß. Ich musste zwar einige Male nach den Babys sehen, aber die waren alle brav."

Inzwischen waren Susis Eltern gekommen. Sie nahmen sich Kaffee und Susis Mutter fragte Saskia: „Kindchen, wie bist du heimgekommen?"

Saskia: „Magda, danke dir, dass du unsere Süßen nach Hause gebracht hast. Wo sind die eigentlich jetzt?"

Und Magda: „Susi hat sich ihrer angenommen. Wahrscheinlich schlafen sie noch. Es war ein wunderschöner Abend. Was mich gewundert hat, dass die Kinder alle so brav waren. Ich glaube, dafür haben Petras Kinder gesorgt. Besonders der kleine Ben und die Anna haben so was von süß geschlafen, man hätte das fotografieren sollen."

Kurze Zeit später kamen Susi und Moritz. Beide waren noch ziemlich verschlafen und Susi sagte: „Ich muss jetzt einfach einen Kaffee haben. Ich finde, es war eine schöne Feier. Alena und Franz tun mir leid, die müssen sich heute um ihre Gäste aus Russland kümmern."

Moritz trocken: „Da müssen die durch. Maxim hat das alles organisiert und hilft. Heute um elf werden sie mit dem Bus abgeholt und Maxim fährt mit ihnen nach Nierstein am Rhein in ein schönes Weinlokal. Dort gibt es eine Weinprobe und Kleinigkeiten zu essen. Danach fahren sie in Antons Galerie. Alena will ihnen die erklären. Am Abend geht es in ein rustikales Weinlokal nach Mainz. Morgen früh um zehn Uhr hat Maxim einen Gottesdienst in der orthodoxen Kirche in Wiesbaden organisiert. Dann hat er bei Giovanni für die ganze Bande ein italienisches Mittagessen vorbereiten lassen. Am Nachmittag will er ihnen die Galerie hier zeigen und eventuell noch seine Werkstatt. Maxim ist ein Könner, er hat dann in seinem Atelier ein Fest geplant. Ich kann mir vorstellen, das wird toll. Vielleicht sollten wir uns dort kurz sehen lassen. Am Montagmorgen verlassen uns die beiden Gruppen und fahren mit einem Bus zurück nach St. Petersburg."

„Susi: „Alena hat sich riesig über diese Überraschungen gefreut. Sie hat geflennt wie ein Schlosshund. Ich finde, es war eine gute Idee von Maxim und Boris."

Susis Vater: „Boris hat mir erzählt, was die beiden alles unternommen haben, damit diese Überraschung klappt. Schon erstaunlich. Mit Boris konnte ich gestern Abend auch noch ein paar Takte sprechen. Jetzt ist auch arbeitsmäßig für die nächste Woche alles in Ordnung. Wir fertigen jetzt pro Tag zu zweit zwischen vier und sechs Ikonen und wir werden immer besser und immer schneller."

Moritz: „Johannes, schön, dass dir die Arbeit Freude macht, aber wie hat dir der gestrige Abend gefallen?"

Johannes: „Ich dachte erst, na ja! Halt eben so eine Hochzeitsfeier. Aber das war keine Feier, das war eine riesige Veranstaltung und eine extravagante dazu. Es war imponierend, ungewöhnlich und trotzdem so familiär. So langsam glaube ich auch, dass euer Unternehmen eine große Familie ist."

Susis Mama: „Susi, ich weiß nicht, wann ich das letzte Mal mit Papa getanzt habe, aber er hat's nicht verlernt und es war einfach wunderbar. Wir sind zwar ein bisschen aus der Übung, aber vielleicht haben wir bald mal wieder die Gelegenheit zu probieren. Susi, für mich war das ein unvergesslicher Abend."

Noch lange gingen die Gespräche bis Susi sagte, ich glaube, wir müssen so langsam gehen. Wir haben einen Termin im Nassauer Hof. Der Botschafter mit seiner Frau Anna, Michail und Paula, Grigori und Thomas und Hugo mit Olga erwarten uns zum Mittagessen.

Im Nassauer Hof angekommen, begaben sie sich in die Bar um alle zu treffen und noch einen Aperitif zu nehmen.

Der Botschafter brachte einen Toast auf den gestrigen Abend aus. Er sagte:

„Susi, Moritz, eure Mitarbeiter verstehen es zu feiern. Es ist eine Freude ihre Lebenslust zu sehen. Für mich war es doppelt schön eine so hervorragende deutsch-russische Zusammenarbeit zu sehen. Ihr seid eine wundervolle Mannschaft. Schade, dass wir heute nicht bleiben können."

Susi ganz ruhig: „Das Exzellenz lasse ich jetzt mal weg. Anna, Peter, was haltet ihr davon, wenn ihr einfach mal ein paar Tage Urlaub bei uns macht. Fühlt euch eingeladen. Wir würden uns freuen. Paula und Michail haben es uns auch immer und immer wieder versprochen, aber ich weiß, sie werden es irgendwann wahrmachen."

Nach dem gemeinschaftlichen Essen bedauerten alle, dass man sich schon wieder trennen musste. Es gab eine rasche Verabschiedung. Der Botschafter musste zurück nach Berlin, Thomas Hall und Grigori Orlow wollten nach Wuppertal und auch Paula und Michail flogen nach St. Petersburg.

Susi sagte zum Abschied: „Paula, Michail und Grigori, wir sehen uns in sieben Tagen in Jerusalem. Olga und Hugo sehen wir gleich im Anschluss und dann – so hoffe ich – auch in Jerusalem.

Schnell ging man auseinander.

Susi und Moritz gingen mit Olga und Hugo zurück in die Taunusstraße in Susis Büro. Dort hatten sie einen Termin mit Jens. Als sie zurück kamen, wartete Jens schon. Es gab eine herzliche Begrüßung und Jens sagte: „Ich habe nur ein paar Kleinigkeiten, die ich mit euch besprechen muss. Erst die positiven Punkte. Die Buchhaltung in St. Petersburg klappt hervorragend. Die Umsatzzahlen sind bewundernswert.

Die negativen Punkte wisst ihr sicher selbst. Wenn wir von hier nach Russland liefern, so haben wir ein Währungsgefälle, das unseren Gewinn erheblich schmälert. So lange wir die alten Produkte der Galerie **artis opus** verkauften, spielte das keine Rolle. Aber jetzt, wo wir in Wuppertal fast ausschließlich für euch produzieren, könnten wir in eine Schieflage geraten. Wir müssen unsere Produktion in St. Petersburg steigern, damit wir möglichst wenig dorthin liefern müssen.

Wir haben festgestellt, dass eure Künstler beziehungsweise Kopisten, gegenüber unseren Leuten hier, zu langsam kopieren. Auch das müssen wir ändern. Finanziell spielt das zwar keine Rolle, da wir pro Stück bezahlen, aber wenn wir die Produktion steigern wollen, dann ist das zu beachten.

Olga: „Jens, du hast recht. Aber jeder Anfang ist mit Schwierigkeiten verbunden und ich wundere mich nur, dass wir so wenig Probleme haben. Es wird sich in dem Moment ändern, in dem wir unsere Andruckpresse für die Öldrucke in Betrieb nehmen können. Sie wäre schon montiert, wenn wir die Maße der Maschine gekannt hätten und wenn wir gewusst hätten, dass wir noch eine Trockenstraße dazu benötigen. Aber wir sind dabei und hoffen, dass wir Mitte bis Ende nächster Woche die Maschine in Betrieb nehmen können. Wie ihr wisst, geht das Übermalen der Öldrucke dann viel schneller und kostengünstiger."

Hugo bedächtig: „Jens, du kannst dir manche Schwierigkeiten in St. Petersburg nicht vorstellen. Wenn ich Olga nicht hätte, könnten wir unsere Galerie in St. Petersburg vergessen. Mit der Andruckpresse haben wir uns im Moment nichts Gutes angetan. Bessere Kenntnis von der Größe der Maschine, der Trockenstraße und der Lagerfläche hätte uns viel Ärger erspart. Sicherlich verringert die Maschine unsere Produktionskosten und bringt auch neue Geschäfte, aber im Moment war sie für uns ein Kuckucksei. Warum hat man das nicht vorher erkannt?"

Moritz lachte trocken: „Asche auf mein Haupt. Die Verantwortung dafür trage ich. Die Verhandlungen mit dieser Firma kamen über Rolf Berger zustande. Da er der Fachmann war, setzte die Lieferfirma voraus, dass wir wussten, dass sie dazu noch die Trockenstraße liefern würden und dass man anschließend die Bilder einzeln lagern muss."

Susi: „Habt ihr jetzt endlich euer Raumproblem gelöst?"

Hugo: „Ja, wir haben die Maschine und die Trockenstraße in zwei verschiedene Räume unterbringen müssen. Bei der Lagerung haben wir uns entschlossen, die Bilder gleich auf Keilrahmen aufzuziehen. Das bindet zwar im Moment Kapital, aber es spart enorm Lagerraum. Wir hätten außerdem noch etwas mit Mike zu besprechen, er meinte zwar, er wäre pünktlich hier, aber ich hoffe, er kommt bald."

Susi wollte schon etwas sagen, als es klopfte und Mike kam. Er entschuldigte sich und sagte: „Tut mir leid, aber ich hatte fünf Kinder, die den Onkel Mike nicht loslassen wollten. Nur zu eurer Information, klein Anna hat mir im Vertrauen erzählt, dass sie weiß, dass ich zaubern kann und Ben hat ihr zugestimmt."

Alle lachten und Mike fuhr fort: „Ihr wisst also, wenn ihr nicht lieb zu mir seid, was dann mit euch passiert."

Susi: „Mike, nachdem du zaubern kannst, hast du deine Andruckpresse sicherlich gut aufstellen können."

Mike: „Das war wirklich ein Zauberkunststück. Wir hatten immer Platz ohne Ende, damit ist es zwar noch nicht ganz vorbei, aber so langsam wird es eng."

Olga: „Mike du hast bei uns einige Kopien von Gemälden aus der Eremitage bestellt. Die liefern wir. Da es sich um Einzelkopien handelt, wird zusätzlich zu den Kopierkosten noch die Gebühr für die Eremitage in Höhe von 250 Euro fällig. Da diese Kopien für Museen hergestellt werden, dürfte das keine Schwierigkeit sein. Eine Schwierigkeit ist die Ausfuhrgenehmigung nach den USA. Ich finde, wir sollten da eine andere Lösung finden."

Hugo zu Jens gewandt: „Jens, wir haben eine generelle Ausfuhrgenehmigung in alle EU-Staaten. Wäre es buchhaltungstechnisch möglich, dass wir nach Wiesbaden oder Wuppertal liefern und ihr schickt diese Bilder weiter nach den USA?"

Jens: „Buchhaltungstechnisch kein Problem. Wir richten ein Zwischenkonto ein und ihr liefert nach Wuppertal und Wuppertal liefert in die USA. Aber wie ist es mit unserer Einfuhrlizenz in die USA?"

Mike: „Die Genehmigung zum Kopieren dieser Gemälde aus der Eremitage besitzt die Galerie Kaiser in Wiesbaden. Demzufolge dürfte es da keine Probleme geben. Ich will trotzdem eine Kopie des Vertrages mit der Eremitage mit nach den USA nehmen und fragen, ob irgendjemand etwas dagegen einzuwenden hat. Allerdings glaube ich das nicht, zumal die Aufträge für diese Kopien von führenden Museen in den USA kommen."

Man redete noch über verschiedene, gemeinsame Anliegen, bis Susi sagte:

„Um sechs ist wie immer bei uns Aperitif, ich muss sehen, ob das alles klappt. Ihr kommt doch?"

Alle lachten und Susi erklärte noch, dass die römische Gruppe Mike und auch Olga und Hugo sehen wollten.

Wuppertal

Grigori war mit Thomas Hall erst kurz nach drei in Wiesbaden weggekommen und Grigori hatte Angst, dass die LKW's bereits in Wuppertal wären, bevor sie selbst dort sind. Hall beruhigte ihn:

„Die haben gestern Nachmittag die Wagen gemietet, sind dann nach Erding gefahren. Dort haben sie bis spät in der Nacht die Bilder eingeladen. Schlafen mussten sie auch. Die sind frühestens um zehn Uhr heute Morgen weggekommen.

Von München nach hier sind es 625 Kilometer. Bei einer Geschwindigkeit von 80 km/h brauchen sie acht Stunden. Dazu kommen mindestens zwei Pausen."

Grigori fragte noch mal: „Meinen Sie, Herr Hall, dass die Herren Paul und Bart Unterkunftsmöglichkeiten in ihren Räumen frei machen konnten? Ich würde die Leute nicht gerne in einem Hotel oder Gasthof unterbringen?"

Wieder beruhigte ihn Thomas Hall: „Herr Orlow, die beiden Herren sind sehr zuverlässig. Sie können sicher sein, dass die mich angerufen hätten, wenn etwas unklar wäre."

Kurz nach halb sechs war man endlich in den Räumen der Galerie **artis opus**. Paul und Bart begrüßten Herrn Orlow höflich und zeigten die Räume, in die man die vier Männer unterbringen wollte.

Dann sagte Bart: „Herr Orlow, Sie sollten sich auch die Lagerräume für die Bilder ansehen. Unsere Handwerker sind bereits dabei den Raum zu streichen. Für eine provisorische Beheizung mit Gas haben wir auch gesorgt. Licht ist ebenfalls schon angeschlossen, wir haben gestern einen Probelauf der Lastenaufzüge gemacht, auch die funktionieren."

Bart und Thomas Hall gingen mit Grigori um die Ecke in die neuen Gebäude. Als sie durch das große Tor kamen sahen sie bereits das Auto der Handwerker im Hof stehen. Bart öffnete die Tür des Lastenaufzuges und sie stiegen ein. Im 3. Stock hielt der Aufzug, sie kamen in einen kleinen Vorraum und dann in eine große Halle. Die Maler waren dabei, die Wände weiß zu tünchen. Sie waren bereits zur Hälfte fertig. In der Mitte stand ein langer Tisch auf dem Werkzeuge lagen. Zwei Männer sortierten Leisten aller Art.

Herr Hall stellte die beiden Männer vor. Es waren Schreiner, die bereits die notwendigen Leisten besorgt hatten, ebenso wie Schrauben, Nägel und so weiter.

Bart führte aus: „Da wir bereits morgen mit dem Umpacken der Kartons beginnen müssen, habe ich heute Morgen die entsprechenden Leisten besorgt.

Ich habe errechnet, wir brauchen für jedes Bild zirka drei Meter Leisten. So habe ich fünfhundert Dachlatten 2 x 3 cm gekauft und fünfhundert Leisten 3 x 4 cm. Das müsste in etwa für 1.000 Gemälde reichen. Da diese Rahmen eine Stabilität brauchen, habe ich 6 mm dicke Spanplatten besorgt. Jede Platte ist 2 x 2,4 Meter groß. Diese Platten lagern im Moment im Erdgeschoss. Dort steht auch die Kreissäge, mit der wir die Platten zurechtschneiden wollen. Ich habe überschlagen, dass wir aus jeder Platte etwa zehn Rückwände für die Bilderrahmen bekommen. So habe ich vorerst nur einhundert solcher Spanplatten besorgt.

Man hat mir gesagt, dass die Herren, die die Bilder bringen, aus der Branche kommen, so können sie mithelfen.

Die ausgepackten Bilder können wir abgedeckt übereinander auf den Boden legen.

Wenn die Herren mit dem Umpacken fertig sind, können die Schreiner mit dem Aufbau der Regale für die Bilder beginnen. Ich habe luftdurchlässige Folie gekauft, damit die Bilder nicht einstauben aber auch atmen können. Sobald die Arbeiten abgeschlossen sind, werden wir einen Luftbefeuchter installieren. Die Stahltür ist bestellt und die Vergitterung für die Fenster ebenfalls. Ich habe mit den Technikern gesprochen, dass wir Mitte der nächsten Woche die Alarmanlage installieren können."

Grigori lachte: „Besten Dank, so perfekt habe ich mir das nicht vorgestellt. Wenn die Galerie Kaiser mehr so fähige Leute hat, kein Wunder, dass sie so erfolgreich ist. Meinen herzlichsten Dank für ihre Bemühungen." Die Maler wollten noch bleiben, sie hatten sich vorgenommen den Raum heute noch fertig zu streichen. Über Nacht sollte er trocknen, damit morgen hier gearbeitet werden kann. Fenster und Boden waren schon geputzt.

Herr Hall bemerkte: „Bart, könnten Sie dafür sorgen, dass morgen Früh eventuell der restliche Malerschmutz noch beseitigt wird?"

Bart: „Thomas, unsere beiden Hilfsarbeiter kommen extra morgen Früh, um den letzten Dreck zu beseitigen."

Grigori, Thomas Hall und Bart gingen zurück in die Galerie **artis opus**. Hier sagte Bart:

„Herr Grigori, ich bringe Sie jetzt auf Ihr Zimmer. Ich hoffe es gefällt Ihnen. Wenn Sie sich frisch gemacht haben, würden wir uns freuen, wenn Sie sich vier Säle unserer kommenden Ausstellung **»Die berühmtesten Gemälde der Welt«** ansehen würden. Wir möchten Sie gerne mit einem Empfangsdrink begrüßen, wäre Ihnen ein Wodka angenehm oder haben Sie einen anderen Wunsch?"

Grigori lachte: „Ich bin Russe, also Wodka."

Dann begab sich Bart mit Grigori nach oben, zeigte ihm sein Appartement, dass aus einem Wohnraum, Bad, Dusche und einem kleinen Schlafzimmer bestand.

Kurze Zeit später kam Grigori wieder nach unten an den Empfang und wurde von Eva begrüßt:

„Herr Orlow, heute ist Ihr Kommen angenehmer als das letzte Mal. Bart hat mir schon Ihren Getränkewunsch gesagt. Die Getränke sind oben. Sehen Sie sich unsere Räume der kommenden Ausstellung an. Vier Säle sind ganz fertig."

Eva und Orlow gingen nach oben, Bart begrüßte sie und hatte für Eva ein Glas Sekt und für Orlow einen eisgekühlten Wodka:

„Herr Orlow, Sie sind der erste Besucher dieser unfertigen Ausstellung, willkommen bei uns."

Grigori schaute um sich, er stand in einem Raum mit zartgelben Wänden. Die Decke war schwarzgrün gestrichen, so, dass man glaubte, sie sei nach oben offen. Zwischen den Gemälden hatte man zartgelbe Tüllvorhänge mit golddurchwirkten Fäden drapiert. In der Mitte standen vier Staffeleien, auf welchen dreimal das gleiche Bild zu sehen war. Das Ganze machte einen fantastischen Eindruck.

Grigori sagte nur: „Außergewöhnlich, mir bleiben die Worte weg. Jetzt muss ich einen Schluck nehmen."

Grigori prostete den beiden zu und fragte dann: „Die Staffeleien in der Mitte mit den drei gleichen Bildern, die fallen auf, was bezwecken Sie damit?"

Bart: „Herr Orlow, Sie wissen, die Galerie Kaiser stellt Kopien der schönsten Gemälde der Welt her. Obwohl wir mit unseren Kopien schon sehr preiswert sind, kostet doch so manches unserer Exponate bis zu zehntausend Euro. Auch für viele unerschwinglich. So haben wir begonnen, Öldrucke zu fertigen. Man kann diese Öldrucke kaum von den Originalen oder unseren Originalkopien unterscheiden."

Bart führte Grigori zu einer Staffelei auf welcher drei gleiche Gemälde zu sehen waren. Er erklärte weiter:

„Das Exponat links oben, ist die Originalkopie. Sie kostet 4.500 Euro. In der Mitte sehen Sie einen Öldruck. Er kostet mit Rahmen 900 Euro und rechts unten einen Kunstdruck. Sie können ihn mit Rahmen für nur 90 Euro erwerben. Bei dem Kunstdruck haben wir für die Oberfläche ein neues Verfahren angewendet. Wir haben das Glas weggelassen und das Bild mit einem Kunststoffüberzug versehen. Dadurch ist der Druck geschützt und das Bild sieht plastisch aus. Der Öldruck ist in diesem Fall etwas teurer als üblich, da der Rahmen sehr aufwändig ist. Dagegen finde ich, dass der Kunstdruck sehr schön und auch preiswert ist."

Eva fuhr fort: „Ich telefoniere viel hinsichtlich unserer Ausstellung und glaube, dass die Öldrucke und die Kunstdrucke sich sehr gut verkaufen lassen.

Im Gegensatz zu meinen Kollegen bin ich der Auffassung, dass sich unsere Kunstdrucke auch junge Leute leisten können."

Bart: „Vielleicht sollten wir im Schnellgang kurz die drei restlichen Räume unserer Ausstellung besichtigen, bevor die beiden LKW's eintreffen."

Sie begaben sich in Raum 6 der Ausstellung. Dieser war in einem zarten hellblau gehalten, die hellblauen Tüllvorhänge zwischen den Bildern waren wieder gerafft und mit einem silbernen Faden durchwirkt. Diese Tüllvorhänge waren auch über die vier Staffeleien in der Mitte des Raumes drapiert. Wieder waren auf den Staffeleien je drei Bilder zu sehen. Grigori konnte sich kaum davon trennen. Da die Decke dieses Raumes auch in schwarzgrün gestrichen war, machte dieser Raum den Eindruck, nach oben offen zu sein.

Sie gingen zu Raum 7. Ein zartgrün gestrichener Raum. Wieder war die Decke schwarzgrün gestrichen und man meinte, sie sei nach oben offen. Zwischen den Bildern hingen zartgrüne Tüllvorhänge, die schön gerafft waren. In der Mitte des Raumes wieder vier Staffeleien, auf denen je drei Bilder zu sehen waren. Dazwischen die Tüllkreationen, die mit silbernen Fäden durchwirkt waren. Wieder blieb Grigori lange vor einer dieser Staffeleien stehen und sagte:

„Frau Bergmann, ich glaube Sie haben recht, wenn Sie vermuten, diese Kunstdrucke sind etwas für ein junges Publikum. Ich denke, dass man mit dieser Art von Kunst junge Käufer an die Kunst heranführt."

Sie gingen in den Raum Nr. 8. Wieder die schwarzgrün gestrichene Decke, die dem Raum das Flair einer open air Ausstellung gab. Weiße Wände, zwischen den Gemälden rotgoldene Tüllvorhänge. Wieder in der Mitte die Staffeleien mit je drei Bildern.

Grigori wollte eben etwas sagen, als sein Handy sich meldete: „Grigori Orlow?" dann hörte er zu und sagte nur, „ich veranlasse das".

Zu den übrigen sagte er: „Das war Wassili, einer der Entführer. Er müsste in fünf Minuten hier sein. Können wir das Tor öffnen?"

Man ging nach unten, öffnete das Tor und wenig später bogen zwei Lastkraftwagen um die Ecke und fuhren durch die Einfahrt langsam in den Hof. Die Wagen parkten nebeneinander und die vier stiegen aus.

Nach einer kurzen Begrüßung sagte Bart: „Meine Herrn, ich bringe Sie jetzt kurz auf Ihre Zimmer. Wir sind kein Hotel und so haben wir auch nicht vier Einzelzimmer, aber wir stellen Ihnen eine Wohnung zur Verfügung, die hat zwei Schlafzimmer mit je zwei Betten. Ich hoffe, Sie sind zufrieden. Ich warte auf Sie und bringe Sie dann in unser Konferenzzimmer, dort haben wir einen kleinen Imbiss angerichtet. Sie werden sicher müde und hungrig sein."

Als die vier in die Gästewohnung kamen, waren sie sehr von der Gastfreundschaft angetan. Bart hatte dafür gesorgt, dass Getränke in der Wohnung waren und auch Kleinigkeiten zum Knabbern. Auch die Blümchen waren nicht vergessen. Die vier bedankten sich herzlich.

Als sie nach unten zu Grigori kamen, begrüßte sie Thomas Hall und Eva Bergmann.

Herr Hall sagte: „Meine Herren, ich lasse Sie jetzt allein. Wir sehen uns morgen früh wieder."

Eva fragte, ob die Herren besondere Wünsche hätten. Als diese verneinten, sagte sie: „Ich kann Ihnen eine Suppe anbieten und ein einfaches Nudelgericht, dass ich in der Mikrowelle rasch wärme. Wenn Sie jedoch nach der Suppe Brot essen möchte, ich habe zwei verschiedene Brotsorten hier, Wurst und Käse. Als Getränk können Sie zwischen Tee, Bier, Wein oder Säften wählen." Alle sahen den schön gedeckten Tisch mit den vielen Extras.

Man war schnell einig und während der Mahlzeit erzählte Wassili:

„Bei unserem Gespräch gestern mit Bussow hatten wir keine Schwierigkeiten. Allerdings rief heute Morgen Peter Wahl an. Er sagte, wir würden spinnen, kein Mensch würde uns in München suchen, wir sollten bleiben wo wir wären. Wir mussten schon sehr massiv werden, um ihn vom Gegenteil zu überzeugen. Dann wurde vereinbart, dass wir uns jetzt täglich einmal melden, bis wir in Brindisi sind."

Da es schon spät war, sagte Eva: „Ich sehe, Ihr seid alle furchtbar müde. Ich glaube, wir heben diese Runde auf. Also, bis Morgen."

***

Eva Bergmann hatte das Frühstück für neun Uhr gerichtet, alle kamen pünktlich. Schnell hatte man Kontakt und Grigori erzählte den vieren was heute anliegen würde. Nach dem Frühstück ging er mit ihnen in das Nachbargebäude. Bart war mitgekommen. Sie stellten fest, dass die Maler die Halle fertig gestrichen hatten und die beiden Hilfsarbeiter der Galerie dabei waren den Raum vom restlichen Malerdreck zu befreien. Die beiden Schreiner waren bereits zugange und man begann mit dem Auspacken der Bilder.

Stepan: „Wir brauchen noch ein paar Werkzeuge. Ich nehme an, die wird uns Herr van de Velde sicher geben.

Bart begab sich mit Stepan nach drüben in die Galerie um sich die Werkzeuge zu holen.

Eva sagte nur noch kurz: „Um eins gibt's Mittagessen."

Als Stepan zurückkam, war man bereits mitten bei der Arbeit. Die Schreiner waren gut und alle kamen samt und sonders aus der Branche und konnten gut mit diesen Dingen umgehen. Orlow war sehr angetan von der Schnelligkeit und der Professionalität dieser Leute.

Wiesbaden

Es war Sonntagnachmittag, den ganzen Tag hatte Susi Gespräche geführt und jetzt hatte sie als letzte Besucher Gina, Carlo und Professor Prantner.

Susi meinte: „Heute bin ich ziemlich ausgelaugt, seid mir nicht böse, aber jetzt muss ich zu meinem Kaffee einen kleinen Whisky haben. Wer macht mit, ich hab hier im Büro noch Cognac, Himbeergeist und Grand Marnier."

Gina lachte: „Das ist die Susi, die ich kenne. Aber während deiner Schwangerschaft warst du wirklich ganz tapfer. Ich nehme einen Grand Marnier."

Als man das Getränk hatte, sagte Susi: „So, jetzt geht es mir schon besser. Meine bessere Hälfte wollte zwar auch kommen, aber wer weiß, wo der wieder hängengeblieben ist. Aber sagt, was gibt es, dass ihr drei mich allein sprechen müsst?"

Carlo begann: „Wir haben zwei Probleme, ein geschäftliches und ein privates. Wir klären erst mal das geschäftliche Problem.

Wie du weißt, ist die Galerie Kaiser Roma S.A. eine Firma, die hälftig Zontini und der Galerie Kaiser in Wiesbaden gehört. Bei Meinungsverschiedenheiten kann der Aufsichtsrat, das ist Jens Gerner, entscheiden."

Susi erstaunt: „Nanu, Carlo, seid ihr uneinig?"

Carlo ernst: „Susi so können wir das nicht bezeichnen. Wir haben lediglich ein Problem, das wir mit dir besprechen müssen.

Die Andruckpresse für die Öldrucke steht, die Trockenstraße auch und Platz für die Lagerung der Öldrucke haben wir, aber wir drucken im Moment nur für Wuppertal. Laut dem Vertrag mit Zontini dürfen wir in Italien nur über ihn verkaufen, und das klappt nicht. Zontini ist starr in seiner Verkaufsphilosophie. Neue Wege zu gehen scheute er. Er ist eher eine Bremse als ein Verkaufsmotor. Wir liefern so gut wie nichts außerhalb Roms. Weder nach Mailand, noch nach Venedig, Florenz, Neapel oder gar Palermo. Seine große Ankündigung, er wird Verkaufsausstellungen in all diesen Städten machen, war Schall und Rauch.

Wir hätten schon viele Abschlüsse für die neuen Öldrucke machen können, aber über Zontini sind die zum Scheitern verurteilt. Gina hat lediglich mit einer Firma in Malta abgeschlossen. Das fällt nicht mehr in Zontinis Verkaufsgebiet. Meine Frage, wie können wir das ändern?"

Susi nachdenklich: „Gina, Carlo, ein ernstes Problem. Ich glaube, Zontini können wir nicht mehr ändern. Außerdem sind wir vertraglich gebunden. Der Vertrag hat noch eine Laufzeit von vier Jahren. Seht ihr eine Möglichkeit?"

Carlo ernst: „Susi leider nein, sonst hätten wir schon einen Vorschlag gemacht. Wir dachten, du hättest vielleicht eine Idee.

Susi nachdenklich: „Zontini kann nicht über seinen Schatten springen. Er ist glücklich, dass das Geschäft in der Klosterkirche gut läuft und mehr will er im Moment auch nicht. Er ist der Meinung, ein Verkauf eines unserer Originalkopien ersetzt zehn Verkäufe von Öldrucken. Damit hat er recht. Die Kunst einer breiten Bevölkerungsschicht nahe zu bringen, ist ihm dabei entgangen. Wir müssen ihn gütlich und sanft zu einer Lösung bringen, die ihm und euch hilft."

Gina unterbrach: „Susi, wenn uns das gelingen könnte, das wäre uns am liebsten. Hast du einen Vorschlag?"

Susi: „Ich glaube schon, aber Francesco Prantner hat noch gar nichts zu dieser Thematik gesagt. Francesco, was meinst du denn?"

Professor Prantner: „Liebe Susi, solche Themen sind mir ein Graus. Ich kenne Zontini schon so lange, ihn zu verletzten würde mich betrüben. Andererseits müssen wir eine Lösung finden, denn Carlo und Gina haben recht, Zontini eignet sich nicht für den Verkauf der Öldrucke und der Kunstdrucke."

Susi sehr ernst: „Keinesfalls möchte ich Zontini noch mal weh tun. Ihr wisst, ich musste das schon einmal tun. Ich werde Zontini in Jerusalem sehen und Ende des Monats nach Rom kommen, um mit euch zu sprechen. Wir haben rein vertraglich eine Möglichkeit, den Vertrag mit Zontini zu umgehen. Ihr liefert an eine Firma im Ausland und diese vertreibt durch eine Zweigstelle in Italien. Dies können wir Zontini sagen und ihn sanft zwingen, seinen Vertrag abzuändern und zwar dahingehend, dass ihr in eurem Vertrieb mehr freie Hand habt. Vielleicht gibt es sogar eine andere Lösung, die alle Beteiligten zufriedenstellt. Ihr tut am besten so, als hätte unser heutiges Gespräch nicht stattgefunden. Ich werde mit Jens Gerner darüber sprechen, der hat ohnehin die Zahlen, in der Zwischenzeit kein Wort zu Zontini. Gina, produziert inzwischen Öldrucke und Kunstdrucke auf Lager. Also nicht auf Sparflamme die Produktion laufen lassen. Selbst wenn wir mit Zontini nicht einig werden sollten, können wir ohne Mühe nach St. Petersburg liefern. Die haben einen irren Verkauf."

Professor Prantner: „Susi, wenn wir es verhindern könnten, Zontini nicht zu kränken, würde mir das sehr angenehm sein. Zontini ist ein Mensch, der in der Kunst aufgeht und für mich eigentlich auch ein Freund."

Carlo erleichtert: „Susi das Gespräch mit Zontini wird nicht ganz einfach, du weißt selbst, wie sehr er gekränkt war, als wir ihn seinerzeit zu dem jetzigen Vertrag zwangen."

Gina: „Mir geht es jetzt schon viel besser, ich weiß, du wirst das richten und auf eine Art lösen, dass wir unsere Pläne verfolgen können, ohne Zontini allzu sehr zu kränken.

So, liebe Susi, jetzt haben wir noch ein rein privates Problem, von dem wir dir Kenntnis geben wollen. Carlo betrifft es zwar nicht, aber er kann gerne dabei sein."

Susi lachte: „Gina, ich kann mir schon denken worum es geht, aber schieß los!"

Gina: „Ich hab mir schon gedacht, dass du es ahnst. Du weißt, ich habe schon zu meiner Studienzeit Francesco sehr verehrt. Durch unsere Zusammenarbeit wuchs die gegenseitige Zuneigung und Francesco hat mir einen Heiratsantrag gemacht und ich habe ihn angenommen. Letzte Woche haben wir mit meinen Eltern darüber gesprochen. Sie haben Francesco herzlich aufgenommen. Gestern habe ich meine Kinder informiert und auch die haben sich vorbildlich verhalten und Francesco akzeptiert."

Francesco Prantner unterbrach: „Susi, glaube mir, ich bin der glücklichste Mann der Welt. Schon als Studentin fiel mir

Gina auf und ich mochte sie sehr gerne, aber während der letzten Monate ist mir klar geworden, ich hab sie immer schon geliebt."

Susi lachend: „Erst mal meine allerherzlichsten Glückwünsche und alles, alles Gute. Da ich weiß, dass ihr beide gläubige Menschen seid, Gottes Segen für euren weiteren, gemeinsamen Lebensweg. Und jetzt müssen wir auf diese wundervolle Verbindung anstoßen."

***

Ramallah

Im Hinterzimmer eines mehrere Gebäude umfassenden Komplexes, saßen Iwan Bussow, Peter Wahl und Dimitri Michailow. Dimitri war gestern mit seinen Kumpanen Ralf Wenz und Jan Schneider in Tel Aviv angekommen.

Dimitri erzählte: „Von Palma de Mallorca nach Rom war kein Problem. Dann aber sind wir zwei Tage in Rom hängen geblieben. Keine Plätze frei. Wir sind dann weiter nach Athen geflogen. Dort sind wir wieder nicht weitergekommen. So kam es, dass wir erst gestern hier ankamen. In Tel Aviv hat alles geklappt. Die Befragung am Airport war eigenartig, so, als hätte man Kenntnis, dass wir nach Ramallah wollten."

Peter Wahl: „Mich haben die bei Ankunft auch so gelöchert. Das machen die anscheinend bei jedem ankommenden Fluggast. Hat der Transfer geklappt?"

Dimitri: „Die waren übervorsichtig und sind anscheinend riesige Umwege gefahren. Ralf und Jan in dem einen Wagen und ich in dem anderen. Was gibt es jetzt für uns zu tun?"

Iwan Bussow: „Die nächsten paar Tage nichts. Seht euch schon mal an, wie die Galerie Kaiser ihre Ateliers einrichtet. Lange werden sie die nicht haben." Iwan lachte bösartig: „Lass dir erzählen was wir vorhaben. Wie du sicher schon weißt sind Stepan, Wassili, Anarei und Thomas über Zürich nach München gefahren und gut in Erding angekommen. Sie haben die Bilder am Samstag geladen und wollen mit zwei LKW's langsam nach Brindisi bummeln.

Donnerstag oder Freitag wollen sie in Brindisi die Bilder unserem Schiffsmakler übergeben.

Die Bilder kommen dann auf dem Schiffsweg in die Emirate. Wir werden die Bilder in den Emiraten entgegennehmen und wie geplant verkaufen. Sicherheitshalber kommt ihr mit, man weiß nie. Aber wir haben noch etwas Einmaliges vor. Das soll er euch erzählen."

Peter Wahl begann: „Die Galerie Kaiser eröffnet am kommenden Sonntag ihre Galerie und ihre Ateliers in Jerusalem. Um zehn Uhr ist die feierliche Eröffnung, zu der nur die offiziellen Stellen und die Presse geladen wurden.

Um fünfzehn Uhr ist Beginn der ersten Vernissage der Galerie Kaiser in Jerusalem. Es werden zirka dreihundert Gäste erwartet. Hier können wir nicht nur die Galerie Kaiser in Jerusalem eliminieren, sondern das gesamte Unternehmen mit allen Filialen. Es wird dann ein Leichtes sein, die Reste der Firma in unsere Hände zu bekommen."

Dimitri: „Was habt ihr denn vor?"

Peter Wahl: „Dimitri warte ab. Die Galerie Kaiser ist im sogenannten arts und crafts center. Sie mussten umbauen. Das besonders in den unteren Räumen, denn die haben dort so eine Art Druckmaschine installieren müssen. Dazu mussten Wände entfernt und neue Wände eingezogen werden. Wir konnten zwei Arbeiter dieser Baufirma auf unsere Seite bringen und haben in die Wände Sprengstoff eingebaut. Mindestens einhundert Kilo sind in den Hohlblocksteinen verborgen. Der Sprengstoff ist mit Zündern versehen, die über Funk zu aktivieren sind. Die Antennen sind im Putz versteckt. Vor drei Tagen ist alles fertig geworden.

Allerdings müssen wir bis auf zirka einhundert Meter an die Antennen heran. Wir haben daher in einer Straße unterhalb dieses Centers jetzt schon einen Wagen geparkt. Der Wagen ist zusätzlich mit Sprengstoff gefüllt und die Hamas hat einen Selbstmordattentäter gewinnen können, der notfalls diesen Wagen an das Center heranfährt, falls die Zündung des eingemauerten Sprengstoffs nicht funktioniert.

Unsere Freunde aus St. Petersburg sind ebenfalls bei dieser Feier einschließlich Grigori Orlow und Michail Borodin. Aber lies selbst. Das ist die Rooming-List die uns ein Mittelsmann aus dem King David Hotel besorgt hat.“

Peter Wahl übergab Dimitri ein Blatt und er las:

Rooming List

Opening Galery Kaiser * Jerusalem

			nights
Arrival:	**Nov. 10th**		
1 Single	Mr. Gogol, Boris,	Wiesbaden	10
Arrival:	**Nov. 13th**		
1 Double	Mr.+Mrs. Zontini,	Rome	6
Arrival:	**Nov. 14th**		
1 Double	Mr.Curtis, Mike +	Boston / USA	
	Mrs. Falk, Vera	Boston / USA	5
1 Double	Mr. Lappas, Frank	Munich	
	Mrs. Wahl, Luise	Munich	5
1 Double	Mr.+Mrs. Orlow	St. Petersburg	5
1 Single	Mr. Husni, Achmed	Cairo	5
1 Single	Mr. Shaker, Hassan	Cairo	5
Arrival:	**Nov. 15th**		
1 Double	Mr.+Mrs. Kaiser	Wiesbaden	4
1 Double	Mr.+Mrs. Borodin	St. Petersburg	4
1 Double	Mr.+Mrs. Gerner	Wiesbaden	4
1 Double	Mr.+Mrs. Zeiser	Wiesbaden	4
1 Double	Mr. Dr. Wettengel	St. Petersburg	
	Mrs. Waganowa	St. Petersburg	4
1 Single	Mr. Lopez, Orlando	Mexico-City	4
1 Single	Mr. Hall, Thomas	Wuppertal	4

Dimitri gab das Blatt an Peter Wahl zurück und sagte: „Hast du gesehen, deine Frau ist auch dabei.“

Peter Wahl verärgert: „Die hat sich mit dem blöden Journalisten zusammengetan, den ich auf die Galerie Kaiser angesetzt hatte. Die haben mich zwischenzeitlich ausgebootet. Wie ich erfahren habe, hat dieser Frank Lappas jetzt meine Stellung bei der Kunst- & Antiquitätenberatung Wahl."

Iwan Bussow lachte: „Die beiden waren auch bei meinem Prozess in St. Petersburg dabei. Ich denke mir, das hat die Galerie Kaiser finanziert.

Dimitri, hast du gesehen, sogar Grigori Orlow mit Frau ist dabei, dann Michail Borodin mit Frau und sogar Olga Waganowa im Doppel mit Dr. Wettengel. Die scheinen ein Verhältnis zu haben."

Peter Wahl: „Seit Jahren bin ich hinter denen her, aber ich glaube, diesmal erwischen wir sie. Die ganze Firmenspitze aus Wiesbaden ist vertreten. Die beiden Kaisers, Notar Zeiser, Finanzmann Gerner, nur Anton Jonas fehlt. Aber die Auslandsvertreter sind alle da.

Wenn unser Anschlag gelingt und wir es geschickt anfangen, fällt das gesamte Unternehmen unproblematisch in unsere Hände. Ich hab schon einen Mittelsmann, der das Ganze vorläufig übernimmt.

Wenn die ganze Bude in die Luft geflogen ist machen wir uns fort. Wir werden mit dem Wagen nach Jordanien gebracht und fliegen zwei oder drei Tage später gemeinsam nach Dubai. Dort warten wir auf das Schiff mit unseren Bildern. Das Schiff wird in zirka zehn Tagen dort einlaufen."

Jerusalem

Ungefähr zur gleichen Zeit, als sich Peter Wahl und Bussow mit Dimitri unterhielten, hatten David Terry und Jacob Goldman Besuch von zwei Herren des Mossad. David kannte die beiden Herren schon lange und stellte sie Jacob vor: „Jacob, darf ich dir meine Freunde Yehuda Young und Victor Blum vorstellen?" Es gab eine nette, aber auch etwas förmliche Begrüßung. Die Herren kamen gleich zur Sache.

Victor Blum begann: „Herr Goldman, als uns Terry die ersten Informationen gab, haben wir diese Affäre nicht sonderlich ernst genommen. In diesem Fall aber ist das anders. Die russischen Behörden haben uns offiziell um Hilfe gebeten und wir wissen, dass ein hoher Beamter im Sonderauftrag der russischen Förderation am 14. nach Jerusalem kommt. Es handelt sich um einen Herrn Orlow.

Soweit wir inzwischen wissen, werden die fraglichen Bilder nach Italien gebracht und sollen dort auf ein Schiff verladen werden, mit Ziel Emirate. Unsere Agenten in den Emiraten haben uns bestätigt, dass der Kauf dieser Bilder für ein Museum in den Emiraten vorgesehen ist. Auch der Kaufpreis wurde uns bestätigt. Gleich wie, das muss verhindert werden. Wir haben heute eine Zwischennachricht erhalten, dass Orlow dabei ist, diesen Transport eventuell zu stoppen. Genaueres erfahren wir noch. Habt ihr schon etwas gehört?"

Terry bedauerte, dass er keine Informationen habe.

Victor fuhr fort: „Terry, bitte sag uns Bescheid, wenn du irgendwelche Informationen erhältst. Du hast unsere Handynummer. Aber jetzt kommt was sehr unangenehmes. Ihr habt das Untergeschoss umgebaut. Stimmt das?"

Jacob: „Natürlich, das mussten wir. Wir bekamen eine riesige Andruckpresse, nebst einer Trockenstraße, die mussten wir unterbringen. Dabei wurden zwei Mauern entfernt und zwei neue Mauern eingezogen. Die Handwerker sind erst seit zwei Tagen aus dem Haus."

Yehuda Young fragte: „War immer jemand von euch bei den Bauarbeiten dabei?"

Jacob: „Ab und zu schon, aber wir stehen wenige Tage vor der Eröffnung, da haben wir einfach keine Zeit."

Yehuda Young fuhr fort: „Wir haben eine verlässliche Information, dass eben in diesen Mauern mindestens einhundert Kilogramm Plastiksprengstoff nebst Zündern eingemauert wurden. Die Antennen für die Fernzündung sind wahrscheinlich unter dem Putz verborgen."

Terry entsetzt: „Yehuda, du machst Spaß, oder? Bei der Menge fliegt nicht nur das ganze Center in die Luft. Alles rundum geht zu Bruch."

Yehuda Young: „Terry, leider nein, in einer halben Stunde kommen unsere Sprengstoffspezialisten und untersuchen das. Wir haben ein Spezialgerät und können so den Sprengstoff aufspüren. Wenn das stimmt, dann muss die ganze Mauer, oder eventuell beide ganz entfernt werden.

Außerdem konnten wir noch etwas von einem Anschlag eines Gotteskriegers vernehmen. In welcher Form der sich bei euch in die Luft sprengen will, das müssen wir noch ergründen. Ihr scheint vielen Leuten ein Dorn im Auge zu sein. Habt ihr schon eine Gästeliste?"

Terry: „Warte ich gebe euch eine Liste der geladenen Gäste. Die meisten haben zugesagt. Aber noch nicht alle. Wir rechnen mit zirka dreihundert Personen."

Terry übergab die Liste Yehuda. Der las und wurde blass.

„Terry, bei euch ist die halbe Regierung eingeladen. Die Spitzen der Wirtschaft, die Würdenträger der Religionen. Wahnsinn! Soviel Beamte haben wir gar nicht, um das alles zu kontrollieren. Da muss das Militär her. Wir müssen weiträumig absperren. Einen inneren Kontrollring bilden und einen äußeren Ring. Und das Ganze in sechs Tagen."

Jacob: „Seht ihr da nicht ein bisschen schwarz, ich kenne Israel doch auch, wir verkaufen Kunst, sind weder klerikal noch politisch tätig. Warum ausgerechnet wir?"

Yehuda: „Herr Goldman, ich weiß, die Galerie Kaiser wurde schon einmal von der russischen Mafia bedrängt, kann das nicht damit zusammenhängen? Überlegen Sie mal mit uns, eventuell kann uns ihre Geschäftsleitung in Wiesbaden helfen?" Man war noch mitten im Gespräch, als zwei weitere Herren kamen, die einige Geräte dabei hatten.

Victor Blum stellte die beiden Herren als Spezialisten auf dem Gebiet des Sprengstoffs vor und alle begaben sich nach unten um sich die neu eingezogenen Mauern anzusehen. Die

Herren baten, allein arbeiten zu dürfen. Nach zirka dreißig Minuten kamen diese mit der Nachricht, dass mit an Sicherheit grenzender Wahrscheinlichkeit eine größere Menge Sprengstoff in den beiden Mauern wäre. Sie würden jetzt veranlassen, dass vier Spezialisten kämen, die diese entfernen würden, nebst Zünder und Antenne. Das müsse jedoch ohne Aufsehen geschehen. Anschließend würde man die Mauern wieder in den vorhergehenden Zustand versetzen.

Die Herren telefonierten und meinten dann: „Wir werden Ihnen noch etwas länger erhalten bleiben, denn wir untersuchen jetzt alle Mauern dieses und des Nachbargebäudes. Wir werden uns nur vorher noch Baupläne besorgen."

Die beiden Herren baten Jacob um einen Schlüssel für die Galerie, denn sie würden sicher bis spät in die Nacht arbeiten.

Als sie gegangen waren sagte Terry: „Victor, Yehuda, erst mal unseren allerherzlichsten Dank. Ihr könnt euch vorstellen, dass wir das jetzt nicht brauchen können, aber es ist nicht zu ändern. Ich werde jetzt mit Frau Kaiser in Wiesbaden sprechen, ich habe einen Lautsprecher am Apparat, ihr könnt mithören oder mit ihr sprechen."

Terry wählte Susis Nummer und hatte sie am Apparat:

(Susi) Direktapparat Susanne Kaiser

(Terry) Hallo Susi, schön, dass ich dich sofort am Apparat habe. Bei mir sind Jacob Goldman und zwei Herren des Mossad die ich schon lange kenne. Es sind Victor Blum und Yehuda Young. Da es ein sehr ernstes Gespräch wird schalte ich den Lautsprecher ein, damit die Herren mithören können.

(Susi) Terry, du machst mir fast Angst, was ist denn passiert?

(Terry) Victor und Yehuda kamen, um uns vor einem eventuellen Anschlag zu warnen. Aufgrund ihrer Warnung haben wir im unteren Teil unserer Räume Sprengstoff gefunden. Das heißt, man wollte uns in die Luft jagen. Dieser Sprengstoff ist wahrscheinlich mit Fernzündern verbunden. Wir nehmen an,

dass das Attentat während der Eröffnungsfeierlichkeiten geplant ist. Du weißt, wir erwarten zirka dreihundert Gäste. In diesem Zusammenhang haben die beiden Herren einige Fragen an dich. Ich gebe den Hörer weiter an Yehuda Young.

(Young) Mein Name ist Yehuda Young, wir hatten Hinweise, dass auf die Galerie Kaiser während der Eröffnungsfeierlichkeiten Anschläge geplant sind und mussten diesen nachgehen. Die Hinweise haben sich bestätigt. Wir haben größere Mengen Sprengstoff gefunden, der eingemauert wurde und anscheinend mit Fernzündern verbunden ist. Es ist möglich, dass dieser Anschlag Mitgliedern der Knesseth gilt, die zur Eröffnungsfeier geladen wurden oder aber der Galerie Kaiser, die mit nahezu ihrer gesamten Führungsriege bei dieser Feier anwesend sein wird.

Da wir über David Terry und neuerdings auch offiziell durch die russischen Behörden von kriminellen Machenschaften einer Art russischen Kunstmafia hörten, bitten wir um Auskunft in diesem Zusammenhang.

(Susi) Herr Young, eigentlich hatten wir mit diesen Leuten nichts zu tun. Soweit mir bekannt, wollten diese sich unseres Unternehmens bedienen, um wertvolle, gestohlene Gemälde nach den USA zu bringen. Sie verübten Brandanschläge und bedrohten uns bösartig. Das Ganze gipfelte im Kidnapping meines Patenkindes, eines Säuglings von zehn Tagen und einer Entführung des Direktors der Eremitage in St. Petersburg. Die russische Staatsmacht hat geholfen, diese zu beenden. Iwan Bussow wurde in St. Petersburg zu einer lebenslangen Freiheitsstrafe verurteilt. Man entführte den Botschafter der russischen Förderation in Berlin. Für die Freigabe des Botschafters verlangte man die Freilassung von Iwan Bussow und 1.000 Gemälde aus der Eremitage in St. Petersburg. Die Auflagen wurden erfüllt und der Botschafter kam frei.

(Young) Wissen Sie, wo sich diese Gemälde im Moment befinden?

(Susi) Das fragen Sie besser Grigori Orlow, der von den russischen Behörden mit diesem Fall betraut wurde.

(Young) Wir versuchen schon seit Tagen Herrn Orlow zu erreichen. Leider vergeblich.

(Susi) Herr Young, ich werde veranlassen, dass sich Herr Orlow innerhalb der nächsten fünfzehn Minuten bei Ihnen meldet. Mit ihm können Sie die Angelegenheit besprechen. Außerdem kommt Grigori Orlow am Freitag nach Tel Aviv.

(Young) Sind Sie der Ansicht, dass der Anschlag Ihnen gelten könnte?

(Susi) Es ist zwar möglich, dass dieser Anschlag den Mitgliedern des Knesseth gilt, aber ich glaube, dass es uns betrifft. Wahl und Bussow wollen sich in den Besitz unseres Unternehmens bringen. Unsere ganze Führungsmannschaft ist in Jerusalem, da kann ich mir vorstellen, dass sich Wahl und Bussow denken, auf diese Art unser Unternehmen übernehmen zu können. Genaueres kann Ihnen dazu Mike Curtis sagen, der ebenfalls am Freitag in Tel Aviv eintrifft.

(Young) Frau Kaiser, war nicht Mr. Curtis ein ehemaliger Kollege von David Terry?

(Susi) Herr Young, Sie sind gut informiert. Ich werde jetzt versuchen Grigori Orlow zu bitten, Sie anzurufen. Sollte mir das nicht möglich sein, werde ich Sie verständigen. Im Falle Bussow und Wahl kann ich nur warnen, die beiden Herren sind hochgefährlich.

(Young) Frau Kaiser, ich bedanke mich für die Information. Schalom.

(Susi) Schalom und vielen Dank für Ihre Bemühungen. Ich nehme an, wir treffen uns in fünf oder sechs Tagen in Jerusalem.

Nach dem Gespräch gab es eine kurze Pause, dann sagte Young:

„Diese Frau Kaiser scheint außergewöhnlich gute Beziehungen zu den russischen Behörden zu haben. Wir bemühen uns seit Tagen, diesen Orlow zu erreichen und Frau Kaiser verspricht, dass er uns gleich zurückrufen will. Erstaunlich!"

Jacob Goldman und David Terry erzählten nun Yehuda Young und Victor Blum wie sie zur Galerie Kaiser stünden und dass dieses Unternehmen ein Künstlerverein sei. Während Jacob noch erzählte, klingelte das Telefon.

(Jacob) Galerie Kaiser, Jerusalem.

(Orlow) Könnten Sie mich mit Herrn Young verbinden?

(Jacob) Moment, Herr Young steht neben mir, ich gebe weiter.

(Young) Mein Name ist Yehuda Young, neben mir ist mein Kollege Victor Blum. Wir sind beide Mitglieder des Mossad und mit der Angelegenheit Galerie Kaiser betraut. Nur zu Ihrer Information, wir haben vor etwa einer Stunde hier eine große Menge Sprengstoff gefunden. Unsere Sprengstoffspezialisten sind dabei, diese zu entfernen. Wir sind uns noch nicht darüber im Klaren, ob der Anschlag Mitgliedern der Knesseth gilt oder der Galerie Kaiser. Zum anderen, wir versuchen Sie seit Tagen in St. Petersburg zu erreichen, leider ohne Erfolg. Wie können wir Sie erreichen?

(Orlow) Das kann ich mir vorstellen. Ich sage Ihnen kurz meine Meinung. Der Sprengstoffanschlag gilt mit ziemlicher Sicherheit der Galerie Kaiser. Dieser Bussow ist ein Scheusal in Menschengestalt und schreckt vor nichts zurück. Wahl kann ich nicht so genau beurteilen. Ich werde sofort anordnen, dass Sie über Fax das Gerichtsurteil über die lebenslange Freiheitsstrafe von Bussow erhalten und außerdem die Anklageschrift für Peter Wahl. Wie Sie wissen, befinden sich beide im Moment in Ramallah und zusätzlich noch drei weitere Ganoven, die mit der Entführung unseres Botschafters und der erpressten Bilder im Zusammenhang stehen. ... Dann gab Grigori die Namen der drei durch. ... Ich werde veranlassen, dass Ihnen per E-Mail die Fotos und die genauen Daten dieser Personen übermittelt werden.

(Young) Herr Orlow, Sie können sich denken, dass wir unter allen Umständen verhindern müssen, dass die erpressten Gemälde in die Emirate gelangen. Eine Zahlung in Höhe von fünfzig Millionen Dollar an die Hamas würde den ohnehin brüchigen Frieden bei uns, empfindlich stören. Wissen Sie etwas über den Verbleib der Bilder?

(Orlow) Ja, weiß ich. Wie Sie wissen, gibt es Dinge, die man keinesfalls am Telefon besprechen sollte. Nur zu Ihrer Information, diese Bilder sollen zum Ende dieser Woche nach Brindisi verbracht werden. Dort übergibt man sie einem Schiffsmakler der dafür Sorge trägt, dass sie umgehend verladen werden. Das Schiff nimmt dann Kurs auf die arabischen Emirate. Dort wird es in zehn Tagen eintreffen.

(Young) Können diese Bilder nicht unterwegs oder in Brindisi abgefangen werden. Sollen wir helfen, die Bilder in Brindisi an uns zu bringen oder sollen wir das Schiff auf hoher See kapern?

(Orlow) Bitte, tun Sie nichts dergleichen. Lassen Sie die Bilder ruhig in Brindisi verladen. Auch das Aufbringen des Schiffes verursacht nur unnötiges internationales Aufsehen. Ich habe einen anderen, viel wirkungsvolleren Weg gefunden, um die Angelegenheit – auch in Ihrem Sinne – zu lösen. Ich werde Ihnen das am Freitag erzählen. Vielleicht können wir uns am Flughafen Lot treffen. Ich muss ohnehin einige Stunden auf meine Frau warten, die aus St. Petersburg anreist.

(Young) Selbstverständlich holen wir Sie ab. Geben Sie mir Ihre Ankunftszeit?

(Orlow) Alle Daten hat David Goldman. Da ich ziemlich beschäftigt bin, die Angelegenheit mit den Bildern befriedigend zu lösen, können Sie mich jederzeit über Susi Kaiser erreichen. Jacob Goldman hat ihre Direktnummer. Noch eine Bitte, ich hatte während vieler Monate Gelegenheit das Unternehmen Kaiser kennenzulernen. Bitte helfen Sie diesem Unternehmen. Mir selbst haben sie vielfach, sehr selbstlos geholfen. Ich bedanke mich jetzt schon dafür.

(Young) Danke für den Hinweis. Wir tun unser Äußerstes, einen Anschlag auf die Galerie Kaiser in Jerusalem zu verhindern. Meinen Sie nicht, wir sollten versuchen die Bilder in Brindisi an uns zu bringen? Das ist sicher nicht kompliziert.

(Orlow) Ich bitte Sie, tun Sie das keinesfalls. Wenn ich Ihnen am Freitag erkläre, warum nicht, werden Sie mich verstehen. Die Sache ist kritisch, aber es ist alles so geregelt, dass nichts schiefgehen kann. Also bis Freitag.

(Young) Herr Orlow, wir bedanken uns. Denken Sie daran, wir haben eine große Verantwortung gegenüber unserer Bevölkerung. Schalom.

Nach diesem Gespräch unterhielten sich die Herren noch längere Zeit und vereinbarten das weitere Vorgehen in dieser Angelegenheit. Die Gegenseite durfte nicht gewarnt werden.

***

Wuppertal

Es war Dienstagnachmittag geworden, bis die letzten Bilder ausgepackt waren und die provisorischen Holzrahmen in die Verpackungen kamen. Jetzt belud man die beiden Lastwagen.

Wassili, Stepan, Anarei und Thomas gingen in die Galerie **artis opus**, um sich dort zu verabschieden. Eva Bergmann hatte den vieren Esspakete gemacht und auch die Getränke nicht vergessen. Sie sagte: „Ich habe euch im Konferenzzimmer noch Kaffee und belegte Brötchen gemacht. Soviel Zeit muss sein."

Sie gingen nach oben. Orlow, Paul und Bart warteten dort und nach den ersten Worten kam auch noch Thomas Hall. Man war mitten beim Essen, als Orlow begann: „Ich habe heute mit einem Beamten des Mossad gesprochen."

Wassili unterbrach: „Entschuldigung, wer oder was ist der Mossad?"

Orlow: „Der Mossad ist der berühmt, berüchtigte Geheimdienst Israels. Man hat mir berichtet, dass wahrscheinlich euer Bussow und Wahl in die Galerie Kaiser in Jerusalem Sprengstoff eingemauert haben, um sie bei der Eröffnung in die Luft zu jagen. Also äußerste Vorsicht! Auch in Brindisi! Ihr gebt die Pakete ab und dann nichts wie zurück nach München. Gebt die Wagen ab und verschwindet nach Berlin. Die nächsten vier Wochen müsst ihr unentdeckt bleiben. Also, geht nicht zu euren Familien und ins Geschäft."

Stepan: „Ich habe eine Möglichkeit für uns vier, mindestens vier Wochen vom Erdboden zu verschwinden. Wir geben die Adresse dem Büro in St. Petersburg durch. Geldmittel haben wir auch noch für diese Zeit."

Orlow: „Ich werde euch berichten, wie es danach weitergeht. Jetzt darf ich mich bei euch bedanken. Ihr habt sehr flott und effektiv gearbeitet und ich hoffe nur, dass in Brindisi alles glatt läuft. Unterrichtet mich in Israel."

Stepan: „Im Namen meiner Kollegen darf ich mich bei Ihnen, Herr Orlow, für Ihre Hilfe und vor allen Dingen Ihrer Unterstützung bei der Inanspruchnahme der Kronzeugenregelung bedanken. Wir wissen das sehr zu schätzen.

Liebe Mitarbeiter der Galerie **artis opus** und Galerie Kaiser, wir bedanken uns für die freundliche Aufnahme und die Gastfreundschaft. Paul hat uns die ersten Räume der geplanten Ausstellung gezeigt. Da wir vom Fach sind, können wir Ihre Leistung beurteilen und gratulieren dazu. Wir wünschen Ihnen bei der Ausstellung viel Erfolg und gute Umsätze."

Die vier trennten sich nur schweren Herzens. Eine viertel Stunde später verließen die beiden Wagen Wuppertal.

Orlow besprach noch kurz mit Herrn Hall die weitere Lagerung der tausend wertvollen Gemälde und rief Susi an, um sie von seinem Kommen zu unterrichten. Herr Hall hatte sich bereiterklärt, Herrn Orlow nach Wiesbaden zu bringen.

***

Wiesbaden

Mittwochmorgen. Nach dem Frühstück saßen Susi, Moritz und Orlow in Susis Büro und Susi meinte:

„Grigori, ich habe wegen der Eröffnungsfeier in Jerusalem Bedenken. Meinst du wirklich, die Israelischen Behörden finden allen eingemauerten Sprengstoff? Was ist, wenn man aus irgendwelchen Gründen ein kleines Päckchen übersieht? Mir wird ganz schlecht bei dem Gedanken, dass irgendeinem unserer Gäste etwas zustoßen könnte."

Moritz ernst: „Es ist zwar schwierig, jetzt noch etwas abzusagen, aber selbst das wäre immer noch besser als Verletzte oder gar Tote."

Grigori Orlow: „Ich habe auch einen Moment darüber nachgedacht, die Eröffnungsfeier abzusagen, aber wer gibt uns die Gewähr dafür, dass bei der nächsten Feierlichkeit nicht das Gleiche passiert. Außerdem, wenn es irgendeinen Geheimdienst der Welt gibt, der sich mit derartigen Anschlägen auskennt, dann ist das der Mossad.

Ich glaube eine Absage schadet mehr, abgesehen davon, dass dies eine Menge Geld kosten würde. Ich rate euch, lasst alles so wie es ist. Ich fliege übermorgen nach Tel Aviv und treffe mich am Flughafen mit den beiden verantwortlichen Beamten. Seid sicher, dass ich alles tun werde um die Veranstaltung sicher zu gestalten."

Man sprach noch einige Zeit darüber, bis das Telefon klingelte. Franz Westermann berichtete, die ersten Wehen hätten bei Alena eingesetzt und er würde jetzt mit ihr ins Krankenhaus fahren. Er würde sich wieder melden.

Susi lachte: „Moritz – Grigori, unser Hochzeitspaar kriegt ein Kind. Franz bringt Alena jetzt ins Krankenhaus. Er ruft von dort aus an und berichtet uns. Es war also mit der Hochzeit wirklich höchste Zeit."

Grigori meinte nur: „Wenn sich Alena beeilt, kann ich den neuen Erdenbürger noch sehen. Ich würde Alena gerne persönlich gratulieren. Alena war wie Olga eine der führenden Direktorinnen der Eremitage. Michail hat Alena an euch verloren und wie es aussieht, wird Olga bald folgen. Die beiden sind fast unersetzlich. Euch kann ich nur gratulieren, ihr habt zwei außerordentlich tüchtige aber auch gebildete und herzensgute Mitarbeiterinnen gefunden."

***

Donnerstagmorgen. Sie saßen beim Frühstück. Susi und Moritz, Grigori, Saskia und Susis Eltern.

Susi verkündete: „Heute Nacht um halb eins wurde die kleine Olga geboren. Sie ist 3.300 Gramm schwer und 49 Zentimeter groß. Alena und Kind wohlauf, Franz halbtot." Susi musste lachen. Susi sprach weiter: „Wir wollen nach dem Frühstück ins Krankenhaus um zu gratulieren. Wer kommt mit?"

Man einigte sich schnell, Susi und Moritz wollten mit Grigori und Saskia ins Krankenhaus. Susi besorgte noch Blumen und dann fuhr man ins Krankenhaus.

Sie trafen dort eine glückliche Alena und einen nicht minder glücklichen Franz. Nach der herzlichen Begrüßung und der Gratulation ging man zum Babyzimmer, um den neuen Erdenbürger zu bewundern. Der Winzling war wach, schaute sie mit großen Augen an, gähnte und schlief wieder ein. Sie fanden die Kleine zuckersüß und das sagten sie auch den überglücklichen Eltern.

Susi fragte: „Alena, sehe ich das richtig, dass die Patentante unsere Olga ist?

Alena: „Susi, wir haben uns vor sehr langer Zeit einmal versprochen, sollten wir mal Kinder haben und es Mädchen werden, dann bin ich Patin bei Olga und umgekehrt. Susi, ich kann dir nicht sagen wie glücklich ich bin. Franz war bei der Entbindung dabei. Er hat mir sehr geholfen und er ist so zärtlich, ich habe ihn gern."

Die beiden sprachen noch einige Zeit bis Orlow sagte:

Gratuliert habe ich, aber meine Frau will deine Olga sicherlich auch sehen. Der Rückflug ist über Frankfurt gebucht. Wenn nichts dazwischen kommt, werden wir euch nächste Woche am Donnerstag zu Hause besuchen."

Alena: „Grigori, ich hoffe das klappt. Aber so wie ich dein unruhiges Leben kenne, kommt was dazwischen. Aber selbst wenn du nicht kannst, es würde mich freuen, wenn uns deine Frau besucht."

Nicht viel später kamen Alenas Mutter und ihre Brüder, um die kleine Olga zu sehen und so verabschiedeten sich Susi, Moritz, Grigori und Saskia schnell.

Am Abend kamen nur wenige zum Aperitif. Maxim, Anton, Prem, Grigori und Jo. Susi informierte die vier von den Ereignissen in Jerusalem und Anton meinte, man solle eventuell die ganze Eröffnung absagen, aber Maxim:

„Anton, wenn Grigori meint, wir können das wagen, dann glaube ich ihm. Ich wäre auch gerne mit zur Feier nach Jerusalem gefahren, aber wir müssen Ende des Monats nach den USA und wieder eine Kirchenausstattung aufbauen. Ein paar Kleinigkeiten fehlen noch, die muss ich machen. Boris fehlt mir auch, der das hätte machen können. Aber Ihr werdet mir berichten, wie es war."

***

Ramallah

Gegen Mittag saßen im gleichen Gebäude in Ramallah in einem Hinterzimmer Iwan Bussow und Dimitri Michailow und warteten auf Peter Wahl. Der war unterwegs, um das Auto mit dem sogenannten Selbstmordattentäter in der Nähe der Gebäude des arts & crafts Centers zu parken.

Sie mussten nicht lange warten, bis Peter Wahl zurückkam. Er begrüßte die beiden und sagte:

„Also der Wagen, den man uns gegeben hat, ist Okay. Es ist ein Pick-up. Auf der kleinen Ladefläche hat man Steine aufgeschichtet. Mehrere Steine sind mit Plastiksprengstoff gefüllt. Sie sind mit einem Fernzünder zu aktivieren. Ich hab mir das angesehen. Die mit Sprengstoff gefüllten Steine kann man von den anderen nicht unterscheiden. Sehr gut gemacht. Dieser heilige Krieger – so nennt er sich – ist ziemlich behämmert. Der freut sich auf seinen Einsatz bei dem er draufgeht. Er hat mir sicherlich dreimal erzählt, dass ihn im siebten Himmel sechzig Huris erwarten, wenn er diese ungläubigen Hunde vernichten würde. Ich weiß nicht, was sie mit dem gemacht haben, aber eine Gehirnwäsche oder ähnliches sicher. Wenn das Gebäude in die Luft fliegt, wird er in jedem Fall noch das Auto zusätzlich zur Explosion bringen."

Dimitri: „Ist es nicht gefährlich, mit so einem Mann zu arbeiten?"

Peter Wahl: „Dimitri, der ist so gebrieft, dass er auf meine Anweisung das Auto nahe an das Gebäude heranfährt.

Bei der Gelegenheit ist mir aufgefallen, dass in der Galerie Kaiser Maurerarbeiten durchgeführt werden. Ich dachte erst, die haben vielleicht unseren Sprengstoff entdeckt, aber die machen eine Stützmauer oder so was Ähnliches bei der Freitreppe die in das ehemalige Restaurant führt. Dimitri, du warst doch gestern auch dort und hast dir das angesehen, ist dir was aufgefallen?"

Dimitri: „Wir waren zu dritt dort. Okay, ein Teil rund um das Haus ist mit Flatterband abgesperrt. Es geht ziemlich hektisch zu, aber auch wir fanden das so kurz vor der Eröffnung normal. Das einzige was man vielleicht als auffällig bezeichnen könnte, ein Lastwagen hat Schutt abgeholt, aber das kann vorn von der Treppe kommen. Viele Holzabfälle waren dabei, ich glaube die waren von den Spanplatten. Ralf ist die Außentreppe nach oben gegangen und hat einen Blick in das obere Restaurant geworfen. Da hat man gerade Teppichboden verlegt. Es wimmelt von Aufbauarbeitern. Auch ihm ist nichts Außergewöhnliches aufgefallen."

Bussow: „Hätte mich auch gewundert. Wie viele Ausstellungen haben wir schon gemacht und immer wieder war es dasselbe, kurz vor der Eröffnung drängt alles. Hier kommt noch dazu, dass am Samstag, dem Sabbat, die meisten aus religiösen Gründen nicht arbeiten dürfen. Also ich glaube, wir müssen uns keine großen Gedanken machen."

Peter Wahl: „Egal, wie auch immer, ich habe jetzt Hunger, kommt lasst uns was essen gehen."

Jerusalem

Jacob Goldman und David Terry saßen in ihrem kleinen Büro und David meinte: „Das mit dem Bombenalarm hat uns gerade noch gefehlt. Nicht nur, dass wir mit unserem Zeitplan durcheinander sind, das alles kostet uns auch noch zusätzlich eine Stange Geld."

Jacob: „Irgendwie muss ich das am Samstag Susi beibringen. Aber lass uns noch mal unseren Aufbau durchgehen, ob wir nicht etwas vergessen haben. Am besten, wir nehmen unsere Liste und streichen ab."

Die beiden setzten sich zusammen und in nahezu einer Stunde hatten sie alle Punkte durchgesprochen.

Die Räume waren so aufgeteilt, dass in dem langgestreckten und breiten Obergeschoss beim Eingang die Restauration und die Information aufgebaut waren. Der Raum war ganz abgedunkelt worden, die Wände waren glatt weiß und die Bilder hingen teilweise an den Wänden, teilweise standen sie auf Staffeleien. Dazwischen immer wieder kleine Sitzgruppen mit vier einfachen, schwarzen Stühlen und einem kleinen Tisch, sicherlich sehr effizient.

Am Ende des Raumes war ein kleines Podest, dahinter ein großes Bild in weiß, das Jerusalem als Silhouette zeigte. Das Bild, von dem jeder Besucher der Vernissage eine kleine Kopie erhalten sollte. Hinter diesem Bild führte beidseitig eine Treppe in das darunterliegende Geschoss, in welchem Skulpturen, Holzschnitzereien und wiederum Bilder zu sehen waren. Auch dieser Raum war abgedunkelt. Alle Exponate, in beiden Etagen wurden angestrahlt.

Für Interessenten, waren auch die Ateliers zu sehen, ein kleiner Gang führte von der unteren Etage in einen Raum, in welchem auch der Andruckautomat und die Trockenstraße aufgebaut waren.

Die Decken in allen Räumlichkeiten der Ausstellung waren in schwarzgrün gestrichen. An den Raumdecken waren je zwei lange Schienen angebracht, an denen die Scheinwerfer zur Beleuchtung der Bilder und Exponate aufgehängt waren. Auch diese Schienen und Scheinwerfer waren schwarzgrün gestrichen. Die Ausstellungsräume vermittelten den Eindruck, nach oben offen zu sein. Zwischen den Exponaten waren, geschickt verteilt, Kopien griechischer Amphoren zu sehen, die mit einem Blumenschmuck präsentiert wurden. Der Fußboden war mit einem beigegrauen Teppichboden ausgelegt. In der Mitte des langgestreckten Raumes lag ab Eingang bis zum Podest ein zwei Meter breiter, roter Teppich. Zwischen den Exponaten oder an den Staffeleien, lokaler Blumenschmuck und auch Oliven-, Orangen- und Zitronenzweige, aber auch Bananenblätter und Palmwedel.

Am Ende des Raumes, beim Abgang in den unteren Ausstellungsraum, war in der Mitte eine große Menora zu sehen, ein siebenarmiger Leuchter, dem Staatssymbol Israels. Links davon ein Kreuz mit einem Christuskörper, dem Symbol der christlichen Kirchen und dem besonderen Bezug zu Jerusalem, wo Jesus Christus gekreuzigt wurde. Rechts war die Ecke mit einer Kopie eines persischen Teppichs aus dem 16. Jahrhundert bedeckt.

Im Untergeschoss waren wieder die Amphoren mit Blumenschmuck und der lokale Schmuck mit Olivenzweigen oder ähnlichem zu sehen. Durch die Scheinwerfer wurden die Skulpturen und Bilder so angestrahlt, dass eine grandiose Wirkung erzielt wurde.

Jacob hatte die Bewirtung der Gäste dem ehemaligen Pächter der Gaststätte übergeben, der wiederum sein Bedienungspersonal entsprechend trainiert hatte. Seine Station war rechts des Eingangs. Sein Bedienungspersonal sollte rote Kleidung tragen. Links des Eingangs war die Rezeption aufgebaut. Ein etwa vier Meter langer Counter, hinter dem zwei Herren in schwarzen Anzügen arbeiten sollten.

Als Verkäufer und Berater hatte man mehrere Herren gewinnen können, die lange, weiße Kutten tragen sollten, ähnlich, wie bei der Eröffnung in Rom.

Am Ende des Gesprächs fragte Terry: „Jacob, wer holt eigentlich Zontini am Flughafen ab?"

Jacob: „Zontini wird von irgendjemanden aus Haifa abgeholt. Anscheinend einem Freund. Ich habe einen unserer Jungs von der Rezeption zum Flughafen geschickt, denn Zontini wollte zehn weiße Mönchskutten mitbringen. Die müssen wir am Shabbes probieren, ob sie passen. Außerdem du weißt, am Shabbes ist Generalprobe."

Tausend Kleinigkeiten waren noch zu tun und die beiden waren schnell wieder im Tagesgeschehen.

***

Tel Aviv – Jerusalem

Jacob Goldman musste sich um die letzten Vorbereitungen zur Ausstellung kümmern, während David Terry die Abholung der ersten Gäste am Flughafen Lot vornehmen sollte.

Achmed Husni und Hassan Shaker wollten von Kairo direkt mit dem Bus kommen und von Tel Aviv ein Taxi zum Hotel nehmen. Um acht Uhr abends wollte man sich zum Abendessen im King David Hotel treffen.

Grigori Orlow hatte sich mit den Herren Yehuda Young und Victor Blum verabredet, er wollte danach auf die Ankunft seiner Frau warten und würde dann ebenfalls mit einem Taxi ins Hotel King David in Jerusalem fahren.

Mike Curtis mit Vera Falk und Frank Lappas mit Luise Wahl kamen fast gleichzeitig an, so war das Ganze kein großes Problem für Terry.

Es war kurz vor drei, als die Maschine der Lufthansa mit Grigori Orlow an Bord in Tel Aviv landete. Orlow stand in der Schlange vor der Passkontrolle, als er von zwei Herren herausgewunken wurde. Die Herren stellten sich als Yehuda Young und Victor Blum vor. Sie schleusten ihn schnell durch die Passkontrolle und baten nur um den Flugschein. Sie beauftragten einen Herrn, das Gepäck von Herrn Orlow zu holen. Dann begab man sich in einen Besprechungsraum.

Young begann: „Herr Orlow, wir freuen uns, Sie kennenzulernen. Sie sind nicht einfach zu erreichen und wir sind gespannt, was Sie uns erzählen. Kurz vorab unsere Schilderung. Über David Terry erfuhren wir von der Entführung des Botschafters und dieser ominösen 1.000 wertvollen Exponate, die in die Emirate verkauft werden sollten. Dann allerdings kochte die Gerüchteküche und wir waren schnell darüber informiert, dass man die Ausstellung der Galerie Kaiser in die Luft sprengen wolle. Wir wissen bis heute noch nicht, ob dieser Anschlag der Galerie Kaiser oder Mitgliedern der Knesseth gilt, die zur Eröffnung geladen wurden. Eines ist sicher, wir fanden in den neuerrichteten Mauern im Untergeschoss der Galerie Kaiser eingemauerten Sprengstoff, der mit Zündern versehen war und ferngezündet werden konnte. Es waren einhundert Kilo Plastiksprengstoff. Es hätte ausgereicht, nicht nur das ganze Gebäude zu zerstören, sondern auch noch das Nachbargebäude. Was mit den anwesenden Personen passiert wäre, das muss ich Ihnen nicht sagen. Der Sprengstoff wurde entfernt, die Gebäude gesichert. Wir haben eine enge Sicherheitskontrolle um das Gebäude und im Gebäude. Darüber hinaus haben wir eine zweite Schutzzone eingerichtet, die das Gebäude weiträumig absperrt. Das allerdings mit Militär.

Wir haben noch von einem zweiten geplanten Attentat gehört. Angeblich will ein sogenannter, heiliger Krieger einen Selbstmordanschlag verüben. Mutmaßlich will er mit einem PKW das Gebäude ebenfalls rammen und sprengen. Ob es sich um die gleichen Leute handelt oder es zwei verschiedene Gruppen sind, das wissen wir nicht.

Aber was uns viel mehr interessiert, wo sind die Bilder? Sie können sich denken, dass ein Verkauf an die Emirate, der Hamas finanzielle Mittel in die Hände spielen würde, die zwangsläufig hier einen Krieg auslösen. Das muss unter allen Umständen verhindert werden."

Orlow hatte ruhig zugehört, er wollte eben antworten, als sein Handy sich meldete.

„Orlow!" dann hörte er ruhig zu und sagte dann nur: „In Ordnung. Ihr fahrt wie vereinbart. Wenn Ihr am Zielort seid gebt mir Bescheid. Danke, und weiterhin viel Glück."

Orlow lachte: „Meine Herren, eine weitere Nachricht, die für mich sehr positiv klingt. Die Bilder sind in Brindisi angekommen, befinden sich im Moment bei einem Schiffsmakler und werden morgen auf ein Schiff verladen um in die Emirate gebracht zu werden."

Young: „Aber wie wollen Sie das noch verhindern? Denken Sie daran das Schiff aufzubringen?"

Orlow: „Ich werde Ihnen jetzt in Kurzform die ganze Geschichte erzählen. Um unseren Botschafter auszulösen, hatten wir keine Wahl und mussten Iwan Bussow freilassen und außerdem die 1.000 Gemälde diesen Verbrechern ausliefern. Das ist geschehen. Als man die Bilder abholte, konnte ich unter vier Augen mit einem dieser Kriminellen sprechen. Ich habe ihm die Kronzeugenregelung angeboten.

Vor einer Woche hat er mich angerufen und gefragt, ob er für drei weitere Kumpane diese Regelung auch in Anspruch nehmen kann. Da es sich um Mitläufer handelte, habe ich in Zusammenarbeit mit der Staatsanwaltschaft auch diesen die Kronzeugenregelung zugestanden. Die Bilder lagerten bei München, wir brachten sie an einen anderen Ort.

In einer Nacht- und Nebelaktion haben wir alle Originalbilder aus den Verpackungen entfernt, aus Latten und Spanplatten wurden neue Rahmen geschaffen, die exakt der Bildergröße entsprachen, haben die Kisten oder manchmal auch Kartons wieder original verschlossen. Danach wurden sie nach Brindisi gebracht. Von dort bekam ich eben die Nachricht, dass man diese Bilderkisten bei dem Schiffsmakler abgeliefert hätte."

Victor Blum: „Herr Orlow, ein teuflischer Plan. Ob den die Herren Bussow und Wahl überleben?"

Grigori Orlow: „Wir hätten viel Geld gespart, wenn uns ein weiterer Prozess erspart bliebe. In diesem Fall habe ich keine Skrupel. Diese Bestien haben es fertiggebracht, nicht nur unseren Direktor der Eremitage zu kidnappen sondern auch noch einen gerade geborenen Säugling, zehn Tage alt. Sie werden morgen oder übermorgen Michail Borodin kennenlernen. Lassen Sie sich von ihm erzählen, was das für Unmenschen sind."

Yehuda Young: „Meinen Sie nicht, der Schiffsmakler merkt, dass in den Verpackungen keine wertvollen Bilder sind, sondern nur wertlose Holzrahmen? Allein beim Gewicht dürfte es doch Unterschiede geben."

Orlow: „Wir haben sehr darauf geachtet, dass es gewichtsmäßig keine Unterschiede gibt. Die Holzrahmen mit der Spanplatte hatten meist das gleiche Gewicht wie die Bilder, wenn nicht, haben wir mit Holzresten ausgeglichen. Von außen sehen die Verpackungen aus, wie wir sie von St. Petersburg lieferten. Dazu kommt, dass alle Verpackungen außen in Kyrillisch beschriftet sind. Den Papieren ist eine Schätzungsurkunde beigefügt, in welcher die Bilder einzeln aufgeführt sind. Die Kartons und Kisten sind mit den entsprechenden Nummern noch mal gekennzeichnet. Selbst wenn es jetzt auffallen würde, könnte nichts mehr passieren. Wir haben die Bilder an einem sicheren Ort gebracht. Sie werden verstehen, Ihre Ängste, die Hamas könnte in den Besitz von Geldern kommen um ihren heiligen Krieg durchzuführen, sind damit ausgestanden."

Victor Blum: „Herr Orlow. Wir sind sehr erleichtert, das aus berufenem Munde zu hören. Danke für die so positive Mitteilung."

Yehuda Young: „Herr Orlow, was die Attentate auf die Galerie Kaiser in Jerusalem betrifft, können wir da Ihre Meinung hören?"

Orlow: „Meine Herren, es ist schwierig für mich, zu rein innenpolitischen Dingen in Israel etwas zu sagen. Dazu kenne ich die Situation vor Ort zu wenig. Aber da Sie mich nach meiner Meinung fragen, ich glaube, dieser Anschlag gilt der Galerie Kaiser. Die Galerie Kaiser besitzt eine Lizenz zur Einfuhr von kopierten Gemälden in die USA. Ich kenne niemanden, der sonst noch so eine Lizenz hat. Diese brauchen diese Gauner um geklaute oder auf dem Schwarzmarkt erstandene Ikonen und Gemälde sehr gewinnbringend in die USA zu verkaufen. Genaueres kann Ihnen Mike Curtis sagen, das ist der Präsident der Kaisers Association of Art in Boston – USA. Sie finden ihn im King David Hotel.

Die Ganoven Wahl und Bussow versprechen sich, bei einem Gelingen des Attentats, dass die Führungsriege bei diesem Anschlag um Leben kommt und man dann die Firma billig kaufen kann. Diese Denkensweise wissen wir aus den Vernehmungen von Iwan Bussow."

Victor Blum: „Danke für Ihre Ausführungen. Wir werden in jedem Fall noch mal mit Mike Curtis sprechen."

Orlow: „Meine Herren, ich glaube ich muss so langsam meine Frau abholen. Die Maschine, mit der sie ankommt, dürfte gelandet sein."

Yehuda Young: „Herr Orlow, wir haben veranlasst, dass Ihre Frau abgeholt wird. Wenn sie ihr Gepäck hat, wird sie hierher gebracht. Wir dürfen uns erlauben, Sie ins King David Hotel nach Jerusalem zu begleiten."

Danach hatten die Herren noch ein recht freundschaftliches Fachgespräch bis Frau Orlow gebracht wurde. Grigori begrüßte seine Frau herzlich, stellte sie Young und Blum vor. Dann gingen sie zu einer übergroßen Limousine und fuhren zusammen nach Jerusalem ins King David Hotel.

David Terry hatte für zwanzig Uhr im eleganten Restaurant »La Régence« des King David Hotels einen Tisch für zehn Personen bestellt. Kurz vor acht trafen sich in der Lobby Lounch Mike Curtis, Vera Falk, Frank Lappas und Luise Wahl, Herr und Frau Orlow, die Herren Achmed Husni und Hassan Shaker mit David Terry und Jacob Goldman. Es war eine herzliche Begrüßung. Man nahm noch einen Aperitif und ging dann zum reservierten Tisch.

Terry hatte einen wunderschönen Tisch mit Blick zur Altstadt ausgesucht. Man sah das Lichtermeer Altstadt und als man gewählt hatte, zeigte Goldman nach draußen und erklärte wo das arts & crafts center war. Man konnte es vom Speisesaal aus sehen.

Es war eine lebhafte Unterhaltung und nach dem Essen meinte Terry, Ihr Lieben, ich weiß, Ihr seid alle müde, lasst uns noch einen Drink an der Bar nehmen. Wir haben morgen für euch kein Programm gemacht. Die meisten unserer anderen Gäste kommen erst so gegen siebzehn Uhr im Hotel an. Ich schlage vor, wir treffen uns um zehn Uhr in der Galerie Kaiser. Ihr könnt sie von hier aus bequem zu Fuß erreichen. Dann zeigen wir Euch, was wir bis jetzt gemacht haben. Bitte beachtet, morgen ist Sabbat, das entspricht dem christlichen Sonntag. Gläubige Juden dürfen an diesem Tag keinerlei Arbeit verrichten.

Man nahm noch einen Drink, danach verabschiedeten sich Jacob und David.

***

Die Gäste hatten gemeinsam gefrühstückt und gingen zusammen zur Galerie Kaiser. Sie war nicht schwer zu finden und kurz nach zehn waren sie dort. Rund um das Gebäude waren bereits Sicherheitsbeamte, die nach den Pässen fragten. Sie wurden registriert und gingen dann außerhalb des Gebäudes auf einer Treppe, die mit rotem Sisalteppich belegt war, in den ersten Stock. Beim Eintritt wurden sie von zwei jungen Herren freundlich nach dem Namen gefragt und einer der Herren geleitete die Gruppe nach unten in das Erdgeschoss. Dort trafen sie auf David und Jacob. Wieder eine herzliche Begrüßung und David begann: „Wir haben noch keine Beleuchtung an und ich glaube, wir beginnen mit der Führung wieder am Eingang, damit ihr einen ersten Eindruck habt. Bitte, kommt noch mal mit nach oben."

Als sie wieder an der Rezeption waren, wurden die Lichter eingeschaltet und ein Erstaunen zeichnete sich bei allen ab. Es war ein südliches Flair, das sich durch die vielen Blumen und Zweige ergab. Die nach oben schwarzgrüne Decke verdeckte die Lichtleiste und so sah man nur die angestrahlten Exponate. Alle sahen und bestaunten diese einmalige Zurschaustellung der Exponate. Ein langgestreckter Raum mit vielen Nischen, die durch Staffeleien abgeteilt waren. In den Nischen befand sich jeweils eine Sitzgruppe mit vier Stühlen. Mit Pflanzen und Blumen war so geschickt dekoriert, dass eine extravagante Atmosphäre entstand. Die gesamte Ausstellung vermittelte einen leicht exotischen Eindruck.

Luise unterhielt sich leise mit Vera und erklärte im Vorbeigehen: „Enorm, was Jacob hier ausstellt. Hier schau einen **»Lucas Cranach«**, **»Die Ruhe auf der Flucht«**. Natürlich darf auch **»Leonardo da Vincis« »Mona Lisa«** nicht fehlen, da hat er sogar einen frühen **»Leonardo da Vinci« »Gineva de Benci«**; oder dort einen **»Paolo Veronese« »Die Auffindung Mose«**."

Sie gingen weiter: „Schau an, ein **»Joachim Wtewael« »Das Urteil des Paris«**, nicht zu fassen, daneben ein **»Claude Lorrain«**, **»Hochzeit von Isaak + Rebecca«**."

Wieder nach einigen Nischen: „Es ist unglaublich, wie Jacob diese Ausstellung gestaltet hat, hier sieh: „Zwei **»Francois Boucher«**, einmal **»Venus tröstet Amor«** und dann noch **»Ruhendes Mädchen«**."

Im Weitergehen meinte Luise: „Jacob hat allein in diesem Raum mehr als 150 Gemälde präsentiert und trotzdem wirkt die Ausstellung nicht überladen"

David erklärte und kam dann zum Podest: „Mike", sagte er, „dich haben wir eingeplant die Eröffnungsrede zu halten. Dazu wird dir Jacob noch einiges sagen, was du unbedingt in die Rede einarbeiten musst. Es werden bei der Eröffnungsfeier sicherlich die Würdenträger von mindestens zwanzig verschiedenen Religionen vertreten sein. Dann kommen die Regierungsvertreter von Israel und die Oberen der Stadt Jerusalem. Aber lass dir das von Jacob genau sagen, damit du keinen Fauxpas begehst. Die kleine Gruppe ging nach unten ins Erdgeschoss. Alle waren von der Art der Präsentation begeistert und Luise Wahl meinte: „Alles was mir die Galerie Kaiser bisher geboten hat, begeistert mich. Auch diese Ausstellung ist so ganz anders wie Wiesbaden oder St. Petersburg, aber trotzdem einmalig schön. Ich gratuliere euch dazu."

Zur Gruppe stieß Boris Gogol, er begrüßte alle herzlich und Luise sagte:

„Herr Gogol, ich denke Sie bauen in Wiesbaden Ikonostasen?"

Boris meinte nur: „Eigentlich bin ich Spezialist für Ikonen. Nicht nur was die Herstellung betrifft, sondern auch die Geschichte betreffend. Hier bin ich nur, weil ich einem Kollegen zeige, was man bei diesen sakralen Bildern zu beachten hat. Da die orthodoxe Gemeinde in Jerusalem nicht gerade klein ist, werden wir sicher gut verkaufen."

Boris wollte schon wieder gehen, als David sagte: „Boris, bitte bleibe noch einen Moment. Wir sind so schön unter uns, ich habe leider die unangenehme Aufgabe, unseren Gästen etwas mitzuteilen."

„Liebe Kollegen, liebe Gäste, vor wenigen Tagen kam die geheime Staatspolizei um mir den Verdacht mitzuteilen, dass irgendjemand plant, unsere Galerie während der Eröffnungsfeierlichkeiten in die Luft zu sprengen. Der Sprengstoffsuchdienst hat dann zirka einhundert Kilo gefunden, die hier bei den Umbauarbeiten eingebaut wurden. Wir haben den gesamten Sprengstoff entfernt.

Allerdings haben wir Kenntnis, dass sich ein Selbstmordattentäter mit einem Personenwagen, oder vielleicht nur mit Sprengstoff am Leib, auf ein Attentat vorbereitet. Wir haben daher rund um das Gebäude einen Sicherheitsring mit entsprechenden Beamten, die auch die Personenkontrolle vornehmen. Außerdem haben wir einen zweiten Kordon von Sicherheitsbeamten des Militärs im größeren Abstand um das Gebäude postiert. Es erscheint mir unmöglich, dass jemand so nahe an das Gebäude herankommt, das er hier Schaden anrichtet. Wir und auch die Polizei sind überzeugt, dass die Eröffnungsfeier um zehn Uhr und die Vernissage um fünfzehn Uhr ohne Probleme stattfinden kann. Wenn jemand aus diesem Grund an den Feierlichkeiten nicht teilnehmen will oder kann, so erstatten wir selbstverständlich alle Kosten."

Nachdem es plötzlich ganz ruhig war, wartete David einen Moment und sagte:

„Also ich sehe schon, ihr seid alle sehr mutig. Zum weiteren Ablauf des Tages mache ich folgende Vorschläge. Mike wird hier mit Jacob die Eröffnungsrede vorbereiten. Das kann so ab sechzehn Uhr erfolgen. Die beiden Beamten Blum und Young wollen mit Grigori Orlow und Mike Curtis sprechen. Das könnte ab fünfzehn Uhr sein. Also, wenn die beiden um fünfzehn Uhr hier wären, das könnte alles beschleunigen. Ich selbst werde um vierzehn Uhr zum Flughafen fahren, um die übrigen Gäste einzusammeln.

Alle Übrigen können sich jetzt in Ruhe die Ausstellung ansehen. Danach empfehle ich Ihnen durch die Altstadt zu bummeln. Jeder bekommt von mir einen Stadtplan mit einer Extrakarte der Altstadt. Wir befinden uns nahe dem Jaffator. Dorthin können Sie bequem zu Fuß gehen. Danach sind Sie bereits mitten in der berühmten Jerusalemer Altstadt. Es wird ein Erlebnis für Sie werden. Alle Händler dort sind flexibel und nehmen viele Währungen an. Nicht nur Schekel. Auch Dollar oder Euro werden gerne genommen. Versäumt nicht unser Atelier anzusehen, in welchem auch die Andruckpresse aufgebaut ist. Fühlt euch wie zu Hause und für alle einen schönen Tag. Wir treffen uns heute Abend um neunzehn Uhr dreißig in der Lobby des King David Hotels. Nach einem Drink gehen wir zu einem Fischrestaurant, das hoffentlich euren Beifall findet. Also bye, bye, bis heute Abend."

David Terry hatte seine Gäste am Flughafen gefunden. Die Prozedur der Einreise dauerte immer lange und man konnte erst gegen siebzehn Uhr in den Kleinbus steigen um nach Jerusalem zu fahren. Es war eine lustige Gesellschaft. David Terry musste leider einen kleinen Wermutstropfen in die gute Laune schütten, indem er von dem geplanten Attentat erzählte. Aber das störte die Gruppe nicht weiter.

Unterwegs erklärte David: „Freunde, wir haben euch im King David Hotel untergebracht, weil es mitten im Stadtkern und damit in unmittelbarer Nähe unserer Galerie liegt. Das King David Hotel gehört zu den berühmtesten Häusern Israels. Jacob und ich sind sicher, dass es euch allen gut gefallen wird. Wenn wir dort ankommen, wollen Sie sich sicher frisch machen. Wir haben verabredet, dass wir uns um neunzehn Uhr dreißig in der Lobby treffen und dort einen Drink nehmen. Um acht bringt uns ein Bus in ein arabisches Fischrestaurant. Wir glauben, dass es euch gefällt."

Im Hotel angekommen, verließ David die Gruppe mit den Worten: „Ihr Lieben bis um halb acht" und ging.

Fast alle waren schon kurz nach sieben in der Lobby. Punkt halb acht sagten Susi und Moritz Kaiser hallo und mit ihnen kamen Boris Gogol, Mike Curtis mit Vera Falk, das Ehepaar Orlow und David Terry mit Jacob Goldman. Als jeder seinen Drink hatte, musste David etwas antreiben:

„Leute, unser Bus ist schon da, trinkt aus und steigt ein. Wir fahren in ein arabisches Spezialitätenrestaurant. Die nehmen es mit der Reservierung nicht so genau. Bitte, kommt!"

Alles lachte, aufgekratzt begab man sich in den Bus.

Das Äußere des Restaurants machte keinen umwerfenden Eindruck. Auch als man das Restaurant betrat war man nicht begeistert. Es roch stark nach Knoblauch und den tausend Gerüchen des Orients. Man nahm auf Kissen am Boden Platz und bestellte die Getränke. Dann wurde Schüssel um Schüssel aufgetragen. Jeder bekam einen Teller und Jacob erklärte:

„Wir sind jetzt bei der Vorspeise. Es gibt Calamaris in zwei verschiedenen Zubereitungsformen, Garnelen und Krabben, dazwischen die pikanten Knoblauch- und Kräutersoßen und die verschiedenen Gemüse, die ihr selbst erkennen könnt.“ Er fügte noch hinzu: „Esst nicht zuviel davon, es gibt danach ein arabisches Fischgericht, das ausgezeichnet schmeckt.“

Alle probierten, der anfänglich negative Eindruck des Restaurants verschwand, man genoss die Speisen.

Die Vorspeisen wurden wieder abgeräumt und Jacob erklärte wieder:

„Gleich gibt es »Harimeh«, das ist ein bekanntes, arabisches Fischgericht, das durch seine Pfefferschoten sehr scharf ist und mit einer Knoblauch-, Tomaten- und Kümmelsoße sehr pikant abgerundet ist. Ich bin überzeugt, es wird euch gut schmecken.“

Boris sagte in die Runde: „Das wäre was für Petra und Prem. Ich war letzte Woche schon mal hier, es schmeckt wie bei Leekpais. „ Zu Michail gewandt: „Du hast morgen auch noch was davon, bestell schon mal einen Wodka, dann kannst du es besser vertragen:“

So und ähnliche Sprüche kamen während des Essens auf. Es schmeckte zwar hervorragend, aber es brannte auch wie der Teufel. Dadurch, dass alle zwischendurch einen Schnaps haben mussten, wurde die Unterhaltung immer lockerer.

Als Nachtisch gab es »Baclava«, ein Nusskuchen aus einem Teig aus Nüssen und süßem Sirup.

Zum Abschluss der Mahlzeit reichte man Tee oder türkischen Mokka, beides so süß, dass der Löffel darin stehen blieb.

Orlow sagte in die Runde, ich weiß, die haben Wodka, nach dieser Mahlzeit muss ich noch einen haben. Wie sagt Maxim immer so schön, ich brauche jetzt ein Wässerchen.“

Man lachte noch viel und fuhr sehr beschwingt zurück ins Hotel. Dort angekommen begab man sich in die Bar und David sagte: „Lasst es nicht zu spät werden. Jacob, Boris und ich werden uns jetzt verabschieden. Wir sehen uns morgen vor halb zehn und wenn es geht, Mike bereits um neun.“

***

Sonntagmorgen, der Eröffnungstag der Galerie Kaiser in Jerusalem. Schon kurz vor neun waren die Gäste vom King David Hotel zu Fuß zum arts and crafts center gegangen. Susi war gespannt was sie erwarten würde. Das Gebäude, in welchem die Galerie Kaiser war, wurde von Uniformierten mit Maschinenpistolen bewacht, die im Abstand von wenigen Metern rund um das Gebäude standen. Vom Hotel aus, mussten sie am Gebäude vorbeigehen, um den Aufgang zur Galerie zu erreichen. Unter einer offenen Zeltüberdachung war ein langer Tisch aufgebaut. Jeder der das Gebäude betreten wollte, musste seine Einladung und den Reisepass oder Personalausweis zeigen. Danach ging es durch eine Schleuse, die alle durchleuchtete. Handtaschen oder Taschen aller Art wurden durchsucht.

Susi bemerkte nur: „Das ist ja hier schlimmer als auf jedem Flughafen.“

Danach konnte man den Aufgang betreten. Eine Metalltreppe führte in den ersten Stock. Sie war seitlich mit einem kalksteinähnlichen Material eingemauert. Auf einem sehr dezenten Schild war in drei Sprachen zu lesen » Galery Kaiser Jerusalem «. Die Treppe war mit rotem Sisalteppich belegt. Der Eingang im ersten Stock war mit einer runden, rotgoldenen Markise überdacht. Die zweiflügelige Tür stand offen. An jeder Seite stand ein junger Mann, der noch mal die Einladung kontrollierte, er verneigte sich und wünschte einen angenehmen Besuch der Ausstellung. Susi sah rechts ein verdecktes Buffet, neben dem einige junge Damen in roten Uniformen standen. Eine der Damen kam auf sie zu und bot Sekt, Orangensaft, Limonade oder Wasser an.

Auf der linken Seite war eine Rezeption, dahinter zwei junge Männer, die fragten, ob sie helfen könnten.

Im Moment wurden noch überall Kabel verlegt, da anscheinend Funk und Fernsehen vor Ort war. Da Mike die Räumlichkeiten schon kannte, sagte er:

„Ich war gestern schon mit Frank und Luise hier. Seht euch das in Ruhe an. Wie immer, kurz vor der Veranstaltung, bringt das Fernsehen noch eine ziemliche Unruhe."

Susi schaute sich um. Sie fand das toll, was David und Terry geleistet hatten. Der Raum sah zweifelsohne fantastisch aus. Der Blumen- und Grünschmuck außergewöhnlich. Im Moment nahm man von den seitlichen Nischen die Stühle weg und stellte sie in der Mitte des Raumes auf. Man erwartete zur Eröffnungsfeier zirka 130 Personen.

Susi ging mit den anderen weiter, blieb vor dem einen oder anderen Exponat stehen und war dann am Podium. Hier erklärte ihr Mike den Ablauf der Reden und zum ersten Mal erfuhr Susi, dass sie selbst die Eröffnung der Galerie vornehmen musste.

Lachend sagte sie: „Ihr seid alle eine ganz gemeine Bande, ihr hättet mich wenigsten vorwarnen können. Mike, du musst mir ein bisschen helfen. Die Rede muss ich in Englisch halten und da will ich zumindest keine Fehler machen.

Mike meinte nur: „Susi, du hast schon so oft bei den Vernissagen so was gemacht, das kriegst du hin. Aber ich helfe dir, komm, lass uns nach unten gehen.

Man konnte rechts und links des Podestes die Treppen nach unten gehen und Susi bemerkte nur: „Mike, ich möchte nur wissen, wo Jacob die riesige Menora her hat? Ich hab den Katalog noch gar nicht gesehen, ist sie gelistet?"

Mike lachte: „Diese Galerie hat ihre eigene Dynamik. Ich weiß, David hat mir kurz erzählt, sie haben irgendeinen Kontrakt mit einer Gießerei gemacht."

Auch die untere Ausstellung gefiel Susi sehr gut. Sie sahen Jacob und David, die wegen Presse, Funk und Fernsehen im Stress waren, Susi begrüßte noch kurz Boris und die anderen dort anwesenden Künstler und setzte sich zu Mike in Jacobs Büro, um die Rede vorzubereiten.

Um halb zehn begaben sich David und Jacob nach oben, um am Eingang die ersten Gäste zu begrüßen. Der Empfang klappte gut und der Getränkeservice war stark gefragt.

Als kurz vor zehn Mike und Susi nach oben kamen, hatte sich der Saal gefüllt. Die dreizehn Stuhlreihen hatten nicht ausgereicht, man musste noch Stühle dazustellen. Punkt zehn wurde das Licht der Scheinwerfer langsam dunkler. Ein Scheinwerfer beleuchtete das Podest, auf dem jetzt Mike stand. Er nahm das Mikro:

„Willkommen bei der Galerie Kaiser in Jerusalem. Mein Name ist Mike Curtis, ich bin der Präsident der Kaiser's Association of Art in Boston – USA. Sie wurden schon beim Betreten der Galerie durch die Herren Terry und Goldman begrüßt, aber es ist mir eine Ehre, die Würdenträger der verschiedenen Religionen, die Mitglieder der Knesseth und die Stadtoberhäupter Jerusalems bei uns zu sehen. Ich freue mich, unter unseren Gästen Museumsdirektoren, Kunstwissenschaftler und Künstler begrüßen zu können und am schmeichelhaftesten empfinde ich den Besuch einiger Kunsthändler. Nicht vergessen will ich die Vertreter der Presse, des Funks und Fernsehens, die über die Eröffnung berichten wollen. Schalom, Salam, Friede sei mit euch!“

Lassen Sie mich etwas über die Galerie Kaiser erzählen. Sie ist keine Firma, kein Handelsunternehmen, sondern ein Künstlerverein, an dem alle Mitarbeiter beteiligt sind. Soweit ich weiß, eine in der Welt einmalige Konstruktion und das seit vielen Jahren. Gegründet wurde das Unternehmen 1946, unmittelbar nach dem 2. Weltkrieg. Heute sind die Produkte der Galerie Kaiser in nahezu allen Ländern der Welt vertreten. Außer in Deutschland und den USA haben wir eigene

Galerien im Vatikan, in St. Petersburg und seit heute in Jerusalem, einstmals dem Zentrum der Welt.

Das Motto der Galerie Kaiser ist: » **Die Kunst einer breiten Öffentlichkeit zugänglich zu machen** «. Dies geschieht durch das akribische Kopieren von Kunstwerken, die normalerweise nur in bestimmten Museen zu sehen sind.

Unser Verein besitzt über sechs Millionen Publikationsrechte der bekanntesten und berühmtesten Exponate der Welt. Wir sind bemüht, uns von der Lehre vom Schönen, der Ästhetik, leiten zu lassen. Das Schönheitsideal selbst ist dem Gesetz der Entwicklung unterworfen und war ein anderes in der Antike, im christlichen Mittelalter, in der Renaissance, dem Barock und in der Gegenwart. Wir alle wissen das, unsere Künstler auch. Ich bin überzeugt, dass unsere Mitarbeiter versuchen, nach dieser Lehre zu arbeiten und zu leben. Dies spiegelt sich auch in den Werken wieder.

Ich will meine Rede nicht ausdehnen, da ich weiß, es wollen sich noch andere Persönlichkeiten zu Wort melden. Haben Sie vielen Dank für Ihre Aufmerksamkeit."

Es gab einen dezenten Applaus, Mike stieg vom Podium und Michail betrat es:

„Meine Damen und Herren, ich bin Michail Borodin, Direktor der Eremitage in St. Petersburg. Als eines der größten Museen der Welt suchten wir viele Jahre nach einem Weg, unsere Kostbarkeiten einer breiten Öffentlichkeit zugänglich zu machen. Durch einen Hinweis der Vatikanischen Museen in Rom, kamen wir mit der Galerie Kaiser in Kontakt. Es entwickelte sich innerhalb kurzer Zeit nicht nur eine erfolgreiche Zusammenarbeit, sondern darüber hinaus eine Freundschaft. Ich kenne viele Künstler in St. Petersburg, die durch diesen Verein wieder ein Lebensziel gefunden haben. Die Unterstützung die man Künstlern gewährt, ist großartig.

Es ist mir ein Bedürfnis, der Galerie Kaiser in Jerusalem Glück und Gottes Segen für dieses Unternehmen zu wünschen. Ich danke Ihnen!"

Es folgte ein freundlicher Applaus.

Wieder betrat ein Herr das Podest. Schon bei seinem Erscheinen gab es einen Applaus. Dieser begann:

„Hallo, ich sehe ihr kennt mich. Wer mich nicht kennt, darf einfach Baki zu mir sagen.

Eigentlich gehöre ich nicht hierher, denn ich bin ein Konkurrent, das heißt, der größte Kunsthändler Israels. Den zukünftigen Leiter der Galerie Kaiser in Jerusalem kenne ich schon sehr lange. Wir haben in Berlin zusammen studiert. Danach waren wir viele Jahre Konkurrenten und jetzt wird er Leiter dieser außergewöhnlichen Galerie.

Bevor sich Jacob Goldman um diese Position bewarb, hat er mich um Rat gebeten und ich habe ihn ermuntert, diese Position anzunehmen. Dann hatte Jacob eine einmalige Idee und ich bitte Sie, mir jetzt genau zuzuhören.

Hinter mir sehen Sie dieses herrliche, weiße Bild, das silhouettenhaft unser Jerusalem zeigt. Es ist ein einmaliges Kunstwerk. Der Künstler hat es verstanden, die Heiligkeit dieser Stadt mit nur wenigen Strichen wiederzugeben.

Jeder von Ihnen erhält beim Verlassen dieser Galerie eine kleine Kopie dieses einmaligen Werkes als Andenken an die Eröffnung der Ausstellung. Diese Kopien werden demnächst in vielen Kunsthandlungen und Läden in Israel angeboten. Der Gewinn aus diesen Exponaten fließt in einen Verein, der die Kunst und die Künstler in Jerusalem fördern soll.

Die Gründung dieses Vereins ist erfolgt. Ich und Jacob Goldman sind auch dabei. Wir brauchen für diese Ideen Mitglieder, Mitarbeiter und Spenden. Bitte, werden Sie Mitglied. Hier seitlich steht ein kleiner Tisch und darauf liegt ein Buch. Falls Sie Interesse an einer Mitgliedschaft haben, schreiben Sie Ihren Namen und Ihre Adresse in das Buch. Es ist vorerst noch unverbindlich. Bitte, tragen Sie sich ein.“

Baki lachte: „Und wenn ich jemanden erwische, der sich nicht einträgt, mit dem rede ich nicht mehr. Ich bedanke mich bei euch.“ Ein riesiger Applaus folgte.

Susi, sehr elegant gekleidet, betrat das Podium und nahm das Mikro:

„Ich bin Susanne Kaiser, man denkt, ich sei die Mutter des Vereins Galerie Kaiser, wahrscheinlich sagt auch deshalb jeder Susi zu mir. Sie dürfen das auch. Ein herzliches Willkommen. Fühlen Sie sich bei uns zu Hause, gleich in welchen Wirkungsstätten.

Mir fällt die Aufgabe zu, die Galerie Kaiser in Jerusalem zu eröffnen. So darf ich den zukünftigen Leiter dieser Galerie, den Kunstwissenschaftler Jacob Goldman zu mir bitten."

Jacob Goldman kam aufs Podest und Susi fuhr fort:

„In Anwesenheit all unserer Gäste und unserer Mitarbeiter übertrage ich dir, lieber Jacob, die Geschicke dieser Galerie und Ateliers. Führe sie in unserem Sinne »einer für alle und alle für einen«. Beachte unser Motto, »Die ästhetische Kunst einem breiten Publikum zugänglich zu machen«". Susi hatte plötzlich einen großen goldfarbenen Schlüssel in der Hand und übergab diesen Jacob mit den Worten:

„Hier, lieber Jacob, übergebe ich dir die Schlüsselgewalt und die Leitung der Galerie Kaiser in Jerusalem. Wir alle wünschen dir alles Gute, viel Glück und Erfolg."

Während der Übergabe kam es zu einem Blitzlichtgewitter, die Kameraleute baten, die Szene zu wiederholen. Danach begann Susi zu klatschen und alles schloss sich an.

Als sich der Applaus gelegt hatte, ging Susi von der Bühne und Jacob begann:

„Herzlichen Dank für den freundlichen Applaus. Liebe Gäste, ich freue mich auf diese Aufgabe und zum besseren Verständnis für alle, wir kopieren die berühmtesten Gemälde der Welt in drei Varianten. Sie alle haben beim Betreten der Galerie einen Katalog bekommen. In diesem sind nur Exponate aufgeführt, die in dieser Galerie gezeigt werden. Sie werden feststellen, dass wir Originalkopien anbieten, die zwar erstklassig sind, aber nicht gerade billig, im Vergleich zu den Originalen jedoch nur Bruchteile kosten.

Wir bieten außerdem preiswertere Öldrucke an, die kaum von den Originalkopien zu unterscheiden sind, diese jedoch viel günstiger.

Dann unsere Kunstdrucke, die im sehr kostenaufwendigen Vielfachfarbdruck hergestellt werden. Manchmal acht bis zehn verschiedene Druckvorgänge. Diese Drucke werden mit einem von uns entwickelten Verfahren mit Kunststoff überzogen. So sind sie vor Beschädigungen geschützt und gleichzeitig erreichen wir, dass die Bilder plastisch wirken.

Falls Sie Interesse an einem dieser Kunstwerke haben, gewähren wir Ihnen auf alle in diesen Räumen angebotenen Gemälde und Skulpturen einen 30%igen Eröffnungsrabatt. Dieser Rabatt wird nur heute gewährt. Sie können jedoch Ihre heutige Bestellung jederzeit rückgängig machen. Zur Beratung stehen Ihnen die Herren in den weißen Kutten mit dem roten Punkt zur Verfügung."

Jacob griff nach unten, ließ sich eine weiße Kutte geben und zeigte sie. „Sie haben sich alle schon kurz in diesem Raum umgesehen, ich empfehle Ihnen, auch das Untergeschoss zu besichtigen, wo Sie weitere Gemälde, Ikonen und Skulpturen finden. Dort finden Sie auch unser Atelier und unsere Werkstatt.

Ihnen allen nun viel Freude beim Betrachten unserer Exponate. Herzlichen Dank für Ihr Kommen."

Es gab Applaus.

Langsam wurden die Lichter hochgefahren, die Damen vom Service boten Getränke an. Während die Gäste sich erhoben, wurden von jungen Herren in dunkler Kleidung die Stühle beiseite geräumt. Die Berater mit den weißen Umhängen waren stark gefragt.

Orlando Lopez kam zu Jacob und sagte, die Verkäufer sind in der Unterzahl, darf ich auch probieren zu verkaufen? Schnell hatte er eine Kutte. Dr. Hugo Wettengel schloss sich an. Susi und Moritz gingen mit Paula und Michail in das Untergeschoß. Dort sahen sie Boris im Gespräch mit einem

Geistlichen der orthodoxen Kirche. Michail stellte sich unauffällig daneben, hörte eine Zeit lang zu, kam dann und erzählte lachend:

„Boris, den ich immer nur als introvertierten Künstler kannte, ist auf einmal ein Verkäufer. Der verkauft dem Popen gerade fünfzig Ikonen für seine Gemeinde. Das hätte ich ihm nie zugetraut. Dass ihr überhaupt was bei der Einweihung verkauft, das wundert mich. Ich habe oben schon gesehen, dass einige Verkäufer den Auftragsblock in der Hand haben. Lasst mich noch mal in die Werkstatt gehen. Mal sehen, was die dort machen."

Susi, Moritz, Paula und Michail begrüßten die anwesenden Künstler. Susi fragte: „Wie viel seid ihr denn im Moment?"

Einer der Herrn sagte: „Ich bin Richard Cohen, anfangs waren wir nur zwei Herren, inzwischen sind wir zu sechst. Ich habe, wie Jacob, auch in Berlin studiert, allerdings etwas früher. Meine Eltern konnten 1939 als eine der letzten Juden Deutschland verlassen. Sie kamen nach Kanada und wurden dort überflüssigerweise als Deutsche interniert. 1946 kehrten meine Eltern nach Deutschland zurück. Wir landeten in Berlin. Dort habe ich studiert und wanderte danach mit meinen Eltern nach Israel aus.

Hier ist mit Kunst nicht viel Geld zu verdienen. Ich bin froh, dass ich die Bildbeschreibungen, Übersetzungen und auch Gutachten machen kann. Ich bin sehr dankbar für diese Aufgabe und das Geld. Die Kollegen sind sehr nett und die Bezahlung stimmt auch. Allerdings müssen wir hart dafür arbeiten. Aber es macht Spaß.

Frau Susi, meinen Sie es gibt mal die Gelegenheit, die Galerie in Rom, Wiesbaden oder St. Petersburg zu sehen? Auch Boston würde mich interessieren".

Susi lachte: „Herr Cohen, wenden Sie sich an Jacob, ich bin sicher, er findet einen Weg. Hinsichtlich der Finanzen wenden Sie sich an meinen Mann."

Und zu Moritz gewandt: „Kannst du Herrn Cohen helfen?“

Moritz stellte sich kurz vor und sagte dann: „Herr Cohen, ich bin hier für die sozialen Leistungen verantwortlich. Wenn Herr Goldman das befürwortet, dann ist es sicherlich von Vorteil, wenn Sie unser Unternehmen kennenlernen, neue Ideen und Eindrücke sammeln und sie hier zum Besten der Jerusalemer Filiale anwenden. Sagen Sie Bescheid, wenn Sie mit Jacob gesprochen haben.“

Das Ehepaar Kaiser bewunderte zusammen mit dem Ehepaar Borodin die arbeitende Andruckpresse und gingen dann wieder nach oben.

Jacob, Terry und Mike waren mit Interviews beschäftigt. Man sah Orlow im Gespräch mit Sicherheitsbeamten.

Susi meinte zu Moritz: „Also unsere Verkäufer scheinen selbst bei der Eröffnungsfeier gute Aufträge zu schreiben. Mir fällt auf, dass die kirchlichen Würdenträger starkes Interesse zeigen. Ich bin heute Abend auf die Zahlen gespannt.

Immer noch wurden Getränke gereicht. Kurz vor eins kam die Durchsage, dass die Galerie um dreizehn Uhr schließt. Dies in drei Sprachen. Alle Anwesenden wurden zur Vernissage am Nachmittag um fünfzehn Uhr eingeladen, wobei die Einladungskarte für die Eröffnungsfeier ihre Gültigkeit behielt. Es war schon kurz nach eins, als die letzten Gäste gingen. Die Mitarbeiter, die Presseleute und die Gäste blieben.

Man hatte dafür gesorgt, dass an der Rezeption Platten mit Fingerfood bereitgestellt waren, damit sich jeder der noch anwesenden Personen bedienen konnte. Die Servicedamen in rot servierten dazu jetzt auch noch Tee oder Kaffee.

Ein Putzgeschwader begann, die Räumlichkeiten zu säubern und die Vernissage um fünfzehn Uhr vorzubereiten.

Grigori Orlow kam zu David Terry und fragte leise: „Wo sind hier die Notausgänge? Im Untergeschoss sind es vier, die habe ich gesehen, aber hier oben?“

David Terry ebenso leise: „Hier gibt es nur den Eingang und am anderen Ende den Abgang zur unteren Ausstellung."

Grigori Orlow murmelte so was Ähnliches wie Scheiße, dann ging er wieder zu den Sicherheitsbeamten.

Trotz der Attentatswarnung war die Stimmung gut. Susi und Moritz machten sich mit den Angestellten bekannt und auch die übrigen Gäste waren in Gespräche verwickelt.

Als Susi das Ehepaar Zontini sah, ging sie zu ihnen und fragte: „Na, wie hat euch die Eröffnungsfeier gefallen?

Zontini sehr ruhig: „Die Feier war gut und der Presserummel hilft sicher, die Galerie bekannt zu machen. Aus den einfachen Räumen hat Jacob Goldman eine sehr interessante Galerie gemacht. Ich kenne den Markt in Israel nicht, aber die Ausstellung ist etwas orientalisch angehaucht. Wahrscheinlich wird Jacob das haben müssen. Ich frage mich nur, verdirbt er sich nicht mit dem Anpreisen der Öldrucke und Kunstdrucke sein Stammgeschäft?"

Susi ernst: „Herr Zontini, ich hab mir mal Ihre Verkaufsstatistik angesehen, Sie verkaufen fantastisch. Aber leider kaum Kunstdrucke und Öldrucke. Das müsste doch auch in Italien ein Geschäft sein? Meinen Sie nicht?

Zontini: „Frau Susi, wenn ich mir vorstelle, in einer Klosterkirche, nahe am Vatikan, Öldrucke oder gar Kunstdrucke zu verkaufen, so sträubt sich bei mir alles. Das passt nicht in dieses sakrale Gebäude."

Susi: „Lieber Herr Zontini, die Klosterkirche ist eine Sache, Ihre Vertretung für Italien eine andere. Wenn ich mir ansehe, welche Umsätze wir mit diesen Drucken machen und dass das ein ganz anderer Markt ist, empfehle ich Ihnen, sich mal damit zu befassen."

Zontini: „Carlo Steiner und auch Gina Lorenz haben mit mir darüber gesprochen. Ich kann mich nicht dazu durchringen, auf diesem Markt tätig zu werden. Ich glaube, ich bin einfach zu alt dafür. Wenn ich mir vorstelle, aus der ehrwürdigen Klosterkirche zu gehen, um mich mit diesen Billigprodukten zu befassen, dann kommen mir keine schönen Gedanken. Ich weiß, wir müssen da ein Gespräch führen."

Susi ernst: „Herr Zontini, wir sollten versuchen eine Lösung zu finden, die uns alle befriedigt. Wir haben schon immer einen Weg gefunden und ich bin sicher, in diesem Fall wird es auch einen Weg geben. Was halten Sie davon, wenn ich am 28. dieses Monats nach Rom komme und wir lösen gemeinsam mit Carlo, Gina, Francesco und eventuell Ghirlandi dieses Problem. Sie haben auch heute wieder gehört, unser Motto ist, die ästhetische Kunst einer breiten Bevölkerungsschicht zugänglich zu machen. Ich möchte, dass wir dieses Thema so lösen, dass sich niemand übervorteilt fühlt. Da sind Sie doch meiner Meinung?"

Zontini murmelte ein unverständliches einverstanden und sagte dann: „Frau Susi, ich glaube, bis dahin werde ich einige schlaflose Nächte haben".

Die Berge des Fingerfood waren verschwunden. Die Servicedamen waren dabei, die Teller, Gläser und Tassen wegzuräumen, der Servicebereich und die Rezeption wurden gereinigt.

Es kam die Durchsage, wir öffnen den Eingang zur Vernissage. Jacob Goldman, David Terry, Mike Curtis und Susi Kaiser stellten sich an den Empfang um die eintreffenden Gäste zu begrüßen.

Schnell füllte sich der Saal im ersten Obergeschoss. Diesmal gab es keine Sitzplätze in der Mitte, sondern nur Sitzgruppen am Rand. Jeder hatte ein Getränk. Die Servicedamen waren sehr gut im Bedienen.

Kurz nach drei, stieg Mike auf das Podium und begrüßte die Gäste. Dann kam Baki mit seiner Werbung für den Verein, danach Susi mit der offiziellen Eröffnung der 1. Vernissage der Galerie Kaiser in Jerusalem und Jacob der allen Gästen den 30%igen Eröffnungsrabatt anbot.

Jetzt füllten sich auch rasch die unteren Räume. Moritz, der nach dem Öffnen der Eingangstür seitlich stand, zählte die eingetroffenen Gäste und kam auf 336 Personen. Er ging zu Susi, die bei dem Ehepaar Gerner und Zeiser stand und berichtete.

Susi fragte Jens und Dieter: „Sagt mal, wie gefällt euch diese Show. Ich finde, Jacob hat das gut gelöst."

Jens lachte: „Wenn ich mich so umschaue, so schreiben sie ganz gut. Nur kann ich schlecht beurteilen, was die Gäste kaufen. Ich kann nur hoffen, wir kommen hier kostenmäßig mit einem blauen Auge davon."

Dieter: „Mit Hugo und Orlando Lopez sind jetzt acht Verkäufer tätig, das müsste zu guten Zahlen führen. Mir geht immer noch nicht die Bombendrohung aus dem Kopf. Was haben die hier an Sicherheitspersonal aufgeboten, das kostet doch ein Vermögen. Wer zahlt das eigentlich?"

Moritz: „Soweit mir Terry sagte, übernimmt das der israelische Staat. Enorm, was die aufgewandt haben, um die Galerie zu schützen."

Susi ging mit Moritz ein Stückchen weiter und traf Thomas Hall im Gespräch mit dem Ehepaar Orlow.

Susi lachte: „Na, geht ihr noch mal die Wuppertaler Nächte durch?"

Grigori: „Susi, Herr Hall war sehr hilfreich. Ohne ihn wäre diese Umpackaktion in Wuppertal nicht möglich gewesen. Die Ausstellung ist wirklich sehenswert. Jacob Goldman hat hier den Geschmack der Kunden getroffen."

Thomas Hall: „Susi, Jacob Goldman scheint das richtig anzufassen. Die Ausstellung ist mehr als gut. Dafür, dass er nur eine so kurze Anlaufzeit hatte, würde ich sagen, extravagant und etwas exotisch. So wie ich Jens kenne, wird er sicherlich Jacobs Abrechnungen auseinandernehmen, aber im Stillen freut er sich über den Erfolg. Ich werde ihm noch mal sagen, dass er unbedingt Jacob und auch David gratulieren muss. Das vergisst er manchmal."

Susi: „Thomas, das wäre schön, wenn du das nicht nur Jens, sondern auch Dieter stecken könntest."

Susi flanierte mit Moritz weiter und sah Olga Waganowa im Gespräch mit Luise Wahl und Frank Lappas. Sie fragte:

„Na, ihr drei, wie gefällt euch die Galerie Jerusalem?“

Olga: „Susi, wir nehmen von hier viele Ideen mit. Jacob und David haben das in der kurzen Zeit hervorragend gelöst. Glaub mir, Hugo und ich wissen, wovon wir sprechen. Aber verrate mir, warum sind alle hier präsentierten Gemälde relativ klein? Ich habe nur wenige gesehen, die schon mal einen Meter oder größer sind.“

Susi erklärte Olga die Schwierigkeiten mit den Einfuhrlizenzen nach Israel, den hohen Zöllen und dem schwierigen Markt. Sie sagte abschließend:

„Im Gegensatz zu euch in St. Petersburg können wir nicht nach hier exportieren. Jacob ist allein auf sich gestellt. Er verspricht sich mehr von leicht verkäuflichen Gemälden und auch Skulpturen. Bis zu einem Format 80 x 60 cm hat er die Andruckpresse und somit hat er das Angebot seiner Bilder auf diese Größe ausgelegt. Was wir alle nicht wussten, das Angebot von Ikonen müssen wir hier erweitern, denn es gibt eine große russische Kolonie.“

Frank zu Susi: „Wir brauchen morgen ein paar ruhige Minuten mit Grigori Orlow und Thomas Hall. Das muss einfach sein.“

Susi lachte: „Frank, wie du weißt, wollten wir mit der ganzen Angelegenheit nichts zu tun haben. Ihr seht, schon wieder sind wir mitten drin. Wir scheinen irgendwie die Gefahr anzuziehen.“

Susi und Moritz spazierten weiter und sahen die Herren Achmed Husni und Hassan Shaker im Gespräch mit Paula und Michail Borodin.

Susi meinte: „Paula, Michail, euch brauche ich nicht zu fragen, ich weiß, ihr könnt das alles hier beurteilen, aber Achmed und Hassan, wie gefällt es euch?“

Achmed nahm das Wort: „Frau Kaiser, Sie haben hier eine herausragende Inszenierung gezeigt. Ihre Galerie ist zweifelsohne den Gegebenheiten angepasst und ist außerordentlich sehenswert. Wir gratulieren Ihnen. Bei der Gelegenheit dürfen wir uns noch mal für die Empfehlung hinsichtlich unserer Ausstellung in St. Petersburg bedanken. Wir haben erst im Nachhinein erfahren, dass ausgerechnet in der Zeit unseres Aufenthalts in St. Petersburg der russische Botschafter in Berlin entführt wurde und Sie als Kontaktperson zu den Entführern fungierten.

Susi lachte: „C'est la vie meine Lieben. Ich habe eben schon mal gesagt, anscheinend haben wir was an uns, dass die Verbrecher anzieht wie das Licht die Motten. Aber das müssen und das werden wir ändern."

Susi ging mit Moritz weiter, sie beobachtete und sagte zu Moritz: „Schatz, ich hoffe, der Kelch eines Attentats geht an uns vorüber."

Susi hatte den Satz noch nicht fertig ausgesprochen, als es eine gewaltige Detonation gab. So als wären es mehrere Explosionen gleichzeitig. Das gesamte Gebäude wackelte, alles warf sich auf den Boden. Es klirrte, einige Bilder fielen von den Wänden, Stühle fielen um, Skulpturen stürzten von den Sockeln und alles schrie durcheinander.

Plötzlich war es in dem großen Raum mucksmäuschenstill. Mehrere Sicherheitsbeamten verkündeten in mehreren Sprachen: Alles kann sich erheben. Keiner verlässt den Raum. Hier sind Sie sicher. Es war ein Bombenanschlag.

Susi
+
ihr
Bruder

Jerusalem

Susi erhob sich und sah rundum das herrschende Chaos. Eine Dame neben ihr fragte:

„Sind Sie Susi Kaiser?" und als Susi bejahte, stellte sie sich vor: „Ich bin Lore Goldman, Jacobs Frau."

Susi umarmte Frau Goldman und sagte: „Wir unterhalten uns später, gehen Sie erst mal nach unten und schauen, ob Ihr Mann in Ordnung ist. Ich werde hier dafür sorgen, dass der Getränkeservice klappt."

Ohne weitere Worte verschwand Lore Goldman und Susi sagte zu Moritz gewandt:

„Schatz, ich hab's verschrien. Ich kümmere mich sofort um den Getränkeservice, bitte sieh zu, dass die Ausstellung so schnell wie möglich wieder in Ordnung gebracht wird."

Schnell stellte Susi fest, dass die Gebäude hermetisch abgeriegelt waren. Keiner kam hinaus und keiner kam herein. Sicherheitsbeamte hielten die Türen besetzt. Es wurde wieder Musik eingespielt und Susi begab sich ins Büro im Untergeschoss. Sie konnte sehen, dass alle mithalfen, das Durcheinander zu verringern.

Mike, David und Jacob sprachen mit den Beamten des Mossad, Young und Blum, und man verabredete, dass Mr. Young ein erstes Statement abgeben sollte. Danach wollte Jacob zu den anwesenden Besuchern sprechen und dann Susi einige verbindliche Worte sagen. Man begab sich in den 1. Stock aufs Podium. Die Scheinwerfer leuchteten auf und Yehuda Young trat vor das Mikrofon und die laufenden Kameras des Fernsehens.

„Mein Name ist Yehuda Young, ich bin Beamter des Staates Israel und mit der Klärung dieses furchtbaren Attentats beauftragt. Bis unsere Sicherheitskräfte einen ersten Überblick über diesen entsetzlichen Anschlag haben, darf aus

Sicherheitsgründen keiner der Anwesenden diese Räume verlassen. Ich hoffe, es dauert nicht allzu lange.

Um Ihnen einen ersten Überblick zu geben, ein Selbstmordattentäter konnte einen mit Sprengstoff beladenen Pickup in die Nähe dieses Gebäudes bringen. Durch Schüsse wurde er gestoppt und kam bei der Detonation der Autobombe ums Leben. Ein weiterer Attentäter wurde auf der Flucht erschossen. Durch diesen barbarischen Mordanschlag kamen vier unserer Mitarbeiter ums Leben und über zehn weitere Mitglieder der Bewachungsmannschaft wurden zum Teil schwer verletzt. Dies ist ein erstes Statement, das ich möglicherweise noch korrigieren muss, Sie werden verstehen, dass ich mich sofort wieder um dieses Verbrechen kümmern muss, um gegebenenfalls die Hintermänner zu ergreifen. Für alle weiteren Auskünfte steht Ihnen Jacob Goldman zur Verfügung. Ich danke Ihnen!"

Jacob Goldman trat vor das Mikrofon. Die Kameras waren auf ihn gerichtet.

„Liebe Gäste, liebe Freunde, liebe Mitarbeiter, es ist entsetzlich, was hier geschehen ist. Ich werde mich noch ausführlich dazu äußern. Aber das Fernsehen hat bereits in einer Sondersendung darüber berichtet und Ihre Angehörigen und Freunde werden sich Gedanken machen, wie es Ihnen geht. Sie werden anrufen wollen. Wenn Sie selbst kein Handy dabei haben, so können Sie beim Empfang am Eingang telefonieren. Falls Sie gesundheitliche Schwierigkeiten haben, so steht Ihnen ein Arzt zur Verfügung. Bitte melden Sie sich am Empfang.

Wie Sie soeben hörten, können Sie momentan die Galerie aus Sicherheitsgründen nicht verlassen. Man hat mir aber versprochen, dass dies nicht allzu lange dauern wird. Bis es soweit ist, stehen Ihnen unsere Servicedamen mit Getränken aller Art zur Verfügung.

Es ist schlimm zu sagen, dass wir in Israel schon mehrere solcher Attentate erlebten, aber noch nie hat es eine so grausame Tat gegeben, die ein so friedliches und unpolitisches Projekt traf. Unser Mitgefühl ist bei den Hinterbliebenen und den Verletzten, die uns beschützten.

Meine Damen und Herren, trotz dieser furchtbaren Geschehnisse hoffe ich, dass Sie beim Betrachten unserer schönen Exponate auf andere Gedanken kommen. Ich sehe, Baki will auch noch ein paar Worte sagen. Ich danke Ihnen."

Baki trat vor die Kameras und das Mikrofon.

„Hallo Freunde, das hat sich bisher noch niemand erlaubt. Dieses Attentat war menschenverachtend, brutal und skrupellos. Wir alle sind fassungslos. Susi Kaiser hat mir eben geflüstert, dass ab sofort zehn Prozent aller heutigen Bestellungen an einen Fonds gezahlt werden, der den Hinterbliebenen und Verletzten helfen soll."

Susi Kaiser stellte sich neben Baki und sagte:

„Das war nicht allein meine Idee, das war auch Bakis Vorschlag und da ich in absehbarer Zeit Israel verlasse, soll Baki diesen Fonds verwalten.

Liebe Gäste, ich selbst bin so betroffen und bewegt, dass ich mich tief vor allen Mitarbeitern der Polizei und des Militärs verneige, um ihnen für ihren aufopferungsvollen Dienst zu danken."

„Meine Damen und Herren, Ihnen allen meinen herzlichsten Dank, dass Sie dazu beigetragen haben, dass es nicht zur Panik oder kopflosen Reaktionen kam. Sie haben sich großartig verhalten. Ansonsten werden sich unsere Damen vom Service besonders bemühen. Unsere Berater stehen Ihnen zur Verfügung.

Nochmals herzlichen Dank für Ihre Aufmerksamkeit."

Susi eilte schnell nach unten in Jacobs Büro. Dort traf sie Victor Blum. Er erzählte ihr in einer stillen Ecke, dass der geflüchtete und erschossene Attentäter ein Schweizer, namens Robert Willer wäre. Er vermutete, es wäre Peter Wahl.

Susi ließ über Lautsprecher Luise Wahl ausrufen. Kurz danach kam sie zusammen mit Frank Lappas.

Susi umarmte Luise und sagte: „Luise, wahrscheinlich muss ich dir jetzt eine unangenehme Mitteilung machen. Der geflüchtete und erschossene Attentäter ist wahrscheinlich dein Mann. Ich glaube, wir müssen ihn identifizieren."

Victor Blum veranlasste, dass Luise und Susi zur Identifizierung gebracht wurden. Er lehnte es jedoch ab, dass Frank Lappas sie begleiten durfte.

Als man nach draußen trat, bot sich ein Bild des Schreckens. Überall Polizei und Militär und als man um die Ecke kam, sah Susi einen riesigen Bombenkrater. Erst jetzt wurde ihr das Ausmaß dieses schrecklichen Anschlags bewusst.

Die beiden Sicherheitsbeamten gingen mit Frau Luise Wahl und Susi in ein eben aufgeschlagenes Zelt. Mit einem Leintuch abgedeckt, lag dort Peter Wahl. Sowohl Susi als auch Luise bestätigten seine Identität und wurden von den beiden Sicherheitsbeamten zurückgebracht. Auf dem Rückweg sahen sie, dass überall Scheinwerfer montiert wurden. Ein Heer von Polizei und Militär beherrschte die Szene.

Als Susi zurück im Büro war, berichtete ihr Victor Blum vertraulich, dass sowohl Mike als auch Grigori Orlow zusammen mit Yehuda Young und Michail Borodin – trotz internationaler Proteste – nach Ramallah gefahren waren um Iwan Bussow nebst seinen Mitarbeitern zu verhaften.

Victor Blum versicherte Susi, alle Grenzen seien hermetisch abgeriegelt.

Susi bedankte sich bei Victor und meinte nur:

„Falls er noch hier sein sollte, so halte ich Ihnen die Daumen, dass Sie ihn fassen. Bei Ihnen und Ihrer Mannschaft möchte ich mich auf jeden Fall für den Einsatz bedanken. Was immer ich tun kann um Ihnen zu helfen, das will ich gern machen. Bitte, sagen Sie mir Bescheid."

Nach diesem Gespräch suchte sie Moritz. Sie ging durch die Ausstellungsräume und war erstaunt, mit welcher Ruhe alles ablief. Die Berater in ihren weißen Kutten waren umlagert und Susi sah, dass auch Aufträge geschrieben wurden.

Sie fand Moritz und der berichtete ihr, dass alles wieder in Ordnung gebracht wurde. Alle hätten mitgeholfen, auch die Gäste. Es wäre großartig gewesen.

Susi nahm Moritz zur Seite und flüsterte: „Man hat Peter Wahl erschossen. Alles weitere heute Abend."

Zurück in Jacob Goldmans Büro fand sie dort lediglich Lore Goldman. Susi setzte sich einen Moment zu ihr:

„Frau Goldman, in diesem Chaos ist es besser, wir gehen gleich zum Du über. Ich bin Susi!"

Frau Goldman lachte: „Ich bin Lore, ich glaube, das ist gut so. Gott sei Dank ist unseren Leuten nichts passiert. Erst habe ich gedacht, es gibt eine Panik, aber es hat sich gedreht. Ich hätte nicht gedacht, dass heute noch irgendwer etwas kauft, aber die schreiben Aufträge. Das verstehe wer will. Susi, weißt du schon wie es weitergeht?"

Susi lachte: „Lore, wir sollten froh sein, hier in der Galerie zu sein. Da draußen wimmelt es nur so von Polizei und Militär. Aber weißt du wo Jacob ist oder David Terry?"

Lore: „Terry hat eine weiße Kutte genommen und schreibt Aufträge. Er ist mit Boris Gogol bei einer Gruppe von Popen. Jacob versucht herauszufinden, wie lange man uns noch eingesperrt lassen wird. Aber da kommt er."

Jacob lachte: „Na, ihr habt euch schon bekannt gemacht. Zur Information, ich habe soeben mit Victor Blum gesprochen. So ab achtzehn Uhr können kranke und gebrechliche Personen die Ausstellung verlassen. Ab neunzehn bis zwanzig Uhr der Rest in kleinen Gruppen von fünf bis sieben Personen. Das Verlassen der Galerie ist nur über den Eingang möglich. Ich habe außerdem erreicht, dass wir die Galerie morgen früh ab zehn Uhr wieder öffnen können.

Susi kommst du mit nach oben, damit wir das bekanntgeben können?"

Als Susi bejahte, gingen sie nach oben zum Podest.

Beide standen vor dem Mikrofon, die Kameras liefen, Jacob begann:

„Liebe Freunde, unser Arzt hat festgestellt, dass einige unter uns dringend weiterer ärztlicher Hilfe bedürfen. Diese dürfen ab achtzehn Uhr, in Begleitung von Sicherheitsbeamten, dieses Gebäude über den Haupteingang verlassen. Alle übrigen Besucher müssen sich aus Sicherheitsgründen noch etwas länger gedulden. Ab neunzehn Uhr können Gruppen von fünf bis sieben Personen dieses Gebäude über den Hauptausgang verlassen und werden von Sicherheitsbeamten eskortiert. Die Ausstellung schließt um zwanzig Uhr."

Susi Kaiser trat vor das Mikrofon:

„Liebe Gäste, ich bedanke mich für Ihre Geduld und Ihre Toleranz. Sie alle sind über Ihren Schatten gesprungen und haben eine Panik vermieden und Sie alle haben mitgeholfen, die Schäden hier zu beseitigen. Ihr Verhalten war großmütig und verständnisvoll. Wenn ich sehe, wie unsere Berater umlagert sind, so kann ich nur sagen, Sie alle sind wirkliche Liebhaber der schönen Künste. Ich bedanke mich für Ihr Interesse. Ich bedauere diesen Vorfall und vor allen Dingen, dass Menschen dabei zu Schaden kamen. Ihnen noch einen angenehme Zeit bei uns und anschließend einen guten Nachhauseweg. Morgen von zehn bis zwanzig Uhr ist die Galerie wieder geöffnet. Ich hoffe, Sie noch oft bei uns zu sehen."

Susi verneigte sich und man applaudierte.

Susi ging noch mal kurz durch die Ausstellung und sah in einer Nische Vera, Paula, Olga und Grigoris Frau sitzen. Sie nahm sich einen Stuhl und setzte sich dazu: „Na, ihr vier Strohwitwen? Wie habt ihr alles überstanden?"

Paula nahm Susis Hand, drückte sie und sagte: „Susi, ich kann dich nur bewundern. Dass das alles so ruhig abgelaufen ist, haben nicht nur die Sicherheitskräfte veranlasst. Du warst nicht unwesentlich daran beteiligt. Dir meine Gratulation. Das soll dir erstmal einer nachmachen."

Baki saß mit Jacob zusammen im Büro, als Victor Blum kam und fragte: „Baki, Jacob, wisst Ihr, ob Susi Kaiser einen Bruder in Israel hat?"

Beide wie aus einem Mund: „Keine Ahnung" und Baki fügte hinzu: „Den schau ich mir mal an. Ist er draußen?"

Baki und Victor begaben sich nach draußen und trafen auf einen Mann mittleren Alters, den Baki begrüßte:

„Jonathan, was machst du denn hier?"

„Baki, ich hatte Jacob versprochen, heute noch die beiden großen Menoras zu bringen und habe mir heute Morgen im Fernsehen die Eröffnungsfeier angeschaut. Ich glaube, Susi Kaiser ist meine Schwester."

Baki lachend: „Jonathan, ich glaube, das bildest du dir ein. Ich habe mit Jacob gesprochen, der weiß nichts von einem Bruder von Susi, wie kommst du darauf?"

Jonathan ernst: „Baki du weißt, ich bin in Deutschland geboren. Als ich nach Israel einwanderte, habe ich wie üblich, meinen Namen geändert. Mein Geburtsname ist Thomas Höhler und wir waren vier Geschwister. Drei Jungen und ein Mädchen namens Susanne. Meine Schwester und ich haben uns vor sehr vielen Jahren aus den Augen verloren. Aber die Susi Kaiser, die ich heute Morgen im Fernsehen sah, sieht meiner Schwester verdammt ähnlich. Bitte frage sie, ob sie einen Bruder namens Tommi hat. Das war mein Kindername. Ansonsten hieß ich Thomas Höhler und meine Schwester war eine geborene Susanne Höhler. Kannst du nicht mal fragen?"

Baki: „Jonathan, ich glaube es nicht, aber fragen kostet nichts. Warte hier, du darfst im Moment noch nicht hinein. Ich beeile mich." Schon war Baki weg.

Baki fand Susi bei Vera, Paula, Olga und Frau Orlow. Lachend kam er zu Susi und fragte: „Susi, hast du eigentlich Geschwister?"

Susi fragend: „Baki, ja, aber warum fragst du?"

Baki immer noch lachend: „Einen der Tommi heißt?"

Susi ganz ernst: „Baki, bitte, mache keine Scherze. Den Namen Tommi kennen nur ganz wenige. Woher hast du den Namen? Weißt du wo er ist? Ich suche ihn schon seit vielen Jahren."

Baki auch ernst: „Susi, du weißt, ich bin ein Magier und du weißt auch, wir sind in einer heiligen Stadt. Hier ist alles möglich. Mal sehen ob ich das Wunder vollbringe und deinen Bruder Tommi finde."

Susi todernst: „Bitte Baki, treibe mit mir kein makabres Spiel. Es ist mir bitter ernst. Wo ist er? Was weißt du?"

Baki ruhig: „Susi, gedulde dich ein paar Minuten. Bis gleich!" und verschwand.

Susi erzählte den vier Damen die Geschichte ihres verschwundenen Bruders und man hatte viele Fragen. Plötzlich stand Baki mit Tommi neben Susi.

Ein kurzer Schrei und Susi und Tommi lagen sich in den Armen. Bei beiden flossen Tränen.

Susi sagte: „Baki, dafür gibt's zwei Bussis, dann muss ich Tommi schnell meinem Mann vorstellen."

Baki lachend: „Susi, bevor du mit deinem Bruder davonrennst, nur ein paar Worte, Jonathan – oder wie du ihn nennst Tommi – und ich, wir kennen uns seit vielen Jahren. Seinen Schwiegervater und seine Frau kannte ich schon als Kind.

Was ich dir jetzt sage, das habe ich noch nie ausgesprochen. Dein Bruder ist ein zweiter **Auguste Rodin**. Er ist ein Künstler, der die vollendesten Bronze-Skulpturen entwirft und gießt. So vollkommen seine Bronzen sind, so unvollkommen ist leider seine finanzielle Situation. Schau dir seine Ausstellung an. Er kann nur leider nicht verkaufen. Bitte, Susi, hilf deinem Bruder. So, jetzt lasse ich euch allein. Also bis heute Abend um einundzwanzig Uhr."

Susi suchte zusammen mit Tommi ihren Mann, den sie bei Jens und Dieter fand, stellte ihren Bruder vor und sagte:

„Moritz, ich bin hier noch stark gefordert. Wir schließen um zwanzig Uhr, das gemeinschaftliche Abendessen ist im

King David um einundzwanzig Uhr. Bitte, sehe zu, dass Tommi ein Zimmer kriegt. Ich nehme an, dass er heute nicht mehr nach Hause fahren kann. Er kann von hier seine Familie benachrichtigen. Bitte erkläre ihm unsere Familie und unsere Firmenübersicht in Kurzform. Ich bin dafür, dass wir übermorgen nach Haifa fahren und Tommis Familie und die Firma besuchen. Ich habe gehört, dass er dort eine schöne Ausstellung haben soll. Baki hat angedeutet, dass er eventuell eine Hilfe beim Verkauf braucht."

In diesem Moment meldete sich Susis Handy. „Ah, Wiesbaden ist in der Leitung."

(Susi) Susi Kaiser!

(Anton) Hallo Susi, wir haben eben Nachrichten gehört, seid ihr alle wohlauf? Was ist passiert. Die Bilder sahen furchtbar aus.

(Susi) Anton, es gab ein Bombenattentat auf unsere Ausstellung. Die Autobombe ist unmittelbar neben dem Gebäude explodiert. Es gab vier Tote unter dem Sicherheitspersonal und zwei Tote der Attentäter. Außerdem über zehn Verletzte. Weder unseren Gästen noch den Mitarbeitern ist etwas passiert. Es gab innerhalb der Galerie keine Panik. Im Moment sind aus Sicherheitsgründen alle Ausgänge der Galerie geschlossen. Trotzdem verläuft die Veranstaltung ruhig und zivilisiert. Wir verkaufen sogar schon wieder. Schaut euch heute Abend die Nachrichten an. Hier sind mindestens zwanzig Radiosender und Fernsehanstalten vertreten.

(Anton) Kann ich irgendetwas für euch tun? Brauchst du unsere Hilfe? Soll ich nach Jerusalem kommen?

(Susi) Wenn wir heute am späten Abend noch mal telefonieren könnten, dann kann ich dir weitere Einzelheiten erzähle. Im Moment ist das schlecht. Bitte, Anton, informiere den russischen Botschafter in Berlin. Sowohl Grigori Orlow als auch Michail sind am Ball und versuchen Bussow zu finden. Mehr weiß ich auch nicht. In jedem Fall müssen wir Albert in

Boston Bescheid sagen, dass Mike wohlauf ist. Informiere auch Rom, Wuppertal und die Kollegen in St. Petersburg. Bitte, vergiss nicht Hilde und Erich anzurufen.

(Anton) Susi wird gemacht. Ich werde versuchen dich am späten Abend zu erreichen.

(Susi) Zwei Personen muss ich unbedingt sprechen. Einmal meine Mutter und auf jeden Fall Ilse. Ihr könnt vielleicht heute Abend zusammen anrufen. Es gibt Dinge, die kann ich im Moment nicht erzählen.

(Anton) Wird gemacht. Neben mir steht Erika und fragt, ob sie kurz ihren Vater sprechen kann?

(Susi) Erika hat Glück, er steht neben mir. Moment, ich übergebe.

(Erika) Hallo Papa, wir haben uns alle solche Sorgen um euch gemacht. Ist wirklich alles in Ordnung?

(Moritz) Erika, Susi hat euch berichtet, hier innerhalb der Galerie ist alles ruhig und ihr müsst euch keine Sorgen machen. Wenn ihr heute Abend anruft, gibt es weitere Einzelheiten. Tschüss, bis heute Abend.

(Erika) Wiedersehen, Papa.

Susi lachte: „Die wichtigsten Leute vergisst man immer."

Moritz zu Tommi: „Lieber Schwager, wie immer bei uns, geht alles holterdiepolter. Wir schicken deine Schwester erst mal nach unten ins Büro, denn einer muss die Kontrolle über die Ausstellung behalten. Wir beide setzen uns in ein stilles Eckchen und ich will versuchen, dich zu informieren."

Zu Susi gewandt: „Susi, geh schon mal nach unten zu Jacob ins Büro und lass uns sehen, dass wir spätestens um halb neun die Galerie verlassen können."

Schnell waren sich Susi und Moritz über die nächsten Schritte einig. Moritz zog sich mit Tommi in eine Nische zurück und Moritz begann:

„Lieber Tommi, ich bin dein Schwager und somit sollten wir uns duzen. Ich bin Moritz!"

Tommi schüchtern: „Ich bin Thomas, oder wie Susi sagte, Tommi oder wie man hier sagt, Jonathan Balan. Bei der Einreise nach Israel habe ich den Namen meiner Frau angenommen. Ich habe zusammen mit meiner Frau Sarah in Darmstadt studiert und nach Beendigung des Studiums sind wir zu meinen Schwiegereltern gezogen. Wir haben drei Kinder im Alter von zehn, sechs und drei Jahren. Von meinem Schwiegervater habe ich die Eisengießerei übernommen, die plötzlich nicht mehr lief, da chinesische Massenprodukte unser Land überschwemmten. So musste ich auf Bronzeguss umstellen. Leider ist der Markt für Bronzen in Israel mehr als bescheiden. Wir können kaum davon leben. Erst durch Jacob Goldman geht es ein klein wenig besser. Bei Baki bin ich stark verschuldet, über 50.000 Dollar. Es ist mir peinlich dir sagen zu müssen, ich kann eure Gastfreundschaft zur Übernachtung im King David nicht annehmen, ich wüsste nicht, wie ich das bezahlen sollte."

Moritz lachte: „Tommi, du bist der Bruder meiner Frau und als solcher selbstverständlich unser Gast."

Tommi: „Moritz, das alles ist mir sehr unangenehm. So gern ich meine Schwester habe, aber als Bittsteller möchte ich nicht auftreten. Ich weiß noch nicht mal, wie ich meine Familie in den nächsten Tagen durchbringen soll, geschweige denn einen Besuch wie euch. Mit anderen Worten, ich habe keinerlei finanzielle Mittel mehr."

Moritz: „Lieber Tommi, mach dir im Moment darüber keine Gedanken. Die Galerie Kaiser in Wiesbaden ist ein Verein, keine Firma. Sie hat Etats, um in Not geratene Künstler im In- und Ausland zu helfen. Dazu kommt, dass sowohl Susi als auch ich nicht gerade arm sind. Susi ist sogar sehr wohlhabend. Wir werden dir helfen."

Tommi: „Moritz, ich tauche hier einfach auf und komme mir ganz schäbig vor. Ich bin so froh, dass ich meine Schwester wiedergefunden habe, aber doch nicht, um von ihr Hilfe zu erbitten oder zu betteln."

Moritz ernst: „Tommi, ich verstehe dich sehr gut. Wenigstens in Stichworten werde ich dir erzählen, wie sich Susi empor gekämpft hat.

Du weißt vielleicht, dass Susi unbedingt die Kunstschule in Wiesbaden besuchen wollte. Anfangs haben deine Eltern noch das Schulgeld bezahlt, aber nach einigen Monaten gab es anscheinend Krach und Susi musste sehen wie sie über die Runden kam. Sie hatte ein kleines Zimmerchen und jobbte für die Galerie Kaiser praktisch als Mädchen für alles. Auch damals hatte der Verein schon Budgets um Künstlern zu helfen, aber Susi lehnte ab. So bot ihr mein Bruder Max die Stelle einer Hausmeisterin an und Susi nahm an. Sie machte die Schule, hatte den Hausmeisterposten und lernte beim Gründer der Galerie, einem Herrn Otto, das Kopieren von Bildern. Otto war so etwas wie der Großvater für Susi.

Jeder im Unternehmen wusste, dass Susi in Max, meinen Bruder, verliebt war und umgekehrt. Nur die beiden konnten sich ihre gegenseitige Liebe nicht gestehen. Fünf Jahre ging das so. Otto – praktisch der Großvater – brachte die beiden zusammen. Jeder, den ich höre, spricht nur mit großer Hochachtung von dieser Verbindung. Die beiden verlobten sich und als Susi ihren Verlobten bei ihren Eltern vorstellen wollte, flog sie zu Hause raus. Später heirateten sie. Deine Eltern wurden zur Hochzeit eingeladen, doch sie kamen nicht. Max erkrankte an Krebs und nach einem langen Krankenlager starb mein Bruder. Susi pflegte ihn bis zum letzten Moment. Obwohl Susi nahezu die Hälfte der Unternehmen erbte, drohte sie zu zerbrechen. Erst Mike Curtis, du wirst ihn noch kennenlernen, hat sie dazu gebracht zu kämpfen. Die Firmen waren fast pleite.

Susi wollte nach fünf Jahren ausspannen und Museen besuchen. Da sah sie mich am Vorabend ihres Urlaubes in einem Wiesbadener Hotel. Da mein Bruder Max und ich Zwillinge sind, gleichen wir uns. Ich wusste nichts von meinem Bruder Max, da wir als Babys in den Nachkriegswirren getrennt wurden. Plötzlich hatte ich eine Schwägerin und eine hübsche und intelligente noch dazu. Aber das wichtigste, eine Frau mit Herz. Ich war Witwer, wir verliebten uns, heirateten und haben zwei süße Kinder. Susi ist eine Traumfrau und ich liebe sie von ganzem Herzen.

Als ich mich bei deinen Eltern vorgestellt habe, flog ich auch raus. Deine Eltern negierten alle Annäherungsversuche, gleich welcher Art:“ Moritz lachte trocken: „Tommi, ich hoffe, meine Schilderung wird dir nicht zu viel?“

Tommi immer noch schüchtern: „Moritz, das alles klingt für mich wie ein Märchen; aber erzähl doch weiter.“

Moritz: „Das alles sind nur Stichworte. Susi hat sich immer eine große Familie gewünscht und die hat sie auch. Unser ganzes Unternehmen ist eine große Familie und Susi ist die Mutter des Unternehmens.

Dann kam was furchtbares, das Susi sehr getroffen hat. Anlässlich einer Mitgliederversammlung unseres Vereins hat der Anwalt der Gegenseite ein Schreiben deines Vaters verlesen lassen, nachdem er Susi als leichtes Mädchen bezeichnet hat. Das brachte das Fass zum Überlaufen. Susi hat unseren Notar und Anwalt beauftragt, deinem Vater Strafe anzudrohen, falls er diese Behauptung aufrecht erhält.

Aufgrund dieses Schreibens kam deine Mutter nach Wiesbaden um mit Susi darüber zu sprechen. Sie fiel aus allen Wolken. Dein Vater hatte alle Briefe, Einladungen von uns unterschlagen. Susi war der Meinung, wir müssten das in Güte klären. So kam es, dass deine Eltern zu uns kamen und dein Vater sich entschuldigte.“

Tommi erschüttert: „Für mich war das schlimm. Gerade mit Susi hatte ich immer einen guten Kontakt bis mir gesagt wurde, sie würde in Nachtclubs arbeiten. Ich hatte ja keine Adresse von Susi. So habe ich in allen Nachtclubs Wiesbadens nach Susi gefragt. Leider erfolglos.“

Moritz: „Tommi, bitte erzähle mir doch, warum bist du nach Israel gegangen?“

Tommi: „Moritz, du weißt vielleicht, dass ich meine Braut bei meinen Eltern vorstellen wollte. Ich mache es kurz. Auch ich bin rausgeflogen. Sarah und ich machten noch unser Examen und wir wollten zusammen nach Israel auswandern. Mein Schwiegervater hatte eine Eisengießerei die relativ gut lief und das war unser Metier.

Nachdem wir zwei Jahre hier waren, überschwemmten chinesische Gusswaren den Markt in Israel. Die verkauften billiger, als die reinen Materialkosten waren. Wir mussten einen neuen Markt suchen, nämlich den Bronzeguss. Aber wie jedes neue Geschäft, so hatte dieses seine Tücken. Ich will nicht ins Detail gehen, aber wir brauchten einige Jahre, um uns ein entsprechendes Programm aufzubauen.

Ganz langsam haben wir uns eine Ausstellung aufgebaut, die wirklich sehenswert ist. Aber Geld verdienen wir immer noch keines. Baki und Jacob waren die einzigen, die uns unterstützt haben. Außer einer Menge Schulden und einer Ausstellung haben wir praktisch nichts. Die große Menora in der Galerie, seitlich das große Kreuz, im Untergeschoss die beiden Bronzetüren für Gebetshäuser und die vielen Statuetten, die du hier in der Ausstellung siehst, sind samt und sonders von mir. Ich hoffe, irgendetwas ist verkauft worden, damit ich wenigstens die nächsten Tage über die Runden kommen kann. Bei mir ist Matthäi am Letzten. Moritz, sei mir nicht böse, dass ich das so offen ausspreche."

Moritz lachte: „Tommi, dieses Geständnis deiner momentanen Situation macht dich mir sehr sympathisch.

So, die Zeit rennt, ich werde dir mein Handy dalassen, dann kannst du deine Frau anrufen und ihr sagen, dass du deine Schwester gefunden hast, wir dich zum Abendessen eingeladen haben und auch zur Übernachtung. Morgen früh wird Susi sicherlich mit dir unter vier Augen sprechen wollen. Wir werden dich in jedem Fall am nächsten Tag besuchen. Damit du nicht ohne Finanzmittel dastehst, werde ich dafür sorgen, dass du von mir oder Susi oder eventuell auch von Jacob Geldmittel erhältst, die dich im Moment über die Runden bringen. Wir wollen mal sehen, was wir insgesamt für dich tun können, ich glaube eine ganze Menge. Ich werde mit Mike darüber sprechen, wenn der deine Bronzetüren sieht, so weiß ich jetzt schon, dass ihm dazu vieles einfallen wird. Er betreut die orthodoxen Kirchen in den USA und neuerdings auch die altkatholischen Kirchen. Außerdem haben wir gute Kontakte zum Vatikan. Stelle dein Licht nicht unter den Scheffel. Sei nicht zu bescheiden, Tommi, ich helfe dir! Ich gehe mal, um dein Hotelzimmer zu reservieren und suche Susi. Wir treffen uns hier wieder."

Inzwischen durften die ersten Gäste die Ausstellung in kleinen Gruppen verlassen.

Susi und Jacob standen auf dem Podium und bedankten sich bei den Gästen für ihr Kommen, wünschten einen guten Nachhauseweg und entschuldigten sich nochmals für das Vorkommnis.

Baki sprang auf das Podium, nahm das Mikrofon und sagte: „Hallo Leute, so könnt ihr nicht einfach gehen. Ihr wisst, ich gehöre nicht zur Galerie Kaiser, es ist meine Konkurrenz, aber eines muss ich sagen, Jacob und Susi und allen Mitarbeitern bei der Galerie Kaiser gehört ein donnernder Applaus. Was die alles in den letzten Stunden geleistet haben ist großartig und außergewöhnlich. Es sind nicht nur Freunde der schönen Künste, sie sind echte Jerusalemer. Und jetzt zeigt durch einen Applaus eure Zuneigung."

Ein riesiger Applaus kam auf, die Gäste drängten zum Podium um Susi und Jacob die Hand zu drücken.

Als alle Gäste gegangen waren, hatte der Getränkeservice Sekt oder Orangensaft vorbereitet. Fernsehen und Funk bauten ab. Ein Mikrofon war noch an und Susi sagte: „Ihr Lieben, bitte, kommt alle nach oben, wir wollen gemeinsam auf diesen denkwürdigen Tag anstoßen."

Als sie beisammen waren, sagte sie: „Ich bedanke mich bei allen, die hier mitgearbeitet haben. Dank der Zuverlässigkeit, der Hilfsbereitschaft und des außergewöhnlichen Einsatzes ist es gelungen, eine Katastrophe zu verhindern. Danke, Danke, Danke. Ich darf mein Glas erheben und auf die Zukunft dieser Galerie trinken."

Als alle angetrunken hatten, sagte sie noch: „Da die Galerie morgen um zehn Uhr wieder öffnet, kann ich euch nicht alle ins King David einladen. Die, die hier bleiben müssen, werden verpflegt. Diejenigen, die an der Nachbesprechung teilnehmen, sind im King David zu einem gemeinschaftlichen Abendessen eingeladen. Beginn um einundzwanzig Uhr." Dann ging Susi zu allen anwesenden Personen und bedankte sich mit Handschlag für ihre Leistungen. Als letzten flüsterte sie ihrem Bruder Tommi ins Ohr: „So schlimm das heute alles war, das schönste Geschenk ist, dass ich dich wiedergefunden habe." Sie drückte ihn ganz fest.

Im King David Hotel hatte man im Festsaal eine lange Tafel aufgebaut. Kurz vor einundzwanzig Uhr kamen die ersten Gäste. Man reichte Sekt, Orangensaft oder auf Wunsch auch einen anderen Aperitif.

Inzwischen waren auch Yehuda Young und Victor Blum gekommen. Mit ihnen Mike Curtis, Grigori Orlow und Michail Borodin. Yehuda Young erzählte:

„Als wir nach Ramallah kamen, war Iwan Bussow mit seinen Spießgesellen Dimitri Michailow, Ralf Wenz und Jan Schneider bereits abgereist. Wie die so schnell Wind vom missglückten Attentat bekamen, war nicht festzustellen. Inzwischen wissen wir, dass sie in letzter Minute über die jordanische Grenze flüchten konnten. Allerdings haben wir das Gepäck der vier flüchtigen Personen beschlagnahmen können. Mal sehen, was bei der Durchsuchung herauskommt."

David Terry und Jacob Goldman hatten überschlägig die Aufträge gesichtet und addiert. David erklärte ganz stolz:

„Trotz des Anschlages haben wir für fast 100.000 US Dollar verkauft. Dies allerdings Dank der Verkaufskunst von Boris Gogol. Es ist abzusehen, dass aufgrund der heutigen Gespräche noch viele Aufträge seitens der Kirche folgen werden.“

Jeder erzählte zwanglos seine kleinen und großen Erlebnisse dieses Tages und Michail brachte es auf den Punkt. Er meinte zu Susi: „Dass überhaupt etwas verkauft wurde, ist schon ein Wunder für sich. Für mich wird es die denkwürdigste Eröffnung einer Galerie sein und bleiben. Susi, ich gratuliere euch von ganzem Herzen.“

Es war schon fast halb zehn als Susi zu Tisch bat. Der Service war rasch und nachdem die Vorspeise abgedeckt war, stand Baki auf, klopfte an sein Glas und verkündete:

„Eigentlich gehöre ich nicht zur Galerie Kaiser und trotzdem gehöre ich dazu. Daher einige Worte: „Dass ich dir, liebe Susi, heute deinen Bruder schenken konnte ist nur ein kleines Detail am Rande. Ich kenne ihn seit eineinhalb Jahrzehnten. Er ist nicht nur ein wunderbarer Mensch, er ist ein ganz großer Künstler. Ihr dürft nicht aus Israel abreisen, ohne seine kleine Ausstellung in Haifa gesehen zu haben. Nie hätte ich gedacht, dass Jonathan eine so begabte Schwester hat. Erst seit wenigen Stunden weiß ich das und ich bin mir sicher, dass das der Beginn einer wunderbaren Freundschaft mit ihr ist.“

Das nächste Gericht wurde aufgetragen, danach meldete sich Michail zu Wort: „Fast alle kennen mich, wer mich noch nicht kennengelernt hat, ich bin Michail Borodin, der Direktor der Eremitage in St. Petersburg. Die Eremitage und die Galerie Kaiser sind nicht nur geschäftlich verbunden, wir sind Freunde. Ihr habt gezeigt, wie man aus einer Katastrophe einen Erfolg machen kann.

Noch zwei neue Mitglieder sind zu diesem Freundeskreis gestoßen. Einmal ein Mann namens Baki. Baki mein Kompliment, du hast menschliche Größe gezeigt. Wann immer du willst, sei herzlich in St. Petersburg willkommen.

Noch einem Zweiten habe ich vorhin kurz die Hand geschüttelt. Es ist Jonathan oder Tommi, der Bruder unserer Susi. Ich habe heute Morgen bereits seine beiden Entwürfe der Kirchentüren bewundert. Wir benötigen in der Eremitage in St. Petersburg für zwei Eingänge besondere Türen. Jonathan, komme nach St. Petersburg, sieh dir das an und mache uns zwei Entwürfe. Ich glaube, wir kommen ins Geschäft."

Alles klatschte.

Moritz stand auf: „Michail, du hast uns wieder mal aus dem Herzen gesprochen. Mein Schwager Jonathan oder Tommi ist von all dem ziemlich mitgenommen. So darf ich für ihn antworten. ‚Es wird ihm eine Ehre sein, für das bedeutendste Museum der Welt etwas zu entwerfen, und eventuell sogar etwas zu schaffen. Alles Weitere soll er dir bei einem direkten Gespräch sagen.'" Da Tommi neben Moritz saß, zog dieser Tommi nach oben und beide verneigten sich. Wieder applaudierten alle.

Danach wurde der Nachtisch aufgetragen. Als der Kaffee kam stand Susi auf:

„Euch allen nochmals vielen, vielen Dank. Es war ein schwieriger Tag und wer müde ist, darf sich gerne zurückziehen. Wir treffen uns morgen um zehn Uhr in der Galerie. Euch allen noch einen schönen Abend."

Susi wollte eben ihren Platz verlassen, als sich ihr Handy meldete. Wiesbaden war am Apparat. Sie zog ihren Bruder mit sich in eine stille Ecke des Saales:

(Susi) Susanne Kaiser!

(Anton) Hallo Susi, ich hoffe wir sind nicht zu spät dran. Mama und Ilse stehen neben mir, ansonsten sind fast alle unsere Mitarbeiter bei uns und wollen wissen, wie es euch geht. Bitte berichte, ich habe den Lautsprecher an.

(Susi) Erst mal Grüße an alle und wir sind alle wohlauf und munter. ... dann erzählte sie die Ereignisse des heutigen Tages ausführlich ...

(Anton) Sind auch Michail und Grigori bei dir?

(Susi) Sicher, willst du sie haben?

(Anton) Nein, aber einer von beiden soll unbedingt die russische Botschaft in Berlin anrufen.

(Susi) Werde ich den beiden ausrichten. Anton, bitte schalte jetzt den Lautsprecher ab, denn jetzt muss ich einige persönliche Dinge sagen. Bitte gib mir mal Ilse.

(Ilse) Ja, Ilse Bach

(Susi) Liebe Ilse, ich muss dir leider eine bedauerliche Mitteilung machen. Peter Wahl wurde bei einem Fluchtversuch nach dem Attentat erschossen. Einzelheiten dazu weiß ich noch nicht. Allerdings haben Luise und ich seine Leiche identifiziert. Bitte unterhalte dich mit Luise, wie ihr es mit der Beisetzung halten wollt. Das musst du und Luise entscheiden. Denke daran, dass dich vielleicht Ben später mal fragt, wo sein Vater begraben ist. Peter Wahl war wahrscheinlich der Mitorganisator dieses furchtbaren Anschlags. Fühl dich von mir umarmt. Wenn du meine Hilfe brauchst, so hast du sie.

(Ilse) Danke, für die sicherlich nicht einfache Mitteilung. Ich muss das erst mal verdauen. Danke!

(Susi) Ilse, gibst du mir noch mal Mama?

(Magda) Susi, das waren für uns schlimme Stunden. Die hatten sogar eine Sondersendung nach den Nachrichten. Das sah ja grauenvoll aus. Kind bin ich froh, dass ihr alle gesund seid. Ist euch auch wirklich nichts passiert?

(Susi) Mama, nein, alles ist in Ordnung. Ich habe eine kleine Überraschung für euch und gebe das Handy weiter.

(Tommi) Hallo, Mama!

(Magda) Tomiiii… und dann war nur noch Schluchzen zu hören.

(Anton) Ich glaube wir müssen einen Moment warten. Magda ist im Moment nicht in der Lage weiterzusprechen. Kann ich noch mal Susi haben?

(Susi) Anton, ich habe meinen jüngsten Bruder wiedergefunden. Er lebt in Israel und heißt jetzt Jonathan Balan, ist

verheiratet und hat drei Kinder. Er betreibt in Haifa eine Bronzegießerei. Er hat mich im Fernsehen erkannt und hat mich besucht. Wir fahren übermorgen zu ihm nach Haifa. Wir kommen also alle einen Tag später zurück wie geplant. Bitte rufe später nochmals an, wenn sich Mama wieder einigermaßen gefangen hat. Wir sind sicherlich noch eine Stunde hier im Saal beim Abschlussessen. Trotz dieser Katastrophe haben wir heute zirka 100.000 US Dollar Umsatz gemacht. Sage Maxim, Boris hat über 120 Ikonen am ersten Tag verkauft. Tschüss Anton, bis später.

Susi gab ihr Handy ihrem Bruder und sagte, Mama würde anrufen, wenn sie wieder dazu in der Lage sei. Sie erklärte nur Tommi kurz, dass Anton Jonas ihr Geschäftspartner sei. Dann eilte sie zu Grigori Orlow und Michail Borodin. Sie berichtete, dass beide die Botschaft in Berlin anrufen sollten und beide meinten nur lakonisch: „Im Moment nicht. Die haben einen so guten Wodka hier, den brauchen wir."

Erst jetzt kam im Saal so eine richtig nette Atmosphäre auf. Man kannte sich, freute sich, dass alles einigermaßen gut verlaufen war.

Mike stand mit Moritz, Jacob und Baki zusammen. Susi meinte: „Na, was kocht ihr denn zusammen aus?"

Moritz: „Ich habe Mike und Jacob berichtet, wie schlecht es deinem Bruder finanziell geht und ob wir nicht in irgendeiner Form helfen können."

Susi: „Baki hat schon so etwas erwähnt. Habt ihr einen Vorschlag?"

Moritz: „Wie immer, wenn man in einer Zwangslage ist, dann ist man sehr empfindlich. Bei Tommi ist das nicht anders. Er schämt sich, praktisch als Bittsteller aufzutreten. Dabei wollte er nur seine Schwester finden."

Jacob: „An Tommi muss ich mich erst noch gewöhnen. Ich kenne ihn schon sehr lange. Er ist ein wundervoller Künstler und ist sicherlich auch deshalb zu mir gekommen, um für die Menoras zu kassieren. Wir haben heute allein acht Stück davon verkauft. Dazu kommen zwei Kreuze aus Guss und ich glaube sogar ein paar Figuren. Alles in allem Waren im Wert von zirka 10.000 US Dollar. Wenn er auch noch nicht alles geliefert hat, so ist das zumindest nicht beleidigend, sondern verdientes Geld. Er braucht Bargeld. Das kann er sich morgen Früh bei mir holen."

Susi erleichtert: „Jacob, du bist ein Engel. Du kannst dir vorstellen, dass ich meinem Bruder helfen werde. Ich habe genügend Eigenvermögen um dies problemlos tun zu können. Aber helfe ich damit wirklich? Was haltet ihr davon, wenn wir ihn irgendwie bei dem Verein mit einbinden? Mike was meinst du denn?"

Mike lachte: „Susi, du hast mich schon wieder erkannt. Mich lassen seine Bronzetüren nicht mehr schlafen. Wenn ihr wüsstet, wie viele Kunden mich schon nach solchen Türen gefragt haben. Wir brauchen dazu nur die exakten Maße und dann wird es ähnlich wie bei den Ikonostasen. Die reißen uns die Türen aus den Händen. Ich muss mir erst mal seine Ausstellung ansehen. Also abgemacht, wir fahren am Dienstag nach Haifa. Baki, kommst du auch mit?"

Baki: „Das lasse ich mir doch nicht entgehen. Da will ich dabei sein. Ich wusste schon immer, der Junge kommt noch mal groß raus. Jetzt ist es soweit."

Susi sah das Ehepaar Zontini bei ihrem Bruder stehen und fragte: „Na, habt ihr euch schon bekannt gemacht?"

Zontini in seiner etwas bedächtigen Art: „Jonathan und ich, wir kennen uns schon lange. Ich war überrascht, dass das dein Bruder ist. Ich kam extra zwei Tage früher nach Israel, um Jonathan einen Auftrag der Kurie zu bringen. Zwei Bronzetüren sind zu erneuern."

Susi lachte: „Lieber Marco, wir wollen am Dienstag zu meinem Bruder fahren und uns seine Werkstatt ansehen und auch seine Ausstellung. Bist du am Dienstag mit dabei, wenn wir nach Haifa fahren?"

Zontini: „Selbstverständlich komme ich mit."

Achmed und Hassan aus Ägypten stießen dazu und Achmed fragte, wäre es eventuell möglich, dass wir auch die Ausstellung in Haifa sehen könnten?"

Susi lachte: „So langsam brauchen wir einen Bus. Aber ich glaube schon, der Einladende ist mein Bruder."

Der beeilte sich zu sagen: „Selbstverständlich, gerne."

Bevor er weitersprechen konnte, meldete sich Susis Handy und Susi zog Jonathan in eine stille Ecke.

Ein langes Telefonat folgte. Susi konnte nur sehen, dass auch bei ihrem Bruder die Tränen rollten, so holte sie ein Glas Sekt und als ihr Bruder das Gespräch beendet hatte, sagte sie: „Tommi, trink, damit deine Tränen nicht so salzig schmecken." Beide mussten lachen.

Tommi: „Mama meinte, ich solle schnell mal kommen. Aber wovon soll ich den Flug bezahlen? Susi, hat dir dein Mann schon erzählt?"

Susi: „Tommi, das hat er noch nicht, wann denn? Aber auch ohne mir ein Wort zu sagen, ich kann mir vorstellen wie es dir geht. Ich nehme an, Moritz hat dir seine Hilfe zugesagt und das tue ich hiermit auch."

Tommi: „Wie kommt eigentlich Zontini hierher? Ihn kenne ich schon lange."

Susi lachte: „Tommi, das kannst du nicht wissen. Zontini ist der Leiter unserer Galerie in Rom, an der wir zu fünfzig Prozent beteiligt sind. Das alles ist eine große Familie, auch der Mann, der für Zontini die beiden Türen im Vatikan scannte, Hans Ruppert, ist unser Mitarbeiter bei unserem Unternehmen in Wuppertal. Du siehst, es ist alles verflochten. Ich erkläre dir das morgen in aller Ruhe."

Susi umarmte ihren Bruder. „Du glaubst gar nicht, wie ich mich freue, dich gefunden zu haben. So furchtbar der Tag heute war, so schön ist er, weil du da bist. So und jetzt werde ich meinen Moritz suchen. Frühstückst du morgen um acht Uhr mit uns?"

***

Gemütlich saßen Susi, Tommi und Moritz beim Frühstück. Tommi hatte nochmals mit seiner Frau gesprochen und sagte: „Susi, Moritz, ich soll euch herzlich von Sarah grüßen. Du, liebe Susi, sollst dafür sorgen, dass du morgen mit meiner Frau mindestens eine Stunde zum Erzählen hast. Sie hat dir viel zu sagen. Wie geht's jetzt bei uns weiter?"

Moritz: „Ich werde anschließend gleich in die Ausstellung gehen und lasse euch beiden Hübschen allein. Um zehn Uhr will ich euch dort sehen."

Susi ging mit Tommi in ihr Zimmer. Sie hatte dort eine kleine Sitzecke mit einem schönen Ausblick.

Die beiden hatten sich unendlich viel zu erzählen bis sie auf einmal das Telefon erschreckte. Moritz war am Apparat: „Wollt ihr nicht kommen? Es ist bereits halb elf!"

Als sie zur Ausstellung kamen, waren die Sicherheitskontrollen immer noch da. Eine große Menschenmenge begehrte Einlass, Susi und Tommi mussten auch warten.

Jacob begrüßte die beiden mit den Worten: „Na, habt ihr euch verbummelt? Also Jonathan, bringe mal die Menoren herein, dann machen wir die Abrechnung."

Mit vier Männern wurden die beiden großen Menoren hereingetragen, inzwischen hatte Jacob die Abrechnung vorbereitet. Er sagte:

„Jonathan, für eine exakte Abrechnung reicht die Zeit nicht. Ich mache es kurz. Wir haben gestern noch mal acht Stück der großen Menora verkauft. Dazu zwei Kirchentüren, die musst du noch genau ausmessen, zwei der großen gegossenen Kreuze, wie sie in der Ausstellung hängen, sowie einige Figuren. Es ist zwar noch nicht alles geliefert, aber es ist ein Wert von zirka 14.000 US Dollar. Bist du damit einverstanden, wenn ich dir auf diesen Betrag eine Abschlagszahlung von 10.000 US Dollar mitgebe?"

Tommi: „Hat das meine Schwester oder mein Schwager veranlasst?"

Jacob lachte: „Jonathan, jetzt liegst du falsch. Wir alle bei der Galerie Kaiser sind selbständig. Das war allein meine Entscheidung."

Tommi bedankte sich vielmals und ging dann zu Susi.

Und Susi: „Bevor du fährst, du hast drei Kinder, du weißt am besten, womit ich denen eine Freude machen kann und sag mir jetzt ja nicht, die haben alles was sie brauchen. Und was können wir deiner Frau mitbringen? Das ist nicht nur ein Besuchsgeschenk, es ist ein Hochzeitsgeschenk."

Während sie noch am reden waren, kam Baki hinzu, begrüßte sie und bekam auch den Inhalt des Gesprächs mit. Er sagte: „Ich will mich ja nicht einmischen, aber ich weiß was Sarah gefällt und es ist sicherlich ein schönes Hochzeitsgeschenk. Auch für die Kinder weiß ich das Richtige. Darf ich helfen es mit euch auszusuchen?"

Alle lachten und meinten, Baki hätte den richtigen Geschmack. Tommi wollte schnell nach Hause und verabschiedete sich rasch.

Man musste zeitweise den Einlass zur Galerie stoppen, da zu viele Interessenten die Galerie besuchen wollten. Baki lachte: „Das habe ich noch nie erlebt, dass eine Galerie wegen Überfüllung geschlossen wird."

Susi, Baki und Moritz entschlossen sich, die Galerie zu verlassen und wollten mit Baki die Geschenke besorgen. Sie gingen mit ihm zu einem Juwelier, den Baki anscheinend gut kannte und dort erzählte er:

„Sarah kenne ich schon als Kind. Immer schon hatte sie sich eine dieser wunderschönen orientalischen Ketten gewünscht. Weder ihre Eltern, noch Jonathan konnten ihr so etwas kaufen. Ihr habt jetzt die Gelegenheit, diesen Wunsch zu erfüllen.“

Der Juwelier zeigte eine Kollektion von erlesenen Colliers und Baki deutete auf eine etwa achtzig Zentimeter lange Goldkette, die aus ineinander verwobenen, ovalen Goldplättchen bestand. Ein Traumstück! Susi fragte nach dem Preis.

Baki lachte: „Susi, wir sind nicht in Deutschland. Überall im Orient wird gehandelt, bei einem guten Juwelier nicht. Wir werden die Kette wiegen.“

So geschah es auch. Ein kurzes Gespräch zwischen Baki und dem Juwelier und Baki fragte: „Zahlt ihr in Euro oder Dollar?“ Als Moritz meinte, das sei gleich, sagte Baki: „Diese Kette kostet 3.900 US Dollar.“

Moritz meinte: „Susi, das ist sehr preiswert, was meinst du, sollen wir die nehmen?“ Schnell war man dazu entschlossen.

Dann schaute sich Moritz die restlichen Colliers an, griff ein herrliches Stück heraus. Eine Kette in welcher Brillanten eingearbeitet waren. Wieder wurde die Kette gewogen, die Brillanten gezählt und Baki verkündete, dass man diese zum gleichen Preis erwerben könne.

Moritz schaute Susi an und fragte: „Susi, darf ich dir dieses Collier als Andenken an diese denkwürdigen Tage in Jerusalem schenken?“ Susi gab ihrem Mann einen Kuss und bedankte sich herzlich.

Baki: „Vergesst die Kinder nicht, ich weiß, alle drei wünschen sich ein Goldkettchen, wie es die anderen Kinder hier auch haben. Meint ihr, das ist in eurem Etat noch drin?

Der Juwelier zeigte eine Vielzahl von kindgerechten Kettchen mit Amuletten und dergleichen, nach Alterstufen geordnet. Schnell hatte man drei schöne Kettchen mit je einem Amulett ausgesucht. Auch hier war der Preis in Ordnung. Die Verpackung dieser fünf Schmuckstücke war eine Zeremonie für sich. Mit diesen fünf Päckchen verließen sie den Juwelier.

„So“, sagte Baki, „jetzt entführe ich euch in ein arabisches Restaurant. Ganz einfach, aber es wird euch gefallen.“ Sie gingen durch ein Gewirr von Gassen, mussten hoch bepackten Eseln ausweichen, vorbei an Schuhputzern und Wasserträgern, sahen die vielen Kaffeehäuser, bis sie Baki in eines derselben drängte.

Als sie Platz genommen hatten, bestellte Baki **shis kebab** und danach nahmen sie nur noch einen starken Kaffee mit Kardamom. Dazu servierte man honigtriefende **baclava.**

Es war eine bescheidene Mahlzeit, aber sowohl Susi als auch Moritz genossen das Flair dieses Minirestaurants.

Danach folgte ein anstrengender Nachmittag. Baki hatte viel geholfen und man war froh, endlich gegen achtzehn Uhr wieder in der Galerie zu sein.

Jacob hatte für seine Ehrengäste eine Stadtrundfahrt organisiert, die um zehn Uhr begonnen hatte und um achtzehn Uhr endete.

Susi traf auf Vera, Paula, Olga und Frau Grigori und diese berichteten begeistert, was sie alles gesehen hatten.

Olga konnte sich nicht einkriegen, sie sagte immer und immer wieder: „Ich dachte, ich kenne die Geschichte der Welt, aber dieses Jerusalem ist wirklich die älteste Stadt und der frühere Mittelpunkt der Welt. Wir hatten einen tollen Fremdenführer.“

Jacob sagte in einer ruhigen Minute: „Ihr Lieben, das King David ist nicht weit, wer will, kann sich im Hotel frisch machen. Ich erwarte euch nach Ende der Öffnungszeit zum Aperitif hier in der Galerie.“

Niemand konnte Jacob weiter fragen, denn schon war er im Gewimmel der Gäste verschwunden.

Susi meinte nur: „Kommt, lasst uns ins Hotel gehen. Ich muss zumindest was anderes anziehen.“

Kurz nach acht Uhr, die Galerie war geschlossen, die letzten Gäste verließen die Ausstellung und man war endlich wieder unter sich. Ungezwungen kamen die Hostessen mit ihren roten Uniformen und brachten Getränke, die Tische aus den Nischen wurden in die Mitte gestellt und Susi sah, dass man auf der linken Seite ein kaltes Buffet aufbaute.

Jacob stieg auf das Podest und begann:

„Liebe Freunde, liebe Mitarbeiter der Galerie Kaiser, seid alle herzlich willkommen. Gestern war ein ereignisreicher Tag und wir hätten sicher gerne auf dieses Ereignis verzichten können. Obwohl ich glaubte, wir würden nichts verkaufen, war der gestrige Umsatz großartig. Heute habe ich noch nicht addiert, aber es war ein RUN. So etwas hat hier noch niemand erlebt. Allen, die freiwillig mit in den Verkauf eingestiegen sind, meinen herzlichsten Dank. Ihr seht, seitlich habe ich ein kaltes Buffet aufbauen lassen. Bedient euch und ich wünsche uns allen einen unterhaltsamen Abend."

Susi kam an den Tisch zu Mike, Vera und Orlando Lopez. Sowohl Mike als auch Orlando waren völlig ausgepumpt. Mike meinte: „Susi, Rom war schon schlimm, aber der heutige Tag war sehr eigenwillig. Eigentlich hatten wir viel Publikum, die nur schauen wollten und dennoch hat man gekauft. Bei manchen Leuten merkte man, dass sie kein Geld hatten und trotzdem etwas kauften."

Orlando: „Schade, dass du das nicht gesehen hast, aber es verkaufte sich praktisch alles. Ich beneide Jacob nicht um die Auslieferung der Bestellungen. Ich gebe Mike recht, teilweise hatten die Leute kein Geld und kauften."

Susi wanderte weiter, Grigori Orlow mit Frau, Michail und Paula Borodin saßen zusammen mit Boris Gogol. Michail bat Susi sich zu setzen und sagte dann: „Boris unser Meisterverkäufer ist ganz erschöpft."

Und Boris: „Michail hat leicht lachen, der war auf der Stadtrundfahrt und hat das hier nicht erlebt. Ich habe fast nur Ikonen verkauft und das nur an Russen."

Als sie zu Jens Gerners und Dieter Zeisers Tisch kam, berichteten diese von der herrlichen und interessanten Stadtrundfahrt. Jens meinte zu Susi: „Hoffentlich verliert Jacob den Überblick über die Finanzen nicht."

Susi lachte: „Ich glaube Jacob schafft das. Ich habe mehr Bedenken, dass er mit den Lieferungen in Verzug kommt. Aber es wird nicht immer so einen RUN geben, wie wir ihn heute hatten. Wenn ich richtig informiert bin, werden ab nächsten Sonntag die Stadtrundfahrten hier Station machen. Dann gibt's wieder ein anderes Publikum."

Susi sah Jacob mit Frau und David Terry an einem Tisch sitzen und gesellte sich dazu. Susi lachte: „Lore, ich glaube du musst Jacob unter deine Fittiche nehmen. Man sieht, er ist nahezu am Ende."

Susi ging von Tisch zu Tisch und verabschiedete sich und sagte nur: „Morgen Früh um neun Uhr fährt unser Bus nach Haifa."

***

Haifa

Pünktlich um neun Uhr am Morgen verließ der kleine Bus das King David Hotel in Jerusalem. Baki fungierte als Reiseleiter. Er begrüßte die Gäste:

„Hallo, liebe Freunde, es freut mich, dass ich euch auf der Fahrt nach Haifa begleiten darf. Die Fahrzeit beträgt zirka zweieinhalb Stunden und wir werden so gegen halb zwölf ankommen.

Falls jemand Durst hat, Getränke sind an Bord und jeder kann sich bedienen."

Unterwegs erklärte Baki immer wieder, wo sie waren und gab auch Erläuterungen zu den jeweiligen Orten, die sie passierten. Zirka eine Stunde vor Ankunft nahm er wieder das Mikrofon und erklärte:

„Haifa ist das Tor Israels und gleichzeitig die drittgrößte Stadt des Landes. Sie ist von der Anlage her mit Sicherheit die schönste Stadt Israels. Haifa dürfte auch die größte Industriestadt Israels sein. Vor 150 Jahren gründete die deutsche Templergesellschaft ein eigenes Viertel und im Jahre 1898 begann der deutsche Kaiser Wilhelm II. in Haifa seine Reise durch das Heilige Land. Auf sein Betreiben wurde die Bahnlinie Haifa – Damaskus im Jahre 1905 eröffnet und die Stadt nahm einen raschen Aufschwung.

Unser Programm für den heutigen Tag ist: Besuch der Gießerei Balan. Jonathan wird uns die Kunst der Bronzegießerei erläutern und anschließend seine Ausstellung zeigen. Danach lädt er uns in seinem Betrieb zu einem Imbiss ein. Jonathan ist kein reicher Mann, aber er wird versuchen, uns gut zu bewirten.

Danach entführe ich euch zu einer Stadtrundfahrt in Haifa mit dem Besuch des Berg Karmel, des Bahai Schreines und auch noch eines Künstlerdorfes.

Anschließend haben Sie nochmals Gelegenheit Jonathans Ausstellung anzusehen und Fragen zu stellen. So gegen siebzehn Uhr beginnt die Rückfahrt. Wir wollen zur Schließung der Galerie wieder in Jerusalem sein. Ich weiß, Jacob hat noch eine kleine Überraschung für heute Abend."

Sie fuhren noch an den Hafenanlagen vorbei in ein Industriegebiet und hielten vor einem länglichen Bau.

Baki lachte und meinte: „So meine Freunde, wir sind da."

Das lange unscheinbare Gebäude entpuppte sich als eine große Metallgießerei. Zwischen den technischen Anlagen waren immer wieder Ausstellungsstücke aufgebaut. Jonathan, beziehungsweise Tommi, hatte veranlasst, dass in der Mitte der Halle ein kleines Rondell ausgespart war, in welchem er Stühle aufgestellt hatte. Er begrüßte seine Gäste: „Lieber Baki, danke dir, dass du unsere Gäste wohlbehalten hierher gebracht hast. Noch nie hatte ich hier ein so kunstverständiges Publikum.

Ich beginne meinen Vortrag mit einer Art Materialkunde der Bronze, denn der Bronzeguss ist Kunst und eine Wissenschaft für sich.

Die Bronze ist eine Legierung von mindestens 75 Prozent Kupfer mit verschiedenen Mengen Zinn. Diese Legierung ist leicht schmelzbar, aber härter und zäher als Kupfer. Bronze erhält beim Polieren einen Hochglanz.

Am bekanntesten dürfte die Geschützbronze sein. Mit 90 Prozent Kupfer und 10 Prozent Zinn erhält sie einige Eigenschaften des Stahls.

Will man jedoch Glocken gießen, die einen reinen und edlen Klang haben sollen, so muss man eine Legierung von 77 bis 80 Prozent Kupfer haben und mit Zinn auffüllen."

„Natürlich gibt es auch Bronzen für die Technik. Eine Wissenschaft für sich. Hier werden andere Mischverhältnisse und teilweise andere Metalle verwendet. Zum Beispiel Legierungen mit Zink, Nickel, Silber und so weiter.

Für die Bronzekunst verwenden wir verschiedenartige Legierungen. Für den Beschlag einer Bronzetür wird eine andere Legierung verwendet, wie für ein monumentales Standbild. Für getriebene Gefäße und Geräte sind die Legierungen wieder anders, als für Figuren."

Jonathan lachte: „Hier sind so viele Kunstwissenschaftler, dass ich über die Geschichte der Bronzezeit nicht zu sprechen brauche, das wisst ihr alle besser als ich. Aber ich rufe in Erinnerung, seit nahezu fünftausend Jahren kennt man dieses Material. So, ich glaube, wir wenden uns jetzt meinen Ausstellungsstücken zu." Man applaudierte, stand auf, und folgte Jonathan, der durch die Halle zu den Statuen ging:

Jonathan sprach weiter: „Wir kommen jetzt zu den Standbildern. Wir haben hier nicht viele, denn diese Figuren binden unendlich viel Material und so reich bin ich nicht, um mir das leisten zu können.

Hier eine Nachbildung aus Padua » **Donatello – Reiterstandbild des Gattamelata** « aus der Zeit um 1459. Stolz zeigte Jonathan dieses 3,4 x 5 Meter große Standbild.

Jonathan fuhr fort: „Über diese beiden Figuren, der » **Krieger von Riace** « um zirka 450 vor Chr. bin ich besonders erfreut. Ich glaube, sie sind mir sehr gut gelungen."

Jonathan verwies auf das nächste Ausstellungsstück: „Hier eine Nachbildung des berühmten » **Osterkandelabers** « aus der Basilika di Sant' Antonio in Padua von » **Riccio** «. Diese Kopien konnte ich nur fertigen, weil ich Reparaturen an diesen Meisterwerken durchführen durfte."

Wieder ging Jonathan ein Stückchen weiter: „Wir kommen jetzt zu den Türen. Ich erkläre sie nicht einzeln, nur die ersten Prachtexemplare. Hier von » **Lorenzo Ghiberti – Porta del Paradiso** « so um 1450, Florenz. Ihr seht, die Tür ist teilweise vergoldet. Dann die Bronzetür aus dem Dom in Hildesheim mit Szenen aus dem Alten und Neuen Testament, man schätzt um 1015 und dann noch ein Entwurf von mir, bei dem ich mich an Auguste Rodin orientierte, » **Eingang zur Hölle** «.

Alle übrigen Türen stammen von mir, das heißt, wurden von mir entworfen und gegossen. Daneben seht ihr ein Tischchen mit einer Mappe, dort findet ihr weitere Entwürfe, Ihr dürft blättern."

So, wir kommen jetzt zur Kunst der Kleinbronzen. Ihr seht zirka einhundert Ausstellungsstücke. Teilweise eigene Entwürfe, teilweise Kopien von antiken Stücken. Neben jeder Skulptur findet ihr eine Erklärung. Schaut sie euch in Ruhe an.

Eine Preisliste werdet ihr vergeblich suchen. Kupfer und auch Zinn sind teure Materialien. So dumm das klingt, aber wir müssen nach Gewicht verkaufen. Deshalb ist dieser Markt auch so schwierig.

So, Ihr seht schon, ich habe uns ein einfaches Mahl bereiten lassen. Vorab, versucht unseren Wein. Ich darf zu Tisch bitten.“

Wieder applaudierte man und Susi bedankte sich bei ihrem Bruder für seine schöne Präsentation. Dann ging man in die Nachbarhalle.

Zwei junge Damen hatten große Krüge mit Wein und gossen diesen in Becher. Man probierte, er war gut.

Das Mittagessen wurde an langen Tischen eingenommen und bestand aus einer Vorspeise mit Meeresfrüchten und Brot, danach gab es einen guten Fisch mit Reis und Salat und im Anschluss noch Kaffee und Gebäck.

Sie hatten noch viele Fragen, aber Baki meinte, lasst mal die Familie zusammentreffen. Ihr könnt später immer noch reden und fragen und drängte alle aus der Halle.

Susi und Moritz blieben zurück und sagten: „Gott sei Dank, endlich allein. Tommi, stell uns doch deine Frau vor.“

Tommi lachte und sagte: „Wartet einen Moment, die kommt gleich mit den Kindern. Ihr könnt euch vorstellen, wie neugierig die Kinder auf euch sind.“

Es dauerte keine Minute, da stürmten drei lebhafte Kinder in die Halle, dahinter eine junge Frau. Es folgte eine herzliche Begrüßung und Sarah sagte: „Kommt doch ins Haus.“

Jonathans Wohnhaus war an die Halle angebaut und nach wenigen Schritten lernten sie auch Jonathans Schwiegervater kennen. Er begrüßte alle herzlich und meinte, einer müsse jetzt das Aufräumen der Halle überwachen und das sei er. Er käme aber danach sofort.

Wie alle Kinder, erwarteten auch diese ein kleines Geschenk. Susi hatte drei Päckchen so gezeichnet, dass sie altersmäßig das richtige Päckchen überreichte. Sie sagte: „Ihr Lieben, ich lerne euch erst heute kennen, obwohl ihr ja schon so alt seid. Es ist gleichzeitig ein Geschenk zur Geburt und zu unserem heutigen Besuch. Moritz und ich hoffen, es gefällt euch.“

Da die Geschenke wertvoll eingepackt waren, packten die Kinder sorgfältig aus. Dann ein Schrei. „Ein Amulett – und so ein schönes." Sie probierten es sofort an und waren begeistert. Susi sagte zu ihrer Schwägerin, „Baki scheint uns doch den richtigen Rat gegeben zu haben."

Sarah lachte und meinte: „Der gute Onkel Baki, wenn er hier ist, sind die Kinder immer bei ihm."

Susi: „Sarah, ihr habt von uns kein Hochzeitsgeschenk bekommen. So haben wir das Hochzeitsgeschenk und das Geschenk zum Wiedersehen zusammengefasst." Sie übergab das Etui.

Auch Sarah packte ganz vorsichtig aus und dann kam ein kleiner Schrei: „Ihr seid wahnsinnig. So eine Kette habe ich mir schon immer gewünscht."

Sie legte die Kette sofort an, dann gab sie Moritz einen Kuss, umarmte Susi und ihr kamen die Tränen.

„Susi", sagte Sarah, „die ganzen Jahre habe ich mir gewünscht, jemand vernünftigen aus Jonathans Familie kennen zu lernen. Jetzt bist du da und wir verziehen uns in mein Zimmer. Jonathan, deinen Mann und die Kinder lassen wir allein. Du glaubst gar nicht, wie ich dieses Gespräch herbeigesehnt habe."

„Sarah, das kann ich mir gut vorstellen. Euch hat mein Vater ja genauso verletzt wie mich, aber wir wissen so gut wie nichts voneinander. Das werden wir jetzt ändern."

Die beiden gingen in Sarahs Zimmer, diese machte einen Tee und sagte zu allen übrigen: „Bitte, stört uns nicht!"

Susi meinte, Sarah solle mit ihrer Erzählung anfangen: „Meine Familie sind Juden, deutsche Juden, und sind 1869 hier eingewandert. Sie gehörten zur sogenannten deutschen Kolonie. Ich wurde in Haifa geboren, besuchte normal die Schule, ging dann auf die Deutsche, Technische Hochschule in Haifa. Meine beiden letzten Semester absolvierte ich an der Technischen Hochschule in Darmstadt und machte dort auch das Examen.

Gleich bei Ankunft in Deutschland lernte ich Thomas kennen. Er verdiente sich sein Studium als Taxifahrer in Frankfurt. Bei uns hatte es sofort gefunkt. Wir waren sehr ineinander verliebt und sind es immer noch. Er hat mir damals schon erzählt, dass er seine jüngere Schwester suchen würde, aber sie sei wie vom Erdboden verschwunden.

Nach einem halben Jahr meinte ich, es wäre gut, wenn er mich seinen Eltern vorstellen würde. So fuhren wir mit einem Motorrad an einem regnerischen Tag von Darmstadt nach Limburg. Weit ist das nicht, aber es war nass und kalt. Ich hatte nur ein dünnes Kleidchen an und darüber eine mir nicht passende Motorradbekleidung eines Kommilitonen. Wir zogen die Motorradbekleidung aus und gingen nach oben in die Wohnung deiner Eltern. Einige Tage vorher hatte Thomas geschrieben, dass er seine Braut vorstellen wolle.

Susi, es war furchtbar. Deine Mutter war nicht da, dein Vater bot nichts zu trinken an. Er beschimpfte mich als Zigeunerin, ich wäre schmutzig und ungepflegt, er beschimpfte meinen Thomas, bis es dem zu dumm wurde und er mit mir kurzerhand die Wohnung verließ. Wie dein Vater uns behandelt hat, das kann ich dir gar nicht beschreiben. Sicher sah ich durch die Fahrt auf dem Motorrad nicht gerade attraktiv aus, aber er muss doch gesehen haben, wie wir froren.

Wir haben dann still und heimlich geheiratet und als wir unser Examen hatten, gingen wir nach Israel. Thomas hat immer wieder von dir gesprochen, aber er hat dich nicht gefunden. Auch der Kontakt zu deinen Brüdern brach ab, sie haben einfach seine Briefe nicht beantwortet."

Susi nahm Sarahs Hand: „Sarah, das mit meinem Vater kann ich eventuell noch begreifen. Das mit meinen Brüdern Theo und Oliver begreife ich allerdings auch nicht. Weder dein Mann noch ich haben denen etwas weggenommen oder sie gar in irgendeiner Form verletzt. Ich weiß nicht, was in die beiden gefahren ist. Aber erzähle doch erst deine Geschichte zu Ende."

Sarah drückte Susis Hand: „Es ist so schön einmal mit jemanden darüber sprechen zu können. Wir kamen in Tel Aviv an und meine Eltern holten uns am Flughafen ab. Sie nahmen Jonathan sofort auf, so wie es sich für eine Familie gehört. Leider war meine Mutter sehr krank und starb nach einem Jahr. Dann brach auch noch unserer Eisengießerei zusammen. Dank Bakis Hilfe haben wir überlebt. Immer und immer wieder hat er für Aufträge gesorgt. Wir hatten über dreißig Arbeiter und mussten bis auf vier Mann und zwei Mädchen alle entlassen. Ich helfe auch mit, denn auch ich habe das studiert.

Susi, wir sind hoch verschuldet. Die Gebäude haben wir mit Hypotheken belasten müssen, bei Baki haben wir über 50.000 US Dollar Schulden und die unbezahlten Lieferantenrechnungen, davon will ich gar nicht erst sprechen. Susi, meinst du, wir müssen hier alles aufgeben? Baki hat mir gestern Abend am Telefon gesagt, du wärst eine Person mit der man über alles sprechen könnte und sicher auch einen Rat wüsste.“ Bei Sarah kullerten die Tränen.

Susi nahm Sarah in den Arm: „Sarah, du bist nicht nur die Frau meines liebsten Bruders, wie mir Baki erzählte auch eine äußerst liebenswerte Person dazu. Bevor wir über das Geschäft sprechen, muss ich dir meine Geschichte erzählen.“

Susi lachte: „Sarah, jetzt hörst du den Aufstieg der Putzfrau zum Chef eines Firmenimperiums. Man hat so oft gelesen, der Aufstieg vom Schuhputzer zum Multimillionär. So ähnlich war es bei mir. Allerdings mit unendlich viel Arbeit und Einsatz meiner ganzen Kraft.“

Dann erzählte Susi ihre Geschichte, wie sie zu Hause rausgeflogen ist. Wie sie ihr Studium selbst finanzieren musste, sie sich jedes Detail erarbeiten musste, sich durchgekämpft hat um das zu erreichen, was man heute das Kunstimperium Kaiser nennt. Zum Schluss fügte sie hinzu: „Sarah, wir haben zwei ganz süße Babys und du bist die Erste, die es erfährt, ich glaube, ich bin schon wieder schwanger. Wenn wir zurück sind, muss ich sofort zum Arzt. Ich werde dich dann anrufen und dir berichten, aber zu niemanden ein Wort davon. Mein zweiter Mann Moritz ist wie mein erster Mann Max, wir verstehen uns ohne viele Worte."

Sarah ernst: „Susi, ich hatte einen solchen Bammel vor unserem Gespräch, ich kannte dich ja nicht. Jetzt weiß ich, wir sind eine Familie und darüber bin ich sehr froh."

„Sarah, mir geht es genauso, ich bin sehr froh, nicht nur meinen Tommi wiedergefunden zu haben, sondern auch, dass er eine liebenswerte Frau hat. Nun will ich mal sehen, was wir für eure finanzielle Seite tun können. Ich habe da so ein paar Gedanken. Unser Finanzgenie Jens Gerner ist mit hier. Ich würde mich wundern, wenn Jens nicht ein paar gute Ideen hätte. Komm, lass uns wieder zu den anderen gehen, gemeinsam können wir das besser lösen."

Beide Damen gingen in die Fabrikationshalle und waren erstaunt, dass der Bus von der Stadtrundfahrt schon wieder zurück war. Man begrüßte die beiden und Moritz sagte zu seiner Frau: „Susi, stelle uns doch Sarah vor und Susi rief in die Runde: „Hallo", nahm Sarah um die Taille und sprach: „Das ist Sarah, meine Schwägerin. Sie hat an der Technischen Hochschule in Haifa und Darmstadt studiert und versteht vom Metallguss genauso viel wie mein Bruder."

Nachdem Sarah in der Runde die Hände geschüttelt hatte, kam Baki und lotste Susi, Moritz, Sarah, Tommi, Michail, Mike, Jens, Dieter und Luise mit Frank Lappas in eine Ecke:

„So, Michail jetzt erzähl noch mal was du uns vorhin unterbreitet hast. Ich finde den Plan toll."

Michail: „Das ist doch einfach. Ich brauche zwei große Eingangstore aus einem besonderen Material. Nachdem ich Jonathans Zeichnungen gesehen habe, glaube ich, werden wir uns einig. Es wird keine billige Angelegenheit. Zwei Bronzetore für die Eremitage in St. Petersburg sind etwas Besonderes und wenn ich sie beantrage, dann weiß ich nicht, wann sie mir genehmigt werden. Andererseits muss ich neue

Tore haben. Ich darf mal grob schätzen und komme pro Tor auf zirka 40.000 US Dollar. Das heißt insgesamt 80.000 US Dollar. Susi, ihr schenkt mir diese beiden Tore, aus Dankbarkeit für die gute Kooperation. Das heißt, ihr bezahlt Jonathan.

Die Eremitage ist wiederum äußerst dankbar für die Hilfe bei der Wiederbeschaffung der gestohlenen Gemälde in St. Petersburg. Sobald es uns gelungen ist, Gemälde aus diesem Fundus durch Frank Lappas zu verkaufen, wird dieser, im Auftrag der Eremitage dem Verein Galerie Kaiser eine Spende in Höhe von zirka 80.000 US Dollar geben. Jens Gerner danke ich, dass er bei dieser Konstruktion mitgeholfen hat. Ich bekomme zwei wunderschöne neue und wertvolle Eingangstore für die Eremitage in St. Petersburg. Jonathan erhält einen tollen Auftrag und durch die Galerie Kaiser garantiert sein Geld, Jens Gerner hat einen Unkostenposten von 80.000 US Dollar, den er bei seiner so positiven Bilanz zum Jahresende von der Steuer abziehen kann. Der Verein Galerie Kaiser erhält eine steuerfreie Spende von 80.000 US Dollar für soziale Leistungen seiner Mitglieder."

Einen Moment war es still. Dann lachte Baki lauthals los:

„Ich gratuliere euch. Das habt ihr großartig hingekriegt. Aber wie geht's danach bei Jonathan weiter?"

Mike: „Baki, du bist ein wirklicher Freund von Susis Bruder. Seit Jahren suche ich jemanden, der derartige Kirchentüren fertigen kann. Dass ich den ausgerechnet in Haifa finde, hätte ich mir nicht träumen lassen. Ich bleibe noch einen Tag länger in der Galerie in Jerusalem. Wenn es Jonathan recht ist, komme ich am Donnerstag nochmals nach Haifa und wir suchen uns verschiedene Muster von Kirchentüren aus und legen dafür die Preise in Dollar fest. Die Muster nehme ich dann mit nach den Staaten. Wie ich gehört habe, wollen Paula und Michail auch noch zwei Tage bleiben, wir können eventuell am Samstag gemeinsam nach Deutschland fliegen. In jedem Fall wollen wir uns zusammen die Ausstellung in Wuppertal ansehen."

Es gab noch ein kurzes Gespräch und sie waren schnell einig, dass Tommi mit nach Deutschland kommen sollte. Auch er war gespannt auf die Ausstellung in Wuppertal und wollte dann zusammen mit Michail nach St. Petersburg, um die genauen Maße der Tore zu nehmen und um die Einzelheiten der Gestaltung zu besprechen.

Der Abschied kam mit Riesenschritten. Es flossen ein paar Tränen und Susi umarmte ihre Schwägerin und flüsterte: „Sarah, ich sorge dafür, dass du möglichst schnell eine größere Abschlagszahlung erhältst. Tut mir leid, dass wir Tommi entführen, aber er ist schnell wieder hier."

Man winkte zum Abschied und Moritz meinte:

„Susi, dieses Jerusalem war in vielerlei Hinsicht ein ganz besonderes Ereignis. Ich freue mich für dich, dass du Tommi wiedergefunden hast und vor allen Dingen, dass er eine so nette Frau hat.

Der Bus brachte sie zum King David Hotel und Baki meinte: „Ich warte hier mit dem Bus bis kurz vor neun. Macht euch frisch, wir fahren dann gemeinsam zur Galerie Kaiser."

Trotz vieler Fragen verriet Baki nichts.

Vor neun war man wieder an der Galerie und war erstaunt über die Absperrungen um diese Uhrzeit. Wieder gab es die üblichen Kontrollen und dann betrat man über die Treppe den ersten Stock der Galerie.

Alle staunten, anscheinend hatte man in Windeseile umgebaut, eine lange Festtafel war in der Mitte des Raumes gedeckt, seitlich davon war ein langes, noch abgedecktes Buffet zu sehen und Jacob drängte seine Gäste Platz zu nehmen. Es gab Tischkarten und Susi konnte erkennen, dass zwischen den einzelnen Plätzen Namen standen, die sie im Moment nicht zuordnen konnte.

Die Lichter im Raum wurden dunkler. Ein Scheinwerfer beleuchtete das Podium auf dem Jacob stand. Er begann:

„Liebe Susi, ich darf trotz dieses feierlichen Anlasses bei deinem Vornamen bleiben, denn du bist unsere Susi, die direkt oder indirekt die Geschicke dieses Unternehmens leitet.

Liebe Mitglieder des Gremiums des Vereins Galerie Kaiser, liebe Freunde und Gäste unseres Unternehmens, liebe Mitarbeiter.

Es war entsetzlich, was vor zwei Tagen bei dieser friedlichen Eröffnung passiert ist. Wir beklagen Tote und Verletzte und wir bedauern das sehr. Besten Dank an die Sicherheitsbehörden für ihr umsichtiges und effektives Verhalten. Ganz besonders möchte ich Yehuda Young und Victor Blum meinen Dank aussprechen.

Die Behörden dieses Landes und die Vertretungen der Länder, in denen die Galerie Kaiser eigene Filialen unterhält, wollen sich persönlich bei euch bedanken.

Ich darf den Nuntius des Vatikan Staates zu mir auf das Podium bitten."

Im weißen Ornat kam Seine Eminenz, der Nuntius, auf das Podest, stellte sich vor und begann:

„Gottes Segen für diese außergewöhnlich interessante und ästhetische Ausstellung."

Er schlug das Kreuz und sprach: „Im Namen des Vaters, des Sohnes und des Heiligen Geistes, Amen!"

„Mein Amtskollege Eminenz Vincenzo Ghirlandi hat mich auf den Verein Kaiser aufmerksam gemacht. Er sprach von einem Team einzigartiger Künstler und eindrucksvoller Ästheten. Ich war bei der Eröffnungsfeier dabei und kann ihm nur recht geben. Ich will nicht versäumen, Ihnen, liebe Frau Kaiser, die herzlichsten Grüße und Wünsche Seiner Eminenz Vincenzo Ghirlandis weiterzugeben."

Jacob bedankte sich und begleitete den Nuntius zu seinem Sitzplatz. Jacob ging wieder auf das Podium, begleitet von einem Herrn. Jacob stellte vor:

„Der Botschafter der Bundesrepublik Deutschland!“

Der Herr verneigte sich und begann:

„Meine Damen und Herren, wir kennen uns teilweise von der Eröffnungsfeier. Ich bin stolz, dass ein deutscher Künstlerverein wie die Galerie Kaiser, eine solche Aufmerksamkeit erregende Ausstellung in Jerusalem eröffnet hat. Ich bedanke mich bei den hiesigen Sicherheitsbehörden für ihre umsichtige Abschirmung, die größeren Schaden vermieden hat. Ihnen weiterhin viel Erfolg in Jerusalem.“

Auch hier brachte Jacob den Botschafter zu seinem Platz.

Als Jacob wieder zum Podium kam, wurde er von einem stattlichen Mann begleitet. Jacob stellte vor:

„Der Botschafter der russischen Föderation!“

Dieser lachte, stellte sich vor und sagte:

„Ich sehe hier zwei liebe Freunde. Michail Borodin, den Direktor des größten Museums der Welt und Grigori Orlow unseren Sonderermittler. Zwei großartige Menschen. Sie haben sicherlich mitgeholfen, dass hier größeres Unglück vermieden wurde. Danke!

Heute Morgen hatte ich ein Gespräch mit unserer Botschaft in Berlin. Liebe Frau Susi Kaiser, Seine Exzellenz Peter Achmat und seine Frau Anna lassen nicht nur herzlich grüßen, sie wünschen Ihnen alles Gute für Jerusalem. Der Himmel möge Sie beschützen.“

Ein Applaus kam auf und Jacob geleitete den Botschafter zu seinem Platz. Als Jacob wieder auf das Podium kam, folgte ihm ein attraktiver Mittfünfziger. Jacob verkündete:

„Der Botschafter der Vereinigten Staaten von Amerika!“

Er verneigte sich ebenfalls und stellte sich vor:

„Vor über dreißig Jahren war ich in Deutschland als Soldat stationiert. Dort habe ich auf einer Vernissage der Firma Kaiser ein kleines Bild erstanden.

Ein **Gerard Dou » Der Einsiedler «**. Dieses Bild hängt heute noch in meinem Büro und hat mir den Weg zur Kunst geöffnet. Ich verehre das Bild sehr.

Ich weiß, drei meiner Landsleute sind hier und haben zu dieser ästhetischen Präsentation beigetragen. Ich gratuliere euch und auch allen anderen Vereinsmitgliedern der Galerie Kaiser. Dass es den Sicherheitskräften Israels gelungen ist, schlimmeres bei dem vorgestrigen Attentat zu verhindern, verdient meine Hochachtung!“

Jacob begleitete den Boschafter zurück an seinen Platz und kam mit einer Dame zurück. Er verkündete:

„Ihr kennt sie alle, wie immer, vertritt sie die Knesseth.“

Eine kurze Verneigung, sie stellte sich vor und sagte dann:

„Ich will Ihre Zeit nicht lange in Anspruch nehmen. Israel freut sich, dass der Künstlerverein Galerie Kaiser, hier in Jerusalem einen Stützpunkt aufbaut. Ich weiß, viele unserer Künstler werden für dieses Atelier tätig werden und ihr Können zeigen.

Ich habe auch erfahren, dass die gute Seele dieses Vereins, Frau Susi Kaiser, ihren verschollenen Bruder in Israel wiedergefunden hat. Das ist ein gutes Omen! Unser Sicherheitsdienst hat Unerhörtes geleistet, um dieses Attentat zu verhindern. Es ist nicht ganz gelungen, aber zumindest kamen keine Gäste zu Schaden. Wir bedauern diesen Vorfall sehr.

Dieses kleine Abendessen ist ein Dankeschön der Knesseth an die Galerie Kaiser. Ich hoffe, wir sehen uns noch oft.“

Anhaltender Applaus

Susi stand auf, trat vors Mikrofon:

„Eminenz, Exzellenzen, meine Damen und Herren,

Sie alle haben uns mit Ihrem Kommen und Ihrer Großzügigkeit überrascht. Besonders danken wir für die Wünsche Seiner Eminenz Vincenzo Ghirlandi, den wir alle sehr schätzen und den Botschafter der Föderation Russlands in Berlin und seiner Frau Anna, die unsere Freunde sind.

Die Tage in Jerusalem werden unvergessen bleiben. Zum Einen, da durch dieses Attentat auf unsere Galerie Menschen getötet und verletzt wurden. Das ist entsetzlich. Zum Anderen, habe ich hier in Jerusalem meinen verschollenen Bruder wiedergefunden. Das ist wunderbar! Wir haben hier neue Freunde bekommen und Freundschaften geschlossen und das ist überwältigend.

Wir alle bedanken uns für die Einladung der Knesseth zum Abendessen. Ich darf allen einen guten Appetit wünschen.“

Susi verneigte sich.

Es war schon nach zweiundzwanzig Uhr als endlich das Buffet eröffnet wurde. Man unterhielt sich prächtig. Weit nach Mitternacht verließen die Ersten die Galerie.

***

Während Susi und Moritz noch beim Frühstück waren, kamen Achmat Husni und Hassan Shaker und verabschiedeten sich. Sie bedankten sich vielmals für die außergewöhnliche Gastfreundschaft und versicherten, dass sie innerhalb der nächsten vier oder fünf Monate nach Wiesbaden mit entsprechenden Plänen einer Galerie für Kairo kommen würden.

Kurz danach kam das Ehepaar Zontini, das einen Flug nach Rom gebucht hatte. Zontini meinte:

„Wir sehen uns in zirka zehn Tagen, bis dahin werde ich noch ein paar schlaflose Nächte haben, aber ich glaube, wir finden einen Weg für unsere Probleme.“

Susi und Moritz wünschten den beiden einen guten Flug.

Der nächste kam um bye, bye zu sagen. Es war Thomas Hall. Er wollte rasch zurück nach Düsseldorf. Seine Ausstellung » **Die berühmtesten Gemälde der Welt** « öffnete in zwei Tagen. Er war nervös und das sagte er auch.

Susi lachte: „Thomas, du hast ein paar tüchtige Leute. Wenn du heute Abend zurückkommst wirst du erleben, dass alles in deinem Sinne geregelt wurde. Wir sehen uns am Freitagmorgen gegen neun Uhr. Dir einen guten Flug.“

Susi und Moritz packten noch schnell ihre Siebensachen und begaben sich in die Galerie Kaiser. Das Händeschütteln in der Galerie wollte kein Ende nehmen. Man vereinbarte, dass Mike und Vera, Michail und Paula, Tommi, Dr. Hugo Wettengel und Olga, sowie Luise und Frank am Freitag nach Düsseldorf fliegen. Susi erwähnte nur, dass sie am Flughafen abgeholt würden."

Grigori kam: „Susi, Moritz, ich darf euch doch meine Frau anvertrauen. Es lässt sich leider nicht vermeiden, dass ich in wenigen Tagen von hier nach den Emiraten muss. Russland hat ein offizielles Auslieferungsverfahren für Iwan Bussow und seine Spießgesellen bei den Emiraten laufen. Dem muss ich etwas Nachdruck verleihen. Meine Frau will unbedingt Alena besuchen. Boris hat schon mit ihr vereinbart, dass sie im Gästezimmer seiner Wohnung schlafen kann. Sobald ich kann, komme ich dann nach Wiesbaden."

Susi bedankte sich nochmals bei Grigori und meinte nur: „Grigori, du bist uns immer willkommen. Komm gesund wieder. Ich bin mir sicher, deine Frau wird sich bei Boris, Maxim und Alena wohlfühlen. Grigori, wir halten dir die Daumen. Viel Glück!"

Obwohl ihr Flug erst um 16.30 Uhr ging, musste man über vier Stunden vor Abflug bereits am Flughafen sein. Die Sicherheitskontrollen dauerten entsprechend lange.

Schon um 10.30 Uhr fuhr der Bus ab dem King David Hotel zum Flughafen.

Melancholisch war die Stimmung an Bord des Busses. Orlando Lopez sprach aus, was alle dachten:

„Dieses Jerusalem ist eine heilige Stadt. Trotz der schlimmen Ereignisse habe ich viel gelernt. Besonders der Überlebenswille der Menschen war erstaunlich. Es war wunderbar mit Menschen zu sprechen, bei denen man sehen und fühlen konnte, dass sie sich das Geld für einen unserer Drucke vom Mund absparen mussten. Ich wäre noch geblieben, würde man mich nicht in Wuppertal brauchen.

Auch Dieter Zeiser und Jens Gerner waren in Gedanken versunken als Susi sie ansprach: „Na, ihr vier, wie seht ihr unsere Galerie in Jerusalem?“

Dieter Zeiser: „Susi, Jacob hat das wirklich gut gemacht. Meine Hochachtung. Ihr habt da einen sehr fähigen Mann. Hoffentlich hält er das Tempo durch. Du kannst dir denken, dass ich noch mal nach Jerusalem muss. Die rechtliche Seite bedarf in einigen Fällen noch der Klärung. Nachdem der Name » **Galerie Kaiser** « durch Funk, Fernsehen und Presse lief, dürften wir keine Schwierigkeiten mehr haben.“

Susi lachte: „Und du Jens? Mach nicht so ein miesepetriges Gesicht. Was ist los?“

Jetzt musste auch Jens lachen: „Susi, du hast recht, ich mache mir Gedanken. Wenn der Verein hier durchgeht, dann gratuliere ich Dieter.

Ich kann dir ja sagen, dass ich hier eigentlich mit keinem guten Geschäft gerechnet habe. Diesen Unkostenposten brauchte ich für meine Bilanz. Jetzt laufen die Umsätze großartig. Was mache ich jetzt?“

Susi lachend: „Jens, du bist ein ganz armer Kerl. Hätte ich dich nicht mit Baki flüstern gesehen, würde ich dich jetzt furchtbar bedauern. So kann ich mir denken, was ihr beide ausgeheckt habt. Meine Ohren haben auch noch was von passiven Rechnungsabgrenzungsposten vernommen. Ich glaube ihr kriegt das schon hin.“

Jens lachend: „Zu Weihnachten kriegst du von mir einen Karton mit Ohropax. Du hörst mir zu gut. Aber Spaß beiseite, Susi wir haben wirklich Probleme.

Die Fahrt zum Flughafen ging schneller als gedacht. Dann kamen das Einchecken und die vielen Kontrollen bis zum Abflug. Pünktlich um 16.30 Uhr verließ die Maschine den Flughafen.

Wiesbaden

Um viertel vor acht abends waren sie auf Rhein-Main gelandet. Anton, Maxim und Franz Westermann hatten sie abgeholt. Erst um halb zehn, waren Susi und Moritz zu Hause.

Susis Eltern, Erika, Nina und Saskia warteten schon gespannt auf die Schilderung ihrer Reise.

Susi lachend: „Kommt, lasst mich erst mal frisch machen, dann muss ich nach meinen Süßen sehen und danach können wir erzählen. Susi berichtete danach der Reihe nach über die Erlebnisse in Jerusalem und Magda ungeduldig: „Wann kommt Tommi?“

Susi lachte: „Tommi fliegt am Freitag zusammen mit Michail und Paula nach Düsseldorf, Hilde wird sie abholen. Am Samstag schaut er unsere Ausstellung in Wuppertal an und kommt dann am Sonntag mit Michail und Paula nach Wiesbaden. Er bleibt nur kurz, dann fliegt er mit Michail nach St. Petersburg. Von dort fliegt er über Rom zurück nach Israel. Tommi hat eine ganz reizende Frau und drei liebe Kinder im Alter von zehn, sechs und drei Jahren. Ich würde euch vorschlagen, fliegt nach Israel und schaut euch Tommis Familie an. Sie ist sehr liebenswert.“

Man hatte noch hundert Fragen, aber Moritz kürzte ab: „Wir hatten letzte Nacht nicht viel Schlaf. Seid uns nicht böse, aber Susi und ich müssen ins Bett. Ich würde sagen, Frühstück morgen um 8.30 Uhr. Einverstanden?“

***

Es war schön, wieder zu Hause zu sein. Das Frühstück lief wie immer, Susi kümmerte sich noch um ihre Zwillinge und sagte so nebenbei zu Moritz: „Bevor ich ins Büro gehe, schaue ich schnell bei meinem Gynäkologen vorbei. Das hätte ich schon vor Jerusalem machen sollen.“

Moritz ernst: „Susi, soll ich nicht besser mitkommen?"

Susi lachte: „Wäre nicht schlecht."

Moritz drückte unterwegs seine Susi an sich und fragte: „Meinst du, wir erwarten Nachwuchs?"

Susi gab ihrem Mann einen Kuss: „Ich glaube schon, mal sehen, ob unser Arzt der gleichen Meinung ist."

Danach waren sie lange bei dem Arzt und eine Stunde später standen beide wieder vor der Arztpraxis. Moritz umarmte Susi und sagte: „Danke Susi, das ist ein wunderschönes Geschenk. Ich glaube wir können uns der Meinung des Arztes anschließen und wieder mit Zwillingen rechnen. Komm, lass uns einen Kaffee trinken gehen."

Wie auf Wolken suchten sie sich eine stille Ecke in einem Café und Susi sagte: „Moritz, ich hatte mir fest vorgenommen, wenn wir noch mal Kinder haben, dann gebe ich meine Stellung als Geschäftsführerin bei der GmbH auf. Beides kann ich nicht. Bevor ich das bekanntgebe, sollten wir das unter uns ausführlich besprechen. Wir können schon mal erzählen, dass wir Nachwuchs erwarten. Dann wird jeder verstehen, dass ich mich etwas aus dem Alltagsgeschäft zurückziehen muss. Zuerst kommst du und die Kinder, dann die Familie, dann meine große Familie, der Verein der Galerie Kaiser. Ich stelle mir so eine Art Aufsichtsrat vor, dies mit erweiteter Funktion. Moritz, du muss mir dabei helfen."

Moritz sachlich: „Susi, das ist eine vernünftige Einstellung. Hättest du mir nicht jetzt den Vorschlag gemacht, dann hätte ich dir dazu geraten. Zuallererst sollten wir mit Anton darüber sprechen. Erst danach das Gremium informieren. So, und jetzt müssen wir ins Büro. Verrate mir nur noch, fahren wir heute Abend noch. So wie ich das im Moment sehe, werde ich die Eröffnungsreden bei den Vernissagen halten."

Die beiden gingen zurück ins Büro. Es gab eine freudige Begrüßung in Susis Büro, Susi sagte nur, bevor ich erzähle, brauche ich dringend eine Verbindung mit Haifa.

Kurze Zeit später hatte sie Haifa am Apparat:

(Sarah) Sarah Balan!

(Susi) Hallo Sarah. Ich habe dir versprochen, dich sofort anzurufen, wenn ich bei meinem Arzt war. Sarah, du darfst uns gratulieren. Der Arzt glaubt, es werden wieder Zwillinge. Ich bin jetzt im zweiten Monat.

(Sarah) Susi, du bist ein Glückspilz, dir und Moritz alles Gute und dir vor allen Dingen eine problemlose Schwangerschaft. Darf es jetzt schon jemand wissen?

(Susi) Du bist die Erste. Du darfst es aber sowohl deinem Mann als auch Mike und Vera sagen. Sie sind doch bei euch?

(Sarah) Sie sitzen über den Skizzen und sind am rechnen.

(Susi) Sarah, ich brauche unbedingt die Nummer eures Bankkontos und die Bank. Ich möchte heute noch das Geld anweisen. Dann muss mir Tommi noch eine Rechnung über 80.000 US Dollar mitbringen. Es ist ausreichend, wenn darauf vermerkt ist: Herstellung von zwei Zinngusstüren für die Eremitage in St. Petersburg.

(Sarah) Heißt das, dass du uns 80.000 US Dollar überweisen willst?

(Susi) Na klar, das haben wir doch vorgestern vereinbart.

(Sarah) Das habe ich nicht so ganz verstanden, das war mir zu durcheinander. Das heißt, wir bekommen das Geld für die Türen sofort, obwohl sie noch gar nicht fertig sind?

(Susi) Ja, oder braucht ihr das Geld nicht?

(Sarah) Natürlich brauchen wir das Geld, aber das ist so ungewöhnlich. Vielen lieben Dank. Ich glaube, Tommi macht einen Freudensprung, wenn er das hört.

(Susi) Hast du die Kontonummer und die Angaben zur Bank?

(Sarah) ... Sarah gab die Einzelheiten durch und fragte ... *Susi, hast du alles?*

(Susi) Alles verstanden. Grüße Tommi, deine Kinder, deinen Vater und auch Vera und Mike. Wiedersehen Sarah!

(Sarah) Wiedersehen Susi. Ich weiß, ich habe eine ganz tolle Schwägerin.

Susi ging zu ihren Vorzimmerdamen und berichtete ausführlich über die Eröffnungsfeier in Jerusalem und auch davon, dass sie ihren Bruder wiedergefunden hatte.

Sie ging beschwingt nach oben, traf ihre Mutter, Saskia und Nina. Nicht viel später kamen Erika, Anton und Moritz.

Moritz hatte Sektgläser in der Hand, öffnete eine Flasche und sagte: „Immer wenn ein besonderer Anlass ist, gibt es Sekt. Nur Susi darf heute keinen trinken." Er lachte laut.

Erika mit ganz großen Augen: „Susi, du bist doch nicht etwa schwanger?"

Susi lachte: „Nicht nur einmal, sondern zweimal. Es werden wahrscheinlich wieder Zwillinge."

Schon ging das Hallo los. Man gratulierte, freute sich mit Susi und Moritz, Magda war ganz aus dem Häuschen und Nina und Saskia konnten es kaum fassen.

Danach gab Susi noch bekannt, dass sie heute Abend nach Solingen fahren würden. Sie selbst müsse noch ihre Begrüßungsreden vorbereiten.

Es wurde noch ein arbeitsreicher Nachmittag. Um kurz vor fünf ging Susi nach oben, packte ihren Koffer. Moritz war bereits fertig, sie sagten überall Tschüss, und fuhren nach Solingen.

Solingen

Sie hatten knappe zwei Stunden nach Solingen gebraucht. Um sieben waren sie bei Hilde und Erich und wie immer stürzte eine quirlige Hilde aus dem Haus und begrüßte die beiden mit Umarmung und Küsschen.

Moritz überreichte seiner Schwiegertochter einen Strauß Rosen und Hilde drängte ins Haus.

„Susi, dein Willkommenswhisky steht schon bereit."

Moritz brummte: „Nix Willkommenswhisky."

Hilde: „Wieso, hast du dir den Magen verdorben?"

Susi lachte: „Falsch geraten!“

Hilde: „Sag nicht, du … neiiiin … das ist doch nicht wahr????“

Susi lachte noch immer, umarmte Hilde und flüsterte ihr ins Ohr: „Und dazu schon wieder Zwillinge.“

Hilde: „Mir verschlägt es selten die Sprache, ihr fahrt nach Jerusalem und kommt mit zwei Kindern zurück. Hat euch der Heilige Geist beschattet? Dort in der Gegend soll es schon mal eine unbefleckte Empfängnis gegeben haben.“

Hilde konnte vor Lachen nicht mehr: „Ich muss meinen Erich holen. Was denkt der sich überhaupt, wie sollen wir den Vorsprung je wieder einholen.“ Schon war sie weg.

Moritz musste lachen: „Susi, unsere Hilde, wie sie leibt und lebt. Jedes Mal wenn ich hier bin, freue ich mich über die beiden.“

Erich kam, begrüßte seinen Vater, umarmte Susi und gratulierte. Dann meinte er lachend: „Da habt ihr mir was eingebrockt. Jetzt will Hilde auch so was haben. Ich glaube, ich werde diesen Sonntag in die Kirche gehen und drei Kerzen spenden. Vielleicht hilft es.“

Man flachste noch eine ganze Weile bis Susi sagte: „Hilde, Erich, ich habe euch einfach mit in die Eröffnungsfeierlichkeiten in Wuppertal eingeplant.“

Dann erzählte sie, dass morgen Mike und Vera, Michail und Paula und ihr Bruder Tommi von Tel Aviv kommen würden. Sie hätte gedacht, dass die bei Hilde schlafen könnten. Dies für zwei Nächte. Außerdem käme noch Dr. Wettengel mit Olga und Frau Luise Wahl mit Frank Lappas an. Da meinte sie, würde sie Unterkunft in der Galerie in Wuppertal finden. Außerdem könne sie es weder Hilde noch Erich erlassen, bei den Eröffnungsfeierlichkeiten der Galerie in Wuppertal dabei zu sein.

Hilde in ihrer erfrischenden Art: „Das wird alles gemacht. Du brauchst dich nicht darum zu kümmern. Ganz gespannt bin ich auf deinen Bruder Tommi.“

Susi: „Tommi hat sich nicht verändert. Er ist so, wie ich ihn auch als Kind schon kannte. Zuverlässig und lieb. So ist auch seine Frau Sarah. Wenn du sie siehst, wirst du sie mögen. Er hat drei liebe Kinder im Alter von zehn, sechs und drei Jahren. Er ist ein Künstler und zwar auf dem Gebiet des Bronzegusses. Zeigt ihm eure Waffenherstellung. Ich könnte mir vorstellen, dass er sich dafür sehr interessiert."

Susi versäumte es nicht, ihr Patenkind zu bewundern. Sie sagte: „Hilde, die kleine Susi wächst und gedeiht prächtig. Ihr könnt stolz darauf sein. Moritz und ich haben heute Morgen kurz besprochen, dass ich in Zukunft etwas kürzer treten muss. Nummer eins sind Moritz und die Kinder."

Es war schon zehn Uhr, als sie zu Bett gingen. Man verabredete sich um acht Uhr zum Frühstück.

***

Wuppertal

Der große Tag war gekommen. Heute sollten die Vernissagen in Wuppertal beginnen. Der Name » **Die berühmtesten Gemälde der Welt** « war zu einem Markenzeichen geworden. In den letzten Tagen waren sie mit Anfragen überhäuft worden. Nahezu alle Termine waren jetzt ausgebucht und noch immer verstand es Eva Gruppen dazwischenzupressen. Man erwartete jetzt schon über 6.000 Besucher. Die Mannschaft in Wuppertal war wie im Rausch. Hundertmal waren sie schon jeder Kleinigkeit nachgegangen und hatten an alle Eventualitäten gedacht.

Kurz vor neun, kamen Susi und Moritz, begrüßten alle und Susi sagte dann:

„Wie bei jeder unserer Ausstellungen, legen wir erst mal die große Linie fest: „Unser lieber Thomas Hall hat während der Ausstellungstage die sicher aufreibende Aufgabe der

Kontrolle. Thomas du kennst das, ich brauch wahrscheinlich nichts hinzuzufügen.

Eva Bergmann ist verantwortlich für die Besucher und für den Empfang. Sie ist außerdem für den Verkauf eingeteilt, trägt eine der weißen Kutten mit dem roten Punkt.

Ich begrüße neu in unserer Mitte Frau Christa Nickel. Sie ist erst wenige Tage bei uns und wie mir Eva und Thomas versicherten, sie passt zu uns. Willkommen! Christa, Sie haben Telefondienst und versehen den Empfang bei eventuellen Nachzüglern. Alles Gute und eine schöne Feuertaufe.

Sie alle kennen Orlando Lopez. Herr Lopez ist Kunstwissenschaftler und stammt aus Mexico-City. Er spricht drei Sprachen: Spanisch, Englisch und Deutsch. Orlando hat seine Feuertaufe in Jerusalem hinter sich gebracht.

Hans Ruppert ist allen ein Begriff. Er ist zwar kein Kunstwissenschaftler, aber ein guter Verkäufer. Auch er trägt eine weiße Kutte. Hans viel Erfolg.

Paul Vermeylen und Bart van der Velde sind beide Kunsthistoriker, Ihnen bekannt. Sie tragen eine weiße Kutte.

Die Ihnen bekannten Jo Snyder und Ilse Bach brauche ich nicht weiter vorzustellen, sie haben mit dazu beigetragen, dass diese Ausstellung zustande kam. Auch sie werden eine weiße Kutte tragen.

Wir haben heute drei Sessionen. Bei allen Veranstaltungen haben wir nur Ehrengäste. Die einführenden Worte spricht Moritz. Die Eröffnung der Vernissage nehme ich vor.

Die ersten Worte erfolgen hier im Raum eins am Eingang. Danach nimmt sich jeder der Verkäufer eine Gruppe und sie verteilen sich auf einen der acht Räume.

So, wir haben jetzt noch zwanzig Minuten bis zur Eröffnung. Wir öffnen genau um 9.45 Uhr und nicht eine Minute früher. Euch allen viel Erfolg."

Susi ging noch zu Thomas Hall und fragte, ob die Zimmer für Luise Wahl und Frank Lappas hergerichtet wurden, informierte auch Christa, wer die beiden Paare sind.

Um 9.45 Uhr öffnete sich die Eingangstür. Die ersten Gäste kamen. Susi und Moritz stellten sich vor, die Damen vom Service brachten Getränke und schnell füllte sich der Raum.

Dieser Raum war aufwändig gestaltet. Er war ganz weiß gestrichen. Die Decke, wie in allen übrigen Räumen auch in einem grünschwarz. Die Bilder waren zum Teil an den Wänden und zum Teil auf Staffeleien. Dazwischen weiße Tüllvorhänge mit einem silbernen Faden und silbernen Rosen.

Zur ersten Session waren fünfzig führende Personen der Stadt Wuppertal geladen und kurz nach zehn Uhr waren alle eingetroffen. Jeder Gast hatte sein Getränk, das Licht wurde nach unten gefahren, der Scheinwerfer beleuchtete Moritz:

„Willkommen meine Damen und Herren. Mein Name ist Moritz Kaiser und ich bin der Senior des Gremiums des Künstlervereins Kaiser. Die Galerie **artis opus** in Wuppertal ist eine hundertprozentige Tochter dieses Künstlervereins.

Ich freue mich, den Oberbürgermeister, die Stadtverordneten und Geschäftsträger dieser Stadt begrüßen zu können. Danke für Ihr Kommen.

Der Künstlerverein Galerie Kaiser hat nicht nur die Aufgabe Kunstwerke herzustellen, er fördert auch Ausbildungen, hilft in Not geratenen Künstlern und stellt deren Altersversorgung sicher. Es ist eine großartige Selbsthilfeorganisation.

Die Geschäftsführerin, Frau Susi Kaiser, wird Sie jetzt in die Ausstellung einführen. Ich bedanke mich für Ihre Aufmerksamkeit."

Susi Kaiser trat ins Rampenlicht und wurde mit Applaus empfangen. Elegant verneigte sie sich.

Ein Herr mit einem großen Blumenstrauß betrat das Podest und nahm das Mikrofon: „Liebe Frau Kaiser, wir alle haben im Fernsehen das furchtbare Attentat auf Ihre Galerie in Jerusalem gesehen. Wir und mit uns die Stadt Wuppertal gratulieren, dass Sie alle heil davongekommen sind."

Susi nahm den Strauß und sagte:

„Herr Oberbürgermeister, ich freue mich auch, dass wir unter unseren Gästen und Mitarbeitern keine Opfer hatten, trotzdem sind die Opfer der Sicherheitskräfte für uns sehr bedrückend.

Da wir Jerusalem angesprochen haben, es war für uns eine großartige Erfahrung, welches Interesse unsere Kunst dort fand. Wir hoffen, mit unserer Galerie in Jerusalem nicht nur Künstlern in Israel zu helfen, sondern auch die Kunst in Israel zu unterstützen."

Wieder kam ein Applaus auf. „Liebe Freunde der Kunst, Ihr besucht heute eine außergewöhnliche Ausstellung. **» Die berühmtesten Gemälde der Welt «.** Natürlich können wir hier nur eine kleine Auswahl präsentieren.

Das Motto unseres Vereins ist es, **das Schöne der Kunst** einem breiten Publikum nahezubringen."

„Meine Damen und Herren, wenn Sie durch die Ausstellung gehen, so finden Sie an jedem Exponat auf der Rückseite eine Lasche, in welcher ein Gutachten über die Authentizität liegt, sowie nähere Angaben zum jeweiligen Bild.

In jedem Raum steht Ihnen eine Fachkraft für Auskünfte zur Verfügung. Auf Wunsch werden wir Sie beraten. Diese Herrschaften tragen eine weiße Kutte.

Eine Besonderheit hat diese außergewöhnliche Präsentation. Im Gegensatz zu Museen, können Sie bei uns die Exponate zu erschwinglichen Preisen kaufen."

Jeder von Ihnen erhält jetzt kostenlos einen fast 200 Seiten starken Katalog. Es sind darin alle hier gezeigten 150 Exponate abgebildet und genau erklärt."

Inzwischen verteilte man die Kataloge.

Susi fuhr fort: „Auf Seite 1 finden Sie den Lageplan dieser Veranstaltung."

Susi nahm den vor ihr liegenden Katalog, schlug ihn auf und zeigte die 1. Seite.

„Diese Ausstellung wurde nach der Stilgeschichte der bildenden Künste erstellt."

Die Gäste lasen:

Erdgeschoss

Raum 1 **der weiße Salon**
Er beherbergt Bilder aus dem 20. Jahrhundert. Hier ist auch der Aufgang zum 1. Obergeschoss.

Raum 2 **der lila Salon**
Präsentiert Werke von 1830 – 1900
vom Realismus zum Impressionismus

Raum 3 **der purpurne Salon**
Zeigt Werke von 1750 – 1830
vom Klassizismus zur Romantik

Raum 4 **der goldene Salon**
Eine Show der Exponate von 1600 – 1750
Barock und Rokoko

1. Obergeschoss

Raum 5 **der gelbe Salon**
Stellt Werke von 1520 – 1600 vor
Spätrenaissance / Manierismus

Raum 6 **der blaue Salon**
Zeigt ebenfalls Werke von 1520 – 1600
Spätrenaissance / Manierismus

Raum 7 **der grüne Salon**
Demonstriert die Zeit von 1490 – 1520
Hochrenaissance

Raum 8 **der rote Salon**
Gewährt einen Einblick in das 15. Jahrhundert
Spätgotik und Frührenaissance

Susi deutete auf die rechte Seite des Saales:

„Sie sehen hier drei gleiche Bilder nebeneinander. Es ist das bekannte Bild von Franz von Stuck **»Die Sünde«.**

Das Bild in der Mitte ist eine Originalkopie, die äußerst kostenaufwendig hergestellt wurde. Vom Original nicht zu unterscheiden. Es kostet die Kleinigkeit von 3.800 Euro. Das

Original dürfte mit über 100.000 Euro versichert sein. Verkäuflich ist es ohnehin nicht.

Das gleiche Bild rechts oben ist ein sogenannter Öldruck. Er unterscheidet sich vom Original kaum. Den können Sie mit Rahmen schon für 380 Euro erwerben. Das Bild links unten ist ein Kunstdruck. Es ist mit einem patentierten Kunststoff überzogen und erweckt den Eindruck eines Ölgemäldes. Das kostet mit Rahmen etwas weniger als 100 Euro.

Viele der hier ausgestellten Gemälde können in drei verschiedenen Versionen gekauft werden. Alle Preise finden Sie in Ihrem Katalog. Nun die Besonderheit dieser Ausstellung. Bei allen heutigen Bestellungen erhalten Sie auf die angegebenen Preise einen Rabatt in Höhe von 30%. Alle heute getätigten Bestellungen können innerhalb von vier Wochen ohne Kosten storniert werden. Getränke und Gebäck werden gereicht, Sie finden genügend Sitzgelegenheiten.

Meine Damen und Herren, ich wünsche Ihnen viel Freude beim Betrachten unserer Kunstwerke und beachten Sie, mit jeder Bestellung unterstützen Sie unsere Künstler.

Ich bedanke mich für Ihre Aufmerksamkeit und erkläre die Ausstellung für eröffnet.“

Die Berater in ihren weißen Kutten fassten sehr geschickt kleine Gruppen zusammen und gingen in die verschiedenen Ausstellungsräume. Es wurde leise Musik eingespielt.

Thomas Hall schickte nochmals die Damen mit Getränken in die verschiedenen Säle. Alles lief sehr ruhig ab. Susi stellte sich kurz zu Moritz und Thomas Hall und sagte:

„Immer, wenn etwas Neues beginnt, habe ich Fracksausen. Aber jetzt will ich kurz durch die Säle gehen und sehen, was sich da tut.“

Im purpurnen Saal sprach sie ein Mann an und stellte sich vor: „Frau Kaiser, mein Name ist Josef Gerlach. Ich bin von der Kriminalpolizei in Wuppertal und bedanke mich für die Einladung.“

Susi: „Ich hoffe, die Ausstellung gefällt Ihnen.“

Gerlach: „Ich kenne die Räume noch im Rohzustand. Ich habe hier zweimal Herrn Zeller wegen irgendwelcher Ikonen besucht. Dann habe ich gehört, er wäre gestorben. Er war doch noch so jung."

Susi: „Herr Gerlach, Krebs ist eine furchtbare Krankheit. Er wurde in St. Petersburg operiert und hat uns um Hilfe gebeten als bekannt wurde, dass eine Heilung nicht möglich ist. Wir konnten es so regeln, dass die Mitarbeiter nicht ihren Arbeitsplatz verloren. Kurzum, wir haben die Galerie **artis opus** gekauft."

Gerlach: „Frau Kaiser, ich kann Ihnen zu dieser Ausstellung nur gratulieren. Ich wünsche Ihnen viel Erfolg. Wenn Sie mal meine Hilfe brauchen, rufen Sie mich an." Herr Gerlach übergab seine Karte.

Susi stellte für sich fest, die einzelnen Ausstellungssäle waren eine Pracht. Sie sah sich den goldenen Salon genauer an. Das goldgelb der Wände mit dem darüber drapierten, goldfadendurchwirkten Tüll wirkte unwahrscheinlich gut.

Susi stand mit einer Gruppe von Herren vor einem großen Gemälde, sie lauschte kurz der Erklärung von Ilse:

„Mit dem Künstler dieses Gemäldes beginnt praktisch das Zeitalter des Rokoko. Der Rokokostil prägt sich im frühen 18. Jahrhundert als eine übertriebene, dekorative Variante des Barock aus.

Jean Antoine Watteau, wie dieser Künstler heißt, wurde in Flandern geboren und verbrachte den Großteil seines leider so kurzen Lebens in Frankreich. Sie stehen hier vor einem seiner bekanntesten Werke **»Einschiffung nach Kythera«.** Er schuf es 1717 und es ist 129 x194 cm groß.

Dann folgte eine lange Erklärung und Susi sah, wie sich so langsam ein Verkaufsgespräch entwickelte und verließ unauffällig den Raum.

Sie ging in das erste Obergeschoss, durchstreifte den gelben Salon und ging dann in den blauen Salon. Auch dieser war prächtig.

Paul stand mit einer Gruppe von Damen und Herren vor einer Staffelei, auf der dreimal das gleiche Bild zu sehen war. Wieder lauschte Susi einen Moment seinen Erklärungen:

„Meine Herrschaften, Sie sehen hier die **verführerischen Akte des Lucas Cranach**."

Paul Vermeylen: „**Lucas Cranach der Ältere** lebte von 1472 bis 1553. Cranach besaß sozusagen zwei Seelen in seiner Künstlerbrust. Seine bekanntesten Werke sind die höchst verführerischen Akte, mit denen er seine adligen Mäzene erfreute. Sie besitzen eine Art überfeinerte Sexualität, die jedoch kalt und neckend ist. Das vor ihnen stehende Werk, hat der Künstler 1537 geschaffen und ist nur 48 x 73 cm groß. Mann nennt es **Ruhende Quellnymphe**."

Susi sah, dass Paul es verstand, sein Publikum zu fesseln. Als sie zum Empfang kam, begegnete sie noch mal Herrn Gerlach von der Kriminalpolizei in Wuppertal. Er fragte:

„Frau Kaiser, Sie entschuldigen, ich wollte Sie vorhin bei so vielen Herrschaften nicht fragen, aber wir haben Informationen seitens der Versicherungsbranche, dass hier Gemälde aus Russland eingelagert werden sollen, diese mit einem außergewöhnlich hohen Versicherungswert. Sie können sicher verstehen, dass wir uns die Absicherung der entsprechenden Räume gerne ansehen würden, damit wir im Falle eines Einbruchs reagieren können."

Susi freundlich: „Nett, dass Sie fragen. Wir sind eigentlich nur die Vermieter dieser Räume. Der Mieter ist die Firma Wahl, Kunst- und Antiquitätenberatung in München. Diese sind morgen zufälligerweise hier in Wuppertal. Vielleicht kann ich ein Treffen mit den Herrschaften arrangieren?"

Man einigte sich schnell, und wollte sich vorher zusammentelefonieren. Herr Gerlach gab Susi seine Privatnummer.

Als Gerlach gegangen war, dachte Susi, ‚das hat uns gerade noch gefehlt, dass sich die Polizei in die Angelegenheit einmischt. Aber vielleicht kann man daraus noch etwas Positives machen.'

Immer wieder trugen die Damen vom Service Getränke und pikant belegte Schnittchen in die Salons, Susi war gespannt, ob irgendein Verkaufsergebnis erzielt würde.

15 Minuten vor 13 Uhr kam die erste Durchsage: „Meine Damen und Herren, wir bedanken uns vielmals für Ihren Besuch. Wir hoffen, die Ausstellung hat Ihren Beifall gefunden. Falls Sie uns nochmals besuchen wollen, so haben Sie bis einschließlich 21. Dezember dazu Gelegenheit. Auf der letzten Seite Ihres Katalogs finden Sie zwei neutrale Eintrittskarten, die gebührenfrei sind und von Ihnen oder Ihren Bekannten benutzt werden dürfen. Bitte, beachten Sie die Öffnungszeiten. Diese finden Sie ebenfalls auf der letzten Seite des Katalogs. Wir wünschen Ihnen einen guten Nachhauseweg und ein angenehmes Wochenende."

Als endlich alle Berater wieder am Empfang waren fragte Susi: „Erzählt, wie war's, ich bin gespannt."

Ilse begann: Ich weiß nicht, wie es meinen Kollegen gegangen ist. Anfangs dachte ich, wir verkaufen überhaupt nichts. Aber zum Ende der Vernissage drängte sich alles."

Susi fragte: „Wie waren die Bestellungen für Öldrucke und Drucke?"

Ilse: „Bei mir wenig, aber ich glaube wir sollten erst mal abwarten, bis Paul unsere Aufträge addiert hat. In wenigen Minuten wissen wir es:"

So war es. Paul kam stolz mit einem Zettel und verkündete: „Wir haben in der ersten Session heute ein Auftragsvolumen von 34.672 Euro." Er drückte jedem einen Zettel in die Hand, darauf stand:

Verkäufe

1. Session am Eröffnungstag:

6 Drucke	Euro	572
15 Öldrucke	Euro	3.060
13 Originalkopien	Euro	31.040
Total	**Euro**	**34.672**

Susi: „Ich gratuliere euch allen ganz, ganz herzlich. Ich sage ausdrücklich allen, auch die im Service oder hinter den Kulissen mitgearbeitet haben, dieses Ergebnis ist nur möglich, weil ihr alle an einem Strang gezogen habt. Die Berater waren ebenso gut, wie die Damen vom Service, als auch diejenigen, die diese pikanten Schnittchen fabriziert haben. Auch alle übrigen waren Klasse."

„Eva, erzähle, wie war deine Feuertaufe?"

Eva: „Susi, ich hatte einen Mordsbammel, mir war ganz schlecht. Aber als ich meine erste Bestellung hatte, war ich plötzlich wieder die Alte."

Susi: „Unser Putzgeschwader ist gleich mit der Reinigung fertig, auch wir sollten zumindest noch einen Happen essen und uns dann für die zweite Session fertigmachen, in zehn Minuten öffnen wir schon wieder die Tore."

Man eilte sich, die Stunde Zwischenzeit war wie im Flug vergangen und schon kam der Bus aus der Landeshauptstadt Düsseldorf mit den geladenen Gästen der Landesregierung.

Auch hier begrüßte Moritz wieder die Gäste und als Susi das Podium betrat applaudierte man. Wieder wurde ein Blumenstrauß überreicht und man gratulierte zum überstandenen Attentat in Jerusalem. Die 2. Session begann ganz ruhig, aber die Berater hatten bereits gelernt, der Ablauf des Geschehens wurde flüssiger und erfolgversprechender.

Solingen

Am frühen Nachmittag waren Hilde und Erich mit einem Kleinbus nach Düsseldorf zum Flughafen gefahren um ihre Gäste abzuholen. Es war ein herzlicher Empfang, man machte sich bekannt, soweit man nicht befreundet war. Erich und Hilde baten sie in den Bus.

Hilde in ihrer unkomplizierten Art: „Im Auftrag meiner besten Freundin, Susi Kaiser, begrüße ich hier zum ersten

Mal Frau Luise Wahl und Herrn Frank Lappas auf das Herzlichste.

Tommi kenne ich aus Schilderungen schon lange. Tommi, fühl dich bei uns einfach zu Hause.

Liebe Paula, lieber Michail, es freut mich riesig, dass wir uns so schnell wiedersehen. Und wer es nicht weiß, Paula und mich verbinden viele Stunden der Angst und Verzweiflung, in denen Paula um ihren Mann bangte und ich um meine kleine Susi.

Und für die Neuen unter uns, Mike und Vera sind praktisch meine Eltern und Mike der Pate unserer kleinen Susi.

Liebe Olga, lieber Hugo, dass ihr den Weg zu mir findet, ist einfach wunderschön. Hugo kenne ich unendlich lange und er war mir immer ein ganz lieber Freund. Liebe Olga, wir haben uns zwar nur einige Male kurz gesehen, aber unsere Linie stimmt.

Wir fahren jetzt nach Hause. Kaffee und Kuchen warten schon. Danach möchte ich euch gern noch unsere neueste Ausstellung der Militaria zeigen.

Die Unterbringung haben wir wie folgt geregelt: Ihr kennt alle unser Haus. Sehr viel Platz haben wir nicht. So schlafen im Moment Susi und Moritz bei uns. Dann dachte ich, sollte Tommi bei uns schlafen.

Für Paula und Michail haben wir das gleiche Zimmer wie immer und ebenso für Mike und Vera.

Dass ihr alle unsere Gäste seid, ist selbstverständlich. Was einige nicht wissen, unserer kleinen Susi gehört das Haus in Wuppertal, in dem die Ausstellungen stattfinden. Dort haben wir zwei Appartements herrichten lassen. Hinsichtlich der Mahlzeiten macht euch keine Gedanken, das regeln wir. Die beiden Appartements dachten wir für Luise Wahl und Frank Lappas, sowie für Olga und Hugo."

Schneller als angenommen war man in Solingen.

Erich und Hilde baten ihre Gäste in das Speisezimmer, in welchem eine große Kaffeetafel aufgebaut war. Wieder hatte sich Hilde übertroffen. Sie hatte vom Feinsten gedeckt und all ihre prächtigen Bestecke, Silberkannen und Untersetzteller präsentiert.

Es waren anregende Gespräche. Erich brachte seine Gäste, die im Haus blieben, nach oben auf ihre Zimmer und danach gingen sie gemeinsam die Ausstellung der Firma Granika ansehen.

Alle bewunderten diese. Besonders die Ausstellung der Militaria aus längst vergangenen Jahrhunderten interessierten sowohl Mike als auch Tommi sehr.

So gegen achtzehn Uhr fuhren sie in Solingen ab.

Wuppertal

Die zweite Session der Ausstellung war eben zu Ende gegangen.

Eine sehr müde aber frohe Mannschaft stand zusammen und wartete auf das Ergebnis der Verkäufe am Nachmittag.

Paul hatte wieder einen Zettel in der Hand und las vor: „Die zweite Session ergab ein Bestellvolumen von 33.977 Euro.“

Er hatte mehrere Zettel die er weitergab, alle lasen:

Verkäufe

2. Session am ersten Ausstellungstag:

Bestellungen:		
2 Drucke	Euro	174
22 Öldrucke	Euro	4.317
14 Originalkopien	Euro	29.486
Total	**Euro**	**33.977**

Susi: „Ihr Lieben ich wiederhole mich zwar, aber das ist mehr als ein ausgezeichnetes Ergebnis. Danke euch allen. Auch heute am Nachmittag hat wieder alles einwandfrei geklappt. Ganz lieben Dank.“

Dann fuhr Susi fort. „Drei Veranstaltungen an einem Tag, das hält man zwei- oder dreimal durch. Dann geht's nicht mehr. Ich werde morgen eine Planung machen, die entsprechenden Freiraum schafft.

Als ich durch unsere Ausstellungssäle ging, konnte ich eure fachkundige Beratung hören und sehen. Ihr wart sehr gut. Das entsprach unserem Niveau.

So, ich würde sagen, macht euch frisch, esst etwas, die nächste Session kommt in weniger als einer halben Stunde. Ich glaube ganz fest an euch.

Wir haben wahrscheinlich bei der letzten Session noch als zusätzliche Gäste Paula und Michail Borodin, den Direktor der Eremitage in St. Petersburg, wahrscheinlich noch unseren Mike aus den USA und sicherlich Olga Waganowa, eine weitere Direktorin der Eremitage. Nicht zu vergessen Dr. Hugo Wettengel, den Direktor unserer Galerie in St. Petersburg. Wenn mich nicht alles täuscht, so kommt auch meine Freundin Hilde Granika mit ihrem Mann, die dieses Gebäude verwaltet und lange in unserer Branche gearbeitet hat und mein Bruder, der sich mit der Kunst des Bronzegusses befasst. Also Ihr Lieben, zeigt denen was eine Harke ist. Das sind alles Könner und sie wissen, dass ihr bereits einen ganz harten Tag hinter euch habt."

Susi lachte: „Ich halte für euch alle ganz fest die Daumen. Da ich Gäste habe, kann ich nicht bis zum Ende der Session bei euch bleiben. Ich werde euch morgen Früh wiedersehen."

Susi fragte anschließend noch kurz Thomas Hall, ob für ihre Gäste die Zimmer gerichtet wären und auch das kalte Buffet im Konferenzraum für halb neun fertig sei.

Thomas meinte nur: „Susi, wie lange kennen wir uns? Sei sicher, es ist alles so, dass wir uns nicht blamieren. Mit Jerusalem können wir allemal konkurrieren. Hilde hat inzwischen angerufen, sie werden so kurz vor sieben hier sein. Ich lasse die Koffer der Gäste in die beiden Appartements bringen und bin dann um Punkt sieben mit allen bei der Eröffnung. Hilde hat noch ausrichten lassen, dass Michail nach Moritz noch ein paar Worte zur Einführung sagen will."

Susi bedankte sich und ging zu ihrem Mann.

„Moritz, ich bin so froh, dass es bisher ohne Pannen abgelaufen ist. Hoffentlich läuft die letzte Session auch gut."

„Susi, die ganzen Mitarbeiter sind hochmotiviert, gleich ob sie als Berater, hinter dem Buffet oder im Service arbeiten. Selbst die Putzfrauen sind infiziert. Der Motor des Ganzen ist Eva Bergmann. Die Neue, Christa Nickel, ist erst kurz da. In jeder freien Minute liest sie die Bildbeschreibungen. Sie hat gefragt, ob sie nicht auch demnächst als Beraterin mit in die Säle darf. Jerusalem war schon eine besondere Sache, aber Wuppertal wird es sicher auch."

Susi: „Moritz, ich will nur noch einen kleinen Happen essen, was trinken, mich frisch machen, und dann ist es ja schon wieder so weit."

Punkt fünfzehn Minuten vor sieben ging die Eingangstür auf und unmittelbar danach kamen die ersten geladenen Gäste. Die Industrie und Handelskammer hatte ihre Mitglieder eingeladen und der Empfang füllte sich rasch. Moritz und Susi begrüßten die Gäste einzeln. Auch der Solinger Bus war eingetroffen.

Kurz nach sieben stieg Moritz auf das Podium und begrüßte die Gäste. Er fügte seiner Rede hinzu:

„Meine Damen und Herren, ich darf Ihnen zu dieser Session den Direktor des größten Museums der Welt, der Eremitage in St. Petersburg, Herrn Michail Borodin vorstellen."

Michail kam auf das Podium: „Mein Freund, Moritz Kaiser, bat mich, einige Worte zu dieser Ausstellung zu sagen. Ich komme gerade von der Eröffnung der Galerie und der Ateliers des Vereins Galerie Kaiser in Jerusalem. Es war großartig, was dieser Verein dort präsentiert hat und vor allen Dingen, wie die Kunstwerke beim Publikum ankamen. Ich habe diese Ausstellung noch nicht gesehen, aber ich bin überzeugt, dass sie außergewöhnlich ist. Ich bitte jetzt Frau

Susi Kaiser zu mir, damit ich ihr für diese Ausstellung viel Erfolg wünschen kann."

Susi kam auf das Podium, die beiden umarmten sich, es gab zwei Küsschen und Michail verneigte sich und ging vom Podium. Gleichzeitig gab es einen Applaus. Ein Herr in dunklem Anzug betrat mit einem Blumenstrauß das Podium. Er übergab die Blumen mit den Worten:

„Als Leiter der hiesigen Industrie- und Handelskammer darf ich dieses Blumengebinde überreichen. Wir alle haben unmittelbar nach dem Attentat in Jerusalem Ihre bewegenden Worte im Fernsehen gehört. Wir sind stolz auf Sie."

Susi bedankte sich, hielt dann ihre Einführungsrede und eröffnete die 3. Session der Ausstellung.

Die Gäste gingen mit den Beratern in die Säle, Susi hielt ihre Gäste aus Solingen zurück. Als sie endlich allein waren sagte sie: „Ach, ist das schön euch zu sehen. Ich sage nur kurz wie es für uns weitergeht. Ich schicke euch jetzt in unsere acht Ausstellungssäle, die müsst ihr einfach gesehen haben. Sie sind prächtig. Ich lasse euch dazu nur bis halb neun Zeit. Dann ist im 2. Stock im Konferenzzimmer für uns ein Buffet gerichtet. Ich gehe jetzt mit euch."

Die Gruppe um Susi schlenderte durch die Ausstellungssäle und bewunderte die Präsentation. Hörten mal da, mal dort zu und kamen so auch in den grünen Salon. Bart hatte eine Gruppe von sechs Damen und Herren und erklärte vor einer Staffelei:

„Wie ich bei dem Betreten des grünen Salons schon sagte, wir befinden uns in der Ausstellung der Hochrenaissance. Renaissance bedeutet »Wiedergeburt« und es ist naheliegend, dass sich diese zwangsläufig weiterentwickeln musste.

Die Malerei, die zur Hochrenaissance ausreifte, brachte bedeutende Künstler hervor. So auch **Leonardo da Vinci**. Ein Universalgenie und es gibt wohl keinen Künstler, der dieses Prädikat mehr verdient hätte als Leonardo. Er war der uneheliche Sohn eines Notars in der kleinen Stadt Vinci in der Toskana, wurde von seinem Vater legitimiert, der auch seine Ausbildung finanzierte. Er lebte von 1452 bis 1519.

Eines seiner bekanntesten, poetischen Werke ist die »**Mona Lisa**«, man nennt es auch »**La Gioconda**«. Nach meiner Auffassung ist es das berühmteste Gemälde der Welt. Dies hat für das Bild einen Nachteil, für den das Bild nichts kann. Es ist zu berühmt! Man kann es nur hinter dicken Glasscheiben im Pariser Louvre sehen, im dichten Gedränge ehrfürchtig staunender Touristen. Man pflegt vom ‚Lächeln der Mona Lisa' zu sprechen – aber lächelt die Frau wirklich? Der Ausdruck ihres Gesichtes bleibt rätselhaft.

Meine Damen und Herren, in Ihrem Katalog werden Sie den Schätzpreis dieses Gemäldes feststellen. Dieses Bild ist unerschwinglich für jedermann.

Bei der Reproduktion dieses Gemäldes ergaben sich große Schwierigkeiten, obwohl dieses Bild nur 77 x 53 cm groß ist. Leonardo hat es auf Holz gemalt. Außerdem Farben genommen, die heute nur sehr kostenaufwändig hergestellt werden können.

Vor sich sehen Sie auf dieser breiten Staffelei dreimal das gleiche Bild. Optisch sehen sie fast gleich aus.

Das Bild links oben ist ein auf Sperrholz aufgezogener Druck. Die Konturen erhält das Bild durch einen Kunststoffüberzug, der es wie ein Ölgemälde wirken lässt. Der Preis ist nahezu lächerlich. Ganze 158 Euro einschließlich Rahmen.

Das Bild rechts unten ist ein Öldruck, der ebenfalls auf eine Holzplatte aufgebracht wurde. Ein kompliziertes Verfahren und kostet mit Rahmen 1.580 Euro.

Das Bild in der Mitte ist eine Originalkopie, die auf altem, abgelagertem Holz und mit Spezialfarben ausgeführt wurde und kostet 7.900 Euro. Da ein 53 cm breit laufendes, altes Holz selten ist, haben wir nur wenige Exponate im Verkauf. Sollten Sie interessiert sein, dann bitte schnell handeln.

Wie Ihnen beim Empfang gesagt wurde, auf alle Preise erhalten Sie heute einen dreißigprozentigen Rabatt."

Es war nicht zu übersehen, dass sich zwei Paare drängten, eines der Originalkopien zu bestellen.

Susi nahm ihre Gruppe und besuchte noch den roten Salon und eilte weiter, denn es war bereits halb neun.

Im Konferenzzimmer, im zweiten Stock angekommen, erwartete sie ein warm-kaltes Buffet, ein Koch stand hinter dem Buffet um zu helfen und eine Dame fragte nach den Getränkewünschen.

Luise sprach aus, was alle dachten: „Liebe Susi, lieber Moritz, was ihr hier nach dieser Show in Jerusalem geleistet habt, das kann nur einer beurteilen, der diese Branche kennt und der weiß, was Ausstellungen bedeuten. Aber nicht nur ihr, eure ganzen Mitarbeiter leisten Unwahrscheinliches.“

Es wurde noch ein schöner Abend für alle. Susi konnte es sich nicht verkneifen, noch schnell im Empfang der Ausstellung reinzuschauen.

Paul gab ihr einen Zettel. Susi las:

Verkäufe

3. Session am ersten Ausstellungstag:

Bestellungen:		
7 Drucke	Euro	912
18 Öldrucke	Euro	3.780
12 Originalkopien	Euro	32.120
Total	**Euro**	**36.812**

Der erste Ausstellungstag brachte bei drei Sessionen Bestellungen von 105.461 Euro.

***

Susi war mit Moritz schon kurz nach acht am Morgen von Solingen nach Wuppertal gefahren.

Obwohl sie schon vor neun in der Galerie waren, trafen sie nahezu alle Mitarbeiter an.

Susi, lachend zu allen: „Hallo, ihr Lieben, ich muss euch einfach sagen, dass ich unendlich stolz auf euch bin. Ihr habt gestern großartiges geleistet und seid alle zusammen ein tolles Team. Vielen, vielen Dank.

Susi sah Paul, ging zu ihm und fragte: „Paul, du kennst doch auch die Freundin von Heinz, Anja Henzo."

Als Paul bejahte, fuhr Susi fort:

„Ich habe gestern Abend noch mit Hilde gesprochen, ob sie eventuell mal als Beraterin aushelfen könne. Hilde verneinte. Aber sie denkt, wir sollten Anja Henzo fragen. Sie sei eine versierte Verkäuferin im Kunsthandel."

Paul: „Ja, das könnte klappen. Man müsste sie briefen. Sie soll sich das aber erst mal ansehen, ob das was für sie ist und ob sie das machen darf, soweit ich weiß, ist sie bei einer Kunsthandlung auf der Kö fest angestellt. Rufe sie doch einfach mal an. Sie soll herkommen. Aber ich habe möglicherweise auch jemanden. Einer unserer Kopisten aus Weißrussland ist auch Kunstwissenschaftler. Sein Deutsch ist nicht ganz perfekt. Ich habe mit Bart und Thomas schon mal darüber gesprochen, vielleicht schafft er es von der Sprache her. Vom Wissen auf jeden Fall."

Susi unterhielt sich noch kurz mit Thomas, gab ihm die Telefonnummer vom Kriminalbeamten Gerlach und meinte, er möge gegen fünfzehn Uhr in die Galerie kommen.

Es war fünfzehn Minuten vor zehn, als der erste Bus anfuhr. Susi und Moritz begrüßten die ankommenden Gäste und die betonten, es komme noch ein zweiter Bus, der müsse gleich da sein. So war es auch. Nahezu einhundert Besucher waren gekommen.

Moritz begrüßte nun offiziell die Gäste in lustiger Form und als Susi vor das Mikrofon trat, kam Applaus.

Mit so vielen Personen hatte man nicht gerechnet. Es klemmte anfangs sehr, aber dank der Anstrengungen aller

Mitarbeiter konnten Schwierigkeiten vermieden werden. Susi dachte nur: ‚Hoffentlich passiert uns das nicht öfter.'

Es war etwas zäh, diese Menge von Personen zu veranlassen, in die einzelnen Salons zu gehen. Als Susi jedoch eine halbe Stunde später durch die Räume ging, sah sie zu ihrem Erstaunen, dass sich alles gut arrangiert hatte und begab sich zu Moritz und Thomas Hall.

Sie nahm die beiden zur Seite:

„Thomas, Moritz, ihr müsst mir jetzt helfen. Gestern hat unsere Mannschaft hier übermenschliches geleistet. So wird es wahrscheinlich auch noch heute und morgen bleiben. Aber dann ist die Luft raus. Wir müssen mehr fachlich gute Berater finden. Könnt ihr beiden euch dieses Themas annehmen?"

Dann erzählte Susi, was sie von Hilde und Paul erfahren hatte und bat, schnell zu handeln.

Thomas lachte: „Mir fehlen die Tage in Jerusalem. Den Servicebereich müssen wir aufstocken. Das ist kein Problem, da bekomme ich Fachpersonal von dieser aufgelassenen Kantine. Wenn ich Glück habe, kommen eventuell schon morgen die Ersten. Vielleicht kann man Frau Henzo telefonisch erreichen und sie schaut bei uns vorbei. Bei unserem Kunstwissenschaftler aus Minsk, der bei uns kopiert, meine ich, der könnte das. Moritz, würdest du mal mit ihm sprechen? Er heißt Wiktor Krylow. Das ist dieser ganz ruhige, etwas ältere Herr."

Moritz: „Kann mich erinnern, ein ganz feiner Mensch. Er versteht sicherlich viel von Kunst. Ich gehe gleich."

Susi ging ins Konferenzzimmer und fand dort Hugo und Olga mit Luise und Frank.

„Na, ihr Lieben, habt ihr gut geschlafen? Hat das Frühstück geklappt?"

Dann erzählte Susi, dass zur ersten Session anstelle der erwarteten fünfzig Personen die doppelte Anzahl gekommen ist. Sie fragte Hugo:

„Ich weiß, es ist unverschämt, aber könntest du deinen Kollegen eventuell helfen? Wie ist's mit dir Olga, willst du mal versuchen in Deutschland zu beraten und zu verkaufen?"

Hugo und Olga lachten und Hugo meinte: „Ja, wir gehen gleich nach unten, bevor das Chaos über uns zusammenbricht. Olga kann es probieren, aber so wie ich sie kenne, bringt sie das locker."

Olga: „Danke Susi, habe mich nicht getraut zu fragen, mal sehen wie es sprachlich geht. Ich glaube, dass es klappt."

Frank ganz ruhig: „Susi, vor ein paar Minuten habe ich zu Luise gesagt, ich kenne diese Ausstellungsbranche jetzt zwanzig und mehr Jahre. Hätte mir jemand erzählt, dass man eine Ausstellung schließen muss, weil zu viele Gäste kamen, so hätte ich es nicht geglaubt. In Jerusalem habe ich es erlebt und hier kommt ihr in die gleichen Schwierigkeiten. Ich frage mich nur, wie lange ihr das alle durchhaltet."

Susi lachte: „Frank, es gibt nicht nur solche Hochs, wie du sie in Jerusalem oder jetzt hier erlebst. Wir haben auch schon ganz andere Zeiten kennen gelernt. Aber du kennst das geflügelte Wort: ‚Man muss das Eisen schmieden, solange es heiß ist'. Daran halten wir uns. Da alle bei uns am Umsatz gut mitverdienen, gibt es auch keine Meckerer."

Susi nahm sich einen Kaffee und fragte dann: „Wollt ihr hier auf Michail und Paula warten, noch mal in die Ausstellung gehen oder eure Räume besichtigen?"

Luise und Frank entschieden sich schnell, die von ihnen gemieteten Räume zu besichtigen, in denen die tausend Gemälde aus der Eremitage lagerten.

Moritz war in den Seitenflügel der Galerie gegangen, in welchem die Kopisten arbeiteten. Obwohl Samstag war, waren fast alle anwesend. Moritz erkannte Wiktor Krylow sofort wieder. Er begrüßte alle Herren und erzählte dann Wiktor Krylow von seinen Problemen bei der Ausstellung und fragte ihn, ob er eventuell bereit wäre, dort auszuhelfen.

Wiktor: „No – wissen Sie, Herr Kaiser, ich hab mir die Ausstellung schon einige Male angesehen. Es sind alles bekannte und interessante Exponate. Wenn ich gleich probieren kann? Die Preise stehen ja überall und ich weiß, man gewährt einen Nachlass von 30 Prozent. Ich hab schon gehört, auf jeden Verkauf bekomme ich 10 Prozent. Das ist bei den Drucken nicht viel, aber bei den Originalkopien sehr viel. Ich wasche mir nur Hände und dann gehen wir nach unten. Ich bekomme sicher auch so einen weißen Kaftan, dann brauche ich mich nicht umzuziehen.“

Als Moritz mit Wiktor nach unten ging, sagte dieser: „Herr Kaiser, das habe ich schon oft gemacht. Ich bin mir sicher, ich kann Leute überzeugen, dass sie etwas Wundervolles kaufen. Sie werden sehen.“

In der Galerie angekommen, besprach Thomas noch die Einzelheiten der Bestellungsaufnahme, gab Wiktor eine weiße Kutte und wünschte ihm viel Glück.

Der Bus aus Solingen war immer noch nicht gekommen und Susi streifte durch die Ausstellungssalons. Im purpurnen Salon entdeckte sie ein Gesicht, bei dem sie erst überlegen musste wer ist das, bis ihr einfiel, der russische Kunstwissenschaftler, der Bilder kopierte. Er stand bei einer Gruppe.

„Meine Herrschaften, Sie stehen hier vor einem **Caspar David Friedrich**, einem Künstler aus der Zeit des Klassizismus und Romantik, der Zeit der romantischen Landschaftsmalerei. Aber ihn als Landschaftsmaler zu bezeichnen, wäre falsch. Sein Thema ist umfassender: Nämlich die Beziehung des Menschen zur Natur.

Caspar David Friedrich ist der bedeutendste deutsche Maler seiner Generation. Das vor Ihnen stehende Bild, **»die Kreidefelsen auf Rügen«** entstand in der mittleren Schaffenszeit des Künstlers. Friedrich wurde 1774 in Greifswald geboren und starb 1840 in Dresden. Dieses herrliche Gemälde schuf er 1818. Zwischen zwei steil aufsteigenden, annähernd symmetrisch geformten Kreidefelsen wird über steilen Abfall der Blick auf die Weite des Meeres gelenkt.

Ich könnte noch Stunden über dieses Bild sprechen. Meine Herrschaften, Sie brauchen sich dieses einmalige Exponat nur anzusehen um zu wissen, dass dies eine Kostbarkeit ist, das Sie ruhigen Gewissens Ihren Kindern und Kindeskindern weitergeben können.

Mein Name ist Wiktor Krylow und ich bin Kunstwissenschaftler aus Minsk. Für mich ist dieses Gemälde eine Offenbarung und auch Ihnen wird es nicht anders gehen.

Das Original dieses Gemäldes können Sie in der Stiftung Oskar Rainhart in Winterthur in der Schweiz bewundern. Wenn Sie Ihren Katalog aufschlagen, so werden Sie feststellen, dass der Schätzpreis für uns alle unerschwinglich ist.

Der Verein Galerie Kaiser schuf diese in der Mitte hängende Originalkopie unter Zuhilfenahme von altem Material, sowohl der Farben, des Leinens, als auch des Holzes. Auf der Rückseite finden Sie ein entsprechendes Exposee sowie eine Bestätigung der Authentizität dieser Kopie. Dies wird im vorliegenden Fall von zwei Kunstwissenschaftlern bestätigt. Ebenso ist der Name des Kopisten angegeben. Dieses außergewöhnliche Gemälde kostet nur 7.500 Euro. Wenn Sie heute bestellen, kostet diese Originalkopie nur 5.250 Euro."

Wiktor machte eine kurze Pause und fuhr fort: „Für mich, käme nur die Originalkopie in Frage. Aber manchmal möchte man ein Geschenk machen und nicht so viel Geld ausgeben. Sie sehen rechts oben, das gleiche Bild als Kunstdruck. Damit es plastisch wirkt, haben wir einen Kunststoffüberzug gefertigt, damit sieht es wie ein Ölbild aus und ist vor Beschädigungen geschützt. Ein schönes Geschenk und kostet nur 150 Euro, einschließlich des Rahmens.

Links unten sehen Sie einen Öldruck. Sollten Sie ein etwas wertvolleres Geschenk suchen, dieser Öldruck ist kaum vom Original zu unterscheiden. Er kostet mit Rahmen nur 1.500 Euro. Selbstverständlich gehen die 30 Prozent ab.

Bei der Originalkopie muss ich hinzufügen, wir haben nur wenige Exemplare auf Lager, wenn Sie interessiert sind, bestellen Sie schnell. Sie können die Bestellung innerhalb von vier Wochen rückgängig machen. Dies ohne Gebühren."

Susi sah, wie sich die Herrschaften drängten, Wiktor ging mit ihnen an ein Tischchen und nahm die Bestellungen entgegen. Susi musste nach Ende der Session Wiktor gratulieren, das nahm sie sich fest vor.

Susi entdeckte im Gewimmel Jens. Der winkte und sagte: „Komm, lass uns in eine ruhige Ecke gehen, ich muss mit dir sprechen." Susi: „Jens, was ist los?"

Jens: „Warte, wir brauchen keine Zuhörer." Susi zog Jens mit sich in den 3. Stock in einen fast leeren Raum.

Jens war bleich, sah übernächtigt aus und sagte: „Susi, es fällt mir schwer dir das zu sagen, aber die Ehe mit Maria bricht auseinander. Ich glaube, ich erzähle der Reihe nach.

Als wir Rom eröffneten, war noch alles in Ordnung. Allerdings hat Maria schon immer auf dich geschimpft. Ich habe immer gedacht, das ist reine Eifersucht. Hätte ja sein können. Nach Rom wurde es immer schlimmer. Wir hatten furchtbare Szenen und ich habe mich im Büro vergraben."

Susi: „Jens, Eifersucht kann ich eventuell noch verstehen, aber war es nicht eventuell Neid und Missgunst?"

Jens: „Mag sein, als dann vor zwei Monaten dieser Rolf Berger verlangte, dich abzuwählen, war sie fast nicht zu bremsen. Ich hatte einen Riesenkrach mit ihr. Erspare mir dir zu erzählen, was sie gesagt hat, als damals Geiger und Schauf verhaftet wurden und Bergers Vorhaben scheiterte. Danach wurde es auf einmal ganz ruhig. Ich dachte schon, sie hätte sich gefangen und nahm sie mit nach Jerusalem. Du kannst dir gar nicht vorstellen, wie schlimm die Tage in Jerusalem waren. Gehässig wäre noch mild ausgedrückt. Du bist selbstverständlich am Attentat schuld. Wahrscheinlich hättest du das selbst geplant und so weiter. Die Tage nach der Rückkehr waren schlimm und gipfelten gestern Abend in Hasstiraden, in dem sie sowohl mich als auch dich beschimpfte. Sie beschuldigte uns beide der Steuerhinterziehung, der Unterschlagung, der Veruntreuung von Kunstgegenständen und der Hehlerei von Kunstgegenständen. Die Frau ist krank. Eigentlich haben wir schon fast ein Jahr keine Ehe mehr, aber was sie jetzt veranstaltet, muss ich ändern."

Susi ernst: „Lieber Jens, du weißt, wir sind eine Familie und wir helfen einander. Deine Frau hat weder einen Grund eifersüchtig zu sein, noch einen Grund neidisch oder missgünstig zu sein. Das alles klingt mir danach, dass sie sich von dir trennen will und einen Grund provoziert. Hast du darüber nachgedacht, ob sie vielleicht einen Freund hat?"

Jens: „Natürlich, sie ist ja noch immer bei mir halbtags im Büro und hat eigentlich am Nachmittag alle Zeit der Welt für eine Liebschaft. Sie war auch im letzten halben Jahr öfter an Wochenenden unterwegs. Aber aufgefallen ist mir nichts."

Susi ruhig: „Jens, erinnere dich, als man mir vor zwei Monaten Dinge vorwarf und mich praktisch eliminieren wollte. Die Anklagen waren alle aus der Luft gegriffen. Aber wenn du sagst, deine Frau schürt den Hass gegen mich schon seit Langem, so kommen mir da ein paar Gedanken.

Woher wusste die Gegenseite damals die vielen negativen Einzelheiten? Wenn ich daran denke, dass die von den Geldkonten auf den Kaiman-Inseln wussten, dann ist das schon sehr eigenartig. Deine Frau wusste doch davon?"

Jens: „Natürlich, wenn du in der Buchhaltung bist, kennst du alle Einzelheiten. Die Konten auf den Kaimaninseln sind doch die Rücklagekonten für die Altersversorgung unserer Mitarbeiter in Boston. Es ist richtig, außer mir, damals Thomas Hall, Anton, Mike und dir wusste eigentlich niemand davon. Ausgenommen meine Frau, die das verbuchte. Was soll ich denn machen?"

Susi lachte: „Jens, seinerzeit waren alle für mich da. Heute sind alle für dich da. Du schreibst jetzt alle die Gemeinheiten auf, die dir deine Frau freundlicherweise unter die Nase gerieben hat. Dann sortieren wir aus, welches Wissen sie hat und welches Wissen sie eventuell von dritter Seite hat."

Jens bedankte sich bei Susi und sagte: „Ich gehe jetzt zu Thomas ins Büro, dem muss ich auch darüber berichten, der hat mir schon vor Monaten gesagt, wäre er an meiner Stelle, hätte er Maria schon längst aus dem Fenster geschmissen."

Versonnen ging Susi nach unten in die Ausstellung. Sie traf Moritz und erfuhr, dass der Bus aus Solingen gekommen war. Moritz unterrichtete Susi: „Michail, Paula und Vera sind in das Nebengebäude zu Luise und Frank, Mike sah wie es bei der Ausstellung klemmte und hat eine weiße Kutte angezogen und ist mit im Verkauf, Hilde und Erich kommen erst am Nachmittag. Tommi ist irgendwo in der Ausstellung."

Susi suchte ihren Bruder Tommi, den sie im lila Salon entdeckte. Sie holte ihn aus dem Gewimmel von Gästen und zog ihn zum Empfang:

„Tommi, schnappe dir ein Glas, wir gehen kurz nach oben, für dich muss das alles sehr verwirrend sein."

„Schwesterherz, mehr als das. Jeder ist unheimlich liebenswürdig zu mir. Besonders Hilde. Ich weiß gar nicht richtig, wie ich sie einordnen soll."

„Tommi, ganz einfach. Hilde ist meine beste Freundin und wird es auch immer bleiben. In meiner ganz schlechten Zeit, am Anfang in Wiesbaden, war sie einfach nur für mich da. Sie ist außerdem eine der Miterbinnen meines ersten Mannes Max.

Tommi: „Schön, aber wieso verstehen sich Paula, Michail, Erich und Hilde so gut? Die haben doch weder beruflich noch privat etwas miteinander zu tun?"

Susi musste nun ihrem Bruder die Geschichte der Entführung von Michail und der kleinen Susi nebst Kinderfrau erzählen und auch die Befreiung in Italien."

Tommi lachte: "Schwesterherz, mir raucht der Kopf. Wie viel Geheimnisse und Erlebnisse gibt es da noch? Ich komme aus dem Staunen nicht heraus. Bevor ich es vergesse, ich soll dich ganz herzlich von meiner Sarah grüßen. Sie hat mir erzählt, die 80.000 US Dollar wären eingegangen. Ich möchte mich dafür ganz herzlich bedanken. Darüber müssen wir uns noch einmal unterhalten."

Susi meinte: „Ich muss jetzt nach unten, denn die 2. Session schließt jetzt. Tommi, geh schon mal ins Konferenzzimmer, dort gibt es was zu essen. Ich komme später nach."

Es war kurz vor eins und die Säle leerten sich langsam. Susi sah ihre erschöpften Berater, aber sie übersah auch nicht die müden Damen vom Service. Als endlich alle beisammen standen, sagte sie:

„Es hat uns heute Morgen überrollt. Ein ganz besonderes Dankeschön unseren Kollegen Olga und Hugo aus St. Petersburg und Mike aus den USA. Ganz lieben Dank, dass ihr in die Bresche gesprungen seid. Noch etwas muss ich melden. Unser Wiktor hat seine Feuertaufe bestanden. Es war für ihn selbstverständlich zu helfen. Ich darf Ihnen verraten, ich habe seinem Verkaufsgespräch zugehört und muss sagen, fast hätte ich auch gekauft. Wiktor, Sie waren Spitze. Ich gratuliere Ihnen! Verraten Sie mir nur, haben die Leute den Caspar David Friedrich gekauft?"

Wiktor: „Zwei Originalkopien, einen Druck und einen Öldruck. Überhaupt habe ich gut verkauft. Die 30 Prozent helfen viel und auch, dass die Leute zurückgeben können. Es hat mir viel Spaß gemacht."

Susi ging zu den Damen und Herren vom Service: „Ihr habt toll auf die Menschenmenge reagiert. Halte euch die Daumen für die 2. Session. Euch meinen herzlichsten Dank."

Susi lief schnell nach oben. Sie wollte nur einen Happen essen und sich dann zur 2. Session fertigmachen.

Mike war mitgekommen und sagte: „Heute Nachmittag kann ich nicht helfen, wir müssen mit Jens sprechen."

Susi knapp: „Habe schon kurz mit ihm gesprochen. Er braucht Hilfe. Ich würde sagen, so nach sechzehn Uhr."

Als sie in den Konferenzraum kam, begrüßte man sie freudig und Susi entschuldigte sich, sie müsse gleich wieder nach unten, die 2. Session würde beginnen. Michail, Paula, Luise und Frank sagte sie nur kurz wegen des Treffens mit Herrn Gerlach von der Kripo Bescheid und schon war Susi auf dem Weg nach unten zum Empfang.

Moritz wartete schon, die Tür öffnete sich, ein Bus stand bereits vor der Tür und etwa fünfzig Personen strömten in den Empfang. Ein zweiter Bus war ebenfalls angefahren und was Susi befürchtet hatte, es wurde wieder so gedrängt voll.

Moritz begrüßte die Besucher und stellte Susi vor. Nach den üblichen Informationen erklärte Susi die Ausstellung für eröffnet und die Besucher strömten in die Säle.

Susi meinte zu Moritz, komm: „Ich will nur noch eine Kleinigkeit essen, außerdem müssen wir noch ein Gespräch mit Michail und Frank führen.

Sie kamen in das Konferenzzimmer und Michail lachte: „Ich hab aus dem Fenster geschaut, wieder zwei Busse. Susi, weißt du schon, was ihr heute Morgen verkauft habt?"

„Michail, Paul hat mir einen Zettel mit den Umsätzen zugesteckt, ich hatte noch nicht mal Zeit, ihn zu lesen:"

Sie gab Michail den Zettel und der las vor:

Verkäufe

1. Session am zweiten Ausstellungstag:

Bestellungen:		
13 Drucke	Euro	1.934
29 Öldrucke	Euro	7.003
27 Originalkopien	Euro	59.208
Total	**Euro**	**68.145**

Susi lachte: „Michail, wenn das so weitergeht, dann kann ich mir vielleicht auch noch die Butter für mein Brot leisten."

Danach setzten sie sich mit Michail, Luise und Frank zusammen, um über ihr Gespräch mit Gerlach zu beraten.

Pünktlich um fünfzehn Uhr kam Herr Gerlach, er hatte seine Frau mitgebracht, die sich die Galerie ansehen wollte.

Nach der Vorstellung einigte man sich schnell, dass man in die Lagerräume der Gemälde aus Russland gehen sollte. Frank hatte dafür gesorgt, dass dort seitlich ein Tisch mit Stühlen vorhanden war und man setzte sich in diesen riesigen Raum. An den Seiten und in der Mitte des Raumes waren große Holzregale, in denen die eintausend Gemälde aus der Eremitage nummernmäßig geordnet waren.

Susi begann: „Lieber Herr Gerlach, wir sind froh, dieses Gespräch mit Ihnen führen zu können. Ich habe Ihnen gestern erklärt, dass wir die Galerie **artis opus** gekauft haben. Dieses Gebäude haben wir erworben, da wir mehr Räumlichkeiten haben müssen.

Ich führe Sie bei Gelegenheit durch diese Räume, die zum Teil noch nicht belegt sind, die aber voraussichtlich bis spätestens im nächsten Jahr belegt sein werden. Wir werden die Räume mit der benachbarten Bilderrahmenfabrik teilen.

Das 3. Obergeschoss haben wir an die Kunst und Antiquitätenberatung Wahl in München vermietet, die hier durch den Geschäftsführer Herrn Frank Lappas und die Miteigentümerin Frau Luise Wahl vertreten werden.“

Michail begann: „Ich bin Michail Borodin, der erste Direktor des größten Museums der Welt, der Eremitage in St. Petersburg. Wir haben mit der Firma Kunst- und Antiquitätenberatung Wahl in München einen Vertrag geschlossen, nachdem verschiedene Gemälde aus dem Beutegut des letzten Krieges an ihre ehemaligen Besitzer zurückgegeben werden sollen. Dies nicht kostenfrei, aber sehr günstig. Da diese Rückgabe zu politischen Schwierigkeiten führen kann, haben wir diese Gemälde nach hier ausgelagert. Es ist ein Geschäft, das größte Diskretion verlangt.

Es versteht sich von selbst, dass diese Gemälde versichert werden müssen und wir hoffen, dass die Polizeibehörde uns bei der Sicherung hilft.“

Herr Gerlach fragte: „Darf ich fragen wie hoch der Versicherungswert ist, wer der Versicherungsnehmer ist und wer der Begünstigte im Schadensfall ist.“

Frank Lappas: „Über die Höhe des Versicherungswertes sind wir uns noch nicht ganz im Klaren. Wir haben zwar entsprechende Schätzungen für die Gemälde, aber die Werte gehen da sehr auseinander. Ich glaube, wir liegen bei einer Summe von einhundert Millionen US Dollar.“

Herr Gerlach pfiff durch die Zähne: „Ich hoffe, ich habe mich verhört. Sind Sie sicher, einhundert Millionen?“

Frank Lappas lachte: „Nein Herr Gerlach, eher noch das Doppelte. Aber die genaue Summe muss die Versicherung feststellen. Zu Ihrer zweiten Frage des Versicherungsnehmers, das ist die Firma Kunst- und Antiquitätenberatung Wahl in München. Im Schadensfalle ist der Begünstigte der derzeitige Eigentümer der Gemälde, die Eremitage in St. Petersburg.“

Herr Gerlach: „Diese Größenordnung wird die Verbrecher anziehen wie das Licht die Motten. Darf ich fragen, welche Sicherheitsmaßnahmen im Moment bestehen?

Susi: „Herr Gerlach, noch weiß niemand von dem Wert der Bilder. Die Räume sind an unserer Alarmanlage angeschlossen. Wir haben einen Wachdienst beauftragt, den Raum zu beaufsichtigen. Sie haben sicher beim Eingang die kleine Kabine gesehen. Wir wissen, dass die Fenster noch mit einem Gitter versehen werden müssen und die Eingangstür verstärkt werden muss. Die Fenstergitter sind bestellt und die neue Eingangstür ebenfalls. Sie haben sicher Recht, im Falle eines Falles reicht das nicht aus.

Wir hätten uns ohnehin hinsichtlich weiterer Sicherungsmaßnahmen mit Ihnen in Verbindung setzen müssen. Was raten Sie?“

Herr Gerlach: „Bei dieser Größenordnung des Wertes müssen besondere Vorsichtsmaßnahmen getroffen werden. Wir haben Spezialisten, die Beratung ist kostenfrei.

In jedem Fall muss die Alarmanlage mit der nächsten Polizeistation verbunden sein. Als zweites muss die Mauer zum Treppenhaus verstärkt werden. Mit einem Pickel kann die jeder durchbrechen. Die Fenster und Türen müssen durch Starkstrom gesichert sein. Es muss elektronische Boden- und Deckensperren geben, damit man nicht durch den Boden oder die Decke in den Raum eindringen kann. Aber das sagen Ihnen unsere Spezialisten mit Sicherheit.

Sobald Sie eine endgültige und von der Versicherung angenommene Schätzung der Gemälde haben, hätten wir davon gerne eine Kopie. Ebenso eine Aufnahme von jedem Bild, damit wir im Falle von Diebstahl fahnden können. Heute kein Problem mehr. Wenn Sie interne Schwierigkeiten vermeiden wollen, so können Sie einen Vertrag zwischen der Eremitage und der Firma Wahl bei uns hinterlegen. In jedem Fall brauchen wir eine Kopie des Mietvertrages zwischen der Firma Wahl und Ihnen, Frau Kaiser."

Es folgte noch ein ausführliches Gespräch zwischen Frank Lappas, Michail und Herrn Gerlach.

Susi entschuldigte sich: „Tut mir leid, aber ich habe eine laufende Veranstaltung, dazu noch einige Gäste und wie immer, läuft nicht alles so, wie es soll."

Susi suchte Jens und Mike und fand die beiden zusammen mit Thomas Hall in dessen Büro.

Susi lachte: „Macht keine so bitteren Gesichter. Wir sind schon mit ganz anderen Dingen fertig geworden. Jens, ich weiß wie es dir jetzt geht. Ganz beschissen! Ich weiß nicht, woher ich meine Zuversicht nehme, aber ich glaube, wir lösen das Rätsel schnell."

Jens: „Susi du hast leicht lachen, nicht nur, dass mir mein Weib davonläuft, sie hat mir auch mit Dingen gedroht, da wird's mir heiß und kalt. Ich habe ihre ganzen Drohungen aufgeschrieben. Das ist nicht mehr zum Lachen. Abgesehen davon, dass du der personifizierte Luzifer bist."

Jens übergab Susi eine Aufstellung mit den Beschimpfungen und Drohungen.

Susi las sorgfältig und fragte dann Mike: „Mike, was meinst du denn dazu?"

Mike: „Susi, ich will dich nicht verletzen, aber Vera hat mir berichtet, was Maria ihr alles in Jerusalem gesteckt hat. Es sind die gleichen Anschuldigungen, die man vor zwei Monaten vorbrachte, nur mit dem Unterschied, dass du auch noch für das Attentat in Jerusalem verantwortlich bist. Sie klagt an, dass Jens mit dir gemeinsame Sache macht. Dazu hinterzieht ihr Steuer und veruntreut Gelder in Millionenhöhe. Dass das alles Quatsch ist, wissen wir. Nur müssen wir uns vor solchen Anklagen schützen."

Susi fragte Thomas Hall: „Thomas, du kennst Maria, wie schätzt du die Angelegenheit ein?"

Thomas ruhig: „Es ist richtig, dass Maria dich noch nie leiden konnte. Im Frühjahr dieses Jahres hat sich das verändert. Auf einmal wurde sie richtig bösartig und hat Gerüchte gestreut. Zu gerne wäre sie vor zwei Monaten mit auf die Mitgliederversammlung gegangen, wo du entmachtest werden solltest. Sie hat mit aller Gewalt versucht, eine Vertretungsvollmacht von einem Mitglied zu bekommen. Es ist ihr nicht gelungen. Nachdem diese Mitgliederversammlung so positiv für dich ausgegangen ist, hat sie behauptet, ihr hättet mit falschen Unterlagen diesen Ausgang erzwungen. Die Drohungen gegenüber Jens sind nichts anderes als eine Ausweitung ihres Hasses auch auf ihren Mann. Mein Vorschlag ist, Jens soll den Vorgang Dieter Zeiser übergeben und du, Jens, solltest dich sofort von Maria trennen."

Susi ruhig: „Bei der seinerzeitigen Mitgliederversammlung war es mir ein Rätsel, woher dieser Berger oder auch der jetzt nicht mehr lebende Peter Wahl, so intime Kenntnisse über meine Person und unser Unternehmen hatte. Es waren Sachen, die nur ganz wenige wussten. Dass man in einer Ehe mit dem Partner darüber spricht, das versteht sich von selbst.

Also wusste Maria davon. Man hat mich seinerzeit verdächtigt, ich hätte meinen 1. Ehemann umgebracht. Dies, indem ich ihm Überdosen von Valium verabreicht habe. Das wurde noch untermauert durch eine Aussage unserer seinerzeitigen Putzfrau, Frau Gawronska. Ich frage mich, woher hatte die Gegenseite den Namen und die Adresse dieser vor vielen Jahren beschäftigten Frau, wenn nicht über die alte Personalakte, die bei dir, lieber Jens, lagert, und auch Maria einsehen konnte?

Ihr alle wisst, dass mich bedauerlicherweise meine Eltern verleugneten und mich eines unsittlichen Lebenswandels bezichtigten. Ich frage mich, woher hatte die Gegenseite den Namen und die Adresse meiner Eltern? Allerdings steht diese Adresse in meiner alten Personalakte, die auch bei dir lagert. Maria konnte sie einsehen.

Die Gegenseite hat seinerzeit mit der Bekanntgabe unserer Bankkonten auf den Kaiman-Inseln gedroht. Es gibt nur drei Personen bei uns, und deine Buchhaltung, die das weiß. Maria wusste es also auch.

Fast niemand bei uns wusste, dass Heinz Engler einen Vater in Belgien hatte. Wie kam es, dass Peter Wahl eben diesen Vater in Brüssel aufsuchte, um uns indirekt für den Tod seines Sohnes verantwortlich zu machen? In seiner Personalakte bei uns ist diese Anschrift zu finden. Maria konnte nachsehen.

Ich habe im Moment meine Unterlagen nicht zur Hand, aber ich kann noch weitermachen, denn die damalige Mitgliederversammlung steckt mir noch immer in den Knochen. Es ist unschwer zu erkennen, dein Problem ist mit meinem eng verbunden.

Das was ich jetzt sage, denke ich nur laut. Möglicherweise hat sich Peter Wahl oder Rolf Berger Informationen beschaffen wollen und haben sich mit Maria in Verbindung gesetzt. Wie wir alle wissen, existiert Peter Wahl nicht mehr. Sicherlich aber Rolf Berger. Jens, deine Frau und Rolf Berger sind ungefähr gleichaltrig. Beide eint ein Hass gegen mich. Vielleicht hat sich auch zwischen beiden etwas ereignet, das sie zusammenbrachte. Der erste Angriff gegen mich ist gescheitert. Jetzt beginnt der zweite Angriff auf Jens und mich. Wenn das Maria ist, können wir nur eines machen, sofort all unsere Konten schützen, Jens muss sein Büro sichern und auch seine Wohnung und Dieter muss sich der Sache sofort annehmen."

Mike sehr ernst: „Susi, ich kann nur hoffen, du irrst dich. Ich befürchte, dass deine Gedankengänge richtig sind." Jens ganz blass: „Es ist zwar schlimm, was Maria mir alles an den Kopf geworfen hat, aber ich glaube nicht, dass sie zu so einer Niederträchtigkeit in der Lage wäre. Thomas, du kennst sie doch auch."

Thomas Hall: „Jens, leider. Das Schlimme ist, dass ich den Gedanken von Susi noch etwas hinzufügen muss, das kein Traum ist. Berger war einige Male am Vormittag bei Maria im Büro. Daher kenne ich ihn überhaupt etwas näher.

Mitte Oktober war ich mit meiner Tochter in Wiesbaden um meine letzten Sachen zu holen. Wir gingen in ein Café und hatten einen schönen Fensterplatz. Arm in Arm spazierte Maria mit diesem Berger am Fenster vorbei.

Jens, ich kann mich nur Susi anschließen. Wenn du viel Ärger vermeiden willst, dann wechsle sofort die Schlösser im Büro aus. Das Sperren der Bankkonten kannst du am Montagmorgen als erstes machen. Du solltest Dieter sofort informieren.

Mike: „Lass uns im Moment nichts übereilen. Susi, ich sehe es ist schon gleich achtzehn Uhr. Du musst nach unten in die Ausstellung. Du findest uns sicher noch um neunzehn Uhr hier. Bis nachher."

Susi kam kurz nach achtzehn Uhr in die Ausstellung. Die letzten Gäste gingen eben. Müde und abgekämpft kamen die Berater und das Servicepersonal zum Empfang.

Susi wie immer: „Ich sehe schon, die Schlacht ist geschlagen, erzählt, wie war's?"

Orlando Lopez: „Jerusalem war am zweiten Tag schlimmer, aber es war auch enorm, was sich hier abgespielt hat. Anfangs habe ich gedacht, es kauft keiner was, aber dann ging es los. Ich habe unendlich viel Drucke und Öldrucke verkauft. Auch die Kollegen haben viele Öldrucke verkauft. Es war einfach toll."

Susi bedankte sich bei allen herzlich.

Paul kam um die Ecke und drückte Susi einen Zettel in die Hand und verkündete laut:

„Hallo, wir haben in der 2. Session Bestellungen über 59.610 Euro. Meine Hochachtung."

Dann las Susi den Zettel:

Verkäufe

2. Session am zweiten Ausstellungstag:

Bestellungen:		
38 Drucke	Euro	4.016
52 Öldrucke	Euro	10.504
18 Originalkopien	Euro	45.100
Total	**Euro**	**59.620**

Susi wollte wieder an den Empfang gehen, als sie Hilde sah. Sie winkte und Susi ging zu ihr.

Hilde: „Du bist schwerer zu finden als eine Stecknadel im Heuhaufen. Wo ich dich schon überall gesucht habe. Du weißt, um 20.30 Uhr habe ich für alle Abendessen bei uns gerichtet. Auch Hugo und Olga müssen dabei sein. Luise und Frank wissen es schon. Wir sorgen dafür, dass sie dann wieder hierher gebracht werden. Unser Bus fährt um 19.30 Uhr hier ab. Du und Moritz kommt mit dem PKW."

„Liebe Hilde, alles okay. Jens ist auch da, er hat große Sorgen mit Maria. Ich glaube, die Ehe kippt. Wenn er will, kann er vielleicht mitkommen."

Hilde: „ Deshalb sitzen die bei Thomas im Büro und haben Gesichter als würden sie Essig saufen. Ich glaube, er kommt mit. Wir haben für ihn notfalls auch noch ein Bett. Darf ich offiziell schon was davon wissen?“

Susi: „Ich glaube, Jens soll dir das selbst sagen. Ich meine das wäre besser.“

Hilde wie immer: „Jens tut mir leid, aber Maria war nicht nur ein Lästermaul, falsch und gehässig war sie auch noch. Jens soll sich ein anständiges Mädchen suchen, nicht so eine Zicke. Ich konnte sie nie ausstehen. Eine vornehme Gans. Nur zu deiner Information. Ich habe Anja Henzo mitgebracht. Die will sich die Show mal ansehen.“ Hilde lachte und war schon verschwunden.

Wenig später entdeckte Susi Anja Henzo, sie ging zu ihr und begrüßte sie: „Willkommen bei uns. Hilde hat mir schon erzählt, Sie wollen sich unsere Ausstellung mal ansehen und eventuell gelegentlich bei uns aushelfen.“

Frau Henzo: „Hilde hat mir Ihr Problem schon erzählt. Ich habe mit meinem Chef gesprochen und er meint, was ich in meiner Freizeit außerhalb Düsseldorfs mache, sei meine Sache. Er hat nichts dagegen. Ich glaube, fachlich habe ich hier kein Problem. Ich werde mir erst mal die Ausstellung ansehen und mich dann mit Herrn Thomas Hall unterhalten. Ich kann es morgen um zehn Uhr probieren.“

Susi sah Bart, winkte und stellte Anja Henzo vor und sagte: „Ihr kennt euch von Gent her, sag den übrigen Kollegen, dass Frau Henzo eine Fachkraft ist. Jetzt entschuldigt, ich habe Gäste und nach der Begrüßung werde ich Wuppertal verlassen, da wir ein gemeinsames Abendessen mit unseren Gästen haben.

Pünktlich fünfzehn Minuten vor sieben wurden die Türen geöffnet und der erste Bus fuhr vor. Nur achtzehn Besucher stiegen aus und der Fahrer meinte, der andere Bus wäre rappelvoll. Was er nicht sagte, dass der andere Bus ein Doppeldecker war und sechsundsiebzig Sitzplätze hatte. Als der zweite Bus ankam, konnte Susi nur noch beten, dass alles klappen würde. Wieder war der Empfang überfüllt. Moritz kam auf das Podium, begrüßte in lustiger Form, stellte Susi vor und diese sprach die einleitenden Worte und eröffnete die Ausstellung.

Die Berater in ihren weißen Kutten gingen mit den Gästen in die verschiedenen Säle. Aus einem Augenwinkel heraus sah Susi Frau Henzo, lief zu ihr, nahm sie zur Seite:

„Frau Henzo, entschuldigen Sie, aber jetzt muss ich Sie einfach bitten, schon heute ins Wasser zu springen. Anstelle von fünfzig Personen haben wir plötzlich vierundneunzig Besucher. Das überfordert unsere Berater. Ich sehe eben Herrn Hall, der soll Sie kurz briefen."

Ohne eine Antwort abzuwarten stellte Susi Anja Henzo Herrn Hall vor und der begann mit seinen Erklärungen.

Susi konnte sich nicht mehr kümmern. Sie suchte nach Moritz, setzte sich mit ihm ins Auto und sagte, Schatz, lass uns jetzt fahren. Ich hoffe nur, heute wird's nicht zu spät.

Solingen

Wie immer, Hilde hatte sich selbst übertroffen. Im Wohnzimmer war der Aperitif gerichtet, man unterhielt sich locker, als Letzte kamen Susi und Moritz. Nachdem die beiden ihren Drink hatten, klopfte Hilde an ihr Glas:

„Ihr Lieben, Erich und ich freuen uns, dass ihr bei uns seid. Aus diesem Anlass weihen wir heute Abend ein neues Accessoire unseres Bestecksortiments ein. Hilde zeigte ein etwa fünf Zentimeter großes Netz aus Metall mit einem gedrehten Stiel aus Metall. Dieses Sieb haben wir ab übermorgen in unserem Sortiment und es ist ein Fondue Netz für kulinarische Abende … wie heute.

Wir dürfen euch zu einem Fischfondue einladen. Je fünf an einem runden Tisch. Es gibt für jeden Tisch separat: Seezungenfilets, Kabeljaufilets und Riesengarnelen, dazu hat unsere Omi mindestens zehn verschiedene, köstliche Soßen gemacht. Die Tischkarten stehen an jedem Platz.

Anschließend Nachtisch: Die englische Königin Viktoria hatte ein Lieblingsdessert. Es schmeckt wirklich toll. Man nennt es Syllabub.

Unseren Kaffee können wir danach wieder im Wohnzimmer nehmen. Jetzt darf ich euch ins Speisezimmer bitten.

Dann ging man zusammen ins Speisezimmer. Drei runde Tische mit je fünf Stühlen standen im Zimmer. Auf jedem Tisch war in der Mitte der Fonduekocher aufgebaut. Darauf stand die Fondueschüssel mit Hühnerbrühe. Es waren vor jedem Platz Fondueteller mit je zwei Netzchen und einem Fischbesteck, dazwischen waren die verschiedenen Fischsorten und Beilagen aufgebaut.

Erich servierte einen gekühlten, trockenen Weißwein und es begann ein familiäres und zugleich wunderschönes Abendessen. Alle genossen diesen Abend.

Als der Nachtisch serviert war, stand Michail auf:

„Liebe Hilde, lieber Erich, herzlichen Dank für eure Gastfreundschaft. Wir haben uns auf ungewöhnliche Art und Weise kennen gelernt, aber auch dieser Abend und die Zeit bei euch sind außergewöhnlich. Ich glaube, im Namen aller zu sprechen, wenn ich sage: Wir werden diesen Abend immer in Erinnerung behalten!"

***

Wuppertal

Moritz und Susi waren schon sehr früh von Solingen nach Wuppertal gefahren. Sie waren gestern Abend nicht mehr bei den Letzten gewesen, sondern hatten sich bald nach dem Abendessen zurückgezogen.

Sie hatten erfahren, dass Hilde und Erich für heute Vormittag einen Brunch geplant hatten, der so gegen elf Uhr beginnen sollte. Danach gegen vierzehn Uhr sollte der Bus Michail, Paula, Luise und Frank, Mike und Vera, Hugo und Olga sowie Tommi nach Wiesbaden bringen.

Susi hatte veranlasst, dass diesmal Michail und Paula, Luise und Frank sowie Hugo und Olga im Hotel Schwarzer Bock untergebracht wurden. Tommi sollte im Fremdenzimmer neben ihren Eltern schlafen. Man hatte sich um achtzehn Uhr zum gemeinschaftlichen Aperitif bei Susi verabredet.

Susi unterhielt sich kurz mit Christa am Empfang.

„Wissen Sie, Frau Kaiser, die Zahlen der Besucher müssen wir noch etwas nach oben korrigieren. Es kommen immer noch Nachzügler. Ich weiß nicht, woher die Leute wissen, dass hier eine Ausstellung ist, aber allein gestern Abend kamen noch sieben Personen nach halb acht. Ich habe eine Liste gemacht, die gebe ich Paul. Wir müssen nur aufpassen, dass wir keine Schnorrer bekommen. Einen habe ich schon befördert. Es ist einfach toll, hier bei dieser Mannschaft zu sein. Ich weiß, ich bin unverschämt, aber könnten Sie nicht noch mal mit Thomas Hall sprechen, ob ich nicht mal durch die Säle gehen kann, wenn Kunden da sind? Ich würde so gerne mit verkaufen.“

Susi lachte: „Schätzchen, ich spreche noch mal mit Thomas. Er hat es sicher nicht vergessen. Allerdings müssen wir dann auch eine Vertretung für den Empfang haben. Das ist auch eine wichtige Position. Wenn Sie mal etwas länger bei uns sind, dann kommen Sie ganz einfach nach Wiesbaden, schauen Sie sich an, was wir dort machen. Auch St. Petersburg oder Rom sind nicht aus der Welt. Dort arbeiten überall Kollegen, das heißt Vereinsmitglieder. Sie werden sehen, wir haben so eine kleine Welt für uns. So aber jetzt muss ich rüber zu Paul. Ich muss wissen, wie viel wir gestern in der letzten Session an Bestellungen hatten.

Paul lachte, hatte einen Zettel in der Hand und verkündete stolz: „Die letzte Session brachte 64.536 Euro, der ganze gestrige Tag, das heißt der 2. Veranstaltungstag 192.301 Euro.“ Ist das nicht fantastisch? Alle sind begeistert.“

Susi gratulierte: „Paul, dazu kann ich euch nur beglückwünschen. Das sage ich auch nachher noch mal allen. Aber zeig mir doch deinen Zettel, mich interessiert brennend, wie viel Drucke und Öldrucke wir verkauft haben.“

Paul drückte ihr den Zettel in die Hand und Susi las:

Verkäufe

3. Session am zweiten Ausstellungstag:		
Bestellungen:		
21 Drucke	Euro	2.116
42 Öldrucke	Euro	8.940
23 Originalkopien	Euro	53.480
Total	**Euro**	**64.536**

Susi fragte Paul: „Wie siehst du das mit den Öldrucken?“

Paul: „Ohne Zweifel, das Hauptgeschäft sind die Originalkopien. Die Drucke und die Öldrucke spielen eigentlich beim Umsatz keine Rolle. Aber manche Originalkopie verkaufen wir nur, weil wir die Drucke und Öldrucke anbieten.

Ich vergleiche das immer mit einem Kaffeeservice. Du kannst schon ein solches Service für zwanzig Euro haben. Aber willst du das wirklich? Die Tassen sind aus einem dicken Porzellan, schwer und meist auch noch unschön in der Form. Dann kannst du ein besseres Service kaufen. Die Tassen sind aus dünnerem Porzellan, meist ist die Form ansprechend und auch das Dekor. Dann musst du schon fünfzig bis achtzig Euro ausgeben. Und dann siehst du das außergewöhnliche Design. Hauchdünne Tassen, ein extravagantes Dekor, eine geschmackvolle Form, das leider zweihundert bis dreihundert Euro kostet, meist noch viel mehr. Jedes dieser drei Kaffeeservice hat einen Markt.

So ist es auch bei unseren Drucken, Öldrucken und Originalkopien. Ich hab bei meinen Kollegen gehört, jeder hat seine eigene Art, das dem Kunden zu erklären. Olga hat mir gut gefallen, die hat das mit der Mode verglichen.

Sie sagte: Man kann ein Kleid für fünfzig Euro kaufen, man kann sicher auch eines für einhundertfünfzig Euro bekommen, aber das hervorstechende und einzigartige Modell kostet dann Geld. Auch Mike hatte ein Beispiel, das mir gut gefiel."

Inzwischen war der Rest der Mitarbeiter im Empfang versammelt. Susi stieg auf das Podium und verkündete laut in die Runde:

„Hallo, ihr Lieben. Ich muss euch ein ganz großes Kompliment machen. Ihr habt in den ersten beiden Tagen der Ausstellung über 300.000 Euro an Bestellungen geschrieben. Das ist großartig. Vielen, herzlichen Dank an die gesamte Mannschaft. Jeder Einzelne hat dazu beigetragen."

Susi sah Hans Ruppert stehen, ging zu ihm: „Hans, wie kommst du im Verkauf zurecht. Klappt alles einigermaßen?"

Hans Ruppert: „Es ist erstaunlich, hätte man mir vor vier Wochen gesagt, dass ich einmal Kunstwerke verkaufen soll, so hätte ich ihn ausgelacht. Ich habe mich auf den blauen Salon spezialisiert. Ich wusste ja, was auf mich zukam und so habe ich die Bildbeschreibungen fast auswendig gelernt. Das half mir über die Runden. Wenn ich mal ins Stolpern kam, so hab ich die Wahrheit gesagt, ich sei Künstler auf dem Gebiet der Holzschnitzerei. Auf die Art habe ich schon zwei gute Kontakte gemacht. Einmal mit einer Möbelfabrik und mit einer Kunsthandlung. Susi, du wirst sehen, diese Ausstellung lohnt sich nicht nur für den momentanen Verkauf."

Susi sah Anja Henzo, auch da musste sie fragen: „Frau Henzo, ich hab Sie gestern ins Wasser geworfen. Erzählen Sie, wie sind Sie zurechtgekommen?"

Anja Henzo überlegte einen Moment: „Frau Kaiser, als erstes, ihr habt hier eine einmalig schöne Ausstellung. Sehr gut präsentiert und gut aufgebaut. Meine Hochachtung. Meine zweite Anmerkung, ich hatte gestern Abend nette Kollegen die mir halfen. Die Kollegen waren auch nach der Ausstellung rührend bemüht, mich zu behalten. Drittens, ich habe allein gestern Abend über 1.000 Euro an Provision verdient. Das in vier Stunden. Das ist außergewöhnlich. Wenn Not am Mann ist, so nehme ich mir Urlaub.“

Es war wieder soweit, Susi und Moritz gingen zur Eingangstür. Sie wurde geöffnet, ein Bus wartete schon und ein zweiter Bus wurde avisiert.

Moritz begrüßte vom Podium aus, stellte Susi vor und diese hielt ihre Ansprache und eröffnete die erste Session des Tages.

Die Besucher strömten mit den Beratern in die einzelnen Salons und Susi sah plötzlich Erika mit Anton kommen. Es gab eine herzliche Begrüßung und Susi meinte: „Kommt, wir gehen oben ins Konferenzzimmer. Erstens gibt es da was zu essen und außerdem will ich sehen, ob Hugo und Olga, Luise und Frank noch da sind.

Es gab eine herzliche Begrüßung im Konferenzzimmer. Hier erfuhr Susi, dass Hugo, Olga und auch Luise mit Frank gleich abgeholt würden.

Olga fragte: „Susi, weißt du, wie viel die gestern umgesetzt haben?“

Susi: „In der letzten Session 64.536 Euro. Gestern am 2. Ausstellungstag 192.301 Euro und in den ersten beiden Tagen über 300.000 Euro. Ist das nicht toll?“

Susi sagte noch: „Wir sehen uns heute Abend um achtzehn Uhr bei mir in Wiesbaden. Tschüss, Ihr Lieben.“

Erika wollte sich in Ruhe die Ausstellung ansehen und Susi blieb mit Anton allein im Konferenzzimmer.

Anton seufzte: „Susi, das war eine Nacht!“

Und Susi: „Anton, ich bin über nichts informiert. Jens wollte kommen, ich dachte, er kommt mit dem Minibus, aber er ist nicht da. Also erzähle der Reihe nach. Ich weiß nur, dass Jens einen riesigen Zoff mit Maria hat und sie ihm viele unschöne Dinge angedroht hat. Ich konnte noch meine Meinung sagen, aber ich musste in die Ausstellung und danach war ich bei Hildes Abendessen. Wir sind früh zu Bett gegangen. Heute Morgen war mit Ausnahme der Ersatzoma kein Mensch auf. So bin ich nicht informiert."

Anton: „Mike und Jens haben sowohl Dieter angerufen als auch mich und um Hilfe gebeten. Soweit ich erkennen konnte, haben sie sich deiner Meinung angeschlossen und sind auch der Auffassung, dass Maria ein Verhältnis mit diesem Rolf Berger hat. Thomas hatte eine derartige Vermutung und Jens hat mit jemand in Wiesbaden telefoniert, der diesen Verdacht bestätigte.

Dieter besaß einen Schlüssel für das Büro und die Wohnung von Jens. Jens gab Dieter auch die Kombinationsnummern seines Tresors im Büro und auch in der Wohnung. Dieter bat mich mitzukommen. So trafen wir uns um halb acht vor dem Büro von Jens.

Wir schlossen auf, konnten anfangs nichts Auffälliges feststellen. Wir fanden im Tresor zwei Kassen, beide leer. Da wir kein Kassenbuch entdeckten, können wir nur vermuten, dass gemäß der Auskunft von Jens ungefähr 30.000 Euro in beiden Kassen waren. Die Goldbarren, die Jens seinerzeit von Mike bekam, waren auch nicht auffindbar. Was sonst noch im Büro fehlt, war nicht zu ermitteln. Dieter rief die Polizei und Herbert Wagner. Diese nahmen den Diebstahl auf.

Während die Polizei noch zugange war, hatte Dieter durch einen Schlüsseldienst das Schloss auswechseln lassen und bei einem Wachdienst die Bewachung der Büros sichergestellt.

Inzwischen war es Mitternacht. Wir gingen mit Herbert Wagner zur Wohnung von Jens. Susi, ich mache es kurz. Maria hatte alles mitgenommen was nur ging. Lediglich die Kleider von Jens lagen noch auf dem Fußboden. Der Tresor leer. Allerdings den haben sie stehen lassen, anscheinend war er zu schwer. Wieder Polizei. Das Ganze dauerte bis heute Morgen. Ich habe mich gar nicht mehr hingelegt, sondern bin kurz vor acht mit Erika gefahren."

Susi erschrocken: „Anton, was du da erzählst, ist ganz furchtbar. Eigentlich müsste Moritz jetzt da sein, aber der wird unten in der Ausstellung noch gebraucht. Aber was ist mit Jens? Wo bleibt er? Ich werde Hilde anrufen."

(Stimme) Hier bei Granika.

(Susi) Hier Susi, bist du's, Ersatzomi?

(Stimme) Hallo Susi, die sind alle im Wohnzimmer und telefonieren. Wen soll ich denn rufen?

(Susi) Am liebsten hätte ich Hilde.

- es dauerte einige Zeit –

(Hilde) Hallo Susi, hast du schon gehört was passiert ist? Wir haben heute Morgen gedacht, Jens dreht durch. So ganz langsam bringen ihn alle wieder auf den Boden der Tatsachen zurück. Auch Mike spielt verrückt. Er hat schon mehrfach mit Boston telefoniert. Man dort ein Konto geplündert.

(Susi) Was mich im Moment interessiert, wann kommt Jens nach Wuppertal? Der muss doch seinen Wagen mit nach Wiesbaden nehmen.

(Hilde) Susi, der Jens kann in seinem Zustand kein Auto fahren. Das kannst du vergessen. Jens soll mit dem Kleinbus mit allen nach Wiesbaden fahren. Ich lasse mir von Jens die Autoschlüssel und die Papiere geben. Anton und Erika sind doch bei dir?

(Susi) Ja, schon seit einer Stunde und bleiben auch bis heute Abend. Die können den Wagen dann mitbringen.

(Hilde) Gut, da sehe ich auch Erika und Anton. Wenn der Minibus mit der ganzen Meute weg ist, komme ich mit Erich und bringe die Schlüssel.

(Susi) Danke dir! Grüße alle und sage vor allen Dingen Jens, dass er sich auf uns verlassen kann.

(Hilde) Mensch, Susi, das ist schon eine Scheiße. Wenn ich das richtig mitgekriegt habe, geht das Ganze auch wieder gegen dich. Stimmt das?

(Susi) Keine Ahnung. Aber diesmal habe ich das Gefühl, wir klären das rasch auf. Ich muss mal anfangen zu denken – Susi lachte – dabei fehlt mir leider der Whisky, du weißt ja, ich darf nicht. Wir haben vor, nach Beginn der zweiten Session zu fahren. Also so um 14.15 Uhr. Wir werden uns wahrscheinlich heute nicht mehr sehen, wenn es was Besonderes gibt, rufe mich bitte an. Tschüss Hilde.

(Hilde) Darauf kannst du dich verlassen. Tschüss Susi.

Susi hatte die Lautsprechertaste gedrückt, damit Anton mithören konnte. Dann meinte sie: „Anton, wir haben schon so viele Schwierigkeiten überstanden, die werden wir auch noch lösen. So, jetzt suchen wir Thomas Hall, erstens müssen wir ihn unterrichten was bei Jens passiert ist, zweitens, du brauchst ein Bett und musst dich zumindest für ein paar Stunden aufs Ohr legen."

Beim Empfang fanden sie Thomas Hall und Moritz, nahmen sie beiseite und erzählten, was in Wiesbaden bei Jens im Büro und in der Wohnung passiert ist. Thomas Hall fiel aus allen Wolken:

„Der arme Jens. Ich weiß, was alles in den beiden Tresoren war. Ein Vermögen. Nicht von der Galerie Kaiser, von Jens selbst. Sein Vater hatte ihm kein Haus vermacht, sondern gestreute Aktienpakete, die waren nicht in einem Bankdepot, sondern bei ihm zu Hause."

Susi veranlasste, dass Anton ein Bett bekam, denn inzwischen war er ziemlich blass um die Nase.

Sie sagte noch: „Anton, ich kümmere mich um Erika."

Susi ging durch Ausstellung, sah dort Erika und beide beschlossen, einen Kaffee im Konferenzzimmer zu trinken.

Erika bewunderte die Ausstellung: „Susi, mit eurer Ausstellung habt ihr etwas ganz außergewöhnliches geschaffen. Ich bewundere, wie ihr das alle hingekriegt habt. Eure Besucher scheinen das auch zu spüren und ich glaube, es kommt bei vielen an, dass ihr eure Bilder in drei verschiedenen Versionen anbietet. Bei dir muss ich mich noch bedanken, dass ich meinen kleinen Mike zu Nina bringen durfte. Die ist wirklich ein Schatz."

Die beiden schwätzen noch eine Weile bis Erika meinte:

„Susi, du bist so gelassen wegen Maria und Jens, das geht doch eigentlich auch gegen dich."

Susi ruhig: „Erika, ich weiß nicht, woher ich meine Sicherheit nehme, aber ich glaube, das alles wird sich lösen lassen. Mike ist jetzt auch mit angegriffen und der weiß sich zu wehren. Was Maria gemacht hat, ist einfach nur dumm und unüberlegt.

Wenn sie nur die gemeinsame Wohnung und das persönliche Vermögen von Jens mitgenommen hätte, so wäre wahrscheinlich nicht viel passiert. Im Gegenteil, sie hätte eine gute Verhandlungsbasis gehabt. Aber sie hat auch bei Jens im Büro Dinge des Vereins gestohlen, nämlich Bargeld, Gold und Wertpapiere, da geht's ihr an den Kragen. Wenn sie in Deutschland geblieben ist, hat sie immer noch gute Karten. Mit einem guten Anwalt kann man da viel machen. Aber sollte sie den Fehler machen ins Ausland zu gehen, dann hat sie alle positiven Möglichkeiten verspielt."

Erika: „Wie wollt ihr sie denn finden? Maria ist auch nicht dumm und weiß, welche Möglichkeiten ihr habt?"

Susi: „Erika, da fällt mir viel ein. Sie muss einen großen Möbelwagen gehabt haben. Aber im Moment kenne ich noch viel zu wenig Einzelheiten, um mir ein Bild zu machen."

Die Zeit flog wieder mal und Susi und Erika gingen nach unten in den Empfang. So langsam leerte sich die Ausstellung. Als Susi in den Servicebereich kam und sah, wie zwei Damen am Zubereiten der Kanapees waren, sagte sie:

„Ihr habt doch heute Morgen Mengen von dem Zeug gehabt, sagt nur, das ist alles weg.“

Eine der Damen meinte: „Heute Morgen haben sie nicht nur gesoffen, sie haben auch gefressen. Aber wir haben gesehen, sie bestellen auch wie die Wilden.“

Susi besprach mit Thomas Hall noch die Eröffnungszeremonie. Sie einigten sich darauf, dass ab sofort Ilse und Thomas das übernehmen sollen. Danach wird Thomas die Besucher begrüßen und Ilse vorstellen, die dann die jeweilige Session eröffnet.

Es war dreizehn Uhr und die Säle waren leer. Alle Mitarbeiter kamen wie üblich zum Empfang und Susi fragte: „Erzählt, wie war's?“

Alle waren begeistert und Paul war noch am addieren der Zahlen. Dann fuhr Susi fort:

„Wie ihr alle wisst, habe ich noch andere Verpflichtungen. Deshalb muss ich euch leider verlassen. Ihr seid eine fantastische Mannschaft, auf die ich stolz bin. Ich wünsche euch weiterhin viel Erfolg. Bleibt mir gesund und munter.

Ilse und Thomas kamen zu Susi und verabschiedeten sich, da sie wahrscheinlich nachher keine Zeit mehr haben würden auf Wiedersehen zu sagen. Beide bedankten sich auch bei Moritz für seine Hilfe und Thomas meinte:

„Ihr beide werdet mir fehlen, Susi nicht böse sein, mir wird Moritz sehr fehlen, er ist eine wirklich graue Eminenz, die unaufgefordert und diskret hilft. Unsere ganze Mannschaft verehrt ihn sehr.“

Susi lachend: „Thomas nicht nur deine Mannschaft, ich verehre und liebe ihn noch mehr, darum nehme ich ihn mit.“ Und gab Moritz einen Kuss.

Susi und Moritz verabschiedeten sich noch bei allen mit Handschlag. Dann warteten sie die Begrüßung der Besucher ab, was Thomas und Ilse sehr gekonnt machten, sagten Erika bye, bye und fuhren um viertel nach eins vom Hof, in Richtung Wiesbaden.

Wiesbaden

Es war halb vier, als Susi und Moritz in ihre Wohnung kamen. Susis Eltern und Saskia erwarteten sie. Es gab eine freudige Begrüßung und Magda fragte: „Wisst ihr, wann Tommi kommt?“

Susi nahm die Hand ihrer Mutter: „Mama, Tommi kommt von Solingen. Die dürften auch bald hier sein. Ich glaube, ihr könnt den Kaffee schon mal aufsetzen. Aber jetzt muss ich erst mal zu meinen Süßen. Ist alles in Ordnung?“

Magda: „Die zwei sind ja so brav. Ich habe sie gerne.“

Während Moritz ins Schlafzimmer ging, um sich umzuziehen, war Susi bei ihren Zwillingen. Dann ging auch sie sich umziehen und kurze Zeit später klingelte es.

Tommi stand allein vor der Tür. Moritz bat ihn herein und Magda umarmte ihren Sohn und schon flossen die Tränen. Tommi und sein Vater begrüßten sich steif.

Susi fragte: „Tommi, hat dich keiner heraufgebracht?“

Der meinte nur: „Du weißt ja, die sind alle im Stress. Mike hat mir erklärt, es wäre im fünften Stock und so bin ich hier.“

Susi zeigte Tommi erst ihre Wohnung und dann bat Magda zum Kaffeetisch. Tommi sagte beim Kaffeetrinken:

„Ihr habt mir zwar Saskia vorgestellt, aber wo soll ich Saskia unterbringen?“

Susi musste lachen: „Saskia ist unser Kindermädchen, aber nicht nur das, sie gehört praktisch zur Familie.“

Und Saskia: „Ich habe hier alle gern und darüber hinaus, Susi weiß es noch nicht, hat mich Jens letzte Woche in den Verein aufgenommen. Ist das nicht toll?“

Nach der Kaffeepause schlug Susi vor: „Ich zeige jetzt Tommi meine frühere Wohnung, wo er auch schlafen wird. Mama, Papa, ihr kommt am besten gleich mit.“

Sie gingen eine Etage tiefer, Susi zeigte Tommi sein Zimmer und sagte dann:

„Tommi, dieser große Vorraum und die beiden anschließenden Zimmer sind heute Abend ab sechs Uhr Treffpunkt unserer Mitarbeiter. Du wirst eine Menge neuer Gesichter sehen. Ihr habt jetzt noch weit über eine Stunde Zeit und ich glaube, ihr habt euch viel zu erzählen. Nehmt was zu trinken, ihr wisst ja wo die Sachen sind."

Susi hatte den Eindruck, sie sollte die Eltern mit Tommi jetzt mal allein lassen.

Susi ging nach oben, holte Moritz und ging nach unten in ihr Büro. „Moritz, ich muss mal sehen, ob ich Jens erreichen kann." Sie nahm das Telefon und wählte:

(Jens) Gerner

(Susi) Jens, ich habe schon gehört was alles passiert ist. Moritz ist hier, darf ich ihn zuschalten?

(Jens) Natürlich. Hallo Moritz.

(Moritz) Jens, du weißt, was immer wir tun können um dir zu helfen, das machen wir. Erzähle!

(Jens) Als Susi mir gestern ihre Meinung über Maria gesagt hat, habe ich es nicht geglaubt. Jetzt weiß ich, dass sie eher noch untertrieben hat. Wie Heinz bei Hilde, so hat Maria bei mir die gesamte Wohnung ausgeräumt.

Die müssen gestern Morgen, unmittelbar nachdem ich weggefahren bin, damit angefangen haben. Im Tresor war nicht viel Bargeld. Schätze mal so an die Tausend Euro. Aber auch weg. Die Münzsammlung meines Vaters ist fort. Logischerweise der gesamte Schmuck meiner Frau und meiner Mutter. Mein Vater hatte sein ganzes Vermögen in Aktien angelegt. Ich kenne zwar den momentanen Kurs nicht, aber es sind Aktien in Höhe von einer halben Million. Was sonst noch im Tresor war, kann ich auf die Schnelle nicht feststellen.

Im Büro ist es schlimmer. Maria hat den Tresor geplündert. In den Kassen dürften rund 30.000 Euro gewesen sein.

Außerdem die Goldbarren die uns Mike seinerzeit übergeben hat. Die Wertpapiere die im Tresor lagen, gehörten dem Verein. Den genauen Wert kann ich erst morgen früh feststellen.

Ob sie mir die Girokonten leer geräumt hat, kann ich erst morgen Früh feststellen. An die Festgeldkonten dürfte sie kaum rankommen, die sind durch Kennwörter geschützt.

Bei unseren Konten auf den Kaiman Inseln haben sie es auch versucht und sind leider auch erfolgreich gewesen. Mike ist noch am telefonieren. Wir hatten vier Bankkonten. Davon haben sie das Girokonto geräumt. 152.000 US Dollar haben sie abbuchen lassen und in die Schweiz überwiesen. Näheres können wir heute am Sonntag nicht in Erfahrung bringen.

(Moritz) Das kann aber Maria nicht gewesen sein, die war mit in Jerusalem und dann bei dir in Wiesbaden.

(Jens) Soweit Mike bisher weiß, hat ein Herr das Geld überweisen lassen. Das am vergangenen Montag. Aber das wird euch Mike genau erzählen.

(Susi) Jens, du kommst doch nachher zum Aperitif?

(Jens) Selbstverständlich. Dieter und Mike kommen auch.

(Susi) Das hört sich alles nicht gut an. Also bis nachher.

Sprachlos saßen Moritz und Susi einige Zeit, bis Susi meinte: „Das hat uns gerade noch gefehlt, Hilde würde jetzt sagen, bei euch ist immer was los.

Moritz, für mich wird es immer mehr zur Gewissheit, dass ich mich möglichst rasch um meine große Familie kümmern muss. Hätte ich mich mehr um unsere Mitarbeiter gekümmert, so wäre mir sicherlich längst aufgefallen, dass Maria eigene Wege geht.“

Moritz ganz ruhig: „Susi, niemand konnte das voraussehen. Rede dir kein schlechtes Gewissen ein.“

„Moritz, vielen Dank. Es ist für mich beruhigend, wie du mit einer neuen Situation umgehst. Aber jetzt sollten wir wieder nach meinen Eltern und Tommi schauen.“

Susi und Moritz fanden die Eltern zusammen mit Tommi in Susis Wohnung. Tommi erzählte ruhig:

„Susi, ich habe mich mit meinen Eltern lange unterhalten und wir wollen die Meinungsunterschiede und den Streit vergessen. Ich habe mir gedacht, dass mich Mama und Papa in Haifa besuchen."

Susi: „Mama, Papa und auch du Tommi, ihr seid jetzt über euren Schatten gesprungen. Gratuliere euch."

Johannes fügte hinzu: „Thomas, ich weiß nicht, welcher Teufel mich damals geritten hat, dass es zu diesem Missverständnis kam. Ich möchte mich bei dir und auch bei deiner Frau Sarah in aller Form entschuldigen."

Moritz lachte: „Es ist bald sechs, ihr wisst, heute Abend wird es beim Aperitif voll. Um acht ist das Hinterzimmer bei Giovanni reserviert. Mal sehen, wer heute alles dabei ist."

Magda hatte sich erboten, bei den Zwillingen zu bleiben, sodass Saskia mit beim Service helfen konnte. In guter Laune begab man sich in den 4. Stock zum abendlichen Aperitif.

Im 4. Stock waren sie nicht die ersten. Maxim, Prem und Frau Orlow waren schon gekommen. Kurze Zeit später kamen Michail Borodin mit Paula, Hugo, Olga und Luise mit Frank. Franz Westermann kam mit Alena und diese erzählte von ihrem Baby:

„Meine Mutter kümmert sich heute für zwei Stunden um sie. Dann muss ich wieder heim, denn Olga ist dann sicher hungrig. Wir haben ein ganz liebes Kind und meine Mutter ist ganz vernarrt in sie, aber Franz noch mehr."

Kurze Zeit später kamen Jens, Mike, Vera und Dieter Zeiser mit Frau. Wiederum eine herzliche Begrüßung.

Als jeder seinen Drink hatte, stellte sich Susi auf einen Schemel, klopfte an ihr Glas:

„Ihr Lieben, was in Jerusalem war, wisst ihr sicherlich alle. Was in Wuppertal die Ausstellung betrifft, so kann ich nur sagen, die müsst ihr euch einfach ansehen. Die Umsätze lagen in den ersten beiden Tagen bei 300.000 Euro. Wir haben dort eine tolle Mannschaft. So, und jetzt muss ich euch noch von einem Wermutstropfen berichten.

Während der Abwesenheit von Mike, Jens und mir in Jerusalem, hat man vergangenen Montag das laufende Girokonto bei unserer Bank auf den Kaiman Inseln leer geräumt. Wir wissen im Moment nur, dass 152.000 US Dollar unberechtigt in die Schweiz transferiert wurden. Nähere Einzelheiten erfahren wir erst morgen. Die übrigen drei Konten bei dieser Bank waren so gesichert, dass das Abheben dieser Gelder misslang.

Als Jens am Freitag in Wuppertal war, hat seine Ehefrau Maria die gemeinsame Wohnung leer geräumt und den Privattresor von Jens geplündert. Es lagen Aktien von über einer halben Million Euro im Geldschrank, sowie Schmuck, eine Münzsammlung und Bargeld. Die genaue Summe können wir erst morgen feststellen. Ob die gemeinsamen Konten leer geräumt wurden, auch das wissen wir erst morgen.

Maria hat auch die Kanzlei von Jens nicht verschont. Sie hat dort den Tresor leer gemacht. Der Inhalt gehört samt und sonders dem Verein. Einschließlich Wertpapiere zirka eine halbe Million Euro. Ob die Konten des Vereins geplündert wurden, können wir auch erst morgen Früh feststellen.

Eines dürfte ziemlich sicher sein, Maria, die Frau von Jens, muss einen Komplizen gehabt haben. Wir vermuten, es ist Rolf Berger, unser ehemaliger Mitarbeiter, der mich seinerzeit so furchtbar verleumdet hat. Alles weitere dazu dann morgen im Laufe des Tages.

Soweit ich weiß, treffen sich morgen Vormittag Michail, Paula, Luise und Frank bei Maxim. Dort sind sie auch zum Mittagessen eingeladen. Morgen Nachmittag sind diese vier Personen bei Dieter Zeiser, um den Mietvertrag für Wuppertal zu unterschreiben. Wir von unserer Seite aus haben ihn bereits unterzeichnet.

Jens und Mike wollen morgen Früh den Schaden feststellen. Ich bin dafür, dass sich das Gremium am Dienstag Früh um zehn Uhr trifft, damit wir Maßnahmen hinsichtlich der Diebstähle besprechen können.

So, trotz dieser weniger schönen Nachricht, euch noch einen schönen Abend. Denkt daran, um acht Uhr gehen wir zu Giovanni. Danke euch!“

Kurze Zeit später ging die Tür auf und drei Herren betraten das abendliche Treffen. Mike begrüßte sie herzlich, stieg ebenfalls auf den Schemel und rief: „Hallo, ihr Freunde, ich darf euch meine früheren Mitarbeiter vorstellen. Es sind Jim, Alex und Patrick. Sie haben mir schon in Brüssel und Straßburg geholfen, dann in Wuppertal und Bordighera und ich bin sicher, sie werden uns auch hier helfen unser geklautes Geld wiederzufinden.“

Es gab ein freudiges Begrüßen der drei und Susi fragte:

„Mike, wo hast du deine drei Freunde untergebracht?“

Mike: „Im Ibis Hotel, das liegt zwischen hier und dem Büro von Jens. Wir wollen morgen Früh erst mal feststellen, welche Konten geräumt wurden. Mit den Kaiman Inseln kann ich erst morgen Nachmittag sprechen. In jedem Fall haben wir bis Dienstagmorgen einen genauen Überblick.“

Susi sah Jens im Gespräch mit Dieter und stellte sich dazu. „Dieter, entschuldige, wenn ich dir Jens entführe, aber ich muss jetzt einfach ein paar persönliche Worte mit ihm reden.“

Sie nahm Jens mit sich und zog ihn in Moritzens Büro.

„So“, meinte Susi, „hier sind wir allein. Jens, ich muss dir einfach sagen, wie sehr ich über deine Frau Maria enttäuscht bin. Dass es dir im Moment dreckig geht, das kann ich mir vorstellen.

Jens, über den finanziellen Verlust kommen wir hinweg. Möglicherweise kommen wir sogar wieder an Teile des gestohlenen Geldes. Aber wie bringen wir deine Gefühlswelt wieder ins Lot? Das macht mir weit mehr Gedanken und Sorgen, als der Verlust der Gelder.“

Jens traurig: „Susi, ich weiß, ihr alle wollt mir helfen. Aber ich bin selber daran schuld. Ich hätte das schon lange merken müssen. Aber statt etwas zu unternehmen, habe ich mich in der Arbeit vergraben. Ich könnte mich ohrfeigen."

Susi nahm die Hand von Jens: „Jens, diese Selbstzerfleischung bringt nichts. Jede Ehe hat mal ein Hoch und ein Tief. Aber deine Maria hat kriminell gehandelt. Dagegen ist niemand gefeit. Du bist hier bei einer großen Familie. Wir alle stehen zu dir und helfen, soweit wir können. Ich weiß, es ist sehr hart was ich jetzt sage, aber vergiss Maria. Sie hat nicht nur dich betrogen und bestohlen, sondern auch noch unsere große Familie. Wie kein anderer wusste sie, dass die Gelder auf den Kaiman Inseln die Altersversorgung für unsere amerikanischen Mitarbeiter sind. Sie, wie kein anderer, wusste, dass die Aktien in deiner Wohnung das Erbe deines Vaters waren und praktisch deine Altersversorgung darstellten. Die Gelder und Aktien in deinem Büro waren Gelder der Vereinsmitglieder. Sie hat uns also alle bestohlen. Kollegen zu bestehlen, ist etwas Ungeheuerliches. Du hast Hunderten geholfen. Jetzt lass dir helfen. Ich weiß, es ist nicht immer einfach Hilfe anzunehmen, aber das musst du jetzt."

Jens kamen die Tränen. Susi umarmte ihn und sagte: „Komm, lass uns wieder zu den anderen gehen."

***

Montagmorgen. Susi, Magda und Saskia hatten das Frühstück für die Familie um halb neun fertig. Pünktlich saßen alle bei Tisch. Die Gespräche waren locker und Tommi meinte: „Sag mal Susi, wie verkraftest du das alles? Ich erlebe seit einigen Tagen nur Außergewöhnliches. Erst der Bombenterror in Jerusalem. Diese fantastische Galerie in Jerusalem. Ich erhalte einen Auftrag für Türen in der Eremitage in

Höhe von 80.000 US Dollar. Eure Ausstellung in Wuppertal ist nicht nur großartig, sie ist sensationell. Jetzt komme ich hierher nach Wiesbaden. Wieder falle ich von einem Erstaunen ins andere. Dann der Diebstahl eurer Gelder bei Jens Gerner. Und du, Susi, bleibst ganz ruhig, als sei nichts gewesen. Verrätst du mir dein Geheimnis?“

Susi lachte: „Tommi, du bist aber auch gerade in eine Zeitperiode geraten, die besonders turbulent war. Aber zu deiner Beruhigung, so ereignisreich geht es nicht immer zu. Aber du weißt, wir erwarten noch mal Nachwuchs und ich plane eine Änderung meiner Aktivitäten. Wenn ich es richtig mitgekriegt habe, gehst du heute Vormittag mit, um dir Maxims Atelier anzusehen und bist auch zum Mittagessen eingeladen. Wenn du am Nachmittag Zeit hast, komm doch mal zu mir ins Büro. Du fliegst morgen nach St. Petersburg, da hätte ich dir gerne einige Hinweise gegeben.“

Sie unterhielten sich noch bis kurz nach neun und Susi meinte, dass sie jetzt unbedingt ins Büro müsse.

Susis erster Anruf galt Wuppertal, sie hatte Christa Nickel am Apparat, die ihr begeistert erzählte, sie dürfe heute Nachmittag zum ersten Mal mit in den Verkauf. Dann übergab sie an Thomas Hall.

(Thomas) Hallo Susi, schön dass du anrufst. Wie geht's Jens?

(Susi) Gestern Abend konnten wir Jens noch aufmuntern, aber wenn du mich fragst, es geht ihm hundserbärmlich. Ich glaube, er macht sich viele Vorwürfe und dass ihn Maria auf diese fiese Art und Weise verlassen hat, trifft ihn sehr.

(Thomas) Mir tut er auch sehr leid. Ich werde heute oder morgen mit ihm sprechen. Kennt ihr inzwischen die gesamte Schadenshöhe?

(Susi) Dieter, Mike und Jens sind dabei, das im Laufe des Tages festzustellen. Ich glaube der Gesamtschaden liegt bei

einer Summe von zirka zwei Millionen Euro. Thomas, du warst dabei, als mich seinerzeit dieser Rolf Berger angegriffen hat. Er hatte das zwar gut eingefädelt, aber nicht so, dass er mit seinen Anklagen durchgekommen wäre. Lasse mich noch eine Nacht darüber schlafen. Allerdings, das war nicht der Grund meines Anrufes. Ich wollte mit dir die Planung unserer Verkäufer durchsprechen.

(Thomas) Susi, die Zeit habe ich im Moment nicht mehr, die erste Session beginnt in fünfzehn Minuten. Du weißt, ich muss mit zur Eröffnung. Also werde ich dich nachher anrufen. Noch kurz zu deiner Information, wir haben gestern in drei Sessionen für 146.000 Euro Bestellungen geschrieben. Es war einfach toll, Ich sehe, im Moment kommen die ersten Busse. Sei mir nicht böse, aber ich muss mich jetzt kümmern. Tschüss. Susi.

(Susi) Tschüss Thomas. Grüße alle von mir.

Susi überlegte, es war schön, dass die Ausstellung in Wuppertal ein so großer Erfolg war. Dann überrollte sie das Tagesgeschehen. Es war kurz nach zwölf als sie nach oben in ihre Wohnung ging. Ihre Mutter war bei den Zwillingen. Sie meinte:

„Susanne, deine Zwillinge sind wirklich lieb. Saskia und Nina kümmern sich auch rührend. Aber du machst mir Sorgen. Ich sehe, das ist alles viel zu viel für dich. Wenn ich dir irgendwo helfen kann, dann sage es einfach. Außerdem, da wir mal alleine sind, muss ich dir sagen, wie dankbar ich dir bin, dass du mir Tommi wieder geschenkt hast. Ich bin ein ganz anderer Mensch geworden, seid ich zu dir gekommen bin. Alles hat sich harmonisch geregelt. Auch mit Papa ist alles ganz anders als bisher.“ Magda umarmte ihre Tochter.

Kurz danach rief Saskia zum Essen. Moritz war schon da und Magda sagte nur: „Johannes kann sich wie immer nicht von seinen Ikonen trennen. Er kommt erst heute Abend.“ Es war eine einträchtige Runde und zum Schluss sagte Susi:

„Heute Abend ist Tommis letzter Tag in Wiesbaden. Auch Paula und Michail, Olga mit Hugo und Frau Grigori reisen morgen nach St. Petersburg. Wir haben zwar um achtzehn Uhr unseren gemeinschaftlichen Aperitif, aber danach wollen wir ins russische Spezialitätenrestaurant gehen. Ich weiß noch nicht genau, wer alles mitkommen wird, aber in jedem Fall müsst ihr, Papa und Mama dabei sein.

Saskia, du übernimmst den Service beim Aperitif und Nina kümmert sich um meine Süßen. Ich nehme an, Nina wird wie vereinbart schon um sechzehn Uhr hier sein und wird bleiben, bis Saskia wieder vom Aperitif kommt."

Danach stand Susi auf und verabschiedete sich. Zusammen mit Moritz verließ sie ihre Wohnung und sie gingen nach unten in Susis Büro.

Im Büro fragte sie Moritz: „Schatz, würdest du mir die Einladungen für das heutige Abschiedsessen abnehmen?"

Moritz lachte: „Susi, klar. Gib mir deine Unterlagen, sag mir, mit wem du gerechnet hast und dann stimme ich das Ganze ab. Also mache dir keine Gedanken."

Susi übergab ihre Unterlagen und Moritz verabschiedete sich schnell. Keine Stunde später klopfte es und Tommi kam.

Susi erfreut: „Tommi, schön, dass du bei mir reinschaust. Hast du schon mit Sarah gesprochen?"

Tommi: „Ich soll dich vielmals grüßen." Tommi lachte. „Sie sagte, sie würde dich vermissen. Du musst sie beeindruckt haben. Bei jedem Telefonat schwärmt sie von dir."

Susi lachte: „Dabei hab ich eigentlich gar nichts Unübliches gemacht oder getan. Sie ist meine Schwägerin und außerdem noch eine ganz liebe Person. Ich kann gut verstehen, dass du dich in Sarah verliebt hast. Sie passt zu dir."

Tommi ernst: „Susi, ich wollte ohne Sarah nicht mehr leben. Eine solche Ehe kann man sich nur wünschen. Glaube mir, ich bin glücklich, obwohl wir finanziell schlimme Zeiten hinter uns haben. Aber unsere Familie stimmt."

„Tommi, das merkt man. Du weißt, wenn immer meine Hilfe gewünscht wird, du und auch Sarah, ihr bekommt sie. Dir als meinen Lieblingsbruder muss ich nicht erzählen, dass ich etwas enttäuscht bin, dass sich unsere beiden Brüder noch nicht gemeldet haben. Ich bin sicher, dass Mama mit beiden längst gesprochen hat. Was meinst du?“

„Susi ich sehe das so ähnlich wie du. Warten wir es ab, ob sie sich noch mal dazu herablassen, die beiden ungeratenen Geschwister zu besuchen oder vielleicht eine Geburtstagskarte zu schicken.“

Tommi: „Es ist einfach schön mit dir zu reden. Wir hatten bisher nur so wenig Zeit für uns. Warum kommt ihr nicht mal in Urlaub zu uns?“

Susi schmunzelte: „Tommi wie stellst du dir das vor. Unsere Zwillinge sind gerade ein paar Monate alt und wie du weißt, ich bin schwanger und es werden wieder Zwillinge. Das geht in naher Zukunft nicht. Aber du, mit deinen drei lieben Kindern, ihr seid herzlich eingeladen.“

„Susi, ich werde mit Sarah darüber sprechen. Du weißt, bei der Selbständigkeit ist das nicht ganz einfach. Dass dich Sarah gerne schnell wiedersehen möchte, das weiß ich. Vielleicht kommt sie einmal allein mit einem der Kinder. Das werde ich mit ihr besprechen.“

Susi lachend: „Ich freue mich schon auf deine Frau. Aber ich wollte mit dir noch etwas hinsichtlich St. Petersburg besprechen. Soweit ich weiß, hat man dich in einem Hotel in der Nähe der Eremitage untergebracht. Die Kosten dafür übernehmen wir.

Michail ist der oberste Direktor der Eremitage. Du kennst ihn. Olga ist eine der Direktorinnen der Eremitage. Außerdem wird sie Dr. Hugo Wettengel heiraten. Hugo Wettengel ist wiederum der Direktor unserer Galerie in St. Petersburg. Die Eremitage und unsere Galerie sind geschäftlich verbunden. Beides musst du dir ansehen. Besprich mit Hugo, ob du nicht für St. Petersburg arbeiten kannst. Olga wird dir helfen.

Auf dem Rückweg fliegst du über Rom. Wenn ich dich richtig verstanden habe, am Samstag. Dann treffen wir uns dort. Spätestens am Sonntag verlasse ich Rom wieder.

Die Ateliers in Rom gehören hundertprozentig uns, die Galerie nur zu fünfzig Prozent. Zontini kennst du. Du kennst nicht den kaufmännischen Geschäftsführer Carlo Steiner. Er ist für die Galerie und für das Atelier zuständig. Gina Lorenz ist die Leiterin des Ateliers. Sie ist mit unserem Kunstsachverständigen, Professor Francesco Prantner liiert. Beide sind ganz liebe Menschen.

Unsere Verbindungen zum Vatikan sind sehr gut. Unser Kontakt ist Eminenz Vincenzo Ghirlandi, ein Kurienkardinal. Er weiß bereits, dass wir Geschwister sind. Ich bin mir ziemlich sicher, dass dir Ghirlandi einen größeren Auftrag zukommen lässt."

Tommi sehr ernst: „Susi, das alles klingt für mich wie ein Traum. Bisher kannte ich nur Tiefschläge, finanzielle Einbußen und Rückschläge. Auf einmal geht alles wie von selbst. Ihr seid ein fantastisches Unternehmen."

„Tommi, nicht immer war das so, auch wir haben ganz bittere Zeiten mitgemacht. Als mein erster Mann Max starb, dachte ich, es ist alles zu Ende. Dann haben wir fünf Jahre wie die Brunnenputzer gearbeitet und ab da ging es"

Tommi immer noch ernst: „Deine Freundin Hilde hat mir viel aus dieser Zeit erzählt. Danke dir für all deine Liebe und deine Hilfe. Es ist schön, dass ich dich noch mal in Rom sehen werde. Kommt Moritz auch mit?"

Susi: „Tommi, das weiß ich noch nicht

Wir sehen uns um achtzehn Uhr zum Aperitif. Aber verrate mir, wie hat dir Maxims Atelier gefallen?"

Tommi: „Bei euch falle ich von einer Überraschung in die andere. Das was Maxim macht, sind Kunstwerke besonderer Art. Er hat im Moment eine Ikonostase aufgebaut, die teilweise aus echtem Gold ist. Einmalig! Seine Erklärungen noch besser. Ich bin sehr froh, dass ich dort war."

Susi: „Tommi, wir sehen uns zwar heute Abend noch, auch morgen beim Frühstück. Ich wünsche dir jetzt schon einen guten Flug nach St. Petersburg, eine erfolgreiche Zeit in der Eremitage und guten Flug von St. Petersburg nach Rom. Dort sehen wir uns wieder.

Wenn du mit Sarah telefonierst, ganz liebe Grüße und sag ihr, ich denke jeden Tag an sie. Ihr fliegt morgen um 13.30 Uhr, also müsst ihr nach zehn hier abfahren."

Susi umarmte ihren Bruder, und plötzlich flossen bei ihr die Tränen. „Tommi, jetzt bist du einmal hier und ich hatte so wenig Zeit für dich, entschuldige."

„Susi, ich glaube, ich geh jetzt besser, sonst muss ich noch einen Eimer holen." Man sah, dass auch Tommi die Tränen in den Augen standen.

Kurz nachdem Tommi gegangen war, kam Luise mit Frank. Nach einer freundlichen Begrüßung sagte Luise:

„Susi, wir wollen nicht lange stören, aber wir möchten uns bedanken und gleichzeitig Auf Wiedersehen sagen. Der Mietvertrag ist unterzeichnet und alles Weitere können wir sicher mit Thomas Hall besprechen."

„Luise, Frank, ich danke für euer Kommen, für eure Geduld, dass ihr die kleinen und großen Aufregungen ertragen habt. Ich habe nur noch eine kleine Frage, könnt ihr euch noch an die Adresse erinnern, wohin die aus der Eremitage gestohlenen Bilder in Erding gebracht wurden?"

Frank lachend: „Die Adresse werde ich in meinem Leben nicht mehr vergessen."

Nahm sein Notizbuch, ließ sich einen Zettel geben und notierte für Susi die Anschrift. Dazu sagte er:

„Ich hab mir das Haus angesehen. Es ist ein Bauernhof mit einer großen Scheune. Unauffällig, das Haus ist nur von einer Person bewohnt und die Scheune ist neueren Datums und ziemlich groß. Aber warum willst du das wissen?"

Susi ernst: „Frank, Peter Wahl lebt nicht mehr. Anscheinend war er der Eigentümer des Gebäudes. Wenn dem so ist, so hätte dieses Anwesen Luise geerbt. Recherchiert doch mal, wer der Besitzer dieses Anwesens ist. Wir vermuten, dass Maria, die Frau von Jens mit einem Rolf Berger zusammengearbeitet hat. Der wiederum hatte guten Kontakt zu Peter Wahl. Ob der sich eventuell dorthin zurückgezogen hat? Ihr würdet mir einen Gefallen tun, wenn ihr morgen oder übermorgen in dieser Richtung recherchieren könntet. Ich kann mich des Gefühls nicht erwehren, dass Rolf Berger in die Szene der Kunstdrucke einsteigen will. Durch die Diebstähle haben Maria und Rolf Berger die finanziellen Mittel, uns Konkurrenz zu machen.“

Frank ernst: „Susi, es wird mir ein Vergnügen sein, in dieser Richtung zu recherchieren. Mal sehen ob ich das eventuell schon morgen Nachmittag in Angriff nehmen kann. Wir wollen morgen Früh den Intercity nach München nehmen. Vielleicht kann ich dir morgen Abend schon etwas sagen. Jetzt kommt mein Journalistenblut in Wallung.“

Kurze Zeit später kam Moritz: „Susi, wir mussten etwas hinsichtlich der Einladung heute Abend umstellen. Wir haben mehr Gäste als das russische Spezialitätenrestaurant unterbringen konnte. Ich war noch schnell im Hotel Schwarzer Bock. Die haben einen wunderschönen Saal im Erdgeschoss, der für unsere Abschiedsfeier zur Verfügung steht. Ich mache es kurz, alle kommen. Auch Jens, Dieter und Frau, Mike, Vera und seine drei Freunde, selbst Prem und Petra, die sonst immer zurückhaltend sind, haben zugesagt. Um die Kinder kümmert sich Maxims Frau und die Mutter von Alena. Insgesamt sind wir 30 Personen.

Der Schwarze Bock war sehr entgegenkommend und hat uns ein fantastisches Angebot gemacht. Es gibt ein Sechsgangmenü. Lasse dich überraschen.

Alena, Franz, Prem und Petra kommen direkt zum Hotel Schwarzer Bock. Wir müssen unseren Aperitif spätestens um 19.45 Uhr verlassen. Da es nicht weit zum Hotel Schwarzer Bock ist, können wir das bequem zu Fuß schaffen.“

Susi erfreut: „Moritz, du bist ein Genie. Eigentlich hatte ich Angst vor den nächsten Stunden. Jetzt geht's mir schon besser." Stand auf und gab ihrem Moritz einen Kuss.

Dann meinte Susi: „Moritz, ich hab mit dir noch nicht über Rom gesprochen. Ich muss am Wochenende nach Rom, das habe ich versprochen. Könntest du mitkommen?"

„Susi, eigentlich sehr gerne, aber wir wissen nicht, was die nächsten Tage hinsichtlich der Diebstähle bei Jens bringen. Es könnte sein, dass ich da gefragt bin."

Susi: „Moritz, wie immer, du hast Recht. Trotzdem, es wäre schön, wenn du dabei wärst."

So langsam wurde es Zeit, dass sich die beiden nach oben zum täglichen Treffen begaben.

Saskia hatte schon kurz nach siebzehn Uhr alles für den abendlichen Umtrunk vorbereitet. Sie war auch inzwischen fast mit allen per Du. Besonders Maxim hatte die kleine Saskia in sein Herz geschlossen.

Als einer der Ersten kam auch Maxim mit Frau Grigori und der Frau von Boris Gogol, der immer noch in Jerusalem war. Maxim begrüßte Saskia mit einem Küsschen und als die drei ihren Wodka hatten, sagte Maxim: „Schätzchen, ich habe gehört, du bist jetzt Mitglied beim Verein. Gratuliere dir! Aber erst Schule und üben, üben, üben. Wenn du nicht weiter weißt und an dir zweifelst, halte dir vor Augen, alle großen Künstler haben an sich gezweifelt. Nur die, die nie ihr Können in Frage stellten, werden nie Künstler werden. Saskia, ich helfe dir. Versprochen!"

Schon kamen die nächsten Gäste, der Raum füllte sich schnell und kurz nach achtzehn Uhr stellte sich Susi auf ihr Schemelchen, schlug an ihr Glas und verkündete:

„Ihr Lieben, eigentlich wollten wir heute Abend in ein russisches Spezialitätenrestaurant einladen. Aber unsere Runde war zu groß. Also hat Moritz mit dem Hotel Schwarzer Bock gesprochen. Dort haben wir heute Abend für zirka dreißig Personen einen Saal gemietet. Wenn Sie in das Hotel kommen, gehen Sie nach rechts in die Veranstaltungsräume.

Wir verlassen zirka zwanzig Minuten vor acht das Haus und gehen zu Fuß ins Hotel Schwarzer Bock. Jetzt wünsche ich euch allen eine angenehme Aperitifzeit. Danke!"

Susi ging zu ihren Gästen, die sie morgen verlassen würden und fand die richtigen Abschiedsworte. Es war schon halb acht, als sie wieder auf den Schemel stieg:

„Ihr Lieben, in zehn Minuten ist Abmarsch zum Hotel Schwarzer Bock. Zu eurer Information, die Ausstellung in Wuppertal hatte gestern ein Bestellungsaufkommen von 146.000 Euro. Obwohl heute Montag ist, waren die ersten beiden Sessionen stark besucht. Die Umsätze weiß ich noch nicht. Also, trinkt aus, wir gehen gleich. Danke euch allen:"

Das Hotel Schwarzer Bock hatte sich viel Mühe gegeben. Das Ambiente des Veranstaltungsraumes war großartig. Der Blumenschmuck und die Beleuchtung durch die vielen Kerzen grandios. Die Plätze waren mit Tischkarten versehen.

Als alle Platz genommen hatten, schenkten Kellner in die vorbereiteten Gläser Champagner. Susi, die mit Moritz am Kopf des Tisches saß, erhob sich und klopfte an ihr Glas:

„Liebe Freunde, hebt mit mir das Glas, denn zumindest einen kleinen Schluck will ich auf die Erlebnisse der vergangenen Tage trinken.

Die letzten Tage waren nicht immer einfach. Schmerzlich empfinde ich die morgige Abreise von einigen unter uns und ich bedaure, dass wir nicht mehr Zeit füreinander hatten. Aber ihr wisst, was sich in diesen Tagen alles ereignet hat. Also entschuldigt meine eventuelle Unhöflichkeit. All meinen Freunden, die uns morgen verlassen, wünsche ich eine glückliche Heimreise. Es wird morgen Früh zeitlich knapp, deshalb kann ich euch nicht persönlich verabschieden. Ich glaube, ihr habt Verständnis dafür. Euch allen ein ganz großes Dankeschön. Ich wünsche jetzt allen einen guten Appetit und noch einen schönen Abend."

Es gab einen langen Applaus.

Der Service begann. Die Gäste fanden auf ihrem Platz eine Karte mit der Menüfolge und lasen:

Hotel Schwarzer Bock

Abendveranstaltung der Galerie Kaiser, Wiesbaden e.V.

*

Gänseleberpastete

*

Doppelte Rinderkraftbrühe

*

Seeteufel mit Kaviarschaum und Reis

*

Kalbsröllchen mit Rosinen

*

Chateaubriand mit Grapefruitsauce und Nudeln

*

Kokosmilch – Gelee

*

Verschiedene Cafés
mit Digestifs

*

Der Service begann. Geschultes Personal beriet bei den Getränken. Als das Fischgericht abserviert wurde, erhob sich Michail, der auf der gegenüberliegenden Seite von Susi saß, klopfte an sein Glas und begann:

„Liebe Mitarbeiter der Galerie Kaiser, liebe Freunde, wir waren Gäste einer Eröffnungsfeier in Jerusalem über die die Weltpresse berichtet hat. Die Galerie Kaiser hat es mit Bravour verstanden, aus dem Untergang ihrer Galerie einen Erfolg zu machen. Dafür bewundere ich alle Mitarbeiter, aber besonders unsere Susi."

Michail verneigte sich: „Mein Kompliment! …

Es war herzerfrischend mitzuerleben, mit wie viel Gefühl und Zuneigung unsere Susi ihren verloren geglaubten Bruder in die Arme schloss. Wir alle waren Zeuge dieses herzlichen Wiedersehens."

Wieder verneigte sich Michail: „Mein Kompliment! …

Unser Empfang in Solingen und in Wuppertal war ein Erlebnis für sich. Es ist außergewöhnlich, solche Freunde und Mitarbeiter zu haben. Auch die Ausstellung in Wuppertal verdient meine Bewunderung.

Wieder verneigte sich Michail: „Mein Kompliment an alle Mitarbeiter!"

Es ist erstaunlich, mit wie viel Größe und nüchterner Gelassenheit alle Mitarbeiter mit Tiefschlägen des täglichen Lebens umgehen. Ich weiß aus eigenem Erleben wie viel Selbstdisziplin dazu notwendig ist.

Wieder verneigte sich Michail: „Allen Mitgliedern der Galerie Kaiser mein Kompliment!"

So, jetzt will ich euch nicht länger auf den nächsten Gang warten lassen. Euch allen herzlichen Dank für die außergewöhnliche Gastfreundschaft."

Ein langer Applaus folgte.

Das Abendessen wurde fortgesetzt, es waren lebhafte Gespräche bei Tisch und als Café serviert wurde, war es bereits 23 Uhr. Kurz danach erhob sich Susi:

„Ihr Lieben, viele von euch haben morgen eine lange Reise vor sich, die anderen leider einen anstrengenden Tag. Ich darf euch noch mal eine gute Reise wünschen und allen eine gute Nacht."

***

Dienstagmorgen, Susi war nach dem Frühstück gleich in ihr Büro gegangen um die Vorbereitungen für die heutige Sitzung zu organisieren. Zusammen mit Tanja, ihrer Sekretärin, musste sie eine neue Sitzordnung schaffen.

Susi überlegte laut: „Wir haben sieben Gremiumsmitglieder, dazu kommen Herbert Wagner, Jim, Alex und Patrick und du, Tanja, die Protokoll führt. Also sind wir zu zwölft.“

Tanja bejahte und fragte nur: „Für alle um zehn Uhr Kaffee? Ansonsten stelle ich Wasser und Saft ein.“

Susi war einverstanden. Dann rief sie noch kurz in Wuppertal an um zu fragen, wie der gestrige Tag gelaufen ist.

(Christa) Galerie Kaiser, Christa Nickel.

(Susi) Hallo Christa, Susi hier. Wie war der erste Verkaufstag?

(Christa) Ich bin immer noch begeistert. Es war einfach prima. Ich habe toll verkauft. Ich bin ganz stolz.

(Susi) Gratuliere. Ist Thomas in der Nähe?

(Christa) Moment, ich hole ihn.

(Thomas) Hallo Susi, was gibt's?

(Susi) Ich bin neugierig, wie war's gestern?

(Thomas) Für einen Montag erstaunlich gut. Wir hatten im Total nicht ganz dreihundert Besucher und dabei Bestellungen von 119.000 Euro. Auch Christa hat sich tapfer geschlagen.

(Susi) Thomas, brauchst du etwas?

(Thomas) Im Moment habe ich alles.

(Susi) Wir haben in einer halben Stunde unser Treffen des Gremiums Ich bin in Eile. Tschüss, Thomas.

(Thomas) Tschüss Susi, bis heute Abend.

Susi freute sich über den positiven Verlauf der Ausstellung in Wuppertal. Dann setzte sie sich an den Schreibtisch um sich auf die kommende Sitzung vorzubereiten.

Pünktlich um zehn Uhr füllte sich ihr Büro und nach der Begrüßung bat Susi die Anwesenden Platz zu nehmen. Danach sagte sie:

„Ich weiß, wir haben heute eine schlimme Sache zu besprechen, trotzdem muss ich euch ein paar positive Sachen mitteilen:

In Wuppertal läuft es weiterhin prima. Am Sonntag hatten wir einen Umsatz von 146.000 Euro und gestern, am Montag hatten wir fast dreihundert Besucher und Bestellungen für 119.000 Euro. Also ihr seht, das Leben geht weiter. Wer von euch will jetzt anfangen?“

Mike meldete sich zu Wort: „Ich nehme Jens die schwierige Aufgabe ab. Ich habe hier eine Aufstellung, die ich verteile. Der Einfachheit halber, haben wir sehr gut zusammengefasst und auf die Tausend auf- oder abgerundet. Außerdem ist zu bemerken, dass alle Festgeldkonten unberührt geblieben sind.

Zur Information, das Abheben der Gelder in Wiesbaden ist erst letzten Freitag erfolgt, während Jens in Wuppertal war. Wir haben von der Bank die Information, dass Maria das Geld persönlich abgeholt hat. Sie hat auch versucht, die drei Festgeldkonten aufzulösen, was ihr die Bank verweigerte.

Der Diebstahl bei Jens im Büro erfolgte wahrscheinlich in den Abendstunden des Freitags. Die Wohnung wurde im Laufe des Tages am Freitag ausgeräumt.

Bemerkenswert ist, dass der Transfer der Gelder vom Girokonto auf den Kaiman Inseln auf eine Bank in der Schweiz erfolgte. Dies vor zehn Tagen. Das Geld wurde dann am Dienstag in bar bei der Bank in der Schweiz abgehoben.“

Mike verteilte ein Blatt und alle lasen dieses aufmerksam.

DIEBSTAHL BEI JENS	
Wohnungseinrichtung Jens Gerner	
ohne Küche, Tresor und Vorhänge	51.000 €
Aus dem Tresor (Wohnung)	
Bargeld	1.000 €
Münzsammlung des Vaters	18.000 €
Schmuck der Mutter	15.000 €
Schmuck der Ehefrau	10.000 €
Aktien aus dem Erbe des Vaters	568.000 €
kleine Wertsachen	4.000 €
	667.000 €
Gemeinsames Girokonto	21.000 €
Gemeinsame Sparbücher	237.000 €
Voraussichtliche Gesamtsumme	**925.000 €**
DIEBSTAHL IM BÜRO JENS GERNER	
Girokonto Büro Jens Gerner	28.000 €
Festgeldkonto Büro Jens Gerner	- - - - €
Bargeld Büro Jens Gerner	11.000 €
	39.000 €
TREUHÄNDERISCH VERWALTETES VERMÖGEN der Galerie Kaiser Wiesbaden e.V. und der Galerie Kaiser GmbH	
Im Tresor des Büros Jens Gerner	
Bargeld des Vereins	22.000 €
Bargeld der GmbH	8.000 €
Goldbarren des Vereins	56.000 €
Wertpapiere des Vereins	337.000 €
	423.000 €
Girokonten des Vereins	24.000 €
Festgeldkonten des Vereins	- - - - €
Girokonto der GmbH	31.000 €
Festgeldkonten der GmbH	- - - - €
Totalverlust	**488.000 €**
Diebstahl bei den Anlagenkonten auf den Kaiman Inseln	
1 Girokonto	**152.000 US $**

Vorläufige Aufstellung durch Mike Curtis, Boston USA
nach Erkenntnissen am 23. und 24. November

(Unterschrift)

Als erstes fand Susi ihre Sprache wieder:

„Jens, das ist furchtbar. Weniger für uns, als für dich. Ich versichere dir, dass wir alles tun werden, um dir zu helfen. Weder ich, noch einer in unserer Runde hätte je gedacht, dass Maria zu so etwas fähig ist. Dieter, wie schätzt du die Lage für Jens und uns ein?“

„Ihr alle wisst, dass Jens und ich ein sehr enges Verhältnis haben. Nach seiner Heirat mit Maria haben wir uns zwar nicht mehr so oft gesehen, aber das änderte nichts an unserer persönlichen Bindung.

Den größten Verlust von nahezu einer Million betrifft Jens privat. Der ist auch nicht durch die Versicherung gedeckt, da Diebstahl durch den Ehepartner ausgeschlossen ist. Wir müssen erst mal Maria verklagen und da wir den Wohnsitz nicht kennen, hilft möglicherweise nur eine öffentliche Zustellung. Ich habe veranlasst, dass die polizeiliche Abmeldung bei ihrem bisherigen Wohnsitz erfolgte.

Bei dem Diebstahl im Büro sieht das ganz anders aus. Da sind wir gedeckt. Die Versicherung wird sich herauswinden wollen, aber das wird nichts helfen, denn Maria war eine Festangestellte in diesem Büro und fällt somit unter die Personalhaftpflichtversicherung. Ich bin sehr zuversichtlich.

So ähnlich ist es auch bei den Geldern auf den Kaiman Inseln. Es sind Rücklagen und Pensionsgelder. Da die Kaiser Association of Art in Boston eine hundertprozentige Tochter der Galerie Kaiser Wiesbaden e.V. ist, müsste das auch gelingen. Ich habe bereits Kontakt mit der Versicherung aufgenommen. Hinsichtlich der weiteren Recherchen sollte jetzt Mike berichten.“

Mike langsam: „Ihr könnt mir glauben, die letzten Tage sind nicht spurlos an mir vorbeigegangen. Damit ihr versteht, wie es diesen Lumpen gelungen ist an die Kaiman Inseln heranzukommen: Wir unterhalten dort vier Bankkonten. Dies, weil wir dort die Altersbezüge und die Krankengelder für meine Mitarbeiter in den USA günstigst abwickeln können.

Dies geschieht über ein sogenanntes Girokonto. Drei weitere Konten sind Festgeldkonten. Auf den Kaiman Inseln erhalten wir die beste Verzinsung.

Die Geschäftsleitung und Jens und ich hatten vereinbart, dass wir für alle Fälle vier Blankoschecks bei Jens im Tresor deponieren, damit im Falle von Krankheit oder Tod wir sofort an die Konten heran können. Mittels dieser Schecks versuchten diese Gauner die Konten zu plündern. Sie haben das sehr geschickt eingefädelt. Ein Mann namens Antony Gill legte die Schecks zur Einlösung vor und verlangte die Überweisung der Beträge in die Schweiz. Er legte einen britischen Pass als Ausweis vor.

Dem Überweisungsersuchen für den Betrag des Girokontos kam man nach. Hinsichtlich der restlichen drei Konten fragte man in Boston und auch bei Jens im Büro an und bat um Bestätigung. Da wir damals alle in Jerusalem waren, konnte man uns nicht erreichen.

Ich mache es kurz, die drei Festgeldkonten blieben bestehen, das Geld des Girokontos wurde in die Schweiz geswiftet und dort vor sieben Tagen bei der Schweizer Bank abgehoben und das dortige Konto gelöscht. Der Abhebende war Antony Gill. Wahrscheinlich ist der Pass gefälscht. Die Fotokopie des Passes erhalte ich noch.

Ansonsten habe ich mich bisher darum bemüht, den Schaden genauestens festzustellen. Wie ihr wisst, haben wir wieder Herbert Wagner eingebunden, der die polizeiliche Arbeit begleitet. Herbert, berichte!“

Herbert nahm seine Notizen und begann: „Dieter hat mich am Sonntag angerufen und mich um Unterstützung gebeten. Ihr könnt euch vorstellen, ich habe mich sofort mit meinen früheren Kollegen von der Polizei in Verbindung gesetzt und alles Notwendige in diesem Zusammenhang in die Wege geleitet. Allerdings nur, soweit die Diebstähle die Unternehmen Galerie Kaiser Wiesbaden e. V. und die Galerie Kaiser GmbH in Wiesbaden betreffen.

Anders sieht es bei der Privatwohnung von Jens aus. Wir haben den Schaden genauestens registriert, die entsprechenden Fotos gemacht und auch in der Nachbarschaft herumgehört. Hier waren die Herrn Jim, Alex und Patrick sehr hilfreich. Unmittelbar nachdem Jens Wiesbaden verlassen hat, kam am letzten Freitag ein großer Möbelwagen mit polnischem Kennzeichen. Mit sechs Mann begannen sie das Umzugsgut aufzuladen. Die Nachbarn hatten keinerlei Verdacht, da Maria Gerner dabei war.

Die Umfrage bei der Nachbarschaft war sehr erfolgreich, denn einer der Nachbarn erkundigte sich, ob diese Spedition auch Umzüge innerhalb Deutschlands machen würde, und als diese bejahten, erhielt er eine Visitenkarte dieses Unternehmens. Diese Karte ist in meinem Besitz, es ist eine Spedition aus Krakau in Polen. Wir haben bereits vereinbart, dass Alex heute am Nachmittag nach Krakau fliegt um bei der Spedition vorzusprechen.

Patrick machte die Recherchen hinsichtlich Rolf Berger. Er hat herausgefunden, dass Rolf Berger schon letzte Woche seine Wohnung aufgegeben hat. Die Nachbarn berichteten, er hätte sich verabschiedet und erzählt, er ginge nach Polen und hätte dort eine gut dotierte Stellung. Patrick hat auch die seinerzeitigen Spießgesellen, nämlich Günther Geiger und Konrad Schauf aufgesucht. Die beiden Herren erklärten, keinen Kontakt mehr zu Rolf Berger zu haben.

Ansonsten laufen meine Ermittlungen in Verbindung mit der hiesigen Kriminalpolizei. Meine Recherchen gehen jetzt den gewohnten Gang. Hat jemand irgendeine Idee oder einen Verdacht?“

Susi sehr ruhig: „Herbert und ihr alle, ich hatte in den letzten drei Tagen wenig Zeit, aber keine Minute ging mir dieser infernalische Diebstahl aus dem Sinn.

Habt etwas Geduld mit mir, wenn ich euch jetzt meine Theorie zum Diebstahl entwickle. Mir geht es da wie Hilde, ich spüre einfach, was die Gegenseite tut und plant:

Peter Wahl fand in Rolf Berger ein williges Instrument um die Galerie Kaiser zu übernehmen. Dazu kommt, dass Rolf Berger eine Koryphäe auf dem Gebiet des Druckes von Ölgemälden ist.

So fanden sich Anfang dieses Jahres Maria und Rolf Berger. Der Hass gegen mich vereinte die beiden. Nur so konnte es geschehen, dass die Gegenseite an so intime Informationen gegen mich herankam, wie sie bei der Mitgliederversammlung verlesen wurden. Wie wir alle wissen, ging das schief. Also plante man anderes. Man versuchte durch Diebstahl in Millionenhöhe sich Kapital zu beschaffen. Dies ist gelungen. Ich bin ziemlich sicher, dass sich Rolf Berger eine Andruckpresse nebst Trockenstraße beschafft hat. Damit will er uns Konkurrenz machen.

Dass Rolf Berger und Maria nach Polen gehen, glaube ich nie und nimmer. Das ist eine falsche Fährte. Kein Mensch erzählt wohin man geht, wenn man auf der Flucht ist.

Peter Wahl und Rolf Berger hingen in irgendeiner Form zusammen. Daher ist anzunehmen, dass er auch von dem Versteck der russischen Bilder in Erding wusste.

Ich könnte mir vorstellen, dass sein künftiger Standort der Andruckpresse und zugleich sein zukünftiges Domizil, eben diese beiden Gebäude in Erding bei München sind. Dort hatte man auch die 1.000 erpressten Bilder aus der Eremitage gelagert, ergo ist dort auch Platz für eine dieser Andruckpressen nebst Trockenstraße.

Ich habe den Verdacht, dass dieses Anwesen in Erding, Peter Wahl oder einem Treuhänder Peter Wahls gehört. Aus diesem Grund habe ich Frank Lappas gebeten, in dieser Richtung zu recherchieren. Er wird mir in Kürze berichten.

Falls ich mit meiner Annahme Recht habe, so gehört dieses Anwesen nach dem Tod von Peter, seiner Frau Luise.

Ich will nicht behaupten, dass ich mit dieser Theorie richtig liege, aber ich glaube, wir sollten auch in dieser Richtung untersuchen."

Es war Totenstille im Raum. Dann sagte Mike:

„Susi, das ist eine verdammt gute Theorie. Was meint ihr, sollen wir in dieser Richtung unsere nächsten Recherchen vornehmen?“

Jetzt kam Bewegung in die Versammlung des Gremiums. Man diskutierte, wog das Dafür und Dagegen ab, und Mike entschied:

„Also, ich bin dafür, dass wir in dieser Richtung vorgehen. Die Fährte nach Krakau bleibt weiterhin und Alex fliegt wie vorgesehen heute nach Krakau, um mit der Spedition zu sprechen. Die müssen wissen, wohin die Möbel aus Jensens Wohnung transportiert wurden.

Ich glaube es ist zweckmäßig, wenn Jim schnellstmöglich nach München fährt und sich zusammen mit Frank Lappas um dieses Gehöft in Erding kümmert. Susi, kannst du mit Frank sprechen? Ich glaube, der wird es begrüßen, wenn er noch eine Hilfe an seiner Seite hat.“

Susi: „Im Moment noch nicht möglich, die sind noch mit der Bahn unterwegs. Ich will versuchen, so nach dreizehn Uhr anzurufen.“

Mike: „So lange sollten Jim und ich noch warten, dann können wir alles Notwendige veranlassen. Außerdem muss einer von uns mit der Herstellerfirma der Andruckpressen sprechen um herauszufinden, ob tatsächlich eine Andruckpresse durch Rolf Berger oder eine andere Person in den letzten Tagen geliefert wurde oder eventuell bestellt wurde.“

Moritz ernst: „Da ich die letzten Verhandlungen mit dieser Firma geführt habe, werde ich das machen. Mein Kontakt war recht gut. Ich werde das Unternehmen am Nachmittag anrufen. Möglicherweise kann ich morgen schon einen Termin bekommen. Ihr wisst, die Firma sitzt in Heidelberg. Ich werde euch berichten.“

Susi: „Bevor wir uns jetzt in alle Winde zerstreuen, habe ich noch ein persönliches Anliegen. Habt ihr noch ein paar Minuten?“

Als alle bejahten, fuhr Susi fort: „Ihr alle wisst, ich bin wieder schwanger. Moritz und ich freuen uns sehr auf den Zuwachs. Andererseits hat meine Arbeitsbelastung in den letzten zwei Jahren stark zugenommen. Ich weiß, dir Anton geht es genauso. Wir müssen also gemeinsam einen Weg finden, wie wir das Arbeitspensum anders verteilen.

Ich habe in den letzten beiden Jahren den bis dahin guten Kontakt zu all unseren Mitarbeitern etwas verloren. Nur so war es möglich, dass ich nicht rechtzeitig von Unregelmäßigkeiten unterrichtet war. In den beiden letzten Jahren verlor ich auch meinen Bezug zu unseren Arbeiten, da ich nur selten dazu kam, selbst ein Bild zu kopieren.

Ich bin im Aufsichtsrat vieler Firmen und hatte nicht die Zeit, diese zu besuchen und mit den dortigen Mitarbeitern zu sprechen. Ein klassisches Beispiel ist Boston. Dort war ich überhaupt nur zweimal und das vor vielen Jahren.

Wir erweitern uns ständig. Diese Dinge gehören vorbereitet und vor allen Dingen verfolgt, ob sie auch lukrativ sind.

Das muss geändert werden. Ich weiß, das kann das Gremium nicht, sondern nur Anton und ich. Das Einzige war wir brauchen, ist euren Rat, und eure Hilfe, das umzusetzen. Ich will heute keinen Entschluss des Gremiums, auch keine lange Diskussion, ich will nur, dass ihr mit Anton und mir überlegt, wie wir diese Änderung in die Wege leiten.

Ihr sollt dazu meine Gedanken wissen. Wir haben außergewöhnlich gute Mitarbeiter, die mit dem Unternehmen denken und fühlen. Wir verfügen über großartige Künstler, die mit uns das Unternehmen aufgebaut haben und auch weiter aufbauen werden.

Die Galerie Kaiser GmbH gehört kapitalmäßig Anton und mir. Dazu haben wir auch noch die Geschäftsführung. Was haltet ihr davon, wenn Anton und ich als Geschäftsführer bei der GmbH ausscheiden und Prem Leekpai und Franz Westermann treten an unsere Stelle? Dies wären zwei Persönlichkeiten, die uns zweifelsohne ersetzen könnten. Das hätte den

Vorteil, dass sich Anton und ich nicht mehr um den alltäglichen Kleinkram kümmern müssten.

Wir verbleiben beim Gremium als eine Art Aufsichtsrat für die Geschäfte der Galerie Kaiser GmbH. In welcher Form, das ist zu vereinbaren.

Bei dieser Tätigkeit könnte Anton seinen Schwerpunkt auf die Produktion richten und ich auf den kommerziellen Teil des Vereins.

Ich dachte an eine Änderung zum Jahreswechsel. Das gäbe uns auch Zeit für die Einarbeitung der beiden Herren. Auch innerbetrieblich wird sich dann nicht viel ändern. Außerdem stehen wir nach wie vor zur Verfügung.

Bitte, denkt über diese Änderung im Betriebsablauf nach. Ich von meiner Seite will schon mal mit Prem und Franz darüber reden."

Dieter fand als Erster das Wort: „Susi, ich warte schon lange auf einen entsprechenden Vorschlag von dir und auch von Anton. Du hast zweifelsohne Recht, dass ihr beide entlastet werden müsst."

Dieter schaute zu Moritz: „Moritz, ich glaube wir sollten uns zusammensetzen, sobald die Diebstähle bei Jens einigermaßen aufgeklärt sind. Was meinst du, Anton?"

Anton sehr ruhig: „Susi hat alles gesagt, wir sind überlastet und sehen manchmal vor Bäumen den Wald nicht mehr. Ich könnte mir Prem und Franz gut als Geschäftsführer der GmbH vorstellen. Beide haben auch mein Vertrauen."

Maxim in seiner frohen Art: „Susi, das finde ich prima. Prem und Franz sind sicherlich die richtigen Personen und du hast endlich mehr Zeit. Ich habe so viele Pläne, die ich endlich mal mit dir diskutieren will."

Jens: „Ich habe zwar im Moment ganz andere Sorgen, und wie immer muss ich darauf aufmerksam machen, dass gemäß unserer Satzung die Gremiumsmitglieder nur eine kleine Aufwandsentschädigung haben dürfen. Wir müssen uns da etwas überlegen.

Meint ihr nicht, wir sollten mal mit München telefonieren? Vielleicht sind Luise und Frank schon angekommen."

Man unterhielt sich noch kurz, dann rief Susi in München an.

(Frank) Hallo Susi, wo brennt's, wir sind im Moment erst angekommen.

(Susi) Frank, bei uns verdichten sich die Verdachtsmomente, dass Maria und Rolf Berger sich nach München oder Erding abgesetzt haben. Wir haben inzwischen herausgefunden, dass ein englischer Staatsbürger namens Antony Gill eines unserer Konten auf den Kaiman Inseln geplündert hat. Unter diesem Namen wurde das Geld auch in der Schweiz abgehoben. Solltest du auf diesen Namen stoßen, Achtung, aufpassen! Jetzt gebe ich weiter an Mike, der möchte dir gerne eine Unterstützung nach München für deine Recherchen schicken. Tschüss und Grüße an Luise.

(Mike) Hallo Frank, so schnell spricht man sich wieder.

(Frank) Hallo, Mike, wo kann ich helfen?

(Mike) Nach Susis Theorie haben sich möglicherweise die beiden, Maria und Rolf Berger, nach Erding abgesetzt. Darf ich dir meinen Mitarbeiter Jim schicken, der dich bei Beobachtungen unterstützt? Jim ist ein alter Kollege von mir und er war mit mir zusammen beim CIC, dem Abschirmdienst der US-Army, in Wiesbaden. Er ist zuverlässig und ein Fachmann für Überwachungen aller Art. Er spricht ausgesprochen gutes Deutsch. Wärst du damit einverstanden?

(Frank) Prima, wann kommt er?

(Mike) Ich sage dir Bescheid, wo kann er dich treffen?

(Frank) Wenn wir ausgepackt haben, gehen wir ins Büro. Dort warten wir auf ihn. Wir beschaffen ihm auch eine Unterkunft. Ich warte also auf deinen Anruf. Inzwischen werde ich über mein Notariat feststellen lassen, wem dieses Gehöft in Erding gehört. Ich melde mich.

(Mike) Danke dir, bis später. Tschüss.

Susi hatte geahnt, dass es heute nichts mit einer Mittagspause werden würde und hatte Saskia gebeten, Schnittchen zu machen, die sie unmittelbar nach diesem Gespräch brachte. Dazu hatte sie eine große Kanne Kaffee, lachte und meinte: „Hallo, ich habe hier Kaffee, wer Tee wünscht, den bringen ich gleich. Hoffe die Schnittchen reichen."

Trotz der schwierigen Themen entspannte man sich etwas. Selbst Jens schien wieder Lebensgeister zu bekommen. So sagte er zu Susi:

„Nach diesem Gespräch schöpfe ich so langsam wieder Hoffnung. Bisher habe ich alles nur Grau in Grau gesehen. Vielleicht kriege ich wenigstens ein bisschen von meinem Vermögen zurück."

Susi lachend: „Jens versprechen kann ich es nicht. Aber wenn ich nicht ganz falsch mit meinen Vermutungen liege, wird das alles wieder. Kopf hoch – und durch. Denke an Hilde, da war's auch schlimm. Die hatte man so verletzt, dass sie nicht mehr leben wollte."

Danach verabschiedeten sich alle sehr eilig. Nur Moritz blieb.

„Schatz", sagte er: „Heute hast du den ersten Schritt zu einem ruhigeren Leben gemacht. Hoffentlich wird es auch etwas ruhiger." Er gab Susi einen Kuss. Dann verabschiedete er sich, denn er wollte mit der Herstellerfirma der Andruckpressen einen Termin vereinbaren.

***

Heidelberg

Moritz war schon sehr früh nach Heidelberg gefahren. Er hatte gestern noch den Termin bei dem Hersteller der Andruckpressen erhalten. Kurz vor zehn Uhr am Morgen, ließ er sich bei der Geschäftsleitung melden.

Da Moritz ein guter Kunde war, erfolgte die Begrüßung sehr freundschaftlich und nach den ersten einleitenden Worten fragte man:

„Herr Kaiser, es ist schön Sie bei uns zu sehen, wir haben mit Interesse den furchtbaren Anschlag auf Ihre Galerie in Jerusalem im Fernsehen verfolgt. Kommen Sie deshalb?"

Moritz ernst: „Herr Herget, ja und nein. Ich bin jetzt gezwungen Sie über Vorkommnisse zu informieren, wobei ich Sie verpflichten muss, Stillschweigen darüber zu bewahren."

Karl Herget: „Herr Kaiser, selbstverständlich, sowohl ich als auch unser Verkaufsleiter, Herr Benz, werden ihre Informationen vertraulich behandeln."

Moritz: „Wie jedes Unternehmen, so haben auch wir Konkurrenz, die nicht mit fairen Mitteln arbeiten. Wie Sie wissen, arbeiten wir unter anderem in St. Petersburg mit der Eremitage zusammen. Dies behagte der russischen Kunstmafia nicht und sie planten eine gewaltsame Übernahme. Die Gegenseite konnte dann noch in letzter Minute einen mit Sprengstoff beladenen Pick-up bis fast an die Galerie heranbringen und zünden. Das haben Sie sicher im Fernsehen gesehen."

Der Geschäftsführer Herget sehr ernst: „Wir haben das im Fernsehen verfolgt, ist der dortigen Andruckpresse ein Schaden entstanden, oder wo können wir helfen?"

Moritz: „Herr Herget, lassen Sie mich weiter ausführen. Nach den Eröffnungsfeierlichkeiten in Jerusalem hatten wir eine Woche später, nämlich letzten Freitag, die Eröffnung einer Ausstellung der berühmtesten Gemälde der Welt in Wuppertal. Wieder waren nahezu alle führenden Leute unseres Unternehmens dort. So ist es der Gegenseite gelungen, Bargeld, Gold, Aktien zu stehlen und außerdem noch mehrere Konten zu plündern. Sie gingen sehr raffiniert vor. Der Schaden beläuft sich auf nicht ganz zwei Millionen Euro."

Herr Herget pfiff durch Zähne: „Donnerwetter! Das ist ja ein Krimi! Aber sagen Sie, wo können wir helfen?"

Moritz: „Der Ihnen bekannte Rolf Berger, von dem wir uns leider trennen mussten, ist mit ziemlicher Sicherheit mit der Gegenseite in Kontakt und nach unseren Recherchen und auch den Ermittlungen der Polizei stark verdächtigt, diesen Diebstahl geplant und durchgeführt zu haben. Meine klare Frage, hat Herr Berger bei Ihnen eine Andruckpresse bestellt oder gar gekauft?"

Der Verkaufsleiter Benz: „Lieber Herr Kaiser, selbstverständlich ist uns Herr Berger bekannt. Er ist ein außergewöhnlich guter Fachmann, wie Sie sicher wissen. Er war bei mir, nachdem er bei Ihnen ausgeschieden ist und ich erzähle Ihnen sicher kein Geheimnis, dass er auf Ihr Unternehmen nicht gut zu sprechen ist. Er war dann noch mal bei uns, um sich über den neuesten Andruckautomaten zu informieren, aber wir haben seit dieser Zeit nichts mehr von ihm gehört."

Moritz: „Meine Herren, wir haben Informationen, dass Herr Berger plant, mit dem von uns gestohlenen Geld eine solche Andruckpresse zu kaufen und die entweder in Krakau in Polen oder bei München zu installieren. Hat er vielleicht über einen Mittelsmann eine solche Maschine bestellt?"

Herr Benz: „Eine englische Firma hat bei uns zwei solcher Andruckautomaten bestellt. Eine soll nach Krakau geliefert werden, die andere nach London. Das heißt die Maschine für London ist nur optioniert. Aber das dürfte sicherlich nichts mit Herrn Berger zu tun haben. Die Maschine für Krakau wird im Moment noch gebaut und wird in zirka einer Woche fertig sein, da der Kunde Sonderwünsche hatte."

Moritz: „Könnten Sie mir den Namen oder die Firma des Bestellers verraten?"

Herr Benz: „Lieber Herr Kaiser, es tut mir leid, aber wir geben die Namen unserer Kunden nicht bekannt, das werden Sie sicher verstehen."

Moritz: „Entschuldigung, ich habe etwas ungeschickt gefragt. Sicherlich könnte ich über eine Vernehmung und eine richterliche Anordnung die Namen erzwingen, aber das will ich keinesfalls im Sinne einer guten Geschäftsverbindung. Andererseits möchte ich Sie auch vor Schaden bewahren. Ist der Besteller vielleicht ein Herr namens Antony Gill? Das ist der Name des Herrn, der zumindest eines unserer Konten auf den Kaiman Inseln geplündert hat.“

Herr Benz: „Herr Kaiser, jetzt bringen Sie uns in arge Verlegenheit. Die bestellende Firma in London hat einen anderen Namen. Jedoch ist uns der Name Antony Gill ein Begriff. Er ist anscheinend Angestellter der bestellenden Firma. Als Herr Gill bei uns war, hat er sich mittel seines Reisepasses ausgewiesen. Außerdem haben wir auch noch eine Visitenkarte von ihm. Es wurde vereinbart, dass die Bezahlung der Maschine bei Auslieferung erfolgt. Entweder in bar oder mittels Bankakkreditiv.“

Moritz: „Meine Herren, Sie haben mir sehr geholfen. Nur noch eine Frage, wie ist die Auslieferung der Maschine geplant?“

Herr Benz: „Herr Antony Gill erklärte uns, dass die Maschine durch seine Leute abgeholt würde. Sie hätten die entsprechenden Techniker zum Aufstellen der Andruckpresse und der Trockenstraße. Aus diesem Grund konnten wir noch einen entsprechenden Nachlass einräumen.“

Moritz: „Sollte sich unser Verdacht bestätigen, werde ich Sie sofort informieren.“

Susi hatte am Nachmittag um vierzehn Uhr ein Treffen mit Franz Westermann und Prem Leekpai vereinbart, außerdem hatte sie zu diesem Gespräch ihren Partner Anton eingeladen. Susi begrüßte die Herren herzlich und nach dem ersten lockeren Gespräch kam Susi zur Sache:

Lieber Prem, lieber Franz, ihr beide wisst, dass ich wieder Zwillinge erwarte. Ich will und muss mich etwas mehr um meine Familie bemühen. Ich muss mich auch wieder etwas mehr um unsere große Familie kümmern, und ich brauche etwas Zeit für mich, denn ich will das künstlerische Schaffen nicht ganz verlernen.

Ich bin Aufsichtsrätin unserer Zweigunternehmen in Boston/USA, in St. Petersburg, in Rom, in Jerusalem und in Wuppertal. Auch das darf ich nicht vernachlässigen und gerade das habe ich in der letzten Zeit versäumt.

Anton, dem die Produktion unterstellt ist, hat kaum mehr Zeit für seine Familie. Er müsste auch die Produktion in all unseren Zweigstellen und auch hier überwachen. Dafür findet er kaum Zeit. Die tägliche Kleinarbeit frisst die verfügbaren Stunden.

Anton und ich wollen das vernünftig ändern. Wir haben gestern im Gremium darüber gesprochen und dieses teilt unsere Ansicht. Wir beide haben vor, als Geschäftsführer der GmbH zurückzutreten und schlugen euch als Nachfolger vor. Könntet ihr euch vorstellen, unseren Job zu übernehmen?

Wir wollen von euch nicht gleich eine Zusage."

Prem stand auf und verneigte sich: „Susi, es ist für mich eine große Ehre, dass ihr mir diese Position anbietet. Ohne jetzt weitere Einzelheiten zu wissen, nehme ich selbstverständlich diese Position an. Zusammen mit Franz die Geschäftsführung der GmbH zu übernehmen ist in doppelter Hinsicht gut, da ich in meinem Kollegen einen ausgesprochen erfahrenen und erstklassigen Kunstwissenschaftler weiß." Prem setzte sich wieder.

Franz schmunzelte: „Susi, dass du das bisher so hervorragend gemeistert hast, wundert mich ohnehin. Ich finde es gut, dass ihr diese Lösung sucht. Ich bin in jedem Fall dabei. Das zusammen mit Prem ist eine hervorragende Lösung. Einzelheiten müssen wir selbstverständlich noch besprechen."

Es schloss sich ein langes Gespräch zwischen den Beteiligten an.

Susi meinte: „Ich will um fünf zu meinen Süßen gehen und bin dann um sechs wieder bei euch."

Wie immer um achtzehn Uhr fanden sich die führenden Mitarbeiter zum abendlichen Umtrunk ein. Jeder wollte berichten, aber Mike meinte:

„Lasst uns das Thema heute Abend aussparen. Ich habe so viele Informationen, das sollten wir morgen Früh gemeinsam besprechen. Es wird notwendig werden, dass ich mich mit Patrick nach München fahre."

Moritz war der gleichen Meinung und fügte hinzu: „Außerdem ist Herbert nicht da, der hat auch viel zu erzählen. Ich glaube, morgen Früh werden wir schon ab neun Uhr tagen müssen."

Jens, der sich immer noch nicht ganz gefangen hatte, ging zu Susi:

„Susi, danke dir für die vielen Beweise deiner Freundschaft und deinen Zuspruch bei meiner Misere. Mit deiner Theorie scheinst du richtig zu liegen. Das lässt mich hoffen, dass wir wenigstens einen Teil der Gelder wiederbekommen."

Susi lachend: „Siehst du, es wird werden. Gemeinsam schaffen wir das. Du hast so oft geholfen, jetzt lass dir helfen. Du kannst nicht immer bei Dieter bleiben. Wir haben im Keller so viel an alten Möbeln stehen, meinst du nicht, dass dir da unsere Schreiner helfen sollten? Deine Küche ist ja noch vollständig, du brauchst ein Bett, einen Schrank, Stühle und Tisch. Ich weiß, irgendwo fliegt auch noch eine alte Couchgarnitur herum. Als Übergang geht das sicher. Das könnte man in den nächsten Tagen aufstellen und dann bist du wieder unabhängig. Mein alter, großer Fernseher steht auch noch irgendwo im Keller, den kannst du auch haben."

Jens erfreut: „Susi, daran hab ich überhaupt nicht gedacht. Das ist eine prima Idee. Morgen nach unserem Treffen will ich kurz mit den Schreinern sprechen, die erledigen das sicher für mich, denn ich hab im Moment wirklich keine Zeit. Du glaubst nicht, was bei mir im Büro los ist. Meine Leute sind verunsichert und ich muss erst wieder Ruhe in die Bude bringen. Dir auf jeden Fall vielen Dank."

Kurz nach sieben stieg Susi auf ihr Schemelchen und rief in die Runde:

„Hallo, ihr Lieben, es gibt nicht nur dunkle Wolken. Bei unserem Ausstellungsexperiment in Wuppertal hatten wir gestern den Tag der Schulen. Wir hatten uns von diesem Publikum keinen Erfolg versprochen. Wir hatten 460 jugendliche Besucher. Obwohl wir keine Bestellungen erwarteten, kamen wir auf die stolze Summe von 53.000 Euro. Die Bestellungen waren größtenteils Öl- und Kunstdrucke. Bei der ersten Session kamen zwei Busse, bei der Nachmittagssession kamen vier große Busse und am Abend waren noch mal zwei Busse gekommen. Heute hatten wir überwiegend ein älteres Publikum. Ich werde euch berichten. Noch etwas zu eurer Information, ich fliege Freitagmorgen nach Rom und komme am Sonntag wieder. Der Grund meines Fluges ist eine eventuelle Änderung des Vertrages mit Zontini. Er kann sich mit dem Verkauf unserer Öldrucke nicht anfreunden, dies zum Ärger von Carlo und Gina. Wir werden eine Lösung finden."

Susi verabschiedete sich im Anschluss relativ schnell.

***

Pünktlich um neun Uhr am Donnerstagmorgen trafen sich in Susis Büro: Susi und Moritz, Jens kam mit Mike, Patrick und Helmut Wagner, Dieter, Anton und Maxim trudelten kurze Zeit später ein.

Nach einer netten Begrüßung begann Mike:

„Susi, du scheinst mit deiner Theorie Recht zu haben. Ich darf daher kurz zusammenfassen:

Alex hat mich aus Krakau angerufen. Er hat berichtet, dass diese eine Möbelwagenformation in Berlin stationiert hat. Diese führt Umzüge von und nach Polen durch. Falls erwünscht, auch Umzüge innerhalb Deutschland oder ins nahe Ausland. Der fragliche Umzug am letzten Freitag von Wiesbaden nach München, wäre über einen Makler bestellt worden. Soweit man wüsste, hat man das Mobiliar in die Nähe von München gebracht und dort ausgeladen. Die Adresse konnten sie nicht feststellen, da die Fahrer nach Frankreich unterwegs sind. Ich habe Alex gebeten zurückzukommen und zwar nach München. Dort soll er sich bei Luise oder Frank melden.

Wie ihr wisst, ist Jim am Dienstag nach München gefahren. Er hat das Gehöft in Erding observiert. Das Haus wird zurzeit von zwei Herren und einer Dame bewohnt. Da er keine Fotos hatte, konnte er uns nicht sagen, ob es Maria und Rolf Berger sind.

Frank Lappas hat über seinen Notar den im Grundbuch eingetragenen Besitzer festgestellt. Es ist ein Antony Gill mit Wohnsitz in London. Adresse haben wir. Wir haben im Telefonbuch von München und Erding nachgesehen, mit diesem Namen existiert kein Telefonanschluss.

Patrick hat nochmals die Herrn Günther Geiger und Konrad Schauf befragt. Dies auf eine etwas unsanfte Art und Weise. Nachdem Patrick seine Spezial-Methode angewandt hat, hat Geiger berichtet, dass Rolf Berger ihnen eine Anstellung in seiner Druckerei in München versprochen hat. Es war nicht zu erfahren, wo diese Druckerei ist. So, jetzt bitte ich, dass Moritz berichtet.“

Moritz ruhig: „Ihr wisst ich war gestern in Heidelberg und habe mit dem Hersteller der Andruckpressen gesprochen.“ … dann erzählte Moritz das Ergebnis seiner Recherchen … und er fügte hinzu: Die Geschäftskarte des Antony Gill habe ich, auch seine Telefonnummer in London. Wir werden nachher versuchen dort anzurufen.“

Mike übernahm wieder: „Wahrscheinlich wird das auch eine fingierte Telefonnummer sein. Es ist anzunehmen, dass unser Antony Gill einen gefälschten Pass hat. Herbert, bitte, berichte uns von deinen Recherchen."

Herbert begann: „Ein Antony Gill ist in Deutschland nicht gemeldet. Es gibt zwar eine Menge Leute mit dem Namen Gill, aber ein Antony ist nicht darunter. Wir haben auch inzwischen das Fax mit der Kopie des Reisepasses des Herrn Gill, aber wie immer, das Foto ist miserabel. Ich werde noch versuchen über das Notariat, das die Grundbucheintragung machte, eine gute Kopie des Reisepasses zu erhalten. Rolf Berger hat sich in Wiesbaden polizeilich abgemeldet. Als zukünftiger Wohnort ist Krakau angegeben. Wir vermuten, eine falsche Spur."

Mike: „Danke dir Herbert. Nach meiner Einschätzung befinden sich Maria und Berger in Erding auf diesem Anwesen. Schnelles Handeln ist gefordert. Ich werde mit Patrick sofort nach München fahren und dort die notwendige Observation machen. Jim ist schon dort und Alex kommt heute im Laufe des Tages. Wir brauchen aber noch einen ganz zuverlässigen Mann, Maxim, glaubst du, dass du nochmals helfen kannst? Ich glaube, in sieben Tagen haben wir die Rätsel gelöst."

Maxim lachte wie immer: „Mike, eigentlich geht es überhaupt nicht, aber für Jens mache ich das."

Mike: „Wir wollen heute Nachmittag fahren, wir brauchen nur noch ein paar Kleinigkeiten, unter anderem ein Foto von Rolf Berger, das wir in den Personalakten haben. Ansonsten haben wir unsere Handys. Maxim, kannst du mit deinem Wagen fahren? Ich nehme den Wagen von Jens. Patrick besorgt noch die notwendigen Utensilien, die wir für ein ernstes Gespräch für die Drei brauchen."

Dieter: „Mike, gibt es nicht einen anderen Weg als deine Vernehmungsart?"

Mike ganz ruhig: „Diese drei sauberen Leute haben sich nicht geschämt, das Pensionsgeld meiner Mitarbeiter zu stehlen, Maria war sich nicht zu schade, ihrem Mann die gesamte Altersversorgung wegzunehmen, von dem Geld und den Möbeln will ich erst gar nicht reden. Und dieser Dritte im Bunde, der sich Antony Gill nennt, scheint eng mit dem Verbrecher Peter Wahl unter einer Decke zu stecken.

Bitte Dieter, sei mir nicht böse, wenn wir auf die Recherchen der Polizei warten, sind die drei Herrschaften mitsamt unserem Geld verschwunden. Wenn die auch nur ahnen, dass wir ihren Schlupfwinkel entdeckt haben, verschwinden die auf Nimmerwiedersehen. Wir werden das so arrangieren, dass sie uns freiwillig das Geld geben. Wir werden nur etwas höflich Druck ausüben. Alex war ein hervorragender Vernehmungsoffizier im Vietnamkrieg. Er weiß, wie man so was macht. Seid ganz sicher, man wird nichts sehen.

Herbert: „Mike, leider hast du recht, wenn wir auf die polizeilichen Ermittlungen warten, dann dauert das. Was meinst du, Dieter?“

Dieter Zeiser: „Ich darf eigentlich von all dem nichts wissen. Ich glaube, wir sollten Mike viel Erfolg wünschen.“

Susi: „Lieber Herbert, lieber Dieter, ich habe heute morgen bewusst kein Protokoll geschrieben. Unsere Gespräche begründen sich nur auf einen vagen Verdacht, für den wir keinerlei Beweise haben. Herbert, glaubst du, dass aufgrund unserer Annahmen die Polizei tätig wird?“

Herbert: „Obwohl ich Bauchweh habe, ich muss dir Recht geben. Die lachen uns aus. Mike, sei vorsichtig.“

Jens: „Es tut mir leid, dass ihr durch Maria in eine solche Lage gebracht werdet. Aber ich sehe auch kein anderes Mittel als Mikes Vorschlag anzunehmen.

Obwohl Thomas in Wuppertal ist und er im Moment diese Show dort mit Bravour leitet, hilft er mir, indem er alle Verbuchungen, Wuppertal betreffend, eingibt. Ich wusste immer schon, Thomas ist eine Koryphäe auf dem Gebiet der Buchhaltung, aber dass er auch noch so ein organisatorisches Talent besitzt, das erstaunt mich.“

Sie sprachen noch über einige Details und kurz bevor sie gingen sagte Susi: „Damit ihr nicht vergesst, Moritz und ich sind von Freitag bis Sonntag in Rom. Mal sehen, wie ich dort Öl auf die Wogen gießen kann.“

Danach löste sich das Treffen schnell auf.

Die abendliche Runde war viel kleiner, nur Jens und Anton, Franz und Prem sowie Herbert Wagner kamen.

Herbert unterrichtete kurz: „Susi, unsere Mannschaft für München ist kurz nach dem Mittagessen gefahren. Wir haben mit dieser Londoner Firma gesprochen. Das scheint eine Art Briefkastenfirma zu sein. Es hieß, Antony Gill sei zurzeit auf Geschäftsreise. Wie immer in unserem Geschäft, jetzt heißt es warten. Ich wünschte nur, dass Mike seine Vernehmungsmethoden nicht durchführen müsste.“

Jens: „Susi, ich habe vor einer Stunde mit den Schreinern gesprochen, sie werden sich am Wochenende der Sache annehmen. Die meinen, das wäre kein großes Problem. Die sind wirklich sehr hilfreich. Am Samstagmorgen wollen wir uns gemeinsam die Sachen ansehen und am Samstagnachmittag wollen die beiden alles mit unserem LKW in meine Wohnung schaffen.“

Susi lachend: „Jens siehst du, so kommst du zu echten Antiquitäten. Aber sag, hat dir Maria wenigstens Gläser und Porzellan gelassen?“

Jens jetzt auch lachend: „Maria war so freundlich und hat die Schränke leer hinterlassen. Keine Tasse, kein Glas, keine Gabel, rein nichts.“

Susi: „Siehst du, so haben wir endlich Verwendung für das alte, antike Porzellan der Familie Pfeiffer. Die beiden Schreiner wissen, wo das Zeug ist. Suche dir aus, was du brauchen kannst. Auch Bettwäsche, Badetücher und Handtücher sind genügend vorhanden. Also mache dir eine Liste und nehme mit, was du benötigst. Kann dir dabei nicht eine Dame aus deinem Büro helfen?“

Jens ernst: „Die haben mir alle ihre Hilfe angeboten, aber ich weiß nicht, ob ich das annehmen soll."

Susi jetzt eindringlich: „Jens, deine Damen fühlen mit dir, diese Hilfe ist sicher ernsthaft angeboten. Die solltest du unter allen Umständen annehmen. Nimm deine Damen mit in den Keller, das sind Hausfrauen, die sehen mehr als du. Die wissen, was man in einem Haushalt unbedingt braucht."

Susi verabschiedete sich bald, denn sie musste noch ihre eigenen Sachen für Rom packen.

***

Rom

Susi und Moritz waren schon um acht Uhr mit Johannes zum Flughafen gefahren. Der Check-in ging rasch vonstatten, trotzdem dauerte es, bis endlich die Maschine um 10.30 Uhr abhob. Zirka eine Stunde später war man in Rom-Fiumicino. Carlo Steiner holte sie ab und brachte sie in das Pilger-Kloster-Hotel, in dem sie schon einmal waren. Gina und Professor Francesco Prantner erwarteten sie und so ging man – wenn auch etwas verspätet – zu einem kleinen Mittagessen.

Als man bei Tisch saß, sagte Professor Prantner:

„Wir freuen uns sehr, dass ihr gesund und munter bei uns sitzt. Wir haben im Fernsehen dieses furchtbare Attentat in Jerusalem gesehen und unser Marco Zontini hat uns nach seiner Rückkehr ausführlich berichtet. Seine Eminenz Vincenzo Ghirlandi wird euch morgen begrüßen. Er wird das nach Ankunft deines Bruders Thomas tun.

Nach unserem Mittagessen wird Zontini zu uns kommen, um die anstehenden Themen zu besprechen. Jetzt wünsche ich uns allen einen guten Appetit."

Susi bedankte sich. Es gab eine nette Tischunterhaltung. Sie waren bereits beim Nachtisch als Zontini kam. Wieder eine herzliche Begrüßung. Dann zog man sich in ein Konferenzzimmer zurück.

Susi begann: „Wir haben in unserer Galerie in Wuppertal eine zeitlich begrenzte Dauerausstellung. Sie begann vor einer Woche. Erstmals haben wir das gleiche Gemälde, in drei Versionen angeboten. Einmal als die bei uns übliche Originalkopie, dann als Öldruck und zuletzt als Vielfarbdruck.

Wir haben etwas Unübliches getan, nämlich die Ausstellung einem festen Kundenkreis angeboten, die mit Autobussen anreisen. Drei Sessionen pro Tag, nämlich um 10.00 Uhr, um 14.00 Uhr und um 19.00 Uhr, und dies Montag bis einschließlich Sonntag. Die Ausstellung läuft bis kurz vor Weihnachten.

Der Erfolg der ersten Tage war überwältigend. Wir können im Moment noch nicht sagen, wie sich der Trend entwickelt, aber eines ist klar ersichtlich, die jungen Käufer und Interessenten tendieren zu den Kunstdrucken und unseren Öldrucken. Das ältere Publikum kauft unsere Originalkopien.

Sehen wir uns die Umsatzzahlen an, so hat Marco Zontini mit seiner Meinung recht, dass man sich durch die Billigverkäufe das Geschäft mit unseren Originalkopien möglicherweise verdirbt. Sehen wir uns jedoch die Anzahl der Verkäufe an, so überwiegen die Kunstdrucke und die Öldrucke und machen damit die darstellende Kunst unserer Exponate einem breiten Publikum zugänglich.

Es ist an uns zu entscheiden, wie wir in Zukunft den italienischen Markt mit unseren Produkten beliefern."

Moritz nahm das Wort: „Wir alle haben die wundervolle Eröffnung unserer Ausstellung in Jerusalem gesehen und den Verkauf miterlebt. Wir hatten außergewöhnliche Umsätze.

Marco Zontini, Susi und ich, haben die Ausstellung in Jerusalem gesehen und den Verkauf miterlebt. Dort spürten wir zum ersten Mal, dass sich der Verkauf unserer Originalkopie, ja sogar von Originalen und von Drucken und Öldrucken koordinieren lässt. Jacob hat das sehr geschickt inszeniert.

Unser Verkaufstest in Wuppertal läuft im Moment noch, ich selbst habe die ersten Tage dort miterlebt und muss sagen, es war ein Kaufrausch.

Ihr alle wisst, dass ich eigentlich von Kunst relativ wenig verstehe. Ich muss mich daher an den Meinungen unserer Mitarbeiter orientieren. Das will ich auch hier tun.

Vorab meine Meinung: Wie in jeder anderen Branche, so gibt es auch in unserer Branche Konkurrenten. Wenn wir ein Absatzgebiet nicht zu Hundertprozent abdecken, so findet unsere Konkurrenz eine Marktlücke mit der sie in unseren Markt eindringen kann. Daher ist meine Meinung, die gesamte Palette, Originalkopie, Öldrucke und Kunstdrucke in unserem Sortiment zu führen. Marco Zontini hat sich sicherlich viele Gedanken darüber gemacht. Er ist endlos lange mit diesem Markt verbunden und ich bin gespannt, was er uns zu sagen hat."

Zontini: „Danke Moritz, dass du mir Gelegenheit gibst, meine Meinung und meine Ideen zu sagen. Ihr alle wisst, ich bin Kunstwissenschaftler und als solcher sind für mich unsere Originalkopien eben nur Kopien und keine Originale. Es war für mich anfangs schwer, diese Exponate zu verkaufen. Aber ich muss sagen, größtenteils sind diese Bilder von ausgezeichneter Qualität und von den Originalen nicht zu unterscheiden. Mein Kompliment an die Künstler die diese Werke erstellen. Trotzdem, es wäre mir lieber, ich könnte den Handel mit Originalen betreiben. Aber das ist mühsam und davon kann man nicht leben.

Schon immer hat es Kopien von Meisterwerken gegeben. Meist waren diese nicht besonders gut. Auf dem Gebiet des Druckes meist minderwertig. Die Öldrucke sind neueren Datums und mir fehlen die Vergleiche.

Die von der Galerie Kaiser angebotenen Kunst- und Öldrucke sind wirklich gut. Trotzdem überkommt mich ein Schauer, wenn ich daran denke, so etwas meinen Kunden zu verkaufen. Wahrscheinlich bin ich zu alt für diese Neuerung.

Ich will es kurz machen und Ihnen meine Entscheidung mitteilen:

Ich werde mich nicht am Vertrieb dieser Kunstdrucke und Öldrucke beteiligen. Ich kann nicht über meinen eigenen Schatten springen. Aber ich glaube, dass ich eine Lösung für unser Problem gefunden habe. Die Galerie Kaiser Roma S.A. gehört zu 50% mir und zu 50% der Galerie Kaiser Wiesbaden e.V. Das kann auch so bleiben. Aber wir streichen den Passus der Generalvertretung für Italien und beziehen das nur auf den Verkauf in unserer Klosterkirche.

Allerdings hätte ich dann auch gerne den Alleinverkauf aller durch die bei Kaiser hergestellten Originale, die sie planen, wie zum Beispiel des Bildes Jerusalem.

Wie Sie morgen feststellen werden, verkaufe ich auch noch andere Dinge: Zum Beispiel war ich bei Susis Bruder Jonathan Balan, um mit ihm die Herstellung von Kirchenglocken zu besprechen. Ihr Bruder wird morgen durch Seine Eminenz Vincenzo Ghirlandi einen Auftrag durch uns erhalten, der ihn in eine außergewöhnliche Position bringt.

Bitte überlegt mit mir gemeinsam, welchen Weg wir gehen, um mich nicht mit diesen Billigprodukten befassen zu müssen. Ich danke euch."

Moritz ernst: „Deine Meinung hat uns sehr interessiert. Wir werden an diesem Wochenende versuchen eine für alle Teile befriedigende Lösung zu finden. Wir respektieren deine Meinung sehr."

Moritz wandte sich an Professor Prantner: „Francesco, wie ist deine Meinung zum Vertrieb von Kunst- und Öldrucken?"

Professor Prantner: „Moritz, zwei Seelen wohnen in meiner Brust. Einerseits sind Kunstdrucke und damit auch die Öldrucke keine Kunstwerke, andererseits eigentlich unsere sogenannten Originalkopien auch nicht. Wenn wir uns mit der bildnerischen Kunst beschäftigen, so sehen wir meist die Werke nur in Katalogen oder in Form von Drucken. Ich müsste philosophische Gedanken einfließen lassen, um hier eine klare Aussage machen zu können. Du weißt wie ich, Kunst ist eine schöpferische Tätigkeit und eine Kopie, gleich ob gedruckt oder anders hergestellt, bleibt eher eine dem Kunsthandwerk vorbehaltene Tätigkeit. Die von Gina hergestellten sogenannten Originalkopien sind andererseits Kunstwerke. Gehen wir in der Geschichte zurück, so wurden zu allen Zeiten Kopien von Kunstwerken angefertigt. Die Geschichte erzählt uns tausende von Histörchen, in denen diese Thematik ausführlich beschrieben wird. Wenn ich unseren Vertrag mit dem Vatikan noch richtig in Erinnerung habe, so ist es unsere Aufgabe, die Kunst einer breiten Öffentlichkeit zugänglich zu machen. Daran sollten wir uns halten und dazu gehören auch die Kunstdrucke und die Öldrucke.

Wenn ich auf Marco Zontinis Einwände zurückkommen darf, so scheint mir, Marco hat Recht mit seiner Meinung. Er verkauft an einen Kundenkreis, der allenfalls eine Kaisersche Originalkopie kauft, aber niemals einen Kunstdruck oder einen Öldruck. Ich bin überzeugt, Marco hat noch viel Erfolg mit den von ihm getätigten Verkäufen von sogenannten Originalkopien und, falls die Galerie Kaiser es wahr macht und Originale herstellt, dann dieser Exponate.

Warum – so frage ich mich, überlassen wir es nicht Gina und Carlo, die Kunstdrucke und Öldrucke und eventuell auch die Originalkopien Italienweit zu vertreiben. Sicherlich würden sie nicht Marcos Verkaufserfolge schmälern."

Moritz lachend: „Francesco, das hast du sehr diplomatisch gesagt. Danke für deinen Vortrag. Gina, du hast sicherlich auch eine Meinung."

Gina erfreut: „Eigentlich hat Francesco schon alles gesagt, aber ich muss noch etwas hinzufügen. Wir haben täglich Anfragen nach unseren Produkten. Bisher haben wir an Marco Zontini verwiesen, aber dann versandeten die Anfragen. Wir alle wissen, wie stark Marco Zontini in der Klosterkirche gefordert ist und wie wenig Zeit er hat. Aber wir sollten uns den Markt des restlichen Italiens nicht von unseren Konkurrenten wegnehmen lassen. Ich neige dazu, auf diesem Verkaufsgebiet tätig zu werden."

Moritz: „Gina, das ist eine klare Aussage. Carlo, was meinst du denn?"

Carlo Steiner: „Lieber Marco Zontini, wir haben jetzt einige Zeit zusammengearbeitet und ich weiß deine Kenntnisse und deine Meinung sehr zu schätzen. Ich kann gut verstehen, dass du dich mit den sogenannten Billigprodukten nicht abgeben willst. Ganz gleich, welche Entscheidung wir heute treffen oder nicht treffen, du solltest wissen, dass wir deine Freunde sind und bleiben.

Beide römischen Unternehmen sind mit der Galerie Kaiser verbunden. Der durch dich geleitete Verkauf zu 50% und das Atelier zu 100%. Wir sitzen also in einem Boot. Ich tendiere dazu, dass wir Marco Zontinis Vorschlag annehmen. Wir streichen aus dem Vertrag den Passus des Alleinvertretungsrechtes für Italien, dafür erhält er die Ausschließlichkeit für eventuelle Originale, die die Galerie Kaiser herstellen will. Ich glaube das ist es, was Marco Zontini anstrebt."

Susi nahm das Wort: „Carlo, danke dir für deine Meinung. Ihr Lieben, ich habe mir eure Vorträge angehört und stelle fest, ihr seid alle der gleichen Meinung.

Wir alle schätzen Marco Zontini sehr und wir alle wollen ihn bei seinem Weg, Kunst zu verkaufen, unterstützen. Also warum folgen wir nicht Zontinis und Carlos Vorschlag und werten die Galerie Kaiser Roma S.A. auf, indem dort nur Originalkopien und Originale vertrieben werden. Ein zweifelsohne lukrativer Markt, sicherlich profitabler als der Vertrieb unserer Kunst- und Öldrucke.

Wir ändern also den bisherigen Vertrag. Das alles sollte in eine Rechtsform gebracht werden, und wie ihr wisst, ist dafür unser Dieter Zeiser zuständig. Der wollte ohnehin schon lange mal wieder nach Rom.

Marco, bist du mit dem Vorschlag einverstanden?"

Zontini wie immer zögerlich: „Susi, das klingt gut. Ich darf doch sicher noch mal darüber schlafen, aber grundsätzlich habe ich mir das so vorgestellt. Susi, ich sage dir morgen im Laufe des Tages mein Okay oder mein Nein. Aber ich glaube, ich werde damit einverstanden sein.

Es gab noch ein kurzes Gespräch und als Susi den Wunsch äußerte, die Galeria in der Klosterkirche zu sehen und auch ihre Ateliers, fuhr man dahin.

Sie kamen in die Klosterkirche. Leise Orgelmusik empfing sie. Es waren einige Besucher anwesend, die alle von sogenannten Beratern bedient wurden. Das Ganze machte einen außergewöhnlich gediegenen und andachtsvollen Eindruck. Nach kurzer Zeit verließen sie die Ausstellung und begaben sich in die Ateliers.

Hier war Gina in ihrem Element. Susi staunte, wie stark sich dieses Atelier vergrößert hatte.

Zuerst führte sie Gina in ein Besprechungszimmer und sagte, das musste einfach sein. Wir konnten unsere Kunden und Besucher nicht mehr in den Arbeitsräumen empfangen. Dann gingen sie in die eigentlichen Arbeitsräume. Gina hatte jetzt drei Arbeitsräume mit insgesamt sechs Kopisten. Danach begaben sie sich weiter in die Rahmenherstellung, auch die war mit zwei Schreinern besetzt. Zwei weitere Räume waren als Lagerraum eingerichtet. Gina überraschte sie mit der Andruckpresse für die Öldrucke mitsamt der Trockenstraße. Ein zwölf Meter langer Raum, in dem die beiden Maschinen aufgebaut waren. Es schloss sich ein Lagerraum für die fertigen Drucke an.

Susi fragte: „Arbeitet ihr schon viel mit den Maschinen?“

Gina lachte: „Susi, du bist nicht ganz im Bilde. Eine Partie ging bereits nach St. Petersburg und eine nach Wuppertal. Wir werden auch morgen am Samstag arbeiten, Anton hat für Wuppertal eine Unmenge an Öldrucken bestellt, die sollen

Mittwoch fertig sein. Wir schicken die ohne Rahmen nach Wuppertal. Die scheinen wie die Wahnsinnigen zu verkaufen. Wir brauchen außerdem noch zwei weitere Räume. Wenn wir in den Direktverkauf gehen, müssen wir noch jemand fürs Büro haben. Aber das berichte ich dir noch alles."

Susi: „Gina, wer hätte das gedacht, kannst du dich noch erinnern, wir haben eher an Leerlauf gedacht. Jetzt das. Also besser konnte es nicht kommen. Aber morgen Früh schaue ich mir an, wie die Maschinen laufen. Habt ihr heute Abend schon was vor? Ich würde euch gerne zum Essen einladen."

Carlo lachte: „Susi zu spät, ihr seid schon verplant. Wir haben in einem kleinen aber erstklassigen Restaurant in der Nähe der Piazza del Popolo einen Tisch für uns alle reserviert. Ich bringe euch jetzt zurück in euer Hotel und hole euch gegen 18.30 Uhr ab, dann nehmen wir einen kleinen Aperitif in einer netten Bar und um 20 Uhr ist der Tisch in unserem Restaurant reserviert. Seid ihr einverstanden?"

Susi auch lachend: „Carlo, das hätte ich mir denken können. Danke für die Einladung."

Carlo brachte Moritz und Susi zurück ins Hotel und die beiden freuten sich auf einen schönen Abend in Rom.

***

Samstagmorgen. Es war ein wunderschöner Abend gewesen und Moritz meinte:

„Susi, unsere Mitarbeiter in Rom sind wirklich angenehm. Besonders Carlo und Gina sind mehr als nett. Ich freue mich schon auf den heutigen Tag. Carlo will uns gegen neun Uhr abholen, dann willst du noch mal die Andruckpresse arbeiten sehen, danach will uns Carlo einiges von Rom zeigen und mit uns nach Fiumicino zum Flughafen fahren, um Tommi abzuholen."

Susi und Moritz waren noch beim Frühstück, als Carlo kam. Moritz meinte: „Carlo, komm, setze dich kurz zu uns, für eine Tasse Kaffee hast du sicherlich noch Zeit."

Carlo freundlich und lachend: „Ich hoffe, ihr beiden habt gut geschlafen. Ich schlage vor, wir machen nur eine Rundfahrt. Dann hat Moritz einen Überblick, was ihr euch das nächste Mal alles ansehen müsst."

Susi: „Carlo, das ist ganz lieb von dir, dazu kommt, dass ich mir unbedingt noch unsere Andruckpresse in Aktion ansehen muss. Dorthin sollten wir zuerst gehen."

Nachdem Susi und Moritz fertig gefrühstückt hatten, gingen die drei zu Carlos Wagen und fuhren zu ihrem Atelier. Wie Gina vorausgesagt hatte, war man dort am arbeiten. Gina begrüßte sie herzlich,

In der Andruckpresse wurde auf Leinen **Leonardo da Vincis, »Mona Lisa«** gedruckt. Auf der Trockenstraße liefen zehn der gleichen Bilder auf Holz gedruckt.

Susi fragte: „Sag mal, Gina, was macht ihr denn da? Die Mona Lisa auf Leinen?"

Gina: „Ich glaube, die in Wuppertal verkaufen die Mona Lisa wie warme Semmeln. Anton hatte zwanzig Holztafeln geschickt. Die ersten zehn siehst du auf der Trockenstraße. Erst wenn diese getrocknet sind, können wir die nächsten anfertigen. Das sind also zwanzig Mona Lisa für unsere Originalkopien.

Von den Öldrucken hat er sechzig Stück bestellt. Das Leinen wird in Wuppertal auf Holz aufgeklebt. Dann will er noch sechzig Kunstdrucke haben. Also insgesamt 140 Mal das gleiche Motiv. Ich weiß ja, es ist eines der berühmtesten Bilder der Welt, aber es hat mir noch nie gefallen und je öfter ich es hier bei uns sehe, umso weniger gefällt es mir."

Susi lachte: „Gina, wir haben den gleichen Geschmack. An diesem Auftrag druckt ihr ja noch Tage."

Gina: „Wir wollen morgen noch mal den ganzen Tag dran bleiben, dann dürften wir damit fertig werden. Ab Montag läuft **Vincent van Gogh**, **»Die Brücke von Arles«.** 140 Öldrucke und 60 Kunstdrucke. In diesem Stil geht's weiter. Mit den bisherigen Fertigungswünschen sind wir bis Ende Dezember ausgelastet."

Susi ernst: „Gina, eigentlich ist das ein sehr gutes Zeichen. Wie schaut es denn bei den Kopisten aus?"

Gina ebenfalls ernst: „Wir arbeiten zur Zeit jeden Samstag und Sonntag. Nicht nur acht Stunden, sondern zehn und mehr. Dadurch, dass wir unser Kopierverfahren dem neuen Verfahren angeglichen haben, sind wir sehr effektiv und schnell geworden.

Allerdings die Kopien, die wir noch zwangsläufig im alten Verfahren machen müssen, die halten sehr auf. Dazu kommt noch die Fertigung von Kopien für die Vatikanischen Museen, gemäß unserem Vertrag. Francesco hat mir zwei Künstler für die Wochenenden besorgt. Eventuell muss ich noch zusätzlich zwei Weitere einstellen. So wie es im Moment aussieht, sind wir in den Ateliers ebenfalls bis Ende Dezember ausgelastet.

Susi besuchte dann noch die Ateliers, begrüßte alle Mitarbeiter und war gerade im Begriff sich fest zu quatschen, als Carlo zum Aufbruch mahnte. „Susi, wenn wir jetzt nicht gehen, dann können wir gleich zum Flughafen fahren, denn es ist schon viertel vor elf."

Es war nicht weit bis zur Engelsburg und Carlo erklärte: „Die vor uns liegende Engelsburg hat Kaiser Hadrian um 135 v. Christi als Mausoleum für sich und seine Nachfolger errichtet. Im Mittelalter wurde sie in eine Festung umgewandelt und war durch einen Gang mit dem Vatikan verbunden, da sie oft den Päpsten als Zufluchtsort diente. Die ehemaligen päpstlichen Wohnräume sind heute ein Museum, das Waffensammlungen und Schaustücke zur Geschichte enthält.

Die große Bronzestatue auf dem Dach soll an eine Vision von Papst Gregor dem Großen erinnern. Laut Sage verkündete ihm der Erzengel Gabriel das nahe Ende der Pest.

Die Brücke, die sich hier über den Tiber spannt, erbaute 136 v. Christi auch Kaiser Hadrian. Die beiden Statuen, die ihr auf der Südseite seht, sind die Schutzpatrone Roms, Petrus und Paulus."

Sie fuhren nur ein kleines Stück und kamen zum Petersdom. Carlo fuhr mit seiner Erklärung fort:

„Wir sind jetzt schon in der Vatikanstadt. Der Petersdom oder wie wir hier sagen, die Peterskirche, ist Teil der Vatikanstadt.

Die Peterskirche trägt ihren Namen nach dem Apostel Petrus. Dieser wurde Mitte der 60er Jahre nach Christus hier gekreuzigt und begraben. Über dem Grab ließ Papst Anaklet 76 bis 88 n. Christi später eine Kapelle errichten.

Nach dem Sieg des Christentums wurde von Kaiser Konstantin dort eine große fünfschiffige Kirche gebaut. Diese erste Basilika wurde am 18. November 326 n. Christi von Papst Sylvester geweiht. Sie blieb 1100 Jahre stehen.

Da danach die Kirche dem Verfall nahe war, beschloss Papst Nikolaus V. eine neue Kirche zu bauen. Ihr Grundriss sollte die Form eines lateinischen Kreuzes haben. Der Bau begann 1452. Doch dann starb der Papst und die Arbeiten ruhten. Erst nachdem 1503 Papst Julius der II. gewählt wurde, beschloss dieser, alles Bisherige abzureißen.

Am 18. April 1506 wurde der Grundstein für die neue Kirche gelegt. 1513 starb der Papst. Auf seinem Sterbebett hatte er als Baumeister **Raffael** vorgeschlagen. Dieser kehrte zu dem ursprünglichen Grundriss in Form eines lateinischen Kreuzes zurück. Der damalige Papst Leo X. billigte das.

Interessant ist, um diesen Neubau zu finanzieren, führte dieser übrigens den Ablasshandel ein, den Luther 1517 mit seinen berühmten Thesen bekämpfte.

Nach dem frühen Tod **Raffaels** wurden verschiedene Baumeister beauftragt, aber die Arbeiten gingen nur zögerlich voran. Erst Papst Paul III. gelang es, den vernachlässigten Bau fortzuführen. Er beauftragte **Michelangelo**.

Der bereits 72 jährige Künstler hatte gerade eine schwere Krankheit überwunden. Er führte diese Arbeiten bis zu seinem Tod 1564 durch. Dies ohne jedes Entgelt. Es war seine Bedingung, er wolle nur zum Ruhm Gottes arbeiten.

Sechzehn Jahre lang leitete **Michelangelo** den Bau. Aber wiederum kam durch Interessenlosigkeit der Päpste dieser Bau nur langsam voran.

Erst Papst Sixtus V. befahl 1588, die Kirche um jeden Preis zu vollenden. Nach kaum 22 Monaten war das Bauwerk praktisch fertig gestellt. 1605, als Paul V. zum Papst gewählt wurde, veranlassten ihn die Kardinäle, den Bau der Kirche zu verändern.

Baumeister Carlo Maderna wurde für diese Arbeiten ausgewählt und er vollendete 1612 das Bauwerk. Am 18. November 1626 weihte Papst Urban VIII. die Kirche ein. 174 Jahre nach Baubeginn."

Inzwischen standen sie am Fuß der breiten Treppe die zur Kirche hinauffführte. Susi sagte nur:

„Carlo, ich bewundere deine geschichtlichen Kenntnisse."

Der lachte: „Susi, das habe ich mir gestern Abend noch schnell angelesen. Ein bisschen wusste ich ja, aber die Jahreszahlen sind nicht so mein Ding. Aber wir müssen langsam zurück. Wir sind schon über den Petersplatz gewandert. Der Platz ist 340 Meter lang und 240 Meter breit.

In der Mitte seht ihr diesen riesigen Granitobelisk. Caligula hat ihn 37 n. Christi aus Heliopolis mitgebracht.

Diese beiden herrlichen Brunnen, die den Platz schmücken, sind acht Meter hoch und haben einen Umfang von dreißig Meter. Das Wasser springt acht Meter hoch und wird durch eine 58 Kilometer lange Leitung herangeführt."

Sie hatten inzwischen den Petersplatz überquert und waren in der Nähe von Carlos Wagen.

Carlo meinte: „Susi, Moritz, es ist jetzt ein Uhr, ob wir wollen oder nicht, wir müssen schnellstens zum Flughafen. Ich rechne mit einer Fahrzeit von mindestens einer Stunde."

Sie waren genau um 14.15 Uhr in der Ankunftshalle. Der Flug aus St. Petersburg war schon gelandet. Es dauerte nicht lange, und Susi sah ihren Bruder kommen. Es gab eine herzliche Begrüßung, Susi stellte Carlo vor und Susi meinte:

„Bevor wir wieder zurückfahren, sollten wir zumindest eine Kleinigkeit essen.“

Sie begaben sich ins Restaurant. Während sie auf ihren Imbiss warteten, erzählte Tommi von seinen Erlebnissen in St. Petersburg.

Als Tommi Carlo mit Sie ansprach, regelte das Susi schnell und sagte:

„Wir sind untereinander alle per Du, Carlo, das ist Tommi und Tommi, das ist Carlo.“

Danach erzählte Tommi weiter: „Susi, ich werde immer kleiner, ihr habt eine Galerie und Ateliers in St. Petersburg, die suchen ihresgleichen auf der Welt. Was Olga und Hugo da aufgebaut haben, ist sensationell.

Von der Eremitage will ich erst gar nicht sprechen. Es ist wirklich das größte Museum der Welt. Es waren nur drei Tage, aber ich habe unendlich viele Eindrücke mitgenommen.

In der Eremitage habe ich die beiden Türen ausgemessen. Die dortigen Schreiner waren sehr hilfreich. Ich bin mir sicher, meine Bronzetüren werden außergewöhnlich und passen sich hervorragend an.

Mit Olga habe ich mich lange unterhalten. Sie hat vor, in der Galerie chinesische Waffen aus der Bronzezeit in ihr Verkaufsprogramm aufzunehmen. Zu diesem Zweck muss Hans Ruppert nach St. Petersburg fahren um mit seinem Laser die Originale abzutasten, damit er die dafür erforderlichen Formen herstellen kann.“

Nachdem der Imbiss serviert war, brachen sie schnell auf, fuhren ins Kloster Hotel, machten sich frisch und nach nur fünfzehn Minuten waren sie schon wieder unterwegs in ihre Ausstellung.

Tommi betrat mit den anderen die Kirche, die dezente Orgelmusik, das ganze Ambiente verfehlte seinen Eindruck nicht. Zontini begrüßte sie und zeigte Tommi seine Ausstellung. Da die Zeit etwas eilte, verabredeten sich die beiden nochmals für den morgigen Tag.

Danach gingen sie in die Ateliers.

Gina hatte schon gewartet. Sie begrüßte Tommi mit den Worten: „Herzlich willkommen. Ich war ja so gespannt, wie Susis Bruder ausschaut."

Und zu Susi gewandt: „Susi, das ist wirklich dein Bruder und er gefällt mir."

Dann zeigte sie Tommi ihre Ateliers und die Andruckpresse nebst Trockenstraße. Wieder war Tommi beeindruckt.

Sie begaben sich kurz vor achtzehn Uhr in das Besprechungszimmer und pünktlich um achtzehn Uhr kamen Seine Eminenz Vicenzo Ghirlandi und Carlo Zontini.

Es folgte eine höfliche und trotzdem herzliche Vorstellung und Seine Eminenz begrüßte Tommi:

„Herr Balan, ich freue mich, den Bruder der von mir sehr geschätzten Frau Kaiser kennenzulernen. Ich weiß, Sie sind in Haifa ansässig. Seien Sie mir in Rom willkommen."

Seine Eminenz wandte sich an Susi: „Frau Kaiser, ich habe im Fernsehen das Geschehen in Jerusalem verfolgt und Herr Zontini hat mir berichtet."

Seine Eminenz lächelte: „Sie scheinen einen besonderen Schutzengel zu haben, der sie unbeschadet aus solchen Situationen führt. Ich bin sehr froh, Sie hier gesund zu sehen.

Herr Zontini hat mir von seinem kleinen Problem erzählt. Konnten Sie das klären?"

Zontini übernahm die Antwort: „Eminenz, Frau Kaiser hat mir gestern ein Angebot gemacht, das meinen Wünschen entgegenkommt und das ich annehme. Ich bedanke mich."

Seine Eminenz: „Sie werden mir sicherlich gelegentlich noch die Einzelheiten erzählen. Aber ich wollte unbedingt Herrn Balan kennenlernen und da er auch noch der Bruder unserer sehr verehrten Frau Kaiser ist, steht einer Auftragserteilung nichts im Wege. Herr Zontini, hätten Sie die Freundlichkeit und würden in kurzen Worten den Umfang unseres Auftrages skizzieren?“

Zontini: „Eminenz, selbstverständlich. Seine Eminenz erteilte uns den Auftrag zum Guss von 36 Kirchenglocken in verschiedenen Größen und mit genauen Auflagen der Tonlagen. Eine genaue Liste habe ich hier. Dies gemäß dem Angebot von Herrn Balan. Einzelheiten habe ich bei mir im Büro. Der Auftrag erstreckt sich über einen Zeitraum von mehr als drei Jahren, wobei die erste Lieferung für April nächsten Jahres vorgesehen ist.“

Seine Eminenz: „Ich muss hier einfügen, unsere Kirchengemeinden sind teilweise sehr arm und müssen diese Glocken durch Spenden finanzieren. Wir können Ihnen aber nicht zumuten, so lange auf Ihre Auslagen zu warten. Herr Zontini und auch Herr Carlo Steiner haben daher mit der Banco di Napoli eine Vorfinanzierung vereinbart, bei der wir als Bürge auftreten. Sie erhalten durch die Banco di Napoli separat je Glocke ein Drittel der Herstellungskosten bei Beginn des Baus der Glockenform, ein Drittel bei Fertigstellung des Gusses und das letzte Drittel bei Auslieferung der fertigen Glocke. Herr Balan, sind Sie mit diesen Zahlungsbedingungen einverstanden?“ Seine Eminenz lächelte.

Tommi hocherfreut: „Eminenz, herzlichen Dank, diese außergewöhnliche Zahlungsform kommt mir sehr entgegen. Sicherlich bekomme ich noch die Einzelheiten des Vertrages. Nochmals vielen Dank.“

Es schloss sich noch ein Fachgespräch an, Seine Eminenz erkundigte sich nach den weiteren Plänen der Galerie Kaiser, und als letztes fragte seine Eminenz nach Susis Zwillingen.

Susi erfreut: „Meine Zwillinge gedeihen prächtig. Es ist eine Wonne, die beiden wachsen zu sehen. Ich darf mich nochmals für die von Ihnen so wundervoll arrangierte Taufe im Dom zu Mainz bedanken.

Für Gina und Carlo ist das wahrscheinlich neu, aber meine Zwillinge werden in absehbarer Zeit zwei Geschwisterchen bekommen. Ich bin in Hoffnung."

Seine Eminenz gratulierte und sagte im Anschluss: „Frau Kaiser, wird dann die tägliche Belastung nicht zuviel?"

Susi lachend: „Eminenz sicherlich, daher haben wir eine Lösung gefunden, die sowohl für unsere geschäftlichen Aktivitäten als auch für meine Familie tragbar ist. Mein Partner Anton und ich werden die Geschicke unserer Unternehmungen als eine Art Aufsichtsrat weiter lenken."

Seine Eminenz: „Liebes Ehepaar Kaiser, das erscheint mir eine gute Lösung. Ich wünsche Ihnen alles Gute." Vicenzo Ghirlandi segnete das Ehepaar Kaiser:

„Ich segne Sie im Namen des Vaters, des Sohnes und des Heiligen Geistes. Amen."

Er fügte hinzu: „Gottes Segen für das in Ihrem Leib wachsende Leben."

Noch ein kurzes Gespräch danach und Seine Eminenz Vincenzo Ghirlandi musste gehen und verabschiedete sich.

Als erster fand Tommi die Sprache wieder: „Herr Zontini, an vieles hätte ich gedacht, aber nicht an einen Auftrag von sechsunddreißig Glocken. Da ich die Einzelheiten nicht weiß, kann ich noch nicht mal das Gesamtvolumen abschätzen. Sie werden es mir sicherlich morgen genau erklären. Dazu kommt noch die günstige Finanzierung. Wieso kommt die Banco di Napoli dazu, das Ganze zu finanzieren?"

Jetzt musste Susi lachen: „Tommi, Carlos Bruder ist der Justiziar der Banco di Napoli und ich bin mir sicher, dass Carlo seine Hände im Spiel hat.

Aber darf ich euch heute Abend wenigstens zum Essen einladen. Carlo ich bin mir sicher, du hast einen Vorschlag.

Sie waren schnell einig, Carlo hatte einen guten Vorschlag. Er hatte ein typisches Restaurant in der Nähe der Spanischen Treppe ausgesucht. Es wurde für alle ein wunderschöner Abend.

***

Sonntagmorgen. Susi, Moritz und Tommi hatten sich zum Frühstück um neun Uhr verabredet. Es war gestern später geworden, als man gedacht hatte.

Susi meinte: „So, jetzt könnte der Urlaub anfangen."

Tommi: „Ich wundere mich überhaupt, wie ihr das alles durchsteht. Wenn ich zurückkomme, muss ich erst mal ausspannen. Der gestrige Auftrag der 36 Kirchenglocken hat mich fast aus den Latschen gekippt. Ich hatte mit einer maximal zwei Glocken gerechnet.

Aber ich soll euch herzlich von meiner Frau grüßen. Dich, liebe Susi hat sie ins Herz geschlossen, Sie meint, wenn es einigermaßen finanziell ging, würde sie dich an Weihnachten gerne besuchen. Wäre euch das recht?"

Susi: „Wenn du mit ihr sprichst, grüße sie herzlich und sage ihr, ich warte auf ihr Kommen."

Tommi: „Susi, lieben Dank. Es tut mir leid, dass ich euch nicht zum Flughafen bringen kann, aber Zontini will nach dem Hochamt mit mir diesen Auftrag durchgehen. Carlo will unbedingt wegen der Finanzierung dabei sein. Aber Gina und Professor Francesco Prantner werden Euch nach Fiumicino bringen. Sie wollen euch um halb elf abholen."

Sie wollte noch etwas fragen, aber ihr Handy meldete sich: Sie schaute auf das Display. Es war ihr Büro.

(Susi) Hallo, was verschafft mir die Ehre des Anrufes?

(Jens) Guten Morgen, Susi. Tut mir leid, dass ich dich so früh belästige. Neben mir steht Grigori Orlow, der gestern Nachmittag kam. Ich war so frei und habe ihn bei dir untergebracht und Saskia gebeten, alles zu regeln und für Grigori auch das Frühstück zu richten. Wir sind jetzt bei dir im Büro.

Als Grigori meine Geschichte hörte und dann den Namen Antony Gill, wurde er sehr hellhörig, aber das wird er dir gleich selbst erzählen. Moment, ich versuche bei deinen Apparaten die Konferenzschaltung zu machen. ... es dauerte einen Moment ...

(Orlow) Hallo Susi, ich habe gehört, was hier alles passiert ist aber ich erzähle am besten der Reihe nach. Ich bin von Jerusalem nach Amman/Jordanien gefahren und von dort mit dem Flugzeug nach Dubai in den Emiraten. Meine Leute hatten gut recherchiert. Das Schiff mit den angeblichen Bildern kam. Die Kisten wurden geöffnet. Welche Auseinandersetzung es dabei gegeben hat, das konnte ich nicht feststellen. Auf jeden Fall brachte man Iwan Bussow mit Dimitri Michailow, Ralf Wenz und Jan Schneider in einem LKW nach Oman. Ich glaube, dort sind sie nie angekommen. Nach meinen Informationen wurden sie irgendwo in der Wüste liquidiert. Ob ihre Leichen je gefunden werden, das steht in den Sternen.

Gestern Nachmittag kam ich in Frankfurt an. Anton holte mich ab und brachte mich in deine Wohnung. Dabei hörte ich von den Diebstählen bei euch. Als mir gestern Abend Jens die Geschichte erzählte und den Antony Gill erwähnte, war ich ganz Ohr. Antony Gill ist Russe und heißt Kirill Koslow. Er ist irgendwie in die Diebstahlaffäre bei der Eremitage verwickelt. Bisher war uns nur bekannt, dass er möglicherweise in St. Petersburg die Diebstähle mit organisierte und in England arbeitete. Nach unserem Wissen hat er verschiedene Namen und Pässe.

Im Anschluss an unser Gespräch fahre ich nach München und habe mich dort mit Mike Curtis verabredet. Wir wollen gemeinsam versuchen, ob wir ihn erwischen. Ich habe mir bereits mehrere Fotos per E-Mail schicken lassen.

(Susi) Grigori, kann ich irgendetwas für dich tun?

(Grigori) Nein, ich will nur versuchen, möglichst schnell nach München zu kommen. Wenn wir Antony beziehungswei-

se Kirill erwischen, dann bringe ich ihn nach Russland. Er ist einer der Wenigen, die mir in dieser Affäre noch helfen können. Soweit ich weiß, kommt ihr heute Abend zurück, ich werde dir einen Bericht geben. Do swidanija.

(Susi) Grigori, ich wünsche euch viel Erfolg. Passe auf dich auf. Tschüss. Gibst du mir noch mal Jens?

(Jens) Ja Susi, ist in Rom alles in Ordnung gegangen?

(Susi) Alle lassen dich grüßen. Der Vatikan hat einen Millionenauftrag über uns bei Tommi platziert. 36 Kirchenglocken. Zontini stimmt einer Vertragsänderung zu. Er beschränkt sich nur auf den Verkauf unserer Originalkopien und eventuellen Originale. Vertragsänderung muss Dieter machen. Wie geht es dir? Was macht deine Wohnung?

(Jens) Heute Nacht werde ich wahrscheinlich zum ersten Mal wieder dort schlafen. Zwei meiner Damen und die beiden Schreiner sind am einrichten. Ich glaube es wird ganz gut. Dir nochmals alles Gute, grüße mir die anderen.

(Susi) Ciao, Jens, halte die Ohren steif.

Susi erzählte in kurzen Worten, was sie soeben von Grigori erfahren hatte. Und Moritz meinte:

Ich hoffe nur, dass der ganze Spuk endlich ein Ende hat. Dieses Geflecht von Verbrechern ist ja wie bei einer Hydra.“

Susi: „Moritz, was ist eine Hydra.“

Moritz lachte: „Das ist eine der griechischen Sagengestalten. Die Hydra war eine riesige, neunköpfige Schlange. Wenn man ihr einen Kopf abschlug, wuchsen ihr sofort zwei neue. Herakles konnte sie erst bewältigen, als sein Gefährte Iolaos mit Holzscheiten die Halsstümpfe ausbrannte.

Bei unserer russischen Mafia ist es ähnlich. Kaum haben wir einen erledigt, tauchen neue Mitglieder auf, die uns das Leben schwer machen. Hoffen wir, dass es Mike und Grigori gelingt, diesen Antony und auch den Rolf Berger zu erledigen. Dabei wird wahrscheinlicherweise auch Maria auf der Strecke bleiben.“

Sie hoben kurze Zeit später die Frühstücksrunde auf. Moritz und Susi holten ihr Gepäck und warteten in der kleinen Halle auf das Abholen.

Tommi verabschiedete sich von seiner Schwester:

„Susi, seit ich dich gefunden habe, hat sich meine kleine Welt verändert. Ich bin ein ganz anderer Mensch geworden. Nicht mehr zögerlich, wie ich sonst immer war, sondern ich gehe die Dinge frohen Mutes und couragiert an. Das, liebe Schwester, habe ich ganz allein dir zu verdanken. Ein tolles Gefühl."

Susi bedankte sich und sagte zum Abschluss: „Tommi, grüße Sarah und deine Kinder. Vergiss auch Baki nicht, denn ich glaube, er hat dich sehr gern. Dir heute eine gute Verhandlung und morgen einen angenehmen Rückflug nach Tel Aviv. Sicher wird dich Sarah abholen."

Tommi: „Sarah wird am Flughafen sein und ich freue mich auf sie."

Kurze Zeit später kamen Gina und Francesco Prantner und sie fuhren zum Flughafen Fiumicino.

München – Erding

Am Donnerstag kurz nach 13 Uhr waren Mike und Patrick mit einem Wagen nach München gefahren und Maxim mit seinem Wagen hinterher. Sie trafen sich in der Firma Kunst- und Antiquitätenberatung Wahl.

Alex, von Krakau kommend, war bereits anwesend. Kurze Zeit später kam Jim und berichtete:

„Mittwoch war den ganzen Tag ein Mann – anscheinend der Hausmeister oder eventuell Antony Gill – anwesend und ein Paar, bei dem ich vermute, es handelt sich um Maria Gerner und Rolf Berger. Allerdings hat heute das Paar kurz nach dem Frühstück das Haus verlassen und ist bis jetzt nicht wieder aufgetaucht."

Mike teilte die Überwachung des Hauses ein und sie mieteten sich in einem Gasthof in der Nähe des Gehöftes ein.

Die Überwachung am Freitag und Samstagabend brachte kein Ergebnis. Da man kein brauchbares Foto von Antony Gill besaß, konnte man die Person nicht identifizieren.

Am Sonntagmorgen erreichte Grigori Orlow telefonisch Mike und berichtete ihm von seinem Wissen über Antony Gill und man verabredete, dass man sich im Laufe des Nachmittags in München treffen würde.

Es war kurz nach halb fünf, als Grigori Orlow Mike traf. Grigori begrüßte kurz Luise und Frank und fuhr dann zusammen mit Mike nach Erding. Dort trafen sie im Gasthof auf Maxim, Alex und Patrick, während Jim das Haus weiter beschattete.

Grigori zeigte seine Fotos von Kirill Koslow und die drei bestätigten, dass dies der Mann wäre, von dem man annahm, es sei der Hausmeister.

Grigori Orlow lachte: „Das wird meinem Freund Kirill gar nicht gefallen, wenn er mich sieht. Wenn er das Haus verlässt, müssen wir ihn beschatten. Kirill ist ein vorsichtiger Mensch. Mich kennt er, sicherlich kennen Maria Gerner und Rolf Berger auch Maxim und Mike. Also muss die Beschattung durch Jim, Alex und Patrick durchgeführt werden.“

Während sie noch sprachen, meldete sich Mikes Handy:

(Jim) Mike, im Moment besteigt der Hausmeister seinen Wagen. Ich folge ihm und melde mich, sobald ich weiß, wohin er fährt.

(Mike) Jim sei vorsichtig, dieser Hausmeister ist mit Sicherheit der von den Russen gesuchte Kirill Koslow. Grigori hat die Fotos mit und wir haben ihn alle erkannt. Also aufpassen!

(Jim) Mike wofür hältst du mich. Ich bleibe dran. Bleib am Handy, ich melde mich.

Das Warten kostete schon immer Nerven. So auch da. Über eine Stunde verging, bis sich Jim wieder meldete.

(Jim) Hallo Mike, ich bin jetzt in der Schwanthaler Straße. Dieser Antony oder Kirill ist in einer der Eckkneipen. Anscheinend hat er einen Tisch reserviert. Zumindest sitzt er allein an einem 4er Tisch. Warte, ich gebe dir die Adresse ... dann gab Jim die Anschrift der Kneipe durch.

(Mike) Danke verstanden, wir kommen. Wo bist du?

(Jim) Ich habe neben der Kneipe einen Parkplatz und bleibe im Auto. Du wirst mich finden.

(Mike) Okay, wir brauchen zirka 45 Minuten. Bis gleich.

Mit zwei Wagen fuhren sie rasch von Erding nach München-Schwabing. Sie fanden das Auto von Jim schnell. Mike rief Jim auf dem Handy an.

(Mike) Jim, wir stehen ungefähr zehn Wagen hinter dir. Hat sich was ereignet?

(Jim) Soweit ich sehen konnte, ist jetzt das Ehepaar, welches ich in Erding gesehen habe in die Gaststätte gegangen und sitzt jetzt mit am Tisch von Antony oder Kirill. Schlage vor, dass Patrick und Alex unauffällig in die Kneipe gehen und dort ein Bier trinken.

(Mike) Okay, wird gleich gemacht. Melde mich wieder.

Mike veranlasste, dass Patrick und Alex in die Gastwirtschaft gingen. Nach zirka einer halben Stunde kamen sie wieder und berichteten, dass die drei Personen zweifelsohne Maria Gerner, Rolf Berger und dieser Antony Gill sind. Jetzt hieß es warten. Man verabredete, dass Maxim mit in Jims Wagen steigen sollte, um Antony Gill zu beschatten. Die anderen, Grigori, Mike, Patrick und Alex sollten das Paar Maria Gerner und Rolf Berger observieren.

Um halb elf verließen Maria und Rolf die Kneipe. Erst dachte man, die gingen zu einem Wagen, aber sie marschierten die Schwanthaler Straße entlang und gingen dann langsam in Richtung Westen. Patrick und Alex folgten zu Fuß, während Grigori und Mike mit dem Wagen in großem Abstand folgten. In der Tengstraße verschwand das Paar in einem Hauseingang.

Alex war schnell genug, um noch mit in den Hausflur zu treten und so sah er, dass die beiden ins Hinterhaus gingen. Nach kurzer Zeit wurde im zweiten Stock Licht gemacht. Alex merkte sich, zweiter Stock, Hinterhaus rechts.

Sie beschlossen auf Mike und Grigori zu warten, um zu beraten, was sie jetzt unternehmen sollten, Mike wollte sich erkundigen, ob dieser Antony noch in der Kneipe ist. Er rief Jim an.

(Mike) Hi, Jim, wo seid ihr?

(Jim) Auf der Rückfahrt nach Erding. Kurz nach dem das Paar weggegangen ist, machte sich auch Antony Gill auf den Weg. So wie es aussieht, fährt er nach Erding. Wohin ging denn das Paar?

(Mike) Die beiden scheinen eine Wohnung in der Tengstraße zu haben. Wir haben die Adresse. Wenn ihr in Erding seid, soll einer von euch, am besten Maxim, die weitere Überwachung übernehmen. Du kommst dann hierher in die Tengstraße mit unseren Sachen, die wir für eine Festnahme brauchen. Du weißt schon was wir brauchen. ... Mike gab die Adresse in der Tengstraße durch.

(Jim) Okay, wird gemacht. Ich könnte mir vorstellen, dass wir gleich in Erding sind. Ich denke es wird nach Mitternacht, bis ich bei euch sein kann. Soll ich wieder den Blaumann mitbringen?

(Mike) Das wäre zweckmäßig. Sag Maxim, er soll sein Handy auf Empfang stellen, damit wir ihn erreichen können. Die Nummer habe ich. Bye, bye.

Wieder verstrich die Zeit nur langsam. Alex ging noch mal in das Haus um sich die Schlösser der Türen anzuschauen, als anscheinend der Hausmeister kam und fragte was er wolle.

Alex: „Sie entschuldigen, aber ich war in der Schwanthaler Strasse und habe dort zu Nacht gegessen. Habe mich gut mit einem Paar unterhalten. Die gingen und haben ihre Mäntel hängen lassen. Sie haben mir erzählt, dass sie neu zugezogen sind und wohnten in der Tengstraße, ich bin ihnen nachgelaufen und habe sie gerade noch in dieses Haus gehen sehen und dann waren sie weg. Ich habe die Mäntel im Wagen, können Sie mir sagen, ob es hier neue Mieter gibt? Ich glaube sie kommen aus der Frankfurter Gegend."

„Jo mei", meinte dieser: „Die san doch grad erst eingezogen und wohnen im Hinterhaus im 2. Stock rechts. Die heißen Werner oder so ähnlich."

Alex: „Ich muss die Mäntel noch aus dem Auto holen, der steht in der Schwanthaler Straße, haben die hier eine Klingel, damit ich die Mäntel zurückgeben kann?"

„Na", meinte der Hausmeister, „die ham no keine Schildn dran." Er zeigte auf einen Klingelknopf „da müssns nachher klingeln"

Alex bedankte sich vielmals bei dem Hausmeister.

Dann ging er zu den anderen und erzählte sein Wissen.

Es war fast ein Uhr nachts, als Jim eintraf. Alex hatte inzwischen das Haustor geöffnet und auch die Eingangstür zum Hinterhaus. Es waren einfache Schlösser gewesen. Alex hatte auch beobachtet, dass gegen Mitternacht die Lichter in der Wohnung im 2. Stock des Hinterhauses gelöscht wurden.

Sie verabredeten leise, gemeinsam das Hinterhaus zu betreten. Alex sollte möglichst lautlos die Wohnungstür rechts im zweiten Stock öffnen. Dann wollten sie Maria Gerner und Rolf Berger im Schlaf überraschen.

Kurze Zeit später standen sie vor der Wohnungstür im zweiten Stock rechts. Ein Namensschild war nicht zu finden.

Ganz leise öffnete Alex das einfache Türschloss. Wie Schatten betraten Jim, Alex und Patrick die Wohnung. Sie waren nicht zu hören. Anscheinend hatten sie das Schlafzimmer der beiden gefunden und winkten Grigori und Mike.

Mike fackelte nicht lange, öffnete leise die Tür, suchte den Lichtschalter und machte Licht.

Sowohl Maria Gerner, als auch Rolf Berger saßen plötzlich noch ganz verschlafen im Bett und Rolf Berger:

„Was suchen Sie hier?"

Mike: „Maria, kennst du mich nicht mehr? Auch Sie Herr Berger müssten mich eigentlich kennen. Wir sind gekommen um uns mit euch beiden zu unterhalten."

Rolf Berger: „Sie verlassen augenblicklich diese Wohnung, sonst holen wir die Polizei."

Mike lachend: „Ach, das wäre schön, dann hätten wir uns eine Menge Arbeit erspart. Ihr beide werdet polizeilich gesucht, da werden sich die Kollegen von der Polizei freuen."

Maria keifte: „Mike das ist eine Unverschämtheit in unsere Wohnung einzubrechen. Dass ich Jens verlassen habe, ist allein meine Privatangelegenheit. In die hast du dich nicht einzumischen."

Mike immer noch freundlich: „Liebe Maria, du scheinst da etwas unter Gedächtnisverlust zu leiden. Dass du die gemeinsame Wohnung ausgeräumt hast, das mag noch angehen, dass du die gemeinsamen Konten geplündert hast, auch noch. Sicherlich durftest du auch noch deine persönlichen Sachen wie Schmuck und dergleichen mitnehmen, aber dass du auch noch Jensens Privatvermögen hast mitgehen lassen, das ist Diebstahl."

Maria: „Ich habe mich erkundigt. Durch meine Ehe mit Jens gehört mir auch dieses. Jens ist selbst daran Schuld, warum hat er auch ein Verhältnis mit dieser Hexe."

Mike: „Kannst du mir verraten, wen du meinst?"

Maria: „Tu nicht so scheinheilig, du weißt ganz genau, dass Jens ein Verhältnis mit Susi hat."

Mike: „Maria, du bist verrückt. Anscheinend lässt dich deine Eifersucht zu Vermutungen kommen, die nie und nimmer stimmen."

Rolf Berger: „Aber wir haben dafür Beweise, dass Jens und Susi ein Verhältnis haben."

Maria schrie dazwischen: „Und der alte Trottel, der Moritz, merkt nichts davon."

Mike: „Das habt ihr euch gut ausgedacht, aber dann verratet mir mal, warum ihr noch in Jensens Büro die Gelder des Vereins geklaut habt?"

Maria: „Das waren doch alle Gelder die ohnehin Jens gehörten und somit auch mir. Und jetzt verschwindet, sonst hole ich die Polizei."

Mike: „Ach Maria, da würdest du uns einen großen Gefallen tun."

Mike rief Alex: „Alex, sei doch so freundlich und leihe Frau Gerner dein Handy, damit sie die Polizei anrufen kann."

Alex gab Frau Gerner das Handy. Rolf Berger nahm es ihr ab und meinte: „Maria, vielleicht können wir die Angelegenheit ohne Polizei regeln. Es gibt immer einen Weg sich zu verständigen."

Mike: „Herr Berger, das hört sich schon besser an. Wir werden jetzt nach meiner Methode vorgehen. Ich will das dumme Gewäsch von Maria im Moment vergessen. Sie wissen wie ich, dass Sie eine strafbare Handlung begangen haben. Die von Maria angeführten Gründe, ihr gehöre die Hälfte vom Vermögen von Jens Gerner, waren bis zum Diebstahl gültig. Sie hat dann ihren Mann bösartig verlassen, ihn bestohlen, Treuhandgelder aus seiner Firma entwendet und dafür muss sie gerade stehen. Das heißt, sie hat eine strafbare Handlung begangen. Sie hingegen haben Diebstahl begangen. Wir werden Sie dafür zur Rechenschaft ziehen, es sei denn, wir finden gemeinsam einen Weg, der uns eine andere Lösung finden lässt. In jedem Fall müssen wir die gestohlenen Vermögenswerte zurückführen."

Rolf Berger: „Und wie stellen Sie sich das vor?"

Mike: „Ich werde Sie jetzt in ein anderes Zimmer bringen lassen, um Sie getrennt zu vernehmen. Sie werden bewacht. Sollten Sie Unruhe stiften, so werde ich Sie am sprechen oder rufen hindern. In jedem Fall werden Sie bewegungsunfähig gemacht. Wir sehen uns nachher."

Alex und Patrick nahmen sich des Herrn Berger an und führten ihn aus dem Zimmer.

Maria zeterte: „Mike was du da machst, wirst du noch bereuen. Ich werde dich anzeigen, ich werde dafür sorgen, dass du Deutschland nicht mehr betreten darfst. Du bist von dieser Hexe genauso abhängig wie Jens auch."

Mike ganz ruhig: „Maria, wenn du so weiter keifst, verspielst du noch meine letzten Sympathien. Ist dir eigentlich bewusst, dass du mit deinem Leben spielst? Es ist mir scheißegal was aus dir wird. Ich habe nur ein Interesse, die Gegenstände und das Geld wiederzubeschaffen, das ihr gestohlen habt. Das werde ich erreichen, das schwöre ich dir. Wenn nicht auf einer menschlichen Basis, dann eben auf einem unmenschlichen Weg. Mein Partner Alex und auch der hier anwesende Jim waren viele Jahre im Vietnamkrieg Vernehmungsoffiziere bei der US-Army. Sie verstehen es, aus dir jede Information herauszuholen, die wir für die Wiederbeschaffung der gestohlenen Gelder und Vermögenswerte brauchen. Du kannst dir dann aussuchen, ob wir deine Zähne anbohren sollen, oder wenn du es vorziehst, dass wir Zahnstocher unter deine Fingernägel treiben, was besonders schmerzhaft sein soll. Wir haben auch ein Medikament dabei, das deinen Redefluss fördert. Also überlege dir gut, bevor du mich anlügst oder mir falsche Auskünfte gibst. Außerdem vergiss deine Eifersuchtsexzesse und bleibe sachlich."

Maria etwa ruhiger: „Ich weiß immer noch nicht, was ihr wollt. Ich bin mir keiner Schuld bewusst. Jens hat mich seit Jahren betrogen und ich habe mir nur das geholt, was mir sowieso zusteht."

Mike: „Deine Anschuldigungen entbehren jeder Grundlage. Ich werde die gestohlenen Vermögenswerte zurückbringen und falls du sie mir nicht freiwillig zurück gibst, so werde ich dich zwingen. Neben mir steht Grigori Orlow, den du sicherlich schon in Jerusalem kennengelernt hast. Ich bitte dich, lüge ihn nicht an, er kann sehr unangenehm werden. Er will dich auch etwas fragen."

Grigori Orlow stellte sich vor Marias Bett, in dem sie noch immer saß und sagte: „Frau Gerner, ich habe jetzt ein paar Fragen, und ich bitte Sie, mich nicht anzulügen. Wie ist der Name des Herrn, mit dem Sie heute Abend in Schwabing gegessen haben?"

Maria: „Der Mann hat sich an unseren Tisch gesetzt. Er hat sich nicht vorgestellt."

Maria konnte sich nicht so schnell wegdrehen, um die Ohrfeigen von Herrn Orlow abzuwehren.

Orlow, ganz ruhig: „Frau Gerner, anlügen lasse ich mich nicht. Ich frage noch mal, wie war der Name des Herrn mit dem Sie heute Abend zu Nacht gegessen haben?"

Maria weinerlich: „Ich glaube Antony Gill."

Gut, meinte Orlow: „Kommen wir zu zweiten Frage: Wo wohnt dieser Herr?"

Maria immer noch weinerlich: „Ich weiß es nicht."

Orlow ohrfeigte sie noch mal und sagte: „Frau Gerner, Sie haben mich wieder angelogen. Also wo wohnt er?"

Maria weinte stark und schluckte: „In der Nähe des Flughafens, in Erding."

Orlow immer noch ruhig: „Frau Gerner, noch eine Lüge und ich werde Sie nicht mehr so freundlich behandeln: „Wie kam Herr Antony Gill in den Besitz der Bankschecks aus dem Tresor Ihres Mannes?"

Maria schluchzend: „Ich habe sie Rolf gegeben und der hat sie an Antony Gill weitergegeben."

Grigori: „Frau Gerner, wo befinden sich die Möbel aus der Wiesbadener Wohnung, die Sie leer geräumt haben?"

Maria immer noch schluchzend: „Ein Teil ist hier in der Wohnung, der Rest steht in einer Scheune in Erding."

Grigori: „Frau Gerner, ich hoffe, ich muss nicht nochmals nachhelfen um die Wahrheit zu erfahren. Wo sind die Aktien, das Geld, die Wertpapiere und das Bargeld, dass Sie in Wiesbaden gestohlen haben?"

Maria: „Das ist bis auf ein bisschen Bargeld alles in Erding bei Antony Gill."

Grigori: „Ich hoffe für Sie, dass Sie mich nicht angelogen haben. Falls ich Sie bei einer Lüge ertappe, bekommen Sie eine Sonderbehandlung. Das hoffe ich, wird Ihnen erspart. Also, bleiben Sie bei der Wahrheit."

Mike gab Maria zu verstehen, dass sie sich anziehen dürfe, aber Jim würde bei ihr zur Bewachung bleiben. Sie dürfe den Raum nicht verlassen.

Danach begaben sich Mike und Orlow zu Rolf Berger.

Wieder die gleiche Abwicklung. Rolf Berger wurde befragt und leider musste Orlow handgreiflich werden, um Rolf Berger zu bewegen, eine klare Aussage zu machen. Bei der Vernehmung wurde auch herausgefunden, dass Rolf Berger einen Schlüssel für das Anwesen in Erding hatte.

So verabredete man, gleich nach Erding zu fahren. Man brachte Maria Gerner und Rolf Berger gefesselt zu Jims Wagen. Patrick und Jim sollten mit dem Paar nach Erding fahren und warten, bis man Antony Gill überwältigt hatte. Grigori, Mike und Alex fuhren mit dem anderen Wagen rasch voraus.

Es war schon kurz vor sechs, als die drei in Erding waren. Sie parkten neben Maxims Wagen, informierten ihn kurz und gingen zum Haus.

Alex hatte den Schlüssel und leise betraten sie das Haus. Von Rolf Berger wussten sie, wo voraussichtlich Antony Gill schlafen würde. Sehr leise begab man sich in den ersten

Stock. Die Beschreibung stimmte. Man fand einen schlafenden Antony Gill, den sie schnell überwältigten.

Als Antony Gill, gefesselt im Schlafanzug vor ihnen saß, sagte Grigori:

„Kirill Koslow, welch eine Freude, Sie in Erding zu treffen. Lange habe ich Sie gesucht. Kirill, ich will es kurz machen, ich werde Sie nach St. Petersburg bringen. Wenn Sie vernünftig sind und mit sich reden lassen, dann reisen wir bequem im Flugzeug nach St. Petersburg. Das mit Wiesbaden war ein großer Fehler. Sie hätten sich denken können, dass wir mit der Galerie Kaiser zusammenarbeiten. Als ich dort hörte, dass Sie ein Konto auf den Kaiman Inseln geplündert haben, war der Rest für uns einfach."

Grigori fesselte Kirill Koslow und bat Jim, die anderen zu holen. Sie begaben sich in die untere Wohnstube und als Jim und Patrick Maria und Rolf ins Haus brachten, sagte Mike:

„So meine Herrschaften. Mein Ziel ist es, die gestohlenen Vermögenswerte nach Wiesbaden zurückzubringen. Soweit ich weiß ist Grigoris Ziel, Kirill Koslow nach St. Petersburg zu bringen. Beides erscheint möglich. Ich bin dafür, dass wir erst mal den Tresor hier im Haus sichten. Darf ich fragen, wo er steht und wer den Schlüssel oder den Code hat?"

Weder Kirill noch Rolf oder Maria antworteten.

Mike freundlich: „Jim bitte gehe doch mit Kirill nach draußen, verklebe ihm den Mund, damit wir seine Schreie nicht so hören. Wenn er willens ist, mit uns zu sprechen, kommst du wieder."

Kirill: „Was haben Sie mit mir vor?"

Mike immer noch freundlich: „Herr Kirill, wir wollten Sie mit den amerikanischen Verhörmethoden aus dem Vietnamkrieg vertraut machen."

Kirill: „Sparen Sie sich das, das ist menschenunwürdig. Der Tresor ist im Keller und der Code ist: 21 und viermal rechts, 07 und dreimal links, 31 und zweimal rechts und dann links bis zum Anschlag."

Mike bat Maxim und Patrick sich einen Korb oder etwas Ähnliches zu holen und den Inhalt des Tresors nach oben zu bringen.

Nach kurzer Zeit kamen Maxim und Patrick mit zwei großen Körben und legten die gefundenen Dinge auf den Tisch.

Mike nahm seine Liste der gestohlenen Gegenstände und sagte: „So, ich gehe jetzt nach meiner Liste vor, wobei wir die Wohnungseinrichtung von Jens im Moment außer Acht lassen. Das klären wir später."

Kirill Koslow, wie auch Rolf Berger und Maria Gerner erhoben Einspruch. Alle drei behaupteten, dabei sei auch ihr eigenes Geld.

Mike ganz ruhig: „Wir nehmen im Moment nur das, was gemäß der mir vorliegenden Liste uns zusteht. Über die Form der Rückgabe können wir uns noch unterhalten."

Jim besorgte ein Frühstück für alle, während Mike gemäß seiner Liste aus Wiesbaden die aufgefundenen Werte feststellte und in einer Liste zusammenfasste.

Nach gut zwei Stunden stellte er fest: „Die Münzsammlung vom Vater des Herrn Gerner ist vollständig vorhanden. Auch der Schmuck seiner Mutter. Der Schmuck der Ehefrau fehlt, ich nehme an, er ist in der Wohnung in der Tengstraße. Die Aktien des Vaters von Herrn Gerner sind ebenfalls vollständig vorhanden. Das verlustig gegangene Bargeld und das Bargeld der Konten ist vollzählig vorhanden. Auch die vielen Kleinigkeiten scheinen nicht zu fehlen.

Beim Steuerberatungsbüro Jens Gerner ist ebenfalls alles Bargeld vorhanden, auch die Goldbarren und Wertpapiere.

Der auf den Kaiman Inseln veruntreute Betrag in Höhe von 152.000 US $ ist um die Bankgebühr verringert. Hier muss ein Ausgleich geschaffen werden. Aber wie gesagt, das ist nur eine kleine Summe.

Außerdem muss die Rückführung der Möbel nach Wiesbaden bezahlt werden.

Alles in allem habe ich nach Abzug der gestohlenen Gelder noch 112.000 Euro übrig. Davon gehen der Rücktransport der Möbel ab und die Bankgebühren für die Abhebung auf den Kaiman Inseln. Dazu kommen noch Maxims und meine Auslagen und Bezahlung von Jim, Alex und Patrick. Wenn ich das so überschlage, so bleiben sicherlich noch an die 50.000 Euro übrig. Wem gehört nun dieses Geld?"

Marias Stimme überschlug sich: „Mike, du bist ein Gauner, du nimmst uns alles Geld, Rolf hat allein 150.000 Euro hier eingebracht und auch Antony hatte eine Menge Geld. Dazu kommt die Hälfte von meinem Zugewinn aus der Ehe mit Jens. So kommst du mir nicht davon."

Mike ganz ruhig: „Du meinst also, ich soll jetzt die Polizei rufen. Das kann ich. Da du keinen festen Wohnsitz hast und Rolf auch nicht, wird man dich zwangläufig in Untersuchungshaft nehmen. Rolf nebenbei auch. Ihr beide seid polizeilich in Wiesbaden abgemeldet. Bei Kirill bin ich mir sicher, der wird den Weg gehen, den Grigori vorgeschlagen hat.

Aber ich bin noch nicht ganz fertig. Dieses Gehöft hier hat nach meinem Wissen Peter Wahl erworben. Antony Gill trat als Käufer auf. Kirill, gibt es darüber einen Treuhandvertrag oder etwas Ähnliches?"

Kirill bedächtig: „Ja, der müsste unter den Papieren des Kaufvertrages liegen. Wir haben seinerzeit das Anwesen für 380.000 Euro gekauft. 100.000 Euro kamen von mir und 280.000 Euro kamen von Peter. Der wollte seinerzeit nicht selbst Eigentümer sein, da er Eheschwierigkeiten hatte!"

Mike: „Also gehören Ihnen von diesem Grundstück rund ein Viertel. Da Peter Wahl nicht mehr lebt, werden wir Luise Wahl und Herrn Frank Lappas bitten, zu uns zu kommen, um zu vereinbaren, wie wir in dieser Angelegenheit vorgehen müssen."

Danach veranlasste Mike, dass Kirill Koslow und auch Rolf Berger und Maria Gerner in die erste Etage gebracht wurden. Dies in separaten Räumen und unter Bewachung. Dann rief Mike Frank Lappas und Luise Wahl an und bat um schnelles Kommen. Danach telefonierte er mit Jens in Wiesbaden.

(Jens) Jens Gerner.

(Mike) Hallo Jens, ich mache es kurz, wir haben das Geld wieder und auch deine Möbel, Aktien und sonstigen Wertgegenstände. Vielleicht ist etwas abhanden gekommen, aber viel kann das nicht sein. Wichtig ist auch, dass das Geld von dem Konto auf den Kaiman-Inseln fast vollständig vorhanden ist.

(Jens) Mike, jetzt geht es mir schon viel besser. Erzähle, wie war das möglich?

(Mike) Ganz kurz und stichwortartig ... und dann erzählte er die Einzelheiten der Festnahmen und der Gespräche ... *Mike lachte – aber dass du uns verheimlichen konntest, dass du eine Geliebte hast, das war schon gekonnt.*

(Jens) Mike, mache keine blöden Witze, wer behauptet so was?

(Mike) Deine liebe Frau Maria und Rolf Berger. Sie behaupten, auch Beweise dafür zu haben.

(Jens) Vergiss es, das sind nur Schutzbehauptungen. Wer soll das denn sein?

(Mike) Das solltest du aber wissen, das ist Susi.

(Jens) Maria hat einen Hau, sie muss krank sein.

(Mike) Wir alle wissen, das stimmt nicht, aber ihre krankhafte Eifersucht erklärt natürlich all ihre Verleumdungen und auch ihr Handeln. Sie ist wegen ihrer abnormen Eifersucht gefährlich, um nicht zu sagen, unzurechnungsfähig. Wenn sie bei ihren Behauptungen bleibt, bekommst nicht nur du eine Menge Ärger, sondern wir alle. Mal sehen, ob wir nicht eine Lösung finden, die uns das alles erspart.

(Jens) Die kann doch nicht einfach was behaupten, was jeder Grundlage entbehrt.

(Mike) Leider, das kann sie. Wenn es so bleibt und wir nicht einen Weg finden, sie zum Schweigen zu bringen, gibt's Ärger.

(Jens) Hast du schon eine Idee?

(Mike) Leider nein. Aber ich hoffe, mir fällt noch was ein.

(Jens) Weiß Susi schon davon?

(Mike) Noch nicht. Freue mich schon auf das Gespräch mit ihr. Ich melde mich später wieder. Bye, Bye.

(Jens) Tschüss.

Mike schmunzelte vor sich hin und wählte dann Susis Direktnummer.

(Susi) Susanne Kaiser

(Mike) Hallo Susi. Der größte Teil dieses unschönen Films ist gelaufen. ... dann erzählte er die Festnahme der gesuchten Personen, das Sicherstellen der Gelder und Vermögenswerte … wieder musste Mike lachen … *Susi, Jens und du, ihr habt es verstanden, euer Verhältnis vor allen zu verbergen. Das habt ihr gut gemacht.*

(Susi) Waaaas??? Wer hat ein Verhältnis?

(Mike) Na du und Jens. Maria und auch Rolf Berger haben Beweise dafür.

(Susi) Behaupten diese beiden Ganoven das? Die sind doch beide nicht ganz dicht.

(Mike) Du wirst es nicht glauben, aber Maria scheint seit Jahren krankhaft eifersüchtig zu sein. Da beginnt es gefährlich für uns und vor allen Dingen für Jens zu werden. Dies erklärt auch ihre Handlungsweise, besonders im Hinblick auf die seinerzeitige Mitgliederversammlung, bei der man dich abwählen wollte. Susi, die Frau ist gefährlich. Wir müssen uns da etwas einfallen lassen, um sie zum Schweigen zu bringen. Sollte es zu einem Prozess kommen, so dürfte das kein gutes Licht auf Jens und auch auf dich werfen. Also Achtung! Vorsicht ist geboten.

(Susi) Danke für die Warnung, aber du weißt doch genau wie alle anderen auch, dass das nur eine Schutzbehauptung von Maria ist.

(Mike) Wir schon, aber wie sieht das eventuell ein Verteidiger bei Gericht? Susi, es ist noch nicht aller Tage Abend. Ich werde dir weiter berichten. Bye, bye.

(Susi) Mike, danke dir vielmals. Tschüss, bis später.

Mike begann danach die Papiere aus dem Tresor zu sichten und fand die notarielle Kaufurkunde des Anwesens in Erding und auch die Eintragung beim Registergericht. Es war lediglich auf den Namen Antony Gill eingetragen. In einem formlosen Anhang war nur erwähnt, dass Antony Gill als Treuhänder für Peter Wahl kauft. Außerdem gab es einen Vertrag, nach welchem Antony Gill Herrn Peter Wahl ein Darlehen von 100.000 Euro zum Kauf des Hauses lieh.

Wenig später, kamen Luise Wahl und Frank Lappas.

Mike informierte beide über die Festnahme, das Auffinden der Gelder und Vermögenswerte sowie über die Kaufurkunde des Anwesens in Erding. Mike führte weiter aus.

„Luise, es besteht kein Zweifel, dass dein Mann Peter Wahl der rechtmäßige Eigentümer dieses Anwesens ist. Es liegt lediglich eine Belastung von 100.000 Euro auf diesem Anwesen, zugunsten von Antony Gill. Da das Anwesen unmöbliert für 380.000 Euro gekauft wurde, jetzt aber vollständig möbliert ist, gehe ich von einem Zeitwert von zirka 400.000 Euro aus. Eher etwas mehr, da die Lage in unmittelbarer Nähe des Flughafens ist. Nach meiner Auffassung dürfte ein Verkauf rasch machbar sein."

Luise überlegte kurz:

„Mike, ich habe auf der Herfahrt von München schon zu Frank gesagt, ich will von diesem Anwesen nichts. Ich käme mir ganz schäbig vor, würde ich etwas davon in Anspruch nehmen. Frank ist zwar nicht meiner Meinung, aber er versteht mich. Sicherlich muss das Ganze rechtlich einwandfrei geklärt werden. Aber ich denke mir, ihr habt einen guten Notar, der kann das sicher regeln.“

Mike: „Luise, hast du dir das gut überlegt? Es ist eine Menge Geld, die du praktisch für nichts weggibst.“

Luise: „Mike, ich will es mal so sehen. Nehmen wir an, wir können es für 400.000 Euro verkaufen. So gehören Antony Gill sicherlich 100.000 Euro. Mir würden dann 300.000 Euro bleiben.

Der kleine Ben ist mit Sicherheit Peters Sohn. Also sollte für den gesorgt werden. Nach meiner Meinung sollte er von diesem Betrag die Hälfte erhalten, dies in monatlichen Raten bis zu seinem 28. Lebensjahr. Das wären 150.000 Euro. Mit dem restlichen Betrag habe ich einige Schwierigkeiten. Du hast mir gesagt, dass du zwar alle Gelder sicherstellen konntest und für Maria und diesen Rolf Berger und auch Antony Gill noch zirka 50.000 Euro übriggeblieben sind. Aber die geben an, es wäre ein Vielfaches vorhanden gewesen.“

Mike trocken: „Luise, das behaupten sie, ich kann mir vorstellen, dass es mehr gewesen ist, aber sie mussten den Flug nach den Kaiman Inseln bezahlen, den Umzug nach München und sicherlich noch viele Kleinigkeiten. Aber wir haben das nicht verschuldet.“

Luise: „Eben, du, das heißt die Galerie Kaiser hat das nicht verschuldet. Aber indirekt mein Mann, auch wenn er nicht mehr lebt. Ich fühle, dass ich hier eine Wiedergutmachungsschuld habe. Ich bin dafür, dass man diese 150.000 Euro dazu verwendet eine Lösung zu finden, mit der wir alle leben können. Also auch einen Ausgleich für Maria und Rolf Berger finden. Eventuell auch noch für Antony Gill. Könntest du damit leben?“

Mike: „Luise, du machst hier ein sehr hochherziges Angebot. Ich weiß nicht, ob Maria, Rolf Berger und auch Antony Gill die Größe haben und auch das Empfinden, dein selbstloses Angebot zu würdigen. Aber wir können die Herrschaften fragen.“

Luise leise: „Sollten die Herrschaften damit nicht einverstanden sein und kommt es zu Streitigkeiten oder gar zu einem Prozess, so verfüge ich, dass eben diese 150.000 Euro dem Verein der Galerie Kaiser als Spende zufließen und zweckgebunden für verarmte Künstler zu verwenden sind."

Hier mischte sich Grigori Orlow ein: „Frau Wahl, ich habe die ganze Zeit ruhig zugehört. Obwohl ich immer mit Gaunern zu tun habe, erscheint mir Ihr Vorschlag viele positive Seiten zu haben. Was meinen Gefangenen, Herrn Antony Gill oder auch Kirill Koslow betrifft, so würde sich für ihn vieles zum Positiven wenden. Ich wäre in der Lage, ihm Haftverschonung zu verschaffen, ihm einen guten Anwalt zur Seite zu stellen und auch positiv für ihn auszusagen. Er hat bei den Diebstählen in St. Petersburg lediglich Hilfestellung geleistet. Das muss ich mit ihm besprechen. Ich glaube sagen zu können, er wird mit Frau Wahls Vorschlag einverstanden sein. Wie das bei Maria Gerner und Herrn Rolf Berger ausschaut, das kann ich nicht beurteilen, denn Frau Maria Gerner scheint psychisch krank zu seine. Ihre extreme Eifersucht macht sie unzurechnungsfähig.

Ich würde folgendes vorschlagen: Besprechen Sie die Angelegenheit zuerst mit ihrem Justiziar Dieter Zeiser, dann mit Jens Gerner. Das sollten Sie möglichst sofort machen. Dann holen Sie sich das Einverständnis von Frau Maria und Herrn Rolf Berger. Gemeinsam können wir dann in Wiesbaden das in eine rechtlich vernünftige Form bringen."

Mike: „Danke Grigori."

Dann nahm er das Telefon und wählte Dieter an. Er sprach lange mit ihm. Am Ende des Telefonats bedankte er sich herzlich bei ihm.

Danach sprach er mit Jens. Wieder ein langes Telefonat. Als beide Gespräche beendet waren, sagte er:

„Luise, Frank, ich erzähle euch jetzt nur das Ergebnis dieser langen Telefonate. Vorausgesetzt Antony Gill, Maria Gerner und Rolf Berger sind mit unserem Vorschlag einverstanden, treffen wir uns am kommenden Mittwoch, das heißt in zwei Tagen in der Praxis von Notar Zeiser gegen 14.00 Uhr.

Ihr beide bringt einen beglaubigten Grundbuchauszug für dieses Anwesen mit. Das kann euch euer Notar morgen besorgen. Herr Antony Gill muss seinen britischen Passport mitbringen und spendet das Anwesen in Erding der Galerie Kaiser Wiesbaden e.V. Diese Spende ist steuerfrei.

Susi und Anton als Geschäftsführer des Vereins bekunden schriftlich, dass die Spende wie folgt verwendet wird:

100.000 Euro als Rückzahlung des Darlehens für Antony Gill und für eventuelle Anwaltskosten.

150.000 Euro für Ben Bach als monatliche Zahlungen zur Ausbildung bis zum 28. Lebensjahr.

150.000 Euro für Ausgleichskosten zum Aufbau einer Existenz (falls es in diesem Zusammenhang Meinungsverschiedenheiten gibt, so fließt dieser Betrag in die Förderung verarmter Künstler.)

Jens Gerner bestätigt, dass seine Frau Maria Gerner alle aus dem Büro und der Wohnung entnommenen Gegenstände und Gelder in voller Höhe zurückgegeben hat. Die Anzeige gegen Frau Maria Gerner wird zurückgenommen.

Maria Gerner, Rolf Berger und Antony Gill bestätigen, dass sie sowohl von Herrn Grigori Orlow, als auch von Herrn Mike Curtis im freundlichen Gespräch dazu überredet wurden, die von Frau Maria Gerner mitgenommenen Gegenstände und Gelder sowie Wertgegenstände zurückzugeben. Die Aushändigung ist erfolgt. Des Weiteren sollte vereinbart werden: Dass das Ehepaar Gerner die Scheidung im beiderseitigen Einvernehmen wünscht.“

Grigori: „Das hört sich gut an. Luise, Frank, ist das in eurem Sinne?“

Luise: „Ja, sicher wird das Notar Zeiser entsprechend formulieren und wahrscheinlich noch einige Änderungen vornehmen.“

Mike: „Dann hole ich mal unsere Delinquenten.“

Kurze Zeit später kamen Alex, Patrick und Jim mit den drei Herrschaften. Ein Wortschwall ergoss sich über die Anwesenden. Besonders Maria mit ihrer keifenden, hohen Stimme nervte.

Grigori schrie sie an: „Sie halten jetzt den Mund, sonst sperre ich Sie in den Keller.“

Grigori: „Kirill Koslow, das was ich jetzt sage, gilt nur für Sie. Sie haben hier drei Gönner gefunden, die sich für Sie verwendet haben. Eine Anklage in Deutschland wird nicht erhoben, wenn alle drei an dem Verbrechen Beteiligten mit unserem Vorschlag einverstanden sind.

Unter Ihrem Namen Antony Gill – nicht Kirill Koslow – spenden Sie das Anwesen, in dem wir uns befinden, in zwei Tagen vor dem Notar Dieter Zeiser in Wiesbaden der Galerie Kaiser Wiesbaden e.V.. Da der Verein gemeinnützig ist, ist die Spende steuerfrei. Wir schätzen die Verkaufssumme auf 400.000 Euro. Demzufolge erhalten Sie nach dem Verkauf dieses Anwesens 100.000 Euro, das zweckgebunden ist und Ihrer Verteidigung in St. Petersburg zur Verfügung steht.

Ich verspreche Ihnen alles zu tun, um Sie möglichst mit einer Bewährungsstrafe davonkommen zu lassen. Sie wiederum müssen mir versprechen, keinen Fluchtversuch zu unternehmen und sich somit freiwillig in St. Petersburg zu stellen. Ich werde Sie begleiten. Sie wissen, Sie können sich auf mein Wort verlassen.

Peter Wahl hat ein Kind namens Ben. Dieses ist vier Jahre alt. Da sein Vater nicht mehr lebt, verfügt Frau Luise Wahl, dass 150.000 Euro diesem Kind für seine Ausbildung zur Verfügung stehen. Dies bis zu seinem 28. Lebensjahr.

Die restlichen 150.000 Euro sind abhängig von einer Vereinbarung zwischen Maria Gerner, Rolf Berger und Ihnen. Hier habe ich keinen Einfluss.“

Mike: „Maria, Rolf Berger, ich kenne ab jetzt kein Pardon mehr, höre ich nochmals beleidigende und dumme Behauptungen oder ähnliches, dann vergessen wir alle Gespräche und ich hole die Polizei und lasse euch verhaften.

Frau Luise Wahl ist so großzügig und stellt für eine außergerichtliche Einigung eine Summe von 150.000 Euro zur Verfügung. Dies jedoch nur, wenn Streit oder gegebenenfalls ein Prozess vermieden werden kann. Es ist die Restsumme aus dem Hausverkauf. Sollten Streit oder ein Prozess folgen, so fließt diese Summe als Spende dem Verein Galerie Kaiser zu und ist zweckgebunden zur Förderung in Not geratener und verarmter Künstler.

Wie ich Ihnen bereits mitgeteilt habe, sind von den hier gefundenen Geldern in etwa noch 50.000 Euro übrig. Dazu die 150.000 Euro von Frau Luise Wahl ergibt eine Gesamtsumme von 200.000 Euro. Die können Sie sich teilen. Nach welchem Schlüssel, das ist uns gleich.

Voraussetzung ist außerdem, daß Sie sowohl Herrn Orlow als auch mir bescheinigen, dass wir Sie im freundlichen Gespräch dazu überredet haben, die in Wiesbaden mitgenommenen Gegenstände und Gelder zurückzugeben. Die Aushändigung ist erfolgt. Diese Bescheinigung geben Sie uns sofort und wiederholen Sie nochmals vor dem Notar.

Sollten Sie nicht einverstanden sein, so verfallen die 150.000 Euro zu Gunsten des Vereins. Du Maria musst außerdem vor dem Notar erklären, dass du dich mit einer sofortigen Scheidung einverstanden erklärst.

Wir bringen euch jetzt wieder nach oben. Ihr habt fünfzehn Minuten Zeit, euch eure Antwort zu überlegen."

Jim und Patrick brachten die drei nach oben in ein Zimmer. Sie blieben allein, damit sie beraten konnten.

Nach einer viertel Stunde kamen sie wieder und Rolf Berger begann:

„Maria ist nicht der Meinung, dass wir Ihren Vorschlag annehmen sollten, aber wir konnten sie überzeugen, dass dies im Moment die beste Lösung ist. Darf ich fragen, wann die Gelder zur Verfügung stehen?"

Mike: „Die 50.000 Euro sofort nach der Unterschrift beim Notar. Die restlichen 150.000 Euro sobald das Haus verkauft ist. Soweit wir hier die Situation kennen, sind Gebäude in der Nähe des Flughafens leicht verkäuflich und es dürfte nicht sehr lange dauern. Allerdings mit 1 – 2 Monaten müssen Sie rechnen:“

Rolf Berger: „Welche Sicherheiten haben wir?“

Mike lachte: „Sie haben einen notariellen Vertrag und danach richten sich die Zahlungen.“

Rolf Berger: „Wie wird das mit den Möbeln gemacht? Ein Teil steht bei uns in der Wohnung in der Tengstraße.

Mike: „Es wird nicht zu umgehen sein, dass Jens Gerner und Maria Gerner die Möbel teilen. Daher wird Jens Gerner nach München kommen müssen oder Maria bringt eine Liste dieser Gegenstände mit und Sie einigen sich vor dem Notar. Wir können alle nur hoffen, dass daraus keine Streitigkeiten erwachsen. So ist das auch mit den Geldern des gemeinsamen Kontos des Ehepaares Gerner. Auch da werden Sie sich einigen müssen. Ich würde vorschlagen, das klärt der Notar.“

Rolf Berger: „ Wird die Strafanzeige zurückgenommen?“

Mike: „Sobald der Vertrag beim Notar unterschrieben ist und auch eine Einigung hinsichtlich der Möbel und der gemeinsamen Konten erfolgt ist, wird die Strafanzeige unsererseits zurückgenommen. Ich kann mir nicht vorstellen, dass Jens Gerner noch Wert darauf legt, danach noch mit seiner Frau zu sprechen. Er ist tief verletzt.“

Rolf Berger: „Wir konnten nicht genau klären, wie viel jeder von uns an Barmitteln eingebracht hat. Daher haben wir uns darauf geeinigt, dass jeder ein Drittel der zur Verfügung stehenden Summe erhält, das heißt 66.667 Euro. Wir rechnen damit, dass wir je Person nach Unterzeichnung beim Notar 16667 Euro und beim Hausverkauf nochmals 50.000 Euro erhalten. Maria wird eine Liste machen, welche Möbelstücke sie behalten will und welche sie zurückgibt. Wir bringen die Liste mit nach Wiesbaden. Ich habe doch richtig verstanden, wir treffen uns am kommenden Mittwoch um 14.00 Uhr bei Notar Zeiser."

Mike: „Das ist richtig. Ich darf Sie nun noch bitten, dass Sie das nachfolgende Schriftstück gemeinschaftlich unterzeichnen.

Mike hatte ein DIN A4 Blatt mit folgendem Text vorbereitet:

Maria Gerner	wohnhaft in München, Tengstraße
Rolf Berger	wohnhaft in München, Tengstraße
Antony Gill	wohnhaft in Erding bei München

bestätigen, dass wir heute von

Herrn Gregori Orlow	wohnhaft in St. Petersburg z. Zt. München und
Herrn Mike Curtis	wohnhaft in Boston / USA z. Zt. in München

im freundlichen und beratenden Gespräch dazu überredet wurden, die von Maria Gerner in Wiesbaden mitgenommenen Gegenstände und Vermögenswerte, sowohl in der gemeinsamen Wohnung als auch im Büro des Ehepaares Gerner zurückzugeben.

Dies betrifft auch die Gelder, die wir von gemeinsamen Konten oder Konten des Büros abgehoben haben. Die Aushändigung ist bis auf die entnommenen Möbel bereits an diese Herren erfolgt.

Erding bei München, den ....

Maria Gerner   Rolf Berger

Antony Gill

Als Zeugen:

Luise Wahl   Frank Lappas

Maria Gerner wollte anfangen grell zu kreischen, aber Rolf Berger verbot ihr weiterzusprechen. Sehr schnell hatten danach die drei unterschrieben und Luise und Frank unterzeichneten auch.

Mike fragte Patrick: „Wärst du so nett und würdest Maria Gerner und Rolf Berger in die Tengstraße fahren?"

Ohne ein Danke, ohne ein weiteres Wort verließen die beiden mit Patrick den Raum.

Grigori hatte noch eine ernste Unterhaltung mit Antony beziehungsweise Kirill. Danach sagte er: „ Ich habe mit Kirill vereinbart, dass er seine Sachen packt und wir beide fahren morgen mit seinem Auto nach Wiesbaden. Mike, kannst du veranlassen, dass wir in Wiesbaden ein vernünftiges Hotel finden?"

Mike: „Das mache ich gleich im Anschluss. Ich werde jetzt mit Dieter Zeiser, Jens Gerner und Susi telefonieren. Die warten auf eine Nachricht.

Danach sollten wir eine Kleinigkeit essen gehen und dann muss ich ganz einfach mal schlafen.

***

Mittwochnachmittag hatte man sich um 14 Uhr bei Dieter Zeiser getroffen. Alle waren gekommen. Die Protokollierungen gingen relativ schnell.

Anscheinend hatte Maria auf Bewirken von Rolf Berger eine Liste der Möbelstücke mitgebracht und angekreuzt, welche Stücke sie behalten wollte. Auch das war rasch abgehandelt.

Die Teilung des Bankvermögens von Jens war auch schnell geregelt, da Jens bereit war, die Hälfte der Girokontos an Maria zu geben sowie eine Abstandszahlung des eventuellen Zugewinns während der Ehe in Höhe von 60.000 Euro.

Es gab noch mal kurz Ärger, als der Notar von Maria Gerner, Rolf Berger und Antony Gill eine notarielle Schuldanerkenntnis über 150.000 Euro verlangte, die offenzulegen war, falls die getroffenen Vereinbarungen nicht eingehalten würden. Gemäß der Zweckbestimmung sollte dann dieser Betrag für verarmte Künstler zur Verfügung stehen.

Jens Gerner versprach, am nächsten Morgen die Strafanzeige zurückzuziehen.

Man war schon am verabschieden, als Maria Gerner nochmals aufbegehren wollte. Rolf Berger verbot ihr den Mund.

Endlich, gegen 17 Uhr verließen Maria und Rolf Berger die Praxis von Dieter Zeiser.

Als sie gegangen waren meinte Susi: „Hoffentlich sehen ich die nie wieder. Dir Mike danke ich für deine Geduld und vor allen Dingen dein geschicktes Verhandeln. Luise, ich kann dir nur meine Hochachtung aussprechen. „Und Jens", Susi lachte: „nachdem du mein Geliebter bist, sei froh, dass du dieses Aas losgeworden bist.

Kommt, es ist Aperitifzeit bei uns, alle warten schon und wollen wissen, wie dieser Diebstahl bei Jens ausgegangen ist. Außerdem habe ich Ilse und Jo von der Ausstellung in Wuppertal für heute Abend nach hier beordert. Ich glaube, die Schenkung an den kleinen Ben, solltest du, liebe Luise, den beiden selbst sagen."

Susi

+

die

Ästheten

Wiesbaden

Susi saß Anfang April in ihrer Wohnung in Wiesbaden im kleinen Atelier. In Gedanken ließ sie die letzten vier Monate Revue passieren. Sie war jetzt im sechsten Monat schwanger. Die Zwillinge, Max und Moritz, waren jetzt im Krabbelalter. Obwohl ihre Zeit knapp war, versuchte Susi möglichst oft mit den beiden zu spielen. Sie genoss das.

Die vergangenen Monate waren turbulent, um nicht zu sagen ereignisreich und stürmisch.

Nach dem Diebstahl bei Jens, durch seine Frau, kam durch die Wiederbeschaffung der Gelder Ruhe in die Finanzen des Unternehmens.

Die Sonderausstellung **»Die berühmtesten Gemälde der Welt«** in Wuppertal war ein riesiger Erfolg. Man hatte Bestellungen von über drei Millionen Euro. Susi schmunzelte, als sie an die begeisterten Gesichter ihrer Mitarbeiter in Wuppertal dachte.

Der zum Jahresende vollzogene Wechsel der Geschäftsleitung war problemlos verlaufen. Sowohl Franz Westermann als auch Prem Leekpai hatten diese Positionen mit viel Fingerspitzengefühl übernommen.

Wehmütig dachte Susi an ihr Weihnachtsfest. Es waren sehr besinnliche und schöne Festtage. Diesmal war der Personenkreis um Susi klein. Ihre Eltern waren über die Festtage zu Tommi und seiner Frau Sarah geflogen. Maxim, Boris, Franz und Prem feierten mit ihren Familien in der neuen Umgebung. Mike und Vera blieben in USA bei ihren Mitarbeitern. Hilde und Erich nebst Ersatzoma verbrachten die Festtage in Solingen. So blieben nur Erika und Anton mit ihrem kleinen Mike, Jens und die beiden Mädchen Nina und Saskia, wobei Nina ihren Ingo mitgebracht hatte. Alle behaupteten, es wären die schönsten und ruhigsten Weihnachten seit langem gewesen. Susi lächelte vor sich hin. Anfang Januar hatten Olga Waganowa und Dr. Hugo Wettengel in St. Petersburg geheiratet. Über die Hälfte aller Mitarbeiter waren nach St. Petersburg gekommen. Selbst Mike und Vera aus den USA. Jacob und mehrere seiner Mitarbeiter hatten die weite Reise von Tel Aviv nicht gescheut. Zontini war mit Ehefrau angereist und hatte Carlo, Gina und Francesco mitgebracht. Wuppertal war mit acht Personen vertreten und auch Hilde und Erich hatten es sich nicht nehmen lassen, dabei zu sein.

Es war ein rauschendes Fest gewesen, das mit einem Feuerwerk endete. Drei Tage dauerten die Feierlichkeiten. Es war wunderschön. Ganz versonnen, mit einem träumerischen Blick, dachte Susi daran.

Jerusalem machte gute Geschäfte und die Galerie hatte sich gut etabliert. Auch Rom und St. Petersburg waren eine Quelle der Freude.

Mike, in Boston / USA spezialisierte sich mehr und mehr auf sakrale Kirchenausstattungen und das mit viel Erfolg.

Orlando Lopez war zurück nach Mexico-City geflogen und hatte erst vor wenigen Wochen einen alten Klosterbau mieten können, um dort eine Galerie und die entsprechenden Ateliers zu platzieren.

Etwas verunsicherte Susi stark, das war das Gestalten von Originalen. Waren sie selbst oder ihre Mitarbeiter in der Lage, wirkliche Kunstwerke zu kreieren? Hatten sie alle die schöpferische Eingebung ästhetische Gemälde zu erschaffen?

Vor drei Monaten hatte man den Sprung ins kalte Wasser gewagt und ihre Mitarbeiter aber auch viele Künstler weltweit gebeten, das Außergewöhnliche zu vollbringen. Der Zuspruch war groß. Viele ihrer Mitarbeiter hatten sich an diesem Wettbewerb beteiligt, aber auch viele freie Künstler bewarben sich. Susi selbst hatte drei Gemälde eingereicht.

Mitte des letzten Monats war der Abgabetermin. Seitdem beurteilten mehrere Kunstwissenschaftler die 214 eingereichten Gemälde. 120 davon kamen in die Endausscheidung. Da man in Wuppertal den meisten Platz hatte, fand dort die Beurteilung statt.

Diese 120 Gemälde sollte eine Gutachterkommission beurteilen, die sich aus zwölf Mitgliedern zusammensetzt. Susi musste schmunzeln. Mike und Michail hatten das sehr geschickt arrangiert. Morgen musste sie die Jury begrüßen und freute sich schon, einige sehr gute Bekannte unter den Juroren begrüßen zu können. Sie betete, dass dieses Experiment gelingen möge, denn man hatte hohe Preise ausgelobt.

Es klopfte, und auf das „Herein" schaute Moritz durch den Türspalt und fragte: „Willst du nicht zum Mittagessen kommen?"

Susi lachte: „Ach Moritz, ich mache mir Gedanken um die Begutachtung unserer Bilder in Wuppertal. Ich glaube, wir müssen nachher noch mal darüber sprechen. Aber lass uns erst essen."

Während des Essens meinte Ingo: „Ich bin gespannt, ob sie mein Bild in die engere Auswahl einbezogen haben."

Und Susi: „Ingo, ich habe gar nicht gewusst, dass du dich auch beworben hast. Welches Motiv hast du gewählt?"

Ingo trocken: „Mir ist nichts Gescheites eingefallen, so habe ich den Mainzer Dom gewählt. Allerdings mehr als Skizze. Der Vordergrund ist ein verschwommenes Blau, so als wäre es Wasser, der Hintergrund ein strahlendes Weiß und der Dom in dunklen Strichen skizziert."

Nina: „Jetzt untertreibt aber Ingo. Es ist ein wunderbares Gemälde. Ich möchte sagen, es ist heilig. Ich habe noch nie so etwas Wunderschönes gesehen. Susi, ich musste Ingo versprechen niemanden etwas davon zu verraten, aber wenn du es siehst, wirst du ehrfurchtsvoll davor stehen."

Susi lachend: „Nina, ich halte Ingo ganz fest die Daumen. Ich bin mir sicher, dass er in der Lage ist, etwas Außergewöhnliches zu schaffen." Jetzt erzählte Susi auch, dass sie drei Bilder zur Begutachtung nach Wuppertal geschickt hat.

Nach dem Mittagessen kümmerte sich Susi noch um ihre Zwillinge um danach Moritz zu fragen, ob er ein paar Minuten Zeit für sie hätte.

Moritz lachte nur: „Susi, für dich doch immer. Wollen wir in dein Büro gehen oder bei dir im Atelier reden?“ Sie entschieden sich für das Atelier.

„Moritz, ich weiß, es ist falsch, vor irgendetwas Angst zu haben. Aber vor den nächsten Tagen habe ich fast Panik. Wir haben uns auf einen Sektor begeben, nämlich der Schaffung von Kunstwerken, von dem wir eigentlich nichts verstehen. Sicherlich sind wir seit Jahrzehnten auf diesem Gebiet tätig, aber eben nur im Bereich der Reproduktion. Reicht das aus um nach den Sternen zu greifen?“

Moritz ganz sachlich: „Susi, ich kann deine Bedenken verstehen. Aber du warst es doch, die mir immer wieder erklärte, Kunst sei eine schöpferische Tätigkeit und ich glaube, daran hielten wir uns bisher. Was beeinflusst dein Denken so, dass du plötzlich zweifelst?“

Susi sehr ernst: „Moritz, dein Bruder Max hat mir beigebracht, dass die Beschäftigung mit der Kunst unser Leben vertieft und höchste und edelste Freude gibt. Sie schärft den Blick für die sichtbaren und den Sinn für die verborgenen Werte des Daseins. Die Kunst der Vergangenheit erleichtert uns das Verständnis der Geschichte. Die Kunst der Gegenwart lässt uns die Probleme unserer Zeit erkennen und verdient daher auch dann unsere Aufmerksamkeit, wenn sie uns bei flüchtiger Betrachtung unverständlich und fremd erscheint. Wer in der Kunst nur seichte Unterhaltung und oberflächliche Freude sucht, wird sich nie zu wahrem Kunstverständnis durchringen.“

Moritz hatte aufmerksam zugehört: „Susi, das sind Merkmale, wie du sie in all unseren Exponaten findest. Was bringt dich dazu, plötzlich deine Kunstbetrachtungsweise in Frage zu stellen? Ausgerechnet du, die in den letzten Jahren zusammen mit den Mitarbeitern ein Kunstimperium geschaffen hat, das einmalig auf der Welt ist. Warum um Gottes Willen zweifelst du plötzlich an dir?"

Susi nahm die Hand von Moritz. „Vielleicht hast du schon mal erlebt, dass dir ein Gemälde unverständlich und fremd blieb, obwohl man dir sagte, ein berühmter Meister habe es geschaffen. Vielleicht hat dir ein Bild gefallen, das die Leute, die etwas davon verstehen, als Kitsch bezeichnet haben. Moritz, ich zweifle manchmal, dass all diese Koryphäen so sicher sein können, um Echtes von Unechtem und Kunst von Kitsch zu unterscheiden."

Moritz lächelte: „Susi, du hast Beklemmungen, die Jury in Wuppertal könnte unsere Exponate falsch beurteilen. Soweit ich die zwölf Jurymitglieder einschätze, sind das samt und sonders Fachleute mit gesundem Menschenverstand. Zwölf Jurymitglieder können sich nicht alle gleichzeitig irren. Warum zweifelst du an deren Sachverstand?"

Susi immer noch ernst: „Moritz, sowohl Otto, als auch dein Bruder Max haben mir beigebracht, dass der beste Weg zum Kunstverständnis über den eigenen bildnerischen Versuch führt. Wer also Bilder verstehen lernen will, der handle nach Michelangelos Anweisung für einen jungen Freund: ‚Zeichne, Antonio, zeichne und verlier keine Zeit!'

Gerade das ist es, was ich bei den Juroren vermisse, es sind Sachverständige, aber soweit ich weiß, ist keiner ein praktizierender Künstler."

Moritz ganz ruhig: „Susi, sicherlich hast du mit deinen Gedanken recht. Du weißt, ich verstehe von Kunst wenig, um nicht zu sagen, nichts. Aber ich glaube, wer Kunstwerke verstehen will, muss zuerst richtig schauen können. Man kann das üben, indem man ein Bild gründlich betrachtet und dann aus dem Gedächtnis seinen Inhalt, seine Komposition und Farbenwirkung genau beschreibt. Durch solche Übungen kam ich der tieferen Sinndeutung von Kunstwerken näher. Das Erkennen des innerlich Bewegenden, das den Künstler zum Gestalten drängt, ist die Krönung dessen, was Kunstbetrachtung erstrebt. Die Freude am Schönen wird durch das bewusste Nacherleben vertieft. Susi, ich glaube, du kannst unserer Jury trauen. Es sind honorige Persönlichkeiten und Kunstgelehrte oder mit der Kunst verbundene Fachleute."

Susi: „Moritz, ich danke dir für deine Meinung und dass du mir so lange zugehört hast. Bitte, sei mir nicht böse, aber wir haben in dieses Experiment eine Unmenge Geld investiert. Geht diese Veranstaltung schief, so sind wir zwar nicht pleite, aber auch nicht weit davon entfernt. Wobei ich noch gar nicht abschätzen kann, welchen Schaden ein eventueller Rufmord anrichtet. Glaube mir, ich fahre morgen mit Bauchweh nach Solingen und Wuppertal. Ich freue mich zwar, so viele Freunde zu treffen, aber es sind auch einige dabei, die ich nicht abschätzen kann."

Moritz in seiner ruhigen Art: „Susi, Kopf hoch, wir waren schon in viel schlimmeren Situationen. Auch dieser Wettstreit um die eindrucksvollsten, ästhetischen Werke wird gut verlaufen. Ich weiß, wir brauchten einen guten Namen für diese Veranstaltung und **Kaiser's Kunstwettbewerb der Ästhetik** mit dem englischen Untertitel **Kaiser's art contest of aesthetics** ist sicherlich notwendig und lockt wahrscheinlich auch die Presse. Soweit ich weiß, haben sich Funk und Fernsehen bereits angemeldet und die Presse wird in großer Zahl vertreten sein. In jedem Fall sehen wir morgen Abend viele unserer Freunde und die werden dir über manche Hürde hinweghelfen. So, du willst sicherlich noch mal nach den beiden Süßen sehen, bevor wir nach unten zum Aperitif gehen."

Susi und Moritz kamen kurz nach 18 Uhr zum abendlichen Treffen. Neben ihren Wiesbadener Mitarbeitern sahen sie Carlo, Gina mit Francesco, Jacob und einen Herrn, den Susi schon viele Jahre nicht mehr gesehen hatte, André Legrand aus Straßburg. Sie begrüßte ihn freudig und dieser stand wie versteinert, als er Moritz sah. Susi stellte ihren Mann vor und Monsieur Legrand entschuldigte sich für sein Verhalten:

„Herr Moritz, ich kannte Ihren Bruder sehr gut und Sie sehen ihm zum Verwechseln ähnlich. Ich war so etwas wie ein väterlicher Freund für ihn. Durch mich lernte Max die Museen dieser Welt kennen. Wir verstanden uns sehr gut. Als man mich bat, als Gutachter bei ihrem Kunstwettstreit der Ästhetik tätig zu sein, konnte ich nicht ablehnen. Ich bleibe nur heute Nacht in Wiesbaden und werde morgen Früh nach Wuppertal fahren.

Erst durch das Fernsehen habe ich vor einigen Monaten erfahren, dass Sie auch eine Galerie in Jerusalem eröffnet haben. Ich bin schon gespannt, was die Galerie Kaiser in Wuppertal bietet. Soweit ich es beurteilen kann, werden wir uns morgen Abend zur Eröffnung des Contests in Wuppertal treffen. Ich freue mich darauf."

Susi lachend: „Monsieur Legrand, Sie glauben mir nicht, wie schön es ist, Sie zu sehen. So oft wollte ich schon nach Straßburg kommen, aber unser Unternehmen hat sich rasant erweitert, dass dafür keine Zeit blieb. Wir freuen uns, dass Sie unter der Jury sind. Ich weiß, damit einen wirklichen Fachmann für die Beurteilung der Werke zu haben."

Man unterhielt sich noch etwas bis Jacob kam: „Susi, kennst du eigentlich schon die Namen der Juroren?"

Susi ernst: „Eigentlich fast alle"

Jacob: „Susi, man hat eine gute Auswahl getroffen. Ich war überrascht, es sind keine verknöcherten Kunstfuzzies. Ich glaube, es wird eine ausgesprochen lebensnahe Gutachterkommission sein. Sehr froh bin ich, dass auch Baki mit bei den Juroren ist. er ist ein außergewöhnlicher Fachmann."

Da so viele Personen anwesend waren, lud Prem die Gäste zu Giovanni zum Abendessen ein.

***

Solingen

Susi und Moritz waren relativ spät von Wiesbaden weggekommen und es war schon viertel nach zwölf, als sie endlich in Solingen bei Hilde und Erich waren.

Wie immer, Hilde stürzte aus dem Haus, begrüßte die beiden stürmisch: „Mensch, ist das schön euch beide zu sehen. Kommt rein, das Mittagessen steht auf dem Tisch."

Im Haus angekommen, begrüßten sie Erich und die Ersatzomi und Susi begrüßte ihr kleines Patenkind.

Als wäre es eine Selbstverständlichkeit, hatte Hilde den Tisch festlich gedeckt und meinte:

„Hoffentlich habe ich euren Geschmack getroffen. Es gibt eine Rinderbrühe, dann Tafelspitz und danach eine hervorragende Nachspeise."

Es wurde ein schönes und gemütliches Mittagessen.

Danach erzählte Hilde, dass Michail Borodin und Paula zusammen mit Olga und Hugo heute Nachmittag in Düsseldorf landen würden und Erich würde sie abholen. Allerdings wollten sie mit den anderen Juroren in einem Hotel wohnen, und so würde man sie direkt in das Hotel ART – FABRIK nach Wuppertal bringen.

Hilde lachte verschmitzt: „Susi, du und Moritz fahrt mit mir auch zum Flughafen, denn wir müssen auch einige abholen. Aber da lasst euch von mir überraschen."

Hilde lachte: „Susi, ich glaube die Überraschung ist mir gelungen. Denn wir holen jetzt Tommi, Sarah und Baki ab."

„Neiiiin", Susi kamen die Tränen. „Die Überraschung ist dir gelungen." Die Maschine war vorplan gelandet und kurze Zeit später gab es eine tränenreiche Begrüßung. Zusammen fuhren sie nach Solingen.

Hilde hatte für Tommi und Sarah ein Zimmer gerichtet. Baki wollte lieber mit den anderen Juroren im gleichen Hotel sein und sie verabredeten, gemeinschaftlich um 17 Uhr nach Wuppertal zu fahren. Viel Zeit hatte man nicht mehr, aber zu einem Willkommenskaffee reichte es.

Wuppertal

Im Wuppertaler Stadtteil Heckingshausen befindet sich das 4-Sterne-Hotel ART FABRIK. Dieses Hotel besticht durch ein beeindruckendes Design, originale Kunstwerke und eine ruhige Lage. Das ART HOTEL befindet sich in einem historischen Fabrikgebäude. Mit den Kunstausstellungen dieses Hotels werden acht Kinderkrankenhäuser unterstützt. Die Zimmer dieses Hauses sind beeindruckend. Einige Zimmer verfügen sogar über eine eigene Sauna mit hölzerner Badewanne. Über achtzig Künstler gestalteten das Restaurant, das Café, die Nebenräume und die Kunstgalerie.

Thomas Hall hatte zusammen mit Bart und Paul dieses Hotel für die Juroren des Kunstwettbewerbs ausgesucht. Da dort Kunstausstellungen veranstaltet werden und man für die Zeit des Wettbewerbs eigene, sogenannte Kaisers Originalkopien dort präsentierte, erschien dieses Hotel sehr geeignet. Bart und Paul hatten bei der Gestaltung dieser Ausstellung im Hotel wieder mal ihr Können bewiesen. Im Haus und in der Kunstgalerie hatten die beiden **»Die Kaisers Originalkopien«** gekonnt präsentiert. Sie hatten alle Exponate dem jeweiligen Raum angepasst. Bart und Paul hatten es verstanden, bereits dieser Präsentation den Touch des Extravaganten zu geben, der für den bevorstehenden Kunstwettbewerb einstimmen sollte. Es war fantastisch, was die beiden geleistet hatten.

Susi und Moritz waren mit Tommi und Sarah mit einem Wagen nach Wuppertal gefahren. Hilde und Erich kamen mit Baki hinterher. Baki checkte im Hotel ein und die übrigen trafen sich bereits mit den ersten Gästen.

Auch Mike und Vera, die mit den Kunstwissenschaftlern Austen, Sutherland und Lopez angereist waren, befanden sich bereits im Hotel.

Mike übergab Susi die Liste der Juroren und Susi las:

André Legrand	Kunstwissenschaftler Straßburg
Marco Zontini	Kunstwissenschaftler Rom
George Tapling	Kunstwissenschaftler London
Michail Borodin	Museumsdirektor St. Petersburg
Jacques Claesen	Rechtsanwalt Brüssel
Andrew Sutherland	Kunstwissenschaftler San Francisco
Allen Austen	Kunstwissenschaftler New York
Baki Matan	Kunstwissenschaftler Jerusalem
Orlando Lopez	Kunstwissenschaftler Mexico-City
Frank Lappas	Journalist München
Olga Waganowa	Kunstwissenschaftlerin St. Petersburg
Achmed Husni	Kunstwissenschaftler Kairo

Susi stellte fest, sie kannte alle, das beruhigte sie etwas.

Sie fragte Mike: „Sag mal, wer begrüßt unsere Juroren und die übrigen Gäste? Wie ist das geplant?“

Mike: „Wir gehen gleich zu einem Empfang in den großen Konferenzsaal mit den fünf Säulen. Die eine Seite ist für den Empfang gedacht, die andere Seite für das spätere Abendessen. Es soll eine lockere Zusammenkunft sein. Ich glaube, du kennst alle Anwesenden, so machst du die Begrüßung und ich mache im Anschluss die Juroren und alle übrigen mit dem Ablauf des Kunstwettbewerbes bekannt. Die Presse ist schon anwesend und ich habe auch das Fernsehteam gesehen. Also Susi, wie immer, Kopf hoch."

Mike hatte kaum ausgesprochen, als der erste Aufruf zum Treffen der Gäste der Galerie Kaiser im großen Konferenzsaal kam.

Susi schlenderte in den großen Saal, Getränke wurden gereicht und es gab eine Begrüßung der einzelnen Herrschaften, die nicht enden wollte.

Es war kurz vor halb sieben, als Susi auf das vorbereitete Podium stieg und kurz mit einer Glocke läutete:

„Liebe Gäste, danke für euer Kommen. Nur ein paar Worte zu diesem Wettbewerb und dann darf ich euch vorstellen.

Den **Kaisers Kunstwettbewerb der Ästhetik** oder wie unsere englischen und amerikanischen Freunde sagen, **Kaiser's art contest of aesthetics**, haben wir mehr oder weniger alle beschlossen. Ganz besonders haben sich aber Michail Borodin, der Direktor der Eremitage in St. Petersburg, der Sache angenommen und Mike Curtis, Präsident der Kaiser's Association of Art in Boston USA."

Susi machte eine Handbewegung und sagte: „Ihr beiden hebt bitte die Hand, damit man euch sehen kann. Danke!"

Dann fuhr sie fort: „Besonders hart haben die Mitarbeiter unseres Tochterunternehmens **artis opus** in Wuppertal an den Vorbereitungen zu diesem Wettbewerb gearbeitet. Sie haben alles hervorragend gemacht. Besonders muss ich hier die Kunstsachverständigen Bart van de Velde, Paul Vermeylen sowie Wiktor Krylow erwähnen. Sie haben zusammen mit zwei weiteren Kunstwissenschaftlern die Vorausscheidung bewerkstelligt, und ich bedanke mich bei Thomas Hall für die organisatorische Umsicht."

Wieder machte Susi eine Handbewegung und sagte dazu: „Alle Wuppertaler Mitarbeiter, hebt euere Hände."

Susi begann wieder: „Unseren Mitarbeitern aus St. Petersburg, Rom und Jerusalem danke ich für das Kommen."

Susi fuhr fort: „Unsere Mitarbeiter aus Wiesbaden haben euch unterstützt und einige von ihnen sind ebenfalls unter uns. Besonders Franz Westermann, Prem Leekpai und Maxim Pasternak waren sehr mit dieser Veranstaltung befasst, bitte hebt auch ihr eure Hände, damit man euch sehen kann.“

Susi machte eine kurze Pause und sagte dann:

„Ihr Lieben, wir sind zusammengekommen um eine außergewöhnliche Veranstaltung durchzuführen. Dazu haben wir zwölf Gutachter aus allen Teilen der Welt gebeten. Wen immer ich jetzt vorstelle, der hebe bitte kurz die Hand, damit ihn alle Anwesenden sehen können.

Das erste Jury-Mitglied, das ich hier begrüßen kann, ist Monsieur André Legrand aus Straßburg. Ihn kenne ich von allen Juroren am längsten. Monsieur Legrand hat wesentlich dazu beigetragen, dass die Galerie Kaiser zu dem geworden ist, was sie heute präsentiert. Ich möchte mich bei dieser Gelegenheit bei ihm herzlich für die vielen Ratschläge bedanken, die dazu führten, dieses Unternehmen aufzubauen. Monsieur Legrand, ein großes Merci bien.

Als zweites Mitglied der Jury begrüße ich Herrn Marco Zontini. Herr Zontini ist Kunstwissenschaftler und arbeitet nicht nur mit uns, sondern auch mit den Vatikanischen Museen zusammen. Danke Marco, für dein Kommen.

Als drittes Mitglied der Jury freue ich mich hier zu sehen, George Tapling. Wer die britische Museumsszene kennt, kennt auch den Kunstwissenschaftler George Tapling. Willkommen bei uns.

Unser viertes Jurymitglied ist Michail Borodin. Wer kennt ihn nicht? Michail, ich bedanke mich bei dir und Paula für euer Kommen.

Nummer fünf meiner Liste ist Monsieur Jacques Claesen. Ein Rechtsanwalt! Herr Claesen hat seine Praxis in Brüssel. Es ist einer der wenigen, kunstsachverständigen Anwälte der Welt. Danke Herr Claesen für Ihre Bereitwilligkeit, diese Aufgabe zu übernehmen.

Hallo Andrew, ich glaube es ist mehr als zehn Jahre her, dass wir uns in San Francisco in Ihrem Museum gesehen haben. Willkommen Andrew Sutherland aus San Francisco.

Nummer sieben auf meiner Liste ist Allen Austen. Hallo Allen! Mister Austen ist Kunstwissenschaftler in einem der führenden Museen in New York. Ein herzliches Willkommen bei uns.

Baki, Nummer acht auf meiner Liste der Juroren. Baki Matan kommt aus Jerusalem. Baki ist Kunstwissenschaftler und hat in Berlin studiert. Er hat sein eigenes Kunstimperium in Israel. Danke für dein Kommen.

Orlando Lopez, Nummer neun auf der Jurorenliste kommt aus Mexico-City und ist Kunstwissenschaftler. Orlando, schön, dass wir uns so schnell wieder sehen.

Frank Lappas, Journalist und Kunstkritiker. Er ist Nummer zehn auf unserer Jurorenliste. Lieber Frank ich wünsche dir eine glückliche Hand bei der Beurteilung.

Auch eine Dame ist unter unseren Juroren. Frau Olga Waganowa aus St. Petersburg. Frau Olga ist Direktorin der Eremitage in St. Petersburg. Danke für dein Kommen.

Nummer zwölf unserer Liste ist Achmed Husni aus Kairo. Achmed ist Kunstwissenschaftler und hat in Gent und München studiert. Er ist eng mit dem Ägyptischen Museum in Kairo verbunden. Achmed, schön dich zu sehen.

So, meine Herrschaften, ich hoffe, ich habe niemanden bei der Vorstellung vergessen. Wir wollen Sie jetzt nicht mehr allzu lange quälen, nur Mike wird noch einige Worte zum Ablauf der Veranstaltung sagen. Ich bedanke mich für eure Aufmerksamkeit."

Man applaudierte.

Mike betrat das Podium und nachdem der Applaus verklungen war, lachte er und sagte:

„Hallo, willkommen, wir kennen uns alle.

Bevor wir zum Abendessen gehen, kurz zum Prozedere des morgigen Tages. Auf Ihren Zimmern liegt ein gedrucktes

Programm, in welchem Sie alles Wichtige nachlesen können. Mit Ende des heutigen Abendessens beenden wir dieses Treffen, da ihr morgen Früh alle beizeiten aus den Federn müsst.

Morgen sollten Sie alle etwas Bequemes anziehen. Es wird ein anstrengender Tag. Frühstück ist um 8.00 Uhr. Der Bus zur Galerie **artis opus** fährt um 8.45 Uhr. Dort erhalten Sie ein kurzes Briefing für die Erstellung der Gutachten. Eine Liste der Exponate bekommen Sie morgen Früh.

Während der Zeit Ihrer Arbeit werden Sie mit Getränken und Häppchen versorgt. Um dreizehn Uhr ist für alle Juroren und Mitarbeiter ein warmes Buffet gerichtet.

Sobald alle Beurteilungen durch Sie vorliegen, wird diese ein Notar entgegennehmen und auswerten. Wir können dann zum Abendessen nach hier fahren. Am darauffolgenden Tag wird dann die Auswertung vorliegen und die Preise werden vergeben.

Ihnen allen einen guten Appetit. Bitte, nehmen Sie jetzt hinter den Säulen Platz."

***

Susi war schon sehr früh aufgestanden und mit dem Auto von Solingen nach Wuppertal gefahren. Sie hatte sich um halb acht Uhr mit Thomas in der Galerie **artis opus** verabredet. Sie musste sich unbedingt die Präsentation der Gemälde ansehen, bevor die Gruppe der Juroren kam.

Thomas begrüßte sie freudig: „Susi, schön dich zu sehen. Komm und schau dir die Arbeiten unserer Mannschaft an."

Schon der Empfang war ganz anders gestaltet. Thomas meinte:

„Susi, wir mussten verschiedenes verändern. Von der Ausstellung im letzten Jahr haben wir sehr viel gelernt. Wir haben für diese Präsentation nur sechs Ausstellungssalons.

Den Empfang haben wir ganz frei geräumt und wie du siehst, mit kleinen Tischen und Stühlen versehen. Im ersten Stock bei der Treppe haben wir einen kleinen Saal für Besprechungen oder Veranstaltungen geschaffen. Außerdem haben wir die Treppe vom Erdgeschoss in den ersten Stock zum zweiten Stock verlängert. Musste einfach sein. Unser polnischer Architekt hat uns da sehr geholfen."

Susi bewunderte den Empfang und meinte: „Thomas, der Empfang ist wirklich repräsentativ geworden. Gratuliere. Wie habt ihr das mit den Ausstellungssalons gemacht?"

Thomas ernst: „Susi, das war ein Problem. Wir wollten die eingereichten Bilder nach Kunstrichtungen präsentieren. Das hat sich nicht machen lassen. Bart und Paul hatten das richtige Händchen. Wir haben die Räume wieder mit einer grünschwarzen Decke versehen, aber die Wände weiß gelassen. Zwischen den Bildern haben wir in Silber Blumen, Gräser und Zweige drapiert. Es wird dir gefallen. Das alles macht einen ungemein gediegenen Eindruck. Komm, lass uns das Erdgeschoss anschauen."

Die beiden gingen in die drei Räume des Erdgeschosses. In jedem Raum fand Susi zirka zwanzig Exponate an den Wänden oder auf Staffeleien. Dazwischen Blumen, Gräser und Zweige kunstvoll drapiert, dies in Silber.

„Thomas, du hast Recht. Diese Präsentation ist einwandfrei und für die Begutachtung das einzig Richtige. Meine Gratulation."

Die beiden waren noch am Reden, als Bart und Paul kamen. Es folgte eine nette Begrüßung. Susi sparte nicht mit Lob und fragte dann die drei, ob sie kurz die Unterlagen sehen könnte, die die Mitglieder der Jury erhalten würden.

Paul führte Susi nach unten zum Empfang und erklärte: „Susi, jeder der Juroren erhält von uns eine DIN A5 große, weiße Pappe."

Er zeigte eine steife Pappe auf der die Nummern 1 bis 120 zu sehen waren und neben jeder Nummer ein freies Feld.

„Dazu bekommen sie einen Bleistift und einen dünnen Filzschreiber. Wir stellten uns das so vor, dass die Herrschaften erst einmal durch die Räume gehen und sich die Bilder ansehen. Dabei können sie mit Bleistift bereits Anmerkungen machen. Das endgültige Festlegen der Benotung erfolgt dann mit dem Filzschreiber. Am Abend werden die Benotungszettel beim Notar abgegeben. Er wertet sie aus. Ich zeige dir jetzt ein Blatt, wie wir uns die Auswertung vorstellen:“

Jurorenbewertung: Auswertung durch 12 Juroren

Note 1:	sehr gut	12 bis 23 Punkte
Note 2:	gut	24 bis 35 Punkte
Note 3:	befriedigend	36 bis 47 Punkte
Note 4:	ausreichend	48 bis 59 Punkte
Note 5:	mangelhaft	60 Punkte

Preisvergabe:

12 - 23 Punkte	1. Preis Gold
24 - 35 Punkte	2. Preis Silber
36 - 47 Punkte	3. Preis Bronze
48 - 60 Punkte	4. Preis Kristall

Jeder Preis kann mehrfach, entsprechend der Punktezahl vergeben werden.

Preise:

1. Preis Gold	dotiert mit 10.000 €
2. Preis Silber	dotiert mit 5.000 €
3. Preis Bronze	dotiert mit 3.000 €
4. Preis Kristall	dotiert mit 2.000 €

Jedes Bild das zur Benotung eingereicht wurde und keinen Preis gewann, erhält einmalig 1.000 €.

***

Alle Bilder gehen mit allen Rechten in den Besitz und das Eigentum der Galerie Kaiser Wiesbaden e.V. über

Susi lachte: „Paul, ich hoffe, wir bekommen nicht nur Erste Preise. Dann wären wir arm. Aber lass' uns abwarten. Unser letztes Experiment **»Die berühmtesten Gemälde der Welt«** war ein Erfolg, warum soll uns das diesmal nicht auch gelingen? Paul, wir greifen nach den Sternen. Also bis später, ich sehe, eben ist ein Bus angekommen."

Die beiden gingen zur Tür, um die ankommenden Juroren und Gäste zu begrüßen.

Mike bat die Gäste Platz zu nehmen. Sofort waren die Damen vom Service da und boten Kaffee, Tee oder andere Getränke an. Dann begann Mike:

„Liebe Freunde, liebe Kollegen, nicht alle kennen die Räumlichkeiten in diesen Häusern. Wir befinden uns jetzt in der Galerie **artis opus**. Diese Häuser bestehen aus drei Teilen, der Teil in dem Sie sich befinden, mit einem Seitenbau in dem der Versand, das Lager und die Ateliers sind und noch ein Garagenteil im Hof.

Über den Hof kommen Sie in das eigentliche Hauptgebäude, das aus zwei Teilen besteht und zirka 10.000 Quadratmeter Lager- und Fertigungsfläche hat. Ebenfalls über den Hof kommen Sie in die Gebäude hinter uns, die sogenannte Elberfelder Bilderrahmenfabrik, die auch zu unserem Unternehmen gehört.

All diese Räume stehen Ihnen zur Besichtigung frei. Ausgenommen ist lediglich ein großer Raum in der 3. Etage des Nachbargebäudes, den wir vermietet haben.

Alle Juroren bitte ich jetzt zu mir in den ersten Stock, da ich sie für ihre Tätigkeit als Gutachter einweisen möchte."

Mike nahm die zwölf Juroren und ging mit ihnen und Paul in den ersten Stock.

Susi begrüßte die Übrigen und sagte: „Ihr alle könnt euch selbstverständlich alle Exponate ansehen. Ihr solltet lediglich nicht mit den Mitgliedern der Jury sprechen oder sie gar beeinflussen. Wer es noch nicht gesehen hat, der kann sich unsere Schnitzerei ansehen. Hans Ruppert wird sich freuen.

Außerdem haben wir im 4. Stock noch eine Ausstellung unserer Holzkunst. Im Keller des Haupttraktes beginnen wir gerade erfolgreich mit der Herstellung von Bedarf für Zömeterien, das heißt Beerdigungsstätten. Seht euch das an.

Wer die erste Wuppertaler Bilderrahmenfabrik besuchen will, sollte sich vorher bei Herrn Gerkan melden. Er wird sich freuen, seine Ausstellung und auch Fertigung zu zeigen.

Getränke gibt es hier am Empfang ebenso Häppchen, Mittagessen ist gegen 13.00 Uhr im 2. Stock, also über uns. Ich stehe euch bis heute Abend zur Verfügung. Jetzt viel Spaß bei den Besichtigungen. Vielleicht solltet ihr erst mit der Ausstellung hier im Erdgeschoss und im 1. Stock anfangen. Für alle weiteren Auskünfte hilft Ihnen Christa Nickel, die Sie am Empfang sehen."

Susi sah Bart van de Velde kommen, winkte ihm:

„Bart, hast du ein bisschen Zeit, um mit mir durch die Ausstellung zu gehen? Ich habe ein paar Fragen, die Du mir sicher beantworten kannst."

Bart lachte: „Für dich hab ich immer Zeit. Komm wir bleiben gleich hier im Erdgeschoss. Wo drückt dich der Schuh?"

Susi: „Komm, wir gehen in die Ausstellung."

Bart und Susi schlenderten durch den ersten Raum der Ausstellung und Susi bemerkte:

„Bart, ich bin schon einmal durch diese Räume gegangen, ihr habt das ganz fantastisch gemacht. Auch die Künstler, die am Wettbewerb teilnehmen, haben sich viel einfallen lassen. Ich habe bisher noch kein Bild gesehen, das kitschig wirkt oder nicht in unser Sortiment passt. Was meinst du?"

Bart bedächtig: „Susi, du weißt, ich war mit bei den Juroren, die die Vorausscheidung vorgenommen haben. 214 Bilder hatten wir zu bewerten. Es war wahnsinnig schwer, hier die Spreu vom Weizen zu trennen. Die aussortierten 94 Bilder sind auch richtige Kunstwerke. Wenn Du noch etwas Zeit hast, gehe nach drüben in die neuen Räume. Wir haben sie dort im 2. Stock ausgestellt.“ Sie gingen weiter durch die Ausstellungsräume und Susi fragte:

„Bart, ihr habt bei den meisten Gemälden unten eine silberfarbene Schleife, die die Ecke bedeckt. Warum?“

Bart lachte: „Fast alle Bilder sind von den Künstlern signiert. Um die Juroren nicht zu beeinflussen, mussten wir die Namen der Künstler abdecken. Das haben wir mit den Schleifen gemacht.“

„Bart, das finde ich eine sehr gute Idee. Aber erzähl mal eure Vorstellung, was wir mit unserer Ausstellung machen, wenn dieser Wettbewerb vorbei ist? Eva Bergmann und auch Ilse Bach haben es mir schon erzählt, aber ich würde gerne deine Version kennen lernen.“

Bart ernst: „Komm, wir setzen uns in eine stille Ecke, das ist nicht in zwei Sätzen erzählt.“

„Soweit wir konnten, haben wir alles vorbereitet und es auch mit allen abgesprochen. Ich erzähle jetzt der Reihe nach, wie wir es geplant haben:

Mit der morgigen Preisverleihung wird der Rummel mit Presse und Fernsehen vorbei sein.

Unmittelbar danach werden wir alle Bilder aufnehmen und scannen. Nicht nur die preisgekrönten Bilder, sondern alle 214 Exemplare. Fast gleichzeitig beginnen wir hier, in Wiesbaden und auch in Rom mit der Anfertigung der ersten Öldrucke und Drucke dieser Exponate. Eine Mammutarbeit.

Mit Gerkan haben wir die Rahmen abgesprochen. Der steht mit seinen Mannen Gewehr bei Fuß.

Eine genaue Beschreibung der Bilder nebst Angaben über den Künstler haben wir bereits vorbereitet und diese werden in einer Lasche auf der Rückseite der Bilder zu finden sein.

Sofort nachdem der Wettbewerb beendet ist, beginnen wir mit der Neugestaltung der Räume im jetzigen Stil. Die Standplätze der 214 Exponate haben wir bereits festgelegt.

An einem Wochenende in 14 Tagen eröffnen wir die Ausstellung nur für Galerien und Kunsthandlungen. Mit den Hotels haben wir ein Sonderarrangement. Bei Anreise im eigenen PKW haben wir einen Sonderpreis von 49 Euro. Er enthält zwei Übernachtungen mit Frühstück, Eintritt zur Ausstellung und einen Katalog.

Danach führen wir Omnibusreisen von ganz Deutschland nach Wuppertal durch. Wieder haben wir Sonderarrangements mit den Hotels:

1. Tag: Anreise und Übernachtung
2. Tag: Ausstellungsbesuch und Übernachtung
3. Rückreise

Der Preis variiert je nach Abreise-Ort zwischen 69 Euro und 119 Euro. Er enthält die An- und Rückreise, Eintritt zur Ausstellung, Katalog und zwei Übernachtungen mit Frühstück. Eva hat sich bei den Omnibusreisen etwas ganz besonderes einfallen lassen. Sie hat Kontakt mit Museen, Kunstschulen, der jeweils örtlichen Presse aufgenommen und ich weiß, sie hat bereits über sechzig entsprechende Anfragen, aber auch schon feste Buchungen. Vorerst haben wir vier Wochen für die Dauer der Ausstellung angedacht."

Susi ganz sachlich: „Bart, das deckt sich mit meinen Informationen. Was ich eigentlich wissen will, wie ist deine Meinung dazu?"

Bart lachte: „Susi, Eva ist eine Verkaufskanone. Sie hat unendlich viele und gute Ideen und sie kann sie auch umsetzen. Dass so viele Menschen überhaupt zu so einer Ausstellung kommen, ist schon außergewöhnlich. Wäre die Ausstellung in München, Berlin, Hamburg oder Düsseldorf, so könnte man das noch glauben, aber ausgerechnet in Wuppertal, das fällt schon aus dem Rahmen. Du musst Eva mal erleben, wenn sie mit Kunden spricht oder neue Geschäfte an Land zieht. Sie hat auch Christa so mit in den Verkauf eingebunden, dass es eine Freude ist, die beiden zu beobachten."

Susi lachend: „Bart, ich danke dir für deine Meinung. Aber sage mir, wie haltet ihr das kräftemäßig durch? Das alles ist doch unwahrscheinlich anstrengend?"

Bart auch lachend: „Susi, wir arbeiten hier wie die Galeerensklaven, nur dass hier keiner mit der Trommel den Takt angibt, sondern die Kollegen drängen. So, und jetzt muss ich dir zum Abschluss unseres Gespräches noch etwas sagen. Du bist zwar die kaufmännische Leiterin und der Motor unseres Unternehmens, aber ich habe deine drei Bilder gesehen, die du zum Wettbewerb eingereicht hast. Ich wusste nicht, dass du so eine großartige Künstlerin bist. Du bist um 100 Prozent in meiner Achtung gestiegen. Ich weiß nicht, wie die Jury entscheiden wird. Aber deine Bilder gehören mit zu den Besten. Das musste ich jetzt einfach loswerden."

„Danke dir Bart. Das war ein wunderschönes Kompliment. Weißt du, wenn ich nicht mehr weiter weiß, dann gibt es für mich nur drei Dinge. Ich gehe auf den Friedhof und spreche mit Otto, das war der Begründer der Galerie Kaiser und für mich mein Opa und mit Max, meinem ersten Mann. Das Zweite, ich spreche mit Moritz, Moritz ist wie sein Bruder Max und das Leben mit ihm ist einfach wundervoll. Das Dritte ich nehme einen Pinsel in die Hand und beginne zu malen. So Bart, ich glaube, wir müssen uns wieder ins Geschehen einklinken. Danke dir für das Gespräch."

Bart ging zum Empfang und Susi blieb in den Ausstellungsräumen und traf als Ersten Jacques Claesen:

„Frau Kaiser, freut mich Sie zu sehen. Ihr habt ausgesprochen schöne Bilder, die wir beurteilen sollen. Ich habe mir die Palette Ihrer Exponate schon einmal angesehen und jetzt gehe ich nochmals durch die Räume. Es ist sensationell was die Künstler hier zur Beurteilung stellen. Ihr Mike Curtis hat uns das Beurteilungsprozedere genau erklärt. Ich werde nach dem Mittagessen meine Meinung in Form von Noten angeben. Ich hoffe, ich mache nichts falsch."

„Herr Claesen, eigentlich dürfte ich gar nicht mit Ihnen sprechen, denn Sie gehören zu den Juroren und ich selbst habe drei Bilder zur Beurteilung eingereicht. Aber einen guten Rat: Folgen Sie Ihrem Herzen."

„Liebe Frau Kaiser, ich hatte gestern noch ein kurzes Gespräch mit Bart und Paul. Sie wissen, es sind meine Schützlinge. Ich habe den Eindruck, die beiden haben die Tätigkeit gefunden, die sie sich erträumt haben."

Noch einige Worte und Susi suchte nach Mike. Durch einen Hinweis von Paul, fand sie ihn im Nachbargebäude im 2. Stock, bei den 94 Bildern, die nicht zur Bewertung zugelassen wurden. Bei ihm waren Vera und Luise.

Susi lachte: „Na Mike, bestaunst du diesen Schrott?"

Mike ernst: „Unsere 120 Exponate des Wettbewerbs sind hervorragend, aber auch diese 94 Gemälde sind erstklassig. Ich weiß nicht, nach welchem System sie ausgemustert wurden, aber sie sind einfach fantastisch. Was meinst du denn?"

Susi langsam: „Luise, Vera, ihr versteht ja auch was davon, was meint ihr denn?"

Luise: „Ich kann nur für mich sprechen. Aber ich teile Mikes Meinung. Diese Bilder sind einfach ausgezeichnet. Was wollt ihr denn damit machen?"

Susi schmunzelnd: „Nicht nur eure Meinung ist so. Ich habe mich vorhin lange mit Bart unterhalten. Unsere lieben Kollegen haben mitgedacht. Ich bin ganz stolz auf diese Mannschaft. Man wird auch diese 94 Bilder mit in die Verkaufsausstellung einbeziehen. Zwar wird man die Preisträger herausstellen, aber diese 94 Bilder als Teilnehmer am Wettbewerb bezeichnen. Diese werden ebenso wie die anderen Bilder gescannt, als Originalkopie, Öldruck und Kunstdruck angeboten. Vergesst nicht, diese 94 Bilder kosten uns 94.000 Euro. Das Geld müssen wir wieder hereinholen."

Luise nachdenklich: „Liebe Susi, du weißt ich bin nicht reich, auch wenn ich einige Geldmittel habe. Meinst du, ihr könntet mir einige dieser Originale verkaufen?"

Susi: „Luise selbstverständlich. Über die Preise müssten wir uns unterhalten. Unter Freunden werden wir uns einig. Allerdings die Publikationsrechte bleiben bei uns, so sieht das der Vertrag mit den Künstlern vor."

Mike: „Ich bin gespannt, wie morgen die Preisverleihung wird. Das Fernsehen wird heute Nachmittag einen Ü-Wagen in den Hof stellen, damit morgen das Ganze live übertragen werden kann.“ Vera lachend: „Verrät mir einer von euch Fachidioten, was ein Ü-Wagen ist?“

Mike entschuldigend: „Vera tut mir leid, ein Ü-Wagen ist ein sogenannter Übertragungswagen. Den brauchen die Sendeanstalten um gegebenenfalls auch direkt ausstrahlen zu können. Aber es ist inzwischen fast ein Uhr, was haltet ihr davon, wenn wir zum Mittagessen gehen.“

Alle waren einverstanden. Man ging in den anderen Gebäudeteil zum 2. Stock ins Konferenzzimmer.

Sie betraten den Raum, an der Seite war ein Selbstbedienungsbuffet aufgebaut. Die ersten Gäste waren bereits im Raum. Susi setzte sich zu Herrn Legrand, an dessen Tisch auch George Tapling und das Ehepaar Zontini saßen. Susi wünschte einen guten Appetit und fragte, wie es den Herrschaften ergangen sei.

Legrand antwortete: „Liebe Susi, ich darf Sie doch noch so ansprechen? Ich kam eigentlich hierher, um den Kontakt zur Galerie Kaiser nicht abreißen zu lassen. Ich hatte keine Ahnung, dass Sie die Kunst des einundzwanzigsten Jahrhunderts präsentieren. Dazu noch besonders gekonnt. Die an diesem Wettbewerb teilnehmenden Künstler haben Exponate aller Kunstrichtungen präsentiert. Es sind Gemälde ersten Ranges, eindrucksvoll, imponierend, teilweise eigenwillig und grotesk, sie sind ungewöhnlich und spektakulär. Ich bin verblüfft über den Mut der Künstler, solch sagenhafte Bilder zu präsentieren. Ich muss noch mal mit Herrn Curtis sprechen, vielleicht sollte ich als ältester Teilnehmer dieser Jury ein paar Worte vor der Preisverleihung sagen. Dieser Kunstwettbewerb hat mich davon überzeugt, dass es auch im 21. Jahrhundert eine eigene Kunstgeschichte geben wird.

Susi, Ihnen und all Ihren Mitarbeiter wünsche ich weiterhin eine glückliche Hand bei der Auswahl ihrer Exponate.“

Susi bedankte sich herzlich bei Monsieur Legrand und fragte sowohl Herrn Zontini als auch Mister Tapling nach deren Meinung. Sie unterschied sich unwesentlich von Monsieur Legrands Auffassung.

Susi schaute kurz bei fast allen Tischen vorbei. Sie hatte den Eindruck, dass alle Teilnehmer der Jury mehr oder weniger Legrands Meinung teilten. Man war sich außerdem darüber im Klaren, dass man bis spätestens um 18.00 Uhr seine Wertungen abgegeben haben muss. Der Bus zum Hotel sollte spätestens um 18.15 Uhr abfahren. Für 19.00 Uhr war der Aperitif angesagt und das Abendessen begann um 20.00 Uhr.

Susi ging nach unten zum Empfang und traf Christa:

„Na, Christa? Hast du irgendetwas von meinem Mann, meinem Bruder oder meiner Freundin Hilde gehört?"

Als Christa verneinte, musste Susi in Solingen anrufen:

(Hilde) Hallo Susi, du suchst uns. Hilde musste lachen. – *Dein Mann, Erich und Tommi sind im Betrieb und haben mich mit Sarah allein gelassen. Sie haben nur kurz etwas gegessen und hocken schon wieder zusammen.*

(Susi) Und was macht Sarah?

(Hilde) Du hast nicht nur einen ganz lieben Bruder, du hast auch eine wundervolle Schwägerin. Wir haben den ganzen Morgen geratscht – Hilde lachte – und böse Dinge über dich erzählt. Moment ich gebe sie dir.

(Sarah) Hallo Susi, tut mir leid, dass du auf uns warten musst, aber unsere drei Männer haben uns abserviert. Die knobeln an irgendwelchen Bronzegewehren herum. Wenn ich es richtig sehe, kommen wir erst heute Abend nach Wuppertal. Aber eines muss ich dir sagen, du hast eine ganz liebe Freundin. Ich habe mich auf Anhieb mit ihr verstanden. Die Zeit ist nur so verflogen. Du bist mir doch nicht böse?

(Susi) Sarah, ich bin keinesfalls böse, ich hab mir nur Gedanken gemacht, wo ihr bleibt. Es dürfte am besten sein,

wenn ihr heute Abend direkt in das Hotel kommt. Allerdings hätte ich euch morgen gerne zur Eröffnung und Preisverleihung hier in der Galerie in Wuppertal.

(Sarah) In Ordnung. Hilde wollte dich noch mal haben.

(Hilde) Hallo Susi, ich sage also diesen drei Ekeln, dass sie um sechs anzutanzen haben und wir zusammen nach Wuppertal ins Hotel kommen. So und jetzt erzähle ich Sarah weiter von deinen ganz dunklen und fiesen Seiten. – Hilde lachte – Also bis heute Abend. Tschüss Susi!

(Susi) Treibt's nicht zu toll. Tschüss.

Susi konnte sich vorstellen, was Moritz, Erich und auch Tommi ausheckten. Sie vermisste Eva und fragte Christa: „Sag mal, wo ist Eva?"

Christa freundlich: „Eva hat die ganzen Tage wie verrückt gearbeitet. Sie muss aber heute Nachmittag wieder antreten und zusammen mit dem Notar die Auszählung der Bilder machen und dann die Liste mit den Namen der Gewinner erstellen. Du wirst sie spätestens ab 16.00 Uhr oben im Notariatszimmer sehen. Unser Notar ist dann auch da."

Susi bedankte sich und ging in den Seitenbau um die Kopisten zu besuchen.

Danach entwickelte sich ein längeres Gespräch mit Wiktor Krylow, der sowohl beim Verkauf schon mitgeholfen hatte, als auch bei der Vorausscheidung des Wettbewerbs.

Krylow meinte: „Frau Susi, Sie wissen, ich bin Kunstwissenschaftler und verdiene mit dem Kopieren von Bildern mein Geld. Das möchte ich aber nicht immer machen. Wenn Sie einmal eine Aufgabe haben, die meinen Kenntnissen entspricht, denken Sie, bitte, an mich. Und noch eine Bitte habe ich, wenn Sie es ermöglichen könnten, dass ich mal die anderen Galerien unseres Unternehmens sehen könnte."

Susi lachte: „Wiktor, ich fange mal von hinten an. Heute ist Jacob Goldman aus Jerusalem hier. Er hat eine große russische Kolonie zu betreuen und ist für jeden russisch sprechenden Verkäufer dankbar. Sowie ich ihn sehe, schicke ich ihnen Jacob Goldman. Wenn das nicht klappt, Herr Zontini aus Rom ist auch hier. Auch Dr. Hugo Wettengel befindet sich im Haus. Soweit ich weiß hat er auch Bedarf. Christa kann Ihnen sicher sagen, wo sie zu finden sind. Wünsche Ihnen viel Erfolg. Vergessen Sie nicht, wir sind eine Familie."

Susi hatte vor, sowohl Hans Ruppert in seinem Atelier, als auch Horst Gerkan im Nachbarhaus zu besuchen. Bei Hans Ruppert ging es schnell, er war umlagert und konnte nicht.

Bei Horst Gerkan war es ähnlich. Er entschuldigte sich für ein paar Momente bei seinen Gästen, beauftragte einer seiner Damen die Gespräche weiterzuführen und zog Susi in sein Büro. „Also, heute ist der Teufel los. Aber ein paar Minuten sollten wir haben. Vorab eine Frage: Wie läuft eure Show?"

Susi ernst: „Wie immer, wenn etwas Neues beginnt, habe ich Bedenken. Meist sind meine Sorgen und Ängste grundlos. Diesmal investieren wir zwei Millionen Euro in diese Sache. Aber, wenn es gut läuft, können wir nach den Sternen am Kunsthimmel greifen. Wie läuft es bei euch?"

„Susi, wir sind ausgelastet bis zum Stehkragen. Wir schieben Überstunden ohne Ende. Im Moment sind wir dabei, unser System der Galerie Kaiser anzugleichen. Das heißt auf Erfolgsbasis zu arbeiten. Nicht ganz einfach. Das Rahmengeschäft mit Frankreich entwickelt sich sehr gut. Neuerdings bestellen die auch diese Öldrucke.

Die Rahmen für die momentane Ausstellung, das heißt die Kopien, Öldrucke und Drucke sind von Bild Nummer 1 bis Bild Nummer 214 fertig. Die lagern bereits separat. Was Eva da vorhat, ist schon außergewöhnlich."

„Danke für die Erklärungen. Jetzt weißt du auch, wo mein Bauchweh liegt. Ich werde jetzt gleich mal zu Eva gehen, ich hoffe nur, sie überarbeitet sich nicht. Kommst du heute Abend auch zum Abendessen ins Hotel?"

Horst Gerkan: „Würde ich gerne, aber ich habe versprochen, mit bei der Auszählung der Gutachten zu sein und außerdem den Bildern die jeweiligen Künstlernamen hinzuzufügen. Du siehst, ich bin eingebunden. Aber wir sehen uns morgen Abend beim Abschlusstreffen."

Susi verabschiedete sich schnell. Sie wollte zu Eva Bergmann. Sollte sich zwischen Eva und Horst Gerkan zarte Bande gesponnen haben? Susi nahm sich vor, mit Eva darüber zu sprechen, wenn sich die Gelegenheit dazu ergab.

Als Susi nach unten zum Empfang kam, war Eva gerade gekommen. Susi begrüßte sie herzlich und sagte: „Ich weiß, du musst gleich ins Büro des Notars, aber für eine Tasse Kaffee haben wir noch Zeit."

Eva: „Ja, die brauche ich jetzt auch."

Susi begann: „Eva, was ich dich fragen wollte, das hat nichts mit dem Geschäft zu tun. Aber ich liebe unsere Mitarbeiter und habe manchmal einen sechsten Sinn für Ereignisse. Ich komme eben von Horst Gerkan. Ich kann dir nicht sagen warum, aber ich habe den Eindruck, er sieht dich gerne."

Eva lachend: „Susi, die anderen haben mich schon gewarnt, solche Dinge könnte man vor dir nicht verbergen. Aber ganz klar. Ich sehe Horst auch gern und unser Kontakt ist über das Händchenhalten hinaus."

Susi lachend: „Eva, so zarte Pflänzchen der ersten Liebe darf man nicht stören. Die müssen ganz ruhig und sorgsam wachsen. Aber wenn ihr sicher seid, dass ihr euer Leben miteinander teilen wollt, dann bekennt euch zueinander. Ich wünsche Dir und auch Horst die richtige Entscheidung. Ansonsten drücke ich euch die Daumen, denn ich glaube, ihr passt zueinander."

Susi gab Eva zwei Küsschen auf die Wange und drückte ihr die Hand."

Noch mal ging Susi durch alle Ausstellungsräume. Sie sah die Juroren aufmerksam schreiben und traf Jacob mit Paula und Vera. Nach der Begrüßung sagte sie zu Jacob: „Jacob, im Seitenbau sind unsere Ateliers. Dort findest du Wiktor Krylow. Er ist Kunstwissenschaftler. Hier kopiert er, ist auch mit Erfolg im Verkauf tätig und bewirbt sich um eine Stellung, seiner Ausbildung angemessen ist. Ich weiß er spricht russisch, englisch und deutsch. Wäre das nichts für dich? Geh doch mal nach oben, bevor dir Rom oder St. Petersburg den Mann wegschnappt."

Jacob bedankte sich, verabschiedete sich von den Damen und ging in den Seitenbau.

Paula: „Ach Susi, es ist toll wie ihr das hier macht. Ich verstehe nicht viel von Kunst, aber auch ich meine, dass ihr eine unnachahmlich, gute Präsentation von Bildern zeigt. Unter moderner Kunst hatte ich mir etwas ganz anderes vorgestellt als diese Exponate."

Susi verabschiedete sich von den beiden und ging nach oben zum Notar.

Um 18.15 Uhr fuhr der Bus vor und alle, die zum Abendessen geladen waren, fuhren zum Hotel ART FABRIK.

Um 19.00 Uhr begann der Aperitif im Veranstaltungssaal des Hotels.

Susi fand gleich nach Ankunft Sarah, Hilde, Moritz, Erich und Tommi. Sie ging mit ihnen in den Veranstaltungssaal, setzte sich in eine Ecke und Susi: „Ihr alle vier gehört mit Jauche übergossen und anschließend gefedert. Mich so lange ohne Nachricht zu lassen. Ich denke Wunder was passiert ist, dabei habt ihr nur geratscht." Susi musste laut lachen. Moritz: „Ich bin auch ganz zerknirscht, ich werde ein Gebet für dich sprechen."

Susi immer noch lachend: „Eines? Mindestens hundert! Erich und du Scheusal, was hast du zu deiner Entschuldigung zu sagen?"

Erich auch lachend: „Du siehst mich am Boden zerstört. Ich werde Buße tun und in Zukunft nur noch auf meine Frau hören."

Tommi: „Schwesterherz, sei nicht böse, ich habe Erich und Moritz dazu verführt, die Muster für die Bronzekanonen, das einzige Bronzegewehr und die Hieb- und Stichwerkzeuge herzurichten, damit ich diese fertigen kann. Das Ganze eilt, denn ich soll am Sonntag mit Paula und Michail, Olga und Hugo nach St. Petersburg fliegen. Sarah bleibt bei dir und ich hole sie auf dem Rückweg von St. Petersburg ab."

Susi: „Ich weiß noch überhaupt nichts, wie lange bleibt Sarah bei uns und wenn du zurückkommst, wie lange bleibt ihr beiden dann bei uns?"

Tommi: „Susi, ich mache es kurz, ich fliege übermorgen nach St. Petersburg, komme am Samstag darauf nach Frankfurt, ihr holt mich ab. Dann bleiben wir noch drei Tage und fliegen dann zurück nach Tel Aviv."

Susi meinte: „Ich muss mal zu Mike schauen, denn ich glaube, wir müssen uns bei den Juroren bedanken."

Mike bestieg das Podium, bedankte sich bei allen für ihre Mitarbeit. Susi schloss sich Mikes Worten an und wünschte gleichzeitig allen einen schönen und erholsamen Abend. Sie machte darauf aufmerksam, dass der Bus morgen Früh um 9.00 Uhr ab dem Hotel fahren würde und um 10.00 Uhr die Preisvergabe wäre. Gleichzeitig lud sie alle Anwesenden zu einem Galaabend in diesem Saal ein. Morgen um 19.00 Uhr.

***

Samstagmorgen. Susi war mit Moritz schon um 8.00 Uhr von Solingen nach Wuppertal gefahren. Susi war nervös.

Schon um halb neun war man in der Galerie. Es war geplant, ab halb zehn Sekt und Säfte am Empfang zu reichen, ebenso Kanapees. Dann wollte man die Gäste in den ersten Stock in den Vorraum bitten, wo die eigentliche Preisverleihung erfolgen sollte.

Der Empfang war für zirka hundert Gäste gerichtet. Alles schien zu klappen.

Im ersten Stock hatte man noch Schwierigkeiten ′durch den Kabelsalat des Fernsehens und der Rundfunkanstalten. Am Ende des Raums gab es ein Podium von drei Meter Breite über die gesamte Länge des Raumes, darauf eine leere Staffelei. Die Sitzordnung des gesamten Saales war eine Reihenbestuhlung. Insgesamt für 100 Personen. Die erste Reihe war den Juroren vorbehalten.

In diesem Gewimmel sah Susi Eva, die kam ganz schnell, zog Susi in einen Ausstellungssaal und flüsterte ihr ins Ohr:

„Susi, heute Nacht hat Horst mir einen Heiratsantrag gemacht. Ich bin ja soooo glücklich. Er war immer so zurückhaltend und jetzt dieser Antrag."

„Eva, meine allerherzlichste Gratulation. Ich wünsche euch von Herzen alles Glück der Welt. Darf ich das schon offiziell wissen?"

Eva strahlend: „Wir haben zwar noch nicht darüber gesprochen, aber ich glaube schon."

Susi lachend: „Eva, zur Verlobung kommen wir und zur Hochzeit sowieso."

Eva ernst: „Susi, ich kann dir gar nicht sagen, wie glücklich ich bin. Aber wir müssen wieder nach draußen."

Im Vorraum war immer noch der Teufel los. Aber es schien sich zu entwirren. Thomas hatte alles in seiner bewährten Hand. Da er inzwischen wusste, wer die Preisträger waren, veranlasste er, dass die entsprechenden Bilder verdeckt in die Nähe des Saales gebracht wurden.

Susi fragte: „Thomas, wie viel erste Preise haben wir denn? Du schleifst ja eine Unmenge Bilder hierher."

Thomas trocken: „Das wird eine teure Angelegenheit für uns. Ich darf's eigentlich nicht wissen, 19 x Gold, 74 x Silber und 27 x Bronze. Aber kein Wort zu irgendjemand. Das wird eine lange Preisvergabe. Dazu kommen noch eine Menge Reden, die sich nicht vermeiden lassen."

Susi ging nach unten zum Empfang, wo Christa stand und die Einladungen kontrollierte. Es waren hauptsächlich Leute von der Presse, die so früh gekommen waren. Als der Bus vom Hotel mit ihren Leuten kam, wurde der Empfangsraum voll. Zehn Minuten vor zehn stieg Mike auf ein kleines Podium:

„Meine Damen und Herren, die Preisverleihung unseres Wettbewerbs findet in zehn Minuten im ersten Obergeschoss statt. Für die Presse haben wir ein eigenes Pressezentrum im 2. Stock. Dieser Raum ist ausgeschildert. Sie können im Anschluss an die Preisverleihung Fotos von den Bildern machen. Sie erhalten später eine Liste der hier gezeigten Exponate und ihrer Standorte. Nach der Preisverleihung stehen Ihnen mehrere Personen für Interviews zur Verfügung. Eine Liste mit den Namen und persönlichen Daten der Jury-Mitglieder finden Sie im Presseraum. Ich bedanke mich. Bitte begeben Sie sich nach oben."

Schnell füllten sich die Sitzplätze im 1. Stock. Susi konnte noch rasch Anton winken. Zusammen begaben sie sich mit Mike auf das Podest. Dort nahmen sie links Platz. Rechts saß der Notar mit Eva Bergmann an einem Tisch. In der Mitte waren eine Staffelei und das Rednerpult aufgebaut.

Nachdem Ruhe eingetreten war, ging Mike ans Rednerpult: „Willkommen meine Damen und Herren, Herr Oberbürgermeister, herzlichen Dank für Ihr Kommen. Liebe Mitglieder der Presse, des Funks und des Fernsehens, es freut mich, Sie bei uns zu sehen. Wer mich noch nicht kennt, ich bin Mike Curtis, der Präsident der Kaiser's Association of Art in Boston USA. Sie ist ein hundertprozentige Tochter der Galerie Kaiser Wiesbaden e.V. und wie Sie sicherlich wissen, ist diese ein Künstlerverein. Wichtig für unsere Gäste der Presse: Einzelheiten der Tätigkeiten des Vereins finden Sie in gedruckter Form in Ihrem Pressezimmer.

Als sich der Verein im letzen Jahr die Aufgabe stellte, die ästhetische Kunst des 21. Jahrhundert zu präsentieren, wussten wir, dass wir uns mit einem Experiment befassen.

Trotzdem konnten wir unsere Künstler und viele Künstler aus allen Teilen der Welt überzeugen, an diesem Wettbewerb teilzunehmen.

Abgabetermin zur Teilnahme war der 15. März dieses Jahres. 214 Exponate erreichten uns bis zu diesem Termin. In einer Vorausscheidung haben fünf diplomierte Kunstwissenschaftler 120 Gemälde für die heutige Endausscheidung freigegeben. 94 Bilder, über die heute nicht entschieden wird, sind auch sehr sehenswert und verdienen unsere Beachtung..

Ich möchte Sie nicht mit zu vielen Details langweilen und darf das Wort an Frau Susanne Kaiser geben. Sie ist eine der Geschäftsführer des Vereins, aber wir sagen, sie ist die Mutter des Unternehmens. Ich bedanke mich."

Applaus!

Mike verabschiedete sich mit einer Verbeugung und Susi trat an das Pult.

„Willkommen liebe Freunde zum 1. Wettbewerb der ästhetischen Künste des 21. Jahrhunderts. Herzlichen Dank allen Künstlern, die den Mut hatten, sich an diesem Wettbewerb zu beteiligen. Ein ganz großes Dankeschön an die Mitglieder der Jury, die teilweise lange Anreisen hatten und außerdem noch viel Zeit mitbringen mussten, um unsere Exponate zu beurteilen. Herzlichen Dank auch den Medien für ihr Interesse an der ästhetischen Kunst des 21. Jahrhunderts.

Ich bin gespannt, wie die Jury gewählt hat, ob es überhaupt einen ersten Preis gibt und wer die Gewinner dieser Preise sind. Ich will Ihnen nicht verheimlichen, dass auch ich mich mit drei Gemälden an diesem Wettbewerb beteiligt habe. Mal sehen, wo ich gelandet bin.

Bevor wir zur Preisverleihung schreiten, werden zwei bekannte Persönlichkeiten der Kunstszene noch etwas zu diesem Wettbewerb sagen.

Ich darf Herrn Professor André Legrand zu mir auf das Podium bitten. Für Ihre Aufmerksamkeit bedanke ich mich."

Großer Applaus.

Herr Legrand kam, begrüßte Susi und begann:

„Meine Damen und Herren, mein Name ist André Legrand. Ich bin aus Straßburg und lese Kunstgeschichte an der dortigen Universität. Max Kaiser, den Gründer des Vereins Galerie Kaiser, kannte ich sehr gut und logischerweise seine hier anwesende Frau, Susi Kaiser. Künstler in vielen Teilen der Welt haben diesen beiden Personen ihr berufliches Fortkommen zu verdanken.

Als ich die Anfrage erhielt, als einer der Juroren am heutigen Wettbewerb teilzunehmen, gab es für mich nur ein Ja.

Begeistert habe ich bei Ankunft zur Kenntnis genommen, dass es nicht nur einen ersten Preis gibt, sondern entsprechend der Beurteilung viele Erste Preise, auch viele Zweite Preise und auch Dritte Preise.

Immer schon störte mich, dass es jeweils nur einen ersten Preis gibt, obwohl viele Teilnehmer ihn verdienen würden. Denken wir an den Sport, wo eine hundertstel Sekunde über Gold oder Silber entscheidet. Das finde ich, ist nicht fair.

Hier ist das anders. Wie ich erfahren habe, bekommen sogar die aus dem Wettbewerb ausgeschiedenen Exponate noch eine Anerkennung in Form eines Geldpreises von 1.000 Euro. Dafür verdient die Galerie Kaiser unser aller Dank.

Als ich hier ankam, hatte ich keine Ahnung was ich vorfinde. Ich wusste sofort, hier haben Spitzenkünstler teilgenommen. Diese Künstler zeigen Gemälde in allen Kunstrichtungen. Es sind samt und sonders Exponate ersten Ranges. Wir stehen am Beginn des 21. Jahrhunderts und ich muss erkennen, dass dieser Kunstwettbewerb eine eigene Kunstgeschichte haben wird. Ich bin stolz, dass ich bei diesem Wettbewerb dabei sein kann. Merci – für Ihre Aufmerksamkeit."

Es gab einen riesigen Applaus.

Michail Borodin begab sich zum Mikrofon.

„Dobry den, meine Damen und Herren, mein Name ist Michail Borodin und ich bin Generaldirektor der Eremitage in St. Petersburg.

Der Verein Galerie Kaiser in Wiesbaden und die Eremitage in St. Petersburg sind geschäftlich miteinander verbunden; außerdem sind wir noch befreundet. Ich weiß, dass die Galerie Kaiser vielen unserer russischen Künstler zu einem Neuanfang verholfen hat. Dies selbstlos und teilweise unter sehr großen Schwierigkeiten. Dafür meinen herzlichsten Dank.

Als ich gebeten wurde, Mitglied dieser Jury zu werden, stand für mich außer Frage, das ich das machen würde.

Als ich vorgestern zum ersten Mal die zu bewertenden Bilder sah, ging es mir wie Professor Legrand. Ich war erstaunt über die breite Palette von Exponaten, die wegweisend für das 21. Jahrhundert zu sein scheint.

Wer es nicht weiß, zu Ihrer Kenntnis, die Eremitage verfügt über sehr viele Exponate und über diese wacht ein Heer von Kunstwissenschaftlern. Ohne jetzt diesen Herren vorgreifen zu wollen, wir werden demnächst eine Ausstellung des 21. Jahrhunderts haben und mit größter Wahrscheinlichkeit können wir einige der hier gezeigten Werke präsentieren.

Ich bin neugierig, wie zwölf Juroren entschieden haben. Nach meiner Meinung haben alle Gemälde einen Preis verdient. Also warten wir ab.

Applaus

Mike trat wieder vors Mikrofon:

„Herr Notar, ich darf Sie jetzt bitten, mit der Preisverleihung zu beginnen:“

Der Notar stand auf – Eva war an seiner Seite mit den Listen und er begann:

„Meine Damen und Herren, ich bin zugelassener Notar in Wuppertal und als solcher wurde ich gebeten, die Auszählung der Bewertungen durchzuführen und entsprechend dieser, die Preise zu vergeben.

Insgesamt waren zwölf Juroren tätig, die gestern von 9.00 Uhr bis 18.00 Uhr die 120 Exponate in der Ausstellung bewertet haben. Ich bekam bis um 18.00 Uhr alle Bewertungslisten ausgefüllt zurück.

Die Exponate waren in sechs Räumen hier im Hause ausgestellt und die Gemälde nach den Nummern 1 bis 120 geordnet. Die Bildsignaturen der Künstler waren mit silberfarbenen Schleifen abgedeckt.

Die Bewertung erfolgt durch die Noten 1 bis 5.

Jedes Bild konnte nur eine Note erhalten. Aber die gleiche Note konnte auch für ein anderes Bild vergeben werden. Das heißt im günstigsten Fall konnte 12 mal die Note 1 vergeben werden, im ungünstigsten Fall 12 mal die Note 5.-

Daraus ergibt sich folgender Auszählungsmodus:

12 – 23 Punkte oder Noten 1. Preis, Gold
24 – 35 Punkte oder Noten 2. Preis, Silber
36 – 47 Punkte oder Noten 3. Preis, Bronze
48 – 60 Punkte oder Noten 4. Preis, Kristall

Aufgrund dieser außergewöhnlichen Art und Weise der Auszählung bin ich in der glücklichen Lage Ihnen mitzuteilen, dass folgende Preise vergeben werden:

19 mal der **1. Preis**. Die Gewinner dieses Preises erhalten je 10.000 Euro
74 mal der **2. Preis**. Die Gewinner dieses Preises erhalten je 5.000 Euro
27 mal der **3. Preis**. Die Gewinner dieses Preises erhalten je 3.000 Euro

Ein vierter Preis wurde nicht vergeben.

Jeder von Ihnen erhält jetzt eine Liste mit den Namen der Preisträger. Alle Gemälde sind anschließend in den Ausstellungsräumen zu besichtigen.

Die Exponate der Preisträger der sogenannten 1. Preise, also insgesamt 19 Gemälde, werden jetzt hier vorgestellt. Falls die Gewinner persönlich anwesend sein sollten, auch diese.“

Jeder Teilnehmer an diesem Wettbewerb erhält innerhalb von 14 Tagen eine Teilnehmerurkunde und einen Scheck über das Preisgeld.

Meine Damen und Herren, ich rufe jetzt nach der Reihenfolge unserer Nummerierung auf. Bitte Exponat Nummer 4, eine **moderne Ikone**, der Künstler ist **Wasilí Schtipliz** aus St. Petersburg. Ist er selbst anwesend oder kann ihn jemand vertreten?“

In einer weißen Kutte kam ein Herr, brachte die Ikone und stellte sie auf die Staffelei.

Olga erhob sich und ging zum Podest:

„Ich bin Olga Waganowa, der Künstler ist ein Kollege. Ich freue mich für ihn und gratuliere ihm zu diesem Erfolg. Wassili ist ein außergewöhnlicher Künstler und Restaurator bei der Eremitage in St. Petersburg. Diese Ikone ist ihm ausgesprochen gut gelungen und spiegelt den Glauben unserer Zeit wieder. Unverkennbar die Hinwendung des zum neuen Leben erwachten christlichen Glaubens.“

Die Kameras hatten diese Szene aufgenommen und nun fuhr sie ganz nahe an die Ikone, um sie zu zeigen. Danach wurde das Bild wieder nach draußen gebracht und zwei Herren in weißer Kutte brachten ein großes Bild.

Der Notar begann: „Exponat Nr. 12. Ein Ölgemälde mit dem Titel **»der Tanz«**. Es ist von **Alexandr Stassow** aus Minsk.

Wieder erhob sich Olga und ging auf das Podest. Sie lachte: „Der Künstler dieses Werkes ist Alexandr Stassow aus Minsk. Ein ehemaliger Kollege. Die abstrakten, tanzenden Figuren verraten durch ihre Haltung, dass sie ihren Stress, ihren Ärger und ihre Unzufriedenheit ausdrücken. Ein einmaliges Werk. Ich gratuliere Alexandr dazu und werde ihm das auch schriftlich mitteilen.“

Die Kameras fuhren ganz nahe an das Bild, machten die Aufnahmen bevor es abgenommen wurde. Zwei Herren brachten wieder ein großes Ölgemälde in den Saal.

Der Notar: „Exponat Nr. 17. ein Ölgemälde mit dem Titel » **Die Rose** «. Die Künstlerin brauche ich nicht aufzurufen, sie sitzt unweit von mir. Es ist **Susanne Kaiser**.“

Susi stand auf, bedankte sich bei dem Notar und trat vor das Mikrofon:

„Ich habe nicht erwartet einen Preis zu gewinnen, schon gar nicht einen ersten Preis. Ich bedanke mich für diese Ehre. Leider kann ich den mit 10.000 Euro dotierten Preis nicht annehmen, da ich Mitglied der Geschäftsleitung bin.

Wie Sie sehen, habe ich diese Rose kubistisch wiedergegeben. Ich malte dieses Bild in einer Zeit tiefster Verzweiflung. Vielleicht erkennt das jemand. Andererseits ist es das Bild einer Rose, noch dazu einer roten Rose, ein Zeichen der Liebe und der Freundschaft.

Michail Borodin hat vorhin gesagt, sie würden in der Eremitage eine Ausstellung der Kunst des 21. Jahrhundert eröffnen. Ich darf mir erlauben, diese Rose als erstes Gemälde dieser Ausstellung zu stiften. Ich hoffe, die Eremitage nimmt mein Geschenk an.“

Michail sprang auf das Podest, umarmte Susi und sagte: „Das ist unsere Susi, wie wir sie alle kennen und wie wir sie alle schätzen. Ganz lieben Dank. Er gab Susi rechts und links einen Kuss und ging wieder vom Podest.

Wieder fuhr die Kamera ganz nahe an das Bild.

Das Bild wurde weggetragen und zwei Männer in weißen Kutten brachten ein großes Bild, zirka 1,5 auf 2 Meter.

Der Notar: „Exponat Nr. 21. Ein Ölgemälde mit dem Titel **»Interplanetario«.** Der Künstler ist **Rolando Felgueres** aus Mexico City. Ist er selbst anwesend oder kann ihn jemand vertreten?“

Orlando Lopez erhob sich und ging auf das Podest. Er begrüßte den Notar und sagte dann in das Mikrofon: „Ich bin Orlando Lopez, Kunstwissenschaftler aus Mexico City. Ich kenne Rolando Felgueres sehr gut und freue mich für ihn, dass er diesen Preis gewonnen hat.

Dieses Gemälde zeigt nicht nur den Weltenraum, sondern Sie sehen am unteren Rand praktisch einen brodelnden Vulkan. Soweit ich den Künstler verstanden habe, wollte er ein Szenario schaffen, bei dem man den Weltuntergang sieht.

Herr Notar, ich bleibe jetzt bei Ihnen, denn ich weiß, zum nächsten Exponat muss ich auch etwas sagen."

Wieder fuhr die Kamera nahe an das Bild. Zwei Herren in weißen Kutten brachten ein großes Gemälde. Sie stellten es auf die Staffelei und entfernten das Schutztuch.

Der Notar: „Exponat Nr. 23. Eine Pastellzeichnung mit dem Titel » **Mejico«.** Die Künstlerin ist **Rosa Elba Montoya** aus Vera Cruz. Sie wird hier vertreten durch Orlando Lopez."

„Liebe Gäste, selten hat mich etwas so bewegt wie dieser 1. Preis für Rosa. Ich kenne sie sehr gut, sie ist eine großartige Künstlerin, eine wundervolle Mutter und hat ein großes Herz. Leider geht es ihr wirtschaftlich nicht gut. Sie kann diesen Preis sehr gut gebrauchen.

Dieses Pastell spiegelt expressionistisch und abstrakt die bunte Welt Mexikos wieder. Sie hat es verstanden, mit diesem Gemälde meine Heimat so wiederzugeben wie sie ist. Ich glaube, Rosa verdient einen Applaus."

Alle im Raum klatschten.

Die Kamera machte Nahaufnahmen, bevor das Bild nach draußen gebracht wurde. Danach brachten zwei Herren ein hochformatiges Bild, 120 x 180 Zentimeter, und stellten es auf die Staffelei.

Der Notar: „Exponat Nummer 30, Ölgemälde mit dem Titel »**Dancers**«. Der Künstler ist Tom Volkers, mehrfacher Preisträger aus New York. Ist er selbst anwesend, oder kann ihn jemand vertreten?"

Mike ging zum Mikrofon: „Ich werde Tom Volkers vertreten. Mit diesem Bild, das auf eine etwas skurrile Art und Weise die Straßenschächte New Yorks darstellt, in denen die Menschen in den Straßen wie Marionetten tanzen. Auf diese Art will er zum Ausdruck bringen, dass wir alle Marionetten im Kampf um das tägliche Leben sind. Es freut mich, dass Tom diesen Preis gewonnen hat."

Wieder machte die Kamera Nahaufnahmen vom Bild. Dann wurden die Gemälde getauscht. Mike blieb neben dem Mikrofon.

Der Notar: „Exponat Nummer 31, Ölgemälde mit dem Titel »**End of the World**«. Der Künstler **Clyfford Noble** aus Miami Beacht."

Mike: „Meine Damen und Herren, Clyff ist Surrealist mit Leib und Seele. Wenn Sie dieses Bild anschauen, stehen Sie praktisch am Ende der Welt und es ist eine Frage von Minuten bis Sie in das Nichts stürzen. Ich kenne außer Clyff niemanden, der solche Bilder malen kann. Eine ganze Zeit war er unbekannt, es ging ihm wirtschaftlich schlecht. Die letzten Jahre brachten ihm Erfolg über Erfolg."

Die Kamera machte die Aufnahmen, dann wurde das Bild aus dem Raum gebracht.

Ganz dezent war Moritz seitlich zum Podest gegangen und flüsterte Susi ins Ohr:

„Wir sind mit unserem Zeitplan völlig durcheinander, es ist schon fast Mittag und wir haben erst die Hälfte der Bilder. Nach dem Bild Jerusalem sage eine Pause an. Ich komme dann mit vier Damen mit Schnittchen und Getränken. Das warm-kalte Buffet im Konferenzzimmer bleibt geöffnet bis diese Show zu Ende ist. Bitte, sage das an."

Zwischenzeitlich hatten zwei Herren in weißen Kutten ein nicht sehr großes Bild auf die Staffelei gestellt.

Der Notar: „Exponat Nummer 36. Eine Acrylmalerei mit dem Titel »**Wasserfall**«. Der Künstler ist **Hans Kerndl** aus Innsbruck. Ist er selbst anwesend oder kann ihn jemand vertreten?"

Anton stand auf, ging ans Mikrofon und sagte:

„Mein Name ist Anton Jonas, ich bin Kunstwissenschaftler und Geschäftsführer der Galerie Kaiser und zuständig für den technischen Ablauf. Ich habe zusammen mit Hans

Kerndl in Wien studiert. Die Werke Kerndls waren anfangs von Picasso beeinflusst, dann begegnete er dem amerikanischen Surrealismus und fand seinen eigenen Stil.

Das Bild zeigt eine Flut wunderschöner, freier Einfälle, liebliche, schwebende, flache Farbtupfer und Formen. Auf eine seltsame Weise erinnert das Bild an einen Wasserfall und man meint, das Glitzern der Sonne auf den versteckten Felsen im Hintergrund sehen zu können. Ein Bild, dass ohne Zweifel einen ersten Preis verdient."

Der Notar sagte Bild Nr. 44 an: „Ein Ölgemälde mit dem Titel **»Jerusalem«.** Der Name des Künstlers ist nicht bekannt. Kann jemand etwas zu diesem Bild sagen?"

Jacob kam aus dem Zuschauerraum und ging auf das Podium. Er begrüßte den Notar und trat vor das Mikrofon:

„Mein Name ist Jacob Goldman, ich bin Kunstwissenschaftler und heute Leiter der Galerie und Ateliers Kaiser in Jerusalem.

Dem Künstler ist es gelungen, mit wenigen Strichen die Stadt Jerusalem so darzustellen, dass jedermann die Heiligkeit dieser Stadt erkennt.

Ein Künstler, der nicht genannt werden will, hat dieses Bild der Galerie Kaiser geschenkt, mit der Auflage, dass die Einnahmen dieses Bildes dazu verwendet werden, die Kunst in Jerusalem zu fördern und der Stadt zum Frieden zu verhelfen. Zusammen mit Baki Matan, den Sie noch kennen lernen werden, haben wir einen Verein gegründet, um diese Ziele zu erreichen. Wir haben inzwischen mehr als 400 Mitglieder in diesem Verein, um dem Wunsch des Künstlers Rechnung zu tragen.

Mein Freund Baki Matan und ich werden daher am Ende dieser Veranstaltung mit dem Klingelbeutel durch die Reihen gehen, um für die Kunst und den Frieden Jerusalems zu sammeln. Wir wollen es aber nicht klingeln hören, es wäre schön, wenn es rascheln würde. Wir bedanken uns jetzt schon für Ihre Spende."

Erst begannen nur zwei, drei Personen zu klatschen und dann gab es einen riesengroßen Applaus.

Die Kamera fuhr wieder nahe an das Bild heran um es aufzunehmen.

Susi trat an das Mikrofon: „Liebe Gäste, bei der Planung dieser Veranstaltung haben wir an zwei oder drei erste Preise gedacht. Wir konnten nicht ahnen, dass die Jury uns mit neunzehn Gewinnern überraschen würde. Wir haben jetzt erst neun Exponate vorgestellt und weitere zehn folgen. Ich kenne die noch kommenden Bilder nicht, aber ich habe mir sagen lassen, es gäbe noch Überraschungen.

Wir machen jetzt eine ganz kurze Pause. Unsere Damen vom Service kommen mit Schnittchen und Getränken zu Ihnen. Im Anschluss an diese Preisvergabe haben wir im 2. Stock ein warm-kaltes Buffet für Sie gerichtet. Jetzt eine ganz kurze Pause." Inzwischen hatten vier Damen und zwei Herren den Raum betreten. Sie trugen Tabletts mit Getränken und belegten Schnittchen. So wie Susi es beobachten konnte, lief das Ganze recht ruhig ab.

Die Preisverleihung ging weiter und zwei Herren brachten das nächste Gemälde. Der Notar: „Meine Herrschaften, Sie dürfen ruhig Ihre Getränke und Schnittchen verzehren, Sie gestatten aber, dass ich fortfahre:

Exponat Nummer 48: Ölgemälde mit dem Titel **»Die Resignation«.** Der Künstler ist **Richard Cohen** aus Jerusalem. Ist er selbst anwesend oder kann ihn jemand vertreten?!

Baki stand auf, begab sich aufs Podium, begrüßte den Notar und trat vors Mikrofon: „Mein Name ist Baki Matan. Man sagt, ich wäre der größte Kunsthändler in Israel.

Richard Cohen ist in Berlin geboren und emigrierte vor dem Krieg nach Canada. Nach dem Krieg kam er zurück nach Berlin und studierte dort an der Kunstfachschule. Danach übersiedelte er nach Israel. Wie Sie sehen, er malt fantastisch, aber seine Bilder verkaufen sich schlecht. Cohen malt nur ganz persönliche Dinge. Bei diesem Bild, **die Resignation**, präsentiert er uns ein Ehepaar. Es ist ihm gelungen, die Veränderung der Dominanz zwischen den beiden und damit auch den Wandel der ehelichen Beziehung darzustellen. Er schuf ein Meisterwerk. Ich freue mich für Richard, dass er diesen Preis gewinnt."

Wieder fuhr die Kamera nahe an das Bild. Danach wurde es abgenommen und durch ein Neues ersetzt.

Der Notar: „Exponat Nr. 49, Ölgemälde mit dem Titel **»Living Space«.** Der Künstler ist **El Hadi Jaafar** aus Casablanca. Ist er selbst anwesend oder kann ihn jemand vertreten?

Achmed Husni kam auf das Podest, begrüßte den Notar und trat vors Mikrofon:

„Mein Name ist Achmed Husni, ich bin Kunstwissenschaftler und arbeite für das Ägyptische Museum in Kairo. Ich kenne den Künstler Jaafar erst wenige Jahre. Ich weiß, er stammt aus Casablanca und hat in Paris studiert. Er war Anhänger des Dadaismus. Erst nach und nach hat er seinen eigenen Stil entwickelt.

Bei dem vorliegenden Bild hat er sich von den immer noch existierenden Felswohnungen inspirieren lassen. Man kann die Enge und die Not förmlich spüren. Ich glaube, ein Konzept, das deutlich den Einfluss der Traumtheorie Siegmund Freuds erkennen lässt."

Wieder fuhr die Kamera nahe an das Bild. Danach wurde es weggenommen und durch ein Neues ersetzt.

Der Notar: „Exponat Nr. 52. Ölgemälde mit dem Titel **»Peterskirche«.** Die Künstlerin ist **Susanna Vigano**, Rom. Ist sie selbst anwesend oder kann sie jemand vertreten?"

Aus der Mitte der Gäste kam ein Herr, begrüßte den Notar und trat ans Rednerpult:

„Mein Name ist Francesco Prantner, ich bin Professor an der Kunstakademie in Rom und Berater der Vatikanischen Museen. Susanna Vigano war vor vielen Jahren meine Schülerin. Sie ist sehr begabt und arbeitete die letzten Jahre als Restauratorin bei den Vatikanischen Museen in Rom.

Mit ihrem Bild **»Peterskirche«** hat uns Susanna Vigano etwas ganz besonderes geschenkt. Die dunklen Nebel im unteren linken Bildteil zeigen uns schemenhaft die Kreuzigung des heiligen Petrus. In einem Gebilde von angedeuteten Wolken sehen wir ab der Mitte die hell strahlende Peterskirche. Ich habe die Peterskirche in vielen Variationen gesehen, in dieser ausdrucksvollen Form noch nie. Ich freue mich für Susanna, dass sie den Preis von 10.000 Euro erhalten hat, denn sie pflegt neben ihrer Tätigkeit als Restauratorin noch ihren schwerkranken Mann."

Wieder fuhr die Kamera an das Bild, die Helfer wechselten die Gemälde aus.

Der Notar: „Gemälde Nr. 55, Ölbild mit dem Titel **»Die Himmelspforte«.** Die Künstlerin ist Gina Lorenz, Rom. Ist sie selbst anwesend, oder kann sie jemand vertreten?"

Eine Dame kam aus dem Zuschauerraum, sie begrüßte den Notar und trat vors Mikrofon:

„Mein Name ist Gina Lorenz und ich bin eine geborene de Rosa aus Fregene bei Rom. Ich habe bei meinem Vorredner, Professor Francesco Prantner, in Rom studiert. Jahrzehnte war ich in Wiesbaden für die Galerie Kaiser tätig und wurde dann als Leiterin der Studios der Galerie Kaiser nach Rom berufen. Seit vielen Jahren arbeite ich an dieser Studie und es ist eigentlich mehr der Weg zur Himmelspforte. Ich stelle mir den Weg dorthin als eine helle, strahlende Brücke vor, die vom Diesseits ins Jenseits führt. Ich glaube, es ist mir gelungen. Ich nehme an, es ist ein Bild für alle Konfessionen und alle Menschen dieser Welt.

Ich bedanke mich für diesen Preis und nehme ihn gerne an, denn viele wissen, ich habe noch für zwei studierende, liebe Kinder zu sorgen. Danke!"

Wieder machte die Fernsehkamera Nahaufnahmen und dann wurden die Bilder ausgewechselt.

Der Notar: „Exponat Nummer 69, Ölgemälde mit dem Titel **»Die Einsamkeit«.** Der Künstler ist Fjodor Lermontow aus Minsk, heute lebt er in Wuppertal. Ist er selbst anwesend oder kann ihn jemand vertreten?“

Ein großer, schlanker Mann mittleren Alters betrat das Podium. Er gab dem Notar die Hand und sprach dann ins Mikrofon:

„Mein Deitsch ist nich so gudd. Muss ich noch lernen. Ich bin Fjodor Lermontow und bin in Minsk geboren. Ich hab in St. Petersburg, damals noch Leningrad, studiert. Kurz war ich angestellt in der Eremitage und ging dann nach Berlin. Dann erhielt ich durch Zufall eine Stelle als Kopist hier in der Galerie. Sehrr schen. Aber ich hab immer noch viel Heimweh. Hab ich ausgedrickt in mein Bildchen. Es is a bissele expressionistisch. Aber schaun Sie sich des Bildchen an, sie werdn mich verstehn. Danke fir den Preis. Muss noch sagn, es gefällt mir hir. Danke noch mal!“

Wieder machte die Kamera Nahaufnahmen des Bildes und die Exponate wurden ausgewechselt.

Der Notar: „Gemälde Nr. 66, Ölgemälde mit dem Titel: **»Dom zu Mainz«**. Der Künstler ist **Ingo Merz** aus Wiesbaden. Ist der Künstler anwesend oder kann ihn jemand vertreten?“

Susi, die während der Pause gesehen hatte, dass in einer der letzten Reihen Nina und Ingo saßen, stand auf und ging zum Mikrofon:

„Ich weiß, der Künstler ist unter uns. Ingo, bitte komm nach vorn und bringe deine Nina mit.“ Als die beiden auf dem Podium standen, begrüßte Susi die beiden mit einem Küsschen und sprach dann ins Mikrofon:

„Liebe Gäste, das ist Ingo Merz, der Künstler mit seiner Lebensgefährtin Nina. Ingo Merz besuchte die Kunstschule in Wiesbaden und kam dann zur Galerie Kaiser in die Ateliers. Er ist schon viele Jahre bei uns und ein ganz zuverlässiger und begabter Kollege.

Erst vor zwei Tagen erfuhr ich von seiner Lebensgefährtin Nina, dass er sich an diesem Wettbewerb beteiligt hat. Sie sprach von einem heiligen Bild. Wenn wir uns das Bild betrachten, es ist auch ein Ehrfurcht einflößendes Gemälde.

Ähnlich wie der unbekannte Künstler in Jerusalem die heilige Stadt mit wenigen Strichen unverwechselbar dargestellt hat, ähnlich ist auch dieser Dom zu Mainz. Ingo, es ist dir gelungen, dieses über 1.000 Jahre alte Bauwerk nicht nur darzustellen, du hast ihn als Heiligtum dargestellt. Wir alle gratulieren dir. Den Preis hast du verdient. Und da ich weiß, dass ihr beide bald heiraten wollt, das Preisgeld dürfte für eure Hochzeit reichen. Danke."

Mit dem Applaus verließen die beiden das Podium.

Wieder machte die Kamera Nahaufnahmen und die Bilder wurden ausgewechselt. Sie brachten ein hochformatiges Bild, 115 x 105 Zentimeter.

Der Notar: „Gemälde Nummer 78, Ölbild mit dem Titel **»Das Elend«**. Die Künstlerin ist **Susanne Kaiser**, Wiesbaden. Ich darf die Künstlerin bitten?"

Susanne stand auf, lachte, bedankte sich beim Notar und sprach: „Drei Bilder zum Wettbewerb einzureichen und zweimal einen ersten Preis zu gewinnen, das ist schon erstaunlich. Danke für die Ehre. Aber wieder kann ich als Geschäftsführerin dieses Unternehmens den Preis nicht annehmen. Ich kann mich nur herzlich bedanken.

Nun zu meinem Bild: Ein Bild von **Francisco Goya** habe ich besonders oft kopiert. Es hatte den Titel **»Der Koloss«**. Es zeigt die gesamte Menschheit auf der Flucht, wie Ameisen, die vor einem unvorstellbaren Grauen davonlaufen. Goya hat dieses Grauen visualisiert. Eine riesige, feindselige Erscheinung füllt den Himmel und lässt ihre Muskeln spielen. Mich hat dieses Bild von Goya schon immer fasziniert.

Sie alle sehen im Fernsehen oder lesen in den Zeitungen vom Elend im Sudan in der Provinz Darfur. Seit hunderten von Jahren werden durch diese Provinz nicht nur Sklavenkarawanen getrieben, Leute aus dieser Provinz wurden auch versklavt. Heute ist es schlimmer denn je, die Einwohner dieser Provinz werden entweder umgebracht oder verjagt. Diese armen Leute können nur noch in den bitterarmen Tschad flüchten und dort langsam sterben. Meine Herrschaften, wir schauen tatenlos zu, die ganze Welt schaut tatenlos zu. So hatte ich die Idee ein Gemälde zu schaffen, indem ich die Idee von Goya verarbeitete.

Sie sehen im unteren Teil des Bildes die Menschen dieser Region auf der Flucht vor einem unfassbaren Massaker. Ab Mitte des Gemäldes sehen Sie einen Sandsturm, der die Gestalt eines Riesen annimmt und sich langsam auf die Flüchtlinge senkt um sie zu begraben. Was ich hier gemalt habe, ist ein kollektiver Alptraum, nur, dass es in Wirklichkeit diesen Alptraum gibt. Ich möchte dieses Gemälde an eine Institution verschenken, die mit für dieses Desaster verantwortlich ist. Nach meiner Auffassung sitzt diese Behörde in New York und nennt sich Vereinte Nationen oder auch kurz UNO. Es wäre schön, wenn man dieses Exponat dort an geeigneter Stelle präsentieren könnte, damit den Abgeordneten dies täglich vor Augen geführt wird.

Die Presse hier in diesem Raum frage ich, meint ihr nicht, dass ihr mal ausführlich über dieses Elend im Darfur berichten solltet? Wenn ihr keinen Aufhänger habt, so nehmt dieses Bild als Bezug.

Meine Damen und Herren, wir haben schon zeitlich überzogen, so dass ich Schluss machen muss, obwohl ich noch viel zu diesem Thema sagen könnte. Danke Ihnen allen."

Während ein donnernder Applaus folgte, fuhr die Kamera an das Bild um Nahaufnahmen zu machen. Das Gemälde wurde ausgetauscht.

Der Notar: „Gemälde Nummer 88, Ölbild mit dem Titel »**Das Leben** «. Die Künstlerin ist Alena Konovalova, Wiesbaden. Ist die Künstlerin anwesend oder kann sie jemand hier vertreten?"

Ein Herr kam aus der Mitte des Raumes, ging aufs Podium, begrüßte den Notar und sprach:

„Mein Name ist Franz Westermann. Ich bin Kunstwissenschaftler und Alena Konovalova ist meine Frau. Alena hat in St. Petersburg Kunstwissenschaften studiert und war danach lange Zeit Direktorin der Eremitage in St. Petersburg.

Das intensive Blau, Grün, Weiß und Rot dieses Bildes stellt eine Wasserrose dar, die Alena so lange abstrahiert hat, dass diese Rose geheimnisvoll und unwirklich erscheint. Es ist vorstellbar, dass hier Leben entspringt. Man wird mit einem intensiven Blau konfrontiert, das von leuchtendem Grün umgeben ist, während man im Zentrum lodernde Flammen erkennt. Auf geheimnisvolle Weise brennt die innere Flamme des Lebens, wo wir sie nicht sehen können. Es freut mich für Alena, dass sie diesen Preis erhält."

Dann wurden die Bilder ausgetauscht.

Notar: „Gemälde Nummer 112, Ölbild mit dem Titel »**Mammon**«. Die Künstlerin ist Frau **Susanne Kaiser**. Frau Kaiser, ich darf Sie noch mal zum Mikrofon bitten?"

Susi lachend wie immer: „Liebe Freunde, es ist schon eigenartig, ich habe drei Bilder eingereicht und dreimal den ersten Preis gewonnen. Danke für die Ehre, aber ihr alle wisst, ich kann den Preis nicht annehmen.

Trotzdem einiges zu diesem Gemälde. Ich begann dieses Bild vor wenigen Jahren, als die Thematik des Geldverfalls akut war. Die Regierungen griffen ein und wir alle zahlen die Zeche der Spekulanten an den Börsen und in den Banken. Wenn ich sehe, mit welcher Leichtfertigkeit auch die Länder der Europäischen Union mit dieser schwierigen Aufgabe umgingen, dann kommen mir Gedanken. Man spricht über Milliarden als wären es eben mal ein paar Tausender. Ich frage mich dann, wissen diese Leute überhaupt, wie viel eine Milliarde ist? Allein Deutschland hat für über 170 Milliarden in diesem Zusammenhang gebürgt. Sind wir von allen guten Geistern verlassen?

Mit meinem Bild wollte ich auf die unkontrollierte Geldausgabe hinweisen und auch auf das Spekulantentum und das Verhalten mancher Geldbarone und Politiker.

Mein sicherlich als surrealistisch zu bezeichnendes Bild zeigt einen Sumpf von Geld, Aktien und Wertpapieren, daraus wachsen die Wolkenkratzer der Banken, aus deren Fenster das Geld fließt. Kein schönes Bild. Im Gegenteil, es ist hässlich, sowohl vom Motiv her, als auch vom Ansehen. Nie dachte ich, könnte es einen ersten Preis gewinnen. Anscheinend dachten aber viele Juroren wie ich.

Ich möchte dieses Bild der Europäischen Zentralbank schenken. Diese soll es an exponierter Stelle präsentieren und daran erinnern, welche Verantwortung die Damen und Herren dieses Unternehmens haben.

Meine Damen und Herren, ich bedanke mich bei der Jury und Ihnen allen für die Ehrung, die mir durch diesen Preis zuteil wurde." Susi verneigte sich.

Die Kamera machte wieder die Nahaufnahmen und die Bilder wurden getauscht.

Der Notar sagte: „Wir kommen jetzt zum letzten der mit dem ersten Preis ausgezeichneten Gemälde.

Es ist die Nummer 119, Ölgemälde mit dem Titel **»Die Schinderei«**. Der Künstler ist **Paul Waterlot**. Ist der Künstler anwesend oder kann ihn jemand vertreten?"

Ein Herr stieg auf das Podium, begrüßte den Notar und ging zum Rednerpult:

„Mein Name ist Jacques Claesen, ich bin Rechtsanwalt aus Brüssel. Viele Jahre habe ich Paul Waterlot beraten. Paul wurde an der Akademie in Brüssel ausgebildet. Zu diesem Gemälde, die Schinderei, kann ich wenig sagen. Es ist seine Art die Mühen der Arbeit und des Lebens auszudrücken. Mit nur wenig Fantasie können Sie seine Gestalten erkennen und mit ihnen leiden. Ich bedanke mich für Ihre Geduld und Aufmerksamkeit."

Es folgten Nahaufnahmen des Bildes.

Baki kam auf das Podest: „Liebe Besucher dieser Preisvergabe, Ihr habt lange ausgehalten. Wir haben uns diese herrlichen Exponate angesehen und ich muss sagen, sie haben alle einen ersten Preis verdient. Der Galerie Kaiser meine Hochachtung, alle Künstler und Mitarbeiter haben außergewöhnliches geleistet. Bevor ich nun mit dem Klingelbeutel zu euch komme, noch ein paar Worte an die Presse. Berichtet über die Kunst, so berichtet ihr über den Frieden. Nur die Kunst versteht es, die Verständigung der Völker mit unblutigen Mitteln zu erreichen. Ich wünsche Ihnen noch viel Freude bei dem Betrachten der anderen Gemälde, die zwar nur einen zweiten oder dritten Preis erhalten haben, aber die auch sehr sehenswert sind. Da ich aus Israel komme, darf ich sagen: Schalom, Friede sei mit euch!“ Baki bekam wie immer einen Applaus.

Anton Jonas betrat das Rednerpult:

„Liebe Gäste, ich habe mich schon einmal kurz vorgestellt, ich gehöre zur Geschäftsleitung der Galerie Kaiser. Als solcher darf ich mich bei unserem Notar herzlich für die Preisverleihung bedanken. Ihnen allen, die Sie an der Preisverleihung dieses Wettbewerbs teilgenommen haben, gleich ob als Juroren, Mitarbeiter, Gäste, Künstler oder Presse, meinen herzlichsten Dank für Ihre Geduld und Ihre Aufmerksamkeit. Ich sehe schon, an der Tür stehen unsere Damen mit den Getränken und warten auf Sie.

Wenn Sie eine Treppe nach oben gehen, so finden Sie unsere Besprechungszimmer, in welchem ein kalt-, warmes-Buffet aufgebaut ist. Ich wünsche Ihnen jetzt nicht nur einen guten Appetit, sondern auch Muse beim Betrachten unserer Ausstellungsstücke. Eine Liste unserer Exponate haben Sie bereits, wenn sie verloren ist, es liegen in jedem Raum welche zum Mitnehmen.

Wünschen Sie einen Katalog dieser Exponate, so wird Ihnen dieser gerne zugeschickt. Sie finden am Empfang, aber auch in den Ausstellungsräumen entsprechende Bestellkarten. Dieser Katalog ist für die heutigen Besucher kostenfrei. Nochmals herzlichen Dank für Ihr Kommen und Ihre Geduld." Susi kam noch mal ans Mikrofon:

„Ich wollte nur noch auf Wiedersehen sagen. Wir alle hoffen, Sie noch oft bei uns zu sehen. Nun guten Appetit."

Der Applaus wollte nicht enden.

Der Oberbürgermeister der Stadt kam, bedankte sich bei Susi für diese hervorragende Veranstaltung und mit dem Bedauern, er könne nicht bleiben, da er leider noch andere Termine hätte.

Susi versuchte dem Raum zu entfliehen, aber sie hatte wenig Chancen, jeder wollte mit ihr reden und jeder suchte ihren Kontakt.

Sie sah kurz Nina mit Ingo und sagte: „Ihr beiden, ich will euch heute Abend auf unserem Galadinner sehen. Geht runter zum Empfang und lasst euch ein Zimmer im Hotel reservieren. Ihr beide seid chic für diesen Abend angezogen. Ruft Saskia an und sagt Bescheid."

Beide wollten zwar ablehnen, aber Susi ließ das nicht gelten. Sie lachte: „Ingo, den ersten Preis gewinnen und dann nicht kommen, das gibt's nicht."

Noch viel Händeschütteln, dann konnte sie sich endlich losreißen und nach unten zum Empfang gehen. Dort traf sie Moritz zusammen mit Thomas, die sich um den Einsatz des Servicepersonals kümmerten. Moritz gab Susi einen Kuss und sagte:

„Schatz, ich kann dich nur bewundern, du hast die Preisverleihung großartig durchgestanden. Thomas hat für dich einen ruhigen Raum, wo du dich wenigstens mal eine Stunde hinlegen kannst." Moritz lachte; „Susi, das ist kein Wunsch, das ist ein Befehl!"

Susi lachte auch: „Mach ich, danke dir, aber ich muss vorher unbedingt noch zwei Personen sprechen. Einmal Hilde, die muss mir etwas aus Solingen holen, und dann Horst Gerkan. Weißt du, wo ich die finde?"

„Warte einen Moment, ich schicke dir beide schnellstmöglich. Ich muss leider ins Pressezimmer, die wollen ein paar Interviews und das muss sein.“ Er drückte Susi noch die Hand und war schnell verschwunden.

Kurze Zeit später kam Hilde mit Sarah: „Du suchst uns?“

Susi lachend: „Das ging schneller als ich dachte. Hilde ich muss dich oder euch beide bitten, mir was anderes zum Anziehen zu bringen. Ich bin durchgeschwitzt. So kann ich nicht zum heutigen Gala-Essen gehen. Bei dir im Schrank hängt mein dunkelrotes Abendkleid. Die Stola und die Schuhe findest du auch. Außerdem in meiner Nachttischschublade, die lange Goldkette, die mir Moritz geschenkt hat. Hilde du kennst das alles, bitte hole es mir und sei möglichst vor sechs wieder hier. Ich muss mich noch umziehen und hübsch machen. Machst du das für mich?“

Hilde musste lachen: „Was denkst du denn? Ich fahre sofort und wenn Sarah mitkommen will, dann darf sie.“

Kurze Zeit später kam Horst Gerkan: „Susi, wo brennt es? Kann ich dir irgendwie helfen?“ Susi lachte, zog Horst Gerkan mit sich in einen Abstellraum.

„Horst, ich hoffe, wir bleiben einen Moment allein. Erst einmal gratuliere ich dir ganz herzlich. Eva hat mir heute Morgen verraten, dass du ihr einen Heiratsantrag gemacht hast. Ihr beide passt wirklich gut zusammen. Horst, ich will dich jetzt nicht unter Druck setzen, denn ich mische mich ungern in diese Angelegenheiten, aber wir haben heute Abend ein Gala-Essen anlässlich dieser Preisverleihung. Meinst du nicht, ihr beide würdet vielem Gerede innerhalb unseres Unternehmens aus dem Wege gehen, wenn Ihr im Anschluss an das Essen eure Verlobung bekanntgeben würdet? Wenn du willst, kann ich das für euch machen.“

Horst überrascht: „Dein Vorschlag überrumpelt mich und macht mich sprachlos. Ich habe Eva gern und meine Absichten sind sehr ernst. Auch mein Heiratsantrag war sehr ernst gemeint. Du hast recht, wir passen sehr gut zueinander. Die letzten Monate ist das kleine Pflänzchen der Zuneigung zu einem Baum der Liebe gewachsen. Andererseits habe ich letzte Woche heimlich die Verlobungsringe gekauft. Du hast Recht, wenn wir das nicht offiziell machen, dann gibt es eine Menge unnützes Gerede. Ich darf doch sicher vorher noch mal mit Eva sprechen, ob ihr das passt?"

„Horst, das Ganze war nur so ein Gedanke von mir. Fühlt euch zu nichts verpflichtet."

Susi gab Horst ein Bussi und sagte: „Ihr sagt mir vor der Veranstaltung Bescheid, wie ihr Euch entschieden habt. Jetzt muss ich aber schnell ein, zwei Häppchen essen und mich dann unbedingt eine Stunde hinlegen. Horst, danke dir für das Gespräch. Ich finde, du hast eine gute Partnerwahl getroffen und wünsche euch alles Glück der Welt."

Thomas hatte Susi einen Raum zur Verfügung gestellt, in welchem sie ruhen konnte. Sie war fest eingeschlafen und ein Pochen weckte sie vor 18 Uhr. Hilde und Sarah standen vor der Tür mit einem Koffer, in dem sie Susis Kleider hatten. Sie halfen Susi beim Ankleiden. Hilde erzählte:

„Susi, du wurdest gesucht wie eine Stecknadel, aber keiner hat verraten wo du abgeblieben bist. Moritz hat das alles abgefangen. Ich habe Sarah schon erzählt, Moritz ist wie dein erster Mann Max. Außerdem ist er noch der beste Schwiegervater der Welt." Hilde lachte:

„Susi, ich habe Sarahs und meine Sachen auch gleich mitgebracht, wir können uns hier bequem fertigmachen. Moritz holt uns um viertel vor sieben ab und wir fahren gemeinsam zum Aperitif ins Hotel ART FABRIK."

Es war schön, sich einmal nicht kümmern zu müssen. Moritz hatte ihr vieles abgenommen und sie waren fast pünktlich im Hotel.

Der vordere Teil des Veranstaltungssaales war für den Empfang gerichtet. Es war wieder ein fröhliches Zusammenfinden nach einem sehr anstrengenden, aber auch befriedigenden Tag. Susi ging von Gruppe zu Gruppe und sah Eva Bergmann und Horst Gerkan kommen. Diese gingen auf sie zu. Susi begrüßte sie herzlich und Horst leise:

„Susi, wir haben es uns überlegt. Es wäre schön, wenn du eventuell nach dem Abendessen unsere Verlobung bekanntgeben könntest."

Susi gratulierte beiden noch mal, beide bekamen ein Küsschen und sagte, das muss ich schnell noch mit der Hotelleitung absprechen und ging nach draußen.

Kurze Zeit später kam sie zurück, sah Mike und fragte, willst du, oder soll ich jetzt den Abend eröffnen. Ich habe mit dem Restaurant gesprochen, in fünfzehn Minuten kann das Abendessen beginnen."

Mike: „Susi, mach du es. Ich bin fix und foxi. Ich wurde nicht nur von der Presse gelöchert, nein auch von unseren Gästen. Ich kann nicht mehr. Danke dir!"

Susi ging zu dem etwas erhöht stehenden Rednerpult, klingelte kurz und begann:

„Liebe Gäste und Freunde, wir freuen uns, dass ihr zu unserem Galaabend kommen konntet. Aus verständlichen Gründen – denn wir sind alle von dem heutigen Tag etwas gestresst – haben wir daraus ein Candle-light-dinner gemacht. Mit einem Fünfgangmenü wird uns die Küche des Hauses überraschen. Dies soll der festliche Abschluss unserer Preisverleihung sein.

Wenn unser Experiment gelingt und wir können mit der ästhetischen Kunst des 21. Jahrhunderts die Menschen begeistern, dann haben wir unser Ziel erreicht.

Nachdem, was wir heute gesehen und erlebt haben, bin ich frohen Mutes. Unserer Jury einen ganz herzlichen Dank und allen Künstlern, die sich daran beteiligt haben, spreche ich meine Hochachtung aus.

Ihr Lieben, trinkt aus und begebt euch zu den festlich gedeckten Tischen. Euch allen einen guten Appetit.“ Man klatschte und begab sich in den Teil hinter den Säulen.

Dieser Teil des Raumes war festlich geschmückt. Eingedeckt war auf runden Tischen für jeweils acht Personen. Auf jedem Tisch stand ein Armleuchter mit fünf brennenden Kerzen. Leise Tischmusik wurde eingespielt und der Service begann unaufdringlich und ruhig.

Es war eine nette Atmosphäre, man unterhielt sich gut aber es war zu merken, dass alle Teilnehmer müde waren. Der Nachtisch wurde serviert und unmittelbar danach wurden Sektgläser eingestellt.

Moritz wunderte sich und fragte Susi: „Warum denn das?“ Und Susi flüsterte ihm das Geheimnis ins Ohr und bat ihn mit zum Rednerpult zu kommen.

Moritz nahm die Klingel: „Liebe Gäste, nicht immer bin ich informiert, aber als die Sektgläser eingestellt wurden, wusste ich, es kommt etwas schönes, familiäres, denn immer wenn es bei uns Champagner gibt, hat dies einen besonderen, familiären Grund.“ Inzwischen füllte der Service die Gläser. Susi trat vors Mikrofon:

„Liebe Gäste, heute Morgen habe ich ein kleines Geheimnis erfahren, das ich an Sie alle weitergeben darf. Bitte, liebe Eva und lieber Horst, kommt doch zu mir, damit euch alle sehen können.“

Als beide neben Susi standen, sagte diese:

„Liebe Gäste, zwei Herzen haben sich in unserer großen Familie gefunden und sich entschlossen ihr Leben miteinander zu teilen. Ich darf die Verlobung von Frau Eva Bergmann und Herrn Horst Gerkan bekanntgeben. Ihr dürft jetzt die Ringe tauschen.“

Horst umarmte Eva, gab ihr einen Kuss, entnahm seiner Rocktasche ein Etui und steckte Eva einen Ring an den Finger, das gleiche wiederholte sich umgekehrt. Sie küssten sich. Dann trat Horst an das Mikrofon:

„Für manche ist das sicher eine Überraschung. Aber ich liebe Eva sehr und möchte mein Leben mit ihr teilen."

Eva drängte ans Mikrofon: „Ihr Lieben, ich liebe ihn noch mehr und ich bin sooo glücklich."

Ein Applaus kam und alle Gäste drängten sich um das verlobte Paar, um mit ihnen auf die Zukunft anzustoßen. Es war schön zu sehen, wie sich alle mit den beiden freuten. Man war plötzlich wieder munter, sie waren wieder die große Familie, die sie immer waren und man genoss das.

Als Susi an einen der Tische kam, nahm sie Christa Nickel vom Empfang in Beschlag:

„Ihr seid alle ganz gemein. Ich merke doch sonst immer alles, aber bei Eva war nichts zu bemerken. Heute Morgen hab ich euch zwar ratschen sehen, aber nie wäre ich darauf gekommen, dass es dabei um die Verlobung geht. Ich freue mich so für Eva. Horst bekommt eine prima Frau und ich glaube, Eva auch einen tollen Mann."

Susi lachend: Christa, heute Morgen war von einer Verlobung noch nicht die Rede. Das hab ich mehr oder weniger inszeniert, denn ich glaube, die beiden sind füreinander geschaffen."

Christa: „Weißt du, Susi, ich wollte eigentlich überhaupt nicht auf den Galaabend kommen. Thomas hat mich praktisch dazu verpflichtet. Ich hatte noch viel Arbeit, aber jetzt weiß ich warum. Woher wusste das Thomas?"

„Christa, von mir wusste er es nicht, denn ich habe es erst hier im Hotel von Horst erfahren, dass die beiden mit meinem Vorschlag einverstanden sind. Wahrscheinlich hat Horst Thomas Bescheid gesagt."

Jetzt musste auch Christa lachen: „Wie Eva und Horst das geschafft haben, ihr Verhältnis so geheim zu halten, das ist mir ein Rätsel. Lass mich die Eva morgen erwischen, der wasche ich den Kopf."

Susi musste weiter, sie sah alle und es war bereits Mitternacht, als Susi und Moritz sich verabschiedeten.

***

Solingen

Obwohl man erst um ein Uhr ins Bett kam, hatte man sich schon um 8.30 Uhr zum Frühstück verabredet.

Beim Frühstück sagte Hilde:

„Wagt euch ja nicht, heute bei mir um ein Uhr nicht zum Essen zu kommen. Ich weiß, ihr habt einen harten Tag, aber um ein Uhr ist der Sonntagsbraten auf dem Tisch. Es kommen Michail und Paula, die haben es versprochen und Moritz will sie mitsamt Baki abholen. Es kommen auch Olga und Hugo. Die holt Erich ab. Erika und Anton kommen auch.

Tommi, Moritz und du, liebe Susi, ihr wollt nach dem Frühstück noch mal in die Galerie nach Wuppertal fahren. Ihr könnt meinen Wagen nehmen.

Nach dem Mittagessen bringen dann Moritz und Erich Tommi, Michail mit Paula und Olga mit Hugo zum Flughafen. Mit Baki haben wir abgesprochen, dass er hier bei uns übernachtet und dann zusammen mit Sarah, Susi und Moritz am Dienstag nach Wiesbaden fährt."

Die Frühstücksrunde löste sich schnell auf.

Hilde, Sarah und die Ersatzomi blieben in Solingen und begannen zusammen den Tisch zu decken. Zehn Personen im Speisezimmer und Hilde wollte wieder mal ein neues Bestecksortiment auflegen. Sarah gefiel diese moderne Form ausnehmend gut und sie fragte Hilde:

„Sag mal, was kostet denn so was?"

„Sarah, gefällt dir das? Das ist ganz modern und das gibt es nur in Edelstahl. Wir verkaufen es sehr oft, weil es auch alle Teile wie Vorleger, Fischbesteck, Tortenheber, Kuchengabeln und so weiter im gleichen Dekor gibt. Für wie viel Personen brauchst du es denn?"

Hilde, du weißt, mein Vater lebt bei uns und wir haben drei Kinder. Für werktags haben wir Bestecke, aber wenn wir mal Besuch haben, dann sollte ich schon für zwölf Personen Bestecke haben. Ich weiß nur nicht, ob ich mir so was leisten kann."

Hilde lachte, komm, lass uns noch den Tisch fertig eindecken. Meine Ersatzomi kümmert sich ohnehin um das Essen, da können wir schnell mal in den Betrieb gehen und uns das ansehen."

Nicht viel später standen die beiden in der Ausstellung der Firma Granika. Sarah hatte sie schon gesehen, aber jetzt zeigte ihr Hilde eine große Kassette und sagte:

„Sarah, jetzt stelle ich mal ein Sortiment zusammen, das für zwölf Personen gedacht ist und alles für zwölf Personen enthält, einschließlich Fischbesteck, Beilagegarnituren, Kuchengarnitur und so weiter."

„Hilde, sag bloß, du willst mir diese riesige Kassette schenken, das kann ich nicht annehmen. Ich käme mir da ganz blöd vor. Das ist mir jetzt peinlich, ich muss doch erst mit Tommi darüber sprechen, außerdem du weißt doch, wir sind nicht gerade auf Rosen gebettet und Bestecke ist nicht unbedingt das Erste, was wir uns leisten können."

Hilde ließ sich nicht beirren, sie füllte die Kassette.

Sie nahm die beiden Hände von Sarah lachte und sagte: „Das verstehe ich, aber du hast mich und Erich und auch unsere Ersatzomi mit unserer kleinen Susi nach Israel eingeladen. Ich habe auch zugesagt und kam mir nicht blöd vor. Also musst du die Kassette auch annehmen, sonst bin ich dir böse."

Sarah: „Hilde, das ist hier alles so eigenartig für mich. Jeder überschüttet mich mit Wohlwollen. Nicht nur du und Erich, auch alle übrigen in Wuppertal haben das getan. Ich bin für die doch alle eine Fremde. Baki hat mir schon gesagt, dass der Umgang in der Galerie Kaiser etwas ganz besonderes sei, aber es bedrückt auch."

Hilde ganz ruhig: „Sarah, das verstehe ich sehr gut. Ich habe dir doch von meinem Selbstmordversuch erzählt. Der eigentliche Grund war die Liebe und das unendliche Vertrauen aller Mitarbeiter der Galerie Kaiser, das mich dazu trieb. Daher weiß ich, wie dir zu Mute ist. Also nimm die Kassette, Erich und ich wir freuen uns, wenn sie dir gefällt. So, und jetzt Schwamm darüber, komm, ich glaube, wir müssen uns jetzt ums Essen kümmern."

Kurz vor ein Uhr waren alle aus Wuppertal zurück. Erich brachte Baki auf sein Zimmer und sagte: „Baki, willkommen bei uns, fühle dich wie zu Hause und wenn du irgendeinen Wunsch hast, dann sage es einfach. Wir nehmen vor dem Essen noch einen Drink, wäre schön, wenn du gleich mit nach unten ins Wohnzimmer kämst."

Es war eine lustige Runde beim Mittagessen. Michail sagte zu Baki: „Hilde und Erich sind unsere Freunde, ebenso Susi und Moritz. Hilde ist eine ganz tapfere Frau, die ich auch sehr achte und ich schätze auch Erich. Ich habe schon befürchtet die beiden sind uns böse, weil wir nicht hier geschlafen haben. Aber sie hatten Verständnis."

Nach dem Mittagessen war leider ein rascher Aufbruch notwendig, denn sie mussten zum Flughafen. Sarah wollte unbedingt ihren Mann zum Flughafen begleiten. Es war ein kurzer aber sehr herzlicher Abschied.

Susi und Baki wollten noch mal nach Wuppertal.

Wuppertal

Susi und Baki fanden in Wuppertal schnell die Leute, die sie sehen wollten. Sie trennten sich und verabredeten, um halb sechs zurück nach Solingen zu fahren.

Susi fand ihre römischen Gäste bei Horst Gerkan. Man belud einen großen Sprinter mit Rahmen aller Art. Auch Zontinis Wagen wurde vollgeladen und selbst Ginas kleiner Wagen war voll bis oben hin. Sie waren gerade mit dem Verstauen fertig geworden. Horst Gerkan lud alle in sein Büro zu einem Kaffee ein.

Sie hatten sich kaum gesetzt, als Zontini begeistert davon sprach, wie sehr er die gestrige Veranstaltung genossen hätte.

„Susi, was bin ich so froh, dass wir den Vertrag geändert haben. Endlich kann ich wieder Originale und Repliken anbieten. Das ist meine Profession.

Über das Bild **Peterskirche** von **Susanna Vigano** habe ich schon mit Gina und Carlo gesprochen. Ich bringe das ganz groß in meiner Ausstellung als Replik und Originalkopie heraus.

Gina möchte es in der Originalgröße als Originalkopie, Öldruck und Kunstdruck anbieten. Aber ich habe ihnen geraten sie sollten es in verkleinerter Form, etwa Postkartengröße als Öldruck auf den Markt bringen. Eventuell mit Umkarton wie das Bild Jerusalem in Israel. Vielleicht kann man das auch mit einer Spende für die Peterskirche verbinden. Werde da mal mit Ghirlandi sprechen."

Carlo mischte sich ins Gespräch:

„Marco war von dieser Präsentation der ästhetischen Gemälde des 21. Jahrhundert begeistert. Er wird auch in Italien versuchen, diese Werke publik zu machen. Wir konnten gestern noch mit den hiesigen Fernsehleuten sprechen und bekommen von deren Aufnahmen eine CD. Damit wollen wir eine italienische Version produzieren. Wir werden dir berichten."

Es gab noch ein kurzes Fachgespräch und Susi verabschiedete sich von ihrer italienischen Mannschaft mit den Worten:

„Euch wünsche ich morgen Früh eine möglichst reibungslose Rückfahrt. Wenn in vierzehn Tagen die Ausstellungseröffnung vorbei ist, werde ich mich bei euch in Rom sehen lassen. Also, alles Liebe, und kommt gesund zurück nach Rom."

Susi musst noch kurz mit Thomas sprechen, dann war es schon wieder Zeit zur Rückfahrt nach Solingen.

Sie traf Thomas, zusammen mit Bart, Paul, Hans Ruppert und Wiktor Krylow in einem der Ausstellungssäle. Sie waren am Scannen der Bilder und Susi ließ sich die Aufnahmetechnik genau erklären. Man hatte sich neue Geräte zugelegt und Hans Ruppert meinte:

„Susi, die Reproduktionen werden einwandfrei. Auch die Farbauszüge erstklassig. Rom bekommt von uns die ersten fertigen Reprovorlagen zur Herstellung der Öldrucke und Kunstdrucke. Sie holen sie nachher bei uns ab. Wir beginnen mit dem Andruck morgen Früh, schau dir das an."

Susi versprach, sich das morgen Früh anzusehen und fragte nach Mike und Anton.

Thomas Hall: „Mike findest du im Erdgeschoss mit den Kunstwissenschaftlern Tapling, Sutherland und Austen. Im Nachbarraum dürftest du Anton mit Legrand aus Straßburg, Baki, Jacob und Achmed Husni finden. Luise Wahl ist mit Frank Lappas und Jacques Claesen im 3. Stock des Nachbarhauses."

Susi lachte: „Thomas, ich schaffe es nur noch, in der Ausstellung im Erdgeschoss vorbeizugehen. Sage Luise und Frank und natürlich auch Jacques Claesen, ich würde sie morgen Früh sehen."

Auf dem Weg ins Erdgeschoss kam sie am Empfang vorbei. Sie begrüßte Eva und Christa und meinte: „Nehmt ihr euch eigentlich nie frei?"

Christa: „Ich musste Eva doch erst einmal meine Meinung geigen." Christa lachte: „Sich einfach einen Freund zuzulegen, ist schon ein starkes Stück."

Eva auch lachend: „Und noch dazu einen so lieben. Ich bin auch ganz zerknirscht."

Susi lachte jetzt auch: „Man sieht, wie schuldbewusst du bist. Aber sag mal, hast du mit deinem Stern schon darüber gesprochen, wo ihr leben wollt?"

Eva noch immer lachend: „Das ging ja alles so schnell, uns blieb zum Denken kaum Zeit. Aber Horst will mit dir morgen darüber sprechen.“

Susi: „Wir sehen uns morgen am Nachmittag um 15.00 Uhr. Ist dir das recht?“

Eva war einverstanden und Susi verließ den Empfang und ging in die Ausstellungssäle, wo sie Mike und Anton mit ihren Gästen traf. Es gab eine sehr nette Begrüßung. Nach einiger Zeit kürzte Susi die Unterhaltung ab und sagte:

„Ihr Lieben, ich muss euch jetzt Baki entführen. Wir haben versprochen, um 18.00 Uhr in Solingen zu sein.“

Solingen

Hilde stand in der Haustür als Susi mit Baki in Solingen ankam und sagte: „Da habt ihr aber Glück gehabt, dass ihr pünktlich seid. Sarah, Moritz und Erich warten schon.“

Sarah bedankte sich bei Erich für das große Geschenk, dass ihr Hilde gemacht hatte und zeigte allen diese wunderschöne Kassette.

Nach dem Aperitif gingen sie gemeinschaftlich zu Tisch und Baki fragte, ob er eventuell nach dem Abendessen oder morgen Früh den Betrieb der Firma Granika sehen könnte. Sie vereinbarten, das noch am Abend zu unternehmen.

Es war schon 22.00 Uhr als man die Betriebsbesichtigung beendet hatte. Baki sehr nachdenklich:

„Erich, Moritz, habt ihr in Israel einen Vertreter?“

Erich antwortete schnell: „Nein, aber der Markt dort ist wegen der hohen Einfuhrzölle nicht konkurrenzfähig zu beliefern.“

Baki: „Erich, da hast du Recht. Aber ich weiß möglicherweise einen Weg, das zu umgehen. Lasse dir eine kleine Geschichte erzählen, dann wirst du mich verstehen.

Die Eisengießerei Balan in Haifa hat viele Jahre auch Schneidwerkzeuge hergestellt. Das meiste waren Messer aller Art. Keine Bestecke, aber unter anderem weiß ich, dass sie auch versucht haben, Operationsbestecke zu fertigen. Das ist wegen des geringen Absatzes eingeschlafen. Zwei sehr fähige Leute haben das damals gemacht."

Sarah unterbrach: „Baki, die beiden suchen heute noch einen Job. Die waren wirklich gut."

Baki fuhr fort: „Danke Sarah, Erich, ich denke jetzt einfach laut. Wir haben in Haifa eine Eisengießerei mit allem Drum und Dran. Zwei fähige Leute, die die Gießerei leiten, zwei weitere Fachleute, die sich in diesem Beruf auskennen. Ich habe flüssige Geldmittel, die ich in ein Geschäft stecken könnte, das sicherlich ein bis zwei Jahre Anlaufzeit hat. Hier ist eine Fabrik, die das notwendige Know-how hat und außerdem die Formen für diese Werkzeuge. Ich habe weiterhin die notwendigen Verbindungen, diese Sachen nicht nur in Israel zu vertreiben, sondern auch im vorderen Orient. Warum gründen wir nicht eine Firma Granika Israel, die diese Produkte herstellt. Eurer Firma Granika gehört ein Drittel, der Firma Balan ein weiteres Drittel und mir das letzte Drittel. Wäre das nicht ein Deal?"

Moritz ruhig: „Lieber Baki, du weißt wahrscheinlich nicht, dass mir diese Firma einmal gehörte. Ich habe sie meinen Kindern geschenkt. Wie du weißt, bin ich in Israel gewesen und nicht nur blind durch das Land gegangen. Ich habe die Eisengießerei meines Schwagers Tommi gesehen und hatte einen sehr guten Eindruck. Ich kenne den Markt für ärztliche Bestecke nicht, aber es gibt sicherlich einen Markt für Tafelbestecke. Lieber Baki, deine Idee ist mehrere Überlegungen wert. Erich, was meist du denn?"

Erich: „Papa, ich könnte mich deiner Meinung anschließen. Aber es muss genau überlegt und berechnet werden. Auch ich könnte mir vorstellen, dass wir da ein weiteres Standbein aufbauen können. Allerdings Baki hat sicherlich

Recht, wenn er sagte: „Eine Anlaufzeit von ein bis zwei Jahren ist notwendig und die kostet Geld."

Hilde in ihrer lockeren Art: „Also ich kenne Israel nicht. Aber ich habe jetzt Sarah kennen gelernt und ich weiß, wir verstehen uns prima. Sarah hat uns nach Haifa eingeladen. Warum fahren wir nicht einfach mal nach Israel? Dann können wir an Ort und Stelle alles in Augenschein nehmen und gleich Nägel mit Köpfen machen. Sarah und Tommi kennen ihr Geschäft, Baki sicherlich den Verkauf, wir die Herstellung. Was soll da schiefgehen. Ich hole jetzt einen Kalender und wir machen gleich einen Plan."

Wie immer, Hilde war nicht zu bremsen und Erich lachte: „Baki, siehst du, wie es mir geht? So macht sie es immer und schon haben wir wieder einen neuen Geschäftszweig."

Sie saßen bis weit nach Mitternacht und besprachen alle Für und Wider aber man beschloss, Ende Mai nach Tel Aviv zu fliegen.

Susi zu Baki gewandt: „Ich wusste schon von Anfang an, dass wir irgendwie geschäftlich zusammenkommen. Aber jetzt muss ich einfach ins Bett. Morgen ist noch mal ein strammer Tag. Euch allen eine Gute Nacht."

***

Wuppertal

Sehr früh waren Susi, Baki und Moritz nach Wuppertal gefahren. Sie wollten den Andruck der ersten Kunstwerke nicht versäumen. Sarah war bei Hilde in Solingen geblieben. Die beiden schmiedeten Pläne für die eventuelle Erweiterung des Betriebes mit einer eigenständigen Firma in Israel.

Die drei waren schon kurz vor neun in Wuppertal. Trotzdem hatten sie den Andruck verpasst. Als sie kamen, standen die Techniker, Hans Ruppert, Thomas Hall, Anton und Erika an der Andruckpresse und bestaunten die ersten Ergebnisse. Anton, wie immer ruhig:

„Dieses Resultat beruhigt mich sehr. Es ist wirklich nur mit einem Fadenzähler vom Original zu unterscheiden. Ich gratuliere euch dazu."

Dann nahm Anton Susi beiseite: „Ab jetzt kann ich nur noch beten, dass alles so klappt, wie wir das geplant haben. Susi, du weißt, was alles schief gehen kann. Unser Zeitplan ist derart knapp, dass einfach nichts passieren darf."

Susi: „Anton, so kenn' ich dich gar nicht. Sonst bist du doch auch nicht so negativ. Aber ich habe da auch etwas, was mir Bauchschmerzen bereitet. Baki, Luise, Frank und der Anwalt Claesen wollen Moritz und mich unbedingt sprechen und das in dem Raum, in dem die Gemälde der Eremitage gelagert sind. Frag mich nicht woher Baki davon weiß. Ich werde dir berichten."

Anton: „Ich kann leider nicht mitkommen, ich muss zurück nach Wiesbaden. Bei uns ist der Teufel los. Ich nehme Jacob mit. Du kommst doch morgen Abend?"

Susi: „Je nachdem, was sich hier noch ereignet, kommen wir wahrscheinlich morgen im Laufe des Tages."

Anton: „Ich habe schon zu Erika gesagt, ich bewundere dich, wie du das vorgestern durchgestanden hast. Aber trotzdem, in den nächsten Tagen müssen wir ein paar ruhige Stunden miteinander haben. Baki hat angedeutet, dass er auch mit uns reden muss. Ich habe keine Ahnung, was er vorhat. Ich sage gleich Adieu."

Sie verabschiedeten sich schnell. Susi zog Baki und Moritz mit sich in den 4. Stock des Nachbarhauses, wo sie bei den Bildern der Eremitage mit Luise, Frank und Rechtsanwalt Claesen verabredet waren.

Es gab eine nette Begrüßung und Susi fragte:

„Sagt mal, es ist alles so geheim. Keiner darf wissen, dass hier diese Exponate aus der Eremitage lagern und dann weiß Baki davon. Ich glaube, ihr müsst mir was erzählen."

Baki lachte: „Susi, ihr alle wart nicht vorsichtig genug. Als Michail deinem Bruder Tommi den Auftrag für die beiden Türen in der Eremitage gab, da wurde die Finanzierung über Bilder aus diesem Fundus besprochen. Ich war dabei. Glaubt ihr ich bin so dumm und hatte nicht begriffen, dass diese Exponate nicht mehr in der Eremitage waren?

Als ich dann in Erfahrung brachte, dass man in den Emiraten leere Kartons ausgeladen hatte und die Herren Bussow und Anhang mir nichts, dir nichts, verschwanden, habe ich mir den Rest zusammengereimt. Ich lag nicht falsch mit meiner Annahme. Nur wusste ich nicht, dass die Bilder ausgerechnet hier in Wuppertal lagern.

Was ihr alle nicht wissen könnt, ich habe zwar einige Galerien in Israel, aber unter anderem Namen Galerien in Amman, in Kuwait und drei in den Emiraten. Außerdem verhandle ich zurzeit mit Saudi-Arabien, um dort eine Filiale zu eröffnen. Mein Hauptgeschäft ist nicht Israel, das sind die umliegenden arabischen Staaten.

Ihr könnt euch vorstellen, in welcher Zwickmühle ich war, als mich Peter Wahl fragte, ob ich die Gemälde aus der Eremitage schätzen könnte. Ich kannte doch die ganzen Leute aus diesem neu zu gründenden Museum in den Emiraten.

Als dieser Deal mit Bussow geplatzt war und auch die Eröffnung eurer Galerie mit einem Paukenschlag begann, habe ich mich nach den Emiraten begeben. Für mich nicht ganz einfach. Es war ein Tanz auf dem Vulkan.

Ich mache es kurz. Zusammen mit der Museumsleitung in den Emiraten haben wir folgendes Konzept entwickelt:

Nach und nach kaufen wir entsprechende Kunstwerke um so einen Fundus für das Museum zu schaffen. Laut Vertrag mit diesen Leuten bin ich der alleinige Bevollmächtigte für diese Käufe.“

Baki entnahm seiner Aktentasche ein in arabischer Sprache ausgefertigtes Dokument nebst einer Übersetzung in Englisch.

Baki fuhr fort: „Hier überreiche ich euch, sowohl der Firma Wahl in München als auch Rechtsanwalt Claesen und auch der Galerie Kaiser, je eine Kopie.

Nur noch zur Information, wir wollen dieses Museum Mitte bis Ende dieses Jahres eröffnen. Nachdem man so schnell keine geeignete Originale bekommen kann, konnte ich die Museumsleitung davon überzeugen, dass wir durch die sogenannten Originalkopien Sonderausstellungen machen können. Ihr habt hier in Wuppertal schon so etwas vorexerziert mit eurer Ausstellung **»Die berühmtesten Gemälde der Welt«.** Mit Achmed Husni habe ich schon gesprochen, der bemüht sich um eine Ausstellung des Ägyptischen Museums. Und jetzt muss ich euch fragen. Kann ich mit eurer Hilfe rechnen?"

Susi fand zuerst die Sprache wieder:

„Baki, du hast mir einmal gesagt, wir wären die größten Halunken und Bauernfänger. Das Kompliment muss ich zurückgeben. Du bist noch eine Nummer größer. Kommt, lasst uns zusammensetzen, vielleicht kommen wir zusammen."

Es folgte ein einstündiges, sehr anstrengendes Gespräch aller Beteiligten. Sie vereinbarten, dass Luise Wahl und Frank Lappas die Angelegenheit mit Michail Borodin besprechen sollten, Baki bei eventuellen Versteigerungen zu berücksichtigen. Es wurde eine Lösung angedacht, wie man eventuelle Versteigerungen umgehen konnte, um dieses kostenaufwändige Verfahren zu vermeiden. Klärung sollte innerhalb der nächsten vier Wochen erfolgen.

Susi war sich schnell darüber im Klaren, dass das ein Riesengeschäft werden würde. Das sagte sie auch Baki, allerdings müsse sie das noch mit Anton besprechen. Aber Baki käme mit nach Wiesbaden und das könnte man dort klären.

Baki zum Abschluss: „Susi, noch einen Punkt. Ich weiß, ihr habt so gut wie keinen Vertreter für Jordanien, Kuwait und die Emirate. Ich hätte mich gerne um diese Vertretung beworben. Siehst du da eine Möglichkeit?"

Susi lachte: „Baki, ich glaube nicht, dass unser Gremium irgendwelche Einwände haben wird. Schon jetzt und im Voraus, willkommen in der Familie."

Moritz: „Es ist schon wieder zwölf vorbei, wir sind um halb eins mit Legrand im Hotel ART FABRIK verabredet, wir sollten langsam aufbrechen."

Baki wollte in der Galerie bleiben und hatte sich mit Hans Ruppert verabredet. Sie vereinbarten, sich wieder um halb sechs zur Fahrt nach Solingen zu treffen.

Susi und Moritz mit Luise und Frank sowie Anwalt Claesen, kamen pünktlich zur Verabredung mit Monsieur Legrand. Sie nahmen alle einen kleinen, trockenen Sherry und Monsieur Legrand bemerkte: „Ich kann mich immer noch nicht an die frappierende Ähnlichkeit von Max und Ihnen, lieber Herr Kaiser, gewöhnen.

Jetzt kam Susi nicht umhin, in Kurzform die Geschichte von ihrem 1. Mann Max und ihrem jetzigen Mann Moritz zu erzählen. Legrand bedankte sich herzlich.

Während des Mittagessens unterhielt man sich gut. Man war schon beim Kaffee, als Monsieur Legrand fragte:

„Liebe Frau Susi, vor längerer Zeit habe ich Ihnen meine Galerie und mein Atelier zum Kauf angeboten. Sie zeigten sich interessiert, aber ich habe nichts mehr von Ihnen gehört. Anlässlich eines Gesprächs mit Frau Wahl, die ich aus Zürich kenne, habe ich sie gefragt, ob sie eventuell an einem Kauf interessiert ist. Ich habe ihr gesagt, dass Sie eine Option hätten, aber ansonsten würde ich an Frau Wahl verkaufen."

Susi: „Lieber Monsieur Legrand, ich habe schon befürchtet, dass Sie das fragen würden. Eigentlich sind wir interessiert, aber ich glaube, wir würden uns beim Kauf einzelner Galerien und Ateliers verzetteln. Wenn Luise Wahl interessiert ist, so können wir Ihnen zu dieser Käuferin nur gratulieren. Sie ist eine Expertin comme il faut. Wenn Sie Schwierigkeiten mit dem Vertrag haben, wir helfen gerne. Herr Rechtsanwalt Claesen, was meinen Sie dazu?“

Herr Claesen: „Inzwischen kenne ich das geschäftliche Umfeld von Frau Wahl einigermaßen. Einen Stützpunkt dieses Unternehmens in Straßburg zu etablieren erscheint mir machbar. Wenn ich es richtig verstanden habe, so soll dies möglichst rasch vollzogen werden. Wir haben heute Nachmittag sicher noch Zeit, uns ausführlich darüber zu unterhalten. Wollen Sie bei diesem Gespräch anwesend sein?“

Susi verneinte das mit dem Hinweis, sie hätte noch zwei wichtige Gespräche am Nachmittag. Danach ging die Verabschiedung schnell und Susi sage: „Ich wünsche euch viel Erfolg bei euren Gesprächen. Solltet ihr meine Hilfe brauchen, ich bin ab 18 Uhr bei meiner Freundin Hilde Granika in Solingen. Tschüss und gutes Gelingen des Vertrages.“

Auf der Fahrt vom Hotel ART FABRIK zur Galerie meinte Susi zu Moritz:

„Schatz, dieser Kelch der Übernahme von Legrands Galerie ist an uns vorbeigegangen. Gott sei Dank! Wir hätten nicht ablehnen können, zu eng war die Freundschaft zwischen Legrand und Max.“

Die beiden fuhren direkt zu Horst Gerkans Büro, meldeten sich und wurden schnell zu ihm gebracht. Horst Gerkan und Eva Bergmann warteten schon. Eva hatte Kaffee und Gebäck vorbereitet und sagte:

„Susi, Moritz, bevor wir mit dem Gespräch beginnen, schaut euch erst mal die Wohnung an. Sie ist nicht nur verwohnt, sie ist ganz einfach renovierungsbedürftig. Wir haben um 16.00 Uhr den polnischen Architekten herbestellt, der sich das ansehen sollte.“

Die vier gingen durch die ganze Wohnung. Es waren eigentlich sechs Zimmer, Küche und Bad, wobei zwei Zimmer zurzeit als Lagerraum benutzt wurden.

Moritz, der sich alles genau angesehen hatte:

„Liebe Eva, lieber Horst. Die Wohnung ist nicht nur renovierungsbedürftig, sie muss saniert werden. Das von Grund auf. Die sanitären Anlagen sind komplett zu erneuern, die Elektroleitungen sind veraltet und eigentlich nicht mehr zu gebrauchen, die Böden müssen neu gemacht werden. Die Fenster müssen raus und durch Doppelglasfenster ersetzt werden. Die Türen müssen ausgetauscht werden. Was der Architekt noch alles sehen wird, das weiß ich noch nicht. Aber es ist eine größere Angelegenheit und die Wohnung ist während der Sanierungsphase mindesten drei bis vier Monate nicht bewohnbar. Da das Gebäude hundertprozentig Eigentum der Wuppertaler Bilderrahmenfabrik ist und diese wiederum der Galerie Kaiser e.V. gehört, brauchen wir für diese große Renovierung die Genehmigung unseres Gremiums. Ich kann euch zwar nicht voraussagen, wie die ausgehen wird, aber ich glaube, es dürfte nicht viele Schwierigkeiten geben. Sollte das Gremium jedoch ablehnen, dann weiß ich zwei Möglichkeiten, wie ihr hier trotzdem zu einer wunderschönen Wohnung kommt."

Eva und Horst bedankten sich, nicht viel später kam der polnische Architekt. Wieder eine nette Begrüßung. Sie zeigten die Wohnung und der Architekt versprach schnellstmöglich einen Kostenvoranschlag zu machen.

Susi: „Dass wir beide euch helfen, das wisst ihr sicher. Aber wir müssen ziemlich schnell nach drüben, ich werde kurz mit Thomas sprechen und Baki wird schon warten. Also Tschüss ihr beiden."

Susi und Moritz fanden Thomas mit Baki, Bart, Paul und Hans Ruppert bei den Aufnahmen der Ausstellungsgemälde. Thomas meinte: „Ihr drei solltet fahren. Um 18.00 Uhr gibt es im WDR eine Sondersendung über unsere Ausstellung, fast eine Stunde lang. Die solltet ihr nicht versäumen. Wir unterhalten uns morgen."

Solingen

Kurz vor sechs waren Susi, Baki und Moritz in Solingen. Sie wurden von Hilde, Sarah und Erich schon erwartet. Sie wollten sich die Sendung im WDR um 18.00 Uhr gemeinsam ansehen.

Das Fernsehen des Westdeutschen Rundfunks hatte es hochinteressant aufgebaut. Monsieur Legrands Rede wurde gekürzt gezeigt, ebenso die Rede von Mike und Susi. Dann kam eine elegante Sprecherin die erläuterte, dass es sich um eine Preisverleihung für Bilder des 21. Jahrhunderts handelt und dass dies von einem Künstlerverein inszeniert worden ist. Man stellt kurz die Juroren vor und betonte, dass diese Jury mit internationalen Kunstwissenschaftlern besetzt war.

Man verwies darauf, dass 19 Exponate den 1. Preis erzielt hätten und stellte dann einige Exponate vor. Als erstes das Bild **Jerusalem** mit dem Text der Auflage des Künstlers, dass dieses Bild dem Frieden dienen soll.

Danach kam Susi Kaiser mit ihrem Bild **Mammon** und die Erklärung der Spende an die europäische Zentralbank.

Als nächstes hatte man die **moderne Ikone** ausgewählt und zeigte Olga Waganowa, die die passenden Worte sprach. Das Bild **Mejico** und **Interplanetario** war zu sehen, ebenso wie die erklärenden Sätze von Orlando Lopez.

Dann kam Professor Prantner, der das Gemälde von Susanna Vigano – **Peterskirche** vorstellte. Es war Susi Kaiser im Bild, wie sie Ingo Merz auf die Bühne rief und das Bild **Dom zu Mainz** erklärte.

Es meldete sich Franz Westermann, der das Bild **Das Leben** von Alena Konovalova beschrieb. Als letztes Exponat zeigte man das Bild **Das Elend** von Susanne Kaiser mit dem größten Teil ihrer Erklärung und dem Aufruf an die UNO, der Region Darfur zu helfen. Man zeigte den langen Applaus und dann wieder die Sprecherin, die empfahl, sich diese Ausstellung in siebzehn Tagen von heute an in Wuppertal anzusehen. Dazu der Aufruf, ‚Bitte reservieren sie rechtzeitig ihre Karten für diese außergewöhnliche Ausstellung.' Dann gaben sie noch Adresse und Telefonnummer an.

Moritz schaltete den Fernseher aus. Es herrschte minutenlanges Schweigen im Raum, bis Hilde sagte, ich glaube, wir brauchen jetzt alle einen Schnaps. Erst da kam wieder Bewegung in die Runde.

Baki sprach aus, was alle dachten: „Das ist die beste Reklame, die ihr euch nur wünschen könnt. Diese Sendungen können auch schief gehen. Ihr habt die anscheinend mit euren Bildern bezaubert. Susi, ich glaube, Ihr braucht euch um den Erfolgt der kommenden Ausstellung keine Gedanken mehr zu machen, die läuft von selbst. Du wirst es sehen."

Hilde lachte: „Auch wenn wir jetzt noch Stunden darüber reden, es gibt jetzt Abendbrot. Darf ich euch ins Speisezimmer bitten?"

***

Dienstagmorgen. Man hatte erst um 9.00 gefrühstückt, danach packten Susi und Moritz, Sarah und Baki ihre Koffer und verluden sie in Moritzens Auto.

Es war ein gefühlsbetonter Abschied.

Baki: „Bevor bei euch allen die Tränen kommen, im Mai sehen wir uns wieder. Hilde, Erich, dann zeige ich euch ein Israel, wie ihr es nie wieder sehen werdet. Dann werdet ihr begreifen, warum es das Heilige Land heißt. Also, bis dann."

Sie stiegen schnell ein und Moritz fuhr nach Wuppertal.

Wuppertal

Als die vier an den Empfang kamen, wartete Thomas schon. Eva und Christa waren auch am Empfang, konnten aber die vier nicht begrüßen, da die Telefone ununterbrochen läuteten. Es kamen Anfragen auf Anfragen. Da man am Empfang nur an zwei Apparaten telefonieren konnte, nahmen Paul und Bart im Büro von Thomas ab.

Thomas lachte: „So schlimm hatten wir uns das nicht vorgestellt. So geht das schon seit halb neun. Wenn in der übernächsten Woche dieser Beitrag noch im Bayerischen Rundfunk, im Südwestfunk und im Norddeutschen Rundfunk gezeigt wird, müssen wir noch jemanden für die Telefonbestellungen haben."

Susi: „Besser als umgekehrt und kein Mensch hätte sich gemeldet. Soll ich euch jemanden von Wiesbaden schicken, oder habt ihr irgendwen, der hier einspringen kann?"

Thomas: „Zwei Damen vom Service können gut mit dem Telefon umgehen und haben auch eine gute Telefonstimme."

Susi besprach kurz mit Thomas die nächsten Schritte und sagte:

„Wir machen jetzt einen Rundgang durch alle Räume und sagen überall Auf Wiedersehen, einschließlich der Rahmenfabrik. Danach müssen wir fahren. Ich weiß nicht, was mich alles in Wiesbaden erwartet."

Es war ein schönes Verabschieden bei ihren Mitarbeitern. Alle hatten die gestrige Fernsehsendung gesehen und waren überzeugt, dass die kommende Ausstellung ein Erfolg würde.

Es war schon halb zwölf, bis man auf der Autobahn war. Unterwegs fragte Susi, Baki und Sarah: „Kennt ihr beide eigentlich den Rhein?"

Sarah war mit Tommi schon in Mainz und Rüdesheim gewesen, aber Baki sagte: Ich kenne nur die Spree. Ich würde ihn gerne sehen." Susi sagte zu Moritz: „Moritz, lass uns bis zur Abfahrt Neuwied fahren, dann runter an den Rhein und von da bis Koblenz-Ehrenbreitstein. Dort können wir in Diehls Hotel gut zu Mittag essen und haben einen wunderschönen Blick auf das Deutsche Eck, den Rhein und die Mosel."

Sie waren kurz vor eins am Hotel, bekamen einen schönen Tisch im Speisesaal direkt am Fenster mit Blick auf das Deutsche Eck. Alle vier fanden das sehr schön. Man beschloss, nicht wieder auf die Autobahn zu fahren, sondern am Rhein entlang nach Wiesbaden.

Unterwegs machte man in der Krone zu Assmannshausen noch eine Kaffeepause und war gegen fünf in Wiesbaden.

Wiesbaden

Susi hatte ihre Gäste in der Wohnung im vierten Stock untergebracht. Sie erklärte Sarah und Baki die Wohnung, auch dass man in ungefähr 15 Minuten mit vielen Mitarbeitern einen Aperitif dort haben würde und bat sie mit nach oben in ihre Wohnung. Dort begrüßten sie Saskia und Nina.

Baki erfreut: „Nina, das ist doch die Frau von dem Künstler, der dieses wundervolle Bild des Mainzer Doms gemalt hat. Und wer ist Saskia?"

Susi: „Baki, sie ist eine ganz liebe Person, will auch Künstlerin werden, und ist jetzt im ersten Semester der Kunstschule. Außerdem übernimmt sie den Service bei unseren abendlichen Treffen. Jetzt schaut ihr noch kurz meine beiden Süßen an, die Saskia oft betreut, und dann verschwinden wir nach unten."

Aperitif um 18.00 Uhr. Eine Einrichtung bei der Galerie Kaiser, sich ungezwungen nach Feierabend zu treffen. Niemand musste, aber jeder konnte. Susi kam mit ihren beiden Gästen nach unten in den vierten Stock, viele waren gekommen und die Vorstellungen dauerten.

Als Sarah Ilse Bach vorgestellt wurde, fragte Susi:

„Ilse, nimmst du dich der Sarah an, ich werde jetzt stark gefragt sein, erkläre ihr, was hier jeder einzelne macht. Wie das bei uns im Betrieb geregelt ist, du weißt schon und kannst dir auch denken, was Sarah wissen muss."

Sarah bedankte sich bei Susi und sagte dann zu Ilse: „Frau Bach, das ist alles sehr verwirrend für mich. In Solingen habe ich mich sehr gut mit Frau Hilde Granika unterhalten. Alle übrigen waren auch sehr nett, aber es ist schon alles sehr neu und irritiert mich."

Frau Bach besorgte für sich und Sarah noch zwei Drinks und zog sich mit ihr in eine stille Ecke zurück. Dann erzählte sie ihre Geschichte, wie sie zur Galerie gekommen ist, man ihr geholfen hat und wie selbstverständlich heute alles ist. Zum Abschluss sagte sie:

„Frau Balan, anfangs konnte ich das alles nicht glauben. Ich dachte immer, hier muss doch irgendwo noch ein Pferdefuß sein, aber es war ein wundervolles Zusammenarbeiten. Wir arbeiten hier alle hart, wir verdienen sehr gut, aber das alles wiegt das gute Betriebsklima nicht auf. Die Mutter des Ganzen ist unsere Susi. Ich glaube, ihr Mann ist wie unsere Susi, ich habe ihn zwar nur kurz kennengelernt, aber sicherlich irre ich mich nicht."

Kurze Zeit später hörten die beiden, wie Susi auf ein Schemelchen stieg, an ihr Glas klopfte und sagte:

„Ihr Lieben, ich habe euch meine Schwägerin, Frau Sarah Balan vorgestellt. Sie hat in Darmstadt studiert und leitet heute mit meinem Bruder eine Bronzegießerei in Haifa. Sie ist was ganz Liebes und ich mag sie sehr. Baki kennt ihr wahrscheinlich schon aus den Fernsehberichten von Jerusalem. Er ist Kunsthändler in Jerusalem und hat sich um die Vertretung für den vorderen Orient beworben. Ihr wisst, das Gremium muss darüber entscheiden. Ich glaube, seine Chancen sind gut. Außerdem ist er der Berater eines Museums in den Emiraten. Er hat in Berlin Kunstwissenschaften studiert und ist ein ausgezeichneter Fachmann. Aber das alles zählt nicht, denn Baki ist ein Mensch, den man nur gernhaben kann. Für meine Neffen und Nichten in Israel ist er der liebe Onkel Baki. Für uns auch! Ihr alle habt gestern im Fernsehen auf WDR den Bericht über unseren Wettbewerb der Kunst im 21. Jahrhundert gesehen. Wir hatten eine großartige Veranstaltung, für die ich allen Mitarbeitern in Wuppertal herzlich danke. Auch euch, denn ohne euch wäre das nicht möglich gewesen. Seit heute Morgen laufen die Drähte in Wuppertal heiß, wir müssen noch zwei Telefonistinnen einstellen.

Euch wünsche ich noch viel Spaß heute Abend."

Susi sah Franz, Baki und Anton zusammenstehen. Sie ging zu Ihnen: „Na, ihr drei, was kocht ihr denn aus?"

Anton sehr ernst: „Baki hat uns eben von seinen Plänen hinsichtlich der Museumsausstattung in den Emiraten erzählt. Das ist ja ein Millionenauftrag. Dazu noch in weniger als sechs Monaten. Das müssen wir ausführlich besprechen. Ich hätte morgen Früh Zeit. Außerdem finde ich, sollte Jacob dabei sein. Was hältst du davon, wenn wir uns morgen um neun zusammensetzen?"

Susi: „Das passt mir zwar überhaupt nicht, ihr wisst, meine Schwägerin ist nur kurz zu Besuch da, aber zumindest eine Stunde kann ich bei Euch sein. Ich will Moritz fragen, ob er Zeit hat. Also morgen bis um neun."

Und zu Baki gewandt: „Lieber Baki, um acht Uhr verschwinden wir von hier. Wir gehen hoch zum Abendessen. Dich nehme ich einfach mit, sonst geht das hier endlos." Susi lachte, und ging zur nächsten Gruppe.

Kurz vor acht nahm sie Sarah bei der Hand, ging zu Baki und Moritz und verschwand mit ihnen.

***

Mittwochmorgen. Man hatte sich um acht Uhr zum Frühstück verabredet und traf sich mit guter Laune.

Baki lachend: „Susi, als ich gestern nach unten kam, waren immer noch Maxim, Boris mit Prem und Franz am reden. Sarah hatte Glück, sie ging gleich zu Bett, aber ich fiel unter die Räuber. Maxims Ikonostasen muss ich mir unbedingt ansehen. Vielleicht sind die auch etwas für das Museum in den Emiraten. Ich wusste gar nicht, dass ihr auch so etwas Wertvolles macht. Außerdem scheint mir Maxim ein Künstler ersten Ranges zu sein. Ihr habt Fachleute, das ist schon bemerkenswert. Es bleibt doch heute Morgen beim Treffen um neun?"

Susi: „Baki, das ist vereinbart. Ich werde nur eine Stunde bei euch bleiben, aber Moritz wird mit bei eurer Runde sein."

Und zu Sarah gewandt: „Liebe Sarah, ab 10 Uhr sind wir beide für alle anderen tabu. Ich muss und werde dir selbst unsere Firma zeigen und ein klein wenig von Wiesbaden. Vor allen Dingen wollen wir schwätzen und darauf freue ich mich. Ab 18 Uhr sind wir wieder verfügbar. Damit müssen die anderen leben."

Kurz vor neun gingen Susi, Moritz und Baki zum Treffen. Als die drei in Susis Büro kamen, waren Anton, Franz, Jacob und sogar Prem schon anwesend. Sie begrüßten sich freundlich und Susi begann.

„Ihr Lieben, wie ich gestern sagte, ich lass euch in einer Stunde allein. Daher erst die Klärung der wesentlichsten Punkte.

Baki hat sich um die Vertretung für die Staaten Jordanien, Kuwait und die Emirate beworben, mit einer zusätzlichen Option für Saudi Arabien. Da diese Region noch ein relativ weißer Fleck unseres Liefergebietes ist, steht dem eigentlich nichts entgegen. Andererseits ist das eine Entscheidung, die nur das Gremium fällen kann.

Was den Verkauf von Exponaten an das Museum in den Emiraten betrifft, so ist die Geschäftsleitung frei in ihrer Entscheidung. Dieser Verkauf ist nicht genehmigungspflichtig. Sind noch Einwände?“

Prem: „Ich habe erst gestern Abend davon erfahren, dass wir ein Museum in den Emiraten mit unseren Exponaten ausstatten wollen. Soweit mir bekannt, hat Baki eine entsprechende Vollmacht dieses Institutes. Könnten wir davon ein Exemplar haben?“

Baki entnahm seiner Aktenmappe eine solche Ausfertigung und übergab sie Prem:

„Herr Leekpai, oder darf ich Prem sagen? Das ist doch selbstverständlich. Ich habe gestern Abend schon erwähnt, dass wir dreißig große Ausstellungssäle zu bestücken haben. Je Saal mindestens 30 Exponate. Meist mehr! Das ergibt mindestens 1.000 Ausstellungsstücke. Ich kenne die Preise der Galerie Kaiser, und komme auf einen Durchschnittspreis von zirka 2.500 Euro bei den sogenannten Originalkopien. Das wären dann 2.500.000 Euro. Dazu kommen noch die Originale oder Repliken der Gemälde des 21. Jahrhunderts, die in Wuppertal ausgestellt wurden. Das wären nochmals 500.000 Euro. Also voraussichtlich liegen wir bei einem Umsatz von zirka 3 Millionen Euro.“

Prem stand auf, verneigte sich kurz und sagte: „Lieber Herr Baki, selbstverständlich dürfen Sie mich mit Prem ansprechen. Es ist mir eine Ehre Sie auch duzen zu dürfen.“

Susi: „Ihr beiden, darauf müsst ihr heute Abend anstoßen. Aber jetzt meine ich, müsst ihr feststellen, ob wir überhaupt in der Lage sind, bis Herbst noch zusätzlich eine solche Menge an Exponaten liefern zu können. Preislich werden wir sicherlich einig. Ihr wisst, meine Schwägerin ist hier, und um die will ich mich jetzt kümmern. Euch allen eine glückliche Hand beim Aussuchen der Exponate. Tschüss, bis heute Abend.“ Susi gab ihrem Mann noch einen Kuss und ging.

Susi zeigte Sarah kurz die Werbeabteilung im 2. Stock, die Ausstellung im 1. Stock und im Erdgeschoss und ging dann mit ihr in ein Café, das nicht allzu weit entfernt war. Sie hatten einen netten Tisch in einer Nische. Nachdem sie ihren Kaffee hatten, sagte Susi:

„Sarah, es ist wunderschön, dass du da bist. Aber ich hatte keine Ahnung, dass du ausgerechnet während dieser Hektik kommst. Sonst hätte ich dich gewarnt. Aber sag, wie kommt es zu eurem überraschenden Besuch?"

„Susi, vor ein paar Tagen rief Michail an, Tommi musste nach St. Petersburg um die Maße von zwei weiteren Türen zu nehmen. Sie vereinbarten, dass sie sich in Wuppertal treffen wollen und dann zusammen nach St. Petersburg fliegen. Von dieser Ausstellung in Wuppertal habe ich erst von Tommi erfahren. Dass das so eine riesige Show sein würde, wusste ich nicht.

Kurzum ich sagte Tommi, ich wolle gerne mitfliegen. Jacob nahm das in seine Hand. Er telefonierte mit Hilde und die wollte dir eine Überraschung bereiten. Und jetzt falle ich dir auf die Nerven."

Susi ganz heiter: „Sarah, die Überraschung ist dir und Hilde gelungen. Wann du kommst, bist du immer willkommen und auf die Nerven fällst du mir auch nicht."

Sarah: „Susi, das sagen alle, auch Nina und Saskia meinten heute morgen, bei euch wäre es immer so hektisch und ich solle mir keine Gedanken machen. Sag mal, wie hältst du diese Hektik aus? Du bist doch jetzt im 6. Monat und da sollte man es etwas ruhiger angehen."

Susi: „Schön wäre es, es ist schon ruhiger geworden. Meine Kollegen haben mir viel abgenommen und vor allen Dingen Moritz hilft mir sehr. Ich wäre gerne mit Hilde und Erich nach Israel geflogen, aber das ist im Mai, und da bin ich schon im 8. Monat, da traue ich mich nimmer. Aber Sarah, jetzt erzähl mal, wie war der Besuch deiner Schwiegereltern in Haifa?"

Sarah leicht nervös: „Susi, ich weiß gar nicht, wie ich das schildern soll. Du weißt, wir leben nach dem jüdischen Glauben, Tommi auch. Wenn wir überhaupt Weihnachten feiern, dann nach dem orthodoxen Glauben. Da ist Weihnachten an 'Heilig Drei König'. Deine Eltern haben ein Weihnachtsfest erwartet, wie man es in Deutschland feiert. Unseren Kindern war das fremd. Deine Eltern haben zwar nichts gesagt, aber wir merkten, dass ihnen das nicht behagte. Silvester ging es und dann haben wir uns bemüht, wenigsten an ‚Heilig Drei König' ein bisschen christliche Weihnachten zu feiern. Aber irgendwie hatte der Besuch deiner Eltern einen bitteren Beigeschmack. Anders kann ich es nicht erklären. Deine Eltern haben sich bemüht, wir haben uns auch bemüht, aber es wurde nicht herzlich und familiär. Mit deiner Mutter ging's noch, aber dein Vater ist schon sehr steif. Sicher haben wir uns ausgesprochen und alle haben behauptet, jetzt sei alles wieder in Ordnung. Aber Susi, das ist es nicht. Ich weiß nicht, was ich deinen Eltern getan habe, dass sie Wärme und Herzensgüte gegenüber uns vermissen lassen."

Susi ernst: „Sarah, das ist ein Problem. Ich weiß nicht, ob es je lösbar sein wird. Heilen kann da nur die Zeit. Wir machen noch mal einen kleinen Versuch, wenn Tommi wieder aus St. Petersburg zurück ist. Wir fahren dann ganz einfach zu Besuch nach Limburg. Ich werde das mit Tommi und auch mit meinen Eltern besprechen. Aber bitte, versprich dir nicht zuviel davon. Irgendetwas läuft in meiner Familie falsch. Meine beiden anderen Brüder, Theo und Oliver, haben sich immer noch nicht gemeldet, obwohl zwischen mir und meinen Eltern eigentlich alles in Ordnung zu sein scheint. Wahrscheinlich werden Tommi und ich nie erfahren, warum. Aber du kannst mir glauben, es tut weh. Du verstehst das."

Sarah: „Susi, Tommi ist auch verletzt, weil Theo und Oliver sich nie gemeldet haben. Deine Freundin Hilde hat da eine klare Meinung. Sie meint, die beiden Brüder wären neidisch. Überhaupt sind Hilde und Erich zwei wunderbare

Menschen. Du kannst stolz sein, eine solche Freundin zu haben. Ich habe mich mit Hilde vom ersten Moment an prächtig verstanden. Auch mit Erich."

Susi: „Hilde hat meine schwersten und meine schönsten Jahre miterlebt. Sie ist eine wirklich sehr gute Freundin. Aber jetzt sollten wir langsam gehen. Erika hat uns zum Mittagessen eingeladen. Anton ist nicht zu Hause, und sie will dir ihren kleinen Mike zeigen."

Es wurde nicht nur ein schönes Mittagessen, sondern man unterhielt sich fabelhaft. Danach zeigte Susi Sarah kurz die Werkstätten und Antons Galerie und meinte:

„Sarah, wir gehen jetzt ganz einfach zu mir in mein kleines Atelier. Da stört uns keiner und wir können in Ruhe reden. Ich habe den Eindruck, dass du irgendetwas auf dem Herzen hast."

Nicht viel später saßen Susi und Sarah im kleinen Atelier in ihrer Wohnung im 5. Stock. Susi hatte für Kaffee gesorgt und Sarah sagte: „Also, was ich hier so genieße, das ist euer Kaffee. Ich muss davon ein paar Pfund mitnehmen. Er schmeckt zu gut. Bei uns gibt es so etwas nicht und wenn, dann ist er sehr teuer."

Susi fragte: „Sarah, wir hatten kaum Gelegenheit uns ausführlich zu unterhalten. Wir haben noch morgen, Samstag kommt Tommi schon wieder, da können wir uns schlecht unter vier Augen was erzählen."

Susi schaute Sarah in die Augen: „Sarah, wo brennt es bei dir, irgendetwas ist doch nicht in Ordnung."

Sarah: „Ach Susi, ich kann doch mit niemanden darüber sprechen. So bleibst nur du. Also mit unserer Ehe ist alles in Ordnung. Auch mit unseren Kindern und das Verhältnis zu meinem Vater ist für uns alle gut. Das sind nicht meine Sorgen. Mein Problem sind unsere Schulden. Ich kann manchmal Nächte nicht schlafen. Mit meinem Vater kann ich nicht darüber sprechen und Tommi darf ich nicht damit belästigen, er muss zusehen, dass das Geschäft läuft und da belasten solche Gedanken."

Susi ernst: „Komm, Sarah, spucke es aus, wie viel ist es?"

Sarah: „Ich muss dir erst erzählen, warum die Schulden entstanden sind. Die Eisengießerei lief gut, bis die chinesischen Waren das Land überschwemmten. Wir haben es nicht gleich gemerkt, auf einmal hatten wir ein riesiges Lager und mussten unter Preis verkaufen. Wir mussten das Bronzegeschäft neu aufbauen, in der Zeit hatten wir so gut wie keine Einnahmen. Der einzige Lichtblick war lange Zeit nur Baki. Dann kam Jacob mit seiner Galerie, das war ein Anfang und dann kamt ihr.

Aber auch das neue Geschäft, das wirklich erfolgversprechend ist, muss erst mal vorfinanziert werden."

Sarah kramte aus ihrer Handtasche einen Zettel und gab ihn Susi. „Susi, hier habe ich in US $ unsere Schulden aufgeschrieben. Ich habe in Tausender aufgerundet und diese Zahlen rauben mir nachts den Schlaf." Susi las:

Verbindlichkeiten

Firma Balan, Haifa, den 1. März

Gebäudehypotheken	640.000 US $
Verbindlichkeiten Baki	50.000 US $
Verbindlichkeiten Lieferanten	260.000 US $
Gesamt	**950.000 US $**

Susi: „Danke dir für deine Offenheit, liebe Sarah, aber das ist keine Zahl die mich schreckt. Ihr habt vom Vatikan einen Auftrag über mehrere Millionen Euro. Ich weiß von Mike, dass sich das Bronzetürengeschäft gut entwickelt und ich rechne da mit ebenfalls einer Million Dollar. Jacobs Galerie schreibt gute Zahlen und ich habe gesehen, dass ihr auch kräftig dahin liefert. Ich weiß, dass Olga und Hugo euch mit Aufträgen eindecken werden und auch wir sind dabei euch Aufträge zu geben. Auf lange Sicht habt ihr ein Auftragspolster von mindestens sechs Millionen US $. Demgegenüber stehen Schulden von nur einer Million US $. Wo ist also das Problem?"

Sarah immer noch nervös: „Susi, du erlebst nicht den täglichen Kampf mit den Banken und den Lieferanten. Ich kann dir gar nicht sagen, wie schrecklich das ist. Außerdem belasten uns die Hypothekenzinsen und eventuelle Versäumniszuschläge der Lieferanten. Ich weiß nicht mehr, was ich noch machen soll." Susi nahm Sarahs Hand: „Sarah, eines musst du machen, den Kopf oben behalten und versuchen, die Angelegenheit rasch zu regeln. Wie, das sage ich dir gleich."

Sarah: „Du hast leicht reden, aber wie soll ich es regeln?"

Susi: „Indem man mit guten Freunden darüber spricht. Hast du mit Baki schon über diese Summe gesprochen?"

Sarah: „Sicher weiß Baki, dass wir verschuldet sind, aber er weiß nicht die genaue Höhe und wie sehr uns das Wasser bis zum Halse steht. Er ist doch der Onkel meiner Kinder, er gehört zur Familie, kann ich ihm das denn zumuten?"

Susi: „Sicherlich hat dir Hilde erzählt, dass es uns auch nicht immer gut ging und wir oft nicht wussten, wie es weitergehen soll. Es war zeitweise so schlimm, dass wir anfingen am Essen zu sparen und uns fürchteten das Telefon abzunehmen, weil wir glaubten, eine Bank oder ein Gläubiger wäre dran. Das hat sich geändert. Ich kann also nachvollziehen, wie es dir zurzeit geht.

Ich denke jetzt mal laut und wenn ich nicht richtig denke, dann sag es mir. Du und Tommi, auch dein Vater seid ganztägig im Betrieb. Du hast dazu noch einen Haushalt, drei Kinder und sorgst für das Essen. Dir obliegen außerdem noch die

Buchhaltung und der gesamte kaufmännische Bereich. Ich stelle nur fest, das ist zuviel für dich. Du solltest als kaufmännischer Leiter der Gießerei über den Dingen stehen und nicht mitten drin. Das ist der erste Fehler. Der kaufmännische Leiter sollte sich aber auch nicht in die Produktion einmischen. Beides zusammen vereinbart sich nicht. Das ist der zweite Fehler. Der Produktionsleiter und gleichzeitig dein Mann ist auch zusätzlich noch Künstler, Verkäufer und Werbeleiter der Firma. Das ist der dritte Fehler.

Auch Anton und ich haben anfangs die gleichen Fehler gemacht und wären beinahe daran gescheitert. Also lass uns gemeinsam einen Weg suchen, wie ihr das ändern könnt."

Sarah leise: „Du sagst das so einfach, aber bei uns ist das nicht möglich, denn dazu fehlt uns das Personal. Mit den paar Leuten die wir haben, einfach nicht machbar."

Susi: „Sarah, so ging es Anton und mir auch. Aber wir haben es geändert. Ich fange ganz einfach bei Tommi an:

Tommi ist ein Künstler und ein guter Verkäufer dazu. Bei euren Kunstwerken wird er ohne Zweifel öfter zu den Kunden fahren müssen und ist dann nicht im Betrieb. Für meine Begriffe müsste er den künstlerischen Bereich, die Kundenbetreuung, den Verkauf und die Werbung übernehmen. Könntest du damit leben?"

Sarah: „Das wäre schön, aber dann fehlt er im Betrieb für die Herstellung unserer Gusserzeugnisse. Es ist unerlässlich, dass er dabei ist."

Susi geduldig: „Sarah, nehmen wir mal an, Tommi würde krank, dann könntest du aufgrund deiner Kenntnisse doch die Herstellung überwachen. Du bist doch in diesem Geschäft aufgewachsen und hast das studiert. Stimmt doch?"

Sarah: „Selbstverständlich, wenn Tommi krank würde, könnte ich das übernehmen. Aber nicht immer, denn ich habe auch noch meinen Haushalt."

Susi geduldig: „Liebe Sarah, wenn ich dich richtig verstanden habe, dann könntest du aufgrund deiner Kenntnisse und Erfahrung die Produktion eures Betriebes überwachen und organisieren, vorausgesetzt, du musst dich nicht um alle Kleinigkeiten in deinem Haushalt kümmern.

Du brauchst also eine vertrauensvolle Person, die die Arbeiten in deinem Haushalt übernimmt und sich tagsüber um die Kinder kümmert. So wie bei mir Nina und Saskia.

Sarah: „Ja, wenn wir uns eine solche Person leisten könnten, dann wäre das schon möglich."

Susi fuhr fort: „Selbst wenn du eine Haushaltshilfe finden würdest und du die Produktionsüberwachung machst, bliebe dir keine Zeit für die kaufmännische Leitung eures Betriebes. Du könntest das zwar überwachen, aber keinesfalls kannst du dich damit noch zusätzlich belasten. Dafür gibt es eigene Firmen, die so etwas übernehmen. Ich meine jetzt keine Steuerberatungsbüros sondern Betriebsberatungen. Es genügt auch eine kompetente Person, die das übernimmt. Allerdings muss man die auch entsprechend bezahlen. Weißt du eventuell so jemanden?"

Sarah: „So jemanden können wir weder bezahlen, noch kenne ich oder Tommi so eine Firma oder Person."

Susi immer noch geduldig: „Sarah, ich könnte dir jetzt ein Darlehen in Höhe von einer Million Dollar geben. Selbst wenn ich es dir schenken würde, kämt ihr beiden nur noch in größere Schwierigkeiten. Ich verspreche dir aber, dir und Tommi zu helfen."

Sarah schüchtern: „Und wie soll das gehen?"

Susi lächelte: „Sarah, das ist für meine Begriffe ganz einfach. Es wird zwar nicht von einer Minute auf die andere gehen, aber ziemlich schnell. Wenn du damit einverstanden bist, sprechen wir mit Moritz, mit Baki und mit Jacob. Das musst du nicht machen, sondern ich. Es wird ein ganz offenes Gespräch. Wir haben hier zwei wichtige Punkte. Ihr habt ein Auftragsvolumen von ungefähr sechs Millionen US $ und ihr habt Schulden in Höhe von zirka einer Million US $. Das sind fantastische Voraussetzungen für eine Änderung im Betrieb. Das rasche Wachstum des Auftragsvolumens macht eine rasche Änderung des Geschäftsaufbaus notwendig. Das versteht jeder.

Vorbehaltlich des Einverständnisses von Tommi, haben wir besprochen, dass Tommi die künstlerische Seite des Betriebes sowie den Verkauf übernehmen soll. Du übernimmst bald die Produktion im Betrieb, vorausgesetzt, du bekommst rasch eine gute Haushaltshilfe. Wir suchen zum schnellstmöglichen Zeitpunkt einen kompetenten Betriebswirt, der die kaufmännische Leitung einschließlich der Finanzen und der Buchhaltung übernimmt. Diese mit Sitz innerhalb eures Betriebes. Platz habt ihr ja. Was meinst du dazu?"

Sarah lächelte auch: „Susi, das klingt alles wunderbar, aber das kostet doch alles wieder eine Menge Geld und das haben wir doch nicht. Ich habe nur noch Angst."

Susi lachte jetzt: „Schätzchen, Sarah, sollten wir einen vernünftigen Berater für den kaufmännischen Bereich finden, dann macht der uns im Handumdrehen eine sogenannte Machbarkeitsstudie. Die legen wir den Banken vor, du solltest mal sehen, die reißen sich darum, euch zu finanzieren. Notfalls würde ich für euch bürgen. Auch das wäre eine Möglichkeit."

Sarah: „Meinst du wirklich, dass das so einfach geht, ich habe doch von diesen Dingen keine Ahnung."

Susi: „Heute Abend sehen wir beim Aperitif Moritz, Baki und Jacob. Wahrscheinlich lässt sich Jens auch sehen. Mal sehen ob die morgen Früh Zeit haben, dann können wir gleich Nägel mit Köpfen machen, das heißt die Angelegenheit durchsprechen und die ersten Schritte unternehmen."

Sarah: „Meinst du nicht, das ist etwas zu schnell, außerdem würde ich gerne Tommi vorher informieren."

Susi: „Sarah, mach dir keine zu großen Gedanken. Ohne Tommis Einverständnis geschieht hier nichts. Nur im Moment haben wir Baki und Jacob hier, die kennen die Situation in Israel und können am besten helfen. Moritz ist ein sehr guter Kaufmann und Jens ein Finanzexperte. Vertraue uns einfach. Du wirst sehen, wir helfen dir, über dieses Tal hinwegzukommen. Vielleicht brauchen wir ja auch mal eure Hilfe?"

Sarah lachte: „Susi, das glaubc ich nie und nimmer. Aber in Ordnung. Vielleicht ist Tommi böse mit mir, aber ich vertraue dir."

Sie unterhielten sich noch einige Zeit darüber, dann schauten sie noch mal zu den schlafenden Zwillingen und gingen kurz vor sechs nach unten zum Aperitif. Sie waren die ersten beim abendlichen Umtrunk. Saskia sagte: „Ich weiß nicht, wo die heute alle bleiben. Kein Mensch hat sich bisher sehen lassen." Nach einiger Zeit kam Ilse mit Jo, auch die waren verwundert, noch niemanden zu sehen, dann tauchte Jens auf.

Susi kam mit Sarah zu Jens und Susi fragte Jens, ob er morgen Vormittag ein bisschen Zeit hätte, Sarah hätte ein finanzielles und betriebswirtschaftliches Problem und man würde seinen Rat brauchen. Jens sagte zu, um 9 Uhr bei Susi im Büro zu sein.

Danach kam Maxim mit Boris, auch die waren erstaunt, dass weder Moritz, noch Jacob, Baki oder Anton mit Franz und Prem bei der abendlichen Runde waren.

Jo meinte: „Ich habe die den ganzen Tag noch nicht gesehen, weiß jemand wo sie abgeblieben sind?"

Susi lachend: „Ich glaube, ich muss die fünf holen. Ich weiß, die haben ein schwieriges Thema wegen eines riesigen Auftrages. Ich bin gleich wieder da."

Nicht viel später kam Susi mit Baki, Anton, Moritz, Franz und Prem. Die Herren entschuldigten sich: „Hallo, tut uns leid, dass ihr allein trinken musstet. Aber wir hatten uns zu sehr in die Materie der Museumsausstattung vertieft."

Als Susi ihren Mann fragte: „Seid ihr fertig geworden?" Verneinte dieser. „Wir wollen morgen Nachmittag weitermachen. Aber so, wie es aussieht, schaffen wir diesen Auftrag. Es wird zwar schwierig, aber es ist machbar. Allerdings werden wir noch zwei oder drei sehr gute Künstler mit einbeziehen müssen. Jacob kann da sehr hilfreich sein, er hat die notwendigen Künstler in Israel an der Hand und er liefert dann lediglich an Baki."

Susi nahm Baki beiseite: „Sag mal Baki, wie machst du das, bringst du die Bilder schwarz über die Grenze?"

Baki lachte: „Susi, so was mache ich doch nicht. Bei mir geht alles nach Recht und Gesetz. Es soll Airlines geben, die nach Ägypten fliegen. Falls ich also an Achmed Husni in Kairo Bilder verkaufe, so geht das niemanden etwas an. Wenn der wiederum an die Emirate verkauft, so ist das auch legal. Also, was hast du?" Susi lachte auch: „Ich glaube, von dir muss ich noch viel lernen. Aber sag, hast du morgen Früh Zeit, ich muss unbedingt mit dir Jacob, Moritz und Jens über die Finanzen der Firma Balan sprechen. Sagst du Jacob Bescheid, bei mir um 9 Uhr im Büro?"

Es wurde spät und es war schon halb neun und noch kein Ende abzusehen. Susi ergriff die Initiative, rief Giovanni an und bestellte einen Tisch für alle. Dann verkündete sie:

„Ihr Lieben, bevor wir uns festsaufen, Giovanni hat im Hinterzimmer den großen Tisch frei. In zehn Minuten ist Abmarsch zum Abendessen." Es wurde eine beschwingte Runde und leider auch spät.

***

Donnerstagmorgen. Wie vereinbart traf man sich um neun Uhr in Susis Büro. Man begrüßte sich herzlich und Susi begann:

„Danke euch, dass ihr gekommen seid. Sarah und ich hatten gestern ein ernstes Gespräch über die Finanzen der Firma Balan in Haifa. Ich mache es ganz kurz. Die Firma Balan hat Aufträge für zirka sechs Millionen US $ und eine Schuldenlast von etwa einer Million US $. Sie braucht eine Zwischenfinanzierung. Dann erzählte Susi ausführlich, welchen Vorschlag sie Sarah gemacht hatte und wie die neue Aufteilung der Kompetenzen innerhalb des Unternehmens in Zukunft sein solle. Sie endete mit den Worten:

„Diese Umstellungen müssen rasch vollzogen werden. Zudem brauchen wir einen hervorragenden Finanzmann oder Betriebswirtschaftler, der den kaufmännischen Teil einschließlich der Buchhaltung übernimmt. Sarah braucht eine tüchtige Haushaltshilfe, die sie stark entlastet."

Sarah: „Lieber Onkel Baki, es ist mir sehr peinlich, dass ich dich damit belästigen muss. Aber Susi meint, es müsste sein. Zu Susis letzter Frage, ich hätte schon eine sehr tüchtige Frau, die mir im Haushalt helfen könnte, nur muss ich sie auch bezahlen können. Sie ist zwar schon fünfundfünfzig Jahre, aber sehr tüchtig und sie spricht auch deutsch, denn meine Kinder sind zweisprachig."

Baki lachte: „Sarah, mein Kind, ich kenne dich wie meine eigene Tochter und du bist für mich auch so etwas wie meine Tochter. Du musst dich doch nicht schämen, wenn ihr mal in eine Schieflage kommt. Wenn immer du mich nach Geld gefragt hast, hast du es bekommen und wirst es auch in Zukunft bekommen. Aber Susi hat zweifelsohne recht, wenn ihr euch aus euren Schwierigkeiten befreien wollt, müsst ihr den Betrieb so aufteilen, wie es euch Susi vorgeschlagen hat. Für den kaufmännischen Teil braucht ihr einen Fachmann. Ihr kommt jetzt in Größenordnungen, wo man das nicht mehr nebenbei machen kann. Du und Jonathan oder wie ihr jetzt sagt, euer Tommi, seid wie meine Kinder, ihr bekommt von mir jede Hilfe. Gegebenenfalls bürge ich auch für euch."

Sarah kamen die Tränen und sie schluchzte: „Vielen Dank, Onkel Baki."

Jacob ernst: „Bei mir hat sich ein Herr beworben, der zur Zeit in Safed lebt. Er war lange Zeit einer der Dirktoren der Dresdner Bank und ist vor etwa acht Jahren nach Israel ausgewandert. Seine Frau ist vor zwei Jahren gestorben und er lebt bei seiner Tochter. Sein Schwiegersohn ist Künstler und Schmalhans ist dort Küchenmeister. Ab und zu kopiert sein Schwiegersohn für uns, er ist etwas schwierig, aber auf diesem Weg habe ich diesen ehemaligen Direktor der Dresdner Bank kennen gelernt. Er hat bei mir um eine Anstellung nachgesucht, die ich ihm leider nicht geben konnte. Ich habe dann mit Baki darüber gesprochen, aber er spricht und schreibt kein hebräisch und arabisch. Also auch negativ. Er kommt immer zu mir nach Jerusalem, wenn er die Möglichkeit dazu hat. Er ist mit Sicherheit ein Finanzmann. Soweit ich weiß, ist er sicher in der Buchhaltung und ich glaube er kann auch gut mit Kindern umgehen. Er sucht nicht nur einen Job, er sucht auch ein neues zu Hause. Jonathan, das heißt Tommi und dich, liebe Sarah kenne ich jetzt schon lange. Ich glaube, dass dieser Mann in euer Unternehmen passt. Ihr solltet zumindest Kontakt mit ihm aufnehmen."

Jens freundlich, aber bestimmt: „Ich habe bisher ruhig und aufmerksam zugehört. Susi, Baki und auch Jacob, danke für Schilderungen und Hilfeangebote. Susi und Baki, es ehrt euch, dass ihr Bürgschaften angeboten habt. Aber ich glaube, Susi hat mit ihrer Schilderung der geschäftlichen Entwicklung der Gießerei Balan völlig Recht. Es muss eine Umstrukturierung des Betriebes erfolgen.

Ein Betrieb, der bisher am Existenzminimum herumlaborierte und plötzlich Millionenaufträge erhält, ist eigentlich schon Pleite, es sei denn, die Organisation des Betriebes verändert sich.

Es ist zwingend, dass sofort etwas geschieht. Einmal müssen die Arbeitsfelder neu aufgeteilt werden. Da ist Susis Vorschlag sehr gut. Tommi für den künstlerischen Bereich, den Verkauf und die Werbung. Sarah für den technischen Bereich innerhalb des Betriebes, dabei versteht sich von selbst, dass sich die Arbeiten von Tommi und Sarah immer überschneiden werden, das ergibt sich aus der Art der Arbeiten, ähnlich wie sich Susis und Antons Arbeitsfelder immer überschnitten haben. Dann die kaufmännische Leitung der Firma, diese schließt die Finanzen und die Buchhaltung mit ein.

Nur wenn ein Unternehmen mit derartigen Umsätzen über eine Dreiteilung der Geschäftsfelder verfügt, wird es erfolgreich arbeiten können.

Zu den Feldern die Tommi und Sarah betreuen sollen, kann ich nichts sagen. Ich verstehe davon nichts. Aber zum kaufmännischen Teil kann ich meine Kenntnisse zur Verfügung stellen. Ich sage jetzt ungeschminkt, was ich denke: Ob uns das alles passt oder nicht, die Gießerei Balan in Haifa wird über kurz oder lang noch enger mit uns zusammenarbeiten. Dies ergibt sich aus der Art der Erzeugnisse, die diese Gießerei herstellt.

Also warum machen wir nicht gleich Nägel mit Köpfen und schließen die Gießerei produktionsmäßig und buchhaltungstechnisch an unser System an. Wir wissen durch die Galerie in Jerusalem, wie einfach und erfolgreich das war. Die Leitungen nach Jerusalem kosten nicht die Welt und erleichtern uns allen die Arbeit. Deshalb bleibt die Firma Balan selbständig wie bisher.

Ein Mann wie dieser Bänker, der in Safed lebt, ist unerlässlich. Erst über die Buchhaltung sind wir in der Lage eine feasibility-study, das heißt eine Machbarkeitsstudie für den Betrieb zu erstellen. Nur aufgrund einer solchen Studie bekommen wir die notwendigen, flüssigen Mittel seitens der Banken. Ich bin gerne bereit, mit den Bankinstituten in Jerusalem zu sprechen. Ich weiß, wie einfach es war, für unsere Galerie in Jerusalem Kredite zu bekommen.

Falls Tommi und Sarah Bedenken haben sollten, dass durch die EDV betriebsinterne Daten der Firma Balan von Unbefugten eingesehen werden können, so kann man die entsprechend sperren.

Ich bin in diesem Fall dafür, sehr rasch zu handeln und diesen Bankfachmann anzurufen und zu einem Gespräch nach hier zu bitten. Das sollte Jacob machen, denn er kennt ihn. Falls Sarah und Tommi Bedenken wegen der Kosten haben, so schlage ich vor, dass wir diese eventuell vorstrecken oder im Rahmen der guten Zusammenarbeit übernehmen."

Moritz: „Ihr alle habt Recht. Aber so geht es leider auch nicht. Wir können nicht über Tommis Kopf hinweg Recherchen oder gar Vereinbarungen treffen. Wir müssen ihn fragen, ob unsere Bemühungen ihm behagen. Wenn wir in Israel anrufen können, um den Bänker zu erreichen, dann können wir das auch bei Tommi. Wir haben doch genügend Telefone. Jacob und Jens sollen versuchen den Bänker in Safed anzurufen und Sarah und Susi sollten gleich Tommi anrufen. Baki, was meinst du dazu?"

Baki lachte: „Ihr habt Recht, wir müssen den beiden helfen, auch wenn sie im Moment das wahrscheinlich nicht einsehen. Wenn Sarah und Susi mit Tommi sprechen, sollte ich vielleicht auch noch ein paar Worte zu ihm sagen. Wenn man jemanden sehr gern hat, muss man ihn manchmal zu seinem Glück zwingen."

Man verabredete, dass Jens, Jacob und Moritz in seinem Büro telefonieren sollten, während Sarah, Baki und Susi in ihrem Büro anrufen wollten.

Es war schon kurz nach elf Uhr, als man sich wieder in Susis Büro traf. Susi erzählte:

„Wir haben Tommi bei Olga und Hugo in unserer Galerie erreicht. Es war ein langes Gespräch. Zuerst erzählte Sarah, dann machte ich meine Vorschläge und dann kam Baki. Ich mache es kurz, es gab zwar viel Wenn und Aber, aber er ist diesen neuen Gedanken nicht negativ gegenüber eingestellt. Lediglich das endgültige Ja oder Nein hat er sich vorbehalten. Das ist verständlich. Ich hatte mir das Gespräch mit meinem Bruder schwieriger vorgestellt."

Sarah sichtlich erleichtert: „Mir ging es wie Susi, das Gespräch war einfacher als ich dachte. Jonathan oder wie ihr alle sagt, Tommi ist in meiner Achtung sehr gestiegen. Er hat mir die Verhandlungen übertragen. Er meinte nur, noch keine endgültigen Beschlüsse fassen, bis er da ist."

Baki lachte: „Der liebe Jonathan, er ist ein wundervoller Künstler, ein ganz lieber Mensch, ein harter Arbeiter, ein guter Ehemann und Vater, aber der kaufmännische Teil liegt ihm nicht und er ist im Grunde froh, dass er ihn los wird. Das ist sein großes Glück und sein Erfolg."

Susi fragte die anderen: „Wie war euer Gespräch, habt ihr den Bankfachmann erreicht?"

Jens: „Ja, haben wir, nach meiner Einschätzung ist es der Mann, den wir für diesen Job suchen. Er ist auch relativ preiswert zu haben. Unsere Verhandlungsbasis war 5.000 Euro pro Monat. Es gibt ein Aber. Er hat ein Angebot einer Bank in Haifa, dort eine Stellung anzunehmen. Er hat noch nicht zugesagt, aber er muss bis Mitte der nächsten Woche zu- oder absagen. Deshalb konnten wir nicht umhin, ihn kommen zu lassen. Er wird sofort nach Tel Aviv fahren und versuchen, den nächsten Flug nach Frankfurt zu bekommen. Die Flugkosten legte er vor. Sobald er weiß, bei welchem Flug er mitkommt, wird er anrufen."

Moritz: „Ich hatte einige persönliche Worte mit ihm. Liebe Sarah, ich könnte mir vorstellen, er passt zu euch. Aber wir werden sehen."

Susi erfreut: „Ihr Lieben, ich danke euch sehr, dass ihr euch um Sarah und Tommi so bemüht habt. Ich bin froh, dass ihr euch meiner Meinung hinsichtlich der Umstrukturierung der Gießerei Balan angeschlossen habt. Ich danke euch für euren Gedankenreichtum und die guten Vorschläge. Wahrscheinlich können wir uns mit dem Bänker übermorgen zu einem ersten Gespräch treffen und dann eventuell am Sonntag zu einem Treffen mit Tommi, bei dem wir die neue Organisation der Firma Balan skizzieren und in eine entsprechende Form bringen können. Dies zum Wohle der Gießerei Balan. Nochmals allen vielen Dank.

Wie immer, das Mittagessen war ein gemütliches Zusammensein und alle genossen es. Baki lobte Saskias Küche, die darüber hocherfreut war.

Nach dem Mittagessen gingen Moritz und Baki nach unten zum Treffen und Susi sagte zu Sarah: „Es ist schönes Wetter, ich zeige dir noch das Kurhaus, dort können wir einen Kaffee trinken und dann hätte ich dir gerne noch gezeigt, wo mein erster Mann begraben liegt."

Sarah war damit einverstanden und so gingen die beiden Frauen zum Kurhaus. Susi erklärte die Anlage, sie setzten sich auf die Terrasse und nahmen einen Kaffee.

Sarah: „Ich bin euch allen so dankbar für die Gespräche. Ich habe den Eindruck, jetzt wird alles gut. Ich hatte Angst, dir die Zahlen zu zeigen. Ich wusste ja nicht, wie du reagierst. Auch Baki, Jens und Moritz haben sich prima verhalten, selbst Jacob war sehr nett. Ich will heute Abend noch mal mit Tommi sprechen und ihm sagen, wie erleichtert ich bin und wie ihr alle geholfen habt. Ich wusste schon, als ich dich zum ersten Mal in Haifa sah, dass du eine ganz ungewöhnliche Person bist. Du bist Tommi so ähnlich und trotzdem so ganz anders. Man kann dich nur gern haben. Ich weiß nicht, ob du das weißt, aber alle in euren Betrieben lieben dich."

Susi ernst: „Sarah täusche dich nicht, Menschen sind oftmals sehr wankelmütig in ihrer Meinung." Dann erzählte sie Sarah, was ihr im letzten Jahr passiert war, als man sie der Unterschlagung und des Mordes bezichtigte und man sie abwählen wollte. Sarah konnte das fast nicht glauben.

Nachdem sie das Kurhaus verlassen hatten, ging Susi mit Sarah zurück in die Taunusstraße, nahm ihren Wagen und sie fuhren zum Friedhof. Auf dem Weg dahin erzählte sie Sarah, wer Otto gewesen war und Sarah sagte nur:

„Susi. Hilde war sehr informativ. Für sie war Otto auch ein ganz liebenswerter Mann und dein Mann Max so etwas wie ihr Opa. Sie muss beide sehr geschätzt und geliebt haben. Sie hat mir auch erzählt, wenn du sehr großen Kummer oder auch Freude hast, gehst du immer zum Friedhof und sprichst mit beiden. Ich war sehr gespannt, ob du auch mit mir zum Friedhof fahren würdest."

Susi ganz ernst: „Sarah, ich muss dich doch meinem Opa Otto und meinem Mann Max vorstellen. Ich muss ihnen erzählen, dass wir auch euren Betrieb wieder in ein ruhiges Fahrwasser bringen werden. Außerdem will ich ihnen von dem Wettbewerb der Gemälde in Wuppertal berichten. Auch wie gut die Bilder geworden sind. Ich bin sicher, die beiden haben da mitgeholfen. Ich kann mir denken, dass Otto dem einen oder anderen den Pinsel geführt hat."

Sie kamen zum Friedhof, parkten den Wagen und gingen in die, mit hohen Bäumen bewachsene, parkähnliche Friedhofsanlage.

Sie standen vor dem Grab, der Gärtner hatte den Bewuchs erneuert und das Grab war schön angelegt.

Sarah: „Ich bin immer wieder überrascht über eure Gräber. Du weißt ja, die Judenfriedhöfe sehen so ganz anders aus. Aber das ist eben Glaubenssache."

Susi: „Wahrscheinlich werden Moritz und ich auch eines Tages hier begraben sein. Ich hoffe nur, Moritz bleibt noch lange bei mir."

Wieder standen sie einige Zeit ganz ruhig, dann trat Susi einen Schritt nach vorn und begann:

„Lieber Otto, lieber Max, ich habe euch heute Sarah mitgebracht, ihr wisst, die Frau meines Tommi. Sie ist eine ganz Liebe. Bitte beschützt Sarah, meinen Tommi und ihre Kinder. Ihr wisst, sie wohnen im Heiligen Land. Aber das ist für euch ja kein Problem.

Wie oft habe ich mit euch wegen unserer Ambitionen, Originale herzustellen, gesprochen. Bis zur letzten Minute habe ich gebibbert, dass dieses Experiment gelingt. Lieber Otto, lieber Max, wieder mal habt ihr mir geholfen diese Hürde zu überwinden. Ganz, ganz lieben Dank.

Dass ich drei erste Preise bekam, da habt ihr übertrieben, die habe ich nicht verdient. Trotzdem herzlichen Dank.

Immer noch ist unsere Expansion zu rasch. Bitte, gebt mir ein Zeichen, wenn wir irgendetwas ändern sollen. Wir werden demnächst in Mexico-City eröffnen und wahrscheinlich noch ein Atelier mit Galerie in Kairo oder Luxor.

Ihr habt ja mitgekriegt, dass wir ein Museum in den Emiraten ausstatten sollen. Bitte, gebt uns die richtigen Ideen, damit wir den Besuchern in diesem Museum Freude bereiten können.

Euren beiden Enkeln Max und Moritz geht es sehr gut. Sie wachsen und gedeihen und ich hoffe, dass ich bald mehr Zeit für sie habe. Meine anderen Zwillinge sind jetzt im sechsten Monat. Ich hoffe es geht bei der Geburt alles in Ordnung. Sie sollen Hilde und Sarah heißen. Die Taufpatinnen werden eure Hilde und Sarah sein, die neben mir steht.

Übermorgen kommt mein Bruder Tommi. Wenn ihr mal einen Moment Zeit habt, helft uns bei der Neugestaltung der Firma Balan in Haifa.

Ach, ich fordere immer nur, dabei kann ich nichts für euch tun. Aber, ich denke jeden Tag an euch und liebe euch wie früher. Haltet eure Hände weiter über uns und wenn wir Fehler machen, sagt es uns. Fühlt euch von mir ganz fest umarmt. Eure Susi."

Noch lange standen die beiden regungslos am Grab. Dann verließen sie langsam den Friedhof.

Nachwort

Ich danke allen, die mir bei der Arbeit an diesem Buch geholfen haben. Vor allem meiner Frau, die mit unendlicher Geduld meine Arbeiten an diesem Buch begleitete. Mein Dank gilt auch Frau Uda Schmidt, die bei der Gestaltung und Zusammenstellung geholfen hat. Meine Anerkennung für Frau Daniela Behr, die sich bei der neuen Titelgestaltung viel Mühe gab.

Herzlichen Dank meinem Freund Horst Matten, Jerusalem, dem ich die Idee des im Buch beschriebenen Bildes Jerusalem verdanke.

Oft hatte ich Bedenken, ob ich weiterschreiben sollte. Viele haben mir Mut gemacht. Besonders aber möchte ich mich bei Frau Lieselotte Adam, Berlin, für ihren Zuspruch und ihre Hilfe bedanken.

Berndroth, den 1. April 2012

Alfred Kühnl

Anmerkung des Verfassers:

Hoffentlich hat der dritte Band dieser
Trilogie
über die verborgene Welt des Kunstmarktes Ihren Beifall gefunden. Wie Sie möglicherweise wissen, beschreibt der

1. Band „Die Kopisten“
~ Der Kunstraub ~
neben den leidenschaftlichen und schicksalhaften Begegnungen der Romanfiguren, das Kopieren von Kunstwerken. Locker und ungehemmt werden Verbrechen, wie Kunstdiebstahl, Fälschungen und Hehlerei von Kunstgegenständen beschrieben. Der

2. Band „Die Plagiatoren“
~ In den Klauen der Kunstmafia ~
befasst sich mit der Thematik des Diebstahls von geistigen Eigentum. Diebstähle, die meist nicht geahndet werden können. Ein weites Feld für Verbrecher mit Anzug und Krawatte, die stehlen und Firmen in den Ruin treiben.

***

Jeder dieser drei Romane ist in sich abgeschlossen. Sollten Sie die beiden ersten Bände noch nicht gelesen haben, so empfehle ich Ihnen, dies nachzuholen.
Sie werden sehr viel Freude haben und auch viele interessante Neuigkeiten erfahren.

***

Diese spannenden Streifzüge durch den Kunstmarkt fesselt die Leser und ermöglicht Einblicke in die sonst so verborgene Welt des Kunstmarktes, mit allen seinen unglaublichen Facetten.

Berndroth, den 1. April 2012

Alfred Kühnl

Der Autor

Alfred Kühnl entstammt einer Lehrerfamilie und wurde 1931 in Falkenau/Egerland geboren. Nach Grundschule und Oberschule 1945 Flucht aus der Heimat.

Nach Kriegsende Lehre in einer Kunsthandlung und einem Kunstatelier bis 1948. Dann Handelsschule, Wirtschaftsoberschule und Akademie für Welthandel. Während des Studiums Dolmetscher bei der US Army.

Danach Ausbildung zum Reisebürokaufmann bei Wagons-Lits // Thos. Cook & Son. Während dieser Zeit erste Publikation einer Broschüre in englischer Sprache

How to see Germany.

Dann Vortragsreisen in Deutschland und Reiseleitungen in Spanien und Italien.

Ab 1958 in führenden Positionen im Reise- und Verkehrsgewerbe.
1976 – 1982 Berater eines Fachverlages. In dieser Zeit Publikation mehrerer Fachbücher und Broschüren.
Ab 1983 wiederum in führender Position im Reise- und Verkehrsgewerbe sowie in der Veranstaltungsbranche.
Ab 1990 bis zum Ruhestand geschäftsführender Verwaltungsrat einer Luxemburger Finanzholding AG mit Sitz in Luxemburg.

Während seiner beruflichen Tätigkeit Veröffentlichung von Fachbüchern, Broschüren, Reisebeschreibungen usw.

Heute lebt der Autor mit seiner Frau im Hintertaunus.